AtV

THOMAS R. P. MIELKE gehört zu den profiliertesten und erfolgreichsten Autoren historischer Romane in Deutschland. Seine Epen »Gilgamesch« und »Inanna, Odyssee einer Göttin« standen monatelang auf allen Bestsellerlisten.

Thomas R. P. Mielke lebt in Berlin.

Im Aufbau Taschenbuch Verlag erschien außerdem von ihm: »Gilgamesch, König von Uruk«.

www.orlando-furioso.net

Orlando, der erste Paladin Karls des Großen, wird zum stolzen und zugleich tragischen Helden der Minne. Er hat sich in Angelica verliebt, die Tochter des Königs von Cathay. Von ihr heißt es, sie sei die schönste Frau, die je das Antlitz der Welt erblickt habe. Kein Wunder, daß Orlando eine Vielzahl von Rivalen hat, die Angelica hinterher jagen und gleich ihm in einen gigantischen Irrgarten der Liebe geraten, der von Feen, Hexen und Dämonen bevölkert wird. Doch die Ritter Karls stehen nicht nur im Dienste der Minne, sondern müssen sich auch der sarazenischen Krieger erwehren, die das Frankenreich bedrohen – und am Ende ebenfalls dem Zauber der Liebe erliegen.

Ein unvergleichlicher, meisterhafter Roman – ein Lesegenuß höchster Güte.

Thomas R. P. Mielke

ORLANDO FURIOSO

Roman

Aufbau Taschenbuch Verlag

ISBN 3-7466-2062-7

1. Auflage 2004
Aufbau Taschenbuch Verlag GmbH, Berlin

Recherchen, Mitarbeit und Vorlektorat Astrid Ann Jabusch
Umschlaggestaltung Torsten Lemme unter Verwendung eines Ausschnitts aus
dem Gemälde »Altar der Stadtpatrone« von Stefan Lochner, Kölner Dom
Druck Oldenbourg Taschenbuch GmbH, Plzeň
Printed in Czech Republic

www.aufbau-taschenbuch.de

Dramatis Personae

Angelica
Prinzessin von Cathay (China), kommt nach Paris, um durch ihre Schönheit die besten Ritter Kaiser Karls des Großen für sich und die Verteidigung ihres fernen Königreiches zu gewinnen

Astolf
Prinz von England, einer der tollkühnsten, wenn auch nicht stärksten Ritter im Kampf gegen verführerische Zauberinnen, Ungeheuer und um Orlandos verlorenen Verstand

Bradamante
Gräfin von Marseille, der weiße Ritter Karls des Großen, weicht keinem ehrenhaften Kampf gegen die Ungläubigen aus – bis der ungetaufte Recke Ruggiero ihr Herz erobert

Orlando
Graf von Brava an der Dordogne, erster Paladin und Neffe Karls des Großen, verliebt sich wahnsinnig in die Prinzessin von Cathay, vergißt darüber seinen Kaiser und wird rasend vor Eifersucht

Rinaldo
Graf von Montalban, Heerführer Karls des Großen, Bruder von Bradamante, wird zum erbitterten Rivalen von Orlando, flieht aber vor Angelica, als diese ihn begehrt

Ruggiero
Sarazenenheld, durch den sich die Eroberer aus Afrika den großen Sieg über das Frankenreich erhoffen, gerät durch seine Liebe zur Christin Bradamante immer wieder in Bedrängnis

Prelude

Wie Blitz und Donner zugleich brach der rote Ritter durch das Unterholz, um Karl den Großen und das Abendland zu retten. Überall vor den Bergflanken von Burg Montalban im Süden Frankreichs schlugen Christen und Heiden aufeinander ein. Noch hielt sich die launische Göttin Fortuna mal auf der einen, mal auf der anderen Seite auf.

Doch wo war Karl der Große, der sich in höchster Gefahr befinden sollte?

Graf Orlando ritt mitten hinein in die tobende, von Schwerterklirren und gräßlichen Schreien erfüllte Schlacht. Rechts und links fielen die Turbanreiter unter den Schlägen seines berühmten Schwertes Durindana zu Boden. Fußkrieger und Bogenschützen der Sarazenen stolperten übereinander. Viele erkannten mit schreckgeweiteten Augen den rot gerüsteten Paladin, aber nur wenige konnten sich noch zur Seite werfen.

Und da – der Kaiser!

Karl stand auf einer Lichtung und kämpfte ohne Pferd nicht mehr um Sieg oder Niederlage, sondern um sein eigenes Leben. Im selben Augenblick erkannte Orlando, daß der Kaiser bereits durch einen anderen Paladin verteidigt und geschützt wurde. Es war Graf Rinaldo, der Herr von Montalban.

Orlando spürte, wie eine Welle aus Zorn und Eifersucht in ihm aufschäumte. Jedem anderen hätte er vielleicht die Ehre zugestanden, ihren Onkel, den großen Karl, zu retten – aber nicht diesem Vetter und erbitterten Rivalen beim Werben um die schönste Prinzessin, die je im Königreich der Franken aufgetaucht war.

Zu spät und vorbei? Sollten all die Tage und Nächte, die Monate im Dienst der heißgeliebten Angelica, endlose Ritte durch fremde Länder, schreckliche Kämpfe mit ihren Feinden, mit Ungeheuern und Zauberern und schließlich die Rückkehr mit ihr doch noch umsonst gewesen sein?

All das galt nichts mehr, wenn nun Rinaldo den Kaiser rettete – und nicht er! Kaum mit der Prinzessin von Cathay wieder in Frankreich angekommen, hatte Orlando mit anhören müssen, wie ihr sein Vetter seine Liebe erklärte – und das, obwohl er bisher stets vor Angelicas Begehren ausgewichen und geflohen war.

Der Kaiser wollte keine Rivalenkämpfe unter seinen Neffen und besten Rittern. Deshalb hatte er die fremde Schöne unter die Obhut des alten Baiernherzogs Naims gestellt. Er war der Bruder von Rinaldos Mutter Beatrix und gehörte zu den verläßlichsten Verbündeten der Franken. Angelica sollte in einem Zelt des Baiernherzogs bleiben, bis die Sarazenen geschlagen waren.

Orlando hatte bereits dieses Machtwort Karls als schwere Strafe für seine Eigenmächtigkeit vor vielen Monaten empfunden. Noch ungerechter empfand er Karls Entscheidung, daß der Bessere von ihnen beim großen Kampf gegen die Ungläubigen Angelica bekommen sollte. Das sollte Ansporn dafür sein, daß seine besten Paladine grimmiger zuschlugen als je zuvor. Doch dann war eingetreten, was keiner vorher erwartet hatte: Die vereinten Christenheere konnten dem Ansturm der Muselmanen nicht mehr standhalten.

Enttäuscht, bebend vor Zorn und zutiefst beschämt, zügelte Orlando mit harter Hand sein Pferd. Nicht er, sondern Rinaldo rettete unterhalb seiner eigenen Burg den Kaiser vor den gewaltigen Schwerthieben eines schmutzigen heidnischen Ritters. Orlando kannte den Sarazenen. Es war Ferragu der Eisenspeer. Auch der Neffe des spanischen Königs Marsilo war von der Schönheit der Prinzessin von Cathay geblendet – ebenso wie Karl selbst und nahezu alle seine Gefolgsleute.

Orlando dachte grimmig daran, wie alles begonnen hatte – damals, als die wunderschöne Angelica zusammen mit ihrem Bruder Argalia zum Pfingstturnier in Paris erschienen war, um die besten Ritter und Fürsten des Frankenreichs zum Zweikampf herauszufordern. Und wie heimtückisch ihr Angebot gewesen war, daß sie dem gehören wollte, der als erster ihren Bruder Argalia besiegte! So viele Ritter hatten sich zum Zweikampf gegen Argalias unschlagbare goldene Lanze gedrängt, daß schließlich das Los über die Reihenfolge der Herausforderer entscheiden mußte. Auf diese Weise waren die besten Ritter Karls des Großen besiegt und von Angelica und Argalia eingefangen worden, um im fernen Cathay die Stadt und ihre Burg Albracca zu verteidigen.

Abwesend wehrte Orlando ein paar Angriffe von den Seiten her ab. Ihn interessierte nicht mehr, ob er traf oder nicht. Seine zornigen Gedanken hingen noch immer in der Vergangenheit. Das Los hatte ihm damals einen schlechten Platz in der Reihenfolge der Herausforderer zugespielt. Es wäre völlig gegen seinen Ruf und seine Ehre gegangen, nicht unter den ersten Herausforderern zu sein. Deshalb hatte er weder um Angelica gekämpft noch gegen ihren Bruder verloren. Statt dessen hatte er nach dem Turnier ohne Erlaubnis seines Kaisers Paris heimlich verlassen. Nur noch von Minne träumend, war er ihr bis in ihr Reich jenseits von Indien gefolgt.

Ja, er war mitschuldig daran, daß inzwischen die Sarazenen unter den Fahnen Allahs ganz Spanien erobert und die Pyrenäen überwunden hatten. Noch stürmten erst die Spitzen einer viel größeren Streitmacht durch die flachen Weinberge Südfrankreichs bis zu den Wäldern der Dordogne. Kaiser Karl und seine Verbündeten waren den Heiden von Paris aus entgegengeeilt. Hier, unter den hohen Zinnen der Burg Montalban, zeigte sich, wie sehr Karl der Große in Not war.

Schrille Trompetenstöße schmetterten über die Kämpfenden hinweg. Orlando schrak auf. Er blickte zu Ferragu, Rinaldo und dem Kaiser hinüber. Aber der Lärm kam diesmal aus einer anderen Richtung. Von mächtigem Getöse, Schellen, Paukenschlägen und hellen Schreien aus jungen Kriegerkehlen begleitet, galoppierte ein neuer Angreifer aus einem Seitental auf den Kampfplatz.

Orlando erkannte ihn sofort. Gefolgt von Reitern in abenteuerlichen Gewandungen, bunt geschmückten Knappen und halbnackten Pferdeknechten, preschte Rodomont, der riesige König von Algier, auf sie zu. Das Wappen in seinem lang wehenden Banner zeigte die Dame seines Herzens, die einem Löwen Zaumzeug anlegte. Angeblich sollte es sich dabei um Doralice handeln, die Prinzessin von Spaniens Königreich Granada.

Orlando hatte in den vergangenen Monaten viele gewaltige Gegner im Dienst für die geliebte Prinzessin von Cathay besiegt. Sie waren nichts gegen König Rodomont, von dem es hieß, daß seine Rüstung aus vielen Lagen härtester Drachenhaut bestand. Sie sollte einst für seinen Vorfahren, den legendären Helden Nimrod, in Babylon geschmiedet worden sein – demselben, der den Turm zu Babel baute, um Gott aus seinem goldenen Himmelssaal und dem Reich der Sterne zu verjagen.

Rodomont galt als der wildeste und härteste der zweiunddreißig Könige, die sich zum großen Kampf gegen die Christen und das Abendland an der Nordküste Afrikas versammelt hatten. Er hatte nicht warten wollen, bis sich König Agramant, der oberste Heerführer der vereinten Sarazenenheere, endlich gegen die Franken und ihre Verbündeten einschiffte.

Der Sarazene ritt auf einer edlen, reich geschmückten Stute. Goldene Schnallen am Zaumzeug und bunte, seidene Decken leuchteten im Sonnenlicht. Er saß wie auf einem Thron im Sattel. Stolz und herausfordernd blickte er sich nach allen Seiten um und hielt kurz inne, als er den Kaiser Roms und König aller Franken ohne Pferd sah. Trotzdem ließ er sich sofort eine schwere Lanze reichen.

Genau das verjagte den Hader mit dem Schicksal in Orlando und weckte seinen Kampfgeist auf. Den neuen Angreifer schickte die Glücksgöttin Fortuna! Sollte sich Rinaldo nur weiter mit dem Neffen des Verräterkönigs Marsilo schlagen – größeren Ruhm versprach die Rettung Karls des Großen vor dem furchtbaren Heidenkönig Rodomont. Gerade noch hatte Orlando die Entscheidung Karls verflucht, nachdem derjenige von ihnen Angelica bekommen sollte, der sich beim Kampf gegen die Sarazenen am besten bewährte. Nun kam sie ihm weise vor. Der Heide hatte Kaiser Karl schon fast erreicht.

»Hierher, schwächlicher Sohn einer ungläubigen Hyäne!« dröhnte Orlandos befehlsgewohnte Stimme durch den Lärm.

Er wartete die Antwort des anderen nicht ab und klappte das Visier an seinem Helm herab. Dann ließ er sich von seinen nachgeeilten Knappen die schwere Lanze reichen, klemmte sie unter den rechten Arm, hob die Spitze an und gab seinem edlen Roß Brigliador die Sporen.

Wie Galeerenschiffe mit ihren Rammspornen voran, krachten die beiden Reiter auf ihren Schlachtrössern ineinander. Ihre Lanzen verkeilten sich in den schweren Rüstungen, splitterten und brachen. Sofort ließen Orlando und Rodomont die Lanzenschäfte fallen und rissen ihre Schwerter hoch. Sie richteten sich in den Sätteln auf, holten Schwung und schlugen dann so hart aufeinander ein, daß jeder andere keinen Laut mehr von sich gegeben hätte. Dem Heidenkönig gelang ein voller Treffer. Graf Orlando schwankte und konnte sich nur noch mühsam im Sattel halten. Benommen sah er, daß sein eigener, mit aller Kraft geführter Schlag dem Ungläubigen in Nimrods Rüstung kaum etwas ausmachte. Erneut schwappte eine Welle von Zorn und Enttäuschung in ihm hoch.

Ganz langsam wurde es dunkel um ihn. »Doch noch verloren!« dachte er bitter. Ihm war schon gleichgültig, ob es durch einen Ungläubigen geschah oder durch seinen verdammten Vetter und Rivalen Rinaldo.

»Angelica«, seufzte Orlando noch, dann sank er schwer über den Hals seines Pferdes. Er sah nicht mehr, wie ein Ritter in weißer Rüstung und mit einem weißen Federbusch am Helm samt mutigem Gefolge aus dem Unterholz hervorbrach und auf den König von Algier zuschoß.

Bradamante erkannte, daß es schon fast zu spät für ihren Angriff war. Die junge, schöne Gräfin von Marseille aus dem Haus Clermont stand ihren vier Brüdern und den anderen Paladinen Karls des Großen in nichts nach. Im Gegenteil, für ihren Mut, ihren Kampfgeist und die Siege bei der Verteidigung des Reiches hatte ihr der Kaiser erst vor kurzem die Provence als Lehen übertragen – jenes unvergleichbar schöne Land an der Küste des Mittelmeeres, in dem inzwischen die Eroberer aus Afrika mit Raub und Brand Fuß gefaßt hatten.

Inzwischen ging es längst um mehr als um bedrohte Städte wie Arles, Aigues Mortes oder Narbonne. Dennoch sah es Bradamante als einen Fingerzeig Gottes an, daß die große Schlacht hier im Westen stattfand – direkt unterhalb ihrer heimatlichen Burg Montalban. Hier kannte sie jeden Bach und jeden Felsen, jeden Weg und jedes Waldversteck für einen Hinterhalt. Sie erkannte sofort, daß sich ihr Bruder um den Angreifer kümmerte, dem es gelungen war, bis zu ihrem Onkel Karl vorzudringen. Rinaldo und der Spanier Ferragu kämpften bereits zu Fuß. Wieder und wieder traf Rinaldos Schwert, aber noch hielt Ferragus ganz besonderer Helm die laut krachenden Schläge aus. Nicht so Rinaldos wunderbares, sonst so kluges Pferd. Bradamante sah, wie es verschreckt davonritt und mit langen Sprüngen auch an ihr vorbei wollte.

»Bajard!« rief sie. »Halt! Hierher!«

Rinaldos Pferd gehorchte nicht in all dem Lärm. Schweißnaß floh es weiter und verschwand im Wald. Dann erst sah Bradamante, daß ihr Vetter Orlando auf der anderen Seite der Lichtung offensichtlich einen schlechten Tag und einen starken Gegner gleichzeitig erwischt hatte. Sie erkannte ihn an seiner roten Rüstung und am rotweiß gestreiften Wappen auf seinem schon am Boden liegenden Schild. Orlando glitt aus seinem Sattel. Er knickte ein, stützte sich auf sein Schwert, wankte gegen die nächste Eiche, drehte sich noch einmal und rutschte wie ein Wildschwein mit dem Rücken am Stamm entlang zu Boden. Dort blieb er sitzen, als wäre seine rote Rüstung bereits leer und ohne Leben in sich. Für einen Moment gönnte Gräfin Bradamante dem überall bewunderten ersten Paladin des Kaisers die Niederlage. Doch das hier war kein ritterliches Turnier und keine höfische Belustigung!

Furchtlos entschied sie sich, nicht ihrem Kaiser, sondern zuerst dem Grafen von Anglant zu helfen. Sie stürzte sich auf Rodomont und zeigte ihm, warum ihr Name überall den allerbesten Klang hatte. Mit schnellen, leichten Schwerthieben lockte sie den eher schwer und wuchtig wirkenden König von Algier in eine Kampfweise, die ihm nicht behagte. Trotzdem verfügte Rodomont über viel mehr Kraft als Bradamante.

Der ganze Kampf war so ungleich wie der Davids gegen Goliath.

Um sie herum drängten immer mehr Sarazenen von allen Seiten aus dem Wald heran. Offensichtlich gehörten sie bereits zum Hauptheer der Eroberer, das von Spanien und der Küste der Provence tief nach Frankenreich vordrang. Die Franken und ihre Verbündeten verteidigten sich so gut es ging. Viele der Eroberer verloren ihr Leben oder zumindest ihr Pferd, aber sie waren und blieben die Übermacht. Ohne Aussicht auf einen Sieg brachen die Reihen der Verteidiger auseinander. Zugleich setzten die Sarazenen an Dutzenden von Stellen nach. Unter dem Ansturm der Eroberer gaben immer mehr fränkische Verteidiger auf und wandten sich zur Flucht. Der Herzog von Baiern, die Dänen und viele andere gerieten so schnell in Gefangenschaft, daß überall am Rand des Schlachtfeldes verlassene Zelte und dort Festgehaltene ohne Bewachung zurückblieben.

Auch Gräfin Bradamante sah ein, daß sie gegen den König von Algier nicht länger ankam. Es schien, als würde Rodomont sein großes Schwert noch viele Stunden lang schwingen können. Sie wollte aufgeben, aber da kamen weitere Sarazenenkrieger aus dem Wald. Nun blieb ihr nur noch ein versteckter Pfad für ihre Flucht.

Orlando hob mühsam den linken Arm. Er konnte kaum sein Helmvisier öffnen. Mit dröhnendem Kopf und schmerzenden Gliedern versuchte er, Ordnung in das Durcheinander vor sich zu bringen. Dann fiel ihm wieder ein, was geschehen war. Scham, Schmerz und Verbitterung stachelten erneut seinen Zorn an.

Was für ein Tag! Zum Kampf gegen die Feinde des Kaisers zu spät gekommen, hatte er Angelica ausgerechnet bei Montalban an Rinaldo verloren und war dann auch noch von einem der verdammten Heidenkönige vom Pferd geschlagen worden!

Er stöhnte und wollte seinen Kopf über so viel Unglück schütteln. Doch das verdoppelte die Schmerzen nur. Vergeblich versuchte er im wilden Tumult zu erkennen, wo die Franken und ihre Verbündeten um den Sieg über die Sarazenen kämpften. Sie kämpften nicht mehr, sondern wollten nur noch ihre Haut retten. Vom Kaiser, Graf Rinaldo und dem Spanier Ferragu war nichts mehr zu sehen. Nur an einer Stelle sah Orlando noch Widerstand durch einen weißen Ritter. Wenn ihn nicht alles täuschte, war es die unglaublich tapfere Bradamante, die alle anderen Paladine beschämte.

Eines der vielen reiterlosen Pferde galoppierte an Orlando vorbei, gefolgt von einem Sarazenen, der wie ein Fürst gerüstet war. Er schrie hinter seinem Pferd her, stolperte fast über Orlando am Boden, ließ sich aber nicht aufhalten. Dann sah er den König von Algier im Kampf mit dem weißen Ritter und ging sofort dazwischen, um sie zu trennen.

»Aufhören!« schrie der Sarazene. »Hört doch auf! Es ist vorbei! Wir haben längst gesiegt über die Christenhunde!«

Rodomont drehte sich erbost zur Seite. Wie auf ein lästiges Insekt schlug er sofort auf den Störenfried aus seinen eigenen Reihen ein. Der aber war nur für einen kleinen Augenblick überrascht, dann zeigte er, wozu er fähig war. Sofort nutzte die Ritterin in der weißen Rüstung die Gelegenheit und wollte als letzte dem eigenen fliehenden Heer folgen. Sie kam nicht weit. Erschreckt und wie gelähmt beobachtete Orlando, wie eine weitere Gruppe von Sarazenen Bradamante abfing und sofort zuschlug. Bradamante rutschte vom Pferd. Einige Schritte zur Seite ließ auch König Rodomont vor dem neuen Angreifer sein Schwert fallen.

Graf Orlando konnte kaum glauben, was er sah. Wer war der edel gerüstete Sarazene, der mitten im Chaos hinter seinem Pferd herlief, sich tollkühn in den Kampf des weißen Ritters gegen den König von Algier einmischte und dann auch noch gewann?

Der fremde Sarazene achtete nicht auf Rodomont. Er lief zu der Stelle, an der Bradamante vom Pferd geschlagen worden war. Er sah Blut an der Rüstung, aber der weiße Ritter konnte sich noch bewegen und allein aufrichten. Ganz langsam hob er seinen Helm vom Kopf. Sofort löste sich unter einem goldenen Netz eine Flut goldblonder Haare. Sie fielen über die Schulterstücke der blutbefleckten weißen Rüstung.

Wie im Traum nahm der junge Sarazenenrecke ebenfalls den Helm ab. Erhitzt sahen sich an, erröteten noch mehr und strahlten. Nicht die geringste Feindschaft stand zwischen der Christin und dem Heiden. Im Gegenteil: Es war, als würden beide im Gesicht des anderen das Paradies erkennen.

1. Gesang

Ich will das Hohelied über die Zeit der Ritter und der edlen Damen singen, über furchtlose Recken, finstere Gesellen und die feine ritterliche Art. Ich will erzählen, was geschehen ist, als die Sarazenen von Afrika und Spanien her ins Reich der Franken eindrangen, um den Tod ihres großen Königs Trojan zu rächen.

Die heidnischen Eroberer glühten vor Begeisterung für Trojans jungen Sohn Agramant, der geschworen hatte, endlich den Stolz des Königs von Frankreich und römischen Kaisers Karl zu brechen.

Ich werde euch über die unglaublichen Vorgänge um Graf Orlando berichten, die bisher immer verschwiegen wurden. Auch mich hat die ganze Angelegenheit so getroffen, daß es mir manchmal die Sprache verschlug. Tatsache ist, daß dieser unbesiegte Held, der sonst als klug und umsichtig galt, plötzlich von Liebeswahn und rasender Eifersucht geschlagen wurde.

Ich schreibe das natürlich auch für meinen großen Gönner, den Kardinal Ippolito aus dem edlen Fürstengeschlecht der d'Este, das bis auf unseren gemeinsamen Ahnherren Hercules von Troja zurückgeht. Und ich schreibe für seinen fürstlichen Bruder, den siegreichen Herzog Alfonso.

Die schöne Fürstin aus dem fernen Königreich Cathay nutzte die Verwirrung, den Schlachtenlärm und das Geschrei für sich. Während alles um sie herum in Chaos unterging, fing sich Angelica im verlassenen Lager von Herzog Naims eines der vielen herrenlos herumirrenden Pferde ein und ritt querfeldein davon. Sie sah, daß dieser Tag dem Kaiser gründlich mißlungen war und die Getauften ohne Kriegsglück bleiben würden.

Angelica schaffte es bis zu einem schützenden Wäldchen und wollte bereits aufatmen, als ihr auf dem schmalen Waldpfad ein Ritter ohne Pferd entgegenkam. Er war voll gerüstet und mit Schwert und Schild bewaffnet. Anders als viele, die sie in den letzten Stunden gesehen hatte, trug er auch noch seinen Helm.

Verwirrt sah sie, daß er sich trotz der schweren Ausrüstung so leichtfüßig bewegte wie ein halbnacktes Hirtenkind, das vor einer Schlange im Sand davonrannte.

Die Prinzessin zügelte ihr Pferd. Im selben Augenblick erschrak sie, wurde blaß und begann zu schreien, denn sie hatte den Paladin Rinaldo erkannt, den jüngsten Sohn von Herzog Haimon und Grafen von Montalban. Er verfolgte sie ebenso heillos verliebt wie viele andere der besten Frankenritter und Sarazenen-Helden. Allerdings wunderte sie sich, warum er ohne sein berühmtes Pferd Bajard durch den Wald lief.

Dann erkannte auch Rinaldo die Prinzessin von Cathay. Kein Sarazene und kein durchgehendes Pferd hätten ihn erneut so treffen können wie die Schönheit der Prinzessin.

Angelica wollte nichts mehr mit ihm zu tun haben. Ja, sie hatte ihn einmal geliebt, aber das war vorbei! Sie riß den Hengst herum. Erneut vor Angst und Zorn aufschreiend, ließ sie ihn auf dem schmalen Weg zurückjagen. Sie wollte nur noch weg – fort von dem Mann, der sie so heftig begehrte – und achtete nicht mehr darauf, welchen Weg ihr Pferd nahm. Zweige klatschten über ihren Körper. Mal floh sie durch dichte schwarze Tannen, dann wieder durch helle, sonnige Waldstücke. Bergauf, bergab trug sie das Pferd, mal in die eine Richtung, dann wieder zurück in die andere, bis sie schließlich, am ganzen Körper bebend, ein Flußufer erreichte.

Gleich darauf entdeckte Angelica einen anderen Ritter. Sie schrie auf, als sie ihn erkannte. Schmutzig, schweißbedeckt und voller Blut hockte der heißblütige Spanier am Flußufer. Ferragu der Eisenspeer hatte schon damals bei dem Turnier in Paris zu ihren ersten Verehrern gehört … und im Zweikampf ihren Bruder Argalia getötet.

Schon lange trug Ferragu den Speer nicht mehr, von dem er seinen Namen hatte. Er sprang sofort auf und zog statt dessen sein Schwert. Angelica sah etwas im klaren Wasser blitzen. Und dann entdeckte sie den Helm, den Argalia bei seinem letzten Kampf getragen hatte.

Ferragu stürzte ins Wasser und watete auf den Helm zu. Haß und Hoffnung stritten in Angelica. Für einen Moment hatte sie den wahnsinnigen Gedanken, daß der Mann, der ihren Bruder besiegt hatte, sie vielleicht auch vor dem wilden Rinaldo schützen konnte. Im nächsten Augenblick drehte sich der Spanier um. Er kehrte ohne den Helm zurück zum Ufer und sagte kein Wort, aber seine Augen blitzten sie begehrlich an, als er an ihr vorbeilief, um ihren Verfolger aufzuhalten.

Graf Rinaldo war viel näher, als Angelica geahnt hatte. Mit gezücktem Schwert stürzten die beiden Männer aufeinander zu. Sie kannten sich bereits aus vorangegangenen Kämpfen. Doch nun, da sie beide zu Fuß waren und nur noch ihre Schwerter hatten, konnte keiner von ihnen einen Vorteil ausspielen. Die Eisen schmetterten so gellend gegeneinander wie Hämmer auf den Amboß. Schlag um Schlag verbrauchten sie ihre Kraft.

Behutsam ließ Angelica ihr Pferd weitergehen. Erst als es sich von den beiden Rittern etwas entfernt hatte, gab sie ihm die Sporen und jagte es mit aller Kraft voran. Das schnelle Pferd flog fast über die Felder. Es brach durch Dickicht, Dornen und verschwand vom Kampfplatz.

Vergeblich bemühten sich Ferragu und Rinaldo, den anderen in den Sand zu schlagen. Keiner der beiden Rivalen um die Liebe Angelicas war dem anderen überlegen. Schließlich suchte Graf Rinaldo nach einer Möglichkeit zum Abbruch des unsinnigen Kampfes.

»Ja, schlage nur zu!« Seine Lippen zitterten, während er darum rang, in seinem Zorn die richtigen Worte zu finden. »Jedesmal, wenn du mich triffst, triffst du dich selbst. Ich bin zu stark für dich … selbst wenn wir bis zum Morgengrauen unsere Kraft vergeuden … selbst wenn du mich besiegst, hast du sie zum Schluß doch verloren. Angelica ist schon über alle Berge …« Er schnaubte und ließ sein Schwert erneut gegen das des Spaniers krachen. »Es wäre viel vernünftiger, wenn wir zusammenhalten würden. Du liebst sie ebenso wie ich. Laß uns gemeinsam die Verfolgung aufnehmen! Und wenn wir sie dann haben, soll das Schwert entscheiden, wer sie bekommt.«

»Ja, du hast recht!« antwortete Ferragu und schlug noch einmal zu. »Wir sind wohl wirklich Narren. Laß uns für eine Weile unseren Zorn vergessen. Ich biete dir sogar mein Pferd an, damit wir ihr gemeinsam folgen können.«

Rinaldo hätte nicht im Traum mit dieser Ritterlichkeit wie in alten Zeiten gerechnet. Sie waren Nebenbuhler um die Gunst einer schönen Frau, streitende Rivalen und auch noch von unterschiedlichem Glauben, doch während sie die Schmerzen von den harten Schlägen immer übler spürten, gaben sie sich die Hand und gingen zum Pferd des Spaniers. Nie hätten sie gedacht, daß es so mühsam war, gemeinsam auf ein Pferd zu kommen. Als das Pferd dann vier Sporen zugleich spürte, galoppierte es schnell wie ein Pfeil bis zur nächsten Gabelung des Weges.

»Was nun?« fragte Ferragu. Auf beiden Wegen waren Hufspuren zu sehen, aber es gab keinen Hinweis darauf, in welche Richtung Angelica geflohen war.

»Also gut«, sagte Rinaldo. »Jeder von uns nimmt einen der beiden Wege. Ich gehe zu Fuß und als erster. Du reitest hier noch ein wenig hin und her, ehe du den anderen Weg nimmst. So hat keiner von uns einen Zeitvorteil.«

»Einverstanden«, sagte der Spanier »Aber zuvor hole ich mir noch den verdammten Helm aus dem Fluß dahinten.«

Ferragu erreichte die Stelle, an der er seinen Helm verloren hatte. Der wichtigste Teil seiner Rüstung hatte sich unter den Wellen bereits in den Sand am Grund des Wasserlaufs gegraben. Vorsichtig bückte er sich ins Wasser, doch der Helm hing fest. So kam er nicht weiter. Wieder am Ufer angekommen, brach er einen langen Zweig aus dem Gebüsch ab und schnitzte sich eine Rute, aber auch damit bekam er seinen Helm nicht aus dem Fluß.

Stunde um Stunde verging. Was Ferragu auch anstellte und wie sehr er sich auch mühte – er blieb ohne Erfolg, auch wenn sein Kopf längst hochrot vor Anstrengung war.

Kurz bevor es dunkel wurde, erkannte er endlich den Grund für seine vergeblichen Mühen. Mitten im Fluß stand bis zur Brust im Wasser ein anderer, der sich plötzlich drohend aufrichtete. Es war ein Ritter – bis an den Kopf in einer Eisenrüstung. In seiner rechten Hand trug er den Helm.

»Was willst du, Wortbrüchiger?« schrie die Gestalt im Wasser. »Ich behalte diesen Helm, den mir Gott zugedacht hat. Der Verzicht auf ihn soll dir den gleichen Schmerz zufügen, den du mir angetan hast. Weißt du nicht mehr? Ich bin der Geist Argalias – des toten Bruders von Angelica! Du hast mich beim Kampf am Merlinsbrunnen in den Ardennen erschlagen, weil ich dir sagte, daß du für meine Schwester viel zu gering und schmutzig bist. Als ich durch deine Waffe starb, hast du versprochen, mich mit meiner gesamten Rüstung und meinen Waffen in den Fluß zu werfen. Niemand sollte von der Schmach erfahren, daß du mich trotz meiner wunderbaren Ausrüstung töten konntest. Für dein Versprechen habe ich dir noch im Sterben meinen Helm für vier Tage ausgeliehen, aber das Schicksal gibt dir Wortbrüchigem meinen Helm kein zweites Mal.«

Ferragu starrte wie gelähmt auf die Gestalt im Wasser. Er konnte einfach nicht glauben, was er sah und hörte.

»Wenn du einen Helm brauchst, hol dir doch einen anderen«, höhnte der Geist des Toten. »Den von Mambrin zum Beispiel hat sich Graf Rinaldo erobert, und den von König Almont trägt inzwischen Graf Orlando, nachdem er den Sarazenen aus Rache dafür tötete, daß der Orlandos Vater Milon umbrachte.«

»Hör auf! Du hast ja recht!« schrie Ferragu dem Geist Argalias mitten im Fluß zu, dann sagte er so leise, daß der andere ihn nicht hören konnte: »Aber ich schwöre beim Leben meiner Mutter Lanfusa, daß ich keinen anderen Helm aufsetzen werde, bis ich den von Orlando habe!«

Wie ein geprügelter Hund zog er mit schwerem Herzen und voller Zorn gegen sich selbst weiter. Jetzt wollte er nur noch Rinaldo wiederfinden. Dem Grafen von Montalban war allerdings inzwischen sein stolzes Roß Bajard in den Weg gesprungen und gleich wieder davongeprescht, ohne auf seine Haltrufe zu hören.

Angelica floh noch immer durch den endlosen und dunklen Wald. Sie jagte über unheimliche menschenleere Einöden und unter Ulmen, Eichen und Buchen hindurch. Bei jedem Schatten steigerte sich wieder ihre Furcht, und sie floh schneller, sobald sie glaubte, daß Rinaldo erneut hinter ihr war.

Sie hatte mittlerweile jedes Zeitgefühl verloren und wußte auch nicht mehr, wo sie sich befand. Völlig erschöpft erreichte sie schließlich ein kleines Wäldchen, in dem die Luft frisch war und nach Blüten duftete. Sie ritt über eine mit Blumen bedeckte Wiese und erreichte zwei kleine Bäche, die leise murmelnd zum Meer hin plätscherten. Das Geräusch des klaren Wassers kam ihr nach all der Angst wie ein lieblicher Gesang vor. Angelica atmete tief durch. Sie fühlte sich endlich sicher an diesem paradiesischen Platz. Nun konnte sie nur hoffen, daß sie Rinaldo meilenweit hinter sich zurückgelassen hatte. Völlig entkräftet glitt sie vom Rücken ihres Pferdes, ging über die Blumenwiese, um ein wenig auszuruhen, und ließ ihr Pferd ungezügelt herumstreifen. Es fraß ein wenig Gras und kühlte sich ebenfalls am Waldessaum ab.

Die Prinzessin von Cathay erreichte ein Gebüsch aus roten Rosen. Die Dornenhecke spiegelte sich im Bachwasser. Hoch über ihr spendete eine dichte Eichenkrone köstlichen Schatten. Angelica fand einen schmalen Durchschlupf zwischen Blüten und Dornen. Mit einem tiefen, dankbaren Seufzer sank sie in zartes Gras inmitten des Rosengebüschs. Kaum hatte sie ihren Kopf in die Armbeuge gebettet, als sie auch schon vom Gott des Schlafes aufgenommen wurde …

Doch bereits kurz darauf schreckte sie wieder hoch. Sie hatte etwas gehört. Schritte vielleicht, die sich ihrem Versteck näherten. Sie lauschte einen Augenblick, dann stand sie leise auf, um sich Gewißheit zu verschaffen. Durch das Gewirr der Rosenzweige sah sie am Bach einen Mann in Waffen, ohne allerdings zu erkennen, ob er Freund oder Feind war. Voller Anspannung hielt sie die Luft an und wagte nicht einmal einen leisen Seufzer. Dann hörte sie, wie der Mann am Bach leise vor sich hin sang. Er ging zum Wasser, blieb stehen und stützte sein Kinn in die Hand. Unendlich lange blieb er wie zu Stein erstarrt am Bachufer stehen.

Endlich, nach langer Zeit, begann er mit einer tiefen, sehr angenehmen Stimme zu klagen. Er sang sehr leise, aber Angelica verstand die anrührenden Worte von seiner süßen Sehnsucht und seiner Liebesflamme, die er verloren hatte. Dann seufzte er auch noch und weinte so heftig, als wäre ein Wasserfall aus Tränen in ihm angestaut gewesen.

»O ihr Gedanken«, stieß er hervor, »die ich gleichzeitig so heiß und eisig fühle! Ich bin zu spät gekommen. Ein anderer pflückt jetzt die süße Frucht. Was hatte ich denn? Kaum einen Blick, ein Wort. Warum soll ich dann noch länger leiden wegen ihr? Eine Jungfrau ist wie eine Rose in einem lieblichen Garten, die sich an den Zweigen wiegt, solange sich kein Schäfer und keine Herde nähern. Der sanfte Westwind und das Morgenrot schmeicheln ihrer Anmut. Verliebte junge Mädchen und ihre Burschen begehren sie als Schmuck des Busens und der Stirn. Aber wie schnell welken Anmut und Schönheit. Ein Mädchen, das die unschätzbare Blüte nicht genauso hütet wie ihr Leben und das die Rose dann für einen hingibt, verliert für alle anderen, die sie ebenso geliebt haben, augenblicklich das Wertvollste, das sie besitzt.«

Angelica spürte eine eigenartige Erregung in sich. Sie hatte jedes Wort deutlich gehört und wußte längst, wer der Ritter war und daß er von ihr sprach. Es war, als würde er sie mit dem Klagelied seiner unerfüllten Liebe überschwemmen und davontragen.

Aber sie wollte nicht. Kein Mann sollte sie auf diese Art erweichen. Andererseits konnte es nützlich sein, wenn sie sich diesen Verliebten zu ihrem Beschützer machte. Wozu noch auf einen besseren warten? Dieser Ritter war treu und zuverlässiger als viele andere. Wenn sie nur ein wenig nett zu ihm war, konnte sie ihn an sich binden, wie es ihr gefiel. Sobald sie sicher in Cathay war, würde sie ihm kalt erklären, wie wenig sie sich wirklich aus ihm machte.

Die Prinzessin lachte stolz, dann trat sie wie Diana und Venus zugleich aus der Dornenhecke.

»Friede sei mit dir, König Sakripant«, lächelte sie einschmeichelnd. »Gott schütze dich ebenso wie meinen guten Ruf. Er wird nicht dulden, daß du mich ohne eigenes Verschulden falsch einschätzt.«

Sakripant, der König von Circassien, strahlte, als er Angelicas edle Gestalt, ihren Engelskopf und ihre zarten Glieder wiedersah.

Er konnte sich nicht zurückhalten, lief auf sie zu und schloß sie überschwenglich als seine Herrin, seine Göttin in die Arme.

Angelica zeigte sich für einen Augenblick ein wenig schwach. Sie schlang die Arme so heftig um seinen Hals, wie sie es im heimatlichen Königreich Cathay niemals getan hätte. Sie liebte Sakripant nicht, aber für einen Moment hoffte sie, vielleicht mit seiner Hilfe zu ihrer heimatlichen Burg Albracca in Cathay zurückkehren zu können.

Gemeinsam setzten sie sich ans Ufer des Baches. Dann erzählte Angelica ihm, was geschehen war, seit sie ihn zum Serikaner-König Gradass im Osten geschickt hatte, um von dort Hilfe gegen die angreifenden Tartaren zu holen. Sie berichtete, wie Graf Orlando ihr Leben geschützt und sie immer wieder verteidigt hatte. Eher beiläufig erwähnte sie, daß ihre jungfräuliche Rose selbstverständlich noch so unverletzt war wie am Tag ihrer Geburt.

Auch wenn das jedem anderen mit klarem Verstand ziemlich unwahrscheinlich vorgekommen wäre, glaubte Sakripant ihr. Er dachte: »Wenn nicht einmal Orlando, dieser berühmte Ritter von Anglant, genug Mumm gehabt hat, sich die wunderschöne Beute einzufangen, ist das seine Sache. Ich aber wäre dumm, wenn ich seinem Vorbild folgen würde, ohne die Gelegenheit zu nutzen!«

Er sah die Prinzessin abschätzend von oben bis unten an.

»Wenn ich mir dieses Weib entgehen lasse«, dachte er weiter, »würde ich den edelmütigen Verzicht für alle Ewigkeit bedauern! Ich will die jungfräuliche Rose pflücken, bevor die Zeit den jugendlichen Duft verweht. Natürlich wehrt sie sich noch, gibt sich zurückhaltend. Das gehört dazu. Selbst wenn sie weint, wenn sie in Zorn gerät, sich wehrt und schreit – sie kann mir nicht entkommen! Was sich ein Mann einmal vorgenommen hat, das muß er auch ausführen!«

Er holte tief Luft, und plötzlich ahnte Angelica, wie sehr sie sich geirrt hatte. Doch es war zu spät! Sie konnte nicht mehr vor ihm fliehen. Verzweifelt blickte sie sich um.

In diesem Augenblick brach ein gewaltiger Lärm aus dem nahen Wald. König Sakripant fuhr zusammen. Zorn und Enttäuschung verfärbten sein Gesicht. Er stutzte, sah noch einmal zu Angelica und griff dann seinen Helm. Mit ein paar schnellen Schritten lief er zu seinem Pferd, zog die gelockerten Gurte fest, sprang in den Steigbügel und saß auf. Schon preschte aus dem Wald ein Ritter hervor, wie er ihn noch nie zuvor gesehen hatte: stolz und kampfbereit, mit weißer Zier am Helm, einer schneeweißen Rüstung und weißem Schild.

Sakripant konnte seine Wut und die Enttäuschung über das verpatzte Liebesabenteuer nicht mehr verbergen.

»Was willst du?« schrie er. »Und was störst du uns? Dafür wirst du meine Lanze schmecken!«

Der weiße Ritter, der herangaloppierte, senkte sofort seine Lanze mit einer goldenen Spitze und gab seinem Pferd die Sporen. König Sakripant brachte sein Pferd in Position, dann stürmten sie quer über die Blumenwiese aufeinander zu. Wie zwei Gewitter, die sich gegenseitig übertrumpfen wollen, krachten sie gegeneinander. Schon beim ersten Aufprall brachen ihre Schilde auseinander, aber sie kämpften weiter wie zwei Löwen.

Der Kampfeslärm schallte durch das Tal bis zu den entfernten kahlen Bergspitzen. Die Erde bebte, und nur die guten Panzerrüstungen verhinderten, daß sie sich die Leiber gleich in Stücke schlugen. Sogar die Pferde der beiden Wütenden krachten gegeneinander wie zwei Unwetter.

Sakripants ausgezeichnetes Schlachtroß kippte tödlich verletzt zur Seite. Auch das Pferd des weißen Ritters brach in die Knie. Aber ein kräftiger Flankenschlag mit den Sporen holte es wieder hoch. Das Tier des Königs von Circassien konnte auf diese Weise nicht wieder zum Leben erweckt werden. Sakripant stürzte auf den Boden, und sein Pferd begrub ihn unter sich. Mit einem einzigen Schwertschlag hätte der siegreiche weiße Ritter das Ende von Angelicas liebeskrankem Beschützer herbeiführen können. Doch nichts dergleichen geschah. Statt dessen drehte sich der weiße Ritter um und jagte auf seinem Pferd, wie vom Sturm getrieben, in gerader Linie auf den Wald zu.

Es dauerte fast eine Stunde, bis sich Sakripant endlich vom Gewicht seines toten Pferdes befreit hatte. So wie der Bauer, der sich, dumpf betäubt und vom Donnerschlag erschreckt, nach dem Gewitter wieder erhebt, stand der Besiegte auf. Um ein Haar hätte ihn der Kampf aus heiterem Himmel ebenso niedergestreckt wie die Rinder, die vom Blitz getötet werden. Sakripant wankte hin und her. Dann sah er, daß sogar die Fichten in der Nähe abgeschlagene Spitzen hatten. Das Allerschlimmste jedoch war, daß Angelica alles mit angesehen hatte.

Der König von Circassien stöhnte verzweifelt auf. Die bloße Scham färbte seine Wangen tiefrot. Ihm war so heiß wie nie zuvor.

»Nimm es nicht so schwer«, sagte die Prinzessin von Cathay. »Er war nicht deine Schuld, daß du gefallen bist. Dein Pferd war noch nicht zum Kampf bereit. Außerdem brauchst du dich überhaupt nicht zu schämen. Der weiße Ritter hat sich viel zu schnell in Sicherheit gebracht. Und nach den alten Regeln gilt derjenige als unterlegen im ritterlichen Kampf, der ohne Not das Feld räumt ...«

Sakripant wußte, daß sie ihn damit nur trösten wollte. Während sie noch sprach, galoppierte ein andere Berittener heran, kein Paladin allerdings, nicht einmal ein Krieger. Mit seiner Tasche und seinem Horn war er als Bote zu erkennen. Mann und Pferd sahen erschöpft von einem langen Weg aus.

»Verzeiht mir!« rief er Angelica und Sakripant schon aus dem Wald heraus zu. »Habt ihr hier irgendwo einen weißen Ritter gesehen, mit einem weißen Federbusch oben auf dem Helm?«

»Und ob wir den gesehen haben!« schnaubte Sakripant. »Den du da suchst, der hat mich gerade erst unter mein Pferd geworfen, ehe er auf und davon ist. Wer ist es? Ich will sofort den Namen wissen!«

»Ich warne dich«, antwortete der Bote besorgt. »Wenn du ein berühmter Mann bist, sieht es um deinen eigenen Namen von jetzt an ziemlich düster aus.«

»Was soll das heißen?« rief Sakripant entrüstet.

»Du bist von einer edlen Dame aus dem Sattel gehoben worden«, antwortete der Bote mitfühlend. »Eine verdammt gute

Kämpferin, berühmt und mutig, diese Gräfin von Marseille! Und vor allem schön. Ja, du hörst richtig ... es war Rinaldos Schwester, die Heldin Bradamante, die dir auf dieser hübschen Wiese deine Ehre stahl.«

Noch ehe Sakripant irgend etwas sagen konnte, ritt der Bote weiter und verschwand. Der König von Circassien war so erschüttert und verwirrt, daß er kein Wort herausbrachte. Wieder stand er mit schamrotem Gesicht vor Angelica. Dann preßte er die Lippen zusammen, ging zu Angelicas Pferd, bereitete die Riemen für einen Ritt zu zweit vor und führte es bis zu ihr an den Bach.

»Komm«, sagte er nur.

Sie waren kaum zwei Meilen geritten, als erneut ein mächtiges Lärmen durch den Wald schallte. Kurz darauf brach ein stolzer, reich mit Gold geschmückter Hengst durch das Unterholz. Er setzte über Büsche und den Bach, entblätterte die tiefhängenden Zweige und zerschmetterte alles, was ihn auf seinem Weg aufhielt.

»Wenn Dunst und dicht verschlungene Zweige mein Auge nicht täuschen«, sagte Angelica, »dann sieht das sehr nach dem Zauberpferd Bajard aus. Und wenn ich mich nicht irre, dann will er uns nur zeigen, daß wir auch über ihn verfügen sollen. Vielleicht will er uns andeuten, daß es zu unbequem ist, wenn wir zu zweit auf einem Pferd weiterreiten.«

König Sakripant stieg ab und ging auf Bajard zu, um ihn an seinem Zaumzeug zu ergreifen. Aber das Zauberpferd antwortete ihm mit seinen Hufen. Blitzschnell drehte es sich und schlug nach Sakripant aus. Die Stöße waren so gewaltig, daß sie – richtig getroffen – einen Berg aus Eisen zertrümmert hätten. So jedoch berührten sie Sakripant nur sanft. Bajard wollte den Sarazenen nicht verletzten, aber auch nicht als Reiter dulden. Das Zauberpferd wandte sich zu Angelica. Es tänzelte und sprang wie ein Hündchen vor ihr hin und her, das sich nicht genug darüber freuen konnte, wenn die Gebieterin nach langer Abwesenheit endlich zurückgekehrt war.

Menschengleich und voller Demut neigte Bajard den Kopf.

Er erkannte die Prinzessin, denn aus ihren Händen hatte er schon in ihrer Burg Albracca gern sein Futter genommen – damals, als sie selbst noch heiß verliebt in Rinaldo gewesen war und er sie herzlos abgewiesen hatte.

Angelica faßte mit der Linken die Zügel des wundersamen Pferdes. Sie streichelte ihm sanft den Bug, und das kluge Tier wurde zutraulich wie ein Lämmchen. König Sakripant beschloß, die Gelegenheit zu nutzen, und schwang sich in die Sattelmulde von Bajard. Angelica rutschte auf ihrem Pferd nach vorn. Fast wäre alles gut gewesen. Doch da stürmte stolz und waffenklirrend Graf Rinaldo heran.

Angelica erschrak und floh wie ein Huhn vor den Klauen des Adlers. Der Graf verfolgte sie tatsächlich rastlos und ohne Gnade. Vorbei die Zeit, in der sie ihn geliebt hatte und er es war, der nichts von ihr wissen wollte. Nun waren ihre Rollen vertauscht. Der Grund dafür waren zwei Bäche in den Ardennen, deren Wasser eine gegenteilige Zauberwirkung hatten. Wer aus dem einen trank, empfand augenblicklich heiße Liebesgefühle – das andere Wasser verwandelte jede Liebesglut in Eis. Rinaldo hatte zuletzt vom Liebeswasser getrunken, Angelica vom abkühlenden. Deswegen haßte sie ihn jetzt.

»Schnell weg von hier!« rief sie Sakripant zu. »Er darf mich nicht entdecken!«

«Vertraust du mir nicht mehr?« stieß der König von Circassien beleidigt hervor. »Hast du Albracca und die Nacht vergessen, als ich dich ganz allein und ohne Waffen vor dem Tartarenkönig Agri-Khan beschützt habe, als er dein Königreich Cathay erobern wollte? Bin ich in deinen Augen nicht mehr gut genug für einen Kampf gegen diesen Paladin Rinaldo.«

Die Prinzessin wußte nicht mehr, was sie tun sollte. Unsicher und verlegen stand sie vor ihm, während Rinaldo heranpreschte. Zuerst erkannte der Graf von Montalban sein Pferd Bajard. Und dann sah er die heißgeliebte Schöne, für die sein Herz lichterloh brannte.

2. Gesang

Launischer Amor, warum machst du es so schwierig, wenn du zwei Herzen anrührst? Und was vergnügt dich dann, wenn sich die Seelen in tiefstem Liebesleid nur quälen? Verlangst du, daß ich die kalt behandle, die sich so heiß nach mir sehnt – um dafür die zu lieben, die mich aus ganzem Herzen haßt?

Du hast Angelica zum Traumbild für den jungen Mann gemacht, sie aber findet ihn inzwischen grob und widerwärtig. Als sie selbst noch lichterloh für ihn gebrannt hat, war er es, der sie haßte wie keine andere auf der Welt. Nun leidet er, wie sie gelitten hat. Sie aber würde lieber sterben, als ihn zu erhören.

He, du verdammter Dieb!« rief Rinaldo hochmütig Sakripant zu. »Sofort runter da von meinem Pferd! Das wäre ja noch schöner, wenn sich jeder hergelaufene Heide am besten Pferd der Welt und dem schönsten Mädchen auf Erden einfach so vergreifen könnte!«

»Du lügst!« rief Sakripant voller Stolz zurück. »Ich bin kein Pferde- oder Mädchendieb!« Der König von Circassien irgendwo am Schwarzen Meer platzte fast vor Zorn und unglaublicher Empörung. »Wer hier der Dieb ist, muß sich noch entscheiden – nach allem, was ich von dir weiß. Und unter Ehrenmännern entscheidet einzig und allein das Schwert.« Er richtete sich noch höher auf, lachte abfällig und rief: »Aber in einem Punkt gebe ich dir gern recht: Eine so begehrenswerte Jungfrau wie diese Schöne dort gibt es kein zweites Mal unter der Sonne!«

Rinaldo zuckte zusammen. Das Lob des wild entschlossenen Rivalen schmerzte ihn mehr als die vorangegangenen Beleidigungen. Die beiden Fürsten belauerten sich wie ungestüme Hunde, bereit, sich gegenseitig zu zerfleischen. Sie reckten sich, kniffen die Augen zusammen und schnaubten, als wollten sie jeden Augenblick ihre Zähne in den anderen schlagen. Und dann brach tatsächlich der Kampf los.

In jeder anderen Situation wäre Graf Rinaldo als Fußkrieger

eindeutig unterlegen gewesen, aber sein Gegner benahm sich plötzlich sehr verwirrend. Irgend etwas stimmte nicht mit dem fremden Pferd unter ihm. Der Streiter Mohammeds hing auf einmal wie ein unerfahrener Knabe auf dem Rücken von Bajard. Er fuchtelte wild durch die Luft, riß an den Zügeln und schlug mit zunehmender Verzweiflung die Sporen in die Flanken des widerspenstigen Pferdes. Auf den Befehl, zu stehen, schoß Bajard nach vorn. Dann drehte er sich wie ein Kreisel, stieg auf der Hinterhand hoch, schlug aus und zeigte alle Tücken, zu denen widerspenstige Hengste fähig sind.

Es hatte keinen Sinn. König Sakripant sprang aus dem Sattel. Sofort krachten die beiden Männer mit aller Wucht zusammen. Ihre Schwerter schlugen nach allen Seiten Funken wie die Blitze Jupiters.

Es war ein Ringen, wie es so gnadenlos nicht einmal auf dem Schlachtfeld gesehen worden war. Mit langen Hieben, schnellen Finten und kurzen Querschlägen mit der flachen Klinge zeigten beide, welche Meisterschaft in ihnen steckte.

Der Heidenkönig Sakripant riß seinen Schild hoch, aber das Schwert von Rinaldo krachte wieder und wieder durch die Schmuckknochen und die schützenden Platten aus feinstem Stahl. Einer der letzten Schläge war so hart, daß der Circassier betäubt den Schildarm sinken ließ.

König Sakripants Gesicht war bereits bleich und blutleer. Doch auch Angelica hatte kaum noch Farbe auf ihren schönen Wangen. So wie Sakripant das Schwert Rinaldos fürchten mußte, erschrak sie vor seiner Liebe.

Ihr Haß auf Rinaldo und seine flammenden Gefühle wurde so groß, daß sie sich nicht länger zurückhalten konnte. Sie riß ihr Pferd herum und ließ es auf dem engen, rauhen Pfad durch den Wald jagen.

Wieder und wieder blickte Angelica sich angstvoll um. In ihrer Furcht sah sie erst spät, daß ihr ein Mönch entgegenkam. Das erste, was sie von ihm erkannte, war sein gewaltiger Bart. Er hing ihm wie altes Moos bis auf die Brust und ließ ihn dadurch fromm und bieder aussehen.

Die Prinzessin von Cathay zügelte ihr Pferd. Das Bild der Flüchtenden mit dem lieblichen Gesicht rief in dem Einsiedler einen Rest von Menschenliebe wach. Er war vom Fasten vieler Jahre so mitgenommen, daß der kleine graue Esel, auf dem er eher hing als ritt, ihn leicht tragen konnte. Unsicher, mißtrauisch und schwer atmend blieb Angelica einige Schritte vor dem Eremiten und seinem Esel stehen. Der Mönch sah sie mit großen, aber leeren Augen an. Ihr schien, als wäre dieser Blick zu lange nur nach innen gerichtet gewesen. Sie wagte nicht, ihn nach dem Weg zum Meer oder zum nächsten Hafen zu fragen.

Erst ganz allmählich kehrte wieder Leben in den Blick des Einsiedlers zurück. Ihr war, als könne dieser Mann zaubern oder beherrsche irgendeine andere Schwarze Kunst. Sie spürte, daß irgend etwas wie eine sanfte Hand über ihr Herz streichelte. Sie verstand seine Worte nicht, aber sie fühlte, daß sie trösten sollten.

»Hab keine Angst«, sagte er leise. »Es wird schon bald vorbei sein.«

Er zog ein abgenutztes Buch aus seiner Kutte und begann so zu lesen, als wäre er allein. Angelica und ihr Pferd wagten kaum zu atmen. Wie gebannt starrten sie auf den Eremiten, dessen Esel fast zu Stein geworden war, so still stand er zwischen den Büschen. Und dann, mitten im Satz, wurde die Stimme des Mönchs herrisch und befehlend.

Im selben Augenblick rutschte ein Schatten aus den Buchseiten. Angelica sah einen Geist, der sich zur Gestalt eines Dieners verdichtete. Ohne irgendeine weitere Anweisung drehte er sich um und eilte den ganzen Weg zurück, auf dem Angelica geflohen war.

Als der Geist bei den beiden mattgekämpften Männer ankam, knisterte noch immer Haß zwischen ihnen. Ohne zu zögern, stellte er sich zwischen sie.

»Könnt ihr edlen Herren mir sagen, warum ihr, mit Verlaub, euch gegenseitig niederschlagen wollt?« fragte er. »Was habt ihr davon, wenn euch zum Schluß nur jeder Knochen einzeln weh tut? Und was soll das alles, wenn der Graf Orlando ohne einen einzigen Hieb die Schöne, um die ihr euch hier prügelt, als seine eigene Beute nach Paris bringt?«

Der Geist hob den Kopf ein wenig, schnupperte dem Duft der frischen Waldblüten nach und seufzte dann: »Ja, es stimmt. Ich sah ihn mit der wunderschönen Prinzessin von Cathay auf dem Weg zur Seine. Es wird euch zwar nicht freuen, aber sie haben beide über euch gelacht ...« Er unterbrach sich erneut, hob seine linke Hand und betrachtete seine Fingerspitzen. »Noch könntet ihr ja schaffen, ihnen den Spott auszutreiben. Aber es wäre klug, wenn ihr das bald tun würdet und nicht erst, wenn Orlando und die Dame sicher in Paris sind.«

Sakripant und Rinaldo wirkten auf einmal so jämmerlich, als wären sie bei einem Turnier schon beim Einreiten vom Pferd gefallen.

»Ich muß blind gewesen sein!« schnaubte der König der Circassier wütend.

»Und ich vollkommen närrisch nach ihr«, stimmte Rinaldo bitter zu. »Aber das schwöre ich: Wenn ich Orlando, diesen unverschämtesten von allen Paladinen Kaiser Karls, erwische, reiße ich eigenhändig das falsche Herz aus seiner Brust.«

Als wenn er es gehört hätte, tauchte der Hengst Bajard hinter dem dienstbaren Geist des Eremiten auf. Rinaldo sah ihn, pfiff ihn heran und zog sich mühsam an ihm hoch.

Als hätte Bajard nur darauf gewartet, daß sein Herr wieder auf ihm ritt, preschte er los. Der Hengst hatte die Flucht der Prinzessin aus dem Baiernzelt beobachtet und war von Anfang an auf ihrer Spur geblieben. Nun wieherte er freudig und flog davon. Gehölz brach unter ihm zur Seite, und wo die Hufe den Waldboden berührten, blieb nur schwarz zerstampfter Staub zurück. Weder Dornen noch Felsen, nicht einmal die Flüsse konnten das Zauberpferd von seiner Bahn abbringen.

Rinaldo hätte niemals einen Weg aus dem großen schwarzen Wald gefunden, geschweige denn den einen, der ihn zu der Jungfrau führte, für die sein Herz so brannte.

»Paris! Paris!« hämmerte es voller Sehnen in ihm.

Die Nacht kam und verging so schnell, als wäre es gar nicht erst dunkel geworden. Sowohl Bajard als auch Rinaldo ahnten inzwischen, daß ihnen der Diener des schlauen Eremiten nicht die Wahrheit gesagt hatte. Doch nun war es zu spät zur Umkehr.

Sie ritten von morgens bis abends, bis sie endlich die Gegend erreichten, die noch immer nach Blut und Tod roch. Hier hatte Kaiser Karl mit seinen verbündeten christlichen Heeren die furchtbare Niederlage gegen die Sarazenen erlitten. Überall auf dem weiten Feld wurde aufgeräumt. Rinaldo überblickte von einer kleinen Anhöhe das Treiben, dann ritt er zu den Zelten Kaiser Karls. In der Nähe waren Bauern und anderes Volk damit beschäftigt, Vorräte für ein neues Heer in halbzerstörten Scheunen anzuhäufen. Tagelöhner und Hörige schufteten halbnackt in Gräben und an neuen Wällen, die mit Reisigzäunen verstärkt wurden. Von Norden her trafen Vorboten eines neuen großen Heeres ein, das aus Britannien kommen sollte.

»Karl will es offensichtlich noch einmal wagen«, murmelte Rinaldo erstaunt. »Er will erneut ins Feld und sehen, ob er das Kriegsglück nicht doch auf seine Seite zwingen kann.«

Herzog Haimons Sohn sollte schnell merken, wie recht er hatte. Es war, als hätten alle nur auf ihn gewartet. Kaum ritt er in das kaiserliche Lager ein, als ihn auch schon ein paar andere Paladine abfingen.

»Wo warst du denn die ganze Zeit?« rief einer der Panzerreiter.

»Sofort zum Kaiser!« forderte ein anderer.

»Gemach!« protestierte Rinaldo. »Ich muß erst einmal absitzen und mich nach meinem langen Ritt ausruhen.«

»Du wirst dir seine Gunst verscherzen, wenn du nicht heute noch nach England aufbrichst, wie das alte Albion jetzt genannt wird. Wir brauchen alle Herzoge, Grafen und Krieger, die wir von Schottland bis nach Wales bekommen können!«

»Unmöglich!« widersprach Rinaldo. »Ich habe nicht geschlafen und brauche einen Tag Ruhe.«

»Wenn du in dieser Lage deinen Kopf durchsetzen willst, dann hast du schon morgen keinen mehr.« Einer der Paladine lachte rauh. Rinaldo biß die Zähne zusammen, während er den falschen Ratschlag verfluchte, der ihn so überstürzt ins Lager von Kaiser Karl zurückgeführt hatte. Noch immer wie benommen, meldete er sich zurück. Er hörte, wie der Befehl an ihn wiederholt wurde. Und wie schon oft neigte er nur den Kopf, legte die geballte Hand auf seine linke Brust und kniete vor dem Kaiser zum Zeichen des Gehorsams nieder.

Nur wenig später saß er bereits wieder auf dem Rücken seines Pferdes. Er war so wütend und erschöpft, daß ihm nicht auffiel, daß Bajard nur ein paar Stunden bis Calais benötigte. Mit jedem Hufschlag, jedem Augenblick vergrößerte sich der Abstand zu seiner angebeteten Angelica.

Die Überfahrt kam ihm trotz einer frischen Brise für die Segel seines Schiffes endlos vor. Die Männer im Hafen vom Calais hatten ihn gewarnt. Während im Westen ein schwarzes Unwetter aufzog und sich die Wellen über den Meerestiefen aufpeitschten, blieb Rinaldo mit verbissenem Gesicht, nur durch ein kurzes Seil gesichert, unmittelbar am Mast stehen. Mit raschen Wogenschlägen schickte der Sturm immer neue Wassermassen dem kleinen Boot entgegen.

Das Unwetter wühlte die See auf, und die Flut schäumte bis hinauf zum Mastkorb. Dann, als es gegen den Sturm nicht mehr voran ging, griffen die Schiffer in die Takelage. Sie wollten umdrehen und in den Hafen zurückkehren. Doch es war zu spät! Sie fanden ihre Richtung nicht mehr. Voll Spott jaulte der Wind über sie hinweg.

»Nein!« dröhnte er. »Aus meinen Wirbeln kommt ihr nicht heraus! Für eure Frechheit blase ich Todesangst in eure Herzen, bis ihr noch lauter heult als ich.«

Von vorn, von hinten und von oben brach der Sturm über Rinaldo und die zähen Seeleute herein. Hier riß ein Segel, nur zaghaft ausgerollt gegen den Wind. Dort schlug ein Mastbaum hart zur Seite. Hilflos hob sich das Schiff bis auf die Wassergipfel und stürzte schwer zurück.

Niemand – nicht einmal ein Magier oder Heiliger – konnte nun noch irgend etwas für Rinaldos Leben geben.

Ich bin ja auch besorgt um Graf Rinaldo, aber ich muß noch derart viele Fäden ausspinnen, die alle ziemlich wichtig sind, daß ich jetzt nicht länger bei ihm bleiben kann. Soll der Sturm ihn weiter tragen! Ich will euch lieber berichten, wie es der edlen Jungfrau Bradamante erging, nachdem sie den Circassier vom Pferd geworfen hatte.

Seit sie König Sakripant zu Boden geworfen hatte, ritt die Gräfin von Marseille allein durch den Wald. Die schöne Blume aus der Ehe des edlen Herzogs Haimon von Clermont und seiner Gattin Beatrix von Baiern war längst ebenso berühmt wie ihr Bruder Rinaldo. Karl der Große schätzte sie und freute sich, wenn sie wie ihr Bruder überall in seinem Reich für ihre Tapferkeit gelobt wurde.

Trotzdem dachte sie weder an ihre Erfolge noch an Karl den Großen. Sie suchte keine Gegner, keine Kämpfe, sondern unter all den Christenrittern und den Sarazenen nur den einen, der längst ihr Herz erobert hatte. Sie waren sich erst einmal kurz beim Kampf gegen König Rodomont begegnet, aber seither sehnte sie sich nach einem Wiedersehen mit Ruggiero.

»Eigentlich ist er gar kein Feind«, sagte sie sich immer wieder. Es mochte zutreffen, daß der ungetaufte junge Recke mit König Agramant aus Africa gekommen war, aber bereits nach der kurzen Zeit, die sie füreinander hatten, wußte Bradamante viel mehr von ihm. Sein Großvater und sein Vater hatten in der italienischen Stadt Reggio gelebt und ebenfalls den Namen Ruggiero getragen. Sein Vater war sogar ein Vasall von Kaiser Karl gewesen, und seine unglückliche Mutter Galaciella war eine Tochter des afrikanischen Königs Agolant, des Vaters von König Trojan und Großvaters des Sarazenenkönigs Agramant.

Bradamantes Gedanken beschäftigten sich immer wieder mit der geheimnisvollen Herkunft ihres geliebten Feindes. Der Ruhm von Ruggieros Geschlecht väterlicherseits reichte weit zurück: Nach der Eroberung von Troja hatten die siegreichen Griechen überall nach Astyanax, dem Sohn von Trojas Helden Hector, gesucht, um alle Nachkommen der großen Königs Priamos auszulöschen. Aber die Griechen um Odysseus fanden Astyanax nicht. Der junge Held war nach Sizilien entkommen. Dort heiratete er die Königin von Syrakus und zeugte seinen

Sohn Polydor. Der wurde der Vater von Chlodwig und von Konstans, dem Vater von Pippin und Großvater Karls des Großen.

Nachkomme von Konstans' Bruder Chlodwig wurde Ruggiero II., der Herr von Reggio. Nachdem er die Sarazenenprinzessin Galaciella geheiratet hatte, bestrafte Beltram seinen Bruder dafür und ermordete Ruggiero II. Er wollte auch Galaciella, die Tochter des Afrikanerkönigs, umbringen, doch es gelang ihr, über die wilde See zurück nach Afrika zu fliehen. Noch am Strand gebar sie Zwillinge, ehe sie vor Erschöpfung starb.

Bradamante seufzte leise, während sie auf eine kleine Lichtung mit einem Quellbach ritt. Sie fand nur unwillig in die Wirklichkeit zurück, denn einer der Zwillinge war Ruggiero III. – der junge Ritter, der mit den Eroberern gekommen war und der sie dennoch vor der Wut eines anderen Sarazenen gerettet hatte.

Der kleine Bach plätscherte durch die Wiese, und hohe alte Bäume umsäumten den schönen Hain mit einem kühlen Schattenkranz. Auf der linken Seite der Lichtung nach Süden zu schützte außerdem ein Halbkreis kleiner Berge vor der Mittagsglut.

Bradamante überlegte, ob sie eine Pause einlegen sollte. Sie ließ den Blick über die Wiese und den Bach schweifen. Plötzlich entdeckte sie einen einsamen Ritter an der Quelle. Er lag im Halbschatten dichtgewachsener Hecken mit wunderschönen Blüten und blickte versonnen in den Himmel hinauf. Sein Pferd war hinter Büschen an einem Buchenbaum angebunden. Schild und Helm hingen neben dem kleinen Quellteich. Die Gräfin sah, daß der Ritter geweint haben mußte. Sein Gesicht wirkte so traurig und trübe, daß sie vorsichtig auf ihn zuging.

»Gott zum Gruß«, sagte sie mitfühlend. »Warum siehst du so traurig aus?«

Der Ritter erschrak nicht einmal, sondern blickte sie nur leidend an. Sie setzte sich ihm gegenüber an der kleinen Quelle ins Gras.

»Ich war der Anführer von Fußkriegern und Reitern«, antworte er schließlich. »Kaiser Karl hatte mich an einen Platz befohlen, an dem wir seinen Schwager Marsilo, den König Spaniens, aufhalten sollten, sobald er über die Pyrenäen ins Frankenreich eindrang. Ich habe keine Kraft mehr, aber vielleicht verstehst du mich, wenn du erfährst, was mir widerfahren ist ...«

Ich hatte auch ein Mädchen bei mir, das ich liebte und von dessen Heiterkeit und Schönheit mein Herz vollkommen eingefangen war. Während ich nun auf den König der Spanier wartete und dabei meiner Liebsten zusah, die ein wenig herumging, sah ich plötzlich einen schwerbewaffneten Mann auf einem Roß mit Flügeln direkt von der Rhône her auf uns zufliegen. Als dieser Kerl – ich weiß nicht, ob er Mensch, ein Geist oder ein Ungeheuer war – mein Mädchen sah, stürzte er sich wie ein Falke auf sein ahnungsloses Opfer.

Ein greller Blitz zuckte von seinem Schild auf, betäubte meine Liebste, hob die Bewußtlose hoch und verschwand mit ihr wieder im Himmel. Ich hörte nur noch ihren Entsetzensschrei. Es kam mir vor, als wenn ein Falke, der nach Beute lechzt, mir als der Glucke mein Küken weggenommen hätte. Leider kann ich nicht fliegen, weil das nicht meine Natur ist. Doch, bei Gott, es wäre mir lieber gewesen, wenn mir Lanze oder Schwert die Brust zerrissen hätten.

Sechs Tage bin ich von morgens bis abends durch Felsen und Gestein geritten, vorbei an Klüften und an Schlünden, wo es keinen Weg mehr gab und keine Menschenseele mehr zu sehen war. Ich kam in ein ödes, grauenhaftes Tal mit Felsenklippen, düsteren Höhlen und einem wilden Durcheinander von Steinen und Geröll. Mitten in dieser fürchterlichen Wildnis sah ich auf einem Felsen ein Schloß, so schön und prächtig, wie ich es noch nie zuvor gesehen hatte.

Es war sehr hell und nicht aus Lehm oder aus Stein gefügt. Mir kam es vor, als hätten Dämonen dieses Schloß gebaut und es anschließend auch noch durch Zaubersprüche gesichert. Der ganze Bau war mit stählernen Ringen rund um die Außenwände befestigt. Wo sonst das Wasser eines Grabens plätscherte, ergossen sich Feuer und heiße Höllenfluten. Das Schloß hatte nicht einen einzigen Rostfleck auf seinem hellen, glatten Stahl. Ich wußte sofort, daß der Dieb mit dem geflügelten Pferd sich hier versteckte, wenn er nicht bei Tag und Nacht das weite Land durchschweifte. Hier war er sicher. Und ich wußte auch, daß er über meine Wut und meine Flüche lachte, während er meine Geliebte so fest gefangenhielt, daß ich sie niemals wiedersehen würde.

Wie eine Füchsin kam ich mir vor, die am Fuß einer steilen glatten Felswand vom Adlerhorst die Hilfeschreie ihres Sohnes hört. Irgendwann erschienen zwei Ritter mit einem Zwerg, der sie an den Abgründen vorbeiführte. Sofort erwachte meine Hoffnung wieder. Aber dann sah ich, daß die beiden Ritter nicht mehr bieten konnten als ich selbst.

Der eine Ritter war Gradass, der König von Serikana zwischen Indien und Cathay. Die meisten denken, daß er mit den Sarazenen kämpft, weil er Karl den Großen vernichten will, aber dem ist nicht so. Der wilde König mit einem Drachenherzen in seinem Riesenleib ist nur hinter Graf Orlandos Zauberschwert Durindana und Graf Rinaldos Hengst Bajard her. Der andere war Ruggiero, der bei den Franken ebenso wie bei den Sarazenen als ganz besonderer Ritter gilt. Der Zwerg erklärte mir, warum die beiden Männer in die fürchterliche Gegend vorgedrungen waren.

»Sie wollen ihre Kraft am Schloßherrn messen«, sagte er, »und herausfinden, welcher Zauber seinen gehuften Vogel fliegen läßt.«

Ich nutzte sofort die Gelegenheit, wünschte ihnen für den Kampf den Sieg und bat sie, falls sie dann noch lebten, mir meine Geliebte mitzubringen.

Ich erzählte ihnen alles, was geschehen war. Sie versprachen, daß sie meine Bitte erfüllen und meinen Kummer beenden wollten, und ich beobachtete, wie sie den Felsenpfad immer weiter hinaufstiegen. Sie erreichten den zwei Steinwurf großen Platz vor dem unheimlichen Schloß. Für einen Moment waren sich die beiden Herausforderer nicht einig, wer von ihnen beginnen sollte. Sie ließen schnell das Los entscheiden, und Gradass blies daraufhin als erster mit aller Kraft in sein Kampfhorn. Der gesamte Fels mit der stählernen Burg dröhnte unter der lärmenden Herausforderung. Augenblicklich öffnete sich oben ein Tor, und im nächsten Moment zeigt sich der Schloßherr als Panzerreiter auf seinem Flügelroß.

Er schwebte ein wenig nach oben und zog wie ein Kranich los, der immer schneller schreitet, um dann abzuheben. Ganz sanft glitt er höher. Dann erst ließ das Pferd seine Flügel mächtig ausschlagen. Adlergleich zog der Hippogryph in steilen Kurven immer höher. Dann drehte er sich und schoß senkrecht wie ein Klumpen Blei so schnell herab, daß sich mit einem scharfen Knall die Luft zerteilte.

Gradass wurde im Rücken getroffen. Er hatte gar nicht gesehen, wie der Zauberer auf seinem Flügelpferd ihn angriff. Als der König von Serikana dann zurückschlug, traf er nur noch in die Luft. Das Flugpferd jagte weiter, während das starke Roß des Sarazenen einfach umkippte. Es war die beste Stute, die jemals einen Sattel getragen hat.

Erneut schoß das geflügelte Pferd mit seinem Panzerreiter bis zur Sternenhöhe hinauf. Schließlich drehte es sich und kehrte wieder in das Tal zurück. Diesmal galt der Angriff Ruggiero, der nicht aufgepaßt hatte, weil er zu sehr auf Gradass achtete. Ruggiero konnte sich gerade noch ein wenig drehen. Der Stoß des Magiers glitt an ihm ab. Das grauenhafte Spiel wiederholte sich noch mehrmals. Bald traf es den einen an Brust, Stirn oder Beinen, dann den anderen in den Rücken.

Während der ganzen Angriffe blendete helles Licht die beiden Herausforderer. Dennoch dauerte das Ringen mehrere Stunden bis zur Abenddämmerung. Langsam verblaßten alle Farben um die stählerne Burg herum. Erst da wurde der Schild am Arm des Zauberers sichtbar. Er war von einem roten Seidentuch verdeckt. Ich weiß bis heute nicht, wie dieser Schild jeden mit Blindheit schlagen kann. Er glänzt tiefrot wie edler Porphyrstein, und sein Licht lähmt jeden, der mit ungeschütztem Blick hineinsieht.

Auch mich erfaßte eine Lähmung, obwohl ich ziemlich weit entfernt stand. Als ich dann aus meiner Ohnmacht aufwachte, war nichts mehr von den mutigen Herausforderern oder dem Zwerg zu sehen.

Wenn du mich fragst, denke ich, daß der Zauberer auf dem

Flügelroß die beiden Helden mit dem Licht des Schildes so gelähmt hat, daß er sie einfangen und in sein Stahlschloß bringen konnte. Damit war in mir auch der letzte Hoffnungsstrahl verloschen. Und du mußt zugeben, daß es kaum ein härteres Los gibt als meins und kein Leid, das größer ist als der Schmerz in meinem Herzen.

Der Ritter sank in seine stumme Trauer zurück. Bradamante wußte nicht, daß sie dem Grafen Pinabello zugehört hatte, einem Mitglied der verschlagenen, mißgünstigen Familie Anselms von Hauterives, die aus einem Ort stammte, der Maganza, Mayence oder auch Mainz am Rhein genannt wurde. Jedesmal, wenn er Ruggieros Namen nannte, hatten ihre Augen aufgeleuchtet.

»Ruh dich aus«, sagte sie. »Noch ist nicht alles verloren. Mag sein, daß wir beide zusammen doch noch etwas erreichen können, wenn du mir den Weg zeigst.«

»Ich soll dir den Weg zeigen? Noch einmal über diese schrecklichen Berge an den Klüften entlang und zu dem Platz, an dem ich mein ganzes Glück verloren habe? Willst du etwa den Felsenpfad hinauf bis zu diesem Kerker aus Stahl steigen?«

Sie sahen sich kurz an, dann nickte Bradamante.

»Nun ja«, erklärte der Ritter, »ich sehe, daß du es versuchen wirst. Aber beklage dich später nicht bei mir, wenn dich die Reue quält.«

Er schwang sich auf sein Pferd und bot ihr sein Geleit. Sie wollten schon losreiten, als sie mit lauten Rufen aufgehalten wurden. Ein Bote näherte sich ihnen sehr eilig.

»Habt ihr gehört?« rief er Gräfin Bradamante zu. »Die Sarazenen siegen überall. Montpellier ist schon gefallen, Narbonne brennt. Und die gesamte Küste des toten Wassers von Aigues Mortes in der Provence gehört den kastilianischen Eroberern. Sogar Marseille wird fallen, wenn du ihm nicht sehr schnell Schutz bringst. Ohne dich gibt es dort keine Hoffnung mehr.«

Bradamante schüttelte unschlüssig den Kopf. »Natürlich wäre es jetzt meine Pflicht, den bedrängten Städten zwischen der Rhône und der Var beizustehen«, sagte sie mit einem tiefen Seufzer »Aber ich kann es nicht ... ich kann nicht mit dir kommen ...«

Ihre Sehnsucht nach Ruggiero war so groß, daß sie ihn unbedingt wiedersehen mußte. Sie entschied sich daher für den Weg zum Zauberer. Und wenn sie ihn schon nicht befreien konnte, dann wollte sie an der Seite ihres Liebsten ebenfalls gefangen sein.

Sie sagte dem Boten, was sie vorhatte, und ritt los. Sie sah auch nicht mehr, daß Pinabello hinter ihr ein ziemlich finsteres Gesicht machte, nachdem er erfahren hatte, wer die Dame in der weißen Rüstung war.

Ihre beiden Familien waren miteinander verwandt, aber schon lange heillos zerstritten. Wie alle aus dem Stamm der Mainzer beneidete und haßte auch Graf Pinabello Bradamante wegen des Ruhms, den sie und ihr Bruder Rinaldo durch ihre Tapferkeit erworben hatten. Noch wußte sie nicht, wer er war. Nicht auszudenken, was geschehen würde, wenn sie als Angehörige des Hauses Clermont herausfand, daß er zu den Mainzern gehörte. Zu viel Blut war in der Vergangenheit zwischen ihren Häusern geflossen, zu viele Schilde waren gegenseitig zerschlagen worden.

Während sie immer weiter ritten, wurden die Furcht und der alte Haß in Pinabello immer stärker. Bradamante war die ganze Zeit arglos hinter ihm geblieben.

»Wir sollten uns nach einer Herberge umsehen, ehe es ganz dunkel wird«, knurrte er. »Wenn ich mich recht entsinne, steht auf der anderen Bergseite im Tal ein gutes Schloß. Am besten wartest du hier. Ich reite dort den Berg hinauf und sehe nach, ob meine Vermutung richtig ist.«

Pinabello ließ sein Pferd über Felsspalten springen und an steilen Wegstücken immer höher klettern. Dann erreichte er eine Höhlung mitten in der Felswand. Sie war gut dreißig Ellen groß. Als er näher kam, stellte er fest, daß die Öffnung mit Hammer und Meißel gehauen worden war. Sie senkte sich nach rechts und ließ ganz unten eine Pforte erkennen.

Der Mainzer sah einen Lichtschein wie von Fackeln und betrat ein hohes, geräumiges Felsengemach. Gleich darauf ging er zum Höhleneingang zurück. Ihm war, als wäre ihm die Gräfin von Marseille gefolgt.

»Da unten wird ein Mädchen festgehalten«, log er verschlagen. Wie selbstverständlich führte er sie immer höher – bis er einen großen, lose hängenden Felsbrocken direkt über ihnen erblickte. »Ich konnte nur erkennen, daß sie sehr traurig aussah. Als ich schon ziemlich weit herabgestiegen war, kam von innen her ein Mann und hat sie ins Innere des Bergs gerissen.«

Bradamante sah ihn mit großen Augen an. Sie glaubte ihm ohne den geringsten Verdacht.

»Wir holen sie gemeinsam!« sagte sie kurz entschlossen. Sie sah sich um, entdeckte eine Ulme und schlug mit ihrem Schwert den längsten ihrer Äste ab.

»Halt den Ast fest!« befahl sie Pinabello. »Hier am abgehauenen Ende! Ich klettere über die Zweige nach unten.«

Ihr heimtückischer Begleiter konnte den gutgemeinten Vorschlag nicht ablehnen. Schon hing sie in den Zweigen über der Kluft. Sie streckte ihre Füße aus und hielt sich mit den Händen im leichten Blattwerk fest.

»Dann wird das Springen dir ja schmecken!« Graf Pinabello lachte hämisch. »Wenn doch das ganze hassenswerte Haus Clermont jetzt bei dir wäre, dann würde ich euch alle mit einem Schlag auslöschen ...«

Er stieß den Ast weg und verfolgte triumphierend, wie Bradamante senkrecht in die Kluft stürzte. Das war das Ende für die edle Frau. Jedenfalls dachte und hoffte er das. Aber es kam anders. Der abgeschlagene Ast stieß auf und brach. Bradamante rutschte an den Blättern entlang. Ohne die nachfedernden Zweige hätte sie den Absturz niemals überlebt. So aber verlor sie nur die Besinnung.

3. Gesang

Bei dem, was ich hier vorhabe, braucht man einen langen Atem und Flügel für die Worte. Die große Aufgabe ist nur mit viel Begeisterung und noch mehr Ausdauer zu schaffen. Letztlich singe ich dieses Lied nicht nur zur Erbauung meiner Leser, sondern auch zum Ruhme meines Herren Ippolito d'Este. Von seinen Ahnen will ich berichten, von diesem edlen Stamm, der von Nord bis Süd alle anderen überstrahlt.

Um ihren vollen Wert darzustellen, müßte ich mehr als meine Leier für die Gesänge haben. Ich brauchte dann schon deine Wortgewalt, mein Herr, mit der dein Dankgebet nach gewonnenen Schlachten bis in den Himmel hinauf dröhnt. Solltest du mich irgendwann mit besserem Arbeitsgerät fördern, verspreche ich, daß ich mein Lob noch besser und wie in Stein gehauen formuliere.

Im Augenblick mußt du mit dem zufrieden sein, was ich hier mit stumpfem Meißel in die Steine schlage. Ich hoffe, daß ich alles später noch verfeinern und vertiefen kann. Zunächst jedoch zurück zu diesem üblem Mörderbuben, gegen dessen Heimtücke weder Mut noch eine gute Rüstung schützen.

Der Verbrecher aus dem Geschlecht der Mainzer nahm an, daß Bradamante nach dem Sturz unten am Grund zerschmettert war. Erst im nachhinein schien er zu begreifen, was er getan hatte. Kreidebleich wandte er sich ab, und um auch noch die letzte Spur zu verwischen, benutzte er Bradamantes Pferd für seine Flucht.

Unterhalb der Felsenklippe kam Bradamante langsam wieder zur Besinnung. Sie wankte etwas und spürte Schmerzen, aber sie hatte sich nichts gebrochen und war auch nicht ernsthaft verletzt. Noch immer etwas benommen, ging sie langsam durch eine Pforte.

Es war nicht dieselbe, die Pinabello kurz zuvor untersucht hatte. Anders als jene führte diese Pforte direkt in den zweiten, größeren Höhlenraum. Er war viereckig und so hoch wie eine ehrwürdige Kapelle mit schlanken, hellen Alabastersäulen, über denen sich ein feingliedriges Gewölbe spannte. Bradamante sah einen Altar auf einem Stufenpodest mit einer Lampe auf der obersten Stufe. Sie neigte den Kopf, flüsterte leise ein Gebet und dankte Gott für seinen Beistand. Dann sank sie auf die Knie, um vom Allmächtigen weitere Hilfe zu erflehen.

Hinter ihr knarrte ein Türchen, das sie bisher noch nicht bemerkt hatte. Bradamante schrak zusammen und wollte sich bereits zur Seite werfen, doch dann sah sie eine Frau mit langem, offenem Haar und einem leichten, luftigen Kleid. Die Frau war barfuß und kam wie eine gute Bekannte auf die Kniende zu.

»O edle Bradamante!« rief sie. »Dem Himmel sei Dank, daß du endlich bis hierhergefunden hast. Ich bin Melissa. Der Geist des toten Magiers Merlin hat dein Erscheinen schon vor Wochen genau für diesen Tag und diese Stunde vorausgesagt. Seither warte ich hier auf dich, um dir die Wünsche zu erfüllen, die dein Innerstes bewegen.«

Bradamante sah sich ungläubig und verwirrt in dem geheimnisvollen Altarraum um.

»Dies ist die legendäre Halle, die sich der weise Merlin damals bauen ließ«, erklärte die Barfüßige. »Du kennst doch gewiß die Geschichten von König Artus und Viviane, die vorgegeben hat, den Zauberer Merlin zu lieben. Und wie sie ihn dann aufforderte, ein Grabmal für sich selbst zu bauen und sich zur Probe in den Sarkophag zu legen ...«

Die Gräfin von Marseille brauchte einen Augenblick, bis sie begriff, daß die weise Frau über Ereignisse berichtete, die vor Jahrhunderten geschehen waren.

»Sie hat ihn dann in seinem eigenen Sarg gefangen«, sagte sie. »Sein Leib, sein Körper ist vergangen, aber sein Geist lebt weiter, bis die Posaunen himmlischer Heerscharen am Jüngsten Tag erklingen. Als heiliges Orakel kann Merlin das Künftige ebenso deuten wie das Vergangene. Ich bin aus einem fernen Land in diese Gruft gekommen, um von Merlin mehr über die Mysterien der Magie zu lernen. Eigentlich wollte ich bereits vor einem Monat wieder zurück sein, aber dann hielt mich die Neugier fest, ob die Prophezeiung von deiner Ankunft tatsächlich eintrifft oder nicht.«

Bradamante spürte insgeheim ein Schaudern. Sie wußte nicht mehr, ob sie wach war oder träumte, und dachte daran, daß sie kurz zuvor schon einmal zu leichtgläubig gewesen war.

»Wie kommt der alte Zauberer darauf, daß ich so wichtig sein könnte?« fragte sie bescheiden. »Was ist Besonderes an mir, daß der Seher meine Ankunft schon lange vorher ankündigte?«

Die weise Magierin lachte vergnügt. Sie nahm Bradamante am Arm und ging mit ihr zu einer Mausoleumskammer, die schon auf den ersten Blick großartig wirkte. Als sie zum Sarkophag gelangten, glänzte der glatte, helle Stein wie rotes Feuer. Hier, wo noch nie ein Sonnenstrahl die Berghöhlungen erhellt hatte, leuchtete und funkelte plötzlich alles so hell wie an einem schönen Sommertag im Freien. Bradamante wußte nicht, ob das Licht direkt aus dem Marmor kam, durch Räucherwerk oder durch die Stellung der Gestirne.

Kaum war die Gräfin vor den Sarkophag getreten, als aus der toten Hülle des alten Zauberers die Stimme seines Geistes aufklang. Sie erschien Bradamante so lebendig, als würde Merlin leibhaftig neben ihr stehen.

»Ich freue mich, daß du gekommen bist, Bradamante. Du bist die Auserwählte, die uns ein Geschlecht beschert, das eines Tages in Italien und in der ganzen Welt verehrt sein wird. Das alte Blut, das in zwei Strömen einst von Troja kam, wird sich in dir wieder vereinen. Wenn das geschieht, werden sich in deinen Nachkommen alle Wonnen, alle Blüten und die ganze Zier des menschlichen Geschlechts zwischen dem Indus und dem Tejo, dem fernen Nil und dem Donaustrom wiederfinden. Aus deinem Stamm werden mächtige Markgrafen, Herzöge und Kaiser wachsen. Dazu Feldherren, Kapitäne und Ritter voller Mut und Geisteskraft ...«

Bradamante spürte, wie es heiß und wohlig durch ihren Körper rann, während sie kaum zu atmen wagte.

»Damit das alles eintritt und des Himmels Wille sich erfüllt, der dir in seiner Gnade den jungen Ruggiero als Gemahl zugedacht hat, mußt du nur deinen Weg mutig und unbeirrt weitergehen. Sei unbesorgt – es gibt kein Hindernis, das du nicht überwinden kannst. Du wirst den Räuber, der deinen Liebsten gefangen hält, im ersten Ansturm überwinden ...«

Nach dieser Prophezeiung hüllte sich der alte Zauberer wieder in Schweigen und überließ es der Magierin Melissa, Bradamante jeden einzelnen ihrer zukünftigen Erben vorzustellen. Im selben Augenblick wallten von allen Seiten ungezählte Geister in den Raum. Es war, als würden sie aus allen Mauernischen, allen Höhlungen und vielleicht sogar aus den Höllentiefen kommen. Die Geister zukünftiger Menschen trugen die unterschiedlichsten Trachten und Gewandungen.

»Halt!« rief Melissa den Geistern zu. »Versammelt euch in der Kapelle ... aber erst, wenn ich euch rufe!«

Die Magierin führte Bradamante wieder in den hohen Kirchenraum und stellte sie genau in die Mitte eines Kreises, den sie schon zuvor auf den Boden gemalt hatte. Auch mit ausgestreckten Armen blieb für Bradamante noch immer eine Spanne Abstand bis zur Linie. Zur Sicherheit hängte die Magierin ihr auch noch ein Pentagramm als Schutz gegen die Zudringlichkeit gewisser Geister um den Hals.

»Du mußt völlig ruhig bleiben!« flüsterte sie dann und nahm ihr Zauberbuch auf. »Denn jetzt beschwöre ich die Geister deiner Nachkommen.«

Kaum gesagt, schossen auch schon die ersten Geister in die Kapelle. Dreimal umkreiste jeder Geist die erstarrte Bradamante, ehe er zur Gruft von Merlin weiterschwebte.

»Die ganze Nacht würde nicht reichen, um alle Namen deiner Nachkommen zu rufen, die einmal leben werden«, sagte Melissa feierlich. »Es muß dir reichen, wenn du von den wichtigsten erfährst. Aus dir heraus und dem Samen von Ruggiero wird als erster euer Sohn Ruggierino entstehen. Er wird dereinst den Mord an seinem Vater ... deinem Gatten ... durch die Mainzer blutig rächen. Durch seine Heldentaten wird Karl der Große die Langobardenkrone von König Desiderius erobern. Zum Dank dafür wird ihm der Kaiser die Herrschaft und die Burgen von Este und Calaon als Lehen übergeben, die bis dahin zur Republik Venedig zählen. Dein Sohn wird dadurch als erstes Haupt der Familie d'Este in die Geschichte eingehen ...«

Name um Name wurde im großen Buch der Zauberin vor Bradamante aufgeblättert. Sie erfuhr, wie nach dem Aussterben der echten Welfen einer von ihren eigenen Nachkommen Herzog von Baiern und von Braunschweig bei den Sachsen werden würde. Dann hörte sie von Kaisern, Päpsten, der Heiligen Mathilde und dem Kniefall eines Kaisers im Schnee vor ihrer Bergfestung Canossa, erfuhr, wie oft der böse Kaiser Friedrich Barbarossa Mailand bedrängen und Päpste absetzen würde.

Sie hörte alles über die schöne, kluge Isabella in Ferrara, von deren Gatten Alfons d'Este und seinem Bruder Ippolito, der schon mit vierzehn Jahren Kardinal werden sollte. Sie hörte die Geschichten von Italern, Griechen, Spaniern, von Franken und von Schwaben – so lange, bis sie ein helles Lachen in die Gegenwart zurückholte.

»Damit soll es genug sein«, sagte die weise Frau vergnügt. »Es würde viele Tage und Nächte dauern, um dir alles zu berichten, was hier im großen Buch der Vergangenheit und Zukunft aufgeschrieben steht. Aber ich denke, daß wir die Schatten all der Namen erst einmal zurückschicken.«

Sie schloß ihr Zauberbuch, obwohl Bradamante von den letzten Namen gern noch etwas mehr erfahren hätte.

»Es ist nicht gut, wenn du von den Ereignissen der Zukunft allzuviel weißt«, sagte Melissa mit leiser Wehmut in der Stimme. »Du darfst nicht traurig werden, sondern froh. Paß auf – sobald es hell wird, sollst du zu dem Schloß aufbrechen, in dem der fürchterliche Zauberer Atlante deinen geliebten Ruggiero festhält. Ich werde dich so lange als deine Führerin begleiten, bis wir aus dem finsteren Wald heraus sind. Alles andere erzähle ich dir später auf dem Weg zum Ozean im Westen. Von dort aus kannst du dann den Weg allein finden.«

In den folgenden Stunden redeten die beiden Frauen noch viel miteinander. Auch Merlin gab ihnen noch einige gute Ratschläge. Als sie dann aus der Höhle traten, stieg die Sonne strahlend schön über den Bergen und Wäldern auf. Noch einmal mußten sie durch die Dunkelheit des dichten Blätterdaches.

Aber Bradamante fürchtete sich nicht. Sie vertraute inzwischen der weisen Frau an ihrer Seite.

Der Weg war lang und führte durch die Berge und über öden Grund. Sie gingen an felsigen Klüften entlang, passierten Bergbäche und wagten sich an Abgründen vorbei. Um sich auf dem gefährlichen Weg abzulenken, unterhielten sie sich, wann immer es möglich war, über viele angenehme Dinge. Die weise Frau ermahnte Bradamante, auch in Zukunft vorsichtig und überlegt zu handeln.

»Wenn du kämpferisch wie eine Amazone, wie der Kriegsgott Mars oder Pallas Athene auftrittst, kannst du deinen Liebsten nicht befreien«, sagte sie. »Selbst wenn du über ein Heer verfügen könntest, zahlreicher noch als das von Karl dem Großen, würdest du gegen den Zauberer nichts ausrichten. Das Felsenschloß mit seinen Stahlwänden ist viel zu hoch. Der Herr des Schlosses kann nicht nur auf seinem Flügelroß durch die Lüfte rasen oder schweben, wie es ihm gefällt. Er hat auch noch einen Wunderschild, aus dem er Licht so heftig abschießen kann, daß jedes Auge geblendet wird, die Sinne schwinden und die Getroffenen gelähmt werden.«

Melissa wartete eine Weile. »Es gibt nur einen Schutz gegen die Heimtücke des Zauberlichts – den Zauberring von Fürstin Angelica. Leider weiß das auch König Agramant, der Oberste des Sarazenenheeres. Ihm ist geweissagt worden, daß er nur mit Ruggiero gegen die Franken siegen kann. Der aber ist in Atlantes Bergfestung gefangen. Also hat er den Ring durch seinen Gefolgsmann Brunell von Angelica in Cathay stehlen lassen.«

Die Magierin sah, wie Bradamante blaß wurde.

»Keine Sorge«, sagte sie sofort. »Wie es dein gutes Schicksal will, reitet Brunell nur wenige Meilen vor uns. Er will genau wie du im Auftrag seines Königs die Fesseln von Ruggiero auf dem Fels zerschlagen. Agramant will Ruggiero haben, koste es, was es wolle.«

»Dann muß ich mich ja nicht nur vor dem Magier, sondern auch vor diesem Brunell vorsehen?« meinte Bradamante verstört.

»Wir werden gleich die Küste erreichen«, erklärte Melissa. »Sobald wir dort sind, mußt du drei Tage lang am Strand entlang nach Süden gehen. Am dritten Abend kommst du an ein Gasthaus, in dem du auch Brunell begegnest.«

»Und wie erkenne ich ihn?«

»Er ist kaum sechs Spannen groß und hat wollige schwarze Haare. Obwohl seine Haut dunkel ist, wird dir sein Gesicht mit dem wilden Bart und den struppigen Augenbrauen bleich vorkommen. Seine Nase ist eher platt, und seine kurze, enganliegende Kleidung ähnelt eher der eines Boten als der eines Adligen.«

»Und wie soll ich mich ihm nähern?«

»Nichts leichter als das!« Die weise Frau lächelte. »Sprich ihn auf Spuk und Aberglauben an. Sag ihm einfach, daß du Lust hättest, dich dem Hexenmeister einmal im Kampf zu stellen.«

»Aber das ist die Wahrheit ...«

»Genau das ist es doch!« Melissa lachte. »Sag ihm immer ein kleines Stück der Wahrheit, damit du alles andere leichter verbergen kannst. Du darfst auf keinen Fall erwähnen, daß du irgendwas über seinen Zauberring weißt. Er wird dir von sich aus anbieten, mit ihm zu reiten. Und dann mußt du so lange hinter ihm bleiben, bis ihr an den Mauern der stählernen Festung angekommen seid.«

Bradamante hob die Brauen und sah die weise Frau fragend an. Eine Antwort fehlte ihr noch, aber sie ahnte bereits, wie sie lauten mußte.

»Dann töte ihn!« sagte die weise Frau ohne jedes Mitleid. »Es kann gelingen – aber nur, wenn du mit keiner Geste, keinem Wort vorher verrätst, was du beabsichtigst. Er könnte sonst den Ring in den Mund stecken, um dadurch unsichtbar zu werden.«

Sie gingen über die letzte Anhöhe. Aus der Düne wurde ein langer, breiter Strand. Es war genau die Stelle, an der sich die Garonne westlich von Bordeaux mit dem Ozean verband. Die beiden Frauen umarmten sich zum Abschied.

»Ich wünsche dir, daß du deinen Ruggiero schon bald ebenso in deine Arme schließen kannst«, seufzte Melissa. Diesmal lachte Bradamante voller Hoffnung.

Der dritte Abend dämmerte bereits, als Bradamante das Wirtshaus sah. Sie erkannte Brunell sofort und fragte ihn: »Wo kommst du her, und wo gehst du hin?«

Bereits mit seinen ersten Antworten belog er sie nach Strich und Faden. Aber Bradamante war vorgewarnt und gab nun ihrerseits auf seine Fragen falsche Antworten, als er ihren Namen und alles andere über ihre Familie wissen wollte. Die ganze Zeit achtete sie angespannt darauf, daß ihr seine Hände nicht zu nahe kamen. Selbst wenn er ihr nur eine Kleinigkeit stahl, konnte sie das bereits verraten. Noch während sie miteinander sprachen und sich gegenseitig abschätzten, rauschte und dröhnte es plötzlich wie ein Gewitter am Nachthimmel. Erschrocken sprangen der Wirt und seine Gäste auf und liefen zur Tür.

4. Gesang

Sich zu verstellen ist zumeist kein Zeichen eines anständigen Charakters. Andererseits kann die Anpassung an die Gegebenheiten auch nützlich und manchmal sogar lebensrettend sein. Das gilt schon deshalb, weil man im Erdenleben nicht nur auf Freunde trifft. Hier gibt es allzuoft mehr Dunkelheit als Licht, und manche Menschen sind von vornherein nur auf Betrug und Eigennutz aus.

Um einen echten Freund zu finden, dem man vertrauen und alles sagen kann, muß man schon lange prüfen. Konnte die Freundin Ruggieros nach allem, was sie von der Fee über den zwielichtigen Dieb Brunell gehört hatte, ihm irgend etwas glauben?

Gnädige Jungfrau Maria!« rief Bradamante, ohne die diebischen Hände von Brunell aus den Augen zu lassen. »Was ist das für ein Toben?«

Zusammen mit dem Wirt der Herberge und den Gästen starrte sie nach oben. Es war, als würde plötzlich ein Komet am Himmel auftauchen, und wie bei einem echten Wunder schwebte ein mächtiges Flügelroß mit einem Ritter in seinem Sattel durch den Äther. Seine Schwingen leuchteten in vielen Farben. Auch die eiserne Rüstung des Reiters strahlte nach allen Seiten. Sie kamen von Osten her und sanken langsam tiefer.

»Der Nekromant!« stieß der Wirt hervor, der sonst nicht leicht zu beeindrucken war. »Der Meister vieler Geister!«

Alle beobachteten, wie sich das eigenartige Gespann hoch zu den Sternen hob und dann wieder so dicht über den Boden streifte, daß Staub aufwirbelte. Bei jedem Anflug griff der Reiter nach irgend etwas vom Boden – gleichgültig, was es war. Selbst Kinder waren vor ihm nicht sicher.

»Das muß tatsächlich der Magier von der Zauberburg in den Pyrenäen sein!« rief der Wirt. »Da öffnen sich die Mauern nur durch Zaubersprüche. Leuchtend und schön, aus hellem Stahl sollen sie sein. Aber noch nie ist irgend jemand von dort zurückgekommen. Es heißt, daß jeder der Besucher und Verirrten in der Burg aus Stahl abgeschlachtet wird.«

Bradamante schüttelte sich vor Grausen.»Ich will dorthin!« rief sie dennoch laut und deutlich. »Wenn jemand weiß, wie ich zu diesem Hexenmeister komme, dann soll er mich führen. Ich brenne regelrecht vor Lust auf einen Kampf mit diesem Hexer.«

»Einen Begleiter suchst du?« fragte Brunell sofort. »Dann nimm doch mich. Ich habe eine Karte für den Weg und ein paar andere nützliche Kleinigkeiten, die mich überall beliebt machen.«

»Einverstanden«, stimmte Bradamante zu. »Gehen wir zusammen!«

Die Gräfin verhandelte kurz mit dem Wirt und kaufte dann ein Pferd von ihm. Die Nacht war kurz, und als der Morgentau die Wiesen badete, machte sich das ungleiche Paar vom Strand her durch eine enge Felsschlucht auf den Weg. Brunell ritt mal vor und mal hinter ihr. Sie zogen bis zu den Pyrenäengipfeln und erreichten Höhen, die noch über den Wolken lagen. An einigen Stellen kamen sie sogar so hoch, daß sie Küsten von Frankreich und von Spanien gleichzeitig im Osten und im Westen sehen konnten – den Atlantik auf der einen Seite, das Mittelmeer auf der anderen. Und dann sahen sie den Felsen mit der Burg des Magiers. Es schien, als würde sie wie eine Säule die schweren Wolken hoch am Himmel tragen.

»Da ist die Felsenfeste!« knurrte Brunell. »Verstehst du jetzt, warum dort niemand wieder rauskommt?«

Bradamante betrachtete die glatten Wände der Feste. Sie waren senkrecht wie mit einem Lot gebaut. Nirgendwo befand sich irgendein Halt für Hände und Füße – keine Stufe, keine Treppen, einfach nichts. Sie spürte, daß sie keine Zeit verlieren durfte. Obwohl sie es geplant hatte, war sie nun doch nicht in der Lage, den waffenlosen Dieb einfach umzubringen. Sie dachte kurz nach. Dann sprang sie auf ihn zu, packte ihn und band ihn, ehe er sich versah, an den Stamm einer Tanne. Gleichzeitig nahm sie ihm den Ring vom Finger. Er jammerte und bat, versprach ihr viel und beschimpfte sie zugleich. Bradamante hob nur die Schultern und ging mit festen Schritten bergabwärts bis zum Sockel des hohen Festungswalls. Kurz entschlossen griff sie nach ihrem Horn und blies mit aller Kraft hinein.

»Komm raus, du Nekromant!« rief sie, so laut sie konnte. »Ich bin es, Gräfin Bradamante von Marseille, die Tochter des berühmten Herzogs Haimon, Schwester von Graf Rinaldo und eine Kämpferin, die dich und deine Geister das Fürchten lehren wird!«

Nichts regte sich. Dann aber tauchte der geflügelte Hengst mit seinem Reiter auf. Verwundert stellte Bradamante fest, daß der Mann im Sattel ganz und gar nicht so aussah, wie ihr der Hexenmeister bisher beschrieben worden war. Er hatte weder eine Lanze noch Keule oder Schwert. Lediglich in seiner Linken trug er den Schild, von dem ein leichtes rotseidenes Tuch wehte. In der Rechten hielt er ein Buch, aus dem er auch noch zu lesen begann.

Bradamante blickte verwundert auf die eigenartigen Erscheinungen, die aus dem Buch zu kommen schienen. Zuerst sah sie blinkende Lanzen, die so gefährlich wirkten, daß selbst geübte Kämpfer davor Abstand gehalten hätten. Anschließend gaukelte ihr der Magier einen Tanz von Knüppeln und Keulen vor, ehe er wieder verschwand. Sein wundersamer Hengst war jedoch kein Trugbild, sondern eine Kreuzung aus einem Greifen und einer Pferdestute. Vom Vatertier hatte er seine Federn, den Schnabel, die Vorderfüße und das Schwingenpaar. Der Rest stammte von seiner Mutter. Bradamante erinnerte sich daran, daß derartige Hippogryphen in den Legenden aus den Bergen im Norden und im Eismeer vorkamen.

Sie wußte plötzlich, daß der Reiter das Zwitterwesen tatsächlich aus dem Norden geholt und einen Monat dafür gebraucht hatte, bis es ihm gehorchte. Erst dann fiel ihr auf, daß sie diese Antworten bereits kannte, ehe sie etwas gefragt hatte. Das alles konnte nur an der Kraft des Ringes liegen, der einen Schutz gegen jede Art von Täuschung bot. Trotzdem mußte sie sich heftig gegen weitere Finten des Zauberers zur Wehr setzen. Sie sprang mit ihrem Pferd von einer Seite auf die andere und wich so den Schlägen aus, die sie nicht kommen sah, sondern als harte peitschende Sturmböen an ihrem Körper empfand.

Plötzlich merkte sie, daß sie auf diese Weise ihr Pferd nur mühsam zügeln konnte, und glitt aus dem Sattel. Sie brauchte festen Boden unter den Füßen.

Dann trat genau das ein, was die weise Seherin Melissa schon vorausgesagt hatte: Der Magier setzte seine stärkste Waffe ein. Er riß den Seidenschleier von seinem Schild – überzeugt davon, daß seine Gegnerin durch das lähmende Licht augenblicklich zu Boden stürzen würde. Bradamante spürte, was er dachte. Er wollte sie nicht mit einem harten Blitz umbringen, sondern noch etwas Katz und Maus spielen.

Die Gräfin achtete ganz genau auf das rote Seidentuch. Als der Magier den Lähmstrahl noch einmal verstärkte, schloß sie die Augen und ließ sich, wie zur Willenlosigkeit erstarrt, auf den Boden fallen. Sie zuckte noch ein wenig, als sei sie schwer getroffen, und hoffte, daß der Magier auf ihre Täuschung reinfiel.

Gleich darauf hörte sie das Rauschen von den Schwingen seines Pferdes. Im einem großen Bogen flogen Mann und Vogelpferd auf sie zu. Sie blinzelte durch ihre halbgeschlossenen Augen. Der Magier deckte seinen Strahlenschild wieder ab und hängte ihn an den Sattelknauf. Dann stieg er vom Pferd und schritt langsam auf sie zu. Alles in Bradamante spannte sich wie bei einer Wölfin, die im Dickicht auf den Rehbock lauert. Als er sich unvorsichtig über sie beugte, packte sie ihn und riß ihn hart in ihre Arme. Ohne sein Buch, aus dem er sonst die Zauberwaffen holte, konnte der Magier sich nicht wehren.

Sie warf ihn auf den Boden, und für einen Augenblick hatte sie den unbändigen Wunsch, ihm den Kopf vom Rumpf zu schlagen. Doch als sie dann noch einmal in sein Gesicht sah, fand sie eine derartige Rache jämmerlich und unwürdig. Der Magier sah so traurig aus mit seinem weißen Kinnbart und tiefen Runzeln im Gesicht, daß sie Mitleid mit ihm hatte. Er mußte mindestens siebzig Jahre alt sein.

»Bei Gott, Jüngling, nimm es dir … mein Leben!« jammerte der Greis.

Bradamante faßte ihn fester. »Erst will ich wissen, was das alles hier bedeutet, warum die Burg hier steht und warum du mit dem mörderischen Zauber die halbe Welt in Angst und Schrecken hältst!«

»Es ist nicht Bosheit und kein Übermut«, beteuerte der Alte, während Tränen über seine Wangen rollten. »Nein, als ich diese schöne Burg auf die Felsenspitze setzte, geschah das nicht zum Menschenraub. Es war vielmehr die liebevolle Sorge um einen jungen Ritter namens Ruggiero. Ich, Atlante, fand ihn und seine Zwillingsschwester als Neugeborene am Meeresufer. Ich zog ihn auf, bis ihn die Ehre und die Schicksalssterne mit König Agramant zum Krieg gegen Kaiser Karl führten. Ich wollte ihn in dieser Burg verbergen, damit er nicht im Kampf oder durch Verrat umkommt oder vielleicht sogar noch Christ wird!«

Der Alte zuckte unter Bradamantes Griff.

»Doch, das ist der wahre Grund, warum ich diese Burg gebaut habe!« wiederholte er. »Damit er nicht zu einsam ist, habe ich ihm zur Gesellschaft noch andere edle Ritter und junge Damen hier in mein Felsenschloß gebracht. Ich gebe ihnen alles, was ihr Herz begehrt. Sie können singen, essen, tanzen, dürfen sich in die feinsten Gewänder kleiden und genießen jeden Luxus, den es unter dem Himmel gibt. Ich erfülle ihnen jeden Wunsch – bis auf den einen nach der Rückkehr in die Welt der Kriege und des Todes. Und nun kommst du, um alles, was ich mühsam aufgebaut habe, zu zerstören.«

Bradamante sah ihn lange und verwundert an.

»Wenn dein Herz so edel ist wie dein Gesicht, dann wirst du mich verstehen«, sagte der Alte. »Ich gebe dir als Zeichen meines guten Willens meinen Strahlenschild, dazu auch noch das Flügeltier, mit dem du jederzeit durch die Lüfte reiten kannst. Wenn du willst, kannst du auch noch zwei oder drei von den Bewohnern meiner Felsenfestung mitnehmen ... Ach, nimm sie alle mit! Aber meinen geliebten Ruggiero, der wie ein Sohn für mich geworden ist, mußt du mir lassen!«

Atlante zögerte einen Augenblick, dann sah er, daß seine Angebote immer noch nicht ausreichten.

»Ich sehe schon, du kannst nicht anders. Das ist sehr grausam für mich. Doch wenn es sein muß, dann nimm auch ihn mit, nachdem du mir zuvor eine letzte Bitte erfüllt hast: Töte mich und befreie meine Seele, die vorhin schon fast aus meinem alten Körper fliehen wollte.«

»Dein ganzes Jammern nützt dir nichts!« erklärte Bradamante. »Der Zauberschild und das Flügelpferd gehören sowieso schon mir. Hast du die Macht, sie wieder wegzunehmen? Ich traue dir nicht, und du sollst erst sterben, wenn die Gefangenen in Freiheit sind. Also los! Und immer ein paar Schritte vor mir her ...«

Der alte Zauberer fügte sich in sein Schicksal. Mit seiner eigenen Kette gefesselt, ging er auf die undurchdringlich wirkende Steilwand der stählernen Festung zu. Bereits nach wenigen Schritten erkannte Bradamante einen Spalt im Fels. In ihm stiegen Stufen so hoch, bis sie in weitem Bogen zu einem großen Tor führten. Oben angekommen nahm der Magier ein Felsenstück mit geheimnisvollen Zeichen von der Torschwelle. Sofort stieg aus Feuertöpfen, die wie Urnen aussahen, dichter Qualm auf. Bradamante hatte die ganze Zeit genau aufgepaßt. Nun aber reagierte sie eine Winzigkeit zu spät. Sie war nicht darauf vorbereitet, daß der Alte mit neuer, plötzlich aufwallender Energie gegen die Rauchtöpfe im Boden trat.

Noch mit dem Klirren der letzten Scherben verschwand die gesamte Burg aus Stahl. Vollkommen leer blieb nur der nackte Fels zurück, ohne Türme, ohne Wände und ohne irgendwas anders.

Bradamante sah Dutzende von jungen Rittern, jungen Mädchen und feinen Damen, die völlig überrascht aus ihrem Spiel und anderen Vergnügungen gerissen worden waren. Einige sahen aus, als wollten sie irgend etwas kosten, das nun nicht mehr da war. Andere wirkten, als suchten sie die Musiker für ihren Tanz. Die meisten aber waren ziemlich erschrocken.

Überrascht erspähte Bradamante auch die Könige Gradass und Sakripant – dazu viele andere Ritter, die sich bereits um die schöne Angelica geschlagen hatten und von ihr zusammen mit ihrem Bruder Argalia bis ins ferne Cathay gelockt worden waren. Und dann entdeckten sie sich beide gleichzeitig: Ruggiero strahlte, und ihr Herz begann wie wild zu rasen. Sie begrüßten sich überglücklich und vor Freude strahlend. Seit dem Tag, an dem er sie zum ersten Mal ohne ihren Helm gesehen hatte, war sie ihm wertvoller als sein Augenlicht.

Ruggiero umarmte Bradamante und schwebte gemeinsam mit ihr über die Treppen bis ins Tal hinunter. Sie näherten sich dem Flügelhengst und dem an seiner Seite hängenden Wunderschild. Bradamante griff nach den Zügeln. Das sonderbare Tier wich zurück, stieg ein wenig in den hellen Himmel hinauf und landete einige Schritte von ihnen entfernt. Sie folgte ihm. Das Flügelpferd flatterte erneut hoch, ließ sich herab und blieb dicht vor ihr stehen. Der Hippogryph benahm sich wie eine im trockenen Sand tänzelnde Krähe, wenn ein Hündchen hinter ihr herjagt.

Hinter Bradamante ritten Gradass und Sakripant. Zusammen mit den anderen, die nun wieder in Freiheit waren, folgten sie bergauf, bergab dem geflügelten Pferd. Über steile Bergspitzen und an sumpfigen Tälern entlang versuchte jeder, den Hippogryphen für sich selbst einzufangen. Der aber näherte sich plötzlich Ruggiero. Es schien, als wollte er sich von ihm ergreifen lassen, doch als Ruggiero nach seinen Zügeln fassen wollte, sträubte das Tier sich erneut. Verärgert ließ Ruggiero die Zügel seines Hengstes Frontin los. Mit schnellem Schwung schwang er sich in die Steigbügel des geflügelten Reittiers und stieß ihm die Sporen in die Seite. Der Hippogryph lief wie ein Straußentier über den Boden. Dann endlich bewegte er seine Flügel und stieg sanft nach oben.

Vollkommen fassungslos starrte Bradamante den Davonfliegenden nach. Auch Ruggiero war gegen den Willen des Hippogryphen machtlos. Der unheimliche Pferdevogel reagierte weder auf die Zügel noch auf Schenkeldruck. Die Berge und die Täler unter ihnen sanken so weit zurück, daß Ruggiero sie kaum noch voneinander unterscheiden konnte. Von der Erde aus war er nur noch als winziger Punkt im Sternbild des Krebses zu sehen. Es war, als würden Flügelroß und Reiter vom Sonnenwind westwärts in die Richtung verweht, die nach Indien führen sollte.

Zur selben Zeit kämpfte ein anderer ebenfalls gegen starke Winde und den Sturm des Schicksals. Das kleine Schiff, das gegen jeden guten Rat aus dem Hafen von Calais aufgebrochen war, trieb im Sturm zwei Tage lang nach Westen ab. Irgendwann drehte sich der Orkan ins Sternzeichen des Großen Bären, und das Schiff landete an der Westküste von Schottenland.

In Kaledoniens Eichenwäldern und den grünen Matten des Hochlandes klangen seit Jahrhunderten die Waffen edler Recken gegeneinander. Hier konnte niemand bestehen, der nicht stark genug war. Jene, die nur gekommen waren, um mit gewonnenen Kämpfen in Schottland zu prahlen, lebten längst nicht mehr. Andere hatten Ruhm errungen, ohne ihn zu suchen. Gallas, Galvan und Lanzelot hatten hier mit König Artus und Tristan ihre legendären Schlachten überstanden. An vielen Stellen im Land kündeten Denkmäler und Ehrenzeichen vom Ruhm der alten Ritter der Tafelrunde und der neuen Kampfgefährten.

Feuchte, dunkle Nebelschwaden zogen über die aufgepeitschten Brandungswogen. Als Rinaldo sich schließlich aufrappelte, sah er eher zufällig seine Waffen am Strand. Zu seiner großen Freude entdeckte er auch Bajard in der Nähe. Die Seeleute waren gerade dabei, ihr Boot wieder freizuziehen. Rinaldo machte keine großen Worte.

»Fahrt weiter!« rief er den Schiffern zu. »Nehmt den Seeweg nach Berwick an der Ostküste!«

Allein und ohne Knappen oder Pferdeknechte ritt er in die unheimlichen Wälder Schottlands ein. Er hatte keine Vorstellung davon, wo er sich befand, sondern versuchte beherzt mal den einen Weg, dann wieder einen anderen. Als hätte ihn Bajard auch diesmal wieder zu einer richtigen Stelle geführt, erreichten sie schließlich die Gittertore eines kleinen Klosters.

Rinaldo rief durch die Dunkelheit. Sofort näherten sich einige Mönche und öffneten das Tor. Sie waren furchtlos, höflich und führten ihn mit seinem Pferd direkt zu einem Stall. Rinaldo stieg ein wenig schwerfällig aus dem feuchten Sattel und löste die Schnallen und Knoten seiner Rüstung. Einige der jüngeren Mönche kümmerten sich um Bajard. Dem Paladin selbst wurden warmes Wasser und trockene Handtücher gereicht. Anschließend führten sie ihn ins Refektorium ihres Klosters, wo die anderen, wie er hörte, schon seit Anbruch der Dämmerung zusammensaßen.

Sie brachen ihm schwarzes Brot ab und häuften köstlich duftende, kleingehackte Innereien von Schafen, vermischt mit Haferbrei und Rüben, in eine Schale aus blankgeschrubbtem Buchenholz. Was nicht verlockend aussah, schmeckte um so köstlicher. Es war die beste Stärkung, die Rinaldo je zu sich genommen hatte.

»Wir geben hier das meiste, was wir auf den Feldern und in unseren Gärten ernten, an Verirrte und Vorbeirrende ab«, erzählte ihm der Abt des Klosters. »Wir fragen niemals, woher einer kommt und wohin er will.«

Rinaldo faßte Vertrauen und fing selbst damit an.

»Ich bin Rinaldo, der Graf von Montalban zwischen Toulouse und der Dordogne. Es steht sehr schlimm um das Frankenreich. Überall fallen Heere der Ungläubigen über die Pyrenäen und vom Mittelmeer her in das Land ein. Das Schwert im Zeichen des Kreuzes kann nur noch siegreich sein, wenn auch aus Schottland, England und den fernsten Inseln große Heerscharen aufbrechen. Ich habe zwei Empfehlungsschreiben vom Kaiser und von Englands König Otto bei mir.«

»Wir werden für dich beten«, sagte der Abt, »und für den Sieg des Glaubens!«

Rinaldo dankte dem Abt und den Klosterbrüdern. Ihr Wein war karg und sauer, aber vom Bier verstanden die Schottenmönche mehr. Sie sprachen über dies und das, während die Nacht voranschritt. Schließlich reckte sich Rinaldo.

»Als Paladin von Kaiser Karl darf ich keine Zeit mit Müßiggang verschwenden«, erklärte er den Mönchen. »Aber wie ist das hier? Gibt es außer der Kälte und dunklem Nebel irgendwelche größeren Herausforderungen in Schottland? Turniere vielleicht oder Preise, die man mit Mut und guten Fähigkeiten gewinnen kann?«

»Schon möglich«, antwortete der Abt zurückhaltend. »Es soll da draußen tatsächlich seltsame Abenteuer geben. Genaueres kann ich dir auch nicht sagen ... es kommt ja nie jemand aus diesem Wald zu uns zurück ...«

»Seid ihr in Schottland immer so sparsam mit euren Auskünften?« fragte Rinaldo.

»Schon möglich«, entgegnete der Abt. Er musterte lange das Gesicht des Paladins, dann sagte er: »Nun gut, also hör zu! Du kommst genau zu einem Zeitpunkt, in dem besondere Tapferkeit benötigt wird. Keine Geringere als Ginevra, die Tochter unseres Königs, braucht dringend die Hilfe eines ritterlichen Helden.«

»Was ist geschehen?« fragte Rinaldo voller Interesse und richtete sich auf.

»Das Ganze ist eine bösartige Intrige dieses Barons Lurcan«, berichtete der Abt. »Er hat sie vollkommen zu Unrecht bei ihrem eigenen Vater angeklagt, indem er behauptete, daß er gesehen hat, wie sie sich nachts zu ihrem Geliebten auf den Burgsöller hinaufziehen ließ ...«

»Nicht schlecht.« Rinaldo lachte. »Oder ist das nicht wahr?«

»Teils, teils«, antwortete der Abt ernst. »Dummerweise gilt hier in Schottland das Gesetz, daß sie ihre Unschuld zu beweisen hat und nicht der Ankläger seine Verleumdung.«

Rinaldo schüttelte ungläubig den Kopf. »Was ist das für ein rauhes Königreich?«

»So ist es Gesetz«, gab der fromme Abt zurück. »Hinzu kommt, daß hier jede Frau, ganz gleich, wie hoch sie steht, auf dem Scheiterhaufen brennen muß, wenn sie sich außerhalb der Ehe einem Mann hingibt. Nichts kann sie retten, wenn nicht innerhalb von einem Monat ein tapferer Mann auftaucht, der ihre Unschuld nachweist. Demjenigen, dem das gelingt, hat der König seine Tochter Ginevra zur Frau versprochen. Obendrein bekommt der Mutige reichlich Land und eine Schatztruhe, wie sie sich als Mitgift für eine Königstochter gehört.«

»Das heißt, sie stirbt, wenn kein Verteidiger erscheint«, sagte Rinaldo. »Ganz gleich, ob der Verleumder recht hat oder nicht!«

Der Abt hob seine Hände. »Natürlich kannst du weiter durch die Wälder streifen und irgendwelche kleinen Abenteuer suchen. Aber das, was ich dir hier und heute biete, bekommst du niemals wieder. Zum ersten ist Ginevra eine der schönsten

Frauen zwischen hier und Indien, zum anderen wirst du so reich, daß du ausgesorgt hast. Zum dritten gewinnt dein Name und der deiner gesamten Familie so viel Ruhm durch einen Sieg über das böse Lästermaul, daß dieser Glanz auch noch für deine Kindeskinder leuchtet.«

Rinaldo blickte den besorgten Abt sehr ernst an. »Es ist ein miserables Gesetz, das Liebe mit dem Tod bestraft! Noch dazu, wenn ein junges Mädchen nur in die Arme ihres Liebsten will, weil ihre Sehnsucht nach ihm unerträglich ist. Verflucht soll sein, wer das verbietet! Und sterben sollen alle, die sich bekreuzigen und wegsehen! Ja, ehrwürdiger und frommer Abt! Wer grausam Liebe untersagt, hat selbst kein Recht zu leben!« Er lachte kurz, dann fuhr er fort: »Also gut, du hast mich überredet! Ich werde die Prinzessin retten, aber ich brauche einen Führer, der mir den schnellsten Weg durch den Wald und den Kläger zeigt, den ich bekämpfen muß.«

Der Abt stimmte zu. Auch die Mönche atmeten erleichtert auf.

»Ich begreife das alles nicht«, sagte Rinaldo, als er die Freude in ihren Gesichtern sah. »Wie kann man einerseits Temperament und Eroberungslust für den Kampf mit Gegnern immer wieder loben und dann die gleiche Glut verdammen, wenn ihr letztes süßes Ziel nach mörderischen Kämpfen einfach Liebe heißt? Männer werden für jede neue Eroberung, auch bei den Frauen, hoch gelobt und sogar bewundert. Wenn aber eine Frau zum Beispiel nicht nur einem Mann ihre Liebe schenkt, wird sie überall verachtet.«

Sie redeten noch lange über die Ungerechtigkeit in der Bewertung gleicher Vorgänge. Die Nacht war kurz, und als der Morgen rot und weiß heraufzog, wurde Rinaldo von der in Schottland seltenen Sonne geweckt. Der Abt stellte einen der Novizen und ein Pferd für eine Weile frei.

Der junge Mönch begleitete Rinaldo als Knappe durch den finsteren Wald. Er stammte aus der Gegend und kannte schmale Pfade, die sie beide bis in ein weites Tal führten. Sie wollten bereits quer über den Wiesengrund reiten, als sie plötzlich Weinen und Geschrei hörten. Rinaldo hob die Hand. Er ließ Bajard und auch das Pferd des Knappen nur noch mit vorsichtigen Schritten weitergehen. Dann sahen sie zwei Kerle, die zwischen sich ein junges Mädchen festhielten. In ihren anderen Händen hielten sie erhobene Schwerter. Sie waren drauf und dran, das Gras unter sich mit Blut zu färben. Das Mädchen warf den Kopf zurück. In Todesangst und mit weit aufgerissenen Augen blickte sie von einen zum anderen.

Rinaldo erkannte, daß hier keine Zeit für Drohungen oder die ritterliche Aufforderung zum Streit mehr war, sondern gab Bajard die Sporen und preschte auf die Kerle zu. Die beiden zwielichtigen Gesellen schlugen sich so schnell in die Büsche, daß Rinaldo ihnen nicht mehr folgen konnte. Er wendete Bajard auf seiner Hinterhand und ritt zu dem Mädchen zurück. Mit einer Hand hob er sie auf und setzte sie zum Knappen auf das Pferd. Sie war ungewöhnlich hübsch, obwohl der Schreck ihr noch im Gesicht geschrieben stand.

»Wir reiten gleich ein wenig langsamer«, versprach er ihr. »Dann kannst du mir erzählen, warum sie dich hier im tiefsten Wald umbringen wollten. Willst du das tun?«

Immer noch von Todesangst gezeichnet, nickte sie ihm zu.

5. Gesang

Sämtliche Tiere auf der Erde, ob sie nun friedlich oder Räuber sind, haben gemeinsam, daß sie ihre Weibchen achten. Im Wald sieht man den Bären friedlich mit der Bärin, die Löwin kann unbesorgt bei ihrem Löwen ruhen, Wolf und Wölfin tun einander nichts, und selbst die Jungkuh hat keine Angst vor ihrem wilden Stier.

Ich frage mich deshalb, welche verdammte Pest die Menschen derart krank macht, daß sich bei ihnen ständig die Gatten streiten, beschimpfen und mit haßerfüllten Worten überschütten. Wie viele kratzen oder schlagen sich? Wie viele Tränen flossen schon in Ehebetten? Mehr noch – wie oft hat blinder Zorn die Laken auch mit Blut getränkt?

Wer eine Frau in ihr Gesicht schlägt, wer ihr andere Schmerzen zufügt, wer etwa noch versucht, die zarte Seele mit Gift, Strick oder Dolch aus ihrem Leib zu treiben – der kann einfach kein Mensch sein … bestenfalls ein Teufel!

Genau das dachte auch Rinaldo, als er die Schöne im Schottenwald entdeckte, wo sie durch Mörder spurlos beseitigt werden sollte.

Es gibt so viele grausame Geschichten hier, von denen ihr euch anderswo nichts träumen laßt«, seufzte das Mädchen. »Hier scheint die Sonne nicht so wie bei euch im Süden. Und die Herzen können kälter sein als Eis.« Sie schluchzte, dann sagte sie: »Sie wollten mich ermorden, weil ich zuviel wußte.«

»Hab keine Angst«, sagte Rinaldo, während sie langsam durch das dicht bewaldete Tal ritten. »Du kannst mir vertrauen und mir erzählen, was geschehen ist.«

Zum ersten Mal lächelte das junge Mädchen. »Ich kam schon früh als Maid auf das Schloß und bin ich fast wie eine Schwester mit der Königstochter aufgewachsen«, erzählte sie. »Die Herren mochten mich, und auch die Damen waren freundlich zu mir. So lange jedenfalls, bis mich Gott Amor mit seinem furchtbar brennenden Pfeil mitten ins Herz traf.«

Nun lächelte auch Rinaldo – aber so, daß sie es nicht sehen konnte.

»O ja! Es war das größte Unglück, das mir passieren konnte«, erklärte sie mit einem tiefen Seufzer. »Alles war gut ... bis ich zur Sklavin meiner eigenen Gefühle wurde.«

»Und wer war der Glückliche?« fragte Rinaldo vorsichtig.

»Poliness, der Herzog von Albany.«

»Alle Achtung!« meinte Rinaldo anerkennend. »Das hört sich doch sehr gut an.«

»Es war die Hölle!« widersprach sie sofort. »Mein Herz flog zu ihm, und ich konnte nichts ... einfach gar nichts gegen dieses unheimliche Sehnen tun. Sobald ich sein Gesicht sah oder auch nur ein Wort von ihm hörte, war ich völlig wehrlos. Ich liebte ihn und glaubte alles, was er sagte. Ich konnte mir nicht vorstellen, daß es in seiner Brust vielleicht ganz anders aussah als in meiner.«

Rinaldo wußte, wie ungeheuer schwierig derartige Angelegenheiten sein konnten.

»Ja, ich ließ mich betören«, fuhr die Unbekannte fort, »weil ich mich betören lassen wollte. Ich suchte so schnell seine Umarmung, daß ich in meinem Verlangen überhaupt nicht darauf achtete, wo wir schließlich einen Platz für unsere Liebe fanden – es war das Schlafgemach von meiner Herrin ...«

»Oh, das ist gut!« stieß Rinaldo lachend hervor und schnalzte mit der Zunge. »Aber auch gefährlich. Oder irre ich mich da?«

»Eigentlich nicht«, berichtete sie weiter. »Das Schlafgemach der Prinzessin liegt ziemlich hoch im Schloß. Es gibt dort einen Durchlaß zu einem Söller. Von dort aus habe ich immer dann eine seidene Strickleiter herabgelassen, wenn meine Sehnsucht nach ihm unerträglich wurde.«

»Und die Prinzessin?« fragte Rinaldo. »Wo war die Königstochter, wenn du mit deinem Herzog in ihrem Bett gelegen hast?«

»Ich weiß nicht, ob sie jemals etwas bemerkt hat«, antwortete das Mädchen. »Aber sie litt in vielen Nächten unter Schlaflosigkeit. Mal war es der kalte Nebel, mal die schlimme Hitze, die sie durch die Gänge und Gemächer des alten Schlosses wandern ließ. Der Teil mit dem alten Söller liegt neben einem Turm, der schon halb verfallen ist und in dem sich nie einer der anderen Bediensteten aufhielt. Wir nutzten ihre Schlaflosigkeit und die Einsamkeit in diesem Schloßwinkel schamlos für unsere Liebesglut und alle denkbaren Liebkosungen.«

»Wie lange ging das so?« fragte Rinaldo.

»Viele Wochen und Monate«, beichtete sie mit entschlossener Aufrichtigkeit. »Ja, ich war maßlos in meinen Liebesflammen. Und ich war blind. Ich wollte einfach nicht bemerken, daß ich ihm viel weniger bedeutete als er mir. Nach und nach wurde mir aber immer deutlicher, daß er an eine andere dachte, wenn er mich in seinen Armen hielt. Seine Liebesschwüre und all die Schmeichelworte galten nicht mir.«

»Sondern?« fragte Rinaldo. Er ahnte bereits, was sie antworten würde.

»Der Prinzessin. Ich weiß nicht, ob sein Herz von Anfang an für sie entflammt war oder ob er sie erst begehrte, als er mit mir in ihrem Bett lag.«

»Hat er«, fragte Rinaldo verwundert, »hat er etwa zugegeben ...«

»Ja«, antwortete das Mädchen. »Natürlich hat er mir, Dalinda, beteuert, daß seine Liebe zu mir etwas ganz anderes sei als die zu Ginevra. Anfänglich hat er gesagt, daß er ihr gegenüber nur heucheln würde, damit sie so schnell wie möglich seine Gemahlin werde. Wenn das geschafft sei, könnte er vom König alles bekommen, was gut für ihn und für uns beide sei.«

»Und das hast du geglaubt?« fragte Rinaldo verständnislos.

»Ich liebte ihn«, antwortete Dalinda nur. »Außerdem hat er mir versprochen, daß er mein Opfer nie vergessen würde und daß ich bis in alle Ewigkeit seine einzige und große Liebe sei.«

»Du hast doch nicht etwa bei der Prinzessin für ihn geworben?«

»Gewiß«, antwortete sie. »Bei jeder denkbaren Gelegenheit habe ich ihn gelobt und seine Vorzüge gepriesen. Ich habe ihn als Engel, als unbesiegten Helden und als jungen Gott bezeichnet. Aber was ich auch an Vorzügen erfand – es machte einfach keinen Eindruck auf die Königstochter. Sie liebte bereits heimlich einen anderen. Er heißt Ariodant und ist wie ein schöner leuchtender Stern aus der Ferne hier im trüben Schottland aufgetaucht.«

»Ariodant ...«, wiederholte Rinaldo. »Müßte ich ihn kennen?«

»Ich weiß es nicht«, antwortete das Mädchen. »Er kam mit seinem jüngeren Bruder Lurcan aus Italien. Bereits in kurzer Zeit hat er sich hier so bewährt, daß er als Held verehrt wird. Der König liebt ihn mehr als jeden anderen Adligen an seinem Hof. Er hat ihm bereits Burgen und ganze Städte aus dem Besitz der Krone übereignet.«

»Und er?« fragte Rinaldo gespannt. Er drehte sich halb um und blickte in ihr hübsches Gesicht. »Wie steht er zu Ginevra?«

»Ebenso wie sie zu ihm.« Das Mädchen lachte plötzlich, und ihre Augen blitzten. »Die beiden sind wie vom Himmel füreinander bestimmt. Deshalb wurde sie auch immer zorniger auf mich, je länger ich versuchte, ihr den Herzog von Albany einzureden. Ja, es war grausam, denn auch sein Zorn wuchs von Tag zu Tag. Nicht nur auf mich, sondern auch über die Beleidigung, daß die Königstochter ihm, dem stolzesten Ritter auf der ganzen Erde, einen anderen vorzog.«

»Dann war es Haß und gekränkte Eitelkeit, mit der das Unglück hier begann«, überlegte Rinaldo und nickte.

»Ja, was der Mann, den ich so geliebt habe, nicht bekommen konnte, wollte er nur noch zermalmen und vernichten. Ich ahnte nicht einmal, daß ich zum Werkzeug seiner Pläne wurde.« Dalinda stockte und schüttelte sich bei dem Gedanken an das, was sie getan hatte, dann fuhr sie mit ihrem Bericht fort.

Der Herzog von Albany riß mich immer tiefer in seine hinterhältigen Machenschaften.

»Dalinda«, sagte er zu mir. »Ich schwärme inzwischen so sehr für die Prinzessin, daß wir beide unbedingt etwas dagegen tun müssen. Es ist schon fast ein Wahn in mir, daß ich sie besitzen will. Gott sei Dank habe ich schon einen Plan, wie ich meine lüsternen und unvernünftigen Gedanken an sie ein für allemal bezwingen könnte ...«

Er sagte, daß ich warten sollte, bis die Prinzessin schliefe. Dann sollte ich ihre Kleider anziehen und mich so kämmen, wie sie es immer tat. Anschließend sollte ich wie immer auf den Söller kommen und ihm die Strickleiter hinabwerfen. Er sagte, daß er dann vielleicht erkennen würde, daß ich in ihren Kleidern nicht geringer sei als sie und daß er durch die Maskerade seine eigenen Gefühle für sie vielleicht überwinden könnte.

Ich habe erst viel später erfahren, daß er den ganzen Plan schon seit Tagen vorbereitet hatte. In dieser Zeit hat er sein Intrigennetz auch über den jungen Ariodant geworfen. Sie waren Freunde gewesen, ehe ihre Rivalität zum Ausbruch kam. Er warf ihm vor, daß er ihre Freundschaft hintergangen hätte. Dennoch wolle er ihm die Augen über Ginevra öffnen.

Ariodant ließ sich nicht so leicht überzeugen wie ich. Er widersprach dem Herzog von Albany und sagte, daß er Ginevra schon viel länger liebte. Und irgendwann müssen die beiden einen ritterlichen Pakt geschlossen haben. Sie schworen auf die Bibel, daß derjenige freiwillig aufgeben würde, dem Ginevra weniger Gunst erwies als dem anderen. Danach erklärte Ariodant, daß ihm Ginevra bereits ihre Treue voll und ganz geschworen hatte und daß sie, selbst wenn ihr Vater es befehlen sollte, niemals einen anderen heiraten würde.

Der Herzog von Albany lachte nur und sagte, daß sie nur eine Heuchlerin sei, die Ariodant mit bloßen Hoffnungen und leeren Worten hinterging. Er höhnte sogar, daß sich Ginevra über soviel reine Liebe lustig machen würde, wenn sie in seinen, des Herzogs, Armen lag, und log ihm vor, mit ihr jeden Monat sechs oder sieben Nächte in wilder Liebeslust zu verbringen.

»Das ist die Wahrheit über sie«, sagte er zu Ariodant, »und nicht deine ach so edlen keuschen Schwärmereien.«

Ariodant konnte und wollte einfach nicht glauben, was der Herzog von Albany behauptete. Bis zum Äußersten beherrscht, ballte er die Hände zu Fäusten, dann stieß er zwischen bleichen Lippen hervor: »Nun gut, ich will es mit eigenen Augen sehen! Aber gnade dir Gott, wenn du gelogen hast.«

Zwei Tage später gab der Herzog von Albany Ariodant ein Zeichen.

»Es ist soweit«, flüsterte er ihm im Vorbeigehen zu. »Heute nacht an der Ruinenmauer vor dem Söllerturm.«

Ariodant war inzwischen so mißtrauisch, daß er sofort an eine üble Falle dachte. Es war nicht schwer, im Dunkel der Ruinenmauern ein paar bestochene Totschläger zu verstecken. Nach langem Überlegen bat er seinen Bruder Lurcan, ihn zu begleiten. Zusammen mit ihm konnte er es gegen ein Dutzend Angreifer aufnehmen.

Lurcan erfuhr nicht, worum es eigentlich ging. Ariodant sagte ihm nur, daß er sich im Abstand von einem Steinwurf in der Dunkelheit verstecken sollte. Dann schärfte er ihm ein, sich nur dann zu zeigen, wenn er gerufen würde. Sie umarmten sich, und Ariodant näherte sich vorsichtig der dunklen Ecke, an der das Treffen mit dem Herzog von Albany abgesprochen war.

Ich trug in dieser hellen Mondnacht ein weißes Kleid mit goldenen Streifen, die vor dem Mieder gekreuzt waren. Dazu hatte ich ein Netz aus Goldfäden mit kleinen roten Schleifen und schönen Quasten über mein Haar gelegt. Es war dasselbe, das die Königstochter sehr oft trug, wenn sie sich bei Hofe zeigte. Jedermann kannte diesen Haarschmuck, den es kein zweites Mal in ganz Schottland gibt. Als ich dann im Mondschein den vereinbarten Lockruf des Herzogs von Albany hörte, trat ich so weit auf den Balkon des Söllers, daß ich in meiner ganzen Gestalt von drei Seiten aus gesehen werden konnte.

Der Ruf des Herzogs hatte auch Lurcan unsicher gemacht. Er dachte, daß sein Bruder ihn zur Hilfe rief. Er lief deshalb bis auf zehn Schritt an das Versteck seines Bruders in den Mauertrümmern heran. Ich aber ahnte nichts von den verborgenen Zeugen unter mir. Um es besonders gut zu machen, bewegte ich mich auch noch so, wie ich es seit vielen Jahren von der Prinzessin kannte. Ich glaubte ja, daß ich damit meinem geliebten Poliness nur helfen würde, sich von der falschen Liebe zu Ginevra zu befreien. Wenn ich mich früher in den Nächten vorsichtig verborgen hatte, so wollte ich jetzt absichtlich deutlich von ihm gesehen werden. Ja, edler Herr – ich war es, die Ginevra durch meine Verkleidung, meinen Gang und meine Gesten in ihr Unglück stürzte.

Die Brüder im verfallenen Gemäuer konnten mich ebenso deutlich erkennen wie der Herzog von Albany. Als er dann aufstieg und mich noch viel stürmischer als sonst in seine starken Arme riß, ahnte ich nicht, daß mich auch fremde Augen sahen. Ich küßte ihn wie wild auf seinen Mund und seine Wangen. Mir war, als ob er mich heißer küßte und mich mehr begehrte als je zuvor.

Es muß fürchterlich für Ariodant gewesen sein. Aber ich ahnte nichts von seinem Schmerz. Er wolle sich bereits mit entblößter Brust in sein Schwert stürzen und hätte es bestimmt getan, wenn sein Bruder ihm gehorcht und etwas weiter zurück geblieben wäre. So aber kam er im letzten Augenblick, um den Verzweifelten zu retten. Er riß ihn zurück und schrie ihn an: »Bist du von Sinnen? Spare deinen Tod für eine bessere Sache als für den Treuebruch irgendeines Weibes! Die Prinzessin ist es, die sterben muß, und nicht du, mein Bruder! Los, nimm dein Schwert, und hole dir den Beweis für ihre Untreue.«

Doch Ariodant muß so enttäuscht gewesen sein, daß er einfach nicht den Mut fand, sich dem Kampf mit dem unerwarteten Rivalen noch in derselben Nacht zu stellen. Jedenfalls hörten wir danach, daß er wortlos weggegangen sei. Außer seinem Bruder hat ja niemand gesehen, wie sehr er wirklich litt.

Es gab die wildesten Gerüchte überall am Königshof. Ganz Schottland suchte nach ihm. Aber er war und blieb verschwunden. Acht Tage später tauchte ein fremder Pilger auf, der etwas wußte. Er wurde sofort an die Tafel des Königs geführt.

»Ich sage gleich«, begann er, »was ich zu berichten habe, läßt keine Hoffnung mehr zu.« Er zögerte einen Moment, blickte einmal in die Runde und sagte dann: »Ariodant ist zu dem Felsen geritten, der wie ein Schiffsbug weit ins Meer hinaus in Richtung Irland ragt. Glaubt mir, ich wäre glücklich, blind zu sein, damit ich nicht gesehen hätte, was ich euch jetzt berichten muß. Aber er wollte, daß ich hierher reite, um als Zeuge seines Todes auszusagen. ›Ich kann nicht länger leben‹ rief er mir zu, ›Weil mir Ginevra zuviel angetan hat und ich zuviel gesehen habe.‹ Dann stürzte er sich kopfüber vom Felsen hinab in die grausigen Wogen. Ich konnte ihn nicht hindern und auch nicht retten, als es geschehen war.«

Ginevra sprang auf und lief laut schreiend in ihr Schlafgemach. Noch während sie davoneilte, zerriß sie ihr Kleid, zerkratzte sich die Brust und zerwühlte ihr schönes goldenes Haar. Alle am Hof waren bestürzt nach den Worten des Pilgers. Entsetzt wiederholten sie die letzten Worte Ariodants. Sie fragten sich, was er so Schreckliches gesehen haben konnte, daß er sich das Leben nehmen mußte. Und dann schwollen der böse Verdacht und das Gemunkel wie eine schwarze Welle an. Noch wagte keiner der Ritter, keine Dame und auch der König nicht, das offen auszusprechen, was sie bereits dachten.

Lurcan hatte nicht verhindern können, daß sich sein Bruder selbst den Tod gab. Aus seinem Schuldgefühl und aus dem Zorn über diejenige, die er als Ursache für das ganze Leid ansah, wurde immer mehr Haß. Schließlich klagte er die Königstochter offen im großen Rittersaal vor ihrem Vater an: »Mein Bruder starb, weil seine Liebe in eine keusche edle Königstochter viel zu groß war. Er hat sein ganzes Leben ihr gewidmet und alles getan, um das Wohlwollen des königlichen Vaters zu gewinnen. Und was tat sie, die ihm stets ihre reinste Liebe versichert hat? Sie hat ihn ohne jede Scham oben auf dem Söller vor ihrem Schlafgemach mit einem anderen betrogen.«

Natürlich wollten alle wissen, mit wem Ginevra ihre Liebe zu Ariodant verraten hatte, aber Lurcan konnte auf die größte aller Fragen keine Antwort geben. Der ganze Hof erstarrte vor Entsetzen, als allmählich klar wurde, was die Herausforderung und die Anschuldigungen des jungen Lurcan bedeuteten. Auch der König wußte, daß er dem Gesetz der Schotten folgen mußte. Wenn innerhalb des nächsten Mondes niemand kam, der Lurcan die Behauptung als infame Lüge vorwarf und zugleich bereit war, mit dem Schwert dagegen zu kämpfen, dann war der Schottenkönig nach alter Tradition verpflichtet, sogar die eigene Tochter hinrichten zu lassen.

Selbst die Besten, die an die Unschuld der Prinzessin glaubten, fürchteten sich vor der Waffenhand des jungen Italieners, der seinen Bruder rächen wollte. Der einzige, der es dennoch wagen würde, ist zu weit entfernt. Ich spreche von Zerbin, dem Bruder von Ginevra. Er kämpft und siegt überall in den Nachbarkönigreichen. Niemand weiß, wo er sich zur Zeit befindet.

Trotzdem gab der König nicht auf. Er wollte wissen, was

wirklich geschehen war, und ließ alle Hofdamen und Mägde zusammenholen, die etwas über die Tage und Nächte seiner Tochter aussagen konnten. Ich wußte, daß ich den König nicht belügen konnte. Aber ich wollte den Herzog von Albany und mich selbst nicht in tödliche Gefahr bringen. Deshalb verließ ich mitten in der Nacht mein Bett und schlich mich zu ihm.

Er sah sofort, wie ernst die Lage war, und versprach, daß er mich auf einer Burg verstecken würde – nicht weit von hier entfernt. Noch in derselben Nacht sollten zwei Diener von dieser Burg aus aufbrechen, um mir sicheres Geleit zu geben. Bereits die Stunden, bevor diese beiden eintrafen, waren fürchterlich für mich. Einerseits liebte ich Poliness noch immer mehr als mein eigenes Leben. Doch andererseits wollte ich einfach nicht glauben, daß ich die ganze Zeit nur sein Werkzeug gewesen war. Ich weiß nicht, ob du das verstehst. Aber ich ahnte bereits, was geschehen würde, als mich seine Schergen mitnahmen, um mich angeblich so lange in Sicherheit zu bringen, bis Ginevra hingerichtet war. Was dann geschehen ist und was sie wirklich mit mir machen sollten, das hast du selbst miterlebt …

Rinaldo hatte während der ganzen Zeit eine eigenartige Erregung in sich gespürt. Obwohl er eigentlich ausgeschickt worden war, um für Kaiser Karl neue Schwerthände gegen den Sarazenenansturm aus Britannien heranzuholen, lockte ihn der Kampf um das Leben einer unschuldigen Prinzessin mehr als alles andere.

Bereits kurze Zeit später sahen sie die kleine Stadt Sankt Andreas zwischen dichtbewaldeten Berghängen. Finstere Regenwolken hüllten die Bergspitzen ein, und schließlich überholten sie die ersten Bauern, Knechte und Pferdeknappen. Rinaldo achtete kaum auf das, was ihm in fremder Sprache zugerufen wurde. Dann aber hörte er etwas, was er verstand. Er richtete sich sofort wieder in seinem Sattel auf.

»Habe ich richtig gehört?« fragte er Dalinda hinter ihm.

»Du meinst, was der Knappe da eben rief?« antwortete sie. »Ja. Wenn es stimmt, dann kommen wir bereits zu spät. Ein fremder Ritter hat sich vor dir eingefunden, der sich für Ginevras Unschuld schlagen will.«

»Wer ist es?« fragte Rinaldo sofort. »Was spricht man hier am Straßenrand? Welche Zeichen zieren Helm und Schild?«

»Sie wissen es nicht«, antwortete Dalinda, während Rinaldo das Pferd schneller traben ließ. »Er hält sein Gesicht verschleiert. Und auch sein eigener Knappe hat geschworen, daß er seinen Herrn nicht kennt.«

Wenig später erreichten sie die Königsburg von Schottland. Rinaldo schlug mit der Faust gegen die Seitenpforte. Nur eine kleine Luke öffnete sich. Ein Torwächter steckte seinen Kopf heraus und rief: »Das ganze Volk ist fort, um sich den Zweikampf anzusehen. Wenn ihr noch etwas mitbekommen wollt, müßt ihr euch sputen. Der Kampfplatz ist nicht hier, sondern auf der anderen Seite von Sankt Andreas.«

»Ich muß dorthin«, sagte Rinaldo mit fester Stimme, die keinen Widerspruch duldete. Der Wächter zog den Kopf ein und öffnete das große Tor zur Burg. Rinaldo ließ sein Pferd unter dem Torbogen hindurchgehen. Die Hufe schlugen laut und hallend auf das Kopfsteinpflaster einer völlig menschenleeren Straße.

»Dort vorn ist ein Gasthaus, in dem du warten kannst«, sagte der Paladin schnell zu Dalinda. »Es wäre jetzt nicht gut, wenn man uns zusammen sieht.«

Sie stieg vom Pferd, dankte ihm noch einmal mit einer tiefen Verbeugung, raffte ihre Röcke zusammen und verschwand im Eingang der Herberge.

Rinaldo gab seinem Pferd kurz die Sporen. Dann galoppierte er an den geduckten Häuschen der Altstadt von Sankt Andreas entlang. Nur wenige Speerwurflängen weiter sah er bereits den Kampfplatz. Eine große Menge Volk stand in einem großen Geviert am flachen Wiesengrund. Genau in der Mitte prallten zwei Ritter mit aller Wucht gegeneinander. Das Klirren ihrer Rüstungen, das Schnauben ihrer Pferde und das scheppernde Schlagen der Eisenschwerter schallten durch das enge Tal. Sechs weitere Ritter zu Fuß standen mit Schwert und Harnisch rechts und links neben dem Kämpferpaar. Rinaldo erkannte einen weiteren, der als Hofmarschall die Oberaufsicht hatte. Seinem Wappen nach mußte es der Herzog von Albany sein, dessen Verschlagenheit das ganze Unglück entsprungen war.

Rinaldo zwängte sich auf Bajard bis vor die Königstribüne. Während die beiden anderen Ritter unablässig aufeinander einschlugen, wandten sich die ersten Damen und Herren aus dem Hofstaat neugierig dem Fremden zu, um zu erfahren, was er vorzubringen hatte.

»Hört mich an, und unterbrecht sofort den unseligen Kampf!« rief er. »Ich bin es, der euch die Wahrheit sagen kann! Lurcan, der Kläger, ist ebenso getäuscht worden wie sein unglücklicher Bruder Ariodant. Ganz gleich, wer die beiden dort sind, die aufeinander einschlagen – auch sie sind Opfer von Betrug und Lüge. Brich den Kampf sofort ab, mein König, damit ich euch alles erklären kann.«

Was kaum einem anderen in einer derartigen Situation möglich gewesen wäre, gelang Rinaldo durch sein stolzes Auftreten. Ginevras Vater hob die Hand und unterbrach damit den Kampf der beiden Ritter. Auf ihren wild schnaubenden Pferden kamen sie zur Königstribüne, ebenso wie der Herzog von Albany und die sechs Kampfrichter.

Rinaldo wartete, bis sich die Aufregung auf der Tribüne und im umstehenden Volk etwas gelegt hatte. Dann berichtete er so knapp wie möglich, was er von Dalinda über den schnöden Plan von Poliness erfahren hatte. Der Herzog von Albany schüttelte aufgebracht den Kopf. Sein Gesicht verlor zunehmend an Farbe.

»Alles nicht wahr!« stieß er hervor.

»Du nennst mich Lügner?« rief Rinaldo laut. »Dann soll jetzt und gleich das Schwert entscheiden, wer von uns beiden hier die Wahrheit spricht!«

Aus einem ersten Aufstöhnen des Volkes wurden zustimmende Rufe. Schließlich riefen Hunderte, daß sie die Behauptung von Ginevras Unschuld und die Lügen von Poliness bewiesen sehen wollten.

»Ja, er ist falsch und grausam«, bestätigte einer der Ritter neben dem König.

»Stolz und verworfen«, rief ein anderer.

»Böse und schlecht«, ein dritter.

Rinaldo fühlte eine Woge von Zustimmung. Er beugte sich

zur Seite, ließ sich die Lanze von seinem Knappen geben und ritt bis in die Mitte des Turnierplatzes. Die Lanze steil nach oben gereckt, verneigte er sich zum König und nach allen Seiten zu den Versammelten. Dann senkte er die Lanze, klappte sein Visier nach unten und stürmte direkt auf den Herzog von Albany zu.

Poliness hatte gerade noch Zeit, sein Helmvisier über dem bleich gewordenen Gesicht zu schließen. Es dauerte nur ein paar Hufschläge, dann krachte Rinaldos Lanze aus vollem Ritt mitten in die Brust des Herzogs. Poliness flog sechs Ellen weit vom Pferd. Rinaldo sprang ebenfalls zu Boden. Mit einem harten Ruck riß er dem anderen den Helm vom Kopf, aber Poliness konnte nicht mehr kämpfen. Demütig, blaß und zu Tode getroffen, bat er nur noch um Gnade.

»Die Wahrheit!« forderte Rinaldo.

»Ja, es ist wahr«, krächzte der Herzog, sterbend, aber noch so deutlich, daß ihn der König und andere Zeugen hören konnten. »Alles war so, wie dieser Ritter euch gesagt …«

Er kam nicht weiter und brach mit einem letzten Seufzer ab. Für einen Augenblick herrschte atemlose Stille auf dem schottischen Turnierplatz. Rinaldo ließ den toten Herzog von Albany in seiner blutglänzenden Rüstung ins Gras zurückgleiten. Dann stand er wieder auf, ging zum König und Ginevra, nahm seinen Helm ab und verneigte sich. Im selben Augenblick stieg ein ungeheurer Jubel in die Höhe. Lediglich die beiden anderen Ritter, die sich bereits um Ehre oder Tod für die Königstochter geschlagen hatten, standen mit gesenkten Waffen etwas abseits.

Beschämt und mit gesenktem Haupt hatte Lurcan mit angesehen, wie seine gutgläubig vorgebrachten Beschuldigungen von Rinaldo widerlegt worden waren. Der König winkte die zwei Ritter zu sich heran, aber nur Lurcan folgte der Aufforderung. Der andere blieb regungslos auf seinem Pferd.

6. Gesang

Irgendwann rächt sich jede böse Tat. Selbst wenn für lange Zeit kein Kläger kommt und sogar Gott nachsichtig erscheint, wird eines Tages die Erde sprechen und die Luft aufschreien. Dann gibt Gott der Schuld die Kraft, sich selber und den Täter zu verraten.

Poliness war zu sehr im Wahn gefangen, daß seine Untat schon begraben war. Nur Dalinda störte noch sein Wohlbefinden. Sie mußte weg – doch dieser Schritt zuviel bedeutete das Ende. Er mußte alles hergeben: Freunde, den Besitz, sein Leben und – was noch schlimmer war – auch seine Ehre.

Ginevra beugte sich auf der Tribüne zu ihrem Vater und sprach mit ihm. Der König nickte. Dann rief er mit befehlender Geste den unbekannten Ritter vor sich hin. In atemlosem Schweigen warteten alle darauf, daß sich der Fremde zu erkennen gab. Er führte sein Pferd neben Bajard und Rinaldo. Für einen endlos langen Augenblick blieb sein Visier noch geschlossen. Dann hob er langsam mit beiden Händen den Helm vom Kopf.

Ein ungläubiges Aufstöhnen ging durch die Reihen des Hofstaates und das gesamte Volk. Sie alle erkannten den Edlen, den das ganze Land beweint und betrauert hatte.

»Ja, es ist wahr!« rief Ariodant und sah dabei nur die geliebte Ginevra an. »Ich habe mich vom hohen Fels ins Meer geworfen, weil ich nicht leben konnte ohne deine Liebe. Erst als die Wogen mich hin und her warfen, erwachte ich aus meiner Trauer. Jetzt, da ich mich selber in tödlicher Gefahr befand, erkannte ich, daß du, Ginevra, nach den härtesten Gesetzen von Schottland ebenfalls sterben mußtest. Ich wollte plötzlich leben, weil mir einfiel, daß mein eigener Bruder in jener Nacht ebenfalls gesehen hatte, was ich selber sah, und daß er dich anklagen mußte.«

Ariodant stockte und schüttelte noch nachträglich den Kopf darüber, wie schwer ihm die Entscheidung selbst geworden war.

»Ich kämpfte mich zurück zum Ufer, kehrte mit einem weiten Umweg zu meinem Pferd zurück und ritt hierher. Dabei wurde mir klar, daß ich dich, meine geliebte Ginevra, nur retten konnte, wenn ich meinen eigenen Bruder im Kampf besiegte. Ich wußte wie ihr alle, daß er ein geübter und berühmter Kämpfer ist. Aber ich wollte, daß auch ihm das Herz bricht, wenn er den Bruder sterben sieht, für dessen Ehre die Königstochter sterben sollte. Deshalb durfte vor dem Kampf niemand wissen, wer ich wirklich war.«

»Aber hier kennt dich jeder«, warf der König ein. »Wie konntest du dann als Herausforderer auftreten?«

»Ich habe mir ein anderes Pferd besorgt, dazu das schwarze Gewand und den schwarzen Schild hier. Mit eigener Hand habe ich die Ränder grün und gelb bemalt. Denn diese Farben von altem Laub sind bei uns Rittern aus Italien die Zeichen der Verzweiflung und der Todessehnsucht.«

»Nicht einmal dein Knappe war hier bekannt«, rief der König.

»Ich nahm mir einen Bauernjungen und lehrte ihn, wie er mir folgen sollte«, antwortete Ariodant. Ginevra hatte die ganze Zeit wie gelähmt neben ihrem Vater gesessen. Sie hörte jedes von Ariodants Worten, sah jede seiner Bewegungen und sehnte sich wie nie zuvor in seine Arme.

»Er hat's gewagt«, rief Rinaldo, »obwohl er wußte, daß er für Ginevra entweder sein eigenes oder das Leben seines Bruders opfern mußte. Deshalb ist er es auch, der ihre Hand endlich verdient hat.«

Ein ungeheurer Jubel beantwortete Rinaldos Forderung. Die Damen und Herren auf der königlichen Tribüne sprangen begeistert auf und klatschten in die Hände. Auch das Volk rund um den Turnierplatz jubelte und warf die Mützen hoch. Es dauerte sehr lange, bis endlich wieder so viel Ruhe eingekehrt war, daß der König von Schottland seinen Willen laut verkünden konnte.

»Weil es dir, edler Graf Rinaldo, dazu meinem ganzen Hofstaat und dem Volk so gut gefällt, will ich von heute an den treuen Ariodant als meinen Schwiegersohn begrüßen. Ich gebe ihm die Hand meiner geliebten Tochter und dazu das Herzogtum von Albany, das durch Verrat und Sühne wieder frei ist.«

»Vergeßt Dalinda nicht!« rief Rinaldo in die Fröhlichkeit hinein. »Die große Sünderin wurde zum Opfer ihrer Liebe. Und ihr seht selbst, welche Verwirrung durch das Herz entstehen kann. Ich schlage vor, daß ihr Dalinda ziehen laßt, meinetwegen bis in die Karpaten. Dort soll es Nonnen geben, bei denen sie in vielen stillen Stunden über das Übermaß von Wollust sinnen kann.«

Unterdessen unternahm Ruggiero den abenteuerlichsten Ritt seines Lebens. Er hatte oft genug bewiesen, daß er kein Feigling war, aber diesmal bebte sein ganzer Körper vor Anspannung, während das Vogelpferd hoch über die Meerenge von Gibraltar aufstieg. Es raste so schnell nach Westen, daß selbst die Blitze in den Wolken hinter ihm zurückblieben. Dennoch kam Ruggiero der rasende Flug wie eine Ewigkeit vor.

Irgendwann erschien es ihm, als hätte sich das Greifenpferd allein durch die wahnwitzige Geschwindigkeit des Fluges so mit Luft vollgesogen, daß es endlich langsamer wurde. Der Hippogryph ging in eine weite Kurve über und senkte sich, langsam kreisend, über einem Inselarchipel. Ruggiero hatte nie zuvor etwas derart Liebliches gesehen.

Während sich die Schwingen des Vogelpferdes nur noch leicht bewegten, erkannte Ruggiero bebautes Land unter sich, sanft abfallende Hügel, Wiesen und klare Bäche, die bis zu schattigen Stränden führten. Als er noch tiefer kam, entdeckte er Blaubeerbüsche, Myrten und Palmen, Zitronen und goldene Orangen. Überall blühten die Bäume und trugen zugleich Früchte. Die Blätter der Bäume boten einen wunderbaren Schutz vor der heißen Sonne. Plötzlich hörte er sogar den Gesang von Nachtigallen.

Das geflügelte Pferd glitt langsam über Hecken aus Buschröschen, Lilienfelder und Heideland. Die milde Luft schmeichelte Ruggieros Gesicht. Er sah Hasen und Kaninchen, dazu stolze Hirsche und äsendes Damwild. Ohne Scheu sprangen die Böcke in langen Sätzen über die grünen Auen.

Ruggiero wartete, bis der Hippogryph dicht über der Erde segelte, um endlich aus dem Sattel zu gleiten und weich in eine Blumenwiese zu fallen. Trotzdem hielt er die Zügel weiter fest. Er wollte nicht, daß sich sein wunderbares, aber höchst eigensinniges Flugtier von ihm entfernte. Kurz entschlossen band er die Zügel unmittelbar am Strand an eine Myrte. Erst dann wurde ihm bewußt, welchen phantastischen Flug er hinter sich gebracht hatte. In voller Rüstung und ohne Rast hatten das fliegende Pferd und er wohl an die dreitausend Meilen zurückgelegt.

Er legte seinen Schild ins Gras neben einer murmelnden Quelle, zog seine Handschuhe aus und nahm den schützenden Helm vom Kopf. Dann blickte er zu den Bergen hinüber, über denen helle Wolken am blauen Himmel standen. Ein milder Luftzug kühlte seine erhitzte Stirn. Der Sommerwind rauschte ein wenig durch die Tannen und Buchen hinter der Quelle. Ruggiero sank auf die Knie, hielt seine Hände ins wohlig kühlende Quellwasser und befeuchtete seine trockenen Lippen. Er war noch immer ganz benommen von dem, was er vollbracht hatte. Respektvoll blickte er zum geflügelten Pferd hinüber.

Der Hippogryph wirkte unruhig und begann an seinen Zügeln zu ziehen. Ruggiero richtete sich auf. Er sah, wie das Tier immer stärker an den Myrtenzweigen riß. Blätter fielen zu Boden, dann krachten bereits erste Äste. Dennoch gelang es dem geflügelten Pferd nicht, sich loszureißen.

Ruggiero ließ Schild und Helm an der Quelle zurück und eilte auf das Pferd zu. Im selben Augenblick hörte er eine dumpfe Stimme aus dem Inneren des Baumes. Es klang, als würde die Myrte Zorn über das heftige Zerren des Flügelpferds empfinden, und dann platzte die Rinde plötzlich auf.

»Wenn du so schön und edel bist, wie du aussiehst, dann nimm doch bitte dieses Tier von mir«, ächzte die Stimme aus dem Baum. »Es reißt an mir und tut mir weh. Dabei reicht mir, was mich jetzt schon schmerzt und quält.«

Ruggiero blieb wie versteinert stehen. Schließlich löste er hastig die Zügel von den Zweigen.

»Entschuldige«, sagte er schnell. »Ganz gleich, ob Waldgöttin oder eine Menschenseele … ich konnte ja nicht ahnen, daß sich hinter alter Rinde noch etwas Lebendes befindet.« Er starrte noch immer ungläubig auf den Myrtenbaum. »Wenn du mir sagen würdest, wer du bist und wie du dich in diese knorrige Pflanze verirrt hast, könnte ich dir vielleicht helfen.«

Im selben Augenblick erbebte der Baum von den Wurzeln bis zum Wipfel. Die Rinde wurde feucht und schien zu schwitzen wie frisches Holz in Waldgehegen, das eben erst geschlagen wurde. Und dann erzählte der Baum, was mit ihm und vielen anderen vor ihm geschehen war.

Du zwingst mich hier zu einer Antwort, die mir wirklich schwerfällt, aber du sollst sie haben. Ich war Herzog Astolf, ein Paladin von Karl dem Großen. Mein Vater ist König Otto von England. Er, Graf Orlandos Vater, Graf Milon von Anglant, und Graf Rinaldos Vater, der Herzog Haimon von Dordogne, sind drei der Söhne Bernhards von Clermont. Zwei weitere seiner Söhne sind Buovo von Agrismont und Papst Leo X.

Ich betone meine Herkunft, damit du mir glaubst, daß ich auch einmal so jung und schön wie du aussah. Ich war vielleicht nicht der stärkste aller Ritter, aber es hat mir nie an Mut, manch kühnen Reden und Beifall bei den Damen gefehlt. Doch was mir hier geschah, ist meine eigene Schuld.

Ich kam zusammen mit Rinaldo und den anderen aus dem Königreich Cathay hier an – von Osten übers Meer bis Indien. Wir waren dort in einem Kerkerraum gefangen, bis uns Graf Orlando mit seiner Riesenkraft befreite. Es hieß, daß Karl der Große uns zur Verteidigung des Abendlandes brauchte. Während Orlando noch bei Angelica in Albracca blieb, eilten wir anderen westwärts immer an den Küsten entlang, an denen Jahr für Jahr der Nordwind Überschwemmungen und Unheil anrichtet.

Eines Morgens gelangten wir hier an diesem Strand an. Wir wollten ohne Argwohn nur die Insel etwas erkunden, als wir ein wunderschönes Schloß entdeckten, von dem das ganze Meer zu überblicken war. Inzwischen weiß ich, daß es einer Hexe, einer Magierin namens Alcina, gehört. Wir entdeckten sie, wie sie einsam am Meeresufer stand. Ohne Netz und ohne Angel rief sie jede Menge Fische bis ans Ufer. Wir waren fasziniert von diesem einmaligen Schauspiel. Delphine huschten in flinken Haufen auf sie zu, mit offenem Maul näherten sich Thunfische, dann sogar Walrosse und Robben mit ihren greisen Mienen.

Die Zauberin lockte Lachse und Barben, den Butt und sogar den Meeraal wie eine Herde Haustiere bis zu sich heran. Ob du es glaubst oder nicht – schließlich erschienen sogar Pottfische und Wale. Die Riesenrücken dieser Tiere ragten wie Berge aus dem Wasser. Und einer von ihnen war so mächtig, wie ich es noch nie zuvor gehört hatte. Ein riesiger Kragen aus Speck ballte sich um seinen Hals, und seine Schulter ragte elf Schritte in die Höhe.

Als dann Alcina mich bemerkte, spürte ich bereits an ihrem ersten Blick, daß ich ihr gefiel. Vielleicht hätte ich schon da erkennen müssen, daß irgend etwas an ihr nicht stimmte. Aber ich war nach all den vielen schlimmen Dingen, die wir erlebt hatten, und dem wundersamen Aufmarsch all der Fische so eingenommen von ihrer Anmut, daß ich ihr einfach zuhören mußte, als sie uns ansprach.

»Willkommen hier auf meiner Insel«, sagte sie fröhlich zu uns. »Ich würde mich sehr freuen, wenn ihr heute nacht meine Gäste sein könntet. Hier, seht nur, was ich bei der Jagd alles aus dem Meer herausgeholt habe. Die schönsten Fische jeder Sorte. Fast noch mehr als Sterne am Himmel …«

Wir nickten eifrig, weil wir sahen, daß sie die Wahrheit sprach, und fühlten uns alle plötzlich sehr leicht und irgendwie verspielt. Draußen vom Meer her hörten wir die Melodie einer Sirene – so schön und lieblich, daß sie sogar einen Sturm besänftigt hätte. Vor mir lag der Walfisch still im Wasser. Natürlich mußte ich wieder einmal der erste sein, der auf ihn kletterte. Rinaldo winkte mit den Armen und wollte mich von meinem Versuch abhalten. Sein Vetter Dudo, der Sohn des großen Dänen Ogier, ebenfalls. Aber ich achtete nicht auf sie. Alcina lachte nur und eilte vergnügt auf mich zu.

Wir erreichten gleichzeitig den Walfisch. Die anderen zögerten noch, während ich mit Alcina bis zur höchsten Stelle seines Rückens lief. Im selben Augenblick bewegte er sich wieder und schwamm schnell ins Meer hinaus. Ehe ich begriff, was ich in meinem Leichtsinn getan hatte, waren wir bereits so weit vom Strand entfernt, daß ich nicht mehr zurückschwimmen konnte. Ich sah gerade noch, daß Rinaldo sich in die Wellen stürzte und mir so weit wie irgend möglich folgte. Umsonst, denn plötzlich kam ein Sturm auf, das Meer wurde giftiggrün, und der Himmel bedeckte sich mit schwarzen Wolken. Ich weiß nicht, was aus dem tapferen Rinaldo geworden ist. Nur Alcina schenkte mir etwas Hoffnung. Sie versuchte mich zu trösten, umschlang mich mit ihren weichen Armen und hielt mich während des ganzen Unwetters fest an sich gedrückt.

Irgendwann erreichten wir dann wieder das Ufer. Alcina sagte mir, daß ihr der größte Teil der Insel gehöre. Erst später erfuhr ich, daß sie ihn ihrer tugendhaften Schwester Logistilla weggenommen hatte. Sie selbst und ihre andere Schwester, die Fee Morgana, hingegen entstammen einer Inzestsünde ihres Vaters. Sie hatten gegen Logistilla ein Heer aufgestellt und ihr mehr als hundert Schlösser weggenommen. Zum Schluß haben sie die keusche Jungfrau auf die andere Seite des Gebirges verjagt. Die steilen Felsen und der Fjord bilden eine Scheidewand, so ähnlich, wie das Königreich der Schotten von der Insel England abgetrennt wird.

»Und diese Logistilla?« fragte Ruggiero. »Lebt sie denn immer noch jenseits der Berge?«

»Ja«, antwortete die Stimme aus dem Baum. »Aber das wenige, das sie noch besitzt, soll ihr ebenfalls geraubt werden.«

»Nun gut«, meinte Ruggiero. »Ich weiß jetzt, wie du die Insel hier in Gut und Böse unterteilst. Aber du hast bisher mit keinem Wort erwähnt, wie du zur Pflanze wurdest.«

»Ahnst du das nicht?« seufzte die Stimme aus dem Baum. »Alcina hat mich nicht nur auf dem Walrücken umarmt, sondern immer tiefer in ihr Liebesnetz verstrickt. Sie hatte nur noch mich im Kopf, machte sich schön und umkoste mich so heftig, daß ich mich einfach nicht gegen sie und die Verlockung wehren konnte. Sie gönnte mir die Wonne ihrer zarten Glieder. O ja! Die habe ich genossen, wenn wir uns umarmten. Ihr ahnt ja nicht, wie schön und wahnsinnig die Liebe wirklich sein kann. Die meisten Menschen spüren davon nur einen Tropfen und wissen nicht, daß es dazu noch einen ganzen Brunnen voller Glück gibt. Alle Männer, die vielleicht früher schon etwas mit ihr hatten, schickte sie in den Wind. Sie wollte nur noch mich als ständigen Berater an ihrer Seite, mich als Gebieter über alle Krieger und als Vertrauten, dem sie mehr als allen anderen zugetan war.«

Die Stimme aus dem Baum seufzte so klagend auf, daß Ruggiero Mitleid mit dem unglücklichen Gefangenen empfand.

»Ich dachte, daß mir das Glück für alle Zeit gehört, ebenso wie ihre große Liebe. Doch dann zerriß es mich fast, als ich sah, wie sie mich plötzlich fallenließ und mit der gleichen Glut für einen anderen entflammte.«

»Ich will dich nicht beleidigen«, sagte Ruggiero, »aber mir scheint, daß diese Dame ziemlich flatterhaft und unersättlich ist.«

»Du kannst mir nicht mehr Leid zufügen als sie«, seufzte die Stimme in der Myrte. »Fast genau zwei Monate war ich ihr Geliebter. Dann hat sie mich davongejagt.«

»Einfach so?«

»Ja, einfach so«, antwortete die Stimme aus dem Baum. »Alles, was du hier siehst, sind ehemalige Liebhaber dieses verfluchten Weibes. Die Tannen dort, die Ölbäume, die Palmen und die Zedern – alles Männer, die sie in den Armen hielten. Ich bin zum grünen Myrtenbaum geworden. Doch selbst die Quelle dort, die wilden Tiere, ja ganze Wäldchen, alle sind ehemalige Geliebte von ihr. Was sie nicht mehr will, verwandelt sie in Wasser oder Stein, in Holz und Felsen oder was auch immer. Du mußt hier höllisch aufpassen, wenn du auf irgend etwas trittst. Es könnte ein Geliebter der Zauberin gewesen sein.«

»Unglaublich!« stieß Ruggiero hervor. »Aber ich danke dir für deine Warnung.«

»Du mußt gewarnt sein, wenn du auf dieser Insel überleben willst«, bestätigte Astolf aus dem Baum heraus. »Daß wir alle nur den Schaden hatten, hilft dir vielleicht, die Gefahr rechtzeitig zu sehen.«

»Ich würde dir gern helfen«, sagte Ruggiero. »Gibt es nicht irgendeinen Weg durch das Tal oder durch die Berge, der mich zu der betrogenen Jungfrau Logistilla führt? Ich meine, an den Fallen der Zauberin vorbei ...«

»Es gibt tatsächlich einen Weg«, antwortete die Stimme aus der Myrte. »Allerdings ist er ziemlich gefährlich. Er führt durch eine steinige Wüste, bis du rechter Hand einen schmalen Pfad über die Berge findest. Dort in den Bergen wohnen wilde Kerle, eine fürchterliche Mörderbande. Sie sind wie eine Menschenmauer, die jeden tötet, der aus dem Reich der Hexe fliehen will.«

Ruggiero sprach noch eine Weile mit dem gebannten Herzog. Er war ein Vetter seiner geliebten Bradamante. Schon deshalb mußte er etwas für seine Rettung tun. Er dankte ihm und ging zum Flügelpferd zurück.

Ruggiero sah den Hippogryphen prüfend an. Er war ihm immer noch nicht ganz geheuer. Obwohl es leichter für ihn gewesen wäre, in niedriger Höhe über die Insel zu fliegen, entschied er sich, lieber zu Fuß zu gehen und den Hippogryphen am Zügel nachzuziehen.

Nach kaum zwei Meilen an der Küste entlang tauchte plötzlich die wunderschöne Stadt der Zauberin vor ihm auf. Sie reichte fast bis an die Wolken heran und glänzte so hell und metallisch, als würde sie aus schierem Gold bestehen.

Um möglichst unentdeckt zur Stadt zu kommen, verließ Ruggiero den breiten Weg, der in gerader Richtung bis zu den Toren führte. Er ging nach rechts und folgte einer Abzweigung, die immer enger und steiniger wurde, je mehr er sich den steilen Felswänden der Berge näherte. Hier gab es nur noch Geröll und keine Ausweichmöglichkeit mehr. Ruggiero fürchtete sich nicht. Trotzdem hielt er mehrmals die Luft an, wenn Geröll und Steine unter seinen Füßen über den Wegesrand abwärts polterten.

Dann, auf einer kleinen grasbewachsenen Plattform, geschah genau das, wovor ihn Astolf gewarnt hatte: Unmittelbar vor ihm tauchten schrecklich anzusehende Waldgesellen auf. Fauchend und zischend sprangen sie ihm in den Weg. Ruggiero hatte nie zuvor derartige Dämonenfratzen gesehen. Köpfe von

Affen und Katzen starrten ihn an, die auf nackten Menschenleibern saßen. Er erkannte stampfende Bocksfüße, scharrende Bärentatzen, Wesen mit Zentaurenkörpern, dazwischen höhnisch grinsende junge Burschen und vollkommen verhutzelte Alte, bei denen er nicht sagen konnte, ob ihre Haut zu ihnen selbst gehörte oder als Ledermantel schlapp um ihre nackten Körper hing.

Ruggiero sah einen, der ohne Sattel oder Zügel blitzartig um die Felsenkante vor ihm schoß, danach eher gemächlich ein Paar auf einem Ochsen und einem Esel. Einer der jungen Burschen sprang auf den Zentauren. Andere griffen sich Kraniche, Straußen und sogar einen Adler, um auf ihnen zu reiten. Einer aus der wilden Bande setzte ein Horn ans Maul, der nächste eine Muschelschale. Sie bliesen, lärmten, kreischten und drängten wild durcheinander. Ruggiero erkannte Männer, Frauen und dann Wesen, die sogar beides waren. Einige schleppten Haken mit sich, andere Strickleitern, Stemmeisen und Eisenfeilen. Mitten im Durcheinander der monströsen Scheusale ritt ihr fetter, dickbackiger Anführer auf einer Riesenschildkröte, die bedächtig einen Fuß vor den anderen setzte. Rechts und links von ihm gingen jeweils zwei kräftige Männer, die den feisten Anführer auf seinem Reittier festhielten. Der war so betrunken, daß ihm sein Kopf immer wieder nach vorn fiel. Einer seiner Begleiter mußte ihm ständig den Schweiß von Stirn und Kinn wischen. Ein anderer fächelte ihm unablässig frische Luft zu. Noch während Ruggiero auf die eigenartige Prozession starrte, fauchte ein nackter Kerl mit einem Hundekopf heran. Er fletschte seine Zähne und versuchte, den fremden Ritter zurückzubellen.

»Na schön, ihr Ungeheuer!« schrie Ruggiero die ganze Höllenbrut lauthals an und riß sein Schwert hoch. »Glaubt doch nicht, daß ich vor euch fliehe, solange ich das hier noch in der Hand habe.«

Er stieß das Schwert nach vorn, und seine Spitze war nur einen Fingerbreit vom Geifermaul des Menschenhunds entfernt. Irgendwoher bekam die Monstrumgestalt einen scharfen Speer und schwang ihn in die Höhe, aber Ruggiero reagierte schneller. Sein Eisen stieß ungebremst in den Wanst des Wesens, durchbohrte ihn und kam eine Handbreit aus dem Rücken hervor. Ruggiero wollte vorwärts springen, doch der Platz an der Felswand war viel zu eng für einen ordentlichen Kampf nach ritterlichen Regeln. Er konnte nur wild um sich schlagen und alles, was ihm zu nahe kam, einfach in Stücke hauen.

Dem einen Angreifer zerschnitt sein Schwert den Schädel bis zum Maul, dem anderen hieb er bis aufs Brustbein. Die Klinge spaltete Helm, Schild und Panzer, doch er hatte einfach nicht genügend Arme und viel zuwenig Platz. Obwohl er kämpfte, wie noch nie zuvor, spürte er, daß er so nicht gewinnen konnte. Die wilde Brut der Ungeheuer bedrängte ihn von allen Seiten.

Nun rächte sich, daß er den Schild seines alten Gönners Atlante nicht mitgenommen hatte. Mit seinem Lichtblitz hätte er sie alle lähmen können. Kaum gedacht, verscheuchte er den Gedanken wieder. Er war zu sehr mit ritterlichen Tugenden aufgewachsen. Für ihn galt nur der echte Schild und die Kraft des Eisenschwerts.

Eher zufällig sah er, daß aus dem großen Tor in der goldenen Stadtmauer Hilfe für ihn kam. Auf einem hermelinweißen Einhorn näherten sich zwei junge Mädchen. Ruggiero erkannte schon von weitem an ihrer Kleidung, daß sie aus königlichem Hause sein mußten. Schnell, aber ohne Hast, anmutig und hoheitsvoll eilten die beiden Reiterinnen zu der Stelle, an der Ruggiero sich gegen die wilden Kreaturen der Zauberin Alcina wehrte.

Und plötzlich war der ganze Spuk vorbei. Aufschreiend, fauchend und mit lautem, vielstimmigem Geschrei verschwanden die mörderischen Monstren. Die beiden wunderschönen Mädchen ließen das anmutig vor Ruggiero tänzelnde weiße Einhorn anhalten. Von ihrem Reittier herab boten sie ihm ihre feinen Hände zum Gruß. Er spürte, wie er unwillkürlich rot wurde.

»Ich … danke euch«, stammelte er verlegen. »Das war Rettung aus höchster Not!«

»Du kannst gern mit uns kommen«, sagte die eine und lächelte.

»Wir würden uns sehr freuen, wenn du uns zurück zum goldenen Tor begleitest«, stimmte die andere zu.

Ruggiero spürte, wie sein Herz kräftig pochte. Benommen

folgte er dem weißen Einhorn mit den beiden königlichen Mädchen. Je näher sie dem Portal über dem großen Stadttor kamen, um so deutlicher erkannte Ruggiero, wie überreich der Eingang in die goldene Stadt geschmückt war. Unmengen seltener Edelsteine zierten die Torrahmen, der aus vier Diamantsäulen gebildet wurde.

Überall lockten ihn hübsche Mädchen mit anzüglichen Bewegungen. Ruggiero hätte sie vielleicht noch schöner gefunden, wenn sie etwas züchtiger gewesen wären in ihren grünen Kleidchen und frischen Blumenkränzen auf den Köpfen. Dennoch genoß er ihre Begrüßungen. Es kam ihm vor, als hätten alle wie in einem Paradies oder der Heimat des Liebesgottes Amor nur auf ihn gewartet.

Die schönen jungen Menschen vergnügten sich bei frohen Festen, Tanz und Spiel ganz nach ihren Neigungen. Wo der Sarazenenheld auch hinsah, entdeckte er nirgendwo Mangel, Not, grauhaarige Weisheit oder griesgrämige Einwohner. Alle wollten nur Spaß haben und den Überfluß genießen. Die ganze Stadt erschien ihm wie ein ewig andauernder, lieblich lachender Frühlingstag. An Quellen sangen Jünglinge und Mädchen innig süße Lieder. Andere erzählten sich im Schatten grüner Bäume von ihren schönsten Liebeserlebnissen. Dort, wo die Buchenblätter rauschten und sich die Pinienwipfel wiegten, wo bei Lorbeergebüsch auch ein paar Tännchen standen, flogen leicht wie Schmetterlinge junge Liebesgötter hin und her. Sie übten sich in ihren Aufgaben. Der eine suchte sich ein frisches Herz für seinen Pfeil, der andere kicherte bei jedem Treffer. Dicht neben dem Quellbach härtete eine ganze Gruppe ihre Pfeile und spitzte sie auf glatten Steinen an.

Noch ehe sich Ruggiero satt sehen konnte, wurde ein feurig flinker, brauner Hengst zu ihm geführt. Er war in prächtiges Geschirr gekleidet, mit riesigen Juwelen, purem Gold und schöner Stickerei bis in die feinsten Schnallen. Ruggiero hatte noch nie zuvor ein so schön und reich geschmücktes Pferd gesehen. Er wandte sich nach dem Hippogryphen um. Ein blonder Knabe führte bereits das sonst so eigenwillige Zwittertier mühelos weiter.

Gleich darauf wandten sich die beiden Schönen auf dem weißen Einhorn an Ruggiero.

»Edler Ritter«, begann die eine schmeichelnd. »Wir wissen, was dein starker Arm bereits vollbracht hat.«

»Und deshalb bitten wir dich heute um einen Dienst für uns«, fuhr die andere fort. »Die Stadt hier in der Ebene gehört der Zauberin Alcina. Der Weg zur anderen Seite der Insel wird durch eine Sumpfspalte und das steile Gebirge abgegrenzt.«

»Es wäre möglich, zwischen Berg und Sumpf zur anderen Seite zu gelangen«, sagte die erste wieder. »Aber genau dort bewacht ein fürchterliches Weib namens Eriphyle mit Tücke und Gewalt den Steg, der als kleine Brücke über den Sumpf hinwegführt.«

»Du kannst dir dieses fürchterliche Mannweib überhaupt nicht vorstellen«, übernahm die andere wieder. »Selbst für sehr starke Ritter ist sie noch eine Riesin. Mit langen Zähnen, Gift im Biß und scharfen Bärenkrallen, die mit einem Schlag alles zerfetzen können.«

»Aber der Schrecken dieses Weibes ist noch viel schlimmer. Nicht nur, daß sie die Straße und den Steg bewacht. Sie läuft auch in die Gärten und packt sich alles, was ihr in die Hände fällt. Sie ist die Mutter aller Schrecken, die du am Berg gesehen hast. Ihr sind sie untertan und bis zur Grausamkeit gehorsam.«

Ruggiero sah sie beide mit großen Augen an.

»Seid unbesorgt!« sagte er geschmeichelt. »Ich will hundert Schlachten für euch gewinnen, wenn es sein muß. Ein echter Ritter trägt seinen Helm und Harnisch nicht für irgendwelche Beutezüge, sondern damit er andere beschützen oder retten kann. Es ist mir daher die allergrößte Ehre, wenn ich so schönen Damen wie euch beiden Beistand leisten kann.«

Die beiden Mädchen auf dem Einhorn hauchten ihm scheu ein paar Dankesworte zu. Während sie erröteten und leise lachten, stiegen sie von ihrem weißen Reittier. Zusammen mit Ruggiero gingen sie fröhlich plaudernd in die Richtung auf die kleine Brücke über den Sumpf. Und dann sahen sie Eriphyle. Sie bewegte sich dicht am Ufer in ihrer goldenen, edelsteingeschmückten und mit triefenden Wasserpflanzen behängten Rüstung.

7. Gesang

Wer seine angestammte Heimat verläßt, begegnet oftmals Dingen, von denen er und die Zurückgebliebenen vorher keine Ahnung hatten. Wenn er dann, heimgekehrt, davon berichtet, wird er schnell als Lügner abgestempelt. Das dumme Volk kann eben nicht viel weiter als bis zum eigenen Horizont sehen.

Ich fürchte daher, daß mir die gleichen dummen Leute auch nicht glauben, was ich jetzt erzählen werde. Mir ist das gleich, weil ich ja weiß, daß mein Herr und Gönner Ippolito voller Weisheit und Verständnis ist.

Grüne Smaragde, rote Rubine und gelbe Chrysolithsteine funkelten auf der Rüstung des gewaltigen Mannweibes. Erstaunt erkannte Ruggiero, daß sie sich einen Wolf zum Schlachtroß ausgewählt hatte, der so groß war wie ein Stier. Sie ritt ohne Zügel in ihrem ungewöhnlichen Sattel. Über dem geschmückten Brustharnisch trug Eriphyle einen sandfarbenen Umhang, der nach der letzten Mode von Hofprälaten zugeschnitten war.

Ruggiero entdeckte auf ihrem Helm eine bis zum Platzen angeschwollene Giftkröte. Eine zweite dieser gräßlichen Unken hockte in der Mitte ihres Schildes.

»Das ist sie«, sagte eines der beiden jungen Mädchen angstvoll. »Sie sperrt von früh bis spät den Übergang zur anderen Seite.«

Der Sarazene nahm seine Lanze und ging in Angriffsstellung. Die wilde Sumpfkriegerin auf der anderen Seite brüllte und schmähte ihn. Hohnlachend sperrte sie auf ihrem Riesenwolf den Übergang. Als sie erkannte, daß Ruggiero nicht vor ihr zurückwich, sprengte sie ihm kühn und schnell entgegen. Sicher im Sattel sitzend, spornte sie den Wolf und legte sich in vollem Lauf ihre Lanze zurecht. Die Erde bebte. Aber noch ehe sie mit ganzer Wucht angreifen konnte, wurde sie von Ruggieros Lanze aufgehalten. Er traf sie direkt unter ihrem Helm. Die Wucht war so stark, daß ihr mächtiger Körper in hohem Bogen sechs Ellen zurück auf den Boden krachte. Ruggiero setzte ihr sofort nach. Er riß bereits sein Schwert hoch und wollte zuschlagen, als er hinter sich die beiden Mädchen rufen hörte.

»Genug!« bat hastig die eine. »Es reicht doch, daß du sie besiegt hast.«

»Ja, steck dein Schwert wieder ein«, sagte die andere. »Die Brücke ist doch wieder frei, und wir können jetzt weitergehen.«

Ruggiero konnte den beiden hübschen Mädchen ihre Bitten nicht abschlagen und ließ sein Schwert wieder in die Scheide gleiten. Gemeinsam folgten sie dem Weg durch ein kleines Wäldchen am Fuß der Berge. Ohne jede Biegung führte er nach oben.

Als sie endlich in der Höhe angekommen waren, wichen die Bäume zurück, und vor ihnen lag eine weite Wiese. In ihrer Mitte stand ein Palast, der zu den lieblichsten gehörte, die Ruggiero je gesehen hatte. Noch während sie sich näherten, erschien Alcina inmitten ihres Hofstaates vor dem ersten Tor. Sie grüßte ihn so anmutig und hoheitsvoll, als hätten sie alle ihn schon sehnsüchtig erwartet. Ihr gesamtes Gefolge neigte den Kopf vor ihm. Einige knieten sogar nieder, als wollten sie ihm wie einem großen Herrn und König dienen.

Ruggiero erinnerte sich daran, was der Gefangene im Myrtenbaum über Schönheit und Jugend in der Umgebung der Zauberin gesagt hatte. Tatsächlich sah er ringsherum nur Jugend und Schönheit. Alcina selbst strahlte wie die Sonne über die funkelndsten der Sterne. Ruggiero konnte sich einfach nicht vorstellen, daß selbst der beste Maler etwas Schöneres auf die Leinwand bringen konnte. Er himmelte Alcina an. Sie sah es und entwand sich lachend seinen sehnsüchtigen Blicken. Doch gerade dadurch kam ihm ihr langes blondes, schöngelocktes Haar noch strahlender und goldener vor.

Er trank das Bild vor sich wie ein Verdurstender, sah ihre lieblichen, in zartes Rosenrot getönten Wangen auf einem Weiß wie von Liguster. Ihre Stirn hatte die sanfte Schönheit von Elfenbein. Unter zwei feinen schwarzen Brauen funkelten schwarze Augen mit geheimnisvollem Sonnenglanz. Alcina sah Ruggiero zärtlich an, während er ihre wohlgeformte Nase und die Grübchen zu beiden Seiten ihres zinnoberroten Mundes bewunderte. Sobald sie ihre schönen weichen Lippen öffnete, waren die schneeweißen Perlenreihen ihrer Zähne zu sehen. Ihr Hals war ebenfalls so weiß wie Schnee, und ihre zarten Brüste waren weiß wie Milch.

Ruggiero fühlte sich wie von einem unsichtbaren Netz eingefangen. Er vergaß alle Warnungen, die er aus dem Myrtenbaum gehört hatte, und dachte nicht einmal mehr an Bradamante. Er konnte einfach nicht glauben, daß irgend etwas an Alcinas reinem, glockenhellem Lachen falsch sei. Dann lieber glaubte er, daß Astolf durch seine eigene Schuld in einen Baum verwandelt worden war. Vielleicht war er ein Undankbarer, ein Verräter und hatte ihm nur Böses über die wunderschöne Zauberin erzählt, weil er sie haßte und sich rächen wollte.

Die Zauberin ließ Ruggiero nicht mehr zur Besinnung kommen. Bei Tisch erklangen Harfen, Leiern, Zithern und viele andere Instrumente in schönster Harmonie. Sänger traten auf und priesen die Freuden und die Leiden der Liebe. Selbst das berühmte Prunkmahl, das Königin Kleopatra für Marc Anton ausgerichtet hatte, war nichts gegen all das, was die verliebte Zauberin für den Sarazenenheld in Szene setzte.

Nachdem die Speisen abgetragen waren, klatschte Alcina in die Hände. »Kommt«, rief sie fröhlich. »Laßt uns das Flüsterspiel beginnen!«

Ruggiero hob die Brauen und sah sie fragend ab. Sie spitzte die Lippen, deutete einen Kuß an und neigte sich leise glucksend zu ihm.

»Das ist doch nur ein Vorwand«, hauchte sie in sein Ohr. »Jeder sagt dem anderen irgendein Wort, das dann weitergeflüstert wird. Aber in Wahrheit will ich dir nur ungehört von allen anderen sagen, wie sehr ich mich nach dir und deiner Stärke sehne.«

Unwillkürlich errötete Ruggiero und sah verstohlen zu den anderen. Niemand kümmerte sich um ihn und Alcina. Sie waren alle mit sich selbst beschäftigt.

Früher als gewöhnlich beendete die Zauberin die Spiele. Blutjunge Pagen traten mit Fackeln in den Saal. Während die anderen sich ebenfalls zurückzogen, wurde Ruggiero in ein schönes kühles Schlafgemach begleitet. Die Pagen brachten ihm Gebäck und gewürzten Feuerwein. Sie verneigten sich noch einmal tief vor ihm, dann gingen sie rückwärts aus dem schönsten Raum des Schlosses.

Ruggiero war aufgewühlt und zugleich so selig wie noch nie zuvor. Als er endlich in die duftigen Linnen schlüpfte, kamen sie ihm so fein vor, wie von Arachnes Hand gewebt. Er wartete ungeduldig und lauschte jedem Laut innerhalb des nächtlichen Palastes. Seine Ungeduld wurde so groß, daß er immer wieder dachte: »Jetzt kommt sie gleich! Ja, das sind ihre Schritte ...«

Aber nichts regte sich, und jedesmal sank er enttäuscht in seine Kissen zurück. In seiner Ungeduld dachte er sich die schlimmsten Hindernisse aus, die Alcina zurückgehalten haben könnten. Aber dann – endlich – kam sie doch noch, nicht durch einen der großen Flure im Schloß, sondern durch einen Geheimgang. Sie hatte lange Zeit gebraucht, um sich mit allerfeinsten Spezereien, Duftölen und ganz besonderen Wassern für ihn schön zu machen.

Als er Alcina plötzlich, nach so langer Ungeduld, vor sich sah, schmolz er unter ihrem Blick dahin. Er dachte keinen Augenblick daran, daß er Lückenbüßer für Astolf in seinem Myrtenbaum sein könnte. In seinen Adern brannte es wie aus Schwefeltonnen. Ihm war, als würde seine Haut die Glut in ihm nicht mehr zusammenhalten können.

Ihr Umhang glitt herab. Darunter trug sie keinen Rock und kein Mieder mehr – nur einen leichten Seidenschleier und ein feines weißes Hemdchen, wie aus Schnee gewirkt.

Kein Efeu konnte einen jungen Baum fester umschlungen halten, als sie sich beide umarmten. Ihr Atem mischte sich als süßer Hauch. Es roch, als wären Indiens Blumen der allerschönste Duft entsprungen, gleichzeitig herb und fordernd wie im Land der Königin von Saba. Und dann genossen sie, daß sie beide mehr als eine Zunge in ihren Mündern hatten. Sie schenkten sich und nahmen gegenseitig alles, was ihnen höchste Lust bereitete.

Auch in den nächsten Tagen schwebte Ruggiero in einer

Wolke voller Glück. Zwei bis dreimal täglich kleideten sie sich nach dieser oder jener Mode um. Sie waren ständig unterwegs zu Festen und Gelagen, besuchten Bäder, Schauspiele und ritterliche Turniere. Wenn sie ermüdet waren, lasen sie wie alle anderen im Schatten bei einer Quelle die großen Dichter und freuten sich darüber, was diese über Glück und Liebe aufgeschrieben hatten.

Die unbeschwerten Tage und die wilden Nächte im Reich der Zauberin Alcina ließen Ruggiero alles vergessen, was vorher gewesen war. Sie ritten in Gemeinschaft mit anderen durch das grüne Hügelland, folgten den Hasen, ließen die Hunde auf Fasane gehen, legten Leimruten und Schlingen für die Drosseln unter Wacholderbüsche, und wenn es ihnen nach Salz und Meer zumute war, holten sie Angeln und die Netze, um Fische zu fangen. Alles, was Ruggiero erlebte, war ein Paradies für ihn – noch dazu ein verzaubertes …

Zur selben Zeit wurden die Vorstöße des Sarazenenkönigs Agramant gegen Karl den Großen in Paris immer bedrohlicher. Rinaldo war noch immer nicht aus England zurückgekehrt. Auch Bradamante, die sonst jederzeit für den Kaiser die Waffen nahm, war seit Tagen nicht mehr gesehen worden. Seit Ruggiero vor ihren Augen auf dem Hippogryph in der Luft verschwunden war, streifte sie überall auf der Suche nach ihm herum. Sie ritt über weite Felder, suchte in Wäldern, fragte in Dörfern und Städten, ließ kein Tal aus und schreckte vor keinem Berghang zurück. Doch nirgendwo gab es auch nur die kleinste Spur von ihm. Deshalb begann Bradamante immer mehr zu riskieren. Anfänglich blieb sie sehr vorsichtig, aber dann befragte sie sogar feindliche Sarazenenkrieger nach Ruggiero. Da er einer der Ihren war, glaubte sie, daß sie mehr von ihm wissen könnten als die Paladine des Kaisers in Paris.

Jeder andere wäre längst eingefangen worden, aber Bradamante konnte gehen, wohin sie wollte. Sobald irgendeiner von den Sarazenen mißtrauisch wurde, steckte sie schnell den Zauberring, den sie Brunell abgenommen hatte, in den Mund und wurde augenblicklich für alle anderen unsichtbar.

Die Gräfin von Marseille glaubte fest daran, daß Ruggiero noch lebte. Wenn er im Kampf gefallen – ja, selbst wenn er unrühmlich und durch irgendeinen Unfall ums Leben gekommen wäre, hätte sich diese Nachricht wie ein Lauffeuer von Indien bis zum Sonnenuntergang verbreitet. Am meisten quälte sie, daß sie nicht sagen konnte, wohin er geflogen war. Sie suchte weiter und weiter, während ihre Tränen immer bitterer wurden. Schließlich sah sie als letzte Hoffnung nur noch den Ort, an dem die Gebeine Merlins ruhten. Sie beschloß, ihren Zorn so lange am Sarkophag des Zauberers herauszuschreien, bis sogar der kalte Marmor Mitleid für sie empfand. Entweder Merlin oder die Schicksalsfee, die ihr ganze Fürstengeschlechter als Nachkommen geweissagt hatte, mußten ihr helfen.

Bradamante ahnte nicht, daß die Zauberin tatsächlich Tag für Tag ihre Würfel geworfen hatte, um aus den Orakelzeichen herauszulesen, was mit Ruggiero geschehen war. Dadurch wußte sie, daß er noch lebte. Noch ehe Bradamante bei ihr eintraf, überlegte sie bereits, wie sie verhindern konnte, daß er mehr und mehr verkam. Der Zauberer Atlante war nur daran interessiert gewesen, Ruggiero aus dem Kriegsgeschehen zu nehmen. Um sein Leben zu erhalten, hatte er Ruggieros Ruhm und seine Ehre aufs Spiel gesetzt, als er ihn vom Hippogryphen zur Zauberin Alcina auf ihre ferne Insel bringen ließ. In ihren weichen Armen sollte er vergessen, wem er Treue, Liebe und Gehorsam geschworen hatte.

Die weise Frau sorgte sich nicht Ruggieros körperliches Wohlergehen, sondern um seine Seele. Sie ging Bradamante entgegen.

»Ich weiß, warum du kommst«, sagte Melissa sofort, nachdem sie Bradamante umarmt hatte. »Laß dein Herz jubeln, denn dein Geliebter lebt.«

»Wo ist er? Hast du ihn gesehen?«

»Die Wahrheit muß ein schwerer Schlag für dich sein«, antwortete die weise Frau mitfühlend. »Aber dein Ruggiero befindet sich in diesem Augenblick in den Armen der Zauberin Alcina, dreitausend Meilen von hier entfernt …«

Bradamante blieb wie vom Blitz getroffen stehen. »Das ist nicht wahr!« hauchte sie tonlos.

Die Magierin nahm sie in die Arme. »Leider doch, Bradamante. Aber du darfst jetzt nicht aufgeben. Auch wenn die Wahrheit dich zutiefst verletzt – du wirst ihn wiedersehen. Ich schwöre dir, Ruggiero kommt schon bald zu dir zurück.«

»Aber wie?« fragte die Gräfin, während Tränen über ihre Wangen liefen.

»Hast du den Ring vergessen?« fragte die weise Frau beschwörend. »Vor seiner Kraft verliert der ganze Spuk sofort seine Wirkung. Wenn ich den Ring zu Alcinas Insel bringen kann, dann hole ich Ruggiero für dich zurück. Ich reite in der Abenddämmerung der Nacht entgegen. Wenn vor mir die Sonne wieder aufgeht, werde ich bereits in Indien sein.«

»Kann ich … kann ich nicht auch irgend etwas tun?« fragte Bradamante, während sie den Ring abstreifte und Melissa übergab.

»Du mußt mir vertrauen«, sagte die Fee. »Während ich fort bin und dir deinen geliebten Ritter zurückhole, kannst du dich um deine Ländereien und Städte in der Provence kümmern. Es wäre gut, wenn dich die Menschen dort in diesen kriegerischen Zeiten wiedersehen.«

»Ja, du hast recht«, sagte Gräfin Bradamante, obwohl sie noch immer aufgewühlt war und danach drängte, die weise Frau auf ihrem Flug nach Indien zu begleiten.

Als die Sonne unterging, war Bradamante bereits auf dem Weg in ihre heimatlichen Ländereien. Für die Magierin stand inzwischen ein rabenschwarzes Pferd bereit, das an einem Fuß so rot war, als wäre es gerade erst aus den Höllenflammen gesprungen. Sie schwang sich barfuß und ohne Gürtel in den Sattel. Um den Zauber nicht zu beschädigen, nahm sie auch den Ring vom Finger. Dann schoß sie mit wehendem Haar in die Nacht nach Osten.

Während die Sonne vor ihr wieder aufging, landete sie auf ihrem schwarzen Pferd wie vorausgeplant auf der Insel der Zauberin Alcina. Sie wußte, daß sie keine Zeit verlieren durfte. Wie alle Feen konnte sie ihr Erscheinungsbild beliebig verändern. Sie konzentrierte sich auf ihren Körper. Zuerst wuchs sie um eine Spanne und verstärkte ihre Gliedmaßen, dann wurde sie stärker und breiter. Aber noch glich sie erst in groben Zügen dem Mann, in den sie sich verwandeln wollte. Sie wollte, daß ihre Haut an Stirn und Wangen runzliger wurde. Schließlich ließ sie lange Barthaare vom Kinn herabhängen, um endlich äußerlich vollkommen dem alten Geisterbeschwörer Atlante zu gleichen.

Melissa räusperte sich, bewegte sich zur Übung so, wie sie ihn kannte, und verstellte ihre Stimme, bis sie keinen Unterschied mehr merkte. Vorsichtig verbarg sie sich an einer Stelle im Schloß, von der aus sie beobachten konnte, wann Alcina Ruggiero wieder verließ. Sie mußte sich sehr lange gedulden. Offensichtlich brachte es die Hexe nicht über sich, ihren Geliebten auch nur für ein Stündchen allein zu lassen.

Schließlich kam Ruggiero doch allein und schlenderte ein wenig ins Tal zu einem Bach, dessen Wasser in leichten Wellen bis in einen klaren, wunderschönen See plätscherte. Er strahlte eine wohlige Zufriedenheit aus. Kostbare Gewänder aus feinen weichen Stoffen umhüllten seinen jugendlichen Körper. Es sah ganz so aus, als hätte ihm die Zauberin Alcina die Kleider selbst aus zarten Goldfäden und Seide genäht. Eine Halskette aus großen, wertvollen Edelsteinen fiel bis auf seine Brust herab. Um seine beiden Arme trug er je eine glänzende Spange. Melissa sah, daß auch seine Ohren durchbohrt waren. An kleinen, zierlichen Goldfäden hingen Ringe mit zwei so großen Perlen, wie sie in ganz Indien nicht noch einmal gefunden wurden. Sein Lockenhaar duftete wie der Balsam aus dem Königreich Saba, den besonders die Damen von Valenzia zu jedem Fest auftrugen. Eigentlich wirkte alles an ihm übertrieben und verweichlicht. Lediglich sein edler Name erinnerte noch an den starken Ritter von einst.

Die Fee Melissa wartete noch einen Augenblick. Dann trat sie ihm in den Weg. Für ihn mußte es aussehen, als würde plötzlich sein väterlicher Beschützer Atlante vor ihm stehen. Melissa zog die Brauen zusammen und blickte ihn ebenso strafend an, wie sie es bei dem alten Magier gesehen hatte.

»Was soll das?« fauchte sie mit Atlantes Stimme. »Habe ich

mir dafür mit dir all die Jahre soviel Mühe gegeben und immer wieder Schweiß vergossen, damit du mir so dankst? Habe ich dir nicht Knochenmark von Löwen und von Bären als Heldennahrung eingeflößt? Habe ich dafür dem Knaben Ruggiero gezeigt, wie man in dunklen Höhlen sogar Schlangen erwürgt, wie man dem Eber mit der Hand die Hauer ausbricht und wie man dem Tiger und dem Panther mit einem Ruck die Klauen abreißt? Habe ich all das getan, damit du jetzt zu einem lächerlichen Spielknaben für die Zauberin Alcina wirst?«

Ruggiero hob abwehrend die Hände und wollte nicht hören, was Melissa ihm in der Gestalt des Geisterbeschwörers Atlante vorwarf.

»Sehe ich jetzt das vor mir, was mir die Sterne, die Orakel und viele andere Zeichen immer wieder offenbart haben? Wo ist mein Traum, daß du in deiner Jugend durch deine großen Fähigkeiten, deine Kraft und deine Waffentaten mehr Ruhm als alle anderen für dich erkämpfst? Ich hatte so sehr gehofft, daß du in einer Reihe mit Cäsar, Alexander dem Großen und anderen Helden stehen würdest. Aber wie sehe ich dich nun? Als Sklaven von Alcina, die mit dir machen kann, was ihr gefällt.« Sie hob beschwichtigend die Hände, obwohl er nicht einmal den Versuch gemacht hatte, irgend etwas zu erwidern.

»Gut, gut«, sagte sie scheinbar nachgiebig. »Es kann ja sein, daß dich das alles nicht mehr interessiert. Wie sollen deine Nachkommen bei einem solchen Vorfahren einmal Roms alte Größe und Italiens Glanz zurückerobern? Was hat denn diese Zauberin Alcina? Wo ist sie besser als irgendeine Hure, die ihre Gunst auch vielen anderen schenkt? Laß dich doch nicht so leicht blenden, Ruggiero!«

Melissa holte den Zauberring hervor und hielt ihn in der ausgestreckten Hand. »Steck diesen Ring an deinen Finger. Dann geh zu ihr und sieh dir ihre vorgetäuschten Reize einmal genauer an. Der Ring wird dir die Wahrheit sagen – ganz ohne ihre Künste und Betrügereien.«

Ruggiero blickte wortlos und beklommen zu Boden. Nur zögernd streckte er den kleinen Finger aus. Das war bereits genug für Melissa. Sie streifte ihm den Zauberring auf den Finger. Im selben Augenblick ging ein unheimliches Beben durch den schönen, kostbar gekleideten, nach allen Wohlgerüchen duftenden Körper des jungen Mannes. Es war, als würde er erst da bemerken, in welcher lächerlichen Verkleidung er sich bewegte.

Schamrot riß er sich den übertriebenen Schmuck von Hals und Armen. Gleichzeitig veränderte auch der vor ihm stehende Atlante wieder seine Gestalt. Die weise Frau zeigte sich so, wie sie wirklich aussah. Nun, nachdem die tückische Verzauberung durch Alcina zerbrochen war, wollte Ruggiero wie ein Verdurstender jedes Wort trinken, das ihm Melissa berichtete. Sie erklärte ihm, warum sie auf die Insel gekommen war, und erzählte ihm von seiner traurigen Bradamante, die sich in heißer Liebe Tag und Nacht nach ihm sehnte.

»Sie kann nicht leben ohne dich und hat mich hergeschickt, damit ich dich aus dieser Hörigkeit befreie. Sie gab mir ihren Zauberring, aber ich bin sicher, sie hätte mir sogar ihr eigenes Herz mitgegeben, um dich zu retten, wie sie es schon einmal getan hat, als du im Stahlschloß von Atlante eingesperrt warst.«

Noch während sie alle Einzelheiten berichtete, spürte Ruggiero einen immer gewaltigeren Zorn. Er empfand nur noch Haß und Verachtung für die alte Hexe, mit der er schon so viele Stunden und Nächte verbracht hatte.

Melissa hielt ihn nicht auf, als er ungeduldig ins Schloß zurückkehren wollte. Alles in ihm drängte danach, die Zauberin zu stellen. Er lief über die Plätze, an goldgeschmückten Portalen und glatten Marmorsäulen entlang. Dann erspähte er sie in ihrem Saal, in dem sie alle ihre Liebhaber zum ersten Mal betört hatte. Ruggiero hielt den Ring mit der anderen Hand bedeckt – so lange, bis er dicht vor ihr stand. Dann ließ er zu, daß der Zauberring seine ganze Kraft mit einem Schlag entfaltete. Aus der wunderschönen Frau, die ihn entzückt und verzaubert hatte, wurde sofort ein häßliches altes Weib, das ihm gräßlicher vorkam als alles andere auf der Welt. Es kostete ihn große Anstrengung, um sich nicht zu verraten, aber er zeigte ihr nicht, wie widerwärtig ihm ihre spärlichen grauen Haare, ihr zahnloser Mund und ihr auf sechs Spannen geschrumpfter Anblick waren.

»Ich bin wieder zurück von einem schönen kleinen Spaziergang«, sagte er mit leichter Stimme. »Wenn du nichts dagegen hast, möchte ich meine schönste Rüstung ausprobieren.«

Er paßte genau auf, daß sie ihm seine Absichten nicht anmerkte. Die Alte vor ihm nickte jedoch nur mit schräg übereinander liegenden Lippen. Ruggiero holte tief Luft. Beherrscht ging er in einen der offenen Nebensäle, in dem seine Rüstung und seine Waffen auf einer edelsteinverzierten Truhe lagen. Er wappnete sich von Kopf bis Fuß. Sorgfältig knüpfte er Riemchen und Ketten für die Befestigung von Harnisch und Beinschienen fester als sonst zusammen und lächelte, als er sein erprobtes Schwert Balisarde an die linke Seite seines Gürtels hängte. Dann nahm er den blinkenden Schild auf, dessen Glanz jeden betäubte, der ungeschützt hineinsah. Er verhüllte ihn wie üblich mit dem Schleier aus kostbarer Seide und hängte ihn über seine Schulter.

»Ich wollte nur überprüfen, ob ich bei all den Köstlichkeiten und bei deiner wunderbaren Fürsorge nicht schon zu dick für meine Rüstung geworden bin«, rief er der Alten im großen Saal lachend zu. Sie merkte seine List nicht und räkelte sich in einer Weise in ihren Kissen, die er bis vor kurzem noch als sehr erregend und verführerisch empfunden hatte.

Ohne weiter auf sie zu achten, verließ er ihre Gemächer. Im Stall wartete Melissa schon auf ihn. Sie zeigte ihm ein besonders gutes rabenschwarzes Pferd, das sie für ihn ausgesucht hatte.

»Nimm das Pferd«, sagte sie. »Es heißt Rabikan und ist schnell wie ein Pfeil. Es hat einmal dem unglücklichen Prinzen Astolf gehört, der jetzt in einen Myrtenbaum verwandelt ist.«

»Soll ich nicht doch lieber den Hippogryphen nehmen?« fragte Ruggiero. Das seltsame Tier stand nur ein paar Schritte entfernt im selben Stall.

»Du weißt doch selbst, wie schwer das Flügelroß zu reiten ist«, antwortete Melissa. »Es ist besser, wenn ich ihm in den nächsten Tagen beibringe, was Reiter oder Reiterin von ihm erwarten. Außerdem würde sofort auffallen, wenn du den Stall auf dem Flugtier verläßt.«

Ruggiero nickte und führte den Rappen zum Stalltor. Melissa erklärte ihm, durch welche Nebenstraßen er zu einem Tor gelangen konnte, hinter dem der Weg durch die Berge bis in das Gebiet von Logistilla führte.

»Bleib still, und reite so langsam wie irgend möglich, bis du das Tor direkt vor dir siehst«, sagte sie noch. »Dann aber mußt du dir das letzte Stück freikämpfen.«

Sie sahen sich kurz in die Augen, lächelten beide, dann stieg Ruggiero auf. Er schnalzte kurz mit der Zunge. Rabikan gehorchte sofort. Der Hengst tänzelte kurz, dann ritt er stolz und wie zu einem wichtigen Turnier durch die Seitenstraßen von Alcinas Stadt. Das Tor war nur halb geschlossen, aber es wurde von viel mehr Bewaffneten bewacht, als er erwartet hatte. Ruggiero konnte nicht mehr zurück. Er schnalzte nochmals, preßte die Schenkel fester, hob den Schild von der Schulter und riß mit der Rechten sein Schwert aus der Scheide. Furchtlos stürmte er auf die Torwächter zu. Sein Schwert fuhr in die Bewaffneten und verschaffte ihm augenblicklich freie Bahn.

Als Alcina von seiner Flucht erfuhr, war er bereits weit von ihrem Schloß entfernt.

8. Gesang

Paßt auf, ihr Zauberer und Zauberinnen! Wir wissen, daß ihr mitten unter uns seid, auch wenn wir euch nicht gleich erkennen! O ja, ihr könnt euch gut verstellen und Herzen wie mit Eisenbändern fesseln. Ihr braucht dafür nicht einmal Geister, Sterndeutungen oder die Magie. Nein, schon mit kleinen Tricks und hübschen Lügen täuscht ihr den Ahnungslosen die große Liebe vor.

Wenn eure Opfer einen Zauberring besäßen, der sie vor Lug und Trug bewahrte, würden sie hinter aller Schminke und wohlgeformten Phrasen die Wahrheit schnell erkennen – ebenso wie nun Ruggiero.

Ruggiero folgte dem Weg durch den Park außerhalb der Stadt. Er drehte sich mehrmals um, konnte aber keine Verfolger entdecken. Statt dessen kam ihm wenig später aus der anderen Richtung ein Berittener entgegen. Der Sarazene griff sofort an den Knauf seines Schwertes, aber der andere hatte nur einen Stock bei sich und sah nicht wie ein Ritter oder Stadtwächter aus. Während sie schnell aufeinander zuritten, entdeckte Ruggiero den Falken auf der linken Faust des anderen. Plötzlich wußte er, wo er ihn schon einmal gesehen hatte. Der Falkner gehörte zum Jagdgefolge von Alcina. Er ritt auf einem ziemlich schäbigen Klepper und wurde von einem alten räudigen Jagdhund begleitet.

Ruggiero dachte nicht daran, dem anderen auszuweichen, sondern gab Rabikan ein wenig Schenkeldruck und ließ ihn schneller werden. Vollkommen unerwartet stellte der Falkner sein Pferd quer.

»He, du!« rief er ihm barsch entgegen. »Wohin so eilig?« Der Falkner hob den Arm mit seinem Jagdvogel. »Halt!« rief er Ruggiero zu. »Oder denkst du etwa, daß du deinem Häscher hier entkommen könntest?«

Dann ließ er den Falken aufsteigen. Ruggieros Pferd sprang nach vorn, doch der Falke war schneller. Der Jäger glitt von seinem Pferd und befreite es schnell von seinem Zaumzeug, während Ruggiero Rabikan die Sporen gab, ohne zu ahnen, wie falsch er seine Lage einschätzte.

Das auf den ersten Blick so klapprig wirkende Pferd des Jägers tobte plötzlich wie eine Furie auf ihn zu. Es bleckte die Zähne, und seine Hufe hämmerten über den Boden. Dicht hinter ihm rannte der Falkner, als hätte er glühende Kohlen im Nacken. Auch der zuerst jämmerlich und altersschwach scheinende Köter schien plötzlich Blut geleckt zu haben. Mit weiten Sprüngen und tropfenden Lefzen hetzte er los.

Der Jäger holte mit seinem Stock gegen Ruggiero aus. Gleichzeitig verbiß sich der hechelnde Köter in sein linkes Bein. Nun kam auch noch der wild gewordene Klepper heran und trat dreimal nach links und rechts aus. Über ihnen schoß der Falke in engen Kreisen um sie herum. Mit seinen Klauen schlug er blutige Wunden in Ruggieros Arme. Das Geschrei des Falken machte auch Rabikan so wild, daß er nicht mehr auf Sporen oder Zügel reagierte.

Derartig in die Enge getrieben, mußte Ruggiero doch zu seinem Schwert greifen. Er riß es aus der Scheide und richtete die Spitze drohend gegen den Jäger, den Hund und den Vogel, aber die Angreifer scherten sich nicht um die Bedrohung.

In dieser Lage konnte Ruggiero nicht länger Rücksicht auf das ritterliche Gebot der Waffengleichheit nehmen. Im selben Augenblick hörte er das Lärmen von Trompeten, Glocken und Trommeln von der Stadt her. Seine Flucht und sein gewaltsamer Ausbruch durch das Tor mußten inzwischen entdeckt worden sein. Kurz entschlossen stieß er sein Schwert in die Scheide zurück und riß den roten Seidenschleier von seinem magischen Schild. Die Lichtblitze wirkten schnell und zuverlässig. Der Jäger brach zusammen. Dann stürzte der Falke wie abgeschossen aus der Luft. Der Hund fiel mitten aus dem Sprung herab, und zum Schluß kippte auch noch der alte Klepper um.

Erleichtert blickte Ruggiero auf die Gelähmten. Das war sehr knapp gewesen! Er holte tief Luft, tupfte mit dem roten Seidentuch über seine Wunden und hängte es wieder über den

Schild. Dann schnalzte er mit der Zunge und ließ den Rappen Tritt aufnehmen.

Alcina hatte inzwischen erfahren, daß ihrem letzten Geliebten die Flucht gelungen war. Als sie dann auch noch hörte, daß viele von ihren Wächtern tot oder schwer verwundet waren, zerriß sie sich die Kleider, wühlte in ihren Haaren und beschimpfte sich selbst als törichtes und verrücktes altes Weib. In ihrem Zorn rief sie sofort alle Bewaffneten zu sich.

»Schafft ihn herbei! Tot oder lebendig!« schrie sie mit schriller Stimme. Dann schickte sie die eine Hälfte ihrer Krieger hinter Ruggiero her. Die andere befahl sie zum Hafen auf die Schiffe. Schon kurz darauf verdunkelten sich die Wellen unter den Schatten all der Segel, die unverzüglich die Verfolgung aufnahmen. Alcina folgte ebenfalls den Sturmglocken und Kampfpauken. Sie war so rachsüchtig, daß sie auch noch den letzten Bewaffneten mitnahm und nicht einen Wächter im Palast zurückließ.

Genau diese Blöße nutzte Melissa aus. Die weise Frau hatte nur auf eine günstige Gelegenheit gewartet, um einen Zauber nach dem anderen unwirksam zu machen. Sie zerschnitt Alcinas Zaubersiegel an Fenstern und Türen, verbrannte geheimnisvolle Bilder, die überall angebracht waren, und holte Papierröllchen mit Zaubersprüchen aus Mauerritzen. Schnell löste sie magische Knoten, die an feinen Schnüren quer durch verschiedene Räume und Säle liefen, wischte mit den Füßen über Kreise und Pentagramme und versteckt gezeichnete Schleifen auf dem Boden.

Nachdem sie das ganze Schloß und die Stadt entzaubert und von aller Magie gereinigt hatte, lief sie über die Wiesen und durch die Wäldchen, auf denen überall die abgelegten und verwunschenen Liebhaber der Zauberin verteilt waren.

»Kommt raus aus euren Zauberfesseln!« rief sie immer wieder. Aus jungen Rittern, die für ihre leichtfertige Liebe in Felsen, Bäume, Quellen, Tiere oder anderes verwandelt worden waren, wurden wieder junge, mutige Männer in voller Rüstung.

Jeder von ihnen dankte ihr überschwenglich und schloß sich

dann den anderen Befreiten an. Einige wollten so schnell wie möglich Ruggieros Spur folgen. Die anderen durften endlich in ihre Heimat nach Persien, Indien, Griechenland oder zum Skythenstrand am Nordufer des Schwarzen Meeres zurückkehren. Ehe sie gingen, schworen sie der weisen Frau für immer tiefste Dankbarkeit.

Astolf, der Prinz von England, war als erster von Melissa befreit worden. Er bedankte sich immer wieder bei ihr.

»Schon gut«, antwortete sie. »Aber ehe ich Ruggiero den Zauberring zurückbringe, müssen wir noch deine Waffen finden.«

»Ich besiege jeden Herausforderer«, prahlte der junge Herzog von England. »Mit der goldenen Lanze, die ja einmal dem Bruder von Angelica gehört hat, stoße ich jeden aus dem Sattel, den die Spitze auch nur leicht berührt.«

»Ich kann mir denken, wo die Lanze ist«, meinte Melissa. »Ich werde noch einmal in den Räumen nachsehen, in dem Alcina die besten Waffen ihrer Liebhaber gesammelt hat.«

Kurz darauf kam sie mit der Lanze zurück. Sie gingen über den Schloßhof, holten den Hippogryphen aus dem Stall, sattelten ihn und stiegen zusammen auf. Sie saß vorn und der etwas zu übermütige Herzog von England hinter ihr. Diesmal gehorchte das geflügelte Pferd sofort. Sie flogen über die Wälder und an der Bergbarriere vorbei, über den Sumpf bis zu Logistillas Teil der Insel.

Unterdessen kämpfte sich Ruggiero an Felsen und dichten Dornenbüschen vorbei. Gegen Mittag wurde die Hitze zwischen den kahlen und fast glühenden Felsen so unerträglich, daß die Luft flirrte und der Sand am Boden schon zu kochen schien. Die gleißende Sonne hatte alles bis zum weiten Meer hin verbrannt und unfruchtbar gemacht. Ruggieros Pferd wagte kaum noch einen Schritt weiter in der Hitze, in der sogar Glas geschmolzen wäre. Winzige Vögel saßen bewegungslos im Schatten unter den heißen Steinen. Nur eine unsichtbare Grille zirpte aus dicht verwachsenen Sträuchern mit hart gewordenem Laub.

Ruggiero kniff die Augen zusammen. Er spürte, wie seine

Lippen in der heißen Dürre anschwollen. Er sog die unerträglich trockene Luft ein. Feurige Schlieren wallten vor seinen Augen. War das ein letzter böser Zauber von Alcina? Die Rache des verschmähten Weibes, dessen wahre, häßliche Gestalt er inzwischen kannte? Er spürte, wie sich langsam alles um ihn drehte. Schritt für Schritt keuchten er und der Rappe Rabikan weiter durch die Hölle.

Viele tausend Meilen entfernt, sorgten die Feiern am Hof des Schottenkönigs im ganzen Land für große Freude. Das war der richtige Zeitpunkt für Graf Rinaldo, endlich sein eigenes Anliegen vorzubringen. Mitten hinein in die Ausgelassenheit einer frohen Tafelrunde bat er ums Wort. Der König nickte ihm zu, und Rinaldo stand auf. Aber er dauerte noch eine ganze Weile, bis sich die erhitzten Ritter und die vergnügten Damen endlich dem jungen Ritter zuwandten.

»Die ganze Christenheit ist in Gefahr!« rief er über den weiten Platz hinweg. »Kaiser Karl und seine Paladine werden in Paris belagert, König Otto von England ist dort ebenfalls mit seinen Rittern eingeschlossen. Der ganze Süden Frankreichs ist blutgetränkt und übersät mit den Namen von Orten schlimmer Schlachten. Wir brauchen Hilfe, wenn wir nicht untergehen wollen – Hilfe von euch und allen anderen christlichen Königreichen.«

Er stand aufrecht mitten in der Tafelrunde und sah den alten König an. Der nickte sofort und sagte: »Des Kaisers Bitte ist für mich Befehl. Bereits in zwei, drei Tagen werden so viele Bewaffnete und Reiter zur Verfügung stehen, wie wir entbehren können. Das Heer der Schotten wird kämpfen, wie wir es gewohnt sind, und so die Ehre des großen Kaisers wiederherstellen.«

Rinaldo neigte dankbar und erleichtert den Kopf.

»Zu gern würde ich mich selbst an die Spitze meines Heeres stellen«, rief der König der Schotten, »aber ich bin zu alt und zu gebrechlich. Ich hoffe daher, daß mein Sohn Zerbin schnell gefunden wird. Er soll die Führung unserer Helden übernehmen. Schon morgen früh sollen die Schatzmeister in alle Himmelsrichtungen des Reiches reiten und alles aufkaufen, was sie an Pferden, Waffen und guten Männern finden können. Jeder der

Herren auf Gütern und in Schlössern soll einen Beitrag leisten. Zieht er nicht selbst mit, soll er Gold abgeben, Schiffe ausrüsten oder Proviant beschaffen. Damit wir keine Zeit verlieren, breche ich die Festlichkeiten hiermit ab. Wir wollen morgen früh bei Sonnenaufgang mit unserem Werk beginnen.«

Keiner der Anwesenden zeigte sich verstimmt. Obwohl sie alle noch sehr gern länger gegessen und getrunken, gesungen und getanzt hätten, herrschte schon kurze Zeit später Stille in Schottlands Königsstadt Sankt Andreas.

Die Nacht war kurz, und als die Sonne aufging, saß Rinaldo wieder im Sattel. Der alte König, Ginevra und selbst der Hofstaat hatten Tränen in den Augen, als er sich vom Pferd herab verabschiedete. Er ritt mit einem kleinen Bogen an all denen vorbei, die er in den vergangenen Tagen liebgewonnen hatte. Dann gab er seinem Pferd einen leichten Schenkeldruck und ritt in Richtung Berwick am Tweed davon.

Bereits in der Nacht zuvor waren berittene Boten des Königs dort eingetroffen und hatten das schnellste Schiff Schottlands vorbereiten lassen. Noch vor der Mittagsstunde konnte Rinaldo an Bord gehen. Sofort fielen die Taue von den Pollern. Das Schiff nahm Fahrt auf, und ein günstiger Wind von Norden trieb es in schneller Fahrt an der Ostküste von England entlang bis in den weiten Trichter der Themsemündung. Obwohl sie Glück hatten und genau zur Flut aus dem Salzwasser der Nordsee in die Themse einfuhren, mußten die Seeleute sich zusätzlich in die Ruder legen, um das Schiff bis nach London zu treiben.

Nachdem sie angelegt hatten, ritt Rinaldo vorsichtig durch die Stadt zum Königsschloß. Er wollte hier kein großes Aufsehen erregen. Von einer Nebenpforte aus ließ er sich beim Prinzen von Wales melden. Obwohl die Wachen der Engländer mißtrauisch waren, genügten schließlich die Siegel des Kaisers und von König Otto auf den beiden Empfehlungsschreiben, die er die ganze Zeit bei sich getragen hatte.

Der Prinz von Wales begrüßte ihn mit allergrößtem Respekt. Rinaldo mußte immer wieder von den Kämpfen der Verteidiger des Abendlandes gegen die Ungläubigen berichten. Nach und nach trafen immer mehr Grafen und Barone, Peers und Earls mit ihren Männern aus dem ganzen Land ein. Schließlich waren so viele Bewaffnete versammelt, daß sie nach den Schotten ein zweites Heer zur Verteidigung von Paris bilden konnten. Wie zuvor beschlossen, zogen alle zur vereinbarten Stunde zum Hafen. Dann legten die ersten Segler vom Kai ab und nahmen Kurs die Themse abwärts in Richtung auf Calais.

Angelica geriet auf ihrer Flucht vor Rinaldo immer tiefer in ihr Unglück. Noch im Wald, als sie jeden Augenblick fürchtete, von ihm eingeholt zu werden, hatte sie ganz auf die Hilfe des frommen Einsiedlers gesetzt, ohne zu ahnen, wie verhängnisvoll dieser Entschluß noch für sie werden sollte.

All ihre Gedanken waren auf das Meer gerichtet. Dort mußte es Schiffe geben und den freien Ozean, der sie auf die andere Seite der Welt in ihr Königreich Cathay zurückführte. Sie war bereit, jede Qual und Entbehrung auf sich zu nehmen, wenn sie dadurch nur Rinaldo entkommen konnte. Ungeduldig drängte sie den alten Mönch zur Eile. Er benahm sich inzwischen ebenso störrisch wie sein schäbiger Esel. Dabei kicherte er immer wieder, rollte mit seinen Augen und grinste sie auf eine unverschämte Art an. Die Prinzessin achtete nicht darauf und gab statt dessen ihrem Pferd die Sporen.

»Halt! Nicht so schnell!« jammerte der alte Mönch hinter ihr. »Auch wenn dein Anblick mein Blut schneller fließen läßt, können wir dir doch nicht so schnell folgen.«

Er zappelte auf seinem Esel hin und her, doch das störrische Tier dachte nicht daran, auch nur einen Schritt in Trab zu fallen. Der Mönch blieb immer weiter hinter Angelica zurück. Als er merkte, daß er sie auf diese Art nicht einholen konnte, setzte er erneut seine Zauberkünste und dazu noch Teufelswerk ein. Während er über seinen Esel fluchte, rief er mit geheimnisvollen Sprüchen alle widerlichen Dämonen herbei, die ihm helfen konnten. Schon umschwärmten sie ihn in großer Zahl. Er wählte einen aus und befahl ihm, was er tun sollte: »Folge der Spur des Mädchens auf diesem Weg. Sei wie ein Jagdhund, der die Füchse und die Hasen hetzt und mit guter Nase auch das scheueste Wild aufspürt.«

Der Dämon zitterte vor Erregung. »Ja!« hechelte er verzückt. »Ich will das Pferd erschnüffeln, seinen Leib aufreißen und dann ganz genüßlich die Prinzessin von Cathay zerfetzen.«

»Dummkopf!« schalt ihn der Eremit. »Du hast ja keine Ahnung, was man mit diesem Mädchen noch alles machen kann. Ich verbiete dir, sie auch nur zu berühren! Schlüpfe in ihr Pferd, und führe es, ohne daß sie es bemerkt, nach meinem Willen bis zum Meeresstrand.«

Angelica ahnte nicht, daß ihr Pferd ohne jeden Übergang von einem anderen gelenkt wurde. Sie ritt einen Tag um den anderen, mal mehr, mal weniger, und erreichte schließlich die breite Flußmündung der Gironde nordwestlich von Bordeaux. Ganz in der Nähe fand sie auch das Wirtshaus, in dem Bradamante Brunell mit dem Zauberring getroffen hatte, doch davon wußte sie nichts.

Sie wählte den feuchten Uferstreifen, in dessen Sand sie gut voran kam. Der Dämon führte ihr Pferd in immer tieferes Wasser. Angelica hatte Mühe, sich im Sattel zu halten. Sie raffte ihr Kleid nach oben, zog die Beine hoch und warf ihr Haar in den Nacken. Dann hatte sie auf einmal einen schrecklichen Verdacht. Das Pferd, der Mönch und die Zauberkraft der Bäche in den Ardennen ließen sie Schlimmes ahnen. Ohne daß sie es wollte, liefen plötzlich Tränen über ihre Wangen.

Sie sah zum Stand zurück. Er war bereits so weit entfernt, daß sie nicht mehr zurückschwimmen konnte. Sie mußte auf dem Pferd bleiben, das sie immer weiter auf das Meer hinaus entführte. Wellen und Strömung trugen sie nach Nordwesten.

Tage und Nächte vergingen, während Angelica und ihr Pferd immer weiter trieben. Irgendwann tauchten düstere Felsen mitten im Meer auf. Es war ein elendiges, grauenhaftes Eiland mitten in der Wasserwüste. Riesige Wellen brachen donnernd gegen die kahlen Klippen. Gischtschleier vernebelten Felsenhöhlen, die bereits vom Abenddunkel umschattet waren.

Der Dämon in ihrem Pferd brachte Angelica an einen schmalen unwirtlichen Uferstreifen. Sie rutschte aus dem Sattel. Während die Haare wild um ihr Gesicht schlugen, blieb sie wie erstarrt zwischen der donnernden Brandung und den steil aufragenden

Felswänden stehen. Sie wußte kaum noch, ob sie ein Mensch aus Fleisch und Blut oder ihr eigenes, zu Stein erstarrtes Standbild war. Stumm und mit glasigem Blick starrte sie in das letzte Licht des Himmels.

Endlich, als es schon fast dunkel geworden war, brach ihre Erstarrung auf. Sie schluchzte laut, schüttelte sich unter großen inneren Schmerzen und schrie: »Verfluchtes Schicksal! Ich habe meine Heimat und den Thron verloren, weil man mich überall für die Schönste hält. Das ist mein eigentliches Unglück, das mich so hart und falsch gemacht hat. Um meine Schönheit haben sich der Tartarenfürst Agri-Khan geschlagen, die Paladine Karls des Großen und viele, viele andere. Sie hat mir meinen Vater Galafron genommen und meinem Bruder trotz seiner Zauberwaffen den Tod gebracht. Ich irre Tag und Nacht durch fremde Gegenden, ohne Freunde, ehrlos und nackt. Was willst du noch, grausames Schicksal, wenn du so neidisch auf meine Schönheit bist? Schick mir doch irgendeine wilde Bestie, damit sie mich verschlingen kann und so mein Leid beendet.«

Im selben Augenblick löste sich eine Gestalt aus dem Schatten der Felsen. Angelica zuckte zusammen. Doch gleich darauf spürte sie, wie ihre schweren Ängste zurückwichen. Der Fremde hatte seine Hände wie zum Gebet vor der Brust zusammengelegt und seinen Kopf etwas nach vorn geneigt. Er näherte sich ihr wie Sankt Hilarion oder gar der Apostel Petrus. Es war der Eremit, der schon sechs Tage vor ihr durch einen schnelleren Dämon auf den turmhohen Klippen angekommen war und sie von oben aus die ganze Zeit beobachtet hatte. Als er nur noch wenige Schritte entfernt war, glühte in Angelicas Verzweiflung wieder ein kleiner Hoffnungsfunke auf.

»Hilf mir!« rief sie ihm zu. »Geh nicht vorbei, und laß mich nicht an diesem fürchterlichen Platz allein!«

Der Eremit blieb vor ihr stehen, aber in der Dunkelheit erkannte sie ihn nicht. Aufgeregt und immer wieder von lauten Schluchzern unterbrochen, berichtete sie ihm, was mit ihr bisher geschehen war.

»Beruhige dich doch, schöne Fremde«, sagte er schließlich.

Er ging auf sie zu und legte behutsam seine Arme um ihre Schultern. Ahnungslos schmiegte Angelica sich an ihn.

»Es wird ja gut«, sagte er immer wieder.

Seine Hand glitt über ihren Hals und ihre Schultern. Wie zufällig lag sie plötzlich auf ihrer Brust. Er faßte fester zu und versuchte gleichzeitig, sie zu küssen. Ihr ganzer Körper bäumte sich auf. Sie wehrte sich und wollte ihn zurückstoßen, während ihr das Blut ins Gesicht schoß. Obwohl es dunkel war, sah er, wie sie ihre Augen zornig aufriß. Geschickt holte er ein kleines Fläschchen aus seinem Gewand, schnippte den Verschluß auf und spritzte ihr ein paar Tropfen in die Augen.

Gleich darauf wich die Spannung aus ihrem schlanken Körper. Ihre Augenlider senkten sich wie unter großer Müdigkeit. Er ließ sie vorsichtig zu Boden gleiten. Dann küßte er sie erneut auf die halb geöffneten Lippen und auf ihre Brüste. Endlich wollte er sich das von der wehrlos Schlafenden holen, was er so wild begehrte. Niemand in der Einsamkeit der Felsenklippen konnte ihn noch aufhalten. Der Eremit streichelte und liebkoste sie überall. Doch dann bekam er Schwierigkeiten. Sein Hengst gehorchte ihm noch weniger als sein Esel. Er fiel schon vor dem ersten Ritt kraftlos und schlapp zur Seite und stand nicht wieder auf. Er war nicht widerspenstig, sondern wollte einfach nicht den Kopf heben! Verärgert legte der Eremit selbst Hand an. Er schüttelte und plagte ihn, versuchte ihn zu locken oder sanft zu streicheln. Aber sein alter Hengst wollte selbst für Prügel oder gute Worte nicht. Schließlich schlief der alte Mönch erfolglos an der Seite der schönen Königstochter aus Cathay ein – fast so erschöpft, als wenn ihm alles, was er erträumte, doch noch gelungen wäre.

Noch weiter nördlich von den Felsenklippen mitten im Meer, bis zu denen der schändliche Mönch Angelica getrieben hatte, und ein Stück von Irland westwärts befand sich eine weitere Insel namens Ebuda. Sie gehörte zu den Hebriden. Von der ursprünglichen Bevölkerung lebten nur noch wenige.

Es hieß, daß hier früher einmal ein mächtiger Fürst über ein glückliches Volk geherrscht hatte. Seine Tochter war so schön gewesen, daß Proteus, der Herr über Neptuns Meeresgetier, sich augenblicklich in sie verliebte, als er sie eines Tages am Strand der Insel sah. Sie erwiderte die Liebe des ungewöhnlichen Seeherrschers ebenso innig und wurde schwanger. Als sich ihr Zustand nicht mehr verbergen ließ und ihr Vater, der Fürst, davon erfuhr, geriet er dermaßen in Wut über die schändliche Verbindung zwischen einem Menschenmädchen und dem Seewesen, daß er seine eigene Tochter gnadenlos und ohne jedes Mitleid hinrichten ließ. Selbst die Tatsache, daß er damit sein ungeborenes, unschuldiges Enkelkind ebenfalls tötete, hielt ihn nicht von der Bestrafung ab.

Proteus rächte sich in seinem ohnmächtigen Zorn. Krank vor Wut und Liebe zugleich, brach er in seiner Verzweiflung alle Gesetze der Ordnung zwischen Wasser und Land. Er schickte zuerst Robben gegen die Insel, dann Walrosse, riesige Kraken und alle Raubfische, die er bekommen konnte. Sie vernichteten Schafe und Ochsen und entvölkerten schließlich ganze Dörfer. Obwohl die Bauern sich bewaffneten, mußten sie bis hinter die festen Mauern der Städte flüchten.

Als das Land verlassen war und nicht mehr bestellt wurde, suchten die Überlebenden wieder und wieder nach einem Ausweg. Sie befragten sogar das Orakel. Seine Antwort hieß, daß der Herrscher des Ozeans und der Tiefe nur dann befriedigt werden konnte, wenn es gelang, ein in Anmut und Schönheit gleichwertiges Mädchen zu finden. Das Orakel warnte die Überlebenden der Insel, daß der Zorn und die Verbitterung Proteus sehr wählerisch gemacht hätten. Er würde keine Jungfrau anerkennen, die nur so ähnlich wie die Fürstentochter aussah, aber in irgendeiner Einzelheit nicht ganz vollkommen war.

»Und was dann?« fragten diejenigen, die um Rat gebeten hatten.

»Dann wird Proteus Tag für Tag ein neues junges Mädchen von euch verlangen – so lange, bis ihm endlich eine zusagt.«

Die Bewohner von Ebuda jammerten und klagten. Aber Tag für Tag schickten sie eine neue hübsche Jungfrau aus ihren eigenen Reihen zum Meer. Hier hatte der zornige Poseidon einen gewaltigen Schwertwal als Wächter zurückgelassen. Jeden Morgen holte sich der Orca mit seinem riesigen Schlund ein neues Opfer.

Schließlich gab es auf der ganzen Insel keine jungen Mädchen mehr – bis auf einige wenige in Verstecken, von denen niemand etwas wußte. Dann entschieden alle gemeinsam, daß auch erwachsenen Frauen zum Überleben der Gemeinschaft geopfert werden mußten. Besucherinnen, die nichtsahnend auf Schiffen von Irland oder Schottland anreisten, wurden ebenfalls zu Opfern bestimmt und in den Kerkern der Insel so lange gefangengehalten, bis sie an der Reihe waren. Mutige Männer von der Insel schifften sich sogar bis England ein, um von dort Jungfrauen zu rauben. Sie kauften Ahnungslose auch gegen gute Münze oder ließen sie mitkommen, nachdem sie ihnen schöne Augen gemacht hatten.

Eines dieser Schiffe hatte sich so weit aufs Meer hinausgewagt, daß es nach langer Suchfahrt neues Holz für die Rumpfplanken und frisches Wasser benötigte. Der Kapitän ließ in der einzigen flachen Bucht an der felsigen Küste ankern. Er schickte eine Gruppe Matrosen an Land. Bereits nach kurzer Suche stießen die Männer im Gras auf ein schlafendes Pärchen.

»Mein Gott! Ist die schön!« stieß einer der Matrosen voller Bewunderung aus, als er Angelica vor sich liegen sah.

»Wie, zum Teufel, kommt so ein Prachtweib in die Arme dieses Kuttenfurzers?« knurrte ein zweiter.

»So wie sie daliegen, kann sie unmöglich die Tochter dieses frommen Vaters sein.« Der dritte lachte anzüglich. Die Matrosen hatten schwere Arbeit und Schlepperei auf der Insel erwartet, doch was sie nun gefunden hatten, machte sie augenblicklich ausgelassen und fröhlich. Ihre wilden Scherze priesen Fortuna. Sie waren sich schnell einig, daß ihre Zufallsbeute eigentlich viel zu schön für den Orca war. Trotzdem rissen sie den alten Mönch grob zur Seite und hoben das wunderschöne Mädchen, so sanft sie nur konnten, hoch.

Als Angelica erwachte, begann sie sich verzweifelt zu wehren. Die sturmerprobten Matrosen hatten alle Hände voll zu tun, um sie zu bändigen. Sie ahnten nicht, daß bereits Könige wie Agri-Khan ganz Skythien am Schwarzen Meer bewaffnet hatten, um sie zu erobern, und daß ihre Schönheit die Welt bis zum Fernen Osten in Aufruhr versetzt und Paladine wie Orlando und Rinaldo vollkommen verwirrt hatte.

Die Matrosen fesselten Angelica und brachten ihre beiden Gefangenen so schnell wie möglich auf das Schiff zurück. Hier wurde der Mönch zu den anderen ins Innere des Schiffs geworfen, die dort bereits gefangen waren. Angelica durfte an Deck bleiben.

»Bindet sie unter dem Großsegel an den Mast«, befahl der Kapitän und ließ sofort die Anker lichten. Ohne weiteren Zeitverlust nahm das große Schiff wieder Fahrt auf. Sein Ziel war die Schreckensinsel, wo das Ungeheuer Orca bereits nach dem frischem Fleisch einer schönen Jungfrau lechzte.

Im Hafen von Ebuda strömten Männer und alte Weiber zusammen, um sich anzusehen, welche Menschenfracht dieser Kaperfahrer mitgebracht hatte. Ein Raunen ging durch die Menge, als Angelica gefesselt durch ihre Reihen geführt wurde. Ihre Schönheit erinnerte alle an die unglückliche Tochter des Fürsten.

»Ja, ganz genauso hat sie ausgesehen«, murmelte der Leuchtturmwärter.

»Sie ist ja fast noch schöner«, staunte ein anderer.

Die Prinzessin von Cathay wurde in einen Turm der Stadtmauer geführt und dort in einem finsteren Verlies eingekerkert. Tag um Tag verging. Von ihren Wächtern hörte sie, daß ihr Opfertod immer wieder verschoben wurde. Andere junge Frauen, die nach ihr auf die Insel gekommen waren, lebten schon längst nicht mehr.

»Deine engelsreine Schönheit hat das Mitleid vieler Männer hier geweckt«, berichtete der Oberwächter. »Sie wollen dich so lange wie irgend möglich verschonen.«

Er sagte ihr nicht, daß es von diesem Tag an keinen Ersatz mehr für sie gab und daß in der Stadt bereits geweint wurde, weil sie am nächsten Morgen an die Reihe kommen sollte.

Es war ein trauriger, laut klagender Zug, der Angelica auf ihrem schweren Weg begleitete. Das Jammern der so fürchterlich gestraften Bewohner von Ebuda klang bis zum Himmel hinauf. Sie ketteten Angelica als Morgengabe für das Ungeheuer völlig entkleidet an einen Uferfelsen. Dennoch erwarteten nicht wenige, daß sich der große kalte Stein durch einen Blitzstrahl Gottes spalten würde, um sie doch noch zu retten.

Graf Orlando ahnte nicht, wie es um die Dame seines Herzens stand. Immer wieder hatte er selbstlos für sie gekämpft und sie verteidigt – bis sie ihm vor der Schlacht von Montalban vom Kaiser weggenommen worden war.

In Paris stand es ebenfalls sehr schlecht. Rundum eingekesselt, wehrten sich die Belagerten verzweifelt gegen immer neue Angriffe der Sarazenen. Auf Befehl von König Agramant warfen die Heiden schließlich sogar Feuerbälle in die Stadt. Viele der Menschen in den hölzernen Häusern der Stadt glaubten bereits, ihr Ende sei gekommen. Überall stiegen Hilfeschreie und Gebete zwischen den brennenden Häusern von Paris in den Himmel.

Während sich vor den Mauern und an der Seine die Sarazenenkrieger zum letzten, alles entscheidenden Sturm versammelten, zogen plötzlich schwere Wolken von Westen her auf. Und dann brach ein Unwetter los, das so viel Wasser in die Brände goß, wie es sämtliche Eingeschlossenen niemals geschafft hätten. Dankbar erkannten Karl der Große, seine Berater und seine Paladine, daß Gott sie doch noch nicht verlassen hatte.

Noch lange nachdem der große Regen überstanden war und alle erschöpft auf ihr Lager sanken, wälzte sich Orlando in seinem Bett unruhig hin und her. Wirre Gedanken kamen und gingen, während er unablässig an seine schöne verschwundene Geliebte denken mußte. Seine Empfindungen waren so unstet wie das Blinken des Mondlichtes durch Bäume, deren Blätter im leisen Nachtwind hin und her wehten, oder wie Sonnenstrahlen auf den Wellen eines Baches. Auch nach dem Regen spürte er noch immer die Hitze der großen Feuersbrunst, vermischt mit einer Glut in seinem Inneren, die nie verloschen war, seit Kaiser Karl Angelica vor der Burg Montalban von ihm getrennt hatte.

»Wie konnte ich das alles zulassen?« stöhnte er leise. »Warum habe ich nicht protestiert, als der Kaiser dich Herzog Naims von Baiern übergab? Ich hätte Karl um Nachsicht für meine Fehler und Vergehen bitten können. Und du, Angelica … wo bist du, mein geliebter Traum? O ja, ich weiß, ich hätte dich und unsere Liebe mit meinem Schwert verteidigen müssen. Wo irrst du jetzt umher? Hat dich vielleicht der böse Wolf gefunden und die Rose mit seinen Zähnen abgerissen, die für mich die göttlichste von allen Freuden gewesen wäre? Ich will nicht leben mit der Verzweiflung, wenn ich erfahren muß, daß deine Schönheit ihren hellen Schein verlor. Wenn mir der Allmächtige diese Nachricht schickt, will ich mein Leben durch eigene Hand beenden, und meine Seele soll verdammt sein.«

Während die anderen innerhalb der Stadt vor Erschöpfung in ihren Federn und sogar auf Stein oder unter Bäumen am Seineufer sofort eingeschlafen waren, quälte sich Orlando und kam nicht einmal zu einem kurzen Schlaf. Statt dessen gaukelten ihm seine Sehnsucht und seine Phantasie duftende Blumenbeete an grünen Uferrändern vor, mit kleinen Statuen aus Elfenbein und Purpur, wie von Amors Hand geschaffen.

Er sah zwei Sterne und erkannte sich selbst und Angelica in ihnen. Ein lichtes Netz aus Strahlen, die direkt aus ihren Herzen kamen, hielt beide umschlungen. Er fühlte sich so beglückt, daß er auch noch furchtlos war, als ein Wind aufkam. Aber die Kraft des Sturms war stärker als alles, was sonst aus Nord und Ost und West über die Felder fegte. Er verlor den Halt, den er dem Mädchen an seiner Seite versprochen hatte. Sie entglitt ihm in ein Nebelgrau, und aus dem Glücksgefühl wurde Verzweiflung.

»Was ist das?« schrie er. »Weg mit diesen Bildern!« Zugleich hörte er, wie sie nach ihm rief.

»Orlando, mein Orlando!«

Obwohl er wußte, daß er nur träumte, riß ihn der Schmerz in seiner Brust in die Richtung, aus der Angelicas Hilferuf gekommen war. Im selben Augenblick hörte er eine andere Stimme.

»Nein!« rief sie laut und hart. »Schlag dir das aus dem Kopf. Aus dir und ihr kann nichts mehr werden.«

Orlando erschrak so tief, daß er schweißgebadet aufwachte. Verwirrt fragte er sich, ob alles wirklich nur ein Traum gewesen war. Oder drohte Angelica tatsächlich Gefahr?

Unverzüglich raffte er alles zusammen, was er für einen Kampf an Kleidung und Ausrüstung benötigte. Ohne Hilfe eines Knappen kleidete er sich an und schleppte seine Waffen zu den Stallungen. Dort fand er Brigliador und sattelte ihn eigenhändig.

»Verschwindet!« fauchte er, als doch noch einige verschlafene Knappen auftauchten. Ehe er losritt, entschied er sich noch, diesmal auf seine überall berühmten Farben rot und weiß zu verzichten. Statt dessen wählte er ein schwarzes Zeichen für seinen Schild und für die Helmzier. Schwarz kam seinem Seelenzustand viel näher als alles andere. Rüstung und Schild stammten vom Sarazenenkönig Almont, den er als Rache für den Tod seines Vaters schon vor Jahren im Kampf getötet hatte.

Es war bereits Mitternacht, als Orlando unbemerkt losritt. Er meldete sich weder bei seinem Onkel Karl dem Großen noch bei seinen Gefährten wie dem getreuen Brandimart ab. Dem Hauptmann an Torwache der Seinebrücke flüsterte er ins Ohr: »Laß dich nicht von der schwarzen Rüstung täuschen, ich bin es – Graf Orlando.«

Sofort wurde für ihn die Fallbrücke herabgelassen. Dann ritt er in gerader Linie auf die Lager der Feinde zu.

Am nächsten Morgen, als die Sonne, wie mit goldenem Haar umkränzt, aufging, erfuhr Karl, daß sein Neffe ohne seine Erlaubnis Paris verlassen hatte. Der Kaiser nahm die Nachricht grimmiger auf als vieles andere zuvor. Er war verletzt und wurde immer wütender. Schließlich dröhnte er: »Wenn dieser Kerl nicht sofort wiederkommt, werde ich eigenhändig dafür sorgen, daß er diese Untreue bitter bereut.«

Orlandos bester Freund Brandimart erschrak. Er konnte nicht länger zusehen, wie sich der Zorn des Kaisers immer weiter steigerte. Er mußte den Grafen finden und ihn warnen, ehe es zu spät war! Der Sohn König Monodants von den entfernten Inseln jenseits von Cathay wußte genau, wie es in Orlando aussah. Er war nach langer Gegnerschaft vom Grafen getauft worden.

Er war mit Flordelis, der Tochter von König Dolistone, aufgewachsen. Irgendwann hatten sie sich verliebt und geheiratet. Flordelis war hübsch und mit einem wachen Geist begabt. Es war Brandimart deshalb zu riskant, sie in seine Absicht einzuweihen. Er wartete bis zum Einbruch der Dunkelheit. Dann verließ er heimlich die Mauern von Paris und schlug sich ungesehen an den Zelten der Belagerer vorbei.

Flordelis wartete in dieser Nacht, am nächsten Tag und auch noch eine Woche. Nach einem Monat hielt sie es vor Sehnsucht und Verlangen nach ihrem geliebten Brandimart nicht mehr aus. Ohne irgendeinen Führer machte sie sich ebenfalls auf den Weg, um ihn zu suchen.

9. Gesang

Was doch der Unhold Amor alles anstellt mit einem Herzen, das ihm ganz verfallen ist! Hat nicht die Macht der Liebe sogar den besten Paladin des Kaisers von den Fahnen fliehen lassen? Denselben Ritter, der sonst nichts anderes kannte als die Verteidigung des Christentums und der heiligen Kirche?

Blind vor Verliebtheit, kümmert er sich nicht im geringsten um den Kaiser und nicht mal mehr um Gott!

Andererseits kann ich ihm mit einem Augenzwinkern auch verzeihen, denn eigentlich bin ich nicht anders. Immer nur gut zu handeln fällt mir eben schwerer, als mich an Bösem und Verbotenem zu vergnügen …

Der schwarze Ritter preschte durch die Nacht. Er dachte nicht an seinen Kaiser, seine Kampfgefährten oder Freunde, die er in Paris zurückließ. Alle seine Gedanken und Gefühle kreisten nur um Angelica. Er ging noch immer davon aus, daß die Prinzessin eine Gefangene der Sarazenen war, und ritt direkt zu den Anhöhen südlich der Seine. Noch am Vorabend hatten hier dicht an dicht die bunten Zelte der Belagerer gestanden.

Oben angekommen, entdeckte Orlando nur noch Zerstörung. Das Tuch der stolzen Zelte lag zerfetzt und schmutzig in großen Wasserlachen. Überall hingen Menschen an halb entwurzelten Bäumen. Er zählte Dutzende von jämmerlich wirkenden Sarazenenkriegern, die sich vor der Regenflut ins Geäst geflüchtet hatten. Einige waren bereits so erschöpft, daß sie wieder herabgefallen oder halb im Schlamm liegend eingeschlafen waren. Andere hatten nicht einmal mehr zu ihren Waffen greifen können, um sie in Sicherheit zu bringen.

Es zuckte in Orlandos Händen. Es wäre ein leichtes für ihn gewesen, mit seinem guten Schwert Durindana wie der Sensenmann über die Wehrlosen hinwegzureiten, aber er konnte es nicht. Er war zu ritterlich, um Schlafende und Wehrlose einfach zu erschlagen.

»Hat jemand von euch die schönste aller Jungfrauen gesehen?« rief er den Sarazenen zu, die nach dem furchtbaren Unwetter noch ansprechbar waren. »Die wunderbare Prinzessin von Cathay? Lebt sie? Ist sie verletzt?«

Sie starrten ihn nur furchtsam an und krümmten sich noch tiefer in den Schmutz. Die ganze Nacht lang beschrieb Orlando immer wieder ihre wunderschöne Gestalt und ihre Kleidung, in der er sie zuletzt gesehen hatte. Stunde um Stunde verstrich ohne jedes Ergebnis.

Als die Morgensonne aufging, wurde das ganze Ausmaß des nächtlichen Unwetters in den Sarazenen-Lagern deutlich. Zugleich sah Orlando ein, daß er als Paladin von Kaiser Karl keine Auskunft von den Ungläubigen bekommen würde. Kurz entschlossen sprang er von seinem Pferd und führte es hinter eine Reihe von Büschen. Dann ging er an einigen der erschöpft ausgestreckten Sarazenenkriegern entlang. Er suchte sich den größten aus und entkleidete ihn. Schnell legte er die fremdartige und verhaßte Kriegsgewandung an.

Glücklicherweise beherrschte Orlando die Sprache der Sarazenen. So konnte er auch in den Dialekten der Araber, Afrikaner und Mauren immer wieder nach Angelica fragen, ohne zu verraten, daß er in Wahrheit ein Franke war.

Drei Tage lang suchte er nach seiner Angebeteten. Schließlich holte er wieder die schwarze Rüstung aus dem Versteck und legte sie an. Er ritt durch Städte und Dörfer, ohne irgendeine Spur von Angelica zu entdecken. Seine Suche führte ihn bis in die entferntesten Gegenden des Frankenreiches. Er suchte in der Auvergne ebenso wie in der Gascogne, ritt bis in die Provence und nach Nordwesten zu den Bretonen. Weder in den flachen Landen der Picardie noch in den Pyrenäenbergen, in denen bereits die Spanier heimisch waren, fand er den geringsten Hinweis auf die Prinzessin von Cathay.

Der Sommer verging, und es wurde Oktober. Als die Blätter fielen und der November die Pflanzen vollends von ihrem Blätterkleid entblößte, suchte Orlando immer noch nach ihr. Er sah, wie die Zugvögel nach Süden entschwanden, ließ sich auch von Schnee und Eis in den Wintermonaten nicht aufhalten und kam im Frühling erneut zum Flüßchen Couesnon, das die Bretonen von den Normannen trennt. Das sonst so stille Wasser bewegte sich in hohen wilden Wogen auf das nahe Meer zu.

Orlando erreichte die Stelle, an der früher eine Brücke die beiden Ufer miteinander verbunden hatte. Mittlerweile war sie von der Wucht des Wassers weggerissen worden. Noch während er nach einem anderen Übergang suchte, näherte sich unerwartet ein kleines Boot durch die wilden Wellen. Verwundert sah Orlando, daß kein Fährmann, sondern ein junges Mädchen den Nachen steuerte. Sie winkte ihm, als hätte sie auf ihn gewartet, legte aber nicht an..

»Kannst du mich aufnehmen und auf die andere Seite bringen?« rief er ihr zu.

»Natürlich kann ich das«, antwortete sie sofort. »Aber nur, wenn du mir schwörst, daß du für mich einen Kampf bestehst.«

»Daran bin ich gewöhnt«, erwiderte Orlando lachend. »Was ist das für ein Kampf?«

»Der beste und gerechteste der Erde«, gab sie zurück und steuerte den Nachen näher auf ihn zu. »Du mußt mir schwören, daß du dich dem König von Irland anschließen wirst, noch ehe dieser Mond vergangen ist.«

»Und warum sollte ich das tun?«

»Weil er mit vielen Edlen, einem großen Heer und mit einer guten Flotte ausziehen will, um die Hebrideninsel Ebuda so zu verheeren, daß keiner ihrer überall verhaßten Bewohner übrigbleibt.«

»Warum sind sie verhaßt?« fragte Orlando ahnungslos.

»Weil sie an allen Küsten und Flüssen die schönsten Mädchen und jungen Frauen rauben. Nach einem alten Schwur und furchtbaren Gesetzen ihres Landes brauchen sie Tag für Tag ein neues Menschenopfer für ein Meeresungeheuer, das vor der Küste ihrer Insel lauert. Sie schrecken nicht davor zurück, sich als Kaufleute und Piraten zu verkleiden, um ständig neue Frauen einzufangen. Nur die Vernichtung dieser Mädchenräuber kann diesen Alptraum beenden.«

»Ich bin dabei«, rief Orlando sofort. »Und ich schwöre gern, daß ich die Unglücklichen rächen will.«

Im selben Augenblick schossen ihm furchtbare Gedanken durch den Kopf: Konnte Angelica vielleicht auch schon zu den Opfer gehören? Hatte das Ungeheuer sie bereits gefressen? Oder hockte sie in den Kerkern dieser Insel?

Noch vor Sonnenuntergang des nächsten Tages befand Orlando sich an Bord des Schiffes, das aus dem Hafen von Sankt Malo in Richtung Irland in See stach. Die Segel spannten sich, dann ließen sie den hoch aus dem Wasser ragenden Berg von Saint Michel hinter sich. Sie kreuzten an den Küsten der Bretagne entlang bis hinüber zu den weißen Klippen, nach denen England Albion genannt wurde.

Der Südwind legte sich, und ein steifer Nordwest kam auf, der die Seeleute zwang, schnell die Segel herabzulassen. Trotzdem wurde Orlandos Schiff tagelang hin und her getrieben. Endlich, am fünften Tag, wurde aus dem wilden Sturm ein milder Wind, der sie auf leichten Wellen bis nach Antwerpen segeln ließ.

Der erschöpfte Schiffer dümpelte mit seinem jämmerlichen Schiff dicht am Ufer langsam in die breite Mündung der Schelde. Aus den Feldern am Ufer tauchte ein alter weißhaariger Mann auf. Er erkannte Orlando als Ritter und Edelsten auf dem halbzerstörten Schiff. Mit tiefen Verbeugungen lief er mit dem Schiff am Ufer entlang.

»Eine Unschuldige braucht deine Hilfe, Herr!« rief er ihm zu. »Sie ist sehr schön und liebreizend. Wenn du mir jedoch nicht folgen willst, würde sie auch hierher zum Schiff kommen, um dir zu erklären, wie du ihr in ihrer großen Not helfen kannst. Aber ich bin sicher, daß du nicht unhöflicher bist als andere Ritter, die zu Wasser und zu Land hier vorbeigekommen sind.«

»Das will ich meinen!« rief Orlando. Er zögerte nicht lange und sprang an Land. Schon kurz darauf erreichten sie ein Schloß. Orlando wurde unverzüglich zu den Gemächern der Unbekannten geführt und erkannte, daß sie in großer Trauer leben mußte. Im ganzen Haus, in allen Sälen und Zimmern waren schwarze Decken ausgebreitet. Als er dann in ihr Zimmer trat, grüßte sie ihn mit hoffnungsloser Stimme und bat ihn, Platz zu nehmen.

»Ich danke dir, daß du gekommen bist«, sagte sie traurig. »Ich bin Olympia, die einzige Tochter des Grafen von Holland, und hatte noch zwei Brüder. Mein Vater schlug mir keine Bitte aus. Ich war froh und glücklich bis zu dem Tag, an dem er kam.«

»An dem er kam?« fragte Orlando einfühlsam.

»Bis zu dem Tag, an dem Biren kam«, wiederholte sie, und dann erzählte sie ihre tragische Geschichte.

Herzog Biren von Seeland kam zu Schiff aus seiner Heimat Dänemark bei uns vorbei. Er wollte an der Küste Frankreichs entlang bis in die Biskaya segeln und dann für Karl den Großen gegen die Sarazenen kämpfen. Er war so schön und jung und stolz, daß ich mich rettungslos in ihn verliebte. Auch ihn hatte Amors Pfeil sofort ins Herz getroffen.

Bösartige Stürme hielten ihn und sein Gefolge vierzig Tage lang hier in Antwerpen fest. Mir erschien die Zeit wie ein kurzer Augenblick, so pfeilgeschwind ging sie vorbei. Als mein Liebster schließlich aufbrach, versprachen wir uns gegenseitig, daß wir uns nach dem Ende seines Kriegszuges auf ewig binden wollten. Ein derartiges Verlöbnis ist, wie du weißt, ebenso heilig wie die spätere Vermählung.

Kurz nachdem der Herzog von Seeland aufgebrochen war, kamen Boten aus Friesland zu meinem Vater. Das Königreich der Friesen ist ja nicht weiter entfernt als die Mündung unseres Flusses ins Meer. Die Adligen baten bei meinem Vater um meine Hand für Arbant, den einzigen Sohn ihres Königs.

Ich sagte meinem Vater, daß ich mein Wort niemals brechen würde und daß ich nicht mehr leben wollte, wenn es zwischen ihm und dem Friesenkönig zu einem Handel käme. Mein lieber Vater, der mich immer nur glücklich sehen wollte, konnte meine Tränen nicht ertragen. So schwer es ihm auch fiel – er hat die Verhandlungen mit Frieslands Adel sofort abgebrochen.

Der stolze Friesenkönig geriet in Wut, als die Gesandten zu ihm zurückkehrten. In seinem Haß schwor er unserer ganzen Familie den Tod. Er ist ein hervorragender, aber auch verschlagener Feldherr. Weder Mut noch irgendeine List können ihn besiegen.

Außerdem hat er eine Waffe, wie ich sie noch nie zuvor gesehen habe. Sie ist aus Eisen, schwarz und zwei Arme lang. In ihr befindet sich ein enges Rohr, in das er Blei und geheimnisvollen schwarzen Staub füllt. An einer Stelle dieses Rohres ist ein kleiner Schlitz, wie von einem Arzt geschnitten, wenn er jemanden zur Ader läßt. Sobald in diese Öffnung ein Funke aus dem Feuerstein schlägt, donnert und blitzt es gleichzeitig, fliegt krachend das Blei aus dem Feuerrohr und verbrennt, durchbohrt und zerschmettert alles, was es trifft.

Durch diese heimtückische neue Waffe hat er dann zweimal die Linien unseres Heeres aufgerissen und meine beiden Brüder umgebracht. Bei ersten Mal fiel der eine, indem das Blei durch seinen Stahlpanzer schlug und in sein Herz eindrang. Mein anderer Bruder wurde so getroffen, daß ihm die Kugel von hinten in den Rücken schlug und aus der Brust wieder herauskam, als er schon aufgegeben hatte und fliehen wollte.

Ich hatte gleich nach der Schlacht, in der mein erster Bruder erschossen wurde, einen Kurier Richtung Spanien geschickt, damit Biren erfuhr, wie es um uns steht. Er brach sofort mit seinen Schiffen auf, um mir beizustehen, aber inzwischen stand der Friese bereits vor der letzten Burg, die uns noch geblieben war. Mein Vater stellte sich ebenso tapfer wie alle anderen auf die Mauern. Der Friese kam hingegen nicht näher zum offenen, ehrlichen Kampf. Statt dessen schoß er sein Blei aus sicherer Entfernung zwischen die Augen meines Vaters. Er starb nach meinen Brüdern, und dadurch war ich in meiner Trauer die Erbin von ganz Holland. Aber das war nicht alles. Nur wenn Prinz Arbant mein Gatte würde, wollte der Friese mein Volk in Frieden lassen.

Als ich mich weiter weigerte, schlossen meine Holländer einen Friedensvertrag und übergaben mich mitsamt der Stadt Antwerpen dem Friesen. Erneut bot er mir Frieden gegen einen Ehebund mit seinem Sohn an. Ich wollte lieber sterben – allerdings nicht, ohne mich an ihm zu rächen. Deshalb verstellte ich mich und erklärte mich bereit, seine Schwiegertochter zu werden. Gleichzeitig weihte ich zwei junge Männer in meine wahren Pläne ein. Die beiden waren Brüder und mit mir zusammen am Hof meines Vaters aufgewachsen. Ich wußte, daß ich mich auf sie verlassen konnte. Also schickte ich einen per Schiff nach

Flandern und trug ihm auf, erst in meiner Hochzeitsnacht zurückzukommen. Den anderen behielt ich bei mir. Er sollte sich in meinem Schlafgemach verstecken.

Während der König von Friesland überall verkünden ließ, daß ich seinen Sohn heiraten würde, verbreitete sich schnell die Nachricht, daß Herzog Biren von Seeland mit vielen Schiffen nach Holland zurückkehrte.

Als der Friesenkönig von Birens Heimkehr hörte, ließ er sofort seine Schiffe seeklar machen. Die Schlacht auf offenem Meer muß grauenhaft gewesen sein. Herzog Birens Flotte wurde besiegt, verbrannt und versank – was ich jedoch zu jener Zeit noch nicht wußte.

Als der festgelegte Tag für die Hochzeit kam, mußte ich den Prinzen Arbant auch ohne seinen Vater heiraten. Wie vorgesehen, wurde ich am Abend nach der großen Hochzeitsfeier in das Schlafgemach geführt. Dort hatte sich einer meiner jungen Freunde hinter den Vorhängen verborgen. Er sollte warten, bis mein Gemahl erschien. Als Arbant dann mit mir zusammen eintrat, sprang er hervor und schlug ihm mit einem Beil den Schädel ein. In meinem ungestillten Zorn nahm ich selbst noch ein Messer und schnitt dem Friesen zusätzlich die Kehle durch. Er stürzte um wie ein Ochse in den Schlachthaushallen.

Das war der erste Teil meiner Rache an König Cimosco – und diesen Namen nenne ich dir mit voller Absicht erst jetzt. Natürlich wußte ich, daß der Friese, der meinen Vater und meine Brüder ohne Grund umbrachte, unser Volk versklavte und mich auch noch ins Bett seines Sohnes zwingen wollte, seinen ganzen Haß gegen mich richten würde. Deshalb raffte mein Gefährte aus Kindertagen alles an Kostbarkeiten zusammen, was er in der Eile finden konnte. Er hatte bereits ein langes Seil vorbereitet, wand es mir um den Leib und ließ mich dann bis zum Meer hinab. Sein Bruder wartete unten bereits mit seinem Boot. Zu dritt kamen wir mit gutem Wind und der ablaufenden Flut glücklich bis nach Flandern.

Einen Tag später kehrte der Friesenkönig mit seiner Flotte und seinem Heer nach Antwerpen zurück. Er platzte fast vor Stolz über die gewonnene Seeschlacht und die Gefangennahme von Herzog Biren. Laut jubelnd und mit viel Geschrei zog er mit seinen Männern durch die Straßen, aber niemand wollte mit ihnen feiern. Das Grauen in der Stadt war noch zu stark und düster.

Als er erfuhr, was in seiner Abwesenheit geschehen war, klagte er Tag und Nacht um seinen Sohn. Weil aber Wehklagen Tote nicht erwecken kann, wuchs sein Haß auf mich und alle, die irgend etwas mit mir zu tun gehabt hatten. Jeden, den er dafür verdächtigte, ließ er berauben, erschlagen oder vertreiben. In seinem Wahn wollte er auch Biren sofort töten. Er wußte, daß er mir damit den größten Schmerz zufügen konnte. Doch dann gab ihm die Tücke seines Herzens ein, daß Biren die ideale Schlinge war, um mich einzufangen.

Er zog mit ihm nach Friesland und ließ überall verbreiten, daß Biren sterben müßte, wenn es ihm nicht gelang, unsere Freunde und Verwandten davon zu überzeugen, mich innerhalb eines Jahres an den Friesenkönig auszuliefern. Mein Tod sollte die einzige Möglichkeit für Biren sein, das eigene Leben zu erhalten.

Seither habe ich alles versucht, was ich tun konnte, um den armen Herzog aus der Gefangenschaft herauszuholen. Ich habe sechs unserer Schlösser in Flandern verkauft. Mit diesem Geld habe ich versucht, friesische Wachen zu bestechen. Alles war umsonst. Ich wollte Hilfe aus England und aus Deutschland kaufen, doch bis auf schöne Worte bekam ich keine Gegenleistung für mein Gold.

Nun habe ich nichts mehr – nur noch mich selbst, um meinen Liebsten aus der Hand des bösen Königs auszulösen. Und wenn es wirklich keine Hilfe für mich gibt, dann werde ich mein Leben für ihn opfern. Aber ich traue Cimosco nicht und fürchte seine Lügen. Denn was passiert, wenn ich jetzt zu ihm gehe?

»Ja, du hast recht«, sagte Orlando erschüttert, nachdem er Olympias Geschichte gehört hatte. »Dann hätte er euch beide in der Hand und könnte euch sehr leicht betrügen.«

»Genau das fürchte ich«, sagte die Grafentochter. »Er kann

mich quälen und mich in den Tod schicken. Er wird, selbst wenn ich tot bin, den Herzog nie mehr freilassen.«

»Aber ich hörte, daß du schon einige andere darum gebeten hast, dir zu helfen.«

»Ja, das ist wahr«, antwortete sie. »Keiner hat jedoch bisher den Mut gehabt, sich bei dem Friesenkönig für mich einzusetzen. Dabei soll nichts anderes geschehen, als Cimosco an sein einmal gegebenes Wort zu erinnern, nachdem ich umgekommen bin.«

»Was?« fragte Orlando entrüstet. »Kein Graf, kein Paladin, kein Ritter hatte ein gutes Schwert für seine ritterliche Ehre und ein gegebenes Wort bereit?«

»O doch«, antwortete Olympia. »Viele hätten liebend gern für mich gekämpft, aber sie fürchteten sich vor der Waffe, gegen die es keinen Schutz gibt und der keine noch so gute Panzerung widerstehen kann.« Sie zögerte einen Moment. Dann sah sie Orlando mit festem Blick an. »Wenn dein Mut aber deinem entschlossenen Gesicht und deiner Herkulesgestalt entspricht ... wenn du dir zutraust, für uns zu kämpfen, falls der König sein Versprechen bricht, dann gebe ich mein Leben hier und heute ganz in deine Hand.«

»Ich bin kein Freund von langen Reden«, sagte Orlando. »Aber du hast mein Wort. Ich nehme dich jetzt mit auf mein Schiff. Du mußt allerdings an Bord bleiben, bis du hörst, daß ich gewonnen habe.«

Er war entschlossen, die ganze Angelegenheit so schnell wie möglich zu beenden. Schließlich mußte er weiter zu der Insel, auf der noch immer Tag für Tag junge Frauen dem Ungeheuer aus dem Meer geopfert wurden.

Der Steuermann des kleinen Schiffes kannte sich im Labyrinth der Flußarme und Meeresbuchten sehr gut aus. Er umschiffte die Inseln und führte Orlando und Olympia sicher durch die flacheren Gewässer. Am dritten Tag ließen sie Seeland hinter sich. Olympia blieb an Bord, als Graf Orlando das Schiff in voller Rüstung verließ. Er beschaffte sich einen schwarzgrauen dänischen Hengst, der in Flandern aufgezogen worden und noch größer war als sein Streitroß Brigliador, das er in der Bretagne zurückgelassen hatte.

Orlando ritt nach Dordrecht. Überall an den Tortürmen sah er Bewaffnete – ein Zeichen dafür, daß sich der neue Herrscher Seelands noch nicht sicher genug fühlte.

»Bist du ein Bote des großes Heeres, das mit dem Vetter von Herzog Biren angeblich von Seeland hierher unterwegs ist?« riefen sie ihm zu. »Oder bewirbst du dich um die Hand der jungen Prinzessin, die unserem tapferen König nach dem heimtückischen Mord an seinem Sohn das einzige Kind geblieben ist?«

»Weder das eine noch das andere«, antwortete Orlando. »Meldet sofort eurem König, daß ein freier umherziehender Ritter ohne irgendeine Streitmacht vor der Stadt steht, um ihn herauszufordern. Sagt ihm, daß ich mit Schwert und Lanze gegen ihn kämpfen will, und zwar mit folgenden Bedingungen: Bezwingt er mich, liefere ich ihm die holländische Grafentochter aus, die seinen Sohn Arbant getötet hat. Im Gegenzug soll euer König mir sein Wort verpfänden, daß er mir Herzog Biren übergibt, wenn ich im Kampf der Sieger bleibe.«

Einer der Wächter lief sofort los, um dem Friesenkönig die Herausforderung zu überbringen. Orlando machte sich jedoch nichts vor. Nach allem, was er über Cimosco gehört hatte, mußte er mit neuen Hinterhältigkeiten rechnen.

Seine Vermutungen waren nicht aus der Luft gegriffen. Als der Friesenkönig gehört hatte, was der Bote berichtete, ließ er sofort dreißig Bewaffnete aufsitzen. Er befahl ihnen, durch das gegenüberliegende Tor der Stadt auszureiten, und dem Ritter den Rückweg abzuschneiden. Gleich darauf gürtete er sein Schwert und machte sich zusammen mit seiner Leibwache zu dem Tor auf, vor dem Orlando wartete.

»Was sehen wir denn da?« höhnte der Friesenkönig. »Nur einen einzigen schwarzen Ritter ohne Gefährten? Einen abgewrackten Bettler auf einem lahmen Ackergaul.«

»Gestohlen hat er ihn!« rief einer seiner Edlen.

»Seht seine Lanze!« erklärte ein anderer lachend. »Die gäbe einen schönen Mastbaum ab, und er kann sie kaum halten!«

Sie schmähten ihn hinter der Sicherheit des geschlossenen Tores. Orlando merkte sofort, daß der Friesenkönig Zeit gewinnen wollte. Erst nachdem Cimosco sicher war, daß die Falle sich geschlossen hatte, ließ er das Tor öffnen und kam ebenfalls mit dreißig Schwerbewaffneten vor die Stadtmauer. Als Orlando sich umdrehte, erkannte er, daß sich auch von hinten schwergerüstete Friesenkrieger näherten. Aber der Friesenkönig war dennoch leichtsinniger, als Orlando angenommen hatte. Im Vertrauen darauf, daß dreißig Bewaffnete in seiner Nähe und eine gleich große Gruppe von außen her stark genug wären, um den Fremden wie einen bunten Vogel einzufangen, hatte er darauf verzichtet, sein fürchterliches Feuerrohr mitzunehmen.

Graf Orlando fürchtete die Krieger und die Schlingen des heimtückischen Netzes nicht. Er senkte seine Lanze und ritt dort auf die Friesen zu, wo sie am dichtesten vor dem Stadttor standen. Die Lanzenspitze fuhr durch die Körper des ersten, dann durch den zweiten, dritten, vierten. Sechs paßten auf den Schaft – mehr nicht. Der siebente glitt, ebenfalls tödlich getroffen, wieder von der Spitze.

Die toten Friesen sahen wie Frösche aus, wie sie die Einheimischen an Gräben und Kanälen mit spitzen Stöcken aufspießten. Orlando ließ die Lanze los. Er riß sein Schwert heraus und begann mit einem fürchterlichen Hauen, Schneiden und Stechen. Zuerst ein Mann zu Fuß, dann ein Berittener. Wo er zuschlug, färbte sich die blaue, weiße oder gelbe Kleidung der Getroffenen im Rot immer neuer Blutbäche.

König Cimosco schrie nach seinem Feuerrohr, aber seine Bewaffneten gehorchten ihm nicht mehr. Sie wichen vor Orlandos Kampfkraft so erschreckt zurück, daß sie sogar die Brücke versperrten, die der König im letzten Augenblick noch hinter sich hochziehen lassen wollte. Cimosco floh. Orlando setzte ihm auf seinem schweren Kaltblüter hinterher.

Straße um Straße floh der König vor Orlando. Er erreichte sein Schloß und ließ in aller Hast sein Feuerrohr aufstellen. Nun mußte er nur noch wie der Jäger so lange warten, bis der Eber, den er erlegen wollte, aus dem Gehölz hervorbrach. Und genau dann – als Orlando um die letzte Ecke kam – schoß er laut und krachend seine Wunderwaffe ab.

Über dem Schloß blitzte und donnerte es wie bei Gewitter. Die Erde schwankte, zitterte und bebte. Vom Himmel her dröhnte der Schall zurück und brach sich an den Häuserwänden. Das glühende Geschoß, das sonst alles zerfetzte, selbst wenn es Fels war, verfehlte den Paladin des Kaisers, fuhr aber mitten in die Brust seines Pferdes.

Der schwere Kaltblüter brach zusammen. Orlando konnte gerade noch in vollem Sturz aus dem Sattel springen. Es war, als würde ihm die Berührung mit dem Boden neue Stärke verleihen. So wild und schrecklich kam er wieder hoch, daß selbst der Kriegsgott Mars am Himmel über soviel Kraft erschrocken war. Der Friesenkönig hatte sich nach dem Schuß schnell auf sein Pferd geschwungen. Nun suchte er sein Heil nur noch in der Flucht und dachte nicht einmal an seine hübsche junge Tochter, die allein zurückblieb. Doch Orlando ließ nicht zu, daß der Friese einfach wegritt. Mit langen schnellen Sätzen eilte er ihm nach. Aus vollem Lauf hob er sein Schwert. Es riß ihn selber mit, als die scharfe Schneide den Kopf des Friesenkönigs bis zum Hals in zwei Hälften spaltete.

Aus der Ferne erklang der Lärm von Waffen. Dann preschte der Vetter des Herzogs von Seeland mit seinen Truppen in die Stadt hinein. Ohne einen einzigen Schwertschlag gelangten sie zu der Stelle, an der Orlando den Friesenkönig niedergemacht hatte. Die Bewohner der Stadt waren noch immer wie gebannt vor Schrecken und der ungeheuren Kraft des fremden Ritters. Nur wenige aus dem Gefolge des toten Friesenkönigs flohen. Die Wachen an der Stadtmauer und die Bevölkerung baten um Gnade.

In Wahrheit weinten viele noch immer um den eingekerkerten Herzog Biren. Orlando stellte sich zwischen diejenigen, die dem Herzog schweigend treu geblieben waren, und die anderen, die, um das eigene Leben zu erhalten, zu den Friesen übergegangen waren.

»Vertragt euch wieder!« rief er allen zu. »Keiner ist besser von euch als der andere. Weder der eine, weil er nur geschwiegen hat, noch der andere, weil er mitgelaufen ist. Schließt euch wieder zusammen, und vertreibt die letzten Friesen aus dem Land. Und dann befreit den Herzog, der so schnell zurückkam, weil er seiner Liebsten helfen wollte, und dabei sämtliche Getreuen und fast noch das eigene Leben verloren hat.«

Die Sieger suchten nicht mehr lange nach den Schlüsseln des Verlieses. Sie stürmten zum Schloß, drangen in die Keller, zertrümmerten die Türen und schleppten Herzog Biren ins Freie. Sie nahmen ihn auf die Schultern und zogen im Triumph bis zum Landeplatz hinaus, an dem Olympia von Holland die ganze Zeit ängstlich gewartet hatte. Die Stadt jubelte den beiden zu, als sie sich umarmten und Freudentränen über ihre Wangen liefen. Wieder und wieder dankten sie Orlando und freuten sich über ihr Wiedersehen. Die Bürger schworen Biren erneut die Treue. Der Herzog übergab alle Reichsgewalt, Burgen und Güter in Holland seinem Vetter. Er selbst wollte mit Olympia zurück nach Seeland, um sie dort endlich zu heiraten.

»Sobald ich genug Männer zusammen habe, werde ich gegen Friesland ziehen«, sagte er zu Orlando. »Zuvor gebe ich Cimoscos Tochter, die uns im Schloß auch noch in die Hände gefallen ist, meinem jüngeren Bruder zur Gemahlin. Mit dieser Absicherung erreichen wir das gleiche, was der Friesenkönig gewollt hat, aber diesmal zu unseren Bedingungen.«

Kurz darauf zog Herzog Biren in Richtung Seeland ab. Zuvor hatte er Orlando die freie Auswahl aus der großen Beute angeboten, die sie in der Stadt Dordrecht und Cimoscos Schloß gemacht hatten. Orlando wollte weder Gold noch Geschmeide oder neue Rüstungen.

»Ich nehme nur die Feuerbüchse«, sagte er. »Nie wieder soll mit ihr in feiger Weise ein ritterlicher Kampf verhindert werden. Derartige Mordmaschinen haben nichts mehr mit dem Kräftemessen Mann gegen Mann zu tun. Ich werde alles mit auf mein Schiff nehmen und, weit vom Land entfernt, im tiefen Meer versenken. Das Feuerrohr ebenso wie das Pulver, Bleikugeln und alles, was dazu gehört.«

Der Graf hielt sein Wort. Als sie nach langem Abschied weit aufs Meer hinaus gefahren waren, nahm er das Feuerrohr, sah es an und sagte: »Du sollst nie wieder einen feigen, schlechten Mann stark machen! Weg mit dir, tief ins Meer hinab, damit du niemals mehr die ritterlichen Tugenden zerstörst! Zur Hölle, gottverdammtes, abscheuliches Gerät!«

Mit hohem Schwung warf er das Feuerrohr ins Meer. Ein guter Wind blähte die Segel seines Schiffes. Orlando stand am Bug und breitete die Arme aus, als wollte er Angelica umschlingen. Sein Herz schlug immer heftiger, während das Schiff um die Westspitze von England segelte. Sie passierten Irland und legten auch in Schottland nicht mehr an. Die ganze Zeit über waren seine Gedanken und Gefühle nur noch darauf gerichtet, Angelica vor dem fürchterlichen Ungeheuer aus dem Meer zu retten.

10. Gesang

Wenn ich die Liebe von Olympia mit berühmten Liebenden in Vergangenheit und Gegenwart vergleiche, bekommt sie bei mir ohne Frage einen ersten Platz. Schon deshalb hätte Biren sie ebenso – wenn nicht noch inniger – lieben müssen! Er hätte sie nicht einmal für die schöne Helena verlassen dürfen, um die Europa und Asien jahrelang vor Troja kämpften.

Aber es ist nun mal nicht gut, wenn Frauen allzu gläubig den Beteuerungen des Geliebten lauschen. Der will doch immer nur zum Ziel gelangen – mit Schwüren, die im Wind verfliegen, sobald die Liebesglut und das durstige Begehren verrauscht sind. Das ist deshalb der gute Rat, den ich den Frauen gebe:

Laßt euch nicht allzu schnell betören. Hütet euch besonders vor den jungen Männern mit ihren hübschen Gesichtern und ihrer glatten Haut. Ihre Gefühle sind nichts als Strohfeuer – heute für eine, morgen für eine andere. Sie sind wie Jäger, die sich bei Hitze und bei Frost, am Strand und auf der Piste die allergrößte Mühe geben, bis sie ihr Wild gefangen haben. Doch wenn sie es geschafft haben, eilen sie weiter zu ihrem nächsten Spaß.

Genauso machen es die Jünglinge. Solange ihr euch abweisend, spröde und unerreichbar gebt, brennen sie voller Zärtlichkeit und Liebesflammen. Doch wenn sie ihre Beute sicher haben, wird die Angebetete schnell zu ihrer Sklavin.

Ihr müßt nicht denken, daß ich euch die Liebe verleiden will. Das wäre ganz verkehrt. Ohne die Liebe verkümmert auch die Lust wie eine Rebe, die keine Stütze mehr in ihrem Weinberg hat. Aber noch einmal: Paßt bei der Liebe auf die Milchgesichter auf. Sie sind zu flatterhaft und stets auf Trab.

Pflückt euch lieber reife Früchte, die aber nicht zu sauer, knorrig und erst recht nicht überreif sein dürfen.

Bei der Eroberung von Dortrecht hatte Herzog Biren auch die Tochter des Friesenkönigs gefangengenommen und zur Ehefrau für seinen Bruder bestimmt.

Allen, die das hörten, erschien diese Entscheidung nur recht und billig. Auch seine Gattin hatte nichts dagegen. Sie merkte nicht, daß sich seine Liebe zu ihr an dem Tag abkühlte, als er sein Herz an die schöne, erst vierzehnjährige Friesenprinzessin verlor. Sie war für ihn wie eine Rosenknospe in der Mitte eines Busches, die hervorbrach, als die Sonne höher stieg. Biren entflammte sofort und schnell wie Zunder. Das Feuer drang ihm tief ins Mark, als er das Mädchen über den Tod ihres Vaters weinen sah.

Sobald sie allein waren, liebkoste er die Prinzessin mehr, als es schicklich für sie beide war. Diejenigen, die das bemerkten, tadelten ihn nicht, sondern lobten ihn dafür, daß er sich so liebevoll um sie kümmerte und dem betrübten jungen Blut wieder auf die Beine half.

Kurz darauf verließen die Segler und Ruderer mit dem Herzog von Seeland und den Frauen Hollands Küste. Sie wollten Friesland nicht berühren und steuerten deshalb in Richtung Schottland. Mitten im salzigen Meer wurde die fröhliche Gruppe des Herzogs und seiner Begleiter plötzlich durch einen starken Gegenwind abgetrieben. Das Land an der rechten Seite verschwand in der Ferne. Schon kurz darauf wußten sie nicht mehr, wo sie sich befanden. Zwei Tage lang irrten sie über das Meer. Erst am Abend des dritten Tages gelangten sie zu einer öden, trübseligen Insel.

Sie ankerten in einer Bucht, und Olympia stieg an Land. Sie war zufrieden mit sich und der Welt. Ohne den geringsten Verdacht speiste sie am Strand fröhlich mit ihrem ungetreuen Gatten. Anschließend ging sie zusammen mit ihm in das Zelt, das ihnen zum Schlafen errichtet worden war. Die anderen Männer kehrten zu ihren Schiffen zurück, um dort zu übernachten. Olympia fühlte sich noch immer ein wenig matt von ihren Ängsten auf dem schwankenden Schiff. Sie hatte viel zu lange keinen Schlaf gefunden. Also schmiegte sie sich an ihren Herzog und genoß das Gefühl der Geborgenheit in seinen Armen. Langsam verschwanden alle quälenden Gedanken, und sie schlief fester ein als ein Murmeltier.

Biren wartete, bis Olympia in den Schlaf gesunken war, dann schob er sich leise von ihrem Lager. Er hatte seine Kleidung bereits zuvor zu einem kleinen Bündel eingerollt. Vollkommen nackt schlüpfte er aus dem Zelt, lief zum Meer und weckte seine Leute. Fast lautlos segelten die Schiffe fort.

Am frühen Morgen erwachte Olympia mit wohligen Gefühlen. Noch halb schlafend, streckte sie ihre Hand nach dem Geliebten aus. Sie fand nichts und versuchte es noch einmal. Wieder nichts. Irritiert öffnete sie die Augen, blinzelte ein wenig und blickte sich verwundert um. Der Platz neben ihr im Bett war leer! Mit einem Aufschrei stürzte sie aus dem Zelt. Nirgendwo war eine Spur von Biren oder seinen Schiffen. Verzweifelt lief sie zum Strand und blickte im letzten Mondlicht auf die leere See hinaus. Laut aufschluchzend schlug sie sich gegen die Brust und raufte sich das Haar. Nie war ein Strand ihr derart leer und trostlos vorgekommen. Sie rief, so laut sie konnte, seinen Namen. Er kam als hohles Echo aus den Höhlen an den Küstenfelsen zu ihr zurück.

Voller Verzweiflung lief Olympia zu einem hohen Felsen am Rand der Bucht. Die Wogen hatten ihn im Lauf der Jahre so weit ausgehöhlt, daß er wie ein Bogen über das Meer hinausragte. Ohne auf ihre Hände und ihre nackten Füße zu achten, kletterte sie über einen steilen Pfad nach oben. Von dort sah sie kurz vor dem Horizont die voll geblähten Segel der Schiffe ihres fliehenden Gemahls.

»Daß du so grausam sein kannst, Biren!« rief Olympia weinend. »Wo willst du hin? Dein Schiff hat doch noch nicht die rechte Last an Bord. Wenn du mich holst und mitnimmst, wird es auch nicht schwerer sein, denn meine Seele ist doch längst bei dir.«

Sie winkte mit ihren Händen und sogar mit ihrem wehenden Nachtkleid, aber die Winde bliesen den Ungetreuen immer weiter fort. Dreimal versuchte sie, sich mit einem Anlauf vom Felsen herab ins Meer zu stürzen. Jedesmal gab sie im letzten Moment auf. Sie schloß für einen langen Atemzug die Augen. Dann ging sie an den Platz zurück, an dem die Arme Birens sie so liebevoll umschlossen und zugleich belogen hatten.

Mit dem Gesicht nach unten warf sie sich erneut auf ihr Lager. »Du warst uns zweien abends eine Ruhestätte«, sagte sie schließlich zum Lager. »Wer tröstet mich jetzt und trocknet meine Tränen? Und wenn ich hier vor lauter Angst sterbe, wer schließt mir meine Augen? Wer soll mich begraben, wenn es nicht Wölfe aus dem Wald sind, die mich mit ihren Leibern zudecken?«

Sie schluchzte laut und verzweifelt, riß an ihren goldenen Haaren, sprang auf und lief erneut zum Strand hinunter. Wie von einer ganzen Schar wilder Teufel verfolgt, rannte sie erneut zu dem Felsen, der über die Uferbrandung bis ins Meer hinausragte. Hier blieb sie stehen und bewegte sich nicht mehr. Leblos und so, als wäre sie selbst aus Stein, starrte sie über die weiten Wasser.

Weit entfernt von der fürchterlichen Insel im Atlantik litt ein anderer ebenfalls am Rand des Wahnsinns. Müde und erschöpft ritt Ruggiero durch die sengende Wüste. Die Sonne quälte ihn mit ihrer Hitze, und seine Rüstung glühte fast unter den gnadenlosen Strahlen. Durstig und schon ohne jede Kraft bog er um eine Felsenkante. Was er dann sah, kam ihm wie ein Trugbild vor: Direkt vor ihm erstreckte sich das Meer. Im flachen Wasser stand ein Turm, in dessen Schatten ein kleines Boot mit schlaffen Segeln am Ufer festgemacht war.

Er erkannte drei junge Frauen. Sie lagen auf kostbaren Teppichen aus Alexandrien und waren ebenso gekleidet wie die Mädchen am Hof der Zauberin Alcina. Er blinzelte, und seine Augen brannten, als er auf das phantastische Bild starrte. Er sah, wie sie von feinstem Backwerk naschten und dazu von edlen Weinen kosteten. Ruggiero leckte sich über die ausgedörrten Lippen. Mühsam zwang er sich, Schritt um Schritt auf die drei zuzugehen. Sein Gesicht war schweißbedeckt, und seine Lippen hauchten nur noch: »Durst!«

»Willkommen, schöner Ritter«, rief ihm die erste zu.

»Willst du dein Wandern nicht mal unterbrechen?« fragte die zweite.

»Komm in den Schatten«, dann die dritte. »Du kannst dich hier erfrischen.«

Die erste bedeutete ihm, daß er von seinem Pferd absteigen

sollte. Sie sprang auf, um ihm dabei behilflich zu sein. Die zweite füllte ein Kristallglas bis zum Rand mit köstlich frischem, perlendem Wein. Sein Durst wurde fast unerträglich. Aber er war gewarnt und wollte sich nicht auf die verführerischen Angebote einlassen. Noch verfolgte ihn Alcina, um ihm den Weg in das Reich ihrer Schwester Logistilla abzuschneiden. Er biß die Zähne zusammen und zwang sich, unbeirrt weiter durch den heißen Sand zu reiten.

Als die drei Frauen merkten, daß sie ihn nicht locken konnten und er sogar ihre Schönheit verschmähte, schoß in einem jähen Feuer eine Flammenwand zwischen ihnen hoch. Es stank nach Schwefel und Salpeter. Das Meer bäumte sich auf und schlug mit wilden klatschenden Wellen gegen das Ufer. Eine schwarze Sturmwand schien sich auf ihn zu stürzen.

»Du bist kein Ritter und kein Edelmann!« schrie die dritte der drei Verführerinnen. »Du hast die Waffen, die du trägst, ebenso gestohlen wie das Pferd, auf dem du reitest. Gevierteilt sollst du werden, gepfählt und dann verbrannt, du Dieb! Verbrecher! Größter Lumpenhund der Erde!«

Ruggiero zwang sich mit aller Kraft, nicht hinzuhören. Endlich liefen die drei zu ihrem Boot. Mit starken Ruderschlägen trieben sie es an der Brandung entlang und blieben dabei immer nah bei ihm. Die ganze Zeit fluchten, lästerten und schmähten sie ihn lauthals weiter.

Der Sarazenenheld wußte nicht, wie lange er das noch aushalten würde. Endlich erreichte er die Meerenge, hinter der das Reich der guten Fee Logistilla begann und sah, wie ein alter Fährmann auf der anderen Seite seinen Nachen losband. Er kam schnell näher.

»Du bist sehr spät«, rief der Fährmann vom Wasser her. »Ich habe schon auf dich gewartet.«

»Oh, guter Mann!« krächzte Ruggiero rauh und stürzte mit seinem Pferd ins Boot. »Ich danke Gott, daß er mich überhaupt bis hier gebracht hat!«

Der Fährmann nickte und nahm die Ruder auf. Während er das Boot kraftvoll über das stille Wasser des Meeresarmes trieb, lobte er seinen Passagier: »Du hast dich gerade noch rechtzeitig aus den Verstrickungen der Zauberin befreit«, sagte er. »Wenn du nur einen Schluck aus ihrem Zauberbecher getrunken hättest, wärst du wie alle anderen von Alcina verwandelt worden. Aber bei Logistilla wirst du eine ganz andere Schönheit finden, nicht diese leere, äußerliche wie bei Alcina, sondern eine Schönheit, die ewig ist, weil sie von innen kommt und die Seele nährt.«

Er lächelte ein wenig. Sie näherten sich bereits dem guten Ufer. »Ich sage dir, du kannst ihr vertrauen. Sie wird dich völlig andere Künste lehren als Musik und Tanz, Badefreuden oder Festgelage. Ihre Liebe beschränkt sich nicht auf dein Verlangen nach ihrem schönen Körper, sondern hebt dich höher als den Adler in den Himmel voller Glück.«

Plötzlich tauchten immer mehr Schiffe in der Meeresbucht auf. Sie hielten direkt auf ihr kleines Boot zu. Am jenseitigen Ufer sammelten sich nach und nach sämtliche Krieger, die Alcina noch zur Verfügung standen.

»Jetzt wird es ernst, Ruggiero«, rief der Fährmann. Die Ruderer der bösen Zauberin schlugen so hart ins Wasser, daß die Gischt bis über ihre Köpfe schäumte. »Wenn du nicht sterben oder gefangen werden willst, wird es allmählich Zeit, daß du deinen Zauberschild enthüllst!«

Ruggiero zögerte nicht einen Augenblick. Er riß den Seidenschleier ab und richtete den Lichtstrahl gegen die Verfolger. Einer nach dem anderen warf die Arme hoch und versuchte, sich vor dem gleißenden Blendstrahl zu schützen. Aufschreiend stürzten sie vorn und hinten von den Schiffen. Ruggiero hörte, wie eine Glocke auf einem Aussichtsturm in Logistillas Land geläutet wurde. Sofort eilten die Verteidiger in ihre Alarmstellungen. Die Hafenwache warf die Leinen ihrer Schiffe los. Überall auf den Mauerzinnen von Logistillas Schloß tauchten Bewaffnete und ihre Helfer auf. Sie richteten große Katapulte zum Wasser aus, beluden ihre ledernen Wurfschlingen mit Steinen und ließen die Geschosse gegen die Schiffe der Verfolger fliegen.

Gerade noch rechtzeitig erreichte der alte Fährmann mit dem Verfolgten die Hafenmauer. Ruggiero stolperte an Land. Sofort fingen ihn vier junge Mädchen auf, die ihm von Logistilla aus dem Schloß entgegengeschickt worden waren.

»Sie helfen dir, Ruggiero!« rief ihm der Fährmann von seinem Boot aus nach. »Es sind die kluge Phronesia, die kühne Andronica, die ehrliche Dicilla und die keusche Sophrosyne.«

Die vier jungen Frauen führten Ruggiero, so schnell es seine Kräfte zuließen, in die Sicherheit der Festung. Zugleich stürmten die Verteidiger Logistillas aus allen Toren bis zum Kai. Schiff um Schiff verließ den Hafen zum Kampf gegen die Flotte der rachsüchtigen Zauberin. Hörner bliesen zum Angriff, und dann begann eine fürchterliche Schlacht in der Bucht unterhalb der Burg.

Alcinas Flotte schloß so dicht auf, daß kein Fleckchen Wasser mehr vor dem Hafen von Logistillas Reich zu sehen war. Aber genau diese wütende Ansammlung wurde zu ihrem Untergang. Mit jedem Schuß und jedem Pfeilhagel trafen die Krieger Logistillas. Feuer flog in die geblähten Segel, Mastbäume brannten, und die Schiffe sanken.

Alcina konnte nicht mehr siegen. Ihr blieb nur noch ihr eigenes Schiff für eine demütigende Flucht. Die meisten ihrer Männer waren ertrunken oder verbrannt. Kaum jemand sah, daß sie Tränen in den Augen hatte. Viel mehr als die Niederlage und das große Sterben kränkte sie, daß Ruggiero ihr entkommen war.

Logistillas Schloß sah so herrlich aus, wie es nie zuvor ein menschliches Auge gesehen hatte. Die Mauern wirkten kostbarer als Diamant und Porphyr. Nirgendwo sonst waren bisher ähnlich wertvolle Steine für den Bau von Mauern verwendet worden. Es kam Ruggiero vor, als wären hier tatsächlich Baumeister des Himmels mit überirdischen Materialien am Werk gewesen. Dann erkannte er den wahren Unterschied zu allen anderen edlen Steinen: Die Mauern waren wie Spiegelflächen, aber wer in sie hineinblickte, sah nicht, wie üblich, seinen eigenen Körper, sondern konnte tief bis in die eigene Seele sehen. Ganz gleich, ob sie gut oder böse war, zu klein geworden, weil sie immer nur getadelt wurde, oder aufgebläht durch falsche Schmeicheleien – im Spiegel dieser Mauer glänzte die

Wahrheit jeder Seele so klar und deutlich wie das Licht der Sonne.

Bewundernd legte Ruggiero den Kopf in den Nacken. Er blickte hoch und sah auf himmelhohen Bögen schwebende Gärten, in denen duftende Bäume wuchsen, die das ganze Jahr über zugleich Blüten und Früchte trugen. Die edlen Bäume wurden umringt von Büschen, die keinen Winter kannten. Er sah Veilchen und Lilien, Rosen und Jasmin. Alles, was die Natur nicht zugleich erschaffen konnte, hatte Logistilla ohne Einfluß der Jahreszeiten zu einem duftenden immerwährenden Frühlings- und Sommergarten vereint.

Und dann erlebte Ruggiero, wie willkommen er in Logistillas Reich war. Noch ehe er aus seinem Erstaunen über die Blütenpracht heraus war, stürmten bereits Astolf und viele andere edle junge Männer auf ihn zu. Sie schlugen ihm auf die Schulter, hoben ihn hoch und führten ihn lachend und mit fröhlichen Reden ins Innere des Schlosses. Hier wurde er sofort in einen lichten Saal mit hellen Steinsäulen, Treppen und kleinen Bänken, Blumen und plätschernden Brunnen geführt. Bedienstete brachten unablässig köstliche Speisen und Getränke auf großen glänzenden Platten. Ruggiero aß und trank, ließ sich verwöhnen und ruhte zwischendurch in weichen Kissen, in einer Luft, die so mild war, daß er sich nicht einmal zudecken mußte.

Zwei Tage vergingen für ihn wie im Rausch. Dann sagte er zu Astolf: »Wo ist die Fee, die alles hier so herrlich eingerichtet hat. Ich würde sie gern sehen und ihr für unsere Rettung danken.«

»Das würde ich auch gern«, antwortete der junge Herzog von England. »Außerdem will ich sie darum bitten, daß sie mich wieder in den Westen zurückkehren läßt. Aber bisher hat sie keiner von uns gesehen. Vielleicht könnten wir Melissa um Hilfe bitten. Sie ist schon ebenso lange hier wie wir.«

Ruggiero nickte. Gemeinsam gingen sie zu Melissa und sagten ihr, was sie wollten.

»Natürlich helfe ich euch«, erklärte Melissa sofort. »Kommt, gehen wir zusammen zur Herrin dieses verwunschenen Reiches.«

Noch am selben Tag kam es zu der ersehnten Begegnung. Melissa trug im Namen der Ritter ihre Wünsche vor. Logistilla hörte sich alles geduldig an. Dann sagte sie: »Ich bitte euch dringend, wenigstens noch zwei Tage zu warten. In der Zeit will ich darüber nachdenken, wie zumindest du, Herzog Astolf, und du, Ruggiero, in eure Heimat zurückkehren könnt.«

Die beiden folgenden Tage kamen Ruggiero sehr lang vor. Schließlich standen sie erneut vor Logistilla. Die Fee überreichte Ruggiero ein Zaumzeug aus Samt.

»Nimm das«, sagte sie freundlich. »Ich habe es eigens für dich angefertigt. Das Geheimnis besteht darin, daß du immer entgegengesetzt zu der Richtung zügeln mußt, in die du wirklich fliegen willst. Also nach links, wenn du nach rechts willst, nach oben, damit du sinkst, und nach unten, damit du aufsteigst. Auf diese Weise kann dich der Hippogryph ohne störrische Eigenmächtigkeit bis ins Frankenreich fliegen. Aber zuvor mußt du auf schnellen Pferden, die am Boden bleiben, jede einzelne Bewegung üben.«

Ruggiero war sofort einverstanden. In den folgenden Tagen ritt er mit dem neuen Zaumzeug auf so vielen Pferden, daß er schließlich selbst die wildesten Rösser meisterlich beherrschte.

Der Tag des Abschieds kam schneller als erwartet. Ruggiero dankte Logistilla von ganzem Herzen.

»Ich werde, wenn du mir gestattest, immer mit treuer Liebe an dich denken und dir verbunden bleiben, solange ich lebe.«

Die Magierin lächelte ihm zu. Zusammen mit den anderen gingen sie zum Stall des Greifenpferdes. Ruggiero legte ihm das neue Zaumzeug an, bestieg ihn und verabschiedete sich von den vielen jungen Männern, die allesamt zurückblieben. Er hob noch einmal seine Hand, dann drückte er den starren Zügel des Zaumzeugs einen Finger breit nach unten. Das Greifenpferd lief sofort los, als hätte es bereits ungeduldig auf die Anweisung gewartet. Ruggiero winkte noch einmal zurück. Schließlich drückte er die Zügel kurz bis an den Hals des Hippogryphen. Er wollte nicht zu hoch über das Meer aufsteigen, sondern noch einmal sehen, wo er bisher bereits gekämpft, gelitten und gesiegt hatte.

Von Indien aus ließ er sein Flügelroß über die Uferlinien des Ostmeers fliegen. Hier lagen sich Brüdervölker der Fei in den

Haaren. Dann suchte er nach milden Winden von Gott Äolus. Bei seinem ersten Flug war er von Gibraltar aus immer westwärts bis Indien geflogen. Jetzt wollte er – wie die Sonne – die Bahn einmal um die Erde herum beenden. China erschien unter ihm – das Königreich Cathay. Weit entfernt schimmerten die sogenannten fernen Inseln wie eine Perlenkette im Meer. Ruggiero flog über Mangitanien und die große Stadt Quinsay hinweg, die auch Nangking genannt wurde.

Sobald er genug hatte, ließ er das Flügelroß irgendwo landen. Dann speiste er in einem Gasthaus und nahm sich ein Nachtlager. Er flog über den Himavus oder auch Himalaja und ließ Serikanien, das Reich von König Gradass, rechter Hand unter sich. Von Skythien aus bog er zu den Fluten des hirkanischen oder auch kaspischen Meeres ab, dann zu den Sarmaten, wo der mächtige, stille Don die Grenze zwischen Asien und Europa bildete. Er ließ sich über die weiten Länder der Russen tragen, bog bei den Ruthenen wieder nach Westen ab, überflog Pommern und dann Preußen.

Eigentlich sehnte er sich danach, so schnell wie möglich seine geliebte Bradamante wiederzusehen, aber weil er schon einmal dabei war, genoß er das Vergnügen, nach Lust und Laune durch die Luft zu schweifen. Er flog auf den Schwingen des Flügelpferdes über Polen, dann nach Ungarn und in einer weiten Kurve über die Landstriche Germaniens. Ganz zum Schluß erkundete er auch noch die fernsten Winkel der großen Insel England. Die Tage zogen so an ihm vorbei und schließlich auch die Monde. Er war derart süchtig, immer neues Land zu sehen, über die Meere hinzusegeln und sich am Abend die besten Landeplätze auszuwählen, daß er schon fast vergessen hatte, zu welchem Ziel er aufgebrochen war. Erst als er eines Morgens über die Themse und die große Stadt London flog, entdeckte er einen gewaltigen Heeresaufmarsch unter sich.

Der Sarazene landete am Themseufer auf einer Wiese vor der Stadt. Hier hatten sich große Mengen Fußvolk und Reiter versammelt. Überall zogen mit Trommelklang und Kriegsfanfaren neue Kontingente auf. Die ersten waren Ritter der Krone, die von Graf Rinaldo angeführt wurden. Er war noch immer dabei, möglichst viele Bewaffnete für seinen Kaiser zu beschaffen.

Ruggiero ritt durch das Gewoge vieler Adliger um den Prinzen von Wales und Graf Rinaldo. Niemand am Rand des Aufmarschplatzes achtete sonderlich auf ihn und sein ungewöhnliches Reittier.

»So viele prächtig buntgekleidete Bewaffnete«, sagte Ruggiero anerkennend, als er sich neben Rinaldo befand. »Ich würde wirklich sehr gern wissen, woher sie alle kommen.«

»Sie kommen aus allen Gegenden von Schottland, England und den Inseln,« erklärte Graf Rinaldo bereitwillig, ohne zu ahnen, wem er so stolz die Zusammensetzung seiner neuen Streitmacht verriet. »Sobald die Musterung vorbei ist, wird dort am Themseufer das ganze Heer in Gruppen eingeteilt. Jede Einheit steigt dann in eines der im Hafen wartenden Schiffe. Sie ziehen los, um Karl den Großen und seine Franken gegen die Heiden aus Afrika zu verstärken. Der Kaiser wartet dringend auf dieses frische Heer.«

Ruggiero starrte voller Bewunderung auf immer neue Krieger.

»Ich sehe, daß du daran interessiert bist«, schmunzelte Graf Rinaldo. »Dann will ich dir noch genauer sagen, wer alles kommt, um sich im Kampf gegen die Heiden zu bewähren.«

Die ersten dort unter der Fahne mit den Lilien und dem Panther stehen unter dem Befehl des Herzogs Leonel von Manchester, des Neffen unseres Königs. Die nächste Fahne trägt der Graf Richard von Warwick. Sie hat drei weiße Flügel in einem grünen Feld. Dann kommt der Graf von Gloster mit den zwei Hörnern und dem halb gespaltenen Hirschkopf, danach die Fackel auf dem Banner des Herzogs von Clarence. Ihr folgt der Baum für den Herzog von York. Der Herzog von Norfolk hat die in drei Stücke gebrochene Lanze, der Herzog von Kent den Blitzstrahl und der Graf von Pembroke einen Greif. Der Graf von Northumberland hat einen Kranz im blauen Feld, der Graf von Suffolk eine Waage. Zwei Schlangen, unter einem Joch vereint, zieren den Herzog von Essex.

Da vorn siehst du einen Kahn, der im Sturm auf dem Meer

untergeht. Das Banner gehört dem Grafen Arundel. Sehr viele andere Grafen sind schon hier. Dort stehen der Markgraf von Barcley mit dem gespaltenen Berg im Wappen und der Graf von March mit einem Palmenzweig. Der Graf von Dorset hat eine Krone, der von Hampton einen Wagen. Das Wappen mit dem Falken über einem Nest gehört zum Grafen Raimund von Devonshire. Derby und Oxford zeigen einen Hund und einen Bären. Winchester schwenkt ein schwarzgelbes Panier, der reiche Prälat von Bath kommt unter dem Zeichen des kristallnen Kreuzes.

Da vorn, der zerschlagene Stuhl in einem grauen Feld – das ist das Wappen des Ariman vom Somerset. Du siehst also die besten Krieger von Schottland, Irland und aus allen Gegenden von England hier versammelt. An die zweiundvierzigtausend sind bisher gezählt an Reitern, Lanzen oder Schützen.

Doppelt so stark ist das Fußvolk. Da vorne kommt es grau und grün und gelb. Das nächste Volk ist schwarz und blau gestreift. Gottfried und Heinrich, Hermann und Edward ziehen ihnen mit ihren Fahnen voran. Da kommen auch noch der Herzog von Buckingham und Graf Heinrich von Salesbury. Das sind die Engländer.

Wenn du nach Westen siehst, erkennst du weitere dreißigtausend Mann von den Schotten. Ihr Anführer ist Zerbin, der Sohn des Schottenkönigs. Du kannst den Löwen auf dem Banner mit den beiden Einhörnern an seinen Seiten selbst von hier erkennen. Der Löwe trägt das Silberschwert in seinen Klauen. Das Schottenwappen paßt zu Zerbin, diesem stolzen Prinzen, der so schön ist wie kein anderer – ganz und gar Herzog, voller Kraft auf seinem edlen Roß.

Neben ihm reitet Graf Ottonley mit dem goldenen Balken im azurblauen Feld. Auf der anderen Seite kämpft der Herzog von Mar unter dem Leoparden im Wappen. Neben ihm stehen die Highlander unter dem bunten Tuch mit Vögeln.

Dann siehst du die Kämpfer des Herzogs von Strafford. In seiner Fahne blickt ein Vogel in die Sonne. Und dann der Stier da drüben mit dem Doggenpaar. Er ist das Zeichen des Grafen Lurcan von Angus. Und Ariodant, der neue Herzog von

Albany, führt ein blau und weiß gestreiftes Tuch. Die letzten dann auf dieser Seite sind die Grafen von Buchan mit einem grünen Drachen und der Graf von Forbes mit einem schwarzen und weißen Banner sowie der Graf von Ferrol mit einer Kerze in einem grünen Feld.

Die Irländer dort hinten teilen sich in zwei Hälften. Die linke Heeresgruppe geht mit dem Grafen Kildare, die andere hat Desmond aus den Bergen Irlands hierhergeführt. Er hat ein weißes Feld mit roten Streifen, während bei Kildare eine brennende Fichte das Banner für den Kampf ist. All diese Männer wollen für Kaiser Karl die Waffen ergreifen.

Dazu kommen noch die Norweger und Schweden, die ebenfalls ihre Schwerter scharf geschliffen haben. Sogar aus Thule und aus dem fernen Island sind sechzehntausend Mann aus ihren Höhlen und Wäldern angekommen. Sie sind so bärtig und behaart wie wilde Tiere. Ihr Anführer Graf Morat führt ein weißes Banner. Aber es wird sich blutrot färben, wenn sich die Mohren in ihren Wald aus Lanzen stürzen.

Ruggiero bewunderte die vielen Gruppen der Krieger und ihre Wappen, die er auf diese Weise kennengelernt hatte. Noch während Graf Rinaldo ihm die Fahnen ihrer Anführer erklärte, sammelten sich Neugierige um ihn und sein eigenartiges Reittier.

Der Sarazene tat zunächst, als würde er nichts bemerken. Trotzdem freute es ihn, als er immer mehr Männer um sich sah, die ihr Erstaunen nicht verbergen konnten und mit offenen Mäulern auf ihn und den Hippogryphen starrten. Um sie noch mehr aus der Fassung zu bringen und ihnen vorzuführen, was er alles konnte, senkte er die Zügel am Hals des Wundertieres ein wenig und gab ihm behutsam etwas Druck mit seinen Hacken in die Flanke. Aber auch das war schon fast zuviel.

»Ich danke dir, edler Paladin des Kaisers«, rief Ruggiero Graf Rinaldo zu. »Ich bin Ruggiero, einer der ersten Ritter meines Königs. Ich denke, daß Agramant sehr dankbar sein wird, wenn er erfährt, wie mächtig du hier die Verstärkung für die eingeschlossenen Christen von Paris versammelst. Jedoch … es wird nicht leicht für dich sein, sie unbemerkt bis an die Stadt zu bringen ...« Er lachte, schnalzte mit der Zunge und richtete sich hoch in seinem Sattel auf. Mit einem großen doppelten Flügelschlag schoß das Greifenpferd über die Köpfe der Versammelten hinweg steil nach oben. Es stieg hoch in den Himmel und ließ die anderen staunend und erschrocken zurück.

Ruggiero kreiste noch eine Weile über England und sah sich die verschiedenen Landstriche in aller Ruhe an. Dann ließ er das Greifenpferd in Richtung Westen über Irland treiben. Er betrachtete aus der Höhe die legendäre Insel Hibernien, auf der der Heilige Patrick einst seine Höhle hatte. Schließlich ritt er in geringer Höhe weiter über das Meer und nahm Kurs zurück auf die Küste der Bretagne.

Plötzlich erblickte er unter sich Angelica. Sie war vollkommen allein und in Ketten an einen nackten Fels geschmiedet. Im ersten Augenblick dachte Ruggiero, daß er unter sich nur die Statue eines nackten Mädchens sah – ein Idealbild aus weißem Marmor, das ein großer Künstler dort am kahlen Felsen aufgestellt hatte. Gleich darauf erkannte er aber Tränen im Gesicht des wunderschönen Bildwerks. Sie rannen wie durch Schnee über die weißen Wangen und dann zum Mund wie zu einer Rose, ehe sie wie der Morgentau in einem feinen Schleier über ihre Apfelbrüste sprühten. Ein sanfter Windhauch spielte in ihrem golden schimmernden Haar. Als Ruggiero dann in ihre schönen Augen sah, erinnerten sie ihn heftig an seine Bradamante. Er zog den Kopf des Flügelpferdes etwas an. Vorsichtig landete er dicht vor der unglücklichen Schönen.

»Wer ist der Unhold, der dich hier angekettet hat?« stieß er hervor. »Du dürftest eigentlich nur von Amors Band gefesselt werden und nicht durch Eisen, das dir das Elfenbein deiner schönen Hände blau färbt und zerquetscht.«

Bereits bei seinen ersten Worten färbten sich die Wangen, schließlich sogar alle unbedeckten Körperteile der Schönen, die sonst sittsam verborgen waren, in ein scheues Rot. Am liebsten hätte sie ihr Gesicht in ihren Händen verborgen, aber sie waren zu fest an den Felsen geschmiedet. Sie schluchzte immer wieder und brauchte lange, bis sie endlich ein paar Worte stammeln konnte.

Ruggiero verstand sie nicht, weil sie zu leise sprach. Zugleich kam von der See her Lärm immer näher. Dann brach wie ein rasendes Schiff im Nordwind ein gewaltiges Ungeheuer durch die Wogen. Gierig vor Hunger und Lust auf eine neue Jungfrau rauschte das Scheusal auf das Ufer zu. Angelica hing halbtot vor Schrecken in ihren Ketten und konnte nicht einmal mehr schreien.

Der Sarazene zögerte keinen Augenblick, sondern klemmte seine Lanze unter die Achsel, umfaßte sie von unten mit der Hand und rammte dann die Spitze gegen das Ungeheuer. Er hatte keinen Namen für die wüste Masse, die sich direkt vor ihm hin und her wälzte. Das Monstrum hatte von vorn bis hinten nichts von irgendeinem Tier, das er kannte. Nur die Augen und die Zähne erinnerten ihn an ein ungeheuer großes Schwein. Sein Lanzenstoß rammte genau dorthin, wo er die Augen sah. Aber er prallte zurück, als wären sie aus Stahl.

Ruggiero wendete sofort sein Flügelroß, nahm einen neuen Anlauf, galoppierte und flog zugleich auf den großen Schwingen. Das Ungeheuer sah die Schatten der Greifenflügel über dem Wasser. Es nahm wohl an, daß ihm das fremde Wesen seinen nächsten Leckerbissen stehlen wollte. In wilder Wut drehte und wendete es sich in der aufschäumenden Gischt. Diesmal traf Ruggiero die Bestie aus der Tiefe hinter dem Ohr, dann in den Rücken und den Schweif, aber es gelang ihm einfach nicht, die harte Haut des Ungeheuers zu durchschlagen. Das Monstrum jaulte, kreischte laut und pfiff.

Mitten im Kampf bemerkte Ruggiero, daß das Gefieder seines Flügelrosses immer nasser wurde. Während er weiter kämpfte, suchte er fieberhaft nach einem Ausweg. Schließlich fiel ihm sein Wunderschild wieder ein. Halb fliegend und halb springend brachte ihn das Greifenpferd dorthin zurück, wo die Jungfrau noch immer in ihren Ketten an den Felsen hing. Er konnte seinen aufgeregten Hippogryphen diesmal nur sehr mühsam zügeln.

So vorsichtig wie irgend möglich näherte er sich Angelica. Er beugte sich weit vor und steckte ihr den Zauberring an den kleinen Finger. Es war derselbe Ring, den Bradamante, um ihn zu befreien, dem Baron Brunell abgenommen und durch Melissa zur Insel der Zauberin Alcina geschickt hatte. Solange er selbst den Ring mit dem Schutz vor Zauberei am Finger hatte, konnte auch sein Schild nicht blitzen. Außerdem wollte er nicht, daß den schönen Augen der nackten Jungfrau irgendein Schaden zufügt wurde.

Gerade noch rechtzeitig drehte er sich wieder um. Das Monstrum aus der Tiefe bedeckte bereits den halben Strand. Es wälzte sich immer weiter an die Felswand heran. Ruggiero wartete bis zum letzten Augenblick, ehe er das Seidentuch von seinem Zauberschild riß und damit eine zweite Sonne über dem Meer aufgehen ließ. Der gleißende Strahl traf mitten ins Auge des Ungeheuers. Mit einem gewaltigen Krachen kippte es auf den Rücken. Schaum brodelte an allen Seiten auf. Ruggiero riß sein Schwert hervor und stürmte auf das halb gelähmte Ungeheuer zu. Aber so sehr er auch zustach und in die weichen Teile schlug – nirgendwo drang der Stahl in die Haut ein.

»Hör auf!« rief Angelica in ihren Fesseln. »Deine Waffen sind machtlos gegen diesen Schuppenpanzer. Nimm mir lieber die Fesseln ab, ehe es wieder zu sich kommt.«

Sie weinte so herzerweichend, daß sich alles in Ruggiero zusammenzog.

»Laß nicht zu, daß ich von diesem Ding gefressen werde«, schluchzte sie verzweifelt. »Nimm mich lieber mit, und wirf mich dann irgendwo ins Meer.«

Ruggiero schämte sich, daß er nicht eher daran gedacht hatte, sie von ihren Ketten loszulösen. Er beeilte sich, während sie vor Angst am ganzen Körper zitterte. Schnell nahm er sie auf den Sattel des Flügelpferdes. Der Hippogryph schrammte mit seinen Hufen durch Geröll und Sand am Ufer, galoppierte immer schneller und stieg dann mit noch immer nassen Flügeln vor dem Felsen auf. Ruggiero ließ die befreite Jungfrau hinter sich rutschen. Dabei blickten sie sich zuerst erleichtert und dann derartig liebevoll an, als würden sie bereits tausend Küsse tauschen.

Ursprünglich hatte er um Spanien herum zu König Agramant und seinem Heer fliegen wollen. Doch nun wurde seine Begierde so heftig, daß er den Hippogryph über das Meer dorthin lenkte, wo sich das rauhe Land der Bretagne weit in den Ozean hinausschob. Sie flogen hinter der Küste zu einem schattigen Hain mit Eichen und Kastanien am Fuße eines kleinen grünen Hügels. Das Greifenpferd landete direkt neben einer frischen Quelle. Ruggiero schlug auf die Gelenke, an denen der Hippogryph seine Seitenflügel einziehen konnte. Nur die Heckflügel ließ er weiterhin ausgestreckt. Sie glitten aus dem Sattel. Ruggiero konnte kaum erwarten, das andere Pferd zu besteigen.

Als er dann die nackte Angelica ganz allein auf der Waldlichtung vor sich sah, konnte er sich nicht mehr zurückhalten. Die wunderschöne Prinzessin von Cathay stand zwischen ihm und dem schnaubenden Greifenpferd. Sie sah ihn mit großen Augen immer noch verwundert an. Ihr abwartender Blick war zuviel für Ruggiero. Er riß seinen Brustharnisch los und warf ihn zur Seite. Jetzt schnell die Arm- und Beinschienen! Seine Finger zerrten an den viel zu fest geknüpften Schnallen und Schnüren. Kaum hatte er einen Knoten gelöst, verhedderte er sich wieder in einem neuen. Und je fahriger er wurde, um so heftiger drängte sein Verlangen nach ihr.

11. Gesang

Selbst schwaches Zaumzeug kann ein starkes Pferd in seinem Lauf noch lenken. Doch nur sehr selten schafft es der Verstand, lustvolle Leidenschaft zu zügeln. Es ist wie bei dem Bären überm Honig, sobald er ihn gerochen oder auch nur das kleinste Tröpfchen aus dem Topf geschleckt hat.

Ruggiero war so gefangen von den Reizen des nackten Mädchens, daß ihm seine geliebte Bradamante völlig aus dem Sinn glitt. Selbst wenn er in diesem Augenblick an sie gedacht hätte, wäre es zu spät gewesen. Schild und Lanze lagen bereits am Boden, und wenn er noch die verfluchten letzten Knoten aufbekam, war auch er nackt.

Die Schöne vor ihm senkte schamhaft ihren Blick. Wie zufällig entdeckte sie dabei den Zauberring an ihrem Finger, den sie so lange vermißt hatte. Sie hatte ihn bei sich gehabt, als sie zum ersten Mal ins Frankenreich kam – ebenso wie ihr Bruder die Zauberlanze mit sich führte, die er an den Paladin Astolf verloren hatte. Unwillkürlich mußte sie wieder daran denken, wie Graf Orlando sie zuvor fern im Osten aus den Ketten der Zauberin Dragontina befreit hatte. Der Ring hatte sie unsichtbar gemacht, als sie ihn in den Mund steckte. Nur so war sie damals aus dem Gefängnisturm der bösen Alten entkommen, in dem alle Ritter aus dem Abendland gefangen waren. Noch in der Festung hatte ihr Brunell den Ring vom Finger gestohlen, um ihn seinem König Agramant zu bringen.

Angelica spürte eine eigenartige Erregung, als sie den Ring wieder an ihrem Finger drehte. Vorsichtig und am ganzen Körper bebend zog sie ihn ab, steckte ihn in den Mund und hoffte dabei inständig, daß er noch wirkte und sie sich vor Ruggieros Blicken so schnell verstecken konnte wie die Sonne hinter Wolken.

Sie hielt die Luft an und beobachtete, wie sich der halb entblätterte Ritter unbeholfen im Kreis drehte und sich dabei nach allen Seiten umsah. Verärgert und beschämt zugleich, beschwerte er sich lauthals über ihre Undankbarkeit in alle Himmelsrichtungen.

»Ist das der Dank für meine Hilfe?« rief er empört. »Das ist zu grausam, Mädchen! Ich wollte dir den Ring doch schenken. Du mußt ihn mir nicht stehlen. Meinetwegen nimm auch noch mein Zauberschwert und dieses einmalige Flügelpferd. Wenn dir das immer noch nicht reicht, dann nimm mich selbst auch noch dazu – von mir aus als dein Sklave. Aber du mußt dich zeigen, hörst du? Ich komme um, wenn ich dein wunderschönes Gesicht jetzt nicht mehr sehe. Bitte, Angelica, treib kein böses Spiel mit mir. Ich weiß doch, daß du mich sehen und auch hören kannst ...«

Mit ausgestreckten Armen tastete er sich wie ein Blinder weiter. Unsicher lief er von einer Seite der Quelle auf die andere. Dort, wo er sie vermutete, umschlang er mit seinen Armen nur die Luft.

Angelica war längst nicht mehr da. So schnell sie konnte, eilte sie auf dem Weg davon, der von der Quelle aus durch den Wald führte. Es dauerte nicht lange, bis sie direkt vor sich eine Höhle entdeckte. Sie zögerte ein wenig, aber da niemand zu sehen war, durchsuchte sie die einfache Behausung und entdeckte Krüge mit Stutenmilch und frischgebackenes Brot. Gierig aß und trank sie etwas davon.

Vor der Höhle erblickte sie einen sanften Hang, der bis in ein liebliches Tal hinabführte. Dort weideten viele Stuten mit ihren Fohlen. Wahrscheinlich würden die Pferde erst gegen Mittag, wenn die Sonne zu heiß brannte, in die schattigen Ställe neben der Höhle zurückkommen. Angelica hatte genügend Zeit, um sich auszuruhen. Ganz langsam verlor sie ihre tiefsitzende Angst vor den Schrecken der letzten Tage und Wochen.

Bevor es Abend wurde und die Pferde zum zweiten Mal an diesem Tag in die Ställe zurückkehrten, hatte sie sich fast schon erholt. Unter den Kleidungstücken in der Höhle, die zu einem alten Mann gehören mußten, fand sie ein grobes Gewand, das sie wie eine Pferdehirtin aussehen ließ. Sie lächelte, als sie daran dachte, wie viele schöne bunte Kleider, Röcke und Mieder aus Samt und Seide und vielen anderen kostbaren Stoffen sie früher einmal besessen hatte. Aber sie klagte nicht, sondern fühlte sich auch im Kittel eines Pferdehirten wieder stark und voller Hoffnung und ging ins Tal hinab. Im letzten Tageslicht suchte sie sich die beste unter allen Stuten aus. Mit ihr wollte sie endlich ins Morgenland und in ihr Königreich Cathay zurückkehren.

Ruggiero suchte immer noch rund um die Quelle nach der undankbaren Schönen. Schließlich mußte er einsehen, daß sie tatsächlich verschwunden war. Als er auf die Lichtung zurückkam, sah er gerade noch, wie das geflügelte Pferd über den Baumwipfeln aufstieg und davonflog. Ruggiero entdeckte das Zaumzeug bei seinen Waffen und seiner Rüstung neben der Quelle.

»Verdammte Versuchung!« fluchte er vor sich hin. »Oder hat mich schon wieder eine gute Fee vor den Verlockungen Amors bewahrt?«

Er sah sich um, aber hier war keine Melissa, die ihn gerettet hatte! Nein, diesmal war er selbst der Dumme! Daß ihm nach all dem Ärger auch noch der geflügelte Hengst entwischt war, war in der fremden Gegend ziemlich unangenehm. Und weil aller schlechten Dinge drei waren, war mit Angelica auch noch der Zauberring verschwunden. Doch genaugenommen störte ihn der Verlust der Zauberkräfte am wenigsten. Er war nur ärgerlich, weil es gerade der Ring gewesen war, den er als Unterpfand der Liebe über die gute Fee Melissa von Bradamante erhalten hatte.

»Strafe muß sein!« seufzte er kleinlaut. Dann kleidete er sich wieder an und stieg in seine Rüstung. Wenigstens der Zauberschild war ihm noch geblieben. Das Meer war nicht sehr weit entfernt. Deshalb entschloß er sich, dem Weg der Sonne zu folgen und in westlicher Richtung zu gehen. Er brauchte nicht sehr lange, bis er in einem breiten Tal auf einen Weg stieß, der sich durch den dichter werdenden Wald zog.

Schon nach wenigen Schritten hörte er Waffenlärm hinter Gebüsch und Sträuchern. Gleich darauf sah er zwischen dicht stehenden Bäumen auf einem kleinen engen Platz zwei ungewöhnliche Streiter. Der eine kämpfte behende und mutig wie ein Paladin vom Hofe Karls des Großen. Der andere war ein riesiger, grobschlächtiger Kerl, der so wild um sich schlug, als wolle er in blinder Wut irgend etwas blutig rächen. Mit seiner schweren Keule hieb er immer wieder auf den geschickten, mit Schwert und Schild parierenden Ritter ein. Direkt vor den beiden lag das Pferd des Ritters in seinem Blut. Es hatte bereits alle viere von sich gestreckt.

Ruggiero hoffte, daß nicht der riesige Grobian, sondern der tapfere Kämpfer gewinnen würde. Im selben Augenblick krachte die Keule des wilden Riesen auf den Helm des Ritters. Er brach zusammen und schlug in seiner Eisenrüstung scheppernd zu Boden. Der Riese sprang hinzu und riß seinem Opfer das Helmvisier auf. Im selben Augenblick erkannte Ruggiero, wem da so übel mitgespielt wurde. Von diesem wunderschönen Gesicht hatte er tage- und nächtelang geträumt. Es gab nicht den geringsten Zweifel. Sie war es, seine lange vermißte, wunderbare, geliebte Bradamante.

Ohne zu zögern, sprang Ruggiero vor und riß sein Schwert heraus. Mit einem lauten Schrei warf er sich zwischen die Ohnmächtige am Boden und den Wüterich, aber der Riese dachte nicht daran, seine Beute zu teilen oder aufzugeben. Er packte Bradamante wie ein Wolf, der sich das beste Lamm aus der Herde holte. Mit einem schnellen Schwung warf er sich die Besinnungslose über die Schulter und verschwand aus Ruggieros Blick. So schnell wie in der schweren Rüstung möglich rannte Ruggiero dem räuberischen Riesen hinterher. Der Waldweg wurde breiter, dann öffnete sich das Dickicht. Vor ihm lag eine große Wiese.

Genug davon! Ich muß mich wieder um Orlando kümmern, der Cimoscos Feuerrohr ins tiefste Meer geschleudert hat, damit keine Spur mehr von ihm übrigbleibt. Leider vergeblich, denn der Teufel, dieser Feind des Menschen, paßte auf. Er hatte die fürchterliche Waffe nach dem Blitz ersonnen, der ja nicht weniger Schaden anrichtet, als es ihm schon durch Evas Apfel gelang.

Erst vor wenigen Generationen sorgte er dafür, daß das höllische Gerät durch einen Zauberer aus mehr als hundert Schritten

Tiefe aus dem Meer gezogen wurde. Cimoscos Feuerrohr wurde zu den Deutschen gebracht, die allerlei Versuche mit ihm anstellten. Der Antichrist, der uns nur schaden will, verfeinerte den Geist der Deutschen – bis sie begriffen, wie das Donnerohr die Blitze wirft.

Die grauenhafte Kunst hat dann sehr schnell Italien, Frankreich und die anderen Länder erreicht. Die einen füllen hohle Formen mit Metallen, das glühend flüssig aus dem Ofen quillt, die anderen bohren Löcher in das Eisen oder schmieden seine Form. Groß oder klein, schwer oder leicht, heißen diese Waffen dann Bombarde, Mörser oder auch Kanone.

Ich hörte auch von Falken, Feldschlangen mit besonders langem Rohr, Haubitzen oder wie die Namen alle heißen, die Erfindungsgeist dem Ding verleiht, das Stahl zerschmettert, Burgen zu Ruinen macht und sich überall freie Bahn verschafft.

Armer Soldat, wirf deine Waffen bis aufs Schwert ins Schmiedefeuer! Sie taugen nichts mehr. Nimm statt dessen die Flinte oder Arkebuse auf die Schulter, denn ohne die bekommst du künftig keinen Sold.

Du Abschaum einer Erfindung, wie konntest du jemals in eines Menschen Kopf entstehen? Durch dich wird jeder Kampf ehrlos, und Krieg bringt keinen Ruhm. Helden werden überflüssig, denn deine Blitze lassen jeden Feigling siegen. Viele Adlige und Ritter sind durch dich schon in die Todesnacht gegangen. Es werden noch viel mehr, ehe ein Ende dieser Kriege kommt, die Italien quälen. Ich sage noch einmal: Noch nie zuvor ist etwas Grauenhafteres erdacht worden. Niemand ist bösartiger als der Erfinder dieser fürchterlichen Waffe. Ich bin ganz sicher, daß ihn Gott dafür tief in höllische Verdammnis stößt – direkt zu dem verdammten Judas.

Aber folgen wir dem Paladin, der voller Sehnsucht nach Ebuda segelt, wo dem Ungeheuer schöne Frauen grausam zum Verspeisen vorgeworfen werden.

Je ungeduldiger Orlando wurde, um so schwächer trieb der Wind sein Schiff voran. Er wechselte von links nach rechts, kam nur noch kaum spürbar von hinten und blies ihnen dann sogar entgegen. Orlando hielt die ständigen Verzögerungen kaum noch aus. Endlich, nach einer quälend stillen und für ihn viel zu friedlichen Fahrt an Irland vorbei, erreichten sie die Küste der kleinen Insel Ebuda.

»Du kannst den Anker setzen und an Bord bleiben«, sagte Orlando zum Schiffer. »Ich nehme das Boot und rudere allein zu den Felsen für das Jungfrauenopfer.«

»Bist du von Sinnen? Das ist zu gefährlich!«

»Ich weiß schon, was ich tue«, antwortete Orlando schroff. »Gib mir noch deinen größten Anker und deine stärksten Taue.«

Die Seeleute ließen das Beiboot zu Wasser und warfen die von Orlando geforderte Ausrüstung hinein. Er selbst verzichtete auf jede Rüstung und nahm nur sein Schwert Durindana mit. Dann stieg er in das Boot, setzte sich mit dem Rücken in Fahrtrichtung und zog die Rudergriffe mit starken, ruhigen Bewegungen bis an seine Brust. Die Sonne ließ sein goldenes Haar wie einen Lichtschein aufleuchten.

Er näherte sich bis auf Steinwurfweite dem Felsen. Plötzlich hörte er das verhaltene Klagen einer weiblichen Stimme. Er sah nach links und suchte sämtliche Felsvorsprünge ab. Dann entdeckte er am Ufer ein nacktes Mädchen, dessen zarte weiße Füße immer wieder von der Brandung umspült wurden. Sie hing mit gesenktem Kopf in ihren Fesseln. Orlando konnte ihr Gesicht noch nicht erkennen. Sofort stemmte er sich in die Riemen, um schnell zu ihr zu gelangen, doch im gleichen Augenblick brodelte das Wasser vor ihm. Riesige Wellenberge schossen hoch, und aus der Tiefe des Ozeans dröhnte ein grauenhafter Schrei.

Und dann sah Orlando das monströse Ungeheuer. Es war so mächtig, daß es mit seiner Brust über die Wogen hinausragte. Unwillkürlich erinnerte ihn die drohende Erscheinung an regenschwere Sturmwolken, wenn sie aus einem finsteren Tal aufsteigen und rings um sich nur finstere Nacht verbreiten. Ebenso wie Gewitterwolken dehnte sich die Bestie schnell nach allen Seiten aus. Sie tauchte auf, drängte das Meer zurück und peitschte immer neue Wogen nach allen Seiten.

Orlando schlang das Tauende durch die Ankerösen und wartete ohne jede Furcht in seinem kleinen Boot. Mit der Linken faßte er eines der beiden Ruder. Er gab dem kleinen Boot einen geschickten Seitenschwung, um so zwischen das nackte Mädchen an der Felswand und das tobende Meeresungeheuer zu kommen. Das Monstrum kam immer schneller näher und riß sein Maul so weit auf, daß darin ein Ritter samt seinem Pferd Platz gehabt hätten.

Aber Orlando wich nicht zurück. Im Gegenteil, zusammen mit dem Anker und dem kleinen Boot schoß er auf einem Wasserschwall in das Maul des grauenhaften Tieres. Er schwang den Anker wie eine Schleuder und ließ ihn los. Mit einem einzigen kräftigen Wurf verkeilte er die Schaufeln des großen Eisenhakens zwischen dem Gaumen und der breiten Zunge des mörderischen Ungeheuers. Der Orca konnte seine Kiefer nicht mehr schließen. Wie eiserne Stützbalken in einem Bergwerk verhinderte der Ankerkeil jedes Herabbrechen. Die mörderischen Zähne vorn im Maul hingen nun so hoch über ihm, daß Orlando sie nicht einmal im Sprung erreicht hätte.

Das war der Augenblick, in dem er sein Wunderschwert sprechen lassen konnte. Er riß es aus der Scheide, dann stach und schlug er mit seiner ganzen Kraft nach allen Seiten in den dunklen Schlund des Monstrums. Es war, als würde sich das Meeresungeheuer wie eine Festung wehren, in die bereits die Feinde eingedrungen waren. Wieder und wieder versuchte es, seinen Peiniger auszuspeien, und tauchte schließlich unter. Der Schmerz trieb es sofort wieder hoch. Von außen waren nur die Schuppenspitzen auf den Schultern inmitten blutig kochender Gischt zu sehen.

Orlando schlug immer noch im Maul des Ungeheuers um sich. Der Wasserschwall konnte ihn jeden Augenblick ertränken. Er schlang das andere Ende des Seils fest um seinen Körper und sprang ins Meer hinaus. Mit aller Kraft schwamm er auf die Klippe zu, an der das nackte Mädchen noch immer angebunden hing. Mit beiden Beinen stemmte er sich gegen einen Felsbrocken. Dann zog er Faust um Faust den Ankerhaken und das Ungeheuer in immer flacheres Wasser.

Das Meeresungeheuer wehrte sich wie ein wilder Stier, der unversehens die Schlinge an den Hörnern spürt. Es taumelte, um sich gewaltsam loszuringen, drehte sich und zerrte an dem Ankertau, ohne loszukommen. Es dröhnte, krachte und toste, während die Sonne im roten Nebel ihre Strahlenkraft einbüßte. In diesem fürchterlichen Kampf ließ sich überraschend auch Proteus sehen. Das Lärmen hatte ihn aus seiner Ruhegrotte in der stillen Tiefe des Ozeans gelockt. Als er erkannte, was Orlando mit dem Orca machte, befahl er allen Fischen und allen Lebewesen des Meeres, so schnell wie möglich zu fliehen. Alte und junge Wasserwesen, Nymphen und Neridenschwärme mit aufgelösten Haaren eilten aufgeregt durch die Fluten. Sogar Neptun befahl seinen Delphinen, ihn schnell möglichst sehr weit fort zu ziehen – am besten gleich bis vor Äthiopien.

Orlando beendete mit einer letzten Kraftanstrengung den mörderischen Kampf. Mit einem harten Ruck zog er den Rest des Ungeheuers, das sich selbst in seiner Gegenwehr das Leben aus dem Leib gerissen hatte, bis vor die Felsen an den Strand.

Plötzlich war alles ruhig.

Der Paladin Karls des Großen ließ das Ankerseil los. Schwer atmend wartete er, bis die Zuschauer, die überall über den Felsenklippen erschienen waren, laut schreiend auf ihn zukamen. Er dachte, daß sie ihn loben und in ihm einen Helden sehen würden, aber das Gegenteil geschah. Verwundert hörte er, wie die Männer ihn beschimpften, ihn am liebsten gleichfalls totgeschlagen hätten und wie sie sich beklagten, daß Proteus nun in seinem Zorn Heere von Ungeheuern schicken würde, die schon einmal ihre Insel grauenhaft verwüstet hatten. In ihrer Angst und Wut hoben die Männer von Ebuda Schwerter und Spieße, Schleudern und Bogen. Sie rückten immer näher und bedrohten ihn. Also zog Orlando die Durindana hoch und zeigte sie dem Pöbel. Er hatte keinen Harnisch angelegt und keinen Eisenschild bei sich, und die Bauern von der Insel sahen nur einen erschöpften Fremden ohne jede Rüstung und ahnten nicht, daß seine Haut hart wie Diamant war. Mit wilden Schreien fielen sie über ihn her. Die Durindana mähte zehnmal die Köpfe – mit jedem Schlag gleich drei. Dreißig Männer von Ebuda blieben bei dem toten Ungeheuer am Strand zurück. Der Rest floh schneller, als Orlando ihnen nachrufen konnte. Er wollte sich gerade zur Felsenwand umdrehen, an der noch immer die Schöne in den Ketten hing, als neuer Lärm und laute Schreie von der anderen Seite laut wurden.

Orlando hatte nicht bemerkt, daß in der Zwischenzeit die Iren mit ihrer Flotte hinter den Felsen angekommen waren. Von allen Seiten erstürmten sie die Insel. Sie machten alles nieder, was sich ihnen in den Weg stellte, ohne Rücksicht auf Alter und Geschlecht. Die Insulaner hatten jahrelang betrogen und geraubt und so viele Frauen verschleppt, daß nicht nur Irland, England und die Küsten der Bretagne leergefegt waren. Nun zündeten die Iren Haus um Haus und Dorf um Dorf an. Sie machten alle Mauern dem Boden gleich und erschlugen jeden, ob er sich gegen sie zur Wehr setzte oder um Gnade flehte.

In all dem Lärmen und Getöse wandte sich der Graf endlich dem Felsen mit dem nackten Mädchen zu. Erst jetzt sah er, daß es gar nicht Angelica war.

»Olympia!« stieß er entsetzt hervor. »Bei Gott im Himmel – wie kommst du hierher? Ich sah dich doch noch jungverheiratet und glücklich, als ich dich verließ.«

Bebend vor Angst und Erschöpfung, schlug sie die Augen auf. Ihre Lippen zitterten, als sie ihn erkannte. Gleichzeitig schämte sie sich dafür, daß sie nackt war.

»Ich weiß überhaupt nichts mehr«, stöhnte sie verzweifelt. »Ich weiß nicht einmal, ob ich dir dafür danken soll, daß du mich vor dem grauenhaften Tod bewahrt hast. Denn jetzt muß ich weiterleben mit einem Herzen, das vor Trauer nicht mehr leben will.«

Schluchzend und mit erstickter Stimme erzählte sie ihm, wie übel sie betrogen worden war.

»Biren ... mein verräterischer Gemahl ... er hatte mich auf einen kleinen Insel ausgesetzt. Dort fanden mich die Männer von Ebuda und brachten mich in Ketten hierher ...«

Orlando war so fassungslos, daß er völlig vergaß, sie loszubinden. Wie eine aus Marmor gemeißelte Diana stand sie vor ihm. Dabei versuchte sie vergeblich, ihren Schoß und ihre Brüste zu bedecken. Liebend gern wäre er jetzt in einem hübschen Hafen mit ihr gewesen, um die schönsten Kleider für sie zu beschaffen.

In diesem Augenblick tauchte der Anführer der irischen Eroberungsflotte in voller Rüstung am Strand auf. Noch während er und seine Männer auf der anderen Seite der Insel kämpften, hatte er gehört, daß hier ein Ritter durch die Wogen schwimmen sollte … mit einem Riesenfisch am Haken, den er wie ein Schiff gegen den Meeresstrom heranzog. Obwohl Orlando noch immer naß und voller Schlamm und Blut war, erkannte ihn König Obert von Irland sofort.

»Ich hab's gewußt!« stöhnte er. »Von solcher Kraft – das konnte nur mein verdammter, heißgeliebter Milchbruder Orlando sein!«

Sie waren beide Edelknaben am Hof von Karl dem Großen gewesen. Erst nach dem Tod seines Vaters vor einem Jahr war Obert nach Irland gegangen. Die beiden Männer lachten und schlugen sich immer wieder gegenseitig auf die Schulter. Dann erzählte Orlando seinem Jugendfreund, was mit der unglücklichen Olympia geschehen war, wie der Friese sie bedrängt hatte, wie ihr Vater und ihre Brüder erschossen worden waren und was sie alles für den unwürdigen Herzog Biren getan hatte.

»Ich hätte nie gedacht, daß Biren so ein Schuft ist«, schnaubte Obert, nachdem er alles gehört hatte. Er sah, wie Olympia erneut in Tränen ausbrach. Trotz aller Leiden, die sie inzwischen überstanden hatte, entdeckte er in ihrem Blick eine Schönheit, die ihn bis ins Innerste des Herzens traf. Er betrachtete ihre wohlgeformte Stirn, die Schönheit ihrer Wangen, ihrer Nase und verliebte sich augenblicklich in ihren Mund, ihr Haar und ihren Hals. Völlig gebannt starrte er auf ihren unverhüllten Busen. Die runden Brüstchen sahen aus, als würden sie jederzeit Milch geben wollen. Dazwischen lag das Tal wie mit letztem Schnee an einem schönen Frühlingstag bedeckt. Er blickte auf ihre Hüften, auf die Wölbungen und Flächen ihrer Lenden und auf ihren spiegelglatten lichten Leib. Ihre Schenkel waren so weiß, daß er seinen Blick einfach nicht abwenden konnte.

Obert konnte sich nicht vorstellen, daß Herzog Biren sie jemals so hüllenlos und schön gesehen hatte. Dann nämlich hätte er sie nie verlassen können. Er lächelte, ging ein paar Schritte auf Olympia zu und spürte, wie sie unter seinem Blick noch verwirrter wurde. Orlando sah, was hier geschah – und er war einverstanden.

»Ich werde Olympia nach Holland bringen und dafür sorgen, daß sie ihr Königreich zurückbekommt«, sagte Obert bestimmt. »Es muß doch möglich sein, daß wir nicht nur auf dieser Insel Gerechtigkeit und Rache erzwingen, sondern auch gegen diesen ungetreuen Ehemann. Aber zunächst braucht sie etwas anzuziehen. Also sollen ihr Kleider herbeigeschafft werden.«

»Davon gibt es hier mehr als auf jeder anderen Insel.« Orlando lachte mit einem bitteren Beigeschmack. »Jeden Tag eine Jungfrau. Und jeden Tag blieben hier Kleider zurück, die niemand mehr benötigt.«

»Dein Vorschlag paßt mir zwar nicht ganz«, antwortete König Obert, »doch für den Augenblick muß ich wohl zustimmen. Ich schwöre euch, daß ich die besten Schneider und Näherinnen finden werde, die aus edlen Goldfäden und feinster Seide, wie sie nicht einmal auf den Arnobrücken in Florenz zu finden ist, Gewänder nähen und sticken sollen, wie sie einer Königin zustehen.«

Orlando war zufrieden mit dem unerwarteten Zusammentreffen von Olympia und Obert. Wenn der König von Irland die Angelegenheiten in die Hand nahm, würde der verräterische Herzog Biren seiner wohlverdienten Strafe nicht entgehen. Bereits am nächsten Tag nahmen sie mit ihren Schiffen Kurs auf Irland. Orlando blieb nur einen Tag als Gast auf der Grünen Insel. Dann trieb ihn seine Sehnsucht nach Angelica weiter. Als sie sich verabschiedeten, erinnerte Orlando den König noch einmal an den Schwur, den er für Olympia gegeben hatte.

»Ich brauche keine Ermahnungen von dir, Milchbruder«, sagte Obert lachend. »Mehr als mein Eid verpflichtet mich mein Herz für sie.«

Nur wenig später zogen die Iren zusammen mit den Schotten und den Engländern wieder ins Feld. Zugleich sorgte Obert dafür, daß Holland wieder frei wurde. Er ließ Biren kein Stück von Friesland und brachte Seelands Volk zum Aufstand gegen ihn. Als er schließlich Biren mit dem Schwert erschlug, war das noch die geringste Strafe für die Verbrechen dieses Mannes.

Orlando ließ das salzige Meer und den Seewind hinter sich. Er kehrte dorthin zurück, wo er sein Pferd Brigliador zurückgelassen hatte. Von der Normandie aus begann er erneut mit der Suche nach Angelica. Den ganzen ungewöhnlich ruhigen Winter hindurch quälte er sich kreuz und quer über die Berge und durch die Täler des Frankenreiches. Erst als die Sonne wärmer wurde und ein schöner Frühling Blumen und Blätter sprießen ließ, erhielt er wieder die Gelegenheit, sich als ritterlicher Held zu zeigen.

12. Gesang

Wie großartig und zugleich einfach war das in der Antike. Aber Orlando hatte keine Fackeln, die, am Ätna angezündet, leuchteten, und keinen Drachenwagen für die Suche auf der ganzen Welt und sogar in der Hölle. Er mußte zusehen, wie er allein zurechtkam.

Orlando hatte inzwischen nahezu ganz Frankreich nach Angelica abgesucht. Für eine Weile überlegte er, ob er seine Suche zuerst nach Italien oder Germanien ausweiten sollte. Vielleicht war sie ja auch in Kastilien auf der spanischen Halbinsel. Wenn er sie auch dort nicht fand, dann mußte er eben über die Meerenge setzen und sich bis in die grausamen Wüstenregionen Libyens vorwagen.

Noch während der Graf das Für und Wider seiner nächsten Ziele abwog, hörte er plötzlich einen klagenden Ruf aus dem Wald vor sich. Ohne lange zu denken, sprengte er auf die Stelle zu, von der das Wimmern gekommen war. Erstaunt erkannte er ein großes Pferd. Ein ebenso riesiger Reiter hielt ein Mädchen vor sich im Sattel fest. Sie wand sich, sträubte sich und weinte.

»Hilf mir!« rief sie verzweifelt, als sie Orlando sah.

Er verlor fast die Besinnung, so hart krallte sich das Herz in seiner Brust zusammen. Wie kam Angelica in die Arme dieses Unholds?

»Halt!« schrie er. Seine Stimme klang fürchterlich. Mit ein paar schnellen Sätzen stellte er sich und sein Pferd dem Riesen in den Weg. Der aber beachtete ihn nicht einmal, sondern ritt weiter, wurde schneller und ritt schließlich rücksichtslos durch die Zweige. Orlando folgte ihm in den tiefen Wald hinein, aus dem wieder und wieder die klagenden Rufe des geraubten Mädchens schallten. Er wußte nicht, wie lange sie ritten, bis der Wald sich vor ihnen öffnete. Sie kamen auf eine große Wiese, auf der ein kunstvoll gebautes und prächtig verziertes Schloß in den Himmel ragte. Orlando konnte die Davonreitenden nicht mehr einholen. Er sah gerade noch, wie der Riese mit seiner Gefangenen durch ein goldenes Tor galoppierte.

Ohne zu zögern, glitt der Graf aus dem Sattel. In seiner Rüstung lief er auf das Schloß zu, drang ins Innere ein und tobte wie ein Unwetter durch jedes einzelne Gemach und jede Kammer. Er ließ keinen einzigen Raum aus, aber er fand nicht die geringste Spur des Riesen und des Mädchens. Scheppernd stampfte er eine Treppe hinauf – doch auch hier entdeckte er sie nicht. Er sah lediglich goldene, mit seidenen Laken bespannte Betten. Erst dann fiel ihm auf, daß die einzelnen Zimmer nicht durch Mauern und Wände, sondern durch kostbare aufgespannte Wandteppiche voneinander getrennt waren.

So wirr war Orlando vor Sorge um Angelica, daß es ihn nicht einmal wunderte, als er Gradass vorbeilaufen sah, gefolgt von König Sakripant. Von der anderen Seite kreuzten hastig sein alter Kampfgefährte Brandimart und andere seinen Weg. Sie rannten alle durcheinander und schimpften über den unbekannten Schloßherrn.

Orlando hörte, daß dem einen sein Pferd gestohlen worden war, dem anderen die Liebste. Dem fehlte dies, dem anderen jenes. Viele rannten schon seit Wochen und Monaten immer hin und her. Auch Orlando lief viermal, dann sogar zum sechsten Mal durch das unheimliche Gebäude. Irgendwann gab er auf und schnaubte: »Alles Zeitverschwendung! Der Riese hat bestimmt schon längst mit ihr durch irgendeine Tür das Schloß verlassen.«

Kaum hatte er das gedacht, als er auch schon ohne irgendwelche Schwierigkeiten wieder auf die Wiese hinauslief. Von außen wirkte das unheimliche Schloß still und auf eine eigenartige Art abwartend. Vergeblich suchte er nach irgendwelchen Spuren im Gras. Im selben Augenblick hörte er seinen Namen.

Die Stimme kam ihm so vertraut und liebevoll vor, daß er zusammenzuckte. Er richtete sich auf und stöhnte, während ein ungeheures Glücksgefühl durch seinen Körper rann. Dann erblickte er Angelicas wunderbares Gesicht hinter einem Fenster.

»Komm, hilf mir!« rief sie unter Tränen. »Du kannst alles von mir haben. Selbst meine Unschuld schenke ich dir, die mir das

Teuerste auf Erden ist und mehr zählt als das Leben selbst. Laß nicht zu, daß ich vor deinen Augen von diesem schrecklichen Wegelagerer hier vergewaltigt werde. Eher will ich sterben als diese Schmach erleiden.«

Außer sich vor Zorn, Sehnsucht und Rachedurst zugleich, drang Orlando erneut in das verhexte Schloß ein und durchsuchte jeden Raum nach ihr, aber immer, wenn er ihre Stimme hörte, verschwand sie wie ein Spuk, sobald er näher sprang. Plötzlich hatte er den Verdacht, daß er sich ihre Stimme nur einbildete, weil seine Sehnsucht nach ihr viel zu groß geworden war.

Zu selben Zeit, am selben Ort suchte auch Ruggiero immer noch nach Bradamante.

Auch er lief immer wieder durch die Zimmer, die Säle und über lange Gänge, untersuchte jeden Winkel und sah sogar unter den Treppen nach. Ebenso wie Orlando verließ er schließlich das Schloß. Mit einer ebenso verlockenden Stimme wie Orlando wurde auch er bei seinem Namen gerufen und ins Schloß zurückgeholt. Keiner der Männer im Schloß ahnte, daß die eigenartigen Geschehnisse einem Plan des alten Zauberers Atlante vom Berg Carena in Afrika folgten. Wie bereits in seinem stählernen Schloß wollte er, daß sein geliebter Ruggiero hier seine Zeit in süßer Liebeslust zubringen sollte und gar nicht erst auf den Gedanken kam, in Kampf und Kriegslärm Ruhm und Tod zu suchen. Die Stahlburg in den Pyrenäen hatte seinen Schützling ebensowenig halten können wie die Insel der Zauberin Alcina. Trotzdem gab Atlante noch nicht auf.

Unterdessen befand sich Angelica weiter auf dem Weg nach Indien. Sie trug den Hirtenkittel, den sie in der Höhle gefunden hatte. Auch die anderen nützlichen Sachen aus der Höhle des Pferdehirten hatte sie noch immer bei sich. Das wichtigste von allen aber war ihr wunderbarer Ring, der sie unsichtbar machte, sobald sie ihn im Mund trug, und sie vor Zauber schützte, wenn sie ihn an einen Finger steckte.

Inzwischen hätte sie ganz gern einen Helden wie Orlando

oder Sakripant als Beschützer bei sich gehabt. Keiner der beiden Männer ließ ihr Herz schneller schlagen, aber auf ihrem langen Weg ins Morgenland mußte sie immer wieder durch Städte und an Schlössern vorbei, und dabei konnte ein zuverlässiger Begleiter nützlich werden.

Kaum hatte sie das gedacht, lichtete sich auch schon der dunkle Wald. Angelica ritt auf ihrer Stute über die Wiese, wo der Zauberer Atlante sein vertracktes Labyrinthschloß erbaut hatte. Der Ring in ihrem Mund schützte sie. Da sie durch ihn noch immer unsichtbar war, ritt sie direkt in die Schloßanlage hinein. Sie stieg vom Rücken der Stute und durchstreifte das ganze Haus. Verwundert beobachtete sie, wie Orlando, Sakripant und Gradass ständig hin und her liefen und dabei irgend etwas zu suchen schienen. Plötzlich erkannte sie auch den Grund für die Verwirrung der Männer. Sie sah ihr eigenes Bild an den Fenstern des verwunschenen Baus.

Das also war es!

Angelica wußte sofort, was hier gespielt wurde. Schließlich war ihr Vater Galafron nicht nur König von Cathay, sondern auch ein Meister der Magie gewesen. Unschlüssig überlegte sie, welchen von den Männern sie sich zum Begleiter nehmen sollte. Orlando war von allen eindeutig der stärkste Kämpfer, aber dieser Vorteil war zugleich ein großer Nachteil. Sakripant als König von Circassien war ebenfalls ein stolzer Mann, doch ihn konnte sie jederzeit zurückschicken, wenn er ihr als Begleiter nicht mehr paßte. Sie beschloß daher, nicht den stärksten Mann zu wählen, sondern den, den sie am schnellsten wieder los wurde, wenn sie ihn nicht mehr brauchte.

Die Prinzessin nahm den Ring aus dem Mund und wollte sich vor Sakripant ohne Tarnung zeigen. Dann allerdings machte sie einen Fehler. Sie achtete nicht darauf, ob sie wirklich allein waren. Kaum war ihre Gestalt für den König von Circassien sichtbar, als auch schon Orlando und Ferragu auftauchten. Angelica hatte nicht daran gedacht, daß der gesamte Spuk des Zauberers sofort zusammenbrach, als sie den Ring aus ihrem Mund nahm und an ihren Finger steckte.

Die drei Ritter krachten mit ihren Harnischen unmittelbar

vor ihr zusammen. Ihre Rüstungen schepperten wie alte Blecheimer. Nur zwei von ihnen trugen auch einen Eisenhelm. Der dritte, Ferragu, wollte keinen anderen Helm tragen als jenen, den Orlando lange zuvor dem sterbenden König Almont abgenommen hatte.

Nun zeigte sich, daß die herumwandernden Ritter einander auch deshalb nicht erkannt hatten, weil sie sich gegen plötzliche Überfälle und Überraschungen voll gerüstet und gewappnet hatten. Auch ihre Pferde waren nicht in einem Stall untergestellt, sondern in einem Raum direkt am Haupteingang – gesattelt, aber mit gelöstem Zaumzeug und mit genügend Stroh und Hafer.

Der Zauberer Atlante sah, wie sein ganzer schöner Plan für einen goldenen Käfig um seinen Schützling Ruggiero wieder einmal zunichte gemacht wurde. Hilflos mußte er zulassen, wie die Männer sofort aufsaßen und ohne irgendeinen weiteren Gedanken hinter der Angebeteten mit ihren goldenen Haaren herjagten. Angelica war es recht. Geschmeichelt ließ sie zu, daß sich die drei gleichzeitig um ihre Gunst bewarben.

Meile für Meile spielte sie mit ihren drei liebestrunkenen Verehrern. Sie ließ sie aufrücken, wenn ihre eigene Stute zu schnell wurde, gab ihnen Raum, wenn sie zu dicht herankamen, und entfernte sich immer weiter vom verwunschenen Schloß. Als sie merkte, daß sie sich entscheiden mußte, steckte sie erneut den Zauberring in ihren Mund und wurde unsichtbar.

Es war, als würde schierer Wahnsinn Herzen und Verstand der Männer durcheinanderbringen. Von einem Augenblick zum andern sahen sie nichts mehr von ihr. Sie ahnten nicht, daß sich Angelica inzwischen anders entschlossen hatte: Sie wollte keinen Begleiter mehr. Wozu hatte sie den Ring? Er war der beste Schutz. Mit seiner Hilfe konnte sie allein den Weg zurück nach Cathay bewältigen.

Die drei zurückgebliebenen Ritter eilten auf ihren Pferden kreuz und quer durcheinander. Mal suchte der eine hier, mal der andere dort. Zwei von ihnen schoben die Visiere hoch und erkannten, daß sie alle drei genauso so dumm und verwirrt aussahen wie die Hunde, denen der Hase und der Fuchs nach fast geglückter Hatz entkommen war. Sie wußten nicht, daß Angelica ihnen schadenfroh zusah.

Orlando knurrte erbost. Dann lachte er abfällig und verärgert, gab seinem Pferd die Sporen und ritt auf dem einzigen Weg weiter, den es durch den dunklen Wald gab.

Ferragu ließ sich nicht lange bitten und folgte dem Paladin. Auch König Sakripant begriff, daß er an dieser Stelle nicht weitersuchen mußte. Er galoppierte hinter den anderen her, um ihnen nicht den geringsten Vorsprung zu lassen.

Angelica beobachtete, wie die drei an ihr vorbeipreschten. Ohne die geringste Hast folgte sie mit festem Zügelgriff ihren verwirrten Verfolgern. Als sich der Pfad im Wald verlor, wußten sie nicht weiter. Alle drei blickten zu Boden. Sie suchten nach irgendeiner Spur, nach umgetretenen Gräsern oder Hufabdrükken. Das war der Augenblick, in dem sich Ferragu in seinem alten Stolz wieder daran erinnerte, daß er und die beiden anderen eigentlich Todfeinde waren.

Der Spanier ließ die Waffen klirren und starrte sie böse an. Dann schrie er: »He, ihr zwei! Was sucht ihr hier? Gebt mir den Weg frei, oder ihr liegt tot am Wegesrand. Ich brauche euch nicht, wenn ich jetzt meiner Liebsten folge.«

»Hast du da Worte?« schnaubte Orlando zu Sakripant hinüber. »Hält der uns beide etwa für feige Märchentanten, die nur Wolle spinnen können?«

Er wendete sein Pferd und stellte sich drohend vor Ferragu auf.

»Du kannst von Glück reden, daß du keinen Helm aufhast. Sonst würde ich dir jetzt die eigenen Worte in dein Maul zurückschlagen!«

»Nehmt ihr doch ebenfalls den Helm ab!« höhnte Ferragu. »Ich sage euch dann gern noch einmal, was ich von euch halte.«

»Leih du ihm deinen Helm«, rief Orlando dem König von Circassien zu.

»Dann wäre ich der größte Esel von uns dreien«, antwortete Sakripant trocken.

»Was redet ihr da«, warf Ferragu ein. »Es geht doch gar nicht um irgendeinen Kopfschutz. Ihr hättet eure eigenen Helme längst verloren, wenn ich endlich den Helm aufhätte, den jetzt Graf Orlando trägt.«

Orlando wunderte sich, daß der Spanier ihn offensichtlich noch nicht erkannt hatte. »Ich glaube eher, daß du vor Angst nur noch schlottern würdest, wenn der Graf hier wäre. Dann nämlich würdest ihm freiwillig all deine eigenen Waffen anbieten.«

»Ha!« rief der Spanier und riß den rechten Arm hoch. »Mit dieser Hand habe ich Orlando mehr als einmal besiegt. Ich hätte ihm mit Leichtigkeit auch seinen lächerlichen Helm abnehmen können und dazu alles, was er an Waffen bei sich trug.«

»Und warum hast du es dann nicht getan?« warf der König von Circassien ein.

»Ich hatte einfach keine Lust dazu«, prahlte Ferragu.

»Nun reicht es aber, Großmaul!« rief Orlando verärgert. »Wann und wo willst du mich in irgendeinem Kampf besiegt haben? Ja, du hörst richtig. Der Paladin, den du in den Staub gezwungen haben willst, steht direkt vor dir. Und nun kannst du versuchen, dir meinen Helm zu holen.«

Orlando löste das Lederband mit den Metallschuppen, das den Helm unter seinem Kinn festhielt. Er hängte ihn an den Zweig einer Buche und zog noch aus der gleichen ruhigen Bewegung die Durindana aus der Scheide. Der Spanier war nicht nur ein Großmaul, sondern zugleich auch ein Ritter ohne Furcht und Tadel. Er floh nicht, sondern zog ebenfalls sein Schwert. Geschickt hob er Schwert und Schild wie ein Dach über seinen Kopf und hielt Orlandos erste harte Schläge aus. Dann drehten sie sich auf den Pferden umeinander. Schnell erkannte Orlando, daß Ferragu gegen jeden Hieb und jeden Stoß gefeit war. Ihm fiel auf, daß er an einer einzigen Stelle sieben starke Eisenplatten wie einen Panzer übereinandergelegt hatte. Es war dieselbe Stelle, durch die ein Kind im Mutterleib genährt wird. Hier also hatte der sonst unbesiegbare und stolze Spanier seine schwächste Stelle.

Orlando dachte daran, daß es bei ihm selbst die Fußsohlen waren. Alles andere an ihm war hart wie Diamant. Ebenso wie Ferragu trug er seine Rüstung nicht zum Schutz des Körpers, sondern eher als kriegerischen Schmuck.

Der Kampf der beiden Helden wurde immer grausamer und wilder. Der Spanier schlug und stach unermüdlich drauflos. Kein einziger von seinen harten Stößen ging ins Leere. Der Franke antwortete mit gleicher Münze und brach mit jedem Hieb eine weitere Lücke in die Panzerplatten.

Als dritter im Bunde sah der König von Circassien, daß der Kampf der beiden gleichwertigen Helden noch immer unentschieden war. Dadurch war für ihn die Gelegenheit günstig, und er beschloß, Angelica auf dem Weg zu folgen, auf dem er die Verschwundene vermutete.

Aber Angelica war noch gar nicht weggeritten. Unsichtbar nahm sie den Helm vom Baum, um den die Ritter sich gestritten hatten. Sie setzte sich und legte ihn in ihren Schoß. Es reizte sie, sich auszumalen, wie es wohl sein würde, wenn einer von den beiden ihn entdeckte und mit Gewalt wiederholen wollte. Doch nichts dergleichen geschah. Deswegen stand sie wieder auf, stieg auf ihre Stute und ritt weiter.

Sie war bereits ein ganzes Stück entfernt, ehe Ferragu bemerkte, daß der Helm nicht mehr am Buchenzweig hing. Er sprang sofort aus Orlandos Reichweite.

»Was soll das?« schrie er. »Wo ist der andere, der eben noch hier zusah? Und wofür schlagen wir uns eigentlich noch, wenn der Helm als Siegespreis verschwunden ist?«

Orlando sah sich um, starrte auf die leeren Zweige und erkannte, daß der Spanier recht hatte. Der König von Circassien mußte den Helm genommen haben, während er mit Ferragu um die Trophäe kämpfte. Er wurde rot vor Wut und gab seinem Hengst die Sporen. Ferragu auf seinem Pferd folgte ihm augenblicklich. Sie hatten Glück und fanden gleich die Spuren im Gras.

»Hier sind sie beide entlanggeritten«, rief Orlando dem Spanier zu. »Ich nehme den Weg ins Tal hinunter, denn diese Spuren hier gehören zu dem Pferd von König Sakripant.«

»Dann reite ich bergauf«, antwortete Ferragu sofort.

Zur selben Zeit gelangte Angelica zu einer Quelle. Das frische Wasser im kühlen Schatten wirkte sehr einladend, und die Prinzessin dachte, daß ihr nichts passieren würde, solange sie sich durch den Zauberring jederzeit unsichtbar machen konnte. Sorglos stellte sie den Helm unter ein Gebüsch an der Quelle. Dann suchte sie den kühlsten Platz für ihr Pferd, band es an und ließ es grasen.

Kurz darauf kam der spanische Ritter herangeprescht. Er war ihrer Spur bis zur Quelle gefolgt. Als Angelica ihn hier mitten im Wald entdeckte, versteckte sie sich hinter ihrem Pferd.

»Der Ring!« dachte sie. »Jetzt schnell den Ring!«

Da sah sie, daß der Helm unter dem Busch hervorrollte, aber so, daß sie ihn nicht sogleich zurückholen konnte. Er war bereits zu weit entfernt. Gleichzeitig entdeckte Ferragu die Prinzessin. Freudig und voller Übermut sprengte er ihr entgegen, während sie im letzten Moment den Ring in den Mund nahm und doch noch unter seinem Blick verschwinden konnte.

Verwirrt sah der Spanier sich nach allen Seiten um, aber die Prinzessin war fort – wie ein Traumbild beim plötzlichen Erwachen. Seine Enttäuschung verwandelte sich schnell wieder in Ärger. Er verfluchte seine Götter und kehrte zum Helm im Gras zurück. Für eine Weile starrte er ihn mißtrauisch an, dann bückte er sich und entdeckte am Innenrand einige Buchstaben.

»Dieser Helm«, las er, »gehört Graf Orlando von Anglant. Erobert in der Schlacht von Agrismont, Süditalien.«

Entschlossen setzte sich der Spanier sein Beutestück auf den Kopf und schnallte es fest. Damit hatte er endlich Ersatz für den Helm Argalias gefunden, den er nur vier Tage lang geliehen hatte. Dennoch konnte auch der Helm seinen Ärger über das Verschwinden von Angelica nicht beenden. Er entschloß sich, zum Heer von König Agramant und den Belagerern von Paris zurückzukehren.

Angelica fühlte sich mutlos und verlassen. Mit traurigem Gesicht zog sie weiter. Sie ärgerte sich darüber, daß sie den Helm an der Quelle zurückgelassen hatte.

»Was kümmert mich das alles?« rief die Prinzessin vor sich hin. »Warum befasse ich mich eigentlich mit diesen fremden Dingen? Nun gut, es war nicht richtig und nicht dankbar, daß ich Orlandos Helm genommen habe. Dabei wollte ich doch nur, daß die beiden Kampfhähne nicht länger aufeinander einschlagen. Und ganz bestimmt wollte ich diesem abstoßenden Spanier nicht auch noch einen Gefallen tun.«

Sie lamentierte weiter, während sie nach Osten ritt. In den folgenden Tagen blieb sie zumeist durch den Zauberring in ihrem Mund verborgen. Mürrisch und unzufrieden durchquerte sie ein Land nach dem anderen. Irgendwann auf ihrem langen Weg gelangte sie erneut in einen Wald. Sie wußte nicht einmal, wo sie sich befand, als sie plötzlich wie aus einem Dämmerschlaf aufschrak. Unmittelbar vor ihr lagen zwei Leichen auf dem Boden. Zwischen ihnen bewegte sich ein Junge mit einer offenen Wunde in der Brust.

Schweren Herzens suchte Orlando weiter nach Angelica. Irgendwann beschaffte er sich eine neue Kopfbedeckung in einer kleinen Stadt mit einem Markt, von der er nicht einmal den Namen kannte. Es war ihm gleich, ob sein neuer Helm einfach oder aus gutem Stahl war. Er brauchte ihn nicht als Schutz, aber ein Helm gehörte nun einmal zur vollständigen Ausrüstung eines fränkischen Paladins.

Kurze Zeit später gelangte er wieder nach Paris. Die Hauptstadt der Franken wurde noch immer von den Ungläubigen belagert. Orlando traf auf einen Haufen von Bewaffneten, die er sofort erkannte. Sie gehörten zu Manilard, dem alten Herrn von Norizia in Nordafrika. Der grauhaarige Sarazenenkönig war einmal ein großartiger Streiter gewesen, aber seit einiger Zeit galt er nur noch als erfahrener Ratgeber und Weiser für andere Belagerer. Kurz darauf entdeckte Orlando eine weitere Schwadron von Berittenen. Sie standen unter dem Kommando von Alzird, dem jungen König von Tremisenne in Algerien.

Orlando erkannte, daß der Ring der Sarazenen um Paris während des Winters sehr dicht geworden war. Trotzdem hatte alles, was er sah, auch etwas Gutes: Offensichtlich war den Belagerern die Eroberung der Frankenhauptstadt bisher noch nicht gelungen. Unerkannt ritt er an den verschiedenen Zeltgruppen vorbei. Er hörte, daß auch Marsilo, der Sarazenenkönig aus Spanien, von der Mündung der Rhône bis nach Paris hin viele Siege mit seinem großen Heer errungen hatte. Mit Ausnahme von einigen wenigen uneinnehmbaren Burgen und Festungen gehörte auch hier inzwischen alles den Ungläubigen.

Der Graf mußte in weitem Bogen reiten, um nicht immer wieder auf Bewaffnete zu stoßen. Er hatte keine Lust, sich mit irgendwelchen Heiden anzulegen. Weder Paris noch König Karl interessierten ihn. Ja – der Gedanke an seine aufgegebenen Pflichten als königlicher Paladin störte ihn nur in seiner Sehnsucht und der Suche nach Angelica. Stolz und hoch aufgerichtet ritt er an den zurückweichenden Sarazenen vorbei. Lediglich König Alzird wollte ihn nicht passieren lassen. Er musterte den harten Blick und den entschlossen wirkenden Mund des fremden Ritters. Alzird war noch jung. Gerade deshalb reizte ihn plötzlich der Gedanke, seine eigene Kraft an der eines Fremden zu probieren. Warum noch lange auf den Kriegsgott warten, wenn sich hier einer nahte, der genauso kampfstark war?

Alzird gab seinem Hengst die Schenkel. Ohne großes Überlegen preschte er auf Orlando zu. Er hatte keine Zeit mehr, seinen Fehler zu bereuen. Orlandos Lanzenspitze bohrte sich durch seine Rüstung und sein Herz. Mit leerem Sattel, leeren Steigbügeln floh der Hengst zurück. Die Krieger des schnell besiegten jungen Königs erhoben sich mit einem ungeheuer wütenden Geschrei. Noch ehe der letzte Blutschwall aus der Brust des toten Herrschers quoll, stürmten seine besten Reiter auf Orlando zu. Sie ballten sich um ihn in einem Wald aus Schwertern und Lanzen. Wolken von gefiederten Pfeilen flogen dunkel über den Paladin.

»Auf ihn!« schrien die Sarazenen. Sie quiekten in schriller Wut wie junge Ferkel in den Klauen eines Bären. Orlando fing mit seinem Harnisch und seinem Schild Tausende von Pfeilen, Lanzenstichen und Schwerterhieben ab. Keulen krachten ihm auf den Rücken. Es war, als würde der wüste, wilde Heereshaufen ihn nicht als Ritter, sondern wie einen wilden Wolf erschlagen wollen, der in den Schafstall eingedrungen war.

Orlando antwortete mit seinem blanken Flammenschwert, das schon so viele von ihnen in den Tod geschickt hatte. Rot floß ein Strom von Blut aus jenen, die von Durindanas Eisen geküßt wurden. Da halfen kein Helm und keine Rüstung, kein Baumwollkittel und erst recht die Leinwand nicht, die sich die Heiden als Schutz und Zier vielfach um den Kopf geschlungen hatten. Schreiend und wehklagend wurden aus Kriegern grausige Gestalten. Der Tod folgte dem Schwert. Er war der Schnitter, und Durindana war ihm mehr wert als alle seine Sensen.

Die Sarazenen erkannten, wie sehr sie sich geirrt hatten. Zu Pferd, zu Fuß und ohne Flankendeckung flohen sie über jeden nur möglichen Weg. Nun erwies sich, daß schiere Kraft und faltenlose Jugend noch lange kein Spiegelbild echter Werte ist. Todesmutig und ohne jede Angst dachte der alte König Manilard als einziger von allen weder an Flucht noch an den Schimpf der Feigheit. Er gab dem Tod furchtlos die Hand und richtete seine Lanze gegen den urgewaltigen Franken. Bereits beim ersten Zusammenstoß zersplitterte die Lanze am Schild des Paladins. Orlando zeigte nicht die geringste Gemütsregung. Er ritt an dem alten König vorbei, hob sein nacktes Schwert und schlug ihn mühelos aus seinem Sattel.

Der Hieb war nicht sauber, nicht scharf genug und nicht stark gewesen. Er hatte Manilard mit der Breitseite getroffen. Ohne sich weiter um den betäubt am Boden Liegenden zu kümmern, schmetterte der Graf weiter alles nieder, was ihm unter sein Schwert kam. Das Wüten Durindanas nahm kein Ende – so lange nicht, wie sich auf dem großen Feld noch Leben regte.

Graf Orlando ritt unschlüssig hin und her. Er wollte nicht erneut Angelica verfehlen. Schließlich ritt er doch noch weiter über die Felder.

»Habt ihr ein Mädchen gesehen, eine Dame«, fragte er jeden, den er traf und der nicht wie ein Sarazene aussah. »Eine Prinzessin, blond, mit schwarzen Augen, wunderschön und …«

Er brach immer wieder ab, sobald er merkte, daß er ins Leere fragte. Obwohl er die ganze Zeit auf seinen Weg aufpaßte, verlor er doch wieder die Orientierung und stand völlig unerwartet vor einem großen dunklen Berg. Er dachte bereits, daß sich Angelica sehr gut hier versteckt haben könnte. Dann sah er einen pulsierenden Lichtschein, der wie unter einem flügelschlagenden

Vogel aus dem Berg heraus in den Abendhimmel blitzte. Sogleich durchstöberte er das Gebüsch nach dem Ursprung des eigenartigen Lichts. Ebenso, wie auf der Jagd nach verstörten Häschen in Stoppelfeldern, frisch gepflügten Furchen oder im Wacholder des Waldes gesucht wurde, ging er an jedem Buschwerk vorbei, hinter dem seine Hoffnung Angelica vermutete.

Schließlich entdeckte er einen schmalen Spalt im Berg, aus dem unablässig Lichtblitze in die vollends hereingebrochene Nacht zuckten. Orlando vermutete eine größere Höhle hinter dem Spalt. Doch vor sich sah er einen Schutzwall mit scharfen Spitzen einer verfilzten Dornenhecke. Tagsüber hätte niemand das Versteck gefunden. Nun aber, in der Dunkelheit, zog das Licht seinen Blick wie magisch an.

Er band sein Pferd an, überwand die Dornenhecke und schlich sich vorsichtig durch den Felsenspalt in die Berghöhle hinein, um einem schrägen Treppengang zu folgen, in den viele Stufen gemeißelt waren. Ziemlich tief unten öffnete sich die Höhle vor ihm. Ihre Gewölbe waren kunstvoll aus dem Felsen herausgehauen. Orlando dachte, daß die eigenartige Grabkammer vielleicht auch bei Tag etwas Licht durch den schrägen Stufengang bekommen konnte. Dann entdeckte an der rechten Seite der Höhle eine Fensteröffnung. Aber noch verwunderlicher als all das war das Mädchen, das mitten in der Höhle an einem Feuer saß.

Orlando starrte wie gebannt in ihr feines Gesicht. Sie kam ihm so schön und reizend vor, daß er die Höhle auf einmal für das Paradies hielt. Aber dann sah er, wie Tränen aus ihren Augen traten und ihre Mundwinkel vor Schmerz und tiefem Leid erbebten. Gleichzeitig entdeckte er ein altes Weib, das keifend mit dem kaum fünfzehn Jahre alten Mädchen schimpfte. Orlando konnte nicht verstehen, was sie sagte. Er ging weiter die steinernen Stufen hinab.

»Seid mir gegrüßt, edle Frauen«, sagte er, wie es sich gehörte. Die Alte und das Mädchen sprangen sofort auf und senkten ihre Köpfe, um den Gruß des Ritters zu erwidern. Dennoch bemerkte Orlando, daß sie vor seinem Anblick und von seiner Stimme erschrocken waren.

Orlando trat vor das Mädchen. »Wer ist so barbarisch grausam, daß er ein so süßes Gesicht wie deines in einer finsteren Höhle vor dem Tageslicht begräbt?«

Im selben Augenblick erschütterte ein tiefes Schluchzen die Brust des jungen Mädchens. Dann erzählte sie mit einer wunderschönen Stimme, was ihr an großer Liebe und fürchterlichem Leid geschehen war.

13. Gesang

Die Ritter hatten es doch gut in jenen fernen Tagen. Wo sie auch suchten in all den Felsenschlünden, finsteren Wäldern, in Bären-, Löwen- oder Drachenhöhlen – überall entdeckten sie, was selbst die Kenner heute nicht einmal mehr in stolzen Schlössern finden: die allerliebsten Mädchen nämlich, jung, unschuldig und jedes Schönheitspreises würdig.

Ich weiß, daß ich furchtbar dafür bestraft werde, wenn ich jetzt rede. Die Alte da wird alles dem Mann weitererzählen, der mich hier eingesperrt hat. Aber ich will lieber sterben als noch länger schweigen …

Ich heiße Isabella, und in ferner Vergangenheit war ich wohl die Tochter des Königs von Galicien. Das ist vorbei, jetzt bin ich nur noch ein Kind von Schmerzen und Leiden. Und an allem ist nur dieser niederträchtige Gott Amor schuld.

Mein Vater hatte zum Turnier in der spanischen Stadt Bayon gerufen. Das muß vor zwölf Monaten gewesen sein. Die Einladung zu den Ritterspielen rief viele tapfere Kämpfer von weither in unser Land. Als dann der Sohn des Schottenkönigs eintraf, wußte ich schon vor der allerersten Begegnung der tapferen Ritter im Turnier, daß ihm allein der Sieg gehören würde.

Prinz Zerbins Ruhm und sein Verdienst waren schon überall bekannt. Keiner der anderen Herren in ihren Rüstungen kam ihm an Mut und Schönheit gleich. Als wir uns dann gegenüberstanden, war ich ganz sicher, daß auch er errötete, weil er die gleiche Liebe in sich fühlte. Aber zu diesem Zeitpunkt konnten wir uns gegenseitig noch nicht sagen, was wir füreinander empfanden.

Das Turnier war viel zu schnell vorbei. Als er dann, ebenso wie alle anderen, heimwärts zog, erfuhr ich, wie grausam große Liebe sein kann. Ich blieb zurück und mußte Tag und Nacht nur an ihn denken. Ich war ganz sicher, daß auch ihm in seinem Herzen die Glut, die ich entfacht hatte, weiter brennen würde. Aber er konnte unmöglich um meine Hand anhalten, denn er ist Christ, und ich bin Muselmanin. Deshalb plante er einen anderen Weg, um mich zu bekommen.

Als ich durch vertraute Boten von seinem Plan erfuhr, jubelte mein Herz. Er selbst konnte nicht kommen und mich holen, weil er anstelle seines alten Vaters das Riesenheer aus englischen, irischen und schottischen Verbündeten von London aus nach Frankreich führen sollte. Deshalb schickte er seinen Vertrauten Odrich mit einem Schiff voller Bewaffneter über das Meer in die Biskaya. Dort, bei Sankt Martha, sollten sie bis zu einem festgesetzten Tag warten.

Als es dann soweit war, stand ich im Garten und war bereit zur Flucht. Die kampferprobten Krieger Odrichs drangen ungesehen in den Garten vor. Doch dann wurde meine Flucht bemerkt. Ich selbst gelangte glücklich auf die geteerten Schiffsplanken, aber die Nachhut mußte sich vor den Mauern der Stadt dem aufgebrachten Volk zur Wehr setzen, das waffenlos meine vermeintliche Entführung verhindern wollte.

Manch einer fand den Tod, und viele wurden in die Flucht getrieben, während ich auf diese schlimme Art Heimat und Vaterhaus verließ. Ich schäme mich inzwischen von ganzem Herzen für alles, was damals geschah. Doch ich war so voller Sehnsucht nach meinem Zerbin, daß ich nichts anderes sehen und hören wollte.

Wir waren bereits in Höhe von Mugia in Galizien, als von Westen her ein Sturm aufzog. Urplötzlich vertrieb ein mächtiger Windstoß das schöne Wetter. Er wirbelte das Meer bis zum Firmament hoch. Der Mistral häufte eine Welle über die andere. Er wurde immer wilder, wuchs an und brach wütend über uns herein. Die Schiffsleute versuchten alles, drehten und wendeten hin und her. Sie refften alle Segel, und um dem Sturm den Widerstand zu nehmen, wurde sogar der Ausguck hoch im Mast von den Seeleuten abgeschlagen. Es war jedoch sinnlos. Wir trieben weiter und hatten plötzlich die scharfen Klippen von La Rochelle vor uns.

Während wir pfeilschnell vom wilden Sturm vorangetrieben wurden, glaubten wir schon, daß keine Hilfe mehr von oben kommen würde. Der Kapitän erkannte unsere aussichtslose

Lage und machte mit letzter Kraft das kleine Rettungsboot für mich, Odrich und zwei Begleiter klar. Während das Schiff mit Mann und Maus hinter uns unterging, wurde ich mit meinen drei Rettern an Land geworfen.

Ich sah noch Ausrüstung, Trümmer und bunte Kleider, die der Sturm in die Brandung spülte. Doch während all das zum Raub der Wellen wurde, hob ich meine Hände und dankte Allah für seine Liebe, seine Güte und dafür, daß ich meinen Geliebten doch noch wiedersehen durfte. Ich trauerte auch nicht um meine untergegangenen Juwelen und die kostbaren Dinge, die ich auf meiner Flucht mitgenommen hatte. All das gönnte ich gern dem Meer, solange mir die Hoffnung auf ein Wiedersehen mit Zerbin blieb.

Als wir uns wieder etwas gesammelt hatten, suchte ich nach einem Weg vom Ufer aus, aber es gab keinen Weg, geschweige denn irgendeine Herberge in der Nähe. Unter uns tobten noch immer die Meereswellen, und über die Uferklippen fegte der Sturm. In dieser ungewöhnlichen Situation veränderte sich etwas zwischen uns Überlebenden. Noch an Bord des Schiffes hatte jeder seinen Platz gehabt. Jetzt, nach dem Untergang des Schiffes und in der abstoßenden Einöde des Felsenufers, schien Odrich, Zerbins engster Vertrauter, seinen Auftrag zu vergessen. Alles, was er vorher für Zerbin gefühlt hatte, erkaltete. Gleichzeitig entflammte in ihm ein ganz anderes Feuer.

Vielleicht hatten diese Gelüste bereits an Bord begonnen, vielleicht hatte er dort nur nicht den Mut gehabt, sich selber einzugestehen, was er begehrte. Hier aber, an der menschenleeren Küste, starrte er plötzlich auf den zweiten Mann, der mit ihm und mir den Untergang des Schiffes überlebt hatte. Er hieß Almonio und stammte ebenfalls aus Schottland.

»Ich kenne dich als zuverlässigen, tapferen Gefährten«, sagte er zu ihm. »Aber es ist nicht ritterlich, wenn wir der Prinzessin den gefährlichen Weg an den Klippen entlang bis zu einer Stadt zumuten. Es wäre daher edel von dir, wenn du nach Rochelle vorausgehst und ein Pferd für sie beschaffst.«

Der brave Almonio ahnte nichts und ging sofort über den Rand der Klippen in den Wald. Irgendwo dahinter mußte La

Rochelle liegen. Als er zwei Stunden fort war, entschloß sich Odrich, den dritten Geretteten in seine Pläne einzuweihen. Er hieß Coreb von Bilbao und war mit Odrich zusammen aufgewachsen.

»Das ist jetzt die Gelegenheit, auf die ich nur gewartet habe«, sagte er mit einem breiten Grinsen in meine Richtung. »Was ist – machst du mit?«

»Du falscher Hund!« empörte sich der getreue Coreb. »Komm ihr bloß nicht zu nahe!«

Er zog sofort sein Schwert, um mich zu verteidigen. Ich nutzte die Gelegenheit, als ihre Schwerter wütend gegeneinanderschlugen, und lief weg.

Odrich brauchte nicht lange, um Coreb zu erschlagen. Schnell und ganz so, als hätte Amor ihm die eigenen Flügel ausgeliehen, holte er mich noch vor dem Waldrand ein. Zuerst schmeichelte er mir und log mir vor, daß er alles nur aus Liebe zu mir getan hätte. Ich wäre eher in den Tod gegangen, als diesem üblen Mann willens zu sein. Dann drohte er mir, packte mich und wollte mich mit Gewalt erobern. Ich bat ihn, mich zu schonen, flehte ihn an, erinnerte ihn an seinen Treueschwur zu Zerbin. Alles umsonst!

Als ich erkannte, daß er sich immer lüsterner und gierig wie ein Bär über mich hermachte, biß ich, zerkratzte ihm das Kinn, riß ihm die Haut auf und schrie so laut, daß es bis in den Himmel schallte.

Ich weiß nicht mehr, wie lange ich mich mit aller Kraft gewehrt habe. Doch meine Schreie mußten eine Stunde weit zu hören gewesen sein. Jedenfalls erschien in den Hügeln ein Haufen Leute, die zum Meer hin und genau in unsere Richtung rannten. Odrich ließ mich los und floh, noch ehe ich begriff, was um mich geschah. Ich dachte bereits, daß endlich alles gut würde. Aber wie schon das Sprichwort sagt, kam ich vom Regen in die Traufe.

Sie fielen zwar nicht so wie Odrich über mich her, wollten mich nicht vergewaltigen und faßten mich nicht an. Aber nicht, weil sie mich achteten, sondern weil ich als Jungfrau viel mehr wert für sie war.

Acht Monate bereits bin ich deshalb lebendig hier begraben.

Ich habe keine Hoffnung mehr, auch wenn ich mich noch immer nach Zerbin sehne. Inzwischen weiß ich, auf wen sie all die Zeit gewartet haben – es ist ein Händler, der mich für einen Sultan der Levante kaufen will.

Orlando hatte die ganze Zeit der wundervollen zarten Stimme des Mädchens zugehört, die immer wieder von Seufzern unterbrochen wurde. Selbst der härteste Granit oder Schlangen ohne Herz hätten sich bei den Worten des engelhaften Wesens augenblicklich erbarmen müssen.

In diesem Augenblick polterten gut zwanzig mit Messern, Spießen und Stangen bewaffnete Kerle in die Höhle. Orlando sprang sofort auf. Der erste, den er vor sich sah, hatte ein wildes, grausiges Gesicht mit einem einzigen, finster schielenden Auge. Das andere war irgendwann einmal durch einen schweren Hieb zerhauen worden, der auch noch Fetzen von der Wange und der Nase mitgerissen hatte. Der Anführer der wilden Horde stutzte, als er Orlando sah. Dann wandte er sich überrascht und zugleich belustigt zu seinen Männern um: »Oh, ein neuer Vogel ist ins Netz gegangen – einer, für den wir nicht einmal die Maschen ausgelegt hatten.«

Er stampfte auf Orlando zu und musterte ihn halb bewundernd und halb abfällig. »Sieh an«, stieß er dann hervor. »Einen so noblen Ritter habe ich noch nie gesehen. Hast du etwa einen Wink bekommen, daß ich gerade jetzt einen wunderbaren dunklen Umhang, wie du ihn trägst, sehr gut gebrauchen kann? Und daß du ganz genau die guten Waffen bei dir hast, die ich mir schon immer wünsche?«

Orlando sprang einen Schritt zurück. Er lachte abfällig und sagte: »Na, hol dir doch, was du bezahlen kannst – aber in meiner Münze und nicht in der von Händlern.«

Er bückte sich und riß ein langes, an der Spitze brennendes Holzscheit von der Feuerstelle. Ohne zu zögern, rammte er die glühende Lanze dem Anführer der Räuber genau dort in den Kopf, wo sich der Rest seiner Nase mit den Augenbrauen traf. Plötzlich völlig blind, schrie der Anführer der wilden Männer nur noch einmal auf. Dann fuhr sein Leben in die Hölle.

Orlando warf das glühende Holzscheit weg. Mit beiden Händen riß er den Bohlentisch mit einer zwei Spannen dicken Platte hoch. Es war der Tisch, an dem die ganze üble Sippe ihre Mahlzeiten einnahm. Leicht, wie die Spanier ihren Degen führen, warf er den schweren Bohlentisch gegen die Männer, die gerade auf ihn zustürzen und ihn niederwerfen wollten.

Der Wurf war so gewaltig, daß er dem ersten sofort die Brust einquetschte, zwei weiteren die Arme und die Hände, einem den Bauch. Und einem flog sogar das Hirn heraus. Es kroch über den Boden wie Schlangen, die durch Sonnenwärme aus dem Winterschlaf geweckt werden.

Mit einem einzigen mächtigen Wurf hatte Orlando die ganze Bande fürchterlich zerschlagen. Nur sieben von zwanzig lebten noch. Sie stürzten auf den Ausgang ihrer Höhle zu, doch der Graf fing sie ab. Er griff sich blitzschnell einen Strick und schlang ihn so schnell um die Überlebenden, daß keiner sich mehr wehren konnte. Ohne große Mühe schleifte er die sieben Gefesselten dann über die Steinstufen vor den Eingang der verborgenen Höhle. Er warf das Ende des langen Seils über die starken Zweige einer Esche. Schließlich zog er jeden einzelnen von den Erbärmlichen an einen Ast des Baumes. Auf diese Art siebenfach gehenkt, wurde der Rest der Räuberbande zum Futter für die Raben.

Als sie allesamt an ihren Hälsen hingen, floh auch das alte Weib heulend und kreischend aus dem Höhleneingang. Sie raufte sich die Haare und stürzte unter ihren aufgehängten Spießgesellen hindurch ins Waldesdickicht. Ihre Schritte wurden vor Entsetzen immer schwerer. Sie taumelte zu einem nahen Fluß. Dort stieß sie fast mit einem Ritter in voller Rüstung zusammen, der dort gerade vorbeikam.

Orlando ließ die Alte laufen und kümmerte sich wieder um die Prinzessin von Galicien. Isabella weinte und bat ihn, sie nicht zu verlassen. Er tröstete sie und versprach ihr, sie eine Weile zu begleiten. Als dann die Sonne purpurn wie in einem Bett aus Rosen aufwachte, verließen sie die Räuberhöhle. Sie zogen viele Tage lang weiter, bis ihnen ebenfalls ein Ritter begegnete. Der aber berichtete, daß er gerade aus einer furchtbaren Gefangenschaft zurückkehrte.

Unterdessen hatte Bradamante, die Tochter von Herzog Haimon, lange Zeit vergeblich auf Ruggiero gewartet. Allerdings saß sie keineswegs untätig in ihrem Schloß in Marseille. Tagtäglich mußten sie und ihre Männer gegen marodierende Trupps von bewaffneten Heiden kämpfen, die raubend und plündernd über die Berge des Languedoc bis zur Rhône und in die Provence einfielen. Nun zeigte sie, wie großartig und fähig sie auch als Gräfin war. Aber inzwischen waren Monate vergangen, ohne daß Ruggiero zurückgekehrt war. Immer öfter rannen Tränen über ihre Wangen, wenn sie sich ausmalte, welche grausamen Dinge dem Geliebten widerfahren sein konnten.

Völlig unerwartet erschien eines Tages die gute Fee Melissa wieder bei ihr.

»Mach dir keine Sorgen um Ruggiero«, sagte sie fröhlich. »Er ist gesund und liebt dich heiß und innig. Ich gebe zu, daß ihn unser alter Widersacher Atlante erneut eingefangen hatte. Aber wenn du jetzt ein Pferd nimmst, kann ich dir den Weg zeigen, auf dem du ihn zu dir in die Freiheit holen kannst.«

Melissa erzählte Bradamante, mit welchen Gaukeleien der Magier seine Gefangenen täuschte, und sagte ihr auch, wie er Ruggiero mit einem Trugbild eingefangen hatte.

»Er sorgt dafür, daß jeder seiner Gefangenen genau den Menschen sieht, den er schon lange mit heißem Sehnen sucht. Auch wenn sie niemanden finden, klammern sie sich mit aller Kraft an ihre Hoffnungen und Wünsche.«

»Aber was soll ich tun, wenn ich tatsächlich bis in Ruggieros Nähe komme?« fragte Bradamante unsicher.

»Sobald du dicht genug am verhexten Schloß bist, kommt er zu dir heraus, und du wirst denken, daß du deinen Ruggiero siehst. Genau in diesem Augenblick beginnt die schwerste aller Prüfungen für dich. Er wird nach Hilfe rufen und behaupten, daß er sich allein nicht retten kann. Selbst wenn es dir das Herz zerreißt, mußt du stärker sein und ihn sofort töten. Aber du tötest nur ein Trugbild und den Magier, der so viele quält. Wenn du versagst und den Zauberer durch dein Zögern weiter leben läßt, wirst du deinen Ruggiero niemals wiedersehen und ihn für alle Zeit verlieren.«

Bradamante überlegte nicht lange und ließ sich sofort ihre Ausrüstung bringen, um die Fee zu begleiten. Sie wußte, daß sie ihr vertrauen konnte. Melissa drängte von Anfang an zur Eile. Während sie vom frühen Morgen bis in die Abendstunden durch weite Gegenden ritten, kamen sie erneut auf die Aufgabe zu sprechen, die das Schicksal für die jungen Liebenden vorgesehen hatte.

»Du weißt ja, daß du und Ruggiero zu dem Ahnenpaar werden sollt, dem über Generationen hinweg hervorragende Ritter, Halbgötter, Fürsten und Zierden dieser Welt nachkommen werden. Ich kenne die verborgenen Pläne der unsterblichen Götter, und ich kann sehen, was in Jahrhunderten geschehen wird.«

»O ja, meine kluge Führerin.« Bradamante lächelte. »Ich habe nie vergessen, was du mir damals schon geweissagt hast. Die ganze Zeit habe ich mich gefragt, ob es nicht auch eine große Dame unter meinen Nachkommen geben wird, deren Glanz über alle anderen hinweg leuchtet.«

»Derartige Frauen wird es viele geben«, antwortete Melissa. »Königs- und Kaisermütter, keusche Frauen und Säulen großer Reiche. Sie werden berühmte Häuser aufbauen und in ihren Frauenkleidern ebenso würdig sein wie die Ritter in ihren Rüstungen. Ich kann dir nicht von jeder einzelnen erzählen, aber unter allen will ich eine ganz besondere Frau auswählen. Sie wird den Namen Isabella tragen und mit ihrem ungewöhnlich hellen Geist anderen Glanz aus ganz Europa zu sich und an den Fürstenhof von Ferrara ziehen. Sie wird auch dafür sorgen, daß ihr Bruder, Herzog Alfonso d'Este, die wüsten Gallier wieder aus Italien jagt, die mit dem Franzosenkönig Karl VIII. bis nach Neapel vordringen.«

Melissa nannte noch viele andere Namen großer Frauen in der Zukunft – bis hin zu Herzog Alfonsos Schwester Renata, die als Ehefrau von Ludwig XII. Königin von Frankreich würde, und zur Papsttochter Lukrezia Borgia. Sie würde Bradamantes fernen Nachfahr Herzog Alfonso d'Este in zweiter Ehe heiraten ...

Bradamante war so begeistert über ihre Kinder, Kindeskinder und fernen Nachkommen, daß Melissa sie lachend in die Wirklichkeit zurückholte.

»Ja, es ist wunderbar, was ich von euren Nachkommen der Zukunft sehe«, sagte sie. »Aber nichts davon wird eintreten, wenn du vergißt, in welcher Lage sich Ruggiero in Atlantes Schloß befindet.« Sie hielt ihr Pferd an und blickt in die Runde. »Weiter kann ich dich nicht begleiten, wenn der böse alte Nekromant mich nicht sehen soll. Von jetzt an bist du auf dich selber angewiesen.«

Die beiden Frauen sahen sich lange in die Augen. Dann wendete die gute Fee ihr Pferd und ritt davon. Mit schwerem Herzen, aber auch fest entschlossen, so zu handeln, wie es vereinbart war, ritt Bradamante weiter.

Keine zwei Meilen weiter sah sie den Mann, nach dem sie sich so lange sehnte. Er befand sich, wie vorausgesagt, in allerhöchster Gefahr. Zwei Riesenkerle schlugen mit großen Schwertern grausam auf ihn ein. Er erschien ihr bereits mehr tot als lebendig.

Bradamante wurde blaß, als sie das Gesicht ihres Geliebten sah. Es wirkte so hilflos und von allem Glück verlassen, daß sie einfach nicht mehr an all ihre guten Vorsätze und Vereinbarungen denken konnte.

»Melissa haßt ihn!« stieß sie unvermittelt hervor. »Ja, sie muß ihn einfach hassen, wenn sie mir geraten hat, daß ich ihn töten soll. Oh, welche Kränkung und Beleidigung kann es gewesen sein, daß sie sich derart an uns rächen will.« Sie ritt noch näher und dachte: »Ja, das ist Ruggiero, den mein Herz erkennt und den meine Augen sehen. Wenn ich mir jetzt nicht sicher wäre, wem soll ich dann vertrauen? Mein ganzes Herz fühlt, daß nur er es ist – ganz gleich, wie weit wir auseinander sind …«

Im selben Augenblick hörte Bradamante seinen jämmerlichen Hilferuf. Die Stimme klang ganz genau so wie die des geliebten Mannes. Sie sah, wie er sich losriß und mit verhängten Zügeln in den Wald ritt. Die beiden wilden Riesen folgten ihm. Nun zögerte auch Bradamante nicht mehr. Sie mußte hinterher.

Der Weg bis zum Palast war kurz. Ohne groß nachzudenken, folgte sie den anderen. Doch dann geschah genau das, was auch anderen vor ihr zugestoßen war. Ihr eigener Sinn verwirrte sich. Sie suchte geradeaus, nach allen Seiten, vorwärts und zurück, eilte nach oben, wieder nach unten und suchte immer weiter. Die Zauberworte von Atlante bewirkten sogar, daß Bradamante und Ruggiero miteinander sprachen, ohne daß sie sich erkannten.

Ihr müßt jetzt nicht befürchten, daß sie für immer verzaubert bleibt. Ich werde Bradamante und Ruggiero befreien, wenn es soweit ist. Aber für eine Weile müssen sie im Bann gefangen bleiben, damit ich an anderer Stelle weitererzählen kann.

Der Stoff, den ich mir vorgenommen habe, muß sehr fein gewebt werden. Ich kann nur hoffen, daß mir niemand widerspricht, wenn ich zwischendurch König Agramant auftauchen lasse. Im Kampf gegen die goldenen Lilien Frankreichs hatte er ebenso wie die Christen sehr viele Krieger zu Fuß und zu Pferd verloren. Die meisten der Toten waren noch immer dem Wolf, dem Raben und den grimmen Geiern preisgegeben. Vor allen weiteren Plänen war König Agramant deshalb gezwungen, seine Streitmacht neu aufzustellen.

14. Gesang

Zu viele Verwundete, zu viele Leichen, um sich über den Sieg zu freuen! Den Vergleich mit diesen alten Berichten brauchst du wirklich nicht zu scheuen, mein unbesiegter Fürst Alfonso. Die Bürger von Ravenna jammern immer noch über deinen großartigen Triumph. Als alle anderen bereits zurückwichen und die Spanier schon wie Sieger aussahen, bist du mit deinen jungen Kämpfern bis zur Mitte der Schlacht vorgestoßen.

Man hielt euch schon für tot, aber dann hast du doch noch die Eichelwappen zerschmettert und Frankreichs welk gewordene Lilien gerettet. König Ludwig XII. wird es schwer haben, nach seinen riesigen Verlusten schnell neue Anführer für sein Heer zu finden. Er muß sich auch beeilen, damit er denen auf die Finger hauen kann, die sich an Nonnen und an Mönchen, an Müttern, Frauen Kindern schwer vergangen haben – die sogar vor Christus keine Achtung hatten und aus Kirchen die Silbertabernakel stahlen.

Armes Ravenna! Hättest du dich doch unterworfen wie Brescia und keinen Widerstand geleistet wie Faenza und Rimini.

Ebenso wie sich Karl der Große nach neuen Männern und Anführern umsehen mußte, stellten auch die Sarazenen ein neues Heer zusammen. Überall dort, wo sich durch Verluste große Lücken ergeben hatten, wurden neu aus Spanien und Afrika eingetroffene Kämpfer eingereiht.

Die erste Heeresgruppe wurde dem starken und siegreichen König Marsilo von Spanien unterstellt. Sie bestand aus tapferen, altgedienten Männern und neu im Winterlager hinzugekommenen Bewaffneten. Agramant und Marsilo musterten Gruppe um Gruppe und Schar für Schar.

Als erstes zogen die Katalanen und die Männer von Navarra vorüber. Ihnen folgen die Scharen der Algave und Leon, Malaga und Sevilla, Cardiz und Cordoba. König Stordilan, der Vater der schönen Doralice, führte die Kämpfer aus Granada an.

Dann kamen Lissabon und Mallorca vor Galicien mit dem neu gewählten Fürsten Serpentin.

Ferragu der Eisenspeer ritt vor den Truppen von Saragossa. Einige Fürsten, die ihre Reiche bereits verloren hatten, waren ihm ebenso unterstellt worden wie frisch ausgehobene Truppen.

Als die Spanier vorüber waren, zog der riesenhafte König Marbalust von Oran in Algerien mit seinen Kriegern an König Agramant und König Marsilo vorbei. Trotz ihrer Stärke wirkten sie angeschlagen. Sie trauerten um ihren toten Anführer Martasin. Zu ihrer Schande war er nicht durch einen Paladin Karls des Großen besiegt worden, sondern durch die Gräfin Bradamante von Marseille.

Als viertes Kontingent kam Brunell mit seinen Tingitanen aus Tanger. Mißmutig und mit gesenktem Blick zog er an den beiden Großkönigen vorbei. Seit ihm Bradamante vor der Burg von Atlante den Zauberring weggenommen hatte, war König Agramant über ihn verärgert. In seinem Zorn über die blamable Niederlage hatte ihn König Agramant zum Tod am Galgen verurteilt. Die Schlinge lag bereits um Brunells Hals, als sich Agramant doch noch durch Brunells Beteuerungen milde stimmen ließ und ihm das Leben schenkte. Aber er schwor, daß Brunell bei seinem nächsten Fehltritt doch noch hängen würde.

Nach Brunells Männern tauchten Krieger von den Kanarischen Inseln und Marokko auf. König Rodomont von Sarza führte die Belmarinen aus Algier. In Paris wurde er mehr gefürchtet als Agramant, Marsilo und alle anderen zusammen. Auch bei der Heerschau galt er als der größte aller Christenhasser.

Ihm folgte nach einigen anderen der junge König Dardinell von Zamara. Als sie vorbei waren, fehlten nur noch die Truppen von Norizia und Tremisenne. Die beiden Könige, welche die riesige Heerschau an sich vorbeiziehen ließen, warteten, aber die Banner von Alzird und Manilard tauchten nicht mehr auf. König Agramant war bereits verärgert über ihren Ungehorsam, als plötzlich ein Knappe des Tremisenne-Herrschers auftauchte und sich vor den beiden Königen in den Staub warf.

»Erbarmen!« rief er. »Die edlen Ritter und die Herren können nicht mehr kommen. Sie sind erschlagen und liegen tot im

Feld. Sie und ihr sämtliches Gefolge erlagen einem einzigen Frankenritter. Ich allein konnte ihm entkommen. Er hätte sicherlich auch noch dieses ganze Heer erschlagen, wenn es ihm über den Weg gelaufen wäre.«

König Agramant, König Marsilo und die Berater schüttelten ungläubig die Köpfe. Nur einer von ihnen nahm den Bericht des Knappen ernst: Mandrikard, der Sohn von Agri-Khan, dem König der Tartaren. Er war erst kurz zuvor aus Afrika bei König Agramant eingetroffen. Auf seinem Weg durch Syrien hatte er im Schloß einer Fee jene Rüstung an sich genommen, die der tapfere Hektor von Troja tausend Jahre zuvor getragen hatte. Mandrikard der Wilde, wie er wegen seiner vielen grausigen Abenteuer genannt wurde, stellte sich breitbeinig vor den bebenden, im Staub liegenden Knappen.

»Steh auf!« befahl er rauh. »Dann sag mir, wie die Rüstung dieses fürchterlichen Helden ausgesehen hat.«

»Sein Waffenkleid war schwarz«, antwortete der Knappe mit erstickter Stimme. »Schwarz war der Harnisch, schwarz der Schild, und kein Zierat schmückte seinen Helm.«

Mandrikard der Wilde zögerte keinen Augenblick. Er sprang auf seinen Hengst. Der Tartar hatte das edle Pferd gerade erst von König Agramant geschenkt bekommen. Der Hellbraune mit schwarzer Mähne und schwarzen Beinen hatte vom Vater her spanisches Blut. Seine Mutter war eine friesische Stute.

»Ich schwöre euch, daß ich so lange nicht zurückkehre, bis ich den schwarzen Ritter gefunden habe!« rief er den beiden großen Königen zu. Ohne eine Antwort abzuwarten, sprengte der junge Tartarenfürst davon.

Unterwegs traf er viele Flüchtende, die zutiefst verängstigt dem schwarzen Ritter entkommen waren. Mandrikard ritt bis an die Stelle, an der das grauenvolle Schauspiel stattgefunden hatte. Der Tartarenfürst sah sich jede einzelne der Leichen genau an. An der Art der Wunden erkannte er, daß er dem Richtigen auf der Spur war.

Mandrikard suchte bereits eineinhalb Tage nach dem schwarzen Ritter, als er eine schattige Wiese vor sich sah. Sie wurde von allen Seiten von einer Flußschleife umschlossen. Nur an einer

Stelle entdeckte er einen schmalen Zugang. Hier hielten bewaffnete Reiter Wache. Ihr Anführer erkannte sofort den hohen Rang des riesigen Reiters an seiner goldgeschmückten und mit Juwelen besetzten Rüstung. Er kam auf ihn zu und neigte den Kopf.

»Wer seid ihr? Und was macht ihr hier?« schnaubte Mandrikard nicht besonders freundlich.

»Zum Gruß, edler Herr«, antwortete der Anführer der Bewaffneten sofort. »Wir bilden das Geleit für Doralice, die Tochter Königs Stordilan von Granada. Sie will sich mit Rodomont, dem König von Sarza in Algerien, vermählen. Im Augenblick schläft die Prinzessin. Erst wenn heute abend das Lied der Grille verstummt, sollen wir sie zu ihrem Vater im Heer der Spanier bringen.«

Mandrikard hörte sich den eilfertigen Bericht mit unbewegtem Gesicht an. Er hatte Lust, den Mut der Männer aus Granada auf die Probe zu stellen.

»Sie soll sehr reizend sein, diese Prinzessin«, sagte er deshalb. »Ich will mich selber überzeugen, ob sie wirklich so betörend ist. Also führe mich zu ihr, oder laß ihr ausrichten, daß sie kommen soll. Ich habe nicht viel Zeit und muß gleich weiter.«

»Du bist ein Narr von allererster Güte«, antwortete der Hauptmann unerschrocken.

Kaum ausgesprochen, galoppierte der Tartar bereits auf ihn zu. Aus vollem Lauf stach er dem Spanier die Lanze durch die Brust. Der wilde Mandrikard zog die Lanze aus dem Körper des Leblosen. Er hatte keine anderen Waffen bei sich. Damals, als er die Ausrüstung bekam, die der antike Held Hektor getragen hatte, waren weder Schwert noch Keule dabei gewesen. Deshalb hatte er geschworen, so lange kein anderes Schwert in die Hand zu nehmen, bis er Graf Orlando die Durindana, das echte Schwert von Hector, abgenommen hatte.

Die Wache der Prinzessin umringte den Tartaren.

»Wer von euch will mit hier den Weg versperren?« schrie er die Spanier an. Dann legte erneut seine Lanze an. Einer senkte ebenfalls seine Lanze, ein anderer zog den Degen. Doch Mandrikard ließ seine Lanze immer wieder vorwärts rammen. Viele starben, ehe seine Waffe brach. Dann packte er den breiten

Stumpf mit beiden Händen. Er fällte Roß und Reiter und zerschlug Helm und Schild. Die Spanier starben durch ein abgebrochenes Stück Holz, das sie wie einen Haufen Frösche oder Schlangen vom Leben in den Tod prügelte.

Der Fürst der Ungläubigen ließ nicht zu, daß auch nur einer floh. Als keine Wächter mehr im Eingang standen, ritt er einfach über die Leiber der Toten hinweg. Er wollte prüfen, ob die außerordentliche Schönheit der Königstochter tatsächlich zu Recht besungen wurde.

Mandrikard entdeckte sie unter dem Blätterdach inmitten einer grünen Wiese. Sie lehnte an einem Eschenstamm. Eine Flut von Tränen floß perlend wie ein flinker Bach bis zu ihrem schönen Busen.

Sie erschrak noch mehr, als der riesige, blutbefleckte Tartar mit finsteren Brauen vor ihr auftauchte. Gemeinsam mit ihrem Gefolge, das bisher überlebt hatte, flehte Doralice zum Himmel hinauf. Erst da erkannte der Tartarenfürst, daß die Prinzessin nicht nur von Bewaffneten, sondern von einem halben Hofstaat begleitet wurde. Er sah weise Berater, junge Mädchen und die schönsten Frauen Granadas um Doralice. Trotzdem hatte er nur Augen für die eine, die ihm schon mit Tränen im Gesicht so unvergleichlich schön vorkam wie keine andere je zuvor.

»Wie wunderbar müßte sie aussehen, wenn sie nicht klagen, sondern lachen würde«, dachte er sofort. »Und wie könnte es sein, wenn mich ihre lieben Hände als Lohn des Sieges gefangennehmen würden?«

Doch dann schüttelte Mandrikard sich und verwarf diese Gedanken wieder. Schließlich hatte er ihre Schutzwache niedergeschlagen, und sie gehörte ihm, gleichgültig, ob sie sich mit traurigem Gesicht und mit Tränen in den Augen wehrte. Er hoffte, daß er ihr Leid schnell in pure Lust verwandeln konnte. Mit einem kräftigen Griff packte er sie, hob sie auf einen schottischen Schimmel und setzte ihn zusammen mit dem eigenen Pferd in Trab.

Nach den ersten Schritten drehte er sich noch einmal um. Halb höhnisch und halb gnädig ließ er den Hofstaat der Prinzessin hinter sich.

»Sie braucht euch nicht mehr!« rief er ihnen zu. »Denn jetzt bin ich ihr Herr, Beschützer und Geleit.« Der Tartar lachte laut, dann fügte er hinzu: »Habt vielen Dank für alles und lebt wohl! Einen schönen Tag noch … und gute Weiterreise …«

Keiner der Zurückgelassenen wagte auch nur ein Widerwort. Erst als Mandrikard fort war, verließen sie mit schweren Klagen den Ort des Überfalls.

»Wie schmerzhaft wird das alles für den Vater sein?« sagten sie unter sich. »Und welche Wut wird jetzt beim Bräutigam entstehen! Wenn er doch kommen und die Tochter von König Stordilan befreien würde, ehe der Schreckliche mit ihr zu weit weg ist …«

Mandrikard hörte nichts mehr davon. Er war so erfreut über seine unverhoffte Beute, die ihm sein Glück und seine Tapferkeit beschert hatten, daß er es mit seiner Suche nach dem schwarzen Ritter nicht mehr eilig hatte. Er überlegte vielmehr, wo ein Dach und ein bequemes Lager zu finden wären, damit er sein jäh entfachtes Liebesfeuer so schnell wie möglich löschen könnte. Um die schluchzende Doralice zu trösten, redete er auf sie ein und erfand alles mögliche, um ihr zu gefallen.

»Ich habe meine Heimat und mein blühendes Königreich verlassen, um dich zu finden«, log er ihr vor. »Nicht, um im Frankenreich zu kämpfen, wie du vielleicht denkst, sondern um deine Liebe durch meine Liebe zu erringen. Wer kann dir etwas Stärkeres anbieten als ich mit meinem Stammbaum. Der mächtige König Agri-Khan hat mich gezeugt. Wer hat mehr Macht, wer kann mehr Land und Schätze bieten? Glaube mir, nur Gott hat größeren Besitz als ich. Wer hat mehr Mut? Den habe ich eben erst für dich bewiesen. Schon deshalb müßtest du mich lieben.«

Er redete unablässig auf sie ein, lächelte ihr zu, spitzte die Lippen und versuchte alles, um ihr Herz zuerst zu trösten und dann zu erweichen. Tatsächlich schaffte er, was sie selbst zuvor nicht für möglich gehalten hätte. Sie spürte, wie ihre Furcht vor ihm langsam wich. Während sie weiterritten, ertappte sie sich dabei, daß sie ihm in die Augen sah und seine Worte ohne Widerstand in sich aufnahm. Sie war noch jung, deshalb merkte sie nicht, wie ihr Entsetzen über die Ereignisse langsam abnahm und die Pfeile Amors sie schon manchmal lächeln ließen.

Mandrikard sah, daß seine heftigen Bemühungen nicht vergeblich waren. Er wurde fröhlicher, lachte nun ebenfalls, und als die Tiere in den Büschen und im Wald sich langsam für den Abendfrieden betteten, ritten beide beinahe beschwingt nebeneinander.

Der rote Sonnenball war bereits zur Hälfte hinter den Horizont getaucht, als sie ein zartes Klingen von Pfeifen und Schalmeien hörten. Dann sahen sie Rauch aus einer kleinen Schäferhütte steigen. Alles war einfach, schicklich und mehr bequem als fein. Der Schäfer sah sie und kam von seiner Herde bis zum Haus.

»Ich grüße euch«, sagte er ohne große Worte. »Und biete euch aus Gastfreundschaft alles, was ich habe.«

Er brachte Wein und Brot, dazu Käse und etwas vom Gebratenen. Der Tartarenfürst und die Prinzessin von Granada nahmen dankbar an. Der Schäfer überließ ihnen auch die Felle seines Lagers. Er fragte nicht und wollte auch nicht wissen, wie diese beiden ihre Nacht verbringen wollten.

Am nächsten Morgen bedankten sich der Sohn von Agri-Khan und die Prinzessin überschwenglich für die Freundlichkeit, mit der sie aufgenommen und bewirtet worden waren. Der Schäfer sah, daß sie ein Herz und eine Seele waren und wohl auch ins selbe Horn geblasen hatten. Sie ritten unbeschwert davon, streiften über die Wiesen und durch Wälder, bis sie an einen schönen Fluß kamen, der langsam, groß und schweigend bis zum Meer strömte.

Sie blieben eine Weile verträumt am Ufer stehen. Als sie sich endlich wieder umwandten, entdeckten sie direkt am Ufer vor einem schattigen Gebüsch zwei Ritter und ein junges Mädchen.

Im Heer der Mauren bereitete sich König Agramant darauf vor, das Heilige Römische Reich zur letzten großen Schlacht herauszufordern. Mitten in ihren Kriegsvorbereitungen erhielten die Sarazenen die Nachricht, daß von England her ein zusätzliches Heer zur Verteidigung des Christenkaisers anrückte.

Agramant ließ sofort alle Könige und Fürsten zu einem Kriegsrat zusammenrufen.

»Sollen sie kommen!« prahlte Rodomont. »Ich will nicht eher Ruhe geben, bis Paris und Rom eingeäschert sind!«

Zusammen mit König Marsilo und den anderen Heerführern beschlossen sie, so viele Rüstungen und Waffen herstellen zu lassen wie irgend möglich.

»Wir müssen schnell sein!« forderte Rodomont. »Und vor allen anderen Städten der Christenhunde muß Paris in Flammen aufgehen!«

»Du hast vollkommen recht«, schnaubte König Agramant. »Aber nichts anderes versuchen wir schon eine ganze Weile.«

Sämtliche Sarazenenfürsten wußten, wie schwer auch nach der langen Belagerung ein Sturm auf diese Stadt war. Und sie wußten, daß sie jede nur denkbare Verstärkung benötigten, wenn sie ihr Ziel doch noch erreichen wollten.

König Agramant ließ aus allen Himmelsrichtungen unzählige Leitern herbeischaffen, dazu Bretter und Balken, Baumstämme und Bauholz für immer neue Schiffe und Brücken. Er teilte das Belagerungsheer. Die beiden Heeresgruppen für den Sturm auf Paris sollten so angreifen, daß er selbst in der Mitte reiten konnte.

Zur selben Zeit bereiteten sich auch die Verteidiger auf den letzten großen Angriff vor. Am Tag bevor das Schlachten beginnen sollte, wurden überall in den Kirchen und den Heerlagern Messen gelesen. Alle verfügbaren Priester und Brüder in schwarzen, grauen und weißen Gewändern nahmen den Bewaffneten die Beichte ab. Ihre Sünden wurden ihnen so vergeben, als würden sie bereits im Sterben liegen.

Karl der Große ging mit all seinen Paladinen, Fürsten und Baronen zum Hochamt in die größte aller Kirchen von Paris. Er wollte Vorbild für alle anderen sein, als er seinen Blick nach oben richtete und laut zu Gott betete: »Ich weiß, Herr, daß ich nur ein Sünder bin. Doch räche meine Fehler nicht an meinem Volk. Wenn aber Dein Zorn bereits zu groß ist, dann bestrafe meine Schuld nicht durch die Hände Deiner Feinde, sondern auf andere

Weise. Denn wenn die Heiden uns durch Dich gestraft oder erschlagen finden, werden sie hohnlachend verkünden, daß ihnen nichts durch Dich passieren kann, wenn Du Deine eigenen Gläubigen so leicht verlieren läßt. Babylon wird Deinen Glauben ausrotten, und die schlechte Lehre der Muselmanen wird ihn zugrunde richten. Hilf uns deshalb, und laß uns nicht verzagen! Wir haben um Dein Grab gekämpft und es von diesen falschen Hunden gesäubert. Laß uns deshalb nicht zweifeln, und erinnere uns daran, wie groß und gütig Du zu uns Getauften bist.«

Der fromme Kaiser sprach so schmerzzerrissen und mit trübem Herzen, daß viele mit ihm mutlos wurden. Aber der Kaiser betete weiter – so lange, bis er spürte, daß sein Schutzengel sein Flehen aufnahm und es auf seinen Schwingen bis zum Erlöser himmelwärts brachte.

Von allen Seiten kamen weitere Engelsboten im Reich Gottes an. Als die Seligen hörten, was in Paris geschah, wurden ihre Gesichter bleich vor Mitleid. Gemeinsam mit den Engeln zogen sie zum ewigen Bräutigam und baten ihn, den Christen unten auf der Erde die Bitten zu erfüllen und ihnen so zu helfen, wie sie es erflehten.

Der Allmächtige, bei dem jedes Gebet ankam, das von einem aufrichtigen Herzen ausging, hob die Augen und zeigte ebenfalls Mitleid. Dann winkte Gott Erzengel Michael heran.

»Arbeit für dich!« sagte er. »Begib dich sofort zum Entsatzheer dieser Christen, das im Norden Frankreichs an der Küste der Picardie vor Anker liegt. Führe es schnell unbemerkt von allen Feinden bis zur Mauer von Paris. Nimm Hilfe mit! Befiehl dem Schweigen, daß es dich mit deinem Zug begleite. Sobald du zur Erde hinabgestiegen bist, wecke die Zwietracht auf. Sie soll Zündschwamm und Feuerstein mitnehmen, damit im Heer der Ungläubigen die Streitfunken nach allen Seiten fliegen.«

Erzengel Michael gehorchte dem Allmächtigen und brach sofort auf. Er breitete die Schwingen aus und schrieb eine helle Spur in den Himmel. Überall dort, wo er entlangflog, verzogen sich die Nebel, und die Sonne strahlte wieder. Da sein Erscheinen wie ein Wetterleuchten in der Nacht aussah, mußte er genau aufpassen, wo er sich zeigen konnte und wo nicht. Für seinen ersten Auftrag mußte er zunächst das Schweigen finden.

»Ich werde es dort suchen, wo in jedem Saal und jeder Mönchszelle die Stille groß geschrieben wird«, sagte sich Michael. Er hoffte, daß er am selben Platz auch noch Frieden, Stille und Nächstenliebe finden würde, aber dann kam alles anders. Kaum hatte er die geweihten Klosterschwellen betreten, erkannte er, daß hier nicht geschwiegen wurde, obwohl überall im Chor, im Dormitorium, im Refektorium und in jeder Zelle deutlich das Wort »Ruhe!« stand.

Er sah weder das Schweigen, noch Demut oder Frieden – keine Nächstenliebe und keine Frömmigkeit. Selbst wenn das alles früher einmal hier gewesen sein sollte – jetzt herrschten Schlemmerei, Stolz, Grausamkeit und Neid. Staunend sah der Engel, wie breit sich Zorn und Faulheit schon gemacht hatten. Viele der Mönche wirkten mürrisch und lustlos. Dann sah Erzengel Michael, daß auch die Zwietracht mitten unter ihnen war.

Er erkannte sie an ihrem hundertfarbigen Gewand aus zerrissenen Lappen unterschiedlichster Art. Das Flickenkleid bedeckte Teile ihres Körpers und ließ andere beim Gehen nackt. Selbst ihre Haare stritten miteinander. Manche waren goldfarben und silbern, andere schwarz und grau. Sie waren teilweise als Zöpfe um den Kopf gebunden, andere schlangen sich frei um ihre Schultern und den Hals. Ihre Brust und ihre Hände waren voller Schmierereien und Klageschriften. »Vollmacht« stand an einer Stelle, an einer anderen »Ladung«, »Kommentar« und »Protokoll«. Der Erzengel entdeckte »Rechtsauslegungen« und »Absichtserklärungen« und dann die Schar von gutgläubigen Menschen, die hier vergeblich Rat suchten. Überall wieselten habgierige Treuhänder, Advokaten und Notare herum.

Erzengel Michael rief die Zwietracht an.

»Das Wort Gottes, des Allmächtigen, schickt dich zu den Anführern der Heiden. Du sollst dort deine Fähigkeiten voll entfalten.«

»All meine Fähigkeiten?« fragte die Zwietracht geifrig.

»Bis hin zu schwerstem Streit!« bestätigte der Bote Gottes. Die Zwietracht wollte sofort loseilen.

»Halt! Eine Frage noch«, rief er ihr nach. »Wo ist das Schweigen? Du kommst doch mehr herum als andere und müßtest wissen, wo ich es jetzt finde.«

Die Zwietracht lachte über die Schulter zurück. »Das Schweigen suchst du? Ja, ich hab's irgendwo gesehen auf meinen Reisen. Frag mich nicht, wo. Es ist sehr schlau, weil es sich mit keinem Wort verrät. Aber vielleicht hilft dir ein Freund von mir.«

Die Zwietracht zeigte auf einen ihrer wuselnden Begleiter: »Der dort weiß es, aber er kann nur lügen! Ja, der Betrug. Er war schon öfter mit dem Schweigen unterwegs.«

Erzengel Michael winkte den Betrug zu sich und musterte ihn abschätzend von Kopf bis Fuß. Er sah sehr würdig aus, schlug demütig die Augen nieder, gab sich freundlich und antwortete so sanft und bescheiden, daß es schon fast wie der Gruß des Engels klang. Aber genau besehen, war er häßlich unter seinem langen Mantel und seinem weiten Kleid, krank, aussätzig und mit einem in Gift getauchtem Dolch in der Scheide.

»Kennst du den Weg zum Schweigen?« fragte der Engel.

»Normalerweise hielt es sich ja bei den Tugenden im Kloster auf«, sagte der Trug, »damals – als hier noch die strengen Regeln von Sankt Benedict von Wert waren. Alles gelogen! Und schon lange her! Inzwischen ist das Schweigen nachts mit Zuhältern und Dieben unterwegs und deckt längst jede Niedertracht. Ich sah es bei Verrat, bei Meuchelmorden und in dunklen Löchern bei den Geldfälschern. Man braucht schon großes Glück, um es zu finden. Aber nach Mitternacht tief im Haus des Schlafes, dort ruht es manchmal. Dort wirst du es ganz sicher finden.«

Erzengel Michael zögerte. Es war der Trug, der ihm diese Auskünfte gegeben hatte. Trotzdem glaubte er ihm. Er breitete die Schwingen aus. Dann hob er sich mit langen, ruhigen Flügelschlägen in die Luft. Die Zeit war günstig mitten in der Nacht. Er kannte jene stille Höhle, die das Haus des Schlafes war.

Mitten in Arabien und weit entfernt von jeder Siedlung, gab es ein sehr schönes Tal. Zwischen schattenspendenden Bergen erstreckte sich ein dichter Wald aus Tannen und sehr alten Buchen. Die Bäume standen so dicht beieinander, daß selbst die

Mittagssonne mit ihren hellsten Strahlen das Dunkel unter dem dichten Blätterdach nicht durchdringen konnte.

In dieser abgeschiedenen Gegend befand sich eine weite Grotte. Ihr Eingang wurde vom dunklen Wald am Felsenhang und von krausen, ineinander verschlungenen Efeuranken verdeckt. Der einzige Zugang führte in engen Windungen direkt an der Felswand entlang. Hier unten lag der Schlaf, um seine Ruhestunden zu verbringen. Feist und behäbig saß der Müßiggang neben dem Eingang. Gegenüber lag nachlässig die Faulheit auf der Erde, unwillig, auch nur einen Schritt zu gehen.

Gedankenlos stand das Vergessen vor der Tür. Es erkannte niemanden und ließ auch keinen eintreten. Es war zu gleichgültig, um sich für irgendeine Botschaft oder Nachricht zu interessieren. Vor ihnen allen schlich das Schweigen mit sanften Filzschuhen und einem schweren braunen Mantel hin und her. Wann immer sich irgend etwas vor der Höhle tat, hob es abwehrend und beschwichtigend zugleich die Hände. Vorsichtig näherte sich der Erzengel Michael.

»Pst!« hauchte er. »Ich will nicht stören, aber Gott, du weißt schon … hätte gern, daß du Graf Rinaldos großes Heer, das er als Hilfe für seinen König aufgebracht hat, bis nach Paris begleitest. Noch heute nacht … und zwar so still, daß kein Laut, kein Ruf und kein Gerücht den Muselmanen vorzeitig verrät, daß sie jetzt kommen.«

Das Schweigen sagte nichts, es nickte nur. Kurze Zeit später befanden sich die beiden wieder im Frankenreich über der Picardie. Während das Schweigen seine Aufgabe erfüllte, schenkte der Engel den Männern unter ihnen die Kraft, die sie befähigte, den langen Weg bis nach Paris an einem Tag zurückzulegen, ohne etwas von diesem Wunder zu bemerken.

Das Schweigen zog sich langsam zurück. Zur Sicherheit ließ es über allen und nochmals über jedem einzelnen Heereshaufen dichte Nebelringe wallen. Während sonst überall um Paris ein schöner klarer Tag begann, blieb das neue Heer aus England ohne Hörnerschall und laute Rufe. Nicht ein Ton war zu hören. Es schien fast so, als hätte das Schweigen selbst die Belagerer taub und blind gemacht.

Aber es gab auch noch das andere große neue Heer, das König Agramant mit großer Energie immer weiter trieb – so lange, bis die ersten, zum Sturm bereit, die Vororte besetzten und zu den Gräben vor den Mauern von Paris vordrangen.

Wer sagen wollte, wie viele Männer an diesem Tag mit König Agramant angriffen, hätte ebensogut die Grashalme in den Apenninbergen, die Meereswogen am Fuß des Atlasgebirges oder die Zahl der Sterne nennen können, die in der Nacht wach bleiben, um zu sehen, was Verliebte heimlich treiben.

Schon erklangen überall mit raschen Schlägen und fürchterlichem Dröhnen sämtliche Glocken von Paris. In allen Straßen, allen Kirchen hoben die Menschen ihre Arme zum Gebet. In lauten Sprechchören beteten und jammerten die einen, während die anderen Gott ihre Schätze schenken wollten, um ihm ein goldenes Standbild zu errichten. Viele der Einwohner von Paris beschworen zusätzlich die Gebeine ihrer Ahnen.

Die Jüngeren, die noch nicht wußten, welches Unheil auf sie zukam, verachteten die zögerlichen Jammergreise und rannten, so schnell sie konnten, auf die Mauern zu. Hier gab es kaum noch einen Unterschied zwischen Königen und Fürsten, Baronen, Paladinen, Grafen, edlen Herren und den Bürgern, die dicht an dicht Jesus Christus verteidigen und den Angriff der Sarazenen zurückschmettern wollten. Einige drängten bereits vor, um todesmutig die Torbrücken herabzulassen und einen Ausfall gegen die Ungläubigen zu wagen.

Karl der Große freute sich über die Kühnheit dieser jungen Burschen, aber er befahl, daß keiner mehr von den Mauern gehen solle. Er ließ den Mutigsten die besten Plätze geben, damit die Feinde keine freie Mauerbrüstung fänden. An einigen Stellen reichten ein paar Leute aus, an anderen waren Dutzende von Verteidigern erforderlich. Karl sorgte dafür, daß auch die Geschütze ausreichend mit Helfern und Männern, die das Handwerk kannten, ausgestattet wurden. Er war überall – hier gab er den Befehl, mehr an die eigene Sicherheit zu denken, dort half er anderen mit seinem Rat.

Die Ebene von Paris war der Nabel Frankreichs und sein

Herz. Mitten durch die Stadt floß die Seine. Sie umströmte auch die Insel, die als der beste der drei Stadtteile bekannt war. Für die Sarazenen gab es mehrere günstige Stellen an den Mauern, an denen sie angreifen konnten. Agramant jedoch wollte sein Heer nicht weiter aufteilen. Er ließ all seine Mannen über den Fluß setzten und rückte von Westen her auf die Stadt zu.

König Marsilo von Spanien zeigte an, daß er mit seinen Heerführern Ferragu, Grandon, Baligante, Serpentin, Isolier und Falsiron bereit zum Angriff war. Auf den Wiesen am linken Seineufer hielten sich ungeduldig die Maurenführer Dardinell, Pulian, Sobrin und Marbalust, der riesenhafte, vom Scheitel bis zur Sohle sechs Ellen große Herrscher von Oran in Algerien, bereit. Auch Rodomont, der König von Sarsa in Algerien, schrie und fluchte vor Zorn und Angriffslust.

Und dann stürmten die Ungläubigen vor wie die Bienen an einem heißen Sommertag über eine süße Speise. Es surrte, flatterte und rauschte überall, wie von rauhem Flügelschlag. Gleich darauf gingen die Sarazenen wie Stare über dem Weinberg, die sich auf die reifen Trauben stürzen, geballt zum Angriff über. Der ganze Himmel dröhnte von ihrem Waffenklirren und Geschrei.

Die Christen auf den Mauern von Paris wehrten sich mit Steinen und mit Feuer, mit Lanzen und mit Schwertern. Wo einer von Pfeilen oder Lanzen getroffen hinter den Erkermauern zusammenbrach, nahm sofort ein anderer den Platz ein. Auch von den Sarazenen stürzten viele, von Hieben und von Stichen niedergemäht, in die Gräben. Aus den Kirchen und Palästen in der Stadt herausgebrochene Pfeilerstücke rutschten über die Oberkanten der Mauer, siedendes Wasser ergoß sich auf die Ungläubigen, drang wie heißer Regen durch die Helmöffnungen und verbrühte ihre Augen. Zusätzlich kippten die Verteidiger der Seinestadt kochenden Kalkschlamm, Öl und Pech, Harz und Schwefel als heiße Höllenglut gegen die Eroberer auf ihren Sturmleitern. Feuergarben flogen durch die Luft und pflanzten immer neue Brandherde in die Reihen der Angreifer. Rodomont drängte mit einer zweiten Angriffswelle nach. Sein Löwenbanner mit der schönen Doralice flatterte als

Zeichen seiner Liebe und seines Siegeswillens über ihm. Er ahnte nicht, daß sie längst vom Tartaren Mandrikard entführt und für ihn verloren war.

Immer mehr Leitern schlugen gegen die Mauern von Paris. Die Sarazenen kletterten so dicht hintereinander hoch, daß keiner mehr zurück konnte. Der zweite trieb den ersten, und der dritte schob beide vor sich her. Während die ersten besonders mutig waren, kletterten alle weiteren aus schierer Furcht die Sprossen hoch, denn jeder, der nur einmal zögerte, mußte mit dem Todesurteil durch den König von Algier rechnen.

Rodomont war kein Feldherr, der aus sicherer Entfernung seine Haufen lenkte. Allen voran stürzte er sich furchtlos ins Getümmel. Wo andere in schwerster Not bereits um Hilfe beteten, wurde er nur zorniger und verfluchte seinen Gott. Er trug seinen starken, festen Panzer aus vielen Lagen Drachenhaut, der bereits seinen Ahnherrn Nimrod in Babylon nahezu unbesiegbar gemacht hatte, und fragte nicht, wie hoch die Mauern waren oder ob sie schon in Trümmern lagen. Er wollte auch nicht wissen, wie tief die Flut in den Gräben war. Er sprang über alle Hindernisse vor der Mauer in den Schlamm. Feuer, Steinbrocken und dichte Pfeilwolken prasselten auf ihn nieder. Er hielt den Schild als Schutzdach über sich und hätte so jedem Gott widerstanden, erst recht den Mauersteinen von Paris.

Blitzschnell stand er auf dem Laufgerüst, das die Verteidiger auf der Innenseite der festen Mauer aufgerichtet hatten. Er machte alles nieder, was ihm in den Weg kam. Sein Schwert spaltete immer neue Stirnen und schlug Tonsuren in die Hinterköpfe. Arme und Köpfe samt den Helmen flogen nach allen Seiten, und an der Mauer rann das Blut wie roter Regen hinab.

Der Sarazenen-König ließ den Schild fallen. Er nahm sein Schwert in beide Hände und schlug damit auf Herzog Arnulf ein. Der Adlige von der Rheinmündung war nicht stark genug, das Unheil abzuwenden. Rodomonts Zweihänder spaltete seinen Kopf bis hinab zur Kehle. Er stürzte und hauchte seine Seele aus, noch ehe er am Boden lag.

Mit harten Querhieben tötete der Heide ganze Scharen christlicher Krieger. Die Hälfte von ihnen stammte aus Flandern, die anderen von der Küste der Normandie. Kaum hatte er sie allesamt umgebracht, da wurde Ludwig aus der Provence vom Schwert des wilden Sarazenen gespalten. Durchbohrt sank Arnold von Toulouse zu Boden. Immer mehr Christen starben unter den Schwertschlägen des Eroberers. Während Rodomont oben aufräumte, kletterten seine Männer an mehreren Stellen gleichzeitig auf die Mauer. Die Verteidiger wichen zurück. Aber noch war der Sieg kein Kinderspiel.

Hinter der ersten großen Mauer der Pariser Stadtbefestigung lag ein tiefer Graben vor dem zweiten Mauerring. Entsetzt erkannten die Männer Rodomonts, wieviel hier noch zu tun war. Die zweite Mauer war ebenso dicht mit Frankenkriegern besetzt wie zuvor die erste. Pfeilschwärme kamen den Eroberern entgegen. Dann flogen Speere so dicht an dicht auf sie zu, daß sie zurückweichen mußten.

Erneut griff Rodomont ein. Er schrie seine wankelmütig gewordenen Männer an, lobte die einen und fluchte auf die anderen. Er stieß die Männer vor und zwang sie weiterzukämpfen. Rücksichtslos riß er sie an Haaren, Hals und Armen in den Kampf. Wo das alles nicht half, zögerte er nicht und erschlug sie, damit sie kopflos in den Graben stürzten und ihn immer mehr füllten.

Der Sarazenenheld tauchte überall auf. Es war, als wären ihm Flügel gewachsen. Trotz seines großen Körpers und seiner schweren Waffen schaffte er zum Schluß sogar den Sprung über den fürchterlichen Graben, der zuvor dreißig Fuß breit gewesen war.

Als er nach seinem großen Satz auf der anderen Seite aufkam, schepperte und krachte es nicht. Es klang vielmehr, als ob der starke Sarazenenkönig Schuhe aus Filz an seinen Füßen hätte. Er ließ sein Schwert erneut nach allen Seiten kreisen. Es drang so leicht durch das Blech der Rüstungen, als wären sie nicht aus Eisen, sondern aus morscher Baumrinde.

Inzwischen hatten die Franken ihre längst vorbereiteten Fallen in der Tiefe unter dem zweiten Wall mit Reisigbündeln aufgefüllt und mit Pech beschmiert. Von außen war nicht zu erkennen, daß der gesamte Erdwall ausgehöhlt und mit Töpfen voller Öl, Salpeter, Schwefel und geflochtenem Reisig angefüllt war. Die Franken warteten, bis die Hauptstreitmacht der Sarazenen über die erste Mauer bis zum zweiten Graben vorgedrungen war.

Erst dann hob Karl der Große den Arm.

»Feuer!«

An vielen Stellen gleichzeitig schossen Flammen aus dem Untergrund nach oben. Sie vereinten sich immer dichter über den Feuerhöhlen und fraßen sich sehr schnell zu beiden Rändern des zweiten Grabens hin. Die Wand aus Feuer wurde so heiß und hoch, daß sie sogar das feuchte Angesicht des Mondes ausgetrocknet hätte. Schwarze Rauchwolken schossen zur Sonne hinauf und verfinsterten ihr Licht. Überall krachte und explodierte es in der Feuerglut zwischen den beiden Mauern.

Mit grauenhaften Schreien heulten und kreischten die Todgeweihten. Elftausendachtundzwanzig Krieger hatten es unter Rodomontes Führung über den ersten Mauerring um Paris geschafft. Und alle bis auf einen kamen im Meer aus Flammen und Schmerzen um. Der Raum zwischen beiden Mauern hatte die vielen Körper kaum fassen können, aber das Feuer machte sie alle zu einem Häuflein Asche.

Rodomont selbst rettete sich mit einem ungeheuren Sprung auf den inneren Verteidigungswall. Abfällig sah der Tollkühne auf die Verlorenen zurück. Dann blickte er zum Himmel hoch und schrie ihm wie der letzte Wolf seine ohnmächtige Wut entgegen.

15. Gesang

Ruhm und Ehre gehören dem Sieger – gleichgültig, ob er durch Verstand oder Glück gewonnen hat. Allerdings kann der Ruhm des Anführers durch hohe Verluste auch geschmälert werden. Derjenige aber, der eine Schlacht ohne große eigene Opfer für sich entscheidet, wird oft wie ein Gott verehrt.

Ippolito, mein Herr, ein solcher Sieg ist dir über den bösen Löwen der Republik Venedig gelungen. Er hatte beide Ufer des Po vom Meer bis hier nach Francolino in seinen Krallen. Selbst wenn er jetzt brüllt, wenn er mich sieht, fürchte ich mich nicht. Du hast uns ja gezeigt, wie man den Krieg gewinnt: die eigenen Leute schonen und den Feind besiegen …

Die Ungläubigen haben genau das damals in ihrem Übermut nicht verstanden.

Zur selben Zeit stürmte König Agramant mit seiner Heerspitze gegen ein weiteres Tor in der Stadtmauer von Paris. Er hoffte, daß hier weniger Wachen standen als dort, wo Rodomont angegriffen hatte. Agramant nahm nur ausgesuchte Anführer und ihre besten Streiter mit. Den hervorragend bewaffneten kampfgestählten Recken folgte eine Menge einfacher Fußkrieger und Verwahrloster, die nicht einmal einen Schild hatten.

Und dann merkte der König von Libyen, daß er sich verrechnet hatte. Genau an dem Tor, an dem der Oberbefehlshaber der Sarazenen einen leichten Kampf erhofft hatte, erwartete ihn Karl der Große. Er hatte Salamon, den Herrn der Bretagne, bei sich und Ogier, den Dänen. Dazu die beiden Angelin, die beiden Guido, ebenso die Herzöge Naims, König Otto, Berlengier, Avol und Avinen.

Die edlen Paladine wurden von Lombarden, Franken und Deutschen begleitet. Jeder der Krieger wollte in der Nähe des Königs einen besonders guten Eindruck machen und schlug sich von Anfang an mutig gegen die Angreifer.

Während die Verteidiger von Paris in Not gerieten, sehnte sich Herzog Astolf von England nach seiner Heimat. Er haßte inzwischen die Insel von Alcina und Logistilla. Die gute Fee zeigte Verständnis und rüstete ihm eine hervorragende Galeere aus. Außerdem beschaffte sie ihm eine Geleitflotte, die ihn vor jedem Angriff der Zauberin Alcina schützen konnte. Als Kommandantinnen wählte Logistilla die starke Andronika und die temperamentvolle Sophrosyne aus.

Schließlich kam der Tag des Aufbruchs. Die Galeere sollte zunächst durch das Arabische Meer zum Persischen Golf fahren, dann den geraden Weg in Richtung Persien verlassen und Kurs auf die Küsten am Roten Meer und Eritrea nehmen. Dieser Plan erschien Logistilla sicherer als der kürzere Weg durch das eisige Nordmeer des Boreas mit seinen Sturmwolken, durch die oft monatelang kein Sonnenstrahl drang.

Als die Flotte klar zum Auslaufen war, gab Logistilla dem englischen Prinzen noch viele gute Ratschläge. Zum Zeichen dafür, wie gut sie es mit ihm meinte, schenkte sie ihm ein Buch, das Anweisungen zum Schutz gegen jede Art von Zauber enthielt.

»Du mußt nur hinten im Verzeichnis nachsehen, wenn dir etwas ungewöhnlich vorkommt. Dann kannst du schnell die Gegenmittel finden«, sagte sie. Dazu schenkte sie ihm noch ein ganz besonderes Horn.

»Geh vorsichtig mit diesem Horn um«, erklärte sie lächelnd. »Seine Töne klingen so schrecklich, daß jeder, der sie hört, sofort wegrennt. Dagegen sind Erdbeben, Windgebrüll und Donner gar nichts.«

Astolf bedankte sich für die Hilfe und die Geschenke. Dann ging er an Bord und ließ die Schiffe in See stechen. Mit gutem Wind zog die Flotte an den reichen Städten der grünen Küste Indiens vorüber. Die Galeere und die Begleitschiffe ließen viele tausend Inseln rechts und links hinter sich, dann wendeten die Kapitäne und nahmen Kurs nach Norden.

Sie kamen am goldenen Chersones vorbei, dann an der Mündung des Ganges. Schließlich passierten sie Ceylon und die Küste von Malabar.

Die ganze Zeit brannte Astolf eine Frage auf dem Herzen. Schließlich wandte er sich an die Fee Andronika: »Gibt es eigentlich einen Weg von China und Indien bis nach England oder Frankreich, bei dem man nicht durch irgendwelche Länder und Kontinente behindert wird? Ich meine, kann ein Ruderschiff oder eins mit Segeln nach Osten oder auch nach Westen fahren, ohne irgendwo anzulegen?«

»Genauso ist es«, antwortete sie und lächelte geheimnisvoll. Und dann berichtete sie, was sieben Jahrhunderte später entdeckt werden würde.

Unsere Erde wird auf allen Seiten vom Ozean umringt. Überall fließen die Wellen der Meere ineinander, ganz gleich, ob sie an einigen Stellen eiskalt sind oder an anderen fast kochen. Aber es heißt auch, daß Afrika so weit nach Süden reicht, daß nicht einmal Neptun um dieses Land südlich von Äthiopien herumschwimmen kann. Deshalb hat sich auch noch kein Schiff von Indien her um Afrika herum bis nach Europa gewagt – und umgekehrt ebensowenig. Die Menschen denken eben, daß die Kontinente dort im Süden zusammenhängen. Aber irgendwann einmal in der Zukunft sehe ich neue Helden. Sie werden Passagen finden, die heute noch völlig unbekannt sind. Ich sehe, wie sie an den Küsten der Völker mit Kraushaar entlangfahren, über den Wendekreis des Steinbocks hinweg, den selbst die Sonne niemals überschreitet, und wie sie am Ende jener langen Küste entdecken, daß hier zwei Meere ineinanderfließen. Sie werden nach Arabien, Indien und Persien Ausschau halten und am östlichen Ufer Afrikas wieder nach Norden segeln.

Ich sehe auch, wie sich das Heilige Kreuz und das kaiserliche Banner an einem grünen Strand entfalten, der zu einem neuen Land im Westen gehört, in dem zehn tapfere Männer tausend Eingeborene verjagen. All die neuen Reiche bis nach Indien hin werden von den Spaniern erobert. Überall werden die tapferen Kapitäne für einen Kaiser ihre Siegesfahnen aufpflanzen, der Karl V. heißen wird.

Dieser Karl wird so mächtig sein und über so entfernte Länder herrschen, daß in seinem Reich niemals die Sonne untergeht.

Ich sehe einen Eroberer namens Ernando Cortez, wie er große Städte unter das kaiserliche Zepter zwingt. Die Länder dieser Städte liegen, von Indien aus gesehen, so weit im Osten, daß selbst wir sie nicht kennen.

Ebenso wie auf dem Land wird Kaiser Karl V. auch auf dem Meer von den Küsten Europas bis zu denen Afrikas in jeder Seeschlacht siegreich sein. Sein Freund Andrea Doria wird ihm das ganze Mittelmeer von Piraten frei halten. Überall zwischen Gibraltar und dem Nil werden die räuberischen Seefahrer erbeben, wenn auch nur sein Name genannt wird.

Nachdem die weise Frau mit seherischer Kraft geschildert hatte, was erst nach vielen Jahren geschehen sollte, sorgte sie dafür, daß die Winde drehten. Die Schiffe glitten wieder in den Persischen Golf hinein und legten am Ufer an. Nun hatten sie nichts mehr von der Zauberin Alcina zu befürchten.

Astolf bedankte sich und ging mit Rabikan von Bord. Der Hengst, der von Wind und Flammen gezeugt war, nur von Luft lebte und weder Heu noch Hafer nötig hatte, war bereits für ihn gesattelt. Er nahm sofort den Weg in die Berge und durch immer neue Täler. Einige Male kamen ihm Wegelagerer und räuberische Haufen ziemlich nahe. Dann wieder sah er Löwen und giftige Drachen. Der Prinz fürchtete sich nicht, denn immer, wenn es ihm zu gefährlich wurde, setzte er sein Wunderhorn an den Mund, blies hinein, bis jeder Schrecken, der ihn bedrohte, sofort davonstob.

Er durchquerte das glückliche Arabien des Weihrauchs und der Myrrhe. Er kam ans Rote Meer und gelangte an die Stelle, an der die Kinder Israels trockenen Fußes herübergekommen waren, während die Krieger des Pharao in einer von Gott gesandten Flut jämmerlich ertranken. Unbehelligt ritt er am Ägyptischen Kanal Trajans entlang auf die Nilmündung zu.

Er hatte noch ein ganzes Stück des Weges vor sich, als ihm ein kleines Schiff schnell entgegenkam. An seinem Heck saß ein Eremit mit einem bis auf die Brust reichenden weißen Bart. Der Alte winkte ihm freundlich zu und legte vor ihm am Ufer an.

»Wenn dir dein Leben lieb ist, solltest du lieber in mein Boot kommen, damit ich dich ans andere Ufer hinüberbringen kann.«

»Und was soll ich dort?« fragte Astolf zurück.

»Ein bißchen überleben«, antwortete der Alte. »Wenn du auf dieser Seite weiterreitest, bist du bald tot. Zwei Stunden von hier steht das blutbesudelte Haus eines Riesen, der acht Fuß größer ist als normale Menschen. Der Kerl ist derart wild und grausam, daß noch nie ein Pilger oder ein Reiter lebend das fürchterliche Haus verlassen hat. Jeder, der vorüberkommt, wird von ihm gefesselt. Den einen schlachtet er, dem anderen zieht er die Haut ab, den dritten vierteilt er und den vierten frißt er lebendig.«

»Dazu müßte er mich erst einmal haben.« Astolf lachte furchtlos.

»Du darfst nicht spaßen mit solcher Grausamkeit«, antwortete der Eremit. »Der Kerl besitzt ein feinmaschiges Netz. Er legt es in den Straßenstaub und spannt ein Ende an seinen Dachfirst. Sobald sein Opfer nah genug ist, erschreckt er es mit lautem Gebrüll. Dann lacht der Kerl, zieht das Netz zu und schleppt seine Beute in sein Haus. Ihm ist egal, ob er einen Bewaffneten oder ein zartes Mädchen einfängt, einen Adligen oder einen Bettler. Denn er verschlingt alles – Fleisch, Gehirn und Blut – und läßt nur abgenagte Knochen in der Wüste zurück. Sein ganzes Haus ist mit Menschenhaut in Fetzen und in Stücken vollgehängt. Deshalb kann ich dir nur raten, komm mit mir auf die andere, sichere Seite zum Meer.«

»Vielen Dank für deine Warnung«, antwortete Astolf stolz. »Ich bin jedoch ein Ritter, der Gefahr mißachten muß. Wenn ich jetzt ausweiche, behielte ich vielleicht mein Leben, aber die Schmach der Feigheit ist für mich schlimmer als der Tod. Ich baue darauf, daß Gott mir hilft und daß der andere stirbt, damit in Zukunft auch an diesem Ufer Tausende sicher sind.«

»Dann geh in Frieden und mit Gottes Güte, Sohn«, sagte der Eremit. »Ich segne dich und wünsche dir die Fittiche Erzengel Michaels.«

Astolf gab seinem Pferd die Sporen und preschte weiter auf

das Nildelta zu. Die Zeit, die der Eremit genannt hatte, war noch nicht verstrichen, als er einen schmalen, sumpfigen Pfad erreichte, der vom Fluß bis zu dem schlichten Haus des Menschenfressers führte. Am ganzen Haus sah Astolf keinen einzigen Vorsprung und kein Fenster, an dem nicht irgendwelche Leichenteile hingen. Es kam ihm vor, als würde er vor einem jener Häuser in den Alpen stehen, an denen die Jäger nach bestandener Gefahr allerlei Felle, Gehörn, Bärentatzen und Köpfe ihrer Beutetiere annagelten. Vorsichtig ließ Astolf sein Pferd durch die Reste von Skeletten und abgenagte Knochen schreiten. In den Gräben rund um den Platz dünstete noch immer Menschenblut in der Sonnenhitze.

Astolf entdeckte den Unhold Caligorant in seiner Eingangstür. Der Mann, der sein Haus so mit Knochen geschmückt hatte, wie man es sonst nur mit Gold und Messing tat, freute sich wie ein kleines Kind, als er den Herzog kommen sah. Er klatschte in die Hände und lief sofort in den dicht mit Schilf bestandenen Sumpf hinter seinem Haus. Wie üblich wollte er mit einem großen Bogen in den Rücken seines Opfers gelangen. Astolf war gewarnt. Er nahm das Horn, das ihm Logistilla zum Abschied geschenkt hatte, holte tief Luft und blies, so stark er konnte, hinein.

Der ungeheure Lärm erschreckte den Riesen dermaßen, daß er zurückzuckte und augenblicklich fliehen wollte. Astolf blies weiter, so lange und so laut, bis der Menschenfresser nur noch herumtaumelte. Er lief über sein eigenes, verstecktes Netz, stolperte in die ausgelegte Falle und zappelte in selben Augenblick hilflos gefesselt am Boden.

Astolf ritt schnell näher, sprang vom Roß und stürmte mit blankem Schwert auf den Unhold zu. Er wollte all die Tausende rächen, die hier ihr Leben ausgehaucht hatten. Der mörderische Kerl konnte weder den Hals noch seine Arme bewegen. Er war gefesselt in einem Netz aus feinstem Stahl, das Vulkan, der Gott der Schmiede, geknüpft zu haben schien. Der Wüterich hatte es gefunden, als er den Tempel von Alexandria plünderte und die Stadt in Flammen setzte.

Zufrieden löste Astolf ein Stück der Kette. Er schlang sie um die Handgelenke des Riesen und preßte ihm die Arme so eng an die Brust, daß sie keine Gefahr mehr darstellten. Der Riese war inzwischen sanft und bescheiden wie ein kleines Mädchen. Astolf lud ihm das wunderbare Netz auf seine Schultern, dazu noch seinen eigenen Helm und seinen Schild. Dann stieg er wieder auf sein Pferd und zog das gefangene Ungeheuer wie einen Packesel hinter sich her.

Überall, wo Astolf sich mit seinem ungewöhnlichen Gefangenen zeigte, jubelten die Menschen.

»Jetzt kann man endlich wieder sicher von einem Ort zum anderen gehen«, riefen sie. Astolf freute sich über das Lob. Er ritt bis zu den Memphisgräbern und den Pyramiden kurz vor Kairo. Noch ehe er die große Stadt erreicht hatte, strömte ihm eine riesige Menschenmenge entgegen. Sie drängte von allen Seiten näher und priesen seinen Mut.

»Wie war es möglich« riefen sie ihm entgegen, »daß du als ganz normaler Mann einen Riesen überwinden konntest?«

Stolz ließ sich Astolf von der jubelnden Menschenmenge begleiten. Kairo war eine sehr große Stadt. Gut achtzehntausend Häuser mit mehr als drei Stockwerken reichten nicht aus, um all ihre Bewohner aufzunehmen. Viele waren so arm, daß sie kein Dach über dem Kopf hatten und auf der Straße schlafen mußten. Der Sultan hingegen war derartig reich, daß in seinem mit aller Pracht errichteten Palast fünfzehntausend abtrünnige Christen als seine Leibwache mit ihren Pferden, Frauen und Kindern wohnen konnten.

Astolf wollte sich nicht lange aufhalten. Ihn interessierte mehr das flache Land des Nildeltas. Kurz vor der Mündung ins Mittelmeer, wo das Land bei Damiette noch flacher wurde, sollte noch ein weiterer Unhold Angst und Schrecken verbreiten. Der Prinz fragte einige der Händler, die zur Seite wichen, als er mit seinem schrecklichen Gefangenen auftauchte.

»Der Kerl heißt Orril«, erzählten sie ihm. »Er erschreckt die Bauern auf den Feldern und bedrängte jeden, der vorbeikommt. Er verfolgt seine Opfer bis nach Kairo, raubt sie aus und erschlägt sie dann.«

»Wo kommt er her?« fragte Astolf. »Und wo finde ich ihn?«

»Sein Räubernest besteht aus einer turmartigen Festung bei Damiette – unmittelbar am Ufer des Nils. Mehr als einmal ist versucht worden, diesem gnadenlosen Räuber ein Gefecht zu liefern.«

»Doch jedesmal überlebte er«, warf ein anderer ein. »Selbst wenn er schon aus hunderttausend Wunden blutete. Es gibt einfach kein Mittel, um ihn ein für allemal zu töten.«

»Dann werde ich der Schicksalsgöttin zum Sieg verhelfen«, dachte Astolf. Er ritt nicht nach Kairo ein, sondern zog nach Damiette weiter.

Als der festungsartige Turm am Nilufer vor ihm auftauchte, sah er, daß Orril bereits gegen zwei Herausforderer gleichzeitig kämpfte. Es sah sehr schlecht aus für die Zwillingsbrüder mit den berühmten Namen. Astolf erkannte die Söhne des edlen Frankenhelden Olivier von Vienne in Burgund sofort an ihrem Wappen – es waren der weiße Grifon und der schwarze Aquilante.

Er sah auch, daß die beiden bereits mehr Erfolg gehabt hatten als alle anderen zuvor. Orrils fürchterliches Kampftier, eine Krokodilsbestie, die am Flußufer vor der Turmfestung lebte und sich ausschließlich von unvorsichtigen Flußschiffern und Fischern ernährte, lag bereits erschlagen am Ufer vor der Hafenmauer. Nach allen Regeln des ritterlichen Kampfs hätten die beiden Brüder nicht zu zweit gegen den Magier kämpfen dürfen. Offensichtlich betrachteten sie das erschlagene Riesenkrokodil als Kampfgefährten von Orril und fühlten sich daher im Recht.

Astolf bemerkte jedoch, daß irgend etwas an dem Kampf nicht stimmte. Es war wie verhext – selbst wenn die beiden jungen Recken gemeinsam Orrils Arme und Beine abschlugen oder ihm das Haupt bis zur Brust spalteten, heilte er selbst die Wunden und klebte sich seine abgehauenen Gliedmaßen wie bei einer Wachspuppe wieder an.

Erstaunt beobachtete Herzog Astolf, wie die beiden jungen Frankenritter ihm sogar den Kopf abschlugen. Orril sprang sofort von seinem Pferd tastete über dem Boden, nahm den abgeschlagenen Kopf auf und fügte ihn wieder dort an, wo er hingehörte. Dann lachte er hämisch und kämpfte weiter.

Schließlich gelang es Grifon, den Heiden mit langem Arm zu

packen. Er warf ihn in den Fluß, um ihn zu ersäufen, aber der Kerl schwamm wie ein Fisch und kam an Land, als ob nichts gewesen wäre.

Dann sah Astolf auch die beiden hübschen jungen Mädchen am Rand des Kampfplatzes. Die eine hatte ein schwarzes, die andere ein weißes Kleid an. Der Prinz vermutete sofort, daß die beiden edel geschmückten jungen Damen die Schutzfeen waren, die vor Jahren die beiden kleinen Knaben gerettet hatten, als Raubvögel die Zwillinge von ihrer Mutter stahlen. Nun kämpften die Brüder genau so, wie es ihnen die beiden jungen Damen zuriefen.

Der Tag ging schnell zu Ende. Nach kurzer Dämmerung stieg der Mond über dem unheimlichen Kampfplatz auf. Orril brach ab und verschwand in seiner Burg.

»Aufgeschoben ist nicht aufgehoben«, meinte die weiße Fee.

»Dann ist jetzt eben eine Kampfpause bis nach Sonnenaufgang«, stimmte die Schwarze zu. Nun endlich konnte der Prinz von England die beiden Brüder begrüßen. Sie erkannten ihn als den Leopardenritter, wie er am heimatlichen Hof genannt wurde. Begierig wollten sie wissen, wie er den Riesen Caligorant besiegt und zu seinem Lasttier gemacht hatte. Er erzählte es ihnen, während die beiden Mädchen die Männer zum nahen Schloß führten.

Auf halbem Weg kamen ihnen Dienerinnen, Knappen und Knechte mit Fackeln entgegen. Sie übernahmen die Pferde und Waffen. Dann traten sie gemeinsam in einen wunderschönen Garten ein. Hier war bereits ein köstliches Nachtmahl an einem lieblichen, frisch und hell sprudelnden Quellbach für sie vorbereitet.

Sie ließen den gefesselten Riesen im Freien und banden ihn mit einer starken Kette an eine Eiche, die in vielen Jahren so hart und fest geworden war, daß sie sich nicht mehr ausreißen ließ. Obendrein wurde zehn Mann befohlen, den Wüterich die ganze Nacht über zu bewachen.

Während des köstlichen Nachtmahls sprachen sie immer wieder über die ungewöhnlichen und wundersamen Fähigkeiten von Orril.

Schließlich erinnerte sich Astolf an das Geschenk, das ihm

Logistilla zusammen mit dem schrecklichen lauten Blashorn gemacht hatte. Er nahm das Zauberbuch hervor, blätterte die Seiten um und suchte dann im Inhaltsverzeichnis nach dem Begriff »Orril«. Zu seiner Überraschung war der Name tatsächlich verzeichnet.

»Solange eins von seinen Haaren unverletzt bleibt, kann man ihn nicht töten«, las Astolf den anderen vor, »sondern immer nur verwunden.«

»Eins von seinen Haaren?« fragten die beiden Mädchen wie aus einem Mund. »Irgendeins?«

Astolf schüttelte den Kopf.

»Nein, nicht irgendeins, sondern ein ganz bestimmtes, das sich aber von allen anderen überhaupt nicht unterscheidet. Wer ihn töten will, muß genau dieses Haar ausreißen oder abschneiden.«

Die beiden Zwillinge, die den ganzen Tag vergeblich gegen Orril gekämpft hatten, blickten ihn zweifelnd an. Aber Astolf glaubte an das, was er im Zauberbuch von Logistilla gelesen hatte. Er sah sich tatendurstig um, bemerkte das Zögern der anderen und sagte: »Ich würde es gern wagen – wenn ihr erlaubt.«

Nur zögernd stimmten sie zu. Keiner wollte glauben, daß sich Orril durch ein einziges ausgerissenes Haar besiegen ließ.

Sofort nach Sonnenaufgang versammelten sich alle wieder auf dem Kampfplatz. Nun mußte Astolf zeigen, was der geheime Rat aus seinem Zauberbuch tatsächlich wert war. Ohne jedes Vorspiel erschien Orril und schlug sofort zu. Der wilde Räuber kämpfte mit einer gewaltigen Keule, Prinz Astolf lediglich mit seinem Schwert.

Die schwere Keule krachte auf ihn nieder. Er wehrte sie mit einem starken Schwertschlag ab und ließ einen von Orrils Armen durch die Luft fliegen. Aus vollem Ritt bückte sich der wilde Angreifer, um den abgeschlagenen Körperteil wieder vom Boden aufzuklauben, und fügte ihn tatsächlich ebenso schnell wieder an, wie ihn der mutige junge Ritter abgeschlagen hatte. Es war sinnlos. Selbst wenn er ihn in tausend kleine Stücke zerschlagen hätte, wäre es Orril immer wieder gelungen, sich erneut zusammenzusetzen.

Mit einem letzten großen Schlag trennte Astolf den Kopf des

anderen genau zwischen Kinn und Schulter ab. Der Kopf rollte mitsamt dem Helm über den Boden. Diesmal wollte Astolf schneller sein. Er sprang von seinem Pferd, schoß auf den rollenden Kopf zu, packte ihn, sprang erneut auf sein Pferd und jagte direkt auf den Nil zu.

Orril ahnte nichts von Astolfs List. Er stocherte und tastete noch immer an der Stelle herum, an der er seinen Kopf vermutete. Doch dann begriff er, was geschehen war. Blind tastete er nach seinem Pferd, sprang hinauf und schlug es schnell in rasenden Galopp.

»Halt!« wollte er schreien. »Komm zurück! Zurück!«

Aber sein Körper hatte keinen Mund für Zornesschreie. Der befand sich nach wie vor in Astolfs Händen. Orril gebrauchte seine Sporen und wurde noch schneller. Rabikan schien zu ahnen, worum es diesmal ging. Er preschte weiter auf den Nil zu. In vollem Ritt suchte Astolf die wilde Haarpracht auf dem abgeschlagenen Kopf ab. Nichts – nicht ein einziges besonders auffälliges Haar!

»Dann muß ich eben alle abschneiden«, schnaubte Astolf grimmig. Wieviel hätte er für ein ordentlich scharfes Rasiermesser gegeben! Er packte den abgeschlagenen Kopf fest an der Nase. Dann setzte er sein Schwert an der Kopfhaut an. Brauen, Haupthaar und schließlich auch das Nackenhaar flogen im schnellen Ritt zur Seite. Und schließlich hatte er Glück.

Das Gesicht in seiner Hand wurde bleich. Astolf sah, wie die Augen sich plötzlich verdrehten und gleich darauf erstarrten. Bis zum äußersten angespannt, wandte Astolf sich um. Nun sah er, daß der Körper des Ungeheuers wie ein nasser Sack aus dem Sattel kippte.

Astolf legte seinen eigenen Kopf wie zur Entspannung in den Nacken. Für einen Augenblick wollte er den Leichenschädel in den Nil hinauswerfen. Dann überlegte er es sich anders, wendete sein Pferd und trabte langsam mit der Trophäe unter seinem Arm zu den anderen zurück.

»Erledigt!« sagte er nur und warf den kahlrasierten Kopf vor den beiden Feenmädchen auf den Boden. Grifon und Aquilante schienen über seinen Sieg nicht sehr erfreut zu sein. Mit herabgezogenen Mundwinkeln ließen sie deutlich ihren Neid erkennen, aber sie waren höflich und ritterlich genug, um wenigstens den Kopf zu neigen. Die beiden Feenmädchen sahen ebenfalls verstimmt aus. Astolf ahnte, warum sie sich nicht mit ihm freuten. Möglicherweise hatten sie die beiden Brüder nur deshalb nach Ägypten gelockt, um sie hier festzuhalten, bis die mörderischen Kämpfe der Christen und der Sarazenen im fernen Frankenreich beendet waren.

Als der Verwalter von Damiette hörte, daß der schreckliche Schloßherr den Tod gefunden hatte, ließ er sofort Brieftauben mit der frohen Nachricht nach Kairo und vielen anderen Orten am Nil aufsteigen. Ganz Ägypten erfuhr dadurch, daß der Schrecken des Nildeltas endlich besiegt war.

Unterdessen nahm sich Astolf noch mal die beiden Brüder vor.

»Ihr müßt nicht eifersüchtig sein, daß ich Orril besiegt habe. Es gibt noch viele große und sehr schwere Aufgaben für euch beide. Spart eure Wut und eure Kraft für die Feinde des Römischen Reiches und für die heiligen Altäre unserer Kirche auf. Was interessieren euch die Streitereien im Orient? Die Verteidigung der Christenheit in eurer Heimat ist viel ehrenvoller.«

Grifon und Aquilante sahen ein, daß Astolf recht hatte. Obwohl die Feenmädchen weinten und sie nicht gehen lassen wollten, beschlossen sie, zuerst nach Jerusalem zu reiten, um von dort ins Frankenreich zurückzukehren.

»Es gibt zwei Wege nach Jerusalem«, erklärte ihnen Astolf. »Wir könnten die bequemere Straße am Meer entlang nehmen. Ich schlage aber vor, daß wir sechs Tage Zeit gewinnen, indem wir mitten durch die Wüste reiten. Dort gibt es an bestimmten Plätzen genügend Gras und Wasser. Alles, was wir sonst noch brauchen, können wir von hier mitnehmen.«

»Willst du etwa eine ganze Karawane ausrüsten?« fragte Grifon.

»Nicht nötig«, sagte Astolf und lachte. »Vergeßt nicht, daß wir hier ein Lasttier haben, das mehr als zehn Kamele tragen kann.«

Die beiden anderen hatten den immer noch gefesselten Riesen Caligorant fast vergessen. Jetzt zeigte sich, daß er doch zu etwas nutze war.

Nachdem sie alles Notwendige beschafft hatten, brachen sie auf und nahmen ihren Weg quer durch die heiße, felsige Halbinsel Sinai. Schon wenige Tage später erreichten sie den Berg, von dem aus das Heilige Land unter ihnen lag – jene unvergleichliche Gegend, in der die Liebe Gottes die Menschensünden weggewaschen hatte.

Als sie durch das große Tor in die Stadt einreiten wollten, begegnete ihnen ein junger Mann, den sie einige Zeit zuvor als guten Freund kennengelernt hatten. Er hieß Samsonet und stammte aus Mekka. Graf Orlando selbst hatte den klugen und trotz seiner Jugend bereits weithin angesehenen Mann getauft. Seine hellen Augen blitzten freudig, während er die Ritter vor dem Tor begrüßte. Er bot ihnen sofort an, Gäste in seinem Palast zu sein.

»Ich bin inzwischen zum christlichen Statthalter von Jerusalem aufgestiegen«, berichtete er auf dem Weg. »Aber ich muß so schnell wie möglich eine zwei Meilen lange Mauer um den Kalvarienberg bauen. Nur wenn es mir gelingt, Jerusalem rechtzeitig in eine starke Festung zu verwandeln, kann ich die Eroberung durch den Kalifen von Ägypten noch verhindern.«

»Dann weiß ich schon, welches Gastgeschenk genau das Richtige für dich ist.« Astolf lachte. »Ich schenke dir den Menschenfresser Caligorant. Mit seinem riesigen Körper und den starken Gliedern kann er mehr Steine auf seinen Schultern tragen als zehn Zugtiere zusammen. Und das Netz, mit dem er seine Opfer einfing, schenke ich dir ebenfalls.«

Samsonet bedankte sich und überreichte Astolf als Gegengeschenk ein schönes wertvolles Schwertgehänge und feine Sporen mit starken Schnallen und kräftigen Zackenrädchen.

»Diese Ausrüstung hat vor langer Zeit dem berühmten Ritter Georg gehört, der für die Jungfrau den Drachen erschlagen hat«, erklärte Samsonet. »Ich habe Schwertgehänge und Sporen des heiligen Georg aus Jaffa mitgenommen, nachdem ich diese Stadt erobert hatte.«

Sie ruhten sich für den Rest des Tages aus. Am nächsten Tag gingen sie zur Beichte und ließen sich in einem Kloster den Ablaß geben. Anschließend besuchten sie alle Kirchen, in denen es noch Erinnerungen an die Verkündigung und die Passion von

Jesus Christus gab. Noch während sie andächtig beteten und um die Vergebung ihrer Sünden baten, schob sich ein Mann mit Griechenlocken dicht an sie heran und zischte leise durch die Zähne.

»Was soll das, Kerl?« knurrte Grifon ungnädig.

»Ich habe eine Nachricht für dich, wenn du der Frankenritter Grifon bist.«

»Der bin ich. Sag mir schnell, was du weißt. Ich will weiter beten.«

»Das Unheil will es, daß die wunderschöne Orrigilla, die du so sehr liebst und fieberkrank in Konstantinopel am Bosporus zurücklassen mußtest, dir leider untreu wurde.«

»Was redest du da?« schnaubte Grifon verärgert.

»Du wirst nirgendwo eine ebenso Schöne und ebenso Niederträchtige finden, selbst wenn du unter Tausenden suchen würdest«, flüsterte der Grieche »Aber es stimmt. Sie ist mit einem neuen Liebhaber namens Martan nach Antiochien gezogen. Sie hat es einfach nicht mehr ausgehalten, nachts allein in ihrem Bett zu bleiben. Sie war zu jung dafür. Und viel zu schön, verstehst du?«

»Du lügst!« stieß Grifon leise hervor. Er wollte nicht, daß die anderen etwas davon mitbekamen. Mit einer ärgerlichen Geste scheuchte er den Griechen weg, aber er konnte nicht mehr beten. Sein ganzes Denken kreiste nur noch um die untreue Orrigilla.

Den Rest des Tages und die ganze Nacht seufzte er ständig vor sich hin, während die anderen aßen, tranken und das Leben in Jerusalem genossen. Gerade das machte Grifon immer finsterer. Er sprach nicht einmal mit seinem Zwillingsbruder. Aquilante hatte ihn mehrmals vor den Verführungskünsten der schönen Orrigilla gewarnt. Schließlich wurden Zorn und Enttäuschung so stark in ihm, daß er beschloß, allein und ohne Wissen seines Bruders nach Antiochien zu reiten.

»Ich muß sie da herausholen!« sagte er zu sich selbst. »Genauso, wie sie mir das Herz aus meiner Brust gerissen hat.« Er war wild entschlossen, sich fürchterlich zu rächen. Zugleich spürte er, daß er sie immer noch liebte.

16. Gesang

Wer liebt, muß viele Qualen erdulden. Auch ich habe das leidvoll erfahren müssen. Aber meine lustvollen und gequälten Seufzer halten sich die Waage, deshalb kann ich als ein Fachmann sprechen. Man darf mir glauben, wenn ich sage, daß manches Liebesleid sehr schwer ist, ein anderes dagegen eher leicht.

Wenn es tatsächlich eine große Liebe war, dann wird derjenige, der seine Angebetete verliert, kein Wort darüber sagen – ganz gleich, ob sie ihm sanft entgleitet oder alle seine Mühen kühl zurückweist.

Wer aber durch schöne Locken oder blitzende Augen bereits eingefangen und versklavt ist und dann statt einem goldenen Herzen nur Schlacke und Verderbnis findet, der fühlt den Schmerz wie ein weidwund geschossener Hirsch beim Anblick des Jägers.

Grifon verließ heimlich Jerusalem. Seine Gefühle schwankten noch immer. Einerseits wußte er, daß er einen Fehler machte. Andererseits konnte er nichts gegen die Befehle seines Herzens tun. Selbst wenn Orrigilla wirklich treulos, undankbar und verlogen sein sollte – er mußte einfach nach ihr suchen und sie wiedersehen …

Grifon wählte nicht den bequemen Weg zur Hauptstadt Syriens, sondern ritt über Rama nach Antiochien. Sechs lange Tage und Nächte später erreichte er endlich Damascus. Noch vor der Stadtmauer sah er immer mehr Pferde und Reiter. Sie kamen von allen Seiten und strebten der Stadt zu, in der ein großes Turnier stattfinden sollte. Unter den anreisenden Festteilnehmern entdeckte Grifon auch einen Ritter in einer prächtigen Rüstung auf einem makellosen Pferd. Hinter ihm saß Orrigilla. Sie trug ein kostbares Kleid aus blauer Seide mit goldener Stickerei. Neben dem Ritter und dem wunderschönen Mädchen ritten zwei Knappen mit den Waffen, dem Helm und dem Schild des Ritters.

Grifon ließ sich durch das eindrucksvolle Aussehen der beiden nicht täuschen. So vertraut und einig sie auf jeden wirken mußten, so verräterisch waren sie für ihn.

»Ihre Herzen schlagen tatsächlich im selben Takt«, dachte er. »Und in der Treulosigkeit ergänzen sie sich in idealer Weise.«

Im selben Augenblick entdeckte Orrigilla den früheren Geliebten. Sofort begriff sie, daß ihr Begleiter trotz seiner schimmernden Rüstung Grifon unterlegen war. Sie brauchte nur einen Augenblick, um sich einen Plan für ihre Rettung auszudenken. Beherrscht zwang sie sich zu einem fröhlichen Gesicht. Sie glitt vom Pferd, streckte die Arme aus und lief mit lauten Freudenschreien Grifon entgegen. Der junge Ritter verstand nicht, was geschah. Nur weil es sich gehörte, stieg er ebenfalls vom Pferd. Sie eilte auf ihn zu, umschlang ihn mit den Armen und küßte ihn wie wild.

»O Grifon, mein geliebter Grifon«, keuchte sie und wirkte dabei überglücklich. Gleich darauf rannen Tränen über ihr Gesicht. »Ist das der Dank für meine Treue, meine Zärtlichkeit?« jammerte sie. »Ein ganzes Jahr mußte ich auf dich warten. Die ganze Zeit habe ich immer nur gehofft, daß du nach Konstantinopel zurückkehrst, wo du mich fieberkrank zurückgelassen hast. Du ahnst ja nicht, welche Schmerzen meine Seele litt, als ich hören mußte, daß du nach Syrien weggeritten bist. Ich hätte mich vor Kummer und Sehnsucht nach dir bestimmt umgebracht, wenn nicht mein besorgter Bruder Martan rechtzeitig erschienen wäre. Er hat mich die ganze Zeit beschützt und bis hierher begleitet. Ich konnte einfach nicht länger auf dich warten. Die Sehnsucht nach dir hätte mich sonst bestimmt ins Grab gezogen.«

Benommen und unfähig, irgend etwas zu antworten, stand Grifon vor dem weinenden Mädchen. Wie sollte er jetzt blutige Rache für die angebliche Verführung seiner Geliebten nehmen? Nach dem, was Orrigilla ihm unter Tränen berichtet hatte, war ihr Begleiter eher sein angehender Schwager, dem er seine Liebe und Verehrung zeigen mußte.

Sie saßen wieder auf und ritten gemeinsam den Weg bis zu den Toren von Damascus weiter. Während in Grifons Kopf immer noch alles durcheinanderwirbelte, plauderte der andere davon, was sie in der Stadt erwartete.

»Es wird bestimmt ein großes, prächtiges Fest, das König Norandin von Syrien hier veranstaltet. Die besten Ritter aus allen

Himmelsrichtungen sollen daran teilnehmen. Allen ist sicheres Geleit für die Zeit des Festes und den Rückweg garantiert.«

Grifon beschloß, die Dinge zunächst so zu lassen, wie sie schienen, aber seine Fragen waren damit keineswegs beantwortet.

Vor Paris stürmte König Agramant gegen das am besten bewachte Tor in der Stadtmauer. Er hatte geglaubt, daß Kaiser Karl all seine Kräfte dort konzentrieren würde, wo der wilde Rodomont den ersten Eingriff gewagt hatte. Doch das war nicht so. Genau am Walltor, vor dem Agramant auftauchte, wachte Karl selbst mit seinen besten Heerführern. Jeder der Männer wußte, worauf es ankam, und tat seine Pflicht. Dennoch zeigte sich schnell, daß die Sarazenen von ihren vorangegangenen siegreichen Kämpfen noch zu geschwächt waren. Zu viele ihrer besten Krieger waren gefallen, und die Nachgekommenen konnten sie noch nicht ersetzen.

Wie Hagelschauer flogen die Pfeile von den Mauerzinnen gegen die Angreifer. Christen und Ungläubige schrien vor Schmerz und Kampfeswut derartig laut durcheinander, daß selbst der Himmel über ihnen unruhig wurde. Doch während am Tor unermüdlich und verbissen gekämpft wurde, drang ein anderes Unheil in der Gestalt von Rodomont nahezu unbehelligt in die Stadt ein. Der Anführer und einzige Überlebende der vernichteten und in den Gräben verbrannten Heeresgruppe hatte den entscheidenden Sprung auf den inneren Mauerring geschafft. Nun tobte Rodomont in seinem Drachenpanzer mitten unter die erschrockene unbewaffnete Bevölkerung der Stadt.

Die Veteranen, die schon lange nicht mehr kämpfen konnten und ungeduldig auf Siegesnachrichten von den Mauern warteten, erkannten die Gefahr zuerst. Sie stießen laute Warnrufe aus. Jeder, der noch konnte, floh durch die Gassen, versteckte sich irgendwo in den Häusern oder in einer der vielen Kirchen.

Der Heidenkönig kannte keine Gnade. Wo immer sich irgend jemand nicht schnell genug vor ihm in Sicherheit bringen konnte, schlug sein Schwert zu. Ohne Zögern hieb er Füße ab, ließ Köpfe vom Rumpf fliegen und spaltete die Wehrlosen vom Hals bis an die Hüfte. Kein einziger stellte sich ihm entgegen.

Sämtliche Opfer des Wüterichs wurden von hinten getroffen und erschlagen. Es waren so viele, daß sich vor der Brücke von Sankt Michel die Leichen häuften.

Rodomont stürmte weiter. Er fragte nicht, wer Sünder und Gerechter war, kümmerte sich nicht darum, ob sein Schwert Priester oder kleine Kinder traf, schreckte auch nicht vor den rosigen Wangen von Mädchen und Jungfrauen zurück. Er jagte Greise und alles, was er ohne Rücksicht auf Rang, Geschlecht und Alter in das Reich des Todes schicken konnte. Schließlich reichten ihm die Menschen nicht mehr. Er schlug Türen ein und warf Feuer auf die Dächer. Viele der Häuser waren aus Holz. Sie brannten schnell. Und was nicht gleich lichterloh flammte, hieb Rodomont mit Schwert und Faust zusammen. Sogar vor Steinmauern machte er nicht halt. Er riß sie ein und legte alles auf seinem Weg in Schutt und Trümmer. Jetzt fehlte nur noch, daß Agramant am Tor die Oberhand gewann. Wenn das geschah, konnte Paris nicht überleben ...

Doch es kam anders. Von Norden her näherte sich Rinaldo mit dem neuen großen Heer aus Angeln und Schotten. Sie wurden immer noch vom Erzengel Michael und dem Schweigen begleitet. Während Rodomont im Inneren der Stadt weiterhin wütete und Flammen legte, ließ Rinaldo Brücken über die Zuflüsse der Seine schlagen. Er machte einen zwei Stunden langen Umweg nach Osten. Auf diese Weise wollte er den angreifenden Belagerern in den Rücken fallen.

Sechstausend erfahrene Bogenschützen unter der stolzen Fahne von Edward und zweitausend leichte Reiter unter dem Kommando des kühnen Ariman waren gleich nach der Landung in der Picardie durch die Tore von Sankt Denis und Sankt Martin den Parisern zur Hilfe gekommen. Die gesamte Ausrüstung des Entsatzheeres wurde auf demselben Weg herangeschafft.

Rinaldo und das Hauptheer überquerten über Brücken und auf Booten den breiten Lauf der Seine oberhalb der Stadt. Gleich darauf ließ Rinaldo die Brücken wieder abreißen. Das große Heer vereinigte sich wieder und stellte sich in Reih und Glied auf.

»Alle Herzöge und Heerführer zu mir!« befahl Rinaldo. Er ritt vom Seineufer aus bis zu einer kleinen Anhöhe, von der aus er seine gesamte Streitmacht überblicken konnte.

»Ich muß euch nicht daran erinnern, daß ihr hier seid, um für Gott, den Herrn, zu kämpfen«, rief er den versammelten Adligen zu. Er mußte laut rufen, denn es waren sehr viele, die sich um ihn scharten. »Der Kampf, den wir jetzt bestehen müssen, wird kurz, aber sehr schwer sein. Ihr seid hier, um zwei der edelsten Fürsten aus der Gefahr zu retten. Zum einen euren König Otto, den ihr als seine Diener bis zum Tod schützen müßt. Zum anderen den ehrenhaften hohen Kaiser Karl, der so herrlich ist, wie es die Welt zuvor noch nicht gesehen hat. Nicht nur Paris wird euch zu Dank verpflichtet sein, wenn ihr die Stadt rettet. Nein – alle Frauen, Kinder und die Jungfrauen hinter Klostermauern werden euch ebenso rühmen und bewundern wie die Völker und die Nachbarn rund um das Reich der Franken. Wenn ihr aber durch Neid und Feigheit das große Werk verspielt, dann werden nicht nur die Mauern von Paris einstürzen, sondern ganze Reiche wie Deutschland und Italien werden wanken. Alle Länder, die den Gekreuzigten verehren, sind dann nicht mehr sicher. Glaubt nicht, daß die Insel England durch das Meer geschützt wird. Diese Gefahr wird noch viel schlimmer, wenn sich die Heiden hier in Frankreich festsetzen. Und noch etwas: Wir kämpfen hier nicht um Ruhm und Beute, sondern für unsere Kirche und unseren Glauben. Deshalb ist unsere erste Christenpflicht, daß wir uns gegenseitig helfen.«

Rinaldo sprach so mitreißend, daß alle Anführer des neuen Heeres aus England sofort losstürmen wollten. Es kostete den Gafen von Montalban viel Mühe, sie wieder zu besänftigen.

»Leise!« mahnte er immer wieder. »Wir müssen leise vorrücken. Und nicht einmal die Fahnen dürfen flattern.«

Endlich war es soweit. Ohne jedes verräterische Geräusch zogen die drei Heere am Fluß entlang. Prinz Zerbin, dem Sohn des Schottenkönigs, fiel die Ehre zu, als erster anzugreifen. Herzog Manchester führte mit der englischen Reiterei und dem Fußvolk den mittleren Stoßkeil. Die Krieger Irlands bildeten die dritte Gruppe. Sie zogen in einer weiten Kehre bis in die ebene Landschaft, um von der Seite her auf Paris vorzustoßen.

Nachdem alle drei Heeresgruppen ordentlich aufgestellt waren, ritt Graf Rinaldo so lange am Seineufer entlang, bis er den König von Oran mit seinen Leuten entdeckte. Zusammen mit Fürst Sobrin hielten sie eine halbe Meile vor dem Hauptheer der Spanier Feldwache. Das war der Augenblick, auf den Rinaldo und viele andere gewartet hatten. Zugleich lösten sich Erzengel Michael und das Schweigen von den Christenscharen, die sie unbemerkt bis nach Paris gebracht hatten.

Die Männer in den vereinten Heeren der Engländer, Iren und Schotten brachen in ungeheures Geschrei aus. Trompeten schmetterten und fachten ihre Wut noch mehr an. Der lange unterdrückte Kampfesmut verwandelte sich in ein so schreckliches Getöse, daß es vom Himmel widerhallte. Schieres Entsetzen fuhr in die Glieder der Ungläubigen.

Vor allen anderen flog Rinaldo auf die Sarazenen zu. Er legte seine schwere Lanze ein. Die Schotten waren nur einen Bogenschuß entfernt. Der Graf von Montalban preschte auf seinem Schlachtenhengst wie ein Windstoß voran, dem ein mächtiger Sturm nachfolgen sollte. Sein unerwartetes Erscheinen schreckte die Sarazenen auf. Ihre Lanzen bebten, ebenso die Füße mit den Sporen in den Steigbügeln. Denjenigen, die bereits im Sattel saßen, zitterten die Knie. Die meisten Sarazenen erkannten den berühmten Paladin. Nur ein Fürst namens Pulian ahnte nicht, wer der heranpreschende Reiter war, und ritt ihm im Galopp entgegen. Er stützte sich im Ritt auf seine Lanze, duckte sich und ließ seinem Pferd die Zügel frei. Dann gab er ihm die Sporen und ging zum Angriff über. Aber auch Rinaldo griff auf die gleiche Weise an. Beide zielten sie mit ihren schweren Lanzen auf den Kopf des anderen. Es krachte, und beide trafen nach allen Regeln ritterlicher Kunst. Trotzdem stürzte nur der Heide tot aus seinem Sattel.

Rinaldo hatte das Glück des Tüchtigen und konnte sofort weiterreiten. Er faßte seine Lanze erneut fester und nahm sich den König von Oran vor. Im Gegensatz zu seinem ersten Gegner wirkte dieser Mann eher wie ein mächtiger Fleischklumpen.

Rinaldo traf den Schild dieses Gegners nur am Rand. Trotzdem durchbohrte seine Lanze Stahl und Palmenholz und fuhr dem König von Oran handbreit in den Magen, ehe sie zerbrach. Es dauerte noch eine Weile, bis die kleine Seele des Ungläubigen seinen feisten Leib verließ. Rinaldo blickte dem Pferd des Sarazenen in die Augen. Für einen kurzen Moment dachte er, es würde ihm sogar dankbar dafür sein, daß er es an diesem heißen Tag von einer schweren Last befreit hatte.

Der Paladin hielt sich nicht länger auf, sondern stürmte zu der Stelle, an der sich große Haufen der Ungläubigen zusammendrängten. Sein Schwert Fusberta blitzte auf und kreiste über den Köpfen. Rinaldo sah bei den Sarazenen kaum Eisenrüstungen und Harnische, doch weder Stahl noch Eisen in den Rüstungen hätten Fusbertas Schneide daran hindern können, tief ins warme Fleisch zu dringen. Die meisten Ungläubigen trugen Schilde aus Eichenholz und Leder, dazu Stepprröcke und lange Tuchbahnen, die sie sich als Turban um den Kopf gewunden hatten.

Als Prinz Zerbin mit eingelegter Lanze vor seinen Reitern heranpreschte, waren die ersten feindlichen Truppen bereits in die Flucht geschlagen. Nur der Maurenführer Sobrin hielt noch stand. Er hatte starke, tapfere Männer, die sich kraftvoll zur Wehr setzten. Sie waren mutiger als die erste Schar. Neben ihnen irrte ein schlechtbewaffneter Haufen durcheinander. Sie wurden von Dardinell angeführt. Trotz seiner stählernen Rüstung und seines besonders prächtigen Helms saß er nicht stolz in seinem Sattel, sondern eher mutlos.

Nun kam das vierte Kontingent der Mauren mit ihrem König Isolier heran. Zu ihm stießen die starken, mutigen Männer von Navarra. Gemeinsam nahmen sie den Kampf auf. Sie sprengten gegen die schottischen Anführer Trason und Ariodant, den neuen Herzog von Albany. Wieder schmetterten die Hörner und Trompeten. Sie höhnten und verspotteten die Mauren. Zimbeln und Maurenmelodien mischten sich mit dem Gelärm von Kesselpauken, dem Krach der Steinschleudern und dem Rasseln anderer Kampfmaschinen. Dazwischen wurde das Klagen und Geschrei der Verwundeten immer lauter.

Schottische Bogenschützen und Schleuderer sorgten mit ihren Wolken von Geschossen für Schatten über den Kämpfenden. Staub, heißer Atem und der Dunst von Schweiß und Blut mischten sich mit dem Nebel ringsherum. Manch einer hauchte an der selben Stelle sein Leben aus und blieb dort liegen, wo er kurz zuvor noch einen Feind besiegt hatte. Sobald eine Gruppe vor Erschöpfung nicht mehr konnte, nahm eine andere todesmutig ihren Platz ein. Die Heere rangen miteinander, bis der Boden rot war. Wo vorher Blumen in allen Farben geblüht hatten, lagen bald nur noch tote Menschen und Pferde.

Allen voran bewährte sich der junge schottische Kronprinz Zerbin. Er bewies den Männern von Navarra und Kastilien, wie sehr sie ihn zu fürchten hatten. Die Sarazenenhelden aus Aragon und Barcelona ließen ihre Fähnlein hinter sich zurück und sprengten gegen Zerbin. Gemeinsam rammten sie das Pferd unter dem jungen Schottenprinzen hinweg. Von drei Lanzen zugleich tödlich getroffen, brach es unter ihm zusammen. Aber Zerbin kam sofort wieder auf die Beine. Mit dem Schwert rächte er sein getreues Pferd an jedem einzelnen von ihnen.

Dann kamen Ariodant und Lurcan dicht an Zerbin heran. Sie sahen, daß sie für den Kronprinzen von Schottland unbedingt ein neues Pferd beschaffen mußten. Lurcan erwies sich als ein echter Held. Er stach, schlug zu und tötete in einem fort. Herzog Lancesters Streiter gelangten heran und griffen kraftvoll die spanischen Barbaren an. Die aber wehrten sich ebenso mutig und entschieden. Ihre Anführer, die Reiterei und das Fußvolk bestanden aus geübten Streitern. So ereignete sich an dieser Stelle eine Begegnung der Besten. Auf der einen Seite stürmten die Herren von York und Gloster, dazu Heinrich und Herzog Clarence. Ihnen gegenüber kämpften spanische Adlige, begleitet von den Herren von Almeria, Granada und Mallorca.

Das Schlachtfeld sah aus, als würden ungezählte Kornhalme in einem großen Feld im Sommerwind hin und her schwanken. Nach langem launischen Hin und Her entschied das Glück sich endlich gegen die Sarazenen. Sie sahen, wie sie immer mehr Anführer verloren, und ihr Mut begann zu schwinden, während die Christen immer kühner voran drängten.

Schließlich wandten sich die ersten Sarazenen-Pferde um und flohen mit ihren Reitern. Alles brach in sich zusammen. Das Heer der Christen eroberte die besten Kampfplätze, metzelte nieder, was sich ihnen entgegenstellte, und trieb den Rest in die Flucht. Sie alle wußten, daß der Kampf für die Mauren verloren war, wenn nicht von irgendeiner Seite doch noch Verstärkung für sie kam.

Auch Ferragu, der in der Nähe von König Marsilo geblieben war, begriff, daß sein Heer nur noch halb so groß war wie zuvor. Er selbst hatte sich nicht geschont und war immer dort aufgetaucht, wo die Schlacht am heißesten wogte und wo sein Schwert unter den Christen wüten konnte. Ebenso ritt König Agramant heran. Er hatte große Kontingente von Fußvolk und Reitern von den Mauern um Paris zurückgeholt und schickte sie nun gegen die heranrückenden Iren. Gleichzeitig hetzte ein reitender Bote heran.

»Sobrin ist verloren, wenn nicht sofort Beistand kommt!« rief er.

König Agramant teilte sein Heer. Mit gut der Hälfte marschierte er zu Sobrin zurück. Allein vom Lärmen und Geschrei der neu anrückenden Sarazenen erschraken die Schotten so sehr, daß sie ihre Ehre vergaßen und die Flucht ergriffen. Nur Zerbin, Lurcan und Ariodant wollten dem Ansturm standhalten. Zerbin hatte immer noch kein Pferd. Es wäre sein Tod gewesen, wenn Rinaldo nicht gehört hätte, in welcher fürchterlichen Lage sich Zerbin befand – zu Fuß, umringt von Sarazenen und allein gelassen von seinen eigenen Männern. Rinaldo spornte Bajard an und flog mit ihm zu der Uferstelle an der Seine, an der er gerade noch die Schotten fliehen sah.

»Wo wollt ihr hin?« schrie er ihnen voller Hohn nach. »Seid ihr so großherzig heute, daß ihr diesen Hunden das Schlachtfeld überlassen wollt? Wie schön, daß ihr an die Trophäen, die reiche Beute und die Fahnen denkt, die jede Schottenkirche jetzt durch euch als Schmuck erhält! Lob über euch ... Ruhm und Ehre dafür, daß ihr in eurer Heidenangst den Königssohn allein und ohne Pferd inmitten der Feinde zurücklaßt!«

Schnaubend ließ er sich vom Knappen eine mächtige Lanze

geben und brach sich durch die anstürmenden Feinde hindurch Bahn. Unverzüglich hob er den Alvarachen der Kanarischen Inseln aus dem Sattel und ließ ihn tot zu Boden stürzen. Anschließend nahm er Agrikalt das Leben, dann verwundete er Soridan. Auch der wäre auf dem Platz geblieben, wenn Rinaldos Lanzenschaft beim letzten Stoß nicht zersplittert wäre. Erneut zog er Fusberta. Rings um ihn entstand ein freier Platz. Nun konnte Zerbin sich leicht auf eins der vielen Pferde schwingen, die mit leeren Sätteln überall herumrannten. Kaum saß er sicher, als auch schon Agramant zusammen mit Dardinell, Sobrin und anderen Fürsten erschien.

Zerbin zeigte, daß er trotz der eben erst überstandenen Gefahr nichts vom seinem Mut und seiner Kraft verloren hatte. Erneut schwang er machtvoll sein Schwert. Er schickte einen nach dem anderen zur Hölle, damit sie dort erzählen konnten, wie die modernen Zeiten auf der Erde aussahen.

Unterdessen wollte Rinaldo stets den obersten von allen Gegnern für sich haben. Als er den Anführer der Sarazenen erkannte, mußte er einfach gegen den stolzen, kühnen König reiten. Er spornte Bajard an, schoß auf ihn zu und traf ihn so direkt, daß Agramant samt seinem Pferd kopfüber auf die Erde stürzte.

Während die große Schlacht vor den Toren von Paris voller Wüten hin und her brandete, ging auch das Morden innerhalb der Stadt immer weiter. Rodomont hatte gnadenlos um sich geschlagen und Dutzende von Häusern in Brand gesteckt, ohne daß Karl der Große etwas davon mitbekam. Nach dem Abzug König Agramants hatte dieser sich zusammen mit einigen Engländern in seinen Palast zurückgezogen. Sie mußten dringend ihr weiteres Vorgehen besprechen. Mitten in die Beratung platzte ein Knappe. Er zitterte am ganzen Körper, und seine Stimme versagte fast.

»Ach Herr«, stöhnte er immer wieder, bevor er irgendeine andere Meldung machen konnte. Dann stieß er hervor: »Das Imperium Romanum geht heute für immer unter. Christus verläßt sein Volk und sieht es nicht mehr an. Satan wird uns Vernichtung bringen und unseren Untergang. Sieh hinaus! Dort steigt der Rauch zum Himmel. Er verdeckt die Flammen, die alles gierig auffressen. Hör nur das Jammern, wie es bis zum Himmel steigt. Ich bin nur dein schwacher Knecht, aber ich schwöre, daß dort nur ein einziger Heide mit Schwert und Flammen wütet. Ganz Paris flieht vor ihm! Und alles bricht zusammen!«

Karl blickte den Knappen ungläubig an. Wie aus einem Traum erwacht, hörte er plötzlich auch den Lärm, die Glocken, wie sie um Hilfe riefen, spürte auch den Rauch und den Brandgeruch.

»Alle Paladine und alle Bewaffneten sofort mit mir zum Marktplatz!« befahl er. Sie eilten durch die Säle der kaiserlichen Pfalz und stiegen auf die schnell herangeführten Pferde. Zusammen mit den besten Engländern galoppierte er durch die Straßen von Paris. Immer mehr laut klagende Bewohner der eingekesselten Stadt flohen ihm entgegen. Dann sah er die grausam zerstückelten Leichen überall an den Straßenrändern. Gleichzeitig hörte er, wie sich Rodomonts Lärmen der Stadtmitte näherte.

»Pflanzt meine Heereszeichen mitten auf dem Marktplatz auf!« befahl der Kaiser laut. Er wollte zeigen, daß dies alles hier immer noch sein Reich war.

17. Gesang

Wenn unsere Sünden allzu dreist werden, läßt der gerechte Gott gelegentlich grausame Tyrannen auftauchen – Ungeheuer, die sich am Blut der Menschen mästen. Muß ich Nero oder Attila erwähnen? Oder die Hunnen, Langobarden, Goten, denen Italien zur Strafe für die vielen Sünden von Gott als Beute angeboten wurde?

Mir scheint, als wäre es schon wieder soweit, daß der Schöpfer uns Wölfe statt guter Hirten schickt. Ja, der sonst so freundliche Allmächtige muß Zornesfalten auf der Stirn haben über uns und die Schandtaten des Franzosenheers, wenn er uns jetzt auch noch Raub und Mord durch Türken und Sarazenen schickt.

Noch schlimmer als in unserer Zeit die Eroberer Italiens wütete damals Rodomont in der Hauptstadt Karls des Großen.

Auf dem Weg zum Marktplatz von Paris sah Karl überall zerstörte Kirchen und Paläste. Ganze Stadtteile waren inzwischen zum Raub der Flammen geworden und völlig verwüstet.

»He, ihr da! Wohin wollt ihr?« rief der Kaiser einem erschreckt fliehenden Haufen zu.

»Zur Burg, zum sicheren Palast«, antwortete einer aus der verwirrten Menge und wollte schon vorbeihasten. Karl streckte seine Hand aus und hielt ihn auf.

»Seid ihr denn närrisch?« rief er dem am ganzen Körper Bebenden zu. »Wie soll denn diese Stadt noch eine Zuflucht für euch sein, wenn ihr euch feige aus euren Stadtvierteln vertreiben laßt? Begreift doch, daß es nur ein einziger Mann ist. Er wütet, aber er ist durch unsere Mauern eingeschlossen. Wollt ihr ihn etwa laufenlassen, nachdem er schon so viele umgebracht hat?«

Karls Wangen glühten vor Zorn über die Schande, die über Paris hereingebrochen war. Die Höfe der kaiserlichen Pfalz waren bereits vollständig durch Flüchtlinge verstopft. Die halbe

Stadt drängte sich am letzten Ort zusammen, der den mutlosen Bewohnern noch Schutz und Sicherheit versprach.

Und dann sah er ihn!

Der grauenhafte Heide schlug noch immer wahllos um sich und warf seine Fackeln auf alles, was er in Brand stecken konnte. Er schwang das Schwert in seiner Rechten und schleuderte mit seiner Linken Feuer. Von innen wehrten sich die Schloßwachen. Sie brachen mächtige Steinbrocken aus den Mauerzinnen und schleuderten sie dem Ungeheuer entgegen. Mit dem Mut der Verzweiflung deckten sie ihn mit Dachziegeln ein, wuchteten vergoldetes Gebälk von den Decken der Säle und warfen schließlich auch Säulen und Strebepfeiler auf den Schloßplatz.

Rodomont wich nicht zurück. Im Gegenteil! Mit strahlend blitzender Rüstung trumpfte der König von Algier vor dem Haupttor auf. Es sah aus, als hätte sich eine Schlange aus Metall gehäutet und würde nun verjüngt ihre drei Zungen zischen lassen und mit glühenden Augen alle anderen Tiere verschrecken. Nichts hemmte den blutrünstigen Vormarsch des Sarazenenhelden. Er brach gewaltsam durch das große Tor und schleuderte die zerbrochenen Reste einfach zur Seite.

Hunderte von erschreckt aufgerissenen Augenpaaren blickten ihm aus dem Schloß heraus entgegen. Ein grauenhaftes Stöhnen ging durch die überfüllten Räume. Unter den Dächern brachen entsetzte Rufe und das Geschrei der Weiber hervor. Rodomont sah, wie sich die Frauen voller Verzweiflung gegen die Brüste schlugen, wie sie bleich und in Todesangst noch einmal diejenigen ein letztes Mal küßten, die gleich darauf zu Opfern wurden.

In diesem Augenblick allerhöchster Gefahr erschien König Karl mit seinen Paladinen. Er überblickte sofort die Situation.

»Wart ihr Herren nicht bei mir, als wir bei Aspromont in Kalabrien den Heidenkönig Agolant und seine Söhne Trojan und Almon geschlagen haben?« rief er den Verängstigten mit starker Stimme zu. »Bekommt ihr jetzt den Schwertarm nicht mehr hoch? Habt ihr vergessen, daß wir selbst hunderttausend Ungläubige besiegen können?« Er lachte triumphierend. »Ein

Edelmann steht auch im Angesicht des Todes mutig in der Pflicht – und er stirbt aufrecht, wenn er dadurch den Gegner schwächen kann. Ich weiß, daß ich nicht unterliegen kann, denn ihr macht mich zum Sieger!«

Ohne sich länger aufzuhalten, gab er seinem Streithengst die Sporen. Allen voran stürmte er mit eingelegter Lanze gegen Rodomont. Die getreuen Paladine folgten ihm sofort mit neuer Kampflust. Ogier der Däne, Herzog Naims von Baiern, Markgraf Olivier von Vienne, dazu der zuverlässige König Otto von England, Berlingier und einige andere. Gemeinsam trafen sie Rodomont an der Stirn, quer über seine Brust und an vielen anderen Stellen.

Genug, genug! Ich will nicht länger von diesen Greueldingen sprechen, von Haß und Tod und diesem Ungläubigen! Seine Grausamkeit war so gewaltig wie sein Mut. Mir wäre es doch lieber, wenn wir zu Grifon gingen, der ja immer noch vor Damascus bei Orrigilla und diesem anderen steht, der sich als ihr Bruder ausgegeben hat.

Damascus. Die schönste und größte Stadt des gesamten Morgenlandes war nur sieben Tagereisen von Jerusalem entfernt. Sie lag in einer schönen fruchtbaren Ebene, aus der nur im Osten ein kleiner Hügel die ersten Strahlen der Morgensonne abfing. Die Winter waren hier lieblich und die Sommermonate angenehm. Zwei Flüsse strömten durch die Stadt und verteilten ihr kristallklares Wasser über eine Reihe kleinerer Bäche und Kanäle. Dazwischen lagen hübsche Gärten, in denen immer Blumen und schöne belaubte Pflanzen wuchsen. Mit demselben Wasser konnten auch zahllose Mühlen angetrieben werden. Außerdem versorgte es die Häuser, aus denen die köstlichsten Wohlgerüche des Orients wehten.

In den langen Hauptstraßen hingen helle bunte Tücher zwischen den Häusern. Auch die Böden und alle Wände waren mit Zweigen aus den Wäldern und duftenden Kräutern geschmückt. Die Bewohner hatten selbst die Fenster und Türen mit feinsten Stoffen und Teppichen drapiert. Die vielen Frauen sahen mit ihren prächtigen Kleidern und wertvollen Edelsteinen noch schöner aus.

Die ganze Stadt befand sich in festlicher Stimmung. An vielen Plätzen wurde mit Bällen und anderen Gerätschaften gespielt. Reiter zeigten mit ihren herrlichen, gut aufgezäumten Rossen, wie sehr sie darauf brannten, sich am reichen Hof des Königs von Damascus darzustellen. Unmengen von Herren und Vasallen stellten zur Schau, welchen Reichtum an Perlen und Geschmeide die Länder zwischen Indien und der Küste von Eritrea zu bieten hatten.

Grifon und seine Begleiter ritten gemächlich in die Stadt ein. Ohne Hast sahen sie sich alles an. Schließlich kam ihnen ein sehr vornehm wirkender Bewohner der Stadt entgegengeritten. Er bat sie, seine Gäste zu sein und in seinem Anwesen zu wohnen. Sie stimmten zu und wurden mit allerfeinster Höflichkeit aufgenommen. Nachdem sie ein Bad genommen und sich nach der langen Reise erfrischt hatten, führte sie ihr Gastgeber zu einem üppigen Mahl. Dabei erfuhren sie, daß König Norandin von Syrien für das Turnier am nächsten Tag jeden Mann eingeladen hatte, der das Recht besaß, die ritterlichen Sporen zu tragen. Das Turnier sollte bereits bei Sonnenaufgang beginnen.

Obwohl Grifon eigentlich aus anderen Gründen in diese Gegend gekommen war, empfand er die Einladung als eine ehrenvolle Herausforderung.

»Ich kann nicht nein sagen, wenn sich die Gelegenheit ergibt, mich zu bewähren. Aber was ist eigentlich der Grund für dieses Fest? Findet das Turnier jährlich statt, oder will der König nur wissen, wie stark seine Helden sind?«

Ihr Gastgeber schmunzelte.

»Nein, dieses schöne Fest soll von jetzt an alle vier Monate stattfinden. Morgen ist das erste von allen, die noch kommen sollen.«

»Und warum alle vier Monate?« fragte Grifon.

»Es ist die Erinnerung an jene vier Monate in Trauer, in denen unser König Tag und Nacht den Tod vor Augen hatte.«

»Darf man mehr über diese Vorfälle erfahren?« fragte Grifon.

»Ja«, antwortete der Ritter aus Damascus lächelnd. »Ich will euch gern erzählen, was geschehen ist.«

König Norandin hatte sein Herz bereits vor vielen Jahren an Lucina, die Tochter des Königs von Zypern, verloren. Ich war dabei, als er die reizendste Prinzessin der Welt in einer wunderbaren Hochzeit zur Gemahlin nahm. Nach den Feierlichkeiten in Zypern wollte er zusammen mit seinem Hofstaat und dem Gefolge seiner jungen Gemahlin hierher zurückkehren. Wir waren schon ziemlich weit vom Hafen entfernt und mit vollen Segeln unterwegs. Doch dann traf uns zwischen den griechischen Inseln Karpathos und Rhodos ein grimmiger Sturm mit so wilden Wogen, daß selbst Poseidon sich gefürchtet hätte.

Drei Tage und drei Nächte irrten wir durch riesige Wellen, bis es uns schließlich gelang, vollkommen zerschlagen an einem schattigen Ufer dicht vor grünen Hügeln zu landen. Wir schlugen unsere Zelte unter den Bäumen auf. Weil wir keinen Tisch hatten, legten die Diener Teppiche aus und brachten Vorräte heran. Auch der König wollte sich betätigen. Zusammen mit zwei Jägern, die ihm den Bogen trugen, ging er zu einem nahen Tal. Er wollte sehen, ob sie nicht Rehe oder einen Hirsch erlegen konnten.

Während wir ausruhten und langsam wieder fröhlich wurden, warteten wir darauf, daß unser königlicher Herr aus dem Wald zurückkehrte. Da sahen wir auf einmal, wie ein schreckliches Untier, ein Ork, in unsere Richtung jagte. Gebe euch Gott, daß ihr niemals in eurem Leben so etwas Furchtbares sehen müßt!

Das Wesen sah aus wie ein schrecklich dicker Mensch mit gräßlichen, kugelrunden, schwammfarbigen Knochenklumpen unter der Stirn, die es statt der Augen trug. Ich dachte schon, daß sich ein Stück des Berges losgelöst hatte und plötzlich auf uns zurollte. Dann sah ich so große Hauer, wie ich sie noch nie bei einem Eber wahrgenommen habe. Dazu eine riesige Nase und die Brust mit schmutzstarrenden Haaren. Obwohl es derartig unförmig war, lief das Untier wie ein Jagdhund mit der Schnauze am Boden und schien nach einer Fährte zu spüren.

Jeder von uns erschrak vor Angst und vor Entsetzen bis in

die Tiefe seiner Seele. Wir flohen wild in alle Richtungen. Es nützte nichts, daß diese Bestie vollkommen blind war. Mit seinem Spürsinn roch es noch viel mehr, als es mit klarem Blick gesehen hätte. Wir hätten Flügel gebraucht, um zu entkommen, denn der Ork war schneller als der Wind. Vierzig waren wir mit dem König, aber nur zehn von uns konnten unser Schiff schwimmend erreichen. Von den anderen dreißig klemmte sich der Abscheuliche, so viele er konnte, unter die Arme und in seinen Schoß. Den Rest stopfte er in einen Beutel, der wie eine Hirtentasche an seiner Seite hing.

Das blinde Scheusal schleppte uns zu einer Höhle, die tief bis in die hellen Marmorklippen direkt am Ufer reichte. Ich sah, daß die Wände dieser Höhle weiß wie unbeschriebene Blätter aussahen. Wir sahen auch, daß in der Höhle ein Weib mit schmerzzerquältem Gesicht lebte. Sie war ebenso matt vor Kummer wie all die anderen Hübschen und Häßlichen, Jungen und Alten, Frauen und Mädchen um sie herum. Über der Grotte, in der das Ungeheuer wohnte, befand sich noch eine zweite Höhle. Hier lebte seine Schafherde. Ich denke inzwischen, daß der Unhold ein sehr guter Hirte sein mußte, denn seine Herde war sehr groß. Er spielte mit ihnen, sorgte rührend für sie und tötete keines der Tiere. Sie waren eher ein Zeitvertreib für ihn, denn er schlachtete sie nicht, sondern verspeiste lieber Menschenfleisch.

Noch ehe wir in seiner Höhle ankamen, fraß er drei unserer besten jungen Helden in sich hinein. Auch für uns war es schrecklich, denn er fraß sie vollständig – mit Haut und Haar. Anschließend schob er einen Felsbrocken vom Stall für seine Schafe fort und trieb sie nach draußen. Dann schloß er uns in den freigewordenen Höhlenstall ein. Während er seiner Herde in ein futterreiches Tal folgte, blies er vergnügt auf seiner hölzernen Schalmei.

Als unser König von der Jagd zurückkehrte, sah er nur noch leere Zelte und den verlassenen Lagerplatz. Er hatte keine Ahnung, was geschehen war. Besorgt ging er zum Meer hinab. Er sah, wie die Anker seines Schiffes eingeholt wurden und die Schiffer sich bemühten, die zuvor umgelegten Masten wieder aufzurichten. Als die Männer ihren König am Ufer sahen, schickten sie ihm sofort ein Boot. Aufgeregt berichteten sie ihm, was geschehen war.

Obwohl er sich ebenfalls vor dem entsetzlichen Ungeheuer fürchtete, trieb ihn der Gedanke an das Grauen, in dem sich seine geliebte Gattin jetzt befand, sofort weiter. Unverzüglich folgte er den frischen Spuren im Sand. Seine Liebe zu Lucina war so groß, daß er nur noch den einen Gedanken hatte, sie so schnell wie möglich aus ihrem Gefängnis zu holen.

Wir selbst fürchteten in diesen Stunden nichts mehr als die fröhlichen Klänge der Hirtenflöte. Sobald sie näher kamen, hieß das für uns, das Scheusal kommt zurück, um wieder einen von uns zu verschlingen.

Glücklicherweise war nur die zerfurchte Alte in der Höhle, als unser König eintraf. Sie war das Weib des Ungeheuers. Trotzdem rief sie unserem König zu: »Flieh! Du bist verloren, wenn er wiederkommt.«

»Sei's drum«, antwortete Norandin. »Mein Unglück ist nicht mehr zu ändern. Wenn ich schon sterben muß, will ich es gern tun, wenn ich dabei nur in der Nähe meiner geliebten Frau sein darf.«

Die Faltenreiche lächelte und seufzte leise. Dann fragte Norandin sie, was aus den anderen geworden war.

»Sag mir vor allem, ob Lucina bereits tot ist oder ob sie in Ketten liegt.«

»Nein, sie lebt noch«, beruhigte die Frau des Ungeheuers unseren König. »Du mußt nicht um sie fürchten, denn bisher hat der Ork noch nie ein Weib gefressen.« Sie deutete auf die anderen Frauen und Mädchen in der weißen Höhle.

»Natürlich darf hier niemand fliehen. Diejenigen, die das versucht haben, haben seine ganze Grausamkeit erfahren. Er hat sie wieder eingefangen, gefesselt, lebendig eingegraben oder nackt, an einen Pfahl gebunden, der Glut der Sonne ausgesetzt. Deine Leute hat er bisher noch nicht getrennt. Er hat sie einfach in die Schafhöhle getrieben. Aber seine Nase sagt ihm schon, welches Geschlecht seine Beute hat. Manchmal verschlingt er vier oder gar sechs Männer am Tag.«

»Kann man denn gar nichts für die Rettung der Verlorenen tun?« fragte der König verzweifelt. »Gibt es nicht irgendeinen Weg, wie ich meine Königin befreien kann?«

»Ihr Leben ist gesichert«, antwortete das faltenreiche Weib. »Aber deins ist in allergrößter Gefahr, wenn du nicht fliehst. Sobald er heimkommt, schnuppert er durch die ganze Höhle. Dann entgeht nicht einmal eine Maus seinem harten Griff.«

»Ich werde nicht gehen«, sagte König Norandin erneut. »Nicht ohne Lucina.«

Soviel Festigkeit bewegte auch das Weib des Ungeheuers.

»Laß mich nachdenken«, flüsterte sie. »Wir brauchen sehr schnell einen guten Plan. Warte, vielleicht geht das ja, was ich gerade denke: Siehst du die Felle dort an der Decke? Das größte da könnte ein Gewand für dich sein. Schnell, reib dich von Kopf bis Fuß mit Bocksfett hier aus diesem Topf ein, damit du deinen eigenen Geruch verlierst.«

König Norandin zögerte keinen Augenblick. Er salbte sich mit dem ekelhaften Gestank, dann legte er sich das Fell über. Schnell führte die Alte ihn vor den großen Felsen, der den Schafstall mit den neu hineingetrieben Gefangenen verschloß.

»Jetzt mußt du auf alle viere niederknien. Warte hier, bis er mit der Herde zurückkommt. Dann misch dich unter sie, ohne dich zu verraten.«

Stunde um Stunde verstrich. Der König verharrte in seiner stinkenden Verkleidung geduldig vor dem großen Felsen, der ihn von der Geliebten trennte. Schließlich nahte der Abend und das Ungeheuer trieb mit Schalmeienklängen seine Schafherde zurück. Als guter Schäfer ließ er den Tieren sehr viel Zeit, noch dieses oder jenes Büschel feuchtes Gras zu rupfen. Norandin mußte alle Kraft zusammennehmen, um geduldig weiter vor der Höhle warten. Nur durch seine große Liebe zu Lucina besiegte er die Angst in sich. Der Ork rollte den großen Felsbrocken vor dem Höhleneingang fort, trieb seine Schafe, Lämmer und Ziegen hinein und setzte den Verschlußstein wieder vor das Felsenloch. Dann schnüffelte er überall herum, um sich sein Abendbrot zu suchen. Schließlich packte er zwei Männer und fraß sie langsam und genüßlich.

Oh, es war furchtbar! Ich kann noch immer nicht vergessen, wie ich die Hauer des Scheusals direkt vor mir sah. Ja, es ist wahr, ich dachte ganz bestimmt, daß er mich greifen würde. Dann aber, als er schließlich wieder fort war, legte der König sein Bocksfell ab. Er wollte sofort sein geliebtes Weib umarmen, aber sie jammerte und weinte, weil sie nicht mehr daran glauben konnte, daß er in der Lage war, sich selbst und sie zu retten.

»Ich war verzweifelt«, schluchzte sie, »weil ich ständig daran dachte, daß ich sterben muß. Mein ganzer Trost war der Gedanke, daß ich dich, mein Geliebter, weit weg von hier in Sicherheit vermutet habe. Doch jetzt ist alles noch viel schlimmer ...«

»Wenn ich dich und die anderen nicht retten kann, will ich lieber mit dir zusammen sterben. Denn ohne dich, meine geliebte Sonne, ist alles nur noch Nacht. Aber wir können auf die gleiche Weise die Höhle hier verlassen, wenn ihr nicht davor zurückschreckt, ebenso zu stinken wie ich jetzt. Ihr müßt euch dafür nur mit Bocksfett einreiben, damit das Ungeheuer uns am Ausgang nicht erkennt.«

Die Gefolgsleute des Königs und die Frauen in ihrer Begleitung schöpften wieder Hoffnung. Ohne zu zögern, stachen wir so viele Böcke ab, wie wir für den Königsplan benötigten. Wir wählten die besonders alten aus, die am stärksten rochen. Mit dickem Fett aus ihren Eingeweiden rieb sich dann jeder von uns ein. Wir hängten uns die ekligen Schaffelle über Kopf und Schulter und nähten uns mit den Sehnen der geschlachteten Tiere gegenseitig ein.

Die Nacht verging sehr schnell. Als wir gleich nach Sonnenaufgang die Schalmei des Bösen hörten, drückten wir uns dicht an dicht durch die Höhlenöffnung. Er beschnupperte und betastete jedes Wollfell, das sich an ihm vorbeischob. Einer nach dem anderen von uns gelangte so ins Freie. Doch dann, als letzte, kam Lucina. Sie hatte sich aus Ekel vor dem Schmierfett nicht so dick eingesalbt wie wir. Sei es, daß sie doch noch etwas wie ein Mensch roch, sei es, daß sie nicht so kroch, wie sich ein Schaf bewegt, sei es, daß sie leise aufschrie, als das Ungeheuer sie berührte, oder daß sich vielleicht ihre schönen Haare lösten – auf jeden Fall erkannte der Schreckliche den Betrug. Jeder von uns hatte nur auf sich selbst geachtet. Als ich plötzlich ihren unterdrückten Aufschrei hörte, wandte ich den Kopf und sah, wie er der schönen jungen Königin das Fell abriß. Er scheuchte sie zurück in seine Schafhöhle und schob den großen Felsen wieder vor das Loch. Wir anderen krochen weiter und erreichten die grüne Weide zwischen sanften Hügeln. Dort taten wir, als würden wir grasen, und warteten, bis sich die Bestie mit der feinen Nase in den Schatten legte. Nacheinander flohen wir über die Berge, hinter denen das Meer lag. Nur einer folgte uns nicht. König Norandin wurde durch seine Liebe zu Lucina zurückgehalten. Für einen Augenblick war er drauf und dran aufzuspringen und sich todesmutig auf das Scheusal zu stürzen. Doch als er dann die Hauer, die ihn fast zermalmten, dicht vor sich sah, beherrschte er sich wieder, weil Opfermut sie nicht gerettet hätte.

Als der Abend kam und der Ork seine Herde heimwärts getrieben hatte, wollte er sich wie üblich ein paar Männer holen, um sie zu verspeisen. Erst da bemerkte das hungrige Scheusal, daß seine Gefangenen geflohen waren. Er wütete und fauchte Lucina zornig an: »Dann wirst du es sein, die für alle büßt«, dröhnte er. »Nackt und mit schweren Ketten um Hals und Leib, Arme und Beine binde ich dich auf den hohen kahlen Felsen, bis die Sonne dich verdorrt.«

Norandin sah und hörte alles. Der Schmerz zerriß ihn fast, als er sah, wie sehr sie wegen ihm gequält wurde. Verzweifelt mußte er mit ansehen, wie der Ork am anderen Morgen mit der Herde erneut die Höhle verließ. Sie weinte, erblickte ihn und winkte traurig. An ihren Gesten sah er, daß sie ihn darum bat, sich selbst zu retten, da er ihr doch nicht mehr helfen konnte.

»Ja, geh!« hörte der König plötzlich die Stimme von der Frau des Ork hinter sich. »Flieh von diesem grausamen Ort. Hier kannst du nichts mehr für sie tun.«

König Norandin schüttelte den Kopf. »Ich gehe nicht. Und wenn ich gehe, dann nur mit ihr zusammen.«

Sie hätten niemals eine Fluchtmöglichkeit gefunden, wenn ein gütiges Schicksal ihnen nicht geholfen hätte. Noch am selben Abend erschien eine Flotte unter dem Kommando des

Vaters von Lucina. Unsere nach Zypern geflohenen Gefährten hatten ihm berichtet, was geschehen war.

Bei den Rettern waren auch die Könige Gradass und Mandrikard. Sie sahen schon von See aus die nackte, an den hohen Fels gekettete Königin von Syrien. Gleich nach der Landung stiegen die beiden Fürsten kühn an der steilen Felswand hinauf, befreiten sie von ihren Ketten und trugen die Bewußtlose zum Strand zu ihrem Vater.

Am nächsten Morgen trieb der Ork wie jeden Tag seine Herde aus Schafen und Ziegen ins Weidetal. König Norandin befand sich, als Hammel verkleidet, noch immer unter ihnen. Der blinde Hirte merkte nicht, wie sich sein Weib unserem König näherte. Schnell erzählte sie ihm, daß fremde Ritter seine Gattin aus ihren Ketten befreit und zum Meer gebracht hatten.

Norandin dankte Gott und empfahl ihm auch die Frau des Ork und sein eigenes Weib, das auf diese Weise großen Qualen entgangen war. Anschließend bat er den Herrn mit einem inbrünstigen Gebet, daß er die arme Königin an einen Ort bringen möge, wo er selbst sie entweder durch Waffengewalt, durch Bitten oder auch durch Gold auslösen und dann in seine Heimat bringen konnte. Dann eilte er den anderen Schafen nach und tat so, als ob er mit ihnen grasen würde. Die ganze Zeit wartete er nur darauf, daß der Ork wie üblich einschlief. Dann verließ er die Herde und lief den ganzen Tag bis zum Anbruch der Nacht. Er kam bis an der Küste von Kleinasien und fand dort ein Schiff, mit dem er heimkehren konnte.

Das alles ist nun genau drei Monate her. Seitdem haben seine Beauftragten ganz Rhodos, Zypern, dazu Schlösser und Städte im Türkenland, in Ägypten und in Afrika durchsucht. Aber alle Nachforschungen nach seiner Gattin blieben bisher erfolglos.

Vor zwei Tagen kam endlich eine Nachricht von seinem Schwiegervater, in der es hieß, daß sein geliebtes Weib bei ihm in Zypern sei. Sie konnten sich nicht eher melden, weil ein böser Sturm sie viele Tage lang auf dem Meer umhergetrieben hatte.

Jetzt weißt du, warum wir hier in Damascus ein großes Fest feiern wollen, das sich alle vier Monate wiederholen soll. Denn vier Monate lang hat sich unser König große Sorgen um Lucina gemacht und ist aus Liebe zu ihr sogar in das stinkende Zottelfell eines alten Hammels gekrochen. Das habe ich ja selbst zum Teil miterlebt. Alles andere weiß ich vom König.

Obwohl bereits ein großer Teil der Nacht verstrichen war, saßen die Gäste des Ritters von Damascus noch immer wie gebannt zusammen. Alle waren sich einig, daß König Norandin seine Liebe und Treue in einer ganz besonders schweren Probe vorbildlich bewiesen hatte. Sie beendeten das Gastmahl und zogen sich in ihre vornehmen, reich ausgestatteten Gemächer zurück.

Der nächste Morgen begann heiter und schön. Kleine Kapellen mit Trompeten und mit Becken zogen durch die Straßen. Männer, Frauen und Kinder folgten ihnen nach bis zum großen Festplatz. Dann hallten die Straßen wider vom Lärm der Waffen und der Pferde und vom Jubel bei den Zuschauern.

Grifon legte sofort seine berühmte Rüstung an, die seine in der Schmiedekunst geschickte Schutzfee eigenhändig aus hellblinkendem Stahl angefertigt hatte. Auch der Ritter aus Antiochien, der angeblich Orrigillas Bruder war, rüstete sich. Ihr Gastgeber hatte bereits eine ganze Reihe schwerer Stangen und mächtiger Lanzen bereitgestellt, die wuchtig in der Hand lagen. Zusammen mit der ganzen Familie und weiteren hochgestellten Verwandten, mit Knappen, zu Pferd oder zu Fuß, zogen sie zum großen Fest auf den Markt.

Grifon und der Ritter aus Antiochien hielten sich zunächst zurück. Sie wollten beobachten, wie die prächtigen Turnierteilnehmer eintrafen. Sie näherten sich einzeln, zu zweit und zu dritt. Jeder von ihnen zeigte durch die Farben, in die er sich gewandet hatte, ob ihn die Liebe fröhlich stimmte oder ob ihn eine Angebetete noch immer qualvoll leiden ließ. Viele der Syrer waren nach der westlichen Mode gekleidet, wie sie unter den Franken üblich war. Sie kannten sich darin aus, wenn sie in Jerusalem gewesen waren und dort gesehen hatten, was die Christenpilger und die edlen Herren bei den Gebeten oder festlichen Gelegenheiten trugen.

Welche eine Schmach, daß die heiligen Stätten, an denen Gott, der Herr, zum Menschen wurde, jetzt in der Gewalt der Hunde ist. Dort sollte man zu Recht und zur Verteidigung des Glaubens die Lanzen senken! Los, macht euch auf, ihr Völker Spaniens, Frankreichs, ihr Schweizer und ihr Deutschen. Was ihr hier in Italien sucht, gehört bereits Christus.

Warum kämpfen hier die einen, die sich »allerchristlich« nennen, gegen die »katholischen«? Geht lieber los, und befreit Jerusalem von den Ungläubigen! Oder holt euch Byzanz als schönsten Teil der Erde von den Türken wieder!

Du, Spanien, Afrika liegt dir so nah und hat dir viel mehr Leid gebracht als Italien. Du mußt dich schämen, weil du jetzt selbst die Magd deiner früheren Sklaven geworden bist! Und du, Schweiz – treibt dich der Hunger aus den Alpenhöhlen in die Lombardei? Verjag doch gleich die Türken! Das bringt dir viel mehr Beute ein. Oder zumindest einen ehrenvollen Tod …

Das muß ich auch deinem deutschen Nachbarn sagen. Was suchst du hier? Geh nach Byzanz! Dorthin hat Kaiser Konstantin den Reichtum Roms verschleppt. Nimm dir doch dort das Beste mit, den Rest kannst du verschenken.

Und du, großer Papst Leo X. aus dem Haus Medici, der du die Verantwortung für die Himmelsschlüssel trägst – du darfst nicht zulassen, daß Italien in Agonie versinkt! Reiß es an seinen Haaren wieder hoch! Du bist der Löwe! Du mußt brüllen! Breite die Arme aus, und schütze deine Herde …

O ja, ich weiß, ich habe mich ereifert und bin ein bißchen von meinem Weg abgekommen. Aber es fällt mir leicht, jetzt wieder eine Brücke bis ins ferne Syrien zu schlagen.

Die Zusammenkunft der Schönen und der Edlen auf dem Festplatz von Damascus hätte ebensogut irgendein großes Turnier in Frankreich sein können. Viele der Teilnehmer waren nach fränkischer Art mit Harnisch, Helm und Lanze bewehrt. Die Damen und Mädchen warfen Blumen von Balkonen. Die Waffen klirrten, und die Pferde tänzelten und drehten sich erwartungsvoll im Kreis. Zum Klang der Hörner, der Zimbeln und der Pauken ritten und liefen alle durcheinander. Einige der Reiter gebrauchten ihre Sporen, andere ließen noch nicht erkennen, ob sie gut oder schlecht reiten konnten. Wenn aber irgendeiner der Reiter auf den Straßen sein Pferd besonders gut zügelte, erhielt er Applaus und aufmunternde Rufe. Andere, die sich in ihrem Übermut ungeschickter verhielten, wurden ausgelacht und bestenfalls mit Buhrufen belohnt.

Der König von Damascus hatte als Preis für den Sieger des Turniers eine herrliche Rüstung ausgesetzt. Das Panzerkleid samt seinem Waffenschmuck war erst kurz zuvor mit einem Händler aus Armenien in die Stadt gekommen. Der König hatte es ihm abgekauft. Zusätzlich stiftete er ein fein gewebtes Oberkleid mit reichlicher Verzierung aus Gold, Perlen und Edelsteinen. König Norandin wußte nicht, welche Bewandtnis es mit der wunderschönen Rüstung hatte. Wäre dem so gewesen, hätte er sie auf keinen Fall als Trophäe für den Sieger im Turnier gestiftet.

Als Grifon und seine Begleiter auf dem Turnierplatz eintrafen, waren bereits mehrere Lanzen gebrochen. Acht tapfere Männer, die zum Adel und zu den allerersten Familien des Morgenlandes gehörten, hatten sich zusammengetan. Sie verkündeten, daß sie bis Sonnenuntergang mit jedem kämpfen würden, der sie herausforderte. Die acht Ritter wollten jedem zuerst mit der Lanze entgegentreten, dann mit Schwert und Keule, jeweils so lange, bis der König abwinkte. Sie wollten spielerisch kämpfen und nicht so hart, daß einer tot am Boden blieb.

Martan aus Antiochien sah im Kampfspiel mit den acht leichten Herausforderern eine gute Möglichkeit, so zu tun, als wäre er sehr mutig und ein Mann von Ehre. Alle Welt nannte ihn »Martan den Feigen«. Nun aber, in der Begleitung Grifons, fühlte er sich offensichtlich stark. Er stellte sich zwischen die Schranken und wartete, bis der Kampf zu Ende war, den zwei junge Ritter gerade erst begonnen hatten. Der eine von ihnen gehörte zu den acht jungen Lanzenbrechern, die bisher jeden Kampf gewonnen hatten. Seinem ersten Gegner brachte er eine schlimme Wunde im Gesicht bei. Der Getroffene stürzte in den Sand und starb noch auf dem Kampfplatz. Ein Aufschrei ging durch die Zuschauer. Sie bedauerten den Tod des guten Ritters, dessen edles Wesen überall im Land bekannt war.

Martan der Feige fürchtete, daß es ihm ebenso ergehen könnte wie dem Unglücklichen. Zitternd drehte er sich um und wollte sich davonstehlen, ehe die Reihe an ihm war, aber Grifon trat ihm sofort in den Weg.

»Bleib lieber hier!« rief er ihm zu. »Da vorne wartet einer auf dich. Es ist dein Gegner im Turnier.«

Er gab ihm einen Stoß. Martan hatte keine andere Möglichkeit. Ängstlich wandte er sein Pferd um, dann ritt er zögernd, wie ein Hund gegen einen Wolf, auf den stolzen Ritter zu, der ihm langsam entgegenkam. Die Zuschauer glaubten, daß Martan nur ein schlechtes, scheues Pferd besaß. Grifon lief ihm zehn, zwanzig Schritte hinterher und scheuchte ihn weiter. Doch Martan verlor jeden Mut, riß sein Pferd zur Seite und ließ es nach rechts ausbrechen.

Hinter ihm verwandelte sich das anfängliche Gelächter in wütendes Protestgeschrei. Die Zuschauer pfiffen, johlten, klatschten in die Hände und riefen ihm Schmähworte hinterher. Martan der Feige floh wie ein gehetzter Wolf dorthin zurück, wo sie ihr Gastgeber so freigiebig bewirtet hatte.

Unter den Zurückbleibenden schämte sich besonders Grifon für das unrühmliche Schauspiel. Dann zeigten auch schon die ersten Zuschauer auf ihn. Er hörte, wie sie höhnisch fragten, ob er etwa vom gleichen Schlag und ein feiger Wicht sei. Ihm blieb keine andere Wahl. Mit zusammengebissenen Zähnen legte er die Lanze an die Hüfte, gab seinem Pferd die Sporen und preschte in vollem Lauf auf den Herrn von Sidon an der Küste des Mittelmeers zu. Der erwartete ihn ohne große Sorge. So lange jedenfalls, bis er mit einem einzigen wuchtigen Stoß aus dem Sattel gehoben wurde und sich am Boden wiederfand.

Ein Aufschrei ging durch die Menge der Zuschauer. Jung und alt hoben sich auf die Zehenspitzen, um besser zu sehen. Jeder von ihnen hatte gedacht, daß es umgekehrt kommen würde. Grifon hatte seine Lanze noch immer fest unter dem rechten Arm. Der zweite Gang galt dem Fürsten von Lodici in Syrien. Sein Schild war so gut, daß Grifons Lanze splitterte. Zwei-, dreimal schwankte der andere Ritter, dann lag er ausgestreckt auf dem Rücken seines Pferdes, doch er kam wieder hoch, richtete sich auf und zog kraftvoll sein Schwert. Er hielt es über sich, während er auf Grifon zuflog.

Grifon riß sein Schwert ebenfalls in die Höhe. Bereits der erste Hieb traf den anderen an der Schläfe, dann ein weiterer und ein dritter – bis der Fürst von Lodici betäubt aus dem Sattel kippte.

Anschließend wandte sich Grifon gegen zwei Brüder, die eigentlich in jedem Turnier gewannen. Den ersten rammte er mit der Lanze aus dem Sattel. Den anderen schlug er mit dem Schwert zu Boden. Dann öffneten sich die Schranken, und der Großwesir des Königs von Damascus, der zugleich Marschall aller königlichen Ritter Syriens war, kam als neuer Herausforderer auf den Kampfplatz.

Grifon ritt an, zielte und rammte dann die Stahlspitze durch den Brustharnisch des Großwesirs. Der Stoß war so gewaltig, daß die Lanzenspitze eine Handbreit aus dem Rücken heraustrat. Völlig unerwartet für Grifon erhob sich sofort Jubel und Beifall über den Tod des Großwesirs. Grifon konnte nicht wissen, daß er überall als äußerst geizig verhaßt gewesen war. Nur König Norandin freute sich nicht über das Ende seines obersten Befehlshabers.

Der Anführer des königlichen Heers und der Großadmiral fielen ebenfalls durch Grifons Lanze. Von allen acht blieb nur noch der Ritter von Sileucia bei Bagdad übrig. Grifon sah, daß er das beste Pferd und die beste Rüstung von allen hatte. Sie nahmen beide sofort den Kampf auf und trafen sich exakt an den gleichen Stellen ihres Helmvisiers, aber Grifons Stoß war härter als der des Heiden. Der Fürst von Sileucia verlor den linken Steigbügel. Beide Männer ließen ihre gesplitterten Lanzenstümpfe fallen und griffen zu den Schwertern.

Bereits mit dem ersten Schlag, der einen Amboß hätte spalten können, zerschmetterte Grifon den Eisenschild des anderen. Nur durch die Tatsache, daß der Fürst von Sileucia eine Rüstung aus zwei Lagen Stahl trug, verhinderte, daß Grifons Schwerthieb ihm gleich die Hüfte zerschmetterte. Aber auch ein ungeheuer harter Schlag des Syrerreiters traf Grifons Visier mit solcher Kraft, daß sie den Helm zertrümmert hätte, wenn er nicht durch Zauberkraft unzerstörbar gemacht worden wäre.

Die Zuschauer erkannten, daß der Sieg des fremden Ritters über den Fürsten von Sileucia nur noch eine Frage der Zeit war. Erst zu diesem Zeitpunkt senkte König Norandin den Daumen als Zeichen für die Schiedsrichter. Sie brachen sofort das Turnier ab. Selbst die Zuschauer waren erleichtert über das Ende dieses Kampfes.

Die acht, die es mit jedem aufnehmen wollten, waren geschlagen. Andere, die den ganzen Tag über am Turnier teilnehmen wollten, hatten bis auf den Unbesiegbaren keine weiteren Gegner mehr. Nicht einmal eine Stunde war vergangen, aber König Norandin wollte diesen Freudentag nicht auf diese Art beschließen. Er befahl deshalb, daß der Kampfplatz gereinigt und für neue Kampfspiele vorbereitet werden sollte. Nach all dem Blut teilte er die verbliebenen Waffenträger in zwei Gruppe ein.

»Wohlauf denn«, rief er schließlich. »Wir beginnen noch einmal von vorn! Und diesmal wird Sieg oder Niederlage nur zwischen gleichwertigen Gegnern ausgefochten!«

Verärgert kehrte Grifon in das Anwesen seines Gastgebers zurück. Er konnte noch immer nicht verwinden, welche Schmach ihm Martan durch seine Feigheit angetan hatte, und stellte ihn zur Rede, doch das Lügenmaul stritt einfach alles ab. Obendrein hielt Orrigilla zu ihm und bestätigte, was er vorbrachte. Grifon glaubte den beiden inzwischen kein Wort mehr, aber er sah ein, daß es klüger war, wenn er gute Miene zum bösen Spiel machte, damit die Bevölkerung von Damascus nicht noch einmal in Gelächter ausbrach, wenn Martan auftauchte.

»Wir verlassen die Stadt«, sagte er deshalb. Er spürte, daß auch seine Kräfte gelitten hatten. Zu dritt verließen sie das gastliche Haus.

Eine halbe Stunde später wurde Grifon so müde, daß er kaum noch seine Augen offenhalten konnte. Deshalb beschloß er, in der erstbesten Herberge Rast zu machen. Kaum abgesessen, nahm er seinen Helm ab und dazu alles andere von seiner Rüstung, was ihm auf einmal zu schwer und lästig wurde. Er ließ gerade noch die Pferde absatteln, dann schleppte er sich in das Zimmer, das ihm vom Wirt der Herberge zugewiesen worden war. Es war schon fast eine ohnmächtige Erschöpfung, in der er sich entkleidet ins Bett fallen ließ.

Unterdessen heckten Martan und Orrigilla im Garten der Herberge einen neuen, betrügerischen Plan aus.

»Ich ziehe seine Kleider und seine Rüstung an«, sagte Martan. »Dann nehme ich sein Pferd und reite damit zum König, um mich als der Sieger vorzustellen.«

Ohne Zeit zu verlieren, schlich er in den Raum, in dem Grifon schlief. Schnell raffte er sämtliche Kleider zusammen und trug sie nach draußen. Dann kleidete er sich ebenso schnell an und bestieg den bereits wieder aufgezäumten und gesattelten Schimmel Grifons. Zusammen mit den Knappen und den Damen ihres Gefolges ritten er und Orrigilla nach Damascus zurück. Sie erreichten den Turnierplatz, als das große Lanzenstechen gerade zu Ende ging.

»Wo ist der Ritter mit den weißen Federn als Helmzier?« ließ der König gerade ausrufen. »Derjenige, der weiße Kleider trug und auf einem weißen Pferd ritt ...«

Der falsche Sieger, der wie ein Esel in einem Löwenkleid in der fremden Rüstung steckte, ritt sofort vor den König von Syrien. Norandin küßte und umarmte ihn und bat ihn, an seiner Seite Platz zu nehmen. Doch damit nicht genug: Mit lauten Worten pries der König den Mut und die Geschicklichkeit, die Schlagkraft und die Ausdauer des Helden. Er sagte, daß er seinen Ruhm in aller Welt verkünden würde.

Anschließend ließ er die Trompeten zur Beendigung des langen Tages und zur Verkündung des Gesamtsiegers blasen. Er fragte Martan nach seinem Namen. Dann ließ er ihn als Sieger des Turniers ausrufen. Auf allen Plätzen, allen Balkonen in der Stadt wurde der schändliche Name von Mund zu Mund weitergerufen.

Unter lautem Jubelgeschrei und mit lärmender Musikbegleitung zog der König mit seinem Ehrengast und seiner Angebeteten durch die Straßen von Damascus.

Spät am Abend erwachte Grifon endlich aus seinem langen Schlaf. Er fühlte sich erholt und ausgeruht und ahnte nicht, was ihn erwartete. Als er merkte, daß es bereits dunkel wurde, stand er auf und blickte sich nach seinen Kleidern um. Aber da war nichts Weißes, nur einige andere Kleidungsstücke. Während er sich die fremde Kleidung genauer ansah, stieg ein Verdacht in ihm auf. Noch immer nackt, verließ er sein Zimmer und untersuchte schnell die anderen Räume. Schließlich kam auch noch der Wirt hinzu.

»Nein«, sagte er. »Hier findest du nichts mehr von einer Rüstung oder irgendeiner Gewandung. Der weiße Ritter ist längst mit seiner Dame und dem Gefolge verschwunden.«

»Wohin?« stieß Grifon sofort hervor.

»Sie zogen in Richtung Damascus.«

Grifon erstarrte. Schlagartig wurde ihm klar, was ihm Gott Amor die ganze Zeit verborgen hatte: Martan war nicht der Bruder von Orrigilla, sondern ihr Geliebter.

Er verfluchte seine eigene Dummheit und schämte sich gleichzeitig, daß er die Warnungen seines Bruders nie ernst genommen hatte.

»Du mußt wohl oder übel die zurückgelassene Ausrüstung des anderen nehmen«, meinte der Wirt lakonisch.

»Niemals!« fauchte Grifon. Doch er hatte keine andere Wahl. Widerwillig und angeekelt legte er die Kleider des Feiglings und Betrügers an. Der Helm war nicht einmal den Namen wert, so primitiv war er geschmiedet und verziert. Der Schild schien immer noch die Schande auszustrahlen, mit der der Lump sich auf dem Turnierplatz befleckt hatte. Grifon biß die Zähne zusammen, kleidete sich an und stieg dann auf das Pferd Martans.

In der letzten Stunde des Tages kam er in Damascus an und ritt über eine von zwei Brücken, ohne zu bemerken, daß er bereits beobachtet wurde. Gleich darauf sah er an der linken Seite das prächtige Kastell des Syrerkönigs. Es war eher ein luxuriöser Palast als für eine Verteidigung tauglich. Während er näher ritt, hörte Grifon bereits lautes Lachen, fröhliche Musik und vielfältige Stimmen. Sie kamen aus den prächtig ausgestatteten Räumen des Palastes. Dann sah er in einem Innenhof mit laubenartigen Arkaden eine große, festlich geschmückte Tafel. Der König, seine Edlen und viele Frauen und Mädchen feierten das Ende des ungewöhnlichen Turniertages. Durch hohe Fenster konnte jeder bis in das weite Land hinausblicken. Der König und seine Gäste sahen, wie Grifon in der Rüstung des feigsten Mannes dieses Tages am Tor erschien. Höhnische Rufe und schmähliches Gelächter schallten ihm entgegen. Grifon sah den Betrüger Martan unmittelbar neben dem König. Nur einen Sessel weiter räkelte sich Orrigilla.

»Was ist das für ein unverschämter Mensch?« rief der König Martan zu. »Du selbst bist doch der tapferste, den wir hier gesehen haben. Wie kommt ein Ritter wie du zu einem solchen Feigling als Begleiter?«

»Eigentlich kenne ich ihn gar nicht«, log Martan hochmütig. »Ich traf ihn zufällig auf der Straße von Antiochia. Ich wußte nicht, wie kläglich er versagen würde. Am liebsten hätte ich ihm heute morgen die Regeln beim Turnier derartig eingebleut, daß er nie wieder eine Lanze oder ein Schwert berührt. Nur aus Achtung vor deiner königlichen Majestät habe ich mich zurückgehalten. Aber es wäre eine Zumutung, wenn mich der da noch einen Tag begleiten würde. Er sollte besser gleich an einer Mauerzinne aufgehängt werden. Das wäre wahrhaft königlich und allen Feiglingen eine gute Lehre.«

Orrigilla nickte heftig bei allem, was ihr Geliebter vorbrachte.

»Wir wollen hier nicht übertreiben«, antwortete der König. »So schlimm war seine Feigheit auch nicht, daß er den Tod verdient hätte. Aber ich denke, das Volk wird sein Vergnügen daran haben, wenn wir ein neues Fest für die Bestrafung dieses Mannes ausrichten.«

Er winkte einem seiner Paladine und befahl ihm, Grifon festzunehmen. Sie fielen überraschend zwischen den beiden Torbrücken über ihn her, packten ihn, legten ihn in Ketten und schleiften ihn in ein finsteres Verlies.

Am nächsten Morgen baten Martan und Orrigilla schon kurz nach Sonnenaufgang, sie aufbrechen zu lassen. Norandin verstand die Eile nicht, zumal er Martan als Gast für das bevorstehende zweite Fest einladen wollte. Dennoch fügte er sich den

Wünschen des Turniersiegers. Er beschenkte ihn überreichlich und stellte ihm einen königlichen Schutzbrief für seine weiteren Reisen im Morgenland aus.

Gleich nachdem Martan und Orrigilla mit ihrem kleinen Gefolge die Stadt verlassen hatten, wurde Grifon aus seiner Gefängniszelle geholt. Er durfte nur ein kurzes Büßerhemd anziehen, wurde auf einen hohen Karren gesetzt und dann von zwei alten ausgemergelten Kühen durch ein Spalier johlender, spottender Zuschauer bis zum Festplatz gezogen. Auf dem demütigenden Weg sprangen immer wieder Krüppel, häßliche Bettlerinnen und Huren vor seinen Karren. Sie beschimpften ihn und gossen ihren giftigen Spott über ihm aus. Liebend gern hätte das Volk von Damascus ihn auch noch gesteinigt. Nur die Wachen und einige besonnene Stadtbewohner konnten das Schlimmste verhindern

Zugleich wurde die jämmerliche Rüstung, die als eindeutiges Beweismittel gegen ihn galt, durch den Schmutz der Straße hinter dem Karren her geschleift. Langsam und wie ein Schwerverbrecher näherte er sich dem Tribunal. Als der Karren auf den Festplatz einbog, erklangen mächtige Trompetensignale, und die Verachtung des Volkes richtete sich gegen ihn, der ein Feigling und zugleich ein Fremder für sie war.

»Fortjagen!« schrien einige.

»Erschlagt ihn!« forderten andere.

»Hetzt ihn zu Tode!« die dritten.

Grifon biß die Zähne zusammen und wartete, bis ihm Hände und Füße vom Karren losgebunden wurden. Auf Befehl des Königs sollte er nach all den Schmähungen und Demütigungen freigelassen und aus der Stadt gejagt werden. Grifon sprang vom Büßerkarren. Im selben Augenblick drang das wild gewordene Volk von allen Seiten auf ihn ein. Er sah nur noch eine Möglichkeit, sich zu verteidigen, und griff nach dem Schild und dem Schwert, die die ganze Zeit hinter dem Karren her durch den Straßenschmutz geschleift worden waren.

18. Gesang

Großmütiger Kardinal Ippolito d'Este, aus gutem Grund lobe ich stets dein Tun, auch wenn mein grober Federkiel und mein ungelenker Gesang nur einen kleinen Teil deiner Taten rühmen können. Eine von deinen größten Tugenden muß ich immer wieder und vor allen anderen loben: daß du jeden anhörst, aber nicht leichtfertig alles glaubst, ehe du entscheidest.

Ich habe miterlebt, wie du Abwesende in Schutz nimmst, wenn sie vor dir angeklagt werden – so lange, bis sie zu den Beschuldigungen Stellung nehmen können. Du urteilst oder strafst erst, wenn du alle Gründe kennst – selbst wenn es Tage, Monate oder auch Jahre dauert.

Hätte der König von Syrien diese Tugend besessen, die alle guten Herrscher auszeichnet, dann wäre nicht geschehen, was jetzt durch Grifons Zorn geschehen mußte.

Das Volk, das auf ihn eindrang, war waffenlos, aber das spielte nun keine Rolle mehr. Grifon schlug so wütend nach allen Seiten um sich, daß bereits nach zehn Hieben und Stichen gut dreißig Mann tot am Boden lagen. Entsetzt taumelten die anderen zurück. Sie rannten durch alle Straßen und durch das Feld. Am Tor stürzten sie in wilder Panik übereinander. Grifon kannte kein Mitleid. Er wollte bittere Rache – so gnadenlos, daß er seinem Zorn jetzt freien Lauf ließ.

Einige derjenigen, die ohne schwere Rüstung das Tor erreichten, rissen ohne Rücksicht auf die anderen die erste Zugbrücke nach oben. Ohne Schwierigkeiten konnte Grifon zwei von denen packen, die die Flucht über die Zugbrücke nicht mehr geschafft hatten. Den ersten schmetterte er so hart gegen die steinerne Schwelle, daß sein Kopf zerschellte. Den anderen schleuderte er so hoch über die Mauer, daß er in das wogende Volk von Damascus stürzte. Denjenigen, die sich auf die Terrassen gerettet hatten, gefror das Mark in den Knochen, als sie sahen, wie der Unglückliche vom Himmel fiel.

»Er kommt!« schrien einige. »Er ist schon über die Mauer gesprungen.«

Selbst ein Aufmarsch des Sultans von Kairo vor den Toren von Damascus hätte keine größere Verwirrung stiften können. Das Lärmen der Waffen vermischte sich mit dem lauten Geschrei von den Spitzen der Minarette. Trommeln und Trompeten verstärkten noch das fürchterliche Durcheinander, in dem sogar der Himmel bebte.

In Paris verfolgte Karl der Große mit seinen besten Männern noch immer Rodomont. Sie holten ihn ein, dann stießen acht der besten Lanzen im ganzen Frankenreich zugleich gegen den rohen Sarazenen. Nicht einmal die vereinte Kraft dieser Ritter brachte ihn zu Fall. Sämtliche Stöße glitten von seinem unbezwingbaren Schuppenpanzer ab.

Rodomont wich so geschickt aus wie ein Segelschiff im Sturm, das vor jeder neuen Windböe etwas Segel nachläßt, um anschließend wieder hochzukommen. Dann griffen weitere Edle an; zu ihnen gehörte auch der redliche Erzbischof Turpin, der als Chronist des Frankenkönigs berühmt geworden war. Zusätzlich griffen die beiden Briten Ariman und Edward ein.

Der stolze Sarazenenheld lärmte und lechzte nur noch nach Blut. Wie Blitz und Donner gemeinsam vereinten sich sein Zorn und seine Gier nach Rache. Er schlug auf den Kopf des ersten besten vor sich ein. Trotz seines edlen, gut gearbeiteten Helms aus Stahl sank Hugo von Dordogne tödlich getroffen zu Boden. Sein Kopf war bis zum Mund gespalten. Auch Rodomont empfing ungezählte Schwerthiebe und Schläge. Jeder andere wäre längst kurz und klein geschlagen gewesen, aber bei ihm zeigten sie nicht mehr Wirkung als bei einem Amboß, in den Nadeln piekten.

Die Mauern von Paris waren längst ebenso verlassen wie die Schutzwälle. Nichts regte sich mehr auf den leeren äußeren Straßen. Die meisten Menschen drängten immer noch in wilder Flucht zum Marktplatz. Als sie ihren König und seine Paladine vor sich sahen, schämten sie sich über ihre zaghaften Herzen und griffen erneut zu den Waffen.

Von den Dächern und aus allen Fenstern prasselten Steine und Balken auf Rodomont nieder. In wilder Raserei ließ er sein Schwert kreisen und stürzte dorthin, wo die Briten mit Edward und Ariman angeritten kamen. Es war, als würde ein wilder Stier aus seinen Schranken ausbrechen und mitten in eine Menschenmenge rasen, ein Stier, der tagelang gestochen und gesperrt wurde und nun mit blutig aufgerissenem Fell jedem die Knochen zermalmte, der in seinem Entsetzen nicht mehr rechtzeitig flüchten konnte.

Ohne jede Furcht erreichte Rodomont die Mauern von Paris. Er arbeitete sich an ihnen entlang bis zur Seine vor und kam bis an die Insel mitten im Fluß. Hinter ihm formierten sich Krieger und Männer aus der Stadt, die plötzlich immer mutiger wurden. Dreimal ließ er sich durch die Verfolger reizen. Jedesmal war er bereits am Wasser, aber dann tobte er noch einmal wütend zurück, färbte sein Schwert nochmals mit Blut. Rund hundert Männer wurden dabei erschlagen.

Endlich wich seine Wut der Vernunft. Ohne weitere Verzögerung sprang er in die Seine und schwamm trotz voller Rüstung und all seiner Waffen, als hätte er sich ringsum mit Schwimmblasen behängt. Doch auch das Wasser konnte seinen Zorn nicht kühlen. In diesem Augenblick kam jemand am Fluß entlang auf ihn zu, der seinen Haß schlagartig beendete.

Unabhängig vom Gemetzel innerhalb der Stadt bahnte sich an einer anderen Stelle eine Wende an. Nachdem Erzengel Michael zusammen mit dem Schweigen das Heer der Engländer, Iren und Schotten nach Paris begleitet hatte, kümmerte er sich nun um die Zwietracht. Sie war bereits im Heer von Agramant und drängte sich langsam, aber stetig zwischen die Anführer der Sarazenen.

Gleichzeitig kam der Trug bei den Belagerern an. Zusammen mit dem Hochmut und der Heuchelei bereiteten sie ein ausgewähltes Herz für die Eifersucht vor. Sie erschienen in Begleitung eines Zwerges, der das Massaker bei Mandrikards Überfall auf den Troß von Prinzessin Doralice überlebt hatte. Im allerletzten Augenblick hatte die Prinzessin ihn losgeschickt. Er sollte ihrem starken, unbesiegbaren Geliebten berichten, was mit ihr geschehen war, damit er sie mit allen Kräften, die ihm die Natur verliehen hatte, aus den Fängen des schrecklichen Entführers befreie.

Der Zwerg sah ziemlich unscheinbar aus, aber die Eifersucht bemerkte ihn sogleich. Er erzählte ihr, was geschehen war, und sie beschloß erfreut, mit ihm bis zu Rodomont zu gehen. Unterwegs traf sie auf die Zwietracht. Schnell wurden sie sich darüber einig, daß Rodomont und Mandrikard einander hassen sollten. Die Voraussetzungen dafür waren ganz vorzüglich. Sie erreichten in dem Moment das Seineufer, als Rodomont gerade durch den Fluß schwimmen wollte, um am anderen Ufer weiter zu wüten.

Rodomont stutzte und richtete sich auf. Die immer noch zum Kampf angespannten Muskeln seines Gesichts glätteten sich, und dann lächelte der gnadenlose Kämpfer. Er stieg ans Ufer und stampfte dem Zwerg entgegen.

»Wie kommst du denn hierher?« schnaubte er erfreut. »Und wie geht es unserer wunderschönen Herrin?«

»Nenn sie nicht deine oder meine Herrin«, jammerte der Zwerg und schluchzte auf. »Sie folgt jetzt einem anderen, der uns gestern überfallen und sie mitgenommen hat.«

Das war der richtige Augenblick für die bereits wartende Eifersucht. Sie trat einen Schritt vor, umschlang den Sarazenenkönig und küßte ihn eiskalt wie eine Natter. Der Zwerg berichtete haarklein, wie Doralice geraubt und ihre sämtlichen Beschützer erschlagen worden waren. Rodomont stöhnte gequält auf. Wütend vor Mißgunst sah er, wie die Zwietracht Stahl und Feuerstein gegeneinanderschlug. Sofort hielt der Hochmut seinen Zunder in die Funken. Rodomont reckte sich, dann schrie er: »Verflucht seien der ganze Himmel und die Erde!«

Alles in ihm glühte und loderte. Seine Seele brannte so heftig, daß er kaum noch atmen konnte. Gleichzeitig trieb ihn der Haß gegen den Tartaren, der ihm seine Geliebte geraubt hatte.

»Los!« schrie er den Zwerg an. »Zeig mir den Weg!«

Er schwang herum und blickte wild nach allen Seiten.

»Ein Pferd!« schrie er. Die Zwietracht sah, was aus dem Herzen des starken Mannes hervorbrach. Mit einem breiten Lachen wandte sie sich an den Hochmut.

»Hast du gehört? Das paßt mir gut! Ich sehe zwar hier draußen vor der Stadt kein Pferd, aber er soll sofort eins erhalten, damit der Angriff endlich in Schwung kommt.«

Durch den vereinten Einsatz aller Kräfte gelang es Kaiser Karl schließlich, den großen Brand in der Stadt zu dämmen. Als Flammen und Glut gelöscht waren, befahl er, sämtliche schwachen Stellen in der Stadtmauer und an den Toren neu zu besetzen. Er schickte Verstärkungen zu den Toren, die nach Sankt Germain und Sankt Victor führten, und befahl, daß jeder, der noch kämpfen konnte, sich auf der weiten Ebene vor dem Tor von Sankt Marcellus einfinden und die Fahnen so lange flattern lassen sollte, bis er das Zeichen zum Angriff gab.

Auch die Sarazenen und der König Agramant saßen inzwischen wieder in neuen Sätteln und griffen Prinz Zerbin an. Lurcan hatte sich gerade erst in einem scharfen Kampf gegen Fürst Sobrin bewährt. Nun fiel ein Schwarm von Mauren über Rinaldo her. Der Graf von Montalban schlug sie durch seinen Mut und sehr viel Glück allesamt in die Flucht.

Als die Waffen an dieser Stelle erbittert gegeneinanderschlugen, traf König Karl auf die Nachhut der Sarazenen. König Marsilo hatte die ausgezeichneten spanischen Kämpfer um seine Fahne geschart. Karl hingegen hatte eine Formation aufgestellt, in der alle Fußkrieger in der Mitte versammelt waren, während ein starker Ring aus Berittenen sie schützte.

Mit einem ungeheuren Lärm von Trommeln und Trompeten ließ Karl seine Helden angreifen. Die Erde bebte, dann wichen die Heiden zurück, als wären sie bereits geschlagen. Es sah so aus, als würden sie vor der sicheren Vernichtung fliehen wollen. Doch da galoppierten Grandon und Falsiron heran, mit dem grimmigen Serpentin und anderen mitten unter ihnen.

Ferragu brüllte mit lauter Stimme: »Tapfere Kampfgefährten! Haltet eure Stellung! Die Feinde dort sind doch wie Spinnen, die uns mit ihrem Netz einfangen wollen. Aber das Glück wird heute auf unserer Seite sein, wenn ihr an eure Ehre und die reiche Beute denkt, die euch in Paris erwartet. Denkt an den Schaden und die Schmach, wenn ihr jetzt aufgebt und zurückweicht.«

Die Knappen reichten ihm eine mächtige Lanze. Er legte an und ritt direkt auf Berlingier zu. Der hatte gerade erst einen schweren Angriff überstanden und Argalifa den Helm zerschmettert. Acht weitere Ritter fielen mit ihm.

Auch Rinaldo kämpfte so erfolgreich, daß er die erschlagenen Gegner nicht mehr zählen konnte. Wo immer er auftauchte, lösten sich die Fronten auf, und niemand wagte noch, ihm entgegenzutreten. Die tapferen Rittern Zerbin und Lurcan gerieten ebenfalls in Wut. Zerbin erschlug den Vorreiter der Männer von der Insel Djerba. Lurcan zerschrotete dem Anführer der Heiden aus Saffi und Zamora in Marokko den Helm.

Aber nicht nur die Franken verfügten über siegreiche Kämpfer. Auch bei den Afrikanern zeichneten sich ganz besondere Helden aus. Dardinell von Zamora, der Sohn von König Almon, stieß mit seiner Lanze zuerst vier, dann noch drei weitere Christen aus dem Sattel. Nur drei von ihnen überlebten.

Trotz aller Tapferkeit konnte Dardinell seine Mauren nicht mehr aufhalten: Sie wichen mehr und mehr zurück. Die Zahl der Franken war geringer als die der Sarazenen, doch nun zeigte sich, daß sie besser geübt in Lanzenstößen waren, ebenso im Umgang mit dem Schwert und allem, was zum Kampf gehört.

Dann kürzte Dardinell Wilhelm von Burnich, den längsten Mann im Heer der Engländer, um einen Kopf. Mit dem nächsten Schlag spaltete er Aramon, dem Alten von Cornwall, das Haupt. Aramons Bruder wollte ihm noch zur Hilfe kommen, aber Dardinell schlug ihm durch Fleisch und Knochen sein Schwert bis an die Gabelung des Magens vor. Der nächste war Bogio von Vergall. Er hatte seiner Frau versprochen, daß er spätestens nach einem halben Jahr zurückkehren und sie küssen würde. Nun stach ihm Dardinell mit der Spitze seines Schwertes so durch Herz, daß ihm alle Schulden und Versprechungen erlassen wurden.

Plötzlich aber bemerkte Dardinell, daß ihm Lurcan gefährlich nahe kam. Der hatte bereits einige Edle der Sarazenen getötet. Auch Altheus, den der junge König über alles liebte, wollte gerade noch dem grausamen Gemetzel entkommen; er schaffte es allerdings nicht, denn Lurcan schlug ihm mit einem harten Hieb durch den Panzerkragen.

»Das gibt Rache!« schwor Dardinell bei Mohammed und faßte seine Lanze fester. »Wenn ich dich jetzt tot zu Boden bringe, soll deine Rüstung ein Geschenk für die Moschee sein.«

Er gab seinem Pferd die Sporen, ritt kraftvoll vorwärts und traf Lurcan so hart in die Seite, daß seine Lanze nur noch mit ihrem letzten Ende aus dem Leib des anderen ragte. Augenblicklich fielen Dardinells Begleiter über den Besiegten her, um der Moschee die versprochene Beute zu sichern.

Wütend und voller Schmerz sah Herzog Ariodant, wie sein getreuer Bruder starb. Sofort jagte er auf seinem Pferd zu der Stelle, an der der Unglückliche sein Ende fand, aber er kam nicht durch. Ariodant riß sein Schwert heraus und schlug wahllos in die wilde Menschenmauer, die ihn von dem Mann trennte, der seinen Bruder aufgespießt hatte. Auch Dardinell sah Ariodant und wollte auf ihn zureiten. Kämpfendes Fußvolk zwischen ihnen verhinderte, daß sie zusammenkamen.

Während der eine einen Sarazenen nach dem anderen in den Tod schickte, erschlug der andere gleichzeitig Schotten, Engländer und Franken. Plötzlich tauchte in dem Getümmel Rinaldo auf. Er kümmerte sich nicht um die Kämpfe zwischen sich und Dardinell und ritt direkt auf den jungen Sarazenenkönig zu. Das Kriegsglück hatte für Rinaldo die Ehre vorgesehen, schon bald den Jüngling zu erschlagen.

Mehrere tausend Meilen entfernt wütete Grifon so sehr unter den Bewohnern von Damascus, daß König Norandin eingreifen mußte. Noch immer flohen verwirrte Menschen aus der Stadt. Doch dann rückte Norandins Heeresmacht in wohlgeordneten Gruppen bis zum Stadttor vor.

Grifon entdeckte einen kleinen Tempel, der von einem tiefen, breiten Graben geschützt wurde. Nur eine Brücke führte in das heilige Geviert. Genau an diesem Platz stellte er sich auf und erwartete den Angriff. Dann kamen sie auch schon. Mit bedrohlichem Geschrei sprengte eine gewaltige Reiterschar auf ihn zu. Er nahm sie gleich richtig an und schwang das Schwert mit beiden Händen. Sofort nach diesem ersten Ausfall zog er sich schnell auf die Tempelbrücke zurück. Sie war so schmal, daß keiner an ihm vorbei konnte, um ihm in den Rücken zu fallen. Grifon holte tief Luft und sammelte seine Kräfte. Dann rannte er erneut nach vorn, um Reiter oder Fußknechte zu treffen.

Grifon kämpfte mutig und furchtlos, schlug senkrecht zu, dann wieder quer, aber er merkte, daß er gegen die wilde Wut der empörten Menge und der Bewaffneten nicht ankam. Wieder und wieder mußte er selbst schwere Schläge einstecken. Er wurde an der Hüfte hart getroffen, gleich darauf an der Schulter. Dennoch gab er nicht auf, taumelte weiter und zeigte, daß er unmöglich der Feigling sein konnte, für den alle ihn bisher gehalten hatten.

Der König von Damascus hob die rechte Hand zum Zeichen des Friedens. Norandin erkannte den Löwenmut an, mit dem dieser Mann gekämpft hatte. Das Volk allerdings verlangte weiterhin Genugtuung. Zu viele Tote, zu viele Wunden waren zu beklagen. Trotzdem blieb König Norandin blieb bei seiner Entscheidung. Anders als das aufgebrachte, tobende Volk begriff er, wie tief und schwer dieser hervorragende Held in seiner Ritterehre gekränkt sein mußte.

»Ja, ich gebe zu, daß ich mich geirrt habe!« rief er laut, nachdem Grifon sich als der Sieger des Turniers zu erkennen gegeben hatte. »Und ich gestehe dir, daß mir mein Fehler leid tut. Ich war getäuscht von einem anderen, und meine Unbesonnenheit hat einem schlechten Mann vertraut. Aber die Ehre, die du durch deinen Mut errungen hast, hat auch die Schande ausgeglichen, die dir durch unsere Unwissenheit zugefügt worden ist. Sag mir, was du von mir verlangst, um meinen Fehler wiedergutzumachen. Ich will es erfüllen, wenn du jetzt Städte, Schlösser oder Gold forderst. Verlange die Hälfte meines Landes – es gehört noch heute dir. Vor allen anderen Dingen schenke ich dir außerdem mein Herz. Gib mir die Hand, damit wir beide auf ewig in Liebe und in Treue unzertrennbar bleiben.«

König Norandin stieg von seinem Pferd und ging mit ausgestreckter Hand auf die schmale Brücke zu. Grifon schluckte ergriffen. Die Güte und die Herzlichkeit des Königs, der zu Fuß zu ihm zum Gruß kam, rührten ihn so sehr, daß sein Zorn schlagartig verschwand. Er ließ das Schwert fallen, sank auf die Knie, neigte den Kopf und küßte ehrerbietig den Waffenrock des Königs. Norandin sah, daß Grifon aus zwei Wunden blutete, und rief nach einem Medicus, von dem er wußte, daß er ihn schnell heilen würde. Dann ließ er eine Trage bringen.

»Schafft ihn vorsichtig in die Stadt zurück bis zum Palast«, befahl er. »Er soll mein Gast sein, bis er wieder so weit bei Kräften ist, um die eigene großartige Rüstung anzulegen.«

In Jerusalem suchten Astolf und Aquilante noch immer nach Grifon. Seit er verschwunden war, hatten sie jede heilige Stätte und jeden frommen Platz innerhalb und außerhalb der Stadt abgesucht. Sosehr sie sich auch den Kopf über den Grund von Grifons Verschwinden zerbrachen – sie kamen einfach nicht auf die Lösung des Rätsels, bis ihnen der griechische Pilger über den Weg lief. Er erzählte ihnen, wie Orrigilla durch die Wüsten Syriens nach Antiochien aufgebrochen war – der Stadt, aus der ihr neuer Geliebter stammte.

»Hast du das etwa auch meinem Bruder erzählt?« fragte Aquilante erschrocken. Als der griechische Pilger nickte, war es Aquilante klar, was geschehen war und was er nun zu tun hatte. Er ging zu Astolf, erzählte ihm alles und bat ihn, so lange in Jerusalem zu bleiben und nicht nach Frankreich aufzubrechen, bis er wieder zurück war. Dann ließ er seine Waffen und Ausrüstung zur Küste des Mittelmeeres bringen. Im Hafen von Jaffa fand er ein gutes Schiff, das ihn schneller nach Norden bringen konnte als ein Ritt durch die felsige Wüste.

Bereits früh am nächsten Morgen verließ das Schiff mit einem günstigen Südostwind den Hafen, passierte Tyrus und später Beirut. Aquilante hielt nach Zypern Ausschau, das zur Linken auftauchen sollte, aber die große Insel war nicht zu sehen.

Als sie im Layazgolf vor Alexandretta ankamen, steuerte der Schiffer nach Osten den großen Fluß Orontes stromauf. Nach einer Weile legten sie an. Aquilante wartete, bis sein Pferd an Land gebracht worden war. Dann stieg er in voller Rüstung in den Sattel. Er nahm den direkten Weg stromauf und sah schließlich die Stadttore von Antiochien vor sich. Schon bald hörte er, daß Orrigilla mit Martan nach Damascus aufgebrochen war, weil dort in diesen Tagen ein festliches Turnier stattfinden sollte. Aquilante zögerte nicht lange. Er wollte unbedingt Martan und Orrigilla finden, ehe sie auf Grifon stießen. Noch am selben Tag verließ er Antiochien wieder. Diesmal wählte er nicht den Seeweg, sondern die alte Handelsstraße über Lydia, Larissa und Aleppo.

Bis Damascus war es noch ein gutes Stück, als ihm ein Berittener mit Gefolge entgegenkam. In prahlerischer Weise schleppten seine Diener und Knappen die wertvollsten Turnierpreise so vor sich her, daß sie jeder sehen konnte. Im ersten Augenblick dachte Aquilante sogar, daß Grifon in der weißen Rüstung steckte. Er stieß einen Freudenruf aus, wurde dann aber mißtrauisch. Das war nicht das Gesicht seines Bruders! Aber das Pferd des weißen Ritters gehörte ihm! Dann aber mußte der Unbekannte Martan sein, und in dem Mädchen an seiner Seite erkannte er plötzlich auch Orrigilla. Ein schrecklicher Verdacht schoß in ihm hoch. Er fürchtete plötzlich, daß Grifon durch die beiden umgekommen sein könnte.

»He, Kerl, du Schandfleck aller Ritter!« schrie er den Weißen an. »Woher hast du das Pferd meines Bruders und woher seine Rüstung? Ist er schon tot? Lebt er noch? Na los, ich will alles wissen!«

Orrigilla riß ihren Zelter herum und wollte fliehen. Aquilante sprengte sofort vor und schnitt ihr den Fluchtweg ab. Er schnappte sich den Zügel ihres Pferdes und ließ ihn nicht mehr los. Martan saß kreidebleich und wie Espenlaub zitternd auf seinem Pferd. Er war so erschrocken, daß ihm die Stimme vollkommen versagte, was Aquilante noch wütender machte. Er riß sein Schwert hervor und setzte es auf die Kehle des anderen.

»Ich schneide dir die Gurgel durch und trenne dir den Kopf vom Rumpf, und diesem Weib hier auch, wenn ihr beide nicht sofort die Wahrheit sagt.«

Martan wand sich hin und her, während er fieberhaft nach einer Ausrede suchte, wie er sein Handeln beschönigen und so erklären konnte, daß es ihm nicht schadete.

»Herr, dies ist meine Schwester«, stieß er schließlich hervor. »Sie stammt wie ich aus einer geehrten, tugendhaften Familie. Leider wurde sie von Grifon auf den falschen Weg geführt. Er verführte sie zu Schändlichkeiten, die nicht sittsam sind. Ich selbst habe fürchterlich gelitten unter dem, was die beiden taten. Aber wie du siehst, bin ich nicht stark genug, um meine arme Schwester mit Gewalt zurückzuholen. Deshalb mußte ich schlau sein, eine List anwenden. Nachdem ich sie davon überzeugt hatte, daß sie wieder zu einem anständigen Lebenswandel zurückkehren müsse, machte ich mit ihr aus, daß sie fliehen solle, wenn er schlief. Und nur, damit er uns nicht aufhalten oder uns sofort folgen konnte, haben wir sein Pferd und seine Waffen mitgenommen. Es war die einzige Möglichkeit, wie du siehst. Nur dadurch sind wir bis hierher gekommen.«

Aquilante sah den anderen zweifelnd an. Alles, was er sagte, klang sinnvoll. Nur an einem Punkt hatte das ganze Lügengebäude eine schwache Stelle. Bereits in Antiochien hatte er gehört, daß der Mensch vor ihm der Geliebte und nicht der Bruder von Orrigilla sei.

»Du bist ein elendiger Lügner!« schrie er. »Ein falscher Hund! Ein Dieb!«

Sein Arm schoß vor, dann schlug er Martan demütigend mit der flachen Hand mitten ins Gesicht. Der Schlag war derart hart, daß der andere sofort zwei Zähne schlucken mußte. Er wehrte sich nicht einmal mehr, als ihm Aquilante die Hände auf den Rücken band. Dann wandte er sich an Orrigilla. Sie stieß alle möglichen Erklärungen hervor und bat ihn unter Tränen, sie zu schonen. Aber Aquilante dachte nicht daran. Mit einem zweiten Strick band er Martans Beine unter seinem Pferd fest, dann fesselte er Orrigillas rechtes Bein an den Damensattel. Schließlich ritt er mit ihnen los. Auch die Knappen des Pärchens zwang er, ihm mit der ganzen Habe zu folgen.

Er schleppte sie an Burgen, Festungen und Städten vorbei bis nach Damascus. Aber er hätte sie auch tausend Meilen oder mehr hinter sich hergezogen und keine Mühen oder Qualen gescheut, um sie bis vor seinen Bruder zu bringen, damit der zum Schluß entscheiden konnte, was mit ihnen geschehen sollte.

Als er mit dem ganzen Gefolge und dem Zugvieh, das die gestohlenen Turnierpreise zog, wieder in Damascus ankam, hörte er, wie der Name seines Bruders in allen Straßen und auf allen Plätzen hochgelobt wurde. Ehrbare Bürger, hochgestellte Damen und auch die Straßenjungen schwärmten davon, wie kraftvoll er seine Hiebe ausgeteilt hatte und wie ein elendiger Betrüger ihn dann um seinen Ruhm und seine Ehre gebracht hatte. Die Menschen von Damascus erkannten Martan in der weißen Rüstung.

»Seht, seht! Da ist der Feigling wieder«, schmähten sie, »der sich durch die Taten eines anderen eigenen Ruhm verschaffen wollte.« Sie zeigten mit den Fingern auf ihn. »Das ist der Elendige, der den tapferen Grifon im Schlaf beraubte und betrog.«

»Und da ist auch das undankbare, nichtsnutzige Weib, das diesen unwürdigen Charakter auch noch unterstützt hat.«

»Totschlagen!« schrie die Menge. »Aufhängen! Vierteilt und verbrennt sie!«

Der Aufschrei breitete sich nach allen Seiten durch die Straßen aus. Selbst vom Markt her kamen die Händler und die Käufer angelaufen.

Als Norandin, dem König von Syrien, die Nachricht von der Rückkehr Martans und Origillas überbracht wurde, war er so erfreut, als hätte man ihm ein zweites Königreich geschenkt. Er wartete nicht einmal ab, bis sein Gefolge für den Gang nach draußen angekleidet war. So, wie er war, lief der König den gerade Angekommenen entgegen. Er begrüßte Aquilante als Rächer seines tapferen Bruders Grifon.

»Ich bitte dich in aller Form, sei auch du mein Gast«, rief er ihm entgegen. Dann wandte er sich an die hastig hinterher gekommenen Männer seines Gefolges: »Und die beiden da sollen in denselben Turm geworfen werden, in dem der edle Grifon schon einmal geschmachtet hat.«

Im Palast angekommen, eilten der König und Aquilante sofort zu den Gemächern, in denen Grifon noch immer auf dem

Krankenbett gegen das Fieber seiner Wunden ankämpfte. Als Grifon die Augen öffnete und seinen Bruder erkannte, floß zusätzliches Rot über seine Wangen.

»Ja, ich weiß«, stöhnte Grifon. »Wirf mir nur alles vor, was du kannst, denn du hast recht damit.«

»Ich werfe dir überhaupt nichts vor«, sagte sein Bruder. »Laß uns lieber beraten, mit welchen fürchterlichen Strafen wir diese beiden büßen lassen.«

»Sie haben es verdient«, stimmte auch König Norandin zu.

Grifon schloß erneut die Augen. Dann lächelte er und sagte leise: »Ich verzeihe beiden. Ich glaube, Martan war von ihrer Schönheit ebenso geblendet wie ich. Und sie war eben viel zu lange allein. Deswegen muß ich auch ihr verzeihen.«

»Nein, so geht das nicht«, protestierte Aquilante.

»Wir dürfen nicht vergessen, welches Leid durch all das hier geschehen ist«, stimmte auch der König von Syrien zu. »Wir müssen sie nach Gesetz und Recht beide dem Henker übergeben.«

»Ich will nicht, daß sie sterben«, sagte Grifon. »Ich denke, daß es reicht, wenn der Henker Martan öffentlich auspeitscht.«

Schweren Herzens stimmte König Norandin zu. Bereits am nächsten Tag wurde Martan aus dem Verlies geholt, nackt ausgezogen und vor einer großen Menschenmenge nach Recht und Verdienst ausgepeitscht. Anschließend durfte der Winselnde mit Schimpf und Schmäh davontaumeln.

Über Orrigilla wollten der König und seine beiden Gäste nicht selbst entscheiden.

»Ich schlage vor, wir warten, bis Königin Lucina von ihrer Reise zurückkehrt«, sagte Norandin. »Wir können ihrem Urteil voll und ganz vertrauen, ganz gleich, ob es nun mild oder streng sein wird.«

Aquilante und Grifon stimmten dem Vorschlag zu. In den folgenden Tagen pflegte Aquilante seinen Bruder und gönnte sich auch selbst Muße und Erholung.

Für König Norandin war die Flut der Irrtümer und Fehler der letzten Tage ebenfalls heilsam. Ihm blutete immer noch das Herz bei dem Gedanken, wieviel Schmach er über einen guten Ritter gebracht hatte. Er suchte ständig nach einer Möglichkeit, wie er den heldenhaften Grifon doch noch ehren und ihm den Siegespreis verschaffen konnte. Das Dumme war nur, daß nach den Regeln ein schon einmal vor allen Augen übergebener Preis nicht an einen anderen übertragen werden konnte.

Erst nach vielen schlaflosen Stunden kam König Norandin auf die rettende Idee. Grifon sollte den Siegespreis erhalten. Aber nicht hinter den Mauern des Palastes, sondern öffentlich und vor allen Augenzeugen, die bei der fälschlichen Verleihung zugesehen hatten. Als König Norandin zu diesem Entschluß gekommen war, sprang er von seinem Nachtlager auf.

»Verkündet überall im Land«, rief er dem wachenden Gefolge zu, »daß wir in einem Monat, von heute an gerechnet, zu einem neuen Kampfspiel nach Damascus einladen. Es soll noch größer und noch feierlicher werden als beim ersten Mal. Und diesmal soll der wahre Held den Siegespreis erhalten.«

Die Nachricht von dem neuen königlichen Turnier und einem Wettbewerb der besten Ritter verbreitete sich schnell durch das ganze Königreich. Es drang selbst bis Palästina vor und erreichte zuletzt auch Astolfs Ohr.

»Solch ein Ereignis darf doch nicht ohne uns stattfinden!« rief der Prinz von England.

»Vollkommen richtig!« stimmte der Vizekönig von Jerusalem zu. »Also – reiten wir mit kleiner Begleitung nach Damascus?«

»Nichts wäre mir jetzt lieber!« Astolf lachte.

Samsonet galt als besonders tapferer, mutiger Mann. Seit er von Orlando getauft worden war und Karl der Große ihn zum Beschützer des Heiligen Landes ernannt hatte, waren sein Name und sein Ruhm noch strahlender geworden.

Die beiden Edlen bereiteten sich in aller Sorgfalt auf die Reise vor. Sie hatten keine Eile und beschlossen, jeden Tag nur ein kleines und bequemes Stück mit ihren Knappen, Pferdeknechten und dem ganzen Troß weiterzuziehen. Schließlich wollten sie am Tag des großen Turniers frisch und ausgeruht in den Sattel steigen.

Sie waren bereits eine Weile unterwegs, als ihnen an einer Wegkreuzung jemand entgegenkam, der auf den ersten Blick wie ein Ritter aussah, aber dann sahen sie an der ganzen Haltung und dem Waffenrock, daß es eine Frau sein mußte, und erkannten die kämpferische, überall als verschlossen und geheimnisvoll geltende Marfisa. Sie konnte so hervorragend mit ihrem Schwert umgehen, daß sie bereits drei große Könige besiegt und sich den Thron von Persien erobert hatte. Außerdem hieß es, daß sie nur selten ihre Rüstung ablegte, ständig unterwegs war und mit jedem Ritter den Kampf suchte, um sich auf diese Weise Ruhm und Unsterblichkeit für ihren Namen zu verdienen.

Noch während sie auf Astolf und Samsonet zuritt, überlegte Marfisa, ob sich einer der beiden jungen Fürsten für ein kleines Kräftemessen eignen würde. Zufrieden stellte sie fest, daß beide groß und stark aussahen, mit breiter Brust, kräftigen Armen und Beinen. Ohne zu zögern, spornte sie ihr Roß und galoppierte mit eingelegter Lanze auf sie los.

Im letzten Augenblick erkannte sie Prinz Astolf. Sofort dachte sie daran, wie ritterlich er ihr bei den Kämpfen um die Burg Albracca im fernen Königreich Cathay gedient hatte. Marfisa richtete die bereits eingelegte Lanze wieder auf, zog ihren Kampfhandschuh aus und klappte das Visier hoch. Dann ritt sie fröhlich auf ihn zu und kam so dicht an ihn heran, daß sie ihn fast umarmen konnte.

»Astolf! Mein tollkühnes Prinzchen von England, wie kommst du in diese Gegend?«

Astolf schluckte die anzügliche Bemerkung ohne Protest. Er war ebenso erfreut und überrascht, aber zunächst verneigte er sich vor ihr und zeigte die Gesten der Huldigung, wie sie einer Dame zukamen.

»Wir wollen nach Damascus«, gab er Auskunft. »Dorthin hat der König von Syrien alle eingeladen, die sich gegenseitig ihre Waffenkunst und Tapferkeit beweisen wollen.«

»Da muß ich mitkommen!« sagte Marfisa sofort.

Sie lachten und beschlossen, von nun an zu dritt weiterzureiten.

Bereits am selben Abend kamen sie mit ihrem stattlichen Gefolge vor den Toren von Damascus an. Draußen in der Vorstadt blieben sie in einer sehr angenehmen Herberge, um sich ungestört auszuruhen.

Bereits früh am nächsten Morgen schickten sie Männer aus ihrem Gefolge in die Stadt, um zu erkunden, wann das Turnier und die wilden Spiele begannen. Dann legten der Prinz von England, Samsonet und das Mädchen Marfisa ihre Kleidung und die Rüstungen an. Gleich darauf kehrte der erste Bote zurück und meldete, daß der König von Syrien bereits auf dem großen Platz erschienen war, auf dem die Lanzen splittern sollten.

Mit einiger Eile brachen sie auf und ritten über die breite Straße zum Kampfplatz. Hier hatten sich bereits die Turnierteilnehmer in zwei Gruppen aufgestellt, die auf das Zeichen für den Beginn der Wettkämpfe warteten. Die Preise aus dem vorangegangenen Turnier wurden erneut vor der Tribüne ausgestellt. Außerdem hatte König Norandin weitere Siegespreise für den Tag gestiftet. Sie bestanden aus einem reichverzierten Schwert und einem wertvollen Streitkolben mit vielen Edelsteinen. Die kostbaren Waffen hingen am Sattel eines edlen Pferdes, auf das jeder adliger Besitzer stolz sein konnte.

Die Neuangekommenen erfuhren schnell, daß diese Siegestrophäen eigentlich nicht mehr zur Verfügung standen, weil der König sie einzig und allein dem weißen Ritter übergeben wollte.

Doch es kam anders.

Als Marfisa in Begleitung von Samsonet und Astolf auf den Platz ritt, stutzte sie plötzlich und zügelte ihr Pferd.

»Das kann nicht wahr sein!« stieß sie hervor. »Das ist meine Rüstung ... Ich habe sie vor geraumer Zeit am Rand der Straße abgelegt, als ich König Agramants Dieb Brunell nachgelaufen bin, der mir mein Schwert gestohlen hatte.«

Entschlossen ritt Marfisa los. Sie fragte nicht lange nach einer königlichen Erlaubnis, sondern riß sich die minderwertige Rüstung vom Leib und legte dann den weißen Harnisch an. Gleich darauf stand sie stolz und froh zwischen den achtlos weggeworfen Teilen der Rüstung und strich liebevoll über ihre eigene. Sie schien nicht einmal zu bemerken, wie ungeheuerlich ihr Verhalten gegenüber König Norandin war: Welch eine unverschämte Beleidigung! Der König schäumte vor Empörung. Ein Blick von ihm genügte, und sein gesamter Hofstaat griff mit ihm zu den Waffen. Die Männer rissen ihre Schwerter hervor, senkten ihre Lanzen und dachten keinen Augenblick daran, daß erst vor kurzer Zeit ein vorschnelles und falsches Urteil großes Unglück über einen fremden Ritter und die ganze Stadt gebracht hatte.

Marfisa ließ sich nicht beeindrucken. Sie sprang fröhlich hin und her wie ein Kind, das zur Frühlingszeit mit roten, gelben, blauen Blumen spielt – oder wie ein hübsch geschmücktes junges Mädchen bei Musik und Tanz im Mai. Astolf hatte miterlebt, daß diese ungewöhnliche Ritterin erst richtig glücklich war, wenn sie im Waffenlärm dabeisein konnte – mitten im Gewirr der Pfeile und der Lanzen im wilden Streit, bei dem das Blut floß und der Tod immer wieder zugriff.

Die Kriegskönigin zögerte keinen Augenblick. Sie saß auf, senkte ihre Lanze, galoppierte los und griff sofort das königliche Gefolge an. Dem ersten stach sie die Lanzenspitze durch den Hals, dem zweiten spießte sie in die Brust. Zwei weitere wurden von ihrem Pferd niedergetrampelt. Dann warf sie die Lanze weg und riß ihr Schwert hervor. Blutige Bäche flossen in den Sand, als sie den einen kopflos machte und den anderen aus dem Sattel schlug. Sie köpfte hier den ersten, zermalmte dort den zweiten und durchstach den dritten. Der vierte verlor seinen rechten Arm, der fünfte seinen linken.

Auch Prinz Astolf von England und Vizekönig Samsonet ließen sich von Marfisas Kampfeswut anstecken. Sie waren mit ihr gekommen und mußten daher an ihrer Seite kämpfen. Vollkommen überrascht erlebten Dutzende von fremden Rittern, die zu einem friedlichen Turnier gekommen waren, daß es hier kein großes Fest, sondern ein Gemetzel, und statt Waffenspiel tödliche Kämpfe gab. Die meisten wußten nicht einmal, warum das Gefolge des Königs zu den Waffen gegriffen hatte. Sie hatten nicht gesehen, wie sehr Marfisa König Norandin beleidigt hatte. Sofort bildeten sich zwei Parteien. Die einen schlugen sich auf die Seite der Königlichen, ohne zu ahnen, daß sie das sehr schnell bereuen sollten. Die anderen bemühten sich darum, die Kämpfenden zu trennen. Nur die Klügsten warteten ab und betrachteten, was sich da vor ihren Augen entwickelte.

Grifon und Aquilante sahen, daß Norandins Augen wie von Gift berauscht glühten. Erst da wurde ihnen der Grund für den Zorn des Königs zugerufen.

Grifon sah die Schmach für König Norandin sofort als persönliche Beleidigung an. Er griff, ebenso wie die anderen, eine Lanze und flog augenblicklich auf die drei Neuankömmlinge zu. Astolf gab er seinem wunderbaren Pferd Rabikan die Sporen und legte seine goldene Zauberlanze ein, die jeden niederwarf, den sie berührte. Im wilden, staubigen Durcheinander stieß er zuerst Grifon und dann Aquilante aus ihren Sätteln. Sie stürzten kopfüber zu Boden.

Nun zeigte auch der Vizekönig von Jerusalem, woher er seinen guten Ruf hatte. Einen Ritter des Königs von Damascus nach dem anderen stieß er vom Pferd. Seine Kraft und seine Geschicklichkeit waren so groß, daß die Menge so schnell wie irgend möglich vom Turnierplatz floh. Ohnmächtig vor Wut mußte König Norandin mit ansehen, wie Marfisa die Siegesprämie einfach mitnahm. Mit beiden Harnischen und beiden Helmen ritt sie stolz an ihm vorbei in Richtung auf die Vorstadt, zu der Herberge, in der sie die erste Nacht vor Damascus verbracht hatte. Astolf und Samsonet folgten ihr schnell. Überall wurde ihnen Platz gemacht. Sie hielten erst, als das Fallgitter des Torturms sie aufhielt.

Auf dem Turnierplatz rappelten sich Grifon und Aquilante nur mühsam wieder auf. Mit gesenkten Köpfen ritten sie in großem Bogen um König Norandin herum. Der Syrerkönig zog sämtliche Bewaffnete zu einem großen Haufen zusammen. In sicherem Abstand zu den Turnierteilnehmern und dem königlichen Gefolge drängte sich das Volk und schrie immer wieder: »Schlagt sie! Schlagt sie!«

Grifon erreichte als erster die Torbrücke. Hier stellten sich die beiden Männer und das Mädchen mutig dem nächsten Waffengang. Überall war die Anspannung zu spüren. Doch dann erkannte Grifon Herzog Astolf. Der Prinz von England trug dieselbe Ausrüstung und ritt das Pferd wie an jenem Tag, an dem er in Ägypten den schrecklichen Orril getötet hatte. Auf dem Turnierplatz waren sie viel zu schnell aneinandergeraten, um auf die Regeln der Höflichkeit zu achten. Nun verflog Grifons Zorn über seine Niederlage. Er ritt auf Astolf zu, grüßte ihn höflich und sagte: »Ich glaube, du mußt uns erklären, wer deine Gefährten sind und warum diese junge Dame hier ohne jeden Respekt einfach die Rüstung angezogen hat, die der König von Syrien als Preis für den Besten des Turniers ausgesetzt hatte.«

»Ich muß die edle Kriegerin nicht vorstellen«, erwiderte Astolf lächelnd. »Du hast doch selbst bei der Verteidigung Albraccas gegen sie gekämpft.«

»Ist sie ... etwa die Königin Marfisa?« fragte Grifon voller Bewunderung.

Astolf nickte belustigt. »Und dieser junge Held neben ihr ist Samsonet, der Vizekönig von Jerusalem.« Er wartete, bis sich alle freundlich lächelnd und mit gegenseitigem Respekt voreinander verneigt hatten. Dann sagte er: »Das mit der Rüstung kann ich dir leider auch nicht erklären. Ich habe es lediglich für meine Ritterpflicht gehalten, ihr beizustehen.«

Endlich kam auch Aquilante heran, der den Paladin Karls des Großen ebenfalls erkannte. Als er hörte, was Astolf sagte, verschwand auch sein Zorn. Mittlerweile waren alle anderen Ritter und das königliche Gefolge so dicht herangerückt, daß sie die Gespräche aus sicherem Abstand verfolgen konnten. Als dann einer von ihnen auch noch den Namen der jungen streitlustigen Amazone hörte, drehte er sich sofort um, drängte sich an den anderen vorbei und stürzte vor seinen König.

»Marfisa!« stöhnte er. »Es ist Marfisa, die Schreckliche! Flieht ... vor dieser Höllenfurie ...«

König Norandin zuckte kaum merklich zusammen, als er den im ganzen Morgenland nur mit Furcht genannten Namen hörte. Er wußte, daß keiner seiner Männer kämpfen würde und daß alle sich versteckten, wenn die Unbesiegbare erneut auf sie zuritte. Norandin gab den Befehl zum Sammeln. Nur mühsam kamen selbst die Bewaffneten wieder zu ihm.

Inzwischen hatten Aquilante und Grifon, aber auch Samsonet und Astolf so lange auf Marfisa eingeredet, bis sie ihren Bitten nachkam und ihren Zorn bezwang. Mühsam beherrscht ritt sie auf den zur Flucht bereiten König von Syrien zu. Dann richtete sie sich stolz auf ihrem Pferd auf und rief: »Ich weiß nicht, Herr, wie du dazu kommst, wertvolle Waffen und diese Rüstung hier als Trophäen im Turnier auszustellen. Seit wann verschenkt ein König Dinge, die ihm nicht gehören, sondern gestohlen sind? Ich habe meine Rüstung auf der Straße von Armenien nach Damascus abgelegt, weil ich schneller hinter einem Räuber her sein wollte. Du glaubst mir nicht? Dann sieh dir dieses Wappen an. Die dreigespaltene Krone auf dem Siegespreis ist die gleiche, die du hier an meinem Brustharnisch sehen kannst.«

»Das mag ja sein«, antwortete König Norandin. »Aber ich habe die Waffen und die Ausrüstung rechtmäßig bei einem Händler aus Armenien gekauft. Ja, selbst wenn wirklich alles dir gehört hat, dann hätte doch ein Wort zu mir genügt, und ich hätte dir dein Eigentum zurückgegeben. Außerdem brauchst du mir nicht durch irgendeine Krone auf deinem Harnisch nachweisen, wer du bist. Das hast du bereits durch deinen Kampfesmut bewiesen. Ich bin überzeugt, daß Grifon für eine angemessene Entschädigung von mir ebenfalls auf deine Rüstung verzichtet hätte. Also nimm deine Rüstung wieder als dein Eigentum. Als Gegenleistung verlange ich nur, daß du Frieden gibst.«

»Ich brauche keine andere Entschädigung«, warf Grifon ein. »Aber es würde mich sehr stolz machen, wenn mir König Norandin wieder sein Vertrauen schenkte und wenn ich zugleich mit dir, Marfisa, ziehen dürfte.«

Marfisa fühlte sich geschmeichelt. Sie sah ein, daß sie mehr gewinnen konnte, wenn sie ebenfalls eine großzügige Geste zeigte.

»Ich schenke dir die Rüstung«, sagte sie lächelnd zu Grifon. Aber der lachte ebenfalls und antwortete: »Und ich gebe sie zurück an dich – als Andenken an mich und diesen Tag.«

Sie freuten sich alle, und an ihren fröhlichen Gesichtern erkannte auch das Volk, daß wieder Frieden und Liebe zueinander eingekehrt waren. Gemeinsam zogen sie über die breite Hauptstraße bis zum Turnierplatz. Erst dann begann das große Fest, wie es schon zweimal vorgesehen war. Prinz Astolf und die Brüder Grifon und Aquilante nahmen nicht an den Wettbewerben teil. Sie wollten, daß Samsonet diesmal den Ruhm und alle Siegesprämien erkämpfte, und der Vizekönig von Jerusalem holte sich tatsächlich Preis um Preis.

Auf diese Weise vergingen zehn Tage in Heiterkeit, frohem Schwertergeklirr und Lanzenstechen. Sie hätten es auch länger ausgehalten, aber allmählich schob sich die Pflicht wieder in ihr Denken. Auch Marfisa sehnte sich danach, endlich mit den berühmten Paladinen Frankreichs ihre Kraft zu messen. Samsonet schloß sich ebenfalls an. Er bestimmte einen Mann, der in seiner Abwesenheit Statthalter von Jerusalem sein sollte. Nach einem langen Abschied ritten die fünf mit ihrem Gefolge aus der Stadt. Ihr Ziel war Tripolis mit seinem Hafen und dem Meer.

Sie fanden ein großes Handelsschiff aus der alten Hafenstadt Luna an der Westküste Italiens, das gerade mit allerlei Waren für das Abendland beladen wurde. Der alte Schiffer ließ mit sich reden und nahm sie mitsamt ihrem Gefolge und den Pferden an Bord. Der Himmel war wolkenlos und klar, als sie mit gutem Wind und vollen Segeln in See stachen. Sie genossen das angenehme Wetter, bis sie im Hafen von Famagosta auf Zypern, der Insel der Liebesgöttin Venus, einliefen.

Hier blieben sie nicht lange, denn aus einem nahen Sumpf wehten so starke Giftdünste in den Hafen, daß hier nicht nur die Menschen früher starben, sondern auch noch das Eisen an Schiffen und Ausrüstung verrostete. Sie waren froh, als sie mit Hilfe eines frischen Ostnordostwindes um Zypern herum nach Paphos segeln konnten. Hier stiegen alle aus und bewunderten die wundervolle Gegend. Sie hatten gehört, daß es hier schönere Mädchen und Frauen geben sollte als an irgendeinem anderen Ort. Es hieß, daß bei allen die Liebesglut nie erlosch, ganz gleich, wie jung oder wie alt sie waren oder wie lange sie lebten. Allerdings konnten sie nicht mehr überprüfen, ob die Legenden stimmten, denn als der alte Schiffsherr genug gehandelt und Waren ausgetauscht hatte, ließ er erneut die Anker lichten. Der Wind war günstig, aber am Abend trat ein, was einige bereits befürchtet hatten: Der Südwestwind blies immer stärker, wühlte das Meer auf und wurde schnell zum Sturm.

Wilde Brecher krachten so hart unter Blitz und Donner über das kleine Schiff her, als stürze brennend ringsumher die Welt zusammen. Schwarze Nacht verhüllte die letzten Sonnenstrahlen ebenso wie das Licht der Sterne. Das Meer brüllte von unten, und der Himmel antwortete mit gleicher Wut von oben. Trotzdem gaben die Matrosen noch nicht auf. Der alte Schiffer scheuchte sie von einer Seite zur anderen. Er tauchte überall auf und pfiff dabei mit einer grellen Pfeife seine Befehle. Der eine wurde zum Rettungsanker befohlen, der andere an die Taue, der dritte mußte die Segel reffen, ein weiterer umklammerte das Steuer. Einer hantierte am Mast, noch ein anderer warf alles über Bord, was nur entbehrlich war.

Die ganze Nacht über nahm das Unwetter immer mehr zu. Als dann die Stunden kamen, in denen eigentlich der neue Tag anbrechen sollte, blieb alles schwarze Nacht. Auf einmal sah auch der erfahrene Schiffer keine Hoffnung mehr. Er gab sein Schiff auf, ließ die Segel vollends reffen und holte mit einem Pfiff den Mann vom Steuer weg. Das war die letzte Möglichkeit, die sie noch hatten: Sie ergaben sich der Wucht des Sturms und den wilden Meereswogen.

Während die aus dem Morgenland heimkehrenden Streiter in immer größere Seenot gerieten, kämpften vor Paris noch die Sarazenen gegen das Verstärkungsheer aus England. Rinaldo stürmte immer wieder vor. Er öffnete die feindlichen Reihen, rötete ihre Rüstungen und Gewänder mit Blut und riß ihre Fahnen in den Sand. Gerade erst hatte er Bajard die Sporen gegeben, da sah er mitten im Getümmel das rotweiße Wappen von Graf Orlando. Doch es war Dardinell, der Sohn von König Almon, der sich damit schmückte. Nach den Ritterregeln gehörte es eigentlich Orlando, denn er war es gewesen, der König Almont in Kalabrien besiegt und seinen Helm erobert hatte. Je näher er dem Sarazenenritter kam, um so wilder wurde Rinaldos Entschlossenheit. Er sah den Wall von Leichen zwischen ihnen und schrie: »He, du mißratener Knabe! Jetzt reiße ich dich wie Unkraut aus, das nicht noch größer werden darf. Zeig mir, wie gut du dieses Rot und Weiß in deinem Schild verteidigst. Und wenn du das bei mir nicht schaffst, wird dir der Graf Orlando noch leichter seine Farben abnehmen.«

»Dann komm doch her!« rief Dardinell zurück. »Du wirst merken, wie ich die Farben schütze, die ich von meinem Vater übernommen habe. Glaub bloß nicht, daß ich fliehe, weil ich noch jung bin. Töte mich doch, wenn du kannst! Freiwillig gebe ich weder mein Wappen noch meine Ehre hin.«

Er gab seinem Pferd die Sporen. Den Sarazenen stockte vor kalter Furcht und Grauen das Blut in den Adern, als sie sahen, wie ihr Prinz todesmutig auf Rinaldo zu ritt. Der Graf von Montalban glich in diesem Augenblick einem Löwen, der auf der Wiese vor sich einen Stier entdeckt hatte, der noch zu jung für Liebesgluten, aber so schnell war, daß er sogar den ersten Angriff schaffte. Er traf, aber Mambrins Helm auf dem Kopf des Paladins konnte sehr viel vertragen. Rinaldo lachte nur.

»Jetzt zeige ich dir, wie ich dich zur Ader lasse, damit du dich gleich besser fühlst!«

Er spornte Bajard an und ließ dem Roß die Zügel schießen. Mit einem fürchterlichen Stich durchbohrte er die Brust des Sarazenenprinzen. Die Spitze brach im Rücken noch durch das Eisen seiner Rüstung. Blutend und leblos fiel der junge Leib aus seinem Sattel. So wie der Mohn im Garten seinen Kopf senkt, wenn er zu reich im Saft steht, sank der junge Dardinell erbleichend auf den Boden.

Es war, als würde Wasser, das lange Zeit durch klug gebaute Dämme eingeschlossen war, plötzlich wieder freigelassen, um mit lautem Brausen durch das Land strömen. Solange Dardinell die Sarazenen durch seinen Mut hinter sich geschart hatte, konnten sie sich noch gegen die Verteidiger der Christen stemmen. Nun aber, als sie ihn sterbend vom Sattel gleiten sahen, stoben die Sarazenenkrieger nach allen Seiten auseinander.

Rinaldo rührte sich nicht mehr. Er ließ jeden fliehen, der fliehen wollte. Nur diejenigen, die noch zögerten, verscheuchte er, indem er kurze Ausfälle in ihre Richtung ritt. Die Schotten unter ihrem tapferen Herzog Ariodant nahmen als erste die Verfolgung auf. Sie wurden von Kronprinz Zerbin und Graf Leonel, Kaiser Karl selbst, Solomon, Olivier, Ogier, Guido und Bischof Turpin unterstützt.

Der einzige, der im verwirrten Heer der Sarazenen noch die Übersicht behielt, war Spaniens König Marsilo. Er beschloß, keinen Widerstand zu leisten, um wenigstens noch das zu retten, was an Männern und an Beute übrig war. So schnell wie möglich sammelte er die maurischen Fähnlein und zog sich mit ihnen in das befestigte Lager zurück. Stordilan, der König von Andalusien, und der König von Portugal folgten ihm hinter die Verschanzung. Gleichzeitig wurde ein Bote ausgeschickt, um Agramant zu warnen.

Kurz darauf bliesen Agramants Trompeten zum Rückzug. Aber viele in den wilden Fluchthaufen der Sarazenen hörten die Signale nicht mehr. Sie sprangen kopflos und mit blasser Feigheit in die Seine. Die meisten von ihnen konnten nicht schwimmen und ertranken. Nur einigen Anführern gelang es, ihre Truppen vom Fluß fernzuhalten und ins sichere Lager zu retten. Insgesamt überlebte bestenfalls ein Drittel des gesamten Heeres. Die meisten der Eroberer ahnten, daß die Lagerwälle und die anbrechende Nacht sie nur vorübergehend schützen konnten.

Es war, als hätte der große Schöpfer weiteres Morden unterbunden. Aber auch so überschwemmte ein Strom von Blut die Wiesen und die Straßen. Achtzigtausend Tote lagen auf dem Schlachtfeld. In dieser Nacht fanden die Wölfe von nah und fern ein reiches Fressen vor, und die Bauern der Umgebung wurden zu Leichenräubern.

Während die Heiden fieberhaft ihre Schanzen und Schutzwälle erhöhten, Gräben aushoben und Basteien anlegten, loderten rund um die Eingeschlossenen hohe Feuer in den Nachthimmel. Auf beiden Seiten konnten sich nur wenige der erschöpften Krieger ausruhen. Die meisten hielten Wache und behielten gleich den Harnisch an.

Die ganze Nacht über kamen aus den Zelten der Mauren nur Seufzer, leises Jammern und Klagen. Wer nicht verwundet war, betrauerte den erschlagenen Vetter oder Freund. Viele weinten vor Schmerzen, andere aus Angst und Furcht vor dem nächsten Tag.

Im Heer der Sarazenen befanden sich auch zwei Männer unbekannter Abstammung. Sie waren in Tolomit an der Küste der Cyrenaika in Nordafrika geboren. Die beiden Fußkämpfer verband eine tiefe, schon liebevolle Verehrung mit Fürst Dardinell. Als seine treuesten Gefolgsleute waren sie mit ihm ins Frankenreich gekommen.

Kloridan war hochgewachsen, stark und schnell. Seit seiner Kindheit hatte er sich immer wieder als guter Jäger bewährt. Medor dagegen hatte ein frisches Milchgesicht. Mit seinen sanften schwarzen Augen und seinem goldblonden Kraushaar war er ein so schöner Jüngling, daß sich kaum jemand seiner Anmut und seinem Liebreiz entziehen konnte. Wo er auch auftauchte, kam er vielen wie ein Engel aus dem obersten, dem siebten Himmel vor.

Zusammen mit vielen anderen hatten die beiden den Auftrag, den Lagerwall zu bewachen und, wenn es sein mußte, mit dem Leben zu verteidigen. Als es dunkel wurde und die ersten Sterne aufstiegen, sah Medor in ihnen immer wieder das Gesicht des jungen toten Königssohns. Er empfand tiefe Trauer darüber, daß er noch immer ungeehrt und unbegraben draußen auf dem Schlachtfeld lag.

»Kloridan«, sagte er schmerzerfüllt zu seinem Waffenbruder neben sich, »ich kann dir gar nicht sagen, wie fürchterlich der Gedanke für mich ist, daß da draußen Wölfe und Raben Dardinells Leib zerfleischen. Ich ertrage einfach nicht, wenn Dardinell die ganze Nacht unbestattet auf dem Schlachtfeld liegenbleibt. Ich muß ihn finden! Vielleicht gönnt mir Allah einen kleinen Schutz, damit die Franken mich nicht sehen. Falls ich aber Pech habe, kannst du den anderen erzählen, was ich versuchen wollte.«

Kloridan wunderte sich über die Entschlossenheit und Treue des jungen Mannes, der noch ein halbes Kind war.

»Tu es nicht!« beschwor er ihn. »Du opferst dich umsonst, und Dardinell hat nichts mehr von deinem Tod.«

Medor ließ sich nicht von seinem Vorsatz abbringen. Er war entschlossen, der Leiche seines Herrn ein Grab zu geben oder ehrenvoll zu sterben.

»Na gut, du Narr«, seufzte Kloridan. »Dann gehe ich eben mit. Lieber sterbe ich mit der Waffe in der Hand als durch die Trauer, wenn du nach dem Tod des Fürsten auch noch weg bist.«

Sie übergaben ihren Postenplatz den nächsten Wachen und gingen in die Dunkelheit hinein. Irgendwie schafften sie es, alle Wälle, Gräben und Palisaden zwischen den Heeren zu überwinden. Die großen Feuer bei den Christen waren bereits niedergebrannt. Viele der Franken und ihrer Verbündeten waren, von der Schlacht erschöpft und trunken vom Wein, zwischen ihren Waffen und Gerätschaften eingeschlafen.

Kloridan hielt an und streckte seine Hand aus.

»So eine Gelegenheit kommt so schnell nicht wieder«, flüsterte er Medor zu. »Was denkst du? Sollen wir den verdammten Haufen, der unseren Herrn erstach, nicht gleich etwas zur Ader lassen? Halt du die Ohren und die Augen offen, dann verschaffe ich uns einen Weg mitten durch ihr Lager.«

Er schlich vorsichtig weiter. Das erste Zelt gehörte dem gelehrten Alpheus. Der Arzt und Astrologe war erst seit einem Jahr Berater des Frankenkönigs. Nun halfen ihm weder Zauberei noch die Kunst der Sterndeutung. Er, der sich selbst geweissagt hatte, er würde hochbetagt in den Armen seiner Frau von dannen gehen, merkte nicht mehr, wie sehr er sich geirrt hatte. Der Maure stieß ihm das Schwert noch im Schlaf tief in den Schlund.

Vier weitere Franken im Zelt des Sterndeuters starben, bevor sie die Zeit fanden, auch nur den kleinsten Laut von sich zu geben. Nicht einmal Namen blieben von ihnen. Kloridan erstach einen, der sich für den Schlaf zwischen seinen Pferden allzu sicher gefühlt hatte. Der nächste war der arme Grillo, der schwer an einem völlig ausgetrunkenen Weinfaß lehnte. Er hatte mehr als eine Kanne in seinen Leib gegossen und trank auch noch im Traum weiter, ehe er erschlagen wurde.

Nach ihm machte der Ptolemäer einen Deutschen und einen Griechen kalt. Sie hatten sich die halbe Nacht im Freien bei

Wein und Würfelspiel die Zeit vertrieben. Kloridan wütete wie ein hungriger, wild gewordener Löwe in einem vollen Stall, aber auch Medors Schwert war nicht stumpf. Anders als sein Gefährte sah er keinen Sinn darin, einfache Krieger und unedles Volk umzubringen. Statt dessen drang er bis zum Herzog von Labret vor. Er schlief in den Armen seiner Liebsten und hatte sie so fest umschlungen, daß kein Lufthauch zwischen beide Körper paßte. Medor enthauptete beide zugleich auf ihrem Liebeslager. Er dachte, wie selig dieses Sterben für sie sein mußte, als ihre Seelen aufstiegen, ebenso vereint und aneinandergeschmiegt.

Im nächsten Zelt tötete er die beiden jungen Söhne des Grafen von Flandern. Sie waren erst vor wenigen Tagen von Karl zu Rittern geschlagen worden. Die beiden Sarazenen mit ihren scharfen Klingen näherten sich den Zelten, die für die Paladine und die edelsten der Ritter um das kaiserliche Hauptzelt aufgerichtet worden waren. Hier wachten nacheinander Männer, die sich in vielen Schlachten Ruhm verdient hatten. Keiner war sich zu schade, zur Wache für den Kaiser aufzustehen.

Kloridan und Medor sahen, daß sie nicht weiter kamen. Vorsichtig zogen sie sich wieder ins Dunkel am Rand des Frankenlagers zurück. Sie hätten sich auf dem ganzen Weg reich mit Beutestücken beladen können. Überall lagen Schwerter, Schilde, Speere und Lanzen auf dem Boden. Sie gehörten Armen, Reichen, Königen und Vasallen. Über all den Toten in den immer noch nassen Blutlachen lagen auch noch Unmengen von Pferdeleichen. Der Leiberhaufen war so schrecklich dicht, daß die beiden jungen Sarazenen zuerst vergeblich nach dem Leichnam ihres Herren suchten. Dann aber, als Kloridan schon aufgeben wollte, hob Medor die Hände, blickte zum dunklen Himmel hinauf und flehte den unsichtbaren Mond um Hilfe an.

»Heilige Göttin«, rief er, »die du von unseren Ahnen zu Recht die Dreigestaltige genannt wurdest, weil deine Schönheit nicht nur im Himmel, sondern auch auf der Erde und in der Hölle überall gelobt wird. Du bist die beste Jägerin, die jedes Wild verfolgt und jedes Untier im Land erkennt. Zeig mir den

Königssohn, der dich stets angebetet hat und der mir durch den Tod entrissen wurde.«

Es konnte Zufall sein, aber gleich nach der Anbetung Medors rissen die Wolken auf, und die Göttin Luna zeigte etwas von ihrem fahlen, unwirklichen Glanz. Sie war so schön wie vor Urzeiten, als sie sich unter ihrem anderen Namen Selena nackt in die Arme ihres schönen und geliebten Schläfers Endymion begeben hatte.

Im Licht der Mondgöttin zeichneten sich die Umrisse von Männern, Horizontlinien und Bergen ab. In der Ferne schimmerten deutlich sichtbar die beiden Hügel der Frankenhauptstadt – der Montmartre rechts und Montlhéry zur Linken. Dort, wo die beiden jungen Männer gerade standen, schien der Mond besonders hell auf das Schlachtfeld. Das Mondlicht reichte aus, um ein rotweißes Wappen auf einem Schild am Boden zu erkennen. Medor stürzte nach vorn. Dann fiel er auf die Knie, erkannte seinen Herrn und umschlang ihn weinend. Er herzte und küßte den Erschlagenen so innig, daß selbst der Nachtwind über dem Schlachtfeld von seinem Weg abbog, um dieser Totenklage zu lauschen.

Schließlich hoben die beiden jungen Männer den königlichen Leib hoch und legten ihn auf ihre Schultern. So rasch wie möglich bewegten sie sich vorwärts. Im ersten Morgenrot kam ihnen ein Ritter entgegen, der die ganze Nacht damit verbracht hatte, auf eigene Faust fliehende Ungläubige zu jagen. Nun kehrte er mit seinen besten Männern zum Frankenlager zurück. Kloridan merkte, daß sie bereits entdeckt worden waren. Die Pferde vor ihnen liefen schneller und kamen direkt auf sie zu – vermutlich in der Hoffnung, noch einmal vor Sonnenaufgang geflohene Sarazenen aufzuspüren.

»Jetzt, Herzensbruder, müssen wir Dardinell loslassen!« keuchte Kloridan. »Dann nichts wie weg, so schnell wir können! Es wäre Dummheit, wenn zwei zugrunde gingen für einen Toten.«

Er ließ den Leichnam an seiner Seite fallen und dachte, daß es Medor ebenso machen würde, aber der hing um so inniger an seinem Herrn und schleppte ihn auf seinen Schultern allein weiter.

Prinz Zerbins Reiterei teilte sich in zwei Gruppen auf. Sie wollten beide einfangen – tot oder lebendig. Die erste Gruppe ritt auf die Stelle zu, an der sie Kloridan den Weg abschneiden wollte. Gleichzeitig schleppte sich Medor mit dem Leichnam Dardinells bis zu einem völlig verwilderten Waldstück. Hier gab es bestenfalls verschlungene Pfade in einem Labyrinth, das nur Tieren bekannt war. Völlig erschöpft stürzte er mit seiner Last ins Gebüsch, geriet in Dornen und konnte nicht mehr weiter.

19. Gesang

Kein Mensch kann wissen, ob er wirklich geliebt wird, solange er erfolgreich ist. Sobald sich aber dann das Glücksrad nach unten dreht, trennen sich die falschen von den echten Freunden. Die Speichellecker fliehen, und nur, wer seinen Herren wirklich liebt, liebt ihn auch über Unglück und den Tod hinaus.

Wenn man im Herzen lesen könnte wie in einem Gesicht, würden die Bescheidenen schnell den Platz der Schmeichler einnehmen. Die Hohen würden dann die Letzten sein, die Niederen die Ersten.

Während Medor sich mit seiner Last im Dornengestrüpp des wilden Waldes verfing, hatte sich Kloridan so weit entfernt, daß er nicht einmal mehr das Lärmen der Verfolger hörte. Als er sich schließlich umdrehte, erkannte er entsetzt, daß der Freund mit seiner königlichen Last nicht mehr hinter ihm war.

»O ich Narr!« stieß er hervor. »Wie konnte ich dich, Medor, einfach zurücklassen?«

Ohne zu zögern, kehrte er um. Er stürmte wieder auf den Tod zu, aus dessen Nähe er bereits geflohen war. Schon bald hörte er Hufschlag, drohende Rufe und Kampfgeschrei. Dann erkannte er, daß Medor von den Feinden auf ihren Pferden im Dornengebüsch gefangen war. Es mußten hundert Reiter sein, die ihn umringten.

»Los! Packt ihn!« schrie Zerbin. Medor kam wieder hoch und versuchte auszubrechen. Wie ein torkelnder Kreisel stolperte er zwischen Eichen, Ulmen, Buchen hin und her. Dabei schleppte er die ganze Zeit den Leichnam von Dardinell auf seinen Schultern mit. Schließlich versagten seine Kräfte, und er mußte ihn in das Gras zwischen den Bäumen gleiten lassen.

Kloridan hatte nur noch einen Wunsch. Er wollte gemeinsam mit dem Freund sterben, wenn er ihm schon nicht helfen konnte. Aber ehe es soweit war, wollte er so viele Männer wie möglich mit in den Tod reißen. Gut versteckt hinter Gebüsch, legte er den ersten seiner scharfen Pfeile aus dem Köcher ein. Er zielte sorgfältig und schoß. Ins Hirn getroffen, stürzte der erste Schotte von seinem Pferd zu Boden. Sofort schrien die anderen und drehten sich in seine Richtung.

»Da ist er! Im Gebüsch!« rief einer der Schottenreiter. »Und ich sage ...«

Er sagte gar nichts mehr. Kloridans zweiter Pfeil nagelte ihm die Zunge in den Schlund und schnitt ihm jedes weitere Wort ab. Zerbin wurde wütend. Er entdeckte Medor und ritt mit schnellem Schwung direkt auf ihn zu.

»Das sollst du büßen!« schrie er ihn an, packte ihn an den goldenen Lockenhaaren und riß ihn mit einem wilden Ruck zu sich hoch. Doch noch im Schwung berührte ihn der sanfte Blick aus den schönen Augen des jungen Mannes. Er empfand plötzlich Mitleid für ihn und konnte ihn nicht töten.

»Ich bitte dich bei deinem Gott, sei nicht so grausam zu mir, und laß mich, ehe du mich tötest, meinen eigenen Herrn begraben. Sobald Almons Sohn bestattet ist, kannst du mich ums Leben bringen oder mit mir machen, was du willst.«

Die Stimme des jungen Mauren klang so sanft und bescheiden, daß sich selbst ein Fels erbarmt hätte. Zerbin war dermaßen ergriffen, daß er sich selbst nicht wiedererkannte. Er war bereit, die Bitten des schönen jungen Gefangenen zu erfüllen, doch im selben Augenblick nahm ihm ein anderer aus seinem Gefolge jede weitere Entscheidung ab und ritt mit eingelegter Lanze auf sie zu. Die Lanzenspitze streifte Medors Arm und stieß dann gegen seine junge Brust. Wütend mußte Zerbin mit ansehen, wie der rohe Stoß den schönen Jüngling auf den Boden warf.

»Was soll das?« schrie der Prinz von Schottland seinen eigenmächtigen Paladin an. »Das zahlst du mir!«

Der andere erkannte, wie ernst es Zerbin war. Ohne zu antworten, wendete er sein Pferd, gab ihm die Sporen und floh.

Kloridan sah, wie Medor zusammenbrach. Nun kannte er kein Halten mehr. Er stürmte aus der Deckung und rannte auf die Schotten zu. Noch im Laufen warf er seinen Bogen weg und riß sein Schwert hervor. Es war ihm gleichgültig, aus wieviel Wunden er blutete. Er wollte sterben und sich zugleich rächen. Mit letzter Kraft erreichte er die Stelle, an der blutend und bewegungslos Medor lag. Kloridan brach zusammen. Er starb, noch ehe er den Waldboden berührte.

Die Schotten sahen sich die Körper der drei geschlagenen Sarazenen nur noch einmal flüchtig an. Dann nahmen sie die Verfolgung des Ritters auf, der durch seine Eigenmächtigkeit Prinz Zerbin tief beleidigt hatte.

Nichts regte sich um den toten Sarazenenfürsten und die Körper der beiden jungen Krieger, die zurückgekehrt waren, um Dardinell zu begraben. Nur aus dem Körper des blondgelockten Medor tränkte noch immer Blut den Waldboden. Die Zeit verstrich. Es würde nicht mehr lange dauern, bis das Leben in dem jungen Körper endgültig versiegte. Doch dann bewegte sich etwas innerhalb des Waldes.

Ein ungewöhnlich schönes Mädchen kam zu der Stelle, an der die blutenden Körper lagen. Sie hatte eine königliche Gestalt, blühende Wangen und bewegte sich mit der Grazie einer Fürstin. Ganz im Gegensatz dazu trug sie nur ein einfaches Hirtenkleid. Es war Angelica, die Tochter des Großkhans aus dem fernöstlichen Königreich Cathay.

Seit sie den vom diebischen Brunell gestohlenen Zauberring zurückbekommen hatte, fühlte sie sich der ganzen Welt überlegen. Sie war so stolz und hochmütig, daß sie weder Knappen noch Knechte in ihrer Nähe duldete. Nicht einmal großen, weltberühmten Namen hätte sie erlaubt, sie zu begleiten. Mehr noch – sie haßte sich dafür, daß sie vor nicht allzu langer Zeit König Sakripant und Graf Orlando ihre lieben Freunde genannt hatte. Besonders ärgerlich kamen ihr all die Stunden vor, in denen sie mit Rinaldo viel zu freundlich gesprochen und gescherzt hatte. Sie verstand nicht mehr, warum sie sich gegenseitig so lange und so tief in die Augen geblickt hatten.

Aber Gott Amor ließ eine solche Mißachtung seiner Bemühungen nicht gefallen. Er sann bereits auf Vergeltung und stellte sich unsichtbar hinter den sterbenden Körper von Medor. Hier legte er den Pfeil in seinen Bogen und wartete, bis Angelica auftauchte. Sie spürte plötzlich einen Stich in ihrer Brust, sah, wie der wunderschöne Jüngling die Augen öffnete und dann mit sanfter Stimme hauchte, was mit ihm und den beiden Toten neben ihm geschehen war.

Angelica fühlte Mitleid und Bewunderung über soviel Treue. Sie erinnerte sich daran, daß sie selbst einmal in der Heilkunst unterwiesen worden war. Derartige Fertigkeiten gehörten im Königreich Cathay nicht in die Bücher, sondern wurden von Eingeweihten auf die Söhne und Töchter übergeben. Sofort überlegte sie, wie das Kraut hieß, mit dem sie sein fliehendes Leben aufhalten und in ein frisches umwandeln konnte. Gleich darauf fiel ihr ein, daß sie das gesuchte Heilkraut gerade erst auf einer Wiese gesehen hatte. Vielleicht hieß es hier Diptam, Eschenwurz oder auch Panazee. Auf jeden Fall hielt es das Blut in jeder Wunde zurück, beseitigte die Krämpfe und linderte den Schmerz.

Die Prinzessin eilte, so schnell sie konnte, zu der Stelle zurück, an der das Kraut wuchs. Auf halbem Weg zurück kam ein Hirte aus dem Wald. Er ritt auf einem Pferd und rief ihr zu, daß er schon seit zwei Tagen nach einer Jungkuh suche, die sich irgendwo verlaufen hatte. Angelica erklärte schnell, daß sie ihn dringender für eine andere Hilfe brauche. Der Hirte nahm sie sofort auf sein Pferd. Schnell ritten sie zu der Stelle, an der die Körper der drei Sarazenen lagen. Ihr Blut hatte schon den ganzen Waldboden durchfeuchtet.

Für einen Augenblick fürchtete Angelica, daß sie bereits zu spät kam. Sie legte das Heilkraut zwischen zwei Steine, preßte den Saft in ihre weißen Hände und träufelte ihn vorsichtig auf jede Wunde Medors von der Brust über den Bauch bis zu seiner Lende. Die Macht des Kräutersaftes begann sofort zu wirken. Die Blutungen versiegten, und es dauerte nicht lange, dann seufzte Medor, schlug die Augen auf und lächelte Angelica an. Sie warteten noch eine Weile, dann wollten sie ihn auf das Pferd des Hirten heben, doch der Sarazene wehrte ab.

»Ich kann nicht fort von hier, ehe ich nicht meinen toten Herrn begraben habe«, sagte er. »Erst wenn er in der Erde liegt und auch mein Freund Kloridan einen Platz neben ihm gefunden hat, darf ich an mich denken.«

Angelica und der Hirte zögerten nicht lange. Gemeinsam begruben sie die beiden toten Sarazenen. Als alles getan war, zogen sie langsam zum Haus des Hirten.

»Ihr könnt hier bleiben, bis er wieder ganz gesund gepflegt ist«, sagte er. Angelica blickte ihn dankbar an. Der Hirte und seine Frau lebten zusammen mit ihren Kindern in dem kleinen Häuschen mitten im Wald. Es lag versteckt zwischen zwei Bergen und war an verschiedenen Stellen gerade ausgebessert worden.

Während Medors Verletzungen sehr schnell heilten, verspürte die stolze Prinzessin, die ihn pflegte, in ihrem Herzen immer größere Wunden. Sie stammten von dem unsichtbaren Pfeil, den Gott Amor mit sicherer Hand über Medors schöne Augen, sein goldenes Haar und seine ganze Art auf sie abgeschossen hatte.

Sie spürte, daß sie sterben würde, wenn ihr Verlangen nicht bald erfüllt werden würde. Sie konnte nichts dafür, als ihr Mund überfloß und sie ihn mit heißem Blick und wild glühenden Wangen anflehte: »Medor, siehst du denn nicht, wie es um mich steht? Hab doch Mitleid mit den Schmerzen meines Herzens, die du mir zufügst und von denen du vielleicht gar nichts weißt.«

Vergessen waren die Paladine Orlando und Rinaldo und König Sakripant von Circassien. Angelica hatte niemals eine Gunst für das gewährt, was diese Recken in ihrem Liebeswahn für sie vollbracht und ausgestanden hatten. Selbst Agri-Khan, der König der Tataren, mußte sich bei dem, was nun geschah, in seinem Grab umdrehen. Auch sein Herz hatte sie wie ein zu billiges Geschenk grausam zurückgewiesen. Ebenso hätten Ferragu und tausend weitere Verehrer allen Grund zur Bitterkeit gehabt, wenn sie gesehen hätten, wie die verehrte Edeldame nun in den Armen des Jünglings lag.

Keinem anderen Mann war es bisher gelungen, in ihren Garten vorzudringen … Medor aber, der treue, mutige und doch so sanfte junge Krieger durfte die kostbare Rose pflücken, die noch kein anderer berührt hatte.

Später, als sie sich wieder daran erinnerten, wozu Anstand und Sitte sie verpflichteten, beschlossen sie, noch am selben Ort zu heiraten. Gott Amor selbst wurde ihr Brautführer, und die Frau des Hirten übernahm die Rolle der Brautmutter. Nach der kleinen Zeremonie feierten sie alle mit den einfachen Köstlichkeiten, die im Hirtenhaus zu finden waren. Anschließend genossen sie mehr als vier Wochen lang innigste Flitterwochen. Nichts drängte sie dabei, und Angelica konnte gar nicht genug von ihrem jungen Gatten bekommen. Sie ließ ihn kaum aus ihren Armen. Aber sooft sie sich umschlangen – ihr großes, sehnsüchtiges Verlangen nach ihm wurde einfach nicht geringer.

Sie blieben Tag und Nacht zusammen – ganz gleich, ob sie im Haus waren oder nach draußen gingen. Wenn sie das Haus verließen, suchte sie sofort nach einer schönen grünen Wiese, um sich mit ihm im Gras zu rollen. Für ihre fröhlichen Umarmungen schätzten sie auch hübsche Bachufer. Und wenn am Mittag die Sonne allzu heiß brannte, zogen sie sich in den Schatten einer Höhle zurück, die ihnen genauso vorkam wie das sagenhafte Felsgemach, in das der antike Held Äneas bei einem Sturm seine verbotene Liebe mit Dido gerettet hatte.

Sie liefen wie vergnügte Kinder herum. Sobald sie eine glatte Stelle an einer Felswand oder an einem Baumstamm sahen, dessen Blätterdach sich im Quellwasser spiegelte, ritzten sie sofort mit einem Messer die beiden Namen »Angelica und Medor« ein und verzierten sie so kunstvoll und verspielt, wie es ihnen immer wieder neu einfiel.

Als sie die Flitterwochen lange genug genossen hatten, erklärte Angelica, daß sie nun in den Fernen Osten aufbrechen wollte.

»Ich möchte gern, daß du in Cathay gekrönt wirst, wie es dir als mein Gemahl jetzt zusteht. Es wird allmählich Zeit, daß wieder ein Mann auf meines Vaters Thron kommt.«

Als sie dann überlegte, was sie dem Hirtenpaar als Dank für ihre Gastfreundschaft schenken könnte, sah sie den goldenen Armreif, der trotz der Goldgier der Menschen von der furchtbaren Insel Ebuda immer noch ihren Arm schmückte. Sie sah das wertvolle, mit kostbaren Edelsteinen verzierte

Schmuckstück nachdenklich an. Wie lange war das her, daß sie ihn als Liebespfand von Graf Orlando bekommen hatte?

Die Fee Morgana hatte den Armreif vor langer Zeit ihrem geliebten Ziliant, dem Bruder Brandimarts, geschenkt, als sie ihn zusammen mit anderen Rittern in ihrem Zaubersee gefangenhielt. Nachdem Orlando Ziliant, Brandimart und die anderen befreit hatte, waren die Brüder mit ihm zu ihrem Vater, dem König Monodant, zurückgekehrt. Hier hatte Orlando den Armreif als Belohnung bekommen. Er hatte ihn sofort als Liebespfand an die Prinzessin von Cathay weitergeschenkt.

Angelica hatte den Armreif von Anfang an als wunderbares kleines Kunstwerk erkannt. Als sie nun über ein Geschenk für die gastfreundlichen Hirten nachdachte, kam ihr alles andere, was sie bei sich hatte, unzureichend vor. Kurz entschlossen streifte sie den Armreif ab und schenkte ihn der Frau des Bauern.

»Denkt an uns und daran, wie dankbar wir euch beiden sind«, sagte sie. Bald danach brachen sie in Richtung Pyrenäen auf. Sie nahmen sich vor, bis Barcelona den Landweg zu benutzen. Dort wollten sie nach einem guten Schiff suchen, mit dem sie nach Osten segeln konnten.

Nachdem sie die Pyrenäen überwunden hatten, kamen sie an den Fluß Girona und sahen schon bald darauf das Glitzern der Sonnenstrahlen auf dem Wasser des Mittelmeeres. Sie ritten weiter bis Barcelona. Kurz vor der Stadt sahen sie im Meeressand ein eigenartiges närrisches Wesen, das, wie ein Schwein mit Kot beschmiert, auf sie zu warten schien. Tatsächlich sprang das schmutzstarrende Wesen plötzlich wie ein Wachhund auf und lief ihnen entgegen.

Sehr viel weiter draußen auf dem Meer befanden sich Marfisa, Astolf, Grifon, Aquilante und Samsonet immer noch in Lebensgefahr. Wieder und wieder waren sie dem feuchten Tod nahe. Drei Tage dauerte das Rasen. Der zuvor gute Zweimaster war inzwischen nicht mehr als ein schwimmendes Wrack. Kastell und Schanze waren vom Sturm und immer neuen Brechern zerschmettert worden.

Trotzdem gaben die Seeleute nicht auf. Einer von ihnen

bückte sich unermüdlich in einer Ecke über eine Karte. Ein kleiner Feuertopf mit rotem Glutlicht war alles, was er hatte, um den wirren Weg des Schiffes in Sturm und Wellen zu verfolgen. Andere versuchten mit Fackeln in der Hand, die Räume über dem Schiffskiel abzudichten. Wieder andere paßten vorn und hinten an den Sanduhren auf. Alle halbe Stunde prüften sie nach, in welche Richtung und wie schnell Schiff und Wellen sich bewegten.

»Mir scheint, daß wir inzwischen schon sehr dicht vor der Sandbank vor Limassol auf der Insel Zypern sind«, rief einer der erfahrenen Seeleute.

»Unsinn!« widersprach ein anderer. »Ich weiß genau, daß wir direkt auf die spitzen Felsen von Tripolis in Syrien zutreiben. Da sind schon viele gute Schiffe zerschellt.«

»Was redet ihr?« rief ein dritter. »Ich schwöre euch, wir treiben direkt auf Antala zu, die Stadt, an deren Küste es nur noch Heulen und Zähneklappern gibt.«

Die Meinungen der Seeleute liefen so kreuz und quer durcheinander wie die Wellen rings um das Schiff. In Wahrheit fürchteten sie sich nur vor dem Ungewissen.

Am dritten Tag packte der Sturm das kleine Schiff noch einmal mit voller Wut. Gemeinsam mit den Wellen zerbrach er krachend den Fockmast. Die Flut riß das Steuerruder ab und nahm auch gleich den Steuermann mit in die See. Wer unter diesen Umständen keine Furcht zeigte, der war härter als jeder Stahl und Marmor. Sogar Marfisa, die sich sonst für tapfer hielt, mußte zugeben, daß sie Angst hatte.

Die Männer schworen, nach Zypern, Rom und Galicien zu wallfahren, zum Sinai, nach Compostela, zum Grab der Jungfrau von Ettin und zu allen anderen heiligen Stätten, die es sonst noch gab, wenn Gott sie diesem Sturm entkommen ließ. Erneut packten die Wellen das ruderlose Schiff, hoben es hoch in den Himmel und schleuderten es in Wellentäler zurück.

»Weg mit dem Hauptmast!« schrie der Schiffer. Nach dem Mast flogen Ballen, Kisten und alles, was schwer oder überflüssig war, über Bord. Die ganze Ladung, wertvolle Waren und Kästchen mit vielen seltenen Kostbarkeiten fielen ins Meer.

Zugleich ließ der Handelsherr die Schwengelpumpen weiterarbeiten und den Kielraum überall dort abdichten, wo die Planken von der See fortgerissen waren.

Doch dann, nach weiteren vier Tagen, als sie dem Meer bereits den Sieg überlassen wollten, flackerte am Vorschiff ein unheimliches, unwirkliches St.-Elmsfeuer auf. Sofort fielen die Schiffer auf die Knie, weinten vor Freude und baten den heiligen Elmo darum, daß er das Meer endlich zum Frieden zwang. Aus dem flackernden, grünblauen Feuerschein wurde ein strahlendes, liebliches Licht.

Augenblicklich zogen sich die bösen Winde zurück und ließen dem warmen Wind von Libyen und den Wüsten her den Vorrang. Aber der Südwest blies aus seinem schwarzen Mund keineswegs friedlich. Im Gegenteil – er riß die Wellen mit so großer Kraft in eine neue Richtung, daß auch das Schiff wie ein beschwingter Falke über das Meer flog. Der Schiffer fürchtete, daß es zerbrechen oder bis ans Ende der Welt fliegen würde, wenn sie sich alle nicht noch ein letztes Mal gemeinsam anstrengten. Schließlich ließ er den Schleppanker ins Wasser werfen. Er sorgte dafür, daß das dahinschießende Wrack um zwei Drittel langsamer wurde.

Um seinen Männern und den Passagieren wieder Mut zu machen, ließ der Schiffer die letzten Lampen an das Bugspriet hängen. Obwohl es eigentlich kaum noch möglich gewesen war, gelangte das schwer beschädigte Schiff durch die Kraft des Südwestwindes und mit Gottes Hilfe zum Golf von Alexandretta.

Die Schiffbrüchigen erkannten eine große, syrisch wirkende Stadt mit vielen festungsartigen Gebäuden und einer weiten Hafenzufahrt, die an beiden Seiten große Wachtürme besaß. Trotzdem erstarrte der Schiffer, als er sah, wo sie angekommen waren. Er wurde bleich, aber er konnte nichts mehr für sein Schiff und die Leute auf dem Wrack tun. Ohne Ruder und Masten gab es keinen Gedanken mehr an eine schnelle Flucht.

Graf Astolf, der sich wie die anderen beim Anblick des nahen Landes gefreut hatte, bemerkte das sorgenvolle Gesicht des Alten.

»Was hast du?« fragte er. »Bist du nicht glücklich, daß wir es doch noch geschafft haben?«

»Wie kann ich glücklich sein, wenn ich nur noch darauf warten kann, daß jeden Augenblick Kriegsschiffe mit Bewaffneten durch die Hafeneinfahrt kommen und uns gefangennehmen? Das da drüben ist keine stolze Stadt, wie ihr Franken oder Engländer sie kennt.«

»Was ist so besonders daran?« fragte Astolf verwundert.

»Alles da drüben wird von mörderischen Weibern beherrscht«, schnaubte der Schiffer. »Sie töten jeden, der hier landen will, oder machen ihn lebenslänglich zum Gefangenen. Ihr männerfeindliches Gesetz bestimmt, daß sich nur derjenige freikaufen kann, der an einem Tag zehn ihrer besten Krieger besiegt und in der Nacht darauf zehn junge Frauen beim Liebesspiel im Bett zufriedenstellt. Selbst wer die erste Prüfung schafft, verliert sein Leben, wenn er die Nacht nicht siegreich übersteht. Und alle anderen, die in der Begleitung eines derartigen Verlierers sind, werden zu Sklaven oder zu Knechten auf den Feldern bei den Rindern.«

»Und was geschieht, wenn einer beide Prüfungen besteht?« fragte der Prinz mit leuchtenden Augen.

»Der erkämpft sich damit seine Freiheit«, seufzte der Alte. »Aber glaub nur nicht, daß dieser Sieg wünschenswert ist, denn dann muß der Unglückliche zehn von diesen kämpferischen Frauen heiraten.«

Astolf lachte laut und voller Begeisterung bei dem Gedanken daran. Die anderen kamen näher. Samsonet, Marfisa, Aquilante und Grifon wollten wissen, was den Prinzen von England so belustigte. Astolf erzählte ihnen, was er erfahren hatte.

»Es ist wirklich so«, bestätigte der Schiffer. »Aber ich will lieber im Meer ersaufen als Kettensklave der kriegerischen Weiber sein.«

Auch die übrige Besatzung des Handelschiffes stimmte zu.

»Ich bin anderer Meinung«, widersprach Marfisa. »Ich habe lieber festen Boden unter den Füßen als dieses fürchterliche Meer. Selbst hunderttausend Schwerter erschrecken mich nicht so sehr wie diese heimtückischen Sturmwellen und das Grauen, das mir aus dem Meer entgegenblickt. Also, worauf wartet ihr? Seht zu, daß dieses Wrack irgendwie anlegt und wir an Land gehen können.«

»Ich verschaffe uns schon Platz, wenn ich in mein Zauberhorn blase«, stimmte Astolf übermütig zu.

Sie stritten eine Weile hin und her. Schließlich mußte auch der Schiffer einsehen, daß er mit seinem Wrack nicht wieder aufs offene Meer hinaus konnte. Mißmutig und gegen seinen Willen setzten sie doch wieder etwas Segel und trieben langsam auf die Hafeneinfahrt zu.

Sofort kam ihnen eine schwerbewaffnete Galeere entgegen. Ohne irgendwelche Verhandlungen warfen die Männer auf dem Kriegsschiff Seile zum Bug des Handelsfahrers und banden ihn an ihr Heck.

Mit vollen Segeln und unterstützt durch ein paar Ruderschläge, schleppte die Galeere das Wrack mit den Gefangenen in die Hafenbucht. Marfisa und die Ritter legten ihre Rüstungen wieder an und ordneten die Waffen. Sie wußten, daß sie niemals gegen die Kriegsbesatzung einer Galeere oder gegen die Bewaffneten einer ganzen Stadt ankamen, aber sie wollten wenigstens sich selbst und den Seeleuten an Bord wieder etwas Mut machen.

Der Hafen war viel größer, als sie zunächst angenommen hatten. Wie eine riesige Mondsichel erstreckte er sich gut vier Meilen lang rund um die Bucht. An den beiden Spitzen der Sichel standen die beiden mächtigen Türme. Sie sicherten die sechshundert Schritt große Einfahrt. Hinter den Hafenanlagen erhob sich eine malerische Stadt, die wie ein riesiges Amphitheater an den Bergflanken aufstieg.

Die Ankunft des geschundenen Wracks hatte sich inzwischen in der Stadt und auf dem Land dahinter herumgesprochen. Gut sechstausend Frauen in Kriegsgewandung mit Bogen oder Armbrüsten waren bereits erschienen. Und um den Neuankommenden endgültig die Flucht unmöglich zu machen, sperrten nach ihnen weitere Schiffe mit schweren Ketten die Hafeneinfahrt ab.

Das Wrack legte an der Kaimauer an. Dann erhielt der Schiffer den Befehl, allein an Land zu gehen. Dort wartete bereits ein Kreis von stolzen, schwerbewaffneten Frauen. Ohne lange Vorrede fragte eine uralte, aber noch immer hochaufgerichtete Kriegerin den Schiffer, ob er und seine Begleiter freiwillig und sofort sterben wollten oder ob sie ein Weiterleben als Sklaven vorzögen.

»Ihr müßt euch schnell entscheiden«, rief sie mit klarer Stimme. »Das ist Gesetz und Brauch hier – es sei denn, irgendein Mann von euch hat den Mut und auch die Kraft, zehn von unseren Männern zu besiegen. Falls er das schaffen sollte, müßte er auch noch eine Nacht lang das Amt des Ehegatten für zehn Frauen übernehmen. Gelingt ihm auch noch das, dann kann er unser König werden, und ihr anderen seid frei. Jeder kann gehen, wohin er will, oder auch hier bleiben. Versagt euer Favorit im Kampf oder im Bett, dann werdet ihr zu Sklaven, und er verliert sein Leben ...«

Nachdem der Schiffer kleinlaut an Bord zurückgekehrt war und wiederholt hatte, welche aussichtslosen Bedingungen hier galten, sah er zu seiner größten Überraschung, daß sich seine Passagiere keineswegs einschüchtern ließen. Im Gegenteil – ihre Haltung straffte sich. Sie waren plötzlich wieder voller Energie und überboten sich gegenseitig mit Behauptungen, wie glanzvoll sie diese doppelte Herausforderung bestehen würden. Sogar Marfisa drängte sich danach, wenigstens die erste Probe durchzustehen.

»Für die zweite in den Betten bin ich weniger geeignet«, gab sie lachend zu. »Für einen derartigen Tanz hat mich die Natur nicht eingerichtet. Doch was mir da fehlt, kann ich jederzeit mit dem Schwert ausgleichen.«

Unverzüglich schickten sie den Schiffer wieder an Land und ließen ausrichten, daß genügend Kandidaten für den Kampf im Sattel und im Bett unter ihnen waren. Obwohl kaum eine der kriegerischen Frauen mit soviel Frechheit der Schiffbrüchigen gerechnet hatten, wechselte ihre anfängliche Feindschaft in Neugier. Die jämmerlichen Reste des einst guten Handelsfahrers durften anlegen. Gleich darauf führten die Ritter in voller

Rüstung ihre Pferde an Land. Sie saßen auf, dann ritten sie stolz und furchtlos durch die Straßen der schönen Hafenstadt.

Überall zogen gut bewaffnete junge Mädchen und Frauen mit kurzen Kleidern zum Markt. Hier hatte sich inzwischen ein ganzes Heer von Frauen mit Schilden und Speeren versammelt. Erst da fiel den fünf Neuangekommenen auf, daß kein Mann in Waffen zu sehen war. Nur an einer Seite standen zehn Reiter, die auf den ersten Blick als ihre Kampfgegner zu erkennen waren. Alle anderen Männer schienen weniger vom Waffenhandwerk als vom Nähen oder Spinnen, von Webstuhl, Nadel, Haspel oder Kamm zu verstehen. Sie trugen Frauenröcke und wirkten weichlich und verschüchtert. Wieder andere lagen in Ketten oder mußten außerhalb der Stadt bleiben, dort Wache halten oder auf die Viehherden aufpassen. Auf jeweils tausend Frauen kamen nicht mehr als hundert Männer innerhalb und außerhalb der Stadt.

Der Kampf um Tod und Sklaverei sollte augenblicklich beginnen. Da Marfisa für den zweiten Teil des Wettbewerbs nicht geeignet war, wollten die vier Ritter unter sich auslosen, wer um die Zukunft aller Schiffbrüchigen kämpfen oder sterben sollte.

»Kommt nicht in Frage!« protestierte Marfisa, »Ich bin genauso gut im Kampf wie ihr.«

»Du hast selbst zugegeben, daß du für das zweite Stechen nun mal keine Waffen hast«, mußte sie hören.

»Lieber verliere ich selbst das Leben, als daß ich Ketten tragen muß, weil einer von euch bei diesem oder jenem Kampf versagt.« Marfisa hob ihr Schwert. »Fragt mich nicht, wie, aber mit dieser Waffe zerschlage ich jeden Knoten wie Alexander der Große seinen gordischen. Ich will, daß sich nie wieder ein Fremder davor fürchten muß, in diesem Hafen an Land zu gehen.«

Die vier Ritter redeten von allen Seiten gleichzeitig auf sie ein. Aber was sie auch versuchten – Marfisa blieb unerbittlich.

»Reicht mir die Würfel«, sagte sie fordernd. Die Entscheidung fiel bereits bei ihrem ersten Wurf. Ohne auf den weiteren Protest der anderen zu achten, gab sie ihrem Pferd die Schenkel und ritt los.

Die Sonne stand schon hoch am Himmel, als Marfisa mit

herabgelassenem Visier durch den Torbogen an der Südseite des Platzes einritt. Hohe Sitzreihen schlossen den runden Turnierplatz in der Oberstadt ein. Vier große, gegenüberliegende Bronzetore bildeten die Eingänge. Überall in dem großen Rund befanden sich kleinere Bühnen und Plätze für Ringkämpfe, Geschicklichkeitsspiele und andere Vergnügungen.

Die Stufen der Arena füllten sich schnell mit edlen Frauen und dichten Scharen aus dem Volk. Marfisa führte ihren Schimmel, der von vorn bis hinten mit falben Flecken bedeckt war, Schritt um Schritt weiter. Mit stolzem Gang und freudig blitzenden Augen in einem schmalen Schädel trug das prächtige Tier seine Reiterin nach vorn. Es war das beste Pferd gewesen, das König Norandin von Syrien in Damascus hatte. Zusätzlich war der Hengst mit einem reichen Zaumzeug und einem guten Sattel ausgestattet worden.

Marfisa hielt an und zeigte damit, daß sie bereit war. Sofort hörte sie hell und schmetternd den Klang von Kriegshörnern. Dann kamen auch schon ihre zehn Gegner durch das Nordtor auf sie zu. Bereits der erste war ein ungewöhnlich starker, auffälliger Krieger. Er ritt auf einem rabenschwarzen Hengst, der nur an der Stirn und am Hinterfuß einen kleinen weißen Haarfleck hatte. Die Rüstung ihres ersten Gegners war ebenso schwarz wie das Fell das starken Pferdes. Der schwarze Ritter wirkte ganz so, als wäre es in seinem Herzen ebenfalls dunkel und er dem Weinen näher als dem Lachen.

Das Zeichen für den Kampfbeginn ließ nicht lange auf sich warten. Sofort senkten die neun Ritter hinter dem Schwarzen ihre Lanzen. Der aber griff nicht an, sondern verschenkte seinen Vorteil und ritt zur Seite. Ganz offensichtlich wollte er lieber das Gesetz des Frauenreiches verletzen als die Ritterehre. Er wurde Zeuge, wie sich gegen alle Regeln neun Gewappnete gegen einen einzigen warfen.

Marfisa zeigte, daß sie ebenfalls etwas vom Hohenlied des ritterlichen Kampfes verstand. Sie legte eine Lanze ein, an der zuvor vier Männer schwer geschleppt hatten. Es war die stärkste, die sie am Hafen gesehen hatte. Als nun die neun Herausforderer direkt auf sie zukamen, stemmte sie sich in den Steigbügeln hoch und stellte sich furchtlos den Heranstürmenden. Tausende von Herzen auf den Rängen des Turnierplatzes erbebten. Viele der Zuschauerinnen wurden bleich. Marfisa traf den ersten so hart und schnell, daß die Lanze durch den Schild fuhr, dann durch Panzer, Kettenhemd und Schulter, bis sie eine Elle weit aus dem Rücken hervortrat. Marfisa machte sich nicht erst die Mühe, ihre Lanze aus dem Körper des Getöteten zurückzuziehen. Sie nahm ihn einfach mit bei ihrem Ritt gegen den nächsten Angreifer. Die Lanze mit dem ersten Opfer schleuderte den zweiten und den dritten Angreifer hart von ihren Pferden. Mit verlorener Ehre und gebrochenem Rückgrat verließen sie die Welt.

Gleichzeitig zersplitterten mehrere Lanzen an Marfisa. Sie blieb bei jedem Anstoß unerschütterlich im Sattel. Ebensowenig wie ein Ball im Spiel eine Mauer versetzen könnte, machten die Schläge ihrer Angreifer ihrer Rüstung irgend etwas aus. Das Metall war einfach zu hart, geschmiedet in der Glut der Hölle und gestählt in den Fluten des Avernus.

Marfisa sprengte bis ans Ende des Kampfplatzes, wendete und griff ihrerseits den Trupp ihrer Herausforderer an, um ihn schnell aufzulösen. Den einen befreite sie vom Kopf, den nächsten vom Arm und von anderen Körperteilen. Einem weiteren trennte sie den Rumpf so kraftvoll, daß der Oberkörper mit den Armen und der Brust samt dem Kopf auf den Boden stürzte. Dort stand er wie die Halbfigur eines Heiligen, an dem die Menschen ihre Votivtafeln ablegen, während sich der Bauch und die Beine des Unglücklichen weiterhin im Sattel wiegten.

Einen verfolgte sie bis zur Mitte des Turnierplatzes. Ihr Schwert schnitt ihm den Kopf so glatt vom Hals, daß ihn kein Arzt jemals wieder zusammenheilen konnte.

Nur der Anführer der zehn blieb noch übrig. Für ihn war der Zeitpunkt gekommen, an dem er zeigen konnte, daß er sich nicht aus Furcht, sondern nach den ungeschriebenen Regeln der ritterlichen Sitte zurückgehalten hatte. Ohne zu ahnen, wer wirklich in der blutigen Rüstung vor ihm steckte, rief er: »Das waren ziemlich viele, die du hier erschlagen mußtest. Und du wirst müde sein nach so vielen Siegen. Deshalb geht es mir gegen meine Ritterehre, wenn ich jetzt deine Schwäche ausnutze und heute noch gegen einen abgekämpften Gegner die Oberhand behalte. Ich gönne die also eine Ruhepause bis morgen früh.«

»Gib nicht so an!« antwortete Marfisa sofort. »Das bißchen Kriegswerk stört mich doch nicht weiter. Ich trage meine Waffen auch nicht erst seit gestern. Dank also für deine edle Geste, aber ich würde mich nur langweilen, wenn ich den Rest des Tages tatenlos verbringen müßte.«

»Na gut«, antwortete der schwarze Ritter. »Wenn du so danach hungerst, dann paß auf, daß sich dieser Tag nicht zu deinem kürzesten entwickelt!« Er winkte kurz und ließ zwei Lanzen bringen, die so schwer und dick waren wie Mastbäume. Mit einer großzügigen Handbewegung ließ er Marfisa die freie Waffenwahl. Sie legten beide die Lanzen ein, wendeten ihre Pferde und stellten sich mit einem guten Abstand einander gegenüber auf.

Bewegungslos warteten sie auf das Zeichen für den Kampfbeginn. Im weiten Rund wurde es völlig still. Dann schmetterten die Hörner das Signal für den Beginn. Sofort stürmten beide derart gewaltig gegeneinander, als würden Himmel, Meer und Erde über ihnen zusammenbrechen. Die Zuschauerinnen hockten wie gelähmt auf ihren Sitzmauern. Keine von ihnen atmete oder zuckte nur mit den Wimpern.

Marfisa wollte, daß der andere schon durch die Wucht beim ersten Stoß aus dem Sattel flog und nicht wieder aufstand. Aber auch der Schwarze konzentrierte sich voll auf seinen ersten Lanzenstoß. Ebenso wie Marfisa war er bereit, sofort den Tod zu bringen.

Es war, als wären die großen Lanzen aus dürren Weidenstöckchen und nicht aus Eichenholz. Sie splitterten in vielen kleinen Stücken auseinander. Die Pferde der beiden starken Ritter krachten so hart gegeneinander, daß ihre Nerven an den Beinen wie mit scharfen Sicheln aufgerissen wurden. Beide Pferde brachen augenblicklich zusammen, aber ihre Reiter waren schnell. Sie kamen beide rechtzeitig aus ihren Sätteln. Schon standen sie mit beiden Füßen fest am Boden. Sowohl der Schwarze als auch Marfisa wirkten völlig verstört.

Marfisa hatte an die tausend Ritter schon beim ersten Stoß aus dem Sattel gehoben. Sie selbst dagegen war noch nie so abgestiegen. Auch der schwarze Ritter war bis zu diesem Augenblick davon überzeugt gewesen, daß er zu den besten Reitern weit und breit gehörte. Doch nun galt all das weder für sie noch für ihn. Sie schlugen aufeinander ein, parierten mit den Klingen, wehrten mit den Schilden ab und sprangen immer wieder zur Seite. Der ganze Boden bebte, und die Luft dröhnte. Was einer nahm, das gab der andere sofort zurück. Es war der Kampf zwischen zwei tapferen Herzen, die mit Gewandtheit, Kraft und Können jeder für sich und gemeinsam die höchste Stufe der Vollendung erreichten.

Die Frauen auf den Rängen waren sich längst einig, daß selbst die weitgereisten Wogen des Meeres nirgendwo Kämpfer gesehen hatten, die es mit diesen beiden Helden aufnehmen konnten.

Inzwischen dachte Marfisa, wieviel Glück sie gehabt hatte, daß ausgerechnet dieser Gegner sich bis zum Ende zurückgehalten hatte. Sie war sich klar darüber, daß sie längst erschlagen auf der Erde liegen würde, wenn sich der Schwarze zusammen mit dem Trupp der anderen gegen sie gewandt hätte.

»Das ist ja kaum noch auszuhalten«, schnaubte sie angestrengt, »wie dieser Ritter immer wieder zuschlägt.«

Sie ließ ihr Schwert unaufhörlich kreisen.

»Zum Glück habe ich ihn nicht ausruhen lassen«, dachte hinter dem schwarzen Visier Marfisas Gegner. »Eine Ruhepause bis zum nächsten Tag wäre mein Untergang gewesen. Nur gut, daß er den Vorschlag so stolz abgelehnt hat.«

Der Kampf der gleichwertigen Ritter wollte und wollte nicht enden. Bis in den Abend hinein kreuzten sie ihre Klingen. Keiner konnte von Vorteil sprechen, doch auch die Deckung gelang ihnen schon längst nicht mehr.

»Ja, wir sind gleich«, stieß der schwarze Ritter schließlich hervor. »Aber was sollen wir jetzt tun, wenn wir nichts mehr sehen und die Nacht uns einhüllt. Ich biete dir meine Gastfreundschaft bis morgen früh an. Außerdem weiß ich, daß ihr alle schon jetzt in einer fürchterlichen Lage seid. Sämtliche

Frauen der von dir erschlagenen Ritter könnten sich heute nacht noch vereinen und Rache an euch nehmen. Vergiß nicht – jeder, der von dir heute hier erschlagen wurde, war der Gatte von zehn Frauen. Das heißt, daß bereits neunzig Frauen nichts anderes als Racheschreie kennen. Wenn ihr nicht zu mir kommt, überlebt ihr diese Nacht nicht.«

Marfisa überlegte kurz. Dann lenkte sie schnell ein.

»Einverstanden«, sagte sie. »Ich komme mit, damit du mir beweisen kannst, daß deine Manieren, deine Aufrichtigkeit und deine Ritterlichkeit ebenso vorbildlich sind wie dein Mut und deine Kraft. Aber freue dich nicht früh! Spar dir dein Bedauern darüber, daß du mich morgen früh töten mußt. Es kann genausogut sein, daß ich diejenige bin, die deinen Tod betrauert.«

Damit war für diesen Tag der Kampf um Tod und Sklaverei beendet. Der schwarze Ritter lud Aquilante, Grifon und die beiden anderen Begleiter Marfisas ebenfalls in sein Haus ein. Obwohl die Schiffbrüchigen sehr auf der Hut waren, sahen sie ein, daß sie keine andere Wahl hatten. Im hellen Fackelschein zogen sie bis zu einem palastartigen Gebäude. Sie betraten reich geschmückte Zimmer und begannen ihre Helme abzunehmen. Marfisa und der schwarze Ritter hoben beinahe gleichzeitig ihre Eisenhüte von den Köpfen. Im selben Augenblick schien alles um sie herum zu versinken.

Ungläubig starrten sie sich an. Der schwarze Ritter war kein kampferprobter Paladin, sondern bestenfalls achtzehn Jahre alt. Marfisa schüttelte erstaunt den Kopf. Sie glaubte einfach nicht, daß ein so junger Mann sein Schwert derartig geschickt und kraftvoll führen konnte. Aber auch der schwarze Ritter kam aus dem Staunen nicht mehr heraus. Marfisa schüttelte ihr Haar, und er erkannte, daß er die ganze Zeit gegen ein junges Mädchen gekämpft hatte.

»Wie heißt du?« fragte er atemlos.

»Und wie heißt du?« fragte sie ebenso zurück.

Sie vergaßen den langen harten Tag und sahen nur noch, wie ihre Augen strahlten.

20. Gesang

Es ist erstaunlich, welch großartige Leistungen von Frauen früherer Zeiten sowohl im Kampf wie auch in den Künsten überliefert sind. Camilla und Harpalyce, Sappho und Corinna stehen stellvertretend für alle, deren Mut und Kraft ebenso leuchten wie ihr Können. Welchem Gebiet und welcher Kunst sie sich auch zuwandten – sie gehörten immer zu den Besten.

Vielleicht war es ganz einfach Dummheit, vielleicht auch nur der Neid der Schriftsteller, daß sie die Leistungen der Frauen irgendwann nicht mehr erwähnten.

Und heute? Mir scheint, als würde für die Frauen ein neuer, strahlend schöner Tag anbrechen. Nun endlich kommt die Zeit des großen Lobes für unsere Frauen – das auch den Ruhm Marfisas noch übertreffen kann.

Ich bin Marfisa«, sagte sie – was ausreichen mußte, da alle Welt den Donnerhall dieses Namens kannte. Ihr Gegenüber hingegen mußte etwas weiter ausholen.

»Ich nehme an, daß ihr alle den Namen meiner Familie und meiner Herkunft kennt«, sagte er. »Das Haus Clermont hat ja nicht nur in Frankreich, Spanien und den benachbarten Ländern einen guten Ruf, sondern auch in China, Äthiopien und bis zum Schwarzen Meer hin. Bekanntlich war es Graf Orlando, der den Tod seines Vaters durch König Almont selbst gerächt hat. Und es war sein Vetter Graf Rinaldo, der die Könige Clariel und Mambrin tötete und ihre Reiche anschließend verwüstete. Genau dort, zwischen den achtzehn Mündungsarmen des Donaudeltas, hat mich Rinaldos Vater, Herzog Haimon von Clermont, gezeugt. Ich war sozusagen das Gastgeschenk, das dieser fremde Mann meiner Mutter mitbrachte. Vor einem Jahr dann ließ ich meine Mutter weinend zurück. Ich wollte endlich mehr über meinen Vater und meine fränkische Familie wissen. Leider hatte ich Pech, und ein Sturm von Süden trieb mich vor zehn Monaten hierher. Ihr könnt mir glauben, daß ich seither jede

Stunde gezählt habe. Man nennt mich übrigens Guido den Wilden.«

Er sah die Schiffbrüchigen an, doch sie hatten seinen Namen noch nicht gehört.

»Ja, ich weiß«, seufzte er. »Ich durfte bisher noch nicht bei Turnieren zeigen, was ich kann. Mein bisher größter Kampf war der Sieg hier gleich nach meiner Ankunft. Ich konnte dabei Argilon von Melibea und die neun Ritter mit ihm überwinden. Die Mädchenprobe ist mir ebenfalls gelungen. Anschließend konnte ich mir zu meinem weiteren Vergnügen zehn der schönsten als Ehefrauen aussuchen. Mit denen lebe ich nun, denn sie haben mich gezwungen, auch den Thron und die Herrschaft über Land und Leute hier zu übernehmen. Und das blüht jedem, der es schafft, tagsüber zehn Männer und nachts auch noch zehn Frauen zu besiegen.«

Die Schiffbrüchigen wunderten sich immer noch über die ungewöhnlichen Bräuche. »Und warum gibt es hier so wenig Männer?« fragten sie. »Gewiß, wir haben einige gesehen, aber die sahen aus, als würden sie das Joch tragen, das eigentlich den Frauen zukommt.«

»Ich habe immer wieder danach gefragt, seit ich hier bin«, seufzte der junge König der Frauenstadt. »Wenn ihr Lust habt, erzähle ich euch die Geschichte so, wie ich sie selbst gehört habe.«

Die Schiffbrüchigen nickten.

»Ihr müßt sehr weit zurückgehen in eurer Erinnerung«, sagte Guido der Wilde, »bis zu der Zeit, in der die Griechen zehn Jahre lang Troja belagert haben und mit Odysseus zehn weitere Jahre auf den Meeren herumgeirrt sind, ehe sie ihre Heimat wieder erreichten.«

Bekanntlich hatten sich damals die zurückgelassenen Ehefrauen die Qual der langen Einsamkeit dadurch verkürzt, daß sie sich junge Männer in die Betten holten. Man sagt, sie fürchteten, daß sie sich allein im Bett zu leicht erkälten würden.

Als die Griechen endlich wieder zu Hause ankamen, stolperten sie überall in ihren eigenen Häusern über fremde Kinder, doch sie wollten keinen Kampf und keinen Streit mehr. Sie sahen ein, daß es für ihre Frauen nicht zumutbar gewesen war, so viele Jahre keusch zu leben. Allerdings bestanden sie darauf, daß all die Bastarde aus ihren Häusern verschwanden. Es gab sehr viele Tränen und Gezeter, als die große Trennung der Mütter von ihren Kindern durchgesetzt wurde. Einige zogen gern in die Welt, um ihr Glück zu suchen. Andere wurden versteckt und geheimgehalten. Aber viele waren schon erwachsen und konnten Waffen tragen. Manche wollten kämpfen lernen, andere Pferde züchten. Und wieder andere wollten Bauern werden oder sich den Künsten widmen. Es waren viele, und sie hatten völlig unterschiedliche Neigungen.

Auch Klytaimestra, die später ihren Gatten Agamemnon umbrachte, hatte bei der Heimkehr der Helden von Troja einen bereits achtzehn Jahre alten Sohn namens Phalant. Er war frisch wie die Lilien und anmutig wie ein gerade auf grüner Wiese gepflücktes Röslein. Der sanfte Anschein jedoch täuschte. Der Verstoßene beschaffte sich ein Schiff und beschloß, Seeräuber zu werden. Hundert junge Männer, die er alle kannte, begleiteten ihn auf seinen Kaperfahrten. Sie raubten alles, was irgendwo im Meeresblau auftauchte.

Zu dieser Zeit hatten die Bewohner von Kreta gerade ihren König Idomeneus, den Enkel von Minos und ebenfalls Teilnehmer am Kampf um Troja, aus dem Land gejagt. Er war als Tyrann zurückgekehrt und hatte seinen eigenen Sohn als Dank für den Sieg dem Meeresgott Poseidon geopfert. Die Kreter wollten ihr Leben und die öffentliche Ordnung neu und sicher einrichten. Da kam ihnen Klytaimestras Sohn Phalant gerade recht. Die Kreter baten ihn, mit seinen Leuten die Wache und Verteidigung ihrer Stadt Dictea zu übernehmen. Diese Stadt war die schönste unter hundert anderen im gesamten Kreterreich. Hier klangen von früh bis spät das Spiel und die Lieder, und schöne Frauen flanierten anmutig durch die Straßen und Gärten.

Die Schönen dieser Stadt waren schon immer offenherzig gegenüber allen Fremden gewesen. Überall, wo einer der jungen Griechen auftauchte, blieb den Mädchen und Frauen von Dictea fast das Herz stehen. Sie zögerten nicht lange und luden Phalant und seine hundert jungen, gutgewachsenen Griechen in ihre Häuser ein. Aber die eigenartigen Piraten sahen nicht nur ungewöhnlich schön aus. Sie zeigten auch, daß sie im Bett stark und tüchtig waren.

Schon nach wenigen Nächten hatten Phalants Männer auf diese Art die ganze Stadt erobert. Die Frauen wären für ihre neuen Liebhaber durchs Feuer gegangen. Mittlerweile hörte der Krieg auf, und ein Vertrag besiegelte den neuen Frieden. Damit entfiel jeder Grund für eine weitere Anwesenheit der fremden Männer und dafür, ihnen weiterhin einen Sold zu zahlen. Die jungen Griechen beschlossen deshalb, weiterzuziehen.

Die Frauen von Dictea waren so entsetzt, daß sie laut jammerten, klagten und weinten, als wären ihnen ihre Väter tot vor die Füße geworfen worden, doch die jungen Griechen blieben bei ihrer Entscheidung. Jeder einzelne von ihnen wurde angefleht, nicht fortzugehen. Als auch das nicht half, rafften die verliebten Frauen alles Gold und alle Edelsteine aus ihren Häusern zusammen. Sie vergaßen ihre Ehemänner, ihre Kinder, ihre Eltern und schlossen sich in aller Heimlichkeit den abrückenden Griechen an.

Günstige Winde brachten das Schiff der Flüchtenden schnell auf das Meer hinaus. Sie hatten bereits viele Meilen hinter sich gelassen, ehe die zurückgebliebenen Männer in Kreta etwas merkten. Als dann das Wetter umschlug und ungünstiger Wind aufkam, erreichten sie gerade noch rechtzeitig dieses Land hier, das zu dieser Zeit vollkommen unbewohnt war. Sie dankten alle dem glücklichen Zufall und beschlossen, erst einmal auszukosten, was sie so mühelos aus Kreta mitgebracht hatten.

Zehn Tage und zehn Nächte feierten die hundert Männer um Phalant mit den schönsten Weibern Kretas ein großes Liebeslager. Aber dann bekamen auch die wildesten von ihnen nach und nach genug. Aus dem Überfluß entstand Überdruß und sogar Ekel. Heimlich wünschten sie, wieder unter sich zu sein – ohne die ganze Frauenplage. Sie waren sich schnell einig, daß es auf der ganzen Welt keine größere Belastung gab als eine Frau, von der ein Mann genug hat. Also nahmen sie den Frauen all das ab, was sie aus ihren Häusern in Kreta an Wertvollem gestohlen hatten. Dann schifften sie sich ein, segelten bis an die Küste von Apulien und gründeten dort die Stadt Tarent.

Die zurückgebliebenen Frauen fühlten sich nun endgültig verraten. Wie versteinert blieben sie tagelang vor der Meeresbrandung stehen. Dann weinten, jammerten und flehten sie aufs leere Meer hinaus – so lange, bis sie einsahen, daß sie so nichts ändern konnten. Als die ersten Tränenströme versiegten, besprachen sie, was sie tun konnten.

Die einen sagten: »Laßt uns zurück nach Kreta gehen. Dort werden wir den Zorn unserer eigenen Männer auch noch ertragen. Selbst die Strafe unserer Väter kann nicht so schlimm sein wie das hier.«

»Niemals zurück!« schrien andere.

»Was bleibt uns dann noch?« fragten wieder andere verzweifelt. »Sollen wir denn als Dirnen durch die Welt ziehen, betteln und immer wieder vor der gerechten Strafe fortlaufen?«

Mutlos, verzweifelt und mit immer grausameren Vorstellungen jammerten alle durcheinander. Schließlich sprang eine von ihnen auf, hob die Arme und erzwang sich Ruhe. Es war Oronthea aus der königlichen Familie von Minos. Sie war die schönste, jüngste und klügste unter all den unglücklichen Frauen von Kreta. Sie hatte sich am wenigsten vergangen, keinen Vater entehrt und keinen Ehemann betrogen, denn sie war Jungfrau gewesen, als sie sich Phalants Drängen und seiner Liebe hingab.

»Was jammert ihr denn alle?« rief sie. Ihre Wangen glühten, und alle anderen spürten den Zorn eines edlen großen Herzens. »Was redet ihr von Dirnen, Bettlerinnen oder Dienstmägden? Seht ihr denn nicht, daß wir viel besser hier an diesem Platz bleiben können? Das Land ist gut und fruchtbar. Der Wald bringt Schatten, und der Boden verspricht reiche Ernten. Hier kann ein Hafen entstehen, in der Bucht, in dem die Schiffe Zuflucht finden, wenn sie mit zerfetzten Segeln vor dem Sturm her fliehen, Schiffe mit Nahrungsmitteln und allen anderen Waren, die wir aus Libyen und Ägypten brauchen können. Laßt uns hier bleiben, damit wir Rache nehmen können an diesem falschen und verräterischen männlichen Geschlecht. Jedes Schiff, das uns der Sturm in unsere Hände treibt, soll ausgeräumt und dann verbrannt werden. Und jeder Mann, den wir auf diesen Schiffen finden, soll sterben! Nur das kann unsere Rache und Gesetz sein!«

Die Frauen nahmen Orontheas Vorschlag freudig auf. Schon bald zeigte sich, wie vorausschauend Oronthea gewesen war. Sobald die Wolken und das Wetter einen Sturm ankündigten, legten die Frauen ihre Rüstungen an, nahmen ihre Waffen und liefen zum Meer – allen voran die grimmige Oronthea. Sie war inzwischen die Königin des Frauenreichs geworden. Sobald die Stürme Schiffe ans Ufer trieben, wurden diese ausgeraubt und in Scheiterhaufen verwandelt. In all den Jahren kam kein einziger Seemann mit dem Leben davon. Und keiner konnte zurückkehren, um von alldem zu berichten.

Irgendwann erkannten die betrogenen Frauen, daß sie sich selbst schadeten, wenn sie das Gesetz der Königin so hart und gnadenlos einhielten wie bisher. Wo keine Männer waren, gab es auch keine Kinder. Das Gesetz von Oronthea würde sich in Nichts auflösen, wenn ihre Untertaninnen noch länger unfruchtbar blieben. In den folgenden vier Jahren wählten sie deshalb unter allen Gefangenen jeweils zehn Ritter aus, denen es gelang, ihrer Hundertschaft im Liebesspiel standzuhalten.

Auf diese Weise entstanden auch die Regeln für die Auswahl. Die jeweils neuen Männer mußten sich im Kampf mit den vorangegangenen Siegern messen. Wer dabei gewann, übernahm die Rechte und die Pflichten des Unterlegenen.

Dann aber entstand ein weiteres Problem: Als sich die Bevölkerung langsam vermehrte, wuchs die Furcht, daß mehr Knaben als Mädchen geboren werden könnten. Die Frauen beschlossen daher, rechtzeitig etwas gegen die drohende Übernahme des Reiches durch nachgeborene Männer zu unternehmen. Per Gesetz legten sie fest, daß jede Frau nur einen einzigen männlichen Nachkommen haben durfte. Alle anderen sollten erstickt, ausgesetzt oder verkauft werden. Schließlich wurden immer mehr Knaben zu den Sklavenmärkten verfrachtet und dort gegen hübsche, wohlgeratene junge Mädchen eingetauscht.

Trotzdem veränderten sich allmählich die harten Bräuche. Ursprünglich wurde alles niedergemetzelt, wie es kam. Oronthea hatte eigens für das Ritual der Opferung einen Schreckenstempel bauen lassen, in dem der Altar der Rache stand. Das Henkersamt für den täglichen Todeskandidaten wurde durch das Los entschieden.

Nach langer Zeit kam ein junger, kampferprobter Mann an diesen Todesstrand hier. Er hieß Elban und sollte von Herkules abstammen. Vollkommen arglos legte er mit seinem Schiff im Hafen an. Noch ehe er irgend etwas sagen konnte, wurde er bereits überwältigt und in den Kerker geschleppt. Der schöne junge Mann aus der Familie der Alkiden hatte so feine Manieren, daß selbst eine falsche Schlange andächtig seinen Worten gelauscht hätte. Es dauerte nicht lange, bis die Frauen in der Stadt ihn über alles lobten.

Die Kunde von dem außergewöhnlichen Gefangenen drang bis zu Alexandra, der Tochter der inzwischen uralten Oronthea. Von den ursprünglich hundert Kreterinnen lebte nur noch sie. Dafür hatte sich die nachwachsende Bevölkerung um ein Zehnfaches vermehrt. Nach wie vor galt, daß jeden Neuankömmling das gleiche Los traf wie alle anderen zuvor. Die Vorsichtsmaßnahmen waren sogar noch verschärft worden. Obwohl es zehn Werkstätten für Schmiede in der Stadt gab, hatten alle zusammen nur eine einzige Feile, damit keine der Frauen auf die Idee kam, heimlich die Ketten eines der Gefangenen zu lösen.

Als Alexandra von dem kampferprobten jungen Mann hörte, bedrängte sie ihre alte Mutter so lange, bis sie ihn sehen durfte. Sie sah ihn, hörte ihn und verliebte sich augenblicklich in ihn.

»Ich weiß noch immer nicht, was hier geschieht«, sagte Elban sanft zu ihr. »Du bist so schön und so begehrenswert, daß ich mein ganzes Leben und alles, was du willst, an dich verschenken würde. Ich würde, weil ich nun mal Ritter bin, jederzeit mit der Waffe in der Hand dem Tod ins Gesicht sehen. Ich will im Kampf sterben und nicht wie ein Verbrecher, elendig wie ein Schlachttier.«

Alexandra spürte, wie ihr Tränen in die Augen traten. Ganz weich und leise sagte sie: »Du magst ja recht haben, aber du darfst nicht glauben, daß jede von uns so schrecklich ist. Ich müßte ja das Raubtierblut einer Tigerin in meinen Adern haben und in der Brust ein Herz wie von hartem Diamant, wenn ich nicht weich würde, wie ich dich hier so schön und kühn vor mir sehe. Wenn unser unnachgiebiges Gesetz nicht wäre, würde ich mich selber für dich opfern. Ich tue alles, was mir möglich ist. Wenn die Erfüllung deines Wunsches aber nur dein Leid verlängert und den Tod hinausschiebt, würde ich mich mit dir quälen.«

»Das muß nicht sein«, unterbrach Elban. »Wenn ich nur bewaffnet wäre, fühlte ich genügend Kraft in mir, um mein Leben gegen zehn Gegner zu verteidigen, selbst wenn ihre Körper nicht aus Fleisch und Blut, sondern aus Eisen wären.«

Ein tiefer Seufzer drang aus Alexandras Brust. Dann wandte sie sich ab und eilte zu ihrer Mutter. Sie erzählte ihr, was geschehen war, und verlangte, daß Elban das gleiche Recht zum Kampf zugebilligt würde wie anderen Männern vor ihm.

»Wenn es wirklich wahr ist, daß er zehn andere töten kann, dann darf sein Blut nicht durch das Henkersschwert vergossen werden.«

Die Königin versammelte ihren Ältestenrat um sich.

»Wir müssen zusehen, daß wir immer die allerbesten für uns gewinnen«, sagte sie. »Wir brauchen Männer, um unseren Hafen und den Strand zu schützen. Natürlich müssen wir vorher prüfen, wer dafür geeignet ist. Ich denke deshalb, daß wir künftig jeden Ritter, den das Schicksal bis an unsere Ufer führt, gegen zehn von unseren Männern kämpfen lassen sollen. Wer dabei versagt, soll wie bisher geopfert werden. Wenn aber einer der neu Angekommenen dabei Sieger bleibt, könnte er als Lohn sein Leben behalten und zusätzlich den Schutz des Hafens übernehmen. Das alles ist nicht meine Idee, sondern der Vorschlag eines jungen Ritters, der gegenwärtig in unserem Kerker auf seine Hinrichtung wartet. Wenn er aber nur ein Prahlhans ist, soll er nicht den Opfertod wie alle anderen sterben, sondern durch die schwersten Marterungen, die wir uns gemeinsam ausdenken.«

»Genau das wollten wir von Anfang an nicht«, rief eine der

älteren Frauen des Rates und stand erbost auf. Es war Artemia, die auch »die Finstere« genannt wurde. »Wir brauchen keinen Beistand oder Schutz durch irgendwelche Männer. Wir haben selbst genug Verstand, Kraft und Mut. Und wenn es hier trotzdem einige Männer gibt, dann nur, weil wir sie zur Fortpflanzung benötigen. Wir haben klipp und klar festgelegt, daß für jeweils zehn Frauen immer nur ein Mann hier sein darf. Überlegt doch nur – ein Mann, der zehn andere töten kann. Wie viele Frauen würde der besiegen? Und was passiert, wenn unsere jetzigen zehn Männer durch zehn von seiner Sorte abgelöst werden? Wie lange dauert es dann noch, bis wir Frauen hier nichts mehr zu sagen haben? Außerdem erinnere ich daran, welches Leid entsteht, wenn die zehn Männer besiegt werden. Denkt doch nur an die Trauer, die Klagen all der Frauen, denen dadurch ihr Mann entrissen wird. Nein, sage ich deshalb. Von mir aus soll er nicht zehn Männer umbringen und dadurch hundert Frauen zu Witwen machen, sondern an ebendiesen Frauen seine Kraft beweisen, indem er dort das gleiche leistet, was die zehn Männer können.«

Mit ihrer zornigen, kraftvollen Rede überzeugte Artemia die anderen Frauen des Rates. Nur Oronthea wollte den Mann, den ihre Tochter liebte, nicht so leicht aufgeben. Sie lobte Elbans Schönheit und daß sie unerreicht und einzigartig in der ganzen Welt sei. Einige der jüngeren Frauen im Rat nickten sofort zustimmend. Sie bekamen glänzende Augen, als die uralte Oronthea noch mehr von dem erzählte, was auch ihre Tochter so erfreut hatte.

Schließlich veränderte sich die Stimmung im Rat. Gerade bei den Jüngern verflogen Zorn und Härte. Lediglich Artemia beharrte weiterhin mit einigen Gleichaltrigen auf ihren strengen Forderungen. Trotzdem wäre Elban um ein Haar durch den Beschluß der Mehrheit im Rat der Frauen freigekommen, doch dann einigten sich die Alten mit den Jungen darauf, daß Elban tatsächlich gegen zehn Ritter kämpfen sollte. Aber das allein sollte noch nicht ausreichen. Der Rat der Frauen beschloß mit einem weisen Kompromiß, daß er sich nach dem Kampf gegen zehn Männer zwar nicht bei hundert, aber noch immer bei zehn Frauen bewähren sollte.

Der Beschluß des Frauenrats wurde bereits am nächsten Tag umgesetzt. Elban durfte sein Gefängnis verlassen und sofort zum Kampf gegen die zehn Ritter antreten. Er erhielt ein ausgezeichnetes Pferd, eine gute Rüstung und gute Waffen. Ohne größere Schwierigkeiten besiegte er alle zehn Männer. In der folgenden Nacht mußte er sich nackt bei zehn jungen Frauen bewähren. Sie lobten sein Ungestüm anschließend so sehr, daß auch die übrigen Frauen der Stadt ihn anerkannten.

Oronthea ernannte ihn zu ihrem Schwiegersohn und bestimmte, daß ihre Tochter Alexandra und die anderen neun Frauen, mit denen er bereits eine Nacht verbracht hatte, seine Ehefrauen sein sollten. Zusammen mit ihrer Tochter machte Oronthea den schönen Ritter zum Erben des gesamten Reiches. Gleichzeitig nahm sie ihm den Schwur ab, daß er das alte Gesetz ebenso hart und unnachgiebig verteidigen würde wie alle anderen, die dereinst seine Nachfolger sein sollten. In den zwei Jahrtausenden, die inzwischen verstrichen sind, wurde fast täglich irgendein unglücklicher Fremder nach dem alten Wahn im Rachetempel geopfert. Selbst wenn sich einer ebenso wie Elban zum Kampf gegen zehn hier entscheidet, gelingt es nur den wenigsten, mehr als die ersten zu besiegen. Und nur einem von tausend gelingt die zehnfache Probe bei den Frauen im Bett. Schon deshalb kann man die bisherigen Gewinner an den Fingern abzählen.

Einer der letzten war Argilon. Mein Vorgänger herrschte nicht sehr lange über das Frauenvolk und seine Sklaven. Als mich der Sturm hierhergetrieben hatte, mußte ich ihn besiegen. Aber ich wünschte, ich wäre gleich mit ihm gestorben. Was nützt es mir, wenn ich als Hochgestellter und Erster dieser Stadt ehrfürchtig gegrüßt werde? Bei Gott, die ganzen Edelsteine, der Purpur, die Spiele, alles Lachen und die Liebesnächte – was zählt das denn für einen Mann, der dafür seine Freiheit opfern muß?

Guido der Wilde sprach nicht weiter, sondern starrte schweigend vor sich hin. Auch die anderen sagten nichts.

»Versteht ihr jetzt, warum ich diesen Tag verfluche, an dem

ich erst die Ritter und dann die Weiber in der Nacht bezwang und dadurch dieses Königreich gewann?«

Die anderen schwiegen noch immer. Schließlich räusperte sich Astolf. Ihm ging nicht aus dem Kopf, was der junge Mann ganz am Anfang über seine Herkunft gesagt hatte. Ihm fehlte noch ein Beweis dafür, daß der schwarze Ritter, der sich Guido nannte, wirklich der Sohn seines Onkels Haimon war.

»Ich heiße Astolf«, sagte er schließlich. »Und ich bin der Prinz von England, also dein Vetter.«

Er ging auf Guido zu und umschlang ihn liebevoll mit beiden Armen. Dann küßte er ihn und sagte: »Ich sehe, daß du das Muttermal nicht hast, das du als einer der unseren an deinem Hals tragen müßtest. Aber du hast durch dein Schwert bewiesen, daß du zu uns gehörst.«

An jedem anderem Platz hätte sich Guido aufrichtig gefreut. Nun aber konnte er es nicht. Im Gegenteil, er sah noch betrübter aus. Allmählich verstanden auch die anderen, daß nur einer von beiden überleben durfte. Hinzu kam, daß Marfisa eine Frau war. Wenn sie am Morgen siegte, konnte sie die nächste Prüfung bei den zehn Frauen nicht bestehen. Sie mußte sterben, während alle anderen in die Sklaverei gingen. Die Schiffbrüchigen sahen, in welcher unlösbaren Lage der Frauenkönig war.

»Ich jedenfalls kämpfe nicht mehr gegen dich«, sagte Marfisa entschlossen. Grifon und Aquilante schüttelten ebenfalls den Kopf.

»Auch für mich wäre es nur schmachvoll, wenn ich mich durch deinen Tod befreite«, sagte Prinz Astolf grimmig.

»Und wenn ich nicht anderes kann und dich töten muß, dann sterbe ich mit dir gemeinsam«, sagte Marfisa. »Ich schlage aber vor, daß wir zusammenbleiben und gemeinsam fliehen.«

»Ihr könnt hier nicht entkommen«, antwortete Guido. »Ganz gleich, ob ich nun morgen sterbe oder nicht.«

»Das wird sich erst noch zeigen«, erwiderte Marfisa furchtlos. »Was ich mir vorgenommen habe, führe ich auch durch. Ich kann mich dabei immer auf mein Schwert verlassen. Heute habe ich so viel von deiner Kraft kennengelernt, daß ich mit dir zusammen zu allem fähig bin. Sobald die Frauen morgen wieder im Theater sind, greifen wir gemeinsam an. Wir lassen ihre Leichen als Beute für die Wölfe und die Geier hinter uns zurück und schützen uns, indem wir auf der Flucht die ganze Stadt anzünden.«

»Mit dir stürze ich mich gern in ein derartiges Gewühl«, beteuerte Guido sofort. »Und ich will auch gern an deiner Seite sterben, weil wir hier nie siegen können. Es reicht, wenn wir uns rächen. Schließlich sind zehntausend Kriegerinnen auf dem Turnierplatz. Noch einmal die gleiche Zahl wacht an der Burg, am Strand und in der Hafenbucht von Alexandretta. Es gibt keine Möglichkeit zur Flucht.«

»Und wenn es hier mehr Ritter gäbe, als der Perserkönig Xerxes im Kampf gegen die Griechen zur Verfügung hatte, besiege ich sie mit dir oder ohne dich an einem Tag.«

»Vielleicht gibt es doch eine winzige Möglichkeit zur Flucht«, überlegte Guido angestrengt. »Hier dürfen nur die Frauen bis zum Meer gehen. Vielleicht sollten wir eine von meinen Ehefrauen ins Vertrauen ziehen. Aleria würde so gut wie alles auf sich nehmen, wenn sie dafür als einzige mit mir leben dürfte – ohne die neun anderen. Ebenso wie ich empfindet sie die Nebenbuhlerinnen als eine schwere Last. Ich werde deshalb mit ihr reden. Sie soll nachts an Bord eines Schiffes gehen und alles für eure Seeleute vorbereiten. Noch vor Sonnenaufgang könnten dann diese Männer ihre Plätze einnehmen und abwarten. Sämtliche Matrosen, Händler und ihr als meine Gäste müßten Schulter an Schulter hinter mir herkommen. So könnten wir uns mit guten Schwertern bis zum Hafen durchschlagen.«

Marfisa schüttelte heftig den Kopf. «Das ist vielleicht dein Weg. Ich jedenfalls werde auf keinen Fall bei Nacht von hier fliehen. Niemand soll mir nachsagen, daß ich, von Angst gebissen, heimlich weggelaufen bin. Nein, Guido! Meine Hand soll im Licht der Sonne alle töten, die mir in diesen Mauern in den Weg treten. Das ist der einzige Weg, den ich ohne Schmach gehen kann. Würde ich zeigen, daß ich selbst ein Weib bin, würden sie mich hochleben lassen, in den Rat wählen und immer mehr befördern. Aber das ganze Land hat gesehen, daß ihr meine Freunde seid. Wenn ich das zuließe, was mir als Frau gewährt wird, hätte ich zwar einen Riesenvorteil. Ich müßte jedoch zusehen, wie ihr erschlagen oder eingefangen und in Sklavenketten zurückgebracht werdet.«

Die ganze Situation war so verfahren, daß auch die Männer nicht mehr weiter wußten. Erst nach vielen weiteren Worten lenkte Marfisa ein.

»Ich bin zwar stolz«, sagte sie schließlich mit einem langen Blick zu Guido, »aber ich will nicht, daß meine Ehre euer Verderben wird. Deshalb bin ich einverstanden, daß du, Guido, noch heute nacht deine Lieblingsgattin einweihst.«

Sie verloren keine Zeit. Guido kam bereits nach kurzer Zeit zurück. Seine Lieblingsfrau Aleria war sofort einverstanden gewesen und bereits zum Hafen unterwegs. Gleichzeitig hatte sie verfügt, daß ihre eigenen privaten Schätze ebenfalls an Bord gebracht wurden. Von ihr war auch die Idee, wie die Vorbereitungen für die Flucht der Schiffbrüchigen ohne große Geheimhaltung vorbereitet werden konnte, indem sie einfach gesagt hatte, daß sie bei Tagesanbruch mit ein paar anderen Kriegerinnen zu einem Ausflug auf das Meer aufbrechen wollte.

Die ganze Nacht über wurden Rüstungen, Speere, Schwerter, Lanzen und Schilde in den Palast gebracht. Ein Teil der schlafenden Schifferknechte wurde geweckt. Sie bekamen Rüstungen und wurden als Wachen ausgeschickt. Die anderen konnten weiterschlafen und Kräfte für den nächsten Tag sammeln.

Bereits im ersten Sonnenlicht eilten von überallher die ersten Frauen in das Amphitheater des Turnierplatzes. Schon bald hockten sie wie die Bienen am Eingang ihres Stockes, wenn es Zeit zum Hochzeitsflug war. Trompeten, Hörner und Trommeln drängten auf die Fortsetzung und Entscheidung des unterbrochenen Kampfes. Aquilante und Grifon standen zusammen mit Astolf und Samsonet bei Guido und Marfisa, die bereits auf ihren Pferden saßen. Um zum Meer zu gelangen, mußten sie alle den weitläufigen Turnierplatz überqueren. König Guido hatte ihnen gesagt, daß es keine Abkürzung und keinen anderen Weg gab.

»Nur Mut! Wir schaffen es!« munterte er sie auf. Dann ritt er so beherrscht wie möglich zu einer Gruppe von etwa hundert

Bewaffneten, die bereits auf ihn warteten. Mit ihnen zusammen zeigte er sich noch einmal der Menge. Gleichzeitig bewegte er sich immer weiter auf die gegenüberliegende Seite des großen Platzes zu. Die bewaffneten Frauen umschlossen ihn wie ein dichter Ring. Mißtrauisch schirmten sie ihn von Anfang an so ab, daß er keine Möglichkeit zum Durchbruch hatte. Und dann erkannten sie, was er und seine Begleiter vorhatten.

Sofort teilten sie sich in zwei Gruppen. Die eine Hälfte legte ihre Pfeile in die Bogen, die andere drängte sich vor das Tor zur Hafenstraße. Nun übernahm Marfisa die Führung. Die Weiber auf den Rängen kreischten wütend auf. Im selben Augenblick prasselten von beiden Seiten und von den Tribünen Pfeile auf die Ausbrechenden nieder. Die ersten strauchelten und starben. Ohne ihre ausgezeichneten Waffen und Rüstungen wären die Eingeschlossenen sofort überwunden worden. Samsonets Hengst brach tot unter ihm zusammen. Marfisas Pferd kippte zur Seite hin weg.

»Jetzt wird es Zeit, endlich ins Horn zu blasen«, frohlockte Astolf. »Ich will doch sehen, ob ich damit die Straße nicht viel besser fegen kann als mit jedem Schwert!«

Er setzte das Horn an seine Lippen und stieß die Luft mit aller Kraft hinein. Die Erde erbebte unter den grauenhaften Tönen. In wilder Panik stürzten die Besucherinnen von den Theaterrängen. Es war, als hätten sie unter dem fürchterlichen Lärm den Verstand verloren. Niemand dachte mehr daran, das Tor und die Straße bis zum Hafen zu bewachen. Die entsetzte Menge der Frauen wallte nach einer Seite, dann nach der anderen, drängte sich zu Tausenden vor viel zu engen Tordurchfahrten, stolperte, fiel übereinander und verkeilte sich in wildem Chaos.

Furchtbare Schreie und Schmerzensrufe stiegen über der Stadt auf. Viele wurden erstickt, Arme und Beine brachen, überall lagen Tote mit verrenkten Knochen oder eingeschlagenen Köpfen.

Selbst der Himmel schien zu bersten und zu krachen. Der grauenhafte Lärm aus Astolfs Horn machte keinen Unterschied zwischen Freund und Feind. Die fürchterliche Lärmwaffe traf auch die Schiffbrüchigen, die schon fast den Hafen erreicht hatten.

Guido floh neben Marfisa und den Brüdern Aquilante und Grifon. Astolf selbst wurde immer mutiger. Es war, als würde ihn der eigene Lärm Straße um Straße weiterreißen. Einige der Frauen suchten Schutz hinter Büschen, andere rannten zum Meer. Wieder andere stolperten bergauf oder stürzten von den Brücken. Einige hatten so viel Angst in sich, daß sie noch zehn Tage weiterlaufen sollten.

Häuser, Tempel und Plätze leerten sich. Dann waren auf den Straßen kaum noch Kriegerinnen oder unbewaffnete Frauen zu sehen. Die ganze Stadt war buchstäblich leergeblasen. Mit letzter Kraft erreichten Marfisa, Guido, Samsonet und die beiden Brüder das Schiff. Guidos Lieblingsfrau Aleria wartete nicht direkt am inneren Hafen, sondern außerhalb der Kettensperre vor den beiden Einfahrtstürmen. Als die Verschwörer näher kamen, ließ sie sofort die Segel hissen. Eingeweihte Männer, die vor kurzer Zeit noch Weiberröcke getragen hatten oder Sklaven gewesen waren, griffen in die Ruder. Die Fliehenden sprangen an Bord. Die Leinen wurden losgeworfen, dann schoß das Schiff davon.

In der Stadt selbst rannte Astolf durch die menschenleeren Straßen und sah noch, wie sich das letzte kopflos gewordene Volk ins Meer stürzte. Viele von denen, die sich durch Schwimmen retten wollten, waren dazu nicht mehr in der Lage und gingen einfach unter.

Astolf suchte überall im Hafen nach dem rettenden Schiff. Erst als er im Halbrund des Hafens bis zu den Türmen an der Einfahrt vordrang, erkannte er es. Er segelte immer weiter in Richtung Horizont. Wieder und wieder blies er mit aller Kraft in sein Zauberhorn. Er wollte das Schiff damit zurückholen, aber dachte nicht daran, daß er mit seinem Lärm nur das Gegenteil erreichte.

Schließlich ließ er das Horn sinken und blickte in die leere Stadt zurück. In diesem Augenblick wurde ihm klar, daß er noch eine lange Reise vor sich hatte – doch nicht zusammen mit verläßlichen Gefährten, sondern allein und durch Länder, die überall als gefährlich und barbarisch galten.

Das Schiff der Fliehenden jagte mit vollen Segeln durch die Wogen. Es dauerte lange, bis die schrecklichen Klänge aus Astolfs Zauberhorn nicht mehr zu hören waren. Endlich, als ihre Gedanken wieder frei waren, wurde einem nach dem anderen bewußt, was sie getan hatten. Voller Scham über ihre unwürdige Flucht hielten sie ihre Blicke gesenkt und schwiegen.

Das Schiff ließ Zypern und Rhodos hinter sich und dann die hundert Inseln der Ägäis. Sie passierten das gefährliche Kap Malia in Lakonien und bekamen guten stetigen Wind. Dann segelten sie um Sizilien herum und nahmen durch das Tyrrhenische Meer Kurs auf die Westküste Italiens. Ohne weitere Vorkommnisse erreichten sie, an den Marmorbrüchen von Carrara vorbei, die alte Hafenstadt Luna an der Mündung des Flusses Magra. Hier war der Kauffahrer vor langer Zeit aufgebrochen.

Sie dankten alle Gott, daß er sie heil und gesund wieder in das heimische Paradies zurückgeführt hatte. Marfisa und die Ritter suchten sich sofort ein neues Schiff. Bereits an selben Tag liefen sie unter anderen Segeln wieder aus. Während der kurzen Reise nach Marseille gab es keine Zwischenfälle. Sie freuten sich darauf, in der Hafenstadt an der Mündung der Rhône auf Gräfin Bradamante zu treffen. Erst als sie anlegten, erfuhren sie, daß die Herrin der Provence nicht im Lande war. Sie berieten kurz, dann verabschiedete sich Marfisa auf der alten Römerstraße von den vier anderen und Guidos Lieblingsgattin Aleria.

»Es ist nicht meine Art, mit mehreren herumzuziehen«, sagte sie und sah dabei nur Guido an. »Das mögen meinetwegen Tauben, Hasen oder andere Tiere tun, die sich zusammenschließen, weil sie sich allein zu sehr fürchten. Wer wirklich frei und furchtlos ist, muß sich nicht in der Gesellschaft anderer verbergen. Falken und Adler, Bären, Löwen und Tiger müssen einsam bleiben, um die Herausforderungen des wahren Lebens zu bestehen.«

Die anderen bewunderten Marfisa für ihre Härte gegen sich selbst. Sie ahnten nicht, daß sie auf etwas anderes verzichtete, so schwer es ihr auch fiel. Die Männer meinten, daß es für sie doch angenehmer sei, gemeinsam weiterzuziehen. Marfisa lächelte Guido und seiner Lieblingsfrau noch einmal zu, dann stieg sie auf ihr Pferd und wählte einen öden Pfad in Richtung auf die dichten Wälder.

Bereits am nächsten Tag erreichten die anderen ein Schloß. Es gehörte Pinabello von Maganza. Sie baten um Quartier und wurden gastfreundlich eingelassen. Der Schloßherr rieb sich immer wieder erwartungsfroh die Hände. Nach der langen Seefahrt und den überstandenen Abenteuern sanken die reisenden Ritter schnell und arglos in einen tiefen Schlaf. Die halbe Nacht verging. Doch dann wurden sie alle unsanft geweckt. Bewaffnete überfielen zusammen mit dem Schloßherrn die Gäste. Die jäh Geweckten wurden mit harten Stricken an Händen und Füßen gefesselt. Ehe sie sich versahen, waren sie Gefangene.

»So, ihr Ritter!« Pinabello lachte hämisch. »Wenn ihr jemals eure Freiheit wiederhaben wollt, dann müßt ihr zuerst schwören, daß ihr genau das tun werdet, was ich von euch verlange!«

Marfisa ritt an der Durance, der Rhône und der Saône entlang nach Norden. Am Fuß schattiger Berge holte sie ein hochbetagtes Weib ein, das, offensichtlich matt von einem schweren, langen Weg, am Flußufer entlang ging. Die Alte sah aus, als würden Trauer und schweres Leid sie niederdrücken. Es war dieselbe, die als Dienerin von Bergräubern in einem Felsenverlies gewacht hatte, als Orlando auftauchte und die Verbrecher für ihr schnödes Verhalten mit dem Tod bestrafte. Sie war in der ständigen Angst geflohen, Leute zu treffen, die sie erkannten.

Marfisa wußte von alldem noch nichts. Sie bewegte sich wie ein aus der Fremde gekommener Ritter in vollem Harnisch mit darüber getragenem Waffenrock. Gerade das beruhigte die Alte, denn vor einem fremden Ritter fürchtete sie sich nicht so sehr. Sie blieb an der Furt des Flusses stehen. Als Marfisa näher kam, ging ihr die Alte sogar entgegen.

»Ich grüße dich, edler Ritter«, sagte sie unterwürfig und fordernd zugleich, als sie dicht genug heran war. »Es würde dich sehr ehren, wenn du mich alte Frau auf deinem Pferd durch die wilde Furt zum anderen Ufer dort hinüberbringst.«

Ohne Schwierigkeiten hob Marfisa die Alte zu sich auf das Pferd und ritt mit ihr durch die gefährliche sumpfige Furt im Fluß. Nachdem sie wieder trockenen Boden unter den Füßen hatten, sah sie am Ende des Weges einen Ritter. Er saß in einem reichgeschmückten Sattel, trug eine Rüstung aus hellem Stahl und feinste Kleider. Zusammen mit einem einzigen Knappen begleitete er eine schöne junge Frau zum Fluß. Obwohl sie edel aussah, hatte sie einen stolzen, herablassenden Gesichtsausdruck.

Der feine Ritter war Graf Pinabello, der zu den Mainzern gehörte – derselbe, durch dessen Hinterhältigkeit erst vor wenigen Monaten Bradamante in die Felsspalte vor Merlins Höhle gestürzt war. All seine Seufzer, die sein Herz verbrannten, und die Tränen auf seinen Wangen hatten dem Mädchen an seiner Seite gegolten, das ihm der Zauberer Atlante weggenommen und in seine stählerne Bergfestung gebracht hatte. Erst nachdem Bradamante den Zauberer vertrieben hatte, war ihm die hartherzige Schöne erneut als Geliebte gefolgt. Zusammen waren sie seither von einem Schloß zum anderen gezogen.

Kaum waren die beiden dicht genug an Marfisa und der Alten auf dem Pferd, als die Schöne auch schon lachte und ihre böse Zunge nicht im Zaum hielt: »Hat das der Himmel je gesehen?« keifte sie. »So ein schöner Ritter und so ein ekelhaftes altes Weib!«

Marfisa war nicht leicht zu beleidigen, aber dieser niederträchtige Spott der Hochmütigen kränkte sie und machte sie augenblicklich wütend.

»Ja, lästere du nur!« stieß sie hervor. »Jeder sieht doch, daß meine Alte hier schöner ist als du. Du glaubst mir nicht? Dann will ich es durch einen Sieg über deinen Ritter beweisen. Wenn er dann aus dem Sattel fliegt, bist du auch noch dein Pferd und deine schönen Kleider los.«

Graf Pinabello konnte sich unmöglich derartig verspotten lassen. Augenblicklich brachte er sein Pferd in Kampfposition. Zornig ließ er das Visier von seinem Helm nach unten fallen, griff nach dem Schild und legte sich die schwere Lanze unter dem Arm zum Angriff zurecht. Marfisa zögerte nicht einen

Augenblick. Mit ihrer mächtigen Lanze preschte sie auf den Grafen zu. Das schwere Holz krachte mitten auf das Visier. Bewußtlos stürzte Pinabello aus seinem Sattel.

»Und jetzt zu dir«, sagte Marfisa zu seiner fassungslosen Begleiterin. »Runter mit deinen Kleidern und dem ganzen Schmuck! Das alles gehört jetzt meiner Dame.«

Die Alte wußte nicht, wie ihr geschah. Schon kurz darauf war sie selbst von Kopf bis Fuß mit den jugendlichen Kleidern der anderen herausgeputzt. Dann mußte sie auch noch den gesamten Schmuck anlegen. Genaugenommen kam dadurch ihre Häßlichkeit erst recht zum Vorschein. Nach einer Stunde, in der Graf Pinabello das Bewußtsein noch nicht wiedererlangt hatte, ritt Marfisa mit der Alten weiter.

Drei Tage lang kamen sie gut voran. Am vierten Tag begegnete ihnen ein sehr eiliger junger Mann. Das Gesicht des Königssohns Zerbin war von Zorn und Schmerz verzerrt. Zutiefst gekränkt, suchte er nun schon viele Stunden nach dem Schotten, der durch einen voreiligen Pfeilschuß seine Ehre als Ritter untergraben hatte. Der Flüchtige bewegte sich geschickt im Wald. Die Morgennebel verhüllten ihn so lange, bis Zerbin spürte, wie seine Wut allmählich nachließ.

In diesem Zustand entdeckte Zerbin Marfisa und die Alte in den jugendlichen Kleidern. Obwohl er eben noch wütend gewesen war, mußte er schallend lachen, als er die beiden sah.

»Das ist wirklich schlau gemacht, verehrter Ritter«, rief er den beiden entgegen. »Mit dieser Schönen hinter dir hält dich keine neidische Bewunderung von anderen auf.«

Tatsächlich sah die Alte mit ihrer faltigen Haut wie ein zur Volksbelustigung aufgeputzter Affe aus. Ihre Augen funkelten rot, dann kreischte sie: »Es gibt nichts Schlimmeres für eine Frau als die Bemerkung, daß sie alt und häßlich sei.«

Marfisa amüsierte sich über die Aufregung, aber sie zeigte es nicht. Sie stellte sich ebenfalls erbost.

»Bei Gott, die Dame hier an meiner Seite hier ist schöner, als du höflich bist. Aber ich sehe schon, du heuchelst nur, denn in den Tiefen deines Herzens empfindest du ganz anders, als du redest. Du willst verbergen, daß du sie eigentlich begehrst, aber zu feige bist, um sie zu kämpfen. Nenne mir irgendeinen Ritter in der ganzen Gegend, der sich nicht sofort verlieben und um sie kämpfen würde, wenn er diese reizendste und jüngste aller Schönen fast allein im Wald anträfe.«

»Ich glaube dir ja, daß sie zu dir paßt«, antwortete Zerbin sofort. »Aber ich will nicht herzlos sein und ein so schönes Paar auseinanderbringen. Selbstverständlich zeige ich dir gern, wie stark mein Schwertarm ist. Aber wir kämpfen dann nicht um die Alte – egal, ob sie jung, gesund und schön oder schrecklich alt ist. Ich möchte wetten, daß ihr beide ein ideales Paar seid, wenn dein Mut genauso groß wie ihre Schönheit ist.«

»Das kann ja sein«, entgegnete Marfisa. »Trotzdem mußt du jetzt um sie kämpfen, ob du nun Lust dazu hast oder nicht. Das ist der Preis dafür, daß du ihr wunderschönes Gesicht neben mir gesehen hast und sie dann nicht haben willst.«

»Ich zahle überhaupt nichts!« antwortete Zerbin. »Warum soll ein Mensch sich schinden und mit einem anderen schlagen, wenn nach dem Sieg der Sieger fluchen muß und der Besiegte lacht?«

»Ganz wie du willst«, sagte Marfisa lächelnd, »Dann drehen wir den Spieß doch einfach um. Wir kämpfen nicht mehr um die Alte, sondern darum, wer sie behalten muß. Der Sieger ist sie los. Der andere muß sie begleiten, wohin auch immer sie will.«

»Genau! Das ist die Lösung!« rief Prinz Zerbin kampflustig. Er griff die Zügel fester, wendete sein Pferd und ritt einige Schritte zurück, um Platz für einen Anlauf zu gewinnen. Dann setzte er sich im Sattel zurecht, stemmte sich fest in die Steigbügel, um seinen ersten Stoß sicher zu setzen, und sprengte los. Seine Lanze traf genau auf den eisernen Buckel in der Mitte von Marfisas Schild. Es war, als würde er auf einen Berg aus Eisen stoßen. Sie aber traf mit der Spitze ihrer Lanze so hart gegen seinen Helm, daß er wie betäubt aus dem Sattel flog.

Nie zuvor war ihm in einem Kampf etwas Ähnliches passiert. Tausend und abertausend von Gegnern hatte er bisher geschlagen. Was nun geschehen war, war für ihn so unglaublich, daß er fassungslos und benommen neben seinem Pferd stand. Aber das Schlimmste dämmerte ihm erst nach und nach. Mit seiner

Niederlage mußte er auch die Vereinbarung einlösen, die er vor dem Kampf mit dem fremden Ritter getroffen hatte: Er war besiegt und mußte mit dem schrecklichen alten Weib weiterziehen.

»Hol dir dein Schätzchen«, rief Marfisa aus ihrem Sattel. »Ich freue mich für dich. Je mehr das hübsche Kind dein Blut in Wallung bringt, um so vergnügter werde ich selber sein. Aber sei ihr treu, und vergiß niemals dein Versprechen, sie überallhin zu begleiten.«

Ohne irgendeine Antwort abzuwarten, gab sie ihrem Hengst die Sporen und preschte in den Wald.

»Wer war der Kerl?« fauchte Zerbin zutiefst beleidigt die Alte an. »Ich will den Namen wissen! Und seine Herkunft!«

Die Alte lachte höhnisch. »Weißt du das nicht? Es war ein junges Mädchen, das dich reingelegt hat. Sie ist gerade aus dem Morgenland gekommen, weil sie ihr Geschick und ihre Kraft an den besten Paladinen Karls des Großen messen will.«

Prinz Zerbin schämte sich, wie er sich noch nie zuvor geschämt hatte, als er auf sein Pferd stieg. Ihm war, als würden neben seinen Wangen auch noch sämtliche Metallteile seiner Rüstung schamrot glühen. Während er sich selbst immer mehr Vorwürfe machte, lachte und kicherte die Alte ununterbrochen. Sie stichelte und höhnte, um ihn zu verletzen.

»Treuloses Glück und böses Schicksal«, seufzte er mutlos, »Womit habe ich das verdient? Was war das für ein Tausch! Warum mußte die tugendhafte Königin in meinem Herzen an spitzen Klippen irgendwo im Meer zerschellen? Warum, Schicksal, gabst du meine geliebte Isabella den Fischen und den Meeresvögeln zum Fraß? Und warum muß diese Alte, die schon seit zehn, zwanzig Jahren bei den Würmern liegen sollte, mit mir ziehen, um mich zu quälen?«

Erst da begriff die Alte, wer der Mann war, der hier so verzweifelt und schmerzhaft vor sich hin klagte. Sie hatte ihn noch nie zuvor gesehen, aber aus allem, was er sagte, erkannte sie, daß er der Auserwählte war, von dem ihr Isabella in der Räuberhöhle viel erzählt hatte. Sie sah den Mann, der durch seine Niederlage zu ihrem Ritter und Beschützer geworden war, mit ganz anderen Augen. Sie erkannte, wie schön sein Gesicht, seine Gestalt und seine Gesten waren. Genauso hatte Isabella ihn beschrieben. Dieselbe hohe Stirn, dieselben Augen, die auch blitzen konnten, wenn sie nicht trauerten. Als sie nun hörte, wie auch der Jüngling bis zum Himmel hinauf klagte, hätte die Alte mit einem Wort alles beenden und ihn fröhlich machen können, doch sie wollte ihn verletzen und sich für das rächen, was er über sie gesagt hatte.

»Du warst so stolz und hast mich nur verspottet«, meinte sie schließlich, »Ich weiß, du würdest lammfromm, wenn ich dir irgendeine Kunde über deine Prinzessin Isabella gäbe. Aber ich denke nicht dran! Eher kannst du mich erdrosseln oder in Stücke schlagen!«

Prinz Zerbin fühlte sich plötzlich wie jener wütende Hund, der sich auf einen Vagabunden stürzt und ganz zahm wird, sobald sein Feind ihm ein Stückchen Käse oder Brot vor die Nase hielt. »Egal, ob gut oder schlecht«, flehte er sie an, »nur sag mir irgend etwas über Isabella.«

»Du willst es so«, antwortete die Alte arglistig. »Ich warne dich allerdings. Was ich erzählen will, wird dir nicht gefallen. Ja, es ist wahr, deine geliebte Isabella ist nicht tot, wie du gedacht hast. Vielleicht wäre das sogar ein besseres Schicksal für sie gewesen. In der kurzen Zeit, die bisher vergangen ist, war sie in mindestens zwanzig verschiedenen Händen. Falls du sie jemals wiedertreffen solltest, hat sie keine Rosenblüte mehr, die du noch pflücken kannst.«

»Du lügst, verfluchtes Weib!« schrie Zerbin entsetzt. »Ich weiß, daß sich Isabella niemals zu irgend etwas zwingen ließe, selbst wenn ihr zwanzig Mann zugleich die Unschuld rauben wollten. Wo und wie soll das geschehen sein, was du behauptest?«

Die Alte schüttelte nur stumm den Kopf.

»Ich bitte dich, wunderbares Weib«, schmeichelte Zerbin ihr. »Sag es mir … oder soll ich dir lieber gleich den Hals abschneiden?«

Die alte Hexe hatte keine Angst vor ihm und schwieg. Zerbin erkannte, daß jedes weitere Wort umsonst war. So zogen sie weiter, bis die Sonne in den Abendfrieden sank. Kurz bevor sie unterging, tauchte ein Ritter vor ihnen auf.

21. Gesang

Kein Seil hält fester und kein Haken stärker als die Treue zwischen aufrichtigen Herzen. Bereits im Altertum wurde das Vertrauen mit einem weißen Schleier dargestellt, auf dem ein Pünktchen schon als böser Fleck galt. Ein Treueversprechen sollte nie geringschätzig betrachtet werden – ob es nur einem gegeben wird oder vielen, sei es allein im Wald, in einer Einöde oder öffentlich vor Zeugen im Gericht. Um seine Treue zu erklären, muß man auch nicht die Hand heben und schwören. Es reicht bereits ein Wort.

Der Ritter kam schnell näher.

»Den kenne ich!« stieß die Alte hervor, die auch den ganzen Tag lang kein Wort mehr gesagt hatte. »Das ist Hermon von der Küste Hollands. Er trägt ein rotes Band, von dem das schwarze Feld auf seinem Schild durchkreuzt wird.« Sie wandte sich plötzlich sehr unterwürfig an ihren Begleiter.

»Jetzt kommt deine Stunde, Prinz Zerbin. Du mußt dein Versprechen wirklich einlösen und mein Leben schützen, das durch diesen Ritter bedroht ist.«

»Warum bedroht?« fragte Zerbin verwundert.

»Bereits mein Vater ist durch ihn umgekommen«, behauptete die Alte ohne jede Häme in ihrer Stimme. »Ebenso mein einziger Bruder. Jetzt ist er hinter mir her. Er hat geschworen, daß er nicht ruhen will, bis er auch mein Leben ausgelöscht hat.«

»He, Weib!« mahnte Zerbin, »Ganz ruhig! Solange du unter meinem Schutz stehst, hast du nichts zu befürchten.«

Auch der fremde Ritter erkannte die Alte an der Seite des Schottenprinzen. Er legte seine Stirn in harte Falten und rief drohend: »Mach dich zum Kampf bereit! Oder vergiß, daß du der Beschützer dieser Alten bist. Aber du stirbst, wenn du versuchst, das Unrecht zu verteidigen.«

»Das ist nicht gerade ritterlich, wenn du von mir verlangst, daß ich tatenlos zusehe, wie du ein altes Weib erschlägst. Ich fürchte mich nicht vor einem Kampf mit dir. Außerdem sollte sich ein echter Ritter nicht mit Weiberblut besudeln.«

Hermon von Holland ließ sich nicht beschwichtigen. So kam es, wie es kommen mußte. Die beiden Ritter führten ihre Pferde in entgegengesetzte Richtungen, wendeten, blickten sich über die Entfernung hinweg an und stürmten dann in vollem Lauf aufeinander zu. Selbst Raketen, die bei Festlichkeiten in den Himmel schossen, waren nicht so schnell wie die beiden Pferde, mit denen ihre Reiter aufeinander zustürmten. Hermon von Holland senkte seine Lanze und zielte auf die rechte Seite seines Gegners, aber die Lanze brach. Die des Schottenprinzen jedoch krachte durch den Schild so kraftvoll in die gegnerische Schulter, daß sie hinten wieder herauskam. Hermon stürzte schwer von seinem Pferd.

Sofort bedauerte Zerbin, daß er so einfach und gut getroffen hatte. Er stieg vom Pferd und beugte sich über den Besiegten. Vorsichtig nahm er ihm den Helm ab. Das war das letzte, was er noch für den Todgeweihten tun konnte. Der Holländer schien plötzlich wie aus einem Traum wieder aufzuwachen.

»Es schmerzt mich nicht, daß mich dein starker Arm aus dem Sattel warf, denn du bist offensichtlich ein junger Stolz der Ritterschaft. Aber es tut schon weh, daß ich wegen diesem verdammten Weib sterben muß. Wenn du wüßtest, warum ich mich an ihr rächen wollte, würdest du für alle Zeit bereuen, daß du mich hier besiegt hast. Ich fürchte nur, daß ich nicht mehr viel Zeit habe und daß mein Atem mir versagt, wenn ich dir jetzt erzähle, wie schlimm und lasterhaft dieses verruchte Weib ist.«

»Versuch es«, antwortete Zerbin. Er setzte sich neben den Holländer und nahm den Kopf des Verletzten in seine Hände. »Vielleicht hält dich deine Geschichte so lange am Leben, bis du sie erzählt hast.«

»Ich danke dir, daß du mir zuhörst«, flüsterte Hermon, »dann laß dir berichten, welche Höllenhexe dieses Weib ist.«

Ich hatte einen Bruder namens Philander, der in jungen Jahren von Holland fortging. Er wollte sich nach Griechenland … Byzanz … begeben und in Konstantinopel ein getreuer Paladin von Kaiser Heraklios werden. Eines Tages lernte Philander am kaiserlichen Hof einen Edelmann kennen, mit dem er eine brüderliche Freundschaft schloß. Der andere hieß Argeus und besaß an Serbiens Grenze in einer wunderschönen Umgebung ein gutes, stark befestigtes Kastell.

Dort lebte auch Gabrina, dieses schreckliche Weib, das jetzt in deiner Begleitung ist. Sie fesselte ihn mit stärkeren Liebesbanden an sich, als es der Würde eines Ritters guttat. Ebenso flatterhaft wie ein Blatt im Herbststurm wandte sich Gabrina von ihrem Ehemann ab. Ihr Verlangen galt nun meinem jungen Bruder. Mit allen Mitteln versuchte sie, seine Liebe zu gewinnen. Er aber blieb standhaft und fest wie eine Felsenklippe in der Brandung gegen all ihre Verlockungen und lasterhaften Angebote.

Dann aber passierte ihm etwas, das für einen Ritter nicht sehr ungewöhnlich ist: In einem seiner vielen kleinen Kämpfe wurde Philander in der Nähe von Argeus' Schloß durch einen Eisensplitter verwundet. Er war schon mehrmals ohne besondere Einladung vom Kaiserhof in Konstantinopel zu dem Schloß geritten. Deshalb war es nichts Außergewöhnliches, daß er auch jetzt wieder dort einkehrte und sich erholen wollte, bis seine Wunden wieder geheilt waren.

Während Philander noch krank war, mußte Argeus zu einer Reise aufbrechen. Kaum war er fort, schlich sich dieses schamlose Weib erneut zu meinem Bruder und quälte ihn durch immer neue Versuchungen. Er beschloß daher, so weit fortzugehen, bis er in eine Gegend kam, in der sein Name unbekannt war. Das kam ihm anständiger vor, als ihr nachzugeben oder sie bei ihrem Gatten anzuschwärzen.

Er war noch immer schwach von seiner Verletzung. Mühsam legte er seine Rüstung an und wappnete sich. Dabei schwor er sich, dieses für ihn so gefährliche Land nie wieder zu betreten. Aber das Schicksal hatte längst etwas anderes beschlossen.

Als Argeus in sein Schloß zurückkehrte, fand er seine vermeintlich treue Frau in Tränen aufgelöst vor. Ihr Haar war zerzaust und ihre Wangen glühten. Besorgt fragte er, was sie so betrübt hatte. Wieder und wieder wandte sie sich wortlos und verschlossen ab. Die ganze Zeit dachte sie nur daran, wie sie sich an meinem Bruder rächen konnte. Wo vorher Lust und Sehnsucht ihre Sinne beflügelt hatten, fühlte sie nun nur noch blanken Haß.

»Ach was«, sagte sie schließlich zu ihrem Mann. »Warum soll ich dir nicht beichten, daß ich schwach geworden bin, als du unterwegs warst? Jede körperliche Strafe wäre nichts gegen die Schuld, die ich auf meine Seele geladen habe. Ich weiß nicht, ob es wirklich eine Schuld ist, weil ich ja dazu gezwungen wurde. Dein Freund hat mir die Ehre gestohlen und meinen Leib mit Gewalt geschändet. Du kannst jetzt gern dein Schwert nehmen und meine reine Seele von ihrer schmutzigen, befleckten Hülle trennen.«

Argeus glaubte ihr. Der brüderliche Freund, der ihm bisher so viel gegolten hatte, wurde augenblicklich zu seinem ärgsten Feind. Wortlos griff Argeus nach seinem Wehrgehänge und brach erneut auf. Er kannte in seinem Land sämtliche Wege und Brücken. Bereits nach kurzer Zeit holte er den Jüngling ein.

Mein Bruder war so schwach und krank, daß er sich nur sehr langsam bewegen konnte. Er ritt arglos in die Welt, bis ihn plötzlich der Rächer an einer einsamen Stelle einholte und sofort wütend zum Kampf aufforderte. Kraftlos, wie er war, konnte Philander sich nicht verteidigen. Ein Kampf wäre von vornherein aussichtslos für ihn gewesen.

»Verhüte Gott, daß mir der Zorn jetzt die Zügel schießen läßt«, schnaubte Argeus, »auch wenn ich jedes Recht dazu hätte. Aber ich kann dein Blut einfach nicht fließen sehen, weil ich dich liebte und weiß, daß auch du mich geliebt hast. Jetzt soll die ganze Welt sehen, daß ich mich auch in meinem Haß gegen dich besser benehme als du in den Zeiten unserer Freundschaft. Ich werde dich anders bestrafen als mit deinem Blut an meinen Händen.«

Er ließ seine Knappen aus frischen Zweigen eine Trage für den halbtoten Mann anfertigen. Im Schloß angekommen, wurde Philander in einem festen Turm eingeschlossen. Argeus wollte, daß er hier für alle Zeiten als Gefangener für ein Verbrechen büßen sollte, das er niemals begangen hatte. Allerdings konnte sich Philander nicht beklagen. Bis auf seine Freiheit fehlte es ihm an nichts. Er brauchte nur zu sagen, was er haben wollte, und wurde sofort bedient.

Trotzdem war die ganze Sache damit noch nicht beendet. Das böse Weib dachte nicht daran, mit ihren Quälereien aufzuhören. Beinahe jeden Tag besuchte sie den gefangenen Ritter, um doch noch sein Begehren anzustacheln. Noch schamloser als zuvor forderte Gabrina ihn heraus: »Da siehst du nun, was dir deine Launen einbringen. Was du für Treue hältst, nennt man jetzt überall Verrat und Falschheit. Wie ehrenvoll und angenehm wäre es für dich gewesen, wenn du mir das erfüllt hättest, was ich von dir wünschte. Jetzt bleibst du so lange hinter Gittern, bis du endlich das tust, was ich dir anbiete und von dir verlange. Nimm mich, und ich verspreche dir, daß ich dir Freiheit, Ruhm und Ehre zurückgebe.«

»Niemals!« wehrte Philander ab. »Ich werde meine Treue niemals aufgeben. Da kann die Welt meinen Namen noch so sehr in den Schmutz ziehen – es reicht mir, wenn derjenige, der auch das Verborgene klar und frei sieht, deutlich erkennt, wie unschuldig ich bin. Selbst wenn Argeus mich nicht mehr als Gefangenen duldet und mir mit eigener Hand das Leben nimmt, werde ich den Lohn für meine Treue eben im Jenseits einlösen! Ohne meine körperliche Hülle wird er meine reine Seele sehen.«

Gabrina ließ nicht nach und war so verrückt nach ihm, daß sie in wilder Leidenschaft alles ausprobierte, was ihr einfiel. Tausende von Plänen gingen durch ihren Kopf, und sie erinnerte sich an sämtliche überlieferten Methoden, wie ein widerspenstiger Mann doch noch herumzukriegen war.

»Irgendwann werde ich zum Ziel kommen und meine Lust befriedigen«, dachte sie, »selbst wenn er noch so störrisch bleibt!«

In den folgenden sechs Monaten besuchte sie ihn kein einziges Mal. Er freute sich bereits, daß alles überstanden war, doch da entschied sich die launische Fortuna für die schlechte Seite: Das böse Weib erhielt die Gelegenheit für eine grauenvolle Tat.

Bereits seit langer Zeit war ihr Ehemann Argeus mit einem

anderen verfeindet, der überall Morand der Schöne hieß. Normalerweise blieb er ihrer Burg mit einem Abstand von mindestens drei Stunden fern. Sobald Argeus aber unterwegs war, wagte er sich zu einem Angriff auf die Burg vor. Um den alten Streit endlich zu entscheiden, ließ Argeus überall verbreiten, daß er eine Wallfahrt zum Heiligen Grab nach Palästina unternehmen wolle. Für alle sichtbar zog er anschließend, ausgerüstet wie ein Pilger, mit seinen Leuten aus der Burg. Er hatte seinen Plan selbst vor seinen allerengsten Vertrauten geheimgehalten – doch leider nicht vor seiner Frau Gabrina.

Tag um Tag blieb Argeus außerhalb der Burg. Erst am Abend kehrte er heimlich wieder zurück, um zu übernachten. Jeweils vor Morgengrauen tauschte er sein Wappenschild und verschwand erneut. Während der ganzen Zeit wartete er darauf, daß Morand auf die Täuschung hereinfiel und sich der Burg näherte. Aber auch Gabrina hatte sich einen neuen Plan ausgedacht, um ihrerseits Philander endlich zu überlisten. Nach einigen Tagen erschien ihr die Gelegenheit günstig. Der erste Teil ihrer Teufelei war ein Tränenstrom, den sie jederzeit weinen konnte. Er rann über ihr Gesicht bis auf die Brust, als sie in den Kerker eindrang.

»Morand wagt sich inzwischen ohne jeden Vorwand in die Burg, und ich bin völlig schutzlos gegen ihn«, klagte sie. »Nur du kannst mir noch beistehen und meine Ehre schützen. Es ist zugleich die Ehre meines Gatten – deines brüderlichen Freundes ... Wenn du dich weiter weigerst, werde ich überall erzählen, daß du nicht aus Treue zu Argeus, sondern aus Grausamkeit meine Bitten nicht erhört und zugelassen hast, daß ich geschändet werde. Du siehst ... wenn du gleich getan hättest, worum ich dich so oft angefleht habe, wäre das vor aller Welt verborgen geblieben.«

»Du mußt mir nichts so umständlich erklären«, versicherte Philander. »Ich weiß, was ich Argeus schuldig bin. Er hat mich ungerecht behandelt, aber ich werfe ihm nichts vor. Selbst wenn es gegen eine ganze Welt und das Schicksal ginge, würde ich immer noch für ihn kämpfen bis zum Tod.«

»Dann töte Morand!« forderte sie kalt. »Töte den Mann, der

mich entehren will! Dir selbst wird nichts passieren. Ich führe dich auf einem gut geschützten Weg zu ihm. Es wird die dritte Stunde in der Nacht sein, in der er mich erneut bedrängt. Genau dann, wenn die Dunkelheit mit ihren schwarzen Schatten alles einhüllt. Ich öffne ihm die Tür auf sein Zeichen hin. Du mußt nur warten, bis er in meiner Kammer ohne Licht schnell seine Waffen und die Rüstung abgelegt hat. Sofort danach führe ich den dann fast nackten Mann zu dir.«

Als die Nacht mit dem geplanten Verbrechen kam, brachte sie Philander das erforderliche Schwert. Sie versteckte ihn in einer dunklen Kammer bei den Frauengemächern, bis der ahnungslose Burgherr zurückkehrte. Alles verlief genau so wie geplant. Mein Bruder dachte, daß er den schönen Morand treffen würde, doch er erschlug seinen geliebten Argeus. Sein Schwert spaltete ihm Kopf und Hals. Ohne den geringsten Widerstand verlor Argeus sein Leben durch einen Mann, der dies niemals gewollt hätte.

Mein Bruder ließ den Toten liegen und gab Gabrina das Schwert zurück. Da erst ließ sie ein Licht auf den Toten fallen. Triumphierend zeigte sie Philander, wen er erschlagen hatte. Mit Grauen sah er den toten Freund am Boden. Gleichzeitig drängte sie sich dicht an ihn heran.

»Und wenn du jetzt nicht endlich mein Verlangen stillst, dann schreie ich heraus, was du getan hast und was du nicht bestreiten kannst!« gurrte und drohte sie zugleich. »Dann stirbst du den gemeinen Henkerstod als Mörder! Selbst wenn dein Leben dir nichts mehr bedeutet, solltest du wenigstens auf deine Ehre achten.«

Entsetzt erkannte Philander seinen Irrtum. Verzweifelt und ohnmächtig vor Zorn, wollte er sich bereits auf das ebenso lüsterne wie hinterhältige Weib stürzen, um es zu vernichten. Er hatte keine Waffe mehr, aber er war so außer sich, daß er sie am liebsten sogar mit den Zähnen Stück für Stück zerfetzt hätte. Nur noch ein letzter Rest von Vernunft warnte ihn. Er begriff, daß er von nun an nur noch Feinde in der Burg hatte.

Er kam sich vor wie ein Schiff zwischen zwei gegenläufigen Winden. Er schwankte hin und her, konnte sich aber nicht entscheiden. Die eine Möglichkeit war der bittere Tod als Mörder, die andere hieß Flucht. Seine Angst war stärker als der Stolz in seiner wunden Seele. Ja, er gab auf und versprach Gabrina alles, was sie von ihm verlangte, sobald die Flucht geglückt war.

Sie flohen beide nach Holland. Philanders Name blieb in Griechenland und Serbien voller Schmach und Schande zurück. Die ganze Zeit danach trug er das Bild des unglücklichen Argeus, den er so frevelhaft ermordet hatte, in seinem Herzen. Ohne seine Versprechen wäre er Gabrina liebend gern und bei der erstbesten Gelegenheit an die Kehle gegangen. Er haßte sie so sehr, daß ihn kein Mensch mehr lachen sah.

Bald erkannte auch Gabrina, wie sehr Philander sie verachtete. Sie beschloß, daß ihr zweiter Gatte dem ersten folgen sollte, und fand einen skrupellosen Arzt, der nicht nur mit Saft und Sirup heilen konnte, sondern sich auch auf den Giftbecher verstand. Sie versprach ihm so viele Geschenke, wie er wollte, und eine Belohnung nach vollbrachter Tat.

Ich war dabei, als dieser alte Arzt vor mir und einigen anderen als Zeugen meinem Bruder den Becher brachte. Er sagte, daß der Trunk seine Adern stärken würde und er bald wieder gesund wäre. Das bösartige Weib war schlau genug, um auch an die Beseitigung des Mitwissers zu denken. Gerade als der Arzt den Giftbecher an die Lippen meines Bruders setzen wollte, griff sie danach und sagte: »Sei nicht beleidigt, wenn ich in meiner Liebe zu meinem kranken Ehemann übervorsichtig geworden bin. Ich will nur sicher sein, daß du ihm gute Medizin gibst und kein Gift. Trink du deshalb den ersten Schluck, ehe du den Becher an seine Lippen setzt.«

Du kannst dir denken, welchen Schreck der alte Arzt bekam. Er hatte keine Möglichkeit mehr, auszuweichen. Deshalb entschloß er sich, schnell einen Schluck zu nehmen und dann dem Kranken den Pokal anzusetzen. Mein Bruder trank voller Vertrauen, aber der Arzt geriet in immer größere Unruhe. Er war wie ein Sperber, der bereits ein fettes Rebhuhn in den Fängen hält und plötzlich hilflos zusehen muß, wie ihm der Hund, den er als seinen Helfer angesehen hatte, alles wieder wegreißt. Ich kann nur wünschen, daß alle Gierigen für ihre Unverschämtheit ebenso bestraft werden.

In seiner Not wollte der Arzt so schnell wie möglich in sein Haus. Dort hatte er genügend Gegengifte, um selbst dem Tod noch zu entgehen. Aber Gabrina ließ ihn nicht so einfach fort. Sie befahl ihm, so lange an Philanders Krankenbett zu warten, bis die Säfte aus dem Becher verdaut waren und ihre Kraft bewiesen hatten. Der Arzt bat, ihn hinauszulassen. Er wollte sogar seinen Lohn zurückzahlen, die Schreckliche jedoch kannte kein Mitleid. Als der Arzt dann spürte, daß er sterben würde und sich nicht mehr durch die Flucht retten konnte, sprudelte die ganze Wahrheit aus ihm heraus.

Gabrina schrie – sie leugnete und stritt alles ab. Doch der in seinen letzten Zügen einsichtig gewordene Arzt ließ sich nicht beschwichtigen. Dann folgte seine Seele dem Geist meines geliebten Bruders, der ihm vorangeschwebt war. Wir anderen packten uns das Weib, die schlimmste Bestie, die je im Wald herumstrich. Wir wollten sie zum wohlverdienten Feuertod verurteilen.

Hermon rang nach Luft. Er konnte nicht mehr berichten, wie die Schreckliche aus der Kerkerhaft entflohen war. Die Schmerzen schnitten ihm die Worte ab. Bleich und ohne Kraft sank er ins Gras. Zwei seiner Knappen schnitten Zweige ab und flochten eine Bahre. Prinz Zerbin bat den Schwerverwundeten mit leisen Worten um Verzeihung.

»Es tut mir leid um dich«, sagte er. »Aber nach den alten Ritterregeln mußte ich sie verteidigen. Wenn du jetzt irgend etwas von mir wünschst, werde ich alles tun, was in meiner Macht steht.«

»Ich wünsche nur noch, daß du so schnell wie möglich dieses Weib verläßt«, flüsterte Hermon mit letzter Kraft. «Sonst überschüttet sie dich ebenso mit Unheil … und läßt dich Dinge tun, die du bereuen wirst.«

Zerbin blickte die Alte an. Gabrina hatte die Augen gesenkt. Sie konnte der Wahrheit nichts entgegnen. Was auch geschehen war – der Schottenprinz blieb an sein Ehrenwort gebunden und mußte mit ihr weiterziehen. Er fluchte noch den ganzen Tag darüber, daß er ihretwegen den armen Hermon so schwer verwundet hatte.

Sie ritten weiter durch die Mitte eines alten Waldes, nicht nur durch Zerbins Wort verbunden, sondern auch durch eine abgrundtiefe gegenseitige Abneigung. Gegen Abend hörten sie lautes Geschrei und den Lärm von Schlagwaffen. Es klang, als würde dicht vor ihnen ein wilder Kampf stattfinden. Sofort gab Zerbin seinem Pferd die Sporen. Gabrina ließ sich nicht abschütteln und folgte ihm.

Ich entschuldige mich ausdrücklich bei allen edlen Frauen, die in einer einzigen Liebe Erfüllung finden. Leider sind sie selten. Seid mir nicht böse für meinen Tadel an den anderen, von denen es nun einmal sehr viele gibt. Es war Gabrinas Niederträchtigkeit, die mich in Zorn gebracht hat. Ich muß daher noch zwei, drei Zeilen mehr über ihre schwarze Seele loswerden.

»Sag nur die Wahrheit!« hat man mich gemahnt. Genau das will ich tun. Um die Verderbtheit des einen Weibes zu belegen, will ich gern hundert andere in höchsten Tönen loben und noch strahlender darstellen als das Licht der Sonne.

Kurz noch zum Schottenprinzen, der zusammen mit Gabrina gerade auf ein gewaltiges Geschrei zureitet. Vor ihnen erstreckte sich ein Tal, von hohen Bergen eingerahmt. Dann sahen sie den Ritter am Rand das schmalen Pfades. Er war tot.

Ich sage später noch, um wen es sich dabei handelte. Zunächst aber muß ich dem Frankenreich den Rücken kehren und so weit in Richtung Morgenland gehen, bis ich auf den wackeren Paladin Astolf treffe, der schon in Richtung Westen aufgebrochen ist.

Der Prinz von England hatte wie im Rausch in sein Zauberhorn geblasen und damit nicht nur sämtliche Bewohner der Frauenstadt Alexandretta verjagt, sondern auch die Edlen, die ihn seit Damascus begleiteten. Allein konnte er keines der großen Segelschiffe im Hafen benutzen. Deshalb entschloß er sich, zu Pferd die Stadt der Frauen zu verlassen. Also ritt er in Richtung Armenien. Bereits einige Tage später erreichte er Anatolien und wandte sich in Richtung Bursa. Dort fand er ein Schiff, das ihn bis nach Thrazien brachte. Von hier aus trug ihn Rabikan wie auf Flügeln nach Ungarn hinein und von dort durch Mähren, Böhmen und Franken bis an die Rheinufer. Er ritt durch den Ardennenwald nach Aachen, dann durch Brabant und Flandern zur Küste. Erneut fand er ein Schiff, und dank günstiger Winde sah er gegen

Mittag, wie sich die Wellen an Englands Ufern brachen. Nachdem sie angelegt hatten, stieg Astolf wieder auf sein schnelles Pferd und gab ihm die Sporen. Bereits am selben Abend tauchten vor ihm die Tore Londons auf.

Er hörte, daß sein Vater schon seit mehreren Monaten in Paris war. Zusammen mit dem alten König Otto waren auch die meisten der waffenfähigen Männer ins Reich der Franken aufgebrochen. Sofort beschloß Astolf, dem Heer seines Vaters zu folgen. Er kehrte in den Themsehafen zurück und ließ die Anker lichten. Es dauerte nicht lange, bis der Bug seines Schiffes direkt nach Süden in Richtung Calais zeigte. Die Luft war lau, und ein sanfter Wind bewegte kaum die Wellen. Der Schiffer wagte sich weiter aufs Meer hinaus.

Kaum hatte sich das Schiff von sicheren Küste entfernt, als ein Sturm von backbord über sie herfiel. Der üble Nordwind trieb das Schiff in eine völlig andere Richtung. Er peitschte es über steile Wellen bald nach rechts, bald nach links. Das Schicksal warf es so oft hin und her, daß schließlich jeder Kurs und jede Richtung nur noch Zufall waren. Glücklicherweise konnten die Seeleute doch noch die Küste finden und den Anker werfen. Sie befanden sich nicht vor Calais, sondern in der Nähe der Stadt Rouen.

Astolf ließ Rabikan satteln und ritt ohne Rüstung durch die Brandung. Am Ufer angekommen, legte er die eiserne Wehr an, gürtete sich mit seinem Schwert und hängte sich auch noch sein Zauberhorn um, ehe er erneut in den Sattel stieg. Nun fühlte er sich stärker, als in der Begleitung von tausend Männern. Er ritt durch einen Wald und kam am Rande eines Hügels an eine klare Quelle. Inzwischen war wieder Mittag. Die Sonne brannte heiß auf das Land, und selbst die Herden hatten sich in ihre Hütten oder in Felshöhlen zurückgezogen.

Astolf war so erhitzt, daß er seinen Helm abnahm und sich den Schweiß vom Kopf wischte. Er stieg ab, band Rabikan an die dichten Zweige eines Busches und ging auf die Quelle zu. Er kniete nieder und wollte durstig trinken. Seine Lippen hatten das frische Wasser noch nicht berührt, als hinter ihm ein Kerl aus dem Gebüsch sprang, mit einem Ruck die Zügel von

Rabikan losriß und sich kraftvoll in den Sattel schwang. Noch ehe Astolf irgend etwas verhindern konnte, floh der Fremde bereits lärmend von der Quelle. Astolf vergaß seinen Durst und rannte dem Dieb mit mächtigen Sätzen hinterher.

Der Mann, der das Wunderpferd gestohlen hatte, schien seinen Verfolger nicht zu bemerken. Er galoppierte ein kleines Stück, dann wieder ließ er Rabikan gemächlich traben. Mal zog er die Zügel fester, dann ließ er erneut locker. Auf diese Weise holte Astolf mit seiner schweren Rüstung mal etwas auf, dann wieder fiel er zurück.

Der Waldrand lag schon einige Zeit hinter ihnen, als sie an jenem Platz ankamen, an dem viele edle Ritter gefangen waren, obwohl sie sich nicht eingeschlossen oder hinter Gittern befanden. Schnell wie der Wind jagte der Pferdedieb mit Rabikan in das verwunschene Schloß. Astolf folgte den Spuren auf dem Boden, legte die Hand über die Augen und blickte sich nach allen Seiten um. Nirgendwo war irgend etwas von Rabikan oder dem Dieb zu sehen. Schließlich betrat Astolf das leer erscheinende Schloß und lief durch Gänge und Zimmer bis zum Dach hinauf. Obwohl er jede Ecke absuchte, fand er keine Spur mehr von Rabikan oder seinem Räuber. Es war verhext: ganz gleich, ob er innerhalb des Schlosses suchte oder draußen – er drehte sich immer nur im Kreis und wurde immer müder und verwirrter. Irgendwann erinnerte er sich daran, daß er außer dem Horn noch ein weiteres Geschenk von der guten Fee Logistilla erhalten hatte. Sofort holte er das Zauberbuch hervor und sah im Inhaltsverzeichnis nach. Er fand ziemlich viel über das Zauberschloß in seinem Buch. Astolf las, daß es tatsächlich eine Möglichkeit gab, wie man den Zauberer schlagen und zugleich seine Gefangenen befreien konnte. Wenn das Zauberbuch recht hatte, dann mußte unterhalb der Eingangsschwelle ein Geist eingeschlossen sein, der für den ganzen Trug und Spuk verantwortlich war. Sobald der Stein über der Gruft angehoben wurde, würde sich das ganze Haus in Rauch auflösen.

Der Paladin zögerte nicht lange. Er hatte nicht übel Lust, es mit dem Geist aufzunehmen. Das war genau die Art von Herausforderung, die ihm Ruhm versprach. Er bückte sich und prüfte das Gewicht der Marmorschwelle. Noch während er das Versteck des Geistes untersuchte, erkannte der alte Zauberer Atlante, wie gefährlich ihm der Prinz von England wurde.

Sofort dachte sich Atlante einen neuen Verwirrungszauber aus. Für alle Anwesenden im Schloß erschien Astolf in genau der Gestalt, hinter der sie zuletzt her gewesen waren, ehe sie von Atlante eingefangen wurden. Für die einen sah er wie ein Riese aus, für die anderen wie ein Bauer. Wieder andere erkannten in ihm ihren Todfeind oder den Dieb, der das eine oder andere gestohlen hatte.

Sofort stürzten alle auf den ahnungslosen Astolf los. Ruggiero und Gradass eilten zum Schloßeingang, ebenso Brandimart und Bradamante. Jeder rannte in blinder Wut auf ihn zu. Erst im allerletzten Augenblick konnte der Herzog sein Zauberhorn hochreißen und mit aller Kraft hineinblasen.

Der grauenhaft gellende Ton peitschte wie ein Flintenschuß in einen aufstiebenden Taubenschwarm. Sofort rannten sämtliche Gefangenen des Zauberers nach allen Seiten auseinander. Auch Atlante floh verstört so weit über Felder und Wiesen, bis er nichts mehr von dem schrecklichen Zauberhorn hörte. In wilden Haufen brachen auch die Pferde aus den Ställen und folgten ihren Besitzern. Kein Strick war stark genug, sie zu halten. Selbst Katzen und die Mäuse flüchteten, so schnell sie konnten. Astolf blies weiter, und das Horn donnerte: »Fort! Schnell fort!«

Als auch noch Rabikan an Herzog Astolf vorbeirasen wollte, hörte er auf und fing ihn ein. Gleich darauf packte er den schweren Marmor der Türschwelle und riß ihn kraftvoll hoch. Er sah verzauberte Ikonen und ein Sammelsurium unterschiedlichster magischer Gegenstände. Ohne sie näher anzusehen, folgte er der Anweisung aus dem Zauberbuch und schlug alles krachend kurz und klein. Rauch und Dunst wallte an den Mauern hoch. Dann löste sich das Schloß auf und verschwand.

Wie sich das aufwallende Gewölk langsam verzog, entdeckte Astolf an einer goldenen Kette das geflügelte Pferd. Der Hippogryph hatte zu seinem eigentlichen Herrn Atlante zurück gefunden, als Ruggiero nach seiner Reise um die halbe Welt schmachtend und nackt vor der Tochter Galafrons gestanden hatte und dadurch unaufmerksam geworden war.

Herzog Astolf freute sich über das unerwartete Wiedersehen. Er wußte, wie man mit dem Flügelpferd und seinem Zaumzeug umgehen mußte. Während er durch Alcinas Zauber in einen Myrtenbaum verwandelt war, hatte er genau beobachtet, wie die gute Fee Logistilla Ruggiero das Reiten und das Fliegen mit dem Flügelpferd beibrachte.

Er entschloß sich, auf dem Hippogryphen wegzureiten, und legte ihm seinen Sattel auf. Anschließend holte er aus den Ställen zurückgelassene Zügel und knotete ein neues Zaumzeug. Gleichzeitig überlegte er, was er mit Rabikan machen sollte. Er liebte dieses Pferd. Kein anderes war beim Lanzenritt so mutig.

Der Prinz überlegte, wem er Rabikan schenken könnte. Der ganze Tag und auch die Nacht verging, während er überall herumstreifte, um irgendeinen Jäger im Wald oder einen Bauern auf dem Feld zu finden, bei dem sein gutes Pferd Unterkunft finden könnte. Erst im Morgengrauen sah er einen Ritter im Gebüsch am Waldesrand.

Als auch Ruggiero und Bradamante so weit geflohen waren, daß ihnen Astolfs schreckliches Zauberhorn nicht mehr in den Ohren gellte, blickte Ruggiero endlich auf und erkannte seine geliebte Bradamante. Schlagartig erwachte er aus dem langen bösen Zauber, durch den Atlante sie immer wieder voneinander getrennt und voreinander verborgen hatte. Ein heißes, seliges Entzücken rann durch seinen ganzen Körper. Auch aus ihren Augen sprühte ein helles, ungläubiges Staunen. Ruggiero eilte auf seine Geliebte zu und drückte sie überschwenglich an sein Herz.

Bradamante wurde rot wie eine Rose. Er wagte es, sich den ersten Kuß von ihren zarten Lippen abzuholen. Schon das war für ihn das allerhöchste Glück. Sie küßten und umarmten sich tausendfach, und das Glück über ihre Liebe und ihr Wiedersehen war so groß, daß sie kaum die ganze Wonne fassen konnte. Gleichzeitig beklagten sie sich darüber, daß sie so lange und so sinnlos in dem verhexten Zauberschloß herumgeirrt waren, ohne sich zu erkennen. Sie waren blind und durch den Zauberring verhext gewesen.

»Ein Jammer um die viele Zeit, die dadurch ungenutzt verstrichen ist«, seufzte Ruggiero.

Bradamante holte tief Luft. Sie war bereit, alles für ihn zu geben, alle Freuden, die ein Mädchen ihrem Liebsten in Ehren gönnte, damit er nicht mehr länger traurig war über das verlorene Glück. Dann sagte sie: »Wenn du auch noch die letzte Frucht für dich gewinnen willst, darfst du mich nicht hart und spröde machen. Ich will dir gern gehören, wenn du bei meinem Vater Haimon um meine Hand anhältst. Er wird dir nichts verweigern, wenn du dich vorher taufen läßt.«

In seiner Liebesglut war Ruggiero sofort bereit, ein Christ zu werden, ebenso wie in der Vergangenheit bereits sein Vater, sein Ahn und das ganze edle Haus.

»Für dich würde ich meinen Kopf nicht nur in ein Wasserbecken stecken, sondern auch ins Feuer.«

»Ich kenne hier ein reiches frommes Kloster ganz in der Nähe«, sagte Bradamante aufgekratzt. »Es heißt Vallombrosa und gilt als gastfreundlich gegenüber allen Fremden.«

»Dann laß und schnell dorthin gehen«, rief er.

Als sie aus dem Wald kamen, sahen sie unter den letzen Bäumen ein junges, sehr betrübtes Mädchen. Ruggiero hatte sich schon immer edel und einfühlsam gezeigt – besonders gegen Frauen. Als er die Tränenflut über das zarte Antlitz rinnen sah, wollte er sofort voller Mitleid wissen, was ihr das Herz so schwermachte.

»Was ist geschehen?« fragte er. »Durch wessen Schuld weinst du so bitterlich?«

Sie hob den Blick, und durch die Tränen sah er zwei feuchte Augen, die wie Sterne leuchteten. Voller Vertrauen antwortete das Mädchen: »Ich weine nicht um mich, edler Herr. Aber nicht weit entfernt von hier soll in einem Schloß ein Jüngling hingerichtet werden. Ich weine um ihn, weil er seine Verbrechen nur aus Liebe zu Flordespina, der holden Tochter von König Marsilo, begangen hat. Der junge Mann hat sie in Frauenkleidern mit einem Schleier vor den sanften Augen jede Nacht besucht.

Trotzdem muß irgend jemand gemerkt haben, was wirklich in der Kammer der schönen Königstochter geschah. Gestern befahl der König, die Liebenden auf frischer Tat zu stellen. Sie wurden auf ihrem Liebeslager überrascht, gefesselt und getrennt in Schmach und Scham im Schloßturm eingeschlossen. Ich bin geflohen, um das Gräßliche nicht anzusehen. Es heißt, daß man ihn lebend in die Flammen werfen will. Ich muß nun dauernd an das Feuer denken ... wie es seine schönen zarten Glieder schmerzhaft auffrißt ...«

Unwillkürlich spürte Bradamante einen Stich in ihrem Herzen. Sie kannte das Schloß ebenso wie die Prinzessin Flordespina und ihren Vater. Sie fühlte mit dem unglücklichen jungen Mann, fast so, als ahne sie, daß er einer ihrer Brüder wäre.

»Ich glaube, das bedeutet Arbeit für unsere beiden Schwerter«, sagte sie unruhig zu Ruggiero. Dann wandte sie sich wieder dem jungen Mädchen zu. »Sei unbesorgt. Du mußt uns nur den Weg zum Schloß zeigen. Wenn wir ungesehen hineinkommen, wird der junge Mann sein Leben nicht verlieren.«

Ruggiero stimmte Bradamante sofort zu. »Was zögerst du noch?« fragte er das Mädchen. Sie weinte noch heftiger als vorher.

»Hier helfen keinen Tränen mehr, sondern nur noch Taten!« drängte Ruggiero. »Wir werden ihn auch unter tausend Lanzen und tausend Schwertern frei bekommen. Aber die Zeit ist kostbar. Sonst frißt ihn noch das Feuer, ehe unsere Hilfe kommt.«

Die stolze Sprache und die Zuversicht im gesamten Auftreten des kühnen Paares weckte neue Hoffnung in dem schönen, traurigen Mädchen. Trotzdem zögerte sie noch.

»Auf dem direkten Weg kämen wir vielleicht noch rechtzeitig«, seufzte sie noch immer mutlos. »Aber der einzige sichere Weg ist so gewunden und so schlecht, daß es mehr als einen Tag dauert, bis wir ankommen. Und dann ist der schöne Jüngling bereits tot.«

»Was spricht denn gegen den kurzen Weg?« fragte Ruggiero.

»Daß dort eine Burg der Mainzer Grafen von Ponthieu alles überwacht«, antwortete sie sofort.

»Du sprichst doch nicht etwa von diesem niederträchtigen Sohn des Anselm von Hautrieve?« fragte Bradamante empört.

»Doch, den meine ich«, antwortete das Mädchen. »Erst vor drei Tagen hat Graf Pinabello eine Anordnung erteilt, daß jeder Reiter Rüstung und Waffen und jede Frau Kleid oder Rock an ihn herausgeben muß. Alles hängt damit zusammen, daß Pinabello mit einem schönen Weib ausritt, das ebenso hochmütig wie teuflisch war. Irgendwie gab es Streit mit einem anderen Ritter wegen einer Alten in dessen Begleitung. Graf Pinabello wurde vom Pferd geworfen, und seine hochmütige Geliebte mußte ihr Kleid an die Alte abgeben. Danach schworen die beiden, daß sie erst wieder fröhlich werden könnten, nachdem tausend Ritter ebenso wie er zu Boden gesunken wären und sie die Kleider von tausend Frauen hätte.«

»Wie will er das erreichen?« fragte Ruggiero kopfschüttelnd.

»Er hatte Glück«, berichtete das Mädchen. »Durch einen Zufall kamen vier der besten Ritter, die das Frankenreich je gesehen hat, zur Übernachtung in die Burg. Es waren Vizekönig Samsonet von Jerusalem sowie Grifon und Aquilante, die Zwillinge von Markgraf Olivier. Den vierten nannten sie den Weiberkönig Guido von Alexandretta. Pinabello empfing die jungen Helden nach allen Regeln der Gastfreundschaft, dann aber überfiel er sie im Schlaf und ließ sie schwören, ein Jahr und einen Monat lang alles zu tun, was er verlangte. Die Ritter hatten keine andere Wahl. Viele haben inzwischen versucht, mit Gewalt an der Burg vorbeizukommen. Dabei kämpfen die vier nicht gleichzeitig, sondern bestimmen durch das Los, wer von ihnen dran ist. Erst wenn der erste unterliegen sollte, greifen die anderen gemeinsam an. Du siehst, das alles ist so zeitraubend, daß wir auf jeden Fall zu spät kämen.«

»Wir nehmen trotzdem diesen kurzen Weg«, entschied Ruggiero. »Sobald wir kämpfen, wirst du sehen, daß wir geeignet sind, den jungen Mann vor dem Flammentod zu retten.«

Bereits nach drei Meilen erreichten sie das Schloß mit der Zugbrücke am Tor. Genau hier hatten viele Vorbeikommende Waffen, Rüstungen, ihr Kleid oder sogar das Leben verloren. Noch ehe sie ganz heran waren, schickten die Wächter auf dem Turm zwei Glockenschläge über das Land. Im selben Augenblick kam aus dem Tor ein alter Reiter auf einem elendigen Klepper. So schnell wie möglich trabte er den Neuankömmlingen entgegen.

»Wartet! Bloß nicht weiter!« schrie er ihnen rauh entgegen. »Wer hier vorbei will, zahlt einen viel zu hohen Zoll!« Er wiederholte noch einmal, was Bradamante und Ruggiero bereits wußten. »Es ist ganz sinnlos, gegen die vier Ritter anzukämpfen. Legt lieber freiwillig alles ab. Pferde, Kleider oder Waffen kann man neu beschaffen, aber ein zerstörtes Leben nie!«

»Genug«, wehrte Ruggiero ab. »Wir wollen heute noch über den Berg dahinten und denken nicht daran, hier irgend etwas abzulegen. Aber du kannst uns gern den Lebensmüden zeigen, der unsere Pferde oder Kleider haben will.«

»Da kommt er schon«, stöhnte der Alte. Tatsächlich preschte im selben Augenblick ein Ritter heran. Er trug ein rotes Waffenkleid, auf das aus weißer Seide große Blumen gestickt waren.

»Der ist für mich!« Bradamante lachte. »Den hübschen Blumenstrauß will ich mir pflücken!«

Ruggiero widersprach. »Das hier ist meine Sache, und du darfst höchstens dabei zusehen.«

Obwohl es sonst überhaupt nicht ihre Art war, fügte Bradamante sich seinem Willen.

»Wie heißt der Ritter?« fragte Ruggiero den Alten.

»Samsonet von Jerusalem«, antwortete der Alte. »Ich erkenne ihn an seinem Blumenkleid über seiner Rüstung.«

Ohne ein weiteres Wort senkten Ruggiero und der Vizekönig von Jerusalem ihre Lanzenspitzen. Mit gleichem Feuer stürmten ihre Rösser aufeinander zu. Gleichzeitig drängte sich ein Haufen Fußvolk hinter Graf Pinabello aus der Burg. Er ließ es sich nicht nehmen, jedem besiegten Ritter eigenhändig nach dem Sturz vom Pferd seine Rüstung abzunehmen.

Die beiden kühnen Kämpfer hatten mächtige Lanzen eingelegt. Ihre zwei Handbreit starken Schäfte aus heimatlichem Eichenholz glichen einander bis zu den Eisenspitzen. Samsonet hatte das Holz für ein Dutzend dieser ungeheuren Waffen in den Wäldern schlagen lassen. Harnische und Schilde hätten aus Diamant und Stahl sein müssen, um ihren Stößen standzuhalten.

Dann krachten die Lanzenspitzen gleichzeitig in die Schildbuckel. Ruggieros Schild blieb ungebrochen. Schließlich hatte es sein Beschützer, der Zaubermeister Atlante, einst von nackten Dämonen herstellen lassen. Ruggiero mußte nicht einmal den Seidenschleier vom Zauberglanz des Schildes lösen. Samsonets Lanzenspitze konnte nicht einmal den Schleier ritzen. Dafür brach sein eigener Schild wie von einem Blitz getroffen. Ruggieros eiserne Lanzenspitze glitt mitten hindurch und traf auf den Arm, der ungeschützt darunter lag. Samsonet flog aus dem Sattel und krachte schwerverwundet auf den Boden. Was er so überlegen lachend angefangen hatte, kehrte sich plötzlich in Leid und Schmerzen um. Sofort erklang vom Turm ein neuer Glockenschlag. Das war das Zeichen für die drei anderen. Gemeinsam stürmten sie aus der Burg.

Pinabello kam auf Bradamante zu.

»Wer ist der Ritter, der meinen eigenen Helden bloßstellt?«

Er ahnte nicht, daß nun der Augenblick gekommen war, in dem ihn selbst der Arm des großen Richters traf und ihn für das bezahlen ließ, was er vor genau acht Monaten getan hatte.

Bradamante hatte schon von weitem ihr gestohlenes Pferd erkannt. »Sieh an – der Schuft, der mich am Grab von Merlin heimtückisch ermorden wollte!« stieß sie scharf hervor. »Jetzt reitet er auf dem gestohlenen Pferd zu mir zurück, damit ich ihn bestrafen kann.«

Sie griff nach ihrem Schwert, packte die Zügel und ritt gegen ihn. Entsetzt erkannte Pinabello, daß er verloren war. Mit einem wilden Aufschrei floh er ins Gebüsch.

Bradamante blieb so dicht hinter ihm, daß sie mehrmals harte Hiebe und Stiche gegen ihn austeilen konnte. Der ganze Wald dröhnte und schien aufzuseufzen.

Weiter zurück hatten inzwischen Grifon, Aquilante und Guido der Wilde den Kampfplatz vor dem Schloß erreicht. Das schlimme Weib, das sich das heimtückische Wegelagerergesetz ausgedacht hatte, begleitete sie. Die drei Paladine schämten sich dafür, daß sie zu dritt gegen den fremden Ritter kämpfen sollten, der Samsonet besiegt hatte. Aber die grausame Geliebte des feigen Grafen entließ sie nicht aus ihrem Ehrenwort: »Ihr hättet ja den Eid verweigern können, als ihr gefesselt und in meiner Burg gefangen wart. Jetzt gilt euer Wort, und ihr müßt nach der Niederlage des ersten von euch den Kampf zu dritt fortsetzen!«

»Ich werde ihn allein mit dieser Lanze besiegen«, schnaubte Guido der Wilde. »Falls ich versage, kannst du über meinen Kopf verfügen.«

»Nein, ich will kämpfen«, widersprach Grifon.

»Ich gehe vor euch in den Tod«, entschied sein Bruder Aquilante.

»Was redet ihr so lange um eine schnelle Tat herum?« zürnte das verschlagene Weib. »Genug geschwätzt! An die Arbeit!«

Ruggiero lachte spöttisch, als er das hörte. »Ja, kommt nur, und seht euch meine schönen Waffen an, mein gutes Roß, den neuen Harnisch und den Sattel. Holt euch das wunderschöne Gewand der Jungfrau neben mir. Was zögert ihr noch?«

Die jungen Helden spürten, wie ihnen das Blut in die Gesichter schoß. Die Zwillingssöhne des edlen Markgrafen Olivier von Burgund trieben ihre Pferde gegen Ruggiero. Ein paar Schritt nach ihnen setzte sich auch Guido auf seinem starken Pferd in Bewegung. Ruggiero hatte noch immer die schwere Lanze unter dem Arm, mit der er Samsonet aus dem Sattel geworfen hatte. Außerdem trug er den Zauberschild.

Bisher hatte er nur in übergroßer Not den Schleier über seinem Schild gelüftet. Die beiden ersten Male, als er sich aus dem goldenen Gefängnis der Wollust auf der Insel von Alcina losreißen mußte – und dann, als er am öden Strand von Ebuda dem Meeresscheusal Orca die schöne, nackte Angelica entriß, die sich anschließend auf so üble Art bei ihrem Retter bedankt hatte.

Ruggieros Lanze traf den ersten Angreifer genau zwischen Schild und Visier. Grifon verlor sein Gleichgewicht, taumelte und stürzte hart zu Boden. Auch Ruggieros Schild hatte einen

Stoß abbekommen, aber Grifons Lanze rutschte auf dem glatten Metall ab und riß den Schleier ein. Mit grellem Licht flammte der Zauberstrahl auf.

Aquilante, der gleich nach seinem Bruder angriff, zerfetzte auch den Rest des Schleiers. Sofort schoß ein roter Blitz über die beiden Brüder hinweg. Sie brachen ohnmächtig zusammen. Auch Guido hinter ihnen stürzte geblendet und betäubt zu Boden. Ruggiero wendete sein Pferd und faßte die schwere Lanze neu. Dann erst sah er, daß er keine weiteren Herausforderer mehr hatte. Überall brachen Männer und Frauen zusammen, die gerade erst aus der Burg gekommen waren. Pferde stürzten zu Boden und streckten ihre Glieder steif nach oben.

Ruggiero erschrak über das Grauen, das er mit dem Zauberschild unabsichtlich angerichtet hatte. Er sah sich nach allen Seiten um, suchte die geliebte Bradamante und hoffte nur, daß sie sich so zurückgehalten hatte, wie er es von ihr verlangt hatte.

»Vielleicht«, dachte er dann, »ist sie weitergeritten und kümmert sich bereits um den vom Feuertod bedrohten Jüngling jenseits des Berges.«

Er entdeckte das traurige Mädchen, das sie bis hierher geführt hatte. Es lag ebenso regungslos wie alle anderen am Boden. Er hob die Ohnmächtige auf, setzte sie vor sich auf den Sattel und ritt los. Vorsichtig löste er ihren Mantel über dem Kleid und breitete ihn als Schutz vor dem Zauberlicht über seinen Schild. Im selben Augenblick erwachte sie. Er wollte nicht, daß sie die Röte in seinem glühenden Gesicht bemerkte, und schämte sich, weil er noch immer glaubte, nicht ritterlich gekämpft, sondern nur durch einen Zauber gesiegt zu haben.

Nach einiger Zeit führte der Weg direkt zu einem dunklen Brunnen unter Zweigen und Buschwerk am Waldrand. Es war eine Tränke, an die das Vieh in der Mittagshitze kam, wenn es vom Weiden satt und müde war.

»So, du verhexter Schild!« grollte er. »Hier will ich dich ersäufen und für immer verschwinden lassen!«

Ruggiero stieg vom Pferd, wuchtete ein großes, schweres Felsstück bis an den Rand der Tränke und band den Zauberschild daran fest. Der Schild und der schwere Felsbrocken sanken sofort unter. Er sah ihnen nach, bis wieder sanfte Wasser an den Rand der Tränke schwappten. »Und mit dir meine Schande!« sagte er erleichtert.

Das Mädchen schwieg nicht über das, was sie gesehen hatte. Die Kunde von Ruggieros Tat voller Glanz und Ritterlichkeit breitete sich wie ein Hornsignal mit hellem Klang durch Frankreich, Spanien und über alle Welt hin aus. Von Mund zu Mund wurde das eigenartige Abenteuer weitererzählt. Gleichzeitig brachen überall Scharen von Rittern auf, die sich den versenkten Zauberschild holen wollten. Keiner von den vielen fand ihn, denn das Mädchen, das dabeigewesen war, verriet nicht, wo der Waldrand mit der Brunnentränke war.

Nachdem Ruggiero mit dem Zauberschild verschwunden war, erwachten auch die geblendeten Ritter und die Frauen wieder aus ihrer Ohnmacht. Staunend und verständnislos richteten sie sich auf. Den ganzen Tag sprachen sie über nichts anderes mehr. Doch dann beendete eine neue Schreckensbotschaft das aufgeregte Gerede: »Tot! Graf Pinabello liegt erschlagen mitten im Wald!«

Niemand wußte, wer es gewesen war. Tatsächlich hatte ihn Bradamante immer weiter verfolgt und in einem Hohlweg an die hundertmal das Schwert bis zum Heft in seiner Brust und seinem Leib versenkt. Nachdem sie so die Welt von einem Schändlichen befreit hatte, bestieg sie ihr zurückgewonnenes Pferd. So schnell wie möglich wollte sie Ruggiero wiederfinden. Aus irgendeinem Grund entdeckte sie den Weg nicht mehr. Sie ritt über Hügel und durch Täler, suchte die Gegend ab, doch fand ihn einfach nicht.

23. Gesang

Wer anderen hilft, hat zumeist auch etwas davon. Selbst wenn der Dank ausbleibt, haben gute Taten weder Schimpf noch den Tod zur Folge. Wer aber anderen schadet, muß immer damit rechnen, daß irgendwann durch den Fluch der bösen Tat alles heimgezahlt wird. Das Sprichwort sagt: Ein Berg bleibt, wo er ist, aber ein Mensch kann einem immer wieder über den Weg laufen.

Seht nur, wie es Pinabello ergangen ist, nachdem er gegen Recht und Pflicht verstoßen hat: Er hat seine gerechte Strafe erhalten. Und Gott, der oft vom Leid der Unschuldigen gerührt ist, half Bradamante, wie er allen hilft, deren Herz und Hände rein sind.

Graf Pinabello hatte die Gräfin Bradamante damals für tot gehalten. Ohne sich weiter um sie zu kümmern, war er zur Burg seines Vaters Anselm über den Wiesentäler von Ponthieu zurückgekehrt. All die Wälle, Gräben und Mauerzinnen der Bergfeste hatten Pinabello nicht vor dem Zorn des Hauses Clermont schützen können. Niemand war ihm zur Hilfe geeilt. Er hatte nicht einmal um sein Leben gekämpft, sondern nur noch geschrien und um Gnade gefleht, als ihn das Eisen der Rächerin am Fuß des Berges mühelos durchdrang.

Aber Bradamantes Sterne standen wieder schlecht. Sie wurde vom Geschick auf einen Seitenpfad geleitet. Hier begann ein öder, grausig einsamer Wald, wild verwachsen und mit tiefen Schatten im schnell hereinbrechenden Abenddunkel. Sie war gezwungen, über Nacht im Freien zu bleiben. Noch ehe die Sterne aufgingen, bereitete sie sich ein Lager aus Zweigen.

Bradamante fand nur wenig Schlaf in diesen unheimlichen Stunden. Sie sah zu den Sternen hinauf und beobachtete Saturn und Jupiter, Venus und Mars und die Pracht der anderen Götter. Immer wieder stellte sie sich vor, daß Ruggiero im Wachen und im Schlaf bei ihr war. Dann seufzte sie sehr tief, und ihr Herz wurde schwer und betrübt. Der Schmerz über das Geschehene wurde zu Reue. Sie verstand nicht, wie es gekommen war, daß ihr Haß noch stärker als die Liebe in ihr gewesen war.

»Es war der Zorn, der mich von meinem Liebsten riß«, sagte sie zu sich selbst. »Hätte ich ihm doch nur irgendein Zeichen zurückgelassen, ehe ich dem üblen Grafen blind vor Zorn ins Dickicht folgte.«

Nach und nach brach alles aus ihr hervor, was ihr Herz bewegte. Ihre Seufzer glichen den Winden und ihre Tränen den Regenfluten. Als der Himmel nach einer endlos langen Nacht wieder heller wurde, sah sie in Richtung Osten. Ihr Pferd graste auf einer Waldlichtung. Bradamante stieg wieder in den Sattel und ritt dem jungen Tag entgegen. Schon kurz darauf blieb der Wald hinter ihr zurück. Hier hatte kurz zuvor noch das verhexte Schloß des alten Zaubermeisters Atlante gestanden.

Plötzlich entdeckte sie Prinz Astolf von England. Ihr hübscher, sonst so übermütiger Vetter stand unschlüssig zwischen zwei Pferden – seinem Rabikan und dem geflügelten Hippogryphen. Er hatte seinen Helm abgenommen und dachte, in sich versunken, darüber nach, an wen er sein gutes schwarzes Pferd so lange übergeben konnte, wie er mit dem Flügelpferd über die Welt hin streifte. Bradamante winkte Astolf schon von weitem. Dann stürmte sie mit lauten Freudenrufen auf ihn zu, sprang ab und umarmte ihn. Er zögerte und wußte offensichtlich nicht, wie er sich verhalten sollte. Erst dann bemerkte sie, daß ihr Visier noch immer herabgelassen war. Sie hob es an und sagte: »Guck nicht so dumm! Ich bin es doch! Bradamante!«

Astolfs Gesicht begann zu leuchten. Im selben Augenblick wußte er, wem er sein gutes Rennpferd Rabikan so lange übergeben konnte, wie er unterwegs war. Noch zwei-, dreimal umarmten sie einander wie Geschwister. Dann fragten sie sich gegenseitig, wie es ihnen in der letzten Zeit ergangen war und was sie vorhatten.

»Ich breche jetzt ins Reich der Vögel auf.« Astolf blickte lachend in den Himmel. Langsam ließ er den Wunderhengst die Flügel ganz entfalten. Staunend ging Bradamante einige Schritte näher.

»Das Tier kenne ich doch!« sagte sie überrascht. »Auf diesem

Flügelpferd hat mich der alte Zauberer angegriffen. Mir tun immer noch die Augen weh, wenn ich daran denke, wie hoch dieses Tier geflogen ist, als es mit Ruggiero im Sattel in einem weiten wunderbaren Bogen in den Himmel aufstieg.«

»Genau das wünsche ich mir ebenfalls«, stieß Astolf hervor. »Deshalb bitte ich dich, meinen schnellen Rabikan zu übernehmen. Wenn er mit einem Pfeil um die Wette fliegt, überholt er ihn ein gutes Stück. Es wäre lieb von dir, wenn du auch noch meine Rüstung und meine Waffen bei euch in Montalban aufbewahrtest. Ich möchte leicht sein, wenn ich durch den Himmel reite. Mein Schwert und dieses Wunderhorn reichen mir dabei.«

Bradamante nahm die goldene Lanze, die Argalia, der Sohn des Groß-Khans Galafron und Bruder von Angelica, getragen hatte. Es war dieselbe Waffe, die jeden Gegner, den sie auch nur berührte, sofort zu Boden fallen ließ. Astolf hatte bereits den Flügelhengst bestiegen. Er ließ ihn sanft ansteigen. Behutsam wie ein Lotse, der ein Schiff durch Klippen und durch Untiefen an der Hafeneinfahrt bringt, flog der Prinz von England mit dem Flügelroß um Bradamante herum. Dann, als wenn unsichtbare Segel in den Wind drehten, schoß der Hippogryph mit seinem Reiter weit in den Himmel hinauf.

Bradamante konnte ihm kaum mit ihren Blicken folgen. Ihr Vetter verschwand so schnell, daß sie noch eine Weile nachdenklich zurückblieb. Unschlüssig überlegte sie, welchen Weg sie nun nehmen sollte. Einerseits mußte sie Astolfs Waffen und sein Pferd nach Montalban in Sicherheit bringen, außerdem hatte sie noch das Pferd, das Pinabello ihr gestohlen hatte. Andererseits quälte die Sehnsucht nach Ruggiero sie so sehr, daß sie viel lieber nach Vallombrosa reiten wollte. Noch während sie unschlüssig und seufzend da stand, tauchte ein Bauer am Wegesrand auf.

»Komm her und hilf mir!« rief sie ihm zu. Sie befahl ihm, Astolfs Rüstung und die Lanze auf Rabikan zu verstauen und mit beiden Pferden vor ihr her nach Montalban zu gehen.

»Kennst du den schnellsten Weg nach Vallombrosa?« fragte sie dann. Sie hoffte immer noch, daß ihr Geliebter in der Nähe der Abtei sein könnte.

»Nein, Herrin«, sagte der Bauer, »ich bin auch fremd hier.«

Aufseufzend gab Bradamante den Befehl zum Losreiten. Sie hatte keine Ahnung, wohin sie sich wenden sollte. Erst als sie gegen Mittag aus einem Waldstück kamen, sahen sie plötzlich eine Burg. Wie ein Kronenschmuck ragte sie über einen Berg hinaus. Es war tatsächlich Montalban, und hinter den verheißungsvollen Zinnen der hohen Burg lebten ihre Mutter Beatrix und ihre Brüder. Der ersten Freude folgten Bedenken. Bradamante wurde klar, daß sie nicht weiter auf die Burg zureiten durfte. Wenn sie erst einmal entdeckt wurde, hatte sie keine Möglichkeit, schnell wieder fortzukommen. Schon aus Höflichkeit mußte sie dann ihr heißes Sehnen zurückstellen. Wenn sie das tat, würde sie Ruggiero nicht so schnell wiedersehen, und alles, was sie sich ausgedacht hatten, konnte umsonst gewesen sein.

Schweren Herzens kehrte sie um und ritt durch das Tal zurück. Von hier aus kannte sie den Weg zur Abtei Vallombrosa. Doch da griffen die Sterne erneut ein. Bradamante hatte das Tal noch nicht verlassen, als plötzlich ein junger Mann vor ihr auftauchte – ihr Bruder Alard. Auch er erkannte sie sofort. Sie hatte keine Möglichkeit mehr, ihm auszuweichen. Sie ritten schnell aufeinander zu und umarmten sich, tauschten Küsse und erzählten einander übersprudelnd, wie es ihnen ergangen war. Wohl oder übel mußte Bradamante ihr Pferd erneut wenden. Während sie gemeinsam in Richtung Montalban ritten, berichtete Alard, daß er gerade unterwegs gewesen war, um neues Fußvolk und Reiter in Quartieren ringsum zu verteilen, die auf Befehl von Karl dem Großen für das Heer der Franken angeworben worden waren.

Auf diese Weise kehrte die schöne Bradamante wieder in das Burgschloß ihrer Väter heim. Ihre Mutter Beatrix hatte oft geweint, während ihre Tochter in der Welt umhergeritten war. Nun aber zerfloß sie fast in ihren Freudentränen. Auch ihre Brüder küßten und umarmten sie. Bradamante selbst blieb dabei zurückhaltend. Während sie die anderen umarmte, dachte sie daran, wie unvergleichbar anders die Umarmungen Ruggieros für sie gewesen waren. Alle ihre Gedanken kreisten nur darum, wie sie möglichst schnell einen Boten finden konnte. Er sollte ihm berichten, daß sie zur Zeit nicht von zu Hause fort konnte. Gleichzeitig wollte sie ihn bitten, sich noch im Kloster taufen zu lassen, damit sie sich so schnell wie möglich durch die Vermählung vereinen konnten.

Als sie den Boten gefunden hatte, übergab sie ihm auch das Pferd Frontin, das nach Bajard und Brigliador das beste Pferd der Welt war. Sie hatte Ruggieros Pferd zu sich genommen und in Montalban verpflegen lassen, nachdem er mit dem Hippogryphen davongeflogen war. Nun aber sah sie, daß man ihn nicht oft genug geritten hatte. Außerdem glänzte er und war fett geworden. Sie schämte sich, daß Ruggieros Pferd so nachlässig behandelt worden war. Kurz entschlossen befahl sie den Frauen in der Burg, daß sie alle zusammen mit allerfeinsten Stichen Goldfäden auf weißes und braunes Seidenzeug sticken sollten. Sie wollte, daß vom Zaumzeug bis zum Sattel alles kostbar geschmückt war, damit niemand erkannte, wie es wirklich um den vernachlässigten Frontin stand.

Während in den Kammern und den Sälen emsig gearbeitet wurde, ließ sie ihre vertraute und kluge Milchschwester Ippalca rufen. Sie war die Tochter ihrer Amme Kalitrefia. Ohne Bedenken berichtete sie Ippalca von sich und ihrem geliebten Heiden Ruggiero. Bradamante mußte tausendmal erzählen, wie strahlend dieser junge Mann in ihrem Herzen lebte und daß ihm weder Tugenden noch Schönheit fehlten.

»Verstehst du jetzt, daß ich keine besseren Boten finden kann als dich? Du bist eine gute Reiterin, und du bist mir treuer als irgendein anderer Abgesandter.«

Nachdem sie ihrer Milchschwester ganz genau den Weg erklärt hatte, schärfte sie ihr alles ein, was sie dem Geliebten überbringen sollte: »Sag ihm, daß er mich entschuldigen muß, weil ich es nicht bis ins Kloster geschafft habe. Sag ihm, daß es keine Lüge ist, sondern vielleicht eine Fügung unseres Schicksals.«

Nachdem sie alles vereinbart hatten, bestimmte Bradamante, daß ihre Amme nicht auf dem kostbar geschmückten Frontin, sondern auf einem unscheinbaren Klepper reiten sollte.

»Falls dir unterwegs jemand begegnen sollte, der dir Frontin stehlen will, dann mußt du nur das Wort ›Ruggiero‹ sagen. Du wirst sehen, selbst der kühnste Ritter zittert vor dem Namen meines Liebsten, wenn er auch nur eine Spur Verstand hat.«

Bradamantes Botin kam schnell voran. Sie trieb ihr Pferd zusammen mit dem prächtig geschmückten Frontin zehn Meilen lang an Feldern und Wiesen vorbei und durch tiefe Wälder. Es war bereits Mittag, als sie über einen engen, felsigen Weg in ein Tal abstieg. Hier kam ihr zu Fuß, aber bewaffnet der wilde Rodomont entgegen. Ein Zwerg ging ihm als Führer voraus. Als der Maurenkönig die kostbaren Schabracken von Frontin sah, richtete er sich zu seiner vollen Größe auf und verfluchte alle Götter vom kleinsten bis zum größten.

»Was für eine Schande! So ein wunderbares Pferd und dann ohne Reiter!«

Er hatte geschworen, sich mit Gewalt das erste Pferd zu nehmen, das ihm begegnen würde, und nun sah er ein derart schönes Tier, wie er es nicht besser finden konnte. Das Dumme war nur, daß er es einem Mädchen wegnehmen mußte. Er zögerte und schwankte, sah immer wieder zwischen Frontin und Ippalca hin und her.

»Bei allen Teufeln, warum hat dieses edle Roß keinen Herrn?«

»Wenn er hier wäre, würde er dich schnell zum Schweigen bringen«, antwortete Ippalca. »Denn es gibt keinen Ritter auf der ganzen Welt, der edler ist als er.«

»Wer soll dieser Held sein?« schnaubte der Sarazenenkönig.

»Ruggiero, wenn du nichts dagegen hast.«

»Na, dann erst recht!« Rodomont lachte. »Dann nehme ich mir doch gleich das Pferd dieses berühmten Recken. Und wenn er wirklich so überragend ist, soll er sich bei mir melden. Sag ihm, daß der große König Rodomont von Algier jetzt sein Pferd bewegt. Wenn er Streit will, wird er mich schon finden. Wo ich bin, ist es immer hell. Und wo ich reite, bleibt meine Spur wie von einem Blitz am Boden.«

Er lachte dröhnend, stieg auf Frontin und galoppierte auf dem reichgeschmückten Pferd bergauf. Fassungslos über soviel

Überheblichkeit fluchte und weinte Ippalca hinter ihm her, aber der Pferdedieb hörte nichts mehr. Er verschwand auf dem Weg, den ihm zuvor der Zwerg für seine Suche nach Doralice und Mandrikard gezeigt hatte.

Kurz nachdem Bradamante im Galopp den Engpaß verlassen hatte, der für den Grafen Pinabello das Ende bedeutete, tauchte auf der anderen Seite der Schottenprinz Zerbin mit der bösen Alten auf, die er überallhin begleiten mußte. Der tote Ritter blutete aus so vielen Wunden, als hätten sich zu seinem Untergang Hunderte von Schwertern gegen ihn vereint. Als frommer Mann empfand Zerbin Mitleid mit dem so grausam Umgekommenen.

»Warte hier auf mich, bis ich wiederkomme«, sagte der Schottenprinz zur Alten. »Ich will mich hier umsehen.«

Gabrina widersprach nicht. Ihre Augen flackerten vor Begierde, als sie an der Leiche des Grafen niederkniete. Nichts schmerzte ihrer Seele mehr als überflüssiger Schmuck an einem Toten. Wenn sie nur die geringste Gelegenheit gehabt hätte, wäre nichts von den schönen Waffen und der kostbaren Kleidung des Erschlagenen übriggeblieben. So aber konnte sie nur einen schönen Gürtel unauffällig unter ihrem Kleid verstecken.

Zerbin kehrte schon bald zurück.

»Der Pfad ist zu verschlungen und steigt ständig auf und ab. Außerdem wird es bald Nacht. Wir müssen zusehen, daß wir rechtzeitig eine Herberge für uns finden.«

Sie verließen das Tal mit der Ritterleiche. Zwei Meilen weiter erreichten sie die Burg Hautrieve. Hier fanden sie eine Unterkunft für die bereits angebrochene Nacht. Kurz nach ihrer Ankunft hörten sie plötzlich lautes Geschrei, klagende Stimmen und großen Lärm.

»Was ist geschehen?« fragte Zerbin einen der Vorbeirennenden.

»Ach, es ist schrecklich«, antwortete der Schloßbewohner. »Soeben wurde dem alten Grafen Anselm gemeldet, daß sein Sohn Pinabello erschlagen unten auf dem engen Pfad im Felsental liegt.«

Prinz Zerbin preßte die Lippen zusammen und schwieg. Er begriff sofort, daß er kein Wort sagen durfte, wenn er den Verdacht nicht auf sich lenken wollte. Gleich darauf verließen Männer mit Fackeln und Laternen und einer Leichenbahre das Schloß. Während die Männer aufbrachen, machte ein Befehl des alten Grafen überall die Runde: »Reiche Belohnung winkt demjenigen, der unserem Herrn den Mörder seines Sohnes nennt.«

Es war, als würde die Belohnung die Männer noch mehr anfeuern. Gleichzeitig hörte auch Gabrina von der Verlockung. Sie war in ihrem Haß und in ihrer Habgier schlimmer als ein Tiger oder Bär, als sie sich dem betrübten Schloßherrn näherte. Geschickterweise tröstete sie ihn erst, ehe sie ihre Beschuldigungen gegen den Prinzen Zerbin vorbrachte.

»Er ist der Mörder«, zischte sie. »Zum Beweis bringe ich dir hier den Gürtel deines Sohnes.« Sie holte ihn unter ihrem Rock hervor. Graf Anselm erkannte den schön geschmückten Gürtel sofort. Als Gabrina ihre Aussage auch noch beschwor, konnte er nicht länger zweifeln. Der alte Graf hob seine Hände zum Himmel.

»Beim Leichnam meines Sohnes«, schwor er »diese böse Tat kann und darf nicht ungesühnt bleiben!«

Ahnungslos hatte sich der Schottenprinz bereits zur Nachtruhe begeben. Sie packten ihn im ersten Schlaf, umschlangen ihn mit schweren Ketten und warfen ihn ins finsterste Verlies.

Noch vor Sonnenaufgang fiel der Richterspruch des alten Grafen: Dort, wo sein Sohn sein Blut vergossen hatte, sollte sein Mörder gevierteilt werden. Niemand kam auf die Idee, den Beschuldigten auch nur anzuhören. Und niemand zweifelte daran, daß der Spruch ihres Lehnsherren gerecht sei. Als sich der Himmel weiß, gelb und purpurn färbte, schrie das ganze Volk: »Sterben! Er soll sterben!«

Sie rannten mit, einige ritten, anderen drängten zu Fuß weiter. Der Schottenprinz war auf einem kleinen Pferd festgebunden. Sie hatten ihm seinen Helm aufgesetzt, aber er hielt die ganze Zeit seinen Kopf gesenkt. Der Gott jedoch, der denen hilft, die ihm vertrauen, sorgte dafür, daß der Prinz an diesem frühen Morgen noch nicht sterben mußte.

Der aufgebrachte Zug erreichte die Stelle, an der Graf Pinabello umgekommen war. Gleichzeitig tauchte Graf Orlando von Anglant von der anderen Seite auf. Seit er Prinzessin Isabella von Galicien aus den Händen der lästerlichen Gabrina in der Felsenhöhle gerettet hatte, begleitete er die Braut des Schottenprinzen.

»Was bedeutet das?« fragte Isabella, als sie näher kamen und den Haufen Leute im Tal sahen

»Ich weiß es nicht«, antwortete ihr der Graf. »Am besten wartest du hier auf der Anhöhe. Ich reite voraus und sehe mich um.«

Es dauerte nicht lange, bis er im Gedränge auch den Gefesselten auf dem kleinen Pferd sah. Schon auf den ersten Blick hatte er den Eindruck, daß der Gefangene ein edler Ritter sein mußte. Er schob sich etwas näher und fragte leise: »Warum hat man dich eingefangen? Und wohin reitet ihr?«

Zerbin hob den Kopf und sah Orlando prüfend an. Als ihm klar wurde, daß der Ritter vor ihm aufrichtig gefragt hatte, entschloß er sich, die Wahrheit zu sagen. So knapp wie möglich erzählte er, was geschehen war.

»Ich glaube dir«, antwortete Orlando schließlich. »Du kannst auf mich vertrauen. Es wäre ungerecht, dich einfach hinzurichten. Wem hat du denn dein Todesurteil zu verdanken?«

»Es war Graf Anselm, der Vater eines Grafen Pinabello.«

»Ja!« stieß Orlando hervor. »Der kennt nichts anderes als Unrecht.«

Der jahrelange Haß und die Feindschaft zwischen den Häusern von Clermont an der Dordogne und Maganza, auch Mayence oder Mainz am Rhein genannt, taten ein übriges. Sie waren schon seit Urzeiten bis aufs Blut verfeindet.

»Was tut ihr da, ihr Lumpenvolk?« schrie Orlando über die Köpfe der Versammelten hinweg. »Bindet sofort diesen Ritter los, und laßt ihn frei. Sonst schlage ich euch alle kurz und klein.«

»He, wer ist das, der hier so mächtig auftrumpft?« rief einer, der besonders mutig sein wollte. »Wer sich das zutraut, der müßte schon aus Blitz und Feuer sein und wir nur noch aus Wachs und Stroh.«

Furchtlos ritt er auf Orlando zu. Der Paladin senkte augenblicklich seine Lanze. Der Mainzer trug die Rüstung, die noch in der Nacht dem Schottenprinzen abgenommen worden war. Sie nützte ihm nur wenig. Die Lanzenspitze streifte seinen rechten Wangenschutz. Der Helm aus feinem Stahl hielt stand, aber der Aufprall war so hart, daß er den Nacken des Angreifers zerbrach. Schon kam der zweite Reiter. Orlandos Lanze fuhr ihm durch die Brust. Der Graf ließ die schwere Stange fallen, damit er beweglicher wurde. Er zog sein gutes Schwert Durindana und ritt mitten in den Haufen der Bewaffneten. Wie mit einer Schere schnitt er Köpfe ab und brach Schädel in zwei Teile.

Im Handumdrehen waren hundert Männer fort – zum einen Teil erschlagen und zum anderen geflohen. Ein Drittel der Bewaffneten lag bereits am Boden. Orlando schlug und stieß, spießte und zersplitterte. Schließlich warf der Rest die Waffen weg, ließ Schilde, Speere und sogar die Helme fallen. Die einen rannten geradeaus, die anderen schlugen sich quer vom Hohlweg in die Büsche. Sie stürzten in die Felsenschlucht, andere flüchteten in den Wald und zu den Feldern.

Orlando blieb an diesem Tag ohne jedes Mitleid. Keinem einzigen, der mit seinem Schwert bekannt wurde, gönnte er das Leben. Schließlich waren von den hundertundzwanzig Mann, die zur Hinrichtung mitgekommen waren, mindestens achtzig tot. Der Schottenprinz wußte nicht, ob er sich freuen oder vor Entsetzen zittern sollte. Er hätte sich liebend gern zusammengekrümmt und die Knie an sein Herz gepreßt. Nur seine Ketten hinderten ihn daran und hielten ihn auf dem kleinen Pferd fest.

Der Graf befreite ihn und gab ihm auch seine Waffen zurück. Dann blickte Zerbin über den Rand des Schlachtfeldes hinaus. Im selben Augenblick entdeckte er Isabella von Galicien am Hügelrand. Sie sah, daß der Kampf beendet war, und kam auf ihn zu.

Zerbin erstarrte, als er das schöne Mädchen wiedersah, das er so innig liebte. Seit er ihren vermeintlichen Tod beweint hatte, war sein Herz nur noch ein Eisblock gewesen. Nun spürte er, wie ihn wieder süße Wellen durchströmten. Am liebsten hätte er sie sofort umschlungen und an sich gedrückt. In seine aufwallenden Glücksgefühle mischte sich ein neuer Schmerz. Er mußte glauben, daß seine wunderschöne Isabella mittlerweile die Gefährtin und Geliebte des mächtigen Orlando war.

Er stöhnte auf, während er von einer Qual in die nächste fiel. All seine Freude über seine Rettung galt ihm nichts mehr. Noch schlimmer war es, daß er auch noch dem dankbar sein mußte, mit dem er liebend gern um seine Braut gekämpft hätte. Er war zu edel, um ihm Isabella wegzunehmen. Außerdem sah er ein, daß er gegen diesen Ritter nicht gewinnen konnte. Wohl oder übel mußte er sie bei ihm lassen.

Sie ritten schweigend los, bis sie an einer Quelle rasteten. Orlando nahm den Helm ab und riet Zerbin, das ebenfalls zu tun. In diesem Augenblick erst erkannte Isabella ihren Geliebten. Es war, als würde in ihr blaß gewordenes Gesicht plötzlich das Leben zurückkehren. Sie weinte und glich einer Blume, die den vom Tau und langem Regen schwer und feucht gewordenen Kopf hoffnungsvoll zum Sonnenlicht aufhebt. Ohne Rücksicht auf Orlando folgte sie dem Drang ihres Herzens. Sie brachte nicht ein Wort hervor, aber die Tränen strömten weiter über ihr Gesicht, während sich ihre Arme um den Liebsten schlangen.

Als Isabella endlich wieder Worte fand, berichtete sie von ihrer Errettung durch den Paladin Karls des Großen. Sie erzählte Zerbin, wie edelmütig der Frankenritter sie seither beschützt hatte. Zerbin, dem ihr Leben mehr galt als sein eigenes, segnete Orlando und fiel vor ihm auf die Knie. Er neigte seinen Kopf vor dem Mann, der ihm und Isabella zweifach das Leben wiedergegeben hatte.

Sie kamen nicht dazu, weitere Freundlichkeiten auszutauschen. Wo eben alles noch still und friedlich war, klang plötzlich Lärm aus der Dämmerung des dicht umwachsenen Weges. Sofort setzten Zerbin und Orlando ihre Helme wieder auf. Sie griffen nach den Wehrgurten und machten sich zum Kampf bereit. Kaum saßen sie in ihren Sätteln, als auch schon ein Ritter und ein junges Mädchen auf die kleine Lichtung kamen.

Es war Mandrikard. Er hatte geschworen, Orlando so lange zu verfolgen, bis Alzird und Manilard gerächt waren, die dessen

Lanzenstöße vor Paris nicht überlebt hatten. Seit aber die schöne Doralice mit ihm ritt, die er mit dem Lanzenschaft aus ihrer ganzen Wachmannschaft herausgeholt hatte, war sein Rachedurst ziemlich abgeklungen.

Der Tartarenkönig hatte nicht damit gerechnet, hier auf den Grafen von Anglant zu treffen. Ihm fiel nur auf, daß die hellen Wappenzeichen auf einen Ritter von hohem Stand hinwiesen. Ohne auf den Prinzen von Schottland zu achten, musterte er Orlando von Kopf bis Fuß.

»Genau dich suche ich!« rief er grimmig. »Zehn Tage lang bin ich schon auf deiner Spur. Es ärgert mich, immer nur von deinem Ruhm zu hören, und es stört mich ebenfalls, wie du mit Sarazenenkriegern umgesprungen bist. Von Anfang an wollte ich dich sehen und mit dir kämpfen.«

»Ich muß schon sagen, du hast Mut«, antwortete Orlando. »Daß du gerade mich gesucht hast, ehrt dich vor allem selbst. Aber ich sehe weder ein Schwert noch einen Streitkolben bei dir. Womit willst weiterkämpfen, wenn dein erster Lanzenstoß mißglückt?«

»Laß das nur meine Sorge sein«, antwortete Mandrikard. »Ich habe geschworen, daß ich so lange kein Schwert mit mir führe, bis ich mir die Durindana von dir, Graf Orlando, erkämpft habe. Ich schwor das, als ich mir diesen Helm aufsetzte und diese Rüstung anlegte. Beides gehörte Hector, dem großen Helden Trojas, als er vor tausend Jahren starb. Nur das Schwert fehlt mir noch. Das ist der zweite Schwur, den ich mir selbst gegeben habe, um meinen berühmten Vater Agri-Khan zu rächen. Nicht einmal du, großer Orlando, hättest ihn ohne Betrug töten können!«

Orlando hatte endgültig genug. »Du lügst!« rief er. »Wenn du das weiterhin behauptest, bist du am Ende deiner Suche angekommen. Ich habe deinen Vater völlig zu Recht erschlagen. Hier ist das Schwert, aber es soll in diesem Kampf weder dir noch mir einen Vorteil bringen. Ich hänge es hier an den Baum. Es gehört dir, wenn du mich tötest oder zum Gefangenen machst.«

Er ritt ein Stück ins Feld und hängte die Durindana an einen hohen Zweig. Die beiden Recken waren nun eine halbe Pfeilschußweite auseinander. Sofort spornten sie ihre Pferde und preschten mit hängenden Zügeln aufeinander zu. Die Lanzen hoben sich. Dann krachten beide genau dort gegen die Helme des Gegners, wo sich die Augenspalten im Visier befanden. Die Lanzenspitzen brachen in den Gittern ab. In tausend Splittern flog das Holz durch die Luft, doch keiner der beiden Ritter war aus dem Sattel geflogen.

Mit ihren Lanzenstümpfen versuchten sie einen zweiten Gang. Es war kein ritterliches Treffen, als sie wie zwei rohe Bauern mit den Schäften aufeinander einschlugen. Beide Lanzenreste hielten nicht einmal vier Schläge aus. Gleich darauf hatten Orlando und Mandrikard lediglich noch die Fäuste für den Kampf. Sie schlugen wie mit Hämmern gegen Harnisch, Armschienen und Schuppenhemden. Noch immer war die Frage unbeantwortet, wie der Sarazene ohne Schwert gewinnen wollte. Doch da kam schon die Antwort. Mit beiden Armen packte der Heide den Paladin und preßte ihn mit aller Kraft gegen sich. Die Umarmung war hart genug, um Orlando noch im Sattel zu ersticken.

In seiner Wut achtete der Tartar nicht auf seine Zügel. Die letzte Luft wich bereits aus seinen Lungen, als Orlando mit seiner rechten Hand das Zaumzeug des Sarazenenpferdes greifen konnte. Er preßte seine Schenkel, so fest er konnte, gegen den Leib des eigenen Pferdes. Gleichzeitig riß er dem Pferd des anderen das Zaumzeug über seinen langen Schädel. Die Anstrengung von Mandrikard wurde auch Orlandos Sattelgurten zuviel. Während der Tartarenfürst oben an seinem Gegner zerrte, riß der Gurt unter dem Bauch des Pferdes.

Noch ehe er begriff, was eigentlich passierte, krachte Orlando wie ein Sack mit Waffen scheppernd auf den Boden. Mit einem Fuß hing er immer noch im Steigbügel. In einer Hand hielt er das Zaumzeug des anderen Pferdes. Mandrikards Hengst warf den Kopf nach oben, spürte keine Trense mehr und sprengte in blindem Lauf davon. In wilden Sätzen riß es seinen Reiter mit sich.

Als Doralice sah, wie Mandrikard auf seinem Pferd ins Land

hinaus davonschoß, fürchtete sie, daß sie allein zurückblieb, und folgte ihm auf ihrem Zelter. Die ganze Zeit kämpfte der Tartarenfürst mit seinem durchgehenden Pferd. Er brüllte, flehte, rammte seine Hacken in die Flanken und schlug es mit der Hand. Schließlich drohte er ihm, als könnte er das Tier wie einen Menschen zur Besinnung bringen. Nichts davon half. Das scheue Tier galoppierte blindlings querfeldein.

Es wäre noch eine Stunde lang oder mehr weitergerast, wenn nicht ein Graben die wilde Flucht unsanft beendet hätte. Das verängstigte Roß scheute und verweigerte den Sprung. Mann und Pferd krachten, wie vom Himmel gefallen, hart auf den Grund des Grabens. Seltsamerweise brachen weder dem einen noch dem anderen die Knochen.

Der schwere Sturz beruhigte das Pferd ein wenig. Trotzdem ließ es sich ohne Zügel nicht bändigen. Der Tartarenkönig packte es an seinem Schweif, hielt es fest und überlegte, was er machen sollte. Endlich kam auch Doralice auf ihrem Zelter heran.

»Nimm meine Zügel!« rief sie ihm zu. »Mein Pferd ist sanft – ich kann auch ohne Zügel im Sattel bleiben.«

Es kam Mandrikard wenig ritterlich vor, ihr Angebot anzunehmen, aber er hatte Glück, denn in diesem Augenblick tauchte die alte Hexe Gabrina auf. Seit sie Zerbin verraten hatte, floh sie wie eine Wölfin, hinter der die Jäger und die Hunde her sind. Sie trug noch immer das jugendliche Prachtgewand, das Marfisa der Begleiterin von Graf Pinabello ausgezogen hatte. Auch der Zelter, auf dem sie heranritt, hatte Pinabellos Dame gehört.

Sie hatte Mandrikard und sein Pferd im Graben noch nicht gesehen. Doch dann schreckte sie ein lautes Lachen auf. Der Tartarenkönig und die Prinzessin von Granada fanden die Verkleidung der schmuckbehängten Alten derartig albern, daß sie einfach losprusten mußten. Sie sah in all den schönen Sachen wie ein aufgeputzter Affe aus.

Kurz entschlossen griff der Heide nach Gabrinas Zelter. Er fragte nicht erst lange, sondern löste das Zaumzeug. Dann schlug er mit der flachen Hand auf die Hinterhand des Pferdes und erschreckte das Tier durch einen lauten Schrei. Das zügellose Tier ging sofort durch. Es floh mit der Alten über die Waldpfade bergauf, bergab, über krumme, dann wieder gerade Wege. Halbtot vor Schrecken, hatte die böse Alte keine Möglichkeit, irgend etwas an der wilden Flucht zu ändern.

Inzwischen hatte Orlando den Schaden an seinem Sattelzeug in aller Ruhe wieder in Ordnung gebracht. Er stieg auf, zügelte sein Pferd und erwartete, daß der Sarazene wieder zurückkehrte. Als der sich nicht sehen ließ, entschloß sich Graf Orlando, ihn zu suchen. Ehe er fortritt, verabschiedete er sich auf die feine höfische Art bei den Verliebten.

Isabella begann zu weinen, und auch Prinz Zerbin wollte Orlando nicht allein weiterziehen lassen. Orlando konnte sich ebenfalls nur schwer von den beiden trennen.

»Einen Gefallen könnt ihr mit dennoch tun: Sagt dem Tartaren, wenn ihr ihm begegnen solltet, daß ich mich drei Tage lang in dieser Gegend aufhalte. Falls wir uns in dieser Zeit nicht begegnen, kehre ich zum Heer von Karl dem Großen und dem Lilienbanner zurück. Wenn er Wert darauf legt, kann er mich jederzeit dort finden.«

Der Schottenprinz und die Prinzessin von Galicien versprachen, seine Botschaft zu übermitteln. Orlando bedankte sich, dann ritt er zu dem Baum, an dem noch immer das gute Schwert Durindana hing. Er nahm es ab und preschte in die Richtung, in die der Heide verschwunden war.

Zwei Tage lang folgte Graf Orlando den Spuren, die das durchgegangene Pferd des Tataren im Buschwerk und an Bäumen hinterlassen hatte. Von ihm selbst war nirgendwo etwas zu sehen. Am dritten Tag erreichte Orlando einen kristallklaren Bach inmitten einer wundervoll blühenden Wiese und stattlich in den Himmel ragender Bäume.

Ein frischer Wind kam auf, der einem spärlich bekleideten Hirten und seiner Herde Kühlung in der Mittagshitze brachte. Auch Graf Orlando spürte durch den Luftzug das Gewicht seiner Rüstung, des Schildes und des Helms nicht mehr so sehr.

Trotzdem beschloß er, ein wenig im Schatten eines Baumes auszuruhen. Er suchte sich die schönste Stelle für seine Rast aus – nicht ahnend, daß der schöne Tag der schlimmste seines Lebens werden sollte.

Zufrieden blickte er sich in der hübschen Umgebung um und musterte die Bäume am schattigen Uferrand. Plötzlich erkannte er Buchstaben in der Rinde, die nur von der Hand seiner seit langem angebeteten Göttin stammen konnten. Er sah die Zeichen genauer an und las fassungslos: »Angelica und Medor«.

Die beiden Namen waren schön miteinander verbunden und mit Girlanden umschlungen. Auch der nächste Baum trug die gleichen Einkerbungen. Hundertmal waren die beiden Namen in die Baumrinde geschnitzt, und jede Inschrift rammte Amors Pfeile schmerzhaft tiefer in Orlandos Herz. Verzweifelt wollte er sich einreden, daß es vielleicht eine weitere Angelica in dieser Gegend gab, irgendeine unbekannte Geliebte eines anderen.

»Nein!« stöhnte er schließlich. »Ich habe diese Schrift oft genug gesehen. Oder meinte sie mich, als sie Medor schrieb?«

Der Graf war so erschüttert und zerstört, daß er nur noch in diesem Selbstbetrug einen schwachen Halt fand. Mit fahrigen Bewegungen, wie von einem Vogel, der unvorsichtig auf die Leimrute gegangen war, schlang sich das Netz bei jedem weiteren Gedanken immer fester um ihn. Er ritt am Bach entlang, bis er zu einem Felshügel mit einer Höhle kam. Die Felswand wölbte sich in einem Bogen über den Bach hinweg. Am Eingang der Grotte sah er wilde Efeuranken. Ihm war sofort klar, daß er ein Liebesnest gefunden hatte. Auch hier entdeckte er innen und außen überall die beiden Namen. Einige waren mit der Messerspitze in den Stein geritzt, andere mit Kohle oder Kreide aufgemalt.

Orlando war tief betrübt, als er von seinem Pferd abstieg. Sofort entdeckte er auch noch ganze Zeilen, die dieser unbekannte, aber überglückliche Medor an die Wand geschrieben hatte. Zu seinem Unglück beherrschte Orlando auch die arabische Sprache der Sarazenen. Seine Stimme zitterte, als er halblaut las: »Ihr schönen Wiesen, vom Silberband des Bachs durchflossen, du kühle Grotte hier im Felsenspalt, wie oft lag hier von meinem Arm umschlossen Angelica, Prinzessin aus Cathay. Was ich entzückt genoß, wenn wir uns nackend liebten, berauschte mir die wilden Sinne, daß euch, ihr grünen Pflanzen, der arme Medor nur auf diese Weise loben kann. Ich bitte alle anderen Verliebten, ganz gleich, ob Ritter oder Magd, Schloßherrin oder Bäuerin, die zu diesem Bach, zu dieser Höhle mitten in den Pflanzenranken absichtlich oder durch Zufall kommen – sagt mit mir: Möge die Sonne und der Mond euch allen freundlich sein, mag der Chor der Nymphen den Bach inmitten dieser Wiese schützen, damit niemals ein Schäfer seine Herde über soviel Schönheit treibt.«

Orlando las die Inschrift drei-, viermal vom ersten bis zum letzten Buchstaben. Obwohl er Arabisch ebenso gut wie Latein verstand und diese Kenntnis ihm oft genug geholfen hatte, fragte er sich nun, ob er nicht vielleicht zuviel oder etwas Falsches aus alledem herauslas. Er wollte mißverstehen, anders übersetzen – aber es gelang ihm nicht. Im Gegenteil, bei jedem weiteren Versuch krallten sich eiskalte Hände um sein Herz und schnürten ihm die Luft ab. Sein Blick blieb starr an der Felswand hängen, ganz so, als ob er selbst versteinern würde.

Der Schmerz in ihm wurde so groß, daß er fast sein Bewußtsein verlor. Orlando ließ den Kopf hängen, sein Kinn sank auf die Brust und seine Haare sahen zerwühlt aus. Er konnte nicht einmal mehr weinen. Seine Stimme versagte ihm, weil der Schmerz in seinem Inneren einfach viel zu groß war.

Irgendwann fand er ein wenig zu sich selbst zurück, aber er brauchte einen neuen, anderen Halt, wenn er überleben wollte. Deswegen sagte er sich, daß die ganze Angelegenheit auch eine Fälschung sein könnte – irgendein Versuch, ihn auf den Leim zu führen, um seine Eifersucht zu wecken. Vielleicht sollte auch nur der Ruf Angelicas in den Schmutz getreten werden, indem ihre eigene Handschrift so täuschend ähnlich nachgemacht wurde.

Es war nur ein sehr kleiner, schwacher Hoffnungsschimmer, doch er lockerte ein wenig die bedrückte Stimmung in ihm. Schnell lief er zu Brigliador, schwang sich in den Sattel und gab dem edlen Roß die Sporen. Die Sonne tauschte ihren Platz am

Himmel mit dem Mond. Schon bald sah Orlando Rauch aus den Kaminen über Häuserdächern. Er hörte Vieh brüllen und Hunde bellen. Kurz darauf erreichte er einen Hof, auf dem er übernachten konnte.

Vollkommen ermattet stieg er ab und übergab seinen Hengst einem zuverlässig wirkenden Knecht. Andere nahmen ihm Rüstung und Helm, Schwert und die goldenen Sporen ab, um alles gut zu putzen. Es war dasselbe Haus, in dem der verwundete Medor vor einiger Zeit gesund gepflegt worden war und sein Glück gefunden hatte.

Orlando ahnte nichts davon. In seinem Kummer hätte er ohnehin nichts hören wollen. Er lehnte jedes Nachtmahl ab und verlangte gleich nach einer Schlafstatt. Aber auch hier fand er keine Ruhe und keinen Seelenfrieden. Alles in ihm war Trauer und Not. Er sah nur noch die verhaßte Schrift. Sie nahm alle Wände, alle Türen, alle Fenster ein. Eigentlich hätte er gern den Hausherrn gefragt; er fürchtete sich jedoch vor der Gewißheit. Noch konnte er die Wahrheit nicht ertragen, brauchte Zeit, damit die Nebel des Vergessens über seine tödliche Verwundung ziehen konnten.

Auch am nächsten Tag wollte er sich weiter selbst betrügen. Er antwortete nicht einmal, wenn er angesprochen wurde. Der Hirte bemerkte die Traurigkeit und die Verzweiflung in Orlandos Gesicht. Um ihn ein bißchen zu zerstreuen, erzählte er, was schon manchen anderen Gast vergnügt hatte – die Geschichte von dem fürchterlich verliebten Paar: wie er auf Bitten der Prinzessin den schwerverletzten Sarazenen auf seinen Hof gebracht hatte und dieser dann in kurzer Zeit gesundete, während ihm Amor neue und noch größere Wunden zufügte.

Der Bauer schilderte, wie aus einem kleinen, kaum wahrnehmbaren Funken langsam ein Feuer immer höher loderte, bis es lichterloh in ihren Herzen brannte. Er berichtete, wie die Königstochter eines Reiches, das viel größer war als jedes andere im Abendland, das Eheweib eines armen Heiden-Kriegers wurde. Als Beweis ihrer heißen Liebe zeigte er dann auch noch das prächtige Juwel, das sie ihm als Dank zurückgelassen hatte.

Es war, als würde augenblicklich das Beil des Henkers Orlandos kummervolles Haupt vom Hals schlagen. Nach all den vielen Schmerzensstichen, die ihm Gott Amor schon zugefügt hatte, zerplatzte wie nach langem, hartem Kampf sein Herz. Noch einmal bäumte sich alles in ihm gegen die schlimme Wahrheit auf. Dann konnte er sich nicht mehr halten. Mit einem abgrundtiefen Aufstöhnen brach er in Tränen aus.

Erschreckt und rücksichtsvoll zog der Bauer sich zurück. Allein gelassen, schluchzte und weinte Orlando so hemmungslos, daß seine Tränen seine ganze Brust benetzten. Er seufzte, stöhnte, konnte kein Auge schließen, wälzte sich schließlich auf seinem Bett hin und her. Er kam sich vor, als würde er auf einem Lager aus harten Steinen und Brennesseln gequält. Dann schoß ihm der Gedanke durch den Kopf, daß es dasselbe Bett sein mußte, in dem die Undankbare sich ihrem Geliebten hingegeben hatte.

Aus Schmerz und Trauer wurden plötzlich Wut und Ekel. Orlando haßte plötzlich alles, was ihn an Angelica erinnerte. Noch vor dem Morgengrauen legte er wieder seine Rüstung an. Er eilte zu den Stallungen, forderte sein Pferd, saß auf und sprengte wortlos in die Dunkelheit hinaus. Erst als er spürte, daß er wieder allein war, brach ein grausiger, vom Schmerz verzerrter Schrei aus seiner Brust. Er klagte, weinte, schrie und gönnte sich nicht die geringste Pause.

Auch als der Tag anbrach, hörte er nicht auf, ebensowenig in der nächsten Nacht. Er mußte einfach weiter, immer weiter reiten. Er vermied Städte oder Dörfer und schlief nachts unter dichten Büschen.

»Das sind schon keine Tränen mehr, die ohne Ende aus meinen Augen fließen«, jammerte er, »denn Tränen mildern jeden Schmerz. Es muß der Lebenssaft sein, der mir durch meine Augen rinnt. Nein, ich bin nur noch äußerlich Orlando, denn der Orlando, der ich einmal war, ist tot ... ermordet durch den Treuebruch dieser falschen Herrin! Jetzt muß ich weiter durch Höllenqualen jagen ... als Warnung für die Narren, die auf Amor bauen.«

Wieder irrte er eine ganze Nacht lang durch den Wald, bis strahlend hell die Sonne aufging. Der Zufall hatte ihn wieder zu dem Bach geführt, an dem die Grotte mit den Liebeszeilen des Mauren lag. Er las noch einmal seine ganze Schmach. Erneut schoß wilder Haß in heißen Wogen in ihm hoch. Mit aller Kraft schlug er gegen die Felswand. Die böse Schrift flog in schweren Stücken weg. Wehe der Höhle, wehe jedem Baum, an dem »Angelica und Medor« stand.

Graf Orlando zertrümmerte alles, was er fand. Kein Hirte und keine Herde würden jemals wieder unter diesen Bäumen und in dieser Höhle Kühlung suchen. Selbst das helle, klare Wasser wurde nicht von seinem Zorn verschont. In seiner furchtbaren Zerstörungswut warf er Äste und Steine, Stümpfe und ganze Baumstämme in den Bach, bis das aufgewühlte Wasser trübe war. Er stampfte, taumelte und wütete bis zur Erschöpfung. Schwer keuchend stürzte er am Fuß des Grottenberges ins Gras, wälzte sich auf den Rücken, starrte in den Himmel und sagte überhaupt nichts mehr.

Drei Tage und drei Nächte verstrichen, während Orlando wie entseelt auf dem Rücken lag. Am vierten Tag wurden die Qualen, die ihn zum Wahnsinn führten, unerträglich. Wild und wütend warf er sämtliche Teile seiner Rüstung von sich. Er schleuderte den Helm weg und den Schild. Dann riß er sich auch noch die Kleider vom Leib. Wie ein nackter Wilder in zottiger Gestalt stand er zwischen allem, was er nicht mehr brauchte. Aber seine Raserei begann jetzt erst richtig – grausam, wie sie noch nie zuvor gesehen wurde.

Orlandos Seele stürzte in eine tiefe, lange Nacht.

Er hatte keinen Sinn mehr für sein gutes Schwert. Auch ein Beil oder eine Axt hätten ihm jetzt nicht mehr geholfen. Statt dessen zeigte er, welch ungeheure Kraft noch immer in ihm steckte. Er ging zur höchsten Fichte, die er sah, packte sie und riß sie aus dem Boden. Das gleiche wiederholte er mit anderen Bäumen – so leicht, als ob er Fenchel, Dill und Rettich aus der Erde ziehen würde. Dann nahm er sich die Ulmen, Buchen, Tannen und die Eichen vor. Es war, als würde er wie ein Vogelfänger Platz schaffen für seine Netze. Und so wie jener Binsen und Brennesseln wegräumte, sprang Orlando mit Eichen und mit anderen Bäumen um, in deren Rinde etwas eingeritzt sein konnte.

Die Hirten auf den Feldern hörten das Krachen, als ihre Herden auf den Waldwiesen grasten. Erschreckt stürzten sie heran, um zu sehen, was geschah.

24. Gesang

Wer mit dem Fuß in Amors Fallstricke gerät, sollte ihn schnell zurückziehen und sich die Flügel frei halten. Alle Weisen sagen, daß Liebe nichts anders als süßer Irrsinn ist. Selbst wenn sie nicht zu einer fürchterlichen Falle wird wie bei Orlando, benehmen sich Verliebte absonderlich. Kann man sich überhaupt einen größeren Wahn vorstellen, als sich selbst für einen anderen aufzugeben?

Auch wenn die Ursachen der Liebe immer gleich sind, äußern sie sich unterschiedlich. Die Liebe ist wie ein großer dichter Wald, in dessen Dornen und Gebüsch man in der einen, dann wieder in der anderen Richtung hin und her irrt. Daraus ergibt sich meine Überzeugung: Wer bis zum Alter liebt, den müßte man zusätzlich zu den Fesseln Amors auch noch in Ketten legen.

Ich höre jetzt, wie vor dem Splitter in des anderen Auge warnt, wer oft den eigenen Balken übersieht. Darauf kann ich nur antworten: Ich selbst bin noch nicht ganz verloren und habe hin und wieder lichte Augenblicke. Ich hoffe auch, daß ich in den nächsten Tagen den Krug vom Brunnen holen kann, ehe er bricht. Nun gut – es könnte auch noch Wochen dauern. Das Übel steckt mir einfach zu tief in den Knochen. Ich kann nur hoffen, daß es mich nicht auch so packt wie den rasenden Orlando.

Die Hirten erschraken dermaßen über das Wüten des Nackten, daß sie entsetzt umkehrten und ohne jedes Ziel davonrannten. Aber der Rasende merkte, daß sich etwas im Wald gezeigt hatte. Er sprang hinterher, packte sich einen der Unglücklichen und riß ihm so leicht den Kopf ab, als würde er einen Apfel oder eine Pflaume vom Baum pflücken. Danach schwang er den Rumpf des Mannes wie eine Keule. Er schlug ihn so brutal gegen zwei weitere Hirten, daß sie nicht vor dem Jüngsten Tag wieder aufwachen würden. Der Rasende hätte auch noch die Fliehenden verfolgt, wenn er nicht plötzlich die verlassene Viehherde gesehen hätte.

Als die Bauern auf den Feldern mitbekamen, was geschah,

ließen sie entsetzt Sicheln, Hacken und Pflüge los. Weil weder Ulmen noch Weiden Sicherheit vor dem Wüterich bieten konnten, flohen sie höher auf Häuser und ins Gebälk der Kirche. Von hier aus sahen sie die große Wut, mit der Orlando Pferde und Rinder biß, sich in sie krallte und zerschmetterte.

Das Ungewitter sprach sich so schnell herum, daß schon kurz darauf ein neuer Lärm aufklang. Es dröhnte und schrie, dann schmetterten Hörner und ländliche Trompeten. In das Pfeifen und Blasen dröhnte das Geläut von Glocken. Gleich darauf trampelten rund tausend Bauern von den Hügeln herab zum Kampf.

Sie kamen wie Brandungswellen, die erste noch zögernd, die zweite schon kräftiger und die dritte nach ihnen schnell und stark. Mit jedem neuen Vorstoß wurden die Angriffe besser. Es war, als würde auch der Wind wie mit einer Peitsche in den Sand schlagen. Die aufgebrachten Bauernhaufen quollen von allen Bergen und durch alle Täler heran.

Die ersten zehn schlug der Tobende sofort tot, dann wieder zehn, die ihn verwirrten und ihm in die Hände stolperten. Die anderen begriffen, daß wildes Vorstürmen nichts nutzte. Sie stockten, wichen zurück und blieben in sicherem Abstand. Diejenigen, die noch immer dicht bei Orlando waren, schlugen und stachen ihn mit ihren Eisen. Keine der Waffen brannte oder schnitt so tief in die harte Haut, daß auch nur ein Tropfen Blut austrat.

Es war der Himmelskönig, der den nackten Kämpfer schützte, weil er den Glauben stets verteidigt hatte. Trotzdem bildete die große Zahl der Angreifer eine Gefahr für Orlando. Wenn es jemals eine Situation gegeben hatte, die ihm gefährlich werden konnte, dann war es diese. Nackt, ohne Schwert und ohne andere Waffen, mußte er es mit seinen Feinden aufnehmen. Aber die Bauernhaufen sahen, daß jeder weitere Stich oder Hieb sinnlos war, und zogen sie sich zurück. Schließlich entdeckte Orlando keinen weiteren Gegner mehr. Er drehte sich um und stampfte zu einer kleinen Ansammlung von Häusern. Hier fand er eine Menge einfacher Lebensmittel, wie sie bei den Bauern üblich waren. Ohne lange auszuwählen oder Eicheln von Brot zu unterscheiden, stopfte er mit wildem Hunger alles in sich hinein. Er scherte sich nicht darum, ob irgend etwas roh oder schon gekocht war. Was ihm zu groß vorkam, zerriß er mit den Händen oder Zähnen.

Anschließend irrte er weiter und durchstreifte das ganze Land. Die meiste Zeit blieb er in den Wäldern, um sich eine flinke Ziege zu schnappen oder einen schnellen Hirsch einzuholen. Mit der bloßen Hand erschlug er Bären und Eber. Er aß ihr Fleisch ebenso wie das Gräßliche, was sie in ihrem Leib hatten.

Orlando rannte kreuz und quer durch das gesamte Frankenreich – bis er eines Tages an eine Brücke kam, die zwischen hohen Ufern über einen mächtigen, übervollen Strom führte. Er ging bis zu einem Turm dicht am Steilufer und sah sich alles an. Erst dann hob er den Kopf und blickte über die Weite des großen Stroms hinweg.

Nachdem Orlando sie verlassen hatte, warteten Prinz Zerbin und Isabella noch eine Weile, dann folgten sie ihm auf seinem Weg. Sie waren noch keine zwei Meilen geritten, als ihnen zwei bewaffnete Reiter entgegenkamen. Zwischen ihnen saß auf einem kleinen Pferd ein gefesselter Ritter. Während sie sich näherten, erkannten Zerbin und Prinzessin Isabella den Gefangenen. Es war Odrich, der sie beide schmählich verraten hatte – der Wolf, dem man ein Lämmchen anvertraut hatte.

Der Prinz von Schottland hatte Odrich für seinen besten Freund gehalten. Er ganz sicher gewesen, daß er ihm, wie schon so oft, die Treue hielt, als er ihm Isabella übergab. Isabella hatte Zerbin gerade erst erzählt, wie sie in einem kleinen Boot das sinkende Schiff im Sturm verlassen hatte und wie sie anschließend von Odrich gefesselt und in eine Felsenhöhle verschleppt worden war. Genau an diesem Punkt ihrer Erzählung tauchte der Übeltäter nun selbst gefesselt vor ihnen auf.

Die beiden Ritter rechts und links von Odrich erkannten die Prinzessin von Galicien und den Prinzen von Schottland. Sofort sprangen sie von ihren Pferden und eilten mit weitgeöffneten Armen auf Zerbin zu. Sie rissen ihre Helme ab, knieten vor ihm nieder, umfaßten jeder ein Bein von ihm und neigten ihre Köpfe, wie es sich für Vasallen eines Höheren gehörte. Zerbin wartete, bis die beiden wieder aufblickten, und endlich erkannte er Koreb von Bilbao und Almon. Zusammen mit Odrich waren sie als Isabellas Begleiter auf dem havarierten Schiff gewesen.

»Gott sei Dank ist Isabella wieder bei dir«, sagte Almon erleichtert. »Dann kennst du sicher schon den Grund dafür, warum wir diesen üblen Kerl in Ketten gelegt haben. Er hat mich hintergangen und mit einem Vorwand weggeschickt. Als ich mit Pferden ans Felsenufer von La Rochelle zurückkehrte, waren alle fort. Ich folgte ihren Spuren bis in einen wilden Wald. Schon bald hörte ich jammernde Geräusche im Unterholz. Sie kamen von Koreb hier, der blutend auf der Erde lag. Als ich von Odrichs Verrat erfuhr, bin ich sofort aufgebrochen und habe ihn bis zur Abenddämmerung gesucht. Erst als ich die Spur verlor, bin ich zu meinem Freund zurückgekehrt. Er lag noch immer in seinem Blut. Ich hatte schon viel Zeit verschwendet. Wenn ich mich nicht beeilte, würde er eher einen Bruder Mönch für das letzte Gebet brauchen als einen Arzt, um seinen Leib zu pflegen. Ich beschaffte mir daher ein paar Männer aus der Nähe und ließ ihn in die Stadt tragen. Dort war ich mit dem Wirt einer Herberge befreundet. Ein alter Arzt kümmerte sich um ihn.«

Almon blickte zu Koreb. Der nickte und bestätigte den Bericht.

»Schon nach wenigen Tagen ging es mir wieder so gut, daß wir gemeinsam die Verfolgung Odrichs aufnehmen konnten«, sagte er.

»Wir beschafften uns Waffen und gute Pferde«, fuhr Almon fort. »Dann brachen wir zum Königshof von Biscaya auf, weil wir vermuteten, daß wir Odrich dort finden würden. Als König Alfons unsere Geschichte hörte, erlaubte er mir einen Zweikampf gegen Odrich auf dem Turnierplatz. Ich hatte zwar das Recht auf meiner Seite, aber ich hoffte, daß auch das Glück mit mir reiten würde. So kam es, daß diesmal tatsächlich der schlechte Mann verlor und mein Gefangener wurde. Wir legten ihn in Ketten, damit du selbst entscheiden kannst, ob er sterben oder eingekerkert werden soll.«

Almon neigte den Kopf vor Zerbin. Der Prinz von Schottland hatte die ganze Zeit schweigend zugehört und Odrich angesehen. Es war kein Haß in ihm, sondern nur ein tiefer Schmerz über den Verrat an einer großen Freundschaft. Dann seufzte er tief auf und stellte Odrich nur eine einzige Frage: »War es so?«

Almon und Koreb lösten dem Gefangenen die Fesseln und zogen ihn vom Pferd. Er fiel sofort auf beide Knie.

»O mein Herr«, jammerte der Niederträchtige, »kannst du mir irgendeinen nennen, der ohne Sünde ist in dieser Welt? Der Schlechte unterscheidet sich doch kaum vom Guten. Auch der Gute unterliegt, wenn etwas stärker ist als er. Nimm doch nur an, du hättest mir den Schutz von einer Burg befohlen, und ich würde schon beim ersten Sturm zu starker Feinde aufgeben und ihre Fahnen von unseren Türmen wehen lassen. Dann könntest du mir jederzeit das Kainsmal des Verräters auf die Stirn brennen. Dann wäre ich verachtet wie ein feiger Wurm. Wenn ich aber erst gekämpft, Männer verloren und dann genauso aufgegeben hätte, wäre ich ein Held, und statt Verachtung bekäme ich Lohn und Ehrenzeichen. Je größer die Kräfte eines Feindes sind, um so kleiner wird die Schuld des dann Besiegten. Genauso war es auch mit meiner Treue zu dir. Ich konnte sie nicht besser verteidigen als die verlorene Burg vor einer Übermacht von Feinden. Ich habe alles eingesetzt, was ich an Klugheit, Geist und Kraft besaß. Ich wollte treu sein – aber ich war machtlos und verloren.«

Odrich redete und redete und versuchte immer weiter zu erklären, warum er schwach geworden war. Durch seine Unterwürfigkeit und die Entschuldigungen gelang es Odrich, Zerbin zu besänftigen. Sein Schmerz verging, als er sich an die schönen Stunden erinnerte, die sie in Freundschaft miteinander verbracht hatten. Trotzdem schwankte er, ob er sich rächen oder verzeihen, Odrich in den Kerker werfen oder ihm die Freiheit wiedergeben sollte.

In diesem Augenblick preschte ein zügelloser Zelter auf sie

zu. Es war derselbe, dem Mandrikard das Zaumzeug weggenommen hatte. In seinem Sattel hing das alte Weib, das Zerbin kurz zuvor beinahe umgebracht hätte.

Das zügellose Pferd galoppierte zwischen die anderen Pferde, während das Weib im Damensattel immer wieder angstvoll um Hilfe schrie. Prinz Zerbin hob die Hände dem Himmel entgegen und dankte ihm dafür, daß er alle beisammen hatte, die er hassen und verachten mußte.

»Am liebsten würde ich ihr die Ohren und die Nase abschneiden, damit das allen Schurken eine Warnung ist«, dachte er. »Vielleicht wäre es sogar noch eine bessere Strafe, wenn ich sie gleich den Geiern zum Fraß vorwerfe.«

Er überlegte hin und her. Dann sagte er: »Also gut, ich kann dem falschen Odrich nicht ganz vergeben. Aber ich kann ihn auch nicht so bestrafen, wie ich es gern möchte. Er war nicht voll für sich verantwortlich, weil Amor ebenfalls die Hand im Spiel hatte. Odrich soll deshalb nicht in Ketten gehen. Statt dessen müßte ich mich selbst bestrafen, weil ich blind war, als ich ihn zu Isabellas Beschützer machte. Ich hätte wissen müssen, daß er so leicht entflammbar wie ein Bündel Stroh ist.«

Er drehte sich zu Odrich um und erklärte ihm, was er beschlossen hatte: »Du wirst ein Jahr lang dieses alte Weib durch ganz Frankreich begleiten. Ich will, daß du ihr gehorchst und jeden Kampf aufnimmst, den sie dir befiehlt!«

Eigentlich war Odrich durch seine Taten längst dem Tod geweiht. Schon deshalb mußte die Grube für ihn so tief gegraben werden, daß er schon sehr viel Glück brauchte, wenn er sie verlassen wollte. Zerbin ließ Odrich einen Eid darauf ablegen, daß er die Bedingungen annahm. Für den Fall, daß er sein Ehrenwort auch nur einmal brach, drohte ihm der Schottenprinz ohne jede Gnade die Todesstrafe an. Almon und Koreb hätten viel lieber an Ort und Stelle Rache an ihm genommen. So aber sie mußten sie ihn und die herzlose, verfluchte Alte zunächst ziehenlassen.

Erst viel später wurde bekannt, daß die beiden nicht weit gekommen waren. Um sich zu befreien, brach Odrich sein Ehrenwort, packte die Alte, fesselte ihre Hände auf dem Rücken und erhängte sie an einer Ulme. Anschließend versuchte er, ein volles Jahr ungesehen zu verbringen. Kurz vor Ablauf der geschworenen Zeit fand ihn Almon. Weil er Gabrina nicht mehr bei ihm sah, konnte er das Todesurteil augenblicklich vollstrecken. Er hängte Odrich ebenso auf, wie der es mit Gabrina getan hatte.

Nachdem Prinz Zerbin Odrich und die Alte entlassen hatte, schickte er zuerst Almon und danach Koreb als Boten los. Sie sollten seinen Kriegern mitteilen, was in der Zwischenzeit geschehen war und wo er sich befand. Zerbin hatte kein Schwert mehr, aber er wollte noch drei Tage nach dem über alles verehrten Orlando suchen. Deshalb ritt er mit Isabella den Spuren nach, die der Graf und der wilde Mandrikard auf den Wegen hinterlassen hatten.

Auf ihrer Suche kamen die beiden auch zu dem Hain, in dem die Bäume mit dem Namen der undankbaren Angelica gestanden hatten. Sie sahen die Verwüstung und erschraken über die Zerstörung vom aufgewühlten Bach bis zur nahen Felsengrotte. Zerbin sah in einiger Entfernung etwas blinken. Es war der Harnisch des Grafen. Nicht weit entfernt entdeckte er auch noch einen Helm am Boden – aber es war nicht der berühmte, den einmal der Heidenkönig Almon getragen hatte.

Noch während sich der Prinz die Teile von Orlandos Rüstung ansah, hörte er ein Pferd am Waldrand wiehern. Brigliador weidete friedlich im Gras, und an seinem Sattel hingen noch die Zügelenden. Sofort suchte Zerbin nach Orlandos Schwert. Er fand die Durindana ohne Scheide im Gras unter stehengebliebenen Bäumen. Überall hingen Fetzen von der Kleidung des bedauernswerte Grafen, hundertfach in der ganzen Gegend verteilt.

Zerbin und Isabella fühlten eine eigenartige Beklemmung. Sie zerbrachen sich den Kopf darüber, was hier passiert sein mochte. Alles mögliche fiel ihnen ein, aber nicht im Traum, daß Orlando den Verstand verloren haben könnte. Nichts deutete auf einen tödlichen Kampf hin, denn dann hätten sie wenigstens ein paar Blutspuren sehen müssen. Während sie noch hin und her überlegten, taumelte völlig erschöpft ein Hirte auf den Bach zu. Stockend und selbst halb verwirrt, stieß er hervor, was er von einem Felsen aus gesehen hatte.

»Ich sah die Wut des Unglücklichen ... wie er seine Waffen wegwarf ... die Teile seiner Rüstung abriß ... und dann seine Kleider zerfetzte. Er war völlig umnachtet, als er dann auch noch die Hirten packte und in wilder Raserei erschlug.«

Zerbin konnte einfach nicht glauben, was er hörte. Er fragte immer weiter und wollte alle Einzelheiten wissen. Schließlich weinte er ebenso wie Isabella über all das Schreckliche, das hier geschehen war. Zutiefst erschüttert, gingen sie herum und sammelten die Überreste von Orlandos Ausrüstung wie kostbare Reliquien ein. Stück um Stück legten sie alles zu einem Stapel zusammen.

Ohne großes Aufsehen kam eine junge Frau hinzu und half ihnen. Es war Flordelis, die ebenso traurig und voller Gram nach ihrem geliebten Gatten Brandimart suchte. Er hatte nach Orlando ebenfalls heimlich Paris verlassen. Sechs Monde lang hatte sie in der Stadt des Kaisers vergeblich auf eine Nachricht oder ein Zeichen von ihm gewartet. Dann war sie selbst aufgebrochen und hatte überall nach ihm gesucht – von den Pyrenäen bis zu den Alpenfelsen und vom Mittelmeer bis zum Atlantik. Nur im verzauberten Schloß des alten Magiers Atlante war sie nicht gewesen, sonst hätte sie ihn vielleicht zusammen mit dem ebenfalls herumirrenden Gradass, mit Ruggiero und Bradamante und vielen anderen Rittern gesehen. Erst als der Schreckensklang von Astolfs Zauberhorn den ganzen Spuk beendete, war Brandimart nach Paris zurückgekehrt. Dort aber hatte er seine Liebste nicht mehr angetroffen.

Als Flordelis eher zufällig auf die beiden traurigen Liebenden traf, sah sie auch die Waffen, die Rüstung und das Pferd ohne Reiter und ohne Zügel. Sofort sprudelte es erneut aus dem verwirrten Hirten hervor, wie Orlando den Verstand verloren hatte.

Prinz Zerbin befestigte Orlandos Wehrgehänge und die Rüstung an einer Fichte. Dann schrieb er mit großen Buchstaben an den Stamm: »Ausrüstung von Paladin Orlando.«

Der knappe Hinweis sollte eine Warnung für alle sein, sich nicht am Eigentum des Helden zu vergreifen. Es war der letzte fromme Dienst, den sie ihm noch erweisen konnten. Zerbin ging zu seinem Pferd. Wie zufällig tauchte in diesem Augenblick Mandrikard wieder auf. Der König der Tartaren fragte sofort, welche Bedeutung die aufgehängte Rüstung hätte, und knurrte sehr zufrieden, als er Erklärung hörte. Vergnügt ritt er zur Fichte und riß Orlandos Schwert an sich.

»Das hier gehört mir! Und zwar nicht erst seit heute. Ich habe jedes Recht, mir mein Eigentum zu nehmen, wenn ich es wiederfinde. Und Orlando hat vermutlich nur aus Angst vor mir verrückt gespielt, nachdem er mir die Durindana hier ließ. Doch seine Feigheit kann mir meine Rechte nicht verwehren.«

»Du läßt das Schwert da, wo es ist!« schrie der Schottenprinz ihn an. »Selbst wenn du dich schon früher mit Hectors Waffen geschmückt hast, kannst du sie nur gestohlen haben!«

Ohne ein weiteres Wort ritten die beiden aufeinander zu. Nahezu ebenbürtig an Kraft und Mut, schlugen sie aufeinander ein. Noch ehe sich der Kampf voll entwickelt hatte, dröhnte es bereits von hundert lauten Hieben durch den Wald.

Blitzschnell drehte und duckte sich Prinz Zerbin immer dann, wenn die Durindana auf ihn einschlug. Er ließ sein Pferd wie einen Damhirsch nach links und rechts zur Seite springen und wußte nur zu gut, daß er keinen einzigen Treffer der Durindana bei sich zulassen durfte. Wenn das geschah, konnte er gleich zu den verliebten Seelen im dunklen Myrtenhain der Unterwelt abtauchen. Er verhielt sich wie der Hütehund, der mit tänzelnden Gebärden in kleinen Sprüngen einem Schwein nachsetzt, das sich von der Herde entfernt hat. Mit jeder einzelnen Bewegung mußte er zugleich seine Ehre und sein Leben schützen. Das konnte nur gelingen, wenn er zuschlug und dabei bereits zurückwich.

Auf der anderen Seite schlug der Sarazene so wild zu, daß sein Schwertarm wie ein Sturm in einem Alpental rauschte, der im März die ersten Blätter aus den Wäldern reißt. Baumwipfel neigten sich, und abgeschlagene Zweige peitschten wild umher. Zerbin konnte den meisten Hieben ausweichen. Jedoch wäre es ein zu großes Wunder gewesen, wenn ihn kein einziger getroffen hätte.

Der große Schlag traf ihn zwischen seinem Schwert und dem Rand des Schildes. Hier war sein Harnisch aus massivem Eisen und zusätzlich durch einen Schuppenpanzer geschützt, aber all das nützte nichts gegen das fürchterlich Schwert. Ohne jeden Widerstand fuhr die Schneide der Durindana durch die Panzerung und auch noch durch den Sattelknauf. Wäre der Hieb nicht etwas zu kurz gewesen, hätte er den Schottenprinzen wie ein Schilfrohr am Wiesenhang zerteilt. So aber gab es nur einen langen, nicht sehr tiefen Schnitt. Sofort wallte warmes Blut zwischen den blanken Stahlplatten der Rüstung hervor. In roten Bächen floß es an den Beinschienen bis zu Zerbins Füßen hinab. Es war, als würde sich ein Purpurband schön durch silbernes Gewebe ziehen – ganz so, als wäre es von der alabasterweißen Hand des Mädchens eingewebt, dem sein Herz gehörte.

Nun half es dem Schottenprinzen auch nicht mehr, daß er in vielen Kämpfen und im Krieg gesiegt hatte. Der Tartarenkönig war ihm an Kraft und Geschicklichkeit eindeutig überlegen. Fürstin Isabella glaubte schon, daß Mandrikard auch ihr erstarrtes Herz durchbohrt hatte, doch noch gab Zerbin den Kampf nicht auf. In wilder Leidenschaft und Kühnheit raffte er alle Kraft zusammen. Grimmig und beschämt zugleich, riß er sein Schwert mit beiden Händen hoch und ließ es auf den Helm des Heiden krachen.

Der Hieb war so gewaltig, daß sich der Tartar bis zum Hals des Pferdes neigte. Ohne den Helm mit seinem Zauber hätte Zerbin ihm den Kopf gespalten. Mandrikard war kein Mann, der sagt »Ich will's dir später zeigen«, sondern ging augenblicklich zum Gegenangriff über. Er schwang das Schwert so hoch über den Kopf des Schotten, daß er ihn mit einem Schlag bis zur Brust zu spalten glaubte. Aber erneut paßte Zerbin auf. Er ließ sein Pferd nach rechts ausfallen. Trotzdem war die Schneide der Durindana schneller. Das Schwert spaltete, als wäre es nur ein Spiel, den Schild des Prinzen in der ganzen Länge, dann auch die Armschiene und drang noch in den Schenkel ein. Zerbin wehrte sich verzweifelt, doch nichts gelang ihm mehr, was er auch versuchte. Selbst wenn er noch mit aller Kraft die Rüstung des Heiden traf, zeigte sie nicht einmal die kleinste Delle. Der andere zerstückelte die Reste von Zerbins Schild, riß ihm den halben Helm weg und traf ihn siebenmal zu schweren Wunden.

Der Schottenprinz merkte nicht, wie seine Kraft allmählich schwand. Es war sein starkes Herz, das weiterkämpfte, während sein Körper schon zusammensank. Isabella stürzte tränenüberströmt zu Doralice.

»Bei Gott, so unternimm doch irgend etwas!« flehte sie. »Damit der grauenhafte Kampf aufhört und die zwei getrennt werden!«

Auch Doralice wußte nicht, wie der Kampf ausgehen würde. Ebenso schön wie edelmütig streckte sie die Hände aus und versuchte, die Waffenhand des Liebsten zu besänftigen.

»Hört auf! Macht Schluß!« rief sie. Auch Isabella bat Zerbin aufzuhören. Tatsächlich brachen die beiden Streitenden den Kampf um die Durindana ab.

In stummem Schmerz mußte auch Flordelis als weitere Zuschauerin erkennen, daß das Schwert von Graf Orlando weiter in schlechten Händen blieb. Sie schlug die Hände vors Gesicht und weinte vor Zorn über diese Schande. Dabei dachte sie, wie sehr ihr Brandimart fehlte, um den stolzen Heiden zu besiegen. Sie hoffe nur, daß sie ihn endlich fand, damit sich Mandrikard nicht mehr lange über seine Beute freuen konnte.

Flordelis entfernte sich vom Kampfplatz. Auf der Suche nach ihrem Brandimart entfernte sie sich immer weiter von ihm. Sie zog über Berg und Tal, durch Wälder und durch Wiesen, bis sie schließlich an die Brücke über einen großen Fluß kam. Dort aber sollte sie nicht ihren Brandimart, sondern seinen engsten Freund und Gefährten treffen – den bedauernswerten Paladin Orlando.

Der Verlust von Orlandos Schwert schmerzte Prinz Zerbin mehr als alle seine Wunden. Er konnte sich kaum noch im Sattel halten. Immer mehr Blut quoll so mächtig aus seinen Adern, daß ihm bereits dunkel vor den Augen wurde. Er fühlte, wie sein Tod nahte, und konnte nicht mehr weiterreiten. Mühsam erreichte er den Quellbach. Isabella brachte kein Wort hervor. Ohnmächtig mußte sie mit ansehen, wie er langsam sein Leben aushauchte. Hier konnte ihm niemand mehr zur Hilfe kommen. Es war zu weit bis zur nächsten Ansiedlung, wo es vielleicht noch einen Arzt oder mitleidigen Beistand gegeben hätte. So aber konnte sie nur neben ihm knien. Sie haderte mit ihrem Schicksal und klagte selbst den Himmel als herzlos und böse an: »Warum hat mich nicht gleich der Ozean verschlungen, als ich nach Osten segelte?«

Zerbin schaute sie still und todtraurig an. Er litt noch mehr, als er ihre Klagen hörte.

»Willst du mich auch dann noch lieben, wenn ich gestorben bin?« fragte er kraftlos. Dann sagte er: »Nicht daß ich sterbe, macht mich traurig, sondern der schmerzhafte Gedanke, daß du schutzlos zurückbleibst. Ich würde gern mein Leben in deinen Armen aushauchen, wenn ich nur wüßte, daß du danach einen sicheren Hafen findest. Verzweifelt fahre ich in den schwarzen Schlund der Hölle, wo mich keine Martern oder Feuerqualen mehr peinigen werden als meine sorgenvollen Gedanken, daß ich dich so allein zurückgelassen habe!«

Weinend beugte sich Isabella über den Prinzen. Ihr Schmerz war bitter, als sie ihre Lippen auf die seinen legte. Sie litt und sank in sich zusammen wie die Rose, die nach einem frischen Frühling und dem langen Sommer fahl und ungepflückt verblüht.

»Oh, mein Geliebter!« hauchte sie. »Du sollst doch nicht allein auf deine letzte Reise gehen. Ich folge dir zur Hölle oder fliege mit dir in den Himmel. Wir sind zwei Seelen – in alle Ewigkeit vereint! Und wenn dein Auge sich jetzt schließt, dann tötet mich der Seelensschmerz noch hier an deiner Leiche. Tut er es nicht, dann schwöre ich dir, daß ich mir noch heute mit deinem Schwert das Herz durchbohre. Mit unseren Körpern wird das Glück im Tod gnädiger sein als im Leben. Irgendein Barmherziger wird uns voll Mitleid sehen und so begraben, daß wir zusammenbleiben.«

Unter tausend Tränen spürte sie, wie seine letzten Lebensgeister schon vom Tod entführt wurden.

»Meine Liebste«, hauchte Zerbin noch einmal. »Ich bitte dich und flehe dich bei deiner Liebe an, die dich um meinetwillen aus deinem Vaterland in die Welt hinaustrieb – stirb nicht! Kein anderer Mensch hat dich so geliebt wie ich. Und vergiß niemals – Gott wird dir zur Seite stehen und dich vor allem Leid beschützen, genauso wie er dir den Grafen Orlando geschickt hat, um dich aus der Räuberhöhle zu befreien. Gott hat dir auch auf dem Meer beigestanden und dich vor dem üblen Odrich von der Biscaya unter seinen Schutz genommen. Falls du dennoch irgendwann in Not gerätst, dann kannst du immer noch den Tod als das kleinere von allen Übel wählen.«

Isabella hörte die letzten Worte des Geliebten kaum noch. Er verging wie ein schwaches Licht, das kein Wachs mehr hatte. Bleich und erstarrend lag der vom Tod besiegte Prinz in ihren Armen. In einem Meer von Tränen warf sie sich über den blutbefleckten Leichnam. Sie schrie so laut vor Schmerz, daß es meilenweit widerhallte. Dann schlug sie sich, wie um zu büßen, in ihr Gesicht, auf ihre Brust und ihre Glieder. Sie raufte sich die goldenen Locken und schrie verzweifelt immer wieder den Namen des Geliebten in die Welt hinaus. Ihr Jammer, ihre Wut und ihre Raserei wurden so groß, daß sie sich sogar über Zerbins letzte Bitte hinwegsetzen und sich mit seinem Schwert die Brust zerspalten wollte.

Sie hätte es getan, wenn nicht im letzten Augenblick ein Eremit aus seiner nahen Klause an den Bach gekommen wäre, um sich frisches Wasser zu holen. Er redete mit frommen Worten auf sie ein und erzählte ihr von Frauen aus dem Alten und dem Neuen Testament, die auch in großer Not gewesen waren. Ganz allmählich konnte er Isabella beruhigen. Sie gab den Wunsch auf, ebenfalls zu sterben. Dafür wollte sie ihr Leben nun dem Dienste Gottes weihen. Trotzdem ließ sie den teuren Leichnam nicht aus ihren Armen. Da der Eremit für sein Alter noch ungewöhnlich stark und rüstig war, half er ihr. Zusammen setzten sie die Leiche Zerbins auf sein traurig dastehendes Pferd.

»Du kannst in meiner Klause übernachten«, bot er ihr an. »Und morgen werde ich dich in die Provence begleiten. Dort bei Marseille kenne ich ein schönes, reiches Frauenkloster, in dem du bleiben kannst.«

Der Eremit war zwar alt und fromm, aber auch klug genug. Er wollte mit dem schönen Mädchen nicht allein in einer Höhle leben. Er wußte nur zu gut, was geschehen konnte, wenn die Fackel und das Stroh in eine Hand gerieten.

Am nächsten Tag ließen sie in einer Burg am Weg einen großen, gut mit Pech ausgegossenen Sarg anfertigen. Sie legten Zerbins Leichnam hinein und konnten ihn auf diese Weise wohlverwahrt auf seinem Pferd mit sich führen.

Um nicht in die Kriegswirren zu geraten, wählten sie viele Tage lang öde Gegenden und abgelegene Pfade. Sie hatten es schon fast geschafft, als ihnen doch noch ein Reiter entgegenkam. Er bedrohte sie, fing sofort an zu schimpfen und versperrte ihnen den Weg.

Nach dem Ende des Kampfes mit dem Schottenprinzen ging Mandrikard an den Quellbach. Er nahm seinem Pferd Sattel und Zaumzeug ab und ließ es dann im zarten Grün der Wiese vor dem Hügel grasen. Nachdem er sich selbst etwas erfrischt hatte, ruhte er sich im Schatten neben dem Bach aus. Es dauerte nicht lange, bis ein fremder Reiter über den Hügel kam und zum Bach herabritt.

Die schöne Doralice erkannte den Ritter. Hastig wandte sie sich an Mandrikard: »Wenn mich nicht alles täuscht, dann kommt dort vorn der wilde König Rodomont, um sich dafür zu rächen, daß du mich mitgenommen hast. Wenn du gegen ihn bestehen willst, wirst du sehr viel Kraft und Kühnheit brauchen!«

Mandrikard hob den Kopf, stolz wie ein Falke, wenn er sieht, daß eine Ente, Schnepfe oder Taube als Beute auf ihn zufliegt. Er zweifelte nicht einen Augenblick daran, daß er Rodomont besiegen konnte. Sofort holte er sich sein Pferd, legte ihm das Zaumzeug an, stieg in den Sattel und faßte nach den Zügeln. Als sie auf Rufweite gekommen waren, begann der König von Algier sofort mit wildesten Beschimpfungen.

»Hab ich dich endlich!« schrie Rodomont. »Du hast mich

nicht umsonst gereizt und beleidigt. Jetzt bin ich hier und will mich blutig rächen.«

»Du machst mir keine Angst«, antwortete Mandrikard. »Mit solchen Drohungen kannst du meinetwegen Kinder erschrekken oder Frauen und irgendwen, der noch nicht weiß, was Waffen sind. Für mich sind deine Worte nichts als ein Gesäusel. Ich will viel lieber blanke Schwerter sehen! Ich bin jederzeit zum Kampf bereit, mit Waffen oder ohne, im Feld, auf dem Turnierplatz, zu Fuß oder zu Pferd.«

Sie heizten sich noch weiter mit wilden Worten ein, doch dann rissen sie ihre Waffen hoch. Das erste Schwertgeklirr klang noch sanft wie der Wind, der behutsam durch die Wipfel streicht, ehe er schließlich Buchen und Eichen knickt, um dann Staubwolken in den Himmel hochzuwirbeln, Häuser einzustürzen und Bäume auszureißen. Es war der gleiche Sturm, der Schiffe untergehen ließ, das Meer mit Leichen füllte und die verstreuten Herden im Wald und auf den Feldern umbrachte. Ungeheuer hart schlugen sie aufeinander ein. Die Erde bebte jedesmal in ihren Eingeweiden, wenn Schwert und Schwert mit tausendfachen Funken aus den Klingen aufeinanderschlugen und Feuer wie aus tausend Fackeln in den Himmel sprühte.

Doch da traf einer unter tausend Hieben den König von Algier so hart aufs Haupt, daß er Sterne, helle Blitze und ungezählte Fackeln zugleich sah. Er kippte nach vorn und schlug mit seinem Kopf auf den Pferderücken. Gleichzeitig rutschte er aus dem Steigbügel. Es schien, als würde er vor seiner heißgeliebten Doralice aus dem Sattel fallen. Plötzlich jedoch kam er wie ein Kran, der sich unter schwerer Last nur biegt, kraftvoll wieder hoch. Mit ungeheurem Schwung gab er den Schlag doppelt so stark zurück, wie er ihn empfangen hatte. Er traf Mandrikard an der gleichen Stelle, an der er selbst getroffen worden war. Nun zeigte sich, was Mandrikards Trojanerhelm tatsächlich wert war. Trotzdem verlor der König der Tartaren fast die Besinnung. Rodomont setzte nach und schlug noch einmal mit voller Wucht auf dieselbe Stelle.

Mandrikards Pferd geriet in Angst und machte einen Satz nach vorn. Es war, als wolle es durch seine Flucht seinem Herrn beistehen, doch genau dadurch brachte es sich selbst ums Leben. Rodomonts Schwert fuhr ein gutes Stück in den Pferdeschädel, den kein Trojanerhelm schütze. Noch im Fallen sprang Mandrikard aus dem Sattel. Nur so konnte er erneut die Durindana schwingen.

Rodomont nutze die Gelegenheit und preschte mit seinem Pferd hart gegen ihn, aber Mandrikard hielt wie ein Fels im Meer dem Aufprall stand. Rodomonts Pferd brach zusammen, und der Afrikaner konnte gerade noch aus den Steigbügeln kommen. Zorn, Stolz und Haß entzündeten erneut die Kampfeswut der beiden wild gewordenen Rivalen. Sie hätten endlos aufeinander einschlagen können, wenn nicht einer der vielen Boten aufgetaucht wäre, die überall durch das Frankenreich eilten, um die Heerführer und Krieger der Sarazenen wieder zusammenzurufen.

Der Bote hatte offensichtlich die beiden Kämpfenden sofort an ihren Wappen und ihren Rüstungen erkannt, dennoch wagte er nicht, dichter an sie heranzugehen, um sie zu trennen. Während die beiden schwer gerüsteten Gegner noch immer aufeinander einschlugen, erzählte er Doralice, daß die großen Anführer Agramant, Stordilan und Marsilo schlecht gerüstet und nur noch mit geringen Truppen durch eine Übermacht von Christen eingeschlossen waren. Kurz entschlossen trat Doralice zwischen die beiden Männer.

»Aufhören!« schrie sie die beiden an. »Wenn ihr mich wirklich liebt, dann hört ihr sofort auf. Ich will, daß ihr so schnell wie möglich zu unserem Lager reitet. Die Zelte sind belagert, alles ist in Bedrängnis. Dort und nicht hier wird jedes Schwert gebraucht, um das Verhängnis abzuwehren.«

Mandrikard und Rodomont schnaubten noch immer, als der Bote ihnen klarmachte, wie bedrohlich die Lage des Sarazenenheeres inzwischen war. Dann zeigte er ihnen Briefe vom Sohn König Trojans an den Sohn König Uliens.

»Wir verschieben unseren Zweikampf ohne jede Hinterlist bis zum Ende der Belagerung«, schlug Mandrikard vor.

»Einverstanden!« stimmte Rodomont zu. »Dann aber blutig und so lange, bis die Waffen entscheiden, wer die Prinzessin von Granada bekommt!«

Anschließend nahm die schöne Doralice den beiden einen Eid auf die Vereinbarung ab. Sie versprach, daß sie jedem als Sicherheit dem anderen gegenüber gelten wolle.

Nur zwei, die sich die ganze Zeit in der Nähe aufgehalten hatten, waren unzufrieden und verstimmt. Die Zwietracht mußte grollen, wo immer es zu einer Übereinkunft kam. Auch der Hochmut schüttelte trotzig seinen Kopf. Er hielt nichts von Verträgen, die auf diese Art geschlossen wurden. Doch wie so oft schon mußten sie zurückstecken, sobald Amor im Spiel war.

Für ein anderes Mißgeschick fand sich schnell eine gute Lösung. Da der Tartar nur noch ein totes Pferd hatte, beschlossen sie, daß er Orlandos Hengst Brigliador nehmen sollte, der noch immer im frischen Gras neben dem Quellbach weidete.

25. Gesang

Was für ein Kampf in jugendlichen Seelen! Hier lockt die Liebe, da der Wunsch nach Ruhm. Mal siegt die eine Seite, mal die andere. Die jungen Recken waren so sehr für die Ideale der Ehre und der Pflicht erzogen worden, daß sie sich für Liebesdinge eigentlich erst dann Zeit nahmen, wenn der Gegner besiegt war. Aber die Liebe ist ebenfalls sehr stark. König Agramant hätte mit seinem Heer noch wochenlang auf die beiden Ritter warten müssen, wenn Amor nicht wieder einmal seinen Schabernack getrieben hätte – diesmal zum Glück für das Heer der Eroberer.

Nachdem Mandrikard und Rodomont sich geeinigt hatten, zogen sie zusammen mit der schönen Doralice in Richtung Paris. Sie waren wild entschlossen, dort die eingeschlossenen Sarazenen zu befreien. Auch der Zwerg, der den Spuren des Tartaren bis zum eifersüchtigen Kampf gegen Rodomont gefolgt war, schloß sich ihnen an.

Unterwegs gelangten sie an eine Wiese mit einem kleinen Bach, auf der sich bereits vier Ritter befanden. Zwei von ihnen hatten ihre Helme abgelegt und scherzten mit einem hübschen jungen Mädchen in ihrer Mitte.

Ruggiero war noch keine Meile von dem Platz entfernt, an dem er seinen Zauberschild endgültig in den Brunnen geworfen hatte, als ihm ebenfalls einer der Boten entgegenkam, die auf Befehl von König Agramant kreuz und quer durch das Frankenreich eilten. Der Bote berichtete in aller Eile von der bedrängten Lage der Sarazenen.

Ruggieros Gedanken stürmten wild durcheinander. Dann aber ließ er den Boten weiterziehen und folgte dem Mädchen, das ihn auch bisher schon geführt hatte. Sie drängte ihn zur Eile, denn die Sonne näherte sich bereits bedenklich dem Horizont, und die Vollstreckung des Todesurteils für den unglücklichen jungen Mann in einem fremden Schloß rückte immer näher.

Sie erreichten das Schloß noch vor Sonnenuntergang. Es lag in der Mitte von Frankreich und hatte ursprünglich Karl dem Großen gehört. Inzwischen war es von König Marsilo erobert worden.

Als Ruggiero und das Mädchen an der Torbrücke ankamen, sahen sie keine Torwächter, aber eine Menge Leute, die sich zwischen dem Graben und der Einfriedung zu schaffen machten. Die meisten von ihnen waren bewaffnet. Niemand kümmerte sich um sie, denn offensichtlich kannten alle das junge Mädchen. Man fand auch nichts dabei, daß sie von einem fremden Ritter begleitet wurde.

In der Mitte der Burg lief ein Haufen Knechte um einen bereits lodernden Scheiterhaufen herum. Sie hatten auch schon den zum Tode verurteilten Jüngling herangebracht. Er stand mit leichenblassem Gesicht mitten unter ihnen und weinte.

Ruggiero bemühte sich, mehr vom Gesicht des Unglücklichen zu erkennen. Noch hatte er den Kopf gesenkt. Doch plötzlich glaubte Ruggiero, Bradamante vor sich zu sehen. Das Gesicht des Verurteilten sah ihrem so ähnlich wie sonst nichts anderes auf der Welt. Angestrengt starrte er in das schöne Gesicht. Er musterte jede Miene, die Augen, die Wangen, den Mund und beobachtete die Haltung des Verurteilten.

»Sie ist es!« stöhnte er leise. »Es gibt keinen Zweifel, oder ich will nicht mehr Ruggiero heißen.«

Seine Gedanken rasten. Wahrscheinlich hatte sie wieder einmal mit übergroßem Mut versucht, den Jüngling allein zu retten und war dabei ebenfalls gefangen worden.

»Was mußte sie wieder so voreilig sein!« stöhnte Ruggiero. »Hätte sie nicht auf mich warten können, damit wir vereint vorgehen?« Er war zornig auf sie und erleichtert zugleich. »Ich danke dir, Gott«, murmelte er, »daß du mich gerade noch rechtzeitig hierhergeführt hast.«

Da er keine Lanze mehr hatte, riß er sein Zauberschwert hervor, gab seinem Pferd die Sporen und galoppierte vor. Die Balisarde war einst von der Königin Falerina von Organa erschaffen worden, um Orlando damit zu töten. In der Hand Ruggieros brachte die Waffe nun ein fürchterliches Gemetzel unter das

Burgvolk. Er schlug auf die unbewaffneten Knechte ein, ließ sein Schwert kreisen, schlitzte dem einen die Stirnfalten, dem anderen die Wangen oder die Kehle. Keiner der einfachen Eisenhüte widerstand seinen fürchterlichen Hieben, aber auch Ritterhelme hätten nichts genützt. Seine gute Balisarde schnitt selbst durch harten Stahl, als wenn es Käse wäre.

Wenn sich Ruggiero jemals über seine eigene Wut und Stärke gefreut hatte, dann war es hier. Glaubte er doch, daß er mit seiner ganzen Kraft und Geschicklichkeit seine Geliebte retten mußte. Aber Ruggiero verfügte ohnehin über Kräfte, von denen spätere Generationen nur noch träumen konnten. Kein Bär, kein Löwe und keine Ungeheuer hätten es mit ihm aufnehmen können, bestenfalls ein Erdbeben.

Das Mädchen nutzte das Durcheinander und band den Gefangenen los. So schnell sie konnte, reichte sie ihm, was ein Mann zum Kämpfen brauchte: den Schild, das Schwert und alles andere. Ohne zu zögern, zog der Jüngling sofort vom Leder. Mit wildem Zorn rächte er sich an denjenigen, die ihn gerade noch auf dem Scheiterhaufen verbrennen wollten.

Erst als die goldenen Räder des Sonnenwagens ins Meer im Westen tauchten, verließen Ruggiero und sein junger Kampfgefährte das Schloß als Sieger. Als sie vor dem Burgtor in Sicherheit waren, dankte der junge Mann mit warmen, wohlgesetzten Worten seinem Retter. Er drückte sich dabei wie jemand aus, der eine sehr gute Erziehung genossen hatte.

»Ich sehe die bekannten Gesichtszüge, die mir so viel bedeuten«, dachte Ruggiero. »Auch die Gestalt ist mir bekannt. Nur die Stimme paßt nicht dazu. Außerdem würde Bradamante mir bestimmt ganz anders danken als mit Worten.«

»Irgendwie kenne ich dich«, sagte er deshalb vorsichtig. »Ich weiß, daß ich dich schon einmal gesehen habe. Aber sosehr ich mir den Kopf zerbreche – mir fällt dein Name nicht mehr ein. Dabei würde ich gern wissen, wen ich heute vor dem Scheiterhaufen bewahrt habe.«

»Es ist gut möglich, daß du mich schon einmal gesehen hast«, antwortete der andere. »Aber vielleicht hast du auch nicht mich, sondern meine Schwester gesehen. Sie trägt das Schwert und auch die Rüstung wie ein Mann. Wir sind Zwillinge, und du bist nicht der erste, der uns verwechselt. Inzwischen trage ich mein Haar kurz und ungekämmt, wie es hier bei den Männern Mode ist. Meine Schwester trug es lang. Nach der Schlacht vor unserer heimatlichen Burg Montalban wurde sie durch einen Schwerthieb böse am Kopf verletzt. Ein Eremit, der sie fand, hat ihr danach die Haare abgeschnitten, um ihre Wunde zu versorgen. Seither unterscheiden wir uns nur noch durch den Namen und das Geschlecht.«

»Bei Montalban sagst du?« fragte Ruggiero nach. Seine Stimme zitterte kaum merklich. »Dann sag mir endlich, wie du heißt!«

»Ich bin Richardet, meine Zwillingsschwester heißt Bradamante, und Graf Rinaldo ist unser Bruder. Wenn du willst, erzähle ich dir, wie ich durch die Ähnlichkeit mit Bradamante zuerst die höchste Lust genoß und am Ende vom Schicksal schwer bestraft wurde.«

Ruggiero konnte sich keine schönere Erzählung vorstellen. »O ja, ich möchte alles wissen!« rief er begeistert. »Ich möchte hören, was ich von dir und deiner Zwillingsschwester noch erfahren kann.«

Ein Schmunzeln huschte über Richardets Gesicht, dann seufzte er und begann zu erzählen.

Ich sagte ja bereits, daß meine Schwester nach der Schlacht von Montalban verwundet wurde und dann ihr Haar kurz wie ein Mann trug. Einige Zeit später ritt sie erneut durch den Wald. Als sie müde war und an einer Quelle ankam, stieg sie vom Pferd, um sich ein bißchen auszuruhen. Sie legte sich am Bachufer ins Gras und ist dabei eingeschlafen. Dann begann eine Geschichte, wie es sie sonst nur in alten Märchen und Legenden gibt.

Zufällig war nämlich zur selben Zeit die spanische Prinzessin Flordespina im selben Waldrevier auf einem Jagdausflug. Da meine Schwester noch immer ihren Harnisch trug und keinen Spinnrocken, sondern ein Schwert bei sich hatte, wurde sie von der Spanierin für einen jungen Ritter gehalten. Obwohl sie nicht einmal das ganze Gesicht meiner Schwester gesehen hatte, verliebte sich die Fürstin sofort in das anmutige Bild.

Als Bradamante dann erwachte und die Spanierin ihr Gesicht und die kurzen Locken erneut betrachtete, war es endgültig um sie geschehen. Sie lud meine Schwester zur Jagd ein. Aber es dauerte nicht lange, bis sie Bradamante an einer kleinen Lichtung in ein Gebüsch zog. Hier näherte sie sich meiner Schwester verliebt und berührte sie vorsichtig. Unter vielen Seufzern offenbarte sie ihr, wie heiß ihr Herz bereits entflammt war. Sie wurde abwechselnd blaß und rot und berührte schließlich die Lippen meiner Schwester mit ihren. Bradamante war ziemlich betroffen und verlegen, als sie hörte, wie es um Flordespina stand, aber sie wußte nicht, was sie tun sollte.

»Am besten ist es, ich beende gleich diesen Irrtum und den schlimmen Wahn der jungen Fürstin«, dachte sie. »Lieber beweise ich, daß ich ein anständiges Mädchen bin, als daß sie mich für einen schlechten Mann hält.«

Das war ganz richtig. Es wäre feige und charakterlos gewesen, noch weiter mitzuspielen. Wenn sich schon eine schöne Jungfrau voller Sehnen und süßem Nektar zeigt, dann ist es nur erbärmlich, wenn sich der andere nur als hohler Schwätzer mit schlaffem Flügelschlag benimmt. Bradamante gab sich daher alle Mühe, um die Sehnsuchtsvolle zu besänftigen.

»Es geht nicht«, sagte sie. »Ich bin ein Mädchen.«

Sie erklärte der heidnischen Prinzessin nicht, wer sie wirklich war, sondern erfand die abenteuerliche Geschichte, daß sie in Arzilla an der Küste Afrikas geboren sei und schon von Kindheit an gelernt hatte, mit ritterlichen Waffen umzugehen. Sie sagte auch, daß sie aus dem Sarazenenland ins Frankenreich gekommen sei, um berühmt zu werden wie Camilla und Hippolita, die Königin der Amazonen. Doch das alles half nichts mehr. Amors Pfeile steckten schon zu tief im Herzen der jungen Spanierin. Ihre Augen funkelten in ihrem wunderschönen Gesicht, und ihr Herz schien vor Sehnsucht zu verbluten. Sie sah die Rüstung Bradamantes und hoffte immer noch, daß in ihr die Linderung für quälendes Begehren eingeschlossen war. Als ihr dann klar wurde, daß meine Schwester doch ein Weib war, brach sie schluchzend zusammen.

»Kann denn irgendeine Qual so grausam sein wie meine?«

klagte Flordespina. »Bei den Qualen jeder großen oder kleinen Liebe könnte ich mich irgendwann auf Erlösung freuen. Selbst aus den schlimmsten Dornen könnte ich die Rose pflücken. Aber hier gibt es einfach keine Erfüllung. Mißfiel dir, Amor, mein Glück so sehr, daß du mich martern mußt? Liebe von Frau zu Frau kann nichts ersetzen. Das Herz der Hirschkuh kann nun einmal nicht für eine andere Hirschkuh brennen. Und kein normales Weib kann einem anderen Weib wirklich schön erscheinen. Das Weib von Minos war für ihren eigenen Sohn entbrannt, Myrrha sogar für ihren Vater. Die Kreterin Europa verliebte sich in einen Stier. Mich aber quält die rasendste aller Begierden. Bei den anderen wurde das Weib zum Mann gezogen. Aber selbst wenn jetzt Dädalus bis hierher geflogen käme, könnten weder er noch irgend jemand sonst diesen Knoten lösen.«

Das schöne Mädchen konnte sich einfach nicht mehr beruhigen. Sie schlug sich selbst, raufte sich die Haare und rang ihre Hände. Auch meine Schwester weinte inzwischen und versuchte sie zu trösten. Die Spanierin wollte keine guten Ratschläge, sondern steigerte sich immer mehr in ihr Leid hinein.

Inzwischen war es bereits Abend, und die Sonne schickte rötliche Flammen in den Himmel. Wenn sie die Nacht nicht im finsteren Wald verbringen wollten, wurde es Zeit, in eine sichere Behausung einzukehren. Die Fürstin bat meine Schwester mitzukommen. Bradamante konnte ihr diesen Wunsch nicht abschlagen. Und so gelangten beide zu dem Ort, an dem ich jetzt bereits verbrannt wäre, wenn du mich nicht gerettet hättest.

Bradamante wurde in diesem Schloß mit jeder denkbaren Aufmerksamkeit bedacht. Sie erhielt Frauenkleider, damit jedermann im Schloß sehen konnte, was sie wirklich war. Natürlich verfolgte Flordespina dabei noch eine andere Absicht. Indem sie meine Schwester nicht mehr in Männertracht bei sich sah, sondern in den richtigen Kleidern, hoffte sie, daß sie ihren Wahn aus dem Kopf bekam. Allerdings bestand Flordespina darauf, daß sie beide in dieser Nacht in einem Bett zusammen schliefen. Bradamante stimmte zu. Es machte ihr nichts aus, und sie schlief sehr schnell ein, aber die andere stöhnte die ganze Nacht in heißer Lust. Glühende Wellen jagten immer wieder durch ihren Körper. Die ganze Zeit stellte sie sich vor, daß die Geliebte an ihrer Seite doch keine Frau, sondern vom anderen Geschlecht sei. Sobald sie voller Sehnen einschlief, plagten sie wüste Träume. Im Halbschlaf tastete sie nach Bradamante, um das Trugbild zu bestätigen, und fuhr jedesmal erschrocken hoch, weil die Hand die Träume nicht bestätigt fand.

Sie flehte zu den Göttern in der Nacht und zu Mohammed, daß sie die Geliebte an ihrer Seite doch mit dem ausstatten sollten, was sie sich so sehnlichst wünschte, doch all ihr Flehen, all ihr Stöhnen nützte nichts. Vielleicht hat der Himmel sie sogar ausgelacht.

Die Nacht verging, und die beiden jungen Mädchen standen früh auf. Sofort begann Flordespina erneut mit ihrer Klage. Bradamante konnte das alles nicht mehr ertragen und wollte fort. Flordespina redete jedoch mit tränennassem Angesicht immer wieder auf sie ein. Sie schenkte ihr sogar ein wunderschönes spanisches Roß mit goldverziertem Zaumzeug, dazu einen kostbaren, von ihr selbst bestickten seidenen Waffenrock, um sie zum Bleiben zu bewegen. Noch immer weinend in ihrer Liebesqual, begleitete sie meine Schwester ein Stück auf ihrem Weg. Endlich blieb sie zurück, und Bradamante beeilte sich, wieder nach Montalban zu kommen.

Bereits am selben Abend erreichte sie unsere Familienburg. Unsere Mutter und wir Brüder empfingen sie mit großer Freude. Wir waren schon in Sorge, weil wir so lange nichts von ihr gehört hatten und bereits fürchten mußten, daß sie umgekommen sei.

Als sie den Helm abnahm, wunderten wir uns, wo ihr schönes langes Haar geblieben war. Sie hatte nun einen kurzen, ziemlich verschnittenen Schopf. Außerdem fanden wir es eigenartig, daß sie mit einem neuen Waffenrock zurückkehrte. Aber dann erzählte sie uns, was ihr geschehen war, genauso, wie ich es dir eben berichtet habe.

Ich kannte Flordespina und hatte sie schon in Saragossa und in Frankreich gesehen. Dabei waren mir bereits ihre wunderschönen Augen und ihr liebliches Gesicht aufgefallen. Ich hatte meine aufflackernde Begierde seinerzeit bezähmt, weil es sinnlos gewesen wäre, wenn ich mich in eine Ungläubige verliebt hätte. Doch nun erwachten die Erinnerungen wieder in mir, und ich spürte, wie die alte Glut neu entbrannte. Sofort webte sich Amor daraus neue Schlingen und zeigte mir einen Weg, wie ich durch eine List doch noch ans Ziel meiner Begierde gelangte. Ich dachte an die Ähnlichkeit mit meiner Schwester, die schon so vielen aufgefallen war. Vielleicht ließ sich dadurch auch die schöne Spanierin betrügen. Ich habe hin und her überlegt, ob ich es tun sollte oder nicht. Dann sagte ich mir: »Das, was uns Freude macht, kann eigentlich nicht schlecht sein.«

Trotzdem erzählte ich niemandem von meinem Plan. Heimlich suchte ich nach den Waffen meiner Schwester, die sie für die Nacht abgelegt hatte. Als die Morgenstunden nahten, kleidete ich mich so wie sie, bestieg ihr Pferd und ritt los, noch ehe mich der Tag verraten konnte.

Während des ganzen Tages leitete mich Amor. Als dann die Sonne im Meer unterging, erreichte ich das Schloß, in dem Flordespina lebte. Einer ihrer Leute sah mich und lief sofort zur Fürstin, um Bradamantes Rückkehr zu verkünden. Ich bin sicher, daß er für diese freudige Nachricht Lob und eine hübsche Belohnung erhielt. Tatsächlich hielten mich alle für die zurückgekehrte Bradamante. Sie täuschten sich, wie du es vorhin auch getan hast. Flordespina grüßte mich überschwenglich und voller Zärtlichkeit. In diesem Augenblick im letzten Sonnenlicht waren wir die glücklichsten Menschen auf der ganzen Erde. Sie umschlang mich, drückte mich und küßte meinen Mund.

Du kannst dir denken, wie dabei Amors Pfeile in meinem Herzen wühlten. Flordespina konnte kaum erwarten, mich von den anderen fortzuziehen, und führte mich, so schnell es ging, in ihre Kammer. Als wir allein waren, nahm sie mir den Helm ab und befreite mich von meinem Wehrgehänge, der Rüstung und den Sporen. Dann ließ sie ein wunderschönes, kostbares Frauenkleid bringen und gab es mir. Vergnügt putzte sie mich mit allerlei Mädchenschmuck und band zum Schluß auch noch ein goldenes Netz in meine Haare.

Die ganze Zeit bemühte ich mich, wie ein Mädchen aufzutreten. Ich hielt meine Augen gesenkt und verstellte meine Stimme so gut wie möglich. Anschließend gingen wir in einen Saal, in dem bereits die Edlen und die Höflinge versammelt waren. Ich mußte leise lachen, als ich ihre schmachtenden und begehrlichen Blicke sah. Sie ahnten ja nicht, was sich stark und verwegen unter meinem Kleid verbarg. Wir tafelten mit den feinsten und auserlesensten Speisen. Alles war reich und bunt wie die Jahreszeit angerichtet. Als dann die Tafel aufgehoben wurde, zogen sich nach und nach auch die Damen und Mädchen, Pagen und Kammerherren aus Flordespinas Räumen zurück. Dann bat die Hausherrin mich, diese Nacht in ihrem Bett zu schlafen.

Dann waren wir allein und lagen ausgekleidet im Bett. Im ganzen Raum sorgten Fackeln für taghelles Licht.

»Du brauchst dich nicht zu wundern, Herrin«, begann ich deshalb, »daß ich so schnell zurückgekommen bin. Du hast bestimmt nicht erwartet, daß wir schon in dieser Nacht wieder zusammen sind. Aber laß mich zuerst erklären, warum ich fortgegangen bin, und dann, warum ich wiederkam.«

Ich wäre sicherlich hiergeblieben, wenn es deinem Seelenfrieden und der Glut in deinem Herzen irgend etwas genützt hätte. Aber ich mußte gehen, weil ich einfach nicht mehr mit ansehen konnte, wie meine Gegenwart dich quälte. Nach unserem Abschied hat mich das Schicksal dann durch einen finsteren Wald geführt. Der Weg ging durch dicht verschlungenes Gebüsch, als ich plötzlich einen Hilfeschrei ganz in der Nähe hörte.

Ich ritt schneller und sah, wie ein nacktes Mädchen vom Ufer immer tiefer in das Wasser eines kleinen Weihers gezogen wurde. Gleichzeitig entdeckte ich einen Faun, der sich das arme Ding mit einem Netz eingefangen hatte. Er wirkte ganz so, als würde er sie augenblicklich fressen wollen. Ich hatte keine andere Wahl. Mein Schwert sprang mir in die Hand und tötete den schlimmen Fischer. Das Mädchen sprang aus dem Netz und glitt befreit in den Teich zurück.

»Das sollst du nicht ohne Dank getan haben«, rief sie mir zu. »Du kannst dir dafür wünschen, was du willst. Ich werde dir jeden Wunsch erfüllen, denn ich bin die Nymphe dieser klaren Fluten. Ich kann große Wunder tun, weil mir die Natur und die Elemente untertan sind. Nur Mut, fordere etwas von mir, und frage nicht, ob ich es kann. Soll ich den Mond vom Himmel sinken, die Luft erstarren lassen oder Feuer in Eis verwandeln? Ein Wort von mir bewegt die Erde oder hält die Sonne an.«

Während ich ihre Worte hörte, dachte ich nicht an irgendwelche Schätze oder die Herrschaft über Land und Volk. Der einzige Wunsch, den ich hatte, betraf deine Sehnsucht. Ich sagte ihr deshalb, was ich mir vor allem anderen von ihr wünschte. Sie sah mich nicht mehr an, sondern tauchte wortlos mit einem großen Wasserschwall unter.

Das Wasser schwappte bis zu mir. Im selben Augenblick spürte ich, wie sich etwas an mir verwandelte. Ich konnte es nicht glauben, aber ich spürte sofort, daß ich kein Mädchen mehr war, sondern ein Mann. Du würdest mir bestimmt nicht glauben, wenn du das jetzt nicht selber sehen könntest. Aber ich stehe auch jetzt so in deinen Diensten, wie ich es bereits als Frau gewünscht habe. Du mußt nur sagen, was du möchtest. Mute mir zu, was du willst – ich bin dein Wunscherfüller, wie es für mich die Nymphe war.

Noch während ich das sagte, führte ich Flordespina die Hand, damit sie sich voll und deutlich von der Wahrheit überzeugen konnte.

Sie konnte endlich mit den Händen greifen und bestaunen, wonach sie sich schon so lange sehnte. Aber sie traute ihren Händen und Augen nicht. Es war tatsächlich erst ein starker, zweifelloser Beweis nötig, bis die Weinende davon überzeugt war, daß sie richtig fühlte. Und dann lachte sie vergnügt: »Selbst wenn das alles doch nur Träume sind, dann gebe Gott, daß ich nie daraus erwache und mich niemand weckt.«

Wir brauchten keine Trommeln und schmetternde Trompeten für den Liebessturm, der dann über uns hereinbrach. Wir turtelten wie die Tauben. Unsere Küsse zeigten uns, ob wir weiter vordringen oder zurückweichen mußten, aber wir hatten natürlich andere Waffen als Pfeile oder Schwerter. Ich eroberte das Schlößlein ohne jede Leiter, und als ich dann dort zum Sieg mein Banner stolz aufstellte, war meine Schloßherrin überglücklich über die Eroberung.

Wenn sich in der vergangenen Nacht ein Heer von Klagen und sehnsüchtigen Seufzern erhoben hatte, so waren es in dieser noch viel größere Heerscharen – diesmal bestanden sie jedoch aus Lachen, Jubeln, Spiel und Scherz. Keine biegsame Akanthus-Schlingpflanze konnte sich fester um Säulen oder Balken ranken, als wir uns jetzt umarmten. Wir umschlangen uns im heißen Liebesrausch mit Armen, Brust und Beinen.

Wir wahrten unser köstliches Geheimnis etliche Monate lang. Aber irgendwann kam es doch heraus. Zuerst war es nur ein Gerücht, doch dann tuschelten immer mehr, und schließlich hörte auch der König davon. Was dann geschah, hast du selbst miterlebt. Ich danke dir für meine Rettung, aber nur Gott weiß, wie betrübt ich trotzdem bin.

Während Richardet erzählte, waren sie auf einem steinigen Bergpfad immer höher geritten. Die Felswand fiel an einer Seite beinahe senkrecht ab. Doch dann sahen sie einen schmalen Durchgang. Von hier aus konnten sie auf der höchsten Bergeszinne eine Burg erkennen.

»Dort oben, das ist Agrismont«, sagte Richardet. »Die Burg gehört unserem Vetter Aldiger von Clermont.«

Noch ehe sie das Felsentor erreichten, erfuhr Ruggiero, daß Aldiger ein unehelicher Sohn von Buovo und der Stiefbruder der Recken Vivian und Malegis war. Richardet sagte, daß er als ein anständiger, kühner und kluger Mann galt, der niemanden im Stich ließ und mit seinen Wachen das brüderliche Schloß Tag und Nacht zuverlässig hütete.

Tatsächlich empfing Aldiger seinen Vetter Richardet, den er wie einen Bruder liebte, mit großer Herzlichkeit. Anschließend begrüßte er auch Ruggiero. Richardet fiel auf, daß er nicht so fröhlich war wie sonst. Schnell erfuhren die Ankömmlinge, daß er gerade eine Nachricht erhalten hatte, die ihm das Herz schwer machte und sein Gesicht verfinsterte.

»Ich kann dir leider nichts Gutes berichten, mein geliebter

Bruder«, sagte er. »Aus zuverlässiger Quelle habe ich erfahren müssen, daß der wüste Bertolas von Bayonne von den verlogenen Mainzern zusammen mit Lanfusa, der Mutter von Ferragu, einen bösen Plan ausgeheckt hat. Er hat diesem schrecklichen Weib große Schätze versprochen, wenn sie ihm unsere Brüder Vivian und Malegis überläßt. Seit Ferragu die beiden gefangennahm, schmachten sie in ihren Kerkern. Bereits morgen früh sollen ihre beiden Gefangenen zum Grafen von Mainz nach Bayonne in sein Schloß an der spanischen Atlantikküste gebracht werden. Er will sie selbst abholen und für Frankreichs bestes Blut einen guten Preis bezahlen. Ich habe sofort, als ich davon hörte, einen Sturmboten zu Rinaldo geschickt. Aber ich fürchte, daß es schon zu spät ist. Der Weg bis zu Rinaldo ist zu weit. Und ich selbst habe nicht genügend Leute, um Bertolas zu schlagen. Ich weiß nicht, was ich machen soll, denn wenn der Kerl sie erst einmal in der Gewalt hat, dann wird er sie umbringen.«

Richardet war sehr betroffen über diese schlimme Nachricht. Als Ruggiero sah, wie ernst die beiden jungen Männer voreinander standen, rief er: »Was soll's? Dann übernehme ich die Sache. Ich brauche keinen Heerhaufen. Mein gutes Schwert ist besser als tausend andere Bewaffnete. Ich bringe euch die Brüder zurück. Alles, was ich dafür brauche, ist ein guter Führer, der mir den Ort für die Übergabe zeigt. Ihr sollt die Schreie derjenigen, die sich zu diesem schlimmen Handel verschworen haben, bis hierher hören.«

Aldiger, der noch nichts von Ruggieros Schlagkraft und seinem Schwert gesehen hatte, nahm das Angebot nicht ernst. Schnell flüsterte Richardet ihm zu, wie er selbst vor dem Scheiterhaufen gerettet wurde. Er war überzeugt, daß Ruggiero auch noch mehr konnte, wenn der Ort und die Zeit es erforderten. Dann erst wurde der Schloßherr freundlicher und erwies Ruggiero mehr Respekt. Schon kurz darauf tafelten sie mit großem Überfluß. Bei feinsten Speisen und reichlichen Getränken beschlossen sie, ohne jede weitere Hilfe die Brüder zu befreien.

Spät, als sie sich endlich zur Ruhe begaben, schliefen Herren und Knechte überall im Schloß sofort ein. Nur Ruggiero fand noch keinen Schlaf. Er mußte ständig daran denken, daß der bedrängte König Agramant auf seine Hilfe wartete. Jedes Abweichen vom direkten Weg zu ihm mußte als Feigheit gewertet werden. Wenn er nun auch noch den Feinden seines Königs half, würden Schmach und Schande auf ihm lasten. Und wenn er sich tatsächlich taufen ließ, galt er endgültig als Feigling. Unter anderen Umständen wäre seine ritterliche Hilfsbereitschaft sicher ehrenvoll gewesen, doch nun brauchte König Agramant ihn mehr als alle anderen.

Hin und her gerissen, quälte er sich bei der Suche nach der richtigen Entscheidung. Zusätzlich schmerzte ihn der Gedanke, daß er ohne Abschied seine Königin des Herzens einfach im Stich lassen mußte. Schließlich fiel ihm ein, daß sie eigentlich zum Kloster Vallombrosa reiten wollten, um sich dort mit ihm zu treffen. Er überlegte, wie sie sich verhalten würde, wenn sie ihn dort nicht antraf, und dachte daran, einen Boten abzuschicken. Vielleicht konnte er ihr in einem Brief erklären, warum er nicht gekommen, sondern ohne Abschiedswort einfach weggeritten war.

An diesem Punkt seiner quälenden Überlegungen sprang er aus dem Bett.

»Knappen zu mir!« rief er. »Bringt Licht! Ich brauche Tinte, Federn und Papier!«

Gleich darauf kamen die Diener und brachten alles, was er gefordert hatte. Sofort setzte er sich hin und begann den Brief.

»Du wirst einsehen«, schrieb Ruggiero, »daß kein Schimpf auf dem Mann liegen darf, der Dein Gatte werden soll. Es ziemt sich einfach nicht für Dich als hohe Reine, daß Du Dich mit jemandem vereinen sollst, dessen Ehre einen Fleck hat. Mein ganzes Leben galt der ritterlichen Ehre und meinem guten Namen. Dieser Name kann und soll rein bleiben, gerade weil Du ihn einmal mit mir teilen willst. Denn wenn Du als mein Weib mit mir vereint bist, werden wir zwei Körper sein, aber eine Seele. Ich erneuere deshalb hiermit meinen Eid, den ich schon mündlich geschworen habe: Wenn ich aus dem Dienst für meinen König Agramant zurückkomme, will ich Christ werden und Dich bei Deinem Vater, Deinem Bruder Rinaldo und Deiner Familie als meine Frau erbitten. Ich will zuerst meinen König aus der Belagerung befreien, damit das dumme Volk mich nicht als treulos und eidbrüchig beschimpfen kann. Ich bitte Dich daher um eine Frist von zehn bis zwanzig Tagen. In dieser Zeit will ich dabeisein, um das Heer der Christen zurückzuschlagen. Danach will ich in Ehren Abschied nehmen und mein Leben zukünftig nur noch Dir weihen.«

Ruggiero schrieb noch vieles mehr und füllte den großen Bogen bis an den Rand mit Worten. Dann faltete er ihn und schloß ihn mit einem Siegel. Anschließend verbarg er das Schreiben in der Hoffnung an der Brust, daß er am nächsten Tag einen Boten finden würde, dem er vertrauen konnte.

Erschöpft legte er sich wieder hin. Er schlief tief, bis über Berg und Tal ein sanfter Nebel wie von weißen und von roten Blüten floß und die Sonne golden aus einem wunderschönen Morgenrot aufstieg. Als die Vögel in den grünen Zweigen zwitschernd den jungen Tag begrüßten, war Aldiger als erster wach. Er bereitete sich darauf vor, dem Vetter und dem Freund so schnell wie möglich den Weg zum wilden Bertolas zu zeigen.

Die beiden kamen ebenfalls schnell aus den Betten. Schon kurz darauf hatten sie sich gerüstet. Ruggiero erinnerte seine beiden Begleiter noch einmal, daß er ganz allein den Kampf ausfechten wolle, doch die beiden anderen stimmten nicht zu. Wie ein Fels beharrten sie darauf, daß sie ihn um keinen Preis allein reiten lassen wollten, schon deshalb nicht, weil es schließlich um ihre eigenen Brüder ging.

Schließlich brachen sie doch zusammen auf. Sie erreichten den vereinbarten Platz für die Übergabe am richtigen Tag und in der vorgesehenen Stunde. Ein weites Brachfeld dehnte sich vor ihnen aus, das keinen Schutz vor den heißen Sonnenstrahlen bot. Weder Lorbeer noch Zypressen, Myrten oder Buchen grünten in der versengten Ebene. Nur etwas karges Gestrüpp stand vereinzelt zwischen dem Geröll, in dem kein Bauer etwas roden oder hacken konnte.

Die drei Gerüsteten hielten am einzigen Pfad, der durch die

weite Wüstenei führte. Von weither näherte sich ein einzelner Ritter. Als er näher kam, erkannten sie seine wertvolle goldene Rüstung. Er trug auf seinem grünen Schild als Wappen den Vogel Phönix, von dem es hieß, daß er länger als hundert Jahre lebte.

26. Gesang

Im Altertum gab es sehr viele edle Frauen, denen die Tugend mehr wert war als alles Gold. Heutzutage sieht man nur noch wenige davon. Die meisten nehmen, was sie bekommen können. Aber die wenigen mit Herzensgüte, die auf innere Werte bauen, hätten das Glück schon hier auf Erden verdient und die Unsterblichkeit für ihren Nachruhm.

Als Ruggiero zusammen mit Aldiger und Richardet von Clermont auf das Brachfeld kam, auf dem die gefangenen Brüder verkauft werden sollten, hatten sie nicht damit gerechnet, daß ausgerechnet hier ein fremder Ritter auftauchen würde. Auch der hatte sie sofort gesehen und wollte zeigen, daß sein Wappenvogel auch mit den Flügeln schlagen konnte.

»Na, ihr Herren«, rief er ihnen zu. »Hat einer von euch Lust auf einen Waffengang mit Lanze oder Schwert, so lange, bis einer aus dem Sattel fällt und der andere sitzen bleibt?«

»Ich würde mich ja gerne zum Lanzenstechen oder Schwertkampf stellen«, rief Aldiger zurück. »Aber wir haben schon eine andere Aufgabe. Du kannst gern zusehen, wenn du bei uns bleiben willst. Wir erwarten hier jeden Augenblick sechshundert Mann und müssen uns auf den Kampf gegen diesen Haufen vorbereiten. Es geht darum, daß zwei von uns gefangen sind und wir sie schon aus Pflicht und Mitgefühl wieder befreien müssen.«

Er berichtete ausführlich, was sie in die Einöde geführt hatte.

»Das alles klingt sehr einleuchtend«, antwortete der fremde Ritter. »Und so, wie ich euch sehe, seid ihr drei edle Herren, mit denen sich nur wenige vergleichen können. Ich dachte eigentlich, daß ich ein-, zweimal gegen euch anrennen will, um euren Mut und eure Kraft richtig einzuschätzen. Aber es wird sich ja zeigen, wie ihr euch bei anderen beweist. Ich nehme daher meine Forderung zum Wettkampf gern zurück. Allerdings will ich nicht nur zusehen, sondern biete euch meine Hilfe an. Ich hoffe nur, daß ihr mich für würdig genug haltet, um mit euch zu kämpfen.«

Die drei jungen Männer nahmen das hochherzige Angebot gern an. Keiner von ihnen kam auf den Gedanken, daß in der guten Rüstung mit dem Phönix-Wappen kein Ritter, sondern Persiens kampferprobte Königin Marfisa zu ihnen gestoßen war.

Nur wenig später tauchte am Rand des Brachfeldes eine Fahne auf, die vor einem großen Haufen Volk herwehte. Aldiger sah sie zuerst

»Da kommen sie!« rief er den anderen zu. Schon bald erkannten sie die Mauren in ihrer Sarazenengewandung. Mitten zwischen ihnen ritten die beiden Brüder auf erbärmlich alten Kleppern. Sie wurden gefesselt zu den Mainzern geschleppt, um sie in gemünztes Gold umzutauschen.

»Also los!« rief Marfisa. »Da kommen unsere Gäste. Das Fest kann beginnen.«

»Der Tanzsaal ist mir noch zu leer«, antwortete Ruggiero. »Es fehlen noch zu viele Eingeladene. Wir wollen einen großen Ball veranstalten. Da muß schon alles bestens vorbereitet sein, aber ich bin sicher, daß sie nicht lange auf sich warten lassen.«

Noch während er sprach, kam der Haufen der verräterischen Mainzer von der anderen Seite. Sie führten schwerbeladene Maultiere mit Waffen, Rüstungen, Kleidern, Gold und reichem Schmuck mit sich, um die beiden Gefangenen herauszukaufen. Gleich darauf begannen die Verhandlungen zwischen dem gottlosen Mainzer Bertolas und dem Anführer der Sarazenen.

Richardet konnte sich bei diesem Anblick ebensowenig zurückhalten wie Aldiger. Ihre Lanzen kippten nach vorn, und gemeinsam sprengten sie auf den Mainzer zu. Die erste Lanzenspitze traf seinen Helm und brach ihm sämtliche Zähne. Die zweite glitt vom Sattel ab und fuhr in seinen Leib. Bertolas starb, wie alle Bösartigen sterben sollten.

Auch Marfisa und Ruggiero warteten nicht, bis irgend jemand sie zum Kampf einlud. Die ersten drei lagen bereits tot am Boden, als Marfisas Lanzenschaft zerbrach. Neben ihr schickte Ruggiero den Anführer der Sarazenen ins Land der Dunkelheit. Der Lanzenstoß war so hart, daß er zwei weitere auf die letzte Reise mitnahm. Verwirrt glaubten sowohl die Sarazenen als auch die Mainzer, daß die anderen sie verraten hätten. Dieser Irrtum war zugleich ihr Untergang.

»Meuchelmörder!« schrien die Sarazenen den Mainzern entgegen. Sofort zuckten überall die Waffen. Bogen, Lanzen, Schwerter sorgten für ein Blutbad in der Einöde. Ruggiero und Marfisa kämpften abwechselnd bei den Sarazenen und den Mainzern. Mal schlug Ruggiero auf der einen Seite zehn, dann wieder auf der anderen Seite zwanzig. Die Kämpferin an seiner Seite holte sich die gleiche Zahl von Opfern. Wer ihre scharfen Klingen nur berührte, glitt augenblicklich tot vom Sattel. Diesen Waffen hielten kein Helm und kein Harnisch stand. Es war, als wäre Panik in einem Bienenkorb ausgebrochen.

Richardet und Aldiger kümmerten sich nicht um die Sarazenen. Sie warfen sich gemeinsam auf die Mainzer. Richardet räumte unter ihnen so fürchterlich auf, als hätte sich der alte Haß gegen die üble Sippe in ihm verdoppelt. Auch Buovos Bastard Aldiger benahm sich wie ein wilder Löwe. Wo immer ihm ein Helm zu nahe kam, zerschlug er ihn wie ein Ei.

Marfisa wütete unablässig mit ihrem Schwert. Als sie bemerkte, wie gut die anderen sich bewährten, rief sie ihnen zwischen ihren Schlägen Lob und Anerkennung zu. Die Tapferkeit Ruggieros verwunderte sie mehr als alles andere. Es kam ihr vor, als wäre mit ihm der Kriegsgott Mars aus der fünften Himmelschale um die Erde herabgestiegen. Sein scharfes Schwert schnitt mühelos Helme und Panzer durch. Aber auch Marfisa war wie eine heiße Fackel, die ihre Gegner wie Eis zerschmelzen ließ. Während sie Ruggieros Taten bewunderte, beobachtete er sie ebenfalls voller Erstaunen. Ihre Tapferkeit spornte sie gegenseitig an. Kraft und Mut der vier Kämpfer schlugen gemeinsam ein Doppelheer zusammen. Nur wenige entkamen.

Als kein Treiber und kein Fußsoldat mehr da war, hatten sich die vier Sieger das Schlachtfeld, die gesamten Schätze und die Gefangenen erkämpft. Vergnügt wurden den Brüdern sofort ihre Fesseln gelöst. Dann kamen auch die Knappen und die

Knechte aus dem Gebüsch, in dem sie sich versteckt hatten. Sie lachten vergnügt, während sie eifrig Säcke, Kisten und Kästen aus der großen Beute aneinanderreihten.

Bewundernd fanden sie viele silberne Geräte in verschiedenen Formen, dazu schön genähte, kunstvoll und prächtig bestickte Frauenkleider, mit Gold und Seide gewebte Teppiche aus Flandern, dazu große und kleine Kostbarkeiten, Weinflaschen, Brot und andere Speisen.

Erst als alle ihre Helme abnahmen, erkannten sie, daß ein junges Mädchen ihnen geholfen hatte. Ihr goldenes Haar floß wie bei edlen Damen um ihr schönes, feines und zartes Gesicht. Sie verneigten sich und ehrten sie mit Grußworten, wie sie einer Dame zukamen.

»Hast du auch einen Namen, tapferste aller Jungfrauen?« fragte Ruggiero schließlich.

Marfisa lächelte und freute sich über das höfliche Benehmen der drei jungen Ritter. Da sie ebenfalls wußte, was sich gehörte, antwortete sie ihnen auf alle ihre Fragen. Trotzdem konnten die drei immer noch nicht fassen, daß sie es gewesen war, die sich so hervorragend im Kampf geschlagen hatte. Marfisa aber sah immer nur Ruggiero an. Dann kamen Diener und meldeten, daß an einer nahen Quelle im Schatten eines Hügels ein Festmahl vorbereitet sei. Es war einer der vier Quellbrunnen, die der Zauberer Merlin vor langer Zeit in Frankreich eingerichtet hatte.

Die Einfassung der Quelle war aus schönem, milchweißem Marmor gehauen. Als Schmuck hatte sich Merlin kunstvolle Reliefs ausgedacht. Sie waren so naturgetreu gearbeitet, daß sie fast zu atmen schienen. Wenn noch eine Stimme hinzugekommen wäre, hätten sie auch leben können, aber die feine Arbeit zeigte nichts Schönes, sondern vielmehr die Taten eines abscheulich aussehenden Ungeheuers. Das Tier des Schreckens brach aus einem Wald hervor. Es war dürr vor Hunger, mit scharfen Zähnen in einem Wolfsrachen, Eselsohren oben am Kopf, sonst aber eher ein Fuchs mit Löwenklauen. Es sah so aus, als würde sich das grauenhafte Wesen durch ein Tor im Wald von Land zu Land bewegen – durch Frankreich, Spanien und Italien, danach bis Asien und schließlich um die ganze Welt. Überall, wo es auftauchte, erschlug es sehr viel Volk und viele große Häupter – in armen Hütten ebenso wie in den Palästen. Hauptsächlich schien es aber auf der Jagd nach Königen und Fürsten, Herren und Vasallen zu sein.

Am schlimmsten hauste es in Rom. Hier fand das grauenhafte Untier Päpste und Kardinäle als Opfer und konnte sogar Sankt Petri Heiligen Stuhl schänden. Das dumme Volk betete das Scheusal auch noch an, während dies sich anmaßte, die Schlüssel für den Himmel und die Hölle zugleich zu besitzen.

Neben dem Sinnbild aller Schrecken posierte ein Ritter mit kaiserlichem Lorbeer in den Haaren. Ihm zur Seite standen drei junge Paladine mit herrlichen Umhängen, auf denen goldene Lilien zu sehen waren. Zusammen mit den vier Rittern kam ein Löwe, der die gleichen Zeichen trug. Die Namen der vier Männer standen teilweise über ihren Köpfen und zum Teil weiter unten, dicht am Saum der kostbaren Gewänder. Der Ritter, dessen Schwert bis zum Heft im Leib des bösen Tiers steckte, hatte den Namen Franz von Frankreich über sich. Der Jüngling neben ihm trug den Namen Max von Österreich. Karl V. hatte seine Lanze dem Ungeheuer in den Schlund getrieben. Der Pfeil in seiner Brustwunde stammte von Heinrich VIII. von England.

»Leo X.« stand auf dem Rücken des Löwen. Er biß mit seine Zähnen in das Ohr des Ungeheuers, um es daran zu schütteln und zu jagen. Dem Löwen als Namenstier Papst Leos folgten weitere Gestalten. Sie stimmten einen Freudenchor an, weil mit dem Ende dieses Scheusals endlich auch seine Schreckensplagen aus der Welt verschwanden.

Marfisa wollte wissen, was die Reliefs im Marmor der Brunneneinfassung bedeuteten. »Ich kann mit diesen Namen auf dem Stein überhaupt nichts anfangen«, sagte sie. »Oder wißt ihr, was sie bedeuten?«

Vivian sah seinen Bruder Malegis an. »Ich sehe doch an deinem Blick, daß du mehr weißt als wir. Durch wen wird das Ungeheuer da umgebracht?«

»Das sind Geschichten, die man noch nicht lesen kann«, antwortete Malegis. »Merlin, der weise Zauberer der Briten, hat seine Wahrsagungen über eine ferne Zukunft bereits zur Zeit von König Artus durch begabte Künstler in den Marmor hauen lassen. Die Männer, deren Namen hier in Stein gemeißelt sind, werden erst in sieben Jahrhunderten leben und die berühmten Zepter tragen. Sie sind die Helden einer anderen Zeit. Aber ich will euch sagen, was das alles bedeutet.«

Das Ungeheuer, das ihr hier seht, ist in Wahrheit sehr, sehr alt. Es kam bereits in jener fernen Vergangenheit aus dem Schlund der Hölle, als die Menschen anfingen, sich auf den Feldern abzurackern, Grenzsteine setzten, Maße und Gewicht erfanden und dazu die Schrift für Besitzurkunden an der Erde und Verträge. Aber das böse Tier war nicht überall zugleich. Bis in unsere Zeit packte es sich ein Land nach dem anderen und zwang viele Orte in sein Joch. Dabei ist es von Anfang an immer weiter gewachsen. Und es wird fürchterlicher werden als alles, was in der Vergangenheit schon ekelhaft und ungeheuerlich passierte.

Wenn dann eines Tages die ganze Welt von ihren Hilfeschreien bereits heiser ist, dann werden diese Männer hier, deren Namen hell wie Edelsteine im Marmorbrunnen leuchten, den Menschen Hilfe und Licht in die Zeit der Dunkelheit bringen.

Sie aßen, tranken und verbrachten den ganzen Nachmittag mit kleinen Spielen und Gesprächen. Als sie müde wurden, machten sie es sich auf Kissen und auf Decken im Heckenschatten rund um den Brunnen bequem. Die Brüder Malegis und Vivian übernahmen die Wache, während die anderen sich ausruhten.

In diesen Frieden brach nach einer Weile eine junge Frau auf einem Pferd ein. Es war Ippalka, Bradamantes Milchschwester, die König Rodomont und Frontin hinterhergeritten war. Mehrmals war sie so dicht an ihn herangekommen, daß sie ihn bitten oder beschimpfen konnte. Beides war umsonst gewesen. Nachdem sie aufgegeben hatte und bereits nach Agrismont reiten wollte, hörte sie unterwegs, daß Ruggiero ganz in der Nähe sein sollte. Sie kannte den hübschen Lagerplatz am Merlinsbrunnen von früher.

Sie erspähte ihn schon bald, sah aber auch Bradamantes Bruder Richardet. Nun zeigte sich, daß sie eine kluge und geschickte Botin war. Sie tat so, als würde sie Ruggiero nicht erkennen, und ging direkt zum edlen Richardet.

»Wo kommst du denn her?« fragte er sofort und richtete sich auf. »Und wo willst du so allein hin?«

Ippalkas Augen waren noch immer rot geweint von den vielen Tränen, die sie bei der Verfolgung Rodomonts vergossen hatte. Sie seufzte laut, damit auch Ruggiero aufwachen und sie hören konnte. Dann berichtete sie immer wieder seufzend, aber mit klarer Stimme, was geschehen war.

»Ich war im Auftrag deiner lieben Schwester unterwegs«, sagte sie. »Sie hatte mich gebeten, ein schönes, edles Pferd nach Marseille mitzunehmen, wohin sie schon bald nachkommen wollte. Das Pferd hieß Frontin, und sie liebte es wie kein anderes. Ich bin dreißig Meilen weit bis zu einem Platz geritten, an dem ich auf sie warten sollte. Das Schicksal schickte mir aber einen unverschämten Sarazenen über den Weg. Er hat mir Frontin sofort weggenommen. Es störte ihn nicht im geringsten, als ich ihm sagte, daß er sich am Eigentum von Graf Rinaldos Schwester vergriff. Zwei Tage lang bin ich hinter ihm hergeritten. Ich habe ihn beschimpft und angefleht, aber alle meine Klagen und meine Bitten waren umsonst. Dann geriet er hier ganz in der Nähe an einen anderen Ritter. Der war noch frisch bei Kräften, während der Maure schon auf einem müden Pferd ritt. Ich hoffe daher, daß der Fremde den Diebstahl doch noch rächen wird.«

Ruggiero sprang auf. Er hatte schon die ganze Zeit angespannt zugehört. »Laß mich das klären!« rief er Richardet zu. »Ich reite zu der Stelle, wo der Maure zuletzt gesehen wurde. Das Mädchen hier soll mich dahin führen. Ich bestehe darauf, daß wir allein losziehen.«

»Nein«, antwortete Richardet. »Das ist meine Sache. Es handelt sich immerhin um das Pferd meiner Zwillingsschwester.«

»Aber ich habe noch einen Lohn für meine guten Dienste in den Kämpfen vorhin bei dir gut, oder?«

Gegen diese Begründung konnte Richardet nichts ausrichten. Obwohl es ihm nicht gefiel, mußte er dem Verlangen des Sarazenenhelden nachgeben.

Ruggiero verabschiedete sich schnell, stieg auf sein Pferd und winkte Ippalka zu. Ehe die anderen richtig mitbekamen, was geschah, war er bereits mit ihr unterwegs.

Als sie so weit geritten waren, daß die anderen sie nicht mehr hören konnten, erzählte ihm Ippalka, welchen Auftrag sie tatsächlich von seiner Angebeteten erhalten hatte.»Als mir der Sarazene das Tier entrissen hat, habe ich natürlich nicht von Rinaldo gesprochen, sondern gesagt: ›Dies ist Ruggieros Pferd.‹ Daraufhin hat er gesagt: ›Na, um so besser! Wenn er es wiedersehen will, kannst du ihm bestellen, daß sein neuer Eigentümer bereits auf ihn wartet. Und sag ihm auch, daß es Rodomont ist, dessen Ruhm bis ans Ende der Welt leuchtet.‹«

Ruggieros Gesicht wurde immer finsterer. Er hatte Frontin als Geschenk erhalten. Aber noch zorniger als die Schmach des Diebstahls machte ihn der Hohn des Pferdediebes.

»Wenn ich Rodomont jetzt nicht das Pferd entreiße und mich an ihm räche, wie es sich gehört, dann ist mein guter Ruf dahin«, dachte er.

Die junge Frau führte ihn dorthin, wo sie den Sarazenen vermutete. Nur wenig später gabelte sich der Weg. Der eine führte in einem weiten Bogen erneut durch die Ebene, der andere überquerte einige Berge, hinter denen sich die Abzweigungen wieder vereinten. Der bergige Weg war kürzer, aber beschwerlicher für einen Reiter. Um möglichst schnell Frontin zu befreien und sich an seinem Dieb zu rächen, entschied sich Ippalka für den steileren Bergpfad.

Unterdessen hatten Rodomont und Mandrikard bereits den anderen Weg gewählt. Sie hatten ihren Wettkampf aufgegeben, um dem eingeschlossenen Heer von König Agramant beizustehen. In ihrer Begleitung befand sich auch die schöne Doralice, die Ursache ihrer Rivalität. Inzwischen näherten sie sich der Quelle, an der sich noch immer Aldiger, Marfisa und Richardet zusammen mit Vivian und Malegis ausruhten. Da sie alle guter Dinge waren, hatte Marfisa gerade auf Bitten ihrer Kampfgefährten einen prächtigen, goldbestickten Seidenrock angezogen. Er stammte aus der Beute und war eigentlich als Geschenk Bertolas für Ferragus Mutter Lanfusa gedacht.

Die Königin von Persien legte nur sehr selten Helm, Waffen und ihre Rüstung ab. Noch seltener trug sie Frauenkleider. Sie hatte auch nur eingewilligt, um ihren Kampfgefährten eine Freude zu machen.

Als nun der wilde Mandrikard den Lagerplatz am Merlinsbrunnen erreichte, sah er als erstes die königlich gekleidete Marfisa. Augenblicklich durchzuckte ihn der Gedanke, daß er dieses wunderschöne Weib Rodomont als Ersatz für Doralice anbieten könnte – ganz so, als würden sich Amors Triebe so lenken lassen, daß ein Verliebter ohne Gram auf die eine verzichten könnte, wenn er dafür gleich eine andere bekam.

Mandrikard betrachtete Marfisa von oben bis unten. Er war überzeugt, daß jeder Mann sich glücklich schätzen müßte, wenn er dieses Weib bekäme, und es kümmerte ihn nicht, daß er diejenige, die er gegen Doralice tauschen wollte, nicht gefragt hatte. Um gleich reinen Tisch zu machen, forderte er die Ritter allesamt zum Zweikampf heraus.

Sofort sprangen sie auf und machten sich bereit. Da Rodomont von den Plänen seines Rivalen nichts wußte und daher nicht angriff, ritten die anderen zuerst Mandrikard entgegen.

Vivian eröffnete den Tanz. Mutig senkte er seine große schwere Lanze. Der Tartarenfürst richtete sich zu seiner vollen, überlegenen Größe auf und galoppierte ebenfalls los. Vivian zielte auf den Helm, aber Mandrikard wankte nicht einmal unter seinem Stoß. Seine eigene Lanze war aus härterem Holz gemacht. Sie zersplitterte Vivians Schild wie dünnes Eis und warf ihn in hohem Bogen von seinem Pferd mitten in die Wiese. Als nächster kam Malegis. Er schwang die Waffen, um seinem Bruder Genugtuung zu bringen – umsonst. Er konnte ihn nicht rächen, sondern mußte ihm im Gras Gesellschaft leisten.

Als dritter sprang auch noch Aldiger, in Stahl gehüllt und mit dem Waffenkleid verziert, auf sein Pferd. Mit verhängten Zügeln schoß er wie ein Unwetter auf Mandrikard zu und traf den

Mauren genau einen Fingerbreit unter dem Visier. Vierfach zerbrochen flog der Lanzenschaft nach allen Seiten, doch der Heide blieb unerschütterlich in seinem Sattel. Gleichzeitig traf seine Lanze Aldiger an der linken Seite. Der Stoß war so hart, daß weder Schild noch Harnisch standhielten. Die Lanzenspitze fuhr so leicht hindurch, als sei der Schutz nur Baumrinde. Schwerverletzt wankte Aldiger hin und her. Dann sank er ebenfalls mit bleichen Wangen zwischen Gras und Blumen. Seine Waffen und Glieder glänzten rot vom Blut.

Schließlich kam auch Richardet mit kühnem Schwung herangeritten. Er legte eine große Lanze ein und zeigte, daß er wie ein Paladin zu kämpfen wußte. Vielleicht wäre ihm sogar der Beweis gelungen, doch da strauchelte sein Pferd, und er stürzte kopfüber zu Boden. Da kein weiterer Ritter sich dem König der Tartaren stellte, glaubte Mandrikard bereits, daß er die schöne Jungfrau an der Quelle gewonnen hätte. Er ritt zum Brunnen, sah sie siegestrunken an und rief: »Siehst du, jetzt gibt es keinen mehr, der für dich ins Stechen reitet. Deshalb gehörst du mir. Du kannst dich auch nicht weigern oder widersprechen, denn das ist nun mal Kriegsrecht.«

Marfisa richtete sich stolz auf und warf den Kopf zurück. »Ich fürchte, daß du dich gewaltig irrst! Du könntest vielleicht Recht haben, wenn einer der Verlierer da im Gras mein Herr oder mein Ritter wäre. Doch das ist nicht der Fall. Ich gehöre mir und keinem anderen! Wer mich gewinnen will, der müßte schon mich selbst besiegen. Ich weiß sehr wohl, wie man Schild und Lanze führt, und manch ein großmäuliger Ritter ging schon durch mich zu Boden.« Sie wandte sich zu ihrem Knappen. »Bring mir mein Pferd und meine Waffen!«

Ohne zu zögern, zog Marfisa sich den Rock von ihrem wohlgebauten Körper und zeigte sich nur noch im Wams. Derartig knapp gekleidet, glich sie bis auf ihr Gesicht dem Kriegsgott Mars. Sie legte ihre Rüstung an und ließ sich dann ihr Schwert geben. Leicht schwang sie sich auf ihr Streitroß, ließ es kurz aufbäumen und jagte es zum Anwärmen mit raschem Lauf zwei-, dreimal bis zum Galopp. Dann wendete sie, legte die Lanze ein und preschte furchtlos auf den Heiden zu. Genauso mußte einst Penthesileia in ihrem Schlachtendurst gegen Achilles vor Troja angeritten sein.

Die beiden Lanzen splitterten schon im ersten Aufeinanderprallen wie Glas. Keiner der beiden Kämpfer wankte auch nur einen Fingerbreit. Sofort griff Marfisa nach ihrem scharfen Schwert. Der Heide fluchte auf Allah und die Elemente, als er sah, daß sie immer noch im Sattel saß. Auch Marfisa hatte vorgehabt, ihm bereits beim ersten Stoß den Schild zu spalten. Ihr Zorn verwandelte sich in pure Kraft. Sie hieben mit den Zauberwaffen wie mit großen Hämmern aufeinander ein. Nie war es nötiger für die beiden gewesen, durch besondere Rüstungen geschützt zu sein. Die Kettenringe und die Schienen ihrer Rüstungen hätten auch dann noch jeden Schwertschlag ausgehalten, wenn das Paar den ganzen Tag und auch noch den nächsten in wildem Kampf weiter gestritten hätte. Als Rodomont sah, daß keiner dieser beiden Kämpfer irgendeinen Vorteil für sich erringen konnte, warf er sich zwischen die beiden.

»So geht das nicht!« rief er Mandrikard zu. »Du kannst dich hier nicht schlagen, wenn wir beide noch eine wichtige Vereinbarung haben. Wir haben uns das Wort gegeben, daß wir keinen anderen Kampf durchfechten, solange wir nicht unserem Heer aus der Umklammerung durch Kaiser Karl geholfen haben.«

Er wandte sich an Marfisa und zeigte ihr höflich den Boten von König Agramant. Der Gesandte kam näher und wiederholte den Befehl des ersten aller Sarazenen zusammen mit der Aufforderung: »Jeder Ritter, der kein Christ ist, soll augenblicklich andere Kämpfe abbrechen und den Belagerten zur Hilfe eilen!«

«Du könntest auch mitkommen«, sagte Rodomont zu Marfisa. »Euer Streit hier ist doch kaum der Rede wert gegen die Ehre und den großen Ruhm, den du erringen kannst, wenn du mit uns reitest.«

Marfisa hatte schon länger vor, sich mit Schwert und Lanze an den Paladinen Kaiser Karls zu messen. Nur deshalb war sie schließlich von weither bis ins Frankenreich gekommen.

»Gut«, sagte sie daher. »Ich helfe König Agramant und leiste Kaiser Karl zusammen mit euch Widerstand.«

Mittlerweile war Ruggiero mit Ippalka über den steilen Bergpfad bis an die Stelle gekommen, an der sie den Fürsten Rodomont verlassen hatte. Dort sahen sie an den Fußspuren, daß er den weiteren, aber besseren Weg zum Merlinsbrunnen genommen hatte. Ruggiero wendete sein Pferd und beschloß, wieder dorthin zurückzureiten. Ippalka sollte nach Montalban zurückkehren.

»Sag deiner Herrin, daß ich Frontin finden werde und sie sich keine Sorgen um ihn machen soll«, trug er ihr auf. »Sobald ich ihn gefunden habe, schicke ich sofort eine Botschaft zu euch.«

Dann gab er ihr den Brief mit, den er in der Nacht in der Burg Agrismont geschrieben hatte und der sich seither unter seinem Brustharnisch befand, bat Ippalka, ihn bei Bradamante zu entschuldigen, und bestellte ihr viele Grüße. Sie ritt sofort los, um noch vor Anbruch der Nacht Schloß Montalban zu erreichen.

Ruggiero selbst folgte den Spuren des gewaltigen Sarazenen, bis er ihn kurz vor der Quelle zusammen mit Mandrikard reiten sah. Rodomont und Mandrikard hatten sich gerade erneut darauf geeinigt, ihren Streit um Doralice so lange zurückzustellen, bis das Königslager wieder befreit und nicht mehr durch Brandfackeln und Gemetzel bedroht war.

Schon von weitem erkannte Ruggiero Frontin. Plötzlich wußte er, wer sein Reiter war. Er legte seine Lanze ein und ritt auf den Brunnen zu. Wütend forderte er den Afrikaner zum Kampf heraus.

»Ich will mich nicht mehr mit dir schlagen«, entgegnete Rodomont. Er hatte seinen sonst so wilden Stolz völlig abgelegt und benahm sich bescheidener als Hiob. Dabei war er es gewesen, der ihn tobend und fluchend die ganze Zeit gesucht hatte. Es war der erste und der letzte Tag, an dem der König von Algier einen Kampf ablehnte. Selbst wenn Ruggiero jetzt ein Hase gewesen wäre und er der Panther, der ihn bereits in den Klauen hielt, hätte er ihm kaum mehr als ein, zwei Hiebe versetzt. Aus eigener Erfahrung wußte er, wer der Ritter war, der hier mit ihm um ein Pferd kämpfen wollte. Ruggieros Schwertarm war inzwischen so berühmt, daß er sich liebend gern mit ihm gemessen hätte.

»In jedem anderen Fall würde ich dreihundert … tausend Meilen weit reiten für einen solchen Kampf«, sagte er. »Aber durch meinen Eid bin ich zur Treue gegenüber meinem Lehnsherrn verpflichtet. Ich bitte dich sogar, mich zu begleiten. Wenn du das tust, kann ich in ritterlicher Treue meinem König dienen. Wenn der Belagerungsring aufgebrochen ist, hindert uns nichts mehr daran, unseren Streit auszutragen.«

»Das mag ja alles sein«, antwortete Ruggiero. »Ich verschiebe gern unseren Waffengang, bis König Agramant erneut den Kopf vor Kaiser Karl erheben kann. Allerdings mußt du mir vorher das Pferd, das mir gehört, zurückgeben. Wenn du das tust, werde ich so lange auch vergessen, daß du nicht ehrenhaft gehandelt hast, als du das Pferd einer Dame weggenommen hast. Also: Gib mir Frontin, oder stelle dich gleich zum Kampf.«

Die Auseinandersetzung wurde immer heftiger. Schließlich mischte sich auch noch Mandrikard ein.

»Es ist betrügerisch, was du im Schilde führst!« stieß er hervor. »Der weiße Adler im himmelblauen Feld ist mein Zeichen.«

»Nein, es ist meins!« rief Ruggiero zurück. »Mit diesem Wappen hat schon Hektor vor Troja gegen die Griechen gekämpft. Und seither gehört es meiner Familie.«

Sie hatten sich vor langer Zeit bereits aus demselben Grund geschlagen.

»Ich habe dir schon einmal verboten, mein Wappenzeichen zu tragen«, schrie Mandrikard erbost. »Da alle Warnungen bei dir nicht helfen, mußt du jetzt spüren, daß du besser schon beim ersten Mal getan hättest, was ich von dir verlange.«

Flammende Röte schoß in Ruggieros Gesicht. Es war, als hätte ein Windstoß die Glut aus dem Holz plötzlich wieder zum Feuer angefacht. »Glaubst du etwa, daß ich ein Feigling bin? Dann will ich dir jetzt zeigen, was dir blüht. Zuerst nehme ich dem da meinen Frontin weg und dann dir den Schild von Hektor. Damals habe ich dir dein Leben gelassen, weil du kein

Schwert bei dir hattest. Paß auf, wie nun der weiße Adler zuschlägt. Er ist seit alten Zeiten der rechtmäßige Wappenvogel unseres Geschlechts. Du bist es, der ihn sich nur anmaßt.«

»Nein, mir gehört das Wappenschild!« brüllte Mandrikard. Wütend zog er das Schwert, das der rasend gewordenen Orlando vor kurzer Zeit in den Wald geworfen hatte. Ruggiero sah die Durindana in der Hand des anderen und senkte deshalb nach gutem Ritterbrauch die Lanze. Mit einem Griff riß er Balisarde hervor, faßte sie und hob den guten Schild am anderen Arm.

Das alles paßte Rodomont nicht. Zusammen mit Marfisa sprengte er heran.

»Was soll denn das? Hört auf!« riefen sie beide und griffen nach den Zügeln von Ruggieros und Mandrikards Pferden.

»Jetzt hast du bereits zweimal dein Versprechen gebrochen«, schnauzte Rodomont den Tartaren an. »Erst hast du, um Marfisa zu bekommen, mit deinen Schwertstreichen viel Zeit verloren. Dann läßt du König Agramant weiterhin in Nöten, weil dich das Wappen von Ruggiero stört. Anstatt immer neue Händel anzufangen, solltest du endlich dem Befehl des Königs folgen. Das war die Bedingung, mit der wir einen Waffenstillstand vereinbart haben. Und wenn ich meinen Kampf mit dir beendet habe, darfst du mit den anderen um das Pferd kämpfen. Wenn du das überleben solltest, kannst du meinetwegen darum streiten, wem der Adler auf dem Schild gehört. Aber ich warne dich: Wenn ich mit dir fertig bin, wird für Ruggiero nicht mehr viel von dir übrig sein.«

»Nimm deinen Mund nur nicht zu voll!« rief Mandrikard zornig. »Du wirst noch schwitzen lernen. Und Ruggiero wird ebenso wie tausend andere, die mich reizen wollten, genau das bekommen, was er bei mir bestellt hat!«

Das Zorngeschrei wurde immer wilder. Mandrikard wollte es mit beiden zugleich aufnehmen. Ruggiero wollte ebenfalls nicht länger verhandeln, sondern losschlagen. Vergeblich versuchte Marfisa, die Wütenden doch noch umzustimmen. Wie ein Bauer, der an mehreren Stellen zugleich die Dämme sichern muß, damit die Flut nicht über Wiesen und Weizenfelder schwemmt, war sie machtlos gegen den auf allen Seiten überflutenden Zorn. Wenn sie den einen etwas ruhiger hatte, brach es bei dem anderen wie aus Sturzbächen erneut hervor. Außer Rand und Band, überschrien sie einander. Jeder behauptete, daß sein Mut und seine Kraft am größten seien.

»Schluß!« rief Marfisa. »Hört auf mit eurem Streit, bis König Agramant außer Gefahr ist! Wenn jeder von euch nur an sich selber denkt, dann müßt ihr auch mit mir als Gegner rechnen. Na los doch! Wer will anfangen und mich mit Waffenkraft erobern? Wenn ihr das nicht wollt, dann streiten wir nicht länger, sondern ziehen endlich los.«

»Ich habe nichts dagegen«, sagte Ruggiero störrisch. »Aber ich will vorher mein Pferd zurück. Entweder reite ich auf meinem Pferd, oder Rodomont bleibt tot an diesem Platz zurück.«

»Weder das eine noch das andere wird dir gelingen«, höhnte Rodomont. »Wenn König Agramant Schaden nimmt, dann ist das ganz allein dir zuzuschreiben. Ich jedenfalls reite jetzt los, um meine Pflicht zu tun.«

Ruggiero kümmerte sich nicht um den Vorwurf Rodomonts. Er riß sein Schwert aus der Scheide und stürzte wie ein Eber auf den Sarazenen zu. Er rammte mit Schulter und Schild derartig hart gegen ihn, daß der fast aus dem Sattel fiel.

»Hör endlich mit dem Streit auf, Ruggiero!« schrie Mandrikard. »Sonst kriegst du es mit mir zu tun.«

Ruggiero hatte keine Möglichkeit zu antworten. Noch während er herumschrie, schlug Mandrikard falsch und grausam zu. Er traf den Helm. Ruggiero sank nach vorn bis auf die Mähne seines Pferdes. Er kam nicht wieder hoch, weil nun auch Rodomont mächtig auf ihn einschlug. Er hätte ihm das Haupt bis auf die Zähne gespalten, wenn der Stahl des Helms nicht durch den Zauberspruch hart wie Diamant gewesen wäre. Trotzdem betäubte das Gewitter der Schwertschläge Ruggiero so sehr, daß die Zügel seines Pferdes ihm entglitten. Dann rutschte ihm auch noch das Schwert aus der anderen Hand. Ungezügelt ging Ruggieros Pferd mit seinem Reiter durch, während sein Schwert Balisarde auf dem Boden zurückblieb.

Allmählich wurde es Marfisa zuviel. Sie war am Morgen die

Kampfgefährtin von Ruggiero gewesen. Nun mußte sie mit ansehen, wie zwei zugleich über ihn herfielen. Mit wildem Zorn riß sie ihr Schwert hervor und stürmte gegen Mandrikard. Rodomont hätte Ruggiero fast erledigt. Noch einen Hieb, und das Pferd hätte ihm gehört.

In diesem Augenblick griffen auch Richardet und Vivian ein. Während Richardet Rodomont abdrängte, holte Vivian Ruggiero ein und warf ihm sein Schwert zu. Der Schwergeschlagene hatte sich inzwischen wieder etwas erholt. Als er Vivians Schwert in seiner Hand fühlte, verflog der letzte Rest seiner Benommenheit. Er zügelte sein Pferd, wendete und stellte sich erneut dem König von Algier. Gleich einem Löwen, den der Stier bereits auf die Hörner genommen hat, empfand er keinen Schmerz, sondern fühlte sich durch Wut und Zorn angespornt.

Er donnerte das Schwert auf das Haupt des Sarazenen. Wenn ihm die Balisarde nicht zuvor aus der Hand geglitten wäre, hätte der starke, schwere Helm Rodomonts diesen nicht geschützt, obwohl er für den König von Babylon angefertigt worden war, als der zum Krieg gegen die Sterne aufbrechen wollte.

»Das wird noch ewig weitergehen«, meinte die Zwietracht, die wieder einmal dort war, wo sie es besonders interessant fand.

»Die werden niemals Frieden und Versöhnung finden«, stimmte der Hochmut zu. »Ich denke daher, daß wir unbesorgt wieder zurück zu unseren Mönchen gehen können.«

Im selben Augenblick krachte ein neuer Schlag auf das Haupt des Sarazenenkönigs. Rodomont kippte nach vorn auf den Rücken seines Pferdes. Gleichzeitig riß die Drachenhaut, die bisher den Rücken des wilden Heiden geschützt hatte. Er wankte bedenklich hin und her, und der Schwertgriff glitt ihm aus der Hand. Es wäre ihm entfallen, wenn er ihn nicht klugerweise mit einer Schlinge ans Gelenk gebunden hätte.

Dicht neben ihm kam Mandrikard ins Schwitzen. Die Spuren von Marfisas Schlägen zeigten sich an seiner Brust und Stirn, aber er steckte nicht zurück. Seine Rüstung war ebenso vollkommen wie die von Marfisa. Es gab nicht eine einzige Schwachstelle an ihnen.

Doch da riß Marfisa ihr Pferd eine Spur zu schnell zur Seite. Es glitt auf dem feuchten Wiesengrund neben Merlins Brunnen aus und stürzte auf die Seite. Noch während es sich wieder aufrappeln wollte, nutzte der Tartar seinen Vorteil und ließ sein eigenes Pferd völlig unritterlich gegen das Pferd Marfisas prallen, so daß es erneut stürzte. Ruggiero sah, daß Marfisa seine Schwerthand dringender als alles andere benötigte. Er schlug nur einmal zu. Wenn er die Balisarde in der Hand gehabt hätte oder der Tartar einen anderen Helm, dann wäre Mandrikards Kopf sicherlich wie ein Krautstrunk weggeflogen.

Neben ihnen kam der Herr von Algier wieder zu sich. Er kehrte um, entdeckte Richardet und wollte auf ihn losgehen, aber da stieß Malegis dazwischen und bewies, was er von der großen Schwarzen Kunst verstand. Er kannte sich wie die besten Magier in Zauberei aus. Obwohl er sein Zauberbuch gar nicht bei sich trug, in dem geschrieben stand, wie er sogar den Lauf der Sonne anhalten konnte, kannte er einige Formeln auswendig, die zur Beschwörung dienstbarer Geister nötig waren.

Er rief nach einem Dämon und befahl ihm, sofort in das Pferd von Doralice zu fahren. Kaum hatte Malegis seinen Zauberspruch gemurmelt, als der Dämon auch schon gehorchte. Der Zelter, auf dem die Tochter von König Stordilan saß, wurde völlig unerwartet bockig. Das eben noch friedliche Pferd sprang acht Ellen hoch und fünfzehn Ellen weit. In Todesangst stieß Doralice einen gellenden Hilfeschrei aus. Als wenn die Teufel hinter ihm her wären, jagte der Gaul hin und her, woraufhin Doralice immer entsetzlicher kreischte. Das Pferd wurde so schnell, daß es nicht einmal ein Pfeil erreichen konnte.

Rodomont erkannte, in welch fürchterliche Gefahr seine geliebte Doralice geriet, und setzte ihr sofort nach. Auch der Tartar brach alle Streitigkeiten ab. Er interessierte sich nicht mehr für Ruggiero oder Marfisa. Ohne Friedensschluß stürmte er hinter den beiden anderen her.

Marfisa brannte vor Zorn und Ärger. Sie sah, wie ihre Feinde weggaloppierten und mit ihnen jede Möglichkeit der Rache. Ruggiero brüllte wie ein Löwe. Ihm war sofort klar, daß weder Frontin noch Brigliador von irgendwelchen anderen Pferden eingeholt werden konnten. Trotzdem wollte er nicht aufgeben – so lange nicht, bis er sein Pferd von Rodomont zurück hatte. Marfisa bestätigte, daß auch sie nicht aufgeben würde.

»Ich werde mich mit Mandrikard schlagen, so lange, wie ich es will und nicht wie er.«

Beide waren sich einig, daß ihre Zweikämpfe auf keinen Fall so beendet werden konnten, und beschlossen, diese Beleidigung nicht auf sich sitzen zu lassen. Nach allem, was sie wußten, konnten Rodomont und Mandrikard nur zum Lager reiten, in dem König Agramant von den Franken und ihren Verbündeten eingeschlossen war. Ruggiero erklärte Bradamantes Bruder Richardet, was sie vorhatten. Er bat ihn, weiterhin sein Freund zu bleiben, und bestellte Grüße für seine Schwester. Dabei wählte er seine Worte so geschickt, daß die anderen nichts bemerkten. Schließlich verabschiedete er sich auch vom verwundeten Aldiger, von Vivian und seinem Bruder Malegis.

Marfisa war bereits losgeritten. Sie konnte nicht erwarten, nach Paris zu kommen. Malegis und Vivian riefen ihr noch einen Gruß hinterher, doch sie war schon zu weit entfernt, um ihn noch zu hören.

27. Gesang

Ohne lange zu überlegen, können Frauen oft aus dem Augenblick heraus richtig entscheiden. Das ist einer der Vorzüge, die sie vom Himmel haben. Den Männern gelingen derartige Entschlüsse nur sehr selten. Sie müssen planen, überlegen und sich lange den Kopf zerbrechen, bis sie endlich wissen, was sie wollen.

Mit etwas mehr Überlegung hätte Malegis auch auf den Gedanken kommen können, dem Geist im Pferd von Doralice eine andere Richtung zuzuweisen als ausgerechnet nach Paris. Hätte sein Dämon das Pferd nach Osten statt nach Westen gelenkt, wären ihm auch die beiden verliebten Sarazenen dahin gefolgt. Da aber der Dämon keine entsprechende Anweisung erhalten hatte, fühlte er sich wie jede andere Höllenbrut von Mord und Blut, Verrat und Feuer angezogen. Nun nahm das Übel genau den Weg, der Kaiser Karl am meisten schaden mußte.

Der Zelter mit dem Teufel in seinen Eingeweiden lief durch Flüsse und Gräben, ritt über Steine und Geröll und trug die verängstigte Doralice durch Sümpfe und durch Wälder. Schließlich erreichte er das Lager der Franken und der Briten. Vollkommen unbehelligt trieb der Dämon das Pferd an den Kriegern vorbei, die für Jesus Christus zu den Waffen gegriffen hatten. Er hielt erst an, als er die Zelte des Königs von Granada erreichte.

Die beiden Heiden hatten Doralice und das wild gewordene Pferd einen Tag lang verfolgt. Erst als sie am Heer der Sarazenen ankamen und erfuhren, daß Doralice im Lager ihres Vaters angekommen war, gönnten sie sich eine Ruhepause.

Zu allem Unglück hatte Karl der Große auch seine beiden besten Paladine verloren. Es war, als hätte die launische Fortuna das Doppellicht aus Klugheit und aus Stärke einfach ausgelöscht und ihn in Dunkelheit zurückgelassen. Orlando tobte noch immer völlig nackt bei Sonnenschein und Regen, Hitze und Kälte über die Berge und durch die Wälder.

Auf Rinaldo mußte Karl ebenfalls verzichten, denn der trieb sich auch nicht viel klüger irgendwo auf fernen Wegen herum und suchte weiterhin Angelica. Seine Eifersucht brannte heiß in seinem Herzen, seit er sie in Paris gesehen hatte, dann aber sofort nach England weiter mußte. Er war zurückgekehrt und hatte mit dem Entsatzheer König Agramant mit den Ungläubigen eingekesselt. Anschließend war er in jedes Kloster eingedrungen, hatte jede Haustür geöffnet und jede Burg durchsucht. Wenn sie nicht irgendwo hinter Mauern und Säulen eingekerkert war, hätte er sie finden müssen. Immer wieder malte er sich aus, daß Angelica vielleicht schon im Schloß Brava war, dem Stammsitz der Herren von Anglant, und dort vergnügt und lustvoll in Orlandos Armen lag.

Schließlich kehrte er nach Paris zurück. Hier hätte längst auch Orlando eintreffen müssen. Seine lange Abwesenheit führte bereits zu offenen Vorwürfen. Nachdem er zwei Tage in Paris gewesen war, ohne daß Orlando auftauchte, ritt Rinaldo erneut nach Anglant. Immer wieder, morgens und abends, bei Nacht und in der Mittagshitze wiederholte er die Suche und seine immer gleichen Fragen. Irgendwann war er gut hundertmal vergeblich hin und her geritten.

Der Teufel, der schon Eva den verbotenen Apfel in die Hand gab, lenkte seinen bösen Blick nun auf Kaiser Karl. Er sah, daß die Gelegenheit günstig war, als Rinaldo weiter durch das Land streifte. Das war für ihn der rechte Augenblick, um den Christen endlich den Rest zu geben. So schnell wie möglich schickte er die Sarazenenkrieger und ihre besten Helden auf den Weg. Die Könige Gradass und Sakripant hatten sich nach ihrem Aufenthalt im Zauberschloß von Atlante nicht mehr getrennt. Sie wollten nun dem bedrängten König Agramant helfen, den Frankenkaiser zu vernichten.

Ein zweiter Dämon aus der Hölle setzte sich vor sie und zeigte ihnen, ebenso wie der andere im Pferd von Doralice, den Weg. Zu allem Übel schickte die Hölle auch noch einen dritten Dämon, der sich um Ruggiero und Marfisa kümmern sollte. Der schwarze Engel trieb sie jedoch nicht an. Im Gegenteil, er hielt sie sogar absichtlich zurück. Nur dadurch konnten die Teuflischen verhindern, daß die Streitenden zu früh erneut zusammentrafen, um sich um die Befreiung Agramants zu kümmern.

Mandrikard und Rodomont erreichten die flatternden Fahnen im Sarazenenlager von König Agramant. Kurz darauf stießen König Gradass und König Sakripant mit ihrem Gefolge hinzu. Sie berieten, wie sie den Belagerungsring von Karl durchbrechen und Agramant befreien konnten. Dann wagten sie das fast Unmögliche. Dicht nebeneinander preschten sie auf die Zeltlager des Christenheeres zu. Überall schrien sie: »Es lebe Afrika! Sieg, Sieg für Spanien!«

Wie schon so oft schufen sie durch ihr Geschrei ein heilloses Durcheinander unter den Christen. Jeder suchte nach Waffen, und das Getümmel wurde schnell zu einem fürchterlichen Gedränge. Rasch zeigte sich, wie sehr dem Christenheer die mutigen Paladine und unerschrockenen Helden fehlten. Kopflos rannten die Christen durcheinander.

Es dauerte sehr lange, bis endlich die Trompeten tönten und Trommelschlag die Heeresgruppen wieder ordnete. Geschrei und Lärm klangen bis zum Himmel hoch. Endlich erschien der Kaiser in voller Rüstung – aber ohne Helm. Er wurde von der Schar seiner engsten Paladine begleitet, die ihm noch verblieben war. Schnell fragte er, was geschehen war. Dann sah er sich die ersten Opfer des unerwarteten Sarazenenausbruchs an. Dem einen hatte ein Schwerthieb die Brust zerteilt, andere hatten Hals- und Kopfverletzungen erlitten. Dem einen fehlte eine Hand, der andere hatte keine Arme mehr.

Als er noch weiter auf den Platz des Überfalls vordrang, sah er, daß er durch blutigen Morast ritt. Hier halfen keine Ärzte und keine Zauberer mehr. Dort, wo die Befreier Agramants sich durchgeschlagen und für ewige Zeiten hellen Ruhm erworben hatten, zog sich eine breite Spur der Vernichtung quer durch das Christenlager.

Noch ehe die erste Gruppe der Retter bis zu den Wallanlagen des Afrikanerkönigs vorgestoßen war, drangen Marfisa und

Ruggiero an einer anderen Stelle in das Lager der Christen ein. Sie stürzten sich so unerwartet und heftig mitten zwischen die Franken, als würde mit hellem Feuerschein eine Mine explodieren, um ihre Flamme, schneller als das Auge, durch die Reihen der Zelte zu schicken. Es krachte, dröhnte und verkündete den Tod.

Genauso wie der Lärm, der Mauern brach und selbst den harten Felsen auseinanderriß, drangen die beiden immer weiter vor. Sie schlugen reihenweise Arme und Schultern ab und spalteten überall dort, wo die Christen nicht schnell genug flohen, die Köpfe kreuz und quer. Es war, als würde ein Sturm durch ein enges Tal fahren und dabei den einen Hang verschonen und in den anderen blutige Schneisen schneiden.

Viele von denen, die sich eben noch vor den Hieben von Rodomont und den anderen gerettet hatten, wurden Opfer. Wer der einen Gefahr entfliehen konnte, zahlte in der zweiten doch noch mit seinem Fleisch und seinen Knochen.

Marfisa und Ruggiero schafften den Durchbruch bis ins Heerlager der Sarazenen. Sie wurden überall mit lautem Jubel und mit Dankgebeten begrüßt. Gleichzeitig verloren die Geschlagenen ihre Angst vor Karl dem Großen und seinen Verbündeten. Nun waren sie wieder bereit, die Waffen aufzunehmen. Ohne zu zögern, beschlossen die Sarazenen, sofort anzugreifen und so den Ausbruch zu erzwingen.

Posaunen, Hörner und Mohrenpauken schallten mit schrecklichem Gelärm bis zum Himmel hinauf. Überall wurden Paniere und Standarten hin und her geschwungen. Die großen Fahnen flatterten im Wind, während sich auf der anderen Seite die Vasallen Kaiser Karls versammelten. Bretonen, Italiener, Engländer und Deutsche schlossen zu den Franken auf. Gleich darauf begann ein fürchterliches Gemetzel. Der schreckliche Fürst Rodomont warf sich den Christen ebenso entgegen wie der starke, brüllende Mandrikard. Auch Ruggiero, der als Quelle der Tugenden galt, ließ seinen Stern über dem Schlachtfeld strahlen. Gradass bewies, daß er zu Recht einen berühmten Namen trug. Marfisa kämpfte neben König Sakripant in einer Weise, daß sich keiner mutiger als sie nennen konnte.

Die stolzen Helden wüteten so schlimm, daß der Kaiser mit seinen Truppen bis nach Paris zurückweichen mußte, um von dort aus die Hilfe von Sankt Denis und Sankt Johann zu erbitten. Aber der Kampf wurde immer furchtbarer. Was wie ein Rückzug begann, verwandelte sich sehr schnell in eine wilde, heillose Flucht. Die Niederlage war ein schwerer Schlag für Karl den Großen: Die Sarazenen, an deren Spitze auch Ferragu kämpfte, drängten so entschlossen vor, daß die zurückweichenden Franken auf der Brücke über die Seine eingekeilt wurden. Viele stürzten über die Brüstung ins Wasser und ertranken. Nur wenige erreichten trotz der schweren Waffen und Rüstungen das Ufer.

In ihrer Not wünschten viele, wie Ikarus fliegen zu können, um so der tödlichen Umklammerung zu entkommen. Der Tod war jedoch überall. Sämtliche Paladine Karls gerieten in Gefangenschaft. Lediglich der getreue Olivier entkam schwerverletzt mit einer Wunde an der Seite. Zusammen mit dem Grafen von Vienne entfloh auch Ogier, obwohl ein Schwerthieb den großen Dänen noch am Kopf getroffen hatte.

Zum Schluß blieb nur noch Brandimart übrig. Wenn er ebenso wie Rinaldo und Orlando das Heer verlassen hätte, wäre Karl an diesem Tag nicht mehr heil bis in die schützenden Mauern von Paris gekommen. Auch der bewährte Brandimart konnte nicht verhindern, daß der Heidenkönig Agramant Paris zum zweiten Mal einschloß.

Das Schreien der Witwen und der beraubten Alten schallte ebenso bis zum Himmelssitz Erzengel Michaels hinauf wie das Weinen der verwaisten Kinder. Der Engel sah, daß schon bald Wölfe und Raben über die Christenheit herfallen würden, denn überall lagen die Verteidiger des Glaubens am Boden. Scham überkam den Erzengel, und seine Wangen wurden rot, weil er das Wort des Herrn im Himmel nicht sorgfältig genug ausgeführt hatte. Er fühlte sich von der Zwietracht belogen und betrogen. Er hatte sie mit dem Auftrag zu den Ungläubigen geschickt, dort Streit und Verwirrung anzustiften. Nun zeigte sich überdeutlich, daß sie genau das Gegenteil erreicht hatte.

Erzengel Michael sah ein, daß er irgend etwas vergessen

hatte. Er war ein treuer Diener des Allmächtigen, auch wenn ihn sein Gedächtnis manches Mal in Stich ließ. So schnell wie möglich flog er zum Kloster hinab, in dem er oft genug die Zwietracht angetroffen hatte. Sie lag in einem Schaukelstuhl und genoß den Anblick, wie sich die Mönche im großen Speisesaal mit Gebetbüchern bewarfen.

Das war zuviel!

Erzengel Michael packte die Haare der lügenhaften Zwietracht, prügelte sie und trampelte auf ihr herum. Mit seinem Kreuzstab schlug er ihr auf Rücken, Kopf und Arme, bis er zerbrach. Die Zwietracht heulte auf, flehte ihn an, bat um Erbarmen und umschlang jammernd seine Knie. Aber der Engel ließ sie nicht in Ruhe.

»Sofort zurück zu diesen Heiden!« schrie er sie an. »Es wird dir noch viel schlechter gehen, wenn du dich außerhalb des Lagers sehen läßt.«

Obwohl der Zwietracht der Kopf, die Arme und der ganze Rücken fürchterlich zerdroschen waren, fürchtete sie sich vor dem erbosten Erzengel noch mehr. Hastig griff sie nach ihrem Blasebalg, mit dem sie immer wieder Zorn und Streit aufflammen lassen konnte.

Kaum war die Schlacht um Paris gewonnen, da loderte die Glut der Zwietracht wieder zwischen Rodomont und Mandrikard auf. Gemeinsam mit Ruggiero und Marfisa ritten sie direkt zu König Agramant, um endlich ihren alten Streit auszufechten. Ehe der König dem Kampf zustimmen konnte, trug auch Marfisa ihren Anspruch vor: »Ich warte keinen Tag und keine Stunde mehr, um mich mit Mandrikard zu messen. Ich bin nicht von so weit hergekommen, um jetzt zurückzustehen. Es ist mein Recht, daß ich zuerst mit dem Tartaren kämpfe.«

»Mein Kampf gegen Mandrikard muß zuerst stattfinden«, widersprach Rodomont wütend. »Ich habe ihn bis jetzt verschoben, um dir, Agramant, und deinem Heer zu helfen.«

»Das kommt überhaupt nicht in Frage«, unterbrach nun auch Ruggiero. »Vor allen anderen verlange ich mein Pferd Frontin zurück. Ich denke nicht daran, jetzt zuzulassen, daß Rodomont mit meinem Pferd zuerst gegen Mandrikard kämpft und nicht mit mir.«

Die gegenseitigen Ansprüche vor König Agramant verwirrten sich noch mehr, als Mandrikard auch noch Ruggiero jedes Recht absprach, den Adler mit den weißen Schwingen als Wappen auf dem Schild zu führen. Er war bereits so wütend, daß er verlangte, gegen alle drei zugleich zu kämpfen.

Marfisa, Rodomont und Ruggiero waren sofort einverstanden. Beschwichtigend versuchte König Agramant, wieder Ruhe und Vernunft unter die Streitenden zu bringen, aber keiner wollte dem anderen den Vortritt lassen. Schließlich blieb dem König nur noch eine Möglichkeit: »Ihr sollt kämpfen, wenn ihr unbedingt wollt. Aber Gerechtigkeit bringt jetzt nur noch das Los.«

Sofort ließ er vier Zettel mit jeweils zwei Namen der Kontrahenten schreiben und diese Lose ziehen. Die Laune der Glücksgöttin wollte, daß Mandrikard und Rodomont den ersten Kampf austrugen. Mandrikard und Ruggiero sollten die zweite Paarung bilden, die dritte Ruggiero gegen Rodomont, und schließlich war Marfisa gegen Mandrikard dran.

»Und das nennst du Gerechtigkeit?« stieß Marfisa wütend hervor. Auch Ruggiero paßte die Reihenfolge nicht. Er hatte selbst erlebt, welche ungeheure Kraft in den beiden ersten Kämpfern steckte. Wenn sie aufeinander eingeschlagen hatten, würde nicht mehr viel für ihn und Marfisa übrigbleiben.

Agramant hob nur die Schultern und dann die offenen Hände. »Das Schicksal hat entschieden«, sagte er.

Zum Ort der Zweikämpfe wurde ein runder Platz eine Meile vor Paris bestimmt. Hier befand sich bereits ein hoher Wall wie um ein ehemaliges Amphitheater. Mit aller Sorgfalt wurden Pfähle in den Boden gerammt und mit Weidengeflecht als seitliche Begrenzungen der Kampfbahn für das große Stechen vorbereitet. Das lange, weiträumige Rechteck erhielt an jeder Schmalseite ein Tor.

Am Tag, den die Recken zusammen mit König Agramant festgelegt hatten, wurden zwei große Zelte an beiden Seiten der Tore aufgerichtet. Im westlichen bereitete sich Rodomont mit seinen gigantischen Gliedern auf die Entscheidung vor. Ferragu und König Sakripant halfen ihm, seine Panzerung aus Drachenhaut anzulegen. Auf der anderen Seite des Kampfplatzes hatten Falsiron und König Gradass die Ehre übernommen, Mandrikard, den kühnen Sohn von König Agri-Khan, mit der Rüstung des Trojaners Hektor anzukleiden.

Während die Kämpfer vorbereitet wurden, nahmen die Zuschauer auf hohen Bühnensitzen Platz. Hier thronten die Herren von Granada, Spanien und Afrika zusammen mit den Edelsten der Sarazenen. In dichten Wellen schoben sich immer mehr Zuschauer heran. Kastiliens Königin kam in Begleitung von Fürstinnen und hohen Frauen. Selbst aus den fernsten Gauen war die Blüte holder Weiblichkeit in festlichen Gewandungen erschienen. Nur Prinzessin Flordelice, die Tochter König Stordilans, ließ sich in einem Kleid sehen, dessen Farben so zart und matt waren, als wäre sie bereits verstorben.

Dagegen kam Marfisa bereits im Waffenrock, wie es einer Kriegerin und Heldin anstand. Sie wirkte wie Hippolyta, die antike Königin der Amazonen, und ihre Kämpferinnen.

Der große Auftrieb wurde von einem Sarazenen unterbrochen. Er trug den bunten Wappenumhang, der ihn als Herold König Agramants auswies.

»Hiermit ermahne ich auf königliche Order jedermann«, rief er mit lauter, feierlicher Stimme, »daß niemand sich mit Worten oder Taten einmischt, sobald ein Kampf begonnen hat!«

Er nannte sämtliche Gesetze, Strafen und Verbote, die jedem drohten, der die Regeln nicht beachtete. Zuschauer und das Volk am Rand forderten mit ihrem Geschrei das Erscheinen der berühmten Ritter, doch da drang plötzlich lautes Gezänk aus dem Zelt von Mandrikard. Es war die Stimme von Serikanas König Gradass, der immer lauter seinen ganzen Groll gegen den mächtigen Herrn der Tartarei schleuderte.

Mandrikard war von seinen edlen Freunden bereits voll eingerüstet und bewaffnet worden. Nur noch das Schwert fehlte ihm. Als König Gradass ihm jedoch die Waffe reichen wollte, sah er das Wort »Durindana« und das Wappen von König Almont am Ende des Schwertgriffs.

»Das Schwert!« stieß Gradass hervor. »Genau dieses Schwert ist es, das ich schon lange suche!«

Er hielt die Durindana wie ein Heiligtum in seinen Händen. Es war dasselbe Schwert, das Graf Orlando einst dem Sarazenenkönig Almont abgenommen hatte, nachdem er ihn als Rache für den Tod seines eigenen Vaters am Brunnen von Aspromont besiegt hatte. Für diese legendäre Waffe hatte Gradass gerade erst mit seinen besten Männern Kastilien überrannt und die Franken überwunden. Er konnte sich einfach nicht erklären, wie sie in den Besitz des Tartaren gekommen war.

»Wo hast du dieses Schwert her?« schrie er Mandrikard an. »Geerbt durch irgendeinen Vertrag oder ehrlich in einem heldenhaften Kampf errungen?«

»Was willst du?« schrie Mandrikard zurück. »Auf freiem Feld habe ich mit dem Paladin Orlando um dieses Schwert gekämpft – so lange, bis die Angst in seine Knochen fuhr. Er wußte, daß so lange Krieg zwischen uns sein würde, bis er mir das Schwert gäbe. Statt die Niederlage zuzugeben, flüchtete er sich in Selbstbetrug und Heuchelei. Durch seiner Seele Feigheit hat er dann Wahnsinn vorgetäuscht. Ja, er benahm sich wie ein Biber, der seine geilen Teile ausreißt und schnell wegwirft, sobald der Jäger ihm zu nahe kommt. Er weiß ja, daß der Jäger nur das eine und sonst nichts anderes von ihm will.«

Gradass unterbrach den Wortschwall des Tartarenfürsten. »Das alles interessiert mich nicht!« schrie er. »Ich lasse dieses Eisen weder dir noch irgendeinem anderen. Es hat mich schon zu viel Mühe, Gold und gute Männer gekostet. Von heute an ist es meine Beute. Es interessiert mich nicht, ob sich Orlando klug oder wahnsinnig benimmt. Und du hast keine Zeugen für deine Behauptungen. Ich bestreite dir daher das Recht, dieses Schwert zu führen. Wenn du es haben willst, dann hole es dir im Kampf. Das ist nun mal das eherne Gesetz der Ritter: Was du im Kampf benutzen willst, mußt du dir ebenso erwerben.«

»Es gibt kein Lied, das mir süßer in den Ohren klingen könnte als die Herausforderung zum Kampf«, dröhnte Mandrikard zurück. »Aber nun liegt es an dir, Rodomonts Zustimmung dafür zu holen. Wenn Rodomont mit dem zweiten Waffengang zufrieden ist, gehört der erste dir. Ich stelle mich dir und jedem anderen.«

»Einspruch!« schrie Ruggiero dazwischen. »Die Reihenfolge ist durch das Schicksal festgelegt. Solange ich nicht erster sein kann, gehört das Recht, wie durch das Los bestimmt, Rodomont. Und wenn es wirklich so ist, daß man sich alles erst erwerben muß, ehe man damit kämpfen darf, dann darfst du auch den weißen Adler nicht in deinem Wappen führen. Für dieses Recht müßtest du nämlich zuerst mich besiegen.«

»Ihr seid nicht die Männer, die mir irgend etwas verbieten können«, schrie Mandrikard grimmig. »Ich sehe keinen, der mich daran hindern könnte, mit dem weißen Adler dieses gute Schwert zu führen.«

Er ballte seine Hand zur Faust und schlug dem König der Serikaner auf die rechte Hand. Gradass mußte die Durindana fallen lassen. Er hatte nicht mit einem derartigen Ausfall des Tartaren gerechnet. Scham und Zorn stachen durch sein Herz. Die Schmach, daß alle seine Niederlage gesehen hatten, trieb ihm die Röte ins Gesicht. Augenblicklich riß sein eigenes Schwert heraus. Aber Mandrikard war so in Fahrt, daß er nun auch noch Ruggiero vor seine Klinge rief.

»Kommt nur, ihr beiden Recken. Und bringt gleich Rodomont als dritten mit! Gegen Afrika und Spanien nimmt ein Tartar es immer auf!«

Er schwang die Durindana, griff den Schild und blickte nur noch verächtlich auf Ruggiero und Gradass.

»Laß mich das machen!« rief Gradass Ruggiero zu. »Gönne mir die Freude, diesen Narren von seiner Albernheit zu heilen.«

»Bei Gott, ich gebe dir mein Wort, daß dieser Kerl jetzt mir gehört!«

Die beiden schrien sich zornig an. Fast schien es so, als würden sie sich zur Belustigung der Zuschauer auch noch darum prügeln, wer gegen wen ernsthaft kämpfen durfte.

Nichts auf der Welt konnte jetzt die Wütenden voneinander trennen – nichts außer König Agramant. Zusammen mit dem Spanierkönig Marsilo erschien der Sohn Trojans, dem alle anderen in Ehrfurcht dienten. Sofort verstummte jeder Lärm.

»Was ist hier los?« fragte Agramant scharf. Nachdem ihm aufgeregt berichtet worden war, wandte er sich an Gradass. »Ich schlage vor, daß du das Schwert einen Tag bei Mandrikard beläßt, so lange, bis der Kampf mit Rodomont ausgetragen ist.«

»Nein«, schnaubte Gradass. »Ich will das Schwert, das Graf Orlando König Almont ... deinem Onkel ... nahm!«

Sie verhandelten, konnten sich aber nicht einigen. Dann ertönte von der anderen Seite der abgesteckten Kampfbahn neuer Lärm aus dem Zelt, in dem sich König Sakripant von Circassien, Ferragu und Rodomont befanden. Sie hatten König Rodomont von Algier in die Rüstung geholfen, die dessen Ahnherr Nimrod schon in Babylon getragen hatte.

Sakripant überprüfte gerade jede Einzelheit am Zaumzeug und an den Zügeln des zur Schlacht bereiten Rosses. Während er sich noch einmal die Beschläge und den Sattel ansah, bewunderte er den zierlichen und fast schlanken Bau und den feinen Bug des energiegeladenen Pferdes. Ruggiero beobachtete sie und biß sich wütend auf die Lippen. Plötzlich erkannte Sakripant den Hengst! Es war sein eigener, den er früher einmal »Milchstirn« oder auch »Frontalatte« genannt hatte. Wie lange hatte er ihn schon gesucht, wie viele tausend Kämpfe schon auf der Suche nach ihm bestanden! Wie sehr hatte er getrauert, als ihm Brunell das Pferd vor den Toren Albraccas gestohlen hatte! Er hatte sogar geschworen, nie wieder auf dem Rücken eines anderen Pferdes sitzen zu wollen. Zu Brunels reicher Diebesbeute hatte auch der Zauberring von Angelica, der Prinzessin von Cathay, gehört. Außerdem Orlandos Kampfhorn, sein gutes Schwert Balisarde und schließlich auch noch das Schwert der Perserkönigin Marfisa.

Nach der Befreiung Ruggieros aus der Macht des Zauberers Atlante hatte Brunell Pferd und Waffen an den jungen Recken übergeben. Der nannte es von da an »Frontin«.

Endlich, als er sich ganz sicher war, wandte sich Sakripant an den König von Algier. »Herr«, sagte er, »dieses Pferd hier gehört mir. Ich habe es vor der Burg Albracca in Cathay durch einen Dieb verloren. Leider kann ich dir dafür keine Zeugen nennen. Sie sind zu weit entfernt von hier, aber wer mir das nicht glaubt, dem will ich gern mit dem Schwert beweisen, daß ich die Wahrheit sage. Heute kannst du meinetwegen noch auf Frontalatte reiten. Ich sehe ein, daß du ohne ihn sonst nicht zum Kämpfen kommst. Doch ich stelle eine Bedingung dafür: Du mußt anerkennen, daß dieser Hengst in Wahrheit mir gehört. Wenn du mit dieser Regelung nicht einverstanden bist, mußt du mich begraben, ehe du ihn bekommst.«

Rodomont richtete sich so auf, wie es dem stolzesten Ritter, der je ein Schwert in seinen Händen hielt, zukam. Für ihn gab es nicht einen einzigen auf der ganzen Welt, der sich mit ihm messen konnte. Deshalb sagte nur: »Wäre irgendein anderer tollkühn genug, so mit mir zu reden wie du, mein lieber Sakripant, dann wäre es für diesen Armen besser, er wäre stumm geboren. Aber weil du selbst gesagt hast, daß wir Kampfgefährten sind und den Weg hierher zusammen gingen, gebe ich dir keine Schläge auf den Hinterkopf, sondern nur den guten Rat, hübsch zu warten, bis du gesehen hast, auf welche Art ich meine Lanze mit meinen Feinden breche. Anschließend darfst du flehen: ›O bitte, Rodomont, behalte dieses Pferd.‹«

»Ist das die feine Art, so grob zu sein?« rief der Circassier wütend. »Dann sage ich jetzt ebenso in aller Deutlichkeit: Du faßt mein Streitroß hier nicht an! Solange ich ein gutes Schwert noch halten kann, werde ich dich daran hindern, daß du Frontalatte näher kommst. Und falls mein Schwert zerbricht, kämpfe ich mit Zähnen und mit Nägeln für mein Recht.«

Schneller, als Stroh entflammt, gingen sie zu Handgreiflichkeiten über. Der Sarazene war voll gerüstet, während König Sakripant weder ein Kettenhemd noch irgendeinen Schutz an Armen oder Beinen trug. Alles, was er Rodomonts Kraft und Wut entgegensetzen konnte, waren sein Schwert und seine Geschicklichkeit.

Schnell zeigte sich, daß Rodomonts Riesenkraft und seine schwere Rüstung kein Vorteil, sondern ein Nachteil waren. Er konnte sich nur wie ein schwerer Mühlstein drehen, während Sakripant Hände und Füße für schnelle Bewegungen frei hatte. In diesem Augenblick griff Ferragu ein. Zusammen mit Serpentin, Isolier, Grandon und einigen anderen Sarazenenhelden trennte er die völlig ungleich Kämpfenden. Der Lärm dabei wurde so laut, daß es auch die Streitenden im anderen Zelt hörten. Hier versuchte König Agramant immer noch, zwischen dem stolzen Ruggiero, dem Serikanerfürsten und dem Tartaren zu vermitteln.

»Mach du hier weiter«, befahl Agramant König Marsilo, »und beende diese Streiterei! Ich kümmere mich inzwischen um die anderen.«

Als er das Zelt westlich der Kampfbahn erreichte, erlosch Rodomonts Wut. Auch Sakripant nahm sich zusammen und neigte seinen Kopf vor dem Obersten der Sarazenen. Agramant richtete sich zu seiner vollen Größe auf.

»Was geht hier vor? Und warum streitet ihr?«

»Ich will nur mein Pferd zurück«, beharrte Sakripant auf seinem Anspruch. »Der da kann es gerne von mir leihen, aber es gehört nun einmal mir.«

»Das könnte dir so passen«, dröhnte Rodomont und reckte sich nun ebenfalls zu seiner ganzen Größe. »Weder du noch der Himmel bringen mich dazu, daß ich etwas abgebe, das ich durch eigene Kraft behalten kann.«

»Also, noch einmal ganz von vorn!« forderte König Agramant und wandte sich an Sakripant. »Mit welchem Recht erhebst du Anspruch auf das Pferd? Und wodurch hast du es verloren?«

Sakripant wiederholte die Geschichte. Sein Gesicht wurde rot vor Scham, als er beschrieb, durch welche heimtückische List der Dieb ihm das Pferd unter dem Sattel weggestohlen hatte, während er noch auf ihm saß und träumte. »Er hat vier Lanzen so geschickt von allen Seiten unter meinen Sattel gesteckt, daß ich nicht einmal bemerkt habe, wie mein guter Frontalatte unter mir gestohlen wurde.«

In diesem Augenblick näherte sich Marfisa. Sie war vom Lärmen und Geschrei angelockt worden. Betroffen hörte sie, was Sakripant berichtete. Dann bestätigte sie die Aussagen des Circassiers: »Es ist so, wie er es gesagt hat. Am selben Tag habe ich durch diesen Dieb mein Schwert verloren. Ich erinnere mich ganz genau daran, wie dieses Pferd mit Brunell so schnell an mir vorbeikam, als würde ihnen der Wind zur Flucht verhelfen.«

Den Sarazenen rings umher war das alles längst bekannt. Oft genug hatte Brunell mit diesen Heldentaten geprahlt, aber nun erst sahen sie einige der Bestohlenen.

Erstaunt erfuhr Marfisa, daß der Dieb für sein schändliches Verhalten vom König Agramant keinen Hanfstrick um den Hals, sondern als Belohnung auch noch das Königreich von Tanger bekommen hatte.

Ihr alter Zorn kochte erneut in ihr hoch. Schon wegen der Erinnerung daran, wie schmachvoll und verhöhnt sie unterwegs ohne ihr Schwert gewesen war, wollte sie Rache an dem Dieb. Unverzüglich ließ sie sich den Helm von ihrem Knappen geben. Damit war sie wieder voll gerüstet. Wortlos drehte sie sich um und stapfte direkt zur Tribüne mit den Ehrengästen.

Brunell saß in der ersten Reihe und prahlte laut nach allen Seiten mit seinen Heldendtaten. Marfisa ging direkt auf ihn zu, packte ihn an der Brust und riß ihn hoch. Es war, als würde sich der Adler mit seiner Kralle einfach ein Hühnchen greifen. Dann trug sie ihn zum Zelt zurück, in dem König Agramant und die anderen Edlen noch immer stritten. Brunell schrie auf, er flehte, weinte und bat jämmerlich um Gnade. Seine Schreie gellten so schrecklich über die Köpfe der Zuschauer hinweg, daß viele erschreckt aufsahen. Marfisa erreichte den Obersten der Sarazenen und streckte ihm Brunell entgegen.

»Hier ist dein Dieb«, sagte sie kalt. »Und jetzt will ich ihn eigenhändig aufhängen. Er war dein Lehnsmann am Tag, als er dieses Pferd hier, mein Schwert und noch andere Dinge gestohlen hat. Wer das nicht glaubt, der soll vortreten und etwas zur Verteidigung des Kerls vorbringen. Und damit mir keiner vorwirft, ich würde nur die günstige Gelegenheit ausnutzen, bei der die Edlen hier im Streit liegen, verschiebe ich die Hinrichtung um drei Tage. Ich werde mich mit ihm ganz allein in den Turm zurückziehen, den ich drei Meilen entfernt am Wald gesehen habe. Kein Knappe, Pferdeknecht und keine Magd sollen mich begleiten. Wenn nach dem dritten Tag keiner der edlen Herren kommt, um für ihn zu kämpfen, sollen die Raben ihn verspeisen.«

Mit dieser Ankündigung band sie dem heulenden Brunell die

Hände und die Beine zusammen, warf ihn vor sich über das Pferd und ritt davon, ohne daß sie irgend jemand daran hinderte.

Während ihr Opfer noch lange jammerte und jeden heulend um Rettung und um Hilfe anflehte, stand König Agramant bestürzt am Zelt. Er wußte längst nicht mehr, wie er die ganzen Streitereien endlich beenden sollte. Daß aber Marfisa einfach Brunell mitgenommen hatte, schürte seinen Zorn am meisten. Dabei mochte er Brunell nicht besonders – im Gegenteil, er haßte ihn seit geraumer Zeit. Schon als er sich den Zauberring von Gräfin Bradamante abnehmen ließ, hatte er mit dem Gedanken gespielt, ihn am Galgen aufzuknüpfen. Aber was sich Marfisa nun geleistet hatte, war noch schlimmer. Seine Verblüffung verwandelte sich zunehmend in Scham und Zorn. Sie hatte ihn so tief in seiner Ehre gekränkt, daß er ihr sofort nachreiten und sich an ihr rächen wollte.

Nur Fürst Sobrin, der jetzt ebenfalls dazukam, konnte ihn gerade noch zurückhalten.

»Ich verstehe deinen Ärger«, sagte er schnell, »aber vergiß nicht, wer du bist. Es schickt sich nicht für den König der Könige, wenn er hinter einem Weib herreitet. Selbst wenn du siegreich in diesem Kampf bist, wäre das doch keine Ehre für dich, sondern eher einen Tadel wert. Vergiß Brunell! Er hätte ohnehin längst an den Galgen gehört. Schicke also eine Botschaft an Marfisa mit dem Inhalt, daß du allein der Richter bist und in dieser Eigenschaft Brunell zum Tod durch den Strang verurteilst.«

König Agramant befolgte gern den Rat des weisen Alten. Es war tatsächlich nicht seine Sache, hinter Marfisa herzureiten. Er ließ ihr freie Hand und sorgte dafür, daß sie auch nicht durch irgendeinen anderen weiter gekränkt wurde. Wichtiger als seine eigene verletzte Ehre und seine Rachegelüste war es, endlich die Streitigkeiten zu beenden und wieder Ruhe in das Heerlager zu bringen.

Genau darüber lachte die Zwietracht wie besessen. Nein! Hier bestand nicht mehr die Gefahr von Frieden und Verträgen. Fröhlich tanzte sie durch das ganze Lager. Der Stolz war ebenso vergnügt, entfachte immer neue Glut und legte alles, was er fand, ins Feuer. Er schrie so laut, daß sein Triumph bis hoch zum Erzengel Michael hinaufklang. Paris erzitterte unter dem Tosen, die Seine ergoß sich über ihre Ufer. Das Beben lief bis zum Ardenner Wald und trieb die Tiere aus den Höhlen und den Nestern. Bis in die Alpen war der Lärm zu hören. Er gellte über die Chevennen-Berge bis nach Blaye, Arles und zum Strand von Rouen, erschütterte den Rhein ebenso wie die Garonne und die Saône. Und selbst am Rhôneufer schlangen die Mütter schützend die Arme um die Kinder.

Fünf Ritter ließen ihre Waffen klirren. Jeder von ihnen drängte sich danach, die Entscheidung über seine Fehde als erster herbeizuführen. Das Durcheinander war so groß, daß selbst Apoll in diesem Wirrwarr nichts entschieden hätte. König Agramant versuchte, das Knäuel Stück für Stück wieder zu entwirren. Nach dem, was er gehört hatte, war es im ersten Streit darum gegangen, daß sich der Tartar und der Afrikaner gemeinsam um die Tochter Stordilans bemüht hatten.

Hier setzte König Agramant an. Er ging zum einen und zum anderen und versuchte, beiden gegenüber ein gerechter Herr und Freund zu sein. Doch beide blieben hartnäckig und taub. Weder Mandrikard noch Rodomont wollten freiwillig die Schöne aufgeben, um die sie sich in den Haaren lagen. Als nichts mehr half, befahl König Agramant, daß Doralice selbst entscheiden sollte. Die beiden Recken waren einverstanden. Jeder von ihnen war überzeugt, daß er der Auserwählte sei.

Rodomont war der schönen Tochter Stordilans schon seit geraumer Zeit verbunden. Sein eigener Ruhm sprach für ihn. Außerdem hatte Doralice ihm die höchste Gunst erwiesen, die einem keuschen Mädchen möglich war. König Rodomont freute sich deshalb über den Befehl von Agramant. Er sah ihn klar als einen Vorteil für sich an. Nahezu sämtliche Versammelten waren derselben Meinung. Aber Mandrikard lächelte nur bei dem Gedanken an die süßen Heimlichkeiten, die er in stiller Nacht mit ihr genossen hatte. Er wußte, daß ihm diese Trümpfe, von denen all das Volk nichts ahnte, niemand mehr nehmen konnte.

Die beiden stolzen Nebenbuhler schworen in die Hand des Königs, Doralices Wahl zu akzeptieren. Dann traten sie vor die Tochter Stordilans und baten sie um die Entscheidung. Doralice senkte schamhaft ihren Blick, während alle jetzt auf ihre Worte warteten.

»Ich liebe Mandrikard«, sagte sie leise. Ein Stöhnen ging durch die erschreckte Versammlung. Rodomont war verwirrt und zutiefst getroffen. Langsam, unendlich langsam kehrte sein alter Zorn zurück. Er riß sein Schwert hervor und schwang es in die Luft.

»Alles falsch!« schrie er. »Das ganze Urteil und der Befehl des Königs ... alles Frevel, alles Lüge! Ich verlange, daß das Schwert entscheidet und nicht die Launenhaftigkeit des Weibes, das flatterhaft nur noch Gedanken für das eine hat.«

»Ich nehme dich beim Wort«, entgegnete Mandrikard sofort. Sie wollten erneut aufeinanderstürzen, doch diesmal galt das Königswort.

»Hört auf!« rief Agramant. Damit war Rodomonts Niederlage entschieden.

Der Sarazenenheld fühlte sich doppelt verraten und beschämt. Seine geliebte Doralice hatte ihn ebenso beleidigt wie sein König, dem er immer noch gehorchte. Er konnte nicht länger bei diesem Haufen bleiben, der seinen Schimpf so deutlich miterlebt hatte. Von allen Männern, die ihm bisher gefolgt waren, wählte er nur die beiden besten Knappen aus. Dann stieg er auf sein Pferd, grüßte mühsam beherrscht zum König und verließ den Platz, an dem er nicht mehr kämpfen durfte.

Ruggiero sah bestürzt, wie mit Rodomont auch sein gutes Schlachtroß verschwand. Er war bereits zum Kampf gerüstet und wollte ihm sofort hinterher, aber er hatte zuerst noch einen Gang mit Mandrikard zu bestehen. Wenn er nun die ausgeloste Reihenfolge nicht einhielt, konnte es geschehen, daß ihm der Serikaner noch zuvorkam, der ebenfalls mit Mandrikard um die Durindana kämpfen sollte.

Er war wild entschlossen, nach der Beendigung dieser Kämpfe hier so schnell wie möglich hinter Rodomont herzureiten. Nur König Sakripant war durch keine Auslosung und kein Versprechen für irgendeinen Wettstreit an den Platz gebunden. Er war der einzige, der als freier Mann sofort aufbrechen und den Spuren des Rodomonts folgen konnte.

Möglicherweise hätte Sakripant ihn sehr schnell eingeholt. Dann allerdings wurde er durch ein unerwartetes Ereignis aufgehalten. Er preschte am Ufer des Seine entlang, als er plötzlich mitten in den Fluten eine junge Frau mit dem Ertrinken kämpfen sah. Die Wogen schlugen bereits über ihr zusammen. Sakripant sprang sofort aus dem Sattel und warf sich in den Fluß. Er packte die Frau und zog sie an das rettende Gestade.

Nachdem er die Unbekannte vor dem sicheren Tod gerettet hatte, suchte er nach seinem Pferd. Er sah es gerade noch und lief ihm nach, ohne auf den Weg zu achten. Erst als die Nacht anbrach, gelang es Sakripant, die Zügel zu ergreifen. Inzwischen wußte er nicht mehr, wo er sich befand. Trotzdem suchte er auch in den folgenden Tagen zweihundert Meilen weit im Umkreis nach Rodomont.

In der Zwischenzeit hatte sich Rodomont mit wundem Herzen und tiefem Zorn gegen König Agramant immer weiter von Paris entfernt. Es war, als würde seine heiße Sehnsucht sogar die Luft um ihn herum entzünden.

»Weibersinn!« rief er. »Ich weiß jetzt, wie leicht zu drehen du bist. Du bist das Gegenteil der Treue. Wer auf dich baut, hat schon verloren. Kein langes Dienen, keine noch so große Liebe, die ich dir in vielen tausend Zeichen zeigte, konnten erreichen, daß dein Herz nur mir gehörte. Auch daß ich deine Rose nicht berührt habe, hast du mir nur damit gedankt, daß deine Lust sich einen anderen suchte. Dabei verstehe ich nicht, warum du ihm gewährt hast, was ich mir versagt habe. Es gibt dafür nur einen einzigen Grund: Du bist ein Weib! Und du gehörst zu diesem bösartigen Geschlecht, das Gott als Strafe auf die Welt geschickt hat. Ihr seid die schlimmste Last des Mannes, sonst wäre uns das Leben nur noch ein Freudenfest. Wie die Natur Schlangen und Wölfe auf der Erde und für die Luft eklige Bremsen, Wespen und Mücken entstehen läßt, wie sie giftiges

Unkraut in den Weizen mischt – warum konnte sie sich nicht entschließen, den Mann allein und ohne Weib zu schaffen? Erst wenn man näher hinsieht, entdeckt man, daß es selbst im Allerschönsten nichts Vollkommenes gibt. Wie sollte es auch, wenn die Natur doch selber weiblich ist. Aus Dornen blüht die schönste Rose, aus stinkendem Morast die Lilie. Hochmütig, giftig, voller Laster seid ihr Frauen, grausam und ungerecht, leichtsinnig und als Pest in diese Welt geschickt.«

Rodomont stieß wilde Schreie aus und häufte weiter Schimpf und Schmach über alle Frauen. Mit seinem ungerechten Groll gegen die eine verurteilte er in einem Atemzug noch hundert andere.

»Wie viele habe ich gesehen«, klagte er. »Wie viele schenkten mir ihre Huld? Darunter waren einige, die ich auch loben könnte, aber wenn unter hundert auch nur eine schlimm ist, dann gerate ich genau an die! Es muß doch möglich sein, daß ich vor meinem Ende noch eine einzige treffe, die mir die Treue hält. Wenn das geschähe, würde ich ihr vor aller Welt Ruhmeslieder singen!«

Während der ganzen Zeit ritt er große Strecken hin und her. Mal lenkte er sein Pferd auf seinen König zu, dann wieder von ihm weg. Er gönnte dem Hengst Frontin kaum Ruhe. Am dritten Tag sah er die Wellen der Saône vor sich schäumen. Er beschloß, auf ihr und dann der Rhône durch die Provence zum Meer zu fahren. Nichts hielt ihn mehr im Reich der Franken, deshalb wollte er zurück nach Afrika.

Der Fluß wimmelte von Booten und von Kähnen. Die meisten hatten Proviant und Vorräte für das Heer der Sarazenen herangebracht. Die Länder zwischen Paris und dem schönen Strand von Aigues Mortes bis nach Spanien hin befanden sich bereits in der Hand der Eroberer. Rodomont beobachtete, wie überall Fracht auf Wagen, Tiere und kleinere Kähne umgeladen wurde. Die Treiber und die Viehhirten suchten Weiden für ihre Herden und für sich dann ein Nachtlager.

»Herr, suchst du vielleicht noch eine Unterkunft zur Nacht?« sprach ihn höflich ein Landmann an. Rodomont dankte für die Gastfreundschaft und folgte ihm. Nachdem sie auf dem Hof angekommen waren, ließ er zuerst sein Pferd versorgen, dann bat der Gutsherr ihn zu Tisch. Sie setzten sich an die Tafel. Der Gutsherr ließ an Speisen auffahren, was seine Küche hergab. Dann brachten die Bediensteten guten Griechenwein aus seinen Kellern.

König Rodomont war für gewöhnlich ein guter Sarazene. Nur bei den Trinkgebräuchen hielt er es eher mit der Art der Franken und ließ keinen Weinkrug voll.

Sein Gastgeber hatte an seiner ganzen Art und an seiner Rüstung längst erkannt, daß er von hoher Herkunft war. Neben den ausgesuchten Speisen und gutem Wein bot er ihm auch noch vergnügliche Geschichten zur Zerstreuung an, aber Rodomont blieb wortkarg und übellaunig. Er konnte einfach nicht verhindern, daß seine Gedanken immer wieder zu seiner verlorenen Braut abschweiften.

Weder der Gutsherr noch seine Leute wagten, den edlen Ritter in seinen schweren Gedanken zu stören. Schließlich seufzte er wie ein Kranker auf, der mühsam aus dem Schlaf erwachte. Sein Körper straffte sich. Er schien plötzlich die Tafelrunde zu bemerken. Augenblicklich wurde sein Benehmen freundlicher.

»Sagt«, fragte er, »ist jemand hier verheiratet?« Nacheinander bestätigten der Gutsherr und alle anderen, daß sie Ehemänner waren. »Und was ist eure Meinung von den Frauen?« wollte Rodomont wissen. »Glaubt ihr, daß ihr auf ihre Treue bauen könnt?«

Einer nach dem anderen nickte. Ausnahmslos redeten sie nur gut über ihre Weiber. Einzig der Gutsherr meinte: »Geht mir vom Leib mit eurem Wahn. Ich weiß, daß ihr euch allesamt nur etwas vormacht. Aber ihr müßt so reden, weil ihr nicht zugeben dürft, daß euch die Weiber allesamt zum Narren halten. Und so, wie es nur einen Phönix auf der ganzen Welt gibt, gibt es bei den Männern auch nur einen, den seine Gattin nicht betrügt. Und jeder glaubt, daß seine Frau genau diejenige sein muß. Vor langer Zeit war ich auch im Irrglauben, es gäbe noch genügend keusche Frauen. So lange jedenfalls, bis eines Tages ein Venezianer bei mir einkehrte. Durch ihn erfuhr ich von vielen Listen und Ränkespielen. Außerdem berichtete er mir, was er selbst erlebt hatte. Unter den vielen Beispielen, von denen ich höchstens ein Drittel noch behalten habe, ist mir eine kleine Geschichte, wie in Stein gemeißelt, in meinem Kopf geblieben.« Er wandte sich an Rodomont und sagte: »Wenn es dir gefällt, Herr, würde ich die Geschichte gern erzählen.«

»Nur zu«, antwortete der Heide. »Ich könnte mir nichts Besseres als Nachspeise ausdenken als einen weiteren Beweis dafür, was ich selbst schon weiß.«

28. Gesang

Und nun, ihr Frauen, und Männer, die ihr Frauen achtet – hört lieber weg und überschlagt die Mär, die jetzt der Gastgeber erzählen will. Er ist ein übler Bursche und will euch nur herabsetzen. Eigentlich kann euch das nichts anhaben und euch nicht verletzen. Man weiß ja, daß der Pöbel alles madig macht, wovon er nichts versteht.

Also – wer will, kann die paar Seiten überblättern. Meine eigene Geschichte wird dadurch keineswegs gestört. Wer's aber trotzdem lesen will, der soll, nachdem der Gutsherr vor Rodomont Platz genommen hat, ihm zuhören.

Der junge Langobardenkönig Astolfo – nicht zu verwechseln mit Prinz Astolf von England – war der Nachfolger seines Mönch gewordenen Bruders. Er war so unglaublich jung und schön, daß es allen, die ihn sahen, den Atem verschlug. Es gab nur wenige, die an diese Schönheit heranreichten. Selbst die berühmten griechischen Maler Apellis und Xeuxes hätten ihn mit ihrer ganzen Kunst niemals so schön zeigen können, wie er wirklich war.

Er selbst hielt sich für den Allerschönsten. Das war für ihn noch wichtiger als sein hoher Rang. Deshalb konnte er nicht genug davon bekommen, daß seine Schönheit überall gelobt wurde. An seinem Hof verstand vor allen anderen ein Edelmann aus Rom das Loblied auf den König. Er hieß Faustus Latini und hatte mehr als einmal das ebenmäßige Gesicht und die schönen Hände des Langobardenkönigs gerühmt. Eines Tages fragte Astolfo den Römer, ob es in der näheren Umgebung oder irgendwo auf der Welt einen jungen Mann gäbe, der in seiner Schönheit auch nur entfernt an ihn heranreichte.

»Nach allem, was ich bisher sah und hörte, kann sich in dieser Hinsicht kaum jemand mit dir vergleichen«, antwortete Faustus vorsichtig. »Und wenn es unter den wenigen einen einzigen gibt, dann vielleicht meinen Bruder Giocondo. Ihn ausgenommen, ragst du über alle anderen hinaus.«

Der König der Langobarden war über diese Antwort seines Vertrauten zutiefst betroffen. Mehr noch – Astolfo war derartig entsetzt, daß er Faustus immer wieder bedrängte, seinen Bruder herbeizuschaffen.

»Das ist nahezu unmöglich«, erklärte Faustus dem König. »Mein Bruder ist noch nie in seinem Leben aus den Mauern Roms herausgekommen. Er hat alles, was er braucht, verschwendet nichts von dem, was er geerbt hat, und gewinnt auch nichts dazu. Er ist sozusagen wunschlos glücklich. Der Weg von Rom nach Pavia kommt ihm wahrscheinlich ebenso lang vor wie einem anderen eine Reise in die Tartarei bis zum Don. Die allergrößte Schwierigkeit bestünde darin, ihn von seiner Gattin loszureißen. Er hängt an ihr wie ein Magnet am Eisen. Und was ihr nicht paßt, das gefällt ihm auch nicht. Aber ich gehorche meinem König und der Pflicht, obwohl das ganze Unternehmen ziemlich aussichtslos ist.«

König Astolfo bedrängte seinen treuen Ritter immer weiter. Als er ihm auch noch kostbare Geschenke machte, gab Faustus nach und brach nach Rom auf.

Wenige Tage später kam er im Haus seines Bruders an. Er überreichte seine Geschenke und erzählte ihm ausführlich, was der König der Langobarden wünschte. Giocondo weigerte sich nicht lange. Nachdem er einverstanden war, überredete Faustus auch noch seine Schwägerin. Giocondo stattete sich mit Pferden und mit guten Männern aus und bestimmte den Tag, an dem sie reisen wollten. Sorgfältig wählte er seine festlichsten Gewänder und seinen besten Schmuck aus. Er wußte ganz genau, durch feine Mode und erlesenen Schmuck die eigene Schönheit noch zu erhöhen. Während der Tage und der Nächte der Vorbereitung blieb seine Gattin stets an seiner Seite. Sie weinte immer heftiger, bis sie nur noch in Tränen schwamm. Zum Schluß klagte sie, daß sie überhaupt nicht wisse, wie sie leben könne, wenn er nicht mehr da wäre. Schon der Gedanke sei für sie so grausam, als würde ihr das Herz aus der Brust gerissen.

»Ach, süßes Leben«, tröstete er sie. »Weine doch nicht! Ich fühle deinen Schmerz ebenso wie du. Der Himmel meint es gut mit uns. Deshalb verspreche ich, daß ich in zwei Monaten wieder zurück bin. Selbst wenn man mir ein halbes Königreich anbieten sollte, könnte mich das keinen Tag länger von dir fernhalten.«

Nicht einmal dieses Versprechen tröstete die Gattin von Giocondo. Für sie waren zwei Monate viel zu lang. Es wäre schon ein Wunder, sagte sie ihm, wenn er sie dann noch lebend finde, weil sie während seiner Abwesenheit nicht essen und nicht schlafen und sich Tag und Nacht um ihn sorgen würde. Giocondo bereute inzwischen, was er seinem Bruder versprochen hatte. Schließlich nahm sie eine kleine Kette von ihrem Hals mit einem Kreuz aus Edelsteinen und kleinen Knöchelchen. Ihr Vater hatte die Reliquie geerbt, nachdem er einen Pilger bei seiner Rückkehr aus dem Heiligen Land aufgenommen und den Kranken bis zu seinem Tod gepflegt hatte.

Sie hängte ihm die Kette mit den Juwelen und der Reliquie um den Hals und bat ihn, all das als Andenken an sie die ganze Zeit zu tragen. Giocondo war gerührt und dankte ihr voller Innigkeit.

»Eigentlich brauche ich gar kein Erinnerungsstück an dich«, beteuerte er. »Keine Entfernung und nichts im Guten oder im Bösen läßt das Bild von dir in mir verblassen. Die Erinnerung an dich würde selbst den Tod noch überdauern.«

Ihre Liebe war so groß, daß sie sich die ganze Nacht bis zum frühen Morgenrot trauernd in den Armen hielten. Schließlich kam die Zeit des Aufbruchs. Giocondo stieg auf sein Pferd, und sie ging allein zurück in ihr Ehebett.

Er war noch keine zwei Meilen weit geritten, als ihm zu seiner Trauer plötzlich ein neuer Schmerz durchfuhr: das Kreuz – er hatte das Reliquienkreuz am Abend zuvor unter sein Kopfkissen gelegt und dann bei seinem Aufbruch im Morgengrauen zurückgelassen. Das Blut stieg ihm in den Kopf, so sehr schämte er sich seiner Vergeßlichkeit.

»Ich Ärmster!« stöhnte er. »Auf welche Weise kann ich das meinem geliebten Weib so erklären, daß sie mir verzeiht? Was muß ich tun, damit sie nicht denkt, ihr Liebesunterpfand wäre mir zu gleichgültig gewesen.«

Giocondo überlegte hin und her. Jede Entschuldigung kam ihm hohl und fruchtlos vor. Er konnte keinen Fremden als Boten schicken. Es half nichts: Er mußte selbst zurück. Also hielt er sein Pferd an und sagte zu Faustus: »Reitet ihr weiter bis zum ersten Wirtshaus nach den Sümpfen von Baccano. Ich muß nach Rom zurück, weil ich etwas vergessen habe. Wenn ihr nicht zu scharf reitet, hole ich euch schnell wieder ein.«

Schon nach kurzer Zeit überquerte er den Tiber. Im Osten dämmerte bereits der neue Tag heran. Er erreichte sein Haus und betrat ganz leise sein Schlafzimmer. Seine Frau schlief. Er wollte sie nicht wecken. Behutsam zog er den Vorhang zur Seite. Nicht im Traum hätte er mit dem gerechnet, was er nun sehen mußte: Eng umschlungen lag seine keusche, schöne und getreue Gattin zusammen mit einem jungen Mann in ihrem Ehebett. Er erkannte ihn sofort. Er hatte ihn, den fast Namenlosen aus niederem Geschlecht, bei sich aufgenommen und zu einem anständigen Knecht erzogen.

Für einen Augenblick stand Giocondo wie versteinert neben den Schlafenden. In seinem ersten Zorn schrie alles in ihm danach, sein Schwert herauszureißen und beide zu erschlagen, doch er liebte sein ungetreues Weib noch immer. Wie ein Dieb schlich er sich aus dem Schlafgemach die Treppe hinunter und wieder zu seinem Pferd. Erst als sein Haus bereits hinter ihm lag, spornte er sein Pferd ebenso heiß an, wie seine verletzte Liebe in ihm brannte. Er holte seine Gruppe wieder ein, noch ehe sie das Wirtshaus von Baccano erreicht hatte. Sofort bemerkten alle, daß irgend etwas nicht mit ihm stimmte. Keiner von seinen Begleitern ahnte den wahren Grund für seine tiefe Niedergeschlagenheit.

Auch sein Bruder Faustus dachte, daß Giocondo betrübt war, weil er seine Frau allein gelassen hatte. Er ahnte nicht, daß genau das Gegenteil alle Glieder seines Bruders lähmte. Jedesmal, wenn er gut von ihr sprach und ihn damit trösten wollte, riß er die Wunden nur noch tiefer und vergrößerte Giocondos Schmerz.

In den folgenden Tagen und Nächten verfiel Giocondo mehr und mehr. Er schlief nicht, aß nicht und erholte sich nicht wieder. Sein schönes Gesicht veränderte sich, seine Augen fielen ein, und seine Wangen wirkten hohl. Erschreckend schnell schwand seine Schönheit. Nichts mehr an diesem Gesicht konnte irgendeinen Neid erwecken. Er wurde krank und mußte Pausen am Arbier bei Siena und am Arno bei Florenz einlegen. Sein Gesicht glich inzwischen eher einer alten, welk gewordenen Rose.

Hilflos mußte Faustus mit ansehen, wie die Schönheit seines Bruders vor seinen Augen verschwand. Hinzu kam noch, daß ihn König Astolfo für einen Lügner halten mußte, wenn er ihm diesen Jammerlappen anschleppte. Er hatte ihm einen der schönsten und eindrucksvollsten Ritter überhaupt versprochen, doch je näher sie an Pavia kamen, um so häßlicher wurde der Hochgelobte.

Faustus sah nur eine einzige Möglichkeit, um das Erschrekken etwas abzumildern. Er setzte ein Schreiben an den König auf und erklärte, daß sein Bruder selbstverständlich kommen würde, aber kaum noch am Leben sei. Der Grund dafür sei ein Anfall unbekannter Schwermut, der noch durch schlimmes Fieber verstärkt würde. Das alles sei so furchtbar, daß man ihn kaum noch erkennen könne.

Als die Reisenden endlich in Pavia eintrafen, empfing sie König Astolfo wider Erwarten herzlich und mit großer Freude. Tatsächlich hätte ihm nichts Besseres passieren können. Es kümmerte Astolfo nicht, daß es an Giocondos Schönheit haperte – im Gegenteil, er freute sich unbändig, daß dessen Häßlichkeit ihn nun erneut zum Sieger machte.

Er bestimmte, daß der unglückliche Giocondo im Palast wohnen sollte. In der folgenden Zeit besuchte er ihn jeden Tag und erfüllte ihm jeden Wunsch nach Behaglichkeit, um ihm den Aufenthalt im Palast so angenehm wie irgend möglich zu machen. Doch es nützte nichts. Giocondo siechte vor sich hin. Seine Gedanken kreisten nur noch darum, was sein böses Weib gerade tun würde. Weder Spiel noch Musik oder irgend etwas anderes konnte die Qual des Unglücklichen lindern.

Giocondo bewohnte eine Zimmerflucht unter dem Dach des königlichen Palastes. Dahinter befand sich ein ungenutzter alter Saal, der ihm gerade recht kam. Hier konnte er einsam und ungestört von allen anderen mit seinen leidvollen Gedanken allein sein. Doch gerade diese Abgeschiedenheit war es, die seine tiefen Seelenwunden schnell wieder heilen sollte.

Er war schon eine ganze Weile in Pavia, als er eines Tages am dunkelsten Ende des Saales einen schmalen Lichtspalt in den Fugen der Wandverkleidung entdeckte. Arglos näherte sich Giocondo dem Spalt und blinzelte hindurch. Im selben Augenblick sah er etwas, das ihm unmöglich vorgekommen wäre, wenn es ihm ein anderer erzählt hätte. Trotzdem wagte er nicht, seinen eigenen Augen zu trauen.

Wie betäubt starrte er durch den Spalt der Wandverkleidung in das geheimste und privateste Schlafgemach der Langobardenkönigin. Ein geradezu lächerlich wirkender Zwerg hatte die Königin umschlungen und sie so geschickt überwunden, daß sie unter ihm lag. Giocondos Augen flatterten, während sein Körper starr wurde. Er glaubte, daß er träumte und sofort erblinden würde.

»Wie ist das möglich, daß sie sich einem derart scheußlichen und verwachsenen Unhold hingibt?« fragte er sich fassungslos. »Wo sie doch den schönsten Ehemann der Welt hat? Welch eine grauenhafte Geschmacksverirrung, die dann nach einem Zwerg gelüstet.«

Immer noch benommen, empfand er plötzlich Nachsicht mit seinem eigenen Weib. Ein Lächeln huschte über sein Gesicht. Immerhin hatte sie sich nicht mit einem Zwerg, sondern mit einem strammen Knecht vergnügt. Wie durch ein Wunder konnte er ihr plötzlich sogar verzeihen. Vielleicht hatte sie nur geringe Schuld an dem, was geschehen war. Vielleicht konnte das weibliche Geschlecht einfach nicht mit einem Mann allein zufrieden sein.

Am nächsten Tag ging er zur gleichen Stunde wieder zum Spalt in der Wandverkleidung des dunklen alten Saals. Das Pärchen war bereits da und trieb es noch viel bunter. Auch am dritten Tag verhöhnten die Königin und ihr Liebeszwerg die

Langobardenehre, ebenso in den Tagen darauf. Selbst am Sonntag ruhten sie nicht aus. Doch jedesmal beklagte sich die Königin anschließend, daß alles viel zu kurz gewesen sei. Eines Tages sah Giocondo sie allein. Sie wirkte aufgelöst und war sehr blaß. Zweimal schickte sie eine Zofe fort, um den Zwerg zu holen. Der Zwerg allerdings kam nicht. Nach dem dritten Mal kehrte die Zofe völlig aufgelöst zurück.

»Oh, meine Königin!« jammerte sie. »Der Wicht will nicht vom Spieltisch weg. Er sagt, dich hätte er ja schon gewonnen, aber die Münzen vor sich nicht.«

Giocondo schüttelte belustigt den Kopf. Er fand das Schauspiel derartig amüsant, daß seine Stirn und seine Wangen ihre Sorgenfalten wieder verloren. Vergessen war alles Weinen und Grübeln. Allmählich sah er wieder wohlgenährt und wie ein pausbäckiger Engel aus dem Paradies aus. Er blühte so sehr auf, daß sich der König und sein eigener Bruder ebenso wunderten wie das Gesinde und der gesamte Hofstaat.

Giocondo brannte darauf, Astolfo den Frevel seiner Königin zu verraten. Jedoch wußte er, was dann geschehen würde.

»Ich rede nur, wenn du beim Lamm Gottes schwörst, daß du niemanden für das bestraft, was du von mir hörst«, sagte er zum Langobardenkönig. »Auch nicht für das, was du in dieser Sache sehen wirst, selbst wenn es dabei um deine Ehre und dein Recht auf Rache geht. Außerdem soll keiner der Beteiligten erfahren, daß du jetzt Bescheid weißt.«

Astolfo hob die Hand und schwor alles, was sein Gast verlangt hatte. Dann berichtete Giocondo, was er im Schlafgemach der Königin gesehen und gehört hatte.

»Dir kann ich jetzt ja gestehen, daß ich ebenfalls betrogen worden bin«, sagte er dann. »Das war der ganze Grund für meinen Kummer und meine Krankheit, die mich fast umgebracht hat. Aber es schmerzt mich nicht mehr so sehr, seit ich weiß, daß es nicht mich allein getroffen hat.«

Er zögerte nicht länger und führte den König unter das Dach des Palastes durch den großen dunklen Saal und bis zur Spalte in der Wandverkleidung. Die Königin und ihr Zwerg waren wieder da. Der kleine häßliche Kerl hatte soeben die königliche

Stute bestiegen. Er spornte sie so fröhlich, daß ihre Schenkel flogen. König Astolfo gebärdete sich augenblicklich wie ein Wahnsinniger. Er wollte aufschreien und mit dem Kopf durch die Wand rennen. Nur mühsam hielt er sich an sein Ehrenwort.

»Was soll ich tun?« stöhnte er verzweifelt. »Du hinderst mich daran, grausam Rache zu nehmen und meinen Zorn zu stillen.«

»Darauf kann es nur eine Antwort geben« stieß Giocondo hervor. »Verschwenden wir uns nicht mehr für die Falschen. Ich will jetzt wissen, ob das bei allen Frauen so ist. Wir sind doch jung und die Schönsten weit und breit. Wo sind die Frauen, die uns widerstehen könnten, wenn sie sich schon mit solchen Scheusalen wie dem da abgeben? Die Weiber, denen unsere Jugend und unsere Schönheit nicht genug sind, kriegen wir mit Geld oder Geschenken rum. Erst wenn du tausendfach gesehen hast, daß ich recht habe, kannst du wieder hierher zurückkehren. Es heißt ja, daß ein Mann durch viele Länder reisen und viele Weiber reiten muß, bis er eine enttäuschte Liebe aus seinem Herzen endgültig vertrieben hat.«

König Astolfo sah ein, daß dies der einzige Weg war, um den tiefen Schmerz in seiner Brust zu lindern. Ohne irgendeine Verzögerung verließen sie den dunklen Saal. Astolfo befahl, sofort alles für einen schnellen Aufbruch vorzubereiten. Schon kurz darauf bestiegen er und sein römischer Freund ihre Pferde. Nur von zwei Knappen begleitet, brachen sie auf.

Sie zogen durch Italien, Frankreich, Flandern und bis nach England. Überall, wo sie auftauchten, schoß das Blut in die Wangen der Weiber. Sobald sie baten, wurden sie sofort erhört. Manchmal gaben sie Trinkgeld, und manchmal nahmen sie es auch. Oft genug mußten sie gar nichts für Übernachtungen und Speisen zahlen, wenn sie gebeten wurden, über Nacht zu bleiben.

Ein Monat verging, dann noch ein weiterer. In jeder Stadt, an jedem Ort fanden sie den Beweis dafür, daß Keuschheit oder Treue nirgendwo mehr oder weniger galt als in ihren heimatlichen Gefilden. Je leichter sie bekamen, was sie wollten, um so überdrüssiger wurden sie dessen. Allmählich kam es ihnen lästig vor, heimlich in fremde Schlafgemächer einzudringen, um sich zu bestätigen, was sie mittlerweile längst wußten. Darüber hinaus waren ihre Eroberungen keineswegs ungefährlich und konnten durch die Gatten der Eroberten irgendwann zum Tode führen. Sie überlegten, daß es vielleicht weniger riskant sei, wenn sie sich gemeinsam eine hübsche Frau suchen würden, die ihnen beiden besonders gut gefiel. Mit einem solchen Mädchen könnten sie beide ohne Eifersucht ihre Freude haben.

»Wir wissen ja, daß eine Frau nun mal nicht mit einem allein zufrieden sein kann. Also wäre es doch besser, wenn sich die eine nicht mit Fremden abgibt, sondern mit Männern, die ohnehin befreundet sind. Und für uns wäre diese Lösung ebenfalls sehr praktisch. Wenn uns danach ist, könnten wir uns in erlesener Behaglichkeit mit ihr vergnügen und hätten dabei keinen Streit und Ärger. Sie selber könnte sich ebenfalls kaum beklagen. Und wenn sie zwei zur selben Zeit hat, dann gäbe es weder Betrug noch Eifersucht und Streiterei.«

Der Römer war sofort mit dem Vorschlag des Langobardenkönigs einverstanden. Schon nach kurzer Zeit fanden sie ein Mädchen nach ihrem Geschmack. Sie hieß Fiametta und war die Tochter eines Schankwirts im spanischen Valencia. Sie sah sehr hübsch und anmutig aus – und unschuldig genug für den Plan der beiden Ritter.

Der Wirt hatte noch eine Reihe weiterer Sprößlinge, die ihm fast das Haar vom Kopf fraßen. Deshalb war er sofort einverstanden, als die beiden sagten, daß sie seine einzige Tochter gern mitnehmen und sie königlich behandeln würden. Es war ein guter Handel, denn nun konnten sie die süße Speise so genießen, wie sie es vereinbart hatten – erst der eine, dann der andere, ungestört und voller Lust. Sie waren wie zwei Blasebälge, die abwechseln die Glut des jungen Ofens anfachten.

Nachdem sie das Vaterhaus ihrer Geliebten wieder verlassen hatten, reisten sie durch ganz Spanien, um sich alles anzusehen. Sie setzten auf die andere Seite des Meeres über. In Afrika wollten sie noch am selben Tag eine Unterkunft in der Stadt Jativa finden. Sie kamen rechtzeitig an und ließen das Mädchen beim Gesinde. Hier wurden die Betten gemacht, die Pferde versorgt und die Mahlzeiten für den Abend vorbereitet. Die beiden

Männer wollten noch einmal in die Stadt, um sich die Straßen, Kirchen, den Markt und das Schloß anzusehen.

Innerhalb des Gasthofes von Jativa lebte auch ein junger Bursche, dem noch kein Barthaar wuchs. Er wurde Greco genannt und mußte alle Kammern sauberhalten. Vor noch nicht allzu langer Zeit hatte er die Wirtsstube von Fiamettas Vater ausgefegt und war ihr erster Schatz gewesen. Nun taten sie so, als hätten sie sich nie gesehen, weil sie fürchteten, daß ihre zärtliche Verbindung auffallen könnte. Erst als die beiden Ritter in der Stadt waren, hoben sie die Brauen und blickten sich verstohlen an.

»Wohin reist ihr?« fragte der junge Bursche schnell. »Und welchem von den beiden Herren gehst du zur Hand?«

Fiametta erzählte ihm, was mit den beiden Rittern vereinbart war.

»Muß das denn sein?« fragte Greco entsetzt. »Gerade jetzt, da uns das Schicksal wieder zusammengeführt hat, dachte ich, daß wir für immer zusammenbleiben könnten. Wenn du jetzt weiterziehst, werden wir uns wahrscheinlich niemals wiedersehen. Damit stürzen alle Pläne ein, die ich mir für uns gemacht habe. Ich habe stets von meinem Lohn und meinem Trinkgeld soviel wie möglich zur Seite gelegt. Damit wollte ich zu dir nach Valencia kommen, um dich von deinem Vater als Gemahlin zu erbitten.«

Fiametta zuckte nur mit den Achseln. »Zu spät«, sagte sie. »Das hättest du mir eher sagen müssen.«

»Willst du denn, daß ich jetzt vor Liebe sterbe?« jammerte der Grieche. »Kannst du nicht wenigstens noch einmal mir gehören und die Glut der Sehnsucht nach dir ein wenig besänftigen? Wenn du mich glücklich machst, ehe du weiterziehst, dann könnte ich zufrieden sterben.«

»Ich kann dich gut verstehen«, antwortete sie voller Mitleid. »Du kannst mir glauben, daß ich mir das gleiche sehnlichst wünsche, aber hier sind mir zu viele Augen. Es ist einfach der falsche Ort und die falsche Zeit.«

»Es würde gehen«, drängte Greco. »Wenn du nur ein Drittel meiner Zärtlichkeit empfindest, könntest du es in der Nacht einrichten, daß wir ein wenig schmusen.«

»Wie stellst du dir das vor?« fragte sie. »Ich liege doch die ganze Nacht zwischen den beiden. Und mal bin ich in diesen Armen, dann wieder in den anderen.«

»Ich weiß, daß du einen Ausweg finden kannst«, flehte er weiter. »Du mußt nur wollen.«

»Also gut«, sagte sie. »Dann komm, wenn alle anderen schlafen. Aber ich warne dich: Du kannst dir denken, was passiert, wenn du entdeckt wirst!«

Die Nacht brach an. Endlich, als Greco kein Geräusch mehr hörte, schlich er sich leise bis zur Tür, hinter der Fiametta schlief. Sehr leicht und sanft drückte er sie auf. Er tastete mit seinen nackten Füßen über den Boden. Es war so dunkel, daß er immer ein Bein vorsichtig ausstreckte und dann das andere nachzog. Gleichzeitig streckte er die Hände aus und strich damit durch die Dunkelheit. Als er das Bett erreichte, schob er sich vorsichtig mit dem Kopf voran zwischen den Beinen der schlafenden Ritter höher. Fiametta lag zwischen ihnen auf dem Rücken. Er drängte sich an ihren Knien vorbei und glitt dann auf sie.

Sie hielten bis zum Tagesanbruch durch. Dabei ging der Ritt sehr scharf und ohne Pause. Die beiden Ritter spürten selbstverständlich das Rütteln neben sich und hörten den Lärm, in dem das ganze Bett pausenlos erbebte. Jeder von ihnen dachte, daß der andere am Werke sei und er schon deshalb nicht stören durfte.

Ehe der Tag anbrach, glitt Greco auf demselben Weg, den er gekommen war, wieder aus dem Schlafgemach. Als der Sonnenball am Horizont auftauchte, rutschte Fiametta aus dem Bett und ließ die Diener kommen. König Astolf richtete sich auf.

»Bleibt du ruhig liegen.« Der Langobardenkönig lachte. »Du mußt ja total ermattet sein.«

»Du sollst nicht spotten«, murrte Giocondo. »Denn diesen Rat kannst du dir selber geben, so wie du die ganze Nacht geritten bist.«

»Das wollte ich tatsächlich«, antwortete der König. »Ich hätte furchtbar gern meinen Rüden in den Kampf geschickt, wenn du mir das Pferdchen wenigstens ein Weilchen ausgeliehen hättest.«

»Du hättest nur zu sagen brauchen: ›Genug für dich, denn jetzt bin ich dran!‹«, antwortete Giocondo. »Du bist der König und ich nur dein Vasall.«

Sie redeten noch eine Weile hin und her, wurden immer ungeduldiger und stritten schließend anzüglich und voller Ironie. Dabei war keinem nach der langen sehnsuchtsvollen Nacht nach Scherz zumute. Schließlich riefen sie Fiametta. Sie hatte die ganze Zeit in der Nähe gestanden und gefürchtet, daß die Ritter ihren Betrug entdecken würden.

»Raus mit der Sprache!« befahl der König streng und hob die Brauen. »Fürchte weder mich noch den da. Wer von uns war die ganze Nacht so scharf auf dich, daß er dich nicht mit dem anderen teilen wollte?«

Fiametta blickte hilflos von einem zum anderen. Dann schluchzte sie tief auf und warf sich auf die Knie, um wenigstens ihr Leben noch zu retten. Sie jammerte, bat um Verzeihung und gestand, daß sie aus Wohlgefallen und aus Mitleid mit einem Freund aus früheren Zeiten die Nacht verbracht hatte. Sie gab zu, einen Fehler gemacht zu haben, aber sie bat auch darum, zu verstehen, daß sie dem von Liebeslust gequälten Herzen ihres Freundes nur Linderung verschaffen wollte.

Astolfo und Giocondo erstarrten fast, als sie das Geständnis von Fiametta hörten. Noch nie zuvor hatte zwei Männer ein derartiges Geschick getroffen. Doch dann platzten sie so laut und närrisch los, daß sie vor Vergnügen rückwärts auf das Bett fielen, Arme und Beine ausstreckten, sich gegenseitig anstießen und herumrollten, bis ihnen vor Lachen fast die Luft wegblieb. Sie lachten Tränen und verloren beinahe die Besinnung vor Vergnügen.

»Wie soll man denn überhaupt noch ein Weib hüten, wenn sie nicht einmal durch die beiden Schönsten gesichert und gehalten werden kann?« keuchte Astolfo.

»Nicht einmal ein Ehemann, der mehr Augen als Haare auf dem Kopf hat, könnte alles sehen, was ein Weib hinter seinem Rücken tut«, bestätigte Giocondo.

Sie stellten fest, daß sie bereits tausend Weiber geprüft hatten und daß doch keine einzige dabeigewesen war, die zu ihnen

»nein« gesagt hatte. Schlimmer als das, was ihnen in der vergangenen Nacht geschehen war, konnte es ohnehin nicht mehr kommen. Sie wollten nicht mehr weitersuchen, sondern endlich nach Hause zurückkehren – in die Arme ihrer eigenen Frauen.

Als sie sich wieder beruhigt hatten, schickten sie Fiametta los, um Greco zu holen. Dann gingen sie zu den anderen Gästen und verkündeten vor aller Augen, daß das Mädchen das Eheweib des Griechen werden würde. Sie selbst sorgten noch für eine ehrenvolle Mitgift. Anschließend stiegen sie wieder auf ihre Pferde und ritten wieder in Richtung Osten – fest entschlossen, sich nicht noch einmal durch die Flausen ihrer Eheweiber verrückt machen zu lassen.

Rodomont hatte die ganze Zeit schweigend zugehört.

»Schon möglich, daß es ungezählte ähnliche Geschichten gibt«, sagte er nach einer langen Pause. »Um nur ein Tausendstel von allen aufzuschreiben, würde wohl sämtliches Papier der Erde nicht ausreichen.«

Aber nicht alle Zuhörer mochten sich dem Gutsherrn und Rodomont anschließen. Einer von ihnen war ein alter, mutiger Mann.

»Erzählen kann man viel«, sagte er kühn. »Aber ob dann alles wahr ist, das wage ich ebenso zu bezweifeln wie bei deiner Geschichte hier. Ich würde dem, der dir das erzählt hat, nicht einmal dann glauben, wenn er einer der Evangelisten wäre. Was dieser Venezianer dir erzählt hat, baut nicht auf Erfahrungen, sondern auf Vorurteilen auf. Er muß die Frauen gehaßt haben, daß er so etwas Schmähliches erzählt. Vielleicht haben ihn eine oder auch zwei enttäuscht. Ich denke aber, daß auf hundert Ehrenwerte höchstens eine kommt, die man tadeln kann. Außerdem frage ich, ob auch nur einer unter euch ist, der immer ganz genauso treu sein wird, wie er es seinem Weib geschworen hat. Einer, der es sich noch niemals etwas kosten ließ, um eine rumzukriegen. Glaubt ihr etwa, es gäbe davon auch nur einen auf der Welt? Denn – wenn es eine Frau gibt, die euch rufen würde, um euch von der schönsten Ehefrau wegzulocken, wer wäre dazu nicht sofort bereit, wenn die andere es ihm leicht macht? Ich glaube einfach, daß sich keiner von uns ernsthaft dagegen wehren würde. Und wenn eine Frau ihrem Mann nicht treu ist, dann ist er meistens selber schuld. Und wo das nicht so ist, da rächt sich das sehr schnell. Wenn ich Gesetze machen würde, dann wüßte ich auf jeden Fall eines, dem sich keiner widersetzen würde: Ich würde jede Frau zum Tod verurteilen, die ihrem Gatten untreu wird. Aber ich würde sie sofort freisprechen und ihre Ehre vor dem Gericht und dem eigenen Mann verteidigen, wenn sie nachweisen kann, daß er vorher durch Ehebruch sein Pflicht vergaß. Gerade was die Ehrenhaftigkeit angeht, sollten wir uns an die eigene Nase fassen. Wenn es auf der Welt um Gotteslästerung und Lüge, Betrug und Räuberei, Mord und sonstige Verbrechen geht, dann sehe ich fast ausschließlich uns Männer.«

Der Alte zählte furchtlos ein Beispiel nach dem anderen von edlen Frauen auf, die zeitlebens keusch und lilienweiß in ihren Worten und Taten blieben. Je mehr Rodomont von dieser Wahrheit hörte, um so heißer schnaubte er vor sich hin. Sein Gesicht verfinsterte sich wieder. Er sah so drohend aus, daß der weise Alte endlich furchtsam verstummte.

Rodomont stieß polternd die Tafel mit den Weinkrügen zurück, stand wortlos auf und wankte dann mit schweren Schritten aus dem Speisesaal. In seiner Kammer angekommen, ließ er sich sofort auf sein Lager fallen und schlief ein.

Bereits in aller Frühe wachte er wieder auf. Gleich ärgerte er sich wieder – diesmal darüber, daß er in der letzten Zeit mehr Stunden darauf verschwendet hatte, über Weibervolk zu schimpfen, als für einen guten Schlaf zu sorgen. Nachdem die Sonne aufgegangen war, beschloß er, sich ein Schiff zu nehmen und einfach wegzusegeln. Als Reiter, der den Wert eines guten Pferdes kannte, wollte er auch das Prachttier mitnehmen, das er König Sakripant und Ruggiero immer wieder verweigert hatte. Das zuverlässige Pferd hatte sich nach den anstrengenden Tagen auch eine Ruhepause verdient. Er nahm es mit und wies den Schiffer an, sofort abzulegen.

Das Schiff glitt schnell die Saône abwärts, doch auch die

trübseligen Gedanken hielten mit der flinken Barke Schritt. Sein Mißmut reichte vom Bug des Schiffes bis zum Heck. Der Sarazene spürte, wie sich die Verbitterung in seinem Herzen und im Kopf festsetzte. Es waren seine eigenen bösartigen Gedanken, die ihm wie ein eigenes, unzufriedenes Volk den Krieg erklärt hatten. Tag und Nacht mußte er sich gegen ihren Ansturm wehren. Er haderte immer weiter mit sich selbst, während das Schiff flußabwärts glitt. Schließlich hielt er es nicht mehr aus. Er ließ anlegen, führte auch das Pferd ans Ufer, stieg auf und ritt sofort flußabwärts in Richtung Lyon. Ohne Aufenthalt passierte er Vienne und Valence. Als er die Brücke von Avignon erreichte, wichen die Berge von den Ufern der Rhône zurück. Das weite Land der Provence gehörte bis zur Küste des Mittelmeeres zu den Gebieten des Frankenreichs, die längst von König Agramant und seinen spanischen Verbündeten erobert worden waren.

Rodomont wandte sich nach rechts und ritt in Richtung Aigues Mortes. Er erreichte ein kleines, idyllisch zwischen Kornfeldern und Weinbergen liegendes Dorf an einem Nebenfluß der Rhône. Obwohl alles wie zur Ernte bereit aussah, entdeckte er nirgendwo einen Menschen. Das ganze Dorf zwischen den sonnigen Tälern und dem weiten Mittelmeer war ausgeplündert und hatte im Verlauf des Krieges mehr als einen Schlag erhalten.

Auf einem flachen Hügel sah Rodomont eine kleine Kirche. Er ritt näher, entdeckte aber nicht einmal einen Priester. Der Sarazene sah sich weiter um. Es war genau der richtige Ort, an dem er nachdenken und wieder zur Besinnung kommen konnte. Er beschloß, nicht weiter bis nach Afrika zu reiten, sondern hier zu bleiben. Zusammen mit seinen Knappen und seinem Gepäck quartierte er sich in der Kirche ein. Der Platz war nur wenige Meilen von der Stadt Montpellier entfernt. In der näheren Umgebung befanden sich einige prächtige Kastelle. Aber das verlassene kleine Dorf mit seinem plätschernden Fluß gefiel dem unglücklichen König von Algier viel besser.

In den folgenden Tagen ging er immer wieder hinaus und starrte wortlos über das weite Land bis zum Meer. An einem dieser stillen Tage sah er auf einem kleinen Weg zwischen den Feldern eine Bewegung. Sehr langsam näherte sich ein ungewöhnlich schönes Mädchen mit einem eigenartig beladenen Pferd, angeführt von einem Mönch mit einem langen Bart.

Das Gesicht des jungen Mädchens sah blaß und leidend aus. Ihre Locken flogen ungeordnet hin und her, ihre Augen glichen Wasserquellen, und ein Seufzer nach dem anderen drang aus ihrer Brust. Trotzdem erkannte Rodomont, daß hinter alldem eine traumhaft schöne junge Frau verborgen war. Er spürte, wie sich plötzlich all sein Haß auf die Frauen dieser Welt in nichts auflöste. Sein ganzer Vorsatz, Frauen nur noch wild zu schmähen, fiel in sich zusammen. Er näherte sich den still Vorbeiziehenden, grüßte sie höflich und fragte freundlich nach ihren Namen, ihrem Stand und danach, was geschehen war. Die Frau namens Isabella schluchzte auf. Dann sagte sie, daß sie der ganzen Welt entsagen und nur noch Gottes Dienerin sein wolle.

Rodomont lachte. »Ich glaube nicht an irgendwelche Götter. Das alles ist nur Selbstbetrug und Illusion. Du schadest dir am Ende doch nur selbst, wenn du deine Schätze vergräbst und vor der Welt versteckst, nur weil kein anderer sich daran erfreuen soll. Ein so wunderbares und liebliches Geschöpf wie du darf doch nicht einfach hinter Klostermauern verschwinden.«

Der alte Mönch spürte sofort die Gefahr für seinen Schützling. Er mußte aufpassen, daß sie in ihrer unbedachten Jugend ihr Schiffchen nicht erneut in wildes Wasser treiben ließ. Sofort versuchte er deshalb, dem starken Mann mit seinen besten Worten die allerfeinste geistige Nahrung anzubieten. Aber Rodomont hatte keinen Sinn für tugendhafte Phrasen. Er rümpfte nur die Nase und zeigte sich verstimmt, während der Mönch redete und redete, als würde er damit irgend etwas erreichen können. Schließlich riß Rodomont die Geduld. Er drehte sich halb zu ihm um und streckte wütend eine Hand nach dem frommen Schwätzer aus.

29. Gesang

O Männer, was seid ihr schwach und leichtgläubig! Wie schnell wechselt unsere Laune, wenn wir unglücklich verliebt sind. Eben noch sah ich den Heiden so blind und tollwütig in seinem Weiberhaß, daß mir unmöglich erschien, ihn jemals zu beruhigen.

Verehrte Damen, was dieser Ungläubige völlig zu Unrecht gegen euch behauptet hat, tut mir in der Seele weh. Ich kreide ihm das alles so lange an, bis er dafür gebüßt hat. Allein mit Feder und mit Tinte als meinen schärfsten Waffen werde ich ihn derart angreifen, daß er sich wünschen wird, er hätte sich lieber die Zunge abgebissen, als so viel Schlechtes über euch zu reden.

Daß er sich dumm verhalten hat, dürfte ihm inzwischen klar sein. Er hat zu blindlings, auf alle Frauen eingedroschen. Und nun, vollkommen ahnungslos, trifft ihn der Blick aus Isabellas Augen voll ins Herz. Sofort vergißt er alles, was er gerade noch behauptet hat, will nur noch sie und keine andere.

Völlig verwirrt, redet er immer lauter auf sie ein und versucht sie von den Gedanken an den Allmächtigen zu trennen. Der aber schützt Isabella, indem er ihren Mönch ebenso laut und schneller reden läßt.

Der Mönch redete und redete von seinem Gott und merkte nicht, daß der Heide dadurch immer wütender wurde. Schließlich packte Rodomont den Mönch am Bart und riß ihm aus, was er fassen konnte. Er krallte seine Hände um den Hals des Alten, hob ihn hoch, drehte sich mit ihm zusammen einmal, zweimal im Kreis und schleuderte ihn dann in hohem Bogen bis ins Meer.

Sofort verschwand der Mönch hinter den Klippen. Später hieß es, er sei derartig zerschellt, daß niemand mehr erkennen konnte, was der Kopf und was die Füße waren. Andere berichteten, er sei eine Stunde weiter ins Meer eingetaucht und in den Wellen umgekommen. Er soll weiterhin ohne Pause gebetet haben. Nur hätte ihm das leider nichts genutzt, weil er nicht schwimmen konnte. Wieder andere wußten zu berichten, daß deshalb ein Heiliger erschienen sei, um ihn an der gerade noch aus dem Wasser ragenden Hand bis an den Strand zu ziehen.

Rodomont sah jedenfalls, wie er davon flog und ihn nicht länger störte. Endlich konnte er sich mit einem freundlichen Gesicht dem jungen Mädchen zuwenden.

»Ich weiß, daß du mein Herz bist«, seufzte er verliebt. »Du bist mein Leben und mein ganzes Sehnen, meine Hoffnung und mein Trost, so hold, so wunderschön …«

Jeder Stolz und jede Andeutung von Gewalttätigkeit waren von ihm abgefallen. Er hätte diese süße Frucht gleich an sich reißen können. Statt dessen hielt er Abstand und berührte nicht einmal die Schale. Er fühlte, daß ihm nicht mehr schmecken würde, was ihm nicht frei und ohne Zwang geschenkt wurde. Gleichzeitig hoffte er, daß er sie ganz allmählich für sich einnehmen konnte. Isabella aber wäre gern auf einem Scheiterhaufen verbrannt, um ihm zu entkommen. Verzweifelt suchte sie nach einem Ausweg. Jedes Mittel war ihr recht, wenn sie sich nur unberührt entziehen konnte. Sie wollte lieber sterben als die Lust des fürchterlichen Heiden befriedigen. Nur so konnte sie ihrem unglücklichen toten Bräutigam treu sein.

Sie sah, wie er immer glühender und ungeduldiger um sie warb. Es konnte nicht mehr lange dauern, bis seinen Worten Taten folgten. Tausend Gedanken schossen ihr durch den Kopf, bis ihr endlich ein letzter Ausweg einfiel. Wenn ihr Plan gelingen sollte, mußte sie zunächst einmal auf ihn eingehen. Er war schon längst nicht mehr so höflich und zurückhaltend, wie bei seinen ersten Worten.

»Wenn du meine Ehre respektierst, damit ich meinen guten Ruf behalte, dann könnte ich mir denken, daß ich etwas für dich habe, das viel mehr wert für dich ist, als wenn du mich entehrst. Du kannst doch überall im Frankenreich hundert Mädchen und tausend schöne Frauen finden. Aber das Geschenk, das ich dir machen kann, wirst du von keiner anderen bekommen. Ich habe nämlich auf dem Weg hierher ein wunderbares Kraut gesehen. Wenn dieses Kraut von einer Jungfrau über Zypressenfeuer mit Efeu und viel Raute gekocht wird, dann entsteht ein Sud, der jeden Leib, der dreimal darin badet, vollkommen unverwundbar gegen Feuersglut und Eisen macht. Ich könnte dir das Zauberbad so brauen, daß du es heute noch erproben kannst. Alles, was ich als Gegenleistung dafür verlange, ist ein Treueschwur, mit dem du meine Keuschheit für alle Zeiten achtest und meine Ehre in Worten und in Taten unantastbar für dich ist.«

Der Vorschlag dämpfte Rodomonts Begierde. Er begriff, wie einmalig ihr Angebot war. Die Unverwundbarkeit war so verlockend, daß er ihr dafür auch noch viel mehr versprochen und geschworen hätte. Er war sogar bereit, seine Versprechungen zu halten – jedenfalls so lange, bis er den Wundertrank selbst ausprobiert hatte. Ihm war klar, daß er nicht das kleinste Zeichen von Grobheit oder seiner großen Kraft mehr zeigen durfte. Wenn alles stimmte, was sie sagte, konnte er anschließend erst recht machen, was er wollte. Für ihn bedeutete ein Schwur bei Gott oder ein Ehrenwort nicht das geringste. Mit dieser Einstellung hatte er Afrika erobert, das als das Land der Lügner galt. Also schwor er Isabella tausend Eide: »Ich verspreche dir, daß ich dich nicht antasten werde. Aber beeile dich, damit ich durch den Zaubersud schnell so unverletzbar wie Cygnus und Achilles werde.«

Sie führte ihn über die Berge, durch Täler, Wälder und über die flache, stille Heide. Während sie Kräuter sammelte, blieb er dicht bei ihr und paßte auf sie auf. Es war schon spät, als sie wieder in das kleine Dorf zurückkehrten.

»Gedulde dich noch«, sagte die keusche Isabella. »Ich brauche eine ganze Nacht, um die Kräuter in der vorgeschriebenen Art und Weise aufzukochen.«

Rodomont blieb die ganze Zeit argwöhnisch in ihrer Nähe. Das Feuer unter dem Kessel mit dem Kräutersud verbreitete immer mehr Hitze, so daß er durstig wurde in dem engen und verrauchten Raum. Irgendwann hatten Rodomont und seine Knappen zwei Reisenden ihre Fässer mit Griechenwein abgenommen, um sie in der Nacht zu leeren.

Schnell zeigte sich, daß der Heidenkönig doch nicht genug vom Wein wußte, der eigentlich nach dem Gesetz der Muselmanen für ihn verboten war. In dieser Nacht kam er ihm wie ein Göttertrunk vor, der Manna und selbst Nektar überbot. Er stürzte immer mehr davon in sich hinein. Der Krug machte so oft die Runde, bis ihre Köpfe sich wie Kreisel drehten. Endlich, im Morgengrauen, nahm Isabella den Kessel mit dem Kräutersud vom Feuer.

»Damit du siehst, daß ich dir gegenüber nicht nur leeres Stroh gedroschen habe, kannst du dich jetzt davon überzeugen, was Wahrheit von der Lüge unterscheidet. Ich biete dir das an, was selbst den Dümmsten noch zu einem Weisen macht, nämlich die Erfahrung. Um dir jeden Zweifel zu nehmen, kannst du die Wirkung dieses Zaubertranks an mir selbst ausprobieren. Damit du nicht denkst, daß ich dir tödliches Gift gebraut habe, werde ich mich jetzt vom Kopf über den Hals bis zur Brust damit salben. Anschließend kannst du mit deinem Schwert zuschlagen. Dann wird sich zeigen, ob dein Schwert oder mein Zaubersud besser ist.«

Er war einverstanden. Sorgfältig wusch sie sich Kopf und Hals mit dem frischen Kräutersud. Rodomont war schon zu betrunken. Er glaubte ihr, hob sein Schwert und ließ es blitzartig nach unten schlagen. Dumm, wie er war, trennte er das schöne Haupt, den Sitz der Liebe, vom Körper Isabellas. Der Kopf hüpfte dreimal über den Boden, und dabei gellte dreifach der Name »Zerbin ... Zerbin ... Zerbin!« in den anbrechenden Tag. Es war ein ungewöhnlicher, aber wirksamer Weg, ihre Keuschheit für den gestorbenen Geliebten aufzuheben und zugleich dem Sarazenen zu entfliehen.

König Rodomont von Algier wurde schlagartig nüchtern. Nachdem der Weindunst endgültig aus seinem Kopf verflogen war, erkannte er, was er getan hatte. Erschüttert bat er den Geist der toten Isabella um Vergebung. Er konnte ihn nicht ganz versöhnen, aber er versuchte, ihn etwas zu besänftigen. Wenn er schon den reinen Leib zerstört hatte, wollte er wenigstens, daß ihr Andenken weiterlebte.

Kurz entschlossen machte er sich daran, die Kapelle, in der sie von ihm erschlagen worden war, zu einem Grabmal umzubauen.

Er brach sofort auf und holte überall aus der Umgebung Bauleute. Wer nicht freiwillig mit ihm kam, den zwang er mit Gewalt. Schließlich hatte er sechstausend Menschen für den Bau von Isabellas Grabmal unter seinem Befehl. Sie brachen immer mehr Steinblöcke aus den Bergen und schleppten sie heran. Das Grabmal sollte ein mächtiges, neunzig Ellen langes Gebäude werden – groß genug, um die kleine Kirche in sich einzuschließen. Im Allerheiligsten wurden die Särge von Zerbin und Isabella nebeneinander aufgestellt. So war das treue Liebespaar vereint und wurde nun durch eine große Totenburg geschützt.

Das große Bauwerk glich dem Grabmal von Kaiser Hadrian am Tiberufer in Rom, das später selbst die Päpste als Residenz und Festung nutzten. Für sich selbst ließ Rodomont einen hohen Turm neben dem Gebäude errichten. Außerdem ließ er einen sehr langen, aber nur zwei Ellen breiten Steg über den Fluß bauen. Die kühn geschwungene Brücke war so angelegt, daß auf ihr keine zwei Pferde nebeneinander gehen konnten. Sobald sich zwei Reiter von der einen und der anderen Flußseite in der Brückenmitte begegneten, mußte einer von ihnen unweigerlich abstürzen. Auf diese Weise wollte Rodomont tausend Beutestücke von Erschlagenen und Abgestürzten einsammeln, um damit Isabellas Gruft zu schmücken.

Es dauerte nur zehn Tage, bis die Brücke vollendet war. Dem Turm selbst fehlte noch die Spitze. Trotzdem schickte Rodomont bereits einen Wächter ganz nach oben. Er sollte Wache halten und sofort in sein Horn blasen, wenn sich irgendein Ritter näherte.

Es dauerte nicht lange, bis sich der König von Algier wieder die Rüstung anlegen ließ. Er jagte mal an einem Ufer, dann wieder auf dem anderen jeden, der über seine schmale Brücke wollte. Wenn einer aber glaubte, daß er noch rechtzeitig fliehen konnte, fing ihn Rodomont ein und trieb ihn so weit auf die Brücke, bis der Absturz in die Wellen sicher war. Aber Rodomont wollte nicht nur Beute. Wenn er selbst von der Brücke stürzte und ins Wasser eintauchte, mußte er soviel davon schlucken, daß es die Sauferei von jener Nacht wieder ausglich und ungeschehen machte. Er war zutiefst davon überzeugt, daß er durch das Wasser jeden Weindunst und alle seine Sünden einfach wegwaschen konnte.

Schon in den ersten Tagen kamen viele bis zur Brücke an Isabellas Grabmal. Sie bildete eine günstige Abkürzung für alle, die nach Italien oder Spanien wollten. Die einen dachten, daß sie bequem ans andere Ufer kommen könnten. Andere nahmen ganz bewußt die Gefahr auf sich, weil sie hofften, sich dadurch auszeichnen zu können.

Sie alle verloren ausnahmslos ihre Waffen und alles, was sie bei sich hatten. Viele von ihnen bezahlten Leichtsinn und Übermut auch mit dem Leben. Wenn es um Heiden ging, begnügte sich der König von Algier mit ihren Waffen und Gewandungen. Er schrieb an alle Beutestücke die Namen der Beraubten und ließ sie dann an die Marmorwände des Grabmals hängen. Christen dagegen wurden zuerst eingekerkert und dann in Sklavenketten auf den Weg zu seinem Königreich in Afrika gebracht.

Der Bau des großen Grabmals war noch nicht ganz vollendet, als eher zufällig Orlando in der Gegend auftauchte. Rodomont trieb gerade in voller Rüstung, aber ohne Helm die Meister und Gesellen am großen Bau zur Eile an. Er sah, wie der wahnsinnige, nackte Mann über ein Gatter sprang und auf der anderen Seite der Brücke bis zum Ufer lief. Rodomonts Gesicht verfinsterte sich. Er ging sofort auf die Brücke zu.

»He, du unverschämter Tölpel! Verschwinde sofort von der Brücke. Der Steg ist nur für Herren und für Ritter und nicht für tumbe Ochsen wie dich.«

Orlando reagierte nicht auf die Beschimpfungen des Sarazenenkönigs. Er war so sehr mit seinem Zorn beschäftigt, daß er nichts anderes hörte und nichts sah.

»Der Kerl muß verrückt sein!« schnaubte Rodomont. »Dann werde ich diesen Narren eben mit Gewalt wieder zur Vernunft bringen!«

Er stampfte auf Orlando zu, wild entschlossen, ihn, ohne viel zu reden, sofort in den Fluß zu werfen. Er dachte nicht einmal daran, daß der andere sich wehren könnte.

In diesem Augenblick kam ein junges edles Mädchen auf den Steg zu. Sie trug zierlichen Schmuck, und mit ihren holden

Wangen sah sie so schön und bescheiden aus, wie es sich für junge Damen ihres Alters ziemte. Es war Flordelice, die schon überall nach ihrem geliebten Brandimart gesucht hatte. Sie erreichte den neuen schmalen Steg in dem Augenblick, in dem Rodomont auf Orlando zustürmte, um ihn in den Fluß zu werfen. Flordelice erkannte Orlando sofort. Zugleich wunderte sie sich über die Verrücktheit, die den Grafen splitternackt durch die Gegend laufen ließ. Staunend beobachtete sie, wie der nackte Mann den Schwergerüsteten umklammerte. Beide versuchten, sich gegenseitig von der schmalen Brücke in den Fluß zu stoßen.

»Woher hast du verdammter Narr derartig viel Kraft?« schäumte Rodomont wütend. Während sein Zorn immer heftiger aufloderte, nahm er allen Stolz zusammen und drängte sich gegen den Nackten. Er stemmte sich zuerst nach vorn, drängte zuerst den linken Fuß, dann den rechten zwischen Orlandos Beine. Es wirkte so, als würde auf der Brücke ein dummer Riesenbär wütend versuchen, einen Baum zu fällen.

Orlando wirkte vollkommen abwesend und unbeteiligt. Er empfand absolut nichts. Nur seine Körperkraft, die ihm stets geholfen hatte, wehrte sich gegen den Angreifer. Er umklammerte den Sarazenen mit einem Arm und zog ihn vom Steg. Eng umschlungen stürzten sie ins tiefe Wasser. Mit einer großen Welle schoß das Wasser an der Uferböschung hoch. Gleich nach dem Eintauchen ließen sich die beiden Männer los. Nun zeigte sich ein Vorteil für Orlando. Schon weil er nackt war, schwamm er behende wie ein Fisch. Mit kräftigen Bewegungen erreichte er schnell das andere Ufer. Ohne sich auch nur einmal umzudrehen, lief er so weiter, wie er gekommen war.

Der König von Algier mußte lange gegen das Ertrinken kämpfen. Nur mit großer Mühe rettete er sich in seiner schweren Rüstung bis ans Flußufer.

In der Zwischenzeit war Flordelice völlig ungefährdet über die schmale Brücke zum anderen Ufer gelangt. Sie erreichte das gewaltige Grabmal und erkannte sofort Brandimarts Wappenschild an der Marmorwand, aber sie fand kein Teil von seiner Rüstung oder irgendein Kleidungsstück von ihm. Nun konnte sie wieder hoffen, daß sie ihn doch noch irgendwo anders finden würde.

Ich kann unmöglich alle Wahnsinnstaten von Orlando der Reihe nach berichten. Es waren einfach zu viele. Eine aber soll hier stellvertretend für alle anderen stehen.

Graf Orlando lief immer weiter. Der Wahn trieb ihn bis nach Toulouse und von dort aus weiter in die Pyrenäen. Die ganze Zeit schien Orlando die Abendsonne auf der Stirn. Er erklomm einen engen, steilen Pfad, der hoch über einer Schlucht an den Felsen entlangführte. Kaum hatte er den kleinen Pfad betreten, als ihm zwei junge Burschen mit einem holzbeladenen Esel entgegenkamen.

»Platz da!« schrien sie ihn sofort an. »Zurück oder zur Seite! Wir brauchen diesen Weg für uns.«

Der Graf antwortete nicht, sondern starrte auf den Esel, dann trat er ihm mit voller Wucht gegen seine Brust. Der Esel flog mitsamt dem Holz auf seinem Rücken wie ein Vogel durch die Luft. Erst eine Meile weiter krachte er gegen die Bergflanke.

Der Wahnsinnige stürzte sich auf die beiden Jungen. Einer von ihnen hatte mehr Glück als Verstand. In seiner Todesangst sprang er in den sechzig Ellen tiefen Abgrund. Auf halber Höhe blieb er im Gestrüpp an der steilen Felswand hängen. Nur sein Gesicht zerkratzte. Alles andere an ihm blieb heil, so daß er weiter absteigen und fliehen konnte.

Der andere sprang bis zu einer Felsenkante hoch. Er hoffte, daß er sich hochziehen und dadurch der Wut des Wahnsinnigen entgehen konnte. Orlando aber wollte Blut sehen. Er packte ihn mit jeder Hand an einem Fuß und streckte ruckartig die Arme nach beiden Seiten aus. Der Junge zerriß in zwei Stücke. Es war dieselbe Art, wie ein Reiher oder ein Huhn aufgerissen wird, um die Eingeweide für Falken oder Sperber bloßzulegen.

Auf seinem Weg durch das unwirtliche Gebirge beseitigte Orlando noch einige andere Hindernisse. Dann endlich, nach langem Suchen, erreichte er eines Mittags die Paßhöhen und stieg auf der spanischen Seite des Gebirges wieder ab. Er kam bis Tarragona, wo die Straße dicht am Meer entlangführte. Orlando hatte keinen Plan. Willkürlich machte er Rast, wie es ihn gerade überkam. Er grub sich in den feinen Sand am Strand ein, um sich im Dünenschatten vor der Sonnenhitze zu schützen.

Er hatte gerade seine eifrigen Bewegungen beendet, als Angelica mit ihrem schönen Gemahl Medor auftauchte. Sie hatten auf einem anderen Weg die Pyrenäen überquert. Selbst als sie auf Armeslänge an ihn herangekommen waren, erkannte sie ihn nicht.

Seit ihn der Wahn ergriffen hatte, war er in der Sonne und im Schatten nackt herumgelaufen. Seine Haut war so schorfig und verdorrt, als käme er aus der Glut der Stadt Sienne zwischen Ägypten und Äthiopien, wo die Garamanten den Gott Amon verehrten. Sein Gesicht war ausgemergelt, und seine Augen steckten tief in ihren Höhlen. Seine struppigen Locken und der scheußliche, verfilzte Bart ließen Angelica erschaudern.

Entsetzt riß sie ihr Pferd zurück und schrie vor Schreck in den Himmel hinauf. So schnell wie möglich suchte sie Schutz bei ihrem Ehemann. Orlando sprang sofort auf. Im selben Augenblick, als er sie sah, packte ihn ein fürchterliches Verlangen. Er hatte keinerlei Erinnerung mehr daran, daß diese Schönheit mit ihren zarten, holden Wangen ihn früher einmal im Liebesbann gefangenhielt. Nun war nur noch rasende Begierde in ihm. Und wie ein Jagdhund einem Reh hetzte er ihr nach.

Der junge Medor sah, wie der Wahnsinnige hinter seiner Schönen her war, und gab seinem Pferd die Sporen. Als er ihn eingeholt hatte, schlug und stach er aus vollem Ritt von hinten auf ihn ein. Mit jedem Schlag glaubte er, dem nackten Mann den Kopf vom Hals zu trennen. Aber die Haut, die Knochen des Wütenden widerstanden jedem Schwertschlag: Sie waren immer noch härter als Diamant.

Trotzdem spürte Orlando den ersten harten Hieb im Nacken. Er fuhr herum und ballte eine Hand zur Faust. Mit ungeheurer Kraft und ohne jedes Maß zerschmetterte er den Pferdekopf, der wie Glas in lauter Stücke zersprang. Der Graf drehte sich wieder um und verfolgte die Fliehende. Angelica trieb ihre Stute mit Sporen und der Peitsche zur höchsten Eile an. Von ganzem Herzen wünschte sie, daß ihr Pferd schnell wie ein Pfeil fliegen möge. Gerade noch rechtzeitig fiel ihr der Zauberring wieder ein. Sofort steckte sie ihn in den Mund. Die geheimnisvolle Kraft wirkte augenblicklich. Sie wurde unsichtbar und verschwand wie ein Kerzenlicht, das einfach ausgeblasen wird.

Sei es die Furcht, sei es die Übereile, mit der sie hastig den Ring von ihrer Hand gezogen hatte, sei es, daß ausgerechnet nun die Stute stolperte – in dem Augenblick, in dem sie aus dem Blick ihres Verfolgers verschwand, rutschte sie mit ihren Füßen aus den Steigbügeln. Sie glitt aus ihrem Sattel und stürzte auf den Boden. Nur zwei Zoll kürzer – und sie wäre dem Wahnsinnigen direkt in die Arme und damit in den Tod geflogen. Ihr guter Stern bewahrte sie vor einem allzu harten Aufprall. Die Stute, die noch immer vor dem rasenden Orlando floh, würde sie jedenfalls nie wiedersehen.

Orlando gab nicht auf. Sein Ungestüm und seine Wut wurden immer schlimmer durch die List, mit der sie sich versteckte. Er folgte ihrer Stute durch den feinen Sand und kam ihr immer näher. Schließlich konnte er sie berühren, dann ihre Mähne greifen und sogar das Zaumzeug. Gleich darauf brachte er das fliehende Pferd zum Stehen. Es war, als hätte er einen Schatz im Sand ausgegraben. Er freute sich und streichelte die Stute sanft wie ein Mädchen. Dann ordnete er das Zaumzeug und die Steigbügel. Mit einem schnellen Satz sprang er in den Sattel und ritt los.

Meile um Meile jagte er über Berg und Tal. Er hatte dabei kein Ziel, sondern ritt ruhelos mal in die eine, mal in die andere Richtung. Dabei kam er nicht auf den Gedanken, dem Pferd gelegentlich das Zaumzeug abzuschnallen oder ihm etwas Heu und Gras zu gönnen. Als er dann erneut über einen Graben springen wollte, stürzte er kopfüber mitsamt dem Pferd hinein. Ihm tat es nichts, aber das geschwächte Tier verrenkte sich den Bug. Orlando wußte nicht, wie er mit dem verletzten Pferd umgehen sollte. Er riß und zerrte an ihm. Schließlich lud er es sich auf die Schulter. Er schaffte seine schwere Last über eine Strecke von drei Pfeilschüssen. Dann wurde ihm das Gewicht der Mähre doch zu groß. Er ließ sie von den Schultern gleiten und zog es hinter sich her.

»Na los doch!« schrie er das lahme Pferd immer wieder an. »Voran, voran!«

Zuletzt löste er den Halfterriemen vom Kopf der Stute und schlang ihn sich um den rechten Fuß. Auf diese Weise schleifte er das verletzte Tier immer weiter.

»Siehst du? Jetzt geht's viel bequemer, oder?« schrie der Graf. Er fragte nicht danach, ob sie über Steine streiften, ob der Stute Hautfetzen und Haare abrissen oder ob ganze Fleischstücke am Wegesrand zurückblieben. Das Tier verstand nichts mehr. Es starb qualvoll vor Schmerzen und an Erschöpfung.

Ohne zu denken und ohne auch nur einmal nach dem toten Tier zu sehen, das er noch immer mitschleifte, lief Orlando immer weiter in Richtung Westen. Wenn er an Häuser oder an Bauernhöfe kam, nahm er sich, was er brauchte. Er fragte nicht und wütete so lange, wie er Hunger hatte. Er nahm sich Brot, Fleisch und Früchte, mißhandelte jeden, der sich ihm entgegenstellte, und ließ hier einen tot, dort einen lahm zurück. Wenn Angelica ihm nicht durch den Zauberring entgangen wäre, hätte sie mit Sicherheit ein ähnliches Schicksal erlitten. Orlando unterschied nicht mehr zwischen Weiß und Schwarz. Vielleicht empfand er sogar, daß er Gutes tat, wenn er nur Schaden anrichtete.

Verflucht sei dieser Ring bei Christen ebenso wie bei den Heiden! Verflucht auch Ritter Ruggiero, von dem Angelica ihn bekommen hat. Hätte die Zauberkraft sie nicht geschützt, wäre sie Orlandos Rache zum Opfer gefallen – für sich selbst und für tausend andere betrogene Männer.

Die Frauen sind doch alle gleich, und an keiner findet man ein gutes Haar. Aber ehe meine Saiten ganz erschlaffen und nur noch Mißtöne von sich geben, breche ich meinen Gesang für heute lieber ab!

30. Gesang

Wenn die Vernunft von blindem Ärger überrannt wird und sie sich nicht sofort dem Anfall widersetzt, passiert es leicht, daß dieser Zorn sogar den besten Freunden weh tut. Auch wenn danach die Tränen fließen, ist das Gesagte nun einmal gesagt. Mir tut inzwischen leid, was in ich meinem Ärger zum Schluß des vorigen Gesangs gesagt habe.

Ich bin mit einem Kranken zu vergleichen, der sich für lange Zeit zusammennimmt, wenn ihn die Schmerzen peinigen, und der dann plötzlich wütend wird und flucht, wenn ihm die Qualen unerträglich werden. Jetzt läßt mein Schmerz allmählich nach, und meine Wut nimmt ab.

Ich zürne nun mir selbst, weil ich mich nicht beherrschen konnte, und hoffe, daß ihr edlen Frauen mir meine wilden Faseleien verzeiht. Ihr kennt die Leidenschaft und ihr schlimmes Feuer. Gebt meiner Feindin deshalb alle Schuld dafür, daß sie mich verfolgt, bis aufs Blut peinigt und mich Dinge sagen läßt, die ich danach bereue.

Gott kennt ihre fürchterliche Wirkung, und er weiß, wie aufrichtig ich liebe. Ich brenne ebenso und brauche euer Mitgefühl wie Graf Orlando, der immer noch das spanische Königreich Marsilos in alle Richtungen durchstreift.

Ohne Sinn und Verstand durchquerte Orlando die Ebenen und stieg über Gebirge. Die ganze Zeit schleifte er den toten Gaul hinter sich her. Schließlich kam er an die Mündung eines Flusses ins Meer. Ohne irgendeine Gefühlsregung ließ er das tote Pferd am Ufer liegen. Er war schon immer ein guter Schwimmer gewesen. Schneller als ein Fischotter durchquerte er den Fluß. Auf der anderen Seite näherte sich ein Hirte auf einem Pferd, der seine Tiere zur Tränke treiben wollte. Orlando stellte sich in seinen Weg, doch der Hirte beachtete den nackten Störenfried überhaupt nicht.

»Los, absitzen!« schrie ihn Orlando an. »Pferde tauschen!

Ich nehme deinen Klepper – du kriegst meine Stute. Du kannst sie sehen. Auf der anderen Seite. Da liegt sie. Aber schon ziemlich tot. Wenn du schnell genug bist, kannst du sie noch heilen. Ruf sie dir einfach ins Leben zurück. Bis auf diese Kleinigkeit gefiel sie mir eigentlich ganz gut. Als Tausch für diese Stute gibst du mir dein Pferd und noch ein Handgeld dazu. Na los, steig ab!«

Der Hirte schüttelte ungläubig den Kopf. Dann lachte er laut auf und ritt ohne irgendeine Entgegnung an dem nackten, unbewaffneten Wegelagerer vorbei.

»Kannst du nicht hören?« schrie Orlando und rannte ihm nach. »Ich will dein Pferd!«

Der Hirte hob seinen schweren Knotenstock und drosch hart auf den Verfolger ein. Orlando wurde wütend; er hob die Faust und schlug den Hirten so hart auf den Kopf, daß die Schädelknochen zermalmt wurden und der Unglückliche tot von seinem Pferd stürzte. Dann sprang der Graf auf das herrenlose Pferd und begann mit einem beispiellosen Vernichtungsritt. Überall, wohin er kam, zerstörte er die Häuser und plünderte das Land. Auch diesmal achtete er nicht darauf, daß sein Pferd Korn und Heu benötigte. Wieder und wieder nahm er sich irgendein anderes Pferd, nachdem er zuvor ihre Reiter aus dem Sattel geschlagen hatte.

In Malaga wütete er besonders schlimm. Er zerstörte und verbrannte so viele Häuser, daß die Schäden noch jahrelang zu sehen waren. Insgesamt starben in dieser Stadt ein Drittel aller Bewohner. Schließlich gelangte der Rasende auch zur Stadt Zizera, das spätere Algeciras, an der Meerenge von Gibraltar. Er kam im Morgengrauen an der Küste an. Trotz der frühen Stunde legte gerade ein Boot mit fröhlichen jungen Leuten vom Ufer ab. Das Meer war still und einladend. Orlando hatte plötzlich Lust, ebenfalls aufs Meer hinauszufahren.

»Halt!« rief er, so laut er konnte. »Wartet! Nehmt mich mit!«

Das mächtige Geschrei kam den jungen Leuten auf dem Boot nicht geheuer vor. Mit einem derartigen Passagier an Bord wollten sie sich nicht den schönen Tag verderben. Also ließen sie ihr Schiff immer weiter aufs Meer hinausfahren. Das Boot strich durch die klaren Wellen und war flink wie eine Schwalbe in den Lüften.

Orlando wurde sofort wieder wütend. Er schlug auf sein Pferd ein, spornte es und zwang es schließlich hart ins Meer. Das Pferd wehrte sich, stemmte sich mit aller Kraft gegen den Willen seines Reiters und wollte nicht tiefer als bis zum Bauch ins Wasser. Dann schwappten erste Wellen bereits über seine Schultern. Nur noch der Kopf ragte heraus. Orlando schlug mit einer Weidengerte immer wieder an die Ohren. In seiner Angst schluckte das Pferd so viel Wasser, daß es ersoff.

Das Boot der jungen Leute hatte schon fast das andere Ufer erreicht. Orlando sah es durch die hohen Fahrtwellen längst nicht mehr, aber er wollte immer noch mitfahren und riß an seinem toten Pferd. Es sank langsam tiefer und zog allmählich auch seinen Reiter mit hinab. Erst im letzten Augenblick löste sich Orlando aus dem Sattel. Er ließ die Zügel fahren, schnappte nach Luft und warf dann abwechselnd die Arme vor. Gleichzeitig stieß er sich im Wasser so kräftig ab, daß sich schnell eine Welle um ihn bildete.

Das Meer war ruhig und das Wetter günstig. Unablässig schwamm Orlando durch die Straße von Gibraltar. Wären das Wetter nur ein wenig schlechter und die Wellen etwas höher gewesen, hätte er trotz seiner ungeheuren Kraft die Entfernung von einem Kontinent zum anderen kaum geschafft. So aber mußte er seinen Wahn nicht ebenso wie sein Reittier büßen, sondern gelangte tatsächlich mit sehr viel Glück in Afrika wieder an Land.

Nicht einmal zwei Pfeilschußweiten von der Stadt Ceuta entfernt stieg er aus dem Wasser. Die Stadt interessierte ihn nicht. Er wandte sich in Richtung Osten und lief aufs Geratewohl den Strand entlang. Tag um Tag eilte er, in seinem Wahn verloren, immer weiter – so lange, bis er auf einen mächtigen Heerhaufen aus schwarzen Kriegern stieß. Sie lagerten direkt am Ufer.

Wir müssen Orlando nun für eine Weile allein laufen lassen. Bei der Gelegenheit will ich auch klarstellen, daß ich kein Wort mehr über Angelica verlieren werde. Nachdem sie sich durch ihren Zau-

berring vor Orlandos rasender Eifersucht in Sicherheit gebracht hatte, fand sie ein gutes Schiff und kehrte in ihr Heimatland zurück. Dort wollte sie Medor die Krone von Cathay aufsetzen.

In der Nähe von Paris freute sich Mandrikard, der König der Tartaren, noch immer über den für ihn so günstig ausgegangenen Schiedsspruch seiner Geliebten. Nachdem die stolze Angelica in ihre Heimat zurückgekehrt und Isabella zum Himmel aufgestiegen war, hatte Mandrikard mit Doralice das schönste aller Mädchen in ganz Europa für sich gewonnen. Allerdings war seine Freude nicht ungetrübt.

Noch immer machten ihm der tapferen Ruggiero den weißen Adler auf dem Schild und König Gradass von Serikana die Durindana streitig, und nach wie vor bemühte sich König Agramant mit Unterstützung von König Marsilo um ein Ende der Streitigkeiten. Die beiden Könige schlugen immer neue Lösungen vor, aber keine davon gefiel den Streitenden. Ruggiero wollte einfach nicht länger zulassen, daß ein anderer seinen Wappenvogel trug. Ebenso bestand König Gradass darauf, daß er allein ein Anrecht auf das berühmte Schwert Orlandos hatte.

»Also gut«, sagte König Agramant schließlich. »Ihr beide seid an Mut und Stärke etwa gleichwertig. Dann spare ich mir ab sofort jedes weitere Wort. Soll doch die Göttin Fortuna zeigen, wer zu ihren Auserwählten gehört. Ich muß euch allen dankbar sein, daß ihr weiter mit mir kämpfen wollt. Deswegen gilt bei der Auslosung nur eine Regel: Wer den besseren Wurf tut, kämpft für euch beide gegen Mandrikard. Gewinnt er oder unterliegt er gegen den Tartaren, dann gilt das ebenfalls für beide.«

Sofort wurden ihre Namen auf zwei Zettelchen geschrieben, in eine Urne geworfen und nach üblicher Art geschüttelt. Dann rief der König nach einem Kind aus dem Gesinde und befahl ihm, einen der Zettel aus dem Topf zu nehmen. Das Los entschied, daß Ruggiero mit Mandrikard kämpfen sollte. Er richtete sich hoch auf und sah sich freudestrahlend nach allen Seiten um. König Gradass dagegen verzog mißmutig das Gesicht. Trotzdem protestierte er nicht gegen das Himmelsurteil.

Nachdem er seine Enttäuschung etwas überwunden hatte, zeigte er sich hochherzig. Den ganzen Tag über gab er Ruggiero gute Ratschläge für den schweren Kampf. Nach und nach erfuhr der Sarazenenheld so einige Listen, die er bisher noch nicht kannte.

Während der ganzen Zeit kamen immer wieder andere Freunde hinzu und ergänzten die guten Ratschläge. Auf diese Weise verging der Tag. Viele suchten sich bereits bei Sonnenuntergang die allerbesten Plätze auf dem Kampfplatz aus und blieben über Nacht dort. Volk und Gesinde sahen nur, daß hier zwei der Stärksten aufeinander einschlagen sollten. Dagegen tadelten weitblickende Adlige wie Sobrin, König Marsilo und andere den unsinnigen Kampf. Ganz gleich, ob der Tartar oder Ruggiero starben – in jedem Fall würde einer der besten Anführer des Sarazenenheers im Kampf gegen Karl den Großen fehlen. Jeder von ihnen galt nach Ansicht der übrigen Heerführer mehr als ein Schwarm von zehnmal tausend Männern.

König Agramant bat sie, ihren Waffengang um fünf oder sechs Monate hinauszuschieben – so lange jedenfalls, bis das Sarazenenheer den Kampf gegen die vereinten Frankenheere gewonnen hatte und König Karl ohne Zepter, Mantel und Krone dastand.

Mandrikard und Ruggiero wären liebend gern dem Wunsch des Großkönigs gefolgt. Aber sie konnten nicht, denn derjenige von ihnen, der zuerst nachgab, wäre überall als der Schwächere und damit als Verlierer angesehen worden. Auch Prinzessin Doralice versuchte alles, um den Zorn des Tartaren zu besänftigen. Sie weinte und flehte ihn immer wieder an: »Gebt doch dem König nach! Das ganze Heer wünscht sich inzwischen, daß ihr zur Vernunft kommt. Was nützt es mir denn, daß ich glücklich war, wenn du doch immer wieder neu in deine Rüstung steigst, um gegen irgendeinen in den Kampf zu reiten. Ich war so stolz und glücklich, daß ein großer König, der du nun einmal bist, sich meinetwegen todesmutig in den Streit geworfen hat. Jetzt aber sehe ich, daß du dich sogar für irgendwelche Kleinigkeiten schlagen willst. Wenn du mich wirklich so heiß liebst, wie du mir immer schwörst, dann darfst du doch nicht zulassen, daß ich mich derart quäle und mir das Herz zerreiße. Wenn dir dein Leben weniger als ein aufgemalter Vogel gilt, dann denke wenigstens an meins. Dein Leben wird nicht ohne meins erlöschen, weil ich dir im Tod wie im Leben folge.«

Mandrikard litt mit ihr und küßte ihr die bittersüßen Tränen von den Augenlidern. Trotzdem sagte er: »Du darfst dich nicht so grämen, mein geliebtes Leben. Hast du vergessen, wie ich mit einem einzigen Lanzensplitter und ohne eigenes Schwert einen schwerbewaffneten Ritterhaufen abgeräumt habe, der mir den Weg versperren wollte? Hast du vergessen, daß ich König Gradass, mit dem Ruggiero sich nicht messen kann, in Syrien gefangennahm? Daß ich jenseits von Indien Sakripant, den König der Circassen, die berühmten Zwillinge Grifon und Aquilante und viele hundert weitere Gefangene befreite? Was soll mir da passieren von diesem Grünschnabel Ruggiero? Ich habe Hektors Rüstung und als Schwert die Durindana. Trockne deine Tränen, und prophezeie mir kein Verderben. Ich kämpfe nicht für einen aufgemalten weißen Vogel auf dem Schild, sondern für meine Ehre.«

Doralice gab nicht nach. Auch Mandrikard blieb lange Zeit bei seiner Meinung. Dann aber kamen ihm ihre Gründe schließlich so stark vor, daß sich sogar eine Steinsäule vor ihnen geneigt hätte. Er war derjenige, der Schwert und Rüstung trug, aber sie besiegte ihn schließlich doch in ihren weichen Frauenkleidern.

»Ich gebe nach und werde, wenn du willst, den Königsvorschlag annehmen«, seufzte er mit einem Lächeln. »Er muß nur noch einmal ernsthaft wiederholt werden.«

Der Tartar hätte Wort gehalten, doch als die Sonne aufging, ließ Ruggiero bereits die Trompeten blasen und überall verkünden, daß er allein das Recht auf den weißen Adler in seinem Wappen hatte. Voll gerüstet sprengte er zwischen die Schranken des Turnierplatzes. Überall hatten sich bereits dicht an dicht die Zuschauer versammelt. Noch einmal blies er in sein Horn.

Als der Tartarenfürst den stolzen Streitruf hörte, vergaß er alles, was er Doralice versprochen hatte. Kein Wort mehr von Versöhnung! Er sprang vom Bett und brüllte nach seinen

Waffen und Geleit. Sein Gesicht wurde derart finster, daß Doralice nicht mehr den Mut hatte, um irgendeinen Aufschub zu bitten. Sie konnte nichts mehr tun, denn nun kam es unweigerlich zum Hauen und zum Stechen. Mandrikard wappnete sich und gönnte selbst den flinken Händen seiner Knappen kaum die Zeit für ihre Dienste. Ungeduldig lief er zu Brigliador, der einmal dem Beschützer von Paris gehört hatte.

Kaum saß er fest, ritt er auch schon los. Er riß sein Schwert hervor und zeigte sich bereit zum Kampf. Der König und sein Hofstaat trafen jetzt erst ein. Sie nahmen schnell Platz. Die Helme glitzerten im Sonnenlicht. Beiden Rittern wurden Lanzen gereicht, dann schmetterten Trompeten das Signal für den Zweikampf auf Tod und Leben. Tausende von Wangen wurden bleich. Mit ungeheurer Wucht prallten die beiden Kontrahenten aufeinander. Es war, als würde augenblicklich der Himmel einstürzen und die Erde aufreißen.

Der weiße Vogel, der vor langer Zeit während der Bürgerkriege im antiken Thessalien den Göttervater Zeus durch die Lüfte trug, flog nun von einer Seite auf die andere. Jeder der beiden Ritter war wild entschlossen, sich den Sieg zu holen. Wie groß ihr Mut und ihre Stärke waren, zeigte sich schon darin, wie sie die schweren Lanzen schwangen – noch mehr aber daran, daß sie wie Türme und wie Felsen bei Wind und Wetter standen.

Die Lanzensplitter flogen krachend in den Himmel. Es war, als würden sie bis zum Feuerkranz der Sonne fliegen, denn brennend fielen ihre Reste auf den Erdboden zurück. Jeder der beiden Kämpfer zog sein Schwert. Unablässig krachte ein Schlag nach dem anderen auf die Helme mit den doppelten Visieren. Durindana und die Balisarde zeigten, was sie konnten, wenn sie von starker Hand geschwungen wurden. Doch da gelang dem Tartaren ein Schlag, wie ihn nur Helden führen konnten. Er zerschmetterte Ruggieros Schild, zerriß den Harnisch und fuhr ins warme Fleisch. Um Haaresbreite ließ der Hieb den Tod aus.

Ein eisiger Schreck krallte sich um die Herzen der ungezählten Zuschauer. Die meisten hielten offen oder heimlich zu

Ruggiero. Der Treffer Mandrikards ging durch fast alle Herzen. Ruggiero antwortete schneller und wütender als je zuvor. Sein Schwert krachte hart auf den Helm des Tartaren, doch der Hieb war zu schnell und wild geschlagen. Die Klinge rutschte seitwärts ab. Hätte sie genau getroffen, wäre Hektors Zauberhelm kein Schutz für den Tartaren mehr gewesen. So aber war Mandrikard nur benommen. Die Zügel glitten ihm aus der Hand. Sein Kopf neigte sich bis zu seiner Brust. Ungezügelt trabte der Hengst Brigliador hin und her. Er hatte sich noch immer nicht an den neuen Reiter gewöhnt.

Doch dann erwachte Mandrikard aus seiner kurzen Ohnmacht. Keine getretene Schlange war jemals so hoch geschossen und kein verletzter Löwe so grimmig wie er. Je stärker Zorn und Stolz in seinem Herzen tobten, um so mehr wuchsen sein Mut und seine Kraft. Er zwang seinen Hengst erneut auf Ruggiero zu und riß sein Schwert, so hoch er konnte. Dieses Mal mußten der Anlauf und der Schwung ausreichen, um den Gegner bis zur Brust zu spalten.

In diesem Augenblick erinnerte sich Ruggiero an die Ratschläge, die er zuvor erhalten hatte. Noch ehe der Arm des Tartaren mit der ausgestreckten Waffe auf ihn niederkrachen konnte, stach er mit seinem Schwert genau in die rechte Achselhöhle seines Gegners. Die Spitze seines Schwertes riß ein Loch in das Panzerhemd des Tartarenkönigs. Als Ruggiero die Klinge wieder zurückzog, brach ein Sturzbach von scharlachrotem Blut aus der Wunde zwischen Arm und Leib. Die Durindana fiel nur noch ohne Kraft auf Ruggiero herab. Trotzdem zuckten seine Brauen unter dem wilden Schmerz. Er kippte bis zum Hals seines Pferdes. Mit einem nicht so guten Helm hätte er auch diesen Schlag nie vergessen.

So aber gab der Sarazenenheld noch nicht auf. Wieder spornte er sein Pferd. Diesmal stürmte er von rechts auf den Tartaren zu. Mandrikard half seine Rüstung aus feinstem, gut gehärtetem Stahl nichts mehr. Die Balisarde fand ihren Weg durch die mit Zauberkraft festgemachten Arm- und Beinschienen und durch das Kettenhemd Mandrikards. In seiner Wut brüllte der Tartar lauter als das Meer im Sturm und warf den

Schild mit dem verhängnisvollen weißen Adler von sich. Nur so konnte er Orlandos Durindana mit beiden Händen fassen.

»Ha!« schrie Ruggiero. «Du wirfst den Schild weg! Damit beweist du selbst, daß du das Adlerwappen die ganze Zeit zu Unrecht geführt hast!«

Noch während Ruggiero auftrumpfte, spürte er die Durindana. Das Schwert zerteilte sein Visier, schnitt wie durch Wachs durch seinen Brustharnisch, zerfetzte seinen Waffenrock, teilte den Sattelknauf und drang zum Schluß tief in seinen Oberschenkel ein.

Beide Ritter verloren so viel warmes Blut, daß niemand sagen konnte, wer im Vorteil war. Doch da hob Ruggiero, um jeden Zweifel zu zerstreuen, noch einmal sein Schwert. Es durchbohrte den Panzer des Tartaren auf der linken Seite. Der Spalt klaffte eine Spanne breit und beendete endgültig Mandrikards Anspruch auf den weißen Adler. Auch um das edle Schwert in seiner Hand konnte er nicht mehr streiten. Er mußte alles aufgeben: den Schild, das Schwert und – noch viel wichtiger – das eigene teure Leben.

Aber ein Mann wie er ging niemals ohne Rache. Noch im Abschied, als ihn der letzte Stoß traf, wollte er mit einem allerletzten Streich Ruggieros Gesicht derartig zeichnen, daß er für alle Zeiten etwas davon hatte. Mandrikard sank bereits in den Tod, als sein letzter Schwertschlag seinen Gegner traf.

Ein Eisenring an Ruggieros Helm zersprang, dann drang die Durindana zwei Finger breit in seinen Schädel ein. Noch ehe der Tartar leblos aus seinem Sattel kippte, rann ein Blutstrom an Ruggieros Körper herab. Es wurde Nacht um ihn, als er noch vor Mandrikard zu Boden stürzte.

Doralice hatte an diesem Tag immer wieder in schnellem Wechsel vor Schreck geweint oder glücklich gelacht. Sie hatte bereits ihre Hände zum Himmel aufgehoben, um Gott dafür zu danken, daß Ruggiero zuerst vom Pferd gefallen war. Aber dann zeigte sich, daß der vermeintliche Sieger tot war und der vermeintliche Verlierer noch lebte. König Agramant und die anderen hohen Fürsten sprangen auf und liefen allesamt nach vorn.

Ruggiero richtete sich mühsam auf. Rings um ihn jubelten alle und ließen ihn hochleben. Sie waren glücklich, daß der junge Held der Sieger war. Nur König Gradass fiel die Freude schwer. Ihn quälte Neid über den Sieg Ruggieros. Er haderte mit dem bösen Schicksal, durch das Ruggieros Name und nicht sein eigener für den Kampf gegen den Tartaren gezogen worden war.

König Agramant umarmte den Schwerverletzten überglücklich. Jetzt, nachdem Mandrikard, der Sohn von Agri-Khan, erschlagen war, war Ruggieros Name für ihn wertvoller als je zuvor.

Ebenso wie die Fürsten und die Ritter zeigten nun auch die edlen Frauen, die das Sarazenenheer aus Afrika und Spanien bis ins Frankenreich begleitet hatten, wie sehr sie Ruggiero zugetan waren. Nur Prinzessin Doralice kauerte in Tränen aufgelöst vor dem leblosen Geliebten. Noch hielten sie Anstand und Scham gefangen. Ohne die straffen Zügel hätte sie vielleicht ebenso wie die anderen Damen voller Bewunderung für den schönen Sieger geschwärmt. Solange Mandrikard noch lebte, war seine Stärke gut für sie gewesen. Was aber sollte sie mit einem totgeschlagenen Tartaren? Sie brauchte einen Recken, der ihr bei Tag und Nacht aufrecht zur Verfügung stand.

Inzwischen war der beste Hofarzt von König Agramant bei Ruggiero. Nachdem er alle Wunden untersucht hatte, sagte er:

»Er wird es überstehen.«

Mit größter Sorgfalt ließ König Agramant den Schwerverwundeten in sein Zelt bringen. Er beschloß, ihn selbst zu pflegen. Der junge Held war ihm so lieb, daß er diesen Dienst keinem anderen überlassen wollte. Eigenhändig hängte er die Waffen Mandrikards neben das Bett des Verwundeten. Nur die Durindana behielt er zurück. Wie vereinbart stand sie nun dem Serikaner-König Gradass zu. Sämtliche anderen Teile der Rüstung Mandrikards galten als Beute für den Sieger. Sein Pferd überließ Ruggiero seinem König. Er hatte gleich gesehen, wie sehnsüchtig Agramant Orlandos Brigliador betrachtet hatte.

Während der ganzen Zeit wartete Bradamante auf Schloß Montalban sehnsüchtig auf die Rückkehr von Ruggiero. Als ihre Vertraute Ippalka zurückkehrte, berichtete sie, wie der unverschämte Heidenkönig Rodomont ihr den Frontin gestohlen hatte und wie sie dann Ruggiero in Begleitung von Bradamantes Bruder Richardet und den anderen Verwandten am Brunnen getroffen hatte. Sie erzählte ganz genau, wie sich Ruggiero sofort mit ihr auf den Weg gemacht hatte, um das gestohlene Pferd wiederzufinden und Rodomont dafür zu bestrafen, daß er einem Mädchen das Pferd weggenommen hatte. Schließlich wiederholte sie Wort für Wort, was Ruggiero ihr für seine Liebste aufgetragen hatte. Zum Schluß holte sie Ruggieros Schreiben aus dem Mieder.

Mehr besorgt als erfreut las Bradamante die sehnsuchtsvollen Zeilen. So schön der Brief auch war – sie war enttäuscht, weil Ruggiero nicht selbst gekommen war. Schließlich sah sie ein, daß sie sich im Augenblick mit dem Stück Papier begnügen mußte. Immer wieder küßte sie den Brief, während ihre Tränen auf ihn tropften.

Nur die Hoffnung, daß er bald wiederkommen würde, tröstete sie etwas. Er hatte unter Eid versprochen, daß er in zwei, drei Wochen wiederkäme und das Ippalka gegenüber nochmals bestätigt.

»Ich weiß, er ist kein Wortbrüchiger«, erklärte Bradamante traurig. »Aber wie kann er verhindern, daß er durch irgendeinen Zufall oder ein Mißgeschick sein Wort doch nicht einhält. Unfälle können jeden treffen, besonders jetzt, wo überall Krieg und Gefahr herrschen. O Ruggiero, warum hilfst du denjenigen, die dich schon lange hassen und die du eigentlich bekämpfen und vernichten solltest? Hast du vergessen, daß dein eigener Vater durch Trojan umkam? Warum willst du König Agramant, den Sohn von Trojan, vor der Niederlage retten? Und diejenigen, die deinen Vater treu gerächt haben, belohnst du so, daß du mich, die auch von ihrem Blut stammt, quälst?«

Vergeblich versuchte Ippalka immer wieder, sie zu trösten: »Du kannst nicht anderes tun als abwarten – wenigstens bis zum Tag, an dem er wiederkommen will.«

Tage und Nächte vergingen, aber Ruggiero kam nicht. Immer stärker glaubte Bradamante, daß er doch seinen Eid gebrochen hatte. Sie ahnte nicht, daß die Wunden aus dem Kampf mit dem Tartaren so schwer waren, daß er einen Monat lang zwischen Leben und Tod schwebte.

Tag um Tag harrte die Gräfin in liebevollem Kummer aus. Sie wußte nicht mehr, als ihr Ippalka erzählt hatte. Später erfuhr sie, wie Ruggiero als Retter von Richardet, Malegis und Vivian aufgetaucht war. Sie freute sich darüber, auch wenn dieser neue Bericht einen schalen, bitteren Beigeschmack hatte, und hörte, wie die Vetter von Marfisas Rosenwangen und ihrer stolzen Kampfkraft schwärmten. Als sie dann noch erfuhr, daß Ruggiero zusammen mit Marfisa mitten in die Gefahr geritten war, in der sich König Agramant befand, lobte sie den Mut der beiden, aber in ihrem Herzen konnte sie sich einfach nicht darüber freuen. Ihr Argwohn wurde immer stärker, je mehr sie von Marfisas Schönheit, Ruhm und Mut vernahm.

»Wenn zwei junge schöne Menschen in diesen schreckensreichen Tagen eng zusammen sind, dann wäre es ein Wunder, wenn keine Liebesglut aufflammt«, dachte sie.

In dieser trüben Stimmung tauchte unerwartet ihr Bruder Rinaldo auf. Der Graf von Montalban wurde nur von einem einzigen Knappen begleitet. Genaugenommen war Rinaldo der dritte ihrer Brüder, aber durch seinen Ruhm und seine Taten galt er als der erste. Er traf gegen Mittag ein und erzählte, daß er auf einem seiner vielen Ritte, auf denen er zwischen Orlandos Schloß Brava und Paris immer noch nach der verschwundenen Angelica suchte, von Vivian und Malegis gehört hatte.

»Als mich die Nachricht erreichte, daß sie in Agrismont gefangen sind, bin ich sofort dorthin geritten. Unterwegs erfuhr ich dann, daß sie bereits gerettet waren und ihre Gegner nicht mehr leben. Ich hörte auch, daß es die Schwerter von Ruggiero und Marfisa waren, die unsere Brüder und Vettern herausgeschlagen haben. Als ich dann auch noch erfuhr, daß sie hierher nach Montalban zurückgekehrt sind, bekam ich plötzlich Sehnsucht nach euch. Ich wollte einfach wieder einmal die Mutter, die Geschwister, Weib und Kind küssen – und natürlich auch die Vettern, die zuvor in Ketten lagen.«

Als die Haimonskinder und ihre Verwandten dann fröhlich

beisammen saßen, kam es ihnen vor, als sei Rinaldo eine Schwalbe, die ihrer Brut nach langer Hungersnot durch den Sturm des Krieges hindurch frisches Futter brachte. Trotzdem blieb Rinaldo nur zwei Tage. Dann trieb es ihn und die anderen wieder hinaus. Richard und Richardet, Alard und Giscard der Ältere begleiteten ihn an beiden Seiten. Hinter ihnen folgten Malegis und Vivian als Geleit. Rinaldo ritt an der Spitze des edlen Aufgebots. Er führte die Blüte seines Hauses vom Schloß Montalban in Richtung Seine, um sich hier mit dem Heer von König Karl zu vereinen.

Auch Bradamante wäre am liebsten mitgezogen, doch sie entschloß sich, weiter auf Ruggiero warten. Den anderen sagte sie, sie könne keine Rüstung anlegen, weil sie krank sei. Aber es war kein Fieber, kein körperliches Leiden, sondern die Sehnsucht mit ihren Feuerpfeilen, die ihr Herz so quälte.

31. Gesang

Kann es etwas Schöneres geben als das Gefühl der Liebe in einer jungen Brust? Wie kann man glücklicher leben als in den Fesseln Amors? Wenn diese Menschen nicht ständig mit dem Argwohn und der Marter leben müßten, die sie mit glühenden Eisen quält – mit jedem Wahnsinn, jener Raserei, die Eifersucht genannt wird.

Dieser bittere Tropfen Zweifel erhöht im Grunde nur die Wonnen und die Lust der Liebe – so wie der Durst einen Schluck Wasser zum Genuß macht, der Hunger jedes Mahl würzt und keiner mehr den Frieden genießt als derjenige, der zuvor das Kriegsentsetzen überstanden hat.

Eifersucht ist eine schlimme, giftgefüllte Wunde. Da hilft kein Pflaster und kein Heiltee, keine Beschwörung und kein Amulett. Eifersucht kann so furchtbar werden, daß der Mensch an gebrochenem Herzen sterben muß.

Der Argwohn dringt sehr leicht unheilbar in die Seele ein, gleichgültig ob der Zweifel richtig ist oder nicht. Er verändert Menschen so sehr, daß sie sich selbst kaum wiedererkennen. Ach, Eifersucht, was hat du nur mit Gräfin Bradamante angestellt?

Ich spreche nicht von den schlechten Nachrichten, die von Ippalka und den Brüdern zu ihr kamen, sondern von einem neuen Gerücht, das Bradamante tags darauf noch tiefer traf.

Rinaldo führte seine Brüder und Vettern weiter in Richtung Paris. Am zweiten Abend tauchte vor ihnen ein Ritter auf, der von seinem jungen Eheweib begleitet wurde. Er trug ein schwarzes Waffenkleid und einen schwarzen Schild mit einem weißen Querstreifen. Richardet ritt mutig einige Pferdelängen voraus. Sofort forderte der schwarze Ritter ihn zum Kampf. Richardet, der keinem Kräftemessen auswich, schwenkte sein Pferd, bis sie den richtigen Abstand hatten. Ohne ein weiteres Streitwort und ohne nach dem Woher und Wohin zu fragen nahmen die beiden ihre Ausgangspositionen ein. Auch Rinaldo und sein Gefolge blieben stehen.

Sie wollten sehen, wie die Unterbrechung ihres Rittes ausging. Schon stürmten die beiden direkt gegeneinander.

»Jetzt muß ich nur eine richtige Stelle finden, dann fliegt er gleich zu Boden«, sagte Richardet leise zu sich selbst, aber das Schicksal hatte einen anderen Plan. Der Fremde traf den Helm von Richardet dermaßen hart unter dem Visier, daß der wie von einem Unwetter getroffen zwei Lanzenlängen weit von seinem Pferd flog.

Sofort warf sich Alard gegen den fremden Ritter, um Richardets Schmach wieder auszugleichen. Kaum traf er auf den Schwarzen, als er selbst betäubt ins Gras flog. Sein Schild zerbrach, und er kam sehr hart auf. Nun legte Giscard seine Lanze ein.

»Zurück!« rief Rinaldo, als er seine Brüder auf dem Boden liegen sah. »Das ist jetzt meine Sache, denn ich bin der dritte.«

Aber Giscard hörte nicht. Noch ehe Rinaldo seinen Helm festgezurrt hatte, flog er ebenfalls aus dem Sattel. Allmählich wurde es auch den anderen zuviel. Richard, Malegis und Vivian drängten sich nach vorn, Rinaldo jedoch wollte dem ganzen Streit ein Ende machen.

»Es wird Zeit, daß wir weiter nach Paris reiten«, sagte er zu sich selbst. »Das hält uns viel zu lange auf, wenn ich abwarte, bis einer nach dem anderen zu Boden geht.«

Der schwarze Ritter und Rinaldo ritten bis zum richtigen Abstand auseinander. Sie wendeten die Pferde und preschten sofort aufeinander los. Nun zeigte sich, daß Rinaldo die drei anderen aufwog. Beide Lanzen zersplitterten wie sprödes Glas, ohne daß einer der beiden Ritter auch nur einen Zoll weit wankte. Dafür brachen die beiden Pferde unter dem harten Aufprall in die Knie und stürzten. Bajard rappelte sich sofort wieder hoch. Für ihn war der Sturz nur ein Ausrutscher gewesen.

Das andere Pferd war übler dran. Es blieb mit gebrochenem Bug und Rückgrat auf dem Boden liegen. Noch im Fall war der schwarze Ritter aus den Steigbügeln gesprungen, wie er es gelernt hatte. Rinaldo ritt mit leeren Händen auf ihn zu.

»Du hast mein gutes Streitroß umgebracht!« rief der schwarze

Ritter sofort. »Gerade dieses Pferd hat mir sehr viel bedeutet. Und wenn ich es nicht räche, geht es gegen meine Ehre. Also steig ab! Wir müssen weiterkämpfen.«

»Ich denke nicht daran, mich wegen eines toten Tiers zu schlagen«, antwortete Rinaldo. »Wenn du keinen anderen Grund zum Streit hast, dann suche dir eins von meinen Pferden aus, die garantiert nicht schlechter sind.«

»Ich fürchte, du verstehst mich nicht«, antwortete der andere. »Es geht mir überhaupt nicht um das Pferd, aber es wäre nicht gut für mein Ansehen, wenn ich jetzt aufgäbe, nur weil der Gaul unter mir verreckt ist.«

»Na schön«, sagte Rinaldo. »Dann also Kampf. Ich bin einverstanden. Damit du siehst, daß alles ordentlich zugeht, sollen meine Leute weiterreiten. Ich brauche hier nur einen Knappen, der mein Pferd zu halten hat.«

Er rief den anderen zu, was er dem schwarzen Ritter angeboten hatte, und sie folgten seinen Anweisungen und ritten weiter.

»Das war ein edler Zug von dir«, lobte der schwarze Ritter.

Rinaldo stieg aus seinem Sattel und überließ sein Pferd Bajard dem Knappen. Dann wartete er, bis die anderen nicht mehr zu sehen waren. Schließlich nahm er seinen Schild hoch, faßte sein Schwert mit starkem Griff und ging auf den fremden Ritter zu.

Es wurde einer der fürchterlichsten Zweikämpfe zwischen Rittern, die es je gegeben hatte. Keiner der beiden Recken glaubte, daß der andere noch lange durchhalten würde. Gleichzeitig staunten sie über den zähen Widerstand des Gegners. Die ganze Gegend hallte wider vom Echo der ungeheuer schweren Hiebe. Bei jedem Treffer flog etwas von den dicken Schilden ab, platzten Teile von den Schuppenpanzern und Ringe aus den Kettenhemden. Schon längst kam es nicht mehr darauf an, den anderen zu treffen, sondern darauf, sich nicht die kleinste Blöße und dem anderen dadurch den Triumph zu gönnen.

Ohne nachzulassen, kämpften sie fast zwei Stunden lang, während die Sonne bereits ins Meer sank und im Osten die Dämmerung ihre Schatten über alles Land warf. Zwischen all den Schlägen fragte sich Rinaldo immer wieder, wer der fremde Ritter war. Er hielt sich nicht nur tapfer aufrecht, sondern drohte mehr als einmal mit dem Tod. Inzwischen zweifelte Rinaldo, daß er diesen Kampf je gewinnen könnte. Er wäre bereit gewesen, sofort aufzuhören, wenn es dafür einen ehrenhaften Weg gegeben hätte.

Der schwarze Ritter war inzwischen ebenfalls davon überzeugt, daß es keinen größeren Helden gab als seinen Gegner. Er ahnte nicht, mit wem er hier um eine Kleinigkeit so erbittert kämpfte. Längst kam ihm der Gedanke an Rache für das tote Pferd unsinnig vor. Liebend gern hätte er aufgehört, wenn das ohne Schande möglich gewesen wäre. Inzwischen war es derart dunkel, daß die beiden Ritter kaum noch ihre Hände sahen, geschweige denn die Schwerter.

»Das hat doch keinen Sinn mehr«, rief Rinaldo schließlich. »Ich bin dafür, daß wir den Kampf so lange unterbrechen, bis die Sonne wieder aufgeht. Ich lade dich gern als Gast in mein Zelt ein. Dort bist du sicher und wirst bestimmt besser bedient als anderswo.«

Der schwarze Ritter ließ sich nicht lange bitten. Sie gingen auf dem Weg den anderen hinterher und trafen sie schließlich an einem guten Lagerplatz. Gleich nach der Ankunft ließ Rinaldo ein stattliches Streitroß mit prächtigem Zaumzeug bringen.

»Nimm dieses Pferd!« sagte er. »Es ist sorgfältig ausgebildet für den Kampf mit Schwert und Lanze. Und was gut genug ist für Graf Rinaldo, den Herrn von Montalban, das solltest du nicht ablehnen.«

»Soll das etwa heißen, daß du der Graf bist? Ein Sohn von Herzog Haimon aus dem Haus Clermont?«

»Ich bin sein dritter Sohn.«

Schlagartig wurde dem schwarzen Ritter klar, gegen wen er die ganze Zeit so hart und ehrenvoll gekämpft hatte. Er spürte, wie ein wunderbares Gefühl in seiner Brust aufstieg. Plötzlich rannen Tränen über seine Wangen. Er weinte, schluchzte und strahle zugleich voller Freude.

»Dann sind wir Brüder, lieber Rinaldo! Halbbrüder mit demselben Vater ... und mich nennt man den wilden Guido ...«

Er berichtete, wie er als ehemaliger König der Amazonenstadt Alexandretta gemeinsam mit Samsonet, dem Vizekönig von Jerusalem, Marfisa und den beiden Söhnen des edlen Olivier über das Mittelmeer gekommen war und daß er seine Verwandten auf Schloß Montalban nur deshalb nicht besuchen konnte, weil er nach der Landung vom üblen Grafen Pinabello mitten in der Nacht zusammen mit seinen Gefährten überfallen und gefesselt worden war. Durch den hinterhältigen Eid waren sie anschließend gezwungen gewesen, jeden Ritter zu überfallen, der über die Brücke zu Pinabellos Schloß wollte.

Guido war überwältigt von der langersehnten und doch so überraschenden Begegnung mit seinem Halbbruder.

»Welch ein Zufall, daß ich ausgerechnet gegen dich kämpfen mußte, den ich doch über alles verehre und den ich schon so lange einmal sehen wollte. Meine Mutter Constanze gebar mich dort, wo die Donauarme ins Schwarze Meer strömen. Die Sehnsucht nach euch und der Familie väterlicherseits trieb mich weit durch die Welt. Es tut mir leid, daß ich aus einem so dummen Grund gegen dich kämpfen und siegen wollte. Sag mir, was ich tun soll, um meinen Fehler wiedergutzumachen.«

»Nun hör schon auf, dich wegen dieses Kampfes zu entschuldigen«, sagte Rinaldo. »Dein Mut und deine Ausdauer beweisen schließlich, daß du tatsächlich ein echter starker Ast von Haimons Stamm bist. Wenn du mir freundlich oder sanft begegnet wärst, hätte ich Bedenken, dir zu glauben. Eine Hirschkuh kann nun einmal nicht von einem Löwen abstammen. Und aus dem Taubenei läßt sich kein Adler und kein Falke brüten.«

Sie lachten beide und begaben sich schließlich zu den anderen. Vergnügt stellte Graf Rinaldo Guido vor. Sie begrüßten freudig das Mitglied der Familie, von dem sie bisher nur gehört hatten, und fanden, daß er ihrem Vater ziemlich ähnlich sah. Alard und Richardet, Malegis und Vivian redeten auf ihn ein, ebenso der Vetter Aldiger und die anderen. Guido strahlte nach allen Seiten und genoß es, so nobel von der Familie aufgenommen zu werden. Sie hätten ihn zu jeder anderen Zeit ebenfalls anerkannt, aber nun kam er ihnen ganz besonders gelegen.

Am nächsten Morgen brachen sie beim ersten goldenen Licht der Sonne auf. Nach zwei Tagen waren sie bis auf zehn Meilen an die eingeschlossene Seinestadt herangekommen. Vorsichtig ritten sie am Flußufer entlang. Nach einer Weile trafen sie auf zwei weitere schwerbewaffnete Ritter und ein vornehmes junges Mädchen. Sie trug ein glänzend weißes Seidenkleid mit goldenen Streifen an den Rändern. Obwohl sie traurig wirkte und sich tief zu grämen schien, war sie in ihrer anmutigen Schönheit eine wahre Augenweide. Und dann erkannte Guido der Wilde die beiden Ritter.

»Siehst du die beiden dort?« fragte er Rinaldo erfreut. »Das sind die Zwillinge Grifon und Aquilante, die sich der Schwarze und der Weiße nennen. Die Söhne des edlen Markgrafen Olivier und seiner Ehefrau Gismonda sind Kämpfer, wie es nur wenige gibt. Wenn wir sie dazu bringen könnten, mit uns zu ziehen, dann bekäme König Karl eine Verstärkung, mit der er die Heiden reihenweise schlagen könnte.«

»Das scheint mir auch so«, bestätigte Rinaldo. Er hatte die Zwillinge schon von weitem an der schwarzen und der weißen Rüstung erkannt. Nun entdeckten auch Grifon und Aquilante die Näherkommenden. Vor langer Zeit waren sie sich einmal im Kampf begegnet. Dabei war es um irgendeine Geschichte mit dem feigen Truffaldin, dem König Babylons, gegangen. Nun aber begrüßten sie sich wie gute Freunde. Samsonet, der Vizekönig von Jerusalem, wurde ebenfalls mit großer Freude begrüßt. Was jemals zwischen ihnen gestanden hatte, war vergessen.

»Du hast dir wirkliche einen großen Namen gemacht, seit wir uns zum letzten Mal gesehen haben«, erklärte Rinaldo lachend, und dann zeigte auch die Edeldame, daß sie Graf Rinaldo erkannte.

»Was ich dir sagen muß, ist eher ernst und schmerzlich«, meinte sie mit einem tiefen Seufzer. »Dein Vetter Orlando, der stets ein treuer Christ und ein verdienter Ritter seines Königs war, ist irrsinnig geworden. Er rast im Wahnsinn durch die Gegend. Ich weiß nicht, was passiert ist und welches Schicksal ihn dazu getrieben hat. Ich habe nur sein Schwert und die Teile seiner Rüstung überall verstreut gesehen. Ein anderer edler Ritter hat all das Weggeworfene wieder eingesammelt und an einen Baum gehängt, bis es aussah wie ein heiliger Platz mit Trophäen oder Reliquien. Am selben Tag kam Mandrikard, der Sohn von Agri-Khan, an der Stelle vorbei. Er schämte sich nicht, einfach das gute Schwert wegzunehmen. Dadurch sind alle christlichen Völker aufs schwerste bedroht, denn die Durindana befindet sich jetzt in den Händen eines Heiden. Außerdem griff der Räuber auch noch Orlandos Pferd Brigliador, das in der Nähe graste …«

Das edle Fräulein schluchzte bei der schrecklichen Erinnerung an das, was sie gesehen hatte. »Erst vor wenigen Tagen habe ich den einst so großen Ritter Orlando wiedergesehen«, fuhr sie schließlich fort. »Er rannte nackt, ohne jede Scham und heulend wie ein wildes Tier, durch das weite Land. Ich war Zeuge, als der nackte Paladin mit dem voll gerüsteten Sarazenen Rodomont so lange auf einer schmalen Brücke rang, bis beide in den Fluß stürzten. Ich erzähle allen, von denen ich annehme, daß sie dem Grafen wohlgesonnen waren, was geschehen ist. Es muß doch möglich sein, daß irgend jemand sich um Orlando kümmert und ihn nach Paris bringt. Vielleicht könnte er dort von seinem Wahn geheilt werden. Brandimart würde es jedenfalls tun, wenn er diese Geschichte hören würde.«

Endlich erkannten auch die anderen die edle Dame Flordelice. Sie liebte ihren Gemahl Brandimart mehr als sich selbst und wollte ihn in Paris suchen. Nach und nach erzählte sie, wie es wegen Orlandos Schwert Durindana großen Streit und einen Kampf auf Leben und Tod zwischen den heidnischen Königen Sakripant und Mandrikard gegeben hatte.

»Und nach dem Tod des Tartaren durch den jungen Helden Ruggiero hat dann König Gradass von Serikana Orlandos Schwert bekommen.«

Mit jedem weiteren Wort empfand Rinaldo eine größere Qual. Er fühlte, wie sein Herz im Leib schmolz und sich wie Eis im Licht der warmen Sonne auflöste.

»Ich muß ihn suchen!« stieß er immer wieder hervor. »Wenn ich ihn finde, werde ich diesen Wahn schon heilen. Aber zuvor …« Er stockte und sah sich unter all den anderen um, die sich ihm inzwischen angeschlossen hatten, »… zuvor wollen wir die Stadt Paris befreien und die verdammten Ungläubigen verjagen. Wir werden noch in dieser Nacht aufbrechen, mit der Dunkelheit als unserer Verbündeten. Mit dieser List wird niemand rechnen. Also es gilt: Sobald die vierte Wache um ist, greifen wir gemeinsam an!«

Den ganzen Tag über hielten sie sich im Wald versteckt. Als auch der letzte Rest des Tages verschwunden war und die Dunkelheit schwer und beklemmend über der Erde lag, gab er das Zeichen für den Aufbruch.

Grifon, Alard und Aquilante gingen mit ihm, dazu der wilde Guido und Vivian. Samsonet brannte in hellem Eifer. Aber auch er blieb lautlos, als sie sich an die Wache von König Agramant anschlichen. Sie töteten ebenso leise, wie sie gekommen waren. Mann für Mann starb ohne irgendeinen Laut. Niemand sonst hörte oder sah, was in der Dunkelheit geschah. Schließlich lag die gesamte Wache leblos am Boden. Das große Lager war nun offen für den eigentlichen Schlag.

Als die ersten schlaftrunken, unbewaffnet und erschrocken erwachten, war es für sie schon zu spät. Rinaldo gab das Zeichen für den offenen Angriff. Er ließ Hörner und Trompeten blasen. Sofort spornte er seinen Hengst Bajard und ließ ihn hoch über Palisaden und Wälle bis ins Innere des Heereslagers springen. Zusammen mit den anderen warf er Reiter um, die eben erst im Sattel saßen. Er zerstampfte Knochen von hastenden Fußkriegern, riß Zelte ein und zerschmetterte die Pavillons. Selbst den kühnsten Heiden sträubten sich die Haare. Blankes Entsetzen stand in ihren Augen, als sie den Schlachtruf hörten: »Jetzt kommt Rinaldo von Montalban!«

In wilder Panik und ohne ihre Ausrüstung flohen die Afrikaner und Spanier vor den berühmten Namen. Die Vasallen von König Agramant und König Marsilo hatten oft genug zu spüren bekommen, wie schmerzhaft der volle Zorn dieser Christen war.

Guido schlug ebenso hart wie Rinaldo auf die Sarazenen ein. Alard und Richardet ließen sich ebenfalls nicht mahnen. Samsonet kam wie der Jüngste Tag über die Ungetauften. Auch Vivian und Aldiger bewiesen den Heiden, was scharfe Christenklingen waren. Überall, wo die Fahnen von Clermont wehten, zeigten die Angreifer, was sie wirklich konnten. Insgesamt hatten sich Graf Rinaldo nur siebenhundert Mann aus dem Schloß und den Lehnsdörfern rund um Montalban angeschlossen. Aber die Männer waren stark wie die Myrmidonen von Achill – gewohnt, bei jeder Hitze oder Kälte in den Kampf zu ziehen. Hundert von ihnen fürchteten sich nicht vor tausend Sarazenen, und jeder war ein Held für sich, der selbst berühmte Ritter in den Schatten stellen konnte.

Rinaldo verfügte nicht über große Goldmengen, andere Schätze oder prächtige Städte. Alles, was er seinen Mitstreitern zu bieten hatte, waren klare Worte und sein gutes Vorbild. Was er hatte oder eroberte, verteilte er gerecht unter allen, die dabeigewesen waren. Deshalb wollte keiner seiner Männer irgendeinem anderen dienen, der mit höherem Sold lockte. Diesmal brauchte der große Kaiser sie – und sehr wenige waren als Schutz für Montalban zurückgeblieben.

Noch ehe Graf Rinaldo mit seinen Männern wie ein Rudel wilder Wölfe in das Sarazenenlager einbrach, traf in Paris ein Bote von ihm ein.

Karl der Große nutzte sofort die Gelegenheit, befahl die Männer zu den Waffen und rüstete für eine neue Schlacht. Nun kam es nur noch darauf an, daß seine Krieger rechtzeitig mit denen von Graf Rinaldo zusammentrafen.

Karl brach gemeinsam mit seinen Paladinen genau im richtigen Moment aus der belagerten Stadt hervor. An der Spitze seines Heeres ritt Brandimart, der kühne Sohn des mächtigen Monodant von den fernen Inseln jenseits von Cathay. Er hatte die ganze Zeit in Paris auf seine geliebte Flordelice gewartet. Sie hingegen war wochenlang überall in Frankreich auf der Suche nach ihm gewesen. Jetzt erkannte sie ihn sofort an seiner Rüstung und den Zeichen auf seinem Wappen.

Sie ritt auf ihn zu, ohne auf irgend etwas anderes zu achten. Auch Brandimart erkannte sie sogleich. Er ließ den Krieg sein, ritt neben sie und schloß sie noch im Sattel in die Arme. Sie küßten und umarmten sich, als wären sie vollkommen allein auf der Welt.

Brandimart hörte von seiner geliebten Gattin, was mit dem unglücklichen Orlando geschehen war. Jeder anderen hätte er kein Wort geglaubt, aber von Flordelice wäre ihm noch viel mehr glaubhaft gewesen. Sie erzählte ihm Dinge, die sie nicht nur gehört, sondern mit eigenen Augen gesehen hatte. Deshalb brauchte er keine weiteren Zeugen. Sie kannte Orlando schon so lange, daß sie beurteilen konnte, ob er wahnsinnig war. Ausführlich berichtete sie ihm auch von der schmalen Brücke über den Fluß und von ihrem Bewacher Rodomont, dann von dem mächtigen Grabmal und der Marmorwand, an der Waffen und Rüstungen vieler Besiegter als Trophäen hingen, und von dem gefährlichen Kampf, bei dem der nackte Orlando und der voll gerüstete Sarazene gemeinsam in den Fluß gestürzt waren.

Brandimart war tief betroffen. »Es muß doch irgendwelche Ärzte, Magier oder Zauberquellen geben, die seine Raserei beenden können!« stöhnte er. Er war fest entschlossen, den Grafen zu suchen – ganz gleich, welche Hindernisse er dabei überwinden mußte. Während um sie herum geschrien und gekämpft wurde, ritten sie gemeinsam aus der Schlacht.

Sie hatten nicht einmal das sonst übliche Gefolge bei sich, als sie Tag um Tag auf Rodomonts Brücke zustrebten. Der Wächter auf dem hohen Turm blies sofort in sein Horn, als er sie entdeckte. Das war das Zeichen für den König von Algier. Seine Knappen brachten ihm sofort Rüstung, Pferd und Waffen. Er war in dem Moment bereit, in dem Brandimart und Flordelice den schmalen Steg über den Fluß erreichten.

»Wer du auch sein magst«, brüllte König Rodomont Brandimart entgegen. »Her mit deiner Rüstung, deinen Waffen, für die Wand in der Trophäenhalle! Wenn du dich weigerst, wirst du zum Opfer meines Schwertes und der Schatten dieses Grabmals.«

Auf diese hochmütige Herausforderung konnte Brandimart nur eine einzige Antwort geben: Er mußte seine Lanze einlegen und sein edles Pferd Batold spornen. Auf der anderen Seite legte Rodomont ebenfalls die Lanze ein und ließ die Hufe seines Pferdes auf die schmale Brücke schlagen. Es war inzwischen darauf abgerichtet, die gegnerischen Pferde in die Tiefe abzudrängen. Auch diesmal preschte Rodomonts Pferd mit sicheren Bewegungen auf die Brückenmitte zu. Brandimarts Batold dagegen war verwirrt über die ungewohnt schmale Kampfbahn ohne jedes Geländer. Der Steg knirschte und schwankte unter den Pferdehufen, als würde er in jedem Augenblick zusammenbrechen.

Brandimart und Rodomont waren gleichwertig mit ihren balkendicken Lanzen. Erbarmungslos rannten sie gegeneinander. Derartigen Stößen waren beide Pferde nicht gewachsen. Sie schlugen aus, stürzten und verhakten sich mit ihren Reitern ineinander. Die Brücke bot jedoch keinen Platz für zwei Pferde nebeneinander. Mit riesigem Getöse, das bis zum Himmel hoch donnerte, stürzten die beiden Pferde zusammen mit den Reitern von der Brücke herab. Sie fielen derartig hart ins Wasser, daß eine große Woge bis zu beiden Ufern brandete.

Das war genau so wie später bei jener schrecklichen Naturkatastrophe anno 1152, durch die der Hauptarm des Po in ein weiter nördlich liegendes Bett umgeleitet wurde und unsere wunderbare Stadt Ferrara plötzlich ihre wichtigste Lebensader verlor.

Durch das Gewicht der voll gerüsteten Ritter, der Sättel und Decken versanken beide Pferde sofort. Es war, als würden sie unten auf dem Grund nach versteckten Nymphen suchen. Für den wilden Heidenkönig war es nicht das erste Mal, daß er mit seinem kühnen Pferd bis auf den Grund hinab mußte. Er wußte längst, wie es unten im Flußbett aussah, kannte die weichen und die festen Stellen und die Richtung, in der er wieder an das seichte Ufer kam.

Schon kurz darauf hob Rodomont seinen Kopf wieder aus den Wellen. Er war im Vorteil, denn sein Gegner trieb durch Strudel und Stromschnellen zu einer Stelle, an der sein Pferd immer tiefer im Schlamm des Flußgrundes versank. Schon sah es ganz so aus, als würden Roß und Reiter jämmerlich ertrinken.

»Rodomont«, rief weinend Flordelice vom Steg her. »Bei jener unschuldigen Jungfrau, die du noch im Tod verehrst – erhöre mich in meinem Flehen, und laß so einen tapferen Ritter nicht elend untergehen! Es muß dir doch genügen, wenn du ihn in Ketten legen und deine Marmorwand mit seinem Wappen schmücken kannst. Von allen Beutestücken, die dein Schwert erkämpft hat, wird sein Wappen das würdigste und schönste für dich sein.«

Der sonst so grausame König der Heiden spürte plötzlich Mitleid. Kurz entschlossen sprang er hinter dem Versinkenden her. Brandimart hing unter seinem Pferd bereits im tiefen Wasser. Ohne Durst trank er im Überfluß. Als Rodomont den Sterbenden erreichte, der schon fast im dunklen Jenseits war, nahm er ihm zuerst sein Schwert und dann den Helm ab. Erst als er diese Beutestücke hatte, zog er ihn unter seinem Pferd hervor, brachte ihn ans Ufer und ließ den halb Ertrunkenen in den Turm zu den anderen Gefangenen werfen.

Traurig mußte Flordelice mit ansehen, wie ihr geliebter Gemahl im Verlies verschwand, in dem schon andere edle Ritter auf die Sklaverei in Afrika warteten. Dennoch war es ihr lieber, daß er in Ketten und nicht tot im Fluß lag. Nun konnte sie nur noch versuchen, Rinaldo, Samsonet, Guido oder irgendeinen anderen von Karls Königshof für sich zu gewinnen. Auch wenn es für sie niemanden gab, der stärker als ihr Brandimart war, konnte einer der anderen vielleicht doch mehr Glück bei dem schweren Kampf gegen den Heidenkönig haben.

Tage vergingen, doch keiner der Ersehnten kam vorbei. Dann tauchte ein Ritter am anderen Ufer auf. Er trug zu seiner Rüstung ein reich geschmücktes, kostbares Gewand, auf dem herrliche Zypressen eingestickt waren.

Erlaubt mir, daß ich davon später weitererzähle. Zunächst müssen wir einen Blick auf Paris werfen. Hier wüteten Rinaldo und Malegis furchtbar unter den Sarazenen. Ich weiß nicht, wie viele Sarazenen fliehen konnten und wie viele von den Eisen der Franken in den Styx hinabgestoßen wurden.

Sicherlich hätte auch Bischof Turpin als Chronist Karls des

Großen gern Genaueres gewußt, aber zu einem ordentlichen Leichenzählen war es einfach viel zu dunkel.

Graf Rinaldo und Malegis siegten auf der ganzen Linie. Erst dann wurde König Agramant von einem seiner Ritter aus dem ersten Schlaf geweckt.

»Flucht!« stieß der hervor. »Rette dich! Wer jetzt nicht flieht, der stirbt oder wird Gefangener der Franken!«

Verwirrt und schlaftrunken taumelte der König aus seinem Zelt. Er hob die Arme, als wolle er damit ganz allein das Unglaubliche abwehren. Überall um ihn herum flohen die Sarazenen und ihre Verbündeten – kopflos, nackt und ohne Waffen. Die meisten hatten sich nicht einmal die Zeit genommen, ihren Schild aufzuraffen. So schnell wie möglich ließ sich König Agramant Kriegsgewand, Rüstung und Wehrgehänge anlegen. Kaum war er fertig, als auch schon Falsiron und Grandon, Balugant und andere seiner Könige und Fürsten eintrafen. Sie redeten alle durcheinander.

»Rinaldo war bereits hinter uns her«, rief einer.

»Er müßte jeden Augenblick hier sein«, befürchtete ein anderer. »Und wenn wir noch lange zögern, dann wird dies die Stunde unseres Todes.«

»Uns bleibt nur noch der Weg nach Arles oder Narbonne!« rief Spaniens König Marsilo.

»Dann los!« befahl der oberste Befehlshaber des Sarazenenheeres. »Hinter den festen Mauern dort können wir so lange Widerstand leisten, bis wir ein neues Heer gesammelt haben.«

König Agramant hatte keine andere Wahl. Er entschied sich gegen das zu flach in den Küstensümpfen des Mittelmeers liegende Narbonne und beschloß, bis nach Arles auf den östlichen Uferhügeln der Rhône vorzustoßen. Der König dachte auch daran, daß sie den schwerverwundeten Ruggiero mitnehmen mußten, der noch immer unter starken Schmerzen litt. Eilig wurde er gepolstert auf ein Pferd mit leisem weichen Tritt geschnürt. Noch in der Dunkelheit brach Agramant mit seinen besten Männern und guten Führern auf. Unbemerkt von den Angreifern, verließen sie das schon zu großen Teilen eroberte

Heerlager. Erst als sie sich sicherer fühlten, wurde Ruggiero an einem kleinen Flüßchen vom Pferd gehoben und in einen Kahn gelegt. Auf diese Weise konnte er bequem bis in die Stadt Arles geschafft werden, wo sich die geschlagenen Sarazenen wieder sammeln wollten.

Ungefähr zwanzigtausend entkamen in dieser Nacht der Umklammerung der Franken.

Niemand konnte später sagen, wie viele Sarazenen durch Rinaldo, seine Brüder und die siebenhundert Mann von Montalban erschlagen worden waren. Festzustellen, wie viele der Heiden in dieser Nacht in der Seine ertranken, wäre genauso unmöglich gewesen, wie all Blüten im April zu zählen.

Noch lange wurde berichtet, welchen Verdienst auch Malegis in dieser Nacht hatte. Nicht, daß durch ihn das ganze Lager zu einem Blutsee wurde – es hieß vielmehr, daß er durch seine Fähigkeiten teuflische Geister aus den Höllenschlünden zur Verstärkung angefordert hätte und daß die unheimlichen Dämonen so viele Lanzen, Fahnen und Paniere mitgebracht hätten, daß es selbst für ein doppelt so großes Königreich wie das der Franken mehr als ausreichend gewesen wäre.

Durch seine Zauberkraft sollen außerdem so viele Trompeten, Trommeln und Töne aus verschiedenem Metall gelärmt haben und soviel Pferde mit ihrem Wiehern und Fußvolk mit Geschrei, daß sogar die Berge und die Täler nur noch gezittert und unheimlich gedröhnt hätten.

Hinter ihnen drang Karl der Große zusammen mit seinen Verbündeten immer tiefer in das Sarazenenlager ein. An die hunderttausend Eroberer hatten zuvor hier gelagert. Inzwischen flohen sie über die Berge, durch die Täler, durch Gebüsch und Wälder. Sie stießen in den Hohlwegen gegen Sperriegel der Franken, und aus grünem Boden wurde roter.

Nur der tapfere König der Serikaner lagerte so weit abseits, daß er nichts vom allgemeinen Durcheinander merkte. Als er hörte, daß Graf Rinaldo von Montalban die Angriffsspitze des Frankenheeres anführte, sprang er vor Freude hoch. Er glaubte, das

Schicksal würde ihm einen Weg zeigen, wie er mitten in der Nacht den an Kraft und Schnelligkeit einzigartigen Hengst Bajard für sich gewinnen konnte. Alles in König Gradass kreiste schon lange um den Wunsch, einmal das berühmte Schwert Durindana zu besitzen und sich dann im Wettstreit um das Pferd Bajard mit Rinaldo zu messen. Allein zu diesem Zweck war er mit hunderttausend Mann von Afrika aus über das Meer nach Europa gekommen.

Er freute sich über die Aussicht auf den Zweikampf, der schon einmal vor langer Zeit beim Turnierplatz am Strand vor Barcelona festgesetzt worden war. Ungeachtet dessen, was damals wirklich geschehen war, hielt König Gradass seither Graf Rinaldo für einen Feigling und Versager.

Voll freudiger Erwartung ließ er sich rüsten, nahm seine Waffen und bestieg seine Alfana-Stute. Er war derartig auf Streit und Kampf aus, daß er mit seiner Lanze jeden in der Dunkelheit niederstieß, der ihm in den Weg kam. Es kümmerte ihn dabei nicht, ob er Franken oder Sarazenen traf. Überall rief er nach Rinaldo. Schließlich ritt er in die Richtung, wo er die meisten Leichen auf dem Boden sah. Und dann trafen sie aufeinander. König Gradass erkannte Rinaldo in der Dunkelheit nicht an seinem Wappenzeichen, sondern allein an der Geschwindigkeit von dessen Pferd und der unbändigen Kraft, mit der sein Gegner andere bekämpfte.

»Ja, schlag nur zu, du Feigling!« schrie Gradass, und seine Augen blitzten. »Hier kommst du nicht mehr mit irgendeiner List davon. Jetzt wird bezahlt dafür, daß du dich damals am Strand vor Barcelona vor dem Kampf gedrückt hast. Du hast wohl gedacht, daß es nie mehr ein Wiedersehen für uns gibt, wenn du dich nur gut genug versteckst, aber du irrst dich. Selbst wenn du in den Himmel aufsteigst oder in der tiefsten Flut des Styx verschwindest – ich folge dir durch Licht und Schatten, solange du auf diesem Pferd sitzt. Und wenn dein Mut nicht ausreicht und dir dein Leben über deine Ehre geht, dann übergib mir Bajard lieber gleich. Ich lasse dir dein Leben, wenn es dir teuer ist. Dir soll kein Leid und Schade aus deiner Furcht entstehen. Allerdings mußt du dann zeitlebens zu Fuß gehen, wenn dir das Rittertum so wenig wert ist.«

Auch Guido und Richardet hörten die herausfordernden Worte des Sarazenen. Gleichzeitig rissen sie ihre Schwerter in die Höhe, doch Rinaldo wehrte ab.

»Weg damit!« befahl er. »Das ist meine Sache. Oder glaubt ihr etwa, daß ich mich nicht selbst dagegen wehren kann, daß jemand meine Ehre angreift?« Er wandte sich wieder an den Sarazenen.

»Gradass von Serikana, du befindest dich in einem großen Irrtum. Ich war nämlich genauso am Strand, wie wir es vereinbart hatten. Und mit diesem Schwert beweise ich dir jederzeit, daß ich die Wahrheit sage. Du sollst mir nicht nachsagen, ich hätte meine Ritterpflichten verletzt. Ehe wir miteinander kämpfen, mußt du mich erklären lassen, was damals wirklich vorgefallen ist. Wenn du dieser Bedingung zustimmst, dann kämpfen wir zu Fuß um das Pferd hier, allein, an einem abgelegenen Ort – wie wir es seinerzeit vereinbart hatten.«

Der Serikaner besaß die Höflichkeit der edlen Seelen und ließ Rinaldo die Geschichte erzählen. Dieser schwor bei Gott, daß er dabei nicht log, und rief Malegis heran.

»Ja, es ist richtig«, bestätigte Malegis. »Ich war es, der Graf Rinaldo im Auftrag der Prinzessin Angelica und gegen seinen Willen durch Zaubersprüche und schwarze Kunst auf ein Schiff nach Cathay entführt hat.«

»Also gut«, meinte Gradass, obwohl er fürchtete, daß alles nur darauf hinauslief, den Zweikampf zu vermeiden, »dann holen wir den Wettstreit morgen nach. Aber nicht, wie ursprünglich vereinbart, am feuchten Strand von Barcelona, sondern an einer Quelle in der Nähe. Du kannst den Hengst mitten auf die Lichtung stellen. Wenn ich gewinne, bekomme ich Bajard, und falls du siegen solltest, kannst du ihn wieder mitnehmen.«

Es tat Rinaldo in der Seele weh, als er nun wieder daran dachte, was die hübsche, verliebte Flordelice über seinen Vetter Orlando erzählt hatte, wie der Paladin den Verstand verloren hatte und wie Gradass an die sieggewohnte Durindana gelangt war. Aber es half nichts – er mußte die Vereinbarung erfüllen.

Bereits früh am nächsten Tag erschienen beide Ritter voll gerüstet und bewaffnet zum Entscheidungskampf um den

Hengst Bajard. Rinaldos Gefährten waren sehr besorgt. Jeder konnte sich ausmalen, was es bedeutete, wenn sich die Kraft und der Mut des Heidenkönigs mit den Fähigkeiten des wunderbaren Schwertes verband, das Milons großer Sohn Orlando zuvor getragen hatte.

Am meisten fürchtete Vivians Bruder Malegis den bevorstehenden Kampf. Nur zu gern hätte er erneut mit seinen Zauberfähigkeiten eingegriffen, doch er fürchtete, daß Rinaldo ihn dann für alle Zeiten hassen und verfluchen würde. Der Graf von Montalban war ihm ohnehin noch darüber verärgert, daß er ihn seinerzeit am Strand von Barcelona gegen seinen Willen mit einem Schiff in Sicherheit gebracht hatte.

Rinaldo kümmerte sich nicht um die verzagten Gesichter der anderen. Er ging froh und gern in diesen Kampf. Endlich konnte er beweisen, daß nicht der kleinste Makel auf seiner Ehre lag. Sie trafen gleichzeitig am Kampfplatz an der Quelle ein, grüßten sich, lächelten und sahen sich voller Wohlwollen an. Dann jedoch begann ein gnadenloses Hauen und Stechen.

32. Gesang

Eigentlich wollte ich ja – ich hatte es versprochen, aber dann vergessen – von der Eifersucht berichten, die Ruggieros Freundin mit schwarzen Flügeln überfiel, während sie weinend auf ihn wartete, und die nach allem, was ihr Richardet berichtet hat, immer heftiger an ihrer Seele nagte.

Ja, das wollte ich erzählen, aber dann kam mir Rinaldo dazwischen. Guido ließ sich auch nicht länger verschieben. Er stand ihm eine Weile im Weg – kurzum, ich mußte von diesem und dann jenem erzählen und habe dabei die Unglückliche fast vergessen. Jetzt denke ich wieder an Bradamante und ziehe sie vor, ehe ich erzähle, wie es mit Rinaldo und Gradass weiterging.

König Agramant erreichte mit den Resten seines geschlagenen Heers die alte Römerstadt am Unterlauf der Rhône. Arles war inzwischen einer der wichtigsten Stützpunkte der Sarazenen – gut befestigt, nicht weit vom Mittelmeer entfernt und deshalb nah genug an den heimatlichen Reichen in Afrika und Spanien. Dort war König Marsilo bereits wieder dabei, ein neues Heer zusammenzustellen. Jedes einigermaßen brauchbare Schiff wurde nach Barcelona befohlen.

In Arles selbst verging kein Tag ohne Kriegsrat. König Agramant erließ immer neue Befehle, durch die die Städte an der Küste Nordafrikas mit zusätzlichen Steuern und Abgaben belastet wurden. Er konnte und wollte auf keine Münze und keinen guten Mann verzichten, aber nicht alle kamen. Der König von Algier wachte noch immer am Grabmal von Isabella und Zerbin. Agramant schickte ihm eine Abordnung von Edlen und bot ihm für seine Rückkehr seine eigene Cousine samt dem schönen Reich Oran als Mitgift an. Rodomont jedoch, der inzwischen so vielen Rittern Waffen und Ausrüstungen weggenommen hatte, daß er damit den ganzen Felshügel bedecken konnte, lehnte alle Bitten und Angebote König Agramants ab.

Weder die Anmut von Almontes Tochter noch das schöne Reich Oran als Mitgift konnten ihn umstimmen.

Marfisa dagegen handelte völlig anders als der pflichtvergessene Rodomont. Kaum hörte sie, daß der größte Teil des Sarazenenheeres gefangen und König Agramant nur mit einem kleinen Rest nach Arles entkommen war, brach sie sofort auf – wild entschlossen, seine Herrschaft mit ganzer Kraft zu unterstützen. Zum Zeichen, daß sie aufrichtig an seiner Seite stand, übergab sie Brunell unbestraft wieder an den König.

Sie hatte ihn zehn Tage und zehn Nächte in der Furcht vor dem Strick gefangengehalten. In dieser Zeit war niemand erschienen, um für ihn zu bitten oder sogar zu kämpfen. Voller Verachtung über den geringen Wert des Mannes verzichtete sie darauf, sich mit seinem Blut zu schänden. König Agramant nahm die hohe Geste an. Um ihr seinen Dank und seine Hochachtung zu beweisen, befahl er, Brunell sofort aufzuhängen.

Der Henker führte ihn an einen wilden Platz und machte aus ihm einen Leckerbissen für die Raben. Hätte Ruggiero irgend etwas davon erfahren, wäre er mit Sicherheit eingeschritten, um Brunell im letzten Augenblick zu retten. Aber Ruggiero war selbst ein Opfer vom Zorn Gottes. Noch immer schwer verwundet, lag er in seinem Bett – unfähig aufzustehen oder gar zu helfen. Als er erfuhr, daß Brunell hingerichtet werden sollte, war es bereits zu spät.

Indessen klagte und zürnte Bradamante darüber, wie lang die zwanzig Tage wurden, nach denen zurück zu sein Ruggiero versprochen hatte. Jeder Tag kam ihr noch länger als der vorangegangene vor, und die Nächte erschienen ihr endlos. In dieser langen Wartezeit beneidete sie das Murmeltier und den verschlafenen Bär. Sie mußten keine Stunden zählen und dabei die ganze Zeit wach bleiben. Liebend gern hätte sie ebenfalls auf jedes Leben verzichtet, bis sie endlich durch Ruggieros Rückkehr wie durch einen Sonnenstrahl geweckt würde. Der Wunsch blieb unerfüllt. Auch in den nächsten Nächten konnte sie kein

Auge schließen. Wenn dann der Tag kam, sehnte sie sich wieder nach dem Sternenhimmel zurück.

Als es dann nur noch vier, fünf Tage bis zu dem Zeitpunkt waren, an dem er wiederkommen sollte, stieg Bradamante bis auf den höchsten Turm des Schlosses und blickt suchend über die Wälder und das gerade eingesäte Korn auf den weiten Feldern hinweg. Immer wieder ließ sie ihren Blick den Weg entlanggleiten, der von Montalban nach Paris führte. Sobald sich etwas zeigte, das einem Ritter ähnlich sah, leuchteten ihre schönen Augen sofort auf. Und wenn irgend jemand nur zu Fuß erschien, hoffte sie, daß es ein Bote war.

Mit derselben Sehnsucht, mit dem sie ihm entgegenlief, trugen sie dann ihre Füße eilends zum Schloß zurück, und war Ruggiero nicht hier, suchte sie ihn wieder woanders. Tag um Tag verging und schließlich auch der zwanzigste. Ihr Liebster kam und meldete sich nicht. Da brach es so herzerweichend aus ihr hervor, daß selbst der Hades Mitgefühl gezeigt hätte. Der Jammer trübte ihre schönen Augen, tat dem Schnee ihres weißen Busens weh und machte ihre goldenen Locken stumpf.

»Kann das tatsächlich mein ganzes Wünschen sein«, rief sie, »daß ich mich so sehr nach einem sehne, der mich nur mißachtet? Er ist so stolz und weiß genau, wie sehr ich ihn liebe, aber er will mich wohl nicht als Geliebte und nicht einmal als Magd. Ach, Amor, bring ihn mir zurück! Und wenn das nicht mehr geht, dann laß mich endlich wieder so frei sein, wie ich es war, ehe dein Pfeil mich getroffen hat. Was könnte ich denn anklagen außer mein Verlangen, das mir jeden Halt und jede Sicherheit genommen hat? Es hebt mich in den höchsten Himmel, verbrennt sich seine Flügel an der Sonnenglut und läßt mich wieder in die Tiefe stürzen, sobald es keine Kraft mehr hat, um mich zu halten. Doch während ich dann stürze, wachsen dem Verlangen wieder neue Schwingen, die mich in den Himmel tragen. Ich fliege hoch und stürze ab – wieder und immer wieder! Ja, ich klage in jeder Stunde Merlin und Melissa an. Sie haben mir durch ihre Höllengeister und Dämonen vorgegaukelt, welche Früchte einmal unser Stammbaum haben wird. Jetzt weiß ich, daß es nichts als Lug und Trug war. Vielleicht nur Neid darüber, daß alles bei mir wohlgeordnet und so friedlich war, bevor du kamst.«

Bradamante quälte sich weiter in ihrem Schmerz. Nirgendwo gab es einen Platz, an dem sie Trost fand. Trotz alledem kam die Hoffnung immer wieder und nistete in ihrer Brust.

Nachdem die Frist der zwanzig Tage abgelaufen war, wartete sie noch einen Monat. Dann eines Tages, als sie wieder einmal mit erwartungsvollem Herzklopfen auf gewohntem Weg nach Ruggiero suchte, brach auch ihre letzte Hoffnung endgültig zusammen. Sie begegnete einem Ritter aus der Gascogne. Er hatte in jener Nacht des Schreckens für die Heiden auf der Seite von Karls Reitern gekämpft. Dabei war er in Gefangenschaft geraten.

»Hast du in der Gefangenschaft irgend etwas von einem jungen Sarazenen namens Ruggiero gehört?« fragte sie behutsam.

»O ja, das habe ich!«, antwortete der Ritter, und dann erzählte er, wie Ruggiero tapfer gegen Mandrikard, den König der Tartaren, gekämpft und ihn besiegt hatte und nun schon einen Monat lang schwerverwundet mit dem Tod rang.

Hätte sich der Ritter aus der Gascogne mit dem Bericht über Ruggieros Kampf begnügt, wäre dieser für alles, was geschehen war, von Bradamante entschuldigt und von allen Vorwürfen freigesprochen worden. Doch dann erwähnte er, daß er im Lager Karls auch ein schönes, heldenhaftes Mädchen namens Marfisa gesehen hatte.

»Ruggiero trennt sich kaum von ihr«, sagte er. »Und sie sich nicht vom ihm. Im ganzen Heerlager wird gemunkelt, daß sich die beiden längst ihr Wort gegeben haben. Sobald er wiederhergestellt ist, wird es wohl eine große Hochzeit geben, und jeder Fürst der Heiden wird seine helle Freude daran haben. Von der ungeheuren Kraft dieses Heldenpaars erhofft man sich schon in kurzer Zeit ein mächtiges Geschlecht aus Kriegern – so stark und kühn, wie es sie noch nie gegeben hat.«

Der Ritter sagte auch, daß die Vermutung über die Verbindung zwischen Ruggiero und Marfisa nicht zufällig im Sarazenenlager entstanden war.

»Schon als sie aufgetaucht waren, hatten viele geglaubt, daß sie zusammengehören. Nach dem Kampf sah jeder, daß Marfisa, von der es hieß, daß sie alle Welt verachtete und vor niemandem den Kopf senkte, bei Ruggiero freundlich und wie ausgewechselt war.«

Die fürchterliche Wahrheit überflutete Bradamante mit solcher Qual, daß sie sich kaum noch im Sattel halten konnte. Wortlos riß sie ihr Pferd herum. Zutiefst erzürnt, kehrte sie zum Schloß zurück. In voller Rüstung warf sie sich auf ihr Bett. Sie vergrub ihr Gesicht in den Kissen, biß hinein und wiederholte in sich, was sie gehört hatte.

»Wem soll ich denn noch glauben?« stieß sie hervor. »Jetzt weiß ich, daß alle Männer falsch und grausam sind, wenn sogar du, Ruggiero, den ich für edel und treu gehalten habe, mich derartig betrogen und gekränkt hast. Du bist und bleibst eben ein übler, pflichtvergessener Heide! Ja, es ist wahr, daß keiner dir in deinem Rittertum, an Schönheit und an kühnen Siegen gleichkommt. Aber all deine Tapferkeit und dein Edelmut sind nichts wert, wenn du nicht treu sein kannst. Es war so leicht für dich, ein Mädchen zu betrügen, das dich zu seinem Ideal erhoben hatte. Dir hätte ich sogar geglaubt, das Licht sei schwarz und der Sonnenstrahl kalt. Wie grausam mußt du mit deinen Feinden sein, wenn du die eigene Geliebte so mit Füßen trittst? Nein, wenn der Himmel mich jetzt an der Rache hindert, dann gibt es nirgendwo Gerechtigkeit. Es tut mir weh, daß ich jetzt ungeliebt sterben muß. Ich wäre lieber aus dieser Welt gegangen, als ich dir noch viel bedeutet habe.«

Bradamante sprang von ihrem Bett, griff nach ihrem Schwert und richtete es gegen ihre Brust. Erst als sie merkte, daß sie noch ihre Rüstung trug, kam sie wieder zur Vernunft. Ein besserer Ratgeber als die Verzweiflung in ihr sagte: »Was soll das, Mädchen? Willst du dein edles Blut so jämmerlich vergießen? Wenn du den Tod suchst, nimm dein Schwert und stirb, wie es sich für eine Kriegerin gehört! Wenn du im Kampf vom Pferd stürzt, könnte Ruggiero deine Tapferkeit sehen. Vielleicht bereut er dann. Vielleicht gelingt dir dann sogar, daß er dir selbst den Todesstoß gibt. Er ist es ja, durch den du leidest. Vielleicht könntest du vor deinem Tod auch noch Rache nehmen an diesem Weib Marfisa, die dir durch List und freche Liebe Ruggiero weggenommen hat. Sie ist die einzige und wahre Ursache für deinen ganzen Jammer.«

Bradamante entschied, daß die zweite Stimme in ihr sehr viel besser klang.

Sie nahm sich Zeit und wählte sich ein Wehrgewand in der Farbe welken Laubes. Überall waren dunkle, leblos wirkende Zypressenzweige aufgestickt, die auf die Entsagung und Verzweiflung der Todgeweihten hindeuten sollten. Dann befahl sie, ihr den Hengst Rabikan zu bringen, den Prinz Astolf aus England mitgebracht hatte, und die goldene Lanze. Bradamante wußte nicht, daß die jeden Mann schon bei der leisesten Berührung aus dem Sattel fliegen ließ.

Sie beschloß, ohne Knappen oder sonstiges Geleit loszuziehen. Einsam ritt sie vom Berg hinunter und nahm den geraden Weg in Richtung Paris, ohne zu ahnen, daß König Karl und seine Paladine Rinaldo und Malegis das Sarazenenheer zerschlagen und vertrieben hatten. Durch die Gegend von Quiercy ritt sie, ließ die Stadt Cahors hinter sich und später dann die Berge der Auvergne mit der Quelle der Dordogne. Kurz vor Montferrant kam ihr ein Mädchen entgegen. Es sah sehr schön und freundlich aus, wurde von drei Rittern begleitet und hatte einen ungewöhnlich prächtigen Schild an ihrem Sattel hängen. Hinter der jungen Frau und ihren Begleitern ritt weiteres Gefolge. Bradamante fragte einen Knappen, wer die Schöne sei und wohin sie wolle.

»Das ist Ullania, eine Gesandte von der verlorenen Insel am Nordpol«, antwortete der Knappe. »Wir begleiten sie zum großen Herrn des Frankenvolkes nach Paris. Die Königin von Island schickt ihm den kostbaren Schild. Die edle Fürstin glaubt zu Recht, daß sie das schönste Weib der Welt ist. Deshalb will sie auch nur den besten aller Ritter zum Ehemann. Derjenige, der hunderttausend Stöße übersteht und bei allen Kämpfen Erster bleibt, soll ihr Gatte und Geliebter werden. Und die drei Ritter dort, die zusammen mit der Gesandten der

Königin von Island reiten, sind die Könige von Schweden, Norwegen und Gotland. Nur wenige sind so stark wie sie. Jeder der drei Könige hat schon um die Hand der Königin von Island angehalten. Sie haben viele Prüfungen bestanden und ihre Namen dadurch sehr berühmt gemacht. Aber die Königin von Island sagte bei allen Wettkämpfen der drei Könige nur: ›Ihr habt euch gut bewährt. Doch das reicht nicht, um wie die Sonne über dem Sternenheer zu stehen. Der beste unter euch ist mir noch nicht gut genug, um den Schild zu tragen. Deshalb soll der goldene Schild bis zu Karl dem Großen gebracht werden. Es heißt, daß er der klügste von allen Herrschern ist. Den Schild aber soll nur der Ritter bekommen, auf den die höchsten Ruhmeslieder gesungen werden. Dabei ist unwichtig, ob es sich um einen Vasallen von Karl selbst oder von einem anderen Herrscher handelt. Sobald Karl den Schild angenommen und ihn an den Ritter gegeben hat, der für ihn als erster Kämpfer gilt, dann soll dieser einen der drei Könige zum Kampf herausfordern. Wenn ihm dabei der Sieg gelingt, dann soll derjenige mein Herrscher und Gebieter sein, und ich will ihm mit Liebe und mit Zärtlichkeit verwöhnen.‹ Genau das waren die Worte, die die Königin von Island den anderen drei Königen mit auf ihren Weg gab. Sie werden durch die Hand des Siegers sterben oder mit dem Schild zurückkehren.«

Bradamante hatte wie gebannt zugehört. Noch ehe sie weiter fragen konnte, spornte der Knappe sein Pferd, um seine Gruppe wieder einzuholen. Die Gräfin ritt nachdenklich weiter. Sie ahnte, daß der Schild nur Streit und Zwietracht unter den Paladinen Karls hervorrufen würde. Jeder würde danach drängen, sich als Bester zu beweisen, aber durch die anderen Gedanken, die sie nicht verdrängen konnte, wurde sie noch trauriger. Sie grübelte ständig darüber nach, warum Ruggieros Liebe auf einmal Marfisa gehörte.

Völlig versunken in ihrer Trauer, paßte sie nicht richtig auf den Weg auf. Es wurde bereits dunkel, und sie hatte noch keine Herberge für die Nacht. So wie ein Schiff, das vom Wind von seinem Liegeplatz losgerissen wird und ohne Steuermann in der Strömung treibt, so irrte auch Bradamante ziellos weiter. Rabikan trug sie immer weiter über Hügel und durch Täler. Bradamante dachte nicht daran, das Pferd zu zügeln. Sie ließ es laufen, während ihre eigenen Gedanken fern bei Ruggiero waren.

Schließlich versank die Sonne mit ihren letzten Flammenstrahlen. Ein kalter Wind blies ihr entgegen. Schnee und Regen wirbelten die schwere Luft rund um sie auf. Nun mußte sie doch noch in den Lauf des Pferdes eingreifen. Sie trieb den Hengst voran. Völlig durchnäßt, erkannte sie einen Schäfer vor sich, der gerade mit der Herde von den Feldern heimkehrte. Bradamante grüßte ihn und fragte nach einem Obdach in der Nähe: »Egal, ob gut, ob schlecht. Bei diesem Wetter ist es schlimmer, draußen durchnäßt zu werden.«

»Hier gibt es nichts«, antwortete der Schäfer. »Ich wüßte keinen Platz vier Stunden im Umkreis oder auch mehr. Das einzige ist ein Platz, den man die Tristansburg nennt. Allerdings findet dort niemand Gastfreundschaft, wenn er sich nicht zuvor mit dem Eisen in der Hand Einlaß verschafft hat. Wer das geschafft hat und dableiben will, muß den Platz behaupten. Sobald ein Ritter kommt und noch ein Zimmer frei ist, wird er vom Schloßherrn eingelassen, wenn er verspricht, gegen den nächsten, der noch kommt, zu kämpfen. Kommt keiner mehr, hat er Glück gehabt. Wenn aber doch noch jemand auftaucht, muß er aus dem Schlaf gleich in die Rüstung steigen, um zu kämpfen. Wer von den beiden dann besiegt wird, muß im Freien schlafen. Wie bei den Männern gilt das auch für die Frauen. Allerdings zählt hierbei nicht die Kraft, sondern die Schönheit. Ein Fräulein allein oder in Begleitung muß immer damit rechnen, daß sie mit ihrem ganzen Gefolge die Tristansburg verlassen muß, wenn eine schönere auftaucht.«

»Wo ist der Platz?« fragte Bradamante nur.

»Bis zu der Schloßpforte an einer Felsenwand sind es sechs Meilen«, antwortete der Schäfer.

Obwohl Rabikan ein außergewöhnliches Pferd war, hatte er sehr viel Mühe auf den schlammigen Wegen. Als er mit seiner Reiterin endlich in tiefer Dunkelheit an der Tristansburg eintraf, war das Tor verschlossen.

»Macht auf!« rief Bradamante. »Ich will hier übernachten!«

Der Wächter dachte nicht daran zu öffnen. »Es sind bereits genügend Damen und Herren als Übernachtungsgäste da. Sie warten alle in der Halle am Kamin darauf, daß ihr Nachtmahl aufgetragen wird.«

»Wenn sie noch nicht gegessen haben, dann hat der Koch noch nichts für sie gemacht«, rief Bradamante. »Bestelle der Gesellschaft, daß mir die Regeln für die Gastfreundschaft in diesem Haus bekannt sind. Sag ihnen, daß hier draußen jemand steht, der bereit ist, um ein Nachtlager zu kämpfen.«

Der Wächter überbrachte Bradamantes Herausforderung. Die Damen und Herren saßen und standen in angenehmer Wärme rund um die Flammen des Kamins. Keinem der Anwesenden schmeckte diese unerwartete Vorspeise. Sie waren froh, daß sie aus der Kälte heraus waren. Außerdem goß es inzwischen in Strömen. Trotzdem standen drei der Männer auf und ließen sich bedächtig ihre Rüstungen anlegen. Auch sie kannten die Regeln.

Während die anderen in der Wärme am Kamin zurückblieben, gingen die drei Ritter ohne Eile bis zum Platz vor dem Burgtor. Es waren dieselben drei königlichen Ritter, die den goldenen Schild der Königin von Island und ihre schöne Abgesandte begleitet hatten.

Bradamante ahnte, gegen welche Gegner sie am Tristansschloß kämpfen mußte. Sie wartete am Fallgitter des Tores auf die drei starken Ritter, die sie zu den besten zählte, die sie je gesehen hatte. Trotzdem fürchtete sie sich nicht. Sie hatte keine Lust, hungrig und ohne Nachtquartier im kalten Regen aufzuweichen. Inzwischen rissen auch die Wolken etwas auf, und ein bleicher Mond schickte sein Licht trotz des Regens bis zur Erde. Allmählich zeigten sich auch die anderen Schloßgäste an den Fenstern.

Bradamante konnte es kaum noch abwarten. So wie sich ein heißer Geliebter auf das süße Spiel der Liebe freut, wenn er nach langem Warten endlich hört, wie sich der Schlüssel dreht, so fühlte auch die Jungfrau freudige Wonnen in sich. Dann klirrte es am Tor, und die Zugbrücke senkte sich knarrend nieder.

Stahlgerüstet erschienen die drei Könige auf ihren Pferden. Sie blieben dicht zusammen und rückten sofort näher. Bradamante spornte Rabikan und ritt einen weiten Bogen, um Abstand für den Anlauf zwischen sich und die drei Könige zu bringen. Dann legte sie die unfehlbare Lanze ihres Vetters ein und preschte los. Mit dieser Lanze hätte sie sogar den Kriegsgott persönlich aus dem Sattel gestoßen. Der Schwede war ihr erstes Ziel. Die Lanze schickte ihn sofort durch die Luft. Als zweiter ging der König von Gotland weit entfernt von seinem Pferd zu Boden. Er krachte auf den Rücken und streckte nur noch seine Beine hoch. Der dritte König flog kopfüber in eine Schlammkuhle. Auch von ihm waren nur noch die Füße zu sehen.

Ungerührt ritt Bradamante über die Zugbrücke in die Burg ein. Der Schloßherr hatte ihren Sieg über die drei Könige des Nordens von oben angesehen. Er begrüßte sie mit allen Ehren und lud sie ein, sein Gast zu sein. Auch die Gesandte der Königin von Island begrüßte die noch immer voll Gerüstete.

Bradamante neigte höflich den Kopf. Die Schöne aus dem Norden stand auf, kam ihr entgegen, nahm ihre Hand und führte sie zum Kaminfeuer. Bradamante legte ihren Schild und ihr Wehrgehänge neben den Kamin. Dann nahm sie ihren Helm ab und stellte ihn daneben. Als letztes löste sie das goldene Netz, unter dem ihr Haar versteckt war. Sofort wallte ihre Lockenpracht bis auf ihre Schultern. Im dem Augenblick erkannten alle, daß sie ein junges Mädchen war – ebenso schön im Angesicht wie wild im Waffengang.

Ihr schönes Haar war noch nicht wieder so lang wie vor der Kopfverletzung, aber es war schon so weit nachgewachsen, daß sie es hinten mit einem Knoten zusammenfassen konnte.

»Jetzt ist mir alles klar!« Der Burgherr lachte fröhlich. »Das alles paßt ja wieder einmal auf Gräfin Bradamante.«

Der Burgherr kannte sie bereits von früher. Sie setzten sich rund um das Feuer und begannen ein heiteres, angenehmes Gespräch, während sie darauf warteten, daß die Speisen des Nachtmahls aufgetragen wurden.

»Seit wann gelten diese eigenartigen Gesetze hier in dieser Burg?« fragte Bradamante. Der Burgherr antworte, indem er eine eigenartige Geschichte aus der alten Frankenzeit berichtete.

Damals herrschte hier König Faramund. Sein Sohn Chlodion hatte eine feine, reizende und anmutige Liebste – eben ein Mädchen, so schön und adlig, wie es in der alten Zeit üblich war. Er liebte sie innig und war so eifersüchtig, daß er sie immerzu anschauen mußte und keine Augen für irgend etwas anderes hatte.

Sein Vater hatte ihm dieses Schloß gegeben. Hier hielt er sie fest und ging auch selbst nur selten fort. Eines Tages tauchte ein gewisser Herr Tristan vor dem Schloß auf. Er hatte eine Dame bei sich, die er mitten im Wald aus den Händen eines wilden Riesen befreit hatte. Es war bereits Abend, und da es auf zehn Meilen im Umkreis keine andere Unterkunft gab, begehrte Tristan mit dem Mädchen an seiner Seite Einlaß und Gastfreundschaft für eine Nacht. Aber Chlodion, der noch immer vor Eifersucht und Liebe zugleich brannte, wehrte den anderen nur schroff ab: »Solange meine Liebste hier im Schloß wohnt, kommt kein anderer Mann durch dieses Tor – gleichgültig, wer er ist.«

Tristan bat immer wieder um etwas Freundlichkeit und Nachsicht. Doch Chlodion ließ nicht mit sich reden.

»Wohlan!« rief Tristan schließlich. »Wenn du Anstand und Höflichkeit nicht nachgibst, dann muß ich mir mein Lager für die Nacht eben mit Gewalt erzwingen. Also sitz auf und befiehl von mir aus auch noch Gefolgsleute an deine Seite. Ich werde euch mit Lanze oder Schwert schon zeigen, welch ungehobelter Kerl du bist. Wenn ich euch, einen nach dem anderen, aus dem Sattel geräumt habe, reite ich allein ins Schloß, und ihr bleibt draußen.«

Prinz Chlodion blieb nichts anderes übrig, als mitsamt seinem ganzen Troß den Kampf gegen Tristan aufzunehmen. Fast wäre er bei diesem Kampf ums Leben gekommen. Tristan stieß einen nach dem anderen ohne große Mühe aus dem Sattel. Dann machte er seine Drohung wahr, ritt ins Schloß und sperrte die Besiegten aus.

Er erkundete die Burg und entdeckte dabei auch die Schöne, in die Chlodion so rettungslos verliebt war. Tristan betrachtete sie und mußte zugeben, daß der sonst in diesen Dingen oft recht geizigen Natur mit diesem Mädchen etwas außerordentlich Schönes gelungen war. Währenddessen rief der ausgesperrte Burgherr flehentlich nach seiner Liebsten. Tristan bildete keine große Gefahr für sie. Durch einen Zaubertrank war er gegen jede Anfechtung gefeit. Sein Herz brannte nur für eine, und das war Isolde.

Er war nicht bereit, die Strafe für Chlodion dadurch zu mildern, daß er ihm seine Liebste nach draußen schickte.

»Es wäre eine üble Tat, wenn ich eine solche Schönheit aus dem Schloß gehen ließe«, sagte er. »Aber wenn der Prinz in dieser Nacht nicht gern allein in den Büschen schlafen will, hätte ich da noch ein anderes Mädchen ... zwar nicht so schön, aber doch ein hübsches Ding. Die würde ohne große Worte zu ihm kommen und alle seine Wünsche gern erfüllen. Aber die Schönste hier gehört nun einmal mir als Stärkstem. Das ist nicht mehr als recht und billig.«

Der ausgesperrte Chlodion stampfte schnaubend und verdrossen bis zum Morgengrauen hin und her. Weder der Wind noch der kalte Regen schmerzten ihn so sehr wie der Gedanke daran, daß ihm seine Liebste weggenommen worden war. Erst am Morgen erbarmte sich Tristan und gab sie ihm zurück.

»Unberührt«, sagte er nur. »Ich gebe sie dir so, wie ich sie angetroffen habe. Wegen deiner Grobheiten gestern abend hättest du jede Art von Schande verdient. Aber es soll mir reichen, daß du die ganze Nacht in der Kälte und dem Regen draußen zugebracht hast. Nur – daß dich allzu große Liebe zu deinen Unverschämtheiten verleitet hat, lasse ich als Entschuldigung nicht durchgehen. Wahre Liebe hebt selbst ein einfaches Herz nach oben und stößt kein hohes tiefer.«

Mit diesen Worten stieg Tristan wieder auf sein Pferd und ritt weiter. Chlodion mochte nach den unerfreulichen Ereignissen nicht länger in der Burg wohnen. Er übergab sie als Lehen an einen Ritter, der ihm treu ergeben war und sich mehrfach bewährt hatte. Dabei stellte er die Bedingung, daß er und alle seine Nachfolger nur dann Gäste aufnehmen durften, wenn der Schwächere dem Stärkeren weichen und bei den Damen die

Schönere den Vorrang haben sollte. Auf diese Weise ist der Brauch entstanden und hat sich, wie du selbst gesehen hast, bis zu dieser Nacht erhalten.

Die Zuhörer hatten den Bericht mit großer Aufmerksamkeit verfolgt. Genau zum Ende der Geschichte ließ der Truchseß die Speisen für das Nachtmahl hereintragen. Die Tafel wartete bereits im großen Saal, wie er Reisenden kaum schöner geboten werden konnten. Nun tauchten auch, von Fackelträgern begleitet, die beiden schönen Frauen auf.

Sämtliche Gäste blickten bewundernd auf ihre herrlichen Erscheinungen. Sie vergaßen darüber sogar die aufgetragenen Speisen. Obwohl sie hungrig waren und nach vielerlei Anstrengungen eine Kräftigung benötigten, hatten sie nur Augen für die beiden Schönen. Schließlich fingen der Koch und der Truchseß zu murren an.

»Auf den Tischen wird ja alles kalt«, sagte einer der beiden. »Es wäre sicher besser, wenn ihr erst die Mägen sättigt und danach die Augen.«

Sie setzten sich und wollten bereits zulangen. Im selben Augenblick bemerkte der Schloßherr, daß etwas noch nicht stimmte, denn nun saßen zwei Frauen gemeinsam an der Speisentafel, wo nach dem alten Brauch nur eine sitzen durfte.

»Hier darf nur eine sein«, sagte er deshalb. »Und weil ihr nicht zusammen angekommen seid, muß eine von euch beiden leider wieder hinaus in die Kälte und den Regen.«

Er ließ zwei alte Männer und ein paar junge Frauen rufen, deren Urteil er vertraute.

»Seht sie euch ganz genau an«, befahl er dann, »und entscheidet, wer die schönere von beiden ist!«

Es dauerte eine ganze Weile, während sie sich untereinander berieten. Schließlich kamen sie einstimmig zu dem Schluß, daß Bradamante bleiben sollte. Einmal, weil sie die Schönere von beiden sei, und zum anderen, weil sie auch noch drei Ritter gleichzeitig besiegt hatte.

»Es tut mir wirklich leid«, sagte der Schloßherr. »Das Urteil dieses Rats ist eindeutig: Gräfin Bradamante ist schöner von der

Gestalt her ebenso wie im Gesicht, wobei sie nicht einmal Schmuck oder schöne Kleidung trägt.«

Noch während die Abgesandte der Königin von Island das harte Urteil anhörte, verdunkelte sich ihr Gesicht. Es war, als würden plötzlich schwarze Wolken aus einem feuchten Tal in den Himmel hoch steigen und das Licht der Sonne schlagartig verhüllen. Sie, die soeben noch stolz, fröhlich und schön ausgesehen hatte, verwandelte sich in eine völlig andere. Nichts mehr an ihr war heiter oder anmutig. Sie wirkte bleich, als sie die Entscheidung hörte.

Bradamante spürte plötzlich Mitleid. Sie hob die Hand und sagte: »Ich glaube nicht, daß das Urteil gerecht ist. Es geht ja nicht darum, wer schöner ist. Ich bin hier nicht als hübsches Mädchen aufgetaucht und verlange daher, daß ich nicht als Frau, sondern nach meinen Taten eingeschätzt werde. Die waren, wie ihr selbst gesehen habt, bestimmt nicht damenhaft. Was sind schon blonde Locken? Die tragen viele andere auch. Allen hier dürfte klar sein, daß ich mein Gastrecht im ritterlichen Kampf erworben habe … Also behandelt mich als Ritter und nicht wie ein Weib! Nach eurem alten Brauch müssen Frauen nur ihresgleichen weichen, wenn sie schöner sind, nicht aber anderen, die im Kampf bereits gewonnen haben. Was wäre denn, wenn euer Urteil mich als minder Schöne ausgewählt hätte? Müßte ich dann nach draußen, obwohl ich doch im Kampf gewonnen habe? Ihr seht, die Regeln dieses Brauchs sind ungerecht, weil sie die Möglichkeiten für Gewinn und Schaden nicht auf gleiche Art verteilen. Wir werden beide hier bleiben, und keine geht hinaus. Wem das nicht paßt, dem will ich gern mit dem Eisen in der Hand beweisen, daß ich recht habe.«

Bradamante wehrte sich so energisch für die andere, daß sie schließlich auch den Burgherrn überzeugte.

Die Abgesandte der Königin von Island hatte schon wie eine Blume ausgesehen, die in schlimmster Sonnenglut am Wegesrand verdorren wollte. Durch Bradamantes Worte erholte sie sich wie durch einen frischen Regen. Ihre Schönheit blühte wieder auf, und ihre Fröhlichkeit kehrte zurück. Als dann der

Schloßherr ihrem Bleiben zustimmte, strahlte sie wieder so hell wie bei ihrem Eintritt in den Saal.

Endlich konnten sich die Gäste über das Mahl hermachen. In froher Sicherheit genossen alle die gute Wendung, die der Streit genommen hatte. Da in dieser Nacht keine Gäste mehr auftauchten, kam es nicht mehr zu neuen Zwischenfällen. Alle feierten vergnügt und ausgelassen. Nur Bradamante spürte wieder ihren Kummer. Es war der Schmerz um Ruggiero, der ihr den Appetit verdarb.

Das fröhliche Gelage hätte sicherlich noch länger dauern können, doch dann erhob sich Bradamante. Sie konnte einfach die laute Fröhlichkeit nicht mehr ertragen. Die Gesandte sah es, beendete ebenfalls ihr Mahl und stand mit ihr auf. Gemeinsam gingen sie zu den prachtvollen Gemälden an der Seitenwand der Halle, die sie schon vor dem Mahl bewundert hatten. Auf einen Wink des Burgherrn wurden von Dienern unzählige Wachskerzen angezündet. Sie erleuchteten einen weiteren großen Saal mit einem überirdisch strahlenden, hellen Glanz.

»Der Saal, in dem wir uns hier befinden, ist mit Hilfe von Merlins Zauberbuch und seinen Geisterscharen erbaut worden«, sagte der Hausherr. »In einer einzigen Nacht ...«

Er ließ die wunderbaren Eindrücke auf die beiden Frauen einwirken. Dann erklärte, was auf den riesigen Gemälden über vergangene und zukünftige Zeiten zu sehen war.

33. Gesang

Von vielen großen Malern der Antike kennen wir noch ihren Ruhm, obwohl die Werke längst verweht sind. Heutzutage führen Männer wie Mantegna, Leonardo da Vinci oder Gian Bellini die Pinsel und die Meißel, ebenso jener Michael, den man »Angelo« nennt. In Cadore, Urbino und Venedig werden Bastian, Raffael und Tizian gelobt. Sie alle zeigen uns, was die Alten einst gesehen haben und was wir im besten Fall nur noch lesen können.

Die antiken Künstler stellen ebenso wie die Meister unserer Zeit zumeist nur Dinge dar, die bereits geschehen sind. Niemals im Altertum oder in der neuen Zeit gab es Gemälde von Ereignissen, die erst noch geschehen werden. Kein Maler kann das, wenn er nicht zugleich in Zauberei geübt ist.

Zuallererst muß ich betonen, daß viele von den Schlachten, die hier zu sehen sind, noch lange nicht geschlagen wurden. Derjenige, der sie gemalt, hat sie wie ein Prophet vor seinem inneren Auge gesehen. Ob ein Krieg der Franken jenseits der Alpenbarriere in Italien gut oder schlecht endet – all das sagt der Magier Merlin mit seinen Bildern hier auf tausend Jahre voraus.

Die Galerie beginnt mit König Faramund, der mit dem Frankenheer vom Rhein her in die römische Provinz Gallien eindrang. Nachdem die Franken alles erobert hatten, wollten sie auch noch Italien unterwerfen. Das Imperium Romanum war von Jahr zu Jahr immer schwächer geworden. Faramund wollte daher mit König Artus von Britannien ein Bündnis gegen die bisherige Vorherrschaft der Römer schließen. Aber Artus unternahm nichts, ohne zuvor seinen Zauberer um Rat zu fragen.

Als Sohn des Satans und einer Sterblichen besaß Merlin die Gabe eines Sehers. Jetzt erfuhr Artus von ihm, daß er und seine Krieger in tödliche Gefahr geraten würden, wenn sie in das Land zwischen den Alpen, dem Meer und den Apennin einzogen. Merlin weissagte, daß nach seinem Tod die Frankenherrscher aller späteren Zeiten durch Schwert, Hunger oder Pest umkommen würden, wenn sie versuchten, Italien zu erobern. Was sie gewannen, würde nicht der Rede wert sein, und bei ihrer Rückkehr ins Frankenreich würden sie nur Schimpf und Schande als einzige Beute mitbringen. Merlin sah voraus, daß die Lilie als das Wappenzeichen der Frankenkönige niemals in der Erde Italiens wurzeln würde.

Nachdem Faramund das gehört hatte, mied er mit seinem Heer den Süden. Merlin ließ sich von König Faramund überreden, all das, was künftig mit den Franken geschehen würde, in diesem Saal so genau aufzumalen, als würde es bereits in den Annalen stehen.

Auf diese Weise sollten auch spätere Frankenherrscher einsehen, daß es eine größere Ehre für sie war, wenn sie für Italien das Schwert ergriffen, um Barbarenhaufen abzuwehren, als das Land zu erobern. Merlin zeigte auch, was geschehen würde, wenn ein Frankenkönig trotz der Warnungen Italien unterjochen wollte. Für diejenigen sollte hinter den Gebirgen ein breites offenes Grab warten.

Der Burgherr ging mit den beiden Frauen an den Wandgemälden entlang.

»Merlins Prophezeiungen beginnen hier auf dem ersten Gemälde mit dem Frankenkönig Sigibert«, erklärte er. »Er wollte unbedingt nach Italien ziehen, um sich dort die von Kaiser Mauritius versprochenen Schätze zu holen.« Er deutete mit dem Arm auf das riesige Gemälde. »Seht ihr dort, wie er mit seinem Heer vom Großen Sankt Bernhard in die Tiefebene des Lambro und Ticino einmarschiert? Und dort ist auch der Langobardenkönig Autarius zu sehen, wie er den Eindringling verjagt und sein Heer vernichtet.«

Sie gingen bis zum nächsten Bild.

»Hier kommt König Chlodwig mit hunderttausend Mann über den Alpenpaß. Aber der Herzog von Benevent hat ihn mit viel weniger Kriegern angegriffen und in die Flucht geschlagen. Das war noch nicht einmal sehr schwer, denn die Franken haben sich zuallererst über Italiens Wein hergemacht. Das war der eigentliche Hinterhalt, der ihnen zum Verhängnis wurde. Auf dem nächsten Bild seht ihr, was die Merowingerkönige Childebert und Chlodwig unternahmen, um sich die Lombardei zu unterwerfen. Aber der Himmel war mit den Verteidigern des Landes verbündet. In der Sommerhitze erkrankten derartig viele Franken an der Ruhr, daß kaum jeder zehnte über die Alpen zurückkehrte.«

Der Burgherr zeigte den beiden Frauen König Pippin und seinen Sohn Karl den Großen. Ihre Feldzüge verliefen glücklicher, weil sie das Wohl Italiens im Auge hatten.

»Dann aber kommt Ludwig von Burgund«, sagte der Burgherr beim nächsten Bild. »Er hat es zweimal versucht und mußte schließlich geblendet nach Frankreich zurückkehren. So geht es immer weiter – bis dann der junge Franzosenkönig Karl VIII. anno 1494 über die Alpen kommt und mehr Kriegsglück hat als alle seine Vorgänger. Er wird in einem unglaublichen Siegeszug bis zum Königreich Neapel vordringen und damit Kriegsgreuel in Italien einleiteten, die Jahrzehnte dauern sollen.«

Der Burgherr seufzte und deutete auf einen italienisch aussehenden Signore neben dem Franzosenkönig.

»Der da ist Ludwig Sforza in Mailand in Büßerhaltung. Er hat Karl VIII. ins Land gerufen, um einen alten Nebenbuhler zu bedrohen. Inzwischen mußte ihm sogar die Republik Venedig helfen. Seht selbst, was der kühne Karl davon hält. Er senkt die Lanze und bricht sich seine Bahn ... dort, wo die Fahnen wehen.«

Sie gingen wieder weiter, und der Burgherr sagte: »Auf diesem Bild seht ihr, wie das italienische Volk Karls Nachfolger Ludwig XII. einkreist. Er hat den Maulbeerbaum, also das Wappen der Familie Sforza, aus den ehemaligen Ländereien der Viscontis wieder ausgerissen und statt dessen die Frankenlilie eingepflanzt.«

Der Burgherr zeigte den beiden Frauen Cesare Borgia auf einem der Gemälde an der Wand und erklärte dazu, wie der Sohn von Papst Alexander VI. und Bruder von Lucrezia Borgia in der Gunst des Königs schnell aufstieg, wie er die Rom ergebenen edlen Herren überall bekämpfte und vertrieb.

»Seht nur«, sagte er dann und zeigte auf ein weiteres Gemälde. »All die Gefallenen dort in der Ebene von Ghiara d'Adda anno 1509 ... Danach wurden Frankreichs König Ludwig XII. überall die Stadttore geöffnet. Und wie ihr hier auf diesem Gemälde seht, kann sich auch Venedig nicht mehr lange halten. Dort drüben kommt König Ludwig wieder, um sich mit dem Papst anzulegen. Dessen Truppen stehen bereits an der Grenze der Romagna. Gleichzeitig muß Cesare Borgia Hilfe senden und bringt dabei das Heer des Kirchenfürsten durcheinander. Der ganze Boden ist bereits purpurrot getränkt von Blut. Der Sohn von Papst Alexander VI. wird zu den besten und den grausamsten Condottieri dieser Zeit gehören. Sein genialer Waffenmeister ist ein gewisser Leonardo da Vinci. Und seine Schwester Lukrezia heiratet den Fürsten Alfonso d'Este in Ferrara. Da drüben zernagt sich der Papst regelrecht die Lippe vor Jammer über diese Jahre. Aber dann kommt ihm seine neue Schweizergarde mit deutscher Wut schnell wie ein Sturm zur Hilfe.«

Der Schloßherr schüttelte sich bei seinen Worten.

»Diese Barbaren überall«, murmelte er leise. »Schon Cicero hat gesagt, daß die Natur Italien nicht umsonst mit dem Schutzgürtel der Alpen umgeben hat ... gegen das Barbarenpack der Deutschen und Franzosen. Auch hier auf diesem Gemälde sehen die Franken, daß sie nur noch mit gesenktem Kopf über die Seealpen fliehen können. Nachdem die Eroberer verjagt sind, blüht mit dem Maulbeerbaum das Wappen der Familie Sforza erneut im Land. Doch dort im nächsten Bild kommt der Franke wieder. Hier seht ihr ihn von ungetreuen Schweizern geschlagen, die sich Maximilian Sforza unterstellt haben.«

Er lachte, aber sein Lachen klang ein wenig bitter.

»Dort seht auch noch die Flotte von Kaiser Karl V. Sie hat schon abgelegt, um die bedrängte Stadt Neapel zu befreien. Seht, wie Andrea Doria gleich einem Wellengott den kaiserlichen Schiffen entgegeneilt und sie versenkt. Das Glück ist nun einmal launisch. Bisher war Frankreich immer auf der hellen Seite. Jetzt kommt nicht einmal jeder tausendste vom Heer der Franken davon.«

Der große helle Saal enthielt noch ungezählte andere Bilder.

Den beiden Frauen fiel es ziemlich schwer, sich von der ganzen Pracht zu trennen. Jedesmal, wenn sie gehen wollten, kehrten sie wieder um, um nachzulesen, was in Gold geprägt unter den einzelnen Gemälden stand.

In all den Stunden hatte der Hausherr nur das eine Ziel, seine Gäste mit immer neuen Hinweisen und Erklärungen zu erfreuen. Nach und nach zogen sie sich zurück. Bradamante war eine der letzten. Auch in ihrem Schlafgemach fand sie keinen Frieden. Erst im Morgengrauen schlief sie schließlich ein. Sie träumte von Ruggiero. Er kam zu ihr und sagte: »Warum quälst du dich und glaubst etwas, das doch gar nicht wahr ist? Da müßten schon die Flüsse bergauf fließen, ehe ich dich für eine andere Frau im Stich ließe. Ich bin zur Taufe hergekommen und halte das Versprechen, das ich dir gegeben habe. Daß ich mich verspätet habe, liegt nicht an Amors Pfeilen, sondern an ganz anderen Wunden.«

Der erste Sonnenstrahl des neuen Morgens verjagte Bradamantes Traum. Sie wachte auf, erkannte, daß Ruggiero nicht da war, und begann erneut zu weinen.

»Was mich so glücklich gemacht«, schluchzte sie, »war nur ein Traum. Und wenn ich wach bin, fühle ich nur Bitterkeit. Der süße Traum war falsch. Aber wenn Wahrheit kränkt, dann kann sie mir gestohlen bleiben. Dann will ich nur noch schlafen und niemals wieder aufwachen. Und wenn der Tod tatsächlich wie der Schlaf ist, dann soll er kommen, jetzt und gleich, und mir die Augenlider schließen.«

Nach und nach wichen die Schatten der Nacht zurück. Kein Wölkchen zeigte sich am Himmel. Nichts an diesem Tag erinnerte an den trüb vorangegangenen. Bradamante wollte so früh wie möglich aufbrechen. Der Burgherr lud sie höflich zu einer Morgenmahlzeit ein, aber sie lehnte dankend ab.

Als sie die Burg verließ, sah sie vor sich den Troß der Abgesandten der Königin von Island. Er versammelte sich gerade an der Stelle, an der Bradamante die drei Könige aus dem Norden am Abend zuvor aus dem Sattel gehoben hatte. Die drei waren ausgesprochen wütend über ihre Niederlage und darüber, daß sie die ganze Nacht bei Regen, Wind und Kälte in der Dunkelheit verbringen mußten. Weder sie noch ihre Pferde hatten am Abend oder am Morgen etwas zwischen die Zähne bekommen.

Fröstelnd stampften sie durch den Schlamm. Zu allem, was geschehen war, stand ihnen noch eine äußerst peinliche Demütigung bevor – dann nämlich, wenn die Gesandte der Königin berichtete, wie sie alle drei bereits durch die erste Frankenlanze nicht sehr heldenhaft den Boden geküßt hatten. Alle drei waren wild entschlossen, ihre Schmach so schnell wie möglich zu tilgen.

Kaum sahen sie, wie Bradamante aus der Burg ritt, als sie auch schon auf sie zupreschten und sie zu einem neuen Kampf herausforderten. Keiner der drei wußte bisher, daß sich in der Rüstung ein junges Mädchen verbarg.

Bradamante wollte nicht. Ein erneutes Stechen kostete nur Zeit, aber ihre zornigen Herausforderer bestanden auf der Wiederholung des Wettstreits. Also legte die Gräfin ihre goldene Lanze ein, sprengte vor und streckte alle drei ohne große Vorbereitung nieder.

Sie drehte sich nicht einmal mehr um. Ohne weiteren Aufenthalt ritt sie davon. Die erneut Besiegten standen ohne Helm neben ihren Pferden und wagten nicht, auch nur eine Braue zu der Abgesandten der Königin von Island zu heben. Nie zuvor hatten die drei Könige des Nordens so jämmerlich und traurig ausgesehen. Sie mußten nach der doppelten Niederlage nun auch noch die schlimmste aller Schmähungen über sich ergehen lassen. Ullania teilte ihnen mit, daß sie keinem großen Paladin unterlegen waren, sondern einer Frau.

Die Könige des Nordens sahen, daß sie viel mehr verloren hatten als einen Waffengang. Ihre gestern noch weithin glänzenden, berühmten Namen waren wie mit Pech besudelt. Das schlimmste war für sie, daß es nicht nur einen Zeugen, sondern einen ganzen Troß davon gab. Ritter, Knechte, Frauen und die Knappen im Gefolge hatten alles gut genug mit angesehen. Die Könige waren so verbittert, daß sie sich Rüstung und Waffen vom Leib rissen. Sie warfen alles in den Schlamm des Burggrabens und schworen, ein Jahr lang waffenlos für die Schmach zu büßen. Außerdem wollten sie nur zu Fuß gehen, auch wenn die Ritter und die Krieger im Gefolge weiterhin auf ihren Pferden ritten. Erst wenn sie sich im Kampf erneut bewährt, eine neue Rüstung und ein neues Pferd erstritten hätten, wollten sie wieder einen Harnisch anlegen und in den Sattel eines Pferdes steigen.

Bradamante bekam vom Bußeschwur der drei Könige nichts mehr mit. In den Abendstunden erreichte sie ein anderes Schloß. Dort hörte sie, daß Karl der Große und Rinaldo inzwischen den Heidenkönig Agramant und sein großes Heer besiegt hatten. Sie bekam sofort eine gute Mahlzeit und ein Nachtquartier, aber sie aß kaum etwas und fand auch in dieser Nacht keine Ruhe.

Graf Rinaldo und König Gradass standen kampfbereit auf der Lichtung an der Quelle. Bei ihrem Streit ging es nicht um Königreiche, sondern um Orlandos Schwert Durindana und Rinaldos edlen Hengst Bajard. Hier gab es keine Trompeten und keinen Kriegsgesang, der zum Angriff rief. Niemand mußte sie anfeuern oder in Begeisterung versetzen. Sie zogen gleichzeitig das Eisen und zeigten, wie geschickt und stark sie waren. Der Lärm der schnellen, schweren Schläge hallte über die Lichtung. Kaum zwei andere Waffen hätten die ungeheuer harten Schläge ausgehalten, ohne zu zerspringen. Ganz anders die vollkommenen Klingen, die sich schon tausendfach völlig unbeschädigt bewährt hatten.

Rinaldo wußte sehr genau, daß die Durindana in der Faust von Gradass jede Rüstung glatt zerschneiden konnte. Aber je stärker sich der Heide in jeden seiner Hiebe legte, um so mehr schlug er in die Luft. Und wenn er doch einmal traf, dann an irgendwelchen Stellen, die bei Rinaldo keinen großen Schaden anrichteten. Rinaldo schlug nicht wild drauf los, sondern wollte, daß der andere ermüdete. Wenn er dann selbst einmal richtig zuschlug, zielte er genau. Trotzdem blieb die Rüstung des Serikanerkönigs fest wie Diamant. Sie konnte nur durch einen Zauber so unzerstörbar sein.

Ohne die geringste Pause schlugen und stachen die beiden

Ritter aufeinander ein. Plötzlich jedoch wurden sie abgelenkt. Sie sahen, daß sich Bajard in höchster Not befand.

Ein Ungeheuer, noch größer als der Hengst, bedrohte das tapfere Pferd. Das Untier hatte einen Vogelkopf mit einem drei Ellen langen Schnabel. Sein Körper hatte die Gestalt einer Fledermaus, und seine Fänge trugen scharfe Nägel. Seine riesigen Schwingen bestanden aus tintenschwarzen Federn. Aus den Augen des schrecklichen Ungeheuers loderte Feuer, und alles an ihm wirkte grausam.

Augenblicklich glaubte Rinaldo, daß sein Vetter Malegis den vorher nie gesehenen Vogel nur erfunden hatte, um ihn und Gradass von weiterem sinnlosen Hauen und Stechen abzubringen. Tatsache blieb, daß das Untier, ob nun Vogel oder Teufel, Bajard geradewegs angriff. Der Hengst bäumte sich mit aller Kraft gegen das Schreckenswesen auf. Er zerriß in seiner Panik seine Zügel und schlug mit den Eisenhufen zu. Der Fledervogel erhob sich flatternd in die Luft, als Bajard zuschlug und wild um sich biß. Aber gleich darauf schoß er wieder nach unten, segelte auf den Hengst zu, hackte mit seinen Klauen und kreiste dicht um ihn. Bajard wehrte sich nach allen Seiten. Erst als er merkte, daß er mit diesem Gegner nicht kämpfen konnte, ging er durch und ergriff verletzt die Flucht. Er jagte bis zum nahen Wald und brach durch das Unterholz. Sein Feind folgte ihm in engen Kurven durch die Luft. Gierig spähte er nach dem verletzten Hengst aus. Bajard drang immer tiefer in das Dickicht ein – so weit, bis er ein sicheres Versteck in einer Höhle fand. Das Flügeltier verlor die Spur und schoß davon, um sich eine andere Beute aus der Luft zu holen.

Endlich sahen auch Gradass und Rinaldo, daß sie ohne ihren ausgemachten Siegespreis keinen Grund mehr hatten, weiter aufeinander einzuschlagen. Sie vereinbarten, zuerst Bajard zurückzuholen, damit sie ihren Wettkampf fortsetzen konnten. Gemeinsam folgten sie den frischen Spuren durch den Wald. Gradass stieg wieder auf seine Stute. Mißmutig mußte Rinaldo zusehen, wie er im Wald verschwand.

Auf seiner Flucht war der Hengst über Felsboden und durch Bäche, durch Dickicht und durch enge Schluchten gerannt. Er hatte sich die dornigsten Wege gesucht, um den scharfen Krallen des Verfolgers zu entkommen. Rinaldo suchte angestrengt noch eine Weile, dann gab er auf und kehrte an die Quelle auf der Lichtung zurück. Wie vereinbart, wartete er darauf, daß Gradass zurückkehrte. Stunde um Stunde verging, aber der andere kam nicht wieder. Rinaldo war zutiefst verärgert. Nun mußte er zu Fuß zu seinen eigenen Leuten zurückgehen.

König Gradass hatte schließlich mehr Glück als Verstand bei der Suche nach Bajard. Er hörte, wie der Hengst plötzlich ganz in seiner Nähe kläglich wieherte. Gleich darauf fand er die Höhle mit dem noch immer angstvoll am ganzen Körper zitternden Pferd. Es wagte nicht einmal, den Kopf wieder aus der Höhle zu strecken, und ließ sich leicht an die Hand nehmen. Für einen Augenblick dachte Gradass daran, was er mit Rinaldo vereinbart hatte. Dann schüttelte er energisch seinen Kopf und sagte zu sich: »Soll doch, wer da will, mit Waffen um das Tier hier kämpfen. Ich nehme es mir lieber friedlich. Schließlich bin ich um die halbe Welt gezogen, damit Bajard endlich mir gehört. Und wer denkt, daß ich ihn freiwillig wieder hergebe, der muß verrückt sein. Wenn der feine Graf Rinaldo so wild auf ihn ist, muß er ihn sich eben zurückholen.«

Kurz entschlossen zog er mit Bajard auf dem schnellsten Weg bis nach Arles. Dort traf auf den Rest des Sarazenenheers, das sich hierher gerettet hatte. Zusammen mit Bajard und der Durindana als seinem zweiten Beutestück schiffte er sich am Rhôneufer auf einer schnellen Kriegsgaleere ein und segelte davon.

Prinz Astolf von England hatte inzwischen mit seinem Flügelroß ganz Frankreich von Meer zu Meer und vom Rhein bis zu den Pyrenäen überquert. Er flog dabei so schnell, daß ihm kaum die Falken und die Adler folgen konnten. Überall, wo er sich blicken ließ, sah das Volk auf der Erde staunend zu ihm hoch. Er flog bis nach Navarra, dann nach Aragona, ließ rechts die Biscaya liegen und links Tarragona. Schon kurz darauf glitt Kastilien unter ihm hinweg. Er freute sich, als er Galicien und

Portugal unter sich entdeckte. Dann war er bereits in Córdova und Sevilla. Auf diese Weise entging ihm nicht eine einzige Stadt – sei es im Inneren von Spanien oder an seinen Küsten. Von Cadiz aus flog er über die Meerenge von Gibraltar in Richtung Afrika. Hier hatte einst Herkules den antiken Schiffern die Felsenzeichen in die Wogen gesetzt.

Astolf beschloß, nicht bis zum Atlasgebirge zu fliegen, sondern bog über der Küste Afrikas nach Osten hin ab. Er sah die berühmten Baleareninseln und dann Ibiza unter sich vorüberstreichen. Nach einem kurzen Flug über das offene Meer entdeckte er unter sich Marokko, Fez, Oran und Hippona, dazu die stolzen Städte Algier und Buzea, Biserta, Tunis und schließlich den großen Strom des Nils, der seine Wogen bis zum Meer rollen ließ. Er flog über die Cyrenaika, ließ das Carena-Gebirge und die libysche Wüste hinter sich und drehte dann in Richtung Albajada an der Grenze Nubiens ab. Das Grab des Battus blieb hinter ihm zurück ebenso wie das Trümmerfeld, das einmal der große Tempel des altes Gottes Ammon gewesen war. Gleich darauf tauchte ein anderer Ort in Nubien auf. Wer hier lebte, befolgte die Gebote Mohammeds.

Astolf ließ sein Flügeltier auf die andere Seite nach Äthiopien fliegen. Er lenkte es auf die Hauptstadt Nubiens zwischen den Städten Dobaya und Cnoad zu. Hier wohnten wieder Christen, umgeben von den Muselmanen. Sie standen sich an den Grenzen ständig mit den Waffen in der Hand gegenüber.

Senap, der Kaiser von Äthiopien, war ein gläubiger Herrscher. Er besaß genügend Land und Leute und große Reichtümer. Durch seinen Christenglauben hatte er die Gewißheit, daß er dereinst der Hölle entgehen würde.

Astolf landete am großen Hof und beschloß, sich dem Kaiser von Nubien vorzustellen. Der Palast sah eher reich und prächtig als gegen Angriffe und zur Verteidigung des Kaisers eingerichtet aus. Die Brückenketten waren bis zum kleinsten Schloß aus schierem Gold. Leuchtende Kristallsäulen umschlossen den Palast mit einer großen Galerie. Rubine und Smaragde, Saphire und Topase waren in regelmäßig angeordnete Felder eingesetzt. Auch auf den Dächern, an den Wänden und den Dielen bot sich eine Fülle von edlen Steinen oder sogar Perlen. Es war die Gegend, in der die edel duftende Balsampflanze wuchs. Alles, was Jerusalem jemals erbeutet hatte, kam Astolf klein gegen das vor, was er hier sah. Er entdeckte Bisam von Moschusochsen und Ambra als Fracht auf den Schiffen. Sie transportierten all jene Dinge, die in den anderen Ländern selten und hochgeschätzt waren.

Es hieß, daß sogar der Sultan von Ägypten Tribut an Äthiopiens Kaiser zahlen mußte – schon deswegen, weil Senap die Wasserfluten des Nils jederzeit so umleiten konnte, daß Kairo ausdörrte und hungern mußte.

Bei seinem Volk wurde Senap der Eroberer und Kaiser von Äthiopien genannt. Außerhalb der Grenzen war er als der legendäre Johann der Presbyter besser bekannt, der statt des Zepters das Kreuz in seinen Händen trug. Von allen Herrschern der Christen und der Heiden hatte noch nie einer soviel Macht und Reichtum erlangt wie der Priesterkönig. Doch alle diese Schätze und die große Zahl der Menschen, über die er herrschte, hatten nicht verhindern können, daß er über Nacht auf eine ungewöhnliche grausame Art von seinem Schicksal geschlagen und bestraft wurde.

Wie andere vor und nach ihm verlor er zuerst sein Augenlicht. Das allein hätte sich noch ertragen lassen. Doch dann packte den Kaiser und König eine schlimme Krankheit wie mit Tigerklauen: Er wurde einfach nicht mehr satt und litt ständig unter einem unerträglichen Heißhunger. Sobald er nach einer Speise oder einem Getränk griff, umschwärmten ihn scheußliche höllische Harpyien. Sie warfen die Gefäße um, kippten die Getränke auf den Boden und rafften mit den räuberischen Krallen alles von den Platten und den Tellern. Was sie nicht selbst dem Kaiser wegfraßen, wurde von ihnen so besudelt, daß es nur noch stank und ungenießbar war.

Die unheimliche Quälerei war die Strafe des Himmels dafür, daß Senap wie vor langer Zeit der Teufel selbst, Krieg mit dem Schöpfer angefangen hatte. Jung, wie er war, hatte er geglaubt, daß er mit seiner Kraft und seinem Mut überall siegreich bleiben würde. In seinem Hochmut war er mit einem großen Heer bis zu den Bergen an den Quellen des Nils gezogen. Jemand hatte ihm erzählt, daß er von den Gipfeln dieser Berge, die bis über die Himmelswolken aufragten, das erste Paradies der Erde sehen könnte, dasselbe, in dem Adam und Eva vor langer Zeit glücklich gelebt hatten, ehe sie durch einen Engel vertrieben wurden. Der junge Kaiser brach mit einer Menge Fußvolk, Elefanten und Kamelen zu seinem frevelhaften Kriegszug auf. Er verließ das ebene Land und war nur noch begierig darauf, alles Volk zu unterwerfen, was auf seinem Weg zu den Quellen des Nils wohnte.

Gott aber beendete das wahnwitzige Unternehmen. Er schickte seinen Racheengel, der hunderttausend Nubier auf der Stelle totschlug und den Kaiser selbst zu einem Leben in ewiger Dunkelheit verdammte. Gleichzeitig erlaubte er den Scheusalen aus dem Rachen der Hölle, an seiner Tafel Platz zu nehmen, um ihm die Speisen zu entreißen und sie ungenießbar zu machen.

Der Kaiser von Äthiopien hatte sich längst verzweifelt in sein Schicksal ergeben. Ein Seher hatte ihm prophezeit, daß er die teuflischen Räuber an seiner Tafel und ihre stinkende, schmutzige Hinterlassenschaft erst dann loswerden könne, wenn ein Ritter auf einem geflügelten Roß vom Himmel her geflogen käme. Niemand, noch nicht einmal der Kaiser, glaubte an ein derartiges Wunder. Deswegen lebte er in großer Traurigkeit und ohne jede Hoffnung auf Besserung. Doch dann, als die Bewohner des Palastes tatsächlich einen Ritter über die Mauern und die Türme fliegen sahen, wichen viele vor Entsetzen zurück oder warfen sich gleich auf den Boden. Lediglich einer überwand sein Grauen und stürzte zum König. Senap erinnerte sich augenblicklich an die Prophezeiung. Voll neuer Hoffnung ließ er sogar den Stock zurück, als er sich mit ausgestreckten Händen vorantastete. Schwankend kam er bis in die Nähe des fliegenden Ritters.

Astolf flog in weiten Kreisen um den Schloßplatz. Unter ihm ließ sich der König sagen, wo er gerade flog. Dann fiel Senap auf die Knie, rang seine Hände wie zum Gebet und streckte sie flehentlich nach oben: »Du Engel Gottes, sei gegrüßt und sei mir gnädig. Ich habe keinen Anspruch auf Vergebung. Aber bedenke, wie leicht wir Menschen sündigen. Ich bin mir meiner Schuld voll und ganz bewußt. Deshalb bitte ich nicht um ein neues Augenlicht, obwohl du sicherlich in der Lage wärst, es mir zurückzugeben. Laß es damit bewenden, daß ich nichts mehr sehe. Aber vertreibe bitte die gräßlichen Harpyien, die mir jedes Mahl unmöglich machen. Wenn du das tust, will ich dir einen Marmortempel mitten im Palast bauen. Sein Dach und seine Tore sollen aus schierem Gold sein. Innen wie außen soll der Tempel von Edelsteinen nur so strahlen. Dein heiliger Name soll in ihm gelobt werden, und alle deine Wundertaten lasse ich in alle Wände einmeißeln.«

Der König tastete nach allen Seiten und versuchte vergeblich, Herzog Astolfs Fuß zu küssen.

»Ich bin kein Engel Gottes«, antwortete der Prinz von England. »sondern ein Mensch wie du, ein Sünder, der ebenso wie du bereuen muß. Deshalb kann ich dein Angebot nicht annehmen, aber ich will alles tun, was in meiner Kraft steht, um die Teufelsbande zu erschlagen oder wenigstens davonzujagen. Wenn du schon danken willst, dann danke lieber Gott, der meinen Flug hierhergelenkt hat. Gelobe ihm, was du gerade mir gelobt hast, und baue ihm eine goldene Kirche und einen kostbaren Altar.«

Der König ließ sich in sein Schloß zurückführen. Herzog Astolf und der gesamte Hofstaat begleiteten ihn.

»Bereitet uns und ihm einen großes Festmahl!« befahl der blinde König. Erstmals nach langer Zeit konnte er hoffen, daß ihm die Speisen diesmal nicht sofort wieder von den höllischen Dämonen aus den Händen gerissen wurden. Schon wenig später wurde das prächtige Festmahl in einem reichgeschmückten Saal aufgetragen. Senap und Astolf setzten sich zu den Schüsseln und Pokalen. Sie wollten gerade anfangen, als ein grauenhaftes Sirren, Zischen und Schwingen die Luft erbeben ließ. Es war, als würde ein böser Sturm durch den Festsaal peitschen. Von allen Seiten kamen die Harpyien durch die Luft geschossen.

Es waren sieben der ekelhaften fliegenden Ungeheuer. Ihre welken blassen Weibsgesichter sahen dürr und verhungert aus. Nicht einmal der Tod hätte solche fürchterlichen Fratzen formen können. An ihren schnellen räuberischen Händen trugen sie krumme Klauen. Ihre Flügel waren groß und mißgestaltet. Von ihren Bäuchen ging Gestank aus, und ihre Schwänze waren wie bei Schlangen eingerollt.

So plötzlich, wie sie aufgetaucht waren, saßen sie auch schon auf der Tafel mit den auserlesenen Speisen. Sie warfen Schüsseln um, fraßen und raubten, während sie zugleich Unrat überall verteilten. Der Gestank wurde so entsetzlich, daß Astolf aufsprang und sein Schwert hervorriß. Ohne Erbarmen schlug er auf die widerlichen Vögel ein. Die erste Harpyie traf er am Hals, die zweite voll am Kopf, die dritte in die Brust, die nächste auf die Flügel. Aber es war, als würde er auf Säcke mit weichem Werg schlagen. Die Hiebe blieben ohne Wirkung. Ungerührt fraßen die ekelhaften Vögel weiter, bis alle Speisen vertilgt oder besudelt waren.

Der blinde König fürchtete, daß er vergeblich auf die Erlösung von den grauenhaften Qualen gehofft hatte. Er stöhnte und sank verzweifelt in sich zusammen. Doch da fiel Herzog Astolf sein Zauberhorn wieder ein. Wie oft schon hatte es ihm bei Gefahr geholfen? Vielleicht, dachte er, bewährt das gute Horn von Logistilla sich auch jetzt.

»Alle sollen sich weiches Wachs in die Ohren stopfen!« rief Astolf König Senap zu. »Und laß ein neues Festmahl vorbereiten!«

Er sprang von der Tafel auf und ließ sich sein Flugtier bringen. Dann stieg er in den Sattel und hängte sich sein Horn griffbereit um. Als alles vorbereitet war, befahl er dem Küchenmeister, erneut aufzutragen.

Diesmal wurde die Fülle der duftenden Gerichte in einem Innenhof angerichtet. Kaum stand alles an seinem Platz, als auch schon wieder der Schwarm der dämonischen Harpyien auftauchte. Sofort führte Herzog Astolf sein Zauberhorn zum Mund. So laut er konnte, blies er hinein. Die ungeschützten Ohren der gräßlichen Dämonenweiber konnten den Tönen, die noch gräßlicher waren als sie selbst, einfach nicht standhalten. Entsetzt aufkreischend stoben sie wieder hoch und flohen über die Mauern des Palastes hinweg.

Astolf gab dem Flügelroß die Sporen. Mächtig schlugen die Schwingen des Hippogryphen aus. Er hob sich kraftvoll in die Lüfte, schoß über den Palast hinaus und nahm die Jagd nach den vielfräßigen, stinkenden Ungeheuern auf. In vollem Flug blies Astolf sie immer weiter in die Flucht. Weiter und immer weiter raste der Harpyienschwarm, verfolgt von Astolf auf dem Flügelroß. Je näher sie dem Äquator kamen, um so heißer wurde auch die Luft. Irgendwo hier mußte der Nil entspringen.

Die fliehenden Harpyien flogen auf den höchsten der Berge in der Gegend zu. Am Fuß des Bergmassivs befand sich eine Erdspalte. Es hieß, daß jeder, der zur Hölle wollte, hier den besten Eingang finden konnte. Der fliehende Harpyienschwarm stürzte sich in wilder Flucht senkrecht in den Spalt. Hierher kamen sonst nur Wesen, die das Tageslicht zu fürchten hatten. Astolf ließ das Zauberhorn sinken. Mit einer weiten flachen Kurve segelte er langsam tiefer. Vorsichtig ließ er den Hippogryphen seine Flügel etwas einziehen. Das erschien ihm sicherer, wenn er nun in den Höllenschlund eindrang.

Ihr scheußlichen, verfressenen Harpyien, die uns und unser Land verheeren – vielleicht seid ihr uns ja von Gott geschickt für unseren Hochmut und unseren Unverstand. Kinder und Mütter hungern, während ihr im ganzen Land alles auffreßt, was sonst ein Leben lang gereicht hätte.

Wehe dem Unseligen, der die Höhlen aufgeschlossen hat, vor denen wir uns allzu lange nicht gefürchtet haben und aus denen jetzt die Raffgier und der Pesthauch schwelt, der Italien wie eine schwere Seuche überfällt. Vorbei das schöne Leben in den Städten und Signorien. Jetzt kommt die Armut und die Not, die uns so lange bleiben, wie wir den Krieg zu Gast haben. So lange jedenfalls, bis irgendwann die ärmste und verzweifeltste von allen Frauen die Söhne an den Haaren packt und ihnen zuruft: »Ist denn keiner unter euch, der den Gestank von meinen Tischen fegt und Italien so erlöst, wie es Herzog Astolf beim blinden König Senap tat?«

Der Schwarm der häßlichen Harpyien floh auch dann noch weiter in die Tiefe, als Astolf längst seine schauerlichen Hornstöße beendet hatte. Der Prinz von England beugte sich vor und lauschte in den Felsspalt hinein. Von unten her drangen Klagen und jämmerliches Geheul bis zu ihm. Der Schlund, der hier begann, mußte tief hinunter bis in die Hölle reichen.

»Warum soll ich mich fürchten?« dachte Astolf. »Was kann mir schon geschehen? Solange auf mein Zauberhorn Verlaß ist, vertreibt es Pluto samt dem Satan und dem Wachhund Zerberus.«

Er stieg von seinem Flugtier und band es am nächsten Strauch an. Mutig packte er sein Zauberhorn und stieg in die Felsenhöhle hinab. Schon bald wallte beißender dunkler Rauch um ihn herum. Augen und Nase füllten sich mit dem Gestank von Pech und Schwefel. Er verlor fast die Besinnung. Trotzdem ließ er sich nicht aufhalten.

Je tiefer er in den unheimlichen Schlund eindrang, um so dichter wurden der Rauch und die Finsternis. Und dann konnte er einfach nicht mehr weiter. Er wollte bereits umkehren, als etwas vor ihm wie im Wind langsam hin und her schwang. Im ersten Augenblick sah es für ihn wie ein Leichnam aus, der zu lange in Regen und in Sonnenhitze ausgebleicht war. Es gab kaum Licht in der finsteren, qualmerfüllten Gruft. Nur ab und zu waberten schwache Lichtschimmer hin und her. Astolf schlug kurzentschlossen mit seinem Schwert ein-, zweimal in die Dunkelheit, doch die Klinge traf nichts als wallende Rauchschwaden. Dann hörte er eine leise klagende Mädchenstimme.

»Weiter!« jammerte das Stimmchen. »Geh doch weiter, und quäle mich nicht zusätzlich. Es reicht doch, daß der schwarze Rauch aus der Glut der Hölle mich mit Schmerzen überhäuft.«

In diesem Augenblick fühlte der sonst so tapfere Herzog, wie das Grauen ihn ergriff.

»Möge Gott der Allmächtige den Rauch zurücktreiben!« rief er. »Aber wenn ich etwas über dich in der Welt erzählen soll, mußt du mir schon sagen, wer du bist und warum du hier sein mußt.«

»Du ahnst ja nicht, wie sehr ich mich danach sehne, wieder ins Licht zurückzukehren«, klagte die Stimme. »Ich kann kaum sprechen. Aber wenn oben in der Welt wenigstens mein Name weiterleben könnte, will ich trotz aller Mühe von mir erzählen.«

Ich heiße Lydia und bin in großem Glanz als Tochter des Lydierkönigs aufgewachsen. Gottes Richterspruch hat mich hierher verdammt, damit ich auf alle Zeiten gequält werde. Es ist die Buße dafür, daß ich meinen aufrichtigen Geliebten undankbar behandelt habe und grausam leiden ließ. Auch die anderen hier unten in den Felsspalten wurden für ähnliche Vergehen bitterlich bestraft.

Noch weiter unten gibt es mehr Männer, die ihren Undank dort verbüßen müssen, wo der Rauch sie blind macht und die Glut sie kocht. Das gilt auch für die vielen anderen, die ihre Gattin böswillig verlassen haben.

Aber jetzt will ich dir sagen, warum ich selbst an diesen Ort verbannt wurde. Ich war so schön damals – so schön und stolz wie kaum eine andere. Damals hörte auch Alcest, ein junger Thraker, von meiner Schönheit. Da er schon viele großen Taten aufzuweisen hatte, beschloß er, mir sein Herz zu schenken und sich ganz in meinen Dienst zu stellen.

Also kam er nach Lydien, und die Edlen am Hofe meines Vaters überhäuften ihn schon bald mit Lob und Ehre. Nur durch ihn siegte mein Vater über viele Völker in Kleinasien. Bei all den großartigen Erfolgen blieb es nicht aus, daß er eines Tages mich als den Lohn für seine Mühen und Gefahren haben wollte. Aber mein Vater lehnte seinen Antrag ab. Er wollte keinen einfachen Ritter für mich. Es war das alte Lied, denn der Geiz versteht nun mal ebensowenig von edler Gesinnung, den Tugenden und allem Schönen wie der Esel von der Melodie der Leier.

Als Alcest von meinem Vater, der ihm eigentlich mehr als allen anderen dankbar sein mußte, schnöde abgewiesen wurde, ritt er aus dem Land.

»Daß du mir die Hand deiner schönen Tochter verweigerst, sollst du noch bitterlich bereuen«, gelobte er beim Abschied. Ohne große Umstände ritt er direkt zum Hof unseres größten Feindes – des Königs von Armenien. Alcest stachelte ihn so lange auf, bis er sich bereit erklärte, gegen meinen Vater Krieg zu führen. Dann übergab er ihm den Befehl über das gesamte Heer Armeniens. Alles, was Alcest erbeutete, sollte dem König von Armenien gehören. Nach der Eroberung der letzten Zinne unseres Königreichs wollte er als einzige Trophäe meinen schönen Leib für sich.

Innerhalb eines Jahres besiegte Alcest vier unserer Heere und eroberte das ganze Land. Nur eine einzige Burg auf hohen Felsenklippen blieb uns als Zuflucht. Kurz darauf gab mein Vater auf. Er bot dem Belagerer sein halbes Reich und mich dazu als Weib und Sklavin an. Zu diesem Zeitpunkt war ich ebenfalls entschlossen, mich zu unterwerfen. Aber es kam ganz anders.

Kaum hatte dieser mutigste von allen Rittern gehört, daß ich zu ihm unterwegs sei, ritt er mir bereits entgegen. Er kam so blaß und vor Erregung zitternd auf mich zu, daß er auf mich wie ein jammernder Verlierer wirkte. In diesem Augenblick vergaß ich alle meine Vorsätze.

»Warum hast du auch so schnell aufgegeben?« warf ich ihm vor. »Du wußtest doch, daß mein Vater nie bei der ersten Bitte nachgibt. Als er dich abwies, hättest du nicht gleich das Schwert gegen uns ergreifen müssen. Selbst wenn mein Vater am Ende doch noch hart geblieben wäre, hätte ich dich heimlich glücklich machen können. Jetzt ist es zu spät. Ich kann dich nie mehr lieben. Ich bin aus meines Vaters Burg zu dir gekommen, weil ich Mitleid mit ihm hatte. Aber wenn du dein Verlangen an mir stillen willst, müßtest du mich schon gewaltsam nehmen. Die Spuren meines unschuldigen Blutes blieben dann unauslöschlich in der Erde.«

Er wurde unter meinen Worten immer kleiner. Schließlich sah er reumütiger aus als ein Eremit. Er fiel auf seine Knie, riß seinen Dolch hervor und bot ihn mir mit ausgestreckten Händen an. Ich gab ihm zu verstehen, daß er mich nur dienend und unterwürfig liebend erobern könnte. Um seinen Fehler wiedergutzumachen, sollte er das verlorene Königreich meines Vaters zurückerobern.

Er versprach mir alles, was ich wollte. Unberührt, wie ich gekommen war, ging ich zur Burg zurück. Alcest ritt sofort zum König der Armenier. Er verlangte von ihm alle Ländereien zurück, die er für ihn erobert hatte.

»Ich denke nicht daran, auch nur einen Acker wieder herzugeben«, antwortete der König von Armenien wütend. »Der Krieg geht weiter, bis wir den Lydier von seinem letzten Fußbreit Land verjagt haben.«

Alcest und der König von Armenien gerieten immer mehr in Zorn. Tausende von Männern ringsum konnten nicht verhindern, daß Alcest die große Auseinandersetzung auf seine Art beendete. Er erschlug den König der Armenier. Seine Getreuen, die von ihm bezahlt wurden, schützten ihn vor der Wut der Armenier. Die Thraker schlossen sich ihm an, dann auch die Silicier. Er unterwarf die Reiche der Armenier und der Kappadoken. Erst als er am Strand von Hirkanien angekommen war, hörte er auf. Innerhalb eines Monats bekam mein Vater sein ganzes Reich zurück und noch viel mehr.

Ich jedoch verlangte immer mehr Beweise seiner Liebe. Ich schickte ihn allein oder mit viel zu wenigen Bewaffneten in Abenteuer, aus denen kaum ein anderer heil zurückgekommen wäre. Aber jedesmal blieb er der Sieger – gegen schreckliche Ungeheuer, grausame Giganten und Laistrygonen, die immer öfter in unsere Ländereien einfielen. Schließlich erkannte ich, daß ich auf diesem Weg nicht weiterkam. Ich mußte mir daher etwas anderes ausdenken.

Nach und nach hetzte ich ihn gegen seine Freunde auf. Schließlich war Alcest ganz allein und hatte keinen mehr, auf den er sich verlassen konnte. Zu diesem Zeitpunkt hob ich das Visier und verstellte mich nicht länger.

»Ich hasse dich so abgrundtief, daß ich nur noch deinen Tod wünsche«, fauchte ich ihn an. »Ich will deine Stimme nicht mehr hören, keinen Brief von dir und keine Nachricht durch irgendeinen Boten.«

Die Wahrheit traf ihn derart tief ins Herz, daß er daran starb. Und ich bin hier, um für meinen frevelhaften Undank zu bezahlen. Meine Augen tränen, und der heiße schwarze Qualm läßt mich fast ersticken. So wird es immer bleiben, denn in der Hölle gibt es kein Verzeihen.

Nachdem Lydia verstummt war, wollte sich Prinz Astolf nach anderen umsehen. Aber die dichte, schwere Finsternis, die als Strafe für den Undank galt, hinderte ihn daran, auch nur einen Zoll weiter vorzudringen. Wenn er nicht sofort zurückeilte, würde ihn der Qualm ebenfalls für alle Zeiten gefangenhalten.

Er drehte um und lief, so schnell er konnte, wieder auf den Ausgang der Felsenhöhle zu. Endlich zeigte sich ein erster Schimmer Tageslicht. Mühsam und keuchend tauchte er wieder aus dem rauchigen Schlund auf. Er hatte die Harpyien nicht gefunden, aber er konnte den gierigen, kreischenden Bestien mit den Vogelbeinen den Weg aus der Tiefe heraus verbauen.

So, wie er war, häufte er Steine am Eingang des Felsenspalts übereinander. Mit seinem Schwert schlug er Pfefferbäume und anderes Gehölz ab und verkeilte alles zusammen mit den Steinen zu einem undurchdringlichen Schutzwerk. Zufrieden konnte er schließlich sein gelungenes Werk betrachten: Hier jedenfalls kamen keine Harpyien mehr an die Oberfläche der Erde. Dann erst bemerkte er, wie verschmutzt er inzwischen war. Der Qualm in der Höhlentiefe war durch seine ganze Rüstung gedrungen, hatte sich als Ruß in jeder Falte, jeder Ritze seiner Gewandung und seiner Rüstung festgesetzt. Alles, was er ersehnte, war Wasser – nur noch Wasser. Er fand es, schneller als vermutet, an einer Felsenwand. Ein kleiner Bach floß aus einer Quelle bis ins Waldesdickicht hinein. Er legte seine Rüstung ab, zog sich aus und wusch sich ausgiebig von Kopf bis Fuß.

Dann stieg Prinz Astolf wieder auf sein Flügelroß. Der Hippogryph fuhr die Schwingen aus und setzte zum Flug auf jenen Berg an, der so hoch war, daß es schien, als könne man von seinem Gipfel aus direkt zur Mondsichel hinüberspringen. Nach den fürchterlichen Eindrücken im Höllenrauch hatte Astolf nur noch einen Wunsch – so hoch wie irgend möglich in den Himmel fliegen. Nichts interessierte ihn mehr auf der Erde. Er ließ sie hinter sich zurück, während der Hippogryph im Luftmeer immer höher stieg. So hoch, bis Flügelroß und Reiter am höchsten Bergesjoch anlangten.

Es war, als wären in der klaren Höhe alle Blumen auf den hellen Wiesen aus Diamant und Chrysolith, Hyazinth, Saphir, Topas und Rubinen, aus Perlen und aus Gold. All das sah aus, als wäre es von einem lauen Wind bis in die Himmelshöhen geweht. Selbst die Blätter und das üppig sprießende Gras wetteiferten mit der Pracht grüner Smaragde. Alle Bäume zeigten mit ihrem Laub, ihren Blüten und Früchten, daß sie sich ebenso schmükken konnten. Überall zwitscherten zierliche Vögel in den Zweigen. Sie waren blau und weiß, grün, rot und gelb. Astolf hörte, wie die Bäche murmelten und tiefe Seen kristallklar schwiegen. Ein sanfter Wind streichelte lieblich über alles hin. Er dämpfte und milderte die Sonnenhitze. Derselbe Wind nahm sich von Blumen, Früchten und den vielen Pflanzen die schönsten Düfte, mischte sie und verteilte sie erneut als wonnigliche Wohlgerüche und Süßigkeiten für die Seele.

Inmitten all der Schönheit erhob sich ein Palast wie aus lebenden Flammen. Er leuchtete so wunderbar, daß er in seinem

Glanz überirdisch wirkte. Staunend ließ der Paladin Karls des Großen sein Flügelroß langsam über die gewaltige Palastanlage hinweggleiten. Sie war mehr als dreißig Meilen groß. Während er langsam dahinflog, bewunderte Astolf den himmlischen Glast. Gegen diese Pracht mußte die alte Erde unter ihnen nicht nur ihm, sondern auch Gott und der gesamten Natur schmutzig und von üblen Pestschwaden durchwallt erscheinen.

Ergriffen und vor Staunen bleich, erreichte Astolf das große Dach der Palastanlage, das aus einem einzigen funkelnden Edelstein gemacht war. Mit dem Glanz dieses erhabenen Wunderwerks konnte sich kein anderes Bauwerk auf der Erde messen. Selbst diejenigen, die stolz von den Sieben Weltwundern erzählten, hätten hier verstummen müssen.

Astolf schwebte in einen Vorhof zum Palast und ließ den Hippogryphen behutsam landen. Aus dem lichten Säulengang des Bauwerks löste sich ein betagter Mann. Er trug ein langes milchweißes Gewand und einen weiten zinnoberroten Umhang. Seine weißen Haare wallten bis auf seine Schultern, und sein langer, voller Bart reichte bis auf seine Brust. Mit seinem ernsten, würdigen Gesicht wirkte er wie einer der auserwählten Jünger, die Jesus Christus dienen durften.

Der Prinz von England stieg von seinem Flugtier und näherte sich voller Ehrerbietung dem verehrungswürdigen Greis. Der aber lachte vergnügt und sagte: »Siehst du, nun durftest du sogar zum Paradies der Erde fliegen! Aber du kennst bisher den Grund für deine Reise nicht. Du weißt noch nicht einmal, welches Ziel du hast. Es stimmt jedoch, es gibt ein größeres Geheimnis, das dich von den Ländern weit im Norden bis zu diesem Ort geführt hat. Jetzt ist die Zeit gekommen, da du erfahren sollst, wie du Karl dem Großen helfen und die Heilige Kirche aus der Umklammerung der Ungläubigen befreien kannst. Du bist von weither zu mir gekommen, ohne jede Vorstellung davon, was du eigentlich suchst. Es mag dich kränken, aber nicht einmal dein Zauberhorn oder das Flügelpferd hätten dir irgend etwas genutzt, wenn es nicht der Wille des Allmächtigen gewesen wäre, dich hierher zu führen. Wir werden noch die Zeit haben, alles zu bereden. Was du als nächstes tun mußt, erfährst du jetzt von mir. Zunächst jedoch sollst du dich erfrischen, essen und trinken und dich von den Strapazen deiner Reise erholen.«

Der edle Alte führte den Herzog weiter in die Palastanlage hinein. Staunend erfuhr Astolf, wer der ehrwürdige Greis wirklich war.

»Ich bin Johannes«, sagte er lächelnd, »der Jünger, der das ›Johannes-Evangelium‹ verfaßt hat. Christus wollte, daß ich weiterlebe, bis er wiederkommt. Natürlich durfte Petrus davon nichts erfahren. Ich bin auch nicht allein, nachdem ich hier den Platz zum Leben fand. Außer mir gibt es noch den Patriarchen Enoch und den Propheten Elias. Sie haben ihren Lebensabend noch nicht erreicht und genießen hier den ewigen Frühling, fern von jedem Pesthauch auf der Erde – so lange, bis die Engelsposaunen verkünden, daß der Herr der Welt auf einer weißen Wolke wiederkehrt.«

Sie erreichten einen großen, festlichen Saal, in dem bereits Auserlesenes in Hülle und Fülle angerichtet war. Der Hippogryph erhielt an anderer Stelle etwas zu fressen. Der Evangelist Johannes sorgte dafür, daß Astolf köstliche Speisen bekam und dazu Früchte, die so wunderbar schmeckten, daß er sogar Adam und Eva entschuldigte, wenn ihr Sündenfall gewesen war, daß sie von diesem Obst gekostet hatten.

Nachdem der Herzog gegessen und getrunken hatte, bettete er sich auf ein wunderbares Lager. Der süße Schlaf tat ihm ebenso gut wie die köstlichen Speisen und Getränke. Erst als die Morgensonne die müde Nacht verabschiedete, erhob sich Astolf von seinem Lager. Sofort kam Johannes wieder zu ihm.

»Mein Sohn, du weißt wahrscheinlich nicht, was in der Zwischenzeit im Frankenreich passiert ist«, begann er. »Graf Orlando hat das Banner verlassen, unter dem die Christen kämpfen. Er wollte seinen eigenen Weg gehen, aber Gott, der Herr, hat ihn gestraft, so schwer, wie er nur diejenigen züchtigt, die er am meisten liebt. Orlando hat vom Schöpfer die höchste Kühnheit und die größte Kraft erhalten. Kein Eisen, das normalen Menschen schwerste Wunden schlägt, konnte ihn verletzen. Gott wollte, daß er sich als Beschützer des Glaubens und der

Christenheit bewährt. Er sollte so wie Simson sein, den er den Juden schickte, als die Philister sie bedrohten.«

Johannes legte seinen Kopf ein wenig in den Nacken und blickte Astolf prüfend an. Dann seufzte er sehr tief.

»Aber Orlando hat seine Gaben schlecht genutzt«, fuhr er fort. »Undankbar ließ er zu, daß viele Gläubige in Gefahr gerieten und sein eigener König von den Sarazenen eingeschlossen wurde. Er wurde blind vor frevlerischer Liebe zu einer Ungläubigen. Sie narrte ihn wie ein böser Stern, lähmte den Arm, der eigentlich für den Glauben kämpfen sollte, und ließ ihn verblendet werden. Zur Strafe hat Gott ihn rasend werden lassen. Seitdem rennt er splitternackt überall im Land herum. Sein Bewußtsein ist verdunkelt und sein Verstand verschwunden. Er kennt sich selbst und andere nicht mehr. Es ist die gleiche Strafe, von der wir in der Bibel bereits lesen, daß sie sieben Jahre lang über König Nebukadnezar kam, der für seinen Hochmut und seine Ungläubigkeit mit den Tieren leben und ihr Gras und Heu fressen mußte, bis er wieder seinen Thron besteigen konnte. Aber Orlando hat sich nicht so stark gegen Gott vergangen wie dieser Herrscher in der alten Zeit. Deswegen will Gott dem verrückt gewordenen Grafen nach drei Monaten im Wahn wieder gnädig sein. Dann soll er genug gestraft sein. Und dich, Astolf, ließ der Heiland nur zu einem einzigen Zweck herkommen: Du bist derjenige, der durch mich hören soll, wie Orlando den Verstand zurückerhalten kann.«

Wieder machte der alte Evangelist eine Pause.

»Hör zu«, sagte er schließlich und drückte Astolfs Hand. »Du bist schon weit herumgekommen. Doch was dir jetzt bevorsteht, ist eine ganz andere Reise. Zusammen mit mir sollst du nämlich diese Welt verlassen. Ich werde dich bis in die erste Himmelsschale führen, die auch die Bahn des Mondes ist. Nur dort gibt es die Arznei, durch die Graf Orlando wieder zu Verstand kommt. Wir brechen auf, sobald heute nacht der Mond senkrecht über unseren Köpfen steht.«

In den folgenden Stunden wies der Apostel den Herzog in alle Einzelheiten des großen Unternehmens ein. Johannes redete nahezu ununterbrochen, bis die Sonne unterging. Bis dahin war auch im Palast nicht sehr viel geschehen, doch dann, als die Spitzen der Mondsichel hell und klar am Himmel glänzten, wurde der Feuerwagen vorbereitet, mit dem sie in den Himmel hinaufreisen wollten. Es war dasselbe sonderbare Fahrzeug, mit dem vor langer Zeit der Prophet Elias in den Bergen Judäas aufgestiegen und den Augen der staunenden Beobachter auf der Erde entschwunden war.

Der Himmelswagen wurde von vier wild schnaubenden Rössern bewegt. Sie fauchten noch rotgleißender als Feuerflammen. Der Jünger Jesu legte sich zusammen mit Astolf in die Sitze. Er nahm die Zugleinen fest in seine Hände. Dann erhob er seine Stimme und befahl den donnernd brüllenden Pferden, ihre Kraft zu zeigen.

Es war, als wollten die vier Feuerrosse zu dem ewigen Sonnenfeuer zurückkehren, von dem sie stammten. Sie schossen durch den Äther hinauf, während gleichzeitig die Sonne wieder für sie sichtbar wurde. Für einen Augenblick sah es so aus, als würden sie in deren Flammen stürzen, doch da gab der Apostel einige knappe Befehle. Wie durch ein Wunder verschwanden die Flammen um sie herum. Sie wurden nicht einmal versengt, als sie durch die Feuerlohe schossen. Weiter und immer weiter rasten die Feuerrosse mit dem Himmelswagen. Sie ließen alles hinter sich zurück und gelangten nahezu unmerklich in den Bann des Mondes.

Aus dem schnell dahinrasenden Himmelswagen heraus kam er ihnen fast so vor wie der größere Erdball, von dem sie aufgestiegen waren. Während die Kontinente auf der schnell zurückweichende Erde in allen Himmelsrichtungen von Ozeanen umspült wurden, sah der irdische Trabant zunächst wie eine Kugel aus hellem, fleckenlosem Stahl aus.

Je näher sie dem Mond kamen, um so erstaunter erkannte Herzog Astolf seine Größe. Der Himmelskörper, der von der Erde aus so klein wirkte, daß er schon mit der ausgestreckten Hand verdeckt werden konnte, erwies sich zunehmend als ein weites, ausgedehntes Land. Länder und Meere sandten kein eigenes Licht aus. Deshalb waren sie nur aus der Nähe zu erkennen.

Erstaunt entdeckte Astolf völlig andere Gefilde, als er sie von der Erde her kannte. Hier gab es andere Seen und Flüsse, andere Berge, Täler, Auen. Er sah viele Städte, entdeckte Schlösser und Häuser, die so riesig aufragten, wie er sie noch nie zuvor gesehen hatte. Als sie sich dem Mond noch weiter näherten, entdeckte er dichte, hoch aufragende Wälder, die so einsam wirkten, daß darin die Nymphen ihre Tiere fangen konnten.

Astolf kam nicht mehr dazu, alles ganz genau anzusehen. Obwohl die fremden Eindrücke ihn mehr als alles andere fesselten, erinnerte er sich daran, daß sie zu einem anderen Zweck den weiten Weg hierhergeflogen waren. Sie landeten völlig ohne Schwierigkeiten und stiegen aus. Johannes führte Herzog Astolf zwischen zwei eng zusammenstehenden Bergkuppen hindurch. Bereits nach kurzer Zeit entdeckten sie rechts und links des Weges eigenartig aufgestapelte und mit sieben Siegeln gesicherte Kisten, Schachteln und Behälter. Der Evangelist machte kein Geheimnis aus dem, was sich in ihnen befand.

»Hier siehst du alles, was irgendwann einmal auf der Erde verlorenging. Sei es durch Zufall, durch den Lauf der Zeit oder die Dummheit von irgendwelchen Menschen. Ich rede nicht von großen Schätzen oder von versunkenen Reichen, die durch das Rad der Zeit untergepflügt wurden. Es sind vielmehr die Folgen von Fortunas launischen Schicksalsspielen. Da ist der Ruhm, der mit der Zeit wie durch die Würmer ausgehöhlt wird. Da sind die ganzen Schwüre und Gelübde, die vielen tausend Bitten, die in den Gebeten der Sünder bis zum Himmel hoch stiegen. Hier liegt die Zeit, die ungenutzt beim Spiel verstrich, dort sind die ungezählten Seufzer der Verliebten. Hier siehst du Pläne, die nie verwirklicht wurden, Entwürfe, große Ziele und nutzlos verschwendete Zeit von Tagedieben. Und dort verstopfen all die eitlen Wünsche sinnlos den ganzen Platz. Kurzum: Alles, was auf der Erde nutzlos wurde, kannst du hier oben auf dem Mond gesammelt wiederfinden.«

Herzog Astolf wollte immer mehr von seinem Führer wissen, während sie an den Reihen der ungezählten Kisten und Behälter entlanggingen. Sie erreichten einen Berg, der wie eine Anhäufung von großen Blasen aussah. Je näher sie kamen, um so lauter schallte ihnen Lärm und Streit und fürchterliches Geschrei entgegen. Es waren die Helden der Vergangenheit – die gekrönten Häupter der Lyder und Assyrer, der Perser und der Griechen. Kaum einer der vielen einst berühmten Namen hatte seinen Ruhm über die Jahrhunderte behalten.

Astolf und der Apostel Johannes sahen große Mengen von Fischangeln aus Gold und Silber.

»Das sind Geschenke, wie sie Gierige den Gekrönten machen, in der Hoffnung, als Gegenleistung noch mehr Lohn für sich selber einzufangen. Dort siehst du all die Netze aus Schmeicheleien, die wie Blümchen waren. Und das da drüben sind Unmengen von Heimchen, die immerzu Loblieder auf die Herrschenden gezirpt haben und dann oft an ihren mühevoll gereimten Blähungen geplatzt sind.«

Johannes zeigte auf goldene Ketten, an denen ungezählte kostbare Edelsteine hingen.

»Das sind die Liebesgeschichten, aus denen doch nichts wurde. Und dort drüben, diese Adlerklauen, das war die Macht, die große Fürsten ihren Speichelleckern übertragen haben. Und in den Blasebälgen dort mit den vielen Schläuchen ist die Gunst der Großen eingefangen, die so belebend wie ein Frühlingshauch über Vasallen streichen kann und doch nach kurzer Zeit ebenso schnell verweht.«

Herzog Astolf und sein Führer sahen Schlösser und Städte, die noch immer reich wirkten, obwohl sie längst in Trümmern lagen. Überall entdeckten die beiden gebrochene Verträge und mißlungene Verschwörungen. Der Apostel sagte ihm, daß die meisten Aufstände und Meutereien ohnehin entdeckt würden und dann gar nicht erst hier landeten. Dann sahen sie Schlangen mit Mädchenköpfen. In ihren Leibern war alles eingesammelt, was die Falschmünzer und Diebe jemals ausgeheckt und erfunden hatten. Dem Schlangengraben folgte ein Feld mit vielen in Scherben liegenden Wasserflaschen. Sie waren die Zeichen für verlorene Jahre bei Vorgesetzten und Herrschaften, die den Dienst nicht wert gewesen waren. Hinter den Trümmern erstreckte sich ein großer See, der so eklig wie ausgekippter alter Brei aussah.

»Das sind die Almosen, mit denen sich die Sterbenden doch noch die Seligkeit erkaufen wollten«, erklärte der Apostel. »Und dort drüben dieser stinkende und verfaulte Berg von Blumen, der einmal gut gerochen hat, das war das Lehen, mit dem sich Kaiser Konstantin bei Papst Silvester eingeschmeichelt hat.«

Die beiden Männer gingen weiter und sahen große Mengen Leimruten.

Das waren eure Lockstricke und Reize, schöne Frauen! Aber ich käme wirklich ins Gedränge, wenn ich aus all den wundersamen Dingen auf dem Mond Verse schmieden würde. Auch mit Tausenden davon könnte ich nicht alles aufzählen, was jetzt dort ist und bei uns verlorenging. Nur eins hat Astolf auf dem ganzen Mond nicht gefunden: die Dummheit nämlich. Die ist immer noch bei uns auf Erden.

»Und jetzt kommt etwas, was du eigentlich sehr gut kennen müßtest«, sagte der Evangelist, als sie weitergingen. Astolf blickte sich um. Vor ihnen türmten sich Berge von verschlossenen Flaschen. Sie enthielten Unmengen einer Flüssigkeit, die so fein und so duftig war, daß sie sich in Luft auflösen würde, wenn sie nicht sorgsam eingeschlossen wäre.

»Hier liegt mehr davon als von allem anderen«, sagte Johannes.

»Was ist das?« wollte Astolf wissen. »Und warum sollte ich etwas davon kennen?«

»Weil du es auch hast.« Der Apostel lächelte. »Und zwar reichlich. Was du hier mit großem Überfluß erkennen kannst, ist der menschliche Verstand, der auf der Erde abhanden kam. Siehst du den großen Krug dort vorn? Er ist viel mächtiger als alle anderen. Wenn du hingehst, wirst du sehen, wem er gehört.«

Astolf beeilte sich und beugte sich dann zu dem Krug herab. Klar und deutlich stand auf ihm: »Orlandos Verstand«.

Dann erkannte er auch die anderen Aufschriften. Auf einem kleineren Krug stand sein eigener Name. Hier also war das gelagert, was ihm oft fehlte, wenn er sich verwegen in so manches

Abenteuer stürzte. Erstaunt stellte er fest, daß selbst von Menschen, die er als besonders klug einschätzte, große Teile des Verstandes ungenutzt auf dem Mond herumlagen. Er konnte auch erkennen, aus welchem Grund sie etwas von ihrem ursprünglichen Verstand aufgegeben hatten. Bei dem einen war es der Ehrgeiz, beim anderen die Liebe, beim dritten die Hoffnung auf die Gunst des Fürsten und bei wieder einem anderen Aberglaube und Magie. Männer, die aus Gier und Habsucht übers Meer gezogen waren, hatten dafür ebenso mit einem Teil ihres Verstandes gezahlt wie andere, die sich wie wild auf Gemälde oder Statuen fixiert hatten. Unter denen, die auf Teile ihres Verstandes verzichten mußten, gehörten Philosophen, Astrologen, Dichter und noch viele andere.

Astolf blickte kurz auf den Mann, der die dunkle Offenbarung verfaßt hatte, und fragte wortlos, ob er seinen eigenen Verstand mitnehmen durfte. Johannes nickte freundlich. Astolf nahm den Krug, öffnete ihn vorsichtig und roch daran. Es war, als würde er alles in sich einsaugen, was seinem Kopf bisher gefehlt hatte.

Herzog Astolf wurde tatsächlich ein kluger Mann. Nur einmal noch tauschte er seinen eigenen Verstand gegen dummes Handeln ein.

Schließlich griff Astolf nach dem größten und vollsten von allen Krügen mit Graf Orlandos Verstand. Erstaunt stellte er fest, daß der Krug wesentlich schwerer war, als er gedacht hatte.

Bevor Astolf jedoch aus der Pracht des Lichtes zu den niederen Sphären der Erde zurückkehrte, wollte ihm Johannes noch ein großes Schloß zeigen, das sich in der Nähe eines mächtig wogenden Stromes befand. Sie gingen in das Schloß und entdeckten überall Flocken aus Wolle, Baumwolle, Flachs und Seide. Die vielfarbigen Flusen waren teils häßlich und teils sehr schön.

In einem Vorhof des Schlosses saß ein altes Weib mit grauem Haar. Unaufhaltsam haspelte sie die Fäden aus einem großen Spinnrocken. Es sah genauso aus wie bei den Bauernmädchen, wenn sie im warmen Sommer die feinen feuchten Fäden aus dem Kokon der Seidenraupen zogen. Jedesmal, wenn eine Lage fertig war, brachte ein Mann neue Arbeit herbei. Gleichzeitig erschien ein zweites Weib, um die Flocken wahllos einzusammeln.

»Was ist das hier?« fragte Astolf verwundert. »Was bedeutet das alles?«

»Die alten Weiber hier sind die Parzen«, erklärte ihm der Alte. »Aus all den Flocken weben sie die Fäden für euch Sterbliche. Ein Menschenleben währt so lange, bis ein Faden abgesponnen ist – und nicht länger. Der Tod und die Natur blicken hierher, wenn sie wissen wollen, wie lange irgendeins der Leben dauern soll. Aus den schönen Fäden wird das gesponnen und gewebt, was später auch im Paradies noch schön ist. Die schlechten rauhen Fäden aus den Knäueln braucht man, um die Seelen der Verdammten damit festzuzurren.«

Astolf entdeckte, daß an allen Spulen kleine Plättchen aus Eisen, Silber oder Gold hingen. Auf jeder Platte standen andere Bezeichnungen. Unermüdlich und ohne Pause trug ein alter Mann die Sachen aus dem Schloß. Sobald er weg war, kam er wieder, um erneut etwas zu holen. Der Greis war so gewandt und emsig, daß es aussah, als wäre er nur zum Hin- und Herlaufen geboren. Er trug die Bündel mit den kleinen Namensschildchen tausendfach in den Taschen seines Mantels weg – rastlos und ohne zu verschnaufen.

35. Gesang

Wer, geliebte Herrin meines Herzens, fliegt für mich zum Mond und bringt mir den Verstand zurück, den ich verloren habe? Seit mir aus deinen Augen Amors Pfeile bis ins Herz drangen, kann ich kaum noch denken. Ich beklage mich ja nicht, wenn es dabei bleibt. Aber wenn ich noch verrückter werde, geht es mir schon bald wie dem unglücklichen Orlando.

Ich hoffe nur, daß ich nicht hoch bis zum Mond oder ins Paradies fliegen muß, um mir den verlorenen Verstand zurückzuholen. Mein ganzes Denken kreist vielmehr um deine Augen, dein freundliches Gesicht und die hellen Alabasterhügel deiner Brust. Ein Wort von dir, und ich hole mir meinen Verstand mit meinen Lippen bei dir zurück.

Herzog Astolf ging durch die hohen Säle des Palastes, in denen die zukünftigen Menschenleben gesponnen und gewebt wurden. Er sah sich an, was bereits von der Hand der Parzen angefangen worden war. Zwischen allen Spinnwirteln fiel ihm ein Bündel ganz besonders auf. Es glänzte wie allerfeinstes Goldgespinst, in das bei jeder Drehung, jedem neuen Fadenlauf Tausende der allerschönsten Edelsteine eingewebt waren. Kein anderes Webstück von den unzähligen angefangenen war so schön wie dieses. Astolf wandte sich zu Johannes um.

»Wer wird das sein, dessen Leben hier so wunderbar entsteht?«

»Siehst du das nicht?« Johannes lächelte. »Es wird zwanzig Jahre vor dem entstehen, das mit der lateinischen Bezeichnung M und D die Zeit nach Christi Geburt bestimmt – also Anno eintausendvierhundertundachtzig … Genauso, wie sich kein anderes Gespinst hier mit diesem einen vergleichen kann, wird auch das Leben, das aus ihm entsteht, ganz außerordentlich und glücklich sein. Der Mensch, zu dem das goldene Gespinst gehört, wird einmal ein hochbegabter Mann sein, der durch eigenen Fleiß und ein gütiges Geschick über alle anderen hinaus ragt.«

Der Apostel ließ erkennen, daß auch er die Pracht des goldenen Webstücks bewunderte.

»Dort, wo das Mündungsdelta des Po, des Königs aller Flüsse, beginnt, liegt ein kleiner, unscheinbarer Ort«, sagte er mit feierlicher Stimme. »Vor sich hat er den großen Strom und hinter sich das Sumpfland, das sich irgendwo im Nebel verliert. Hier wird einmal die schönste Stadt Italiens wachsen. Das gilt nicht nur für die fürstlichen Gebäude innerhalb der Mauern, sondern auch für alles, was die Kunst betrifft und die feine Lebensart. Nach Gottes Willen soll in dieser Stadt wie in einem Paradiesgarten die Vorraussetzung dafür geschaffen werden, daß hier ein edles Reis zum starken Baum emporwächst, der einmal goldene Früchte tragen soll. Nie zuvor kam ein größerer Geist, der einer derartigen Gewandung würdig ist, vom Himmel auf die Erde. Gott will, daß Ippolito von Este dereinst damit beschenkt wird. Er soll zum Quell ewiger Weisheit und ein Förderer der Tugenden und der Wissenschaften werden. Wenn ich dir nur einen Teil seiner Verdienste aufzählen würde, dann müßte Graf Orlando noch lange darauf warten, daß du ihm den Verstand vom Mond zurückbringst.«

Der Evangelist zeigte Herzog Astolf weitere Zimmer, in denen zukünftige Menschenleben gesponnen wurden. Anschließend gingen sie im Mondlicht bis zum Fluß hinunter. Er wälzte sich schmutzig und mit trüben Wogen vor den Schloßtoren entlang. Hier sahen sie auch den alten Mann wieder, der unablässig die Plättchen mit den eingeprägten Namen fortschaffte. Der Alte bewegte er sich so schnell, daß er es jederzeit mit einem Hirsch im vollen Lauf hätte aufnehmen können.

Nun erkannten sie auch, was der Greis mit den vielen Namensplättchen machte. Wieder und wieder griff er in seine prall gefüllten Manteltaschen. Er warf die Plättchen mit vollen Händen in den wilden Strom namens Lethe. Die trüben Wellen schluckten alles – es waren Namen, von denen niemand mehr etwas wissen wollte. Zu Hunderttausenden versanken sie in der trüben Brühe, die alles fortriß und verschlang.

Zu beiden Seiten des Flusses flatterten krächzende Raben, Krähen, Dohlen und gefräßige Geier. Grauenhaft kreischend schossen sie hin und her, um sich bald hier, bald da etwas von der reichen Beute aufzupicken, die sie überall verstreut fanden. Mal hackten sie mit ihren Schnäbeln zu, dann wieder griffen sie soviel mit ihren Krallen, daß sie es schon beim Höherfliegen wieder fallen lassen mußten. Manch großer Name, der noch der Erinnerung wert gewesen wäre, stürzte auf diese Weise wieder in den Fluß zurück.

Unter den vielen Raubvögeln tauchte plötzlich ein Paar weißer Schwäne auf, wie es sieben Jahrhunderte später auch im Wappen von Kardinal Ippolito zu sehen war. Sie holten sich einzelne Namen und trugen sie in ihren Schnäbeln über den grauen Fluß hinweg. Die Schwäne mußten sich alle Mühe geben. Bald flügelschlagend und bald schwimmend versuchten sie, den Wellen zu entkommen, die gierig auch nach ihnen schnappten. Die Gischt der mörderischen Fluten durchnäßte ihr Gefieder. Mit letzter Kraft erreichten sie einen Hügel am anderen Ufer. Hier leuchtete ein heller Tempel als Insel der Unsterblichkeit.

Kaum hatten sich die Schwäne bis ins Licht gerettet, als auch schon eine Nymphe auftauchte. Sie nahm den Schwänen die Namenstafeln aus den Schnäbeln und befestigte sie am polierten Stein einer hellen Säule. Dadurch erhielten die Namen der noch Ungeborenen einen sicheren Platz in der Ewigkeit.

Astolf fragte sich, wer der Greis war, der die Namen bis zum Fluß des Vergessens brachte, und warum die vielen Namen nutzlos im Nichts versanken, welche Bedeutung der ganze Ort hatte, welche Aufgaben den lauten Vögeln zukam und was die Nymphe in ihrem Tempel machte. Schließlich konnte er sich nicht mehr zurückhalten und fragte den Apostel nach dem Geheimnis und dem verbogenen Sinn des Ganzen.

Johannes blickte ihn lange an, und dann erzählte er, was wirklich auf dem Mond geschah.

Nichts, nicht einmal ein Blatt kann sich bei euch bewegen, wenn es hier nicht vorbestimmt wird. Was immer im Himmel oder auf der Erde geschieht, entspricht auf seine Art dem, was hier gesponnen und gewebt wird. Nimm nur den Alten mit dem langen Bart. Er hat hier die gleiche eilige Aufgabe wie auf der Erde das, was ihr die Zeit nennt. Und wenn hier ein Faden ausgesponnen ist, hört unten auf der Erde ein Menschenleben auf.

Was bei euch für eine Weile die Erinnerung ist, das bleibt hier oben als Zeichen auf der Namensplatte stehen. Sie würden beide für alle Ewigkeit bestehen bleiben, wenn es bei euch die Zeit und hier den schnellen Greis nicht gäbe. Er muß die Namensschilder in den Fluten des grauen Letheflusses ertränken, und auf der Erde versinken Namen durch die Zeit ins ewige Vergessen. Hier oben kommen Geier, Krähen, Raben und was sonst an Vögeln fliegt, um sich mit großem Eifer das zu stehlen, was an den Namen selten oder schön war. Auf der Erde sind diese Beutegeier die Makler, Hofberichterstatter, Intriganten, käufliche Knaben und das ganze Gesocks, das sich bei den Herrschenden herumtreibt. Davon gibt es stets mehr als die paar Anständigen und Ehrlichen.

Man nennt die Honigsauger Cortegiani, Hofleute mit den feinen Sitten, doch im Grunde äffen sie nur jeden Esel nach und jedes Schwein. Wenn nun der Lebensfaden abgeschnitten wird, dann geschieht das durch die Hand der Parze und nicht, wie viele meinen, durch zuviel Liebe oder Wein. Kaum ist es passiert, dann lassen diese feisten Nutznießer, die nur saufen oder fressen können, den Namen des Verstorbenen noch ein paar Tage hochleben. Aber sehr schnell wird er für sie nutzlos. Dann fällt der Name den Raubvögeln hier oben und denen unten wieder aus den Klauen.

Doch ebenso, wie die Schwäne gelegentlich eines der glänzenden Namensplättchen bis zum Tempel der Ewigkeit hinüberretten, gelingt es auf der Erde edlen Dichtern, hin und wieder einen würdigen Menschen vor dem Vergessenwerden zu bewahren. Denn das war schon von Anfang an schlimmer als das Sterben selbst. Es sind die klugen und erfahrenen Herrscher, die verstehen, was ihnen Cäsar beispielhaft vorgelebt hat: Wer sich die Kunst der Schreibenden zunutze macht, der muß den Todesfluß und das Vergessenwerden nicht fürchten. Selbst wenn sie durch den allerhöchsten Richter für ihre Freveltaten verdammt wären, würden ihre Namen doch nach Narde und nach Myrrhe duften, wenn sie zuvor verstanden hätten, die Dichter für sich einzunehmen.

Aber wie Schwäne sind auch die Dichter selten, die diesen Namen tatsächlich verdienen. Sei es, weil der Himmel nicht sehr viele große Lichter entstehen lassen wollte, sei es, weil der Geiz der Herrschenden zuläßt, daß die besten der Poeten betteln müssen und die Kunst verjagt wird, während auf der anderen Seite Angeber und Heuchler gefördert werden und Erfolg haben.

Äneas war nicht so barmherzig, wie wir immer hören, Hektor nicht so stark und Achilles nicht so kühn. Tausend andere waren bestimmt ebenso gut oder sogar noch besser, aber die Burgen und die Güter und die fürstlichen Ehrungen, die kluge Erben freigiebig verteilten, haben diese Wunder vollbracht: Es war die Kunst der Dichter, ohne die sie niemals zu Ruhm und Ehre gekommen wären. Und so heilig und milde, wie es Vergil überall herumposaunte, war Kaiser Augustus ganz bestimmt nicht. Er hat es nur verstanden, sich bei den Dichtern so beliebt zu machen, daß sie ihm dafür jedes Verbrechen nachsahen.

Gott selbst muß allen den Verstand verdunkelt haben, die den Wert der Musen nicht verstehen. Kein Mensch würde von Neros Grausamkeit und Wildheit reden, wenn er nicht ebenso geschickt für seinen Nachruhm gesorgt hätte. Selbst wenn die Richter im Himmel und auf Erden gegen ihn gestimmt hätten – wer gute Lobschreiber zu seinen Freunden zählt, dem kann nichts passieren.

Homer beschreibt die Siege Agamemnons und nennt die Trojaner feige. Er behauptet auch, daß Penelope selbst bei hundert Freiern jahrelang Odysseus treu blieb. Wenn ich dir sagen würde, wie sie wirklich war, dann würde die Geschichte sehr viel anders klingen. Dann nämlich wären diese hochgelobte Gattin eine schlimme Metze, die Trojaner Sieger und die Griechen eine feige Bande. Andererseits, die treue Dido ist niemals vom Pfad der Keuschheit abgewichen und gilt trotzdem nur als Dirne. Warum? Ganz einfach: weil sie Vergil, der so schlimm über sie schrieb, nicht rangelassen hat!

Wundere dich nicht, daß ich mich so über diese Dinge aufrege, daß mir dabei die Galle schwillt. Ich jedenfalls liebe die Autoren. Schließlich bin ich selber Evangelist gewesen. Ich habe sie genossen, die höchsten Freuden, die mir weder die Zeit noch der Tod wegnehmen kann. Für mich war es der schönste Lohn, daß ich zur Feder greifen durfte, um Jesus Christus lobend zu beschreiben. Ich komme noch einmal auf das zurück, was ich am Anfang gesagte: Der Kreis der wahren Dichter und Gelehrten ist sehr klein. Sogar das Wild muß andere Wege gehen, wenn es dort, wo es gern sein möchte, kein Auskommen mehr findet.

Der Apostel beendete seine flammend vorgetragene Rede. Nur seine Augen sprühten noch immer vor Zorn. Aber dann kam er wieder zu sich, lächelte und wandte sich freundlicher an Herzog Astolf.

Ich bin ja einverstanden, daß Astolf und der Jünger noch eine Weile bleiben, wo sie sind. Mir aber werden schon die Flügel lahm, und ich versuche deshalb den großen Sprung zurück zur Erde – zurück zu Bradamante.

Auf der Erde saß der böse Stachel der Eifersucht noch immer tief in Bradamantes Herz. Sie hatte drei königliche Recken nacheinander besiegt, ehe sie ungeduldig weiterzog. Spät am Abend kam sie in einem anderen Schloß auf dem Weg nach Paris an. Hier hörte sie, daß Agramant nach seiner Niederlage durch Rinaldo und Karl den Großen inzwischen nach Arles an der unteren Rhône ausgewichen war und daß die anderen ihm dicht auf den Fersen waren.

Als dann die Morgensonne in ihr Gemach schien, stand ihr Entschluß fest. Sie wollte nicht weiter nach Paris reiten, sondern Ruggiero dort suchen, wo sich inzwischen auch der Kaiser mit dem Christenheer befand. Ohne Verzögerung brach sie daher auf und ritt in Richtung Provence.

Sie kam schnell voran. Unterwegs traf sie ein junges Mädchen, das ihr sofort durch ihre Lieblichkeit und Anmut auffiel, auch wenn sie jetzt traurig und verheult aussah. Es war Flordelis, die noch immer darüber weinte, daß ihr geliebter Brandimart durch den wilden Rodomont vom Steg und in seinen Kerkerturm geworfen worden war. Seit der Gefangennahme ihres Liebsten suchte sie nach einem Ritter, der so mutig war, den Kampf gegen den wilden König von Algier auf festem Boden ebenso wie in den Wasserfluten des Flusses aufzunehmen.

Bradamante ritt näher, grüßte freundlich und fragte dann: »Was bekümmert dich so sehr?«

Flordelis blickte auf. Durch ihre Tränen glaubte sie für einen Augenblick, daß genau der ritterliche Held vor ihr stand, nach dem sie sich die ganze Zeit gesehnt hatte. Dann erzählte sie vom hohen Grabmal über einer Kirche und dem schmalen Steg über den Fluß. Sie berichtete, wie der König von Algier ihren Gatten gestellt und dabei fast umgebracht hatte.

»Dabei waren es nicht einmal die Schwerthiebe, die Brandimart so in Bedrängnis gebracht haben«, schluchzte sie, »sondern nur die Hinterhältigkeit, daß dieser Heide auch noch den Fluß zu seinem Vorteil ausgenutzt hat. Und wenn du so fein und gleichzeitig entschlossen bist, wie es dein Gesicht ausdrückt, dann mußt du mit Gottes Hilfe als Rächer gegen diesen schlimmen Menschen ziehen. Wenn du es aber nicht bist, dann sage, wo ich den Helden finden kann, der so kampferfahren ist, daß diesem anderen weder seine Brücke noch der Fluß irgend etwas nützen.«

Bradamante war zu jeder edlen Tat bereit, wenn sie kühn genug schien und dazu Ruhm und Ehre versprach. Seit sie glauben mußte, daß Ruggiero sie verlassen hatte, kam ihr das eigene Leben nicht mehr wichtig vor. Ihr Herz war so zerrissen, daß es ihr gleichgültig geworden war, ob sie lebte oder für eine gute Tat sterben mußte.

»Ja, verliebtes Mädchen!« seufzte sie deshalb. »Ich will dir helfen. Warum ich dazu bereit bin, ist jetzt unwichtig, aber ein Grund für mich ist, daß du deinem Gemahl Tugenden bestätigt hast, die ich bei anderen Männern leider nicht mehr sehe.«

Bereits am nächsten Tag gelangten sie zu der Stelle, an der schon so viele Schreckenskämpfe stattgefunden hatten. Der Wächter auf dem Turm entdeckte Bradamante und Flordelis schon aus großer Entfernung. Sofort riß er sein Horn hoch und blies hinein. Wie gewohnt, ritt Rodomont den Neuankömmlingen schwerbewaffnet auf seiner Brücke entgegen. Er wartete, bis Bradamante ebenfalls auf dem schmalen Steg war.

»Deine Waffen her, deine Rüstung und dein Pferd!« rief er ihr zu. »Und zwar sofort, wenn ich bitten darf. Das sind die Opfergaben, die ich für das große Grabmal hier verlange. Falls du dich weigerst, muß ich dich erschlagen oder im Fluß ersäufen.«

Bradamante wußte inzwischen von Flordelis, daß die schöne Isabella für ihre Keuschheit über den Tod des geliebten Zerbin hinaus gestorben war.

»Was willst du eigentlich, du Ungeheuer?« rief sie ihm entgegen. »Und warum strafst du Unschuldige für das Verbrechen, das du selbst begangen hast? Du kannst die Schuld an Isabellas Tod nicht durch fremdes Blut wegwaschen. Du bist es doch, der sie auf dem Gewissen hat. Das einzige, was wirklich zählt, ist die Rache, wenn ich dich zur Hölle schicke. Und noch willkommener wird er Isabella sein, daß jetzt ein Mädchen ihren Tod rächen wird, den sie aus Keuschheit starb. Wenn du im Kampf gewinnst, kannst du mich meinetwegen ebenso wie deine anderen Gefangenen behandeln. Wenn aber du verlierst, gehören das Pferd Frontin und deine Rüstung mir. Dann nämlich soll das die einzige Opfergabe sein, mit der dieses Grabmal dort geschmückt wird. Alle anderen Trophäen, Rüstungen und Waffen sollen abgenommen und den Gefangenen zurückgegeben werden.«

Rodomont lachte herablassend. »Das hört sich gerecht an, aber leider kann ich keine Gefangenen freilassen. Sie sind längst in meinem Königreich von Algier. Im Fall einer Niederlage jedoch, die ziemlich unwahrscheinlich ist, schenke ich allen ihre Freiheit. Aber ich fordere dafür noch etwas anderes. Wenn du unten liegst, kannst du meinetwegen deine Rüstung behalten. Ich will, wenn ich gewinne, daß deine Äuglein leuchten. Dann sollst du mich lieben, statt mich zu hassen. Mach dir nichts draus, wenn du verlierst. Ich bin so stark und männlich, daß es keine Schande für dich ist, von mir besiegt zu werden.«

Bradamante antwortete mit einem verächtlichen, zornigen Lächeln. Ohne zu zögern, legte sie ihre goldene Lanze ein, gab ihrem Pferd die Sporen und stürmte unerschrocken auf den Sarazenen zu. Auch Rodomont griff sofort an. In vollem Lauf ritt er auf die schmale Brücke, die unter den Hufen der Pferde dröhnte. Gleich darauf krachten sie beide so laut gegeneinander, daß es noch weit entfernt den Menschen in den Ohren schmerzte.

Der Heidenkönig, der schon so manche harte Schlacht heil überstanden hatte, flog völlig unerwartet aus dem Sattel. Die Zauberlanze zerriß ihn fast. Kopfüber stürzte er von seinem Pferd auf die Brücke. Bradamante hatte kaum Platz, um auf ihrem Pferd an ihm vorbeizukommen. Nun zeigte sich, daß Rabikan tatsächlich ein Geschöpf aus Feuer und Sturm war. Der Hengst fand so sicher eine Spur für seine Hufe, daß selbst die Schneide eines Schwertes noch Platz für ihn geboten hätte.

Bradamante und Rabikan schafften es. Sofort als sie passiert hatten, drehte sich die Gräfin um.

»Nun? Jetzt siehst du ja, wer oben ist und wer unten liegen muß. Und dann gib zu, wer von uns beiden verloren und gewonnen hat.«

Der König von Algier antwortete nicht. Stumm und wie gelähmt tat er so, als würde er sie nicht hören. Schließlich rappelte er sich mühsam auf. Schwankend und noch benommen warf er seinen Schild fort, dann den Helm, schließlich seine gesamte Rüstung und sagte nur zu seinem Knappen: »Mit den Gefangenen soll so verfahren werden wie vereinbart.«

Ohne weitere Worte wandte er sich um und ging mit schweren Schritten fort. Später hieß es, daß er sich in irgendeine Höhle verkrochen hätte und dort wie ein Eremit lebte.

Bradamante kostete ihren Sieg aus. Sie ließ Waffen und Rüstung des Sarazenenkönigs an die Marmorwand des Grabmals hängen. Nach und nach untersuchte sie die Namensschilder an den Beutestücken. Was sie als fränkisch oder mit Kaiser Karl verbündet erkannte, wurde von der Marmorwand abgenommen.

Alle anderen Waffen und Ausrüstungsstücke ließ sie hängen. Außer Brandimarts Rüstung nahm sie auch die von Olivier und Samsonet. Sie waren auf der Suche nach Orlando in Rodomonts Gefangenschaft geraten und erst am Tag zuvor nach Afrika abtransportiert worden.

Die Rüstungen ließ Bradamante in den Turn des großen Grabmals schaffen und dort sicher einschließen. Darunter befand sich auch die Ausrüstung des Königs Sakripant von Circassien. In seiner Gier, den edlen Hengst Frontin zu besitzen, war er über Hügel und durch Täler geschweift und hatte hier außer seinem zweiten Pferd auch noch seine Waffen verloren. Wie alle anderen, die Rodomont entwaffnet laufenließ, wenn sie keine Christen waren, war er zu Fuß weitergezogen. Er hatte nicht den Mut gehabt, zu seinem Heerlager zurückzukehren. Doch dann hörte er auf irgendeine Weise, daß Angelica, nach der sein Herz sich schon so lange sehnte, auf dem Weg zurück in ihre Heimat war. Daraufhin hatte sich Sakripant entschlossen, ihr auch ohne seine Rüstung auf dem Weg zu folgen, den Amors Pfeile vorgezeichnet hatten.

Zur selben Zeit zeigte Flordelis Bradamante eine weitere Inschrift an der großen Mauer des Grabmals.

»Brandimart – dein Liebster?« fragte Bradamante.

»Er ist mein Gemahl«, schluchzte Flordelis traurig. »Deshalb führt mich mein vorbestimmter Weg direkt zum Sarazenenheer nach Arles. Vielleicht finde ich dort ein Schiff und verläßliche Begleiter. Ich will ihn übers Meer und unter allen Winden so lange suchen, bis ich ihn gefunden habe. Und ich will jedes Mittel anwenden, um die Ketten zu zerbrechen, die ihn festhalten.«

»Ich werde dich ein Stück des Wegs begleiten«, sagte Bradamante. »Sobald wir Arles vor uns liegen sehen, bitte ich dich, in meinem Auftrag in die Stadt hineinzugehen. Geh zu Ruggiero, dem Vertrauten des Sarazenenkönigs. Bring ihm das Pferd, aus dessen Sattel ich den stolzen König von Algier zu Boden geschickt habe. Wenn du ihn findest, dann sag ihm Wort für Wort: ›Ein fremder Ritter, der beschwören kann, daß du, Ruggiero, dich des Treuebruchs schuldig gemacht hast, schickt dir als Aufforderung zum Kampf dieses Kampfroß und ruft dich damit ins Gericht.‹ Du mußt Ruggiero das genau so sagen – nicht mehr und auch nicht weniger. Und wenn er dich dann fragt, von wem du kommst, darfst du mich nicht verraten.«

Flordelis lächelte voller Dankbarkeit. »Ich würde liebend gern nicht nur deine Worte, sondern auch mein Leben in deinen Dienst geben.«

Bradamante nahm Frontins Zügel und übergab das edle Pferd Flordelis. Gemeinsam zogen die beiden Frauen wie Pilgerinnen an der Rhône entlang in Richtung Meer. Schon glaubten sie, die fernen Meereswogen und das Rauschen der Brandung zu hören, als Arles dicht vor ihnen auftauchte. Bradamante blieb in der Nähe der letzten Schutzwälle, während Flordelis keine Mühe hatte, über die Brücke und durch die ersten Absperrungen und Stadttore zu gelangen. Schnell fand sie einen jungen Mann, der ihr den Weg bis zum Haus zeigte, in dem Ruggiero Quartier genommen hatte. Dort angekommen, wiederholte sie die harten Worte, die ihr Bradamante aufgetragen hatte. Sofort danach übergab sie dem jungen Ritter den Hengst Frontin. Ehe er auch nur ein Wort antworten konnte, entwischte sie ihm wieder. Sie folgte wieder ihrem eigenen Weg und ihren eigenen Sorgen.

Tief bestürzt und vollkommen verwirrt, blieb Ruggiero zurück. Er grübelte und quälte seinen Geist, wer in aller Welt ihn herausfordern, beschimpfen und zugleich so freundlich sein konnte, ihm den Hengst zu schicken. Wer bot ihm Fehde an? Und wer beschuldigte ihn des Treuebruchs? In Gedanken ging er einen Ritter nach dem anderen durch. Eigentlich kam nur Rodomont in Frage. Auf der ganzen Welt kannte Ruggiero keinen anderen als ihn, mit dem er noch in Fehde lebte. Andererseits konnte er sich nicht vorstellen, warum er gerade dem König von Algier als falsch und ehrlos gelten sollte.

Plötzlich brach in Ruggieros Überlegungen ein helles Hornsignal. Bradamante wurde ungeduldig und forderte zum Kampf heraus. Sofort wurde die Nachricht, daß ein Kämpfer vor den Stadttoren wartete, bis zu den Königen Marsilo und Agramant gebracht. Zufällig befand sich auch der edle Serpentin bei ihnen. Sofort rief er nach Waffen und nach seiner Rüstung.

»Dem Übermütigen kann gleich geholfen werden«, rief er und erbat von den beiden Königen die Erlaubnis für den Kampf. Wie üblich stürmte sofort alles Volk zu den Mauern, um sich oben einen guten Aussichtsplatz zu sichern. Jeder wollte sehen, wer sich am besten schlug.

Der edle Serpentin vom Stern tauchte in kostbarer Gewandung auf. Bereits beim ersten Stoß flog er so hart aus dem Sattel, daß sein reiterloses Pferd wie mit Flügeln versehen davonjagte. Bradamante ritt sofort hinterher, fing es am Zaumzeug ein und brachte es dem Abgeworfenen zurück.

»Lauf!« befahl sie. »Und sag deinem Herrn, er soll mir eine größere Leuchte als dich schicken.«

König Agramant, der mit seinen besten Rittern samt Gefolge auf den Türmen und den Mauern zugesehen hatte, wunderte sich über die ungewohnte Höflichkeit, mit der dieser Fremde den besiegten Serpentin behandelte.

»Er hätte ihm den Fangstoß geben können«, rief er so laut, daß ihn alle hören konnten. »Aber er tat es nicht.«

Im selben Augenblick kam Serpentin bei König Agramant an. »Mir ist befohlen, einen Besseren zu holen.«

Sofort drängte sich Grandon von Volterna vor. Der stolze Spanier gehörte zu den Wildesten des Heeres. König Agramant erfüllte sofort sein zorniges Verlangen. Ohne Verzögerung preschte der zweite Streiter zum Turnierplatz.

»Jetzt hilft dir deine Höflichkeit nicht weiter«, schrie Grandon, als er vor Bradamante ankam. »Wenn ich dich lebend auf den Boden werfe, dann ist Gefangenschaft dein Preis. Aber wenn's nach meiner Art geht, dann stirbst du sowieso.«

»Und wenn du noch so grob bist, werde ich höflich bleiben«, antwortete Bradamante. »Wenn du vermeiden willst, daß dein Gebein zu Boden kracht, nimm meinen guten Rat an und reite schnell zurück. Sag deinem Herrn von mir, daß ich nicht für irgendwelche Anfänger hierhergekommen bin, sondern um mir als Gegner einen Krieger von erlesenem Wert zu holen.«

Die abfälligen Worte machten den Heiden derartig wütend, daß er sein Pferd herumriß. Bradamante legte sofort die goldene Lanze ein. Kaltblütig sprengte sie auf ihrem guten Rabikan zur nächsten Begegnung. Die goldene Lanze streifte klirrend seinen Schild, und Grandon flog vom Pferd und streckte seine Füße in den Himmel. Bradamante fing auch sein Pferd wieder ein und brachte es zurück.

»Ich habe dir ja vorausgesagt, daß es besser wäre, wenn du mein Verlangen deinem König meldest, als mich mit deiner Schwäche zu beleidigen. Ich sage es noch einmal: Dein König soll aus seinem Heer einen aussuchen, der mir gewachsen ist. Für euch andere mit so wenig Übung hebe ich den Arm nicht mehr.«

Die Zuschauer auf den Mauern tuschelten und fragten staunend, wer der ungewöhnliche Herausforderer sein mochte. Berühmte Namen flogen hin und her. Sie nannten Ritter, die im Sommer frösteln ließen, wenn sie nur erwähnt wurden. Die einen tippten auf Rinaldo, die anderen auf Brandimart. Doch eigentlich dachten viele, daß dieser Ritter nur Orlando sein könnte, wenn sie nicht gewußt hätten, in welches Unglück er geraten war.

Als dritter Gegner meldete sich Lanfusas Sohn Ferragu.

»Ich rechne zwar nicht damit, daß ich siege«, sagte er, »aber wenn auch ich im Kampf gefällt werde, wiegt das Versagen der beiden anderen vor mir nicht so schwer.«

Er ließ sich alles bringen, was für einen echten Helden an Rüstung und Waffen nötig war. Von hundert kampferprobten Pferden in seinem Stall wählte er das schnellste und geschickteste aus. Ehe der Hengst zeigen konnte, wie schnell er im Angriff war, begrüßte Bradamante auch ihren dritten Gegner so höflich wie die anderen.

»Sei so freundlich und nenne mir deinen Namen.«

»Ich heiße Ferragu«, antwortete der andere, »und habe mich für diesen guten Namen noch nie schämen müssen.«

»Du bist mir willkommen«, sagte sie. »Allerdings hätte ich lieber einen ganz anderen Namen gehört.«

»Und welchen?« fragte der Sarazene.

Sie zögerte, und ihr Gesicht wurde rot. Dann zwang sie sich zu einer Antwort: »Ruggiero!« Ihr ganzes Gesicht glühte. »Er ist es, der als Krieger alle anderen überragt! Seinen Namen habe ich überall von früh bis spät gehört. Deshalb ist es mein einziger und größter Wunsch, herauszufinden, was er im Kampf tatsächlich wert ist.«

»Das kann ich gut verstehen«, meinte Ferragu schon fast wohlwollend. »Aber dann laß uns zuvor prüfen, wer von uns beiden besser in der Kriegskunst und im Waffenhandwerk ist. Wenn mir passiert, was schon den anderen geschehen ist, dann soll's der edle Ritter zu Ende führen, nach dem du dich so heftig sehnst.«

Bradamante hatte nicht darauf geachtet, daß ihr Visier noch hochgeklappt war. Der Heide sah, wie die holden Züge erneut erröteten. Ihm war, als würde diese Schönheit ihn schon halb besiegt haben.

»Das ist ein Engel!« murmelte er leise. »Noch ehe er mit seiner Lanze meinen Schild getroffen hat, bin ich das Opfer seiner schönen Augen.«

Sie ritten auseinander und nahmen Raum für den Angriff. Er wäre auch dann aus dem Sattel geflogen, wenn er nicht schon durch den betörenden Anblick besiegt gewesen wäre.

Wieder brachte die Jungfrau dem Besiegten sein fliehendes schnelles Pferd zurück

»Geh jetzt«, sagte sie, »und halte Wort.«

Beschämt senkte er den Blick und zog davon. Er fand Ruggiero direkt bei König Agramant.

»Der kühne Ritter vor den Mauern dieser Stadt will mit dir kämpfen und mit sonst niemandem.«

Ruggiero wußte immer noch nicht, wer ihn hier so stolz zu Kampf herausforderte. Trotzdem war er siegesgewiß und brannte vor Freude auf den Kampf, während er sich seine Rüstung anlegen ließ. Er zog die Helmriemen fest, als er daran dachte, was mit den drei andern Mutigen aus dem Heer von König Agramant geschehen war. Ihn schreckte nicht, was ihn draußen vor den Toren erwartete – im Gegenteil.

36. Gesang

Ein großes Herz zeigt immer seinen Adel. Bei einem schlechten bricht die Bosheit immer wieder durch. Anstand und Ritterlichkeit waren bei Kriegern in den alten Zeiten einfach selbstverständlich. Die Räuberbanden, die inzwischen überall herumziehen, kennen nur noch Bosheit und Eigennutz. In den Kriegen, in die wir selbst hineingezogen werden, rasen Raub und Brand durch das Land und in die Städte. Grauenhafter als Türken, Sarazenen und Tartaren je zuvor wüten heute die Söldnerhaufen – bis auf die der Republik Venedig, bei denen es noch immer einen Rest von Zucht und Ordnung gibt.

Wo lerntest du, blutrünstiger Slavone, Gefangene umzubringen, die ihr Schwert schon abgegeben haben und sich nicht mehr wehren können? Solche Unmenschlichkeiten sind, soviel ich weiß, den alten Kriegern unbekannt. Sie waren niemals grausam nach dem Kampf. Im Gegenteil – die Ritter blieben höflich gegenüber den Besiegten. Auch Bradamante kämpfte nicht mehr weiter, wenn einer ihrer Gegner auf dem Boden lag. Ich habe erzählt, wie die schöne, kühne Jungfrau gegen Serpentin vom Stern, Ferragu und viele andere siegreich blieb. Jeder von ihnen durfte anschließend unbehelligt weiterreiten. Ich sagte auch, daß Ferragu sie für einen Ritter hielt, als der Kampf mit Ruggiero vereinbart wurde.

Noch immer wußte niemand in Arles, wer der ungewöhnliche Herausforderer vor den Toren der Stadt war.

»Und du?« fragte Ruggiero Ferragu. »Du hast doch sein Gesicht gesehen, als er das Visier geöffnet hatte. Hast du ihn dabei nicht erkannt?«

»Du kannst mir glauben, daß es keiner von denen ist, deren Namen hier bereits gefallen sind. Trotzdem dachte ich für eine Weile, daß es der jüngere Bruder von Rinaldo sein könnte. Aber ich behaupte, daß Richardet nicht zu solchen Stößen fähig ist. Das würde höchstens seine Schwester schaffen. Es heißt ja, daß sie ihm sehr ähnlich sieht. Außerdem steht sie in dem Ruf, daß sie den Paladinen und ihrem Bruder Rinaldo in ihrer Kampfweise gleicht. Wenn das stimmen sollte – übertrifft sie nicht nur ihren starken Vetter, sondern auch den berühmten Bruder.«

Plötzlich schien im Gesicht von Ruggiero die Morgenröte aufzuglühen. Es war, als würden für ihn die Schatten einer langen Nacht auf einen Schlag verschwinden. Mit aller Macht brach seine große Liebe erneut in ihm hervor. Die Pfeile Amors trafen ihn so heiß, daß sein Herz zu glühen schien. Er spürte gleichzeitig, wie ein eisiger Schauder durch seine Glieder rann. Auf einmal ahnte er, daß ein unbekannter Groll den schönen Liebesbund bedrohte. Hin- und hergerissen, wußte er nicht mehr, ob er zum Kampf hinausgehen oder ihn vermeiden sollte. Noch während er unschlüssig von einem Fuß auf den anderen trat, tauchte wie zufällig Marfisa auf. Auch sie hätte liebend gern ihr Geschick an dem Herausforderer gemessen. Wie üblich trug sie keine Frauenkleider, sondern ihre Rüstung. Als sie sah, daß Ruggiero ebenfalls gerüstet war, glaubte sie, daß sie um einen Sieg gebracht würde. Sie wollte selbst die erste sein und die Siegespalme erobern.

Also stieg sie auf ihr Pferd, gab ihm die Sporen und schoß pfeilschnell auf das Feld hinaus. Dort wartete Herzog Haimons Tochter. Sie befand sich in einer eigenartigen Verfassung. So schön sie war, so zaghaft fühlte sie sich unter ihrer Rüstung. Die ganze Zeit dachte sie immer nur daran, wie sie den über alles Geliebten besiegen konnte, ohne ihm dabei weh zu tun.

In diesem Augenblick preschte Marfisa durch das Stadttor. Hochmütig und voller Stolz trug sie als Wappenzeichen den Phönix an Helm und Schild. Vielleicht wollte sie damit die Kraft ewiger Wiedergeburt für sich beanspruchen – vielleicht aber auch zeigen, daß sie lieber keusch und frei lebte, als sich irgendeinem Gatten oder Herrn zu unterwerfen.

Als Bradamante sah, daß auch ihr neuer Gegner nicht derjenige war, den sie sich so sehnlichst herbeigewünscht hatte, fragte sie nach dem Namen der Schwergerüsteten.

»Ich bin Marfisa, Kampfkönigin von Persien!« erwiderte diese lächelnd. Als Bradamante den Namen der Frau hörte, die ihr ganzes Glück zerstört hatte, trieb ihr der Haß das wilde Blut zu Kopf. Augenblicklich riß sie ihr Pferd herum. Nun hatte sie nur noch einen einzigen Gedanken: Sie wollte diesen Gegner nicht nur aus dem Sattel heben wie die anderen, sondern die goldene Lanze mitten durch die Brust der Rivalin rammen.

Marfisa wehrte sich mit aller Kraft. Trotzdem war Bradamantes Lanzenstoß derartig hart, daß sie zu Boden ging. Der Sturz vom Pferd war so ungewohnt für sie, daß die Wut wie Wahnsinn in ihr hochschoß. Mit großer Kraft sprang sie vom Boden auf, und noch ehe sie ganz stand, hatte sie bereits das Schwert in ihrer Faust. Sie wollte Blut sehen, um ihre Schande abzuwaschen.

»Halt!« rief in diesem Augenblick die stolze Bradamante. »Du bist geschlagen! Und nach den Regeln gehörst du bereits mir! Ich ließ die anderen aus Nachsicht laufen. Du aber bist mir viel zu niederträchtig und meiner Höflichkeit nicht wert!«

Marfisa war derartig wütend, daß sie keine klaren Satz mehr zustande brachte. Sie schlug wahllos mit ihrem Schwert zu, ohne darauf zu achten, ob sie die Feindin traf oder deren Pferd. Bradamante konnte ihr Reittier gerade noch mit den Zügeln zur Seite reißen. Gleichzeitig stieß sie ebenso zornig mit der goldenen Lanze zu. Marfisa wurde nur leicht am Schild getroffen. Trotzdem reichte dieser Stoß schon aus, um die Wildgewordene rücklings in den Sand zu werfen. Wieder kam sie so schnell hoch wie beim ersten Mal. Ihr Schwert zischte furchtbar auf die Herausforderin zu. Bradamante senkte ihre Lanze wie zuvor. Erneut rutschte die schwergerüstete Marfisa über den Boden. Es war die Kraft der goldenen Zauberlanze, gegen die sie machtlos war.

Mittlerweile hatten sich die Ritter Karls des Großen genähert. Kaum noch eine Meile entfernt, beobachteten sie den Kampf vor den Toren von Arles. Auf der anderen Seite betrachtete Agramant von der Höhe der Mauern den ungewöhnlichen Kampf.

»Männer in Waffen auf alle Wälle und vor die Mauern!« befahl er, als er sah, daß Franken-Ritter immer weiter auf die Stadt vorrückten.

Sofort drängten sich Sarazenen-Krieger durch die Stadttore.

Ruggiero hatte eigentlich allein in den Kampf gegen Bradamante ziehen wollen. Plötzlich befand er sich zwischen Unmengen von Fußkriegern und Berittenen. Er war noch immer darüber verstimmt, daß ihm die wilde Marfisa zuvorgekommen war. Hin- und hergerissen von seinen liebevollen Gefühlen, bangte er um Bradamante. Wie versteinert hatte er bereits den ersten Ritt der beiden Frauen gegeneinander beobachtet. Es zerriß ihn fast, als er sah, daß der Kampf der beiden Frauen unvermindert weiterging. Im Grunde seines Herzen liebte er sie beide – aber jede von ihnen auf eine eigene Art. Während er für Bradamante Feuer, Flammen und Liebesglut fühlte, empfand er für Marfisa eine tiefe Freundschaft.

Liebend gern wäre er zwischen beide geritten, um den Kampf zu beenden, doch das vertrug sich nicht mit seiner Ehre. Andererseits verhinderte er nicht, daß seine Krieger zum Kampfplatz vorpreschten, um den Sieg der Herausforderin zu verhindern. Genau das war das Zeichen für die Christen. Sie spornten ihre Pferde und galoppierten ebenfalls auf den Kampfplatz zu.

»Aufs Pferd, aufs Pferd und zu den Waffen!« rief es auf beiden Seiten. Die Schlachttrompeten schmetterten über die Köpfe der Berittenen hinweg. Pauken und Becken trieben die Fußkrieger voran. Unter dem gewaltigen Lärm entbrannte ein wilder blutiger Kampf. Zornig erkannte Bradamante, daß ihr die ersehnte Rache an Marfisa an diesem Tag nicht mehr gelingen würde. Eher ziellos ritt sie hin und her. Plötzlich erkannte sie den Silberadler auf einem blauen Wappenschild. Ihre Gedanken rasten. Das konnte nur Ruggiero sein!

»Soll die andere etwa diese süßen Lippen küssen?« schnaubte sie. »Nein, Ruggiero! Wenn ich dich nicht bekommen kann, soll dich auch keine andere haben! Wenn ich dich hier verliere, soll uns der Sensenmann gemeinsam mähen und die Hölle uns für alle Ewigkeit vereinen. Es steht geschrieben ›Wer tötet, der ist selbst dem Tod geweiht‹. Du tötest diejenige, die dich liebt und lebend mehr als alles andere begehrt. Ja, ich werde zupacken und das Eisen in das Herz des Feindes stoßen, der mir in meiner Liebe Glut tausendfach Wunden zugefügt hat.« Sie sprengte nach vorn und rief wütend: »Paß auf, jetzt komme ich, du Verräter mit deinen Liebesschwüren! Du raubst kein Mädchenherz mehr, das verspreche ich!«

Ruggiero hätte ihre Stimme unter Tausenden erkannt. Er stutzte, dachte aber, daß sie ihm nur einen Vorwurf machen wollte, weil er die vereinbarte Zeit der Rückkehr überschritten hatte. Er hob die Hand, winkte ihr und ritt direkt auf sie zu, um zu erklären, was geschehen war, aber Bradamante dachte nicht daran, noch einmal mit ihm zu reden. Voll Schmerz und Zorn hatte sie nur noch den Wunsch, ihn in den Staub zu werfen.

Entsetzt erkannte Ruggiero, daß sie ernsthaft gegen ihn ritt. Also bereitete er sich auf den Zusammenstoß vor und legte selbst die Lanze ein. Dabei senkte er die Spitze so weit nach unten, daß sie ihr nicht wirklich weh tun konnte. Bradamante stürmte erbarmungslos auf ihn ein. Trotzdem verfehlte sie ihn. Beide Lanzen berührten ihre Gegner nicht. Weder er noch sie waren fähig, sich zu schaden. Es reichte, daß sie schon von Amors Pfeil getroffen waren. Bradamante konnte einfach nicht gegen Ruggiero kämpfen. Ihr ganzes Elend und ihr Zorn trafen nun so viele Feinde, daß ihre Taten auch noch nach Jahrhunderten gerühmt wurden.

An diesem Tag streckte sie dreihundert Ritter mit ihrer goldenen Lanze nieder. Sie ganz allein entschied den Kampf und brachte den Sarazenen die Niederlage in der Schlacht bei.

Schließlich, als alle niedergestoßen oder geflohen waren, traf Bradamante wieder auf Ruggiero. Die ganze Zeit hatte er nach ihr gesucht.

»Ich sterbe, wenn du mich nicht endlich anhörst!« rief er ihr bitter zu. »Warum darf ich nicht mit dir sprechen? Was ist denn eigentlich mein Verbrechen?«

Es war, als würde ein milder Südwind den Schnee auftauen und das eben noch harte Eis auf den Flüssen schmelzen lassen. Genauso floß nun jeder Widerstand aus Bradamantes steingewordenem Herz, doch sie wollte und konnte ihrem Ritter noch nicht antworten, sondern riß Rabikan herum, um das grauenhafte Schlachtfeld zu verlassen, und winkte Ruggiero zu, ihr zu folgen.

Es dauerte nicht lange, bis an ein stilles, abgelegenes Tal kamen. In seiner Mitte entdeckte sie ein kleines Wäldchen aus

Zypressen. Unter diesen Bäumen befand sich ein hohes Grabmal aus weißem Marmor. Über dem Eingang war in kurzen Reimen eingemeißelt, für wen die prächtige Grabstätte errichtet worden war.

Bradamante achtete nicht auf die Buchstaben. Ruggiero befand sich bereits dicht hinter ihr.

Unterdessen hatte sich Marfisa wieder auf ihr Pferd geschwungen. Sie sah noch, wie Bradamante das Schlachtfeld in Richtung Berge verließ und daß Ruggiero ihr folgte. Unverzüglich nahm Marfisa ebenfalls die Verfolgung Bradamantes auf. Dadurch erreichte sie das Zypressenwäldchen beinahe gleichzeitig mit Ruggiero. Die beiden Liebenden waren nicht sehr erfreut, als sie Marfisa entdeckten. Wieder schoß in Bradamante wilder Zorn hoch.

»Reicht dir denn nicht, daß mir andere von deiner Untreue berichten?« schrie sie Ruggiero an. »Mußt du mir auch noch deinen Treuebruch persönlich vorführen? Du gierst ja richtig danach, mich endlich loszuwerden. Also gut, dann sollst du deinen Willen haben! Ich sterbe, aber ich nehme sie da mit, die schuld an meinem Tod ist!«

Wie eine Schlange schoß Bradamante auf Marfisa los. Die goldene Lanze dröhnte wuchtig gegen den Schild ihrer Gegnerin und warf sie derart hart auf den Boden, daß sich ihr Helm halb in die Erde bohrte. Obwohl Marfisa vorbereitet war, hatte sie gegen die Zauberlanze keine Möglichkeit der Abwehr.

Es dauerte Bradamante viel zu lange, erneut die Lanze einzulegen. Sie ließ die goldene Waffe einfach fallen, schwang sich vom Pferd und riß ihr Schwert hervor. Ein Schlag mußte genügen, um den halb im Sand begrabenen Kopf der anderen abzuhauen. Doch schäumend vor Wut sprang Marfisa wieder hoch. Sie war außer sich, daß sie auch beim zweiten Aufeinandertreffen schmählich unterlegen war. Ruggiero versuchte, die Kriegerinnen zu trennen, bat sie, flehte, brüllte schließlich, aber die beiden waren so haßerfüllt, daß sie sich nur noch vernichten wollten. Die Schwerter klirrten, brachen in der Mitte durch und wurden fortgeworfen.

»Aufhören!« schrie Ruggiero immer wieder. »Nehmt doch Vernunft an!«

Die beiden Frauen dachten gar nicht daran! Mit ihren Rüstungen krachten sie gegeneinander und rissen ihre Dolche hervor. Ruggiero merkte, daß er mit Worten nichts erreichte. Deshalb riß er mit hartem Griff den beiden Kriegerinnen die Dolche aus den Händen und warf sie weit von sich. Doch sie hörten immer noch nicht und kämpften weiter – diesmal mit Fäusten und Tritten. Er versuchte erneut, sie auseinanderzuziehen. Schließlich bekam er selbst den wilden Zorn Marfisas zu spüren. Ihr war die ganze Welt gleichgültig geworden. Sie gab auch nichts mehr auf seine Freundschaft. Sie riß sich los, bückte sich nach ihrem Schwert, achtete nicht mehr auf Bradamante, sondern drang voller Wut auf Ruggiero ein.

»Was soll denn das?« schrie sie ihn an. »Bist du ein Bauer, der sich überall einmischen muß? Oder ein Ritter, der die Regeln kennt? Sieh meinen Schwertarm! Der ist immer noch stark genug gegen dich und die da.«

»Beruhige dich!« rief Ruggiero. Marfisa jedoch wollte den Kampf, und jedes Wort war für sie nur verlorene Zeit. Ruggiero hatte keine andere Wahl. Er mußte sich mit seinem Schwert gegen ihre wilden Schläge wehren.

Erstaunt beobachtete nun die eifersüchtige Bradamante den Kampf. Kein Turnier in irgendeiner Königsstadt hatte Derartiges bisher gesehen. Sie hob ihr abgebrochenes Schwert vom Boden auf, griff aber nicht ein. Ihr Argwohn und ihr Zorn schwanden immer mehr. Gebannt verfolgte sie den verbissenen Kampf zwischen Ruggiero und Marfisa. Er wirkte nun auf sie wie der Kriegsgott selbst in seiner ganzen Kraft und Herrlichkeit; die andere hingegen kam ihr wie eine Furie aus dem tiefsten Höllenrachen vor.

Ruggiero hielt sich immer noch zurück. Er wußte nur zu gut, welche Wirkung sein tausendfach erprobtes Zauberschwert besaß, und wollte nicht, daß Marfisa durch die Magie Schaden nahm. Deshalb hielt er die Klinge flach und wehrte eher ab, statt selber anzugreifen. Für eine Weile hielt er sie damit auf Abstand. Doch dann riß auch ihm der Geduldsfaden. Marfisa hob ihr Schwert zu einem fürchterlichen Hieb, der ihm den Kopf zerspalten sollte. Ruggiero riß den Schild hoch.

Das Schwert der Kriegerin krachte auf den Wappenadler. Ruggiero spürte, wie sein Arm unter der Wucht des Schlages taub wurde. Ohne Hektors Schild hätte er den Arm verloren. Nun durfte er sich nicht mehr länger zurückhalten. In seinen Augen flammte wildes Feuer auf. Er holte aus und begann mit einem Schlag, der das Ende für Marfisa sein mußte, wenn er sie erreichte, aber er traf nicht sie, sondern eine der dicht an dicht stehenden Zypressen. Der Baum schüttelte sich, als das Schwert in seine Rinde stieß, und die Erde bebte bis zu den Bergen hin. Dann ertönte eine laute überirdische Stimme aus dem Grabmal: »Schluß mit dem Kampf!« rief die Stimme. »Es ist gegen die Gesetze der Natur, daß ein Bruder mit der Schwester auf Tod und Leben kämpft.«

Ruggiero und Marfisa keuchten. Sie wankten, als sie die Stimme hörten.

»Ihr stammt aus einem Schoß, von einem Samen und kamt zugleich ans Licht der Welt. Ihr beide seid die Kinder von Ruggiero dem Zweiten, und eure Mutter hieß Galaciella. Die Brüder eurer Mutter töteten euren Vater. Obwohl sie wußten, daß im Leib ihrer Schwester ein Zwillingspaar heranwuchs, brachten sie Galaciella auf einem schlechten Schiff aufs Meer hinaus, um die Ärmste in den Wogen zu ertränken. Aber das Schicksal hat euch für ein ruhmreiches Leben ausersehen. Deshalb trugen die Wellen eure Mutter über das Meer und ließen sie bei den Syrthen stranden. Es war Gottes Wille, daß eure Mutter euch am Meeresufer gebar und verstarb. Ihre reine Seele gelangte gleich darauf ins Paradies.«

Für einen Augenblick war nur das Blätterwispern im sanften Wind zu hören. Dann sprach die Stimme des Unsichtbaren weiter: »Mich selbst führte der Allerhöchste zu dem Platz, an dem ihr nackt im Sand gelegen habt. Ich gab eurer Mutter dort ein ordentliches Grab. Dann wickelte ich euch in die Falten meines Gewandes und trug euch in die Höhe des Bergs Carena fern in Afrika. Ich setzte meinen Zauber ein, um eine Löwin, die gerade Junge hatte, so zu zähmen, daß sie euch säugte. Sie nährte euch an ihren Zitzen zwanzig Monde lang. Doch dann hatte ich mich eines Tages zu sehr von dem Platz entfernt, an dem wir wohnten. Räuberische Araber, an die ihr euch vielleicht sogar erinnert, nahmen dich, Marfisa, gefangen. Ruggiero konnten sie nicht packen. Er lief zu schnell weg.«

Ruggiero und Marfisa hoben gleichzeitig ihr Visier. Es war, als würden sie sich zum allerersten Mal sehen.

»Als ich zurückkehrte, war ich sehr betrübt darüber, daß ich dich, Marfisa, verloren hatte«, fuhr die Stimme des Zauberers fort. Auch Bradamante ahnte inzwischen, wer er war. »Aber um so aufmerksamer kümmerte ich mich seither um den Jungen. Du weißt, Ruggiero, wie ich in all den Jahren über dich gewacht habe. Ich, Atlante, war Tag und Nacht dein treuer Lehrer. Als mir dann die Sterne sagten, daß dir bei den Christen ein verräterischer Tod droht, habe ich alles drangesetzt, um dein vorbestimmtes Schicksal aufzuhalten. Ich habe dich von vielem ferngehalten und dich manchmal auch verwirrt. Dabei wußte ich genau, daß ich dich nicht für alle Zeiten von deinem vorbestimmten Weg abhalten konnte. Das hat mich krank gemacht, und ich starb schließlich vor Schmerz und Trauer. Doch während ich mein Leben aufgab, sah ich noch voraus, daß ihr genau an dieser Stelle hier im Zypressenwald auf Tod und Leben miteinander kämpfen werdet. Durch die Dämonen aus der Hölle ließ ich deshalb dieses Grabmal bauen. Dann bat ich den Fährmann Charon in der Unterwelt, meine Seele so lange nicht über den Todesfluß Styx überzusetzen, bis mein Ruggiero erscheint, um hier unter diesen schönen Bäumen gegen seine eigene Schwester zu kämpfen.«

Die Stimme wurde schwächer. Dann schien sie plötzlich aus einer anderen Richtung zu dringen. »Und dir, tapfere Bradamante, sage ich, daß du es mir sehr schwergemacht hast mit deiner unerschütterlichen Liebe zu ihm. Laß dir die reine Flamme nicht durch Eifersucht zerstören. Doch nun wird es Zeit für mich. Die Sonne duldet mich nicht mehr. Ich gleite zu meinem vorbestimmten Platz im Jenseits.«

Die Stimme des Zauberers Atlante verstummte. Verwundert und noch immer von unheimlichem Grauen wie gelähmt, standen die beiden Frauen und Ruggiero vor dem Grabmal. Schließlich blickte Ruggiero Marfisa erneut in die Augen. Seine Schwester! Nun konnte er nicht anders – er küßte sie, und die Dritte im Bunde war nicht neidisch auf sein Glück. Die Geschwister überhäuften sich gegenseitig mit Erinnerungen. Sie dachten an die Kinderjahre, die sie bei dem Zauberer verbracht hatten. Mit jedem Wort wurden sie sicherer, daß der Geist des toten Zauberers sie nicht belogen hatte.

Ruggiero machte nun auch kein Hehl mehr daraus, wie nah Bradamante seinem Herzen stand. Liebevoll erzählte er, wieviel sie schon für ihn getan hatte und welche ernsthaften Versprechen sie aneinander band. Je mehr Ruggiero von sich und der Tochter von Herzog Haimon erzählte, um so mehr schwand der Zorn aus Marfisas Herzen. Aus ihrem Haß wurde ganz langsam Zuneigung. Schließlich umarmten sich beide Frauen und küßten sich geschwisterlich auf ihre Lippen, um den Frieden zu besiegeln.

Marfisa wollte alles wissen. Sie überhäufte Ruggiero mit immer neuen Fragen. Deshalb berichtete Ruggiero ihr alles noch einmal von Anfang an:

»Wir stammen beide aus dem fürstlichen trojanischen Geschlecht des großen Helden Hektor. Nachdem Astyanax die Flucht aus der Gefangenschaft bei Odysseus gelungen war, kam er nach langer Irrfahrt bis an die Küste von Sizilien. Hier wurde er der Herr von Messina. Seine Nachkommen eroberten große Küstenstreifen von Kalabrien und griffen mehrmals Rom an. Diesen Erben von Astyanax entsprangen später viele Könige und Kaiser – in Rom ebenso wie in anderen Ländern. Das Blut von Astyanax rann in den Adern von Kaiser Constans ebenso wie von Konstantin. Sogar Karl der Große soll mit ihm verwandt sein. Unser Vorfahr Ruggiero der Erste und Gianbaron gehören ebenso zu diesem Familienstamm wie Buovo, Rambald und unser Vater Ruggiero der Zweite.«

Ruggiero erzählte von einem Krieg, der in Italien ausgebrochen war, und wie sich der Libyerkönig Agolant und seine Söhne Almont und Trojan dabei ausgezeichnet hatten. Dann berichtete er von König Agolants tapferer Tochter Galaciella, die ebenfalls viele christliche Ritter aus dem Sattel gestoßen hatte.

»Aus Liebe zu unserem Vater Ruggiero II. ließ sie sich taufen und wurde seine Gattin. Aber unser Onkel Beltram von Reggio, der Bruder unseres Vaters, war ebenfalls vernarrt in die heidnische Prinzessin und verfolgte sie, wo immer er konnte. Um seine Zwecke zu erreichen, übergab er die Stadt Reggio kampflos, ja – er verschenkte sie an Agolant. Der Heidenkönig hauste dort grausam und erschlug mit seinen Söhnen Trojan und Almont unseren Vater. Anschließend stieß er seine im sechsten Monat schwangere Tochter Galaciella in einem Kahn im Wintersturm aufs Meer hinaus. Das war die Strafe dafür, daß sie ihn verlassen und sich einem Christen hingegeben hatte.«

Marfisa saugte jedes Wort in sich auf. Sie wußte bereits, daß sie den berühmten Geschlechtern von Mongrana und Clermont entstammte, deren Söhne zu den Besten auf der Welt gehörten. Aber nun konnte sie nicht länger zuhören.

»Mein lieber Bruder!« stieß sie erregt hervor. »Entschuldige, wenn ich dich unterbreche, doch ich denke, du hättest Rache nehmen müssen, wenn schon nicht an den Vätern, weil sie inzwischen tot sind, dann doch an ihren Söhnen. Warum lebt Agramant, der Sohn des Trojan, noch? Warum lebst du? Selbst wenn du dein Gesicht in allen Quellen reinigst – das ist ein Schandfleck, der dadurch noch größer wird, daß du auch noch in seinen Dienst getreten bist und an seinem Hof lebst, als wäre nichts geschehen. Ich jedenfalls schwöre bei dem Gott, für den ich mich auch taufen lasse, daß ich niemals meine Rüstung ablege, ehe unsere Eltern gerächt sind. Nichts auf der Welt würde mich mehr kränken, als wenn du dich noch weiter bei König Agramant und den anderen Sarazenenfürsten aufhältst – es sei denn, du würdest hingehen, um ihn zu durchbohren.«

Als Bradamante diese Worte hörte, leuchteten ihre Augen und strahlten voller Freude. »Vollkommen richtig!« stimmte sie Marfisa zu. »Du mußt zu Karl dem Großen überwechseln. Dort hat dein Vater einen guten Ruf und gilt als ein berühmter Held.«

»Das hätte dann schon viel eher geschehen müssen«, antwortete Ruggiero gequält. »Aber ich wußte nichts von meiner Herkunft. Natürlich habt ihr recht! Wie kann ich mich jetzt gegen meinen König wenden, der mir vertraut. Ich kann doch nicht die Waffen gegen ihn erheben, mit denen er mich selbst geehrt hat.«

Marfisa, Bradamante und Ruggiero redeten noch lange hin und her. Schließlich einigten sie sich darauf, daß Ruggiero doch wieder zu den Sarazenenfahnen zurückkehren sollte, bis er einen Anlaß fand, in allen Ehren zu Karl dem Großen überzugehen.

»Laß ihn«, sagte seine Schwester zu Bradamante. »Du mußt dir keine Sorgen machen. In ein paar Tagen befreie ich ihn aus den Verpflichtungen für König Agramant.«

Sie lächelte, ohne zu erkennen zu geben, welcher Plan in ihrem hübschen Kopf heranwuchs. Schließlich kam die Stunde des Abschieds. Ruggiero wollte sich gerade zu seinem König zurück begeben, als Klageschreie durch das Tal gellten. Es klang, als würde sich ein Weib mit lautem Jammern nähern.

37. Gesang

Es gibt viele großartige Leistungen der Frauen, die nie gewürdigt werden. Aber anstatt zu warten, bis irgendwelche hochnäsigen Schreiber sie endlich anerkennen, sollten die Frauen selbst die Feder in die Hand nehmen. Dann nämlich würde mancher hochgelobte Held himmelweit hinter dem zurückbleiben, was an den Frauen rühmenswert ist.

Vielen Männer reicht es nicht, sich gegenseitig zu loben – sie wetteifern auch noch darum, alles aufzuspießen, was an Frauen bemängelt werden kann. Sobald eine von ihnen nach oben kommt, wetteifern sie darum, sie möglichst schnell zu Fall zu bringen. Das gilt besonders für die Alten. Sie versuchen, alles zu bedecken wie Nebel die Sonne. Aber bei aller Geringschätzung kann der Ruhm der Frauen niemals gelöscht werden – auch wenn die wenigsten bis zu den höchsten Ehren kommen. Von Tausenden bleibt vielleicht eine in Erinnerung. Die anderen werden von neiderfüllten Schreibern um ihr Recht betrogen.

Aber jetzt ändern sich die Zeiten. Es gibt Autoren wie Strozzi, Bembo oder Castiglione, die ihre Loblieder auf edle Frauen singen. Und wenn ich selber alles, was ich möchte, über große Frauen schriebe, käme ich nie zu einem Ende. Ich wähle stellvertretend für viele andere Bradamante und Marfisa zu meinen Heldinnen.

Ruggiero, Bradamante und Marfisa hörten die Klagerufe und sahen sich nur kurz an. Dann riß Ruggiero sein Schwert aus dem Baum. Diesmal schaffte er es, ohne daß die Rinde sich dagegen wehrte. Sie drangen durch den Zypressenwald tiefer in das Tal vor. Schon kurz darauf entdeckten sie drei schöne, aber nur noch spärlich angezogene Mädchen. Lediglich ihre Oberkörper waren bekleidet. Irgendein niederträchtiger Mensch mußte ihnen ihre Kleider bis zum Nabel abgeschnitten haben. Die drei Schönen saßen jammernd auf dem Boden und versuchten so, ihr Geheimstes zu verstecken.

Der Anblick der drei Damen ließ Bradamante und Marfisa so leuchtend rot aufglühen wie der Frühling die Rosen in den Gärten der alten Griechenstadt Paestum. Plötzlich erkannte Bradamante Ullania, die Botschafterin aus dem fernen Königreich der Insel Island, und ihre zwei Begleiterinnen.

»Wer hat denn hier alle guten Sitten derartig verhöhnt?« fragte sie. »Und welcher Barbar ist dafür verantwortlich, daß jetzt fremden Blicken freigegeben wird, was eigentlich verborgen sein sollte?«

Ullania erkannte Bradamante nicht nur an ihren Wappenzeichen, sondern auch am stolzen Ton ihrer Stimme. Sie hatte nicht vergessen, wie diese starke Kriegerin erst vor wenigen Tagen die drei Könige der Nordreiche aus dem Sattel gerammt hatte. Ohne Umschweife sagte sie: »Ganz in der Nähe bevölkert ein übler wilder Haufen eine Burg. Sie haben uns geschlagen und beschimpft und dann mit Hohngelächter unsere Röcke abgeschnitten.«

»Wart ihr nicht unterwegs, um Karl dem Großen den Prachtschild eurer Königin zu überbringen?«

»Ich kann darüber nichts mehr sagen«, antwortete Ullania. »Ich weiß auch nicht, was mit den Königen passiert ist, die mit uns gezogen sind. Sie können tot sein oder gefangen. Auch wenn wir drei kaum noch laufen können, müssen wir zu Kaiser Karl gelangen. Er soll erfahren, welches Unrecht uns angetan wurde. Wir hoffen sehr, daß wir durch ihn Schutz und Vergeltung finden.«

Ruggiero und die beiden Frauen waren über den beschämenden Anblick der edlen Damen aus dem Norden noch mehr erschüttert als über das, was sie von ihnen hörten. Obwohl sie eigentlich ganz andere Pläne hatten, mußte hier zuerst gehandelt werden. Noch ehe die königliche Botschafterin überhaupt nur darum bitten mußte, waren sie bereit, die Untat zu bestrafen. Sie nahmen ihre Waffenröcke von den Schultern und reichten sie den Isländerinnen. Bradamante nahm Ullania zu sich aufs Pferd. Auch die beiden anderen wurden auf diese Weise mitgenommen.

Ullania zeigte ihnen den Weg zum Schloß der Wegelagerer. Es tröstete sie, daß gerade Bradamante nun für sie Rache nehmen wollte. Vom Tal aus ging es auf einem langen und gewundenen Pfad höher. Erst als die Sonne bereits im Meer versank, erreichten sie ein kleines Dörfchen an der Steilkante des Berges. Sie hofften hier Unterkunft und ein Nachtmahl zu finden, und als sie sich immer weiter dem kleinen Bergdorf näherten, sahen sie nur junge und alte Weiber. Im ganzen Dorf schien es keinen einzigen Mann zu geben.

Ruggiero und die Frauen mit ihm wunderten sich über die eigenartigen Zustände in diesem Bergdorf. Bradamante und Marfisa sorgten dafür, daß die drei Isländerinnen neue Kleider bekamen. Sie waren zwar nicht von feinstem Linnen, aber zumindest vollständig und sauber. Anschließend rief Ruggiero eine der Frauen aus dem Dorf zu sich.

»Warum ist hier nirgendwo ein Mann zu sehen?«

»Euch wundert nur, daß hier kein Mann bei all den Frauen ist«, sagte die Dorfbewohnerin. »Für uns ist es eine schreckliche Strafe. Wir leben hier verbannt in alle Einsamkeit, weil unser Herr, ein grausamer Tyrann, uns damit quält, daß er uns alles fortnahm, was wir liebten – die Väter und die Söhne ebenso wie die Gatten. Unser Graf hat uns gekränkt, geschlagen und unseren Männern Todesqualen angedroht. Jeder Mann, der hierherkommt, stirbt – ebenso wie das Weib, das ihn bei sich aufgenommen hat. Keine von uns darf sich in die Nähe des Grafen wagen. Schon die Bezeichnung ›Weib‹ ist ihm verhaßt. Der Geruch von Frauen macht ihn krank, heißt es. Das geht nun schon zwei Jahre so. Und es gab bisher niemanden, der ihn in seinem Wahn aufhalten konnte. Das Volk hier überall ist völlig eingeschüchtert. Es fürchtet ihn noch mehr als den Tod. Er ist von riesenhaftem Wuchs, und wenn er kämpft, kann er mit einem Schlag hundert Gegner niederwerfen. Dabei wütet er bei fremden Frauen noch schlimmer als bei denen, die in diesem Land geboren sind. Wenn dir und den Damen, die dich begleiten, irgend etwas an eurer Ehre liegt, dann ist es besser, wenn ihr auf diesem Weg nicht weiterreitet. Der führt nämlich zu der Burg, von der aus dieser Unmensch jedem Ritter und jeder Frau, die dort vorbeikommt, Schmach und Schaden zufügt.«

»Hat dieser Kerl auch einen Namen?« fragte Ruggiero.

»Wir nennen ihn den bösen Marganor. Nicht einmal Kaiser Nero, der ja als besonders grausam galt, war ein derartig schlechter Mann. Unser Graf scheint nach Menschen- und besonders nach Frauenblut zu gieren, wie es sonst nur Wölfe nach dem Blut von Lämmern tun.«

Bradamante und Marfisa wollten wissen, warum der Tyrann zum Wüterich geworden war, und Ruggiero lehnte sich zurück und lauschte aufmerksam der unglaublichen Geschichte.

Graf Marganor hatte zwei Söhne. Sie waren interessiert an allem Fremden, gastfreundlich, freigiebig und ohne jeden Argwohn. Obwohl ihr Vater immer schon als geizig galt, hat er seinen Söhnen niemals einen Wunsch abgeschlagen. Wenn edle Damen oder Ritter auftauchten, wurden sie so gut behandelt, daß die Gäste jedesmal entzückt waren und nur ungern weiterzogen. Nicht selten auch verliebten sich Damen in die beiden Brüder. Tanaker und Xylander waren bereits zu Rittern geschlagen. Sie wetteiferten darum, wer von beiden ritterlicher sei. Sie hätten glücklich und in Frieden leben können, wenn sie nicht plötzlich von dem Verlangen überfallen worden wären, das wir Liebe nennen.

Es begann damit, daß ein Ritter vom Hof des Griechenkaisers in Konstantinopel in der Burg von Marganor auftauchte. In seiner Begleitung befand sich eine Frau, wie man sie sich schöner und sittsamer nicht wünschen konnte. Xylander fühlte sich sofort von Amors Pfeilen ins Herz getroffen. Als sie und ihr Begleiter dann weiterzogen, glaubte er vor Schmerz nicht weiterleben zu können.

Er wußte, daß es sinnlos war, um ihre Gunst zu bitten. Deshalb versteckte er sich bewaffnet in einem Hinterhalt auf dem Weg, den sie nach der Übernachtung in seines Vaters Burg nehmen mußten. Er hatte seine anständige Gesinnung, die ihn vorher auszeichnete, völlig vergessen. Als er den Ritter mit Gefolge näher kommen sah, griff ohne jede Warnung an, aber der Ritter aus Griechenland war ein Meister in allen Waffendingen. Er legte seine Lanze ein, und Xylanders Harnisch brach wie Glas.

Der Leichnam Xylanders wurde auf einer Bahre in die Burg zurückgebracht. Marganor ließ ihn laut klagend in die Gruft der Ahnen tragen. Trotzdem wurden auch nach diesem Zwischenfall Fremde weiterhin gastfreundlich begrüßt. Tanaker führte fort, was mit seinem toten Bruder angefangen hatte.

Im selben Jahr kam ein anderer Fremder in die Burg. Er wurde ebenfalls von einer reizenden Dame begleitet. Es war der Freiherr Olind von Lungavilla mit seiner Gattin Drusilla. Nun empfand Tanaker plötzlich das gleiche Verlangen, das seinem Bruder Unglück gebracht hatte – die Liebe. Der Tod Xylanders hielt ihn jedoch nicht von seiner Absicht ab – er ließ ihn nur vorsichtiger planen.

Mit zwanzig gut Bewaffneten ritt er mitten in der Nacht von der Burg weg und versteckte sich in verborgenen Höhlen am Wegesrand. Als Olind dann am nächsten Morgen mit Drusilla vorbei wollte, sprang Tanaker mit seinen Helfershelfern aus dem Dickicht und versperrte ihnen den Weg. Es kam zu einem heftigen ungleichen Gefecht. Olind wehrte sich mutig, aber dann verlor er durch die Übermacht sein Leben und zugleich seine Gemahlin.

Die junge Witwe flehte in ihrem Schmerz nur um Erbarmen und einen schnellen Tod. Verzweifelt riß sie sich von Tanaker los und stürzte sich über eine Felskante ins Tal hinab. Sie starb nicht, doch man fand sie mit zermalmten Knochen unterhalb des Felsens. Behutsam wurde Drusilla auf einer Bahre zurück zum Schloß getragen.

Tanaker ließ sie mit allergrößter Sorgfalt gesund pflegen. Auf keinen Fall wollte er seine kostbare geliebte Beute wieder hergeben. Während sie langsam genas, ließ er ein großes Hochzeitsfest vorbereiten. Alles, was er tat und sagte, war nur auf dieses eine Ziel gerichtet. Natürlich machte er sich tief in seinem Herzen Vorwürfe und versuchte, seine Schuld auf irgendeine Weise wiedergutzumachen, jedoch umsonst. Je heißer seine Liebe, sein Bemühen und seine Bitten wurden, um so wilder wurde ihr Haß. Klug, wie sie war, verstand Drusilla, daß sie heucheln mußte, wenn sie der Rache sicher sein wollte. Sie wünschte sich nichts sehnlicher als den Untergang des Feindes.

Doch genau dafür mußte sie so tun, als habe sie vergessen, wie ihr Gatte umgekommen war. Sie überlegte hin und her, bis sie schließlich einen Weg gefunden hatte, wie sie ihren teuren Gatten rächen und Tanaker töten konnte. Es machte ihr nichts aus, daß sie selbst bei diesem Plan ihr Leben lassen mußte. Nachdem sie wußte, was sie wollte, zeigte sie sich heiter.

Für alle anderen sah es so aus, als würde sie sich tatsächlich auf ihre Hochzeit freuen. Sie putzte sich viel mehr als andere Frauen heraus und gab vor, genauso Hochzeit feiern zu wollen wie bei sich in Griechenland. Dann erfand sie Bräuche, die es in Griechenland niemals gegeben hatte. Ihre Lügen zielten einzig und allein auf Rache an dem Mörder ihres Gatten.

Sie behauptete, daß sie erst nach einer Messe zu Ehren ihres verstorbenen Gatten den Ring von ihrem zweiten Bräutigam annehmen durfte. Danach müsse der Priester beten und den Wein segnen. Sie sagte, es sei auch Brauch, daß die Braut den Wein besorgen und den ersten Schluck vom Priester annehmen müsse.

Tanaker hatte keine Ahnung, welche Bedeutung diese Sitte haben sollte. Er war mit allem einverstanden. Sein ganzes Denken war nur noch auf das eine Ziel gerichtet – er wollte Drusilla haben. Schließlich kam die Stunde für ein altes Weib aus Drusillas Gefolge. Vorsichtig nahm sie die Alte zur Seite.

»Ich brauche eins von deinen raschen Giften, denn ich weiß jetzt, wie ich den verbrecherischen Sohn des Grafen Marganor umbringen kann. Hab keine Angst – wie ich dein eigenes Leben dabei retten kann, erfährst du, wenn wir etwas mehr Zeit haben.«

Die Alte bereitete den Giftsud und brachte ihn zum Schloß. Hier kippte Drusilla den Todestrank in einen Krug mit süßem Zypernwein.

Als der Hochzeitstag gekommen war, zog die Braut prächtig geschmückt in die Kirche. Dort stand bereits der Sarg ihres ersten Gemahls auf zwei Marmorsäulen, so wie sie es verlangt hatte. Männer und Frauen bildeten dicht an dicht ein Spalier. Nachdem das heilige Totenamt vollzogen war, wurde der vergiftete Wein geweiht. Der Priester goß ihn in den Kelch, wie es

Drusilla vorgeschrieben hatte. Sie führte ihn an die Lippen und trank genau so viel, daß es für ihre Absicht reichte.

Mit einem Lächeln auf den Lippen gab sie den goldenen Kelch an ihren Bräutigam weiter. Er leerte ihn mit einem Zug bis zur Neige. Zärtlich lächelnd streckte er nun seine Arme nach ihr aus, aber in ihrem Gesicht war nichts mehr von der holden Sanftmut. Ihre Augen blitzten, und ihre Wangen glühten, als sie ihn fortstieß.

»Weg, du Mörder!« schrie sie wie von Sinnen. »Soll ich dir etwa Lust und Wonne bereiten, während du mich in Tränen und in Qual gestürzt hast. In diesem Wein war Gift, denn du bist nicht einmal den Henker wert. Mich kränkt nur, daß ich dich mit dieser Todesart nicht so grausam rächen kann, wie ich mir eigentlich gewünscht habe. Ich bitte meinen toten Gatten, daß er mir wenigstens den guten Willen anerkennt. Dir größere Qualen zuzufügen war mir nicht möglich, aber was dir hier an Strafe fehlt, das sollst du dann im Jenseits leiden.«

Dann verklärte sich ihr Blick, als sie zum Himmel aufsah.

»Nimm dieses Opfer, mein geliebter Gatte. Wenn du kannst, erbitte vom Herrn die Gnade, daß ich noch heute zu dir ins Paradies gelange. Und wenn er antwortet, daß niemand ohne eigenes Verdienst ins Paradies gelangen kann, dann antworte, meine gute Tat sei die, daß ich die Erde von diesem Scheusal hier befreit habe.«

Ihr Leben endete mit diesen Worten. Noch im Tod lächelte sie darüber, daß sie den hinterhältigen Mord an ihrem Gatten gerächt und den Mörder eigenhändig bestraft hatte. Als Graf Marganor ihn fallen sah, war es, als würde ihn selbst der Schlag treffen. Wozu hatte er zwei gute Söhne aufgezogen, wenn sie beide durch die Schuld von Weibern in ihr Unglück rannten?

Für einen Augenblick war er von Liebe, Zorn und Schmerz völlig gelähmt. Gleich darauf brachen Wut und Rachewellen in ihm auf. Der unglückliche Vater brüllte so laut, daß es wie das Meerestosen im Orkan klang. Er stürzte auf Drusilla zu, doch ihr Leichnam empfand nichts mehr von seinem Haß.

Die Wut, die in verkehrte Richtung weist, riß auch den

Grafen Marganor voran. Ohne Sinn und Zweck schlug er wild um sich. Es war ihm gleich, wer ihm zum Opfer fiel. Sein Schwert traf wahllos alle Frauen. In wenigen Minuten waren dreißig von uns tot, und an die hundert bluteten. Keiner der Männer hob auch nur einen Arm, um uns zu schützen. Die meisten fürchteten schon immer, daß er ein Teufel war. Wer sich vor ihm aus der Kirche retten konnte, rannte nur noch um sein Leben.

Schließlich schafften es einige beherzte Männer des Gefolges, Marganor in die Felsenburg zu bringen. Auch danach ließ sich der Wüterich lange nicht beruhigen. In seinem Zorn befahl er, alle Frauen zu töten. Nur durch viele Bitten ließ er sich dann doch erweichen und verwandelte den Mordbefehl in Verbannung. Alle Frauen sollten aus dem Land verschwinden und sich hier in diesem Dorf wie Gefangene aufhalten. Wehe derjenigen, die sich wieder am Schloß blicken ließ.

Auf diese Weise mußten sich von einem Tag zum anderen Männer von Frauen scheiden, und Mütter trennten sich von ihren Söhnen. Diejenigen, die das Verbot mißachteten, wurden fürchterlich bestraft. Viele liegen noch in Ketten, andere starben unter schlimmsten Qualen. Inzwischen ließ er ein Gesetz verkünden, das zu den grausamsten gehört, die je erfunden wurden.

Wenn sich eine unserer Frauen ins Tal vorwagt und entdeckt wird, drohen ihr Peitschenhiebe mit Weidenruten auf den Rücken und Verbannung aus dem Land. Zuvor werden ihre Röcke abgeschnitten, damit nackt zu sehen ist, was der Anstand sonst verbirgt. Wenn sich eine aber mit Bewaffneten umgibt, kostet sie das gleich das Leben. Diese Unglücklichen werden erbarmungslos bis zur Gruft seiner Söhne geführt und dort wie Opferlämmer hingerichtet. Alle männlichen Begleiter werden in die Kerker geworfen. Aber das ist noch nicht alles. Denn wenn er doch einmal einen Ritter wieder freiläßt, muß dieser zuvor auf die heilige Hostie schwören, daß er Frauen lebenslänglich nur noch hassen wird. Wenn du dich also mit deinen Begleiterinnen in eine derartige Gefahr begeben willst, dann reite nur zur Burg von Marganor. Spätestens an den Gräbern seiner Söhne wirst du merken, wie mächtig dieser bösartige Barbar ist.

Die fünf Frauen bei Ruggiero hatten immer empörter zugehört. Am liebsten wären sie sofort aufgebrochen. Dafür war es allerdings schon zu spät. Deshalb beschlossen sie, erst einmal schlafen zu gehen.

Bereits in aller Frühe standen sie wieder auf, rüsteten sich und stiegen auf die Pferde. Sie wollten soeben losreiten, da entdeckten sie auf dem schmalen Weg vom Tal herauf einen Haufen von etwa zwanzig Bewaffneten in stählernen Rüstungen, teils zu Fuß und teils auf Pferden. Die Männer führten ein altes Weib auf einem schäbigen Klepper mit sich, ganz so, als würden sie einen armen Sünder zum Richtblock, zum Galgen oder zum Scheiterhaufen schleppen.

Die Frauen im Dorf erkannten die mitgeschleppte Gefangene sofort. Es war die Kammerfrau von Drusilla, die für ihre Herrin das Gift gemischt hatte. Am Morgen der folgenschweren Zeremonie war sie unbemerkt geflohen, aber der österreichische Freiherr, zu dem sie sich vertrauensvoll geflüchtet hatte, ließ sich in seinem Geiz durch das ausgesetzte Kopfgeld blenden und schickte sie als Gefangene zu Graf Marganor zurück. Er ließ sie wie eine Kaufmannsware in einer Kiste auf einem Maultier bis nach Konstanz am Bodensee bringen. Dort übernahmen Abgesandte von Marganor die Beute, um sie dorthin zu bringen, wo der Unhold seine Wut an ihr auslassen wollte.

So wie der große Po durch die Flüsse Tizin, Lambro und Ada und die vielen anderen immer mächtiger zwischen seinen Ufern wogt, so schwoll es auch in der Brust Ruggieros immer mehr an. Die Empörung über Maganors Greueltaten ließ auch Bradamante und Marfisa vor Zorn glühen.

Sie beschlossen, dem Wüten dieser Bestie einen Riegel vorzuschieben. Dabei waren sie sich einig, daß ein schneller Tod viel zu milde für ihn war. Zuerst aber mußten sie der Alten helfen. Mit verhängten Zügeln preschten sie auf die Truppe zu, die langsam auf dem Bergpfad näher rückte. Als die Wächter sahen, was über sie hereinbrach, ließen sie alles stehen und liegen und flohen. Die Alte blieb zurück, ebenso Schilde, Rüstungen und Gepäck.

Ruggiero und die beiden Frauen fanden keine Gegner mehr. Die Häscher flohen derart kopflos, daß mancher direkt von den Felsenklippen stürzte und damit seine Seele Gott befahl. Auf diese Weise blieben reichlich Pferde zurück. Ruggiero und die Frauen lachten. Nun konnten auch die isländischen Damen wieder im eigenen Sattel reiten, und die anderen Pferde mußten nicht mehr unter der doppelten Last schwitzen.

Dann wollten sie dorthin aufbrechen, wo Drusilla gerächt werden mußte. Als Zeugin wollten sie auch die Alte mitnehmen. Die aber zeterte, heulte und sträubte sich mit aller Kraft. Kurzerhand ritt Ruggiero neben sie, packte sie und hob sie zu sich auf seinen Hengst Frontin.

Bereits nach kurzem Ritt erreichten sie ein weiteres Dorf. Es war groß und hatte viele Häuser, aber weder irgendwelche Mauern noch schützende Gräben. Genau in der Mitte ragte ein steiler Felsen über die Häuserdächer hinaus. Auf seiner Spitze war das Schloß von Graf Marganor zu sehen. Furchtlos ritten sie in das Dorf und stießen gleich darauf mit einer Wachmannschaft zusammen. Eine Schranke versperrten den Zugang zum Burgberg. Am oberen Ende des Aufstiegs fiel rasselnd das Burgtor zu. Der Herr des ganzen Landes kam ihnen mit seinem Gefolge hoch zu Pferd entgegen. Kurz und bestimmt rief er ihnen zu, welche Regeln hier für alle galten.

Marfisa hatte bereits unterwegs mit Ruggiero und Bradamante ausgemacht, wie sie vorgehen wollten. Statt zu antworten oder wie üblich ihre Lanze einzulegen, galoppierte sie direkt auf den Grafen zu. Bei ihm angekommen, riß sie nicht einmal ihr Schwert hervor, sondern schlug ihn gleich mit der Faust so mächtig auf den Helm, daß es augenblicklich dunkel um ihn wurde.

Bradamante spornte ebenfalls ihr Pferd. Auch Ruggiero ließ sich nicht zweimal bitten. Er stürmte derart wild mit seiner Lanze vor, daß er gleich sechs auf einmal beim ersten Anritt traf. Den beiden ersten fuhr die Lanze durch den Bauch, dem dritten durch die Lungen, dem vierten und fünften durch den Hals und Kiefer. Dem sechsten, der noch fliehen wollte, blieb die Lanze von hinten in der Brust stecken und zerbrach.

Auch Bradamante ritt wie ein Blitz vom Himmel unter die Bewaffneten. Jeder der Krieger, den sie mit ihrer goldenen Lanze berührte, flog zu Boden. Schließlich blieben auf dem Platz nur noch Leichen zurück.

Zur selben Zeit band Marfisa dem Grafen Marganor die Hände auf dem Rücken fest.

»Und du bewachst ihn!« rief sie der Alten zu. Für sie war dieser Augenblick ein großes Fest. Anschließend drohten die Sieger, das ganze Dorf zu Boden zu brennen, wenn Maganors Gesetz nicht sofort widerrufen und die alte Ordnung wiederhergestellt würde.

Niemand trat nun noch für den bösen Marganor ein. Das Volk hatte sich seiner Schreckensherrschaft lediglich unterworfen, weil es immer dem gehorcht, den es am meisten haßt. Keiner der Dorfbewohner hatte offen ausgesprochen, was er wirklich dachte. Ängstlich und mutlos hatten alle zugesehen, wie die einen erschlagen und verbannt, die anderen bestohlen und die dritten entehrt und entwürdigt wurden. Immer wieder hatten sie den Mund gehalten und nur stumme Klagen zum Himmel geschickt. Aber Gott ist niemals taub, auch wenn es manchmal scheint, als würde er ganz gern lange schlafen.

Der ganze angestaute Haß brach auf einmal hervor. Jeder der Gequälten schrie nach Rache und Vergeltung. Groß und klein freute sich, daß der Wüterich endlich für seine Untaten bestraft wurde. Zu viele hatten miterlebt, wie durch seine Schuld Mütter, Schwestern und Töchter umgebracht worden waren. Nun kamen sie, um den zu töten, der all das in seiner wilden Wut an den Frauen angerichtet hatte.

Bradamante, Marfisa, Ruggiero und die drei isländischen Damen hatten alle Hände voll zu tun, um ihren Gefangenen vor dem Zorn der Gequälten zu beschützen. Sie wollten ihn nicht einfach totschlagen lassen, denn es gab eine, die ihn noch mehr als alle anderen haßte. Nackt und gefesselt überließen sie den bösen Marganor der Alten. Mit einem spitzen Stock, wie er zum Ochsentrieben benutzt wurde, stach sie ihn und trieb ihn vor sich her. Die drei Gesandten von der fernen Insel Island schlossen sich ihr an. Die erste kratzte ihn, die andere wollte ihn steinigen, die dritte biß. Dann kamen welche, die ihn auch noch mit langen Nadeln peinigten. Es war, als würde sich ein Bergstrom, der nach langem Regen und aufgetautem Schnee zu wilder Wut anschwoll, den Berg hinab entladen, indem er alles mitriß, Bäume umwarf, Felsen losbrach und die Felder überflutete.

Der Ritter und die beiden Frauen wandten sich schließlich ab. Das war nicht mehr ihre Sache. Sie ritten zur Festung auf dem Felsen hinauf, die ihnen ohne jeden Widerstand übergeben wurde. Alles, was durch Marganor an Beute und an Schätzen angesammelt worden war, wurde zusammengetragen und geteilt. Einen Teil erhielten die isländische Botschafterin Ullania und ihre beiden Begleiterinnen. Bei der Gelegenheit entdeckten sie auch den goldenen Schild und die drei Könige aus den nördlichen Reichen. Wie sie geschworen hatten, waren sie zu Fuß und waffenlos Ullania gefolgt. Hätten die Könige Pferde und Waffen besessen, wären sie vermutlich umgebracht worden. Unbewaffnet hatten sie aber Ullania und ihre beiden Begleiterinnen nicht vor dem unverschämten Überfall bewahren können.

Bevor Marfisa und Bradamante wieder aufsaßen, bestimmten sie, daß nun die Frauen die Herrschaft über das Dorf übernehmen sollten. Dazu gehörte nicht nur das Regiment in Haus und Garten, sondern in sämtlichen Bereichen, die normalerweise durch Männer wahrgenommen wurden. Für jeden, der sich sträubte, setzten sie schwere Strafen ein. Außerdem mußten die Männer bei allen Heiligen schwören, daß – ganz gleich, ob Ritter oder Knecht – nur der in einem Haus der Frauen übernachten dürfe, der Feinde der Frauen ebenfalls als seine Feinde ansah und ihre Freunde wie eigene Freunde behandelte. Zusätzlich mußten sie versprechen, sich den Wünschen der Frauen ganz zu unterwerfen und das zu tun, was jene wollten.

»In weniger als einem Jahr … bevor die Blätter fallen … bin ich wieder hier«, drohte Marfisa. »Wenn ich dann sehen sollte, daß der Schwur nicht eingehalten wurde, zerstöre ich den ganzen Ort mit Feuer und Schwert.«

Nachdem alles gesagt war, wurde der Leichnam der unglücklichen Drusilla dort ausgegraben, wo man sie im Schmutz verscharrt hatte. Vereint mit ihrem Olind, sollte sie ein wertvolles und ehrenhaftes Grab erhalten.

Bradamante und Marfisa entdeckten auf dem Kirchenvorplatz eine hohe Säule. Hier war das grausame Gesetz des Tyrannen Marganor in Stein gemeißelt, das jede Frau verhöhnte und ihr an diesem Ort nur Schmach und Tod versprach. Nun befahlen beide, die neuen Regeln in die Säule einzumeißeln. Sie blieben noch so lange, bis der letzte Buchstabe eingehauen war.

Als sie dann aufbrachen, blieb Ullania zurück. Sie wollte erst ihr eigenes Kleid wiederherstellen: »Ich kann doch nicht mit diesem groben Bauernrock weiterziehen und vor Kaiser Karl treten«, sagte sie.

Sie blieb auch, um auf Marganor achtzugeben, denn sie fürchtete, ihm könnte es doch noch gelingen, seine Fesseln zu lösen und sich neue Frauenquälereien auszudenken. Nachdem Ruggiero, Bradamante und Marfisa in Richtung Arles aufgebrochen waren, fackelte Ullania jedoch nicht lange. Sie ließ Graf Marganor bis zum höchsten Turm der Burg hinaufbringen.

»Spring, Scheusal!« sagte sie nur.

Es war der größte und der letzte Sprung, den der Graf in diesem Leben tat.

38. Gesang

Ich sehe euren Augen an, liebe Leserinnen, wie wenig euch gefällt, daß Ruggiero erneut Bradamantes und vielleicht auch eure Gefühle verletzen will. Ihr denkt gewiß, daß es mit seinem Liebesfeuer nicht weit her sein kann, wenn er nach wie vor entschlossen ist, zu den Eroberern nach Arles zu reiten. Wenn er aus irgendeinem anderen Grund gehen würde – sei es sogar, um größere Schätze zu erobern, als man beim alten König Krösus fand –, dann müßte ich schon selber sagen, daß Amors Pfeile nicht sehr in sein Herz eingedrungen sind. Denn solche Lust und solche Wonnen sind einfach unbezahlbar.

Wenn er die Liebste aber deshalb verläßt, um seine Ehre zu verteidigen, dann muß er nicht nur entschuldigt, sondern sogar gelobt werden. Zu verteidigen, sage ich, denn sie ist von großer Schande bedroht. Wenn Bradamante anders gehandelt und ihn festgehalten hätte, wäre das ohne Zweifel der Beweis für zuwenig Urteilskraft oder zuwenig Liebe.

Sie kamen zügig voran. Zwei Tage lang ritten sie vom frühen Morgen bis zum Anbruch der Nacht in Richtung Arles. Schließlich erreichten sie die Weggabelung, an der die beiden Liebenden sich trennen mußten. Bradamante und Ruggiero umarmten sich sehr lange und mit vielen Seufzern. Aber es ging nicht anders – Ruggiero mußte nach Arles zurück und Bradamante in das Heerlager von Kaiser Karl.

Beide wußten, daß es Ruggieros Pflicht war, seine Ehre hochzuhalten. Doch daran, daß vor langer Zeit König Almont seinen Vater erschlagen hatte, trug sein Sohn Agramant keine Schuld. Es war deshalb Ruggiero Pflicht, zu seinem Herren zu stehen. Bradamante hätte ihn anflehen können, bei ihr zu bleiben. Sie wußte ebenso wie er, daß eine einmal verlorene Ehre auch in hundert Jahren nicht wiederhergestellt werden konnte.

Während Ruggiero in Arles eintraf, erreichte etwas flußaufwärts seine Schwester Marfisa zusammen mit Bradamante das

Lager Karls des Großen. Die beiden jungen Frauen waren inzwischen Freundinnen geworden. Sofort kamen von allen Seiten die Franken und ihre Verbündeten zwischen den Zeltreihen hervor und bildeten ein jubelndes Spalier. Bradamante und Marfisa sahen, daß der Kaiser mit aller Macht dabei war, sich auf die Belagerung von Arles und die große letzte Schlacht zur Befreiung des Frankenreiches vorzubereiten.

Bradamante wurde von allen Seiten freudig begrüßt. Im Inneren des Lagers kam ihr Rinaldo entgegen, gefolgt von Richardet und Richard. Als sie dann Marfisa vorstellte, kamen immer mehr Männer zusammen. Sie alle wollten die berühmte Kriegerin sehen, deren Name von Indien bis an Spaniens Grenzen ehrfürchtig genannt wurde. Bradamante und Marfisa ließen sich jedoch nicht aufhalten und eilten weiter, bis sie bei Kaiser Karl ankamen. Zum ersten Mal stieg auch Marfisa vor einem König von ihrem Pferd. Sie hatte ungezählte Herrscher erlebt, aber vor keinem anderen hätte sie bisher ihr Knie gebeugt. Karls Ruhm klang in so vielen Liedern der Christen und der Heiden, daß sie ihm gern ihre Ehrerbietung zeigte.

Karl der Große kam ihnen sogar aus seinem Zelt entgegen. Er begrüßte die beiden Kriegerinnen ausgesprochen freundlich, hieß sie willkommen und kehrte in sein Zelt zurück. Die großen Könige und Fürsten aus seinem Gefolge mußten Platz für die beiden Kriegerinnen machen. Wer nicht zur inneren Gefolgschaft zählte, trat ebenso zurück wie alles niedere Volk. Nur die Paladine und der Edlen der Ritterwelt durften bleiben.

»Erhabener Kaiser«, begann Marfisa mit ihrer angenehmen Stimme, »dessen Kraft und Mut die Christenheit von Indiens Ozean bis zu des Westens Pforten, von den Eisfeldern im Skythenland bis zum heißen Äthiopien schätzt – dein Ruhm, der alle Grenzen überflogen hat, brachte mich aus weiter Ferne bis hierher. Wenn ich die Wahrheit sagen soll, war es der Neid ... der Neid auf deinen sagenhaften Ruf. Nur deshalb bin ich aufgebrochen, um dich zu bekämpfen.«

Sie nahm ihre Schultern zurück und schaute sich stolz um. Die Edlen am Hof des Kaisers blickten sie mit einer Mischung aus Respekt und Unverständnis an.

»Es ist so, ihr Herren«, fuhr Marfisa fort. »Ich konnte nicht ertragen, daß es einen so großen Kaiser oder König gibt, der einen anderen Glauben hat als ich. Das war der Grund, warum ich viele Schlachtfelder mit Christenblut getränkt habe. Ich hätte euch noch lange mit dem Schwert geschadet, aber dann geschah etwas, durch das ich nicht mehr deine Gegnerin sein kann ...« Ein feines Lächeln huschte über das Gesicht der harten und oft erbarmungslosen Kriegskönigin. »Ich erfuhr, daß Ruggiero der Zweite aus der Stadt Reggio mein wahrer Vater war, der durch seinen eigenen Bruder Beltram, den Verräter, ermordet worden ist. In ihrem Leib trug mich dann meine Mutter durch die Meereswogen. In höchster Not erblickte ich das Licht der Welt, während sie starb. Ein Zauberer hat mich gefunden und sieben Jahre lang aufgezogen – so lange, bis mich ein Araberhaufen dem Alten raubte. Sie verkauften mich als Sklavin an den Perserkönig. Als ich heranwuchs, kam er mir zu nahe, und ich erschlug ihn, weil er mir die Ehre rauben wollte.«

Sie unterbrach sich, und ihr Gesicht nahm wieder den dunklen, drohenden Ausdruck an, vor dem sich selbst die härtesten Ritter fürchteten.

»Ich habe fast den gesamten persischen Hofstaat erschlagen und die verdammte Sippschaft, die dann noch übrig war, aus dem Land gejagt. Dadurch wurde ich die neue Herrscherin auf dem Perserthron. Als sich der Tag meiner Geburt zum achtzehnten Mal wiederholte, hatte ich mir bereits sieben Königreiche mit dem Schwert erkämpft. Als ich aber immer wieder hörte, daß dein Name noch viel größer als mein eigner sei, beschloß ich, die Größe deines Namens zu zerstören.« Sie lachte wie bei der Erinnerung an ein fröhliches Spiel. »Es ist vorbei«, sagte sie dann. »Ich weiß jetzt, daß mein Blut mit deinem Blut verbündet ist. Mein Vater war ein Vetter von dir und dein treuer Diener. Deswegen will ich ab sofort deine treue Magd und Nichte sein. Der Sturm des Hasses in mir wütet nicht mehr gegen dich. Ich will seine Richtung umkehren und von nun an König Agramant schaden ... ihm und allen anderen, die meine Eltern umgebracht haben.«

Der große Kaiser hörte ihr zu, ohne sie zu unterbrechen.

»Und dann«, fügte sie schon fast bescheiden hinzu, »wenn König Agramant und die Heiden besiegt sind, will ich ebenfalls Christin werden. Ich will nach Persien zurückkehren und nicht eher ruhen, bis mein gesamtes Volk getauft ist. Ab heute will ich alle bekämpfen, die Mohammed oder falsche Gottheiten verehren. Und ich verspreche, daß ich alles, was ich bei diesen Kämpfen erbeute und gewinne, nicht für mich behalten, sondern für das Reich Christi spenden werde.«

Endlich konnte auch der Kaiser nicht mehr schweigen. Sein Mitgefühl mit Marfisas Schicksal und seine Freude über die neugewonnene Verwandte war so groß, daß er sie feierlich aufnahm und als seine eigene Tochter anerkannte. Er stand auf, ging auf sie zu, nahm sie in die Arme und küßte sie, wie ein Vater seine Tochter küßt. Die Augen der Gefolgsmänner leuchteten. Die Angehörigen des Hauses Clermont drängten näher, ebenso die von Mongrana.

»Allmählich solltet ihr auch erfahren, wie sie mir vor Albracca beigestanden hat«, rief Rinaldo.

»Das kannst du später noch erzählen!« warf der wilde Guido ein. »Viel aufregender für uns waren ihre Heldentaten in Damascus und erst recht in der Stadt der Frauen.«

Grifon verbeugte sich vor ihr, ebenso Aquilante und Samsonet. Anschließend grüßten auch die Ritter Vivian, Malegis und Richardet, mit denen Marfisa die goldgierigen Mainzer und die Spanier abgewehrt hatte. Karl der Große ordnete an, Marfisa bereits am nächsten Tag zu taufen.

»Schmückt einen Platz in der Stadt!« befahl er. »Er muß groß genug für eine festliche Versammlung unserer Bischöfe und Kirchenfürsten sein. Die Besten sollen sofort kommen, damit die Königin von Persien noch vor der Taufe soviel wie möglich von der Bibel, der frohen Botschaft unseres Glaubens und der Lehre Jesu Christi, hört.«

Als alles soweit war, legte Erzbischof Turpin sein heiliges Gewand an und taufte sie. Karl der Große war ihr Pate. Er selbst trat zum Rand des Taufbeckens und hob sie aus dem segensreichen Bad.

Zur selben Zeit kehrte Herzog Astolf mit dem Feuerwagen des Propheten Elias vom Mond zurück. Er durchdrang die leuchtenden Sphären rund um den Erdball. Sie landeten auf den höchsten Bergen des irdischen Paradieses und brachten den edlen Sud zurück, durch den der große Orlando den Verstand zurückbekommen sollte. Nach der Landung zeigte der Evangelist Johannes Astolf eine kleine unscheinbare Pflanze am Boden.

»Pflück dieses Kraut, und nimm es mit«, sagte der Heilige. »Sobald du wieder in Nubien bist, streiche dem König damit über seine blinden Augen. Fordere als Lohn für diese Heilung ein Heer von ihm, mit dem du um König Agramants Hauptstadt Biserta kämpfen kannst.«

Der Evangelist erklärte Astolf ganz genau, wie er die unerfahrenen nubischen Christen bewaffnen und ausbilden solle. Dann verriet er ihm, was er tun müsse, damit er ohne Schaden durch die sengende Glut der Wüste ziehen könne. Johannes ließ den jungen Herzog alle Anweisungen und Ratschläge Wort für Wort wiederholen. Erst dann gab er ihm das Flügeltier zurück, das einmal dem Zauberer Atlante und dann Ruggiero gehört hatte. Nur wenig später schlugen die Schwingen, und der Hippogryph flog mit ihm den Nil entlang.

Eine Weile danach tauchte das Reich der Nubier unter ihnen auf. Das Flügelpferd brachte Astolf direkt in den Palast von König Senap. Als der blinde alte Herrscher hörte, wer ihn besuchte, kannte seine Freude keine Grenzen mehr. Zu groß war seine Dankbarkeit dafür, daß ihn Astolf von der Tyrannei der Harpyien befreit hatte. Astolf strich ihm mit dem Heilkraut des Evangelisten Johannes über die Augen. Als Senap plötzlich wieder das Licht der Sonne sehen konnte, dankte und lobte er Astolf, wie es eigentlich nur Gott zukam.

König Senap war sofort bereit, Astolfs Wunsch nach Männern für Biserta zu erfüllen: »Ich biete dir noch hunderttausend Krieger zusätzlich und mich selbst als Mitstreiter.«

Als das Heer der Fußkrieger schließlich aufbrach, war es so groß, daß die Ebene zu schmal für die ungezählten Reihen wurde. Die Nubier hatten keine Pferde. Ihre Besten verwendeten statt dessen Elefanten und Kamele, aber noch lag die fürchterliche Wüste Sahara zwischen ihnen und dem Mittelmeer. In der Nacht vor dem großen Aufbruch stieg Astolf unbemerkt noch einmal auf den Hippogryphen und flog in Richtung Süden. Er beeilte sich, bis er endlich den Berg unter sich sah, in dessen Tiefen der Südwind schlief.

Nach kurzem Suchen fand er die Höhle, aus deren Schlund der wilde Sturm immer dann nach Norden donnerte, wenn er aufwachte. Astolf befolgte die Anweisungen des Evangelisten. Während der Südwind müde von seinem letzten Ausbruch in der Tiefe schlief, spannte der Prinz so leise und geschickt wie möglich einen leeren Wasserschlauch vor der Höhlenöffnung auf. Der Südwind hatte keinerlei Erfahrung mit derartigen Listigkeiten. Als dann der Morgen anbrach und er wie üblich losbrausen wollte, fuhr er hervor und verfing sich sofort im sauber aufgespannten Schlauch. Astolf verschloß die Öffnungen, nahm den eingefangenen Südwind mit und freute sich während den ganzen Rückflugs über seine Beute.

Ehe der Tag zu Ende war, gab er seinen schwarzen Heerscharen den Befehl zum Abmarsch. Sie zogen los, gefolgt von Trägern, die Wasser und Verpflegung schleppten. Während sie mitten durch die Wüste zogen, kam kein böser Sandsturm auf, denn der Südwind blieb sicher in Astolfs Wasserschlauch gefangen. Ohne irgendwelche Ausfälle führte der Prinz von England das Heer der Nubier bis zum Atlas-Gebirge. Jenseits der Berge begann die Ebene bis zum Ufer des Mittelmeers.

Als sie das Meer sahen, wählte Astolf die Krieger seines Heeres aus, von denen er inzwischen wußte, daß sie am besten ausgebildet und besonders mutig waren. Sie sollten sich am Fuß der Berge in Reih und Glied aufstellen. Er selbst ging wie ein Mann, der Großes vorhat, allein zu den Gipfeln hinauf. Oben angekommen, kniete er nieder und betete voller Inbrunst und Vertrauen darauf, daß der heilige Johannes ihm helfen würde. Dann faßte er einen Felsbrocken. Er holte tief Luft, blickte über die Ebene bis zur Küste und stieß den Stein nach vorn. Der große Felsbrocken rollte nach unten, dann der zweite und immer mehr.

Astolf glaubte so stark an ein Wunder, daß es tatsächlich geschah. Die Steine polterten und stürzten tiefer, wuchsen, wurden immer größer und hatten – völlig gegen die Natur – schließlich Beine, einen Bauch und schmale Köpfe. Hüpfend und mit hellem Wiehern kamen sie unten in der Ebene an. Dann schüttelten sie sich einer nach dem anderen und verwandelten sich endgültig in Pferde.

Es wurden immer mehr, rotbraune und gefleckte, graue, schwarze und Falben. Schließlich brachten die ersten schwarzen Krieger Zaumzeug und Sättel. Innerhalb eines Tages wurden aus achtzigtausendeinhundertundzwei nubischen Fußkriegern Reiter. Dadurch erschuf sich Astolf ein ungewöhnlich starkes Heer. Die Nubier saßen auf, dann stürmte die gewaltige Reiterarmee los, um das Reich des höchsten der zweiunddreißig Sarazenenkönige mit Schwert und Feuer zu verheeren.

König Agramant hatte sein Herrschaftsgebiet für die Zeit des Krieges gegen Karl den Großen drei Statthaltern übergeben. Es waren König Branzard der Lügner, der König von Fersa und der König von Algazier. Als der englische Prinz sengend und brennend in ihre Gebiete einrückte, schickten die Statthalter sofort ein schnelles Schiff mit Ruderern und Segeln los. Es sollte König Agramant benachrichtigen, daß die Nubier eingefallen waren und große Not verbreiteten. Das Schiff war Tag und Nacht unterwegs. Als es an der Küste der Provence den Anker warf, war König Agramant halb besiegt und Kaiser Karl bereits bis auf eine Meile an ihn herangekommen.

Agramant rief sofort zum Kriegsrat. Sämtliche Unterkönige, Fürsten und Heerführer der Mohrenvölker erschienen. Agramant nickte nur den ältesten zu – hier König Marsilo und dort dem weisen Sobrin. Er wandte sich direkt an sie, als er sagte: »Es ist das schlimmste für einen Feldherrn, wenn er bekennen muß, daß er an dieses oder jenes einfach nicht gedacht hat. Ich gebe zu, daß mir genau dieser Fehler passiert ist. Ich habe nicht genügend Truppen in Afrika zurückgelassen für den Fall, daß die Nubier angreifen. Aber nur Allah ahnt, was die Zukunft bringt. Niemand sonst konnte voraussehen, daß die Nubier in derart großer Zahl quer durch die Wüste marschieren würden. Für uns war dieses Sandmeer tatsächlich wie ein Ozean, der beständig vom Südwind aufgewühlt wird. Jetzt aber haben die Nubier bereits Biserta erreicht und weite Teile unserer Heimat fürchterlich verheert. Das ist die Lage, edle Herren. Also beratet mich. Soll ich mich ohne Sieg und ohne Beute zurückziehen? Oder wollen wir hier weiterkämpfen, bis Karl der Große geschlagen ist? «

König Agramant preßte die Lippen zusammen und blickte ernst zum Spanierkönig. Bedächtig und mit großem Respekt stand Marsilo auf. Er ging zu ihm, senkte seinen Kopf und kehrte zu seinem Ehrenplatz zurück, den er in dieser Runde einnahm.

»Gerüchte, Herr«, sagte er dann. »Gerüchte wachsen schnell wie Unkraut – ganz gleich, ob sie nun gut sind oder schlecht. Man darf sich durch ein derartiges Gemunkel niemals die Flügel stutzen lassen – ebensowenig, wie dich ein Gerücht mit gutem Inhalt zum Jubeln bringen darf. Du mußt Hoffnung und Bedenken gegeneinander abwiegen. Wo das Gerücht entsteht, ist zumeist alles sehr viel kleiner, da bin ich mir ganz sicher. Und Legenden wachsen, wenn sie von Mund zu Mund fliegen. Ich frage deshalb: Wie wahrscheinlich ist es, daß ein König mit einem derart großen Heer aus den entferntesten Regionen Nubiens durch die Sahara bis in das gut gerüstete Nordafrika einfällt – durch Wüstensand, an dem schon der antike Perserkönig Kambyses mit seinem Heer gescheitert ist?«

Marsilo schob die Lippen vor und schüttelte den Kopf. »Ich denke vielmehr, daß es Bergaraber … Berber … sind, die in die Ebene einfielen. Wahrscheinlich hat dein Statthalter Branzard beim Zählen dieser Bande für jeweils zehn tausend angegeben, um sein Versagen zu entschuldigen. Glaubst du etwa, die Nubier sind aus irgendwelchen Wolken abgeregnet? Vorher hat niemand sie gesehen oder gehört. Denkst du etwa, ein so wunderliches Heer kann dir dein Libyen rauben, wenn du nicht schnell genug zurückkehrst?«

Er lachte abfällig, dann hob er wie beschwörend seine Hände. »Schick ein paar Schiffe zu deinem Vizekönig Branzard! Dann siehst du Flagge und Eindringlinge verschwinden, noch bevor unsere Männer die Segel reffen können. Der Einfall dieser feigen Berber konnte doch nur geschehen, weil sie geglaubt haben, daß wir hier festgehalten und durch das Meer an einem schnellen Gegenschlag verhindert sind. In Wahrheit ist dein Platz hier. Nie zuvor war die Gelegenheit zur Rache derartig günstig für uns. Im Heer von Karl dem Großen fehlt sein Neffe Orlando. Solange er nicht da ist, ist dieser ganze Christenhaufen ohne Feuer. Wenn du dir jetzt diesen Sieg entgehen läßt, dann ist das Blindheit oder Leichtsinn.«

Mit diesen Worten trat der König der Spanier klar dafür ein, den Kampf im Frankenland so lange unvermindert fortzusetzen, bis Karl ins Exil verjagt war. Nur König Sobrin erkannte, daß Marsilo in erster Linie an sich selbst dachte.

»Und mich habt ihr als Schwarzseher beschimpft, als ich vor diesem Feldzug warnte«, schnaubte Sobrin. »Du hättest deinem redlichen Sobrin glauben sollen, mein König. Aber du hast lieber einem Draufgänger wie Rodomont vertraut und den prahlerischen Reden von Marbalust, Alzird und anderen. Ich würde sie jetzt liebend gern hier haben, damit sie wiederholen, was sie uns versprochen haben. Vor allem aber vermisse ich Rodomont. Er war es doch, der dieses Land in Scherben schlagen wollte – mehr noch: Er wollte immer vor dir kämpfen. Jetzt, wo wir ihn dringend brauchen, lungert er irgendwo herum und kratzt sich faul am Bauch. Ich dagegen, den ihr alle einen Feigling schimpfen durftet, stehe immer noch an deiner Seite und bin bereit, mein Leben täglich für dich hinzugeben, falls einer dieser Franken kommt. Niemand hier wird irgendwann behaupten können, daß ich jemals untreu war. Keiner von denen, die so laut geprahlt haben, kommt an das heran, was ich geleistet habe. Mein Rat ist: Kehre so schnell wie möglich um, ehe deine Königskrone bricht. Kein Mann ist weise, der Eigenes aufgibt, nur um Fremdes zu gewinnen.«

Sobrin trat noch einen Schritt vor, dann sagte er zu Agramant, als wären sie allein: »Wir waren zweiunddreißig Könige, als wir mit dir aufbrachen. Wenn du heute nachzählst, lebt kaum noch jeder dritte. Allah sei Dank, daß wir nicht noch viel mehr verloren haben. Wenn wir jetzt weiterkämpfen, bleibt nicht mal jeder vierte, fünfte übrig. Dein ganzes Volk würde dann aufgerieben. Würde Graf Orlando auch noch mitkämpfen, wäre von uns nichts mehr zu sehen. Aber da ist noch immer Graf Rinaldo, der mit seinem Schwert den riesenhaften Grafen schon fast übertrifft. Sein Stamm und alle Paladine waren für uns stets ein Schrecken. Außerdem gibt es auch noch diesen anderen Ritter, der wie ein zweiter Kriegsgott Mars dazwischen fährt. Wo er zuschlägt, trifft sein Schwert ebenso hart wie das Orlandos. Ich spreche von Brandimart. Auch Mandrikard hat den Boden rot gefärbt, und Gradass hat sich abgesetzt. Marfisa ritt ganz einfach weg. Kein Schiff wird uns noch einmal neue Truppen bringen. Jeder, der konnte, ist schon hier. Tausende von ihnen sind bereits gefallen. Bei Kaiser Karl dagegen sind vier neue Ritter hinzugekommen, die fast ebenso hoch angesehen werden wie Orlando und Rinaldo. Ich weiß nicht, ob du Samsonet, den wilden Guido und die Söhne Oliviers schon kennst. Aber wer sie kennt, der schätzt und fürchtet sie mehr als all die anderen, die aus Deutschland, England oder irgendeinem anderen Land hierherkamen und uns gegenüberstanden.«

Für eine Weile waren nur die Geräusche von den Straßen der ummauerten Stadt zu hören. Aus der Ferne klangen Trommeln und Hornsignale der Franken über den Fluß.

»Wir haben nicht gesiegt, als es noch sechzehn zu acht für Afrika im Verbund mit Spanien stand«, sagte Sobrin nach einer langen Pause. »Wie soll es werden, wenn die Franken jetzt gemeinsam mit den Deutschen, den Briten und den Italienern kämpfen und wir nur noch zu sechst gegen zwölf von ihnen stehen? Wenn du weiterkämpfst und noch länger hierbleibst, verlierst du hier dein Volk und auf der anderen Seite des Meeres dein gesamtes Königreich. Wenn du dich aber entschließt, sofort zurückzukehren, rettest du beides.«

Er sah zu Agramant. »Der einzige, der dir dafür nicht besonders dankbar sein kann, wäre Spaniens König Marsilo«, sagte er ganz so, als würde er über einen Dritten sprechen. »Denn der stünde nach einem Rückzug von uns ziemlich allein hier. Trotzdem gibt es eine Lösung.«

»Was schlägst du vor?« fragte König Agramant sofort. »Du hast doch einen Plan!«

Sobrin nickte. »Übergib das Oberkommando über die vereinten Sarazenenheere einem Mann, der überall als Sieger gilt. Ernenne Ruggiero zu deinem Stellvertreter im Kampf gegen die Christenheere. Wir wissen beide, daß Ruggiero sich im Zweikampf jederzeit mit Orlando und Rinaldo messen kann – ebenso wie mit jedem anderen drüben im kaiserlichen Lager. In einer großen Schlacht würde aber seine Kraft selbst dann nicht ausreichen, wenn sie ins Überirdische ginge. Du könntest Kaiser Karl jedoch folgenden Vorschlag machen: Biete ihm an, daß er den kühnsten seiner Ritter schickt. Der soll gegen den besten unserer Männer kämpfen so lange, bis der eine fällt und der andere siegt. Bedingung ist, daß der König, dessen Kämpfer unterliegt, dem anderen Tribut zu zahlen hat. Ich bin ganz sicher, daß Karl einverstanden ist, schon weil er glaubt, daß er im Vorteil ist. Und ich bin sicher, daß Ruggiero als unser Held gewinnen wird. Er würde sogar über den Kriegsgott Mars triumphieren.«

Sobrin steigerte sich zu immer mitreißenderen Argumenten. Schließlich stimmten König Agramant und die Vasallen zu. Gleich nach dem Beschluß wurde eine Gesandtschaft ausgewählt. Sie sollte noch vor Sonnenuntergang im Lager Karls des Großen eintreffen. Tatsächlich nahm Kaiser Karl den Vorschlag an. Da Graf Orlando als sein bester Paladin nicht verfügbar war, vertraute Karl auf das Schwert seines bewährten Kämpfers Rinaldo.

Nachdem der Vertrag zwischen den beiden Herrschern über einen Waffenstillstand und den Zweikampf geschlossen war, zeigten sich auch die Krieger beider Heeren erleichtert. Die Sarazenen hatten ebenso genug von den vielen Kämpfen wie die Christen. Die meisten waren an Leib und Seele ermüdet und kampfverdrossen. Der Wunsch, den Rest des Lebens in Frieden und in Ruhe zuzubringen, war bei allen gleich. Sie verdammten längst ihren eigenen Haß und Zorn, der sie in den Krieg getrieben und ihnen so viele Schmerzen zugefügt hatte.

Am meisten freute sich Rinaldo. Er fühlte sich hochgeehrt,

daß ihm der Kaiser bei einer derart wichtigen Aufgabe mehr vertraute als allen anderen Paladinen. Er hielt nicht viel von Ruggiero. Tief in seinem Herzen glaubte er nicht daran, daß ihm der andere widerstehen könnte. Auch die Tatsache, daß Ruggiero gerade erst Mandrikard erschlagen hatte, machte ihn in Rinaldos Augen noch nicht zu seinesgleichen.

Auch Ruggiero war stolz auf die Auszeichnung als bester Held im ganzen Sarazenenheer und darauf, daß nun das Schicksal des gesamten Reiches von ihm abhing. Trotzdem war er bedrückt. Nicht etwa, daß er sich vor dem Waffengang gegen den stärksten Ritter im Heer der Franken fürchtete – nein, es hätte ihn nicht einmal erschreckt, wenn Rinaldo zusammen mit Orlando gegen ihn geritten käme. Viel schlimmer war der Gedanke daran, daß sein Gegner der Bruder seiner geliebten Bradamante war. Er litt darunter, wie untröstlich sie sich zeigte. Stündlich schickte sie ihm neue Briefe, in denen sie ihn bat, bedrängte und anflehte, nicht das Schwert zu heben. Zu allem, was sie ihm bisher verzeihen müßte, käme nun auch noch die schwere Sünde, daß er gegen ihren Bruder reiten wollte, um ihn zu töten. Sie schrieb, daß ihr Herz ihn dann auf keinen Fall mehr lieben könnte, sondern nur noch hassen würde.

Ruggiero antwortete ihr nicht. Zunächst war er nur erschrocken, aber dann wurde er immer zorniger über die Entwicklung. Im Frankenlager hörten Bradamantes Tränen nicht mehr auf. Verzweifelt raufte sie sich ihre goldenen Haare, schlug sich gegen ihre Brust und strafte ihre unschuldigen Wangen.

»Herzlos und grausam bist du!« stieß sie immer wieder hervor. »Und mit mir hat das Schicksal kein Erbarmen.«

Wie sie es auch drehte – sie konnte bei diesem Kampf nur verlieren. Ihr Herz stand still, wenn sie nur daran dachte, daß Ruggiero bei diesem Kampf den Tod finden könnte. Wenn aber Gott das Frankenreich für alle Schuld der Christen untergehen lassen wollte, dann verlor sie nicht nur ihren Bruder, sondern Ruggiero müßte zudem mit der Rache ihrer Familie rechnen. Bradamante konnte dann nicht mehr offen vor der Welt seine Gattin werden, wie sie es sich erträumte, sondern bestenfalls heimlich unter Schmach und Schande. Trotzdem galt für sie das unauflösbare Versprechen der Verlobung. Eine der Frauen, die Bradamante in ihren unglücklichen Zeiten immer eine zuverlässige Freundin gewesen war, konnte den Jammer nicht länger ertragen. Es war Melissa, die versuchte, die Unglückliche zu trösten.

»Du mußt nicht weinen«, sagte sie zu Bradamante. »Ich helfe euch, wenn es zum Kampf kommt. Ich verspreche dir, daß mir schon etwas einfällt, um deine Sorgen zu beenden.«

Als Ort für die Entscheidung wurde der freie Platz vor den Mauern der alten Stadt Arles bestimmt. Rinaldo und Ruggiero bereiteten sich sorgfältig auf den großen Kampf vor. Der Paladin Kaiser Karls durfte bestimmen, mit welchen Waffen gekämpft werden sollte. Seit er den guten Bajard verloren hatte, war er nicht mehr auf einem Pferd in den Kampf geritten. Er entschied sich deshalb für einen Zweikampf zu Fuß.

»Vergiß nicht, daß Ruggiero trotzdem noch im Vorteil ist«, flüsterte Malegis ihm zu. »Er hat das Schwert Balisarde.«

»Ich weiß«, gab Rinaldo zurück. »Aber ein Zweikampf ohne Schwert sieht nicht gut aus.«

»Du kämpfst nicht nur für deine Ehre«, sagte Malegis. »Wähle für euch beide die Streitaxt oder den Dolch. Bestenfalls gegen diese Waffen wird dir deine Rüstung etwas nützen.«

Rinaldo überlegte eine Weile. Dann nahm er schweren Herzens den weisen Rat von Malegis an.

Am festgesetzten Tag des großen Kampfes begannen bereits bei Sonnenaufgang die Vorbereitungen. An beiden Seiten des Platzes wurden ein Königszelt und ein Altar aufgestellt. Kurz darauf öffneten sich die Stadttore von Arles. In dichten Haufen quollen die Sarazenenkrieger hervor. In ihrer Mitte erschien in prunkvoller Gewandung der oberste Befehlshaber und König Libyens. Neben ihm ritt Ruggiero auf einem braunen Hengst mit schwarzer Mähne. Das Pferd hatte einen weißen Flecken auf der Stirn und zwei weißgetupfte Füße.

Obwohl König Marsilo ursprünglich für den großen Kampf beider Heere gewesen war, war er nun stolz, daß er Ruggiero als Waffenmeister dienen durfte. Er trug den Helm in seinen

Händen, den Ruggiero tollkühn dem wilden Mandrikard vom Haupt geschlagen hatte – denselben Helm, den vor mehr als tausend Jahren Hektor, der Held von Troja, getragen hatte. Hinter König Marsilo folgten die anderen Fürsten und Barone. Sie präsentierten ihre reich mit Gold und Edelsteinen geschmückten Waffen.

Von der anderen Seite des Kampfplatzes näherte sich zur selben Zeit der König aller Franken und ihrer Verbündeten. Das kaiserliche Heer stellte sich so auf, als würde es eine große Schlacht vorbereiten. Die berühmten Paladine versammelten sich um Karl dem Großen. Ogier, der Dänenkönig, hielt den Helm des Heidenkönigs Mambrin bereit, den Rinaldo in der Schlacht von Aspromont erbeutet hatte. Herzog Naims von Baiern trug die erste Streitaxt. König Salamon, Herr über die Bretagne, hatte die zweite. Karl ließ seine Streitmacht wie zum Angriff aufstellen. Zwischen den Heeren der Christen und der Mohammedaner blieb ein freies Feld, das groß genug für einen scharfen Anritt war. Dann verkündeten überall Herolde und Boten die weiteren Vereinbarungen: »Jeder andere als die beiden auserwählten Vorkämpfer ist sofort des Todes, wenn er auf das verbotene Feld zwischen beiden Heeren vordringt.«

Anschließend näherten sich die Priester der beiden Heere – der eine mit der Bibel, der andere mit dem Koran. Karl der Große ging mit dem Christenpriester zum Altar neben dem Königszelt. Auf der anderen Seite begleitete ein Priester mit dem Koran König Agramant.

An seinem Altar angekommen, erhob Karl der Große die Hände und rief mit lauter Stimme Jesus Christus an: »Gott, der du für uns gestorben bist, damit wir nicht in Sünde, Schuld und Tod vergehen! Jungfrau, die du neun Monate den höchsten Gott mit unverletzter jungfräulicher Rose in deinem Schoß trugst – vor euren Ohren leiste ich meinen Eid. Für mich und jeden Frankenkönig, der nach mir kommt, verspreche ich für alle Zeit Jahr für Jahr zwanzig Lasten ungefälschtes Gold, wenn mein Paladin Rinaldo hier verlieren sollte. Gleichzeitig gelobe ich, daß aus dem jetzt geschlossenen Waffenstillstand ein dauerhafter Friede wird. Falls ich mich nicht an mein Versprechen halte, soll der Zorn des Himmels als schreckliches Gericht über mich hereinbrechen. Aber die Strafe soll nur mich und mein ehrwürdiges Haus treffen – niemanden sonst in meinem schönen Frankenreich.«

Kaiser Karl legte seine Hand auf die Bibel, während er weiter zum Himmel blickte.

Anschließend gingen sie auf die andere Seite des Kampfplatzes. Vor dem prächtig ausgeschmückten heidnischen Altar schwor König Agramant für den Fall, daß sein Held Ruggiero der Besiegte sein sollte, augenblicklich mit allen Männern übers Meer zu setzen und das Frankenreich für alle Zeiten zu meiden. Er versprach die gleichen Goldzahlungen, und ebenso wie zuvor Karl schwor er, daß nach dem Zweikampf endlich Frieden sei. Dann richtete er sich hoch auf, legte seine Hand auf den Koran, den ihm sein Priester hinhielt, und rief so laut, daß alle ihn hören konnten: »Allah ist Allah! Es gibt nur einen Gott, und Mohammed als sein Prophet soll Zeuge dieses Eides sein!«

Nach den Königseiden mußten die beiden Kämpfer die Vereinbarungen beschwören. Ruggiero gelobte, sich durch nichts und niemand in seinem Kampf beeinflussen zu lassen. Sollte es doch zu einem unerlaubten Eingriff durch König Agramant kommen, würde er sofort in den Dienst von Kaiser Karl überwechseln. Ebenso schwor Rinaldo, daß er jeder Behinderung und jedem Einfluß aus dem Christenheer dadurch entgegentreten würde, daß er sich schon beim leisesten Versuch König Agramant unterwerfen würde.

Damit waren die vorgesehenen Zeremonien abgeschlossen, und die beiden Ritter kehrten auf die vorgeschriebenen Plätze zurück. Gleich darauf schmetterten die Trompeten das Signal zum Beginn des Kampfes. Ohne zu zögern, schritten die beiden Besten der feindlichen Heere aufeinander zu. Sie griffen zugleich an. Eisen klirrte, und die Streitäxte wurden bald hoch, bald tief geschwungen. Kolben schlug gegen Kolben, ein schwerer Hammerstiel gegen den anderen. Die beiden Recken schlugen unglaublich schnell aufeinander ein. Trotzdem schien es so, als würde sich Ruggiero bei jedem Schlag gegen den Bruder der geliebten Bradamante etwas zuviel zurückhalten. Für die Zuschauer sah es bereits so aus, als wäre er weniger mutig als Rinaldo. Er griff kaum an und ging ständig in Deckung. Es widerstrebte ihm, Bradamantes Bruder umzubringen, aber noch viel weniger wollte er sich selbst erschlagen lassen.

39. Gesang

Für Ruggiero war der Kampf eine furchtbare Qual – ganz gleich, ob er getroffen wurde oder selber traf. Er sah nur noch den eigenen Tod vor Augen, entweder durch Rinaldos Kraft oder durch die Rache Bradamantes, wenn er ihren Bruder tötete.

Rinaldo hatte keine derartigen Bedenken. Für ihn ging es nur um Sieg in diesem Zweikampf. Jeder Schlag mit seiner Axt war eine neuer Treffer. Ruggiero wand sich, drehte sich, duckte sich weg und sprang geschickt von einer Stelle zur anderen. Nur wenn Rinaldo sich allzu offen eine Blöße gab, schlug er ebenfalls zu, aber diese Hiebe schadeten Rinaldo kaum.

Entsetzt beobachteten die Edlen und die Krieger des Heidenheeres, wie ungleich sich der Kampf entwickelte. Auch König Agramant blickte fassungslos auf das jämmerliche Schauspiel.

»War das dein weiser Rat?« beschimpfte er Sobrin. »Sieh dir doch an, was du zu meinem Unglück heraufbeschworen hast!«

In dieser Lage sah Melissa ihre Zeit gekommen. Die weise Zauberin veränderte schnell ihre weibliche Gestalt. Sie nahm das Aussehen Rodomonts an, ließ einen Drachenpanzer als Schutzumhang entstehen und formte sich den Schild und genau die gleichen Waffen, wie sie der König von Algier zu tragen pflegte. Aus einem höllischen Dämon schuf sie ein Pferd, das ebenso wie seins aussah. Dann schwang sie sich in den Sattel und ritt direkt auf König Agramant zu. Mit einer steilen Falte auf der Stirn und einer weithin dröhnenden Stimme rief sie: »Das war nicht richtig, Herr, daß du dem unerfahrenen Knaben das Schwert gabst gegen diesen hochberühmten Frankenfürsten. Er verliert nicht nur sein Leben, sondern auch die Ehre und Krone Afrikas. Du mußt sofort eingreifen, wenn du die große Schmach noch verhindern willst! Und was den Eid und den Vertrag betrifft – da kannst du sagen, daß ich es war, der das verschuldet hat. Erprobt jetzt lieber wieder eure Schwerter auf den Christenknochen. Ich bin bei euch, deshalb verhundertfacht sich jeder Schlag!«

König Agramant war wie gebannt von der flammenden Rede. Ohne nachzudenken, stürmte er los. Im Glauben, daß nun Rodomont wieder an seiner Seite kämpfte, kümmerte er sich nicht mehr um den abgeschlossenen Vertrag. Selbst wenn tausend Ritter mit ihrem Waffentroß plötzlich zur Verstärkung aufgetaucht wären, hätte ihn das nicht mehr anfeuern können. Die Sarazenen stürmten auf das weite Feld, das für die Zweikämpfer frei gehalten werden sollte. Auf der anderen Seite geriet das Heer von Karl dem Großen ebenfalls immer heftiger in Bewegung. Mit gefällten Lanzen und gespornten Rossen krachten beide Heere wie Blitz und Donner aufeinander. Melissa, die den Funken für den Ausbruch dieses großen Feuers gezündet hatte, verschwand samt ihrer Verkleidung.

Ruggiero und Rinaldo erkannten, daß die Vereinbarungen und die feierlich abgegebenen Schwüre plötzlich nichts mehr wert waren. Sie wußten nicht, welche der beiden Seiten vertragsbrüchig geworden war. Kurz entschlossen zogen sie sich zurück.

»Bevor wir weiterkämpfen, muß klar sein, wer den Eid gebrochen hat«, rief Rinaldo.

»Ja, du hast recht!« bestätigte Ruggiero. »Wenn ich das weiß, kämpfe ich gegen die Verräter – gleichgültig, wer es war.«

»Ich ebenfalls! Das schwöre ich dir!«

Auf dem großen, weiten Feld vor den Toren von Arles vermischten sich die Kämpfer beider Heere. Nur wer genau hinsah, erkannte, daß es die Christen waren, die immer weiter vordrangen, während die Heiden mehr und mehr zurückwichen.

So wie Windhunde sich quälen, an den Leinen zerren und winseln, während die anderen Jagdhunde bereits das umringte Wild zur Strecke bringen, so hatten sich Bradamante und Marfisa während des Zweikampfes gefühlt. Untätig hatten sie zusehen müssen, wie Rinaldo und Ruggiero sich schlugen. Nun aber, als plötzlich alles übereinander herfiel und jede vorherige Vereinbarung zusammenbrach, war der Weg endlich auch für sie frei. Freudig stürzten sie sich auf der Seite Kaiser Karls ebenfalls in das Kampfgetümmel.

Dem ersten Sarazenen rammte Marfisa die Lanze zwei Ellen tief durch die Brust. Sie riß ihr Schwert hoch und hieb es durch vier wie Glas zerspringende Helme. Auch Bradamante fuhr wie ein Blitz zwischen die Afrikaner. Ihre goldene Lanze warf doppelt so viele Kämpfer zu Boden, aber keiner starb dadurch. Die beiden Frauen kämpften dicht nebeneinander. Sie folgten keinem Plan, sondern eher dem Zufall ihres Zorns.

Es war wie im Frühling, wenn die Berge des Apennin wieder grün wurden und sich zwei schlammige Ströme Hochwasser ins Tal hinabstürzten – ganz so, als würden sie darum wetteifern, wer die höchsten Bäume und die größten Felsbrocken mit sich reißen konnte, wer mehr Felder überschwemmte, mehr Saat zerstörte und wer den größten Schaden anrichtete. Genauso fuhren die beiden Heldinnen durch das Heer der Sarazenen – die eine mit der goldenen Lanze, die andere mit dem Schwert. König Agramant konnte seine Krieger kaum noch bei den Fahnen halten. Überall flohen die Bedrohten. Nur von Rodomont wußte niemand etwas. Seinetwegen hatte Agramant den bei Allah geschworenen Eid gebrochen, aber nun war der König von Algier wie vom Erdboden verschluckt. Auch der alte Sobrin war nicht mehr da. Er hatte sich an dem Verrat nicht mitschuldig machen wollen und war mit seinen Leuten in die Stadt Arles zurückgekehrt. Ihm war klar, daß König Agramant für seinen Eidbruch noch am selben Tag den Lohn erhalten mußte.

König Marsilo von Spanien floh ebenfalls in die Stadt zurück. Sein Herz war ihm von bangen Ahnungen wie abgeschnürt. Ohne die beiden hatte König Agramant kaum noch eine Aussicht, gegen die Heere Kaiser Karls zu gewinnen. Er stand allein gegen kampferprobte Ritter aus Deutschland, England und Italien, von denen sich die Paladine wie Edelsteine in goldenen Stickereien auszeichneten. Auch andere berühmte Ritter kämpften mit den Pairs: die beiden Söhne von Herzog Olivier, dazu der wilde Guido und nicht zuletzt Marfisa und Bradamante, die immer noch scharenweise Sarazenen niedermähten.

Zur selben Zeit kämpfte sich Prinz Astolf von England immer weiter durch das afrikanische Königreich von Agramant. Dessen Statthalter Branzard trieb alle auf, die auch nur irgendwie eine Waffe halten konnten. Schon zweimal hatte Agramant Verstärkung für sein Heer in Frankreich angefordert. Dadurch gab es in Libyen nur noch unerfahrene Junge und schwache Alte. Obwohl Branzard in seiner Not schließlich auch noch Frauen zu den Waffen rief, blieben seine Anstrengungen Stückwerk. Überall, wo Astolf mit seinen nubischen Reitern auftauchte, brachen die Linien der Verteidiger sofort zusammen. Das schwarze Heer trieb die verstörten Mauren wie Schafe vor sich her. Einige wenige entkamen hinter die schützenden Mauern von Biserta. Buzifar wurde gefangen und in Ketten gelegt. Vizekönig Branzard konnte gerade noch entkommen. Trotzdem war die Lage in der Stadt so gut wie aussichtslos. Ohne den tapferen Buzifar und seine Männer konnten die weitläufigen Stadtmauern kaum gehalten werden. Die Verteidiger vermochten nicht einmal mehr neue Gräben auszuheben oder Wälle aufzuschütten.

Branzard fühlte sich derart in die Enge getrieben, daß er schnell zu Verhandlungen bereit war. Dabei kam ihm zugute, daß er schon seit mehreren Monaten einen fränkischen Paladin vom kaiserlichen Hof als Gefangenen in Ketten hatte. Es war Dudo, der Sohn des großen Dänen Ogier. Der Paladin war bereits beim Vorsturm der Sarazenen an der Riviera bis Monaco durch König Rodomont überwältigt worden. Inzwischen wußte Buzifar auch, daß die schwarzen Heerscharen der Nubier ebenfalls von einem Paladin Karls des Großen angeführt wurden. Er hatte schon sehr oft vom Zusammenhalt dieser Ritter am Frankenhof gehört. Kurz entschlossen ließ er Prinz Astolf ein Angebot überbringen.

»Du kannst den dänischen Edlen namens Dudo freikaufen«, trugen die Abgesandten Buzifars vor. »Wir tauschen ihn gegen unseren Vizekönig Branzard.«

Überrascht und hocherfreut zugleich, nahm Astolf den Vorschlag an. Unverzüglich wurden die beiden Männer ausgetauscht. Nachdem sie sich freudig begrüßt hatten, zeigte Dudo, daß er in den Monaten, in denen er in Ketten lag, keine seiner Fähigkeiten verlernt hatte. Er sah sofort, daß die wilden Reiterscharen besser gegliedert werden konnten.

»Du hast so viele, daß du damit die sieben Königreiche von Nordafrika besetzen könntest.« Dudo lachte. »Aber das dürfte wohl kaum dein wahres Ziel sein.«

»Vollkommen richtig«, antwortete Astolf. Er erinnerte sich wieder daran, was ihm der Evangelist Johannes aufgetragen hatte. »Eigentlich will ich Aigues Mortes den Ungläubigen entreißen und die Provence von Sarazenen säubern.«

»Dann solltest du unter den Wüstenkriegern, die mit dir gekommen sind, diejenigen aussuchen, die für eine Überfahrt auf dem Meer tauglich sind.«

Astolf stimmte sofort zu. Als die Vorbereitungen abgeschlossen waren, ritt er allein aus dem Lager. Nach kurzer Zeit streifte er noch aus dem Sattel Zweige und Blätter von Palmen, Lorbeerbüschen, Zedern und Olivenbäumen. Mit einem Arm voll Grünzeug begab er sich bis zum Strand, um für eine Weile reglos zu verharren und in die Wellen zu blicken. Er dachte an den Evangelisten Johannes. Dann warf er alle Blätter ins Meer.

Es war, als würde Gott die Tage seiner Schöpfung wiederholen. Aus Zweigen und abgerissenem Laub wuchs etwas völlig Neues. Blätter dehnten sich aus, wurden lang und dick, krümmten sich, und aus den Äderchen entstanden Rippen, Balken, Planken wie von Schiffen. Aus den Blattspitzen wurde der Bug von Schiffen, aus den Adern wuchsen Wanten und aus den Stielen formten sich eindrucksvolle Heckaufbauten. So unterschiedlich wie die Blätter, so vielfältig waren auch Art und Eigenschaft der Boote und der Schiffe, die auf dem Wasser entstanden. Aus Astolfs Laub und Zweigen formten sich Galeeren ebenso wie Kutter und kleine Nachen. Tauwerk und Segel bildeten sich ebenso von selbst wie Ankerketten, Ruder und andere Gerätschaften, die für die Seefahrt nötig waren.

Nach und nach fanden sich auch die Besatzungen ein. Die Matrosen, Steuermänner und Kapitäne stammten aus dem nahen Korsika und aus Sardinien. Insgesamt kamen 26000 zu Wasser und zu Lande erfahrene Männer zusammen. Prinz

Astolf übertrug dem edlen Dudo das Kommando über das gesamte Invasionsheer. Schließlich warteten sie nur noch auf besseren Wind.

Während Astolfs Flotte wartete, näherte sich ein anderes Schiff der Küste Afrikas. Es war voll beladen mit gefangenen Kriegern. Sie alle waren an der schmalen Unglücksbrücke von Rodomont besiegt worden. Markgraf Olivier, der Schwager Graf Orlandos, war ebenso dabei wie Brandimart und Samsonet. Auf dem Schiff befanden sich Italiener, Gascogner, Deutsche und viele andere. Der Kapitän des Schiffes fuhr arglos in den Hafen von Biserta. Er hätte die Gefangenen eigentlich nach Algier bringen sollen. Durch einen bösen Wind war er aber ziemlich weit vom Kurs abgekommen. Trotzdem glaubte er, daß er sich einem freundlichen Ufer näherte und wie die Schwalbe zum Gezwitscher der Jungen in ihrem Nest zurückkehrte. Dann jedoch erkannte er die Fahnen und die Banner des großen Frankenkaisers. Er sah die Wappenzeichen des Adlers, der Lilie und des Leoparden und erschrak so sehr wie jemand, der unversehens mit nacktem Fuß auf eine Natter tritt. Entsetzt und schreckensbleich wollte er fliehen. Zu spät – die Gefangenen hatten ebenfalls erkannt, wer sie am Ufer in Empfang nahm.

»Das sind doch unsere!« schrie der erste.

»Die Franken … Kaiserliche …«

»Und der Prinz von England!«

Sie zerschlugen ihre Ketten und umarmten sich. Es dauerte nicht lange, bis das Schiff nah genug am Strand war. Schon wenig später wurden Olivier und Brandimart, Samsonet und viele andere direkt zu Herzog Astolf und seinem Kriegsherrn Dudo geführt. Der Kapitän des Schiffes bekam zugleich seinen Lohn: Er war es, der nun auf die Ruderbank geschmiedet wurde.

Astolf nahm die halbnackten Ritter in allen Ehren auf. Er sah, wie ausgehungert sie waren. »Dann wollen wir vor allem anderen erst einmal festlich tafeln!« rief er. Die Befreiten stimmten begeistert zu. Nach dem gemeinsamen Mahl wurden sie neu eingekleidet und mit Rüstungen und Waffen ausgestattet.

Noch während sie die Fahrt der großen Flotte und die ersten

Vorstöße gegen die Sarazenen nach ihrer Landung besprachen, näherte sich großes Lärmen ihrem Heerlager. Waffen klirrten, dann krachte es so laut, daß alle aufblickten und sich fragend ansahen.

Herzog Astolf und die anderen Ritter griffen sofort nach ihren Waffen, liefen aus dem großen Zelt und schwangen sich auf ihre Pferde. So schnell sie konnten, galoppierten sie auf das Getöse zu. Als sie näher kamen, sahen sie einen großen nackten Kerl, der nach allen Seiten wild um sich schlug. Mit seinen Händen schwang er einen großen schweren Knüppel. Jedesmal, wenn er traf, blieb mindestens einer der Männer, die sich ihm entgegenstellten, tot am Boden liegen. Der Unheimliche hatte bereits mehr als hundert erschlagen. Niemand wagte sich noch in seine Nähe. Statt dessen schossen sie aus sicherer Entfernung mit Pfeil und Bogen auf ihn.

Erstaunt blickten Astolf, Dudo, Brandimart und Olivier auf den wütenden Mann, der es wie besessen mit dem ganzen Heer aufnahm. In diesem Augenblick näherte sich eine junge, ganz in Schwarz gekleidete Frau. Sie erkannte Brandimart, ritt schnell auf ihn zu, schlang ihre Arme um ihn und küßte ihn auf beide Wangen. Flordelice konnte ihr großes Glück kaum fassen. Sie war vor Trauer fast verrückt geworden, als Brandimart auf dem schmalen Steg gegen Rodomont verlor. Danach war sie nach Marseille geritten, um dort irgendein Schiff zu finden, mit dem sie dem Gefangenenschiff mit ihrem geliebten Gemahl folgen konnte.

Noch während sie nach einer Überfahrt suchte, legte ein Schiff aus dem Morgenland an der Kaimauer von Marseille an. Sein wichtigster Passagier war ein ergrauter Ritter vom Hof König Monodants. Flordelice fragte auch ihn, ob er Brandimart nicht gesehen hätte.

»Ich suche ihn ebenfalls«, erwiderte der alte Ritter. »Überall, ob zu Wasser und zu Land, bin ich herumgereist und habe viele Königreiche durchsucht, um Brandimart zu finden. Jetzt bin ich nach Marseille gekommen, weil ich gehört habe, daß Brandimart inzwischen im Dienst des Kaisers in Frankreich steht.«

Plötzlich erkannte Flordelice den grauhaarigen Ritter. Es war Bardin, ein Gefolgsmann König Monodants von den fernen Inseln jenseits von Cathay. Vor vielen Jahren hatte er seinem Herrn sehr viel Kummer bereitet, als er Brandimart aus Rachsucht gegen den König entführt und an den Grafen Waldburg verkauft hatte. Der Graf hatte Brandimart wie einen eigenen Sohn aufgezogen.

Flordelice erzählte ihm, wie es Brandimart inzwischen ergangen war. Kurz darauf hatten sie ein Schiff gefunden, auf dem sie über das Mittelmeer nach Afrika übersetzen konnten. Bei gutem Wind waren sie sofort auslaufen.

Als sie an der Küste Afrikas ankamen, hörten sie, daß Brandimart inzwischen zur Gefolgschaft von Herzog Astolf gehören solle. Allerdings blieben diese Gerüchte so lange unsicher, bis sie ihn wirklich vor sich sahen.

Endlich fielen die Angst und die Sorgen von ihr ab, und alles in ihr jubelte. Brandimart kam sich ebenfalls wie im Himmel vor, als er Flordelice erblickte. Er umarmte sie, zog sie an sich und küßte sie, ohne daß seine Lippen müde wurden oder das Feuer in ihm abnahm.

Schließlich entdeckte er auch Bardin, der Flordelice bis hierher begleitet hatte. Er streckte seine Hände aus und wollte ihn ebenfalls liebevoll umarmen und ihn fragen, wie er hierhergekommen war. Aber das Getümmel der wild durcheinander Fliehenden war so groß, daß sie sich nicht näher kommen konnten. Der wilde nackte Mann bahnte sich mit seinem Knüppel Schritt für Schritt den Weg durch Astolfs Heer. Dann erkannte Flordelice ihn.

»Sieh doch nur – der Graf!«

Gleichzeitig rief auch Herzog Astolf den Namen des Rasenden aus. Er erkannte ihn an den Hinweisen, die ihm die Heiligen oben auf dem Paradiesberg gegeben hatten. Ohne diese Hinweise wäre weder Astolf noch irgendeiner der anderen auch nur im Traum darauf gekommen, daß der Wahnsinnige Orlando sein könnte. Der Graf sah verwahrlost aus und glich einem wilden Tier.

»Mein Gott, es ist tatsächlich Graf Orlando!« stieß Astolf, tief erschüttert, hervor. Er neigte sich zu Olivier und Dudo. Sie und die anderen Ritter starrten ungläubig und mit großen Augen auf den nackten Mann. Nur mühsam erkannten sie den berühmten und verehrten Orlando. Liebend gern hätten sie eingegriffen. Daß sie ihn so heruntergekommen sehen mußten, empfanden sie als grauenhaft und bejammernswert zugleich.

»Los, kommt und helft mir!« rief Herzog Astolf. »Hier gilt kein Jammern, sondern nur die Tat!«

Er sprang von seinem Pferd. Dudo und Olivier, Samsonet und Brandimart taten es ihm nach ebenso wie die anderen Ritter seiner Gefolgschaft. Gemeinsam drangen sie auf den Neffen des Kaisers ein. Sie wollten ihn zusammen mit bloßen Armen fangen.

Als Orlando merkte, daß er eingekreist wurde, riß er seinen Knüppel noch viel wilder hoch. Dudo deckte sich mit seinem Schild und drängte sich ins Innere des Rings. Orlando ließ den Knüppel auf den jungen Dänen niedersausen. Markgraf Olivier sah die Gefahr und riß sein Schwert in die Höhe. Wenn es die Wucht des Knüppels nicht abgelenkt hätte, wären Dudos Helm und Schild samt Kopf und Körper zermalmt worden. Der Knüppel krachte noch so schwer auf seinen Helm, daß Dudo sofort unter diesem einen Schlag zusammenbrach. Gleichzeitig schlug Samsonet mit seinem Schwert zu. Er traf den Knüppel und machte ihn zwei Ellen kürzer. In diesem Augenblick griff Brandimart ein. Todesmutig schlang er seine Arme um Orlandos Hüften. Astolf selbst packte die Beine des Rasenden.

Orlando schüttelte sich nur, und der Brite flog zehn Ellen weit zur Seite. Nur Brandimart, der nun Orlandos Taille fest umklammerte, ließ sich nicht so leicht abschütteln. Markgraf Olivier kam etwas zu dicht heran. Orlandos Faust ließ ihn blaß aussehen. Blut schoß aus seiner Nase und den Augen. Dann brach auch er zusammen. Hätte sein guter Helm ihn nicht geschützt, wäre dieser Faustschlag für seine Seele schon der halbe Weg ins Paradies gewesen.

Astolf und Dudo rappelten sich wieder hoch. Dem Herzog war nicht viel passiert, aber bei Dudo zeigte sich eine große Beule. Zusammen mit Samsonet, dem der gute Schwertschlag gelungen war, drangen sie erneut auf Orlando ein. Nun war es Dudo, der von hinten zupackte und dem Wahnsinnigen dabei ein Bein stellen wollte. Die anderen kümmerten sich um seine Arme. Doch auch mit vereinten Kräften schafften sie es nicht. Es war, als würden sie einen gehetzten Stier einfangen wollen. Wer das einmal gesehen hatte, wußte, wie er immer weiterlief und sich vergeblich mühte, die Hunde abzuschütteln, die bereits ihre Zähne in sein Fleisch geschlagen hatten. Ebenso brüllend und um sich schlagend, tobte Orlando weiter, obwohl die Ritter an ihm hingen wie die Hundemeute an dem Stier.

Ganz langsam kam auch Olivier wieder zu sich. Er richtete sich auf und sah, was Astolf und die anderen gerade versuchten. Ihm wurde sofort klar, daß sie Orlando so nicht bezwingen konnten. Olivier überlegte kurz und rief nach Stricken, die man ihm unverzüglich brachte. Dann knotete Olivier eine Schlinge nach der anderen und ließ die Seile verteilen.

Auf sein Kommando hin warfen alle Gefolgsleute gleichzeitig ihre Schlingen um den Körper des unglücklichen Grafen. Gemeinsam rissen sie den großen Körper wie der Hufschmied das Pferd auf die Erde. Kaum lag er, stürzten sie über ihn her und banden ihm die Hände und die Füße, so fest es ging, zusammen. Der Graf wehrte sich, wand sich, bäumte sich schreiend auf und wollte sich zur Seite drehen, aber auch mit seiner ungeheuren Kraft kam er nicht wieder frei. Für die anderen war alles erst der halbe Sieg, denn nun kam es darauf an, ob dem rasenden Orlando seine Tollheit ausgetrieben werden konnte.

»Los, schnell!« befahl Herzog Astolf. »Tragt ihn an den Strand!« Dudo lud sich den Gefesselten auf die breiten Schultern und schleppte ihn bis an die Brandung. Dann wuschen ihn die Männer siebenmal. Siebenmal warfen sie ihn ins Meer, und siebenmal tauchten sie ihn bis zum Grund hinab. Orlando schnaubte, brüllte und spuckte immer wieder Meerwasser. Dann endlich war der ganze Dreck an seinem Kopf und den Gliedern völlig abgelöst.

»So, das muß reichen!« rief Astolf schließlich. »Sucht ein paar feste Kräuter und stopft sie ihm, kreuz und quer gelegt, so in den Mund, daß er nur noch durch die Nase atmen kann!«

Als alles vorbereitet war, ließ Herzog Astolf den kostbaren Krug mit dem Verstand Orlandos bringen.

»Nun paßt auf!« sagte er mit höchster Anspannung. Während der Wilde schnaubte, sich wehrte und dann wieder tief durch die Nase Luft holte, hielt ihm Astolf geschickt den Krug vor die Nase.

Tatsächlich sog Orlando den ganzen Inhalt mit einem Atemzug in sich auf. Sofort mußte er würgen. Gewaltsam spuckte er den Kräuterpfropf aus. Während die Nebel in seinem Hirn sich auflösten, kam er sich vor wie einer, der aus einem wirren Traum erwacht, wie einer, der sich in der Morgensonne fragt, was er wirklich von den Ungeheuern und den Fratzen und den eigenen Untaten der Nacht glauben sollte und was nicht.

Wie durch ein Wunder kehrte sein Verstand zurück. Orlando wußte wieder, was geschehen war. Er sah Dudo an, der ihn bis ans Meer getragen, dann Brandimart und den edlen Astolf, der ihm den Verstand zurückgebracht hatte. Schweigend musterte er einen nach dem anderen. Plötzlich bemerkte er, daß er nackt und von Kopf bis Fuß gefesselt war. Dann sagte er ebenso wie der antike Satyr Silenos, wenn er wieder einmal vom Wein berauscht von seinem Esel gefallen war: »Nun helft mir doch mal hoch, Männer!«

Seine Augen blitzten, und er grinste sie vergnügt an. Schnell kamen die Gefährten näher und schnürten seine Fesseln auf. Gleichzeitig redeten sie auf ihn ein: »Denk nicht mehr daran, was du im Wahn gemacht hast«, sagten sie. »Und vergiß die Zeit, die du dadurch verloren hast.«

Jeder von ihnen gab einiges von seinen besten Kleidungsstücken für ihn ab. Nachdem Orlando wieder bei Verstand war und sich sogar etwas weiser als zuvor fühlte, stellte er fest, daß auch der Liebeswahn verschwunden war, der ihn wahnsinnig gemacht hatte. Angelica, die ihm so begehrenswert erschienen war, kam ihm auf einmal eher niedrig vor und bedeutete ihm weniger als nichts. Viel wichtiger war, all das wiedergutzumachen, was er durch seine schrankenlose Liebe sich und anderen zerstört hatte.

Unterdessen erzählte Bardin Brandimart, daß sein Vater Monodant inzwischen gestorben sei.

»Vor allen anderen erwartet dich dein Bruder Ziliant«, berichtete der alte Gefolgsmann. »Er wünscht, daß du das ferne Inselreich als König übernimmst. Es gibt kein anderes Reich, das diesem an Schönheit, Zahl der Völker und an Reichtum gleicht.«

Bardin schwärmte von dem wunderbaren Königreich und versicherte Brandimart, daß er nie wieder umherziehen würde, wenn er erst einmal gekostet habe, wie süß seine Heimat ist. All diese verlockend vorgetragenen Gründe konnten Brandimart noch nicht überzeugen.

»Ich stehe nach wie vor im Dienst von Kaiser Karl und Graf Orlando«, sagte er. »Erst wenn der Krieg zu Ende ist, lasse ich mit mir darüber reden.«

Am nächsten Morgen schiffte sich der dänische Paladin Dudo mit ausgesuchten Männern und seiner Flotte ein. Die Schiffe legten ab und nahmen Kurs nach Norden zur Küste der Provence.

Während die Segel am Horizont kleiner wurden, fragte Orlando Herzog Astolf nach ihrer eigenen Lage.

»Wie viele Männer hast du? Und wie sieht es in der eingeschlossenen Stadt Biserta aus?«

Herzog Astolf berichtete, wie er zum Heer der Nubier gekommen war. Nachdem Orlando wußte, wie die Würfel lagen, plante er für jeden Teil des Heeres Einsatz und Aufstellung des großen Sturms. Bereits beim ersten Angriff mußten die Verteidiger ihre Stadt aufgeben.

In der Provence wurde es um König Agramant und sein Eroberungsheer immer leerer. Marsilo und Sobrin hatten ihn verlassen. Sie und ihre Männer stürmten die Schiffe, die sie nach Afrika zurückbringen sollten. Immer mehr Anführer und Ritter aus dem Sarazenenheer folgten ihrem Beispiel. Erst als auch König Agramant einsah, daß er verloren hatte, gab er auf. Er wandte sich zur Flucht und preschte mit dem Rest des Heeres auf die rettende Stadt Arles zu. Bradamante trieb Rabikan mit

Sporen und mit Schlägen zu höchster Eile an. Sie wollte sich endlich an diesem König rächen. Zu oft schon hatte er ihr Ruggiero weggenommen.

Aber auch Marfisa wollte Rache nehmen für eine Schuld, die vom Vater Agramants noch nicht beglichen war. Ihr Hengst jagte ebenso wie Rabikan pfeilschnell dahin. Trotzdem kamen sie beide zu spät. Als sie die Tore in der Stadtmauer erreichten, rasselten die schweren Fallgitter an ihren Ketten schon nach unten. Damit gewann König Agramant genau die Zeit, die er benötigte, um sich mit seinem Heer im Hafen der umwallten Stadt auf die Flotte zu retten.

Wie zwei aus ihrem Käfigen entsprungene Pantherweibchen, denen die Jagd auf Hirsch und Reh diesmal mißlang, schämten die Frauen sich für ihre Niederlage. Verärgert wollten sie ihre Scharte wieder auswetzen. Während sie zum kaiserlichen Heer zurückkehrten, fingen sie versprengte Flüchtlinge der großen Schlacht ab und schlugen sie mit ihren Schwertern links und rechts so hart zu Boden, daß keiner mehr ans Aufstehen dachte. Wer jetzt noch übrig war, saß in der Falle. König Agramant ließ sämtliche Stadttore von Arles schließen. Seine besiegten Krieger konnten weder in die eine noch in die andere Richtung ausweichen. Der Weg über den Rhônestrom war auch nicht möglich. König Agramant hatte die Brücken einreißen lassen. Die Männer, mit denen er lange Zeit gekämpft hatte, waren in der Niederlage nicht mehr für ihn wert als Schafe oder Ziegen. Die einen färbten mit ihrem Blut die Erde, manche ertranken in der Rhône, andere im Meer. Von den Gefangenen blieben auch nur wenige am Leben. Die meisten starben, weil sie kein Lösegeld zu bieten hatten.

König Agramant ließ die größten seiner Schiffe ablegen und auf das Meer hinausfahren. Die kleineren sollten noch warten, um die letzten Reste des geschlagenen Heeres aufzunehmen. Aber der Wind war ungünstig. Erst am dritten Tag ließ Agramant die Anker lichten, um nach Afrika zurückzukehren.

König Marsilo mußte nun befürchten, daß am Ende Spanien die ganze Zeche zu bezahlen hatte. Wenn die Franken die Gelegenheit ausnutzten, blieb nicht mehr viel von seinem Königreich. Er beschloß daher, die Flotte zu verlassen und mit seinen Männern in Valencia auszusteigen. Kaum an Land, befahl er, die Burgen und die Mauern überall zu befestigen.

König Agramant kam mit brüchigen, fast menschenleeren Schiffen in sein Reich zurück. In seinem Kriegszug gegen Karl den Großen hatte er Dreiviertel seines Heeres eingebüßt.

Ihr König sei zu stolz, zu grausam und zu dumm, munkelten überall die Leute. In den meisten kochte große Wut. Nur ihre Furcht vor den Strafen Agramants ließ das Volk noch schweigen. Dennoch sprachen die Männer miteinander, wenn sie allein und unter Freunden waren. Sie machten heimlich ihrem Ärger Luft, während Agramant sich immer noch der Liebe seines Volkes sicher wähnte. Er konnte überhaupt nichts anderes denken, da er in seinem Gefolge viel zu viele Schmeichler, Lügner und Betrüger angesammelt hatte. Er meinte, daß er nicht in den Hafen von Biserta fahren konnte, weil er das gesamte Ufer noch von Nubiern eingenommen wähnte. Deshalb sagte er: »Wir landen weiter oberhalb, wo die Küste nicht mehr schwierig ist. Von dort aus können wir viel leichter die bedrohte Stadt befreien.«

Sein Schicksal wollte, daß aus diesem an sich gut bedachten Plan einer seiner größten Fehler wurde. Mitten in der Nacht kreuzten seine Schiffe die auf wunderbare Weise aus Blättern gewachsene Flotte Herzog Astolfs. Die Schiffe furchten durch die Wellen, das Wetter wurde trüb, dann wehten Nebelschwaden immer dichter. Noch war der Sarazene vollkommen ahnungslos. Wenn irgend jemand Agramant gesagt hätte, daß hundert Schiffe aus Blättern und Zweigen ihm entgegenkämen, hätte er es nicht geglaubt. Er dachte nicht einmal daran, Wachen in die Mastkörbe zu schicken.

Auf der anderen Seite nutzten Dudo und seine Mitstreiter Wind und Flut und griffen an, noch ehe irgend jemand bei den Sarazenen wußte, was geschah. Dudos mutige Krieger enterten die Schiffe König Agramants. Als dann die Heiden erwachten und die Hände regten, brach bereits ein Hagel aus Feuer, Eisen und schweren Felsbrocken auf sie nieder. Noch nie zuvor hatte es in dieser Meeresgegend so fürchterlich gedonnert und gekracht. Einige Sarazenenschiffe neigten sich so schnell zum Grund, daß die Besatzung gar nicht mehr dazu kam, sich zu wehren.

Die Christen wollten siegen und die Ungläubigen für alle ihre Sünden büßen lassen. Mit immer neuen Angriffen zeigten sie, was sie von den Ungetauften hielten. Agramant war völlig hilflos. Von oben prasselten immer neue Schwärme von Pfeilen auf ihn und seine Leute herab. Um sie herum wüteten Schwerter, Haken, Äxte und Spieße. Riesige Steine flogen unermüdlich aus den Wurfmaschinen. Jeder Treffer zerschmetterte einen Bug oder ein Schiffsheck.

Die Felsenschleudern rissen Löcher in die Seitenwände, die nun für Neptun offene Tore waren. Noch fürchterlicher wütete die Feuersbrunst, die überall aufloderte und kaum zu löschen war. Die Unglückseligen auf den Schiffen Agramants konnten nicht mehr fliehen. Was sie auch versuchten – sie hatten nur die Wahl zwischen Feuer, Schwert und nassem Tod. Der eine kämpfte, um wieder Boden zu gewinnen, der andere paddelte nach diesem oder jenem Boot. Die Hand, die eben noch retten wollte, hing abgeschlagen und verkrallt am Bootsrand, während das Blut des Körpers längst die Wogen rötete. Und alle, die aus Furcht vor den Spießen und den Beilen im letzten Augenblick ins Meer sprangen, kamen nicht weit, weil ihnen Steine und Schwärme spitzer Pfeile folgten.

40. Gesang

Es würde lange dauern, alles zu erzählen, was in der Seeschlacht noch geschah. Besonders bei dir, hochherziger Ippolito, wäre das genauso, als würde man Krokodile nach Ägypten, Krüge nach Samos oder Eulen nach Athen tragen. Schlachten, wie ich sie nur vom Hörensagen kenne, hast du schließlich selbst erlebt. Zusammen mit den Männern an deiner Seite hast du gesehen, wie die Schiffe unserer Feinde aus Venedig im Feuerhagel unserer Abwehr untergingen, wie die Wogen des großen Flusses blutigrot wurden und wie die Angreifer nur noch aufheulen konnten.

Ich habe all das nicht gesehen. Ich war in aller Eile sechs Tage vor der Schlacht, ständig die Pferde wechselnd, bis nach Rom geeilt. Als ihr gekämpft habt, kniete ich vor dem Papst und bat ihn um neue Pferde, neue Männer zur Verstärkung unseres Heers. Doch Gott sei Dank war die Verstärkung nicht mehr nötig. Du hast auch ohne Hilfe des großen Kirchenhirten Venedigs Löwen das Gebiß gebrochen und die Klauen so geschlagen, daß er uns so bald nicht wieder antastet.

Ich habe auch die Fahnen und die Wimpel unserer Feinde gesehen, die in unseren Kirchen ausgehängt sind, dazu die fünfzehn Kriegsgaleeren und tausend andere Schiffe, die Venedig an uns verloren hat. Wer die Brände und den Untergang der Schiffe und die ganzen Metzeleien bei all den Schlössern, die jetzt nicht mehr stehen, gesehen hat, der kann sich denken, wie das alles aussah, ehe auf dem letzten Schiff die Entscheidung über Sieg und Niederlage fiel.

Wer Derartiges überstanden hat, bekommt vielleicht auch eine Ahnung davon, was mit den armen Heiden mitten in der Nacht geschah, als Dudos Schiffe die Flotte König Agramants vernichteten.

Die Seeschlacht hatte mitten in der Nacht begonnen. Was König Agramant in der Dunkelheit noch nicht erkannt hatte, wurde durch den Feuersturm erst deutlich. Brennender Teer und Schwefel schleuderte herum, überall prasselte und pfiff es. Als dann das Entern und das große Morden anfing, war die Nacht längst zum Tag geworden. Erschrocken erkannte König Agramant, daß die fränkische Flotte doppelt so stark wie seine war.

Er ließ den edlen Hengst Brigliador und die wertvollsten Schätze aus seiner Beute in ein Beiboot laden und nahm auch Sobrin mit. Längst bedauerte er, daß er den Voraussagen des großen Sehers nicht geglaubt hatte. Zusammen mit wenigen ausgewählten Getreuen setzte er sich aus dem mörderischen Feuer dieser Seeschlacht ab.

Unbemerkt glitt der fliehende König zwischen den Schiffen hindurch und erreichte das sichere Meer. Hinter ihm versank sein Heer in einem Sturm aus Feuer, Eisen und aufgepeitschten Wogen.

»Sieh zu, daß du unseren Vorteil ausnutzt und Biserta niederwirfst, ehe Agramant mit seinem Heer zurückkehrt«, riet Graf Orlando dem Prinzen von England.

Astolf war sofort einverstanden. »Dem soll ein für allemal die Lust vergehen, nochmals gegen Frankreich in die Schlacht zu ziehen«, erklärte er lachend. »Das Heer soll sich auf einen großen Angriff in drei Tagen vorbereiten. Das gilt auch für die Schiffe, die nicht mit Dudos Flotte unterwegs sind. Hier soll Samsonet das Kommando übernehmen. Er ist zu Lande und zu Wasser gleichermaßen als Befehlshaber geeignet.«

Die Schiffe legten noch am selben Tag vom Ufer ab. Eine Meile landab gingen sie vor Anker. Astolf und Orlando nutzen die noch verbleibende Zeit. Als wahre Christen, die nie in einen Kampf gingen, ohne sich zuvor dem Schutz Gottes zu empfehlen, ließen sie das gesamte Heer zunächst fasten und für einen Sieg zum Himmel beten. Nachdem das große Beten und Fasten beendet war und sich die Christen vollständig entsündigt fühlten, kamen überall Haufen von Kriegern zusammen. Sie wollten vor der großen Schlacht noch einmal ihre Bäuche füllen und in der letzten Nacht mit sehr viel Tränen Abschied von ihren Freunden nehmen. Sie aßen und tranken zusammen, küßten und umarmten sich und meinten, daß sich gute Freunde eigentlich nur auf diese Weise vor ihrer letzten Reise voneinander trennen dürften.

Innerhalb der eingeschlossenen Stadt flehten Mohammeds Priester den Propheten um schnelle Hilfe an und boten ihm jede Art von Opfer. Nachdem der Kadi allem Volk seinen Segen erteilt hatte, griffen die Männer von Biserta zu den Waffen. Noch in der Dunkelheit huschten sie durch die bedrohte Stadt und stiegen zu den Mauerzinnen hinauf.

Außerhalb der Stadt war das Landheer unter Astolfs Führung ebenso bereit wie die Flotte Samsonets draußen auf dem Meer. Noch ehe die Sonne ihren ersten Strahl in den neuen Tag hinaufschickte, blies Orlando in sein Horn. Das war das Zeichen für den großen Angriff.

Biserta reichte auf zwei Seiten bis ans Meer heran. Auf den beiden anderen war die Stadt seit Jahrhunderten durch massive, kaum einnehmbare Mauern wie ein Felsennest meisterlich geschützt. Außer der alten Mauer besaß König Branzard keine neu errichteten Festungswerke. Er hatte keine Meister und Gesellen mehr gehabt und keine Zeit für den Bau noch stärkerer Befestigungen.

König Senap von Nubien befehligte die erste Angriffswelle. Sein Auftrag war es, die Mauerzinnen so massiv mit Schleudern, Speeren und Pfeilen zu beschießen, daß keiner der Verteidiger auch nur wagte, sich dort sehen lassen. Nur dadurch konnten das Fußvolk und die Reiterei der Angreifer ohne größere Verluste bis zum Fuß der Mauern vorstoßen. Sie schleppten Steine, Balken, Belagerungsmaschinen und alles weitere heran, was zur Erstürmung der Stadt benötigt wurde. Das Wasser aus dem Graben vor den Mauern war bereits am Tag zuvor umgeleitet worden. Immer mehr Gerümpel, Steine und Bretter füllten ihn schnell auf. Bald konnten Astolf, Olivier und Orlando die Massen des Fußvolks direkt gegen die Mauern von Biserta stürmen lassen.

Die Nubier hatten nur darauf gewartet. Der Gedanke an die reichen Schätze in der Stadt verjagte jede Furcht. Sie deckten sich mit ihren Schilden über den Köpfen in der alten Angriffsformation römischer Legionäre ab. Ihre Sturmböcke brachen durch die Stadttore und zerstörten die ersten Außentürme der Torwerke. Zügig und kraftvoll drangen sie weiter vor. Kaum waren die schwarzen Krieger dicht genug heran, als auch bereits Eisen, Feuer, Steine und ganze Dächer von den Mauerzinnen wie Gewitter über sie hereinbrachen.

Schnell klafften große Löcher in den Angriffsmaschinen. Überall brach das Sturmgerät zusammen. Solange es noch dunkel war, sah es nicht sehr gut aus für die christlichen Angreifer. Schon schien der große Angriff gegen die Mauern von Biserta zu scheitern. Doch dann, als die ersten Sonnenstrahlen ihr goldenes Licht verbreiteten, wandte sich das Glück von den Sarazenen ab. Graf Orlando verstärkte zu Wasser und zu Land die Angriffe. Samsonet ließ die Anker seiner Flotte lichten und lief mit seinen Schiffen auf den Hafen zu. Er griff die Stadt von See aus mit Katapulten, Steingeschossen und Bogenschützen an.

Olivier, Orlando, Brandimart und Astolf, der auf dem geflügelten Pferd den Himmelsozean durchfahren hatte, stürmten dort gegen die Stadtmauern, wo sich die Küste mit einer Bucht ins Land hinein fortsetzte. Jeder der vier Recken kam mit dem Viertel aller Krieger, das ihm zugeteilt worden war. Die erste Angriffswelle, die um ein Haar gescheitert wäre, wurde durch mächtige Holztürme auf Rädern verstärkt. Dann tauchten weitere Angriffstürme auf, die von Elefanten getragen wurden. Sie waren derart hoch, daß sie die Stadtmauern Bisertas deutlich überragten.

Das war der Augenblick für Brandimart. Über eine Leiter stieg er als erster zu den Zinnen der Stadtmauer hinauf. Unerschrocken folgte ihm seine Gefolgsleute. Keiner dachte daran, wie groß die Last wurde, die bereits von der Leiter getragen werden mußte. Brandimart hatte nur eins im Sinn: oben anzukommen und als erster mit den Zweikämpfen zu beginnen. Er erreichte eine Zinne, klammerte sich mit der freien Hand und mit den Füßen um den Mauervorsprung und schwang sich schnell herum. Mit seinem Schwert schlug und stach er sich eine Gasse in die Reihen der Verteidiger.

Doch dann geschah es: Das Leiternholz begann zu knacken, weil es die große Last nicht mehr tragen konnte, und brach. Bis auf Brandimart stürzten alle, die mit ihm auf der Leiter waren, kopfüber in den Graben. Brandimart verschwendete keinen Gedanken an eine Umkehr oder Flucht.

»Zurück!« schrien Dutzende von Kehlen unter ihm. »Laß dich zurückfallen!«

Aber Brandimart dachte nicht daran. Im Gegenteil: Er sprang dreißig Ellen von der Mauer nach unten – aber nicht zurück zum Christenheer, sondern mitten hinein in die feindliche Stadt. Jeder, der seinen tollkühnen Sprung sah, mußte glauben, daß es sein letzter war.

»Zu spät!« stöhnten alle auf. »Jetzt kann ihm keiner von uns mehr beistehen.«

Die Schreckensnachricht verbreitete sich schnell von Mund zu Mund und erreichte auch Orlando, Olivier und Herzog Astolf, die sogleich ihre Kämpfer antrieben, die Leitern noch schneller aufzurichten und noch mutiger nach vorn zu stürmen. Ihre Gesichter wurden so hart und gnadenlos, daß die Feinde schon vor ihren Blicken zittern mußten.

Es war, als würden Meereswellen im Sturm erbeben und ein Schiff mit ungeheurer Wut bald von vorn und bald von hinten höher schleudern. In der äußeren Umwallung brachen die ersten Lücken auf, die breit genug für die Angreifer waren. Tausend Leitern wurden für den zweiten Wall herangeschleppt. Rammböcke mit harten Widderköpfen krachten mit mächtigem Getöse an die Stadtmauern Bisertas. Die tapferen Angreifer drängten, quollen durch die entstandenen Öffnungen, um dem kühnen Brandimart beizustehen.

So wie der Po als stolzer Fürst der Flüsse wütend die Dämme brechen läßt und Uferwälle einreißt, um sich ein neues Bett zu suchen, und dabei ungehindert den fetten Boden und die reiche Saat auf den Feldern Mantuas vernichtet, wie er die Herden und die Futterstellen überschwemmt – genauso unaufhaltsam strömten nun die wilden Scharen durch die Lücken überall im Mauerwall.

Ihre Gesichter glühten, und ihre Waffen vertilgten die Barbaren. Das schlecht geführte Volk der Verteidiger ging unter im Inferno; die stolze Fürstin unter den Städten Afrikas fiel, während sich die Eroberer die Hände mit reicher Beute füllten.

Überall lagen Tote. Aus ungezählten Wunden ergoß sich Blut zu einem großen schwarzen See. In der geschlagenen Stadt sah es grauenvoller aus als in dem Sumpf, der um das Reich von Pluto floß. Flammen sprangen von Haus zu Haus, fraßen die Tempel, die Hallen und das Schloß. Dort, wo sich Menschen auf die Dächer retten konnten, schlugen sie sich gegen ihre Brust und heulten vor Verzweiflung.

Die Sieger schleppten alles, was sie an Beute finden konnten, durch das geborstene Tor. Einige der Eroberer hatten Prunkgewänder angelegt, andere schleiften heiliges Prachtgerät nach draußen, dazu Silber aus dem Tempelschatz. Manche hatten sich Mütter als Beute gegriffen, andere schleppten Kinder gefesselt mit sich. Astolf und Orlando sahen, was überall an Freveltaten geschah. Sie waren machtlos gegen diesen Rausch ihrer eigenen Männer.

Buzifar, Agramants Statthalter, starb durch einen einzigen Schwertschlag von Olivier. König Branzard entleibte sich selbst, als der letzte Funken Hoffnung aus seinem Herzen schwand. Nur Folvo wurde Gefangener von Herzog Astolf. Er hatte drei so schwere Wunden, daß er sich bereits am Rand der Hölle aufhielt. Damit konnten die drei Statthalter, die Agramant als Wächter seines Reichs zurückgelassen hatte, nichts mehr für ihren König tun.

Agramant, der oberste der Sarazenen, der sein Heer und seine Flotte auf offenem Meer verlassen und zusammen mit Sobrin geflohen war, schrie entsetzt auf, als er sah, wie es um seine Hauptstadt stand. Als dann Boten zu seinem Schiff kamen und berichteten, was mit Biserta und seinem Volk geschehen war, wollte er sich mit dem Schwert den Tod geben, und er hätte es getan, wenn er nicht durch den weisen Sobrin daran gehindert worden wäre.

»Bedenke doch, was das bedeuten würde«, redete Sobrin auf den König ein. »Könnte es noch mehr Jubel und einen größeren Sieg für unsere Feinde geben als durch deinen Tod? Sollen die, die jetzt hier eingedrungen sind, die Früchte deines Reiches ernten, während du im Grab liegst? Erst wenn du wirklich weg bist, gehört ganz Libyen ihnen, und jede Hoffnung deiner Untertanen stirbt. Dein Tod wirft uns alle in die Knechtschaft. Dein Reich bleibt elend und zahlt ewig nur Tribut. Solange du noch lebst, kann sich ihre Trauer noch zu Jubel wenden, der deine Fahnen bis zum Sieg begleitet. Wenn du schon nicht zu deinem Besten leben willst, dann tue es wenigstens, um uns andere zu retten. Der Sultan von Ägypten ist dein Nachbar. Von ihm kannst du Männer und Geld für deine Kriegkasse bekommen. Dein Vetter Norandin in Damascus wird dich ebenfalls unterstützen, bis du das Zepter wieder fester in der Hand hältst. Wenn du sie rufst, dann kommen auch Armenier, Perser, Araber, Türken und sogar die Meder. All diese Völker können dir helfen.«

Der weise Alte redete immer eindringlicher auf seinen König ein und gaukelte ihm vor, Libyen könne schon bald wieder stark und mächtig werden. Agramant merkte nicht, daß Sobrin ebenfalls nicht mehr an Sieg glaubte. Ein König, der sich derart leicht sein Reich wegnehmen ließ, konnte so viel bitten oder jammern, wie er wollte – unter den Heidenvölkern würde er als viel zu schwach gelten.

Agramant ließ den Bug seines Schiffes nach Osten wenden. Sie segelten erneut aufs offene Meer hinaus. Noch während sie Fahrt aufnahmen, zog von Süden her ein böses Wetter auf. Der Sturm brach wild und ungestüm über das Schiff herein. Der Steuermann blickte in den Himmel und erkannte, daß sein Schiff dem schweren Sturm, der auf sie zu kam, nicht gewachsen war.

»Das überleben wir nicht!« rief er den anderen zu. »Nehmt meinen Rat an, und laßt uns einen sicheren Unterschlupf aufsuchen! Direkt voraus liegt eine kleine Insel. Bis dahin schaffen wir es! Wir können dort ankern, bis das Toben über uns hinweggezogen ist.«

Der König stimmte dem Vorschlag des Steuermannes zu. Im letzten Augenblick erreichten sie den Schutz einer kleinen Bucht. Die Insel zwischen Libyen und der Schmiede von Gott Vulkan auf Sizilien bot sich geradezu als letzte Rettung für in Not geratene Seefahrer an. Sie war für gewöhnlich vollkommen menschenleer. Hirsche, Böcke, Hasen, Rehe und anderes Wild tummelten sich in der Einsamkeit unter Myrten und Wacholder, und nur gelegentlich kamen Fischer an den Strand. Doch König Agramant erkannte, daß schon ein anderer vor ihm Schutz in der Bucht gesucht hatte: Gradass, dessen Schiff auf dem Weg von Arles hier Anker geworfen hatte. Die beiden Heerführer begrüßten sich mit der Würde und dem Anstand, wie er zwei Königen gebührte. Schließlich waren sie noch vor kurzer Zeit Verbündete bei der Belagerung von Paris gewesen.

Als Gradass hörte, wie schlecht es seinem Waffenbruder in der Zwischenzeit ergangen war, bot er Agramant sofort Hilfe an, doch warnte er davor, auf die Hilfe der ungetreuen Ägypter zu bauen.

»Was dort alles mit Hilfesuchenden und Flüchtlingen passiert, hat bereits Pompeus im alten Rom berichtet«, meinte er. »Aber wenn es tatsächlich so ist, daß die Äthiopier mit ihrem König Senap gewagt haben, in Libyen einzubrechen und deine Hauptstadt mit Schwert und Feuer zu vernichten, dann sehe ich nur eine Möglichkeit, deine Schmach zu beenden. Ich will dir gern beweisen, daß ich noch immer zu dir stehe, indem ich Orlando zu einem Zweikampf herausfordere. Selbst wenn der Graf aus Stahl und Eisen sein sollte, schwöre ich dir, daß er mir nicht widerstehen kann. Und wenn er besiegt ist, sind die Christenvölker nur noch wie Lämmer vor dem Hunger eines Wolfes. Dann dürfte es leichtfallen, auch die Nubier aus dem Land zu schlagen. Wenn wir die anderen, die rechtgläubigen Nubier, die noch immer grollend auf der anderen Seite des Nils sitzen, mit edlen Pferden beschenken und dazu die berittenen Ludizier Arabiens, die reichen Völker des äthiopischen Goldlandes Makrobien, die Chaldäer, die Perser und alle anderen ebenfalls ins Spiel bringen, kann ich den Krieg so ins christliche Nubien tragen, daß die Eroberer deines Reiches schnell wieder verschwinden.«

König Agramant war über den zweiten Vorschlag des Kampfgefährten hocherfreut. Andererseits paßte ihm ganz und gar nicht, daß Gradass gegen den Eroberer seiner eigenen Hauptstadt Biserta kämpfen wollte, denn das war seine Sache und deshalb eine Frage der Ehre.

»Wenn einer Orlando herausfordert, dann bin ich es«, sagte Agramant. »Ich habe einfach ein Recht auf diesen Kampf. Ganz gleich, ob mir der Himmel gnädig ist oder auch nicht – ich bin bereit dazu.«

»Wie du meinst«, lenkte König Gradass ein. »Was hältst du von dem Vorschlag, daß wir beide gegen Orlando und noch einen zweiten Ritter an seiner Seite kämpfen?«

»Mir ist gleichgültig, ob ich hinter dir oder neben dir kämpfe«, sagte Agramant. »Ich weiß sehr gut, daß es auf der ganzen Erde keinen zweiten Kämpfer wie dich gibt. Hauptsache ist für mich deshalb, daß ich dabei bin.«

»Und ich?« mischte sich der weise Sobrin ein. »Wo bleibe ich dabei? Ich bin zwar älter als ihr, aber ich habe auch viel mehr Erfahrung. Bei einem solchen Kampf braucht man die ebenso wie Mut und Kraft.«

Gradass und Agramant sahen sich Sobrin an. Der alte Recke war ein Greis, aber immer noch sehr rüstig.

»Ich schwöre euch, daß ich trotz meiner grauen Haare ungebückt kämpfen werde.«

Gradass und Agramant waren einverstanden. Sofort schickten sie eines der Schiffe mit einem Boten wieder nach Nordafrika zurück.

»Sag diesem Grafen, daß wir drei ihn zum letzten großen Kampf herausfordern. Falls er den Mut dazu hat, soll er zur Insel Lipadusa ganz in der Nähe kommen.«

Nachdem Orlando den königlichen Boten angehört hatte, verkündete er vor dem ganzen Heer die Herausforderung von Gradass, Agramant und Sobrin. Er war so erfreut über die Nachricht, daß er den Boten mit Geschenken überhäufte. Endlich bot sich eine Möglichkeit, die Durindana wiederzugewinnen, die mittlerweile zu den Waffen von Gradass gehörte. Außerdem konnte er auch Brigliador und Almontes Horn zurückerobern, von denen er wußte, daß König Agramant sie besaß.

Orlando suchte unter allen, die sich danach drängten, an seiner Seite zu kämpfen, seinen Schwager Olivier und den königlichen Brandimart aus. Er wußte längst, welchen Wert die beiden hatten und wie sehr sie ihn verehrten. Gemeinsam wählten sie die besten Pferde, Schuppenpanzer, Lanzen und Schwerter aus, denn sie wußten, daß sie genaugenommen ohne ihre eigene, überlegene Ausrüstung in den Kampf zogen. Orlando hatte seine Rüstung im Wahn fortgeworfen. Rüstung und Waffen der anderen bewahrte Rodomont in seinem Turm am Fluß auf. Es war deshalb nicht einfach für die drei, sich an der Küste Afrikas gut zu rüsten. Alles, was aus bestem Stahl war, hatte König Agramant längst als Nachschub zu sich bringen lassen. In Libyen selbst waren gute Waffenschmiede inzwischen seltener als im Reich der Franken.

Orlando ließ dennoch alles heranschaffen, ganz gleich, ob es verbeulte, rostige oder noch blanke Waffen waren. Zusammen mit seinen beiden Kampfgefährten ging er anschließend zwei Stunden lang am Meeresstrand auf und ab. Er besprach mit ihnen alle Einzelheiten des bevorstehenden Kampfes. Als dann die Flut kam, sahen sie, wie ein Schiff mit vollen Segeln auf sie zuschoß. Sie entdeckten weder einen Steuermann noch andere Seeleute oder Passagiere.

Das führerlose Schiff rauschte in die Brandung. Niemand holte die Segel ein, und keiner warf im letzten Augenblick das Steuer herum.

Ehe ich weitererzähle, muß ich in der Zeit etwas zurückspringen: Der menschenleere Segler war der gleiche, mit dem Dudo seine Gefangenen nach Frankreich bringen sollte. In Marseille angekommen, war jedoch etwas geschehen, was um ein Haar alles umgekehrt hätte. Der Grund für die Verwirrung und das zum Schluß leer an die Küste Afrikas zurückgekehrte Schiff liegt wieder einmal bei Ruggiero. Die Zuneigung, die mein Herz für ihn spürt, lenkt mich deshalb wieder zu ihm. Ich muß zuerst seine Geschichte und die von Rinaldo berichten, auch wenn Orlando dafür noch etwas länger am Strand warten muß.

Rinaldo und Ruggiero waren fassungslos über das Gemetzel, das sich vor ihren Augen abgespielt hatte. Mehr noch als alles andere waren sie darüber empört, daß die beschworenen Verträge gebrochen worden waren. Sie fragten jeden, der an ihnen vorbeihetzte, nach dem Schuldigen und wollten wissen, ob Kaiser Karl oder König Agramant zuerst gegen den Eid verstoßen hatte.

Ein verschlagen wirkender Knappe, der die ganze Zeit nur auf die richtige Gelegenheit gewartet hatte, eilte auf Ruggiero zu. Eilfertig zog er Ruggieros Pferd hinter sich her und schleppte auch noch sein Schwert heran. Ruggiero stieg sofort auf. Er nahm seine Waffe, stürzte sich aber nicht in das Getümmel, sondern erneuerte noch einmal das Versprechen, das er und Rinaldo sich gegeben hatten.

»Wenn sich herausstellt, daß der Sarazenenkönig vertragsbrüchig geworden ist, dann ist der Kampf mit diesem Tag für mich zu Ende, und ich verlasse ihn noch heute mit all meinen Männern.«

Ruggiero wendete sein Pferd und ritt los. Jeden, den er traf, fragte er, ob Karl oder Agramant das gegebene Wort gebrochen hatte. Wieder und wieder hörte er, daß es die Sarazenen gewesen waren, die für König Agramant den Vertrag gebrochen hatten. Und jedesmal spürte Ruggiero einen Stich in seinem Herzen. Er verehrte Agramant und war entschlossen, ihm die Treue zu halten, doch was er nun erfuhr, traf ihn so tief und schmerzlich, daß sich das Band der Freundschaft mehr und mehr löste.

Geschlagen und zersprengt, flohen die Heiden. Es war, als würden sie durch eine Laune Fortunas vom höchsten Punkt des Glücksrades plötzlich bis zum tiefsten abstürzen.

In sich gekehrt, suchte Ruggiero nach einer Antwort. Sein Herz schlug immer noch für Agramant. Seine Zuneigung legte ihm Zügel an, denen er nicht entfliehen konnte. Sie trieb ihn hin und her und hinderte ihn, das Versprechen einzulösen, das er Rinaldo eben noch einmal bestätigt hatte. Zudem quälte ihn die Sorge, daß man ihn im Sarazenenheer als feige und verräterisch bezeichnen würde. Er durfte seinen Herrn einfach nicht verlassen.

»Aber ein Ehrenwort gilt nichts und wird zur Schande, wenn es gegen das Gesetz war!« wiederholte er immer wieder.

Den ganzen Tag, die Nacht hindurch und auch noch am folgenden Tag quälte Ruggiero sich. Schließlich entschied er sich, daß sein Platz im schwer geschlagenen Libyen war. Auch wenn seine Liebe zu Bradamante lichterloh in ihm brannte, standen Pflicht und Ehre noch darüber.

Er kehrte nach Arles zurück, um dort ein Schiff zu finden. Der Fluß und der Hafen waren jedoch völlig leer. Hier gab es kein Schiff, kein Boot und bis auf viele Tote keine Sarazenen mehr. König Agramant war mit allen Seefahrzeugen aufgebrochen, die er brauchen konnte. Der gesamte Rest war auf seinen Befehl hin noch im Hafen verbrannt worden.

Ruggiero sah, daß er hier nichts mehr ausrichten konnte. Deshalb entschloß er sich, nach Marseille zu reiten. Er nahm den Küstenweg und hoffte, daß er im Hafen von Marseille eine Passage bekommen würde. Er war sogar entschlossen, Gewalt anzuwenden, wenn es nicht anders ging. Er ahnte nicht, was in der Zwischenzeit geschehen war. Als er über die Berge vor Marseille kam, traute er seinen eigenen Augen nicht. Er sah Schiffe über Schiffe. Agramants Flotte lag so dicht im Hafen aneinander, daß nicht einmal ein Hirsekorn zwischen ihnen ins Wasser fallen konnte. Auch der gesamte Strand war mit Schiffen übersät, so weit das Auge reichte. Davor reihten sich gefangene Sarazenen zu einem langen Zug.

Ruggiero sprengte die Bergflanke hinab. Schon am Wegesrand hörte er, was geschehen war. Die Gefangenen sollten im Triumph zu Kaiser Karl gebracht werden – zusammen mit den Beutewagen, die von den fröhlich lärmenden Nubierkriegern begleitet wurden. Überall ertönte mit hellen Stimmen der Name Dudos am Strand und auf dem Meer.

Plötzlich erkannte Ruggiero einen der Gefangenen. Es war Bambirag, der Herr der Nasamonen. Dann entdeckte er auch Agrikalt und Farurant, Balaster, Manilard und Rimedont. Sie weinten alle und hielten ihre Köpfe tief gesenkt. Ruggiero konnte ihren Anblick kaum ertragen. Er hatte nichts, was er bieten konnte, um die gefangenen Sarazenenfürsten auszulösen, denn ohne eine Gegenleistung bekam er sie nicht frei. Kurz entschlossen senkte er seine Lanze und griff die Wächter der Gefangenen an. Bereits im ersten Ansturm stach er mehrere Feinde nieder. Es dauerte nur einen Augenblick, und hundert Krieger sanken auf die Erde.

Dudo hörte den Lärm und sah das Blut, das durch den Angreifer vergossen wurde, ohne zu wissen, wer der Unbekannte war. Die ersten Nubierhaufen stoben mit Geschrei davon.

»Mein Pferd, den Helm und meinen Schild!« befahl Dudo wütend. Er trug sein Wehrgehänge mit dem Schwert. Sofort stieg er aufs Pferd, ließ sich die Lanze reichen und stürmte los.

Ruggiero hatte bereits weitere hundert Mann erschlagen. Die Hoffnung der Gefangenen wuchs ein wenig. Als Dudo näher kam, erkannte er, daß sein Gegner keine Lanze mehr hatte. Er wollte nicht mit einem Vorteil in den Kampf gehen, der sich nicht ziemte, und warf deshalb die eigene Lanze weit von sich. Ruggiero erkannte die edle Tat und dachte: »Nicht zu verleugnen, daß dieser Ritter sich zu den Ehrenregeln der Paladine Frankreichs bekennt.«

Ehe irgend etwas anderes begann, wollte er wissen, wie der hieß.

»Dein Name!«, rief er. »Nenne mir deinen Namen!«

»Ich heiße Dudo und stamme aus dem dänischen Geschlecht des edlen Ogier«, kam sofort die Antwort. »Und wer bist du?«

»Ich bin Ruggiero der Dritte, Nachkomme der Herren von Reggio und Ritter im Dienst von Libyens König Agramant.«

Nun wußten sie, wer sie waren, und konnten gleich zur Sache kommen. Dudo schwang mit der rechten Hand die Eisenkeule, die ihn tausendfach berühmt gemacht hatte. Mit ihr bewies er, daß er tatsächlich aus dem edlen Heldenblut des Stammes Ogier kam. Ruggiero zückte das Schwert, das jeden Harnisch, jeden Helm durchdrang. Es war das beste Schwert der Welt. Als Ruggiero zuschlug, spürte der nie besiegte Däne, was die gute Klinge wert war. Gleichzeitig dachte Ruggiero daran, daß es Bradamante kränken würde, wenn er das Blut des edlen Ritters vergoß. Er kannte die Adelsbücher des Frankenreiches und wußte, daß Bradamantes Mutter Beatrix und Dudos Mutter

Armelina Schwestern und Töchter von Baiernherzog Naims waren. Nur deshalb schlug er nicht besonders stark zu. Er stach auch nicht mit der scharfen Schwertspitze, sondern lenkte nur die Keulenschläge des Paladins zur Seite. Wenn er dann traf, waren es nur flache Hiebe mit der Breitseite des Schwertes. Obwohl Dudo sehr schnell merkte, daß der andere ihn schonte, sprangen ihm bei jedem Treffer Funken aus den Augen. Er spürte, daß er bald unter dem Trommelfeuer der flachen Schwerthiebe zusammenbrechen und zu Boden stürzen würde.

41. Gesang

Der Duft, der von den Lockenhaaren einer Jungfrau, vom gepflegten Bart des Jünglings und von ihren hübschen Kleidern ausgeht, ist das Parfüm der Liebe. Wenn es sich lange hält und dann immer noch rein ist, muß das als gutes Zeichen gelten. Einem Baum, der auch noch spät im Jahr grüne Blätter zeigt, glaubt man eben, daß er im Frühling schön blühte.

Sieht man sich heute das Fürstenhaus der d'Este an, dann wird schnell deutlich, daß schon der Ursprung durch Ruggiero ganz besonders war. Seine Größe und sein edles Wesen zeigten sich, als er gegen Dudo ritt.

Dudo erkannte, daß ihn sein Gegner nicht besiegen oder töten wollte. Er konnte sich vor Erschöpfung kaum noch aufrecht halten, aber je mehr Blößen er sich gab, um so schwächer und zurückhaltender wurden Ruggieros Schwertschläge. Dem Dänen wurde klar, daß er nicht stark genug für den anderen war, doch wenigstens an Edelmut wollte er mit ihm gleichziehen.

»Bei Gott«, keuchte er, »laß uns Frieden schließen! Ich sehe ein, daß ich nicht gewinnen kann. Die Sache ist entschieden. Ich gebe mich gefangen und unterwerfe mich deinen Bedingungen.«

»Einverstanden«, stimmte Ruggiero sofort zu. »Aber die Bedingung dafür, daß ich dein Leben schone, ist, daß du die sieben gefangenen Könige dort freiläßt und sie an mich übergibst.«

Er deutete auf die gefesselten Heerführer der Sarazenen.

»Laß sie nach Afrika zurückkehren«, bat Ruggiero, »ehrenhaft und ohne weitere Bedingungen.«

Dudo willigte ein, und die Freigelassenen durften sich eins der Schiffe für ihre Heimkehr aussuchen.

Nachdem die Segel gesetzt waren, legten die Befreiten ab. Sie kamen gut voran, und das Ufer war schon bald nicht mehr zu erkennen. Als dann die Heimkehrer nur noch Wasser um sich sahen und der Tag in Dämmerung versank, wechselte der Wind und wurde plötzlich tückisch. Zum Erschrecken aller wurde das ganze Schiff auf einmal im Kreis herumgewirbelt. Stolz wie eine Herde wilder Pferde bäumten sich die Meereswogen auf und rasten mit weißen Schaumkronen durch die Nacht. Es war, als würden viele Winde miteinander kämpfen. Der eine kam von vorn, der andere warf das Schiff zurück, der nächste wieder hart voran, während der dritte das Schiff einfach zur Seite schleudern wollte. Jeden Augenblick konnte es zerbrechen. Der Steuermann hing schreckensbleich an seinem Steuer. Er riß immer wieder einen Arm hoch.

»Refft die Segel!« schrie er in der Finsternis. »Senkt die Rahen!«

Der Sturm zerriß seine Rufe ebenso ungehört wie das Geheul und Wehgeschrei der Seeleute. Brecher um Brecher krachte auf die Planken. Feurige Blitzesschlangen zischten durch die Luft. Der Donner rollte, und der Himmel dröhnte unter dem entsetzlichen Getöse.

Einige Seeleute klammerten sich angstvoll an die Ruder, andere griffen mit ins Steuer. Jeder versuchte das zu tun, wofür er ausgebildet war. Genau dadurch geriet alles immer mehr durcheinander. Während an einer Seite Segel aufgezogen wurden, rissen starke Hände sie auf der anderen Seite wieder herab. Wieder andere pumpten verzweifelt jeden Wasserschwall ins Meer zurück.

Das Wellenmeer stieg bis zu den Wolken hinauf, wogte, wallte, zerschlug die Ruder und riß dann die Splitter fort. Die tobende Gewalt raste so fürchterlich, daß sich das Schiff in den Wind drehte und den Wellen seine ungeschützte Seite bot. Die rechte Bordwand tauchte unter. Schon schien es, als würde das Schiff endgültig kentern. Die Mannschaft flehte den Himmel an. Sie zweifelten nicht daran, daß nun der Augenblick gekommen war, da sie auf den Grund des Meeres gezogen wurden.

Zu allem Unglück schlug der Sturm auch noch ein Leck in die Planken. Mit einem wilden Sturzbach schoß die Flut ins Innere.

Als der Morgen graute, nahm der Sturm nicht ab, sondern steigerte sich immer weiter. Er wütete wie wild, als plötzlich nackte Klippen vor dem armen Schiff auftauchten. Verzweifelt wollte die Besatzung das nahe Unheil noch einmal abwenden, doch sie hatte nicht die Kraft. Dreimal, viermal versuchten sie, das unglückliche Schiff durch die Gischt an den Klippen vorbeizuziehen. Wild strudelnd brachen sich die Wasser, während der Wind erneut aus vollen Lungen blies. Nichts konnte seine Wucht vermindern. Das war das Ende. Nun mußte jeder zusehen, wie er sich selber rettete. Die Seeleute stürzten ins Wasser und klammerten sich an alles, was schwamm.

Ruggiero sprang ebenfalls in das Rettungsboot. Er trug nur noch sein Wams und nahm nicht einmal Waffen oder irgend etwas von seiner Rüstung mit. Schon im Sprung sah er, daß zu viele Menschen das kleine Boot überfüllten. Es kenterte und ging unter. Mit ihm sanken alle auf den Grund des Meeres, die eben noch in letzter Hoffnung das große Schiff verlassen hatten. Ruggiero tauchte wieder aus der Tiefe auf, schnappte nach Luft und sah ganz dicht vor sich die Klippen, denen sie eigentlich ausweichen wollten. Plötzlich aber waren die Felsen der Ort, der ihm einen Halt in all dem Stürmen bieten konnte. Prustend schwamm er durch immer neue Wellen auf die Klippen zu.

Gleichzeitig jagte der Sturm das verlassene Schiff weiter von den Klippen weg. Der Segler, der allen schon als endgültig verloren galt, entkam sturmgepeitscht ohne Mannschaft oder Passagiere. Später, als der Sturm sich legte und die Wasser wieder ruhig wurden, sollte das leere Schiff unweit von Biserta an der menschenleeren Küste Libyens stranden.

Dort wollte Orlando wissen, was sich auf dem steuerlosen Schiff befand. Er ließ ein Boot heranschaffen und fuhr zusammen mit Brandimart und Olivier zum Wrack hinaus. Das Deck war verlassen. Erst als sie die Niedergänge hinabstiegen, entdeckte er unter dem Verdeck den schnellen Hengst Frontin. Gleich darauf fand er Ruggieros Schwert und seine Rüstung.

»Sieh an ... die gute Balisarde!« stieß er hervor. Er hob das Schwert auf, das eine Weile sein Eigentum gewesen war, nachdem er es der Fee Falerina entrissen hatte. Sie hatte es eigenhändig geschmiedet und gefeit, um sich gegen ihn zu verteidigen, als er ihren Garten zerstören und die darin gefangenen Frankenritter befreien wollte. Der Dieb Brunell hatte es ihm dann in Albracca gestohlen und es schließlich am Berg Carena dem waffenlosen Ruggiero gegeben.

Orlando wußte aus vielen Kämpfen, wie gut die Schneide dieses Schwertes war, und er dankte Gott, daß er ihm dieses Schwert rechtzeitig vor dem vereinbarten Zweikampf mit Gradass geschickt hatte. Der große König der Serikaner war nicht nur ungeheuer stark mit seinem Drachenherz – zu seinem Vorteil hatte er auch noch das Schwert Durindana und Rinaldos Pferd Bajard.

Die anderen Waffen und Rüstungen interessierten Orlando nicht besonders. Er selbst war nach wie vor so unverwundbar, daß ihn keine Waffe verletzen konnte.

»Ich nehme nur die Balisarde«, sagte er zu seinem Schwager Olivier. »Du kannst dir aussuchen, was sonst noch zu gebrauchen ist.« Er wandte sich an Brandimart: »Und du solltest das Pferd hier nehmen.«

»Ich kenne es.« Brandimart nickte. »Es hat einmal König Sakripant gehört. Und Ruggiero hat es später Frontin genannt.«

»Ruggiero«, sagte Orlando nachdenklich. »Den müssen wir uns merken.«

Für den Tag des großen Kampfes bereiteten die Herausgeforderten kostbare, neu angefertigte Gewänder vor. Graf Orlando ließ sich in sein altes Wappen den Turm von Babel, der gerade von Gottes Blitz getroffen wird, sticken. Markgraf Olivier trug auf einem goldenen Kampfrock einen silbernen, mit Lederriemen angeseilten Hund und dazu die Inschrift »bis sein Opfer kommt«.

Brandimart trauerte noch über den Tod seines Vaters Monodant. Er verzichtete deshalb auf ein prunkvolles Gewand und wählte eine einfache schwarze Bekleidung. Flordelis aber ließ es sich nicht nehmen, das feine dunkle Tuch an seinem Saum reich mit glänzenden Edelsteinen zu besticken. Sie legte ihre ganze Liebe in den Überwurf, der die nicht besonders feine Rüstung überdecken sollte. Aus dem gleichen, nur am Rand verzierten Stoff hatte sie auch die lange Pferdedecke angefertigt, die Mähne, Brust und Kreuz seines Rosses bedeckte. Vom ersten Nadelstich bis zur Vollendung hatte sie nicht gelächelt. Sie hatte Brandimart in ungezählten großen, wilden Schlachten kämpfen sehen und miterlebt, wie er tausend Schwerthiebe immer wieder überstand. Diesmal aber fürchtete sie, daß sie ihn verlieren werde. Ihre Sorge quälte sie so sehr, daß ihre Wangen bleich wurden und ihr Blut gefror.

Schließlich kam der Augenblick des Abschieds. Rüstung und Waffen waren vorbereitet, die Wimpel wehten am Schiff der Ritter, und die Segel blähten sich bereits im guten Wind. Astolf und Samsonet blieben als Anführer beim Heer der Gläubigen zurück. Während das Schiff mit den drei Kämpfern auslief, klagte Flordelis so laut ihr Leid, daß es bis zum Himmel aufstieg. Prinz Astolf und der Vizekönig von Jerusalem bemühten sich um sie, so gut es ging. Als das Schiff nicht mehr zu sehen war und sie endlich zum Palast zurückkehrten, sorgten sie dafür, daß Flordelis Ruhe fand. Bleich und zitternd blieb sie auf ihrem Bett, während ihre Gedanken den drei Herausgeforderten folgten.

In der Zwischenzeit kämpfte Ruggiero lange mit Händen und Füßen gegen das wütend peitschende Meer. Sturm und Flutwirbel bedrohten ihn von allen Seiten, aber noch viel mehr quälte ihn sein schlechtes Gewissen. Während er mit den entfesselten Naturgewalten um sein Leben rang, fürchtete er, daß Christus ihn dafür bestrafte, daß er die Taufe mit reinem klarem Wasser so lange hinausgezögert hatte. Ihm war, als würde er statt dessen durch die salzigen Wogen getauft.

Plötzlich erinnerte er sich wieder daran, was er Bradamante immer wieder versprochen hatte – und dem großem Rinaldo, nachdem Agramant seinen Schwur gebrochen hatte. Auch dieses Versprechen hatte er nicht eingehalten. Sechs-, siebenmal während seines Kampfes gegen die Wellen flehte er Gott an, ihm doch noch zu verzeihen.

»Ich schwöre, daß ich sofort Christ werde, sobald ich wieder festen Boden unter den Füßen habe!« schnaubte er. »Ich verspreche, daß ich nie mehr mein Schwert in einem Kampf zwischen Sarazenen und Christen ziehe … wenn ich gerettet werde, will ich Kaiser Karl alle Ehren zukommen lassen … und ich will die edle Bradamante nicht länger warten lassen …«

Kaum hatte er all das gelobt, als er auch schon fühlte, daß seine Kräfte wie durch ein Wunder wiederkehrten. Kraftvoll zerteilte Ruggierio die Wogen. Sie rissen ihn nach oben, warfen ihn wieder in die Tiefe, doch er gab nicht auf und hielt so lange durch, bis er nach einer ungeheuren Anstrengung einen schmalen Uferstreifen vor einem hohen Felsen mitten im Meer erreichte. Triefend wankte er aus den Wogen. Noch während er an Land stolperte, sah er sich um. Alle anderen, die mit ihm gefahren waren, blieben im Meer. Er war der einzige, der es auf die felsige Insel geschafft hatte.

Ein neues Grauen überfiel ihn, als er die trostlose Felseninsel sah. Er hatte sehr viel Salzwasser geschluckt und trotzdem mehr Durst als je zuvor. Gleichzeitig kam die Angst in ihm hoch, daß er in der kargen Einsamkeit verhungern würde. Dann aber beschloß er, nicht aufzugeben. Er wollte wissen, wie es oben aussah. Mühsam kletterte er über die Uferfelsen und folgte einem schmalen Aufstieg.

Ruggiero war noch keine hundert Schritte getaumelt, als plötzlich ein uralter Eremit vor ihm stand. Der Greis trug eine schlichten Kutte. Sein weißbärtiges Gesicht sah vom vielen Fasten müde aus. Dennoch strahlte alles an ihm Würde aus, die er durch seinen Frieden mit Gott gefunden hatte.

»Saul! Ungläubiger, warum verfolgst du mich?« stieß der Greis aus, als Ruggiero näher kam – ganz so, wie der Heiland Paulus gefragt hatte, als der seine Hand gegen ihn erhob. »Du wolltest über das Meer, ohne für die Überfahrt zu zahlen. Aber Gottes langer Arm hat dich auch noch eingeholt, als du dachtest, du könntest ihm entkommen.«

Dann erzählte der greise Gottesmann, daß er geträumt hatte, wie Ruggiero durch den Schutz des Himmels bis auf die Klippen gerettet werden würde.

»In diesem Traum habe ich alles über deine Vergangenheit erfahren«, sagte der Einsiedler, »aber auch über deine Zukunft und deinen Tod, der durch Verrat und Mord eintreten wird. Ich weiß alles über deine Kinder, Enkel und alle deine Nachkommen.«

Nachdem er das gesagt hatte, tadelte er Ruggiero für das, was er bisher falsch gemacht hatte.

»Du hast das sanfte Joch der Gefolgschaft Christi immer wieder verweigert. Dabei ist es so, daß man ihm freiwillig folgen soll. Es war deshalb nicht gut, daß du dich erst dazu entschlossen hast, als du in höchster Not keinen anderen Ausweg sahst. Ich muß dir das in aller Schärfe sagen. Andererseits kann ich dich auch trösten: Wer Gottes Sohn aufrichtig anfleht, den wird der Himmel nie verstoßen.«

Während der Eremit Ruggiero langsam bis zu seiner Felsenklause führte, erzählte er ihm liebevoll und eifrig, welchen Sinn die Religion von Jesus Christus dem Erlöser hatte.

Über der Berghöhle des Einsiedlers stand eine kleine und schön gebaute Kirche. Sie war so an den Felshang geschmiegt, daß sie vom Osten her das erste Morgenlicht empfangen konnte. Schräg unter der Kirche streckte sich ein kleiner Hain bis zum Meeresstrand. Hier wuchsen Lorbeer, Myrten und Wacholder, dazwischen fruchtbare Palmen. Der Hain wurde von einem klaren Bach bewässert, der sich aus einer Quelle in der Felswand speiste.

Der Klausner fachte das Feuer der Herdstelle in seiner Höhle an, belud den schlichten Bohlentisch bis zum Rand mit Obst und erzählte Ruggiero dabei, daß er schon fast vierzig Jahre in der Einsamkeit ein gottgeweihtes Leben führte.

»Ich fühle mich noch immer frisch und rüstig und ohne irgendwelche Krankheiten«, bemerkte er lächelnd, »obwohl ich schon achtzig Jahre alt bin.«

Ruggiero stärkte sich mit frischen Früchten. Seine Haare trockneten allmählich, während sein Gewand an der Feuerstelle hing. Ganz langsam spürte er, wie die Ruhe und die Zuversicht des Alten auch auf ihn übergingen. Sie hatten keine Eile, als der Eremit ihn nach und nach in die Geheimnisse des Glaubens einwies. Ruggiero lernte schnell. Bereits am nächsten

Tag taufte der alte Einsiedler Ruggiero mit reinem, klarem Bergwasser.

Zufrieden verbrachte Ruggiero seine Tage auf der Felseninsel, die ihn gerettet hatte. Der Eremit beantwortete Ruggiero alle Fragen und versprach, ihn schon bald dorthin zu bringen, wo er sich wieder frei bewegen konnte. Sie unterhielten sich so angenehm über Gott und die Welt, daß der Eremit schließlich auch erzählte, was er vom Allmächtigen in seinem Traum über die Zukunft des Geretteten erfahren hatte.

»Du stirbst sehr jung«, sagte der Eremit zu Ruggiero. »Von heute an vergehen sieben Jahre bis zu deinem Tod und kein Tag mehr. Es werden diese gottverfluchten Mainzer sein, in deren Krallen du dann fällst. Sie glauben, daß du an Pinabellos Tod schuld bist und daß auch Bertolas durch dich sterben mußte. Sie werden dich in einem Hinterhalt umbringen, damit niemand etwas von dem Mord erfährt, und dich noch am Ort der Tat verscharren. Aber dein Tod wird durch dein schwangeres Weib und deine Schwester gerächt. Bradamante und Marfisa werden dich überall am Fuß der Berge suchen. Dort, zwischen den klaren Wassern der Brenta mit ihren Schwefeladern und der Etsch, wird Bradamante einen Sohn zur Welt bringen. Es wird derselbe Platz mit heiteren Wiesen und vielen schönen Feldern sein, an dem schon der edle Trojaner Antenor nach langer Irrfahrt Padua erbaute und dort glücklich war. Am alten Schloß Ateste – das ist der erste Namen für das Geschlecht der d'Este – wird Bradamante dann im Wald gebären. Sie wird deinen Sohn als Kind liebvoll Ruggierolino nennen. Im Lauf der Jahre wird er dir dann an Schönheit, Mut und Stärke immer ähnlicher. Das Volk wird sehen, daß er von edlem Trojablut ist, und ihn zu seinem Anführer wählen. Bereits als Jüngling wird er Kaiser Karl im Krieg gegen die Langobarden helfen. Dafür erhält er dann ein schönes Land als Lehen und den Titel ›Markgraf‹. Bei der Verleihung wird Karl der Große sagen: ›Este hic domini – hier sind die Este Herren‹. Dadurch wird aus dem alten Namen Ateste der glückbringende Name des Geschlechts der Este entstehen.«

Ruggiero wußte nicht, wie er den ungewöhnlichen Blick in seine eigene Zukunft aufnehmen sollte. Einerseits trauerte er schon jetzt über seinen vorausgesagten frühen Tod, andererseits erfüllten ihn die Visionen des frommen Eremiten mit einer tiefen Freude.

»Du hast gesagt, daß Bradamante meinen Tod rächen wird«, sagte er. »Weißt du auch, wie das geschehen soll?«

»Ja, Gott der Herr hat mir auch geweissagt, was die Rache für deinen Tod sein wird. Du wirst noch kurz vor Sonnenaufgang deinem treuen Weib im Traum erscheinen und ihr sagen, wer deine Mörder sind und wo sie dich verscharrt haben. Zusammen mit Marfisa wird sie daraufhin nach Ponthieu ziehen und dort derartig mit Eisen und mit Feuer Rache nehmen, daß kein Stein mehr auf dem anderen bleibt. Sobald dein Sohn alt genug ist, wird er die Mainzer auf die gleiche Art bestrafen.«

Der alte Eremit berichtete von Azzo und Alberti, Ubizzi ebenso wie Leonel. Er sprach von späten Nachkommen Ruggieros bis zu Nicolo und Borso d'Este in der Stadt Ferrara. Und schließlich erwähnte er auch noch die Fürsten Hercule und Alfonso, den Kardinal Ippolito und die kluge Isabel. Bei all den Namen sagte er dennoch nicht alles. Er erzählte nur, was er für richtig hielt. Was nicht so gut für Ruggiero war, das behielt er voller Weisheit lieber ganz für sich.

Während Ruggiero auf der Ostseite der Insel friedliche Tage bei dem alten Eremiten verbrachte, kamen Orlando, Olivier und Brandimart auf der anderen Seite mit dem selben Schiff an, das hier kurz zuvor seine gesamte Besatzung und die Passagiere im Sturm verloren hatte.

Die drei Paladine ritten mit gesenkten Lanzen los. Sie wollten den Kriegsgott der Ungläubigen nicht lange warten lassen. Zusammen mit den beiden anderen Kämpfern, die auf der anderen Seite aufgesessen waren, kam Gradass ihnen schon entgegen. Ihr Galopp ließ die Dünen der kleinen Insel erbeben.

Sie stießen derartig hart aufeinander, daß alle Lanzen brachen und zusammen mit zerfetzten Schilden in den Himmel flogen. Gradass und Orlando gingen aufeinander los. Hier war nicht klar, nach welcher Seite sich die Waage neigen würde. Tatsache war, daß der Sarazene mit Bajard das bessere Pferd hatte. Schon beim ersten Stoß wankte Orlandos Hengst. Dann stürzte es der Länge nach zu Boden. Drei-, viermal gab ihm Orlando die Sporen, aber sosehr er auch an den Zügeln riß – er bekam das Pferd nicht wieder hoch. Entschlossen lief er zur Seite und griff sich den Schild und die Balisarde.

König Agramant kämpfte zur selben Zeit mit dem edlen Olivier. Sie waren beide gleichwertig. Dagegen konnte Brandimart den kampferprobten alten Sobrin bereits beim ersten Ansturm aus dem Sattel reißen. Es war nicht klar, wer daran die Schuld trug – ob Sobrin selbst oder sein Pferd. Brandimart griff ihn nicht weiter an, statt dessen eilte er Orlando zur Hilfe. Während Agramant und Olivier weiterhin aufeinander einhieben, übernahm Brandimart den Kampf gegen König Gradass. Orlando wußte, daß es Brandimart niemals zugelassen hätte, daß er ihn dabei unterstützte.

Er sah, daß Sobrin ebenfalls zu Fuß war und keinen Gegner hatte. Mit schweren Schritten, deren Echo wie bei einem Erdbeben bis in den Himmel stieg, stampfte er auf den Sarazenen zu. Wie der Steuermann, der in wildbewegter See irgendwo eine stillen Fleck im Tosen eines Sturmes suchte, hielt Sobrin seinen Schild gegen den über ihn hereinbrechenden Tod. Kein Erz, kein Stahl konnte der Schärfe der Balisarde widerstehen – erst recht nicht, wenn das Schwert von einem derart ungewöhnlichen Mann wie Orlando geführt wurde. Ein Schlag genügte, um Sobrins Schild in der Mitte zu zerspalten. Mit ungebremster Wucht fuhr die Klinge durch den fingerbreiten Halsreifen von Sobrins stählerner Rüstung. Der Ring aus Eisen teilte sich wie nichts. Doppeltes Eisenblech und Kettenringe halfen nur noch wenig. Aus einem breiten Loch in der Rüstung sprudelte das Blut des Sarazenen. Sobrin schlug ebenfalls, so hart er konnte, zu, doch es gelang ihm einfach nicht, Orlandos Haut auch nur anzukratzen. Der Paladin blieb auf ewig unverwundbar.

Nun holte der Graf erneut aus, um mit einem Schlag den Kopf des anderen vom Rumpf zu trennen. Sobrin wußte, daß er diesen Schlag nicht überleben würde. Bei soviel Kraft konnte er seinem Schild nicht mehr vertrauen Er wich zurück, aber zu langsam. Der ungeheure Schlag zerschmetterte seinen Helm und betäubte den königlichen Kämpfer. Er stürzte und blieb wie tot am Boden liegen.

»Den kann auch kein Gebet mehr retten«, dachte Orlando. Schnell entschloß er sich, doch noch Brandimart zu helfen. Schon zeigte sich, daß der Sarazene durch sein Pferd, seine Kraft und seine Waffen dem anderen überlegen war. Brandimart hielt sich auf dem guten Pferd Frontin nach wie vor tapfer im Sattel. Mit einer besseren Rüstung hätte er den Kampf wohl auch bestehen können, aber schlecht bewaffnet und gerüstet, mußte er immer wieder vor den Schwerthieben ausweichen. Wie kaum ein anderes Pferd verstand Frontin selbst den kleinsten Wink des Reiters. Jedesmal, wenn die Durindana mit voller Wucht herabfuhr, tänzelte er geschickt beiseite.

Am umbarmherzigsten kämpften der edle Olivier und König Agramant gegeneinander. Sie beherrschten beide gleichermaßen ihre Waffen und waren auch in Kraft und Ausdauer ebenbürtig.

Gradass entdeckte das Pferd, das nach Sobrins Fall durchgegangen war. Mit einem schnellen Satz schwang er sich in den Sattel. Mit der Rechten griff er nach seinem Schwert, während er mit der Linken das prächtige Zaumzeug zurechtzog. Dann sah er, wie sich Orlando zum Kampf vorbereitete. Sofort rief er ihm seine Herausforderung entgegen: »Komm schon, Graf Orlando, damit ich dir und deinen beiden Gefährten noch vor Sonnenuntergang zeigen kann, wie dunkel doch die Nacht ist.«

Er ließ Brandimart stehen und ritt auf den Grafen zu. Schon mit dem ersten Schlag zertrümmerte er glatt den Panzerkragen an Orlandos Rüstung. Trotzdem konnte er ihn bei aller Wucht und Kraft der Schläge nicht verletzen. Gleichzeitig schlug Orlando mit der Balisarde zu. Das Wunderschwert zerbiß Schild und Helm, Halsschutz und Harnisch des Serikanerkönigs. Der Mann, der noch nie verwundet worden war, seit er die gute Rüstung trug, mußte plötzlich erleben, wie zum ersten Mal Blut aus tiefen Wunden schoß.

Gradass erkannte, daß er nicht wie sonst auf seine Rüstung und seine Waffen bauen konnte. Augenblicklich suchte er nach Deckung. Inzwischen hatte Brandimart gemerkt, daß ihm Orlando seinen Gegner wegnahm. Er preschte vor und stellte sich zwischen beide Paare. Auf diese Weise konnte er sofort angreifen, wo einer der Gefährten schwach wurde. Auch noch ein anderer wollte wieder mitmachen. Fürst Sobrin rappelte sich auf, obwohl Schulter und Gesicht heftig schmerzten. Er brauchte einen Weile, bis er zu sich kam. Mit vorsichtigen Schritten schlich er sich bis hinter Olivier.

Der Paladin des Frankenkaisers achtete nur auf seinen Gegner vor sich. Das war der Augenblick, in dem Fürst Sobrin sein Schwert in die Hinterhand des Reittiers vor ihm stieß. Das gute Pferd knickte sofort ein. Olivier stürzte, bekam den linken Fuß nicht mehr aus dem Steigbügel und fiel so unglücklich, daß sein Bein mitsamt dem Bügel vom Leib des Pferdes auf dem Boden eingeklemmt wurde. Sofort holte Sobrin aus. Mit einem jähen Querhieb wollte er Olivier enthaupten. Laut klang der Stahl des Helms, den Vulkan vor langer Zeit für Trojas Helden Hektor mit eigener Hand geschmiedet hatte, aber er hielt den ungeheuren Schlag des Heiden auf.

Brandimart erkannte, was geschah, und galoppierte auf den anderen zu. Er schlug Sobrin mit dem Schwert direkt auf den Kopf und warf ihn um. Aber der zähe Greis kam wieder hoch. Wild entschlossen, Olivier die Überfahrt ins Jenseits zu schenken, drehte er sich um. Wenn er ihn nicht töten konnte, dann sollte dieser Franke wenigstens unter seinem Pferd gefangen bleiben.

Markgraf Olivier schlug und stach gegen Sobrin und hielt ihn bis auf eine Schwertlänge von sich entfernt. Sein greiser Gegner wurde immer schwächer. Er war bereits blutüberströmt, und über den Sandboden um ihn herum flossen rote Bäche. Immer wieder bemühte Olivier sich vergeblich, unter seinem Pferd hervorzukommen.

Unterdessen prallte Brandimart wie eine Sturmböe gegen König Agramant. Frontin tänzelte mit leichten Schritten um ihn herum. Agramants Pferd konnte jedoch mithalten. Der Sarazene ritt auf Brigliador, den Ruggiero dem unglücklichen Mandrikard abgenommen hatte. Außerdem hatte König Agramant den Vorteil besserer Waffen. Sie waren meisterhaft geschmiedet und im Kampf erprobt. Dagegen mußte Brandimart mit dem an Ausrüstung auskommen, was er eher zufällig gefunden hatte. Während er sich bereits ausmalte, daß er bald schon bessere Waffen besitzen würde, schlug ihm Agramant eine große rote Wunde in die Schulter. Zusammen mit der anderen Verletzung, die ihm Gradass zuvor beigebracht hatte, machte ihm der neue Stoß ziemlich zu schaffen. Trotzdem gelang es ihm, Agramants linken Arm zu schlagen und dabei sogar noch seines Feindes rechte Hand zu streifen. Dennoch waren diese Treffer im Vergleich mit den schweren Schlägen von Gradass oder Orlando eher spielerische Scherze.

Orlando war schon halb entwaffnet. Große Löcher klafften in seinem Helm. Sein Schild lag längst am Boden, und seine Rüstung hing nur noch jämmerlich zerschlagen an ihm. Nur er selbst war unverletzt. Kein einziger Hieb war in seinen Körper eingedrungen. Dafür hatte er reichlich ausgeteilt.

Gradass begriff allmählich, daß es sein eigenes Blut war, das seinen ganzen Leib befleckte. Entsetzt erkannte er, daß er auf herkömmliche Art und Weise mit seinem Gegner nicht fertig werden konnte. Entschlossen änderte er seine Kampfart: Sobald er zweihändig zuschlug, mußten einfach Kopf, Hals und Brust des Franken in Stücke gehen. Er hieb so schwer zu, wie er es mit beiden Händen konnte, und traf den Grafen nur halb. Bei jedem anderen hätte bereits das ausgereicht, um ihn bis zum Sattel durchzuteilen, aber Gradass konnte nicht einmal Orlandos Haut ritzen. Kein Tropfen Blut trat aus, und die Klinge blieb so blank und leuchtend, wie sie war. Trotzdem sah Orlando Sterne vor seinen Augen blitzen. Wenn er sein Schwert und das Zaumzeug nicht an die Arme angekettet hätte, wären ihm alles mit Sicherheit entglitten. Der ungeheure Krach des zweihändigen Schlages dröhnte so laut, daß sein Pferd augenblicklich durchging.

Gradass nahm sogleich die Verfolgung auf. Dann wandte er sich jedoch noch einmal um und sah, daß König Agramant den

Kampf verlor. Er hing schon halb besiegt über seinem Pferd. Der kühne Sohn des Monodant hatte ihn mit der linken Hand am Helm gepackt und vorn bereits den ersten Helmriemen gelöst. Agramant besaß kein Schwert mehr, er war schwer angeschlagen und wehrte er sich nur noch mühsam.

Ein Dolch blitzte in Brandimarts Hand auf. Sofort riß Gradass sein Pferd herum und ließ Orlando reiten. Wichtiger war nun, daß er dem König half. Brandimart achtete nicht auf Gradass. Ohne irgendeinen anderen Gedanken zielte mit seinem Dolch auf die Kehle Agramants.

Im selben Augenblick war Gradass hinter ihm. Mit beiden Händen schickte einen fürchterlichen Schlag auf Brandimarts Haupt.

Der ungeheure Schlag spaltete Brandimarts zwei Finger dicken Halsring ebenso wie seinen Helm. Sein Gesicht wurde totenblaß. Er stürzte, und aus der vollen Ader seines Hauptes ergoß sich edles Blut.

Graf Orlando kam langsam wieder zu sich. Er sah sich um und entdeckte Brandimart am Boden. Über ihm stand Gradass in so eindeutiger Haltung, daß Orlando ihn sofort als den Mörder des Gefährten ausmachte. Schmerz und ohnmächtige Wut wallten in ihm auf. Aber es blieb keine Zeit, um zu weinen.

Wo sind die Eisenringe, die härteste Ketten aus Diamant, um deinen Zorn zu bändigen, wenn du mit ansehen mußt, wie das Liebste deines Herzens leidet und sein Blut vergossen wird. Keine Rache dafür kann so grausam sein, daß man sie dann nicht verzeihen könnte, wenn sie gegen die Vernunft aus Liebe und in einer Sturzflut der Gefühle geschieht. Schon als Achilles seines Freundes Blut sah, reichte als Rache nicht, Hektor zu töten. In seiner Wut mußte er auch noch den Leichnam des Gehaßten schänden.

Siegreicher Fürst Alfonso, die gleiche Trauer und der gleiche Zorn packte auch deine Männer an dem Tag, an dem der Stein von den Mauerzinnen der Festung Bastia gegen deine Stirn schmetterte. Es war ein Aufschrei der Verzweiflung, mit dem dann unsere Krieger derartig wütend angriffen, daß kein Wall, kein Graben und keine Mauer standhielten. Der Schmerz über deinen vermeintlichen Tod trieb deine Männer bis zur Raserei.

Die Spanier aus Granada und Cordoba haben zuvor viele Tage benötigt, um die Burg zu nehmen. Uns aber reichten ein paar Stunden, um sie wiederzuerobern und alle Heiden in ihren Mauern umzubringen. Vielleicht war das sogar die Strafe Gottes dafür, daß sich die Eroberer nicht einmal an die ungeschriebenen Gesetze des Krieges gehalten haben, sondern unbewaffnete Gefangene einfach totschlugen.

Orlandos Zorn wuchs ins Unermeßliche, als er den von Gradass' Hieb erschlagenen Gefährten auf dem Boden sah. So wie der Nomadenhirte in Wut gerät, wenn er gerade noch die Schlange sieht, die den geliebten Sohn mit ihrem Gift das Leben raubte, und wütend mit dem Knüppel auf die Fliehende einschlägt, ebenso schwang Orlando sein Schwert. Der erste, den er traf, war nicht Gradass, sondern König Agramant.

Der oberste Befehlshaber der Sarazenen war über und über mit Blut besudelt. Sein Schild bestand nur noch aus Trümmern.

Der Helm hing lose an einem letzten Band. Bleich, verstört und ohne Schwert irrte der König blutend am Inselstrand herum. Er war Brandimart wie ein schwacher Sperber aus den Klauen eines Habichts entkommen und flog trotzdem, wie auf Raub aus, wieder heran, Orlando unversehens in den Weg. Ohne zu zögern, hob der Graf sein Schwert und schlug zu. Die Balisarde zerschnitt Agramants bloßen Hals wie ein dünnes Rohr. Mit einem letzten Zucken fiel der einst so mächtige Herrscher Libyens in den Sand. Der Geist des Afrikanerkönigs entwich zum Meer hin, wo ihn Charon, der Fährmann in der Unterwelt, auf den Haken nahm und in seinem schwarzen Nachen fortzog.

Orlando hielt sich nicht bei dem Besiegten auf. Die Balisarde verlangte bereits nach dem nächsten Streiter. Als Gradass sah, wie König Agramant ohne Kopf zu Boden stürzte, ergriff ihn eine nie gekannte Furcht. Er wurde bleich und rang nach Luft. Unfähig, sich zu wehren oder sich nach einer Deckung umzusehen, konnte er nur noch auf die Vollendung seines Schicksals warten. Das Eisen traf ihn in die rechte Seite. Ungehindert stieß Orlandos Schwert durch den Leib des Serikaners, ehe es, in Blut getaucht, auf der anderen Seite wieder austrat. Keiner bei den Ungläubigen hatte besser gekämpft als König Gradass. Ihn konnte nur der beste und berühmteste von allen Paladinen Karls des Großen überwinden.

Orlando empfand weder Freude noch Genugtuung. Ohne jeglichen Triumph sprang er aus dem Sattel. Seine Augen glänzten voller Tränen, während er zum erschlagenen Brandimart eilte. Vorsichtig nahm er dem Freund den Helm ab. Erst da erkannte er, daß der Kopf von Brandimart durch die Brauen bis zum Nasenbein zerschlagen war. Trotzdem war noch ein Rest von Leben in ihm. Es reichte gerade noch für ein Gebet zum Himmel, mit dem er um Vergebung seiner Sünden bat. Orlando konnte seine Tränen nicht mehr länger halten.

»Du mußt nicht ... weinen, Orlando«, hauchte der Sterbende. »Bete lieber für mich, und kümmere dich um Florde...«

Brandimart brach mitten in ihrem Namen ab. Während er sein Leben aushauchte, nahm ein Chor von Engeln die Seele, die dem Menschen nur geliehen wurde, wieder zu sich hinauf.

Orlando blickte versunken auf den toten Freund und weinte bitterlich über den Verlust des Mannes, der ihm so viel bedeutet hatte – viel mehr noch als ein Bruder.

Nicht weit entfernt lag Sobrin. Noch immer troff das Blut aus seiner Seite und aus seinen Wunden im Gesicht. Der alte Maure hatte mittlerweile so viel Blut verloren, daß sein Körper bereits kalt wurde. Direkt neben ihm lag Olivier eingeklemmt unter seinem Pferd. Seine Beine schmerzten, und seine Knochen waren fast zermalmt unter Last des toten Pferdes. Ein wahnsinniger Schmerz zuckte durch Oliviers Bein, als Orlando ihn endlich unter dem Pferd hervorzog. Er fürchtete, nie wieder auf diesem Bein stehen zu können, und war sich nicht einmal sicher, ob er überhaupt noch lange leben würde.

Ein Stück weiter war Sobrin mittlerweile besinnungslos geworden. Mit all dem Blut war auch sein Leben fast ganz aus ihm herausgeflossen.

»Tragt ihn hier weg!« befahl Orlando seinen Knappen. »Er ist kein Feind mehr, sondern ein großer Kämpfer. Ich will, daß er die beste Arznei bekommt. Er soll gepflegt und gut ernährt werden.«

Wie schon nach anderen Kämpfen verrauschte seine Hitze schnell, und sein Groll legte sich wieder.

»Waffen und Pferde der Toten sind für mich«, sagte er. »Alles andere könnt ihr vom Troß euch teilen …«

Nachdem alles getan war, stieß Orlando sein immer noch blutbeflecktes Schwert in den Boden, stützte sich auf und blickte unbeweglich und sehr lange schweigend auf das weite Meer hinaus. Irgendwann tauchte ein kleines schnelles Schiff am Horizont auf. Es kam mit vollen Segeln geradewegs auf die Insel zu.

Bradamante hatte inzwischen fast alle Hoffnung aufgegeben, ihren geliebten Ruggiero für sich zu gewinnen. Seit er auch seinen öffentlich vor beiden Heeren abgelegten Schwur gebrochen hatte, konnte sie nur noch schmerzerfüllt an ihn denken. Ihr Zorn richtete sich immer mehr gegen die ganze Welt. Sie ließ den Schmerz wie unter vollen Segeln zum Himmel steigen und beschwerte sich darüber, daß nicht schon längst ein Strafgericht und Rache für den erneuten falschen Schwur über Ruggiero hereingebrochen war. Sie erinnerte sich auch an Melissas Weissagung und verfluchte erneut ihr Orakel aus der Grotte Merlins, das sie so sehr leiden ließ. Immer wieder beklagte sie sich bei Marfisa darüber, wie sehr ihr Bruder sie gekränkt hatte. Anfänglich zuckte Marfisa nur mit den Achseln, aber dann versuchte sie, der Freundin Trost zu spenden.

»Ich glaube nicht, daß sich Ruggiero von dir abgewandt hat«, sagte sie. »Und wenn er wirklich treulos geworden sein sollte, dann werde ich ihn mit der Waffe in der Hand zur Rede stellen. Selbst wenn wir blutig miteinander kämpfen müßten, würde ich ihn zwingen, daß er sein Versprechen der Verlobung einhält, das er dir gegeben hat.«

Nach und nach gelang es ihr, Bradamantes Schmerz etwas zu lindern.

Auch Bradamantes Bruder Rinaldo wurde fast wahnsinnig vor Sehnsucht. Dabei war es nicht einmal die Schönheit von Angelica, die ihn verrückt machte, sondern die Magie der Liebe. Nachdem die Heiden zurück nach Afrika geflohen waren, gönnten die Paladine Karls des Großen ihren Klingen eine Pause. Nur Rinaldo konnte sich über den großen Sieg nicht freuen. Er hatte mindestens hundert Boten in alle Himmelsrichtungen geschickt und selbst immer wieder nach der Schönen aus dem Königreich Cathay gesucht. Schließlich wandte er sich an den Zauberer Malegis. Errötend gestand er ihm seine Herzensqualen und bat ihn, zu erkunden, wo sich Angelica inzwischen aufhielt. Malegis wunderte sich über das Geständnis seines Vetters.

»Ich verstehe dich nicht«, sagte er. »Sie wollte dich doch. Du hättest dich hundertmal zu ihr ins Bett legen können. Ich selbst habe dich immer wieder bedrängt, die Lust der Schönen endlich zu befriedigen. Weißt du nicht mehr, wie ich dich angefleht und dir sogar gedroht habe, damit du ihr endlich ihre heißesten Wünsche erfüllst? Wie leicht hättest du mich damit befreien können, als ich bei ihr im Kerker saß. Ich wäre beinahe getötet worden, weil du dich damals so gesträubt hast. Und jetzt verlangst du, daß ich dir bei der Suche nach ihr helfe?«

Er schüttelte verständnislos den Kopf. Rinaldo bat ihn, bedrängte ihn und schwärmte ihm immer wieder von der Macht der Liebe vor. Tief in der Nacht erbarmte Malegis sich schließlich und versprach, Rinaldo zu helfen.

»Aber du mußt mir Zeit lassen. Ich sage dir Bescheid, ob sie in Frankreich oder sonstwo ist, sobald ich meine Rituale und die erforderlichen Zauberzeremonien durchgeführt habe.«

Am nächsten Tag ging Malegis allein zu der geheimen Grotte hinter schroffen Felswänden, die für alle anderen unzugänglich war. Hier lag sein Zauberbuch, mit dem er seine Geisterscharen rufen konnte. Er tat es und wählte sich einen aus, der in Liebesdingen schon Erfahrung hatte.

»Sag mir, um Himmels willen, was mit Rinaldo so völlig unerwartet passiert ist. Er war bisher ein harter Kämpfer. Und plötzlich klagt er nur noch über sein liebeswundes Herz.«

»Es gibt zwei Quellen in den Ardennen«, antwortete der Dämon. »Aus der einen quillt die Glut der Liebe, aus der anderen kalter Haß. Man kann die Auswirkungen des Wasser aus dem einen Quellbach nur mit dem des anderen wieder heilen. Vor langer Zeit hat Rinaldo am kalten Bach einen Schluck getrunken. Das war der Grund dafür, daß er hart und kaltherzig die Liebesglut Angelicas abwehrte. Dann aber wollten es die Sterne, daß er vom anderen Wasser trank. Jetzt zwingt ihn dieser Zauber, daß er die lieben muß, die er früher grausam abgewiesen hat. Nahezu gleichzeitig hat Angelica aus der kalten Quelle einen Schluck genommen. Dadurch erlosch in ihr die Liebe zu Rinaldo, und aus ihrer Sehnsucht nach ihm wurde eine tiefe Abneigung. Sie haßt den Paladin inzwischen wie eine böse Natter.«

Der Geist erzählte Malegis, was mit Angelica anschließend geschehen war, wie sie sich dem schönen Jüngling Medor ergeben und sich dann mit ihm auf einer Galeere eingeschifft hatte, mit der sie bis nach Indien und Cathay segeln wollten.

Malegis kehrte aus seiner Zaubergrotte zurück. Als sein Vetter kam, um nach den Ergebnissen seiner Abwesenheit zu fragen, sagte er: »Vergiß das Mädchen! Du machst dich selbst zum Narren, wenn du ihr weiter nachjagst. Sie hat dich verraten und ist mit irgendeinem Heiden namens Medor längst wieder in Cathay.«

Daß Angelica ihn so schnell vergaß, hätte Rinaldo vielleicht noch verschmerzen können. Auch der Gedanke, ihr in den Orient nachzureisen, hatte keinen Schrecken für ihn. Als er aber hörte, daß ein Sarazene ihre Gunst erlangt und ihm die Liebesknospe weggepflückt hatte, schmerzte ihn das so heftig wie nichts anderes zuvor. Es verschlug ihm die Sprache, und seine Lippen bebten ebenso wie sein Herz. Wortlos und von Eifersucht geplagt ließ er Malegis einfach stehen. Die ganze Nacht jammerte und klagte er, bis er schließlich den Entschluß faßte, ins Morgenland zu reisen.

Ohne zu zögern, sprach er bei Kaiser Karl vor.

»Ich bitte dich um Freistellung von meinen Pflichten und Rechten als dein Paladin«, sagte er. »Ich behaupte nämlich, daß sich der Maurenkönig Gradass mein Pferd Bajard durch Betrug verschafft hat.« Er machte eine Pause, um seine Worte auf den alten Kaiser wirken zu lassen. »Du darfst und ich kann nicht zulassen, daß sich dieser Ungläubige überall damit brüstet, er hätte einem kaiserlichen Paladin das Pferd abgenommen. Deswegen will ich Frankreich verlassen und ihn auf eigene Gefahr verfolgen.«

»Ich fürchte, ich muß zustimmen«, erklärte Karl der Große. »Obwohl ich sehr bedaure, wenn du nicht mehr bei uns bist.«

»Ich könnte dich begleiten«, bot Dudo sofort an.

»Ich ebenfalls«, sagte auch Guido der Wilde eifrig.

»Kommt nicht in Frage!« unterbrach der Kaiser sofort die beiden Ritter. »Graf Rinaldo darf von mir aus reiten – aber ihr bleibt hier in Paris!«

Also brach Graf Rinaldo allein in Richtung Osten auf. Erste Station sollte die Stadt Basel sein. Die ganze Zeit konnte er einfach nicht verstehen, daß er Angelica trotzig und als blinder Narr tausendmal verschmäht hatte. Statt sich in ihren Armen wohl zu fühlen, hatte er sie immer wieder abgewiesen und beleidigt. Wieviel der schönen Zeit hatte er verloren? Inzwischen war er bereit, sofort zu sterben, wenn er die Liebe mit ihr auch nur einen kurzen Tag lang genießen durfte.

Während er weiter auf die Ardennen zuritt, sann er Stunde um Stunde darüber nach, wie es geschehen konnte, daß ein kleiner Fußkrieger ... ein Sarazene! ... Angelicas gesamte Liebesglut für sich gewinnen konnte. Verbittert und gedankenschwer ritt er auf dem Weg zum Rhein durch den dunklen, abenteuerlichen Ardenner Wald. Er hatte ihn schon fast zur Hälfte durchquert, als sich über ihm plötzlich Wolken vor die Sonne schoben. Städte oder Burgen waren viel zu weit entfernt, um ihm Schutz zu bieten. Der Himmel wurde immer düsterer. Und als ob das alles nicht schon unheimlich genug war, sprang aus einem Felsenspalt plötzlich eine grauenhafte Weibsgestalt.

Das Ungeheuer hatte tausend Augen ohne Augenlider. Sie standen immer offen, ebenso wie die tausend Ohren, die vom Kopf herabhingen. Wo andere Haare hatten, ringelte sich ein Knäuel großer Schlangen. Das Untier schoß wie eine fürchterliche Hydra auf den Reiter zu. Die größte dieser Schlangen züngelte ihn giftig an, peitschte auf ihn ein und schlang sich schnell mit aller Kraft um seine Brust. Und dann geschah etwas, das Rinaldo noch nie zuvor zugestoßen war: Furchtbare Angst packte ihn, glitt ihm eiskalt durch die Adern und schnürte ihm das Herz zusammen.

Sein Arm zitterte, als er das Schwert endlich hochriß. Das Scheusal stürzte mit seinen Hydraarmen und seinem Schlangenhaar von allen Seiten auf ihn ein. Rinaldo schlug wild um sich, ohne irgend etwas zu erreichen. Das Ungeheuer peitschte ihm die Schlangenhaare durch alle Ritzen des Visiers bis an seinen Hals. Er fror vor Abscheu und Angst und stieß die Sporen in die Flanken seines Pferdes, um zu fliehen. Aber die Höllenfurie war schneller. Sie schwang sich hinter ihm aufs Pferd. In schärfstem Tempo jagte Rinaldo kreuz und quer durch den Wald. Es nützte nichts. Das verwünschte Untier ließ sich einfach nicht abschütteln. Rinaldos Seele zitterte wie Espenlaub. Der ganze Spuk erfüllte ihn mit so viel Grauen, daß er nur noch aufschrie und am liebsten sterben wollte.

Er floh immer weiter – über Felsen, Pfade und durch tiefe Täler, wo die Luft schon schwarz und die Büsche dornig waren. Mühsam trieb er sein geschundenes Pferd durch die engsten Schlünde und ließ es über steile Felsen klettern. Die ganze Zeit versuchte er verzweifelt, das unheimliche Ding hinter seinem Sattel loszuwerden.

Plötzlich tauchte ein Ritter vor Rinaldo auf. Er trug eine Rüstung aus hell glänzendem Metall. Statt eines Helms schmückte ein zerbrochenes Joch seinen Kopf. Sein Schild zeigte auf gelbem Grund rote Flammen. Das gleiche Zeichen prangte auch auf seinem wertvollen Waffenrock und auf der Schabracke seines Pferdes. Er kam schnell näher, unter einem Arm die Lanze und an der Seite sein Schwert.

Am Sattelknopf hing eine eigenartige Keule, aus der kleine, weitreichende Blitze schossen. Innerhalb der Keule lebte ein geheimnisvolles ewiges Feuer, das sich niemals verzehrte. Kein Schild und keine Panzerung und selbst der stärkste Helm waren dicht genug, um vor den Feuerblitzen aus der Keule Schutz zu bieten. Wohin diese fürchterliche Keule gerichtet wurde, konnte ihr niemand widerstehen.

Als echter Ritter, der vor keinem Abenteuer auswich, war der Fremde sofort herangeritten, nachdem er Rinaldos Schrei gehört hatte. Der Unglückliche war bereits von den Armen des Scheusals und seinen Schlangenhaaren tausendfach so umschlungen, daß ihm vor Grauen die Luft wegblieb. Wie der fremde Ritter sah, daß sich Rinaldo nicht selbst befreien konnte, stieß er mit seiner Lanze zu. Sofort rutschte das Untier von Rinaldos Pferd. Kaum auf dem Boden, erhob es sich schon wieder und schleuderte die große Schlange im Kreis herum. Der fremde Ritter ließ die Lanze sein und griff nach seiner Feuerkeule. Dann schlug er mit dem Kloben überall dort zu, wo die Schlange zischte. Schlag um Schlag hagelten die Keulenschläge auf das Untier nieder. Er ließ der Bestie keine Zeit für einen Gegenhieb.

»Bring dich in Sicherheit!« rief der Fremde Rinaldo zu. »Nimm den Weg, der vom Tal den Berg hinaufführt.«

Gleichzeitig rächte er mit seinen Schlägen die ungezählten

Frevel der Höllenkreatur. Rinaldo war noch immer so verstört, daß er davonjagte, ohne sich auch nur einmal umzusehen. Er erklomm mit seinem Pferd mühsam den steilen Bergpfad, während der andere Ritter das böse Ungeheuer in sein Höllenloch zurückjagte. Es weinte aus den tausend Augen und jammerte, während es sich selbst zerfleischte und zernagte.

Der fremde Ritter sah, daß der Kampf beendet war, und folgte Rinaldo. Er wollte ihn aus der Dunkelheit des Waldes bis zu den hellen Bergeshöhen begleiten. Als er ihn einholte, hatte sich Rinaldo wieder gefangen.

»Ich werde dir für meine Rettung ewig dankbar sein«, sagte er »Und ich schwöre dir, daß ich jederzeit mein Leben für dich gebe, wenn es nötig sein sollte. Ich bitte dich nur höflich, mir zu sagen, wie du heißt, damit ich weiß, wer mich aus dieser Not befreit hat. Ich will dich überall und ganz besonders bei unserem Kaiser Karl als Helden loben.«

»Wenn es dir recht ist, verschweige ich dir meinen Namen, bis es dunkel wird«, antwortete der Ritter. Vor ihnen tauchte ein kleiner, munter sprudelnder Bach auf. Es war derselbe Bach aus der kalten Quelle, aus der Angelica den Haß getrunken hatte, den sie seither für Rinaldo empfand. Auch der Paladin war, ohne es zu wissen, bereits vorher schon einmal am selben Bach gewesen.

»Laß uns hier rasten «, sagte der fremde Ritter, als sie, noch immer erhitzt vom Kampf mit der Höllenhydra und vom anstrengenden Ritt, am Ufer des kalten Baches ankamen.

»Die Mittagssonne ist ziemlich heiß geworden«, stimmte Rinaldo zu. »Das fürchterliche Scheusal hat mich doch ziemlich mitgenommen, und eine kleine Rast würde mir guttun.«

Sie stiegen aus dem Sattel und ließen ihre Pferde nach Herzenslust im dichtbelaubten Wald weiden. Erleichtert nahmen sie beide ihre Helme vom Kopf und legten sie in die von gelben und roten Blumen leuchtende Wiese. Rinaldo war so durstig, daß er sofort zum Quell ging und das frische klare Wasser trank. Das kühle Naß löschte augenblicklich seinen Durst. Gleichzeitig verjagte es die wilde Liebeglut in seiner Brust. Als der andere sah, daß Rinaldo wieder aufstand, reckte er sich und sah den Geheilten mit stolzem, strengem Blick an.

»Und jetzt, Rinaldo, sollst du auch wissen, wie ich heiße: Ich bin die Selbstachtung ... der Stolz des Mannes. Ich bin zu dir gekommen, um dich aus dem erniedrigenden Joch zu holen, in dem du gefangen warst.«

Kaum hatte er gesagt, wer er wirklich war, als er auch schon samt seinem Pferd in der Luft verschwamm und sich auflöste. Verwundert blickte sich Rinaldo nach allen Seiten um, entdeckte aber keine Spur mehr von dem anderen. Für einen Augenblick vermutete er, daß Malegis einen von seinen Dämonen geholt hatte, um ihn durch Zauberei und Spuk von seinen Liebesqualen zu befreien. Dann dachte er, daß Gott vielleicht einen Engel ausgeschickt hatte, der ihn erlösen sollte. Ganz gleich, ob ein Teufel ihn geblendet oder ein Engel ihn aus tiefer Nacht gerettet hatte – er dankte seinem Schöpfer und spürte, daß sein Herz wieder gesundete. Er liebte Angelica nicht mehr – im Gegenteil. Erneut war sie ihm zuwider – nicht wert, ihr auch nur eine halbe Meile zu folgen!

Trotzdem wollte er die Reise ins ferne Morgenland nicht abbrechen. Da ihm die schöne Angelica nichts mehr bedeutete, konnte er sich wieder wichtigeren Dingen zuwenden und sein gutes Pferd Bajard zurückholen. Damit stimmte sogar, was er Kaiser Karl vorgetragen hatte.

Am Tag darauf kam er nach Basel. Die ganze Stadt wußte bereits von einem Ereignis, das sich weit entfernt auf einer kleinen Insel im Mittelmeer abspielen sollte. Die Nachricht stammte von einem erst kürzlich eingetroffenen Händler aus Sizilien. Es hieß, daß er mit einem Schiff bis nach Genua gekommen war. Rinaldo mußte ihn nicht lange suchen.

»Ja, es ist so, wie ich es gehört habe«, bestätigte der Sizilianer. »Graf Orlando und zwei weitere christliche Ritter werden auf der Insel Lipadusa gegen die Sarazenen-Könige Agramant und Gradass kämpfen.«

Liebend gern hätte Graf Rinaldo ebenfalls an diesem Kampf teilgenommen, auch wenn er wußte, daß er viel zu weit entfernt war. Trotzdem versuchte er es. Er wechselte alle zehn Meilen Pferd und Führer, ging bei Konstanz über den Rhein, überquerte die Alpen und kam bis nach Italien. Hier ließ er Verona und Mantua hinter sich. Ohne Aufenthalt überquerte er auch den Po.

Als die Dämmerung über das flache Land kam und die ersten Sterne am Himmel aufstiegen, sah er plötzlich einen Ritter vor sich stehen.

»Verzeih mir«, sagte der Unbekannte, »wenn ich dir jetzt eine ungewohnte Frage stelle. Aber mich interessiert, ob du vielleicht einem Eheweib verbunden bist.«

»Aber ja doch«, antwortete Rinaldo, obwohl er sich ein wenig wunderte. »Dieses Joch trage ich.«

»Das freut mich sehr«, fuhr der andere daraufhin fort. »Ich will dir auch gern sagen, warum – wenn ich dich dafür für heute nacht in mein Schloß einladen darf. Ich möchte dir dort etwas zeigen, was eigentlich jeder Ehemann gern sehen sollte.«

Rinaldo fühlte sich ziemlich müde von seinem langen Ritt. Andererseits war er immer daran interessiert, etwas Neues zu entdecken oder zu erleben. Er zögerte deshalb nicht lange, sondern nahm den Vorschlag des unbekannten Ritters an. Nur einen Pfeilschuß vom Hauptweg entfernt, erreichten sie ein Schloß, das von Fackeln hell erleuchtet war. Überall eilten Knappen und Gesinde herum.

Als die beiden Ritter abgesessen waren und das Schloß betraten, sah Rinaldo im Licht der Fackeln eine ungeahnte Pracht. Der hohe Schloßbau enthielt schöne weite Räume, wie sie sich bestenfalls ein Fürst leisten konnte. Porphyr und Serpentin fügten sich gleich am Eingang zu einem Prunkgewölbe. Die Figuren an den großen ehernen Torflügeln wirkten so lebensecht, als würden sie sich jeden Augenblick bewegen. Die beiden Männer gingen über einen erlesenen Mosaikfußboden bis zu einem viereckigen Hof, dessen Galerien sich hundert Ellen lang nach jeder Seite erstreckten. Jede der folgenden Hallen hatte ihren eigenen halbrunden Torbogen. Obwohl von gleicher Art, hatte der Baumeister für jedes Tor einen anderen Mauerschmuck gewählt. Über Treppenbögen, deren Stufen so flach waren, daß selbst ein Lasttier sie mit Leichtigkeit ersteigen konnte, ragten die Torbögen so weit hervor, daß jeder von ihnen ein Dach bildete. Jeweils zwei Säulen trugen einen der Bogen. Sie waren zum Teil aus Erz, zum Teil aus hartem Stein.

Wohin Rinaldo auch blickte – er konnte nicht erfassen, wie viele hohe Gemächer und Gewölbe der Baumeister des Schlosses ineinander verschachtelt hatte. Für die Überfülle an hohen Säulen, goldenen Kapitälen, juwelenbesetzten Decken, exotischem Marmor und kunstvollen Verzierungen hätten die Schatzkammern von zwei Königen nicht ausgereicht. Dennoch war die ganze Pracht, von der bei Nacht ohnehin nur ein Teil zu sehen war, nichts gegen das Mittelstück des seltsamen Palastes, wo auch zur Nacht gegessen werden sollte. Genau im Zentrum stand ein Brunnen, aus dem sich nach allen Seiten quellfrische Wasserfluten bis an den Rand eines großen Beckens ergossen Der außerordentlich schöne Brunnen hatte die Form eines achteckigen Zeltes. Ein goldener Himmel mit eingelegten bunten Schmelzsteinen überdachte das Achteck. Er wurde von acht überlebensgroßen Gestalten aus weißem Marmor gestützt. In der rechten Hand hielt jedes der acht Standbilder ein Füllhorn, aus dem die Wasser lieblich murmelnd in das Alabasterbecken sprudelten. Die Statuen zeigten edle Frauen und Herrscherinnen, die erst in vielen Jahrhunderten leben würden. Obwohl sie sich sowohl nach den Gesichtern als auch in ihrer Kleidung voneinander unterschieden, glichen sich alle in ihrer anmutsvollen Schönheit.

Jede der steinernen Gestalten hatte die Füße auf zwei kleineren Figuren, die durch ihre offenen Münder zeigen sollten, daß sie Freude an Gesang und Harmonie empfanden. Wären sie lebendig gewesen, hätte ihr einziger Zweck darin bestanden, die hoch über ihnen stehenden edlen Damen zu preisen. Alle unteren Figuren hielten große, aus Stein geformte Rollen, in denen eingraviert war, welche Eigenschaften an den hochstehenden Damen ganz besonders lobenswert waren.

Im Schein der Fackeln konnte Rinaldo deutlich die Namen der Gestalten erkennen. Die erste Inschrift nannte mit hohen Ehren Lucrezia Borgia, deren Reiz noch den des alten Roms weit überstrahlte. Nicht weniger schön erschien Rinaldo das zweite Standbild. In seiner Inschrift hieß es: Dies ist Isabella, die Tochter von Ercole. Durch sie gehört Ferrara zu den auserwählten Städten, die das Glück mit seinem hellen Schein erleuchtet und in allen Jahren reich beschenkt.

An dritter und an vierter Stelle erschienen dort, wo die Wasser aus dem Pavillon heraussprudelten, zwei Damen, die sich ihre Heimat, ihre Tugend, ihre Ehre und den Reiz der Jugend teilten. »Elisabeth und Leonore stammten aus der Stadt Mantua«, hieß es auf der Steinrolle, von der die kleinen Figurinen ihren Lobgesang verkünden sollten. An den Füßen von Leonore stand auch Baldassare Castiglione, der später einmal für sein Werk über die feine Lebensart am Hof von Urbino berühmt werden sollte.

Die fünfte Figur sollte Lob von einer so tugendhaften Dame verbreiten, wie sie in keinem Land und kein zweites Mal von Gott erschaffen worden war. In goldener Schrift hieß es dort, daß sich dereinst einmal Herzog Ercole I. von Ferrara glücklich schätzen würde, daß seine wunderbare Tochter Lucrezia d'Este Gattin des noblen Bentivoglio aus Bologna sein würde.

Die nächste Dame war Diana, die Tochter von Sigismondo d'Este. Auf der Schriftrolle aus Stein stand geschrieben, daß man sich nicht daran stören solle, wie stolz und überlegen sie hier wirkte. So streng wie ihr Gesicht, stand da, so mild sei ihr Herz. Die siebente der Damen hieß Beatrix. Auf ihrer Inschrift hieß es: »Ihr Leben ist des Gatten Glück, und sterbend läßt sie ihn im tiefsten Leid. Mit ihr triumphiert ganz Italien – ohne sie wird es untergehen …«

Zwischen der Gestalt von Beatrix und der ersten von Lucrezia Borgia stand noch eine weitere Alabasterstatue. Es war ein hohe Frau von großer Herrlichkeit mit Schleier. Sie trug das schlichte schwarze Kleid der Witwe, ohne Juwelen und goldene Verzierungen. Dennoch wirkte sie unter den vielfältig geschmückten Frauen wie die Venus vor allen anderen Sternen. Wer dieses Standbild sah, mußte sich fragen, was eindruckvoller war – ihre Schönheit, der Ausdruck ihres hohen Geistes oder ihr Seelenadel.

»Wer diese loben wollte, wie es ihr gebührt«, stand unten auf der Steinrolle, »der hätte sich das Höchste vorgenommen, ohne es jemals zu vollenden.« Obwohl von dem wohlgeformten Stein eine sanfte Anmut ausging, schwang auch ein wenig Unmut in der Darstellung mit – ganz so, als wäre sie mit dem, was lobend über sie gesungen wurde, nicht ganz einverstanden. Bei allen anderen Standbildern waren bereits die Namen derjenigen eingemeißelt, die das Loblied verkünden sollten. Hier aber stand erst der Anfang des Namens Ludovico Ariosto auf der steinernen Rolle.

Eine angenehme Kühle wehte aus der frischen, kristallenen Flut, die sich aus den Mündungen der Röhren unterhalb der acht Gestalten ergoß. Das frische Wasser floß zusammen und bildete einen kleinen Bach, der nach draußen in die Blumenwiesen führte.

Sie setzten sich an einen Tisch. Während sie aßen und tranken, unterhielt sich Graf Rinaldo angeregt mit dem freundlichen Schloßherrn. Dabei bemerkte er, daß der Hausherr großen Kummer in seinem Herzen verbarg. Einer von den Dienern brachte einen goldenen, reich mit Edelsteinen verzierten Becher, der mit edlem Wein gefüllt war. Schon fast verlegen wandte sich der Hausherr an Rinaldo. Er wirkte ganz so, als wäre er dem Weinen näher als dem Lachen.

»Jetzt sollst du endlich erfahren, woran du mich schon mehrmals erinnert hast«, sagte er. »Ich bin nämlich der Meinung, daß jeder Ehemann wissen muß, ob er noch ein Mensch ist oder ob seine Gattin ihm längst wie einem Tier Hörner aufgesetzt hat. Die ganze Welt sieht diese Hörner, nur der Gehörnte sieht meist nichts davon. Und es gibt sogar Männer, die beruhigt ihre Hörner tragen, wenn sie erst einmal wissen, was die Wahrheit ist. Falls du ebenfalls ein betrogener Ehemann bist, kannst du nicht den kleinsten Schluck von diesem Wein trinken, sondern alles wird sich über deine Brust ergießen. Komm – überzeuge dich selbst.«

43. Gesang

Verruchter Geiz! Mich wundert nicht, daß kleine Geister regelrecht zerfressen werden vom Hunger nach Besitz, aber auch hochgesinnte, ehrenhafte Seelen, die dem Himmel nahe und mit Gott vertraut sind, die alles kennen und verstehen, häufen auf einmal Gold an und glauben, daß des Geizes Giftzahn ihr Heil und Hoffen ist.

Ein anderer besiegt die Heere seiner Feinde, stürmt allen voran in Gefahr, kämpft auch noch als letzter und wird doch zum Gefangenen seines bösen Geizes. Ohne die Habgier wären viel mehr begabte Männer groß geworden. Wie viele hohe Damen versagen sich, hart wie Marmorsäulen und unnahbar, aufrichtigen Verehrern und treuen Männern. Bis dann der Geiz sie packt und völlig umkehrt. Dann sind sie ohne jede Liebe wie verzaubert und verschenken sich entehrt sogar an Greise, die das Untier Geiz in ihnen füttern.

Glaubt nicht, daß ich mich ohne Grund beklage! Ich weiß schon, was ich tue. Glaubt nur nicht, daß ich mit der Frage nach dem Geiz von meinem Plan und meinem Stoff abgekommen bin. Das alles paßt zwar nicht zum vorigen Gesang, aber beim nächsten merkt jeder, was ich meine.

Rinaldo blickte lange sinnend auf den Becher. Schließlich hob er ihn an. Kurz bevor die Lippen seinen Rand berührten, setzte er ihn wieder ab.

»Wer sich Mühe gibt, etwas herauszufinden, was er eigentlich nicht wissen will, der muß doch verrückt sein! Natürlich ist mein Weib ein Weib – und schwach wie alle Weiber. Aber ich muß doch da nicht weiterbohren! Bisher ist mir mein Glaube an sie ganz gut bekommen. Was also könnte besser werden, wenn ich mich auf diese Weinprobe einlasse? Das Ganze ist nur eine leichtfertige Versuchung. Gott will nicht, daß wir alles wissen. Deswegen zürnte er ja, als das erste Menschenpaar vom Baum der Erkenntnis genascht hat. Als Adam dann das göttliche

Verbot mißachtete, hat er sich um sein Glück im Paradies gebracht und gegen ein elendiges Leben eingetauscht. Genauso geht es denen, die ganz genau wissen wollen, was ihre Frau tut. Das ist das Ende aller Lust. Wer damit anfängt, hört nicht auf zu jammern!«

Rinaldo stieß den Becher von sich. Noch während er sprach, brach sein Gastgeber in Tränen aus und konnte sich kaum wieder beruhigen.

»O wie du recht hast!« stöhnte der Schloßherr. »Und wie ich den verfluche, der mich mit den allerschönsten Worten selbst zu dieser Probe überredet und damit um mein heißgeliebtes Weib gebracht hat! Was gäbe ich darum, wenn ich dich schon vor zehn Jahren getroffen hätte. Deine Klugheit hätte mich vor all den Tränen bewahren können, durch die ich schon fast blind geworden bin. Laß mich erzählen, was geschehen ist, damit mein Jammer endlich Mitleid findet.«

Du bist vorhin durch die Stadt Mantua gekommen. Ich wurde dort als Nachkomme eines verarmten Adelsgeschlechts geboren, aber die Natur hat mich auf andere Weise entschädigt und zu einem hübschen jungen Mann heranwachsen lassen. Die Mädchen liefen mir nach und verliebten sich reihenweise in mich und meinen angenehmen Charakter, auch wenn das jetzt wie Eigenlob klingt.

In unserer Stadt lebte zu dieser Zeit ein weiser Mann, der in allen denkbaren Künsten unglaublich erfahren war. Er war inzwischen hundertachtundzwanzig Jahre alt und hatte nie etwas von der Weiblichkeit wissen wollen. Ganz zum Schluß, als es mit ihm zu Ende ging, hat er sich doch noch eine Frau gesucht und dafür bezahlt, daß sie ihm heimlich eine Tochter gebar.

Er wollte nicht, daß dieses Kind ebenso wurde wie seine Mutter, die ihre Keuschheit für eine Handvoll Münzen und ein paar Geschenke hingegeben hatte. Von Dämonen, die ihm zum Dienst verpflichtet waren, ließ er dieses schöne Schloß mitten der Einsamkeit errichten. Hier sollte sein Kind in der Obhut züchtiger alter Frauen, fern von allen Menschen, aufwachsen und zu großer Schönheit erblühen.

Sie sah in all den Jahren niemals einen Mann. Um sie nur mit guten Beispielen zu umgeben, ließ er Statuen von keuschen Damen errichten, die ihre Herzen niemals in den Fallstricken verbotener Liebeslust verloren hatten. Das waren nicht nur die berühmten Frauengestalten der Antike, deren Keuschheit unentwegt gerühmt wird, sondern auch diejenigen, die erst in zukünftigen Dichtungen der Schmuck Italiens sein werden. Acht von diesen edlen Frauen hast du ja schon am Brunnen dort gesehen.

Als nun das Mädchen dem Alten reif genug erschien, von einem guten Mann gepflückt zu werden, da bot er sie mir noch vor allen anderen an. Ich weiß nicht, ob das alles ein großes Glück oder Unglück für mich war. Auf jeden Fall habe ich als Mitgift auch diesen Palast bekommen, dazu wunderbare fischreiche Seen und Ländereien, zwanzig Meilen weit im Umkreis. Ja, sie war schön und gut erzogen. Ich konnte mir keine bessere wünschen. Im Stricken und im Nähen stand sie selbst der Göttin Pallas nicht nach. Wenn man sie singen hörte und wenn sie geschritten kam, dann war es so, als wenn ein Engel auftauchte. Auf die freien Künste verstand sie sich zudem fast so gut wie ihr Vater. Ich könnte heute noch verrückt werden, wenn ich an ihren Geist und ihre Schönheit denke. Sie wollte nichts anderes, als in allen Stunden bei mir zu sein.

Die ganze Zeit lebten wir ruhig und in tiefem Frieden. Doch dann, fünf Jahre nachdem ich meinen Hals in dieses schöne Ehejoch gesteckt hatte, begann mein Elend. Während ich für keine andere Augen hatte, entbrannte eine von den edlen Damen hier im Land in heißer Leidenschaft für mich. Dummerweise verstand dieses Weib so viel von Zauberdingen wie eine Hexe. Um ihr zu helfen, hätte ich meine Frau zu sehr kränken müssen. Weder ihre Schönheit noch ihre Liebesschwüre, weder ihre Schmeicheleien noch ihre Geschenke konnten mir irgend etwas anhaben. Ich empfand kein Fünkchen für sie und blieb fest, weil ich wußte, daß meine geliebte Gattin ebenfalls treu ergeben war.

Eines Tages passierte es dann, daß mir etwas abseits von meinem Schloß am Waldrand eine weise Frau begegnete. Sie hieß

Melinda, und geschickt, wie sie nun einmal war, lobte sie mich dafür, daß ich meiner Gattin treu war, weil auch sie mir immer wieder ihre Treue zeigte.

»Du glaubst ihr«, sagte sie dann. »Aber in Wahrheit weißt du nicht, ob sie dir auch wirklich treu ist. Treue muß erprobt werden. Solange sie sich niemals aus dem Haus wagt und keinen anderen Mann sieht, ist es leicht, treu zu sein. Wenn du es wirklich wissen willst, dann reite einmal ein paar Tage weg. Laß in den Dörfern und den Städten verbreiten, daß du auf Reisen bist und deine Frau allein zu Haus sei. Dann können Anbeter und ihre Boten ungehindert in dein Haus kommen. Wenn dein Eheweib dann trotz der Geschenke und Betörungen immer noch fest und unverbrüchlich zu dir steht, dann hast du wirklich allen Grund, ihre Treue überall zu loben.«

Die Magierin bohrte immer weiter – so lange, bis ich schließlich damit einverstanden war, meine Frau auf die Probe zu stellen. Ich fragte sie danach, wie ich herausfinden könne, ob ich sie dann für ihr Verhalten strafen oder loben soll.

»Ganz einfach«, sagte Melinda und reichte mir ein Trinkgefäß. »Dieser Kelch besitzt Wunderkräfte. Er stammt von der Fee Morgana, nach der auch die Fata Morgana benannt ist. Die Schwester des Britenkönigs Artus hat diesen Zauberkelch vor Jahrhunderten ihrem Bruder geschenkt, um ihm zu zeigen, daß ihm seine Gattin Ginevra nicht die Treue hielt. Ein Mann mit einem keuschen Eheweib kann aus dem Kelch so viel Wein trinken, wie er will. Wer aber von seinem Weib betrogen wurde, der bringt den Wein nicht bis an seine Lippen. Wenn du den Kelch ausprobierst, ehe du auf Reisen gehst, kannst du ihn, glaube ich, bis zur Neige austrinken. Ob das aber noch genauso ist, wenn du von der Reise wiederkehrst, würde ich bezweifeln. Und falls es doch so ist, dann darfst du dich den glücklichsten von allen Ehemännern nennen.«

Sie reichte mir den gefüllten Kelch. Ich setzte ihn an die Lippen und trank, ohne einen Tropfen zu verschütten. Melinda nickte und bestätigte damit, daß meine Gemahlin zu Hause mir die Treue hielt.

»Und nun zieh los«, sagte sie. »Bleib einen Monat oder zwei

verschwunden. Dann komm zurück und mache die gleiche Probe.«

»Das kann ich nicht«, widersprach ich. »Schon ein Tag ohne sie fiele mir viel zu schwer.«

»Dann will ich dir die Wahrheit auf eine andere Weise zeigen«, überlegte Melinda. »Wenn es nicht anders geht, dann mußt du eben gleich zurückkommen, nachdem du deine Kleider ausgetauscht hast und deine Sprache so verstellst, daß du allen fremd klingst.«

Nicht weit von hier gibt es eine Stadt, um die die Flußarme des Po wie zwei schützende Hörner liegen. Der Einfluß und die Macht dieser Stadt namens Ferrara reichen bis ans Adriatische Meer. Sie ist zwar nicht so alt wie andere Städte in Italien, aber an Schönheit und an Reichtum übertrifft sie alle. Die Stadt wurde von den Einwohnern Paduas gegründet, die als Nachkommen der Trojaner hierhin geflüchtet waren, nachdem der Hunnenkönig Attila ihre Stadt zerstört hatte.

Hier nun lebte ein junger schöner Ritter. Auf der Suche nach einem Falken, der ihm entflogen war, kam er auch in dieses Schloß. Er sah mein Weib, und schon beim ersten Blick war es um ihn geschehen. Er dachte nur noch daran, wie er sie für sich gewinnen könnte. Sie aber wies ihn ab und sagte immer wieder, daß es bei ihr nichts zu ernten gebe. Schließlich gab der junge Ritter verärgert und enttäuscht auf. Trotzdem blieb das Bild von meinem Weib in seinem Herzen.

Nach diesen Ereignissen versprach mir Melinda die Gestalt des jungen Mannes. Durch ihre Zauberfähigkeiten veränderte sie mich so, daß mein Gesicht und meine Stimme, meine Augen und mein Haar dem des anderen täuschend ähnlich wurden. Ich hatte meiner Frau gesagt, daß ich für eine Weile ins Morgenland reisen müsse. Nun kehrte ich als der junge Mann namens Potestas aus Ferrara wieder zurück.

Melinda begleitete mich in der Gestalt eines Knappen. Sie trug die köstlichsten Kleinode und Juwelen, die jemals aus Indien oder Eritrea zu uns gelangt war. Wir trafen zu einem günstigen Zeitpunkt ein. Ich sah sofort, daß keine Diener oder Zofen in der Nähe meiner Gattin waren.

Nachdem wir uns begrüßt hatten, setzte ich die Bemühungen des echten Potestas fort und schwor der Schönen meine Liebe. Als ich damit keinen Erfolg hatte, zeigte ich ihr die kostbaren Geschmeide, Smaragde, Diamanten und Rubine, die Melinda in Gestalt des Knappen mitgebracht hatte. Doch meine Gemahlin blieb hart und abweisend.

»Die ganzen kostbaren Juwelen sind nur ein kleiner Teil von dem, was ich dir schenke, wenn du mich erhörst und meine Wunden heilst, die mir Amor zugefügt hat«, lockte ich sie. »Du mußt wirklich nichts befürchten. Dein Gatte ist auf Reisen und wird nie etwas von uns erfahren.«

Sie errötete nur und wollte uns augenblicklich aus dem Schloß weisen. Verstohlen blickte sie jedoch noch einmal auf die wunderbaren Edelsteine und die flammenden Juwelen. Sie kämpfte mit sich, wurde hin- und hergerissen.

»Also gut«, hauchte sie schließlich mit ihrer wunderschönen Stimme, »du darfst alles mit mir machen, was du willst, aber nur, wenn du versprichst, daß niemals irgend jemand auch nur ein Sterbenswort davon erfährt.«

Es war, als hätte sich ein Giftpfeil in mein Herz gebohrt. Eisiger Frost schoß mir durch Mark und Bein. Mir blieb das Wort im Halse stecken. Gleichzeitig löste sich der Zauber auf, mit dem Melinda mich verwandelt hatte. Ihr glühendes Gesicht wurde leichenblaß, als sie in mir ihren eigenen Mann erkannte. Aschfahl und wortlos starrten wir uns an.

»So also gibst du deine Ehre an den ersten besten hin«, flüsterte ich schließlich. »Für ein paar bunte Steine und ein bißchen Gold ...«

Sie konnte nicht mehr antworten. Von ihren Wangen rollten nur noch Tränen. Sie schämte sich so sehr, daß sie darüber in wilden Zorn und schließlich sogar blinden Haß geriet. Ohnmächtig über ihre eigene Schande und den Betrug durch mich rannte sie aus dem Schloß. Ich wußte, daß sie nie mehr wiederkehren wollte. Sie nahm das erste beste Boot und ließ sich flußabwärts auf dem Po bis nach Ferrara treiben.

Bereits im Morgengrauen tauchte sie bei dem Ritter auf, der sie schon lange liebte und dessen Gestalt und Art ich mir geliehen hatte, um ihre Treue zu erproben. Natürlich freute sich der schöne junge Mann. Über ihn erhielt ich dann die Botschaft, daß sie nie wieder bei mir leben wollte.

Seit jenem Tag ist sie mit dem anderen zusammen, vergnügt sich in Ferrara und spottet nur noch über mich. Ich aber quäle mich in selbstgeschaffenem Leid, das niemand heilen kann. Seither sind zehn Jahre vergangen. In der ganzen Zeit haben alle, denen ich den Becher reichte, den Wein nur über ihre Brust gekippt. Das zeigte mir doch, wie viele Männer mein Schicksal mit mir teilen. Du bist bisher als einziger so klug gewesen, die Probe zu verweigern.

Und was Melinda angeht – sie war bei alledem auffällig vergnügt. Als ich sie fragte, sagte sie, daß sie mein Weib nur deshalb fortgetrieben hatte, weil ich ihr angeblich mehr als ihr eigenes Herzblut galt. In Wahrheit jedoch hat sie nur davon geträumt, Herrin in diesem wunderbaren Schloß zu werden. Ich konnte sie nicht lieben, sondern haßte sie für alles und wollte sie nie wieder sehen. Als sie begriff, daß ihr Plan gescheitert war, ging sie weg und verließ das Land. Ich habe seither niemals wieder etwas von ihr gehört.

Der Schloßherr schwieg. Auch Rinaldo sagte lange Zeit kein Wort. Schließlich versuchte er ihn doch zu trösten: »Es war ein übler Rat von Melinda, so in ein Wespennest zu stechen. Und du warst unvernünftig, weil du etwas gesucht hast, was du gar nicht finden wolltest. Deine Eifersucht hat deine Gattin aus dem Gleichgewicht gebracht. Sie ist nicht die erste und auch nicht die letzte, die so vom geraden Weg abkam. Aber haben nicht auch Männer oft genug für ein bißchen Gold ihren Gönner und den Freund verraten? Wer weiß, ob du selbst einer derartigen Versuchung widerstanden hättest.«

Rinaldo reckte sich. Dann stand er auf, um noch ein wenig auszuruhen und zu schlafen. Es blieben nur noch knapp zwei Stunden vor dem neuen Tag. Wenn er rechtzeitig an seinem Ziel ankommen wollte, mußte er seine Zeit genau einteilen.

»Du kannst gern hier im Schloß ruhen«, sagte sein Gastgeber. »Ein Zimmer und ein Bett sind schon für dich bereit. Aber wenn du meinen Rat hören willst, solltest du dich auf einem Boot zur Ruhe betten, das dich den Rest der Nacht und den ganzen Tag den Fluß hinabträgt. Auf diese Weise kannst du dich erfrischen und dabei auch noch eine ganze Tagesreise Zeit gewinnen.«

Erfreut dankte Rinaldo dem Schloßherrn für den guten Vorschlag. Er zögerte nicht lange und verabschiedete sich. Am Ufer lag bereits ein Nachen. Die Schiffer warteten, bis er an Bord war, und legten sofort ab. Sechs Ruderer trieben das Boot schnell durch die sanften Wellen.

»Weckt mich, sobald die Mauern von Ferrara auftauchen«, konnte Rinaldo gerade noch sagen, dann schlief er auch schon ein.

Am linken Ufer zog die Stadt Milara vorbei, rechts glitt Sermide vorüber, an der großen Abzweigung der Flußläufe grüßten Stellata und Figarolo. Der linke Flußarm führte in Richtung Venedig. Die Bootsleute nahmen den rechten. Bondeno zog vorbei, und im Osten verblaßten die blauen Schatten dieser Nacht. Die Morgenröte streute aus ihrem Blumenkorb rote und weiße Blüten über das Land. Dann, als sich die Steinburgen von Tealdo d'Este zeigten, wachte Graf Rinaldo auf und hob den Kopf.

»Glückliche Stadt«, seufzte er, als er Ferrara sah. »Mein Vetter Malegis hat bereits aus den Sternen und dem Planetenlauf gesehen, wie berühmt du einmal sein wirst und daß sich ganz Italien voller Bewunderung vor dir verneigt.«

Der Nachen erreichte die kleine Insel Belvedere kurz vor der Stadt. Obwohl sie von Gebüsch und Unkraut überwuchert war, freute sich Rinaldo, weil er sich an Malegis Voraussagen erinnerte und daran, wie sich dieses Fleckchen Erde im Lauf der Jahre zu einem wunderbaren Platz entwickeln würde. Damals hatte Malegis geweissagt: »Wenn der Widder sich siebenhundertmal durch den Kreis der siebenten Sphäre bewegt hat, wird hier eine schöne Insel entstehen. Wer diese Insel einmal sieht, wird denken, daß hier Venus und Amor wohnen und die Grazien von Zypern ebenfalls hierher umgezogen sind. Das alles wird durch einen starken, fähigen Herrscher wahr. Er wird dieses edle Kleinod mit festen Mauern und Wällen sichern lassen.

Dieser Fürst von Ferrara wird Alfons I. heißen, Sohn eines Herkules und Vater eines weiteren ...«

»Hier könnte wirklich einmal ein Paradies entstehen«, sagte Rinaldo zu sich, »damit die Kunst wie aus der Wüste blüht und die Wissenschaft gedeiht.«

Als er genauer hinsah, war es, als würde er noch einmal aufwachen. Er sah nur Sümpfe und unwegsamen Schlamm. Rinaldo dachte wieder an die seltsame Geschichte des Schloßherrn. Er überlegte, was tatsächlich geschehen wäre, wenn er ebenfalls den Becher an den Mund gesetzt hätte. Er glaubte nach wie vor an die Treue seiner Gattin und sah keinen Vorteil in der Weinprobe. Wenn er jedoch Wein verschüttet hätte, wäre nichts gewonnen, aber viel verloren.

Versonnen blickte er vor sich hin, während das Boot weiter durch die Wellen glitt. Dächer und Mauern zogen sanft vorbei, Sankt Giorgo blieb zurück, der Fossaturm und dann der Turm von Gaibane. Einer der Bootsleute beobachtete Rinaldo schon seit geraumer Zeit. Er sah, wie nachdenklich der Ritter war, und fragte ihn mutig nach dem Grund.

Rinaldo zögerte nicht lange und erzählte ihm, was er in der Nacht zuvor erlebt hatte. Sein Zuhörer war derselben Meinung wie er. Sie hielten beide den Unglücklichen für einen Narren.

»Er hätte sie nicht derart in Versuchung führen dürfen«, sagte der Schiffer. »Wer derartige Geschütze auffährt, muß sich nicht wundern, wenn er trifft. Da fällt mir eine andere Geschichte ein. Es geht um eine junge Frau, die ihren Mann dabei ertappte, daß er das gleiche tat wie das, wofür er sie zum Tod verurteilt hatte. Ich meine die Geschichte von dem Hund, den die Frau des Richters zum Geschenk erhielt.«

»Nein«, antwortete Rinaldo. »Diese Geschichte ist noch nicht über die Alpen bis zu uns ins Frankenreich gedrungen. Aber ich höre diese Dinge immer wieder gern.« Er legte sich zurück und lauschte dem sanften Plätschern des Flusses an den Bordwänden und der angenehmen Stimme des Schiffers.

In dieser Gegend gab es einmal einen Mann namens Anselmo. Er stammte aus einem ehrbaren Geschlecht und trug schon in jungen Jahren den schwarzen, wallenden Kittel der Rechtsgelehrten. Als er dann soweit war, daß er sich verheiraten wollte, suchte er nach einem schönen, tugendhaften Mädchen, das von gleicher Herkunft sein sollte. Er fand es auch in einer Nachbarstadt. Sie hieß Agia. Mit ihrem angenehmen Wesen, ihrem Liebreiz und ihrer Anmut kam sie ihm wie ein strahlender Stern vor. Aber gleich, als sie sein Eheweib geworden war, wurde er so eifersüchtig wie kaum ein anderer zuvor. Es gab nicht den kleinsten Grund dafür – bis auf ihre Schönheit.

Zur selben Zeit lebte in der Stadt ein junger Ritter aus einer stolzen, angesehenen Familie. Es hieß, daß sein Geschlecht ebenso wie die Fee Manto und die Gründer der Stadt Mantua aus einer Reihe in die Erde eingesäter Giftzähne von Schlangen entstanden war. Jedenfalls berichten davon alte Sagen. Der junge Mann hieß Adonio, und auch er verliebte sich heftig in die schöne, junge Agia. Um sie für sich zu gewinnen, gab er ständig große Summen aus, machte ihr Geschenke, schmückte sich mit wertvollen Kleidern und gab mehr Feste, als es sich Reichere geleistet hätten. Kurzum, er warf sein Geld derart mit vollen Händen weg, daß selbst der Schatz von Krösus nicht gereicht hätte, um alles zu bezahlen.

Es kam dann, wie es kommen mußte. Nach weniger als zwei Wintern hatte er sein ganzes Erbe durchgebracht. Das Haus, in dem von früh bis spät Gäste und Freunde anzutreffen waren, stand verlassen, seit dort keine Rebhühner, Fasane oder Kaviar mehr aufgetischt wurden. Er, der von allen stets der wildeste gewesen war, blieb einsam und verarmt zurück. In seinem Unglück sah er keine andere Möglichkeit mehr, als dorthin zu gehen, wo ihn kein Mensch kannte. Ohne irgendeinem ein Wort zu sagen, verließ er eines Morgens in aller Frühe unsere Stadt. Er weinte, seufzte und kam bis an die Sümpfe und Seen außerhalb der Stadtmauern. In seinem ganzen Unglück dachte er nur an die Königin seines Herzens. Während er trauerte und Mitleid mit sich hatte, erschien sie ihm noch immer als das höchste Glück auf Erden.

Als er dann weiterging, sah er einen Bauern, der immer wieder mit einem Stock in ein Gebüsch schlug.

»Warum machst du das?« fragte Adonio. Der Bauer stocherte wie besessen im Unterholz herum.

»Weil ich die große alte Schlange endlich erschlagen will«, schnaubte der Bauer. »Die ist so groß und kräftig, wie ich noch nie zuvor eine gesehen habe. Ich gehe erst hier weg, wenn sie endlich tot vor mir liegt.«

Adonio verzog sein Gesicht. Er hatte nichts gegen Schlangen. Schließlich waren sie die Wappentiere seiner Familie.

»Laß sie leben«, bat er deshalb. »Sie hat dir doch noch nichts getan.«

Er redete so lange, bis der Bauer aufgab und mit seinem Stock fortging. Adonio zog weiter und blieb mit seiner Trauer sieben Jahre lang an einem unbekannten Ort, aber er konnte die Gedanken an die schöne Unerreichbare einfach nicht abstreifen. Im Gegenteil – seine Liebe zu ihr wurde immer brennender und schmerzhafter. Zuletzt hielt er es nicht mehr aus. Bärtig und zerlumpt eilte er auf demselben Weg zurück, den er vor sieben Jahren schon einmal gegangen war.

Zur selben Zeit wurde der Ehemann der schönen Agia, der inzwischen Richter in der Stadt geworden war, durch das Los der Ältesten zum Botschafter beim Papst bestimmt. Er wollte nicht, sträubte sich, flehte und setzte sich mit allem, was er hatte, gegen den Losentscheid zur Wehr. Trotzdem mußte er schließlich nach Rom aufbrechen. Als er loszog, fühlte er einen derart großen Schmerz, als würde ihm das Herz mit einem Messer aus der Brust geschnitten. Seine Eifersucht machte ihn fast wahnsinnig. Deshalb flehte er immer wieder seine Frau an, daß sie ihm treu bleiben solle, solange er verreist war. Als sie dann Abschied voneinander nahmen, war er überzeugt, daß er sie mit seinen Worten und Ermahnungen fest an sich gebunden hatte. Sie wollte ihn nicht gehen lassen und schwor, daß sie ihm niemals untreu werden würde.

»Eher wird die Sonne sich verdunkeln«, versprach sie immer wieder. »Und eher will ich sterben, als an Derartiges zu denken.«

Der Richter vertraute ihr. Zur Sicherheit besuchte er noch einen Freund, der sich auf die Sterndeutung und wichtige Bereiche der Magie und Schwarzen Kunst verstand.

»Ich muß wissen, ob mein Weib Agia mir treu bleibt, solange ich in Rom bin«, sagte er. »Ich bitte dich deshalb, für sie das Horoskop zu stellen.«

»Ich sehe schon, wie du dich quälst«, sagte der Freund mitleidsvoll. »Ich werde dir daher bis morgen die Planetenbahnen berechnen und mir ansehen, was in den verschiedenen Himmelshäusern steht.«

Am nächsten Morgen trafen sie erneut zusammen. Der Astrologe zögerte und antwortete nur ausweichend, doch Anselmo bestand auf klaren Antworten.

»Also gut«, antwortete der Astrologe schließlich. »Du hast es so gewollt. Es tut mir leid, aber sobald du weg bist, wird dein Weib dir untreu. Nicht etwa, weil sie sich verliebt oder überredet wird. Nein – sie wird käuflich sein und dich für Gold betrügen.«

Der Schiffer schwieg, damit seine letzten Worte so wirkten, wie sie es verdienten.

»Du kannst dir denken, wie Anselmo jetzt zumute war«, fuhr er nach einer Weile fort. »Nur wer selbst geliebt hat, kann sich vorstellen, wie schwer das Horoskop den armen Mann getroffen hat. Am schlimmsten war die Auskunft, daß sie ihre Keuschheit wie eine kleine Krämerseele auch noch verkaufen würde. Er wußte zwar, daß Menschen in der Not sogar das Gold von den Altären ihrer Götter stehlen, aber er war entschlossen, ihr keinen Grund für Derartiges zu geben. Wenn Geld und Gold so viel Bedeutung für sie hatten, dann konnte er etwas für sie tun.«

»Und was war das?« fragte Rinaldo.

Der Schiffer lachte trocken. »Ich will es dir erzählen.«

Anselmo ging zu ihr zurück und überschrieb ihr sämtliche Einkünfte, Renten und sein gesamtes Vermögen.

»Du kannst dir nehmen, was du willst«, sagte er zu ihr. »Ich schreibe dir nicht vor, was du mit meinem Reichtum machst. Du kannst all das verkaufen, verschenken oder wegwerfen. Du mußt mir auch nicht sagen, wie du das Vermögen ausgibst. Ich will nur, daß ich dich treu und tugendsam wiederfinde, wenn ich aus Rom zurückkehre. Vielleicht wäre es auch besser für dich, wenn du nicht in unserem Haus hier in der Stadt bleibst, sondern solange auf den Landsitz übersiedelst. Dort lenken dich keine ungebetenen Besucher ab, und du kannst dir auf schöne Art die Zeit vertreiben.«

Agias schöne Arme schlangen sich um seinen Hals. »Du tust ganz so, als hätte ich dich schon betrogen«, erklärte sie unter Tränen. »Wie kannst du nur so mißtrauisch und voller Argwohn sein?«

Es würde zu lange dauern, alles wiederzugeben, was die beiden bei ihrem Abschied sprachen. Als er dann losritt, sah sie ihm nach, solange sie noch konnte, während ihr Gesicht naß vor Tränen war.

Inzwischen hatte sich Adonio auf den Weg zurück in seine Heimatstadt gemacht. Zerlumpt und bärtig, bleich und verhärmt, hoffte er, daß ihn niemand in der Stadt wiedererkennen würde. Das letzte Stück des langen Weges begann er bereits im ersten Morgenlicht, als noch Sterne über ihm am Himmel standen. Schon kurz darauf gelangte er an jene Stelle am Seeufer, an der damals der Bauer mit seinem Riesenknüppel nach der Schlange im Gebüsch geschlagen hatte.

Trotz der frühen Morgenstunde kam ihm ein junges Mädchen in einem reizvollen grünen Kleid entgegen. Obwohl sie weder von Mägden oder Knappen begleitet wurde, wirkte sie sehr hoheitsvoll. Sie begrüßte ihn höflich. Ihre Augen blitzten, als sie sagte: »Auch wenn du mich nicht gleich erkennst, edler Ritter, bin ich doch mit dir verwandt. Wir stammen beide vom großen Cadmus ab, der im Altertum Schlangenzähne ausgesät hat. Ich heiße Manto und bin die Fee, die den Grundstein für diesen Ort hier gelegt hat. Wir Feenwesen plagen uns mit den gleichen Dingen herum wie die Menschen. Alles, was uns unterscheidet, ist die Tatsache, daß wir nicht sterben können. Mindestens genauso schlimm ist aber unser Schicksal, daß wir uns alles sieben Tage in eine Schlange verwandeln müssen. Jede Fee verflucht ihr Leben, weil nichts so bitter auf der Erde schmeckt, wie die gräßliche Erfahrung, in einer Schlangenhaut zu stecken. Das ist auch der Grund, warum ich dir zu Dank verpflichtet bin. Du kannst dir denken, daß wir in der Schlangenhaut ständig von allem möglichen bedroht sind. Wir werden mit Knüppel und mit Stangen geschlagen und verfolgt, sobald wir unsere Schuppenhaut zu tragen haben. Wer nicht rechtzeitig ein Loch im Boden findet, der spürt die volle Härte eines Bauernarms. Oft wäre da der Tod noch angenehmer, als krumm und lahm gedroschen durchs Gebüsch zu kriechen. Ich bin dir immer noch sehr dankbar, daß du mich damals hier am Ufer vor dem aufgebrachten Bauern gerettet hast. Ohne dich wäre ich hier mit zerbrochenem Rückrat, zerquetscht und lahm geblieben. Immer dann, wenn wir am Boden kriechen müssen, können wir auch nicht zaubern. In unserem Schlangendasein fehlt uns auch die Kraft, die Sonne anzuhalten wie an anderen Tagen. Jetzt ist die Stunde da, in der ich mich bei dir bedanken kann.«

Sie lächelte ihn an. Adonio verlor langsam seine Scheu. Jeder andere wäre vielleicht mißtrauisch gewesen, aber was hatte er schon zu verlieren? Außerdem stimmte, was er selbst über die Schlangen in seinem Wappen wußte.

»Ich trage heute keine Schlangenhaut«, fuhr die Fee fort. »Deshalb kann ich dir einen Wunsch erfüllen. Ich schenke dir das Erbe, das du schon einmal bekommen hast, dreifach zurück. Du sollst nie wieder arm sein, und je mehr du ausgibst, um so größer werden deine Schätze. Ich weiß natürlich auch, wie sehr dich Amor damals eingewickelt hat. Deshalb soll jetzt endlich deine Sehnsucht in Erfüllung gehen. Der Ehemann der Dame, die du so heiß begehrst, befindet sich nicht in der Stadt. Beeil dich deshalb, und befolge meinen Rat. Geh zu ihr. Sie befindet sich auf ihrem Landgut. Ich begleite dich dorthin.«

Die Fee sagte ihm genau, wie er sich kleiden und verhalten sollte, wenn er vor seine Königin des Herzens trat. Sie veränderte ihn so sehr, daß er schon kurz darauf wie einer jener Pilger aussah, die mit frommer Bettelei von Haus zu Haus zogen. Sich selbst machte sie zu einem anmutigen, gelehrigen Hündchen, das fast so klein wie eine Maus war. Als Fell wählte sie sich langes feines Haar. Es war weiß wie von allerschönstem Hermelin. Derartig verwandelt, machten sie sich auf den Weg zum Landgut der Angebetenen. Adonio musizierte auf einer seiner Flöten. Das kleine Hündchen richtete sich auf und tanzte sehr possierlich. Alle, die zusahen, freuten sich und jubelten so laut, daß auch Agia es hörte. Schließlich kam sie selbst, um nachzusehen, woher die Fröhlichkeit an den Bauernhütten kam, und bat den Pilger herein.

Erfreut zeigte Adonio die ganzen Künste seines winzigen Begleiters. Das Hündchen befolgte jede seiner Anweisungen. Es tanzte nach bekannten Melodien und bewegte sich so vollendet wie ein Mensch mit ausgezeichneten Manieren. Die Zuschauer rissen sie Augen auf und wagten kaum zu blinzeln. Auch die schöne Dame aus der Stadt erlag den Kunststücken des wunderbaren Hündchens. Sie flüsterte mit ihrer Amme und schickte sie zu Adonio.

»Dein Hündchen hat es meiner Herrin angetan«, sagte die Alte. »Sie will es haben, und du darfst ruhig einen hohen Preis verlangen.«

Adonio lachte nur und ließ das weiße Hündchen tanzen. »Selbst wenn sie mir mehr Schätze böte, als sich die Begierde einer Frau überhaupt ausmalen kann, wäre das nicht genug, um auch nur ein Pfötchen meines Hundes zu bezahlen.«

Wie zum Beweis blickte er zu seinem Hündchen und rief: »Komm, mach fein! Wir wollen höflich sein und der Signora ein goldenes Markstück schenken!«

Das Hündchen schüttelte sich. Gleich darauf lag ein Goldstück vor ihm. Adonio hob es auf und schenkte es der Amme.

»Nun?« Er lachte. »Wieviel ist so ein schönes, seltenes Tier wohl wirklich wert? Was ich auch wünsche – ich bekomme es von ihm. Mal schüttelt mir mein Hündchen Perlen aus dem Fell, dann wieder schöne Ringe oder auch ein kostbares Gewand. Sag deiner Herrin, Gold und derartige Dinge können dieses Wundertier nicht kaufen. Wenn sie mir aber eine Liebesnacht vergönnt, dann kann sie ihn sogar geschenkt bekommen.«

Im selben Augenblick fiel ein Juwel aus dem weichen Fell des Hündchens. Adonio überreichte es der Amme.

»Für deine Herrin«, sagte er.

»Ich denke, deine Forderung ist günstiger, als wenn sie zehn Dukaten für einen kleinen Hund ausgibt.« Die Alte zwinkerte ihm zu. »Schließlich verliert sie nichts dabei, wenn sie dir den Preis nach deinen Wünschen zahlt.«

Als Agia den unverschämten Vorschlag des fremden Pilgers hörte, war sie zunächst sehr aufgebracht. Einerseits wollte sie nicht untreu werden, andererseits glaubte sie einfach nicht, was die Alte ihr erzählte. Die aber bohrte und drängte immer weiter – so lange, bis Agia nachgab.

»Also gut«, seufzte sie schließlich. »Er soll mich morgen mit dem Hündchen heimlich in meinem Schlafgemach besuchen.«

Als Adonio dann zu ihr kam, fielen fast ohne Ende Dublonen, Edelsteine und Perlen aus dem Fell des kleinen Hündchens. Die Schöne konnte sich gegen so viel Reichtum nicht mehr wehren. Ihr letzter Widerstand erlahmte, als sie erkannte, wer der Pilger wirklich war. Das stete Drängen der alten Kupplerin, die Schmeicheleien ihres alten Freundes, das Gold und all die anderen Schätze, die lange Abwesenheit des Gatten und schließlich auch die Hoffnung, daß sie alles geheimhalten könne, überwältigten sie.

Sie nahm das kleine Hündchen als Geschenk an. Dann – endlich – gab sie sich dem überglücklichen Adonio hin.

Adonio genoß lange Liebesstunden mit der schönen Frau. Auch die Fee zeigte, wie sehr sie Agia mochte. In der Gestalt des kleinen Hündchens wich sie ihr kaum von der Seite.

Als dann ein Jahr um war, konnte der Richter seinen Auftrag beim Papst beenden. Kaum in die Stadt zurückgekommen, ließ er sich bei seinem Freund melden. Er fragte ihn sofort, ob ihn seine Gattin, wie vorausgesagt, betrogen hatte. Der Wahrsager zeichnete alle Linien des Horoskops nach und wies jedem Planeten seinen Platz im Plan zu. Dann seufzte er. »Es tut mir leid, mein Lieber, aber alles ist genauso eingetreten, wie ich es vorausgesagt habe. Es waren großartige Geschenke, die sie in die Arme eines anderen fallen ließen.«

Kein Schwert hätte den Richter härter treffen können. Trotzdem hatte er immer noch einen Funken Hoffnung, daß sich sein Freund täuschte. Um ganz sicherzugehen, suchte er die

Amme in seinem Landgut auf und stellte sie zur Rede. Er ging, wie gewohnt, sehr geschickt vor und fragte zunächst dieses oder jenes. Die Amme ließ sich auch durch Fangfragen in keine Falle locken.

Gut einen Monat lang schmeichelte er ihr und ließ auch manche Münze springen, doch die schlaue Alte verriet sich nicht ein einziges Mal. Schließlich sah der Richter ein, daß er so nicht weiterkam. Er überlegte lange. Erfahren, wie er war, wußte er, daß es irgendwann immer zwischen Weibern Zank gab. Sobald das geschah, konnte er noch einmal nachhaken.

Es kam genauso, wie er es sich ausgerechnet hatte. Schon nach ihrem ersten Streit mit Agia eilte die Alte zu ihm und erzählte ihm haarklein alles, was geschehen war.

Anselmo hörte alles mit gebrochenem Herzen. Die Wahrheit traf ihn derart schwer, daß er beinahe den Verstand verlor. In seinem wilden Zorn beschloß er, erst seine Frau zu töten und dann sich selbst. Blind, wütend und nur noch auf Tod aus, kehrte er von seinem Landgut in die Stadt zurück. Er rief einen seiner vertrauten Diener zu sich und machte ihn zum Todesboten.

»Reite, so schnell du kannst, zum Landhaus und melde meiner Gattin, daß ich hier in schwerem Fieber liege – so schwer, daß ich kaum überleben werde. Sag ihr dann, daß ich dich gebeten habe, sie zu mir zu bringen. Dann achte darauf, daß sie sich ganz allein auf ein Pferd schwingt. Keine Bediensteten, keine Begleiter, verstehst du? Dann nämlich kannst du ihr auf dem Weg hierher im Wald vollkommen unbemerkt ins Herz stechen.«

Der Bote brach sofort auf. Auf dem Landgut angekommen, berichtete er sofort, was ihm sein Herr aufgetragen hatte. Agia griff nach ihrem kleinen Hund und ließ sofort ein Pferd satteln. Dann machten sie sich beide auf den Weg zur Stadt. Kurz darauf verließ der Todesbote den Weg, den sie normalerweise ritten. Der neue Pfad führte eng gewunden durch eine wilde Einöde und dann in ein dichtes, wildes Waldstück. Es war düster, menschenleer und weit entfernt von Dörfern oder Städten. Genau dieser Platz erschien dem Diener als der ideale Ort für den Mord.

Er zog sein Schwert und zeigte Agia die blanke Klinge.

»Bete zu Gott, und bitte ihn um Vergebung deiner schweren Sünden, damit ich meinen Auftrag schnell erledige.«

Doch dann geschah etwas völlig Verblüffendes. Noch während er sein Schwert hob, löste sich sein Opfer in Nichts auf. Verwirrt starrte er auf die Stelle, wo sie eben noch vor ihm gestanden hatte. Doch sie war weg – einfach verschwunden, und er kam sich wie ein Geprellter vor. Schließlich ritt er zu seinem Herrn zurück. Noch immer benommen und mit schamrotem Gesicht, berichtete er, was geschehen war.

Anselmo wußte nicht, was er noch tun konnte. Zu seiner Schande kam nun die verpatzte Rache. Was ihn früher wie ein Splitter geschmerzt hatte, war inzwischen zu einem Balken weiter gewachsen, der ihm schwer gegen das Herz drückte. Der Fehltritt seiner Gattin hätte noch unter den Beteiligten verschwiegen werden können. Nachdem Agia jedoch wußte, daß ihr Gatte sie umbringen wollte, konnte sie nicht mehr zu ihm zurückkehren, sondern mußte sich in den Schutz einer starken Hand begeben. Damit hatte er ihren Verführer auch noch zu ihrem Beschützer gemacht.

Um das Allerschlimmste zu verhindern, schickte er in aller Eile Briefe und Boten nach allen Seiten aus. Er wollte unbedingt, daß sie gefunden wurde, ehe es für ihn zu spät war. Seine Spione reisten durch die ganze Lombardei. Schließlich brach er auch noch selbst auf. Er ließ keinen Weg und keinen noch so kleinen Ort aus, ohne aber eine Spur von ihr zu finden.

Schließlich rief er den Mann zu sich, dem der Mordversuch mißlungen war. Gemeinsam ritten sie noch einmal zu der Stelle im Wald, an der Agia verschwunden war. Immerhin erschien es Anselmo möglich, daß sein Weib sich immer noch in diesem Wald versteckt hielt.

Als sie die Stelle erreichten, an der angeblich finsterer Wald sein sollte, sahen sie etwas ganz anderes: Direkt vor ihnen erhob sich ein ungewöhnlich prächtiges Schloß aus Alabaster und hellem Gold innen und außen. Sie ahnten nicht, daß die Zauberfee den Palast auf Wunsch von Agia errichtet hatte. Ihre Dämonen hatten innerhalb des Gebäudes reichlich Gerätschaften, Zierat und mehr Schätze angehäuft, als ein Mund erzählen kann.

Das Haus des Herzogs, in dem du gestern gewesen bist, wäre dir dagegen wie eine Hütte vorgekommen. In jenem Waldschloß aber hingen überall gewirkte Wandteppiche. Kostbare Webereien schmückten die Ställe, als ob sie ebenfalls Festsäle wären. Überall wimmelte es von blauen, roten und grünen Edelsteinen, die zu Schüsseln, Bechern und Pokalen geschliffen worden waren. Dazu unbezahlbar kostbare Gold- und Seidenstoffe, die vom Sonnenlicht umschmeichelt wurden.

Richter Anselmo war völlig benommen von der ganzen Pracht an einer Stelle, an der er nur dunklen Wald erwartet hatte. Dann sah er vor dem Tor einen Äthiopier stehen. Nie zuvor hatte Anselmo ein Gesicht gesehen, das noch abschreckender auf ihn gewirkt hatte. Der Wächter vor dem Tor trug schmutzige, löchrige Kleidung, die aber nicht halb so häßlich war wie ihr Besitzer.

Anselmo hatte keine andere Wahl. Außer dem Äthiopier sah er niemanden, den er nach dem Herren des wunderbaren Palastes fragen konnte. Er überwand sich und ging auf den Sarazenen zu.

»Sag mir, wer ist der Herr dieses wunderbaren Palastes?«

»Diese Hütte meinst du?« fragte der andere ungerührt zurück. »Ja, die gehört mir.«

Der Richter spürte, wie Ärger in ihm aufwallte. Ihm kam es vor, als wollte sich der andere nur wichtig machen. Als er dann aber nochmals fragte, wiederholte der Äthiopier seine erste Auskunft.

»Ich schwöre dir, daß ich die Wahrheit sage. Du kannst dich als mein Gast fühlen und dich im ganzen Schloß umsehen. Wenn dir irgend etwas besonders gut gefällt, kannst du es gern nehmen.«

»Würdest du denn, solange ich mich umsehe, hier auf mein Pferd aufpassen?« Der Schwarze nickte nur. Anselmo konnte es vor Neugier kaum aushalten. Er lief sofort in den goldenen Palast, eilte von Raum zu Raum, durchschritt viele Säle und sah voll Staunen einen unglaublichen Glanz in allen Zimmern. Alles, was er hier sah, zeugte von Reichtum und einer königlichen Pracht.

»Das alles zu bezahlen würde kein Gold der Welt ausreichen!« brach es schließlich aus ihm hervor, als er wieder zu seinem Pferd und dem Äthiopier zurückgekehrt war.

»Da würde ich nicht so sehen«, antwortete der mißgestaltete Schwarze. »Alles in der Welt hat seinen Preis. Und was man nicht mit Geld bezahlen kann, läßt sich vielleicht ganz einfach auf eine andere Art erwerben.«

»Wie meinst du das?« keuchte der Richter.

»Wie ich es sage«, gab der Schwarze eher gelangweilt zurück. »Du kannst das Schloß hier haben. Alles, was ich dafür von dir verlange, ist eine einzige Liebesnacht.«

Anselmo wich empört zurück.

»Bist du denn toll, Mann?« stieß er hervor, aber der andere hob nur die Schultern. Er ließ sich durch den Widerstand nicht stören. Vollkommen ruhig wiederholte er sein Angebot.

»Nur eine Nacht«, sagte er. »Und alles das hier ... das Schloß, die Möbel, alle feinen Stoffe, die Edelsteine und die anderen Kostbarkeiten gehören schon beim ersten Morgengrauen dir.«

Der Schwarze beobachtete, wie es im Richter arbeitete. Erbost und angewidert, aber immer gieriger hörte er sich an, was er tun mußte, um all die Schätze zu erreichen. Schließlich brach sein Widerstand.

Agia hatte sich die ganze Zeit in einem der Gemächer nebenan versteckt. Nun, als Anselmo drauf und dran war, seine Ehre ebenfalls für einen Liebeshandel zu verkaufen, trat sie hervor.

»Na, das gefällt mir aber von meinem klugen und gerechten Richter!«

Anselmo begriff sofort, was hier gespielt wurde. Er wurde rot und stand wie ein begossener Pudel vor ihr, doch die Erde tat sich nicht zwischen ihnen auf, um ihn zu verschlingen. Um ihr eigenes Verhalten zu entschuldigen und zugleich ihn zu beschämen, schrie sie ihn zornig an: »Jetzt sag es selbst, welche Strafe du verdienst für das, wozu du dich mit diesem Kerl bereit erklärt hättest! Ich bin nur schwach geworden, weil ich meiner Natur folgte, die niemand zügeln kann. Du wolltest mich ermorden, weil ich mich meinem Liebsten hingegeben habe, der mir kostbare Geschenke gemacht hat, die mir mehr wert sind als dieses Schloß hier mit seiner ganzen kalten Pracht. Wenn du mich für das töten willst, was ich getan habe – wie viele hundert Tode hast du dann verdient?«

Wortlos und kaum eines Gedankens fähig, stand er mit gesenktem Kopf vor ihr. Doch plötzlich lächelte sie.

»Ich will ich mich nicht wie du dafür rächen, daß du falsch gehandelt hast«, sagte sie leise. »Ich würde dir ja gern verzeihen und denke, daß sich unsere Fehler gegenseitig aufheben, sobald du mir verzeihst. Laß uns einfach vergessen, was wir falsch gemacht haben, und noch einmal neu anfangen. Wenn keiner von uns beiden dem anderen einen Vorwurf macht, könnte es gelingen.«

Anselmo schämte sich noch immer, dann nickte er. Er war klug genug, um zu erkennen, daß dieser Weg der einzige war, den sie jetzt noch hatten. Sie versöhnten sich deshalb und leben seitdem in Frieden und Eintracht miteinander.

Rinaldo hatte mit glühendem Gesicht zugehört, wie der Schiffer von der Blamage des Richters erzählte. Dann aber lachte er und lobte Agia für ihr Geschick.

»Ziemlich schlau von ihr«, meinte er vergnügt, »den eigenen Mann mit demselben Netz zu fangen, in das sie mit einer viel geringeren Schuld gegangen war.«

Als die Sonne höher stieg und stärker brannte, setzten die Schiffer dem Paladin das Frühstück vor, das ihnen der Schloßherr aus Mantua für die Fahrt mitgegeben hatte. Während die Ufer an beiden Seiten schnell vorbeiglitten, speiste Rinaldo nach Herzenslust und ließ es sich dabei sehr wohl gehen. Rechter Hand zog ein Sumpf vorbei, der so groß war wie ein Meerbusen.

Schon gegen Mittag tauchte Ravenna vor ihnen auf. In der Vergangenheit war es nicht selten vorgekommen, daß die Taschen des jungen Ritters eher leer als gut gefüllt waren. Diesmal hatte er genügend Münzen bei sich, um den Schiffsleuten ein gutes Trinkgeld zu geben. Er verabschiedete sich und stieg auf sein Pferd. Kurz vor Rimini wechselte er erneut sein Reittier und die Begleiter. Auch hier hielt er sich nicht lange auf, sondern ritt die ganze Nacht hindurch. Im ersten Morgenlicht passierte er die Tore der Stadt Urbino und ritt weiter in Richtung Cagli.

Schon bald lag der Apennin nicht mehr rechts von ihm. Er ritt geradewegs durch Umbrien und Etrurien. Rom tauchte vor ihm auf, dann Ostia. Hier bestieg er ein Schiff und ließ sich bis Sizilien bringen.

In Trapani, wo einst Äneas den Leichnam seines Vaters Achises zurückerhalten hatte, suchte er sich ein anderes Schiff. Er ließ die Männer kräftig rudern. Sie taten, was sie konnten. Nur der Wind spielte nicht mit. Ohne die schlaff herabhängenden Segel wäre Rinaldo ein wenig früher auf der Insel Lipadusa eingetroffen. So allerdings brachten ihn die Ruderer zu spät zum Kampfplatz.

Graf Orlando hatte den großen Kampf bereits für sich entschieden. König Agramant und König Gradass lagen tot am Boden. Aber auch der Sohn des Monodant war tot. Der edle Olivier lag mit zerquetschtem Bein in einer großen Blutlache und litt fürchterliche Schmerzen.

Rinaldo und Orlando gingen sofort aufeinander zu. In ihren Augen standen Tränen, als sie sich umarmten. Es war, als wären sie niemals erbitterte Rivalen um die Gunst der falschen Schönen aus Cathay gewesen.

Als Rinaldo sah, wie zerschmettert das edle Haupt Brandimarts auf dem Boden lag, konnte er nicht anders. Er schluchzte laut auf und schämt sich nicht für seine bitterlichen Tränen.

Dann erst schien Rinaldo die ganze Wahrheit zu begreifen: Er war zu spät gekommen! Die Tafel für das Blutmahl war bereits aufgehoben.

Die Bediensteten der toten Sarazenenkönige betteten Agramants und Gradass' Leichname auf Tragen, um sie über das Meer hinweg nach Biserta zu begleiten. Dort angekommen, hörten Samsonet und Astolf von ihnen, was geschehen war. Sie freuten sich über Orlandos großartigen Sieg, doch die Trauer um den treuen Freund Brandimart überwog.

Zu allem Kummer mußte auch noch einer von ihnen die traurige Nachricht Flordelice überbringen. Beide scheuten davor zurück, denn in der Nacht zuvor hatte Flordelice im Traum Brandimarts Waffenrock gesehen; das Gewand war von blutroten Tropfen benetzt gewesen. Ihr war, als hätte sie selbst die Blutzeichen in den Stoff gestickt. Noch im Traum hatte sie zu sich gesagt: »Ich sollte doch ein völlig schwarzes Kleid für meinen Liebsten nähen. Wie konnte ich da solche schrecklichen Zeichen mit einsticken?«

Seit diesem Traum bedrückte sie die schlimmste aller Ahnungen. Als gegen Abend Astolf und Samsonet zu ihr kamen, brauchten die beiden nichts mehr zu sagen. Flordelice sah die beiden Paladine wortlos an. Während ihr Herz zu einer einzigen großen Wunde aufriß, brach sie ohnmächtig zusammen.

Als sie wieder zur Besinnung kam, schlug sie wild um sich, raufte sich das Haar und schrie nur noch: »Brandimart! Wo ist mein Brandimart?« Sie war wie eine Wahnsinnige, die von Dämonen hin- und hergerissen wurde.

»Gebt mir ein Messer!« brüllte sie. »Nur wenn mein eigenes Blut strömt, kann mit ihm die Qual aus meinem Herzen fließen.« Sie sprang auf, schwankte und stürzte zum Hafen. Dort drängte sie sich zu dem Schiff vor, mit dem die Leichname der Sarazenenkönige gebracht worden waren. Es schien, als würde sie sich in ihrer Wut an den beiden Aufgebahrten schrecklich rächen wollen, um dann übers Meer dorthin zu fliehen, wo sie beim Leichnam ihres Gatten sterben wollte.

»Brandimart, wie konntest du nur ohne mich in einen solchen Kampf gehen? Glaub mir, ich hätte dich gerettet, wenn ich in deiner Nähe gewesen wäre. Ein Schrei – und Gradass hätte dich nicht hinterrücks angreifen können. Vielleicht wäre ich auch schnell genug gewesen, um den Hieb gegen dich aufzufangen. Brandimart, wie gern wäre ich für dich zum Schild geworden. Wie schön wäre dieser Tod für mich gewesen. Und wäre mir auch diese Möglichkeit vom Schicksal und beim Himmel nicht erlaubt worden, so hätte ich dich wenigstens auffangen und an mein Herz drücken können. Meine Tränen hätten dein Gesicht gestreichelt, bevor dein Geist zum Licht der Ewigkeit hinaufstieg. Ziehen wir so in die Hallen deiner Hauptstadt

Dammogir ein? Und empfängst du mich auf diese Art an deinem Thron? O Schicksal, welche Pläne hast du uns zerstört! Aber was macht das noch? Jetzt brauche ich auch den Rest von meinem Leben nicht mehr.«

Graf Orlando hatte sich inzwischen mit dem schwerverwundeten Olivier und dem Leichnam von Brandimart eingeschifft. Er wollte, daß sein Schwager die beste Pflege für sein zerquetschtes Bein bekam. Für den toten Freund wollte er ein Grabmal errichten lassen, das seiner würdig war. Das Schiff steuerte auf die Insel Sizilien zu.

Schon von weitem sahen sie den feuerspeienden Ätna. Er konnte die Nacht zum Tage machen oder das Tageslicht durch seinen Rauch verdunkeln. Der Wind war günstig, und rechter Hand voraus sahen sie bereits Land am Horizont. Als die Sonne im Meer versank und die Silbersichel der Mondgöttin Selene am Nachthimmel aufstieg, waren sie bereits in der Straße von Messina. Sie segelten bis zum Morgengrauen weiter. Bei Sonnenaufgang winkte ihnen der Anblick der lieblichen Gefilde um die Stadt Agrigent. Hier wollte Graf Orlando den toten Freund bestatten lassen.

Sie legten an und stiegen aus. Als die Sonne sich erneut farbenprächtig mit dem Meer vermählte, waren bereits viele edle Herren mit ihrem Gefolge eingetroffen. Während die Adligen sich auf die Trauerfeier vorbereiteten, erklangen überall Klagerufe als letzter Gruß für den verstorbenen Freund. Am gesamten Strand loderten unzählige Fackeln. Sie sollten Brandimart einen letzten Ehrengruß erweisen.

Der alte Bardin stand der Bahre Brandimarts am nächsten. Er hatte sich schon bei der Überfahrt fast die Augen ausgeweint. Nun stöhnte und heulte er wie ein kranker Löwe. Graf Orlando trat schweigend an den aufgebahrten offenen Sarg und blickte lange in das farblose Gesicht des toten Freundes. Nach und nach verstummte der Lärm. Noch immer ins Gesicht des Toten schauend, rief Orlando: »Treuester aller Gefährten! Hier bei uns bist du tot, aber im Himmel lebst du weiter. Dort brauchst du dich nicht mehr um Hitze oder Kälte zu kümmern, und nichts stört deinen Frieden. Verzeih mir meine Tränen, die ich für dich vergossen habe. Ich weine nicht, weil du von uns gegangen bist, sondern ich weine, weil ich noch nicht bei dir sein kann. Wir waren oft genug im Kampf Gefährten. Warum dürfen wir es jetzt nicht auch im großen Frieden sein? Mein Schmerz wird wie eine große Welle durch Frankreich, Deutschland und Italien eilen. Wie traurig wird mein Onkel Karl der Große sein, wie werden das ganze Reich und auch die Kirche klagen, daß du, ihr edelster Beschützer, nicht mehr mit uns bist. Aber eins, Flordelice, soll dich doch trösten: Brandimart hat noch im Tod hohen Ruhm errungen. Er ist so ehrenvoll im Kampf gestorben, daß ihn selbst die größten aller Krieger beneiden.«

In diesem Augenblick erschien ein langer, ernster Zug von Priestern und Mönchen. Feierlich kamen sie langsam Paar um Paar an den Sarg und baten Gott um Gnade und Frieden für des Toten Seele. Von allen Seiten näherten sich Fackelträger. Ihr Flammenlicht verwandelte die Nacht in einen hellen Tag. Grafen und Ritter nahmen den Sarg mit dem Toten auf. Eine purpurrote Seidendecke, reich mit Gold bestickt und mit Perlen geschmückt, deckte den Sarg zu. An jeder Ecke hing eine goldene Quaste, in die zahlreiche Edelsteine eingenäht waren. Brandimarts Totenkleid bestand aus den gleichen Seidenstoffen und war ebenfalls reich mit Juwelen verziert.

Dreihundert der Ärmsten aus dem ganzen Land eröffneten den großen Trauerzug. Hinter ihnen ritten hundert Pagen in langen, bis zum Boden reichenden Gewändern. Auch die Schabrackendecken der Pferde reichten mit ihrem Trauerrand bis zur Erde hinab.

Vor und hinter dem Sarg wurden Tausende von Fahnen, Banner und Wimpel, alten und neuen Feldzeichen aus den Schlachten zum Schutz der heiligen römischen Kirche getragen. Einige von ihnen stammten noch aus Kriegen, die für Cäsar geführt worden waren. Hinter den Fahnen wurden Schilde mit den Zeichen tapferer Krieger gebracht, die Brandimart besiegt hatte. Hundert und nochmals hundert gingen vorbei. Alle trugen zudem eine Fackel und waren von Kopf bis Fuß in schwarzes Tuch gehüllt. Endlich erschien auch Graf Orlando. Neben ihm ging

Rinaldo. Nur Markgraf Olivier konnte mit seinem zerquetschten Bein nicht an dem Trauerzug teilnehmen.

Der Fackelzug der Trauernden erreichte die Kathedrale. Langsam verstummten die Klagen der Frauen. Der Gesang der Priester und die Gebete verhallten ebenso wie das Sanctus und das Eleison. Zwei große Säulen, über die auf Anweisung von Orlando Decken aus Goldbrokat gehängt worden waren, bildeten das Fundament für den Sarg Brandimarts. Hier sollte er so lange stehen, bis die prächtige Gruft fertig war, die Orlando für ihn errichten wollte.

Ehe Orlando Sizilien wieder verließ, bestellte er Alabasterplatten und roten Porphyr. Er ließ sich von den besten Baumeistern Pläne vorlegen, belohnte sie sehr reichlich und ließ sie dann den Bau aus Quadern und aus Säulen überwachen. Bald darauf traf auch Flordelice aus Libyen in Sizilien ein. Orlando war bereits weitergezogen. Als Flordelice sah, daß keine Messe und kein Hochamt ihren großen Schmerz stillen konnten, ließ sie sich eine kleine Hütte neben dem Grabmal bauen. Sie beschloß, bis zum Lebensende in dem kargen Raum zu bleiben. Graf Orlando schickte ihr mehrmals Boten, schrieb ihr und suchte sie schließlich auch noch selbst auf.

»Ich biete dir eine große Summe jedes Jahr, wenn du mit mir nach Frankreich kommst«, sagte er. »Du kannst bei meiner Tante Galerana, der Gemahlin unseres Kaisers Karl, wohnen.«

Flordelice schüttelte bei allem, was er sagte, immer nur den Kopf.

»Wenn du deinen Vater und die Gruft deiner eigenen Ahnen wiedersehen möchtest, begleite ich dich auch bis nach Lizza«, bot Orlando ihr an. »Und falls du lieber dein Leben in den Dienst des Allmächtigen stellen willst, errichte ich dir gern ein eigenes Kloster.«

»Nein«, sagte sie. »Ich will das alles nicht. Ich will hier beim Grabmal meines Gatten bleiben, um mich Tag und Nacht in frommes Beten zu versenken.«

Ihre Trauer war so tief, daß die Parzen schließlich Mitleid zeigten und den Lebensfaden von Flordelice abschnitten.

Bedrückt verließen Orlando, Olivier und Samsonet die Insel der Zyklopen. Sie nahmen auch Sobrin mit, um seine Wunden heilen zu lassen. Noch immer hatten sie nicht verwunden, daß sie den vierten von sich in einem Grabmal zurücklassen mußten. Obwohl sie einen Arzt für Olivier mitgenommen hatten, besserte sich seine Verletzung kaum. Er krümmte sich vor Schmerzen, und die Paladine wußten nicht, was sie tun sollten. Schließlich erinnerte sich der Kapitän des Schiffes an eine kleine Insel in der Nähe, auf der ein heilkundiger Klausner wohnen sollte.

»Der Eremit ist zu Übermenschlichem fähig«, prahlte der Schiffer. »Er macht Tote wieder lebendig und Blinde wieder sehend. Wenn er mit seinem Kreuz die Zeichen schlägt, verstummt der Sturm, und selbst das aufgepeitschte Meer wird wieder still. Dieser Gottesmann hat bisher noch alle Wunden geheilt und selbst hoffnungslos Kranke gerettet.«

Der Vorschlag sagte Orlando sofort zu, und er befahl dem Kapitän, das Schiff ohne jeden Umweg zu der besagten Insel zu bringen. Bereits beim ersten Morgenrot sahen sie die Klippen, die sich steil aus dem Meer erhoben. Überall brachen sich mit wildem Toben die schaumgekrönten Wogen. Dennoch brachten die erfahrenen Seeleute das Schiff sicher durch die Brandung. Der fromme Eremit erwartete den Grafen und seine Begleitung bereits. Es war derselbe, in dessen kleiner Kirche Ruggiero getauft worden war. Voller Freude über ihre Ankunft segnete er sie alle und fragte nach ihren Wünschen.

»Wir bitten dich um Hilfe für einen von uns, der sehr schwer verwundet worden ist. Er hat für Christi Lehre tapfer gekämpft. Jetzt aber schwebt er in großer Gefahr.«

»Habt keine Angst«, sagte der Heilige sofort. »Ich werde ihn auch ohne Salben oder die Kunst der Ärzte heilen. Gebt mir nur noch Gelegenheit für ein Gebet.«

Er ging zu seiner kleinen Kirche. Bereits kurz darauf kehrte er mit schwungvollen Schritten zurück und segnete Olivier im Namen des Vaters, des Sohnes und des Heiligen Geistes. Durch das Wunder des Glaubens wurde Oliviers Fuß wieder gesund. Auch Fürst Sobrin sah, wie der eben noch gequetschte Körperteil des Ritters gesundete und dabei noch kräftiger wurde als zuvor. Seine eigenen Wunden brannten und quälten ihn von Tag zu Tag immer schlimmer. Als er nun miterlebte, welche Kraft der Glauben der Christen besaß, schimpfte er auf Mohammed und bat darum, ebenfalls getauft zu werden.

»Seid gnädig zu mir«, bat er tief zerknirscht. »Lehrt mich, was ich von eurem Christentum wissen muß.«

Der fromme Greis zögerte nicht lange und gab ihm die heiligen Weihen. Wieder vollzog sich vor aller Augen das Wunder einer Heilung allein durch Glauben und Gebet. Erfreut nahmen Graf Orlando und die anderen Ritter Sobrin in ihre Reihen auf.

Am meisten freute sich Ruggiero. Seit er auf der Felseninsel gestrandet und gerettet worden war, lebte er bei dem Eremiten. Der Alte ermahnte alle Ritter, in Zukunft mehr an ihr Seelenheil zu denken, wenn sie sich durch den trüben Sündenpfuhl kämpften, den man Leben nennt.

Unterdessen ließ Orlando Brot, Wein, Wildbret und Schinken vom Schiff holen. Der Gottesmann wußte schon gar nicht mehr, wie das alles schmeckte. Bei seiner Früchtenahrung hatte er längst vergessen, wie eine Schnepfe und ein wildes Huhn munden konnten.

Nachdem sie gegessen und getrunken hatten, sprachen sie über alles mögliche und kamen von einem Thema zum nächsten. Eher zufällig entdeckten sie dabei, daß der Gast des Eremiten Ruggiero hieß. Als sie nun seinen Namen hörten, erkannten sie ihn wieder. Jeder von ihnen wußte, wie groß sein Mut und sein Ansehen waren. Nur Rinaldo brauchte eine Weile, bis er sicher war, daß er jetzt am selben Tisch saß wie derjenige, gegen den er noch vor nicht allzu langer Zeit die Lanze eingelegt hatte. Doch nachdem sie dann auch noch erfuhren, daß Ruggiero ebenfalls getauft war, freuten sie sich und umarmten ihn.

Einfache Menschen, die in Hütten wohnen, Not und Hunger kennen und vom Schicksal nichts erhoffen, schließen leichter Freundschaft als die Reichen. In Palästen drängen sich die Hinterlist und der Argwohn überall dazwischen.

Wo Freundschaft nur ein hohles Wort ist, gelten auch Verträge zwischen Fürsten nicht sehr viel. Selbst wenn Papst und Kaiser heute Frieden schließen, können sie sich morgen bereits wieder tödlich feind sein. Was nach außen gut scheint, ist im Inneren sehr oft ganz anders. Sie fragen eben nicht nach Recht und Unrecht, sondern nur nach dem Nutzen und ihrem eigenen größten Vorteil.

Wenn aber dann der Absturz kommt und sie zusammen ganz weit unten sind, dann lernen sie in einer Stunde mehr über die Freundschaft als in all den Jahren vorher.

Hier, in der schlichten Hütte, verband der Greis seine Gästen mit einem freundschaftlichen Band, wie sie es zuvor an Fürstenhöfen nie gekannt hatten. Er sah, daß jeder von denen, die einander so hart bekämpft und übel mitgespielt hatten, im Grunde seines Herzens wie ein weißer Schwan war. Sie liebten sich inzwischen wie eine einzige Familie.

Besonders Rinaldo bemühte sich um Ruggiero. Wie der junge Mann mit seinen Waffen umzugehen verstand, hatte er bereits gesehen. Nun zeigte Ruggiero, daß er sich auch elegant und gesittet wie kaum ein anderer zu benehmen wußte. Außerdem hatte Rinaldo inzwischen erfahren, daß Ruggiero seinen Bruder Richardet rettete, als den der Spanierkönig im Bett seiner Tochter Flordespina entdeckte und dafür töten lassen wollte. Ihm war auch berichtet worden, daß Ruggiero die Söhne Buovos aus der Gefangenschaft der Sarazenen und der Bande des Mainzers Bertolas befreit hatte. Auch durch diese Dankesschuld fühlte er sich ihm gegenüber verpflichtet. Solange Ruggiero in den Diensten König Agramants gestanden hatte und er selbst im Heer von Kaiser Karl kämpfte, hatte er sich dafür nicht bei ihm bedanken können. Nun gehörte Ruggiero zu ihnen, und Rinaldo beeilte sich, das lange Versäumte endlich nachzuholen.

Der kluge Eremit beobachtete alles mit sichtlichem Vergnügen. Schließlich, als ihm der richtige Zeitpunkt gekommen schien, ging er zu den beiden.

»Eine Sache wäre da ja noch«, sagte er. »Und ich hoffe, daß ihr nicht nur gute Freunde, sondern auch gute Schwäger werdet, damit aus der Vereinigung eurer beiden Geschlechter ein Stamm entsteht, der heller glänzt als jeder andere auf der Erde.«

Der Eremit bat dann ausdrücklich darum, daß Rinaldo dem neugewonnenen Freund seine Schwester Bradamante zur Frau geben solle. Er brauchte dafür keine große Überredungskunst. Auch Olivier und Orlando von Anglant waren sofort einverstanden. Sie sahen dieses edle Bündnis gern und hofften, daß Karl der Große, Herzog Haimon und die anderen Großen im Frankenreich ebenfalls einverstanden wären.

Keiner von ihnen ahnte, daß Herzog Haimon seine Tochter bereits mit Billigung des Frankenherrschers Kaiser Konstantin von Griechenland versprochen hatte. Bradamante sollte mit dessen Sohn Leo vermählt werden, obschon der Erbe des griechischen Kaiserreiches sie noch nie gesehen hatte. Allein die rühmenden Berichte über ihre Kühnheit und Schönheit hatten sein Herz gewonnen.

Klugerweise hatte Haimon um Bedenkzeit gebeten. Die Ehre, seine Tochter mit dem Erben eines Kaiserreichs zu vermählen, war so groß für ihn, daß er nicht allein darüber entscheiden wollte.

»Vor meinem endgültigen Einverständnis möchte ich mich noch mit meinem Sohn Rinaldo besprechen«, teilte er den Abgesandten aus Byzanz mit. »Er ist zur Zeit aus Gründen unterwegs, die nur ihn betreffen.«

Da Rinaldo nichts von alledem wußte, versprach er Ruggiero, ohne zu zögern, Bradamantes Hand. Graf Orlando und die anderen bezeugten den Vertrag. Am fröhlichsten über diese Entwicklung war der Eremit.

»Ich bin ganz sicher«, sagte er, »daß Herzog Haimon stolz auf einen so edlen Schwiegersohn sein wird.«

Sie blieben noch den ganzen Tag und die Nacht bei dem weisen alten Mann. Ruggiero fiel der Abschied besonders schwer. Orlando übergab ihm sein Schwert, die Rüstung, die noch von Hektor stammte, und den guten Hengst Frontin. Er wußte, daß alles früher schon einmal Ruggiero gehört hatte, und durch die Rückgabe wollte er ihm zeigen, wieviel ihm an der neuen Freundschaft lag. Graf Orlando hätte mehr Rechte an dem Schwert besessen. Schließlich hatte er es sich seinerzeit in Falerinas Zaubergarten erkämpft. Ruggiero wiederum bekam es zusammen mit dem Hengst Frontin vom Dieb Brunell, der ihn auf Agramants Geheiß aus Atlantes Schloß befreit hatte.

Begleitet von den Segenswünschen des Eremiten, begaben sie sich schließlich alle an Bord. Die Segel wurden in den Wind gerichtet, Ruder bewegten sich. Dann verließ das Schiff die Felsenbrandung und nahm bei klarem Wetter Kurs auf den Hafen von Marseille.

Als Prinz Astolf vom Sieg auf der Insel Lapedusa erfuhr, war ihm klar, daß dem Frankenreich nun keine weiteren Eroberungsfeldzüge aus Afrika mehr drohten. Er entließ daher den Nubierkönig Serap mit seinen Kriegern aus seinen Verpflichtungen.

Auch Fürst Dudo schickte nach seinem Sieg über die Ungläubigen seine Flotte wieder zurück. Kaum waren die schwarzen Krieger an der Küste Afrikas wieder an Land gegangen, bogen sich bei allen Schiffen Bug und Heck nach oben, rollten sich ein und verwandelten sich wieder in leichte Blätter. Ein Schiff nach dem anderen bildete sich so zurück, wurde von schnellen Winden aufgenommen und so hoch in die Luft gewirbelt, daß es schnell verschwand.

Die Sieger von Biserta kamen noch einmal alle zusammen. Prinz Astolf dankte Senap für seine Teilnahme am großen Glaubenskrieg. Er gab den Nubiern auch den verschlossenen Schlauch zurück, in dem der Südwind eingefangen war.

»Und paßt gut auf«, ermahnte er sie. »Es ist derselbe Wind,

der oft mit böser Wut den trockenen Sand hoch in den Himmel wirbelt. Er hat schon viele Reisende in der Sahara umgebracht. Ihr dürft den Südwind erst wieder freilassen, wenn ihr sicher in eurer Heimat angekommen seid.«

Sie verabschiedeten sich, und dann zogen die Nubier zu Fuß und Pferd in Richtung Atlasgebirge ab. Als das Heer der Nubier die Bergflanken des hohen Atlas erreichte, blieb ein Pferd nach dem anderen stehen. So, wie sie entstanden waren, wurden sie wieder zu Stein. Jetzt, nachdem sie keine Reittiere mehr hatten, kehrten die dunkelhäutigen Christen so wieder durch die große Wüste in ihre Heimat zurück, wie sie herangekommen waren.

An der Küste bereitete sich Astolf ebenfalls auf den Abschied von den libyschen Städten vor, die das Kriegsglück in seine Hände gegeben hatte. Er ließ an allen wichtigen Stellen Bewaffnete zurück. Dann befahl er dem Hippogryphen, seine Schwingen auszufahren. Er kletterte in den Sattel und zog leicht an den Zügeln. Das Greifenpferd stieg auf, und mit einem einzigen Flügelschlag erreichte es Sardinien. Von dort aus flogen sie über Korsika, dann weiter über blaue Meereswellen. Astolf ließ die linke Hand leicht zucken und korrigierte so den Flug. Schon wenig später lag die idyllische Provence unter ihnen.

Sie landeten, und Astolf ließ das Flügeltier genau dort frei, wo es der heilige Johannes vorausbestimmt hatte. Noch auf dem Paradiesberg hatte Johannes gesagt, daß er den Hippogryphen mit allem Zaumzeug ziehenlassen sollte, damit das Flügelpferd bis zur niederen Himmelssphäre hinaufflog – dorthin, wo der Mond seine Bahn zog und sich Verlorenes einfand. Der unterste der sieben Himmel hatte bereits den Klang von Astolfs Zauberhorn aufgenommen. Seit Herzog Astolf den Paradiesberg besucht hatte, war die Kraft der Töne aus seinem Horn immer schwächer geworden und schließlich ganz vergangen.

Noch am selben Tag hatte Herzog Astolf in Marseille die ebenfalls gerade übers Meer von der Insel Lipadusa angekommenen Paladine getroffen. In alle Freude mischte sich immer noch die Trauer um den Gefährten, der nicht mehr bei ihnen sein konnte.

Karl der Große wußte, was inzwischen mit Ruggiero geschehen war, und war erleichtert, weil sich durch die Ereignisse die Bedrohung durch die Sarazenen verringert hatte. Um diejenigen zu ehren, die er als die wichtigsten Stützen des Reiches ansah, wies er den Adel des Landes an, die Heimgekehrten zu begrüßen. Er selbst verließ mit der Kaiserin, den Königen, Fürsten, edlen und schönen, reichgeschmückten Frauen Paris. Fröhlich zogen sie den Helden Frankreichs entgegen.

»Hoch Clermont! Hoch Mongrana!« riefen die Menschen überall. Als die Heimgekehrten von ihren Pferden stiegen, wollten die Umarmungen und Küsse überhaupt nicht enden. Orlando, Olivier und Rinaldo nahmen Ruggiero in die Mitte und führten ihn direkt zu Kaiser Karl.

»Dies ist der tapfere Sohn des ehrenhaften Ruggiero von Reggio!« stellte ihn Orlando seinem Kaiser vor. »Wir alle hier bestätigen mit großer Freude, daß er sein Schwert mit großer Meisterschaft zu führen weiß und seinem Vater in nichts nachsteht!«

In diesem Augenblick erschienen auch Bradamante und Marfisa. Während Marfisa überglücklich ihren Bruder umarmte, hielt sich Bradamante mit dem Stolz der Kriegerin zurück.

»Steig wieder auf dein Pferd«, sagte der Kaiser zu Ruggiero. »Es freut mich, wenn du mein Gefolgsmann wirst.«

Karl ließ keine Ehrung aus, um zu zeigen, wie sehr auch er Ruggiero schätzte. Mit großem Pomp und lautem Jubel zogen sie alle wieder in Paris ein. Die Häuser waren mit frischem Grün geschmückt. Auf den Straßen lagen Teppiche, und aus den Fenstern und von den Balkonen warfen schöne Frauen mit vollen Händen Blumen über die zurückgekehrten Helden. Sie ritten durch Ehrentore, auf die Bilder von der Eroberung des brennenden Biserta und anderen inzwischen schon berühmt gewordenen Schlachten gemalt waren. Auf verschiedenen Bühnen wurden noch bis in die tiefe Nacht Schauspiele und Tänze aufgeführt. In der ganzen Stadt stand überall mit großen Buchstaben die Inschrift: »Des Reiches Retter«.

Hörner und Trompeten schmetterten den Triumph über die Köpfe der Menge hinweg. Pfeifen und Schalmeien erzählten von schweren Kämpfen und heldenhaften Rittern. Immer mehr Volk schloß sich an. Mit lauten Jubelschreien drängten sich die Menschen so dicht wie möglich an den Festzug heran. Sie folgten ihm, bis er den Palast von Kaiser Karl erreichte.

Während der Festlichkeiten erzählte Graf Rinaldo seinem Vater, daß Ruggiero schon bald auch bei ihm um Bradamantes Hand anhalten würde.

»Ich selbst habe schon freudig zugestimmt«, sagte er, »Orlando und Olivier sind dafür die Zeugen.«

Die beiden anderen nickten zustimmend.

»Wir meinen, daß nichts anderes unserem Haus mehr Glanz verleihen kann als dieses neue verwandtschaftliche Band«, fuhr Rinaldo fort. »Im ganzen Reich gibt es niemanden, dessen Blut und Wert Ruggiero übertreffen könnte.«

Herzog Haimons Gesicht verfinsterte sich.

»Das hättest du nicht tun dürfen, ohne mich zu fragen!« stieß er verärgert hervor. »Was soll ein Schwiegersohn, der nicht das kleinste Fleckchen Land besitzt? Weißt du, was du da angerichtet hast? Ich habe deine Schwester Bradamante längst einem Kaisersohn versprochen. Selbst wenn Ruggiero anständig und von edlem Geblüt ist – ohne Macht und Reichtum zählt das nichts.«

Bradamantes Mutter Beatrix war noch wütender über Rinaldos Eigenmächtigkeit. Sie machte weder öffentlich noch in den eigenen vier Wänden ein Hehl daraus, daß sie nur noch eines im Sinn hatte: Ihre Tochter sollte Kaiserin auf dem Thron in Konstantinopel werden. Aber auch Rinaldo blieb hart und unnachgiebig. Er wich kein Jota von seinem Versprechen ab.

»Du mußt diesen schrecklich Streit sofort beenden!« verlangte Beatrix von Bradamante. Sie war fest davon überzeugt, daß ihre Tochter den Kronprinzen wählen würde.

»Wie kann ich das? Und warum sollte ich das tun?« gab Bradamante stolz zurück.

»Weil du noch immer unsere Tochter bist und uns Gehorsam schuldest!« stellte Beatrix mit einer Mischung aus Strenge und

Nachsicht fest. »Aber die Zeit der Freiheit und Abenteuer ist jetzt für dich vorbei! Ich erwarte von dir die öffentliche Erklärung, daß du lieber sterben würdest, als einen derart mittellosen Ritter wie Ruggiero zu heiraten!«

Bradamante wagte nicht, offen zu widersprechen.

»Wenn du das nicht tust und dich statt dessen auf die Seite deines Bruders stellst, dann bist du nicht länger meine Tochter! Er kann dich nicht zwingen, das einzuhalten, was er diesem Ruggiero versprochen hat.«

Bradamante schwieg und litt. So, wie sie erzogen war, kam Ungehorsam gegen die geliebten Eltern nicht in Frage. Andererseits konnte und wollte sie den Wunsch ihrer Mutter nicht erfüllen. Denn noch immer liebte sie Ruggiero mehr als alles andere auf der Welt. Erst als sie allein war, ließ sie ihren Tränen freien Lauf: »Soll ich gegen die Gebote sein und meine Eltern nicht mehr ehren, nur weil ich meinem eigenen Glück nachjage? Ich weiß ja, was ich als gute Tochter tun müßte. Aber was nützt mir das, wenn mein Verstand gegen den Ansturm der Gefühle verliert. Soll ich denn Haimon und Beatrix mehr gehorchen als dem, was Orlando und Rinaldo meinem Ruggiero fest versprochen haben. Ich habe lange genug darum gekämpft, daß Ruggiero endlich Christ wird. Soll ich ihn jetzt, da er getauft ist, einfach ziehenlassen? Nein! Eher will ich sterben als einen anderen zum Gatten nehmen.«

Ruggiero fühlte sich ebenfalls nicht gut. Er haderte mit seinem Schicksal, das ihm seine große Liebe nehmen wollte, weil er nicht über Geld und Macht verfügen konnte, obwohl tausend schlechtere als er reichlich davon besaßen. Von allen guten Eigenschaften, die man angeboren oder durch eigene Anstrengung erreichen konnte, war er mit einigen besonders reichlich ausgestattet: Er war ein ungewöhnlich schöner junger Mann, und seine Kraft ließ ihn in jedem Zweikampf siegen. Wenn es nach Edelmut gegangen wäre, hätte er vor allen anderen immer den ersten Platz eingenommen, aber beim Volk zählte nun einmal zuallererst der Reichtum. Kraft, Schönheit, Tugend, Herzensgüte und Verstand beeindruckten den Pöbel seit jeher weniger als Reichtum – besonders dann, wenn ein Bräutigam bewertet werden sollte.

»Es gibt nur einen Ausweg«, sagte Ruggiero zu sich selbst. »Wenn Herzog Haimon fest entschlossen ist, seine Tochter zur Kaiserin zu machen, dann soll er damit noch ein Jahr warten. Wenn ich in dieser Zeit das Reich von Kronprinz Leo erobere und seinen Vater vom Thron verjage, dann erfülle ich die Bedingungen, um Haimons Schwiegersohn zu werden. Was aber tun, wenn Kaiser Konstantin schon jetzt die Braut für seinen Sohn verlangte? Soll ich in meinem Zorn etwa dem Vater der Geliebten einen Streit verkünden? Wenn ich ihren Vater eigenhändig umbringe und ihrem Haus nur Schaden zufüge – muß sie mich dann nicht hassen und sich von mir trennen? Soll ich denn gar nichts unternehmen? Bei Gott, das kann ich nicht! Dann lieber nicht mehr leben! Oder noch besser: Ich will jetzt erst recht leben. Aber der andere ... der Kaisersohn muß weg. Er ist es, der mir alles zerstören will. Es gibt nur eine Antwort darauf, und die heißt Tod für ihn und seinen Vater. Aber was ist mit dir, Bradamante? Könnte es sein, daß ich doch vergebens um dich kämpfe und du schon längst von einem Kaiserinnentitel träumst?«

Von Ruggieros Qual zu hören war für Bradamante noch schrecklicher als ihre eigenen Leiden. Unter alldem, was ihr heimlich und von Mund zu Mund weitererzählt wurde, traf sie am schwersten sein Verdacht, daß sie vielleicht doch den Griechenprinzen vorziehen wollte. Sie mußte ihm unbedingt diese große Sorge nehmen. Deshalb vertraute sie sich einer ihrer Kammerfrauen an und schickte ihm folgende Botschaft:

»Ich bleibe Dein, wie ich es immer war, Ruggiero – bis in den Tod und, wenn es geht, noch weiter. Ganz gleich, wie sich das Rad des Schicksals dreht, ich bleibe Dir so fest in meiner Treue wie ein Meeresfelsen im Orkan. Eher fließen Bergflüsse wieder zum Alpengipfel zurück, als daß mein Herz durch irgend etwas von Dir abgedrängt wird. Du mußt mich nicht in feste Mauern mit Gräben und mit Türmen einschließen, um mich vor anderen zu schützen. An meinem Herzen prallt jeder Angriff ab.

Kein Reichtum kann mich kaufen. Mich können weder Titel noch Königskronen locken oder sonst etwas, wodurch sich Pöbel blenden läßt. Selbst Schönheit eines Mannes kann mir nichts mehr anhaben. Mein Bild von Dir währt in meinem Herzen bis zum letzten Tag.«

Bradamante gab sich nicht mit dem zufrieden, was sie Ruggiero übermittelt hatte. Ihr alter Kampfgeist kehrte zu ihr zurück. Sie wußte, daß sie sich von nichts und niemandem irgend etwas sagen lassen mußte, und ging ohne jede Scheu zu Karl dem Großen.

»Wenn du, Herr«, sagte sie, »der Meinung bist, daß ich bisher ehrenvoll gekämpft und alle Prüfungen bestanden habe, dann bitte ich dich um eine Gunst für mich. Aber ehe ich meinen Wunsch äußere, mußt du mir versprechen, daß du ihn erfüllen wirst. Ich sage gleich, daß ich nichts Unmögliches verlange, sondern nur etwas, was auch du für gut und richtig halten wirst.«

»Du hast dich so bewährt, mein liebes Kind«, antwortete der Kaiser, »daß ich dir gern jeden Wunsch erfüllen werde. Willst du vielleicht die Hälfte meines Reiches? Du kannst sie haben, wenn dies dein Wunsch sein sollte.«

»Ich bitte nur um eine kleine Gunst, mein Kaiser«, antwortete Bradamante stolz. »Laß keinen Mann als Bräutigam für mich zu, der mich nicht zuvor bei einem Waffengang besiegt hat. Wer mich begehrt, soll mit der Lanze gegen mich reiten. Wer mich besiegt, der soll mich haben. Wer unterliegt, der muß sich eine andere suchen.«

Der Kaiser lächelte, und seine Augen blitzten vor Vergnügen.

»Der Vorschlag paßt zu dir«, erklärte er lachend. »Wenn das dein größter Wunsch ist, will ich ihn gern erfüllen.«

Die Umstehenden erzählten die ungewöhnliche Vereinbarung sofort weiter. Noch am selben Tag erfuhren der alte Herzog Haimon und seine Frau Beatrix, was ihre widerspenstige Tochter angezettelt hatte. Erzürnt erkannten sie, was die kaiserliche Gunst bedeutete. Mit ihrer Bitte hatte Bradamante auf geschickte Weise klargestellt, daß der kampferprobte Ruggiero ihr lieber war als der Thronerbe der Griechen, von dem noch keine Ruhmestat bekannt war. So schnell jedoch gaben die beiden Alten nicht auf. Sie beauftragten einige Vertraute und ließen Bradamante unter einem Vorwand vom kaiserlichen Hof abholen.

Die Entführer brachten Bradamante nach Rochefort. Hier, zwischen Carcassonne und Perpignan, stand eine uneinnehmbare Burg auf einem Felsen dicht am Meer. Bradamante verstand sofort, daß ihr Aufenthalt in der Burg eindeutig Haft bedeutete – so lange, bis sie nach Griechenland gezwungen werden konnte. Ob sie nun wollte oder nicht – sie sollte Leo heiraten und nicht Ruggiero.

Das Allerschlimmste blieb ihr als Tochter eines Herzogs dennoch erspart. Sie wurde nicht eingeschlossen, sondern konnte sich innerhalb der Burg unbewacht und frei bewegen. Sie war so erzogen, daß der Zorn des Vaters ausreichte, um sie festzuhalten. Trotzdem war sie fest entschlossen, lieber Tod und Folter zu ertragen, als Ruggiero aufzugeben.

Graf Rinaldo war entsetzt über das starrsinnige Verhalten seiner Eltern. Haimons List und die rüde Festsetzung seiner Schwester führten dazu, daß er sein Versprechen gegenüber Ruggiero nicht mehr halten konnte. Rinaldo ging sofort zu seinem Vater. Unumwunden und ohne den geringsten Respekt stellte er ihn zur Rede, aber Herzog Haimon schob alle Vorwürfe seines Sohnes beiseite.

»Hier bestimme immer noch ich!« erklärte er seinem Sohn unmißverständlich.

Als Ruggiero hörte, was geschehen war, brach für ihn eine Welt zusammen. Solange Leo lebte, würde Bradamante gezwungen sein, ihn zu heiraten, sei es nun aus Liebe oder unter Zwang. Ruggiero sah keinen anderen Ausweg mehr. Wenn er Bradamante doch noch bekommen wollte, mußte er den Nebenbuhler beseitigen.

Ohne Aufsehen legte er die gute Rüstung an, die vor langer Zeit Hektor von Troja und später dann Mandrikard, der König der Tartaren, getragen hatte, und ließ den Hengst Frontin satteln. Er überlegte, daß es besser war, wenn er nicht den weißen Adler auf blauem Feld auf Schild und Waffenrock trug, und wechselte den Helmbusch. Zum Wappenzeichen wählte er ein weißes Einhorn als Symbol der Keuschheit, das leuchtend wie die Lilien auf rotem Untergrund stand. Dann suchte er sich unter seinen Knappen den treuesten aus, weihte ihn in seine Pläne ein und verpflichtete ihn, keinem Menschen zu verraten, wie sein Herr wirklich hieß.

Gemeinsam zogen sie zur Maas und dann weiter zum Rhein. Sie ritten durch die schönen Gegenden von Österreich und Ungarn. Am rechten Donauufer entlang kamen sie schließlich zur Stadt Belgrad. Dort, wo die Save in die Donau mündet, sahen sie ein riesiges Heerlager, über dessen Zelten die Fahnen der kaiserlichen Griechen wehten. Offensichtlich wollte Kaiser Konstantin soeben die Stadt zurückerobern, die kurz zuvor von den Bulgaren eingenommen worden war. Jetzt bot der Kaiser zusammen mit seinem Sohn Leo alles auf, was er für die Rückeroberung einsetzen konnte.

In Belgrad selbst, in den Bergen und auf den Wegen zur Save hinab verteidigten die Bulgaren ihren Landgewinn. Die Save in der Mitte zwischen ihnen versorgte beide Heere. Konstantins Troß war im Begriff, eine Brücke über den Fluß zu bauen. Die Bulgaren dachten allerdings nicht daran, tatenlos zuzusehen. Als Ruggiero auftauchte, schlugen beide Völker bereits wütend aufeinander ein. Die Griechen waren vielfach in der Überzahl. Überall am Flußufer begannen sie mit dem Bau neuer Schiffsbrücken.

Prinz Leo nutzte das Gedränge an den Ufern und zog sich mit einem Teil des Heeres vom Strom zurück, schwenkte dann erneut auf ihn zu, ließ schnell eine Brücke schlagen und stand kurze Zeit später mit seiner Heeresgruppe auf dem anderen Ufer. Mehr und mehr Griechen setzten über. Schließlich waren zwanzigtausend Fußkrieger und Berittene zum Sturm gegen die Bulgaren auf dem linken Save-Ufer versammelt. Als Kaiser Konstantin sah, daß sein Sohn einen Brückenkopf an der Flanke der Bulgaren gebildet hatte, ließ er schnell die letzten

Boote auf dem Fluß zusammenfügen. Sein gesamtes Heer stürmte so über die neu entstandenen Brücken auf die andere Seite des Flusses.

Vatran, der König der Bulgaren, war ein tapferer, im Kampf erprobter Krieger, doch als die Griechen ihn und sein Heer in die Zange nahmen, war jede Gegenwehr vergeblich. Der König der Bulgaren wurde eingekreist. Sein Pferd trug bereits viele klaffende Wunden. Es stürzte und begrub ihn unter sich in seinem Blut. Vatran wollte immer noch nicht aufgeben. Er wehrte sich gegen die Gefangennahme – umsonst. Gegen tausend Schwerter mußte er mit seinem Leben zahlen.

Bis zum Tod ihres Königs hatten die Bulgaren heldenhaft gekämpft. Dann aber, als sie immer weiter eingekesselt wurden, wichen sie mehr und mehr zurück. Zu diesem Zeitpunkt befand sich Ruggiero auf der Seite der Griechen. Er hatte gesehen, was mit dem König der Bulgaren geschehen war. Ohne groß zu überlegen, entschloß er sich, den Bulgaren beizustehen. Schließlich haßte er Konstantin und Leo so sehr, daß er den Königslosen helfen mußte. Er gab Frontin die Sporen und erreichte die Fliehenden. Er setzte sich vor sie und zwang sie zum Halt. Dann senkte er seine Lanze zum Zeichen, daß er zusammen mit ihnen einen neuen Angriff wagen wollte, und stürzte sich mit seinem Pferd so wild entschlossen in das Heer der Griechen, daß er selbst den Kriegsgott Mars und den Göttervater Zeus erschreckt hätte.

An der Spitze des heranstürmenden Griechenheeres sah Ruggiero einen Ritter in purpurrotem Waffenkleid. Er trug als Wappen einen aus Gold und Seide aufgestickten Hirsekolben. Der Vorreiter des Griechenheeres war der Neffe des Kaisers. Konstantin liebte ihn wie seinen eigenen Sohn. Ruggieros Lanze brach seinen Schild und seinen Harnisch wie Glas und durchfuhr ihn derart, daß die Spitze noch eine Handbreit aus seinem Rücken ragte.

Er ließ ihn samt seiner Lanze tot zurück, riß die Balisarde hervor und schlug auf einen heranstürmenden Haufen ein. Dem ersten spaltete er den Rumpf, dem nächsten schlug er den Kopf ab. Dem dritten stach er in die Seite, einem anderen drang sein

Schwert durch die Brust. Ein Strom von Blut rann wie ein Bach zu Tal. Entsetzt wichen die Griechen aus dem furchtbaren Gemetzel zurück. Kaum einer hatte noch den Mut zur Gegenwehr. Und plötzlich änderte sich das Schlachtenglück. Die eben noch verzagten Bulgaren faßten wieder Mut und stürmten gegen die Überzahl der Griechen an. Es war, als würde das gejagte Wild auf einmal selbst zu Jägern. Bei den kaiserlichen Griechen brach jede Ordnung jäh zusammen. Ihre Fahnen neigten sich zur Flucht.

Von einem hohen Hügel aus beobachtete Kronprinz Leo zutiefst bestürzt, was unter ihm geschah. Er sah, wie der fremde Ritter eine Bresche nach der anderen in das kaiserliche Heer schlug. An der hellen, goldgeschmückten Rüstung konnte Leo erkennen, daß der Retter seiner Feinde kein Bulgare war. Für einen Augenblick dachte er, daß der Unvergleichliche vielleicht ein Engel war, den der Allerhöchste geschickt hatte, um die Griechen büßen zu lassen, weil sie nicht immer gottgefällig gewesen waren. Viele hätten den ungewöhnlichen Ritter für alles, was er angerichtet hatte, abgrundtief verflucht. Prinz Leo jedoch empfand Bewunderung für den Heldenmut des Unbekannten. Er hätte jederzeit ein halbes Dutzend seiner Besten für einen Mann wie diesen hingegeben.

Kronprinz Leo konnte nicht wissen, daß seine Gefühle nur sehr einseitig waren. Ruggiero haßte ihn. Er suchte nach ihm, rief seinen Namen, fragte immer wieder, wo der verdammte Prinz zu finden sei, doch Leo war zu klug, um sich bereits zu zeigen.

Um den Rest des Heeres zu retten, ließ er statt dessen zum Rückzug blasen. Es waren nicht mehr viele Griechen, die mit Kronprinz Leo über dieselbe Brücke zurück flohen, über die sie gekommen waren. Auf dem Weg von den Bergen bis zum Flußufer wurden sie von den Schwertern der Bulgaren abgefangen, getötet oder in Ketten gelegt und als Gefangene bis nach Belgrad getrieben. Auch diejenigen, die den Fluß erreichten, waren noch nicht sicher. Viele stürzten von den schwankenden Brücken und ertranken jämmerlich in ihren Rüstungen.

Nachdem die große Schlacht so unerwartet ruhmlos für die Griechen ausgegangen war, wandten sich die Edlen der Bulgaren dankbar an ihren Retter. Sie wußten allzu gut, daß sie ohne ihn mit Schimpf und Schande diese Schlacht verloren hätten. Jubelnd umringten sie den fremden Ritter mit dem weißen Einhorn auf rotem Grund. Die einen wollten seine Füße küssen, die anderen die Hände. Wer ihn anfassen konnte, war darüber so glücklich, als hätte er einen von Gott gesandten Engel angerührt.

»Willkommen, unser Retter!« riefen sie. »Sei unser neuer Herr und König!«

Ruggiero hatte große Mühe, das Drängen abzuwehren.

»Ich will sehr gern euer Heerführer werden«, rief er ihnen zu. »Aber ich kann noch nicht den Stab oder das Zepter nehmen und mit euch nach Belgrad ziehen. Ich muß zuerst den griechischen Prinzen abfangen, ehe er mit seinen Kriegern über den Fluß in Sicherheit gelangt. Ich will ihn töten, weil ich die edle Jungfrau schon viel länger liebe, die ihm versprochen wurde. Nur deshalb bin ich tausend Meilen bis hierher geritten.«

Er hielt sich nicht mehr länger bei den Bulgaren auf, sondern preschte auf die Brücke zu, über die auch Prinz Leo wollte. Der Kronprinz war zuerst an der Save. Kaum auf dem anderen Ufer angekommen, ließ er die Brücken hinter sich in Brand stecken. Die Flammen loderten weithin sichtbar in den Abendhimmel.

Nach den Flammen stieg der Mond am Himmel auf. Da Ruggiero ohne Pläne für die Nacht war, ließ er sein Pferd flußaufwärts weitertraben. Die Gegend wurde immer einsamer. In weitem Umkreis gab es weder Dörfer noch Schlösser, in denen er ein Lager finden konnte. Er blieb die ganze Nacht im Sattel. Erst als das Morgenrot den neuen Tag ankündigte, sah er linker Hand vor sich die Mauern einer kleinen Stadt. Er beschloß, seinem Pferd und sich einen Ruhetag zu gönnen.

In der Herberge des Ortes bat er um Gastfreundschaft, wie sie allen Reisenden zustand, und bekam alles, was er brauchte. Nachdem auch sein Pferd versorgt war, begab er sich sofort zur Ruhe. Er ahnte nicht, daß Novigrad an der Save einem Mann gehörte, der zu den besten Lehnsherren des Griechenkaisers zählte. Er hieß Ungard und hatte immer wieder Fußkrieger und Berittene für das Heer des Kaisers in Konstantinopel bereitgestellt.

Noch am selben Abend traf ein Ritter aus Rumänien ein. Er hatte miterlebt, wie Ruggiero den Bulgaren zum großen Sieg über die kaiserlichen Griechen verholfen hatte. Er selbst war dabei nur um Haaresbreite den Schwerterschlägen des Ritters mit dem Einhorn entkommen. Durch dieses Zeichen hatte der Griechenkaiser nicht nur viele seiner besten Kämpfer, sondern auch noch eine ganze Schlacht verloren. Und dann entdeckte er tatsächlich den achtlos abgestellten Schild mit dem weißen Einhorn im Gastraum der Herberge.

Entsetzt stürzte der Ritter aus Rumänien nach draußen und eilte direkt zu Ungards Schloß.

45. Gesang

Je höher man einen der bedauernswerten Menschen auf dem Glücksrad steigen sieht, um so schneller kann man ihn kopfüber abwärtsgleiten sehen. Krösus, Dionys und Polykrates ging es so – und vielen anderen, die sich heute noch im höchsten Glück wähnten und schon am Tag darauf in der Gosse lagen.

Aber auch der andere Weg ist möglich: Dann reißt das Glückrad einen armen Hund unverhofft nach oben. Manch einer, der das Henkersbeil schon blitzen sah, konnte schon kurz darauf selber Gesetze abfassen. Frankreichs König Ludwig XII. gehört zu diesen Glücklichen. Der Schwager meines Herrn und Fürsten Alfonso d' Este war nach seiner Niederlage und Gefangenschaft bei St. Albin dem Henkersblock näher als der Krone. Matthias Corvin war in noch größerer Gefahr. Trotzdem wurde der eine König von Frankreich, der andere der von Ungarn.

Es gibt genügend Beispiele dafür, daß auf die schwersten Schicksalsschläge doch noch das Gute folgen kann und selbst der größte Ruhm nicht vor Unglück und Schande schützt. Kein Mensch sollte deshalb auf seinen Reichtum oder Ruhm vertrauen, denn nichts dreht sich so launisch wie Fortunas Rad.

Ruggiero war durch seinen überragenden Sieg so berauscht, daß er sich einredete, er brauchte nur noch auf sein Glück und seine Ausrüstung zu vertrauen. Er war fest davon überzeugt, daß er nun auch ohne jede Hilfe bis zu Kaiser Konstantin vordringen konnte, um ihn und seinen Sohn zu töten. Aber das Glück hatte ihn schneller wieder verlassen, als er ahnte.

Während er schlief, bahnte sich in Ungards Schloß bereits das Unglück für ihn an. Der Mann, der sich in der fürchterlichen Schlacht gerade noch vor Ruggieros Schlägen retten konnte, berichtete dem Herrn von Novigrad, welch großartige Beute im Gasthof schlief. Er schilderte ihm, wie der unbekannte Ritter das Heer des Griechenkaisers auf Jahre hinaus zerschlagen hatte.

»Wenn du ihn heute nacht noch überwältigst, kannst du ihn mühelos und gut verschnürt als ein Geschenk zum Kaiser bringen«, berichtete er aufgeregt. »Und ohne ihn kann Konstantin die Bulgaren doch noch unterwerfen.«

Verwundert erkannte der Herr von Novigrad, wie leichtfertig der ungewöhnliche Held seinen Kopf in die Schlinge gesteckt hatte. Erstaunt und belustigt über soviel Dummheit, fing Ungard an zu lachen. Er schlug sich auf die Schenkel und konnte sich vor Vergnügen kaum beruhigen. Dann suchte er die besten Leute unter seinem Gesinde aus.

»Umstellt die Herberge!« befahl er. »Aber so leise, daß ihr ihn nicht weckt! Ich will ihn lebend, aber gut verpackt!«

Der Überfall gelang ohne Schwierigkeiten. Sie fielen über den nackt und arglos schlafenden Ritter her und legten ihn in Ketten. Es war das Unschuldseinhorn auf dem Schild, das ihn verraten hatte.

Ungard war hoch erfreut, als ihm der geglückte Handstreich gemeldet wurde. Noch in der Nacht schickte er einen reitenden Boten zum Griechenkaiser, der sich inzwischen bis nach Beleticche an der Save zurückgezogen hatte. Hier lebte Konstantins Schwester Theodora mit ihrem Gatten Androphil. Ihr Sohn hatte das Wappenzeichen mit dem Hirsekolben getragen, durch das Ruggieros Lanze so glatt hindurchgegangen war, als wäre seine Rüstung nur aus Wachs.

Inzwischen war die Furcht des Kaisers vor den Bulgaren mit ihrem neuen Helden derart groß, daß er in aller Eile die Mauern und die Tore seiner Zuflucht verstärken ließ. Als dann der Bote Ungards eintraf, fühlte sich Konstantin von einer großen Last befreit.

»Jetzt ist es aus mit den Bulgaren!« frohlockte er. Er war sich seines Sieges schon so sicher, als hätte er den Feinden bereits ihre Schwertarme gebrochen.

Auch Leo freute sich über die gute Nachricht. Nun konnte er vielleicht doch noch die Bulgaren aus Belgrad vertreiben und ihr Land für die Griechen erobern. Gleichzeitig fragte er sich, wie hoch der Preis sein müßte, um den fremden Helden für sein eigenes Heer zu kaufen. Wenn ihm das gelänge, brauchte er

Kaiser Karl den Großen nicht länger um die berühmten Paladine Orlando und Rinaldo zu beneiden.

Theodora, Konstantins Schwester, war völlig anderer Ansicht. Die Mutter des unglücklichen Ritters, der von Ruggieros Lanze durchbohrt worden war, warf sich dem Kaiser zu Füßen. Tränenüberströmt beklagte sie den Tod ihres Sohnes.

»Ich werde mich nicht mehr erheben«, rief sie mitleidheischend, »bis du, Herr, diesen Elenden, der mir den Sohn genommen hat, in meine Hände gibst. Vergiß nicht, daß mein Sohn dein Neffe war, daß er dir ergeben in den Kampf zog und sich mehr als einmal für dich bewährt hat. Kannst du vergessen, wie sehr er dich geliebt hat? Ist dieser mörderische Vogel nicht direkt vom Schlachtfeld in das Netz geflogen, in dem es nur noch Rache geben kann? Überlaß ihn mir! Ich will ihn so bestrafen, daß mein Sohn nicht ungerächt beim Fährmann im Totenreich erscheint. Ich will ihn quälen, damit meine eigenen Qualen aufhören.«

Sie weinte, flehte und redete immer weiter auf den Kaiser ein. Konstantin versuchte sie aufzuheben und zu beruhigen, aber sie ließ nicht nach. Schließlich sah er ein, daß er gegen den Mutterschmerz nicht ankam.

»Bringt ihr den Gefangenen in seinen Ketten!« befahl er. Er wandte sich wieder an seine Schwester. »Ab morgen, noch vor Sonnenuntergang, gehört er dir!«

Die ganze Nacht und auch am nächsten Tag überlegte sie, ob sie ihn in Schande bei lebendigem Leibe vierteilen lassen sollte. Selbst das kam ihr zu gering als Rache vor. Schließlich ließ sie ihn an Händen, Füßen und mit einem Ring um den Hals ketten und in das Verlies werfen, in das noch nie ein Sonnenstrahl vorgedrungen war. Hier sollte er auf einem Eisengitter eine Handbreit über Wasser liegen, das er nie erreichen konnte.

»Er soll verrückt werden vor Durst!« befahl sie. »Ich will, daß er nur jeden dritten Tag ein Stück verschimmeltes Brot bekommt. Und er soll vom Kastellan bewacht werden, der noch mehr Vergnügen daran findet, Gefangene zu quälen, als ich selbst.«

Wenn Bradamante oder seine Schwester Marfisa auch nur im entferntesten geahnt hätten, daß Ruggiero eingekerkert und gequält wurde, wären sie sofort, und ohne irgend jemanden um Erlaubnis zu fragen, losgestürmt. So aber nahmen die Dinge einen anderen Verlauf.

Kaiser Karl erinnerte sich an das Versprechen, das er Bradamante feierlich gegeben hatte. Er ließ Boten nach allen Seiten ausreiten, die bis an die Grenzen des Frankenreiches bekanntmachten, daß Bradamante keinen Mann heiraten würde, der im ritterlichen Kampf gegen sie versagte. Wer die Gräfin Bradamante von Marseille erringen wollte, mußte von Sonnenaufgang bis Sonnenuntergang im Zweikampf gegen sie bestehen. Zum Trompetenklang verkündeten die Herolde, daß Gräfin Bradamante jedem Bewerber die Wahl der Waffen freistellte. Darüber hinaus sollte der Herausforderer bestimmen, ob er zu Fuß oder zu Pferd kämpfen wollte.

Herzog Haimon war sehr verärgert über den Erlaß des Kaisers. Trotzdem wagte er keinen Widerstand. Nach allen möglichen Bedenken und Einwänden beschloß er, seine Tochter zum kaiserlichen Hof in Paris zu begleiten. Auch Beatrix grollte über den kaiserlichen Befehl, dennoch sorgte sie dafür, daß umgehend verschiedene glänzende Gewänder von feinstem Schnitt und schönsten Farben für ihre Tochter angefertigt wurden. Wenn Bradamante wieder nach Paris zog, sollte sie dem Haus Clermont zumindest darin Ehre machen.

Während des ganzen Weges erhielt Bradamante nicht eine Nachricht von dem Mann, nach dem sie sich Tag und Nacht sehnte. Als sie ihn auch in Paris nicht fand, verlor der kaiserliche Hof, den sie zuvor so großartig gefunden hatte, jeden Glanz für sie. Es war, als hätte sie einen Garten mit grünen Zweigen und wunderschönen Blumen im April verlassen, um im späten Herbst zurückzukehren und alles nur noch öde und verlassen vorzufinden.

Sie wagte nicht, sich öffentlich nach Ruggiero zu erkundigen, hoffte jedoch, daß sie auf irgendeine Weise noch erfuhr, wohin er geritten war. Niemand wußte es, und sein bester Knappe, der mit ihm gezogen war, blieb ebenfalls verschwunden.

Ruggiero hielt die Qualen kaum noch aus. Er wußte längst, daß er zum Martertod verurteilt war, aber die Strafen, die das böse Weib sich ausgedacht hatte und die Qualen durch den Wärter würden ihn noch lange auf das Ende warten lassen. Er ahnte nicht, daß der Allmächtige inzwischen anders entschieden hatte. Kronprinz Leo von Griechenland spürte eine Art Fingerzeig Gottes, als er hörte, wie bitter sich seine Tante Theodora an dem fremden Ritter rächte. Leo hielt ihn immer noch für einen Engel, weil er einfach nicht glauben konnte, daß ein Mensch mit derart überragenden Fähigkeiten ausgestattet sein sollte. Er überlegte hin und her, wie er den Einhornritter retten könnte, ohne daß seine auf Grausamkeit erpichte Tante etwas davon bemerkte. Schließlich sah er eine Möglichkeit.

Noch in derselben Nacht ging er mit einem tatkräftigen Gefährten, auf den er sich verlassen konnte, zum Kastellan.

»Ich will den Gefangenen noch einmal sehen, ehe er an seinen Qualen stirbt!«

Der Wärter führte sie persönlich zum Turm, in dessen Verlies der Einhornritter auf sein Ende wartete. Der Kastellan ging voraus. Im selben Augenblick warfen Kronprinz Leo und sein Helfershelfer Schlingen um seinen Hals und zogen stramm. Der Kastellan büßte und verging ohne den geringsten Laut für seine Grausamkeit.

Gemeinsam öffneten die beiden Männer eine Falltür. Leo entzündete eine Fackel, dann seilte er sich vorsichtig in die Tiefe des Verlieses ab. Nach einem langen Abstieg sah er endlich den Einhornritter. Er war noch immer an den Gitterrost gefesselt, der nur eine Handbreit über dem Wasser fest verankert war. Allein der Schrecken dieses Ortes hätte ihn auch ohne andere Qualen in weniger als einem Monat umgebracht.

Leo ließ das Seil los und umarmte den Gefangenen.

»Was du geleistet hast mit deinem Schwert, hat mich unauslöschbar für dich eingenommen«, sagte er voller Bewunderung. »Ich bin Prinz Leo, der Sohn von Kaiser Konstantin, und will dir helfen, selbst wenn ich in die Verbannung müßte und mein Vater mir niemals verzeiht. Er ist ja ohnehin schon wütend auf dich, seit du ihm bei Belgrad die Schande einer Niederlage zugefügt hast.«

Leo redete immer weiter auf Ruggiero ein, um ihm den Lebensmut zurückzubringen. Gleichzeitig öffnete er die Verschlüsse an den schweren Ketten.

»Wie kann ich dir nur danken?« stöhnte Ruggiero. »Du gibst mir jetzt mein Leben zurück, aber es soll bis ans Ende meiner Tage dir gehören, wann immer du es brauchst und von mir als Opfer forderst.« Prinz Leo befahl dem Helfer über ihnen, zuerst Ruggiero und dann ihn selbst hinaufziehen. Statt des eingekerkerten Ritters ließen sie anschießend den toten Kastellan nach unten, damit niemand ihn entdeckte.

Sie brachten Ruggiero zum Haus des Prinzen. Dort sollte er sich einige Tage lang ausruhen und zu neuen Kräften kommen – so lange, bis sein Pferd und seine Rüstung, die noch immer bei Ungards Männern waren, zu Leo gebracht worden waren.

Am nächsten Morgen wurde der offene Kerker im Turmverlies entdeckt. Es gab verschiedene Vermutungen. Aber niemand erriet, wer wirklich den Kastellan umgebracht und die Flucht des Einhornritters ermöglicht hatte.

Ruggiero erholte sich sehr schnell. Er war noch immer völlig überwältigt vom Edelmut des Prinzen. All seine Pläne, die ihm noch in Frankreich wichtiger als alles andere gewesen waren, verloren vor der Haltung Leos ihren Sinn. Ruggiero war damals verbittert, wütend und haßerfüllt gewesen. Nun fühlte er sich so von Mitleid, Liebe und Verehrung angerührt, daß er nur noch daran dachte, wie er Leos Großmut vergelten konnte. Auch wenn er ihm sein eigenes Leben gab, war das immer noch weniger als die Tat des Prinzen.

Während Ruggiero sich erholte, traf im Schloß des Prinzen einer der Boten ein, die Karl der Große in alle Länder ausgeschickt hatte: »Wer Bradamante, die Gräfin von Marseille, für sich erobern will, soll nach Paris zum kaiserlichen Hof kommen, um dort mit Lanze, Schwert oder einer Waffe seiner Wahl gegen sie zu kämpfen.«

Als Leo davon hörte, schwand ihm augenblicklich der Mut. Er wußte besser als jeder andere, daß er gegen die berühmte

Frankenheldin niemals siegen konnte, doch schon im nächsten Augenblick hatte er eine Idee, wie er durch eine List das ersetzen konnte, was ihm an körperlichen Kräften fehlte.

»Wenn ich den fremden Ritter dazu überreden könnte, daß er sein Einhornwappen gegen mein kaiserliches tauscht«, sagte er zu sich, »und wenn ich ihn dann als Herausforderer losschicke, dann hätte ich die Gräfin Bradamante schon gewonnen.«

Aber wie sollte er den Einhornritter dazu bewegen, für einen anderen in den Kampf zu ziehen, ohne daß irgend jemand Verdacht schöpfte? Er beschloß, ihm einfach zu gestehen, wie es um ihn stand. Also rief er Ruggiero zu sich, erklärte ihm, daß er Bradamante unter allen Umständen für sich gewinnen wollte, und bat ihn dann, mit seinem Namen und seinem Wappen als Kronprinz von Byzanz in den Kampf zu ziehen.

Ruggiero erschrak, als ihm klar wurde, was Leo von ihm verlangte. Andererseits konnte ihn nichts auf der Welt von seiner Dankesschuld und dem gegebenen Versprechen lösen. »Das ist sehr hart, was du von mir verlangst, und eigentlich kaum möglich«, sagte er. Um Leo nicht zu zeigen, wie sehr ihn dessen Bitte aufwühlte, lachte er und meinte dann: »Aber kein Wort über die Schwierigkeiten. Ich tue gern, was du von mir verlangst.«

Kaum hatte er zugestimmt, als ihm auch schon ein wilder Schmerz die Brust zusammenpreßte. In den nächsten Stunden und Tagen fühlte er sich wieder wie in Ketten gelegt. Sein Herz schlug auch nachts so wild und quälend, daß er nur noch an seinen eigenen sicheren Tod dachte. Alles andere hätte er ertragen können – aber nicht, die Geliebte als die Frau eines anderen zu sehen ...

Ruggiero war bereit zu sterben. Nur die Art des Todes war ihm noch nicht klar. Zuerst stellte er sich vor, wie er sich vor ihr seine Rüstung abreißen und ihr die nackte Brust zum Todesstoß anbieten könnte. Er dachte, daß es ein sehr schöner Tod sein mußte, durch die Hand der über alles in der Welt Geliebten vom Leben in die Ewigkeit zu gehen. Gleich darauf verwarf er den Gedanken wieder. Wenn er auf diese Weise starb, hatte er nicht um sie gekämpft und damit das Ehrenwort gebrochen, das er dem Kronprinzen geschworen hatte. Er mußte ernsthaft und nicht nur zum Schein gegen Bradamante kämpfen. Es gab nur einen einzigen Gedanken, den er von jetzt an zulassen durfte. Und diese Pflicht hieß Treue ohne jedes Wenn und Aber.

Prinz Leo von Griechenland hatte inzwischen alles für den Zug nach Frankreich vorbereitet. Zusammen mit einem Haufen weiterer Krieger und einem Troß, wie er sich für einen Kaisersohn gehörte, brachen sie auf. Ruggiero hatte seine gute Rüstung und den Hengst Frontin zurückbekommen. Er ritt mitten zwischen ihnen, aber der Zug kam ihm viel zu langsam voran. Tag um Tag brachten sie ein Stück des Weges hinter sich, bis sie endlich Frankreich und dann die Mauern von Paris erreichten.

Prinz Leo entschied, nicht in die Stadt einzureiten, sondern die bereits vorbereiteten Zelte mitten im Gelände aufzuschlagen. Noch am selben Tag schickte er Boten in die Stadt, um Kaiser Karl mitzuteilen, daß der Sohn von Kaiser Konstantin von Byzanz angekommen war. Karl der Große war über den hohen Gast so erfreut, daß er ihm sofort Geschenke überbringen ließ. In den nächsten Tagen besuchte Karl den jungen Kaisersohn in seinem Lager. Leo sagte ihm, warum er gekommen war, und bat darum, die ganze Angelegenheit voranzutreiben.

»Ich will so schnell wie möglich die junge Dame sehen, die sich keinem Schwächeren als Gattin unterwerfen will. Ich habe mich auf diesen langen Weg gemacht, weil ich sie besiegen und dann als meine Auserwählte für unseren Thron nach Konstantinopel mitnehmen will. Falls mir das nicht gelingt, muß ich eben durch ihren Schwertschlag sterben.«

»Die Gräfin Bradamante wird bereits morgen früh bereit sein«, sagte Karl der Große. »Ihr begegnet euch auf dem abgesteckten Kampfplatz vor den Toren von Paris.«

In der Nacht vor dem Kampf bekam Ruggiero kaum ein Auge zu. Er fühlte sich wie nach einem Todesurteil. Als dann der Morgen langsam anbrach, pochte sein Herz wie wild.

»Jetzt dauert es nicht mehr lange, bis ich sterben muß«, dachte er immer wieder.

Um niemandem zu zeigen, wer wirklich gegen Bradamante in den Kampf zog, legte er bereits in aller Frühe den Waffenrock des Griechenprinzen über seiner eigenen guten Rüstung an. Vielleicht konnte er dadurch auch verbergen, wie sehr seine Seele litt. Da er selbst die Waffen wählen konnte, beschloß er, auf den harten Lanzenkampf zu Pferd zu verzichten. Er hatte keine Angst vor der Wunderlanze Argalias, die über Herzog Astolf in Bradamantes Besitz gekommen war und vor deren goldener Spitze sich kein Gegner im Sattel halten konnte. Niemand wußte von der Zauberkraft der Lanze, da jeder, der bisher mit ihr geritten war, geglaubt hatte, daß seine Siege der eigenen Kraft und Geschicklichkeit zuzuschreiben waren. Nur Groß-Khan Galafron von Cathay kannte die ganze Wahrheit. Er war es, der die goldene Lanze eigenhändig angefertigt und seinem Sohn Argalia geschenkt hatte.

Ruggiero verzichtete nur deshalb auf einen Lanzengang zu Pferd, weil er sich nicht dadurch verraten wollte, daß er auf Frontin gegen Bradamante preschte. Sie hatte ihn in Montalban oft genug selbst geritten und würde ihn bereits nach den ersten Schritten wiedererkennen. Ruggiero ließ deshalb nicht nur den Hengst zurück, sondern auch alle anderen Ausrüstungsgegenstände, die ihn verraten hätten. Er durfte nicht einmal die Balisarde benutzen, die durch die stärkste Rüstung schnitt, sondern mußte sich mit einem anderen, schlechteren Schwert begnügen. Außerdem wählte er einen großen Hammer als Waffe für den Zweikampf, den er eigentlich nicht wollte.

Als es dann Zeit wurde, ging Ruggiero zu Fuß zum Kampfplatz. Er trug das Oberkleid von Kronprinz Leo und den roten Schild mit dem doppelköpfigen goldenen Kaiseradler. Von der Größe her ähnelten sich die beiden Männer. Während der eine zum Kampf ging, hielt sich der andere versteckt.

Wenn Ruggiero die stumpfe Waffe seinem Schwert vorzog, dann tat Bradamante genau das Gegenteil. Sie ließ die Schneide und die Spitze ihres Schwertes noch schärfer machen, damit es besser durch Stahl, Eisen und durch Fleisch glitt. Sie hatte nur den einen Wunsch, den Gegner mitten in sein Herz zu treffen.

Vor der Kampfbahn wartete bereits ein feuriges Berberpferd. Es scharrte ungeduldig mit den Hufen, spitzte die Ohren und blies die Nüstern auf. Bradamantes Puls schlug ebenfalls schneller. Sie spürte, wie das Feuer in ihren Adern immer wilder wurde.

Da – das ungeduldig erwartete Trompetensignal!

Wie nach einem heftigen Gewitter Stürme durch die Wogen wühlten und dunkler Staub von der Erde hochflog, wie Hirten mit den Herden flohen, wie Regenschauer aus dem Himmel fielen, so stürzte Bradamante mit gezücktem Schwert auf Ruggiero los. Der aber stand wie die dicke Mauer eines Turms ... wie eine Eiche, die nicht einmal vor dem Sturm schwankt.

Fast schien es so, als würde er absichtlich Kopf und Brust den wilden Schwertschlägen von Bradamante aussetzen. Sie wechselte ständig die Angriffsart. Mal schlug sie zu, dann stach sie auf die Fugen in Ruggieros Panzerung, um zwischen Stahl und Stahl durchzubrechen. Ihr wilder Zorn tobte sich in immer neuen Angriffen aus. Sie drehte sich, kam von der einen Seite, dann von der anderen. Aber was sie auch ansetzte, wo sie auch traf – sie schaffte einfach keinen endgültigen Todesstoß.

Es war, als würde sie tatsächlich gegen eine Festung anrennen. Nicht eine Schiene an der Rüstung beulte ein, und kein Schuppenring zerbrach. Bradamante setzte alle Finten ein, die sie beherrschte. Funken sprühten von seinem Harnisch, seinem Helm und seinem Schild. Tausende von Schlägen krachten ihrem Gegner auf Brust und Arme. Sie schlug mal quer, mal geradezu. Dann wieder stach sie auf ihn ein. Es klang, als würde dichter Hagel auf die Dächer einer Stadt prasseln. Dabei bemühte sich Ruggiero die ganze Zeit, nicht ebenso hart zurückzuschlagen. Er wehrte sich, aber er wollte nicht, daß sie auch nur einen Blutstropfen verlor.

Die Sonne näherte sich bereits dem Horizont. Bradamante spürte, wie ihr Selbstvertrauen und ihre Hoffnung auf den Sieg immer schwächer wurden. Gleichzeitig steigerte sich ihre Wut. Wie jemand, der am Abend sieht, daß ihm das Werk den ganzen Tag nur deshalb nicht gelungen ist, weil er zu langsam und nicht hart genug war, so raffte sich Bradamante noch einmal zu schnellen Schlägen auf und kämpfte, bis ihre Kraft gemeinsam mit dem Tageslicht immer mehr abnahm.

Kaiser Karl und die anderen Edlen sahen, wie der, den sie für Prinz Leo hielten, jeden Angriff der stolzen Kriegerin Bradamante leicht und fast spielerisch abwehrte, ohne daß ihm irgend etwas geschah. Auch diejenigen, die eigentlich auf einen Sieg von Bradamante gesetzt hatten, änderten ihre Meinung und sagten, daß man das Ergebnis gelten lassen müsse. Offenbar paßten die beiden gut zusammen und seien füreinander bestimmt.

Als der Sonnengott sich im Meer im Westen zur Ruhe begab, beendete Karl der Große den erbittert durchgestandenen Kampf.

»Schluß und vorbei«, sagte er. »Gräfin Bradamante von Marseille wird die Gattin des Griechenprinzen. Das ist mein Wort, und dagegen gibt es keinen Einspruch.«

Ruggiero hob weder das Visier, noch nahm er den Helm ab. In voller Rüstung suchte er sich irgendeinen alten Klepper, stieg auf und jagte zum Zelt, in dem sich der richtige Griechenprinz die ganze Zeit versteckt hatte.

Leo kam sofort auf ihn zu, umarmte ihn wie einen Bruder, hob ihm den Helm ab und küßte ihn auf beide Wangen.

»Nimm mich von jetzt an als deinen Blutsbruder an«, sagte er überglücklich. »Du kannst über alles, was ich habe, verfügen, wie es dir gefällt. Verschwende meinen Reichtum nach deinem Belieben. Ich weiß natürlich, daß keine noch so große Belohnung meine Schuld bei dir begleicht – selbst dann nicht, wenn ich die Krone vom Kopf nähme, sie dir gäbe und dazu mein ganzes Reich.«

Ruggiero war zu erschöpft und viel zu bitter über seine unselige Verbindung mit dem Griechenprinzen, um zu antworten. Er fühlte nur noch Traurigkeit in sich und wollte nicht mehr länger leben. Wortlos legte er den Wappenschild und den kaiserlichen Waffenrock mit dem Doppeladler zur Seite und holte sich den Schild mit dem weißen Einhorn zurück. Sein Gesicht war noch immer erhitzt. Trotzdem wirkte es leblos und versteinert. Schweigend drehte er sich um und ging in sein Zelt zurück. Kurz vor Mitternacht legte er seine eigenen Waffen an und sattelte den Hengst Frontin. Ohne irgendein Wort des Abschieds stieg er auf und ritt in die Nacht hinaus. Voller Kummer überließ er es seinem Pferd, einen Weg zu finden. Frontin trabte die ganze Nacht kreuz und quer durch die Wälder. Ruggiero hatte keine Hoffnung mehr. Er wünschte sich nur noch den Tod, der als einziger seine Qual beenden konnte.

»Wen soll ich Unglücklicher anklagen? Kein anderer ist an meinem Elend schuld, und was ich rächen müßte, habe ich selbst verbrochen. Hätte mein Blut nicht fließen können, ehe ich ihr noch so viel Leid zufügen mußte? Wenn ich das alles vorausgesehen hätte – wie friedlich wäre ich im Verlies der Kaiserschwester Theodora gestorben – ich hätte dann wenigstens auf Bradamantes Mitleid hoffen können. Wenn sie je erfährt, daß ich mit Kronprinz Leo aus freien Stücken gegen sie vorgegangen bin und dafür sogar meine Treue zu ihr fortgeworfen habe, kann sie mich nur noch hassen – ganz gleich, ob ich tot oder lebendig bin.«

Als die Sonne aufging, erreichte er ein trostloses, dichtes Waldstück. Das stille Dunkel kam ihm genau richtig für das vor, was er sich vorgenommen hatte. Er stieg von seinem Pferd und nahm ihm Sattel und Zaumzeug ab. Dann umarmte er den edlen Hengst und sagte: »Du wärst würdig für einen besonders großen Lohn von mir. Sämtliche edlen Rosse, die von den Griechen und den Römern mit so viel Hochachtung genannt werden, sind nichts gegen deinen Ruhm. In einem Punkt bist du ihnen allen meilenweit voraus: Keines der berühmten Pferde kann sagen, daß es vom schönsten Mädchen, das es je auf dieser Erde gab, freudig gefüttert und über Berge und durch Täler geritten wurde. Lauf jetzt, mein guter Frontin – du bist frei. Ich aber darf nicht länger zögern und muß die Balisarde gegen mich selber richten.«

Während Ruggiero in der Einsamkeit des Waldes so litt und klagte, daß es die Vögel und das Wild erbarmen konnte, ging es Bradamante in Paris nicht besser. Sie haderte mit ihrem Schicksal, weil sie nun keinen Vorwand mehr hatte, mit dem sie sich verweigern und ihr Jawort hinauszögern konnte. Sie war inzwischen zu jeder Schandtat bereit, wenn sie dadurch die Vereinigung mit dem ungeliebten Mann verhindern konnte. Es war ihr gleichgültig, ob sie sich durch ihren Widerstand Freunde und Verwandte zu Feinden machte oder ob sie auch noch den Zorn von Kaiser Karl auf sich zog. Sie dachte bereits daran, Gift zu nehmen oder sich mit ihren Schwert zu entleiben. Die Todesqualen kamen ihr immer noch erträglicher vor, als ohne Ruggiero weiterzuleben.

»Ruggiero, wohin bist du gegangen?« rief sie. »Kann denn irgendein Land so weit entfernt sein, daß du dort nichts von mir gehört hast? Jeder weiß doch, was geschehen ist. Aber warum du nicht? Ich bin mir sicher, wenn du von meinem Schicksal erfahren hättest, wärst du schnell wie sonst kein anderer hier erschienen. Oder hat dich etwa der Sohn von Kaiser Konstantin in ein Schlingennetz gelockt? Ich habe Kaiser Karl um die Gunst gebeten, daß ich keinen nehmen muß, der schwächer ist als ich. Dabei habe ich doch nur an dich gedacht, Ruggiero. Nur du kannst mich besiegen, aber Gott hat mich bestraft. Ich will diesen Leo nicht, der noch nie in seinem Leben irgend etwas Rühmliches vollbracht hat. Deswegen nehme ich das Urteil Kaiser Karls nicht an. Ich bin nicht die erste und nicht die letzte, die ihr Wort nicht hält. Sollen die Leute mich doch schwankend wie ein Rohr im Wind nennen! Es ist mir gleichgültig, wenn ich dabei meinen Liebsten nicht verraten muß.«

Bradamante klagte die ganze Nacht hindurch. Als sich dann die Dunkelheit wieder in den Felsenritzen der Berge hoch im Norden verkroch, griff endlich der Himmel helfend ein.

Es war Marfisa, die gleich nach dem Erwachen wie durch einen Wink des Himmels das Gefühl hatte, daß sie etwas tun mußte. Ohne zu zögern, beschloß sie, direkt bei Kaiser Karl vorzusprechen. Auch hier kam sie stolz und ohne Umschweife zur Sache.

»Ich kann nicht zulassen, daß die Braut meines Bruders jetzt einem anderen gegeben wird. Ich habe selbst gehört, wie sie sich verlobt und gegenseitig den unauflösbaren ewigen Bund geschworen haben. Und wer das anzweifelt, dem will ich mit dem Schwert beweisen, daß ich die Wahrheit sage.«

Karl der Große reagierte ziemlich ungehalten. Er ließ sofort Gräfin Bradamante und Herzog Haimon kommen. Vor beiden wiederholte Karl, was Marfisa ihm vorgebracht hatte. Bradamante senkte den Kopf. Sie war sehr bestürzt, sagte aber weder ja noch nein. Die einzigen, die durch Marfisas mutigen Vorstoß erleichtert wirkten, waren die Grafen Rinaldo und Orlando. So, wie Marfisa eingegriffen hatte, konnte es doch noch eine Wende geben, ohne daß Rinaldo sich mit seinem Vater überwarf. Wenn Bradamante und Ruggiero sich tatsächlich unter Zeugen gegenseitig versprochen hatten, dann mußten sie das gegen alle Widerstände einhalten.

»Das ist doch alles Lug und Trug!« stieß Herzog Haimon schließlich unwirsch hervor. »Ein listiges Gespinst, das ihr da ausgedacht habt. Aber mich fangt ihr nicht damit. Nehmen wir an – obwohl ich das nicht glaube –, daß meine Tochter so töricht war und diesem anderen vor Zeugen tatsächlich ihr Jawort gab, dann will ich dafür jetzt nur einen einfachen Beweis: Sagt mir, wann das geschehen ist! Und sagt mir, wo es war! Ich bin nicht zu alt und kann noch rechnen. Wenn die Behauptung von Marfisa wirklich stimmen sollte, kann dieses Verlöbnis nur vor dem Tag stattgefunden haben, an dem der Eremit Ruggiero taufte. Dann kümmert mich das alles nicht, denn ein Versprechen für die Ehe zwischen einer Christin und einem Heiden ist absolut nichts wert. Außerdem hätte sich der edle Griechenprinz dann völlig umsonst mit ihr geschlagen und in tödliche Gefahr gebracht.«

Erbost blickte er zu Orlando und Rinaldo. Dann wandte er sich wieder an seine Tochter: »Was ihr hier vorbringt, hättet ihr schon damals sagen müssen, bevor die kaiserlichen Boten auf deine Bitten hin überall deine Bedingungen verkündet und sogar Kronprinz Leo von Byzanz hierhergelockt haben.«

Der alte Herzog trug seine Ansicht derart überzeugend vor, daß Karl nicht wußte, ob er der einen oder der anderen Seite recht geben sollte.

Die Kunde von der dramatischen Entwicklung am kaiserlichen Hof verbreitete sich wie ein Orkan, wenn sich Äolus mit den Wellen der Ozeane gegen Neptun auflehnt. Ganz Frankreich wurde unerwartet aus seinem gerade erst gewonnenen Frieden aufgeschreckt. Das Volk kannte schon bald kein anderes Thema mehr, so viel gab es über die ganze Sache zu hören und zu sagen. Die einen stellten sich auf die Seite von Ruggiero, die anderen meinten, daß der Kronprinz Leo von Griechenland im Recht sei. Trotzdem zeigte sich sehr schnell, daß nur einer für Herzog Haimon stimmte, wenn zehn sich auf die Seite von Bradamante, Marfisa und Ruggiero schlugen.

Kaiser Karl hielt sich weise aus der ganzen Angelegenheit heraus. Er beschloß, den Fall dem Gericht und der Versammlung der Edlen zu übergeben. Der Termin für die Verhandlungen stand bereits fest, als Marfisa nochmals Kaiser Karl aufsuchte. Sie wollte unbedingt, daß ihre Freundin Zeit gewann.

»Bradamante darf nicht heiraten, solange mein Bruder noch am Leben ist«, sagte sie. »Wenn Prinz Leo weiterhin auf seinem Anspruch besteht, dann muß er mit Ruggiero in die Schranken und mit ihm um sie kämpfen. Wenn er erneut gewinnt, dann soll das Recht auf seiner Seite sein. Verliert er aber, dann bekommt er sie auch nicht.«

Ihr Argument überzeugte Kaiser Karl. Er schickte sofort Boten zum Griechenprinzen und ließ ihn über die neue Wendung unterrichten. Leo zuckte nur mit den Schultern. Er war unbesorgt, weil er glaubte, daß auch diesmal der Ritter mit dem Einhornwappen für ihn kämpfen würde. Nach allem, was er bisher von ihm gesehen hatte, zweifelte er nicht daran, daß er auch noch dem legendären Helden Ruggiero widerstehen würde, und ging deshalb ohne Bedenken auf die neuen Bedingungen ein.

Schon kurz darauf bereute er seinen Leichtsinn. Der Einhornritter war verschwunden. Niemand hatte irgend etwas von ihm gesehen oder gehört. Allmählich wurde Leo klar, daß er vielleicht doch selbst gegen den legendären Ruggiero in die Schranken reiten mußte. Um noch irgend etwas zu retten, schickte er Boten nach allen Seiten aus.

»Sucht den Einhornritter!« befahl er ihnen. »Fragt alle, und reitet schnell! Durchsucht jede Stadt, und durchkämmt jedes Land!«

Er wartete und wartete – ohne Ergebnis. Unzufrieden mit den Leuten, die ihm keinen Erfolg melden konnten, wollte er schon aufgeben. Doch dann ließ er sein Pferd satteln und ritt stundenlang kreuz und quer herum. Dabei hämmerte nur ein Gedanke durch seinen Kopf: Er wußte, daß er mit Schimpf und Schande alles verlieren würde, wenn er wirklich gegen Ruggiero reiten mußte und dann ohne Sieg blieb.

46. Gesang

Wenn ich den Seekarten einer langen Reise trauen kann, dann bin ich bald am Ziel in meinem Heimathafen angelangt. Wie lange ist es her, seit ich dort aufgebrochen bin? Ich danke Gott, daß er mich durch das große Meer geleitet hat, auch wenn ich oft befürchtet habe, daß ich Schiffbruch erleiden oder für ewig durch die Geschichten irren werde.

Jetzt aber sehe ich endlich Land. Ja, ich sehe Land. Und horch – wie Jubel, Pfeifen und Trompeten schallen, und sehr viel Volk erwartet mich am Ufer. Ich kann sie schon erkennen rechts und links am Kai. Sie strahlen voller Freude und grüßen mich zur Heimkehr nach so langer Fahrt. Hunderte von Gesichtern erkenne ich hier wieder. Die Frauen der Visconti sind dabei, Julia Gonzaga, Angela Borgia und die allerersten Familien von Ferrara, Urbino, Mantua, aus der Toscana und der Lombardei.

Ich sehe Kardinal Pietro Bembo, der unsere Muttersprache aus der Gosse aufgehoben und so wohlklingend gemacht hat, dazu den großen Tasso, den göttlich saftvoll dichtenden Pietro Aretino, meinen Vetter Malaguzzi und noch viele andere. Ich kann nicht alle nennen, selbst wenn sie stolz darauf wären, wie dieser Niccoló Machiavelli aus Florenz, der so viel Wahres über Fürsten sagte. All die Damen und Herren winken mir zu und freuen sich, daß ich nun bald wieder zu Hause bin. Aber noch kann ich nicht aussteigen. Der Wind ist günstig. Deshalb wende ich mich voller Hoffnung wieder der Fee Melissa zu.

Melissa war fest entschlossen, Ruggiero und die Gräfin Bradamante in einem Ehebund zu vereinen. Zu jeder Stunde wollte sie wissen, wie es um das Wohl und Wehe dieses Paares stand. Ständig waren dienstbare Dämonen in ihrem Auftrag unterwegs. Wenn einer ging, wurde er sofort durch einen anderen ersetzt. Auf diese Weise erfuhr sie schnell, wie es um Ruggiero stand. Sie hörte, daß der Ärmste sich inzwischen in einem dichten, finsteren Wald befand und entschlossen war, nie wieder irgend etwas zu essen und zu trinken, um auf diese Art zu sterben.

Die gute Fee versetzte sich in die Nähe von Ruggiero, um von dort aus den Griechenprinzen abzufangen. Die Zauberin wählte einen ihrer Dämonen aus und verwandelte ihn in ein hübsch aufgezäumtes Reitpferd. Dann schwang sie sich in den Sattel und ritt schnell dem Griechenprinzen entgegen.

»Herr!« rief sie ihm zu, als sie sich begegneten. »Wenn du so edel bist, wie du aussiehst, und dein Herz soviel Größe zeigt wie deine prächtige Gestalt, dann kannst du gar nicht anders, sondern mußt einem der besten Ritter, die je ein Schwert getragen haben, mit Trost und Hilfe beistehen. Wenn ihm jetzt keiner hilft, stirbt er, nur weil er eine edle Tat vollbracht hat. Komm mit, um Gottes willen, und versuch doch wenigstens, ob du ihn noch retten kannst.«

Leo ahnte sofort, daß der Ritter, von dem sie erzählte, kein anderer als der war, den er und seine Leute überall verzweifelt suchten. Sofort gab er seinem Pferd die Sporen und folgte Melissa. Schon nach einem kurzen Ritt erreichten sie die Stelle, an der Ruggiero bereits mit dem Tode rang. Sein Blick war fast erloschen. Drei Tage lang hatte er gefastet und nichts mehr getrunken. Selbst wenn er sich mühsam aufgerichtet hätte, wäre er ungestützt sofort wieder umgefallen. Er lag in voller Rüstung auf dem Rücken, hatte den Helm auf und das Schwert gegürtet. Sein Schild mit dem weißen Einhorn bildete das Kopfkissen. Er war bereits so matt und in Selbstmitleid versunken, daß er nicht einmal bemerkte, wie Melissa und Prinz Leo näher kamen.

Ruggiero biß sich in die Lippen und schluchzte auf. Prinz Leo wollte verstehen, was der Unglückliche hervorstieß. Er stieg von seinem Pferd und ging zu dem Ritter auf dem Waldboden. Sehr schnell begriff er, daß es sich nur um enttäuschte oder verschmähte Liebe handeln konnte, kam aber nicht darauf, daß der unglückliche Ritter von Bradamante sprach.

Behutsam schob er sich noch näher an den anderen heran – so dicht, daß er ihm durch das Helmvisier ins Gesicht sehen konnte. Dann legte liebevoll seinen Arm um ihn und versuchte so, den Weinenden zu trösten.

»Sag mir doch, was dich quält«, meinte Leo nachsichtig und mit freundschaftlichem Verständnis. »Ganz gleich, in welcher üblen Lage du auch bist – es gibt nichts, aus dem ein echter Mann nicht wieder herauskommt, wenn er es nur will. Solange wir am Leben sind, gibt es immer noch einen Funken Hoffnung. Es tut mir weh, daß du gerade mir nicht sagen willst, was dich so belastet. Ich bin dein wahrer Freund und bleibe es auch, solange irgendwo die Sonne scheint. Ich habe dich bereits bewundert, als ich noch Haß für dich empfinden sollte und du mein ärgster Feind warst. Und jetzt, um dir zu helfen, würde ich alles hingeben, all meinen Reichtum und sogar mein Leben. Sag mir ganz einfach, was du brauchst. Kann dich Gold erfreuen? Soll ich dich aufheitern? Oder dir die Macht über irgend etwas verleihen? Wenn das alles nichts bewirkt, biete ich dir meinen eigenen Tod an. Aber versprich mir, daß du erst alle anderen Möglichkeiten ausprobierst, ehe du dein Leben wegwirfst.«

Prinz Leo mühte sich geduldig und redete liebevoll auf den am Boden liegenden Ritter ein. Ruggiero seufzte. Dann konnte er nicht länger widerstehen. Sein Herz war nicht aus Eisen, und er schämte sich bereits, daß er so lange geschwiegen hatte. Er räusperte sich, setzte zwei-, dreimal zu sprechen an. »Wenn du jetzt hörst, Herr«, sagte er, »wem du deine Hand als Freund geboten hast, dann wirst du mich nicht länger daran hindern, hier zu sterben. Im Gegenteil, du wirst noch mehr als ich meinen Tod herbeiwünschen. Ja, ich bin Ruggiero, dessen Haß dich einst bedroht hat.«

Leo erstarrte, als er hörte, wie der Einhornritter in Wahrheit hieß. Er zuckte nicht einmal mehr mit den Augenlidern

»Ja, es ist wahr!« sprudelte es aus Ruggiero hervor. »Nur um dich in deinem eigenen Blut zu sehen, bin ich damals vom Hof des Frankenkönigs aufgebrochen. Ich war gekränkt und verbittert darüber, daß Herzog Haimon seine Tochter dir versprochen hatte. Ich konnte und wollte sie nicht aufgeben, aber der Mensch denkt, und Gott lenkt. Als ich in Not geriet, mußte ich erkennen, daß mein Haß auf dich gegen deine Großherzigkeit nicht mehr bestehen konnte. Als du mich dann aus dem Verlies gerettet hast, konnte ich nur noch wünschen, daß ich dein Freund für immer werde. Du wußtest ja nicht, wer ich war, als du mich gebeten hast, gegen Bradamante in den Streit zu ziehen. Dein Wunsch hat mir dabei das Herz zerrissen und meine Seele umgebracht. Du hast ja selbst gesehen, daß ich dir mehr verpflichtet war als meiner eigenen Liebe. Jetzt kann ich nicht mehr. Nimm Bradamante. Sie soll dein Glück sein, wenn sie meins nicht werden kann, doch eher kann ich ohne Seele als ohne Bradamante leben. Solange ich noch lebe, könnte sie dir nicht rechtmäßig angetraut werden, weil sie nun einmal meine Verlobte ist.«

Der Griechenprinz stand noch immer wie ein Weihebild da, das mancherorts in Kirchen abgelegt wird. Er fühlte, wie es ihm fast noch mehr das Herz zerriß als dem getreuen, zutiefst leidenden Ruggiero. Wenn er sich auch in vielen anderen Tugenden nicht mit ihm vergleichen konnte, wollte er ihm doch zeigen, daß er der Sohn eines Kaisers war und zumindest bei der edlen Gesinnung nicht hinter ihm zurückstehen mußte.

»Wenn ich schon an dem Tag, an dem du mir mein Heer so fürchterlich zerschlagen hast, erfahren hätte, daß du Ruggiero bist, würde ich dir damals schon meine Freundschaft angeboten haben. Ich habe dir aus der Finsternis im Burgverlies geholfen, als noch alles gegen unsere Freundschaft sprach. Um so mehr muß ich doch alles für dich tun. Du hast dein Leben für mich in den Kampf geworfen, um meine Sehnsucht nach Bradamante zu erfüllen. Jetzt gebe ich dir alle deine Wünsche, dein Leben und dein Glück zurück – ganz so, als hätte ich sie durch deine Opferbereitschaft tatsächlich erhalten. Du weißt, wie sehr ich sie mir zur Frau gewünscht habe. Aber anders als du werde ich nicht sterben, wenn ich sie zum Schluß doch nicht bekomme. Ich will kein Glück, das ich durch deinen Tod erkaufen müßte. Mich schmerzt nur, daß du mir nicht genug vertraut hast und lieber sterben wolltest, als dich freundschaftlich an mich zu wenden.«

Nach und nach gelang es Leo, alle Einwände Ruggieros abzuwenden.

Schließlich seufzte Ruggiero. »Wenn du mir derart hartnäckig verbietest, hier und jetzt zu sterben, dann muß ich dir diese Bitte wohl erfüllen. Ich weiß nur nicht, wie ich dir jemals dafür danken soll, daß du mir erneut die Todesfesseln abgenommen hast.«

Kaum hatte Ruggiero sich wieder zum Leben entschlossen, als Melissa auch schon zu einem Festmahl rief. Aus dem Buschwerk heraus brachte sie feinste Speisen und erlesenen Wein. Sie kam gerade noch rechtzeitig, um den geschwächten Ritter, der sich bereits an der Schwelle zum Jenseits befand, zu stärken.

Auch Frontin hörte, daß sich mitten im Wald etwas Ungewöhnliches ereignete. Neugierig und leise schnaubend kehrte er zurück. Prinz Leos Knappen sahen ihn, fingen ihn ein und brachten ihn erneut gesattelt zu Ruggiero. Obwohl er sich köstlich gestärkt hatte, konnte Ruggiero nur mit Leos Hilfe in den Sattel steigen. Er zeigte nichts mehr von der Kraft, mit der er noch vor kurzer Zeit allein und unter einem fremden Wappen ein ganzes Heer besiegt hatte.

Langsam machten sie sich auf den Rückweg. Bereits nach einer knappen Stunde sahen sie ein kleines Kloster vor sich. Sie kehrten ein und verbrachten den Rest des Tages damit, sich auszuruhen. Ruggiero brauchte auch noch den nächsten und den übernächsten Tag, bis allmählich seine volle Stärke zurückkehrte. Zusammen mit der Zauberin Melissa machten sich die Freunde auf den Weg nach Paris.

In der Nacht zuvor waren Abgesandte des bulgarischen Volkes in Paris eingetroffen. In ihrer Volksversammlung hatten sie beschlossen, ihrem Befreier von der byzantinischen Bedrohung zu huldigen und ihm erneut die verwaiste Königskrone anzubieten. Sie nahmen an, daß der alles überragende Held mit dem Einhornwappen sich inzwischen am Hof von Kaiser Karl aufhielt. Wer der Mann wirklich war, den die Bulgaren zu ihrem König gekürt hatten, wußte nur der Knappe Ruggieros. Er war es auch, der am kaiserlichen Hof berichtete, wie sich sein Herr bei Belgrad auf die Seite der Bulgaren gestellt und das angreifende Griechenheer mitsamt dem Kaiser und seinem Sohn in die Niederlage getrieben hatte.

Staunend erfuhr der Hof von Kaiser Karl, wie die Bulgaren

schließlich den fremden Einhornritter in ihrem Siegestaumel zu ihrem neuen König erhoben hatten, der dann aber durch Ungard von Novigrad nachts überwältigt und in die Hände der Kaiserinschwester Theodora gegeben worden war. Weiter erzählte der Knappe, wie sein Herr gegen alle Hoffnung aus dem Kerker entkommen war, in dem nur sein erdrosselter Wächter gefunden wurde.

»Und wo befindet er sich jetzt?« fragte Kaiser Karl gespannt. Weder der Knappe noch die Abgesandten der Bulgaren oder der Hofstaat des Griechenprinzen, der sich vor den Mauern von Paris befand, hatten darauf eine Antwort.

Ruggiero und Leo trafen in den Abendstunden auf Umwegen in der Stadt ein. Niemand erkannte sie. Am nächsten Morgen stellten sie sich dann bei Karl dem Großen im kaiserlichen Palast vor. Ruggiero trug wieder Rüstung und Helm, Prinz Leos Waffenrock und den Schild mit dem goldenen Doppeladler im roten Feld, mit dem er gegen Bradamante gekämpft hatte. Auf dem Schild waren noch Scharten und Einschnitte zu sehen. Neben ihm ging in einem reichgeschmückten fürstlichen Gewand Kronprinz Leo von Griechenland. Er trug keinerlei Waffen. Beide Männer wurden von einem würdigen Geleit edler Herren umringt.

Als Kaiser Karl sie sah, ging er ihnen freudig entgegen. Leo neigte den Kopf, hielt aber Ruggieros Hand fest. Gespannte Aufmerksamkeit erfüllte den großen Thronsaal, als der Sohn des Kaisers von Griechenland zu sprechen begann: »Dies ist der Ritter, der vom Morgengrauen bis zum Sonnenuntergang tapfer gekämpft hat und dabei nicht zu Boden gegangen ist oder verletzt vom Platz gebracht werden mußte. Wenn ich dich recht verstanden habe, ehrwürdiger Kaiser Karl, dann gebührt ihm dafür auch der Lorbeer, und er bekommt die Gräfin Bradamante zum Eheweib. Dein kaiserliches Wort gibt ihm das unbestrittene Recht auf sie. Falls es um die Liebe geht, wo gibt es eine größere? Wer also immer noch dagegen ist, daß dieser Held die Gräfin heiratet, der soll sich rüsten und sein Schwert ziehen.«

Fassungslos blickten Karl und seine Großen auf Prinz Leo. Jeder von ihnen war davon überzeugt gewesen, daß Leo den Kampf gegen Bradamante bestanden hatte und nicht irgendein unbekannter Ritter.

Marfisa war die erste, die protestierte. Noch in die allgemeine Verwirrung erklärte sie: »Solange mein Bruder Ruggiero nicht selbst hier ist, um für seine Braut zu kämpfen, werde ich verhindern, daß sie ihm schamlos geraubt wird. Ich, seine Schwester, bin bereit, mit jedermann den Kampf aufzunehmen, der es wagt, sein Verdienst zu schmälern, und einen Anspruch auf Gräfin Bradamante erhebt.«

Sie war so erbost, daß es bereits aussah, als würde sie auch ohne jede kaiserliche Erlaubnis losstürmen. Das war der Augenblick für Leo, sein Geheimnis endlich zu lüften. Schnell nahm er den Helm von Ruggieros Kopf. Er drehte sich zu Marfisa um und rief: »Hier ist dein Bruder! Sieh ihn dir an, und laß dir alles von ihm selbst erklären!«

So, wie der legendäre Ägeus einst vor Schreck erstarrte, als er, von seinem bösen Weib angestachelt, versehentlich seinen Sohn mit Gift umbringen wollte und ihn im letzten Augenblick gerade noch an seinem Schwert erkannte, so stand auch Fürstin Marfisa wie vom Donner gerührt, als sie in dem verhaßten roten Ritter, den sie eben noch umbringen wollte, ihren Bruder erkannte. Sie lief auf ihn zu, schlang ihre Arme um ihn und wollte ihn nicht wieder loslassen.

Auch der Kaiser kam freudig auf ihn zu, gefolgt von Rinaldo und Orlando. Sie umarmten ihn unter Freudentränen. Olivier und Dudo schlossen sich an. Auch Fürst Sobrin war außer sich vor Freude.

Als das große Küssen und Umarmen schließlich vorbei war, ließ es sich Kronprinz Leo nicht nehmen, alles über die vorangegangenen Taten seines Freundes zu erzählen. Er war ein redegewandter Mann und berichtete von den Ereignissen vor Belgrad, die ihn sein halbes Heer gekostet hatten. Er berichtete, wie sein Zorn auf den Einhornritter von Bewunderung und Achtung abgelöst wurde und wie es ihm gelang, den im Verlies schon fast verhungerten Ruggiero heimlich aus dem Turm zu holen, in dem ihn seine Tante Theodora aus Zorn über den Verlust des eigenen Sohnes gefangenhielt. Er schilderte den Zuhörern, wie Ruggiero seine Dankesschuld abgetragen hatte, indem er über sich und seine eigene Liebe hinauswuchs.

Punkt für Punkt näherte er sich in seinem Bericht den dunklen Stunden, in die Ruggiero versunken war, als ihm klar wurde, daß er auf seine geliebte Braut endgültig verzichten sollte. Leo schilderte, wie Ruggiero in seiner Qual in den finsteren Wald geflohen war, um dort in stiller Einsamkeit sein Leben auszuhauchen. Als er dann auch noch schön und rührend wiedergab, wie er sich über ihn gebeugt, seine Arme um ihn gelegt und ihn getröstet hatte, konnten die Edlen des ganzen Reiches ihre Tränen nicht mehr länger halten. Nun wandte sich der Sohn von Kaiser Konstantin direkt an Herzog Haimon. Er wußte alles über den Eigensinn des Alten.

»Gib deinem Herzen einen Stoß«, bat er ihn. »Ruggiero ist viel würdiger als ich, deine Tochter Bradamante zur Gemahlin zu bekommen.«

Der alte Herzog brummelte noch einen Augenblick verstockt. Dann schnaubte er, nickte, ging zu Ruggiero und streckte seine Hände nach ihm aus. »Nach allem, was ich jetzt gehört habe, muß ich mich wohl bei dir entschuldigen«, brummte er. »Wenn du noch willst und meine eigensinnige Bradamante ebenso, will ich eurem Glück nicht länger im Wege stehen.«

Die frohen Nachrichten drangen wie ein Lauffeuer zu Bradamante. Sie hatte sich traurig in ihr kleines Wohngemach zurückgezogen. Als sie nun hörte, daß Ruggiero wieder aufgetaucht war, zersprang der Ring aus Eisen, der sich solange um ihre Brust gelegt hatte, unter ihren Freudenschreien. Gleichzeitig drehte sich alles um sie. Eben noch jubelnd, spürte sie, wie das Blut aus ihren Wangen wich. Ihre Gefühle überstürzten sich, und sie verlor beinahe die Besinnung. Bebend vor Erregung und mit weichen Knien, konnte sie sich kaum noch auf den Beinen halten.

Die Häuser von Clermont und Mongrana freuten sich, daß die beiden Zweige ihrer Familie sich wieder vereinen sollten.

Aber nicht alle Edlen des Frankenreiches waren über die Entwicklung glücklich. Zähneknirschend mußten die Mainzer mit ansehen, daß der Mann, den ihre ganze Familie am meisten haßte, weit über sie hinauswuchs. Graf Anselm und Ganelon, Falco und alle anderen Angehörigen des Hauses Maganza begriffen, daß sie ihren Rachedurst jetzt noch nicht löschen konnten. Aber auch wenn Ruggiero nun König der Bulgaren wurde und der Griechenprinz mit ihm befreundet war, hieß das noch lange nicht, daß sie ihre mörderischen Absichten aufgaben.

»Wir haben Zeit«, tuschelten sie sich zu. »Viel Zeit sogar ...«

Sie lächelten nur hinterhältig, um ihrem Haß und ihre Mordlust so zu verbergen, wie es die Füchse tun, wenn sie am Wegrand tänzeln und auf den Hasen lauern. Sie hatten nichts von dem vergessen, was ihnen durch Orlando und Rinaldo an Demütigungen widerfahren war. Seit sie auch Pinabello und Bertolas verloren hatten, hielt sie nur die Furcht vor Kaiser Karl und seiner Macht davor zurück, gegen alle, die sie haßten, mit Mord und Totschlag vorzugehen. Noch aber mußten sie so tun, als würden sie sich ebenso wie alle anderen über Ruggiero und Bradamante freuen.

Inzwischen waren auch die bulgarischen Gesandten an Ruggiero herangetreten. Sie warfen sich vor seinen Füßen auf den Boden und trugen ihm die Bitten ihres großen Rates vor.

»Hadrianopel, unsere Hauptstadt, die nach dem Römerkaiser Hadrian benannt ist, wartet nur darauf, für dich geschmückt zu werden«, trug der älteste von ihnen vor. »Wir bitten dich von ganzem Herzen, unsere Königskrone und das Zepter anzunehmen. Die Griechen rücken bereits wieder mit einem großen Heer gegen Bulgarien vor. Kaiser Konstantin persönlich führt die Streitmacht an, aber wenn du jetzt unser König wirst, stärkt uns das so sehr, daß wir ihn bis nach Konstantinopel zurückschlagen und ihm vielleicht sogar noch das Kaiserreich Byzanz wegnehmen können.«

Ruggiero zwinkerte Prinz Leo zu. Der schüttelte kaum wahrnehmbar für alle anderen den Kopf, dann nickte er mit einem Blick auf die Bulgaren. Ruggiero ging auf die Abgesandten zu, reichten ihnen seine Hände und ließ sie wieder aufstehen.

»Ich danke euch für euer Vertrauen und nehme hiermit die Krone der Bulgaren an. Wenn es das Schicksal zuläßt, werde ich innerhalb von drei Monaten bei euch sein.«

Die Bulgaren zögerten. In diesem Augenblick jedoch mischte sich der Griechenprinz ein: »Seid unbesorgt«, versicherte er ihnen. »Wenn Ruggiero euch sein Wort gegeben hat, daß er euer König wird, dann sorge ich dafür, daß mein Vater sofort Frieden mit ihm schließt. Er braucht auch nichts zu überhasten oder selbst zum Schwert zu greifen. Ich verspreche euch, daß Kaiser Konstantin euch alles Land zurückgibt, das er bisher von euch im Kampf erobert hat.«

Auch noch an einer anderen Stelle neigte sich die Waage nun Ruggiero zu. Als Beatrix, die Mutter Bradamantes, hörte, daß Ruggiero sich schon bald König nennen konnte, grollte sie nicht länger in ihrem ungezähmten Ehrgeiz, sondern war mit ihm als Schwiegersohn doch sehr zufrieden.

Der Frankenkönig und Kaiser Roms richtete selbst die Hochzeit aus. Nie war eine andere derartig prächtig.

»Ich will, daß so gefeiert wird, als wäre Gräfin Bradamante meine eigene Tochter!« ordnete Karl der Große an. Er scheute keine Kosten und befahl, daß zu den großen Feierlichkeiten jedermann aus nah und fern freies Geleit erhielt. Vor den Toren von Paris wurde ein riesiger Turnierplatz eingerichtet. Birkengrün aus den nahen Wäldern wurde an den Rändern aufgestellt. Überall hingen Girlanden aus golddurchwirkten Seidentüchern mit eingebundenen Blumensträußen. Alle Straßen und alle Plätze wurden zum großen Hochzeitsfest feierlich geschmückt.

»Kann es auf der ganzen Erde noch irgend etwas Schöneres geben?« fragte die Pariser immer wieder. Keiner der vielen Gäste, die sich nach und nach einfanden, konnte das bestätigen. Es wurden immer mehr, aber es kam nicht darauf an, ob einer ärmer oder reicher war, ob es ein Grieche, ein Latiner oder ein Angehöriger der Barbarenvölker war. Wer nicht mehr in der Stadt unterkommen konnte, der fand auf freiem Feld in den ungezählten Zelten oder Pavillons am Waldrand eine derart angenehme Unterkunft, wie sie auch in prunkvollen Gemächern nicht ausgesuchter sein konnte.

Noch in der Nacht zuvor hatte die Fee Melissa endlich das Brautgemach vorbereitet, das sie sich schon so lange für Bradamante und Ruggiero wünschte. Die Zukunftskundige wußte längst, welche großartigen Nachkommen dieses Paar haben würde. Deshalb wollte sie das Hochzeitbett innerhalb des kostbarsten Zeltes einrichten, das es jemals in Krieg und Frieden gegeben hatte.

»Ich brauche euer berühmtes kaiserliches Ruhebett aus Konstantinopel!« sagte sie zu Prinz Leo und weihte ihn in ihren Plan ein. Er sofort einverstanden. Vergnügt und voller Eifer führte Melissa dem Griechenprinzen vor, wie sie den Dämonen aus der Hölle ihren Willen aufzwang.

»Los, ihr Gesellen vom Styxufer!« rief sie. »Ich will, daß ihr dem Kaiser aller Griechen am hellen Mittag das Zelt über seinem Ruhelager am Bosporus mit Stangen, Seilen, allem Bettzeug, seidenen Gardinen und Verzierungen einfach wegnehmt und sofort hierherbringt!«

Ehe Konstantin im fernen Konstantinopel überhaupt begriff, was ihn in seiner Mittagsruhe störte und warum er schmerzhaft auf den harten Boden fiel, hatten Melissas Geister das kaiserliche Ruhezelt bis vor Paris getragen.

»Wir geben alles selbstverständlich nach dem Fest zurück«, versprach die Magierin dem erstaunten Prinzen.

Sie brauchte ihm nicht zu erklären, welche Kostbarkeit sie sich für Bradamante und Ruggiero ausgeliehen hatte. Die Stickereien des Zeltes waren fast zweitausend Jahre alt. Die trojanische Jungfrau, die dereinst als wahnsinnige Seherin Kassandra berühmt wurde, hatte sie damals mit großer Kunstfertigkeit für ihren älteren Bruder Hektor angefertigt. Später war das wertvolle Zelt mit seinen Elfenbeinstangen und goldenen Seilen in den Besitz von König Ptolemäus nach Ägypten und danach an Kleopatra gelangt. Sie verlor es nach der Seeschlacht von Aktium an Agrippa. Das Zelt gelangte nach Rom und wurde von mehreren Cäsaren benutzt – bis Konstantin der Große Rom verließ, Byzanz zu seiner Stadt Konstantinopel erhob und als Erinnerung an das ältere Imperium das Zelt mitnahm.

Die Ritter und die Frauen betrachteten die wunderschönen

Bilder auf dem Hochzeitszelt. Anders als die Gäste wußte Bradamante ganz genau, was jede einzelne der Stickereien bedeutete. Melissa hatte ihr die Voraussagen Kassandras bis in alle Einzelheiten erklärt. Auch Ruggiero wußte Bescheid, wenn auch nicht so ausführlich wie sein ihm frisch angetrautes Eheweib. Er erinnerte sich daran, wie oft der Zauberer Atlante ihm von Menschen erzählt hatte, die erst noch geboren werden mußten.

Die Hochzeitsfeierlichkeiten übertrafen alles vorher Dagewesene. Karl der Große ließ eine Festveranstaltung auf die andere folgen. Überall klang Musik, gab es Spiele und Theater. Die Tische bogen sich unter der Last der Speisen und Getränke. Tag für Tag wurden an die tausend Lanzen im Turnier gebrochen. Jeder, der es wollte, konnte zu Fuß oder zu Pferd einzeln, zu zweit oder auch in ganzen Gruppen kämpfen. Ruggiero gehörte zu den Unermüdlichen, die keine der Herausforderungen ausließen. Keiner war besser als er, ganz gleich, ob er zum Lanzenstechen, zum Tanzen oder zu irgendeiner anderen Vergnügung aufgefordert wurde.

Als der letzte Tag des großen Festes kam, ließ Karl der Große noch einmal alles auffahren, was Paris zu bieten hatte. Er bat den jungen Bräutigam an seine linke Seite und die Braut an seine rechte. Gerade als das Festmahl feierlich auf freiem Feld beginnen sollte, sahen sie, wie ein großer, völlig schwarzgekleideter Ritter querfeld auf einem schwarzen Pferd auf sie zupreschte. Alles an ihm drückte Stolz und Verachtung für die Anwesenden aus.

Viele der Gäste erkannten sofort den furchteinflößenden Sarazenen Rodomont. Es war tatsächlich der König von Algier, der geschworen hatte, kein Schwert mehr anzufassen und auch keinem Pferd mehr aufzusitzen, sondern statt dessen für ein Jahr, einen Monat und einen Tag in einer Höhle die Schmach zu büßen, die er auf der schmalen Brücke zu seiner Totenburg durch die Gräfin von Marseille erfahren hatte.

Ganz so, als ginge ihn die Niederlage des gesamten Sarazenenheeres überhaupt nichts an, war er verpflichtet gewesen, sein Gelübde bis auf den letzten Tag zu erfüllen. Nun aber kam er neu gerüstet und bewaffnet direkt an die kaiserlichen Tafel.

Er saß nicht ab, neigte auch nicht den Kopf und zeigte nicht die geringste Achtung vor dem Kaiser und den Edlen aus vieler Herren Länder. Wie betäubt starrten alle auf den unheimlichen schwarzen Ritter. Seine Frechheit und sein ungeheuerliches Benehmen ließen sie allesamt verstummen. Niemand aß noch oder trank. Der schwarze Störenfried ritt bis vor Karl den Großen und das Brautpaar. Er zügelte sein schwarzes Pferd, richtete sich hoch auf und brüllte über alle Köpfe hinweg: »Seht her! Ich bin es ... Rodomont, König von Sarza in Algerien! Und dich, Ruggiero, fordere ich zum Kampf heraus. Ich beschimpfe dich als ›Verräter deines Königs Agramant‹. Ehe die Sonne am Horizont versunken ist, werde ich beweisen, daß du deinen Treueschwur gebrochen hast. Du bist jetzt Christ. Das allein beweist schon den Verrat. Damit es alle anderen auch deutlich sehen, will ich dich auf freiem Feld besiegen. Vor mir aus kannst du auch noch zwei oder drei oder auch sechs von deinen neuen Freunden mitbringen. Ich nehme gern den Kampf mit dir und jedem anderen auf, der jetzt für dich zu sprechen wagt.«

Ruggiero sprang auf und blickte Karl den Großen an. Der Kaiser nickte ernst. Dann rief Ruggiero: »Er lügt! Mein Verhalten gegenüber König Agramant war einwandfrei. Ich habe meine Pflicht bis zu seinem Tod in keinem Augenblick verletzt. Wer mich trotzdem Lügner und Verräter nennt, der wird die Antwort durch mein Schwert bekommen. Außerdem brauche ich keine andere Ritterhand, um meine Ehre zu verteidigen. Und du, Großmaul aus Afrika, paß auf, daß ich allein dir nicht zuviel werde.«

Sofort sprangen überall die Ritter auf, und Bänke kippten um. Jeder von ihnen wollte für Ruggiero in den Kampf gehen. Orlando und Rinaldo drängten sich als erste vor. Markgraf Olivier, seine Söhne Grifon und Aquilante, dann auch Dudo und Marfisa – sie alle wollten sofort für Ruggiero kämpfen.

»Du bist der Bräutigam«, riefen sie ihm zu. »An deinem Hochzeitstag sollst du nur feiern – und nicht kämpfen bis aufs Blut!«

Ruggiero wehrte alle ab.

»Ich brauche keine derartigen Ausflüchte«, rief er ihnen zu. »Bringt mir die Rüstung und die Waffen des Tartarenkönigs. Ich ganz allein muß gegen die Beleidigungen kämpfen.«

Sofort brachten die Knappen die eingebeulten Teile der Rüstung Mandrikards. Ruggiero ließ sie sich so schnell wie möglich anlegen. Orlando half ihm dabei und schnallte ihm die Sporen fest. Kaiser Karl persönlich gürtete ihm das Schwert an die Seite. Seine Braut und seine Schwester Marfisa legten ihm die Beinschienen an, danach den Eisenharnisch. Prinz Astolf von England brachte das Pferd, und der Sohn des Dänen hielt ihm die Steigbügel. Rinaldo, Herzog Naims und Olivier vertrieben alles Volk vom Turnierplatz und machten Platz für einen großen Kampf.

Mädchen und Frauen wagten kaum eine Bewegung. Sie waren wie die Tauben, die, von einem nahenden Gewitter von den Feldern aufgeschreckt, heimwärts zu ihren Nestern flogen, um sich in Sicherheit zu bringen. Es war, als würden sie bereits das Dunkel sehen, Hagel und Regen und das Donnergrollen hören. Sie alle hatten Angst um Ruggiero, denn diesem fürchterlichen Sarazenenkämpfer konnte er nicht gewachsen sein. Die Bewohner von Paris und viele von den angereisten Rittern erinnerten sich noch lebhaft an die Schreckensstunden, als der fürchterliche Heide ganz allein mit Schwert und Feuer die halbe Stadt vernichtet hatte.

Mehr als alle anderen bebte die jung vermählte Ehefrau Ruggieros. Sie glaubte keinen Augenblick, daß Rodomont in Kraft und Tapferkeit an Ruggiero heranreichte. Außerdem fehlten dem Sarazenen das Recht und damit jeder Ansporn, der oft genug auch Schwächeren zum Sieg verholfen hatte. Trotzdem – sie liebte ihren Mann. Schon deshalb hatte sie den besten Grund, sich um ihn zu sorgen. Wie gern wäre sie in diesem Augenblick für Ruggiero eingesprungen, selbst wenn sie keinen Moment daran zweifeln konnte, daß sie dem Sarazenen diesmal unterlegen sein würde. Auch wenn es unmöglich war, wäre sie lieber viele Tode gestorben, als Ruggiero durch das schwarze Ungeheuer tödlich bedroht zu sehen.

Ihr fiel kein Wort ein, mit dem sie ihren Ehemann von einem

Kampf auf Leben oder Tod fernhalten konnte. Nur mit großer Mühe und wie versteinert wirkendem Gesicht konnte sie zusehen, was geschah. Ihr Herz wurde schwer, als die beiden Ritter ihre Lanzen senkten, die Pferde bis zur Wut anspornten und dann frontal aufeinander zupreschten.

Beide Lanzen trafen ihren Gegner. Sie zersplitterten wie Eis, und ihre Reste flogen wie die Vögel hoch in den Himmel hinauf. Rodomonts Lanzenstoß saß genau in der Mitte von Ruggieros Schild. Trotzdem hielt der Stahl. Ruggieros Lanze hingegen krachte durch den Schild des Mauren. Er bestand vorne und hinten aus Stahl und in der Mitte aus einer Lage Knochen, die eine Spanne dick war. Wenn Ruggieros Lanze besser gehalten hätte, wäre sie auch noch wie harter Diamant durch Rodomonts Rüstung gefahren und hätte diesen Kampf bereits nach dem ersten Zusammenstoß entschieden. So aber brachen beide Lanzen. Von der Wucht des Aufpralls knickten beide Pferde in der Hinterhand bis zum Boden ein.

Die Ritter rissen an den Zügeln und spornten ihre Tiere wieder hoch. Sie ließen die Reste ihrer Lanzen fallen, griffen nach den Schwertern und schlugen sofort mit aller Kraft aufeinander ein.

Weder der Christ noch der Heide zeigten irgendeine Schwäche. Rodomont trug nicht mehr wie früher die harte Schuppenhaut als Schutz um seinen Hals. Er hatte sie ebenso wie Nimrods scharfes Schwert und seine Rüstung am Steg vor dem Grabmal Isabellas abgelegt. Dort hing seine frühere Ausrüstung noch genauso, wie er sie vor einem Jahr an Bradamante verloren hatte. Nun hatte er sich eine andere Rüstung und neue Waffen beschafft. Sie waren gut, aber nicht so gut wie seine früheren.

Ruggieros Schwert fand immer neue Wege durch Rodomonts Rüstung. Die Balisarde riß große Löcher in den Stahl. Als der Heide merkte, daß ihm bereits aus vielen Wunden Blut hervorschoß und er nichts gegen immer neue Treffer tun konnte, geriet er derartig in Wut, daß er seinen zerfetzten Schild wegwarf, sein Schwert mit beiden Händen packte und auf Ruggieros Helm krachen ließ.

Es war, als würde die Maschine loshämmern, die auf dem Po von zwei Schiffen aus einen Riesenhammer hochhob und von oben auf angespitzte Stämme niederkrachen ließ, um sie gewaltsam in den Flußgrund einzutreiben. Nur Ruggieros gefeiter Helm verhinderte, daß die Hiebe des Sarazenen Roß und Reiter spalteten.

Trotzdem wankte Ruggiero. Zweimal sank sein Kopf so weit nach vorn, daß sich Arme und Beine bereits zum Fallen öffneten. Ruggiero war schwer angeschlagen. Da glückte dem Sarazenen noch ein dritter, doppelt schwerer Treffer. Der Hammerschlag auf Ruggieros Helm war derart hart, daß Rodomonts Schwert zerbrach und in Stücken zur Seite flog. Damit stand der König von Algier völlig ohne Waffen da. Er kümmerte sich jedoch nicht darum, sondern drang sofort weiter auf Ruggiero ein, der noch immer benebelt auf seinem Pferd hing. Ehe er sich wehren konnte, schlang der Sarazene ihm den Arm um den Hals. Mit einem Klammergriff riß er ihn aus dem Sattel und ließ ihn einfach fallen.

Der Aufprall brachte Ruggiero wieder zur Besinnung. Er richtete sich wütend auf und schämte sich zugleich, als sein Blick den von Bradamante traf. Sie war totenblaß geworden, als ihr frisch angetrauter Gemahl vom Pferd gerissen wurde. Ruggiero hob sein Schwert hoch und stürzte sich erneut auf seinen Gegner. Rodomont spornte sein Pferd. Er wollte ihn glatt überreiten, aber Ruggiero wich aus, packte mit der Linken ins Zaumzeug und riß das Sarazenenpferd noch aus dem Schwung herum. Gleichzeitig erkannte er die Blößen des schwarzen Ritters über sich.

Er schlug und stach sofort zu, traf den Bauch, die Brust und die Seite Rodomonts. Der hatte noch immer Knauf und Heft seines zerbrochenen Schwertes in der Faust. Mit aller Kraft stieß er den Waffenstumpf erneut gegen Ruggieros Helm. Ruggiero gab nicht auf, sondern packte mit der Rechten den Arm des Heiden, griff mit der Linken nach und zog den Riesen mit aller Kraft vom Pferd.

Geschickt und kraftvoll kam er direkt vor Ruggiero auf die Füße. Nun standen beide Mann an Mann direkt voreinander.

Ruggieros Vorteil war sein gutes Schwert. Mit ihm konnte er sich den Schwarzen auf Abstand halten. Er sah, daß Rodomont an vielen Stellen schwer verletzt war. Das Blut strömte ihm aus der Seite und aus verschiedenen anderen Wunden die Beine hinab, aber der letzte der Sarazenenkönige gab noch nicht auf, sondern schleuderte den Schwertknauf mit aller Kraft gegen Ruggiero. Krachend schlug das verzierte Eisen gegen das Wangenblech von Ruggieros Helm und dann hart und schmerzhaft gegen seine Schulter. Die Wucht des Wurfes war derart heftig, daß er strauchelte und sich kaum noch auf den Beinen halten konnte.

Rodomont versuchte die Gelegenheit zu nutzen, auch wenn er bereits hinkte. Aus einem viel zu großen Schwung heraus knickte er jedoch ein und fiel zu Boden. Nun durfte Ruggiero keine Zeit verlieren. Er raffte seine letzte Kraft zusammen und ließ sein Eisen auf dem Kopf und der Brust des Feindes klingen. Rodomont wälzte sich herum, riß seine Arme hoch und umschlang Ruggiero. Die beiden Ritter schüttelten und drehten sich und rangen miteinander.

Die Kraft des Heiden schwand durch die Wunden an seiner Lende und seiner Seite, und Ruggiero hatte mehr Übung in der Kunst des Ringens. Er nutzte seinen Vorteil an den richtigen Stellen. Dort, wo das Blut des anderes besonders reichlich floß, stemmte er sich mit Armen, Brust und Füßen in die Wunden. Der Heide tobte, schrie vor Wut und Schmerz. Er packte seinen Gegner fest an Hals und Schulter, hob ihn hoch und ließ ihn schweben, umschlang ihn wieder, drehte ihn, schob ihn fort – aber Ruggiero zeigte alles, was er an Geschicklichkeit besaß. Er drehte sich, schüttelte den Sarazenen ab und zwang ihn schließlich zu Boden.

Rodomont schlug hart mit dem Rücken und dem Kopf auf. Blutbäche schossen in den Sand. Ruggiero spürte, daß er endlich das Glück am Schopf gepackt hielt. Er kniete sich sofort auf den Bauch des Heiden und würgte ihn mit seiner Linken. Mit der Rechten riß er einen Dolch hervor und ließ ihn vor den Augen des Sarazenenkönigs blitzen.

Der Heide keuchte unter seinem Bezwinger und spürte, wie

das Leben immer schneller aus ihm wich. Dann sah er den Dolch vor seinen Augen, den Ruggiero noch immer bis vor das Visier gezückt hielt.

»Gib auf, und ich schenke dir dein Leben!« keuchte Ruggiero. »Ich habe nichts von deinem Tod.«

Aber Rodomont wollte nicht. Zu sterben war ihm leichter, als mit der Schmach zu leben, daß ihn ein Christ besiegt hatte. Und dann – im letzten Augenblick – gelang ihm durch sein Schütteln und sein Drehen doch noch ein Vorteil. Er bekam den Arm frei. Die rechte Hand fand seinen Dolch. Er riß ihn hoch und wollte mit der Klinge in Ruggieros Seite stoßen.

Der junge Ritter ahnte plötzlich, daß er verloren war, wenn er den Heiden weiter schonte. Er hob den Arm, so hoch er konnte, und stieß zu. Zweimal, dreimal fuhr die Klinge bis zum Heft in die Stirn des Grausamen. Dann blieb sie stecken.

Ruggiero löste sich vom Leib des wilden Eisenfressers.

Mit grauenhaften Flüchen, die noch einmal durch den kalten Körper fuhren, floh der unbändige und viel zu stolze Geist von Rodomont in die Welt der Toten.

ENDE
PRO BONO MALUM

Nordmeer
DIE VERLORENE INSEL
EBUDA
NORWEGEN
SCHOTTLAND
St. Andreas
SCHWEDEN
GOTLAND
IRLAND
SEELAND
London
HOLLAND
FRIESLAND
Rhein
Dordrecht
Paris
Ardenner-
wald
Donau
Belgrad
Save
Novigrad
BULGARIEN
Brava
Montalban
Rhone
Mailand
Mantua
Konstantinopel
GALIZIEN
Atlantes
Burg
Merlins
Brunnen
Arles
Po
Ferrara
GRIECHENLAND
Pyrenäen
Marseille
Narbonne
Rom
Barcelona
Sevilla
Granada
Aspromont
Meerenge von
Gibraltar
Reggio
Mittelmeer
Alcazar
DIE INSEL
DES EREMITEN
LIPADUSA
Fez
Oran
Algier
Biserta
Tripolis
TINGITANIEN
Sarza
LIBYEN
ÄGYPTEN
Carenaberge
Nil
NORIZA
Paradiesgebirge
Südmeer

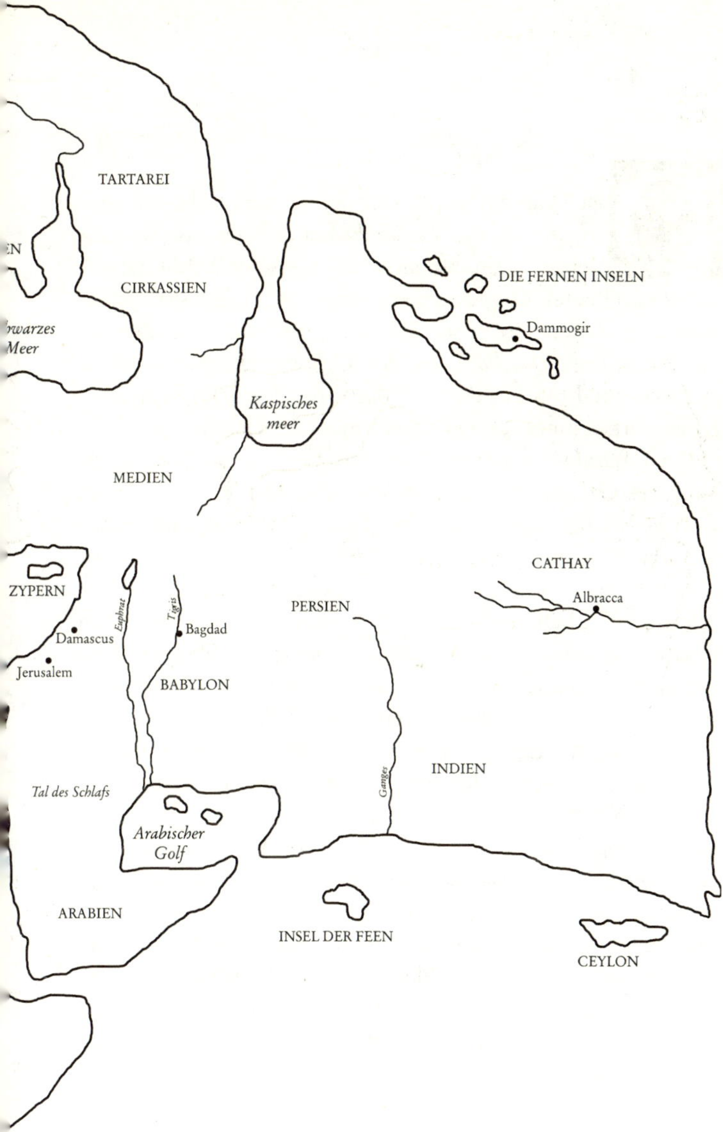
TARTAREI
CIRKASSIEN
DIE FERNEN INSELN
Dammogir
Kaspisches meer
MEDIEN
CATHAY
Albracca
ZYPERN
PERSIEN
Damascus
Euphrat
Tigris
Bagdad
Jerusalem
BABYLON
INDIEN
Ganges
Tal des Schlafs
Arabischer Golf
ARABIEN
INSEL DER FEEN
CEYLON

Nachwort

Der *Orlando Furioso*, d. h. der vor Eifersucht wahnsinnige, wütende, *rasende Roland*, gilt seit fast 500 Jahren als das unterhaltsamste Epos der Weltliteratur – voller rätselhafter Verwicklungen, rasanter Verfolgungen, phantastischer Szenen, erotischer Abenteuer und satirischer Zeitkritik. Wenn *Don Quichote*, der den *Orlando* zitiert, das letzte große Ritter-Epos ist, dann ist der *Orlando Furioso* der erste große Fortsetzungs- und »Frauenroman« der Geschichte.

Der *Orlando Furioso* von Ludovico Ariost ist die Fortschreibung des *Orlando Innamorato*, der beim Tod des Autors und Grafen Matteo Maria Boiardo (1441–1494) noch unvollendet war. Das in 30 Jahren entstandene Gedicht von Ariost (1474–1533), der als Kind Boiardo noch persönlich kennengelernt hatte, behandelt wie sein Vorgänger sowohl historisch belegte Ereignisse von der Antike bis in die Renaissance-Gegenwart als auch Sagen und Legenden aus dem Kenntnisstand der damals gebildeten Welt. Zusätzlich fügt Ariost neue Entdeckungen und Erfindungen in sein großes Welttheater ein.

Ariost bricht mit allen Schreibregeln des Aristoteles, die selbst in Hollywood noch immer als einzig wahre Rezeptur für erfolgreiche Romane und Filme gelten. Bei Ariost handelt kein einzelner Held mit all seinen Konflikten und Schwierigkeiten, sondern eine Gruppe von ziemlich eigenwilligen und zumeist unsterblich verliebten Paladinen vom Hof Karls des Großen. Erstmals in der Literatur spielen (wie in der Renaissance durchaus üblich) auch weibliche Heldinnen gleichberechtigt in den schnell wechselnden Handlungssträngen mit. Entscheidender Unterschied zu den klassische Epen ist aber, daß der *Orlando* eben nicht belehrend und moralisierend, sondern in erster Linie unterhaltend sein soll.

Anno 1504 begonnen, 1516 erstmals in Mailand veröffentlicht und nach Jahren ständiger Verbesserungen 1532 in der endgültigen Version erschienen, hat das Gedicht aus 46 Gesängen mit zusammen 4845 Achtzeilern in den ersten hundert Jahren allein in Italien und Frankreich über 200 Auflagen erlebt – in deutscher Sprache im gleichen Zeitraum keine einzige.

In den romanischen Ländern war der *Orlando* jahrhundertelang schon fast eine «Pflichtlektüre« der Gebildeten und zugleich der Unterhaltungsstoff, aus dem von Bänkelsängern rezitiert und am abendlichen Herdfeuer in den Herbergen vorgelesen wurde. Auch heute noch können Italiener vom Brenner bis Sizilien zumindest die Anfangsverse auswendig (so wie wir Schillers *Glocke* oder Fausts *Osterspaziergang*).

Obwohl die Figuren und Episoden schnell auch bei höfischen und gelehrten Kreisen in Deutschland bekannt wurden, erschienen die ersten Teilübersetzungen durch Diederich von dem Werder erst 1632. Der Obrist in schwedischen Diensten hatte in den Kampfpausen des 30jährigen Krieges wohl genügend Zeit für sein Steckenpferd. Dennoch schaffte er nur insgesamt dreißig von den sechsundvierzig Gesängen. Nach von dem Werder entstanden vom ausgehenden 18. Jahrhundert bis heute nur eine Handvoll weiterer Übertragungen ins Deutsche, z.B. durch Wilhelm Heinse (1783), J.D. Gries (Jena 1808), Hermann Kurtz (Pforzheim 1840/41) und – als bisher letzte – Alfons Kissner (München 1908).

Das gesamte französische Theater, Shakespeare, Goethe, Schlegel und Schelling, Hegel und Wieland verehrten Ariosts *Orlando* ebenso wie Jacob Burckhardt, Ernst Jünger und Karl May. Aber anders als in Frankreich, Spanien und neuerdings durch das Internet auch im anglo-amerikanischen Raum, wo es bereits Hunderte von Websites mit dem Thema Ariost/*Orlando* gibt, haben selbst die wohlmeinendsten Übertragungen die stets nach Tiefe und Sinn suchenden Deutschen bisher nicht zur fröhlichen Leichtigkeit von Ariost bekehren können. Deutsch gereimt, erinnert er außerdem allzu sehr an Richard Wagner, vorgetragen von Heinz Erhardt.

Der deutsche Anspruch etikettierte Ariosts *Orlando* lange

als »Profanisierung der Mythologie« und warf ihm fast beleidigt vor, daß er zudem noch den Zerfall der klar geordneten mittelalterlichen Welt darstellt (tut Tolkien mit dem *Herrn der Ringe* irgend etwas anderes?). Abgesehen davon, gibt es kaum eine mediäval gefärbte Fantasy-Geschichte, in der sich nicht Szenen und dramatische Situationen aus dem *Orlando* nachweisen ließen.

Ritter-Ethos und Minne-Sinn liegen uns zumeist ebenso fern wie die Götterwelt der Antike. Überspitzt formuliert bedeutet dies, daß die hellenistischen Unwahrscheinlichkeiten und «Monster des Pantheons« als kulturelle europäische Ursuppe akzeptiert werden, ein Zauberschwert Durindana oder ein Meeresungeheuer »Orca« zur Zeit der Fugger und Medici, Luthers Thesen, Karl V., Tizian, Michelangelo und Leonardo da Vinci bei heutigen Lesern eher als Märchen gelten. Warum eigentlich? Sind *Highlander* oder *Akte X* realer?

Ludovico Ariost hat die Rechte studiert und die niederen Priesterweihen empfangen. Er war Soldat, Kommandant des berühmten Kastells von Canossa, Gesandter des Fürsten und Botschafter beim Papst. Er hat als Hofdichter, Theaterintendant und fürstlicher PR-Chef Dutzende von VIPs aus Ferrara, Modena, Florenz, Mailand und weiteren wichtigen Familien in seinem Epos lobend erwähnen müssen. Ein Mann wie Machiavelli z. B. war sehr verstimmt darüber, daß er nicht gebührend erwähnt wurde.

Das ursprüngliche Publikum für den *Orlando* war in erster Linie die musische Hofgesellschaft, in der die Frau dominiert. Ein authentisches Zeugnis für die Rolle der Frau an den Fürstenhöfen der Renaissance bietet auch Baldassare Castiglione, der Ludovico Ariost verehrte und der in seinem Buch vom Hofmann (*Il Cortegiano*), das später dem Freiherrn von Knigge als Vorlage diente, berichtet, wie die Damen und Ritter des Hofes von Urbino sich allabendlich versammelten, um sich Geschichten zu erzählen – weniger von männlichen Heldentaten als von selbstbewußten, kämpferischen Frauen und ritterlich Liebenden.

»Ariosts *Orlando Furioso*«, schreibt Torquato Tasso »wird

wieder und wieder gelesen, von Männern wie Frauen jeden Alters, von allen Schichten der Bevölkerung; sie finden Vergnügen an ihm und an den phantastischen Abenteuern.«

In diesem Sinn soll die erste deutsche Romanversion dieses fünfhundert Jahre alten Bestsellers, für die neben Recherchen vor Ort sowohl die italienischen Quellen als auch englische, französische und deutsche Kommentare verwendet wurden, ein amüsantes Welttheater und eine ungewöhnliche Lesefreude sein.

Mein Dank für die Begleitung auf dieser abenteuerlichen literarischen Entdeckungsreise gilt Astrid Ann Jabusch, die unermüdlich Personen, Ereignisse und Ortsbezeichnungen erkundet, Zusammenhänge gefunden, Fehler bei Ariost selbst und bei mir aufgespürt, alles mehrfach geschrieben und mit zunehmendem Vergnügen stetig verbessert hat.

Unser Freund Ariost wird uns verzeihen, wenn wir gekürzt und zusammengefaßt, manches für unsere Zeit erklärt und einige Dutzend Personen und seinerzeit übliche Ausführlichkeiten aus seinem *Orlando* zum Mond des Vergessens geschickt haben. Ich bin ganz sicher – er wäre einverstanden gewesen.

Thomas R. P. Mielke — Berlin, im Sommer 2002

Weitere Namen

1. Zur Orlando-Handlung

A

Adonio – Geliebter von Agia (Erzählung auf dem Fluß)

Agia – Frau des Richters Anselmo, Geliebte von Adonio

Agolant – Sarazenenkönig, Vater von Almont, Trojan und Galaciella, Großvater von Agramant

Agramant – Sarazenenkönig von Libyen, Sohn von Trojan, Oberbefehlshaber der Sarazenenheere im Frankenreich

Agrikalt – König von Amon, Heerführer der Sarazenen

Agri-Khan – König der Tartaren, Vater von Mandrikard, führt (bei Boiardo) Krieg um Angelica, belagert ihre Festung Albrakka in Cathay und wird von Rinaldo erschlagen

Alard – ältester Sohn von Herzog Haimon und Beatrix, Bruder von Bradamante und Rinaldo

Alcest von Thrazien – liebt Lydia (Lydias Geschichte)

Alcina – Fee, Zauberin mit eigener Insel, verwandelt abgelegte Liebhaber in Pflanzen und Tiere, Halbschwester von Morgana und Logistilla

Aldiger von Clermont – unehelicher Sohn von Buovo, Halbbruder von Vivian und Malegis

Aleria – Guidos Gattin, hilft den Bedrohten aus der Weiberstadt

Alessandra – Frau in der Weiberstadt, liebt Elban

Almonio – treuer Diener Zerbins, hängt Odrich von Biscaya auf

Almont – Anführer der Sarazenen, Sohn von Agolant, Bruder von Trojan, Vater von Dardinell, tötet (bei Boiardo) Orlandos Vater Milon von Anglant sowie – zusammen mit seinem Bruder Trojan – Ruggieros und Marfisas Vater und schickt deren Mutter Galaciella, seine Schwester, schwanger aufs Meer, Orlando tötet ihn in Aspromont und erbeutet seinen Helm und sein Schwert Durindana

Anaxarette – in der Vorhölle als grausam in der Liebe bestraft

Andronika – Kardinaltugend der Klugheit als Dame der Logistilla, von dieser Ruggiero zu Hilfe geschickt

Anselmo – Richter in Mantua und Gatte von Agia (Geschichte vom Zauberhündchen)

Aquilant – Sohn von Markgraf Olivier, Zwillingsbruder von Grifon, zieht mit Gefährten kämpfend durch die Welt

Arbant – Friesenprinz, wirbt um Olympia
Argalia – Bruder von Angelica, war im Besitz einer goldenen Zauberlanze und eines unsichtbar machenden Zauberringes, sein Geist erscheint Ferragu
Argeus – Burgherr in Serbien und Gatte von Gabrina
Ariodant – italienischer Ritter, Liebhaber von Ginevra
Astolfo – König der Langobarden (Geschichte von Fiammetta)
Atlante – Zauberer aus dem nordafrikanischen Atlasgebirge mit einem fliegenden Pferd, versucht ständig, Ruggiero aus Kämpfen herauszuhalten

B

Bajard – Hengst, der wie ein Mensch denken kann, verschiedene Besitzer
Balisarde – (die) Ruggieros Schwert
Bardin – Gefolgsmann König Monodants, Erzieher Brandimarts
Batold – Brandimarts Pferd
Beatrix – Tochter von Baiernherzog Naims, Schwester von Amalia von Dänemark, Gattin von Herzog Haimon, Mutter von Rinaldo, Bradamante u. a.
Bianca – die weiße Fee, führt Grifon und Aquilant
Biren – Herzog von Seeland, Gatte Olympias
Brandimart – Sohn von König Monodant, getaufter Sarazene, Kampfgefährte und Freund von Orlando
Brigliador – (Güldenzaum) Orlandos Pferd
Bruna – Fee, führt Grifon und Aquilant gegen Orril
Brunell – Baron und Dieb im Dienst von König Agramant
Buzifar – Vizekönig der Sarazenen, verteidigt Biserta

C

Caligorant – grausamer, menschenfressender Riese in Ägypten
Carenaberge – Teile des Atlasgebirges in Nordafrika, Heimat des Zauberers Atlante
Cimosco – König der Friesen, verlangt Hollands Olympia für seinen Sohn Arbant
Clarissa – Rinaldos Gemahlin

D

Dalinda – Ginevras Hofdame, von Rinaldo aus Räuberhänden befreit
Damascus – Hauptstadt von Norandins Königreich Syrien
Dammogir – Hauptstadt von König Monodants Reich

Dardinell – Sohn von Sarazenenkönig Almont von Zamora
Dicilla – Kardinaltugend der Gerechtigkeit als Dame der Fee Logistilla, von dieser Ruggiero zu Hilfe geschickt
Doralice – Prinzessin von Granada, Tochter von Heidenkönig Stordilan, Braut von Rodomont und Mandrikard
Drusilla – verliert durch Tanaker ihren Gatten
Dudo – Sohn von Dänenkönig Ogier, Paladin, Kampfgefährte von Orlando
Durindana – (die) Orlandos Wunderschwert, geht durch mehrere Hände

E

Elias – im irdischen Paradies von Astolf vorgefunden
Eremit – führt Angelika in die Einsamkeit und in die Verbannung
Eriphyle – Riesin auf Alcinas Insel, von Ruggiero bekämpft

F

Falerina – Fee, Zauberin, Königin von Organa, füttert die Drachen am Eingang zu ihrem Untersee-Garten mit Menschen (bei Boiardo)
Falsiron – Bruder von Spaniens König Marsilo, Gatte von Lanfusa, Vater von Ferragu
Ferragu – Sarazenenheld, Neffe von Spaniens König Marsilo, unverwundbar bis auf den Nabel, verliebt in Angelica
Flordelice – Gemahlin Brandimarts, sucht ihn monatelang von Frankreich bis Afrika
Flordespina – Tochter von Spaniens König Marsilo (ihre Geschichte)
Folco – Statthalter in Afrika, gefangen in Biserta
Frontin – (Milchstirn) gutes Pferd, früher auch Frontalatte genannt
Fusberta – Rinaldos Schwert

G

Gabrina – hinterhältige Gemahlin von Argeus in Serbien
Galerana – Gattin Karls des Großen, Tochter des Königs von Spanien
Ganelon – und die mächtigen und zahlreichen Angehörigen des Hauses Maganza (Mainz am Rhein) sind Feinde der Familien von Orlando, Rinaldo und Bradamante
Ginevra – Prinzessin von Schottland (ihre Geschichte)
Gradass – König von Serikana, will eigentlich nur das Zauberschwert Durindana und das wunderbare Roß Bajard für sich gewinnen, gerät aber bis in die Entscheidungskämpfe zwischen Christen und Heiden

Grifon – Zwilling von Aquilante, Sohn von Markgraf Olivier von Vienne/Burgund, zieht mit Gefährten kämpfend durch die Welt

Guido der Wilde – unehelicher Sohn von Herzog Haimon und seiner Mutter Constanze aus dem Mündungsdelta der Donau am Schwarzen Meer, letzter König der Weiberstadt, zieht mit Gefährten kämpfend durch die Welt

H

Haimon – Herzog der Dordogne in Montalban, Vater Bradamantes, verweigert Ruggiero die Hand seiner Tochter

Harpyien – gierige Fressvögel mit Frauenköpfen, suchen den Senap von Äthiopien heim

Henoch – Prophet aus dem Alten Testament, lebt noch immer im irdischen Paradies, zusammen mit dem Evangelisten Johannes

Hermon von Holland – kämpft mit Zerbin, um ihm Gabrina zu nehmen (seine Geschichte)

Hippogryph des Zauberers Atlante – Flugtier aus einem Greifen und einem Pferd

I

Ippalca – Milchschwester und Vertraute von Gräfin Bradamante

Isabella – Prinzessin von Galicien, Braut von Schottenprinz Zerbin (ihre Geschichte)

K

Kaledonischer Wald – Zuflucht fahrender Ritter in Schottland

Karl der Große – König der Franken und ab 800 auch Kaiser des Heiligen Römischen Reiches, kämpft verzweifelt gegen die immer wieder in den Süden des Frankenreiches einfallenden muselmanischen Eroberer (Mauren, Spanier, Nordafrikaner, Berber, Araber, Sarazenen)

Kassandra – bestickt für Hektor von Troja ein Zelt, in dem rund zweitausend Jahre später Bradamante und Ruggiero ihre Hochzeitsnacht verbringen

Kloridan – liebt/verehrt Prinz Dardinell, stirbt für seinen Freund Medor

Klotho – Parze, Todbringerin

Konstantin – Kaiser von Griechenland (Byzanz) in Konstantinopel, Vater von Prinz Leo

Koreb von Bilbao – entführt für Kronprinz Zerbin von Schottland Isabella von Galicien

L

Lanfusa – Mutter Ferragus, mißhandelt die Gefangenen Malegis und Vivian

Latin – Faustus, Vertrauter des Langobardenkönigs Astolfo

Leo – Prinz von Griechenland, verlobt mit Bradamante, will nicht selbst um sie kämpfen

Lipadusa – Insel zwischen Sizilien und Afrika (Lampedusa), der Platz für den Entscheidungskampf zwischen den besten Helden der Christen und der Heiden

Logistilla – gute Fee, Schwester Alcinas, nimmt Ruggiero auf und lehrt ihn, das Flügelpferd des Zauberers Atlante zu lenken

Lucina – Norandins Gemahlin, wird vom Ork geraubt

Lurcan – verklagt Prinzessin Ginevra beim König von Schottland

Lydia – im Vorhof der Hölle (ihre Geschichte)

M

Malegis – Paladin, fränkischer Zauberer und Magier, war mit anderen bereits in Angelicas Festung Albracca in Cathay und dann gefangen bei Lanfusa (nach Boiardo)

Mandrikard – Sohn des Tartarenkönigs Agri-Khan, will Alzird und Manilard an Orlando rächen, verliebt in Doralice

Manilard – König von Norizia, wird vergebens bei der Heerschau erwartet

Manto – Fee, gibt der Stadt Mantua den Namen

Marbalust – riesenhafter König von Oran

Marfisa – Königin von Persien, Tochter von Ruggiero II. und Galaciella, als Kind von ihrem Bruder Ruggiero getrennt, hat mehrere Könige besiegt und will es an der Seite der Sarazenen mit jedem Franken aufnehmen

Marganor – tyrannischer Graf und Frauenhasser (seine Geschichte)

Marsilo – König von Spanien, muß mit dem Sarazenenkönig Agramant kämpfen, obwohl er der Schwiegervater Karls des Großen ist

Martan – Geliebter von Grifons Braut Orrigilla, betrügt beim Turnier in Damascus

Medor – heidnischer Fußkrieger im Gefolge von Dardinell, erobert und heiratet Angelica

Melinda – edle Mantuanerin, magischer Künste kundig, aber nicht identisch mit der Fee Melissa

Melissa – gute Fee, Magierin, zeigt Bradamante die Gestalten ihrer Nachkommen und hilft ihr mehrfach

Merlin – Zauberer an König Artus' Hof, redet aus seinem Grab zu Bradamante, stellt auf einem Brunnen zukünftige Ereignisse dar und läßt seine Dämonen ganze Säle in der Tristanburg mit vergeblichen französischen Eroberungsversuchen Italiens ausmalen

Michael – Erzengel, führt auf Gottes Befehl das Schweigen zum Ersatzheer der Briten und Schotten sowie die Zwietracht zu den Sarazenen

Monodant – König, Vater von Brandimart

Morgana – Fee, Schwester der Alcina

N

Naims – Herzog von Baiern, Vater von Beatrix und Armelina von Dänemark, erhält von Karl Angelica zur Bewachung

Neugier – die, häufig in Gesellschaft des Neides und der Zwietracht

Norandin – König von Damascus (seine Geschichte mit dem Ork)

O

Obert – König von Irland, Milchbruder Orlandos, verliebt sich in die von Orlando gerettete Olympia von Holland

Ogier – König von Dänemark, Paladin, verheiratet mit Armelina, Tochter von Baiernherzog Naims, Vater von Dudo

Olind – verheiratete Griechin auf dem Schloß von Graf Marganor

Olivier – Markgraf von Vienne/Burgund, Paladin Karls, Vater von Grifon und Aquilant, Schwager von Orlando

Olympia – Gräfin von Holland, liebt Herzog Biren von Seeland und wird von Friesenkönig Cimosco bedrängt

Orca – jungfrauenverschlingendes Meerungetüm der Insel Ebuda

Ork – blinder Menschenfresser

Orontea – Frau in der Weiberstadt (ihre Geschichte)

Orrigilla – ungetreue Geliebte von Grifon

Orril – nahezu unbesiegbarer Straßenräuber am Nil bei Damiette

P

Paradies – irdisches, wurde im Mittelalter südlich von Äthiopien vermutet

Phronesia – Kardinaltugend der Klugheit, von Logistilla Ruggiero zu Hilfe geschickt

Pinabello – Graf, Sohn des Grafen Anselm von Hautrieves, aus dem mit Clermont verfeindeten Geschlecht der Maganza (Mainzer)

Poliness – Herzog von Albany in Schottland, liebt angeblich Ginevra und Dalinda

Priester Johannes – legendärer Retter Jerusalems aus Asien
Proteus – verliebt in die Tochter des Königs von Ebuda

R

Rabikan – Astolfs schnelles Pferd
Richard – Bruder von Rinaldo und Bradamante
Richardet – Sohn von Herzog Haimon, Zwillingsbruder von Bradamante, verliebt sich in Flordespina, die Tochter des spanischen Königs Marsilo
Rodomont – Sarazenenkönig von Sarza in Algerien, Nachfahre Nimrods von Babylon, liebt Doralice, die Prinzessin von Granada, verwundet Bradamante, die nur durch den ihr unbekannten Ruggiero gerettet wird (bei Boiardo)

S

Sakripant – Heidenkönig von Circassien am Schwarzen Meer, kämpft in Albracca gegen Agri-Khan um den Besitz von Angelica
Samsonet – Vizekönig von Jerusalem, getauft durch Orlando, zieht mit Gefährten kämpfend durch die Welt
Schild von Atlante – schickt gleißende Lähmstrahlen aus, durch rotes Seidentuch geschützt
Senap – blinder christlicher Kaiser von Äthiopien
Serikana – Königreich von Gradass
Serpentin – Sarazene mit gefeiten Waffen
Skythien – Tartarei, Königreich von Mandrikard
Sobrin – alter Heerführer und Berater der Sarazenen
Sophrosyne – Kardinaltugend der Keuschheit als Dame der Fee Logistilla, vor dieser Ruggiero zu Hilfe geschickt
Stolz – (männlicher, sdegno) befreit in Kriegergestalt Rinaldo vom Ungeheuer der Liebesleidenschaft
Stolz – (Übermut, superbia) geht mit der Zwietracht ins Sarazenenlager
Stordilan – König von Granada, Vater von Doralice

T

Tanaker – Sohn des Grafen Marganor, verliebt in die durchreisende verheiratete Drusilla
Theodora – Gattin des Androphylos, haßt Ruggiero
Tristan – Ritter der Tafelrunde von König Artus, liebt Isolde
Trojan – Sarazene, Sohn von König Almont, Bruder von Agolant

Turpin – Bischof und Chronist bei Karl dem Großen, vermeintlicher Verfasser der Ritterbücher

U

Ullania – Gesandte der Königin von Island, unterliegt Bradamante

Ungard – Herr von Novigrad, wirf Ruggiero in den Kerker

V

Vatran – Führer der Bulgaren

Vergessen – (das) bewacht die Ruhe des Schlafes

Vivian – Gefangener Lanfusas (bei Boiardo)

X

Xylander – Sohn des Grafen Marganor, verliebt sich in die durchreisende verheiratete Griechin Olind

Z

Zauberhorn und Zauberbuch – Geschenke der Fee Logistilla an Prinz Astolf

Zerbin – Schottenprinz, Bruder von Ginevra, liebt Prinzessin Isabella von Galicien, kämpft mit den Franken

Zwietracht – von Erzengel Michael mit dem Stolz zum Sarazenenlager geschickt

2. Zur Zeit von Ariost

Alexander VI. – Papst (1492–1503), Rodrigo Borgia, bedeutend und völlig sittenlos, Vater von Lucrezia, überträgt seinem Sohn Cesare fast den gesamten weltlichen Besitz des Kirchenstaates

Alfonso I. – (1476–1534) Herzog von Ferrara, heiratet zunächst Anna Sforza aus Mailand, in dritter Ehe die Papsttochter Lucrezia Borgia, späterer Arbeitgeber von Ariost, führt Krieg gegen die Republik Venedig, wird exkommuniziert

Bembo, Pietro – Kardinal, berühmter Renaissance-Dichter, Freund von Ariost

Benucci, Alessandra – Geliebte von Ariost, Mutter seines Sohnes Giovanni

Borgia, Lucrezia – Tochter von Papst Alexander VI., in dritter Ehe mit Herzog Alfonso I. d'Este verheiratet

Castiglione, Baldassare – Verfasser des »Cortegiano« über die feine höfische Art (Vorbild für Knigge)

Ercole I. d'Este – (1431–1505) Herzog von Ferrara, kämpft als Condottiere für Florenz und Mailand, gegen Neapel und später gegen den Kirchenstaat; Tochter Isabella, Söhne Alfonso und Ippolito

Ippolito d'Este – (1479–1520) jüngerer, kaltherziger Bruder von Alfonso d'Este, bereits mit 14 Jahren Kardinal, erster Arbeitgeber von Ariost, später Erzbischof von Ungarn

Isabella d'Este – (1474–1539) Markgräfin von Mantua, Tochter von Ercole d'Este, heiratet Francesco II. Gonzaga, die wohl bedeutendste Dame der Renaissance, Förderin und erste Leserin von Ariosts *Orlando furioso*

Karl V. – wird 1519 zum deutschen Kaiser gewählt und bricht 1525 die französische Vorherrschaft in Italien zugunsten Spaniens

Karl XIII. – König von Frankreich, marschiert 1494 auf Einladung des Mailänder Statthalters Ludovico Sforza in Italien ein; Beginn der italienischen Kriege als Schauplatz der französisch-spanischen (habsburgischen) Auseinandersetzungen bis 1559

Leo X. – Papst (1513–1521) Giovanni Medici aus Florenz, Sohn Lorenz' des Erlauchten, paktiert zur Erhaltung des Kirchenstaates mal mit Spanien, dann wieder mit Frankreich; wird von Ariost im *Orlando furioso* zur Verteidigung Italiens und zur Eroberung von Konstantinopel/Istanbul aufgefordert

Ludwig XII. – von Frankreich, erobert auf Bitten der Italiener Mailand und leitet damit die großen Kriege ein, die das Ende der Renaissance markieren